BASTEI
LÜBBE

Von Jason Darks Sonderausgaben sind bisher folgende Bände erschienen:

73 901 Willkommen in der Hölle
73 902 Zeit der Monster
73 903 In Satans Diensten
73 904 Flüche aus dem Jenseits
73 905 Kämpfer gegen die Hölle
73 906 Dämonenbrut
73 907 Geister, Zombies und Vampire
73 908 Gegen Tod und Teufel
73 909 Alptraum Atlantis
73 910 Im Bann der Schwarzen Magie
73 911 Vampir-Schrecken

JASON DARK

JOHN SINCLAIR

Vampir-Schrecken

Acht spannende Grusel-Abenteuer

BASTEI LÜBBE

BASTEI-LÜBBE-TASCHENBUCH
Band 73 911

Erste Auflage:
Januar 1997

Titelbild: Arndt Drechsler
Illustrationen:
Fabian Fröhlich
Umschlaggestaltung:
Quadro Grafik, Bensberg
Satz: VID Verlags- und
Industriedrucke GmbH & Co. KG,
Villingen-Schwenningen
Druck und Verarbeitung:
Cox & Wyman, Ltd.
Printed in Great Britain

ISBN 3-404-73 911-6

Der Preis dieses Bandes
versteht sich einschließlich der
gesetzlichen Mehrwertsteuer.

Inhalt

Der
Pfähler

Und es wird die Zeit kommen, wo sich Särge und Gruften öffnen, um den Pesthauch des Bösen in die Freiheit zu entlassen. Oh, ihr Ungläubigen, die ihr die Zeichen nicht erkennt! Hütet euch vor dem Bösen, denn es ist stärker als ihr! Was die Jahrhunderte überdauert hat, was weder Kriege noch Verfolgung zerstören konnten, wird euch überschwemmen wie eine riesige Woge.

Denn niemand hält sie auf.

Die Vampire…

In majestätischem Glanz durchstießen die schneebedeckten Gipfel der Karpaten die grauen Wolkenschleier. Sonnenstrahlen wurden von gewaltigen Gletscherfeldern reflektiert und explodierten zu gleißenden Lichtkaskaden.

Doch die strahlende Schönheit der Gipfelwelt versank ein paar hundert Meter tiefer in den feuchten Wolkenbergen. Hier wurde die Luft kalt und klamm.

Nebelschleier wanden sich wie Bänder um die hohen Tannen, hüllten das saftige Grün in eine undurchsichtige Watteschicht. Die tiefen Wälder mit ihren verwunschenen Orten, zahlreichen Burgen, Schlössern und geheimnisvollen Gräbern hatten immer wieder Dichter und Schriftsteller angezogen. Es war die geheimnisvolle Landschaft, die die Poeten faszinierte.

Transsylvanien – ein Name, der Schauer erzeugte, der an die Blutnächte eines Grafen Dracula erinnerte, der seine Opfer auf unvorstellbar grausame Weise umgebracht hatte.

Offiziell hatte sich im Laufe der Zeit zwar alles geändert. Mit dem Vampirglauben war aufgeräumt worden, aber unter dem bürokratischen Deckmantel schwelte die Angst weiter.

Die Dörfler wußten genau, daß man die Überfälle des Bösen nicht einfach mit einer Handbewegung abtun konnte. Die Blutsauger ließen sich nicht verspotten, sie lebten weiter.

Ein untotes, ein schreckliches Leben. Wer wußte schon genau, was sich unter den zahlreichen Grabhügeln verbarg? Welche Gestalten auf ihre Auferstehung warteten, um das Rad der Zeit zurückzudrehen? Angst und Schrecken sollten wie früher die Menschen beherrschen.

Noch immer fürchteten sich zahlreiche Menschen vor der Dunkelheit, sahen zu, daß sie vor Einbruch der Dämmerung in ihre Häuser kamen. Fenster und Türen wurden verriegelt, damit das Böse vorbeigehen sollte.

Knoblauch wurde gehortet. Oft gingen mutige Männer um Mitternacht in die Wälder und schnitten starke Eichenäste von den Bäumen. Die Äste wurden vorn zugespitzt und sollten als vampirtötende Pflöcke dienen. Kreuze, Amulette und geweihtes Silber wurden verwahrt, um sich in Notfällen verteidigen zu können.

Dracula war tot, aber er hatte viele Nachahmer und Nachkommen. Mit ihm hatte die Vampirflut begonnen. Trotz aller Gegenaussagen. Die Einheimischen wußten es besser. Grausam hatte der Graf geherrscht. Unbeschreiblich waren seine blutigen Taten. Flüsternd gingen die Sagen und Legenden von Mund zu Mund. Die Väter erzählten sie ihren Söhnen, die wiederum gaben sie an ihre Kinder weiter. Und so hielt sich der Glaube an das Böse in den einsamen Orten der wildromantischen Gebirgslandschaft.

Kriege hatten das Land erschüttert. Die einst so stolzen Burgen waren in Schutt und Asche gelegt worden, und nur noch Fragmente erinnerten an eine wilde Vergangenheit.

Aber gerade diese geheimnisvollen Burgen und Schlösser waren die düsteren Orte, in denen die Vampire ihre Opfer fanden. Oft gehörte der Schloßherr selbst zu den Blutsaugern, lockte die jungen Dorfschönheiten auf sein Schloß, um anschließend mit ihnen in den dunklen Gewölben unter der Erde zu verschwinden.

Tagsüber sah man die Mädchen nie mehr. Doch nachts streunten die bleichen, blutleeren Gestalten in hellen, wallenden Gewändern durch den Wald, um ebenfalls nach Opfern zu suchen.

Aber es gab auch mutige Männer, die dem Vampirterror entgegentraten. Unter dem Zeichen des Kreuzes sagten sie ihnen den Kampf an. Gruppenweise zogen sie in mondhellen Nächten los, bewaffnet mit angespitzten Eichenpfählen, Weihwasserkesseln und silbernen Kreuzen.

Sie hatten viele Vampire getötet, doch einige überlebten. Sie vegetierten in finsteren Gräbern und Gruften dahin, warteten auf ihre Stunde.

Es gab Mahner und Weise, die dies wußten und immer wieder

vor der Gefahr warnten, jedoch nicht ernst genommen wurden. Von den offiziellen Stellen wurden sie sogar verfolgt, und wenn es besonders schlimm kam, ins Gefängnis gesteckt.

So sorgten die Menschen dafür, daß einige Blutsauger die Zeiten überstanden und nur darauf warteten, wieder aktiv werden zu können…

Es war in einer hellen Mondnacht, als Petroc Jurc plötzlich aus dem Schlaf schreckte.

Verwirrt richtete er sich im Bett auf. Er schaute direkt auf das schmale Fenster seiner Dachkammer, blickte durch die Scheibe und sah den Vollmond wie eine helle Kugel am Himmel stehen.

Sein Licht fiel in den Raum, streifte das Bett und hatte den dreißigjährigen Mann geweckt.

Aber war es tatsächlich nur der Mond gewesen? Oder steckte etwas anderes dahinter?

Petroc Jurc runzelte die Stirn. Sein Blut rauschte in den Adern und hämmerte in den Schläfen. Nein, es war nicht das Licht allein, das ihn aus dem Schlaf gerissen hatte.

Er saß auf der Bettkante und dachte nach. Noch einmal liefen die Ereignisse der vergangenen Tage vor seinem geistigen Auge ab. Wie immer hatte er als Holzfäller im Wald gearbeitet. In einer Pause war er unter den wärmenden Sonnenstrahlen auf einer Lichtung eingeschlafen. Und dann hatte er den Traum gehabt.

Eine Stimme sprach zu ihm.

Die Worte klangen ihm im Ohr nach, als wäre es erst heute gewesen. »Wenn der Mond voll und rund am Himmel steht, wirst du aufbrechen, um das zu tun, was deine toten Ahnen von dir verlangen. Du wirst hingehen zur Burg des Schwarzen Grafen und dort deinen Auftrag erfüllen. Und niemand wird dich aufhalten in dieser Nacht, denn sie ist von der Hölle vorbestimmt worden.«

Automatisch zog sich Jurc an, während er über die Worte nachdachte. Es kam ihm gar nicht in den Sinn, sich zu weigern. Er war ein Mensch, der an die Geister der Natur glaubte. Er wußte, daß es zwischen Himmel und Erde viele Dinge gab, die er nicht begriff. Petroc Jurc handelte nach seinem Gefühl und nach einem Befehl, den nur er hörte.

Er schritt zu der alten Kommode, auf der noch die Waschschüssel stand, und klatschte sich das kalte Wasser ins Gesicht. Die Erfrischung tat gut. Jetzt fühlte er sich seiner Aufgabe gewachsen.

Sein Gesicht sah er in dem halbblinden Spiegel an der Wand. Es waren grobknochige Züge mit zahlreichen Falten und einer wettergegerbten Haut. Petroc Jurc sah älter aus, als er in Wirklichkeit war. Er zog seine alte Jacke über und öffnete das Fenster. Suchend schaute er hinaus.

Leer und einsam lag die Dorfstraße vor ihm. Direkt hinter dem Dorf begann der Wald. Und dort mußte er hin. Aber er mußte vorsichtig sein, denn seine Wirtsleute hatten einen leichten Schlaf. Oft saß der alte Marek stundenlang am Fenster und schaute in die Dunkelheit. Jurc wußte nicht, weshalb er das tat. Er hatte sich auch nie getraut, nach dem Grund zu fragen. Marek war ein verschlossener Mann. Er betrieb die Schmiede im Dorf. Obwohl seine Vorfahren aus diesem Ort stammten, hatte er nie recht Kontakt gefunden. Es ging die Sage um, daß sein Sohn von einem Vampir geraubt worden war, aber die Leute erzählten viel, wenn sie nichts anderes zu tun hatten.

Jurc kümmerte sich nicht um die Geschichten. Er hatte seine Arbeit und seine Schlafkammer unter dem Dach. Das reichte ihm.

Er stieg nicht zum erstenmal durch das Fenster und kannte den Weg haargenau. Unter ihm lag das schräge Vordach mit den altersschwachen Schindeln, die an manchen Stellen ziemlich locker saßen und bei einem unbedachten Schritt herunterfallen konnten. Doch Jurc hatte Glück.

Geschickt drehte er seinen Oberkörper durch das schmale Fenster, tastete erst mit den Händen, prüfte den Druck und schob sich dann auf das Vordach.

Wenige Sekunden blieb er dort liegen. Dann kroch er auf allen vieren nach rechts auf die Begrenzung zu. Von dort konnte er dann auf den kleinen Anbau steigen, in dem die Schmiede untergebracht war und wo tagsüber das helle Feuer loderte.

In Petrila – dem kleinen Ort in den Karpaten – schien die Zeit stehengeblieben zu sein. Wie an vielen anderen Dörfern der Karpaten war auch hier die Zivilisation vorbeigelaufen. Sogar die Regierungsstellen kamen mit diesen verschlossenen Menschen nicht zurecht.

Die einzigen Fremden, die Kontakt zu ihnen fanden, waren die Mönche aus dem Kloster. Sie brachten den geistlichen Beistand, wenn welcher gewünscht wurde.

Jurc erreichte die Dachkante und schaute auf den Anbau. Er war ziemlich breit, und der Holzfäller konnte nicht über ihn hinwegsehen. Er drehte sich, rutschte langsam über die Kante des Vordachs und fand mit den Zehenspitzen Halt auf dem Anbaudach.

Er ließ seinen Oberkörper nachrutschen und blieb erst einmal geduckt stehen.

Niemand hatte ihn gesehen.

Ein hartes Lächeln glitt über Jurcs breite Lippen. Nein, ihn würde niemand aufhalten. Er wollte seine Aufgabe durchführen, bis zum bitteren Ende.

Sicher wartete er schon.

Wenn Petroc Jurc an ihn dachte, überzog eine Gänsehaut seinen Körper. Eigentlich müßte er von ihm abgestoßen werden, doch die seltsame Anziehungskraft des Bösen wirkte auch auf ihn.

Bald war es soweit.

Bald…

Jurc schlich zum Rand des Anbaus und blickte in die Tiefe. Er konnte sie glatt mit einem Sprung überwinden, ohne sich zu verletzen.

Petroc Jurc sprang.

Dicht vor dem Eingang prallte er auf die Füße, wurde nach vorn geworfen und stützte sich mit den Händen ab.

Er richtete sich auf und blieb lauschend stehen.

Kein Geräusch warnte ihn. Ausgestorben lag das Dorf vor ihm. Der Mond hing über den Gipfeln der Berge und lockte mit seinem kalten Licht.

Auch Petroc Jurc.

Doch sein Gehör und seine Augen hatten ihn getäuscht. Es gab doch jemanden, der seinen nächtlichen Ausflug beobachtet hatte.

Der alte Marek!

Die Schritte auf dem Anbaudach hatten ihn aufhorchen lassen. Und er lauerte in seiner alten Schmiede.

Mit der linken Hand drückte er die Tür auf. Der Spalt wurde größer, doch dann knarrten die Angeln verräterisch.

Jäh wurde Jurc aus seiner Konzentration gerissen. Er kreiselte auf dem Absatz herum.

Die beiden Männer starrten sich an.

Marek und Jurc, eine Generation Unterschied, aber beide mit einem fürchterlichen Wissen behaftet. Jurc sah es in den Augen des Schmieds, daß dieser Bescheid wußte.

Trotzdem fragte Marek: »Du willst weg?«

»Ja!« Die Antwort klang aggressiv und ließ erkennen, daß sich Jurc von keinem aufhalten lassen wollte.

»Und wohin?«

»Das werde ich nicht sagen.«

Der alte Marek nickte gedankenverloren. »Ich wußte es«, murmelte er dann, »ich wußte, daß die Zeit irgendwann kommen würde. Schon lange habe ich die Vorzeichen erkannt und zu deuten gewußt. Aber ich will nicht, daß die Schrecken wieder von vorn beginnen. Wir haben genug von dem Bösen, von den Mächten der Finsternis und den Boten des Grauens. Bleib hier, Jurc!«

»Nein!« Stur schüttelte der jüngere Mann den Kopf.

Der alte Marek atmete schneller. »Ich habe einen Sohn verloren!« keuchte er. »Denk an sein Schicksal.«

Petroc Jurc ballte die Hände. »Du hältst mich nicht auf, Alter. Um leben zu können, muß ich dem Ruf folgen.«

»Nein, mein Junge, nein. Sie lassen sich auf nichts ein. Du wirst es sein, der verliert. So glaube mir doch.«

»Unsinn, ich gewinne!«

Marek nickte verloren. »Dann muß ich es eben auf eine andere Weise versuchen.«

Petroc Jurc wußte, was der Alte damit meinte. Trotz seiner sechzig Jahre besaß der Schmied Marek noch Bärenkräfte.

Aber Jurc war entschlossen, sich durch nichts aufhalten zu

lassen. Er warf sich urplötzlich nach vorn. Er zog dabei die mächtige Faust von unten nach oben, traf das deckungslose Gesicht des Alten, und der Schlag schleuderte Marek zu Boden.

Regungslos blieb er liegen.

Jurc rieb sich die Knöchel. »Narr!« zischte er. »Alter, widerlicher Narr! Du hast es nicht anders haben wollen!«

Dann machte er auf dem Absatz kehrt, betrat die Dorfstraße und wurde von der Dunkelheit verschluckt.

Petrila schlief. Zwar war noch nicht Mitternacht, doch die Einwohner gingen meist mit den Hühnern schlafen. Im Herbst oder Winter früher als im Sommer. Sobald die Dunkelheit einbrach, krochen sie in ihre Betten.

Petrila setzte sich aus einer Hauptstraße, mehreren Seiten- und Quergassen und einer Kirche zusammen. Es gab zwar zwei Schänken und einige Handwerksbetriebe sowie einen Marktplatz, doch von einem Kino oder Theater hatten die Menschen höchstens mal etwas gehört, geschweige gesehen. Es gab tatsächlich Einwohner, die in ihrem ganzen Leben noch nicht aus Petrila hinausgekommen waren. Sie waren hier geboren und starben auch hier.

Petroc Jurc gehörte auch zu den Einheimischen. Er hatte zwar schon die Nachbardörfer besucht – in einem dieser Orte auch ein Mädchen kennengelernt –, doch bis zur nächsten größeren Provinzstadt oder gar bis zur Hauptstadt Bukarest war er noch nie gekommen.

Und eins sollte man in der Dorfchronik nicht vergessen. Einmal am Tag fuhr ein Bus durch Petrila, ein altersschwaches Gefährt. In Petrila stiegen höchstens dreimal im Jahr Reisende aus. Wer hatte schon in diesem gottverlassenen Ort etwas zu suchen? Der Bus brachte aber die Zeitungen mit. Vier Blätter insgesamt. Zwei davon für den Bürgermeister.

An die Zeitungen mußte Jurc denken, als er sich in eine Seitengasse drückte, an einer leerstehenden Scheune vorbeistrich, über einen Zaun flankte und parallel zu einer Wiese auf den Wald zulief.

In einer Zeitung hatte er gelesen, daß Dracula gar nicht so schlimm gewesen sein sollte. Diese bornierten Parteinarren aus der Hauptstadt, dachte er. Wenn die wüßten. Aber sie waren ja zu arrogant, hockten mit den dicken Hintern auf gut gepolsterten Stühlen und hörten nicht auf die Meinung des Volkes.

Aber sie würden sich wundern, alle sollten sich wundern…

Der Weg führte bergan. Wie eine große Decke lag die rabenschwarze Finsternis über dem Land. Wer sich hier nicht auskannte, mußte sich unweigerlich verlaufen.

Doch Jurc kannte den Weg genau. Er war zwar noch nicht bis zum Schloß des Schwarzen Grafen gegangen – eine unbestimmte Angst hatte ihn bisher davon abgehalten –, aber er hatte das Schloß oft aus der Ferne gesehen. Es stand auf einem Hügel, mit seinen mächtigen dunklen Mauern, den beiden hohen Wehrtürmen und dem breiten, eisenbeschlagenen Tor.

Das Schloß war nur noch eine Ruine, seit es von den Einwohnern Petrilas samt seinem Besitzer niedergebrannt worden war.

Nun, Jurc wußte nichts über die blutige Geschichte des Gemäuers, für ihn war nur wichtig, daß er dort sein Ziel fand.

Der späte Herbst hatte das Laub endgültig von den Bäumen rieseln lassen. Wie ein dicker Teppich bedeckte es den Boden. Es raschelte geheimnisvoll unter Jurcs Füßen, als er den schmalen Saumpfad entlangschritt und immer höher gelangte.

Wie aus dem Nichts stand plötzlich eine grauweiße Nebelwand vor ihm. Baumhoch umschlang sie den Hügel und dämpfte den geheimnisvollen Schrei eines Käuzchens.

Dies war die Stunde der Nachtvögel. Uhus und Käuzchen gingen auf die Jagd, um mit ihren scharfen Krallen nach Mäusen und anderem Kleingetier zu schlagen.

Jurc tauchte ein in die Nebelwand. Jetzt konnte er die Hand nicht mehr vor Augen sehen. Seine Kleidung wurde klamm und feucht. Sein Atem vermischte sich mit dem Nebel, und obwohl der Anstieg jetzt noch steiler wurde, ging der Holzfäller unverdrossen weiter.

Immer dichter wurde der Wald. Die Bäume standen jetzt so eng zusammen, daß ein Mensch kaum zwischen ihnen durchgehen konnte. Mit seinen schwieligen Händen bog Jurc die im Weg hängenden Äste und Zweige zur Seite, und wenn sie zu starr waren, brach er sie kurzerhand ab.

Viel Zeit blieb ihm nicht mehr.

Um Mitternacht mußte er die Burg erreicht haben.

Dann stand der Mond so günstig, daß er sein fahles Licht in den Schloßhof schickte und mithalf, die Kräfte der Finsternis zu aktivieren.

So rasch der Nebel gekommen war, so schnell verschwand er wieder.

Petroc Jurc empfand die Dunkelheit nicht mehr als so dicht, als er aus der grauen Suppe auftauchte.

Petroc sah vor sich etwas zwischen den Bäumen schimmern. Eine weite Fläche, die silbrig glänzte.

Die Lichtung vor dem Schloß! Schon jetzt war sie vom Mondlicht hell beschienen.

Jurc merkte, daß sein Herz vor Erregung schneller klopfte. Er spürte die Kraft, die ihn plötzlich überkam. Er lief schneller. Geduckt legte er die letzten Meter im Laufschritt zurück.

Dann stand er am Rand der Lichtung.

Sie ging über in einen Hang. Und dort, wo er seinen höchsten Punkt erreichte, stand das Schloß.

Wie ein Schattenriß hob es sich vom Mondlicht ab. Deutlich waren die beiden Türme zu erkennen und dazwischen der breite Wehrgang, der den Innenhof umrahmte. Auf der anderen Seite des Schlosses fiel das Gelände steil in die Tiefe, wie die Klippen am Meer. Dort brauchten keine Wehrtürme zu stehen, es genügten die schrägen Pechrutschen, um die Angreifer abzuwehren.

Minutenlang saugte Petroc Jurc den Anblick in sich auf. Vom langen Laufen ging sein Atem hastig und schwer. Dann aber begann er zu rennen, nahm Kurs auf das schwere, zweiflügelige Eingangstor, das, wie von Geisterhand geführt, auseinanderklappte und ihm den Weg freigab.

Alles lief genauso ab wie in seinem Traum…

Marek fror entsetzlich, als er etwa eine Stunde nach dem Niederschlag aus seiner Bewußtlosigkeit erwachte. Nächtlicher Nebel und lag wolkenartig über dem Boden. Feucht klebte er in der Kleidung des Schmieds, der Boden unter ihm war naß. Schmutz bedeckte als Kruste Mareks Lippen.

Er drückte beide Handflächen gegen den Boden und erhob sich ächzend. Auf Händen und Füßen blieb er knien. Dabei hatte er das Gefühl, sein Kinn wäre um das Doppelte angeschwollen. Als er darübertastete, fühlte er die Schwellung.

»O verdammt«, preßte er hervor, »daß mir so etwas passieren muß.« Marek wollte aufstehen, doch das plötzliche Schwindelgefühl zwang ihn wieder nieder.

Er kroch zur Anbauwand, fand den rostigen Ring, an dem sonst die Pferde angeleint wurden, und zog sich auf die Beine. Tief atmete er durch, und das Schwindelgefühl wich.

Der alte Marek schalt sich einen Narren, als er daran dachte, wie leicht ihn dieser Jurc hatte überwältigen können. Aber das sollte ihm nicht noch einmal passieren, dies nahm sich der Schmied fest vor.

Und er wußte, was Jurc vorhatte. Nicht umsonst hatte Marek alle Zeitungsartikel gesammelt, die über Vampire und deren Untaten geschrieben worden waren. Bei seinen Reisen in die Hauptstadt war er immer für einen Tag in einer Bibliothek verschwunden. Er las alle Bücher über Vampire und machte sich eifrig Notizen. Ihn konnte das Böse nicht überraschen – aber er konnte es auch nicht verhindern, und das ärgerte ihn.

Der alte Marek wollte sein Haus nicht durch die Vordertür betreten, sondern seitlich durch den Anbau. Seine Frau brauchte ihn nicht unbedingt zu sehen. Sie hätte nur Fragen gestellt und ihn sowieso nicht verstanden.

Sie verstand ihn nie, wenn er von diesen Dingen sprach und sie bekämpfen wollte. Doch er bereitete sich auf sein Erbe vor.

Und das wollte er erfüllen.

Behutsam zog der alte Marek die Schuppentür auf. Sie knarrte nur wenig in den Angeln. Marek sorgte immer dafür, daß sie gut geölt war.

Im Dunkeln tastete er sich durch seinen Arbeitsraum. Es roch in der Schmiede nach Pferdeschweiß und verbranntem Horn. Das Feuer war fast niedergebrannt. Nur noch ein paar Kohlen leuchteten wie große, glühende Augen nach.

Der Anbau war mit dem Haus durch eine schmale Tür verbunden. Zwei Steinstufen führten hoch. Marek schob auch diese Tür auf und stand im Flur.

Er gehörte zu den wenigen Bürgern des Ortes, die an das Stromnetz angeschlossen waren. Er wollte schon den alten schwarzlackierten Drehschalter herumschrauben, als das Licht plötzlich anging.

Die trübe Birne warf ihren Schein in den schmalen Hausflur und streifte die Gestalt einer Frau.

Mareks Frau.

Der Alte fuhr sich mit der Hand durch das zerfurchte Gesicht. »Himmel, hast du mich erschreckt!«

»Wo warst du?« fragte sie. Sie stand auf der untersten Treppenstufe, trug ein wollenes Nachthemd, große Filzpantoffeln und erinnerte Marek unwillkürlich an einen Racheengel. Marie ging als Walküre durch, so gewaltig war sie. Das fing bei ihrem Hinterteil an, ging über in den Busen und breitete sich aus bis zu den Schultern. Nur der Kopf wirkte klein. Die grauen Haare, sonst zu einem Knoten zusammengebunden, hingen bis auf die Schultern, wo sie sich strähnig zusammenringelten.

Marek versuchte es mit einem Lächeln. »Ich habe frische Luft geschnappt!«

Dann kam der Blick. Stahlhart, und er schien auf den Grund seiner Seele zu dringen. Unwillkürlich zog Marek den Kopf zwischen die Schultern.

»Du lügst, Frantisek«, stellte seine bessere Hälfte mit Donnerstimme fest. »Hast du dir beim Luftschnappen das Kinn verbeult?«

»Nein, Marie...«

»Sondern?«

»Sollen wir nicht ins Zimmer gehen?«

»Damit du Zeit hast, dir eine Ausrede einfallen zu lassen, wie? Kommt gar nicht in Frage. Ich will jetzt und hier von dir wissen, was du draußen zu suchen hattest.«

Marek schluckte, holte noch einmal tief Luft und meinte dann: »Gut, ich will es dir sagen.«

»Aber schnell.«

»Die Stunde des Schreckens ist gekommen, Marie. Ich habe immer gewarnt und konnte jetzt nichts mehr tun.«

Marie holte tief Luft, so daß ihr gewaltiger Busen angehoben wurde. »Fängst du wieder mit dem hirnverbrannten Unsinn an, Marek?«

Marie sagte immer Marek, wenn sie sauer war.

»Aber es ist kein Unsinn, bitte schön. Die Vampire werden bald kommen. So glaub mir doch.«

Marie schlug ein Kreuzzeichen. Sie war eine sehr gläubige Person und vertraute auf die Kirche und das Wort Gottes. Außerdem war sie die einzige im Dorf, die vor den Blutsaugern keine Angst hatte. »Und wenn sie kommen«, sagte sie, »dann werde ich sie mit heiligem Zorn aus dem Haus treiben und ihnen das Zeichen Christi für immer auf den Leib brennen. Merk dir das, Frantisek. Du solltest öfter in die Kirche gehen, anstatt in das Gasthaus. Dann hättest du auch keine Angst vor diesen komischen Vampiren, sondern wärst innerlich gefestigt. Der Pfarrer und ich sind die einzigen hier, die den Unsinn nicht mitmachen.«

Marek zog ein verzweifeltes Gesicht. »Aber glaube mir doch, Marie, er ist gegangen.«

»Wer?«

»Petroc Jurc. Er hat sich mitten in der Nacht davongeschlichen und mich niedergeschlagen, als ich ihn aufhalten wollte.«

»Er wollte bestimmt seine Freundin besuchen, von der du nichts wissen sollst.«

»Nein, Marie. Alle Anzeichen sind da. Der Mond steht genau über der Burg, und Kalurac wird aus seiner Gruft steigen. Gestern nacht habe ich das Winseln und Heulen der Hyäne gehört. Das Tier wird geopfert, um ihn zurückzuholen.«

»Du spinnst«, sagte Marie. »Außerdem ist der Schwarze Graf längst zu Asche geworden.«

»Aber man hat sie nicht in alle Winde verstreut, sondern in einem Sarg aufbewahrt. So glaub mir doch.«

Für Marie war das Thema erledigt. Auf dem Absatz machte sie kehrt und stampfte die Stufen der Treppe hoch, um sich wieder hinzulegen.

Marek aber rollte verzweifelt mit den Augen. Marie wollte einfach nicht begreifen, daß die Zeichen auf Sturm standen. Sie war unverbesserlich.

Hart schlug sie die Tür der Schlafkammer zu.

Marek blieb noch einige Sekunden im Flur stehen und ging dann ebenfalls die Treppe hoch, leise, auf Zehenspitzen. Das Schlafzimmer lag in der ersten Etage, doch Marek schlich an der

Tür vorbei und kletterte über die schmale Stiege noch höher, bis er unter dem Dach stand.

In der winzigen Diele konnte er sich kaum drehen. Zwei Türen zweigten ab. Die linke führte zu Petroc Jurcs Zimmer, die rechte auf eine Dachkammer, zu der nur Marek den Schlüssel besaß.

Dort verwahrte er sein Geheimnis.

Vorsichtig holte er den großen Schlüssel aus der Tasche und schloß die Tür auf. Er hatte alles gut geölt und verursachte kaum ein Geräusch, als er den Raum betrat.

Licht gab es hier oben nicht, aber Marek hatte direkt neben der Tür einen Nagel an die Wand geschlagen, an dem eine Stablampe hing.

Der Alte nahm die Lampe von der Wand und schaltete sie ein. Staub wirbelte auf und tanzte einen bizarren Reigen in dem Lichtkegel.

Gerümpel stand auf dem Speicher herum. Die beiden alten Schränke und die Stühle beachtete Marek nicht. Ihn interessierte nur die große Holztruhe, die direkt unter dem schmalen Dachfenster stand. Marek mußte sich wegen der schrägen Wände bücken. Der Türschlüssel paßte auch zu der Kiste.

Der Alte schloß auf und hob ächzend den Deckel hoch. Das Ding war verflucht schwer. Er lehnte es an die Wand und leuchtete in die Truhe hinein.

Alte Kleider lagen in der Truhe. Sie rochen feucht und klebten aneinander. Marek wühlte in der Truhe herum und schleuderte die Sachen kurzerhand hinter sich.

»Verdammt«, murmelte er, »hier muß er doch irgendwo sein. Ich muß ihn finden. Ich…« Plötzlich glitt ein Lächeln über das Gesicht des Mannes mit den schlohweißen Haaren und dem ebenso weißen Oberlippenbart. »Da ist er ja!« flüsterte er andächtig. »Mein Gott, wie lange habe ich ihn nicht mehr in der Hand gehabt.«

Marek meinte damit einen Eichenpfahl. In der linken Hand hielt er die Lampe, seine rechte umklammerte den Pfahl. Er war etwa so lang wie der Arm eines Mannes. Vorn lief er spitz zu. Der Griff war aufgerauht. Jemand hatte den Pfahl poliert.

Marek schloß die Augen, und ein nie gekanntes Gefühl der Ruhe überkam ihn. Jahrelang hatte er den Pfahl nicht gesehen, zum letztenmal, als sein Vater gestorben war. Und das war vor fünfundzwanzig Jahren.

Deutlich klangen ihm die Worte noch nach, die der Vater auf dem Sterbebett zu seinem Sohn gesagt hatte. »Dieses, mein Sohn, ist das einzige, das ich dir mit auf den Weg geben kann. Gib ihn nie aus der Hand, denn auch ich habe ihn von meinem Vater bekommen, und er wiederum von seinem Vater. Dies ist der Pfahl, mit dem der Schwarze Graf damals getötet worden ist. Und es war ein Marek, der diese Tat beging. Seitdem tragen die männlichen Mitglieder unserer Familie den Beinamen der Pfähler. Und jetzt bist du Marek, der Pfähler. Dieser Name ist eine Verpflichtung. Bekämpfe die Vampirbrut, wo du sie findest. Töte sie, mein Sohn, töte sie. Denn sie sind die Unheilbringer dieser Welt. Leider habe ich das Kreuz nicht mehr, das noch zu diesem Pfahl gehört. Ein Mönch hat es damals mitgenommen. Wo es geblieben ist, weiß ich nicht.«

Diese Worte und den Pfahl hatte ihm sein Vater als Vermächtnis mitgegeben. Lange hatte Marek darauf gewartet, das Erbe erfüllen zu können.

D. Kalurac, der Schwarze Graf, der Neffe des gefürchteten Grafen Dracula, sollte wieder zu einem untoten Leben erweckt werden.

Und Marek, der Pfähler, wollte es verhindern.

Doch die Zeit rann dahin. Marek wußte nicht, ob er es noch schaffen konnte.

Hastig schloß er den Deckel der Truhe, lief rasch die Treppe hinunter, ging nach draußen und verschwand im Dunkel der Nacht. Sein Ziel war das Schloß des Schwarzen Grafen.

Unterwegs dachte er unentwegt über das Kreuz nach, das nun nicht mehr in seinem Besitz war.

Der Besitzer war ich. John Sinclair, Oberinspektor bei Scotland Yard, von meinen Freunden auch scherzhaft Geisterjäger genannt. Nur wußte ich zum damaligen Zeitpunkt noch nicht, daß ich der Eigner dieses Kreuzes war.

Ich hatte es mir in meiner Wohnung gemütlich gemacht.

Musik, einen Long Drink und den inneren Genuß, endlich mal wieder ein paar freie Stunden zu haben.

Bis gegen neunzehn Uhr. Da schellte es. Die Sprechanlage bedachte ich mit einem Blick, als wollte ich sie auffressen, überlegte es mir aber und drückte den Knopf: »Wer da?«

»Der Nikolaus!« tönte eine mir bekannte Stimme zurück. »Mach auf, du Beutel, ehe ich mir hier noch was abschnattere.«

»Wäre nicht schade drum«, erwiderte ich.

»Denk doch an Sheila.«

»Um ihretwillen öffne ich.«

Stammleser haben längst erkannt, um wen es sich bei meinem Besucher handelte. Um Bill Conolly, meinen alten Freund und Kampfgefährten aus glorreichen Zeiten. Bill sagt immer aus glorreichen Junggesellenzeiten, aber darüber spricht er nur, wenn seine Frau nicht dabei ist. Bei Sheila bekommt er sonst Stoff.

Bei mir meistens einen Whisky. Ich stellte die Flasche sicherheitshalber auf den Tisch, denn meistens stürzt sich Bill wie ein durstiger Geier auf den Barschrank. Wenn er aber sofort die Flasche sah, ließ er die Bar wenigstens in Ruhe.

Bill sah die Flasche tatsächlich zuerst, als er mit großem Tatendrang in meinen Living-room stürmte. Er schleuderte eine Reihe von Magazinen in einen Sessel, warf seinen Trench hinterher und zeigte auf ein bereitstehendes Glas.

»Halbvoll, mein Junge.«

»Ich dachte, du mußt fahren.«

Bill grinste und schüttelte den Kopf. »Sheila ist mit dem Porsche ausgeflogen. Sie besucht eine alte Bekannte und holt mich in etwa einer Stunde ab. Ich bin mit dem Taxi gekommen.«

»Und wo habt ihr Johnny?« Mit dieser Frage spielte ich auf Bills und Sheilas kleinen Sohn an. Er war einige Monate alt, hatte sich prächtig entwickelt und war schon jetzt zu allen möglichen Streichen aufgelegt.

»Kindermädchen.«

Ich hatte zwei kleine Whisky getrunken und schenkte mir nun einen dritten ein. Bill bekam sein Glas halbvoll. Ich ließ Eiswürfel hineinklimpern und schob es ihm zu.

Mein Freund trank und verdrehte die Augen. »Ich liebe das

Getreide«, sagte er, »vor allem in flüssiger Form.« Er schnalzte genießerisch mit der Zunge. »Cheerio.«

Auch ich nahm einen Schluck.

Bill streckte die Beine aus und faßte rüber zur Couch, wo die Magazine lagen.

»Hast du mir Bettlektüre mitgebracht?« fragte ich.

»So ungefähr.« Bill warf mir die vier Magazine einzeln auf den Schoß. »Lies selbst, ich habe die entsprechenden Artikel angestrichen. Wird dich interessieren.«

Die Berichte fand ich jeweils auf den ersten Seiten. Sie beschäftigten sich ausschließlich mit einem Thema.

Vampire!

Es waren nicht nur Magazine aus England, nein, sie stammten aus verschiedenen Ländern. In jedem Artikel wurde darauf hingewiesen, daß es Vampire tatsächlich gibt. Die Feststellung stützte sich auf Zeugenaussagen. Sie alle hatten die Blutsauger gesehen, waren aber nicht angegriffen worden. Da gab es die Beschreibung riesiger Fledermäuse oder auch blutleerer, bleicher Gestalten. Nie war den Zeugen etwas geschehen. Die Vampire hatten nur abgewartet und beobachtet.

Ich legte die Magazine zur Seite. »Na«, meinte Bill Conolly, »was sagst du nun?«

»Du bist sicher, daß sich die Schreiber der Berichte nicht untereinander abgesprochen haben?« fragte ich.

»Nein.«

»Wenn man die Übertreibungen der Zeugen wegstreicht, bleibt immerhin noch soviel übrig, um bei mir ein unbehagliches Gefühl zu hinterlassen.«

»Mehr nicht?«

»Kaum.«

Bill rang die Hände. »Aber wir müssen uns hinter die Sache klemmen. Das sieht mir nach einer regelrechten Vampir-Invasion aus, wenn ich die Vorzeichen richtig erkenne.«

»Und wo willst du anfangen, wenn ich mal fragen darf?«

»Nun, ich…« Bill suchte nach Worten, und ich konnte mir – schadenfroh wie ich bin – ein triumphierendes Lächeln nicht verkneifen.

»Da schweigt des Sängers Höflichkeit«, zitierte ich. »Bis jetzt habe ich noch gar keinen Grund, mich in die Sache hineinzuhängen. Es ist bisher noch nichts passiert, was einen Einsatz rechtfertigt.«

»Muß es denn immer erst Tote geben?«

»Nein. Bezögen sich die Berichte auf Großbritannien, würde ich mich einschalten. So aber bleibt mir nichts anderes übrig, als abzuwarten.«

»Du kannst ja Will Mallmann anrufen.«

»Die Idee ist nicht schlecht, und die werde ich auch gleich morgen in die Tat umsetzen. Da aus Süddeutschland ein Fall bekannt ist, wird der gute Will sich bestimmt mal umhorchen. Außerdem ist sein Knöchel schon gut verheilt.«

Mit der letzten Bemerkung spielte ich auf einen Fall an, der uns nach Frankreich geführt hatte und gar nicht lange zurücklag. Dort hatte uns Kommissar Will Mallmann tatkräftig zur Seite gestanden. Er war ein Bursche, auf den ich mich hundertprozentig verlassen konnte.

Für Bill war die Sache klar, und er wechselte das Thema. »Wo steckt eigentlich Suko?«

Ich deutete mit dem Daumen nach links. »In seiner Bude.«

»Schläft der oder hat er sich ein rassiges Chinagirl geangelt?«

»Letzteres wohl nicht.« Ich grinste. »Das hätte ich sicherlich gehört.«

Wir flachsten noch eine Weile herum und vergaßen die Vampire, Werwölfe und Dämonen.

Gegen dreiundzwanzig Uhr schellte es.

»Das ist Sheila!« rief Bill.

Mein Freund hatte recht. Sheila begrüßte mich mit einem Kuß auf die Wange, schaute dann ihrem Mann in die Augen und sagte lakonisch: »Der ist ja schon breit.«

»Höchstens guter Stimmung«, verteidigte ich meinen Freund.

Sheila rutschte aus ihrem Mantel. Sie trug darunter ein braunes Wollkleid mit gehäkeltem Oberteil. Ihre blonden Haare hatte sie hochgesteckt, die Wangen glühten.

»Auch einen Schluck?« fragte ich.

»Nein, nein, ich muß fahren.«

Bill legte den Arm um seine Frau. »Setz dich doch«, schlug er vor. »So jung kommen wir nicht mehr zusammen.«

»Aber höchstens eine halbe Stunde.«

»Wenn die rum ist, können wir die Flasche kippen.« Bill schenkte sich noch einen doppelten ein.

Sheilas Blick war filmreif. Sie sagte aber nichts.

Wir blieben noch ungefähr dreißig Minuten beisammen. Zum Abschied meinte Bill mit schwerer Zunge: »Denk daran, John, was ich dir gesagt habe.«

Sheila hob die wohlgeformten Augenbrauen. »Hat er dir auch die Magazine gezeigt?«

Bevor Sheila kam, hatte ich sie weggeräumt.

»Deshalb ist Bill doch gekommen.«

Sheila winkte ab. »Der Gute spinnt sich wieder was zusammen.«

Bill widersprach. »Es gibt genügend Zeugen, die gesehen haben, daß die Vampire...«

Sheila wurde energisch. Sie faßte ihren Mann an der Schulter und drehte ihn herum. »Und ich habe genügend Zeugen, die behaupten werden, daß du ins Bett mußt, mein Lieber.« Sie wandte sich an mich. »Bis später, John!«

Ich öffnete die Tür und ließ die beiden hinaus. Bill pfiff die Melodie von »Love is in the air«, als er mit seiner Frau zum Fahrstuhl ging. Er hatte an diesem Abend nicht die beste Kondition mitgebracht.

Ich räumte noch im Living-room auf und stieg dann unter die Dusche. Obwohl nur Büroarbeit hinter mir lag, war ich doch rechtschaffen müde. Das mußte an den trockenen Akten liegen, die ich bearbeitet hatte. Jetzt konnte ich verstehen, warum manche Beamte bei der Arbeit einschliefen, womit ich nichts gegen die Beamten sagen möchte, schließlich bin ich selbst einer.

Mit dem angewärmten Frotteetuch trocknete ich mich ab, hängte mir mein Kreuz wieder um und betrat das Schlafzimmer.

Über London pfiff ein Novembersturm. Er brachte schwere Regenwolken mit und riß die letzten Blätter von den Bäumen. Der Winter stand vor der Tür.

Mir stand erst einmal das Bett bevor, und somit eine anständige Mütze voll Schlaf. Auf dem Nachttisch lagen noch ein paar Bücher, die ich unbedingt lesen wollte, aber ich war zu müde, um in die Schwarten hineinzuschauen.

Langsam dämmerte ich hinüber in Morpheus Arme. Im Zimmer war es dunkel, nur das grüne Zifferblatt des Weckers leuchtete. Inzwischen näherten sich die beiden Zeiger der Tageswende.

Mitternacht!

Mir fielen die Augen zu. Im selben Moment jedoch zuckte ich zusammen und wurde wieder wach.

Mit einem Stöhnlaut fuhr ich im Bett hoch. Urplötzlich schien mein Körper in Flammen zu stehen. Ich fand keinen Körperteil, der nicht schmerzte. Weit riß ich den Mund auf und atmete keuchend. Der Schweiß trat mir aus sämtlichen Poren und blieb auf der Haut wie eine Schicht kleben.

Niemals zuvor in meinem Leben hatte mich ein Anfall mit einer derartigen Wucht überrascht. Ich versuchte nicht mehr an den Schmerz zu denken, sondern ihn zu lokalisieren. Das Zentrum strahlte von meiner Brust aus.

Und dort lag das Kreuz auf der Haut.

Sollte es etwa...?

Ich überlegte nicht mehr weiter, sondern zog mir die schmale silberne Kette, an der das Kreuz hing, über den Kopf.

Wie ein Fanal leuchtete es auf. Glutrot, als würde es im nächsten Moment zu einem Klumpen zusammenschmelzen. Die magischen Zeichen, die in das Kreuz eingeritzt waren, schimmerten grünlich inmitten dieser grellen Farbenpracht.

Der Schmerz hatte nachgelassen. Ich fühlte mich frei und wunderbar. Nur ein wenig müde.

Gespannt beobachtete ich das Kreuz. Die Intensität der Farbe blieb mehrere Minuten lang, dann wurde sie schwächer und war plötzlich völlig verschwunden.

Ganz normal präsentierte es sich wieder meinen Blicken. Ich zermarterte mir den Kopf darüber, aus welchem Grund das Kreuz plötzlich angefangen hatte zu strahlen, kam aber zu keinem Ergebnis. Und doch mußte es irgendein Ereignis geben, das mit mir in einem unmittelbaren Zusammenhang stand.

Aber was?

Ich hatte inzwischen das Licht angeschaltet und stand auf. Als ich das Kreuz anfaßte, hatte es sich bereits wieder abgekühlt.

Ich ging ins Bad. Meiner Meinung nach mußte das Kreuz ein

Zeichen auf meiner Brust hinterlassen haben. Vor dem Spiegel zog ich meine Schlafanzugjacke auseinander und betrachtete die nackte Brust.

Erst bei genauerem Hinsehen erkannte ich die leichte Druckstelle, die das Kreuz hinterlassen hatte. Sie war wie eine Schwellung, die jedoch rasch zurückging und schon wenig später nicht mehr zu sehen war.

Der Schlaf war mir vergangen. Ich war hellwach. Scharf dachte ich darüber nach, wer mir diesen Gruß geschickt haben konnte, ging die letzten Fälle durch, aber die waren abgeschlossen und erledigt.

Natürlich dachte ich an meinen Supergegner, den Schwarzen Tod. Er hatte sich lange Zeit verdächtig still verhalten, und auch Myxin oder der Spuk hatten nichts mehr von sich hören lassen. Ich vermutete deshalb, sie befänden sich im Clinch um die Vorherrschaft im Reich der Dämonen.

Dann dachte ich zurück an Bills Besuch. Er hatte mir die Artikel über die Vampire mitgebracht. Ob sie im Zusammenhang mit der seltsamen Reaktion des Kreuzes standen?

Ich wollte es genau wissen, obwohl ich die Idee absurd fand. Die Illustrierten lagen in einer Kommode. Ich zog die mittlere Schublade hervor, als mir der Brandgeruch in die Nase stieg.

Sämtliche Magazine waren zu Asche geworden.

Stumm starrte ich in die Schublade.

Für mich wurde der Fall immer rätselhafter…

Petroc Jurc hatte den Innenhof der alten Burg erreicht. Er mußte sich sputen, wenn er vor Mitternacht noch mit seiner »Arbeit« beginnen wollte.

Der Mond schien direkt über ihm zu stehen. Sein fahles, geisterhaftes Licht leuchtete den Innenhof aus, fing sich an Spinnweben und ließ die Fäden aufblitzen. Irgendwo raschelte es geheimnisvoll. Der Herbstwind trieb Blätter durch die Luft, wehte sie über die Burgmauer und ließ sie dort zu Boden segeln.

Das Laub roch faulig, war dunkel, fast schwarz, hatte längst nicht mehr die frische Farbe wie noch vor einigen Wochen.

Petroc Jurc verspürte keine Angst, als er über den Innenhof

schritt und die Burg ansteuerte. Menschen aus dem Dorf wagten sich nicht hierher. Auch nicht bei Tage, geschweige denn des Nachts. Diese Burg war verflucht, verflucht wie ihr letzter Eigentümer D. Kalurac, dessen Asche noch tief in den Gewölben aufbewahrt wurde.

Zum Teil war die Burg ein Raub der Flammen geworden, doch die äußeren Mauern standen noch, wie ein höhnischer Gruß an die vampirgläubigen Menschen.

Um in das Verlies zu gelangen, brauchte Jurc nicht erst in die Burg hinein. An der Westseite befand sich der Einstieg. Eine mit einem Ring versehene uralte Steinplatte, die er nur mit äußerster Kraftanstrengung hochziehen konnte.

Schwer knallte die Platte neben der Öffnung zu Boden. Aus dem Loch strömte Jurc der Geruch von Moder und Verwesung entgegen, der ihm im ersten Augenblick den Magen umdrehte. Dann aber hatte er sich an den Gestank gewöhnt und stieg über eine alte Steintreppe in die Tiefe hinab.

Eine vor der Brust baumelnde flache Lampe sorgte dabei für die nötige Beleuchtung.

Still wie in einem Grab war es. Jurc hörte nur seine eigenen Schritte. Unter den Sohlen knirschte es, wenn er kleinere Steine zertrat. Der Lampenstrahl bewegte sich hin und her, zuckte mal über den mit dickem Staub bedeckten Boden oder flackerte geisterhaft an den mächtigen Steinquadern entlang.

Die Fundamente der Burg waren für eine Ewigkeit gebaut, ebenso wie die schrecklichen Folterkeller und grausamen Verliese.

Jurc atmete auf, als er die letzte Stufe erreicht hatte. Er blieb einen Moment stehen, zuckte dann aber zusammen, als er das schaurige Heulen hörte, das durch das finstere Labyrinth schallte und bei ihm eine Gänsehaut erzeugte.

Dieses Geräusch hatte kein Mensch ausgestoßen…

Jurc griff unter seine Jacke und holte ein Messer hervor. Es hatte eine breite, höllisch scharfe und gebogene Klinge. Der blanke Stahl reflektierte das Licht der Lampe. Jurc packte den Holzgriff mit der rechten Hand, duckte sich und schlich voran.

Seine Mundwinkel waren verzerrt, als er in einen engen Gang eintauchte. Längst hatte das Böse diesen Menschen in seinen

Krallen. Petroc Jurc war dazu ausersehen worden, Kalurac wieder zum Leben zu erwecken.

Aus der Asche der Jahrhunderte...

Vorsichtig schlich er weiter. Das Messer hielt er stoßbereit in der rechten Hand.

Bei jedem Schritt wurde das Heulen und Winseln lauter.

Dann sah er das Tier im Licht der Lampe!

Es war eine Hyäne!

Wieder kamen ihm die Worte aus seinem Traum in den Sinn. »Und es wird das Blut der Hyäne sein, welches den Grafen zu einem neuen Leben erweckt. Du, Bote, wirst das Messer nehmen und das Tier töten.«

Er packte die Klinge fester, war fest entschlossen, den Befehlen zu gehorchen.

Wie das Tier in dieses Verlies kam, interessierte ihn nicht. Er fragte auch nicht danach, wer es an den Eisenring gebunden hatte. Ihn beschäftigte nur der Tod des Tieres.

Aber auch die Hyäne schien etwas zu spüren. In den Augen leuchtete es gelb. Sie kamen Jurc vor wie zwei kleine Strahler, die ihn durchbohren wollten.

Breitbeinig baute sich das Tier auf. Es öffnete die Schnauze, eine lange Zunge leckte hervor, und hechelnde Laute klangen Petroc Jurc entgegen.

Der Mann blendete das Tier, hielt dabei den Lampenstrahl genau auf die kleinen gelben Augen.

Die Hyäne zuckte zurück. Die Hinterläufe peitschten gegen das Holz einer Tür. Das Tier sprang auf, wurde aber von dem straffen Halsband sofort wieder gestoppt.

Jurc mußte durch die Tür. Dahinter lag das Verlies, in dem die Asche des Schwarzen Grafen aufbewahrt wurde.

Einen Schritt vor der Hyäne blieb Jurc stehen. Das Tier zerrte an seinem Band, sprang, winselte und hechelte.

Da schlug Jurc zu. Seine linke Faust traf den Schädel der Hyäne. Sie jaulte noch einmal auf und sank zu Boden.

Petroc Jurc nickte zufrieden. Er löste das Halsband von dem Ring und öffnete die Tür. Knarrend schwang sie zurück, ächzte laut in den Angeln.

Es war wie in einem Gruselfilm. Der einsame Mann, das finstere Verlies, der Geruch von Moder und Fäulnis und der Lichtstrahl, der die Dunkelheit wie eine helle Lanze durchbrach.

Jurc leuchtete in das Verlies hinein. Alles war uralt. Auf den Gegenständen lag eine dicke Staub- und Schimmelschicht. Die Luft war feucht. Jurc glaubte sie fühlen zu können.

Er bückte sich und schleifte die bewußtlose Hyäne in das Verlies hinein. Vor einem Steinsarkophag legte er das Tier nieder.

Es war kein Sarkophag im eigentlichen Sinne, sondern mehr ein wannenförmiges Gebilde, das durch einen dicken Steindeckel verschlossen wurde.

Petroc Jurc überlegte. Ihn interessierten nicht die Steinbecken an den Wänden und auch nicht die längst verfallene Streckbank. Er wußte, daß die sterblichen Überreste des Schwarzen Grafen in dem Sarkophag lagen.

Petroc Jurc trat an die Kopfseite des Sarkophags, drückte seine flachen Hände gegen den Deckel und schob mit aller Kraft.

Zuerst rührte sich nichts. Nur Staub rieselte langsam zu Boden. Doch Jurc gab nicht auf.

Stein knirschte auf Stein, verursachte ein gänsehauterzeugendes Geräusch. Kleine Steine lösten sich aus den Fugen zwischen Deckel und Unterteil. Der gesamte Sarkophag zitterte. Petroc Jurc schwitzte. Der Schweiß vermischte sich mit dem Staub auf seinem Gesicht und rann salzig brennend in seine Augen. Dick traten die Adern an seiner Stirn hervor, doch verbissen arbeitete der Holzfäller weiter.

Die jahrelange Arbeit hatte seine Muskeln gestärkt, das machte sich jetzt bemerkbar.

Ein Krach, ein Splittern, der Deckel war zu Boden gefallen und zerbrochen.

Geschafft!

Jurc trat an die Vorderseite des offenen Sarkophags und leuchtete hinein.

Asche, schwarz wie Ruß, bedeckte den Boden.

Petroc Jurc atmete auf. Er hatte die Überreste des Schwarzen Grafen gefunden.

D. Kalurac würde wieder zu einem neuen, schrecklichen Leben erwachen. Nichts hielt ihn jetzt noch auf.

Jurc zog eine alte Taschenuhr hervor und schaute auf das Zifferblatt.

Noch drei Minuten bis Mitternacht!

»Genau die richtige Zeit«, murmelte er und rieb sich die Hände. »Bald«, flüsterte er, »bald wirst du wieder in den Wäldern auf Opfersuche gehen. Die Menschen werden noch mehr Angst haben, hinter dicke Mauern flüchten und darauf hoffen, daß du sie niemals heimsuchst. Aber die Hoffnung ist trügerisch. Du wirst sie dir holen. Alle!«

Nach diesen Worten packte Jurc die Hyäne und legte sie in einer Seitenlage quer über den Sarkophag.

Wieder holte er sein Messer hervor, prüfte noch einmal die Klinge und stieß zu. Er wußte genau, wo er die Klinge anzusetzen hatte, und trat dann zufrieden zurück.

Zwei Minuten wartete er. Dann schleuderte er den Kadaver des Tieres in eine Ecke. Die Hyäne, das Sinnbild des Bösen aus dem Tierreich, hatte ihre Schuldigkeit getan.

Die Ascheschicht war mit Tierblut bedeckt. Jurc sah es, als er in den Sarkophag schaute. Gespannt wartete er ab. Zuerst geschah nichts. Dann aber begann die Flüssigkeit zu brodeln, warf dicke Blasen, die mit blubbernden Geräuschen zerplatzten und dabei heiße Spritzer hochschleuderten.

Hastig trat Jurc zurück, um nicht getroffen zu werden. In den nächsten Sekunden begann abermals ein Umwandlungsprozeß. In dicken Schwaden quoll schwarzgrauer Rauch aus dem Sarkophag, kroch wie Nebel über die Ränder und breitete sich im gesamten Verlies aus, so daß es an eine Waschküche erinnerte.

Immer dichter wurde der Nebel, immer mehr Rauch wölkte hervor, wurde schwerfällig dem Boden entgegengedrückt und wallte als eine Wand hin und her.

Die Rauchentwicklung wurde von zischenden und platzenden Geräuschen begleitet, doch dann übertönte ein anderer Laut diese widerliche Begleitmusik.

Stöhnen…

Grausam und schwer – und es war direkt aus dem Sarkophag gekommen. Die Metamorphose begann.

Jurc zitterte am gesamten Leib. Er hatte die Augen weit aufgerissen. Vergeblich versuchte der helle Lampenstrahl die Nebelwand zu durchdringen, aber dennoch sah Petroc Jurc den dunkleren Schatten, der sich langsam aus dem Sarkophag schob.

D. Kalurac war erwacht!

Der Schwarze Graf wuchs aus dem Innern der Nebelwand. Er stieg geisterhaft aus dem Sarkophag. Hob zuerst den rechten, dann den linken Fuß und schien im Nebel zu schweben.

Er kam auf Jurc zu.

Plötzlich packte den Holzfäller die Angst. »Nein«, keuchte er, »bleib weg! Verschwinde! Was willst du von mir?«

Kalurac sprach. Zum erstenmal drangen Worte aus seinem Mund. Dumpf klangen sie in der Wolke. »Du hast mich erweckt, Mann. Und dir gebührt die Ehre des ersten Kusses!«

Petroc Jurc wollte fliehen, doch der Vampir war schneller. Ein wuchtiger Tritt schleuderte die Tür des Verlieses zu.

Jurc war gefangen!

Kalurac schälte sich aus dem Nebel, und der Holzfäller sah zum erstenmal die Gestalt des Horrorwesens dicht vor sich. Es war ein schauriges Gesicht und stand dem des Grafen Dracula in nichts nach.

Bleich schimmerte die Haut. Hohl und eingefallen waren die Wangen. Die Nase war schmal, die Flügel ein wenig gebläht. Wie zwei farblose Striche wirkte der Mund, und die Augen, sie glühten und erinnerten Jurc an heiße Kohlestücke.

Ganz in Schwarz war der Blutsauger gekleidet. Eng lang das Trikot um seinen Körper. Über seinem Rücken breitete sich wie die Schwingen eines großen Vogels ein pechschwarzer Umhang aus.

Aber all das flößte Jurc keine Angst ein. Erst als er die beiden langen Vampirhauer sah, die aus dem Oberkiefer wuchsen, da wußte er, was seine Stunde geschlagen hatte.

Auch mit ihm war eine Wandlung vorgegangen. Jetzt, wo er seine Pflicht erfüllt hatte, war das Böse von ihm gewichen. Jurc war wieder völlig normal.

Für ihn jedoch war es ein Verhängnis.

Er sollte Kaluracs erstes Opfer werden!

Kräftige Hände streckten sich nach ihm aus. Der Vampir trat jetzt ganz aus der Nebelwand hervor und bohrte seine Finger in den Stoff der Jacke.

Jurc wollte sich losreißen, doch die Klammer griff eisenhart zu.

Ein heftiger Ruck, Jurc fiel gegen die Wand, prallte mit dem Hinterkopf gegen einen Stein und wurde dann zur Seite gerissen. Sekundenlang verlor der Holzfäller die Übersicht.

Kalurac aber lachte böse und beugte sich mit weit geöffnetem Mund über ihn...

Marek, der Pfähler, war längst nicht mehr der Jüngste. Und dies bemerkte er zu seinem großen Bedauern immer mehr. Auf halber Strecke mußte er eine Pause einlegen. Er setzte sich auf einen modrigen Baumstumpf und keuchte.

Den Pfahl hatte er unter seine Jacke gesteckt. Er hing in einer Schlaufe, so daß er nicht zu Boden fallen konnte. Auf ihn mußte sich Marek verlassen können. Viel wohler wäre ihm gewesen, wenn er jetzt noch das Kreuz gehabt hätte. Aber das war verschwunden, trieb sich irgendwo in der Welt herum, bei einem neuen Besitzer, der vielleicht gar nicht wußte, was er in der Hand hielt.

Marek durfte überhaupt nicht daran denken, dann regte er sich nur unnötig auf.

Aber einen Rückzieher machen, das wollte er nicht. Er dachte daran, was er seinem Vater auf dem Sterbebett versprochen hatte. Auch ohne Kreuz mußte es ihm gelingen, den Schwarzen Grafen zu vernichten, falls Jurc ihn tatsächlich erweckt hatte.

Die Finsternis lauerte zwischen den Bäumen. Die meisten Menschen hätten sich in dieser Nacht gefürchtet, nicht so Marek, der Pfähler. Der Glaube daran, es letzten Endes doch noch zu schaffen, ließ ihn die Angst vergessen.

Zwei Minuten Ruhe gönnte er sich, dann ging er schnell weiter. Er tauchte wie ein Schattenwesen ein in die Dunkelheit. Die Bäume standen hier so dicht, daß selbst bei entlaubten Kronen das Mondlicht kaum hindurchschimmerte.

Schritt für Schritt näherte sich der einsame Mann seinem Ziel. In seinem Herzen brannte die Wut auf den Vampir.

Irgendwann erreichte er das Schloß. Er wagte nicht, auf die Uhr zu schauen, aus Angst, daß alles längst zu spät sein könnte.

Vor dem Schloß blieb er stehen. Seine Blicke glitten über das vom Mondlicht beschienene Gemäuer. Der Nachtwind spielte mit seinen schlohweißen Haaren und wirbelte sie durcheinander. Nur vereinzelt blinkten ein paar Sterne am Himmel, die aber rasch wieder durch wandernde Wolken verdeckt wurden.

Da sah Marek die Bewegung. Oben auf dem Turm hatte sich etwas gedreht. Ein Tier – ein Mensch?

Scharf saugte der Pfähler die Luft ein. Dann sah er das große, dunkle Etwas, das sich von der Brüstung des Turms abhob und zwei riesige Schwingen ausbreitete.

Eine Fledermaus...

Ein Vampir!

»Mein Gott«, flüsterte Marek, »er hat es tatsächlich geschafft und ihn wieder zum Leben erweckt. D. Kalurac lebt. Der Hergott sei unseren Seelen gnädig.«

Der Vampir genoß das fahle Mondlicht, das ihm neue Energie spendete. Deutlich konnte Marek die zackigen Flügel erkennen. Unermeßlich groß kamen sie ihm vor. Mit hartem Griff umspannte seine rechte Hand den Pfahl, seine Waffe gegen Vampire.

Plötzlich stieß sich der Vampir ab, ließ seine Flügel ausgebreitet und schwebte wie ein riesiger schwarzer Vogel durch die Luft.

Er fühlte sich als Herrscher über Transsylvanien, das Land, das er als sein Eigentum betrachtete.

Sekundenlang konnte ihm Marek noch mit den Blicken folgen, dann hatte die Schwärze der Nacht den Vampir verschluckt. Der Pfähler hatte den Blutsauger gesehen, bald würde er seine Kräfte mit ihm messen. Marek dachte an Petroc Jurc. Vielleicht wußte er, wo Marek den Blutsauger finden konnte.

Marek ging auf das Gemäuer zu. Nur das Rauschen des Nachtwindes war zu hören. Die Spitzen der höheren Berge hoben sich als helle Dreiecke vor dem dunklen Himmel ab. Es sah phantastisch aus, wenn das Mondlicht die Schneefelder traf und dabei die unzähligen Kristalle wie Diamanten aufblitzen ließ.

Doch für Naturschönheiten hatte Marek jetzt keinen Blick. Ihm kam es darauf an, den Holzfäller zu finden, um herauszufinden, was Kalurac vorhatte.

Auch brauchte der Vampir ein Versteck, um die hellen Tage

verbringen zu können. Würde er wieder in seine Burg zurückkehren? Marek beschloß auf jeden Fall, ein Auge auf das Gemäuer zu halten.

Er ging durch das uralte, offenstehende Tor und betrat den Innenhof des Schlosses. Gespannt schaute sich der Pfähler um. Er suchte nach einem Eingang, durch den er in das Innere des Schlosses gelangen konnte. Er hoffte, Jurc in irgendeinem noch unversehrten Zimmer der Ruine zu finden.

Doch Marek hatte sich getäuscht.

Er fand zwar nicht Jurc, sah aber den Einstieg, durch den der Holzfäller in das Verlies gelangt war.

Marek zögerte nur einen Augenblick, dann nahm er den gleichen Weg wie der Holzfäller. Nur besaß Marek keine Taschenlampe, sondern ein paar Zündhölzer und eine Kerze.

Er zündete den Docht an. Erst flackerte die Flamme, dann hatte sie sich beruhigt, und Marek konnte seine unmittelbare Umgebung erkennen. Er sah die Fußspuren im Staub. Es war für ihn nicht schwer zu erraten.

Spuren, die in die umgekehrte Richtung wiesen, sah er nicht. Befand sich Jurc vielleicht noch im Keller?

Marek paßte auf. Er rechnete Jurc zu seinen Feinden und war auf einen plötzlichen Angriff gefaßt.

Aber nichts dergleichen geschah. Unangefochten erreichte Marek, der Pfähler, den Keller. Es roch nach Moder, dem Staub der Jahrhunderte, und er nahm auch noch einen anderen Geruch wahr.

Den Geruch von Blut.

Tierblut...

Marek fragte sich, was da geschehen war. Hatte der Vampir oder vielleicht Jurc ein Tier geschlachtet? Als Opfer?

Die Flamme flackerte. Marek drang tiefer in das Gewölbe ein, und entsprechend schlechter wurde die Luft.

Aber noch brannte die Kerze...

Dann stand der Pfähler vor einer Tür. Sie war nur angelehnt.

Knarrend gab sie den Weg frei.

Der Geruch wurde intensiver. Vorsichtig betrat Marek das Verlies. Die Hand mit der Kerze hielt er ausgestreckt. Das

Umfeld, das die Flamme beleuchtete, war klein, aber es reichte aus, um den offenen Sarkophag erkennen zu können.

Und der war leer!

Marek ging einige Schritte vor. Jetzt bekam er doch Herzklopfen in dieser schaurigen Finsternis tief unter der Erde, wo auch noch jeden Moment das letzte kleine Licht erlöschen konnte.

Dicht neben den beiden Bassins lag der Kadaver!

Marek wäre fast über ihn gestolpert. Er bückte sich und identifizierte das tote Tier als Hyäne.

Sie war das Böse in Person.

Jetzt wußte Mark, wie der Vampir zum Leben erweckt worden war. Tierblut und Asche, eine gefährliche Mischung. Durch Schwarze Magie hatte sie den Blutsauger wieder auferstehen lassen, zum Schrecken aller Menschen.

Marek war zu spät gekommen.

Plötzlich spürte er hinter sich einen Luftzug. Marek wollte die Flamme noch mit der Hand schützen – zu spät.

Sie verlöschte.

Dunkelheit, pechschwarz...

Marek hielt den Atem an.

Und da hörte er das schabende Geräusch. Seine Muskeln verkrampften sich.

Er war nicht mehr allein...

Im Kühlschrank fand ich noch Orangensaft in der Karaffe. Ich hatte ihn am frühen Abend frisch gepreßt, schüttelte ihn durch und schenkte mir ein Longdring-Glas voll ein. Mit einem Schüßchen Whisky rundete ich den Geschmack ab.

Mit dem Glas in der Hand spazierte ich wieder in den Livingroom. Meine Gedanken kreisten um die Reaktion des Kreuzes. Wieso hatte es plötzlich angefangen zu glühen? War das als Warnung gedacht? Oder war irgend etwas auf der Welt geschehen, das mit dem Kreuz in einem unmittelbaren Zusammenhang stand?

Aber in welchem? Ich zündete mir eine Zigarette an, ließ mich in den Sessel fallen und schloß die Augen.

Dabei beschäftigten sich meine Gedanken mit dem Kreuz.

Immer weiter dachte ich zurück, und plötzlich war ich an dem Zeitpunkt angelangt, an dem ich das Kreuz zum ersten Mal in den Händen gehalten hatte.

Es schien mir, als wäre es erst gestern gewesen…

So weit es möglich war, riß Marek die Augen auf, doch er konnte die absolute Finsternis nicht mit seinen Blicken durchdringen. Vor ihm befand sich eine schwarze Wand.

Aber da! Waren da nicht zwei helle Punkte?

Marek schluckte und sah noch genauer hin. Vom angestrengten Sehen begannen die Augen zu tränen, und plötzlich sah er vor sich zwei Augen schweben. Sie hingen in der Luft, wirkten wie verdrehte Pupillen, und Marek sah das Weiße schimmern.

Dort stand er.

Ein Vampir?

Der Pfähler nahm es mit hundertprozentiger Sicherheit an. Und er wußte auch, wer dieser Unheimliche war.

Petroc Jurc, der Holzfäller. Der Mann, der Kalurac erweckt hatte und dafür büßen mußte. Nun war er selbst ein Untoter. Er teilte das Schicksal vieler, die sich mit den Mächten der Finsternis eingelassen hatten.

Marek zog den Pfahl aus der Schlaufe. Dabei verursachte er ein schabendes Geräusch und verriet somit seinen Standort. Doch das störte ihn nicht. Er hatte keine Angst, sondern einen Auftrag und ein Erbe zu erfüllen.

»Komm her, Blutsauger!« flüsterte er. »Komm und zeig dich, damit ich dich pfählen kann!«

Er streckte den Arm aus und ging einen Schritt vor, genau dorthin, wo er die Augen hatte schimmern sehen.

Der andere rührte sich nicht.

Doch die beiden Augen waren jetzt verschwunden. Dafür hörte Marek Schritte. Leise und schleichend. Sie näherten sich der Tür.

Wollte der Untote flüchten? Hatte er Angst vor der eigenen Courage?

Da spielte Marek nicht mit. Er lief auf die Tür zu, fand im Dunkeln den Weg und geriet doch in die geschickt gestellte Falle des Blutsaugers.

Zwei Hände packten Mareks Schultern, rissen ihn herum, ohne daß er etwas dagegen unternehmen konnte, da die Kraft des anderen ungeheuer war.

Fauchen…

Ein Geräusch, das direkt aus der Hölle zu kommen schien. Dicht an seinem Ohr vernahm Marek es. Für ihn ein Alarmsignal. Er wußte, daß er sich auf nichts mehr einlassen konnte.

Noch hielt er den Pfahl umklammert.

Dann rammte er den Arm vor.

Und Marek traf genau.

Erst hörte er den erstickten Schrei, der dann jedoch überging in ein schauriges Heulen und Winseln. Schritte, die zurückwankten, Röcheln, ein dumpfer Fall – aus.

Schweratmend blieb Marek stehen. Der Schweiß lief ihm über das Gesicht. Er zitterte. Noch nie hatte er einen Vampir getötet. Doch das Erbe seiner Väter war auch bei ihm durchgebrochen.

Er war zum Pfähler geworden!

Marek wußte nicht, wie lange er in der Dunkelheit gestanden und gelauscht hatte. Irgendwann kam er wieder zur Besinnung. Er steckte den Pfahl weg und riß ein Zündholz an.

Die kleine Flamme tanzte, flackerte, und in ihrem Licht sah Marek auch die Kerze auf dem Boden liegen. Er hob sie auf und zündete den Docht an.

Nun konnte er besser sehen.

Die Flamme zeichnete einen hellen Kreis, an dessen äußeren Rand Marek ein Paar Beine sah, Schon an den Schuhen erkannte er, daß es tatsächlich Petroc Jurc war, den er getötet hatte.

Marek bückte sich und leuchtete die auf dem Rücken liegende Gestalt ab.

Als er das Gesicht sah, hatte er endgültig Gewißheit. Petroc Jurc war ein Vampir. Deutlich sah er die beiden dolchspitzen Zähne aus dem Oberkiefer ragen.

Der Pfähler schlug ein Kreuzzeichen. Jetzt, wo Jurc tot war, empfand er nur mehr Mitleid mit ihm. Und er wollte dafür Sorge tragen, daß der Holzfäller ein anständiges Grab erhielt.

»Du hast es überstanden, Petroc«, sagte er. »Du bist erlöst, und deine Seele braucht nicht mehr durch die Zeiten zu wandern und ruhelos umherzuirren.«

Dann wandte er sich ab und verließ das Gewölbe des Schreckens. Er schritt langsam die Treppe hoch. Draußen saugte er die kühle Nachtluft in seine Lungen. In den unterirdischen Gewölben war die Luft kaum mehr als solche zu bezeichnen.

Nichts hatte sich verändert. Nach wie vor hing der Mond am Himmel und übergoß mit seinem fahlen Licht das weite, gebirgige Land. Erst jetzt merkte Marek, daß er noch immer am gesamten Körper zitterte. Mit schleppenden Schritten ging er über den Innenhof. Seine Füße knickten das knöchelhoch wachsende Gras. Erst als er das Tor erreichte, atmete er richtig auf.

Kalurac war frei!

Marek fragte sich, ob er es jemals schaffte, Kalurac zu pfählen. Doch allein konnte Kalurac auch nicht viel ausrichten. Er mußte zusehen, daß er noch einige Helfer fand.

Es gab da mehrere Möglichkeiten. Marek hatte sich genau informiert. Kalurac konnte lebende Menschen zu seinen Sklaven machen, er konnte sich aber auch an seine Artgenossen wenden, mit ihnen einen Pakt schließen, um dann mit geballter Macht zuzuschlagen.

Alles war möglich…

Und Marek stand allein auf weiter Flur.

Die Zukunft sah düster aus. Er wälzte die Probleme, während er durch den Wald schritt und sein Dorf ansteuerte.

Marie war noch wach. Sie schaute aus dem Fenster, als ihr Mann zurückkehrte.

Im Hausflur trat sie ihm entgegen. »Was ist?« fragte sie.

Marek deutete auf den Pfahl. »Ich habe Jurc getötet«, sagte er mit schleppender Stimme. »Er war ein Vampir!«

Marie schluckte und riß weit die Augen auf. Ihr Gesicht wurde plötzlich blaß. »Und was ist mit dem Grafen?« hauchte sie.

»Er ist frei!« erwiderte Marek und ging an seiner Frau vorbei. Auf der Treppe wandte er sich noch einmal um. »Ich habe es nicht verhindern können. Leider.«

Irgendwie war damals alles wie ein Traum für mich. Zuerst das College, dann mein Studium in Oxford, und jetzt mein Job bei der Polizei. Psychologie und Jura hatte ich studiert. Mein Gehirn war angefüllt mit Paragraphen, aber dennoch wollte ich kein sturer Rechtsverdreher werden. Ich hatte keine Lust, mein ganzes Leben in irgendeinem Anwaltsbüro zu verbringen, mich vielleicht irgendwann selbständig zu machen, um dann das große Geld zu verdienen.

Nein, ein Stubenhocker war ich nicht.

Und deshalb hatte ich mich bei der Polizei beworben. Die Prüfungen waren hart gewesen, Scotland Yard stellte keine Nieten ein, wie mir der Leiter mitteilte, aber ich hatte sie bestanden.

Und in drei Tagen sollte mein Job beginnen.

Bis dahin hatte ich Urlaub.

Ich wohnte noch immer in meiner Bude, die ich mir für die Londoner Zeit gemietet hatte. Es war ein mieses Zimmer in der Nähe von Soho. Ein teures Apartment hätte ich nicht bezahlen können. Meine Eltern gehörten zwar nicht zu den Ärmsten, denn mein Vater war ein angesehener Rechtsanwalt, aber ich hatte mir vorgenommen, es ohne seine Hilfe zu schaffen, was mir bisher ganz gut gelungen war.

An diesem Abend hatte ich vor, meinen Abschied von der Schul- und Studienzeit zu feiern. Ich hatte mir vorgenommen, einen draufzumachen, mit allem, was dazu gehört.

Allerdings allein. Meine Freunde aus der Studienzeit hatten bereits ihre Jobs angetreten, nur ich hing noch ein paar Tage in der Luft. Ich zog meinen leichten Bieranzug an – Cordhose, Hemd und Lederjacke – und verließ mein Zimmer.

Die Wirtin stand auf dem Flur. »Na, Mr. Sinclair«, sagte sie, »dann ist ja bald das Studentenleben vorbei.«

Ich nickte. »Und wie.«

Das breite Gesicht der Frau verzog sich zu einem Lächeln. Nur ihre Augen lächelten nicht mit. Mrs. Canderly war eine eiskalte Geschäftsfrau. Sechs Zimmer vermietete sie. Den Mietzins mußten die Mieter ihr immer bar auf den Tisch legen. Sie strahle jedesmal, wenn sie in den Scheinen wühlte.

»Was werden Sie denn bei der Polizei machen?« erkundigte sie sich.

Ich hatte ihr einmal beiläufig erzählt, daß ich beim Yard anfangen wollte. Jetzt platzte sie natürlich vor Neugierde.

»Ich gehe zur Mordkommission«, erklärte ich. Warum sollte ich lügen.

»Huch.« Sie legte ihre Hände gegen den wogenden Busen. »Ist das nicht zu gefährlich?«

Ich hob die Schultern. »Was ist heutzutage nicht gefährlich, meine liebe Mrs. Canderly. Wenn Sie über die Straße gehen und nicht achtgeben, kann es Ihnen passieren, daß Sie von einem Wagen überrollt werden.« Ich lächelte. »So ist das eben, Mrs. Canderly.«

»Ja, ja. Sie sind jung und haben gut reden. Viel Vergnügen heute abend.« Sie drehte sich um und verschwand in ihrer Wohnung.

Ich schloß die Flurtür auf und betrat das Treppenhaus. Wie immer roch es nach Schmierseife. Meine Wirtin hatte zusätzlich noch einen Putztick. Sie wienerte morgens und abends.

Das Haus lag an einer verkehrsreichen Straße. Sohos Einfluß machte sich hier bereits bemerkbar. Zahlreiche Kneipen und Bars lockten mit ihren Leuchtreklamen.

Gemächlich schlenderte ich los.

Im ersten Pub trank ich ein Bier, hörte mir Musik aus der Box an und ging dann weiter zu einer Snack-Bar, um das übliche Studentendinner zu mir zu nehmen.

Zwei Hamburger mit viel Ketchup.

Einigermaßen gesättigt stürzte ich mich in den vollen Trubel. Ich mied Lokale, die einen schlechten Ruf hatten. Ich wollte mich nicht mit Rockern prügeln, sondern mit netten Leuten unterhalten.

In einer Discothek machte ich die Bekanntschaft zweier Freundinnen, die mir unbedingt ihre gemeinsame Wohnung zeigen wollten. Es waren nette Girls, aber an diesem Abend wollte ich nicht.

Durch die Blume gab ich den beiden dies zu verstehen.

»Schade«, sagten sie und zogen ab.

Schließlich landete ich in einer Kneipe, die den Namen »Red

Alert« trug. Übersetzt bedeutet dies soviel wie Roter Alarm. Der Name war treffend.

Sämtliche Wände waren mit roten Glühbirnen gespickt. Intervallweise leuchteten die Wände auf. Dabei wurden immer einige Gäste mit rotem Licht übergossen. Über der Bar hing eine Sirene. Jedesmal, wenn der Disjockey eine neue Platte auflegte, heulte das Ding schaurig auf.

Mir fiel es auf den Wecker, den anderen Gästen wohl nicht, denn das Lokal war gerammelt voll.

Nur mit Mühe erwischte ich einen Platz an der Bar. Schräg mußte ich mich hinstellen. Neben mir klebten zwei Typen, denen ich nicht gern im Dunkeln begegnet wäre. Sie waren zwar elegant gekleidet, aber eine Spur zu elegant.

Als ich mich an die Bar stellte, bedachten sie mich mit einem kalten Blick.

Ich lächelte freundlich und kam endlich dazu, ein Bier zu bestellen. Das Mädchen hinter der Theke war leidlich hübsch. Sie lächelte, als sie mir das Getränk reichte.

»Danke.«

Langsam nippte ich an der dunklen Brühe. Ich hörte auf die Musik und wollte ausspannen. Und wenn es an der Theke irgendeines Schuppens war.

Ich merkte, wie ich mich entspannte. Die Überreiztheit und Ungewißheit der letzten Tage fielen von mir ab. Ich hatte einen Teil meines Lebens abgeschlossen, ein neues Kapitel begann.

Irgendwie war ich gespannt darauf. Ich malte mir aus, wie es beim Yard sein würde. In der Mordkommission zu arbeiten, das hatte ich mir schon immer gewünscht. Der Wunsch war eigentlich während meines Psychologiestudiums aufgeflammt. Ich hatte oft Lebensbeichten von Verbrechern gelesen und mich dabei immer gefragt, was in diesen Leuten wohl vorging, die andere umbrachten. Ich konnte sie nicht verstehen. Mein Rechtsempfinden war wohl zu normal.

Ich hatte dann auch Kurse belegt, in denen Parapsychologie gelehrt wurde. Allerdings wurde diese Grenzwissenschaft sehr stark angegriffen, doch davon hatte ich mich nicht irremachen lassen. Mich faszinierte die Welt des Unterbewußtseins. Ich hatte an Sitzungen teilgenommen, bei denen hypnotisierte Menschen von einem früheren Leben berichteten, und mich hatten die Aussagen gepackt. Dieses Gebiet wollte ich nie aus den Augen lassen, das nahm ich mir fest vor. Vielleicht half mir mein Wissen auch bei meinem zukünftigen Job.

Ich trank das Glas leer und bestellte ein neues. In einer Woche war ich schon auf der Ausbildungsschule. Drei Monate wurden wir gescheucht und körperlich fit gemacht.

Aber davor hatte ich keine Angst. In Form war ich, denn auf der Uni hatte ich mich immer sportlich betätigt. Ich war in einem Boxverein, hatte Karate und Judo gemacht, in der Fußballmannschaft mitgemischt und nebenbei noch etwas Tischtennis gespielt.

Ich fühlte mich topfit.

Als mich jemand von der linken Seite anstieß, wurde ich wieder in die Wirklichkeit zurückgerissen. Die Musik war nicht mehr so laut. Ein leiser Beatle-Song drang aus den Lautsprechern, und deshalb verstand ich auch den Dialog, den meine rechten Nachbarn führten.

»Natürlich hat die Alte Kies. Und wie!«

Ich spitzte die Ohren.

»Nein, die ist allein. Wir können sie heute noch packen. Bin sowieso knapp bei Kasse. Jetzt, wo Susie nicht mehr auf den Strich geht und einfach abgehauen ist. Aber der werde ich es zeigen. Die soll mir noch einmal über den Weg laufen.«

Pause.

Ich trank. Plötzlich glühten meine Wangen. Durch Zufall war ich Zeuge eines Gesprächs geworden, das sich um ein Verbrechen drehte. Aber was sollte ich tun? Die Polizei anrufen? Oder selbst…?

Ich entschied mich für die letzte Möglichkeit und lauschte weiter.

Die beiden sprachen jetzt leiser, senkten ihre Stimmen wie zwei Verschwörer. Ich vernahm nur noch wenige Worte, doch auch daraus konnte ich mir einen Reim machen.

Und ich wollte das Verbrechen verhindern.

Zu meinem Glück befand sich gerade die Bedienung in der Nähe. Ich winkte das Bargirl herbei und zahlte.

Sie warf ihre rote Haarflut über die Schulter und fragte: »Du willst schon gehen?«

»Leider, meine Verlobte wartet.«

»Wenn ich an deren Stelle wäre, würde ich mitgehen.« Sie lachte. »Auf bald.«

»Okay, see you.«

Die Männer neben mir hatten keinen Verdacht geschöpft. Jedenfalls bemerkte ich nichts dergleichen. Ich hoffte nur, daß sie keinen Wagen vor der Tür stehen hatten. Dann war ich reingefallen. Meinen alten Mini hatte ich vor einer Woche zum Schrottplatz schaffen müssen. Dort rostete er jetzt vollends durch.

Ich baute mich neben einem Straßenkiosk auf, von dem aus ich den Eingang des »Red Alert« gut im Auge behalten konnte.

Zwei Zigaretten steckten noch in der Schachtel. Eine zündete ich mir an.

Fünf Minuten später verließen die beiden Schluckspechte das Lokal. Beide Männer trugen einen hellen Anzug. Einer der Typen hatte einen schwarzen Schal locker um den Hals gewunden und beide Hände in den Hosentaschen vergraben.

Das waren schräge Vögel im wahrsten Sinne des Wortes. Sie redeten noch ein paar Sätze miteinander und wandten sich dann nach links. Sie flanierten über den Gehsteig, spielten dabei die Männer von Welt, pfiffen hier und da einem gut gebauten Girl nach und gaben sich ganz nach der Art Mir-kann-keiner.

Ich blieb in ihrem Kielwasser. Die beiden Vorstadtganoven wollten – das hatte ich aus den Gesprächen herausgehört – eine Frau ausrauben. Eine alte Frau, die sich nicht wehren konnte.

Mir stieg die Galle hoch. Ich kochte förmlich, denn immer wenn ich Unrecht witterte, packte mich die heiße Wut.

Soho nahm uns auf. Es war ein ziemlich milder Abend, und in Londons Vergnügungsstadtteil war einiges los. Nachtbars, Pornoschuppen, Sexläden – sie überboten sich mit marktschreiender Reklame. Zusätzlich versuchten noch Portiers in Operettenuniform Gäste in das Lokal zu locken, manchmal mit ziemlich eindeutigen Sprüchen.

Die Ganoven gingen überall vorbei.

Mir war das sehr recht.

Und dann sah ich sie auf einmal nicht mehr. Sie waren wie vom Erdboden verschluckt.

In Frage kam nur die nächste nach links führende Straße. Ich drückte mich um die Ecke. Auch hier herrschte Betrieb, aber es war wesentlich ruhiger als zuvor.

Die Männer gingen jetzt schneller. Durch ein Gewirr von kleinen Straßen und Gassen folgte ich ihnen bis zu einer schmalen Einfahrt zwischen zwei Häusern.

Die Umgebung hatte sich drastisch geändert. Hier war das Soho der kleinen Bürger. Wer hier wohnte, zahlte wenig Miete. Die Häuer sahen alt und manchmal auch verkommen aus. Nichts war mehr von dem Glanz der Vergnügungsfassaden zu sehen. Hin und wieder brannte eine einsame Laterne, das war auch alles.

Und im Schein einer dieser Gaslaternen sah ich die beiden Männer in der Einfahrt verschwinden.

Sie mußten ihr Ziel erreicht haben.

Für mich wurde es kritisch. Ich mußte nun noch vorsichtiger sein. Die geringste verdächtige Bewegung, und es war aus. Schließlich wollte ich derjenige sein, der die beiden überraschte, und nicht umgekehrt.

Ich ließ einige Zeit verstreichen und huschte auf die Einfahrt zu. Niemand sah mich, als ich in die schmale Gasse eintauchte. Hier war es finster wie in einer Bärenhöhle. Erst langsam stellten sich meine Augen um.

Ich machte Umrisse aus, sah hinter der Einfahrt, im schwachen Lichtschimmer einer Lampe, einen Hinterhof.

Eigentlich sollte sie den Seiteneingang des Hauses erhellen. Ihr Schein reichte aber nicht einmal aus, um die Steinstufen der schmalen Treppe zu beleuchten. Das Licht versickerte irgendwo zwischen dem Boden und dem oberen Rand der Haustür.

Die Tür stand offen. Der Spalt war so groß wie eine Handspanne. Plötzlich zuckte ich zusammen. Etwas war an meinem Bein vorbeigestrichen. Im nächsten Moment miaute es, und ich lächelte befreit. Nur eine Katze, das war alles.

Ich schlüpfte in den Hausflur. Etwas mulmig war mir doch zumute, als ich das dunkle Loch betrat, denn das, was ich hier erlebte, war ernst. Es spielte sich nicht auf der Polizeischule ab, wo ich solche Einsätze bald des öfteren üben würde.

Nun erlebte ich es schon in der Praxis.

Das Licht einzuschalten war mir zu riskant. Ich ging auf Zehenspitzen weiter, streckte den linken Arm zur Seite und fühlte unter meinen Fingern den rauhen Stein der Flurwand.

Dann hörte ich Stimmen.

Ich blieb stehen, konzentrierte mich auf die Geräusche irgendwo über mir und erkannte die Organe der beiden Ganoven wieder. Leider fand ich nicht heraus, in welcher Etage sie sich aufhielten. Da war ich schon auf meinen Spürsinn angewiesen.

Schritt für Schritt tastete ich mich vor, während meine Finger immer an der Wand entlangglitten. Dann fühlte ich eine Nische, deren Rückwand eine Wohnungstür begrenzte.

Im Haus war es ruhig. Ich hatte angenommen, wenigstens Stimmen oder Musik hinter den Türen zu hören, aber das war nicht der Fall. Später erfuhr ich, daß das Haus zum Abbruch vorgesehen war und nur noch zwei Mieter darin wohnten.

Sehr schwach nur nahm ich die Umrisse einer Treppe wahr. Ich tastete nach dem Geländer, fand es und wischte mit meiner Handfläche den letzten Lack vom gedrechselten Holz.

Am Rand der Stufen schlich ich hoch, erreichte den ersten Absatz und ging weiter.

Plötzlich vernahm ich eine Etage höher her das Knarren einer Tür. Dann einen erstickten Schrei, danach ein Poltern, und im nächsten Atemzug flog die Tür wieder zu.

Die Kerle waren in die Wohnung des Opfers eingedrungen. Ich hatte es geahnt.

Große Rücksichten konnte ich nun nicht mehr nehmen. Ich polterte die nächste Treppe hoch, fiel prompt einmal hin und stieß mir unangenehm hart den linken Ellbogen.

Dann aber hatte ich mein Ziel erreicht.

Hastig knipste ich das Feuerzeug an. Im tanzenden Schein der Gaslampe erkannte ich eine Tür. Ich senkte die Hand mit dem Feuerzeug und betrachtete das Schloß.

Es sah mehr als primitiv aus. Ich konnte es mit einem Tritt leicht sprengen.

Aus der Wohnung vernahm ich Stimmen. Eine Frau weinte, die Kerle lachten höhnisch.

Wieder packte mich die Wut. Ich hob mein rechtes Bein an und trat wuchtig zu.

Mit einem berstenden Krach wurde die Tür aus den Angeln gefegt. Sie lag noch nicht auf dem Boden, da stürmte ich bereits los, gelangte in eine winzige Diele, konnte meinen eigenen Schwung gerade noch stoppen, und schon kam mir der erste Ganove entgegen.

In der schwachen Beleuchtung sah ich ihn aus einem Raum links von mir treten.

Und er hielt ein Eisenrohr in der Hand.

Sofort drosch er zu. Ich sprang geschickt zur Seite, und das Eisenrohr klatschte gegen die Wand, wo es einen Streifen Tapete abfetzte. Dann konterte ich. Mit der rechten Faust.

Der Schlag erwischte den Ganoven voll. Er verdrehte die Augen und legte sich schlafen.

Ich rieb mir die Knöchel und sprang in das Zimmer, aus dem der Knilch gekommen war.

Der Hieb traf mich im Sprung und schmetterte mich zu Boden. Anfängerhaft war ich dem zweiten Gangster in die Falle gelaufen. Er hatte im toten Winkel neben der Tür gelauert, sah mich am Boden liegen und begann hämisch zu lachen.

Mein Kopf schien zu explodieren. Ich hob ihn ein wenig an. Breitbeinig stand der Ganove vor mir.

Er trug Lackschuhe. Seine Hosen waren scharf gebügelt. Die Falten sahen aus wie die Kanten eines Messers.

Dann bückte sich der Bursche. Eine Hand wühlte sich in meinen Jackettkragen, ein kräftiger Ruck, und ich schwebte. Der Gangster richtete mich auf, drückte mich gegen die Wand und hielt mich mit der linken Hand fest. Wenigstens glaubte er das tun zu müssen. Er unterschätzte meine Kondition, denn ich fühlte mich wieder einigermaßen fit.

Der Kerl schüttelte mich durch. Er grinste gemein und irgendwie bissig. Zum erstenmal sah ich sein Gesicht aus der Nähe. Sein säuerlicher Atem fächerte mir entgegen. Die Gesichtshaut war aufgedunsen. Auf der Oberlippe klebte ein Schnauzbart. Die feinen Härchen zitterten.

Es war der Schalträger, der mich gepackt hielt. »Es ist dir doch klar, mein Junge, daß du etwas bei uns im Salz liegen hast – oder?«

»Ich weiß nicht.«

Der Schalträger lachte. »Sieh mal an, er weiß es nicht. O wie nett, der Kleine. He, Carl, was meinst du dazu?«

Mit Carl meinte er seinen Kumpan. Aber Carl gab keine Antwort. Er schlief den Schlaf des Ungerechten.

Der Blick des Schalträgers zuckte zur Tür. Unwillkürlich lockerte er seinen Griff.

Und das war meine Chance.

Meine beiden Arme fuhren hoch, und mit einem Ruck sprengte ich den Griff des Ganoven. Der Kerl taumelte zurück, griff aber sofort unter sein Jackett und zog ein Stilett.

Die Klinge schnappte heraus.

Aber da war mein Fuß. Wie es mir mein Lehrer im Karatekurs hundertmal gezeigt hatte.

Die Spitze traf genau. Der Gangster schrie und ließ die Klinge fallen. Er setzte sich ab, lief rückwärts zur Tür und ich – mutig geworden wegen meines Treffers – folgte ihm.

Der Schalträger hatte mir was vorgespielt. Seine Rechte zuckte von unten nach oben. Ich riß noch den Kopf zurück, aber seine Knöchel streiften mich am Kinn.

Mir wurde auf einmal ganz anders. Schwindlig. An einem Tisch fand ich Halt. Das Zimmer drehte sich vor meinen Augen.

Die Ganoven hatten keine Lust, sich auf eine lange Auseinandersetzung einzulassen. Durch die offene Tür sah ich, daß der Schalträger seinem immer noch benommenen Kumpan auf die Beine half und in das Treppenhaus zog.

Erst wollte ich die beiden dennoch verfolgen, dann aber riß mich ein Stöhnen herum.

Die alte Frau lag neben der Couch auf dem Boden. Sie blutete an der Stirn. Obwohl es mir nicht gerade blendend ging, hob ich sie hoch und bettete sie auf die Liege.

»Warten Sie, Madam, ich hole einen Arzt.«

Ihre gichtkranke Hand faßte nach der meinen. »Nein, junger Mann, lassen Sie. Keinen Arzt. Er kann mir auch nicht mehr helfen.«

Sie sprach in einem harten Dialekt.

»Aber warum nicht, Madam? Sie sind verletzt und…«

»Ich werde sterben, junger Mann«, sagte sie. »Mein Herz, es macht nicht mehr mit. Und diese beiden Männer haben nicht gefunden, was sie sich erhofft hatten.« Die Frau machte einen tiefen Atemzug. »Setzen Sie sich zu mir, junger Mann.«

Wie unter einem inneren Zwang gehorchte ich.

»Sagen Sie mir Ihren Namen.«

»John Sinclair!«

Und plötzlich lächelte sie. »John Sinclair.« Jede Silbe betonte sie. »Er ist es tatsächlich. Mein Gott, du bist gekommen, John. Ich habe es gewußt.«

Mir lief eine Gänsehaut über den Rücken. Plötzlich fürchtete ich mich vor der alten Frau. Sie sprach so seltsame Dinge. Ich sah in das faltige Gesicht, in die hellblauen Augen und erkannte das Wissen, das darin lag. Die Frau mußte ein Leben hinter sich haben, wie man es sonst nur aus Romanen kennt.

»Woher kennen Sie mich?« fragte ich leise. »Und – wer sind Sie?«

»Ich stamme aus einem Land, das Transsylvanien heißt. Oder auch Rumänien.«

»Aus Draculas Heimat?« rief ich spontan.

»Genau, mein Junge. Vor zwanzig Jahren bin ich, Vera Monössy, geflüchtet. Ich konnte in meiner Heimat nicht mehr leben. Ich wurde als Hexe verfolgt, obwohl ich genau das Gegenteil wollte. Du hast vorhin den Namen Dracula erwähnt. Um ihn und seinen Neffen geht es. Im Buch des Schicksals steht zu lesen, daß irgendwann einmal ein Mann kommen wird, der dem Vampirspuk in Rumänien ein Ende bereitet. In einem Wahrtraum habe ich diesen Mann gesehen. Das warst du, John Sinclair.«

»Aber ich bin Student. Ich habe mit Vampiren nichts im Sinn. Ich glaube nicht einmal daran, daß es sie gibt.«

»Ja, mein Junge, noch bist du Student, aber bald wirst du einen Beruf haben, einen Beruf, der außergewöhnlich ist.«

»Polizist ist nichts Außergewöhnliches.«

»Es gibt aber auch da Unterschiede. Laß mich weiter erzählen. Du wirst kein normaler Polizist, nein, sondern ein Mann, der den Mächten der Finsternis und dem Satan den Kampf ansagt.

Glaube es mir. Und damit du gegen all diese Gegner bestehen kannst, will ich dir etwas geben, dessen Wert du vielleicht später erst schätzen lernen wirst.«

Vera Monössy ließ meine Hand los und deutete auf eine kleine Kommode. »Zieh die unterste Schublade heraus, dort findest du eine kleine Schatulle.«

Ich erhob mich und kam ihrem Wunsch nach. Die Schatulle lag ganz in der Ecke. Ich brachte sie der alten Frau.

Vera Monössy nahm sie in ihre zittrigen Hände. Sie mußte sich anstrengen, um den Deckel zu öffnen.

Dann aber hatte sie es geschafft, und ein glückliches Lächeln umspielte ihre Lippen. Sie drehte die Schatulle so, daß ich hineinschauen konnte.

Mit dunkelrotem Samt war sie ausgelegt. Und auf dem Samtkissen lag in einer genau nachgefertigten Mulde ein Gegenstand, den ich dort nie vermutet hätte.

Es war – ein Kreuz!

Im ersten Augenblick war ich leicht enttäuscht. Ich hatte nie etwas von einem Talisman gehalten, und als was anderes sah ich damals das Kreuz nicht an.

»Meinten Sie das?« erkundigte ich mich vorsichtig.

»Ja.«

Ich schwieg.

»Du bist enttäuscht?« fragte die Frau, und sie lächelte dabei.

Ich konnte ihr nicht ins Gesicht lügen und bejahte.

Sie strich über meinen Handrücken. »Ich kann es dir nicht verdenken, mein Junge. Den wahren Wert wirst du später kennenlernen. Nimm es deshalb an dich.«

Ich tat ihr den Gefallen. Ich hatte kaltes, hartes Metall erwartet, doch das Kreuz fühlte sich seltsam warm an, als würde es von innen her die Wärme abgeben. Schwer lag es auf meinem Handteller. Das hauchdünne Kettchen war zu einem Knäuel zusammengerollt.

»Nun?« fragte die Frau leise.

Ich hob die Schultern. »Es ist seltsam«, erwiderte ich.

»Komisch. Normalerweise müßte sich das Metall kühl anfühlen, aber…«

Die Frau unterbrach mich. »Es sind die Kräfte des Guten, die in dem Kreuz wohnen.«

»Vielleicht…« Ich betrachtete es aus der Nähe, um die Zeichen entziffern zu können, die in das Metall eingeritzt waren. Ich schaffte es nicht. Es waren seltsame Hieroglyphen, die ich noch nie gesehen hatte.

»Was bedeuten diese Zeichen, und wer hat sie eingraviert?« fragte ich Vera Monössy.

»Dieses Kreuz wird dich, mein Junge, vor der Hölle bewahren«, lautete die flüsternde Antwort. »Nimm es, und sei froh.«

Ich war noch immer wie vor den Kopf geschlagen. »Warum gibst du mir das Kreuz? Entschuldigung, warum geben Sie mir das Kreuz?« Ich war völlig durcheinander.

»Weil du es bist, der es einmal tragen soll«, antwortete sie.

Ich schaute das Kreuz an und dann wieder die Frau. »Aber wieso denn? Ich verstehe das alles nicht. Das geht, ehrlich gesagt, über meinen Horizont. Woher stammt das Kreuz?«

»Du bist ungeduldig, mein Junge. Ich will es dir erklären. Aber viel Zeit bleibt mir nicht mehr. Mein Herz, weißt du…« Sie atmete tief ein.

Ich nickte, obwohl ich nichts verstand.

Dann begann sie mit leiser Stimme zu sprechen. »Dieses Kreuz stammt aus einem Land, das Transsylvanien heißt. Wie alt es ist, weiß niemand. Vielleicht fünfhundert Jahre, vielleicht auch tausend. Keiner weiß es. Fest steht nur, daß es ein unbekannter Meister in seiner Silberschmiede hergestellt hat. Dieser Namenlose muß Kontakt zu den Mächten der Finsternis gehabt haben, vielleicht war er ein Weiser oder ein abtrünniger Dämon. Die Legenden darüber widersprechen sich. Eins jedoch bleibt klar: Das Kreuz ist nach Transsylvanien gelangt, zusammen mit einem Eichenpfahl. Beide Waffen sind für den Kampf gegen Vampire. Kreuz und Pfahl zusammen ergeben eine geballte Macht, der auch Dracula, der König der Vampire, nichts entgegenzusetzen hatte. Dracula ist tot, endgültig. Doch er hatte eine Verwandtschaft oder einen Clan. Kalurac, sein Neffe, ist mit diesem Kreuz und dem Pfahl getötet worden. Die Menschen damals dachten, sie hätten Ruhe vor den Blutsaugern. Das Kreuz geriet in Vergessenheit, bis es von einem Mönch entdeckt wurde, der den wahren Wert erkannte und es in ein Kloster mitnahm. Doch die Zeit war schlecht. In einem Krieg wurde das Kloster bis auf die Grundmauern zerstört und ausgeplündert. Danach, als die Soldaten abgezogen waren, fand meine Familie das Kreuz in einem Versteck. Ein Vorfahr von mir nahm es an sich. Eines Tages hatte er einen Wahrtraum. Da erfuhr er, welch eine Macht er mit diesem Kreuz in seine Hand bekommen hatte. Aber mein Vorfahr wußte mit dieser Macht nichts anzufangen. Er ignorierte die Zeichen. Eines Tages erhielt ich das Kreuz. Schon immer hatte ich mich für die Kräfte der Magie interessiert, für Weiße und Schwarze.« Sie atmete tief durch. »Aber ich will mich beeilen, denn mit mir geht es langsam zu Ende.«

»Soll ich nicht doch einen Arzt holen?« fragte ich.

»Nein, mein Junge. Ich merke, daß meine Zeit um ist. Ich muß dir noch den Rest erzählen, denn er ist sehr wichtig. Mir wurde plötzlich bewußt, was ich da in der Hand hielt. Mit Hilfe des Kreuzes gelang mir eine magische Beschwörung. Ich rief einen guten Geist an, und durch seine Stimme erfuhr ich, daß dieses Kreuz für einen ganz anderen bestimmt ist. Für einen Mann, der erst noch geboren wird, und der dann sein Leben in den Dienst des Guten stellen wird. Sogar seinen Namen habe ich erfahren. John Sinclair!«

Mir lief ein Schauer über den Rücken, als ich der Frau zuhörte. Was sie da berichtete, war so ungeheuerlich, daß ich es kaum fassen konnte. Begreifen konnte ich es ohnehin nicht.

»Deshalb nimm du das Kreuz, es wird dich auf deinem zukünftigen Weg beschützen.«

Ich nickte. Automatisch fragte ich: »Du hast von einem Pfahl gesprochen. Wer hat ihn?«

»Er befindet sich im Besitz der Familie Marek«, erwiderte sie.

»Und wo leben die?«

»In Petrila. Das ist ein kleiner Ort in Transsylvanien.«

»Soll ich ihn holen?«

»Noch nicht, mein Junge. Noch nicht. Erst wenn die Zeit reif ist und die Schrecken von neuem beginnen, wirst du in das Land der Vampire reisen, um deine Aufgabe zu erfüllen. Es kann noch sehr lange dauern. Es wird...«

Sie atmete plötzlich schneller. Schnappte verzweifelt nach Luft, und ihr Gesicht lief blau an.

»Ich hole Ihnen ein Glas Wasser!« rief ich und sprang auf.

»Nein, nicht nötig, mein Junge.« Noch einmal nahm sie alle Kraft zusammen und schaute mich an. »Geh deinen Weg, John Sinclair! Geh ihn aufrecht und trutze dem Bösen. Denn du bist der Erbe, du bist... ahhh...«

Ein letztes, verzweifeltes Stöhnen drang aus ihrem Mund.

Ihre gebrochenen Augen starrten gegen die Decke.

Vera Monössy war tot!

Lange starrte ich auf die Leiche. In meinem Innern tobten unzählige Gefühle. Was ich in den letzten Minuten gehört hatte, mußte ich erst noch verkraften.

Die linke Hand hatte ich zur Faust geballt. Als ich sie jetzt öffnete, sah ich das Kreuz.

Nun war ich der Erbe.

Und ich beschloß, das Kreuz zu behalten!

Gegenwart

Ich erwachte wie aus einem tiefen Traum. Die Gedanken an meine Vergangenheit hatten mich sehr beschäftigt. Im Glas schwamm noch etwas Orangensaft. Ich trank ihn aus, ohne es bewußt zu merken.

Jahrelang hatte ich das Kreuz nicht aus der Hand gegeben. Ich erinnerte mich an die Polizeischule. Das Kreuz lag wohlverwahrt in meinem Spind.

Dann begannen meine ersten Einsätze bei Scotland Yard. Ich war tatsächlich zur Mordkommission gekommen, fing von der Pike an. Ein Jahr dauerte der Job, und es war mir damals durch Glück gelungen, einige spektakuläre Fälle zu lösen.

Dann wurde beim Yard eine Spezialabteilung gegründet, die sich mit der Lösung außergewöhnlicher Fälle beschäftigte. Superintendent Powell war der Chef, und er suchte einen guten Mann, den er an die Front schicken konnte.

Ich hatte das Glück, unter mehreren Bewerbern ausgewählt zu werden. Offiziell wurde die Abteilung belächelt. Doch als sich die ersten Erfolge einstellten, verging den Spöttern das Grinsen. Ich erhielt Sondervollmachten und wurde sogar zum Oberinspektor befördert.

Inzwischen war ich ein alter Hase auf dem Gebiet der Dämonenbekämpfung, und das Kreuz hatte mich auf meinen Wegen immer begleitet und mich auch oft genug gerettet.

Sogar in eine andere Dimension hatte ich es mitgenommen, aber nie war es mir gelungen, die seltsamen Zeichen auf dem Metall zu entziffern. Sollte ich jetzt dicht vor der Lösung des Rätsels stehen?

Seltsam, daß ich mich bis jetzt nie an die Geschichte des Kreuzes erinnert hatte.

Doch nun gab mir das Kreuz ein Zeichen!

Wie hatte die alte Frau damals noch gesagt? Das Kreuz und der Pfahl gehören zusammen, um die Blutsauger zu bekämpfen. So ähnlich hatten ihre Worte geklungen.

Aber wo fand ich den Pfahl?

Wahrscheinlich noch in Transsylvanien, nahe der Geburtsstätte des Grafen Dracula.

Ich zündete mir eine Zigarette an und dachte angestrengt darüber nach, wie der kleine Ort hieß, den mir die Frau kurz vor ihrem Tod genannt hatte.

Irgendwas mit P. Ich murmelte den Buchstaben ein paarmal vor mich hin, doch ich gelangte zu keinem Ergebnis. Schließlich kam mir die Idee, den Atlas zu holen.

Ich schlug die Karte von Transsylvanien auf und begann mit der Suche. Mir wurde erst jetzt bewußt, wie groß Rumänien tatsächlich ist.

Ich teilte es mit einem Bleistift in kleine Quadrate ein und suchte jedes einzelne ab. Nach zehn Minuten fand ich den Ort. Er war nur als winziger Kreis auf der Karte eingezeichnet, inmitten der Karpaten.

Ich schüttelte den Kopf. Lieber Himmel, wie sollte ich da jemals hingelangen?

Aber nach Petrila mußte ich, daran ging kein Weg vorbei.

Denn irgend etwas braute sich dort zusammen, das nicht nur für Rumänien gefährlich war, sondern auch für das übrige Europa.

Dieses Gefühl hatte ich plötzlich. Und ich konnte nicht sagen, daß es mir wohl dabei war.

Dann weckte ich Suko, um ihn zu informieren, denn er sollte mich begleiten.

Am anderen Morgen hingen die feuchten Dunstschleier wie riesige Vorhänge zwischen den Bergen. Die Umrisse der Tannenwälder verschwammen und waren nur noch als verwaschene, wellige Linien zu erkennen. Die Temperatur war gesunken. Auf den höchsten Gipfeln lag die Scheedecke dichter. Bald würde es auch in den Tälern schneien, dann begann wieder die harte, lange Zeit des Winter und mit ihr die gefürchteten Wölfe. Wenn sie hungrig waren, drangen sie bis in die Dörfer vor und rissen dort das Vieh. Die grauen Bestien hatten sogar schon Menschen angefallen.

Aber die Wölfe waren jetzt zweitrangig. Wenigstens für Marek, den Pfähler.

Er hatte in der vergangenen Nacht kaum geschlafen. Immer wieder wurde er von wilden Träumen geplagt. Er sah eine Vampirflut auf Rumänien zukommen, und nicht nur auf dieses Land, sondern auf ganz Europa. Die Träume waren schrecklich und kamen intervallweise. Zwischendurch wachte Marek immer wieder auf. Schweißgebadet hatte er sich im Bett herumgewälzt, und Marie, seine Frau, wollte schon einen Arzt holen. Es gab zwar keinen richtigen Doktor im Dorf, dafür aber einen alten Sanitäter, der während des Zweiten Weltkrieges in einem Lazarett gedient hatte. Er verstand etwas von der Heilkunst und schaffte es immer wieder, sich irgendwelche Medikamente zu besorgen.

Marie war aufgestanden. Sie wollte das Frühstück zubereiten. »Essen mußt du, Frantisek«, sagte sie.

Der Duft von aufgelöstem Wildschweinspeck zog durch das kleine Haus, als Frantisek Marek die enge Treppe hinunterstieg und dann die Küche betrat. Auf dem großen, viereckigen Ofen stand eine Kanne mit heißer Milch. In der Pfanne brutzelten Eier. Auf einem Holzteller lag ein Kanten Brot.

Marek nahm Platz. Er trug nur ein Unterhemd und eine alte ausgebeulte Hose. Sein schlohweißes Haar stand wirr vom Kopf ab. Nachdenklich starrte er auf den Teller.

»Ich habe keinen Hunger, Frau!«

Marie schenkte die hohe Emailletasse mit Milch voll. »Du mußt aber was essen.«

Der Pfähler lachte. »Ich frage mich, ob du etwas hinunterbekämst, wenn du das hinter dir hättest, was ich in der vergangenen Nacht erlebt habe.«

»Das spielt keine Rolle.« Sie stellte ihm das Glas hin. »Darüber werden wir mit dem Pfarrer reden.«

»Das tust du nicht!«

»Aber du hast getötet.«

»Keinen Menschen.«

»Man wird Jurc vermissen. Du kannst das nicht einfach übergehen. Bestimmt schicken die Holzarbeiter einen Boten hierher, der anfragen wird, was mit Jurc ist.«

»Dann wissen wir eben nicht Bescheid.« Marek trank einen Schluck Milch und wischte sich mit dem Handrücken die Oberlippe ab.

»Ich weiß nicht...« Marie setzte sich zu ihm. Besorgt schaute sie ihrem Mann ins Gesicht. »Ob das alles richtig ist, was du da machst, Frantisek?«

»Ich habe das Erbe übernommen und in der vergangenen Nacht einen Vampir getötet.«

»Ich kann's immer noch nicht glauben.«

»Dann geh hin und überzeuge dich!«

Marie schlug hastig ein Kreuzzeichen. »Der Herrgott bewahre mich davor. Aber was willst du machen?«

»Ich muß ihn finden!«

Maries Augen weiteten sich. »Wen? Kalurac?«

»Ja.«

Die Frau sprang auf. »Bitte tu das nicht, Frantisek. Nein, ich bitte dich, du rennst in dein Unglück!«

Marek schüttelte den Kopf. »Unsinn, ich habe eine Verpflichtung. Denkst du, ich will mir Vorwürfe machen, wenn hinterher etwas schiefgeht?«

»Aber du bist zu alt«, warf seine Frau ein.

Der Pfähler lachte bitter. »Wie alt ich bin, habe ich in der letzten Nacht bewiesen.«

»Da hast du Glück gehabt!«

»Nein, es war kein Glück, es war…« Das Klopfen an der Tür unterbrach den Schmied.

»Ich öffne schon«, sagte Marie schnell.

Sie lief aus dem Zimmer und kehrte wenig später mit einem hochgewachsenen, breitschultrigen Mann zurück, der verlegen seine Schirmmütze in den schwieligen Fingern drehte. »Ich will nicht stören, aber Petroc Jurc ist heute nicht zur Arbeit gekommen.«

Marek hatte den Vorarbeiter der Holzfäller sofort erkannt. »Ich weiß auch nicht, wo er steckt.«

»Ist er nicht in seinem Zimmer?«

»Nein, soviel ich weiß, nicht.« Marek wandte sich zu seiner Frau. »Hast du ihn gesehen, Marie?«

Sie schüttelte den Kopf und wurde leicht rot dabei. Marie konnte nicht lügen, was Marek wiederum ärgerte.

Der Pfähler säbelte sich mit einem scharfen Messer Brot ab und belegte es mit Wildschweinspeck. Dabei grinste er den Holzfäller an.

Der hob die Schultern. »Dann müssen wir heute ohne ihn auskommen. Tut mir leid, daß ich gestört habe.«

Mit schweren Schritten ging er hinaus. Marek und seine Frau schauten ihm nach.

»Bestimmt hat er etwas bemerkt«, sagte Marie.

»Unsinn, der ist harmlos.« Marek biß in den Brotkanten, kaute, schluckte und spülte mit der noch warmen Milch nach. Als er den Mund leer hatte, sagte er: »Ich eröffne meine Schmiede wie immer und arbeite auch. Aber nachts wirst du mich selten noch im Haus finden. Damit mußt du dich schon abfinden, Marie.«

Die Frau rang die Hände. »Wenn das nur gutgeht«, flüsterte sie.

Marek stand auf. »Alles halb so schlimm.« Mit einem Tuch wischte er sich den Mund ab. »Ich gehe jetzt arbeiten.«

Er verließ die Küche und betrat die Schmiede durch eine schmale Tür. Corucz, sein Gehilfe, war noch nicht da. Nun ja, der kam, wenn er Lust hatte.

Marek öffnete die beiden Flügeltüren des Anbaus und entfachte das Feuer. Er arbeitete hier noch wie seine Vorfahren vor dreihundert Jahren. Mit einem Blasebalg schürte er das Feuer kräftig durch, bis es die richtige Temperatur hatte. Zwei Aufträge lagen vor. Einem Kleinbauern war die eiserne Wagendeichsel gebrochen, und Marek sollte sie wieder zusammenschmieden. Für eine neue hatte der Mann kein Geld.

Es wurde warm in der Schmiede. Marek hatte sich eine dicke Lederweste über das Unterhemd gezogen. Sein Gesicht wurde von den tanzenden Flammen angestrahlt. Verbissen bearbeitete er das Eisenstück. Er war so in seine Arbeit vertieft, daß er den jungen Mann nicht sah, der plötzlich im Eingang auftauchte.

Erst als er angerufen wurde, blickte Marek auf.

»Was willst denn hier?«

»Da ist ein Telegramm für dich gekommen, Marek!«

Der Schmied ließ das Eisen sinken. »Für mich?«

»Ja.«

»Ich komme.«

Über die Hauptstraße des Ortes schritt Marek neben dem Jungen her auf das Rathaus zu. Es war in einem alten, baufälligen Steingebäude untergebracht. Die Fahne der Republik flatterte über der Tür.

Der Bürgermeister, ein dicker Kerl mit Halbglatze, wartete hinter seinem Schreibtisch. Er grinste und wedelte mit dem Telegramm.

»Aus England«, erklärte er.

»Kannst du das denn lesen?«

»Es ist in unserer Sprache.« Der Bürgermeister übergab Marek die Nachricht.

Der Schmied begann zu lesen, und dabei weiteten sich seine Augen. »Das ist eine Sache«, flüsterte er.

»Was, daß du Besuch bekommst?«

»Ja, ich kenne den Mann gar nicht.«

»Und du kannst dir auch nicht denken, was er in unserem Dorf will?«

»Nein.« Marek schüttelte den Kopf.

»Na, da bin ich mal gespannt.« Der Bürgermeister lehnte sich in seinem Stuhl zurück. »Du wirst mir hoffentlich alles erzählen, mein Bester.«

»Kann sein.« Gedankenverloren steckte Marek das Telegramm ein und verließ den Raum.

Auf dem Weg zu seinem Haus beschäftigten sich seine Gedanken nur mit diesem Telegramm. Ein gewisser John Sinclair hatte es aufgegeben. John Sinclair aus London.

Marek hatte den Namen noch nie gehört, er wußte damit überhaupt nichts anzufangen. Was hatte ein Engländer davon, ihn zu besuchen? In einem gottverlassenen Ort in den Karpaten? Oder ob das am Ende mit der Vampirgefahr zusammenhing? Nur – wie sollte dieser Sinclair davon Kenntnis erhalten haben?

Er sprach mit Marie darüber. Auch sie wußte keinen Rat, schlug aber wieder vor, den Pfarrer einzuweihen.

»Unsinn!« Marek winkte ab.

Marie verließ beleidigt den Raum.

Marek trat ans Fenster und schaute nach draußen. Nichts hatte sich verändert, das Leben lief normal weiter, und doch spürte er die Bedrohung, die unsichtbar über dem Ort lag. Kalurac brauchte Helfer. Ohne die war er machtlos. Stellte sich die Frage, woher er sich die holen sollte.

Frantisek Marek wurde in seinen Gedanken unterbrochen, als Corucz, sein Gehilfe, ins Zimmer stürzte. Der Mann war fix und fertig, er brach fast zusammen und mußte sich an der Türfüllung festhalten.

»Was ist los?« fragte Marek.

Corucz keuchte. Er war kaum fähig, eine klare Antwort zu geben. Dann aber haspelte er: »Auf Varescus Hof… sie sind… tot… alle tot…«

»Wer ist tot?« Mehr fiel Marek im Moment nicht dazu ein.

»Alle. Die Menschen, meine ich. Ich…« Corucz wankte zu einem Stuhl und ließ sich darauf nieder. »Ich… ich bin zufällig dort vorbeigekommen, und da hörte ich sie schreien.«

»Ich dachte, sie wären tot.«

»Nicht die Menschen.« Der Schmiedegehilfe wischte sich über die Stirn.

»Setz dich erst einmal«, sagte der Pfähler und drückte Corucz einen Stuhl in die Kniekehlen. Schwer fiel der Mann darauf nieder. Marek gab ihm ein halbes Wasserglas von selbstgebranntem Schnaps. Coruz schüttete das Zeug hinunter und begann zu reden.

»Ich kam am Hof vorbei, und da hörte ich das Schreien des Viehs. Die Kühe blökten. Aber nicht nur die Kühe lärmten, auch die Schweine waren in heller Aufregung. Sie grunzten und quiekten. Die Hühner flatterten herum. Alle Tiere mußten eine schreckliche Angst haben.« Er hielt das Glas hin, und Marek schenkte noch einmal nach.

»Ja«, erzählte Corucz, »dann bin ich in das Haus gegangen. Erst habe ich gerufen. Als ich keine Antwort erhielt, schlich ich in den Flur. Unten war niemand. Ich ging dann die Treppe hoch, traute mich sogar in den Schlafraum hinein, und dort sah ich sie dann liegen. Der Vater, die Mutter und die Söhne – alle tot!«

»Weißt du das genau?«

»Sie... sie atmeten nicht.«

Der Schmied drehte sich um und rammte seine Hände in die Hosentaschen. Daß sie nicht atmeten, brauchte noch lange nicht zu heißen, daß sie tot waren. Sie konnten auch Kaluracs erste Opfer sein. Denn dieser Vampir war in der Nacht sichtlich nicht untätig gewesen.

»Hast du noch mit jemand anderem darüber gesprochen?« fragte der Pfähler.

»Nein!« Corucz schüttelte den Kopf. »Nur mit Ihnen.«

»Das ist gut, sogar sehr gut. Ich werde hingehen und mir die Toten ansehen, während du im Haus bleibst.«

Corucz rieb sich über das Gesicht. Es war schweißnaß. Eine glänzende Schicht blieb auf seinem Handrücken zurück. Er sah aus, als würde er jeden Augenblick vom Stuhl fallen. Leichenblaß war sein Gesicht. Wie bei einem Vampir...

»Du kannst in die Schmiede gehen«, sagte Marek.

Corucz nickte und stand ächzend auf. Wenig später war er verschwunden. Marek aber lief hoch in das Schlafzimmer, öffnete eine Schublade und holte seinen Eichenpfahl hervor. Den wollte er für alle Fälle bei sich haben.

Seine Frau erwischte ihn, als Marek gerade das Haus verlassen wollte. »Du willst weg?« fragte sie.

»Ja.«

»Und deine Arbeit?«

»Macht Corucz weiter.«

»Ist er denn da?«

Der Pfähler gab keine Antwort und verschwand.

Es hatte einen Wetterumschwung gegeben. Der Ort lag ungefähr achthundert Meter hoch, und etwa in dieser Höhe ballten sich Wolken zusammen. Dicke, graue Schwaden zogen durch die Straßen und Gassen, die Berge verschwammen in den Nebelfeldern. Es war typisches Novemberwetter. Weiter oben am Berg schneite es jetzt.

Marek hatte sich seine Lammfelljacke übergezogen. Sie tat ihm schon einige Jahre gute Dienste und hielt die Kälte ab. Der Atem stand als Wolke vor seinem Mund und vermischte sich mit dem grauweißen Nebel.

Es war dunkler geworden. Die schweren Wolken verschluckten die Sonnenstrahlen. Wer nicht genau wußte, daß Mittag war, der nahm an, die Dämmerung wäre hereingebrochen.

Marek verließ das Dorf. Die Menschen, die ihm begegneten, schauten ihn verwundert an, da er grußlos an ihnen vorbeieilte. Wie ein Dieb, der nicht gesehen werden wollte.

Und so fühlte sich Marek auch.

Er glaubte nicht daran, daß die vier Menschen tot waren.

Die Familie Varescu war sicherlich von Kalurac im Schlaf überrascht worden. Etwas Besseres hätte dem Vampir gar nicht passieren können. Zudem lag der Hof der Varescus ziemlich einsam. Das Haus und die Scheune schmiegten sich an eine Hügelflanke. Die Rückseite des Hauses verlief mit dem Hügel in fast gleicher Höhe.

Marek war schon oft bei ihnen gewesen. Er kannte die Varescus gut. Die Familie war verschlossen, besonders die beiden Söhne. Sie waren Zwillinge und jetzt knapp zwanzig Jahre alt. Kräftige Burschen, die zupacken konnten.

Ein schmaler Weg schlängelte sich den Hügel hoch und verschwand an der anderen Seite in einem dichten Mischwald.

Etwa fünfzehn Minuten Fußweg waren es vom Ort aus bis zu dem Gehöft der Varescus.

Marek schaffte die Strecke in zehn Minuten. Dann schälten sich die Umrisse der Hausfront aus dem Nebel.

Das Gehöft lag von drei Seiten frei, so daß der Wind um das Holzhaus pfeifen konnte. Die alte Scheune stand etwas schräg versetzt. Sie war kaum zu erkennen.

Die Eingangstür stand offen. Hin und wieder bewegte sie der leichte Wind, der den Nebel zu spiralförmigen Gebilden drehte.

»Varescu!« rief Marek und blieb stehen. »Hörst du mich?«

Seine Stimme klang seltsam dumpf.

Marek erhielt keine Antwort.

Etwas zögernd schritt er auf das Haus zu. Seine rechte Hand hielt er unter der Jacke verborgen. Die Finger umklammerten den Eichenpfahl so fest, daß Mareks Knöchel weiß hervortraten.

Mit dem Fuß stieß er die Tür auf. Sie schwang bis zur Wand, schwang aber nicht zurück.

Der Pfähler hatte hinten leider keine Augen, deshalb sah er auch nicht die Gestalt, die als Schemen durch den Nebel huschte und in der alten Scheune verschwand.

Marek betrat das Haus.

Corucz hatte erzählt, daß die »Leichen« im Schlafzimmer lagen. Aber Marek traute dem Braten nicht. Er wollte erst einmal die unteren Räume durchsuchen.

Das Vieh blökte und schrie nicht mehr. Marek wußte, daß der Stall in der rückseitigen Hälfte des Hauses untergebracht war. Die Familie lebte noch wie ihre Vorfahren. Sie hatten auch kein fließendes Wasser, sondern betrieben einen Brunnen, der sich vor der Scheune befand. Und von elektrischem Licht hatten sie höchstens etwas gehört.

Marek betrat eine große Diele. Er schritt über den kalten gefliesten Steinboden auf die wuchtige Holztreppe zu, die bis unter das Dach des Hauses führte.

Im ersten Stock lagen die Schlafzimmer. Und dort hatte Corucz die »Leichen« gesehen. Ein unangenehmes Gefühl beschlich

Marek, als er sich der Schlafzimmertür näherte. Unter ihm knarrte das Holz.

Überall knackte und klapperte es. Der Wind sang um das Haus, rüttelte an Schindeln oder ließ Fensterläden schwingen. Im Hintergrund blökte eine Kuh.

Ein lächerliches Geräusch in dieser Situation, aber Marek war wirklich nicht zum Lachen zumute.

Er blieb vor der offenstehenden Schlafzimmertür stehen. Atmete noch einmal tief durch und betrat das Zimmer.

Es war – leer!

Der Pfähler schloß sekundenlang die Augen, öffnete sie wieder, doch das Bild blieb. Die Leichen waren verschwunden. Die zerwühlten Stellen auf dem Bett zeigten noch an, wo sie gelegen hatten.

Marek ging ins Nebenzimmer. Dort schliefen normalerweise die beiden Söhne. Auch hier war alles leer.

Die Vampir-Familie Varescu war ausgeflogen!

Marek ließ den Eichenpfahl los und nahm die Hand wieder unter der Jacke hervor. Die Gefahr schien gebannt.

Vorläufig jedenfalls...

Normalerweise hätte Marek jetzt nach Hause laufen können, doch er wollte nicht. Jetzt feige zu verschwinden hätte nur sein Gewissen belastet.

Nein, vielleicht hielten sich die Blutsauger noch in der Nähe auf. Möglich war alles.

Aber erst wollte er das Haus und die dazugehörigen Gebäude durchsuchen.

Er ging in den Keller.

Es war ein muffiges Gewölbe mit einer sehr niedrigen Decke. Marek mußte den Kopf einziehen. Er steckte ein Stück Holz an und hoffte, daß das Feuer das dämmrige Zwielicht durchdrang. Viel besser sah er aber nicht.

Die Varescus waren nicht zu finden, sie schienen tatsächlich das Weite gesucht zu haben.

Der Pfähler begann zu überlegen. Wo konnten sie stecken? Wo gab es tagsüber ein sicheres Versteck für die Blutsauger? Die Burg des Schwarzen Grafen, aber die lag zu weit weg. Der Weg zum Dorf wäre mühsam gewesen. Nein, sie mußten eine Bleibe finden, von der aus sie rasch nach Petrila gelangen und zuschlagen konnten.

Der alte Soldatenfriedhof!

Er lag mitten im Wald, und die Menschen erzählten sich, daß es dort spuken sollte.

Einen idealeren Schlupfwinkel für Vampire gab es nicht.

Marek beschloß, diesem Friedhof einen Besuch abzustatten, doch zuvor hatte er noch etwas anderes zu erledigen. Er wollte diesen Ort nicht verlassen, bevor er nicht auch die Scheune durchsucht hatte. Denn dort war es ebenfalls dunkel und für Untote ein guter Aufenthaltsort.

Der Pfähler trat wieder hinaus in die Wolkenbank. Leichter Sprühregen hatte eingesetzt. Er näßte Mareks Gesicht und klebte in den Haaren.

»Mistwetter!« murmelte der Schmied.

Er wandte sich nach links. Dicht ging er an dem alten Brunnen vorbei. Am Seil hing ein Eimer. Er schwankte im Wind. Die alte Pumpe daneben hatte schon Rost angesetzt. Der Schwengel stand hoch.

Marek wunderte sich nicht einmal darüber, daß das Scheunentor offenstand.

Er schlüpfte hindurch und wartete einen Moment, bis sich seine Augen an das Halbdunkel gewöhnt hatten.

Über sich sah er die Tenne, wo das Stroh mit Dreschflegeln bearbeitet wurde. Wie vor Hunderten vor Jahren. An der gegenüberliegenden Seite stand eine alte Egge. Marek sah auch mehrere Spaten, Hacken und Schaufeln.

Durch Löcher in der Wand fiel schwaches Licht. Wenn die Varescus den Bau nicht instand setzten, würde ihnen das Stroh faulig werden. Aber das war nicht Mareks Sache.

Er ging den Grundriß einmal ab und suchte nach den Blutsaugern. Auch hier fand er niemanden.

Schulterzuckend wandte er sich um.

Da knallte die Tür zu.

Es war nicht der Wind, der sie zugeschlagen hatte, sondern ein Mann. Jemand, den Marek gut kannte.

Einen Schritt vor dem Ausgang stand Corucz, sein Gehilfe.

Und er grinste. Hatte dabei die Lippen weit zurückgezogen und präsentierte zwei ausgewachsene Vampirzähne...

Haben Sie schon mal einen Intensivkursus mitgemacht? Ich hatte einen hinter mir. In Rumänisch. Powell hatte ihn mir aufgezwungen.

»Wenn Sie schon dahin fahren, dann sollten Sie wenigstens einige Brocken in der Landessprache reden können!«

Nun, ich hatte mich hineingekniet. Auch Suko versuchte es, und mir fiel dabei auf, daß er ein regelrechtes Sprachengenie war. Mein chinesischer Partner lernte besser und schneller als ich.

»Für so etwas muß man eben geboren sein«, meinte er spöttisch.

Die anderen organisatorischen Mühen übernahm Superintendent Powell. Er setzte sich mit dem rumänischen Botschafter in Verbindung, gab auch unserem Innenminister Bescheid, und dann wurde nur noch telefoniert und telefoniert.

Die Rumänen machten Schwierigkeiten. In ihrem Land durfte es offiziell keine Vampire geben, und die Legende von Dracula wurde seit neuestem so ausgelegt, daß der berüchtigte Vlad ein Held des Volkes war. Die Obrigkeit ging eben seltsame Wege.

Doch wir erhielten unser Visum. Wir durften sogar Waffen mitbringen. Mit einer Sondermaschine ging es bis Wien. Von Schwechat aus nahmen wir dann die Linienmaschine nach Bukarest.

Überall wurden wir erwartet. Die Uniformierten waren höflich, aber reserviert. Ein privates Wort wurde nicht gewechselt. Ich probierte meine Sprachkenntnisse und war leidlich zufrieden.

Man verstand mich meistens.

Dann aber wurde es schwierig. Von Bukarest aus mußten wir wieder nach Norden, hinein in die Karpaten. Und das war eine Strecke von rund dreihundert Meilen.

Mit einem Flugzeug eine Leichtigkeit. Vorausgesetzt, es gab genügend Flughäfen, was jedoch hier nicht der Fall war.

Wir konnten wohl mit einer Sportmaschine bis Sibiu fliegen,

dem ehemaligen Herrmannstadt in Siebenbürgen. Aber da sagte man uns, daß über den Karpaten der Nebel wie eine dicke Brühe hinge.

Ich war sauer.

Dann versuchte ich es mit Geld. Plötzlich war der Nebel nicht mehr so dick, und als ich noch einen Schein zulegte, erklärte sich ein Pilot bereit, den Flug zu wagen. Die fünfzig Meilen von Sibiu bis Petrila mußten wir dann im Bus zurücklegen.

Die Sportmaschine war eine zweimotorige Cessna. Normalerweise wurden damit nur Parteigrößen geflogen, doch Ausnahmen bestätigen bekanntlich die Regel.

Das war ein Flug. Dreißig Minuten nach dem Start sollten die Berge in Sicht kommen. Sie kamen auch, aber eingehüllt in dichte Wolken.

Von den Karpaten sah ich nichts, nur Nebel und Wolken. Unser Pilot fluchte, was sein Repertoire hergab, und ich lernte einige rumänische Schimpfworte. Er hätte lieber beten sollen.

Irgendwann erreichten wir unser Ziel. Zum Glück lag der Nebel nicht so dicht über dem Boden, daß eine Landung nicht möglich gewesen wäre.

Ich gab dem Piloten noch ein Trinkgeld hinzu. Mit wackligen Knien lief er in die nächste Kneipe. Das hätte ich auch gern getan, aber wir mußten weiter.

Der Bus war weg. Wie hätte es auch anders sein können.

Suko schlug vor, einen Leihwagen zu nehmen, aber so etwas war nicht aufzutreiben.

Dafür jedoch ein Taxi.

Der Fahrer – er war so klein, daß er kaum über das Lenkrad seines Polski-Fiat schauen konnte – blickte uns an, als hätte er Geisteskranke vor sich.

»Wo wollen Sie hin?«

»Nach Petrila.«

»Das Wetter ist viel zu schlecht.«

»Dann heitern wir es etwas auf«, sagte ich und hielt ihm eine Zwanzig-Pfund-Note unter die Nase. Für den Kleinen massig viel Geld. Die Härchen seines Oberlippenbarts sträubten sich zwar, er aber nicht mehr.

»Ich fahre Sie.«

»Wer sagt's denn«, meinte Suko.

Der Knabe mußte erst noch volltanken, und dann ging die Reise los. In Richtung Süden. Tief in das Gebirgsland der Karpaten hinein.

Unser Fahrer war ein lustiges Kerlchen. Er pfiff vor sich hin und stellte sein Radio dazu an, das ebenso pfiff wie er. Wir ließen uns mit rumänischer Folklore berieseln.

Hin und wieder gab es Nebellöcher. Da sahen wir dann etwas von der Landschaft.

Sie erinnerte mich manchmal an Schottland. Viel Wald, sanfte Hänge, dann wieder enge Täler und reißende Bäche.

Hier also hatte der gefürchtete Vlad Dracula gelebt.

Eine wildromantische Gegend, diese Karpaten. Ich verstand, daß sie ein Anziehungspunkt für viele Touristen ist.

Suko und ich saßen im Fond. Mein chinesischer Partner schlief, und auch mir fielen bald die Augen zu.

Wie lange wir geschlafen hatten, wußte ich nicht. Die Stimme des Fahrers weckte uns.

»Noch fünfzehn Minuten, dann sind wir da.«

War ich froh.

Wir fuhren durch einen Wald. Die Straße war zwar asphaltiert, aber Schlaglöcher hatten sie in eine miese Piste verwandelt. Natürlich hing draußen noch der Nebel. Es schien mir, als würde er wie eine Wand zwischen den dicht beieinanderstehenden Bäumen kleben.

Suko hatte wieder eine passende Bemerkung auf Lager. »Dieser Nebel könnte auch in London oder Schottland sein. Tja, Nebel sieht überall auf der Welt gleich aus«, philosophierte er.

Ich tippte mir gegen die Stirn. »Von deinem berühmten Konfuzius hast du diese Weisheit sicherlich nicht.«

»Nein, aber von mir.« Suko strahlte, und sein Pfannkuchengesicht wurde dabei noch breiter.

Es kamen Kurven. Eng, ohne irgendwelche Leitplanken abgesichert. Die Reifen des Fiats wimmerten auf der nassen Straße, doch der Fahrer pfiff weiterhin fröhlich.

Dann allerdings verging ihm das Pfeifen.

Er bremste.

Hart und ohne Voranmeldung. Suko und ich wurden nach

vorn geschleudert, streckten die Arme vor und stützten uns an den Vordersitzen ab.

»Was ist?« rief ich und sah für einen Moment einen Schatten auf der Straße.

Der Fahrer hatte auf einmal Angst. Wie wild kurbelte er am Steuerrad, da der Wagen auf der nassen Straße ins Schleudern geriet.

Und dann tauchte der Graben auf. Beinahe gemütlich rutschte der Fiat hinein und blieb mit dem Heck darin hängen.

Der Fahrer jammerte und schrie. Er trommelte mit beiden Händen auf dem Lenkradring.

Ich schlug ihm gegen die Schulter. »Ruhig Blut, Freund, wir werden deinen Schlitten schon freischaufeln. Aber was war mit der Gestalt?«

»Da ist sie!« Suko zischte die Worte. Dabei klinkte er schon die Tür auf.

Ich vergaß den Fahrer, richtete meinen Blick durch die Scheibe und sah die Gestalt ebenfalls.

Es war ein Mann, ziemlich groß und mit einem langen, dunklen Mantel bekleidet. Er stand nicht weit vom Wagen entfernt, sehr nah am Wald. Als er den Kopf wandte und in den Fiat schaute, konnte ich für den Bruchteil einer Sekunde sein Gesicht mit den zurückgezogenen Lippen sehen.

Ich erschrak.

Der Kerl war ein Vampir!

Genau der richtige Empfang für uns.

Ich sprang ebenfalls aus dem Auto. »Der Mann ist ein Vampir!« rief ich Suko zu, während ich im Graben landete und mit beiden Füßen im Schlamm versank.

Mein Fluch war nicht druckreif.

Suko rannte um den Fiat herum. Aber der Vampir hatte erkannt, daß wir ihm an die Wäsche wollten. Er setzte mit einem Sprung über den Straßengraben und verschwand im Wald. Die Nebelbrühe zwischen den Bäumen verschluckte ihn rasch.

Suko und ich nahmen die Verfolgung auf. Wir wollten ihn einkreisen. Jetzt wußten wir, was uns in Draculas Heimat erwartete.

Der Nebel wurde dichter. Suko und ich mußten uns durch Rufe verständigen, sonst hätten wir uns verloren. Wie ein Stier brach ich durch das Unterholz. So sehr ich für den Wald und seine Erhaltung plädiere, damals jedoch verfluchte ich ihn. Die Bäume standen so dicht, daß oft die Zweige an meiner Kleidung rissen oder schmerzhaft über die Gesichtshaut fuhren.

Dann hörte ich das dumpfe Rauschen und Gurgeln.

Ich blieb stehen.

Der Boden unter mir war tief geworden. Meine Füße drückten das alte Laub ein wie einen dicken Teppich. Ich war in ein Feuchtgebiet gelaufen. Irgendwo in der Nähe mußte ein kleiner Fluß oder ein Bach vorbeirauschen.

Ich hörte Sukos Ruf.

»Okay, ich bin hier!« rief ich zurück.

Nach drei Schritten ging's bergab. Ich paßte nicht auf, sah aber auch nichts, machte einen Spagat und taumelte.

An einem Zweig konnte ich mich festhalten. Dann wurde ich vorsichtiger. Schritt für Schritt schlich ich den Abhang hinunter, hangelte mich von Baum zu Baum, rutschte hin und wieder über den glatten Boden, konnte mich jedoch immer wieder fangen.

Ich hatte das unbestimmte Gefühl, daß der verdammte Nebel noch dichter geworden war. Kein Wunder in der Nähe des Flusses. Meiner Meinung nach mußte er am Fuße des Hügels vorbeifließen.

Ich hatte mich nicht getäuscht.

Plötzlich versanken meine Füße in feuchtem Gras. Ich hielt mich an einem Ast fest und sah ziemlich dicht vor mir das Wasser über scharfkantige Steine gurgeln.

Schweratmend wartete ich ab. Von Suko sah ich nichts.

Dafür tauchte der Vampir auf.

Er hatte sich im Unterholz versteckt gehalten, zwischen den Büschen am Bachufer.

Doch der Blutsauger war nicht allein.

Er hatte zwei Helfer gefunden.

Vierbeinige Helfer.

Es waren Wölfe!

Marek starrte seinen Gehilfen an wie einen Geist. Er konnte nicht begreifen, daß Corucz, der Mann, den er von Jugend auf kannte, zu einem Vampir geworden war.

»Das... das ist nicht wahr!« flüsterte der Schmied. »Das darf nicht wahr sein!«

Corucz kicherte. »Doch, Marek, es stimmt. Ich gehöre zu den anderen. Und daß du gekommen bist, war fantastisch eingefädelt. Du bist in die Falle gegangen. Wie wir es uns vorgestellt haben.«

»Wir?« echote der Pfähler.

»Ja, die Varescus und ich. Es stimmt, ich habe sie gefunden. Sie waren bereits Vampire. Als ich ins Zimmer trat, war ich gefangen. Sie nahmen mich als Opfer. Alle vier. So wie es der Schwarze Graf befohlen hat.«

»Und jetzt willst du mich töten?« flüsterte Marek.

»Nein, zu einem der unseren machen.«

Marek lachte bitter. »Das kommt auf dasselbe raus, Corucz. Nur bin ich nicht irgendwer. Ich weiß mich zu wehren. Du hast dir den falschen Mann ausgesucht.«

Der Vampir lachte. »Du bist alt, Marek, zu alt.«

»Aber nicht für dich.« Mit diesen Worten zog der Schmied seinen Pfahl unter der Jacke hervor.

Sekundenlang war der Untote irritiert. Er starrte auf den Pfahl, den Marek in der rechten Hand hielt und dessen Spitze auf Corucz wies.

Schleichend wich der Vampir einige Schritte zur Seite, tauchte ein in das graue Zwielicht und wurde selbst zu einem Schatten. »Ich laß dich hier nicht raus!« knurrte er, und Marek wußte, daß ihm ein Kampf auf Leben und Tod bevorstand.

Die beiden ungleichen Gegner belauerten sich, schlichen durch die Scheune und warteten darauf, daß sich einer eine Blöße gab, um dann blitzschnell angreifen zu können.

Marek bewegte sich nach rechts, weg von der Tür, während der Untote in die Richtung schlich, in der die Ackergeräte standen.

Hin und wieder raschelte Stroh unter den Füßen der Männer. An zahlreichen Stellen nistete die Dunkelheit, dann konnte keiner den anderen sehen.

Plötzlich klirrte etwas gegeneinander. Dann ein schabendes, blechernes Geräusch, und im nächsten Augenblick sprang der Untote vor.

Er hatte sich bewaffnet.

Mit einer Hacke!

Jetzt wurde es noch gefährlicher. Aber Marek zeigte keine Angst. Im Gegenteil. Er lockte den Untoten aus seiner Reserve. »Komm doch«, zischte er, »na los, versuch es!«

Leicht geduckt stand Marek da und hielt seinen angespitzten Eichenpfahl in der vorgestreckten rechten Hand. Und sein Locken hatte Erfolg, der Untote wurde nervös.

Er stürmte plötzlich auf Marek zu. Weit hatte er seinen Mund aufgerissen, präsentierte seine dolchspitzen Zähne und schlug gleichzeitig mit der Hacke zu.

Geschickt wich Marek aus. Der Schlag verfehlte ihn, aber Corucz fing sich schnell. Sofort wirbelte er wieder herum, um seinen Gegner abermals anzugreifen.

Diesmal jedoch war Marek schlauer. Er lief weg, und zwar dorthin, wo das Werkzeug stand. Blitzschnell steckte er den Eichenpfahl weg und nahm einen Spaten auf.

Da holte der Vampir zum nächsten Schlag aus. Hastig riß Marek den Spaten hoch. Die Hackenspitze klirrte gegen das Spatenblatt. Mit solch einer Wucht, daß Funken aus dem Metall sprühten. Von der Gewalt des Schlages wäre Marek der Spaten fast aus der Hand gerissen worden, doch der Schmied fing sich im letzten Augenblick und wich sofort nach hinten aus.

Deshalb verfehlte ihn der nächste Schlag.

Corucz blieb stehen. Der Schmied las in seinen Augen ein böses Funkeln.

»Laß es!« schrie er seinen ehemaligen Gehilfen an. »Verdammt, laß es, du...«

Stur schüttelte der Untote den Kopf. »Ich krieg' dich, genau wie sie mich erwischt haben. Dann werden wir hier auf weitere Opfer warten. Du hast keine Chance.«

Und doch hatte Marek sie. Er nutzte den Moment des Redens aus und schleuderte dem Vampir den Spaten zwischen die Beine.

Corucz fiel lang hin. Auf alles war er gefaßt gewesen, nur darauf nicht. Er krachte auf den Bauch.

Marek riß seinen Pfahl hervor.

Er schloß die Augen, als er zustieß. Aber er mußte es tun.

Ein Schrei! Langgezogen und heulend.

Dann wurde es ruhig.

Marek hatte wieder einen Teil seines Erbes erfüllt. Aber er konnte nicht hinschauen. Ihm wurde plötzlich übel. So rasch ihn seine Füße tragen konnten, rannte er auf den Ausgang zu und verließ die Scheune.

Wie ein Betrunkener taumelte er nach draußen, hinein in die kalte, feuchte Nebelbrühe. An der Scheunenwand hielt er sich fest. Schwindelgefühle packten ihn. Er glaubte, seine Knochen wären aus Pudding.

Nur langsam kam er wieder zu Atem. Schweißnaß klebte das Haar auf seiner feuchten Stirn. Er starrte in die graue Nebelwand und hatte das Gefühl, von schrecklichen Gestalten umringt zu sein. Aber es waren nur die vom Nebel umflorten, verkrüppelten kahlen Büsche, die in dieser grauen Suppe geisterhafte Konturen annahmen.

Mit gebeugtem Haupt verließ Marek, der Pfähler, den Hof der Varescus. Er hatte die Gefahr geahnt. Er hatte sie stoppen wollen und es nicht mehr geschafft. Nun war es zu spät. Die Untoten waren längst da. Wer wußte schon, welche Menschen von den Vampiren bereits infiziert waren und den Keim der Verdammnis in sich trugen? Sein eigener Mitarbeiter war zu einem Blutsauger geworden, zu einer lebenden Leiche! Aber war er der einzige im Dorf?

Marek glaubte es nicht, und er war sicher, daß erst die Nacht Aufklärung bringen würde.

Dann aber stand er allein gegen die Meute.

Mit diesem Wissen ging er zurück ins Dorf.

Sekundenlang starrten der Vampir und ich uns an. Und in dieser Zeitspanne wurde uns klar, daß wir Feinde waren – Todfeinde!

Ich sah die von Nebelschwaden umspielte, hochgewachsene Gestalt, das breitflächige Gesicht, das wie eine helle, bleiche

Maske wirkte. Und dann stieß der Untote einen fauchenden Laut aus.

Das Zeichen für die Wölfe.

Aus dem Stand schnellten sie sich ab. Ungeheuer kraftvoll und wuchtig. Die Muskeln spielten unter dem grauen Fell. Die Mäuler hatten sie aufgerissen, die Zähne gebleckt.

Ich wollte meine Waffe ziehen und feuern, doch ich war nicht schnell genug. Mit einem Hechtsprung warf ich mich zur Seite.

Ich klatschte in den Bach.

Eiskalt schlug das Wasser über mir zusammen. Hastig kam ich wieder hoch, und schon flog das erste Tier auf mich zu. Beide Fäuste riß ich hoch und rammte sie dann vor. Der Wolf wurde empfindlich auf der Schnauze getroffen und fiel ebenfalls ins Wasser. Er drehte sich ein paarmal und wurde von der Strömung abgetrieben.

Das eisige Wasser reichte mir bis zu den Oberschenkeln. Ich watete vor, um ans Ufer zu gelangen, als der Blutsauger den nächsten Befehl ausstieß.

Der zweite Wolf hechtete auf mich zu.

Da peitschte ein Schuß.

Der Knall wurde vom Nebel verschluckt. Ich sah, wie die graue Bestie mitten im Sprung zusammenzuckte und in das Wasser flog. Hoch spritzte es auf.

Der Vampir brüllte.

Wieder fiel ein Schuß. Der Vampir zog den Kopf ein. Neben ihm wurde ein Zweig vom Gebüsch gefetzt, und dann verschwand der Blutsauger im Wald.

Rasch hatte ihn der Nebel verschluckt.

Links von mir tauchte Suko aus der grauen Brühe auf. In der Hand hielt er eine Pistole. Sie war mit geweihten Silberkugeln geladen, wie meine Beretta.

Suko wollte noch einmal schießen, doch da war der erste Wolf schon an Land geklettert und zwischen den Bäumen verschwunden.

Ich watete ans Ufer, frierend wie ein Schneider.

Suko grinste. »Hast du zu Hause keine Badewanne?« fragte er mich.

»Ja«, erwiderte ich bissig. »Aber da gibt es keine Strömung!«

Suko lachte und reichte mir die Hand. Ich griff fest zu und ließ mich an Land ziehen.

»Komm in den Wagen. Vielleicht hat der Fahrer eine Decke. Du holst dir sonst den Tod.« Ich machte Freiübungen, schlug die Arme gegen meinen Körper und versuchte, mich aufzuwärmen.

Suko starrte in den Nebel. »Der Vampir ist weg, verdammt!« fluchte er.

»Hast du etwas anderes erwartet? Aber eine gute Seite hat mein Bad doch gehabt. Wir wissen, woran wir sind. Die Untoten haben sich hier schon breitgemacht.«

Suko nickte. Er starrte auf das Wasser. »Fließend«, sagte er, »schade, daß der Blutsauger da nicht reingefallen ist. Dann wäre es aus mit ihm gewesen.«

»Man kann nicht immer Glück haben.« Ich ging an Suko vorbei und stieg den Abhang hoch.

Dabei beeilte ich mich. Arme und Beine waren immer in Bewegung, und schon bald begann meine Kleidung zu dampfen.

Natürlich hielten wir auch Ausschau nach dem Vampir. Aber ihn in diesem Nebel zu entdecken war so gut wie unmöglich.

Ich war mir aber sicher, daß sich der Blutsauger irgendwann einmal zeigen würde. Das war nicht unsere einzige Begegnung. Weiterhin glaubte ich daran, daß noch mehr Vampire hier herumgeisterten. Es war ein Gefühl, das mir das sagte. Und getäuscht hat mich dieses Gefühl selten.

Der Anstieg gestaltete sich ziemlich mühsam, aber schließlich hatten wir es geschafft.

Geisterhaft sahen wir das Band der kurvigen Straße. Ich machte mir Sorgen um den Fahrer. Hoffentlich war er nicht dem Vampir in die Hände gefallen.

Wir waren ungefähr dort aus dem Wald getreten, wo wir hineingegangen waren.

Ich sah den Fahrer nicht, hörte ihn jedoch fluchen. Ein paar Schritte gingen wir zur Seite.

Der Fahrer stand im Graben. Verzweifelt versuchte er, seinen Fiat hochzuwuchten. Er strengte sich dabei an, schimpfte, gab sich selbst Kommandos und schaffte es trotzdem nicht.

Suko drängte ihn zur Seite. »Komm her, mein Freund, laß da mal richtige Männer ran!«

Unser Fahrer ging zur Seite, und Suko sprang in den Graben. Dann packte er zu.

Suko bewegte den Fiat zwar, aber herausheben konnte er ihn auch nicht.

Der Rumäne lamentierte. »Ich habe es ja gleich gesagt. Viel Muskeln, aber wenig...«

»Wirst du wohl ruhig sein!« fauchte Suko den guten Mann an.

Der Fahrer schwieg erschrocken.

Anschließend versuchten wir es zu dritt und schafften es tatsächlich, den Fiat wieder auf die Straße zu heben.

Der Fahrer tanzte vor Freude und schlug abwechselnd mir und dann wieder Suko auf die Schultern.

Freundlich erinnerte ich ihn daran, daß wir es eilig hatten. Er klemmte sich hinter das Steuer und fuhr ab, kaum daß wir eingestiegen waren.

Bis Petrila hielt uns nichts mehr auf.

»Wir sind da!« meldete sich der Rumäne wenig später mit stolzer Stimme. »Heil und ohne Unfall.«

Vom Ort sahen wir nicht viel. Er lag verpackt in einer dicken Nebelsuppe. Häuser erkannten wir nur schemenhaft. Unser Fahrer betätigte jetzt dauernd die Hupe. Immer wenn sein Dreiklanghorn dröhnte, sprangen die Menschen fluchtartig zur Seite.

»Ich fahre bis in die City«, meldete er. Bei dem letzten Wort wurde er rot vor Stolz. Er mußte es irgendwo mal aufgeschnappt haben.

Mit dem Wort City bezeichnete er wohl den Marktplatz. Er wurde von alten Häusern eingerahmt und hatte in der Mitte einen fantastischen Steinbrunnen. Eine Reiterfigur stand auf einem Sockel, umklammerte ihr Schwert und reckte es drohend gegen den Himmel.

Ruckartig wurde der Fiat gestoppt. »Aussteigen«, sagte der Fahrer. »Es war mir ein Vergnügen, bitte sehr.« Er warf einen Blick auf meine feuchte Kleidung und meinte: »Umziehen.«

»Du bist schon in Ordnung«, sagte ich, klopfte ihm auf die Schulter und gab ihm noch einen Schein.

Blitzschnell verschwand die Note. Dann sprang der Kleine

wieder in den Fiat, drehte noch hupend eine Runde und fuhr davon. Es wurden einige Leute aufmerksam. Zwischen den Häusern war der Nebel nicht so dicht. Mißtrauisch wurden wir angestarrt.

Wir standen da wie zwei Touristen. Suko hielt unser Gepäck in den Händen. Ich trug meinen Einsatzkoffer, der allerdings hübsche Überraschungen für unsere »Freunde« aus der Jenseitswelt barg.

Ich wollte schon eine Frau herbeiwinken und sie nach Mareks Adresse fragen, als aus einem alten Haus ein Mann trat und winkend auf uns zulief.

»Das Empfangskomitee«, sagte Suko. »Bestimmt wird noch der rote Teppich ausgerollt.«

Das geschah zwar nicht, aber dafür fragte der Mann: »John Sinclair aus London?«

»Ja, dann sind Sie Marek?«

»Nein, nein, nur der Bürgermeister, bitte sehr.« Er strich über seine Halbglatze. »Aber bei mir ist das Telegramm für Marek eingetroffen. Bei uns ist auch gleichzeitig die Poststation.«

Ich mußte achtgeben, daß ich die Worte verstand, denn der Knabe sprach ziemlich schnell.

»Gut, dann können Sie uns sicherlich erklären, wo Marek wohnt.«

Ein listiger Ausdruck erschien auf dem Gesicht des Bürgermeisters. »Was wollen Sie denn von ihm?«

»Das erzähle ich ihm selbst.«

Die Miene des Bürgermeisters verschloß sich. Jetzt wurde er dienstlich. Er fragte nach den Visa.

Ich gab sie ihm.

Genau studierte er die Papiere, dann reichte er sie uns zurück. »Ich muß wissen, was in meiner Stadt vorgeht, meine Herren. Deshalb werde ich Sie zu Frantisek Marek begleiten. Ich darf vorausgehen?«

Suko und ich grinsten uns an. Wir nahmen unser Gepäck hoch und folgten dem Bürgermeister.

Wir schritten die Straße wieder hinunter. Mittlerweile brach die Dämmerung an. Vergeblich versuchten die Laternen, die dunkelgraue Nebelwand mit ihrem Licht zu durchbrechen. Sie warfen nur verwaschene Kreise mit faserigen Rändern.

Die Menschen grüßten respektvoll, wenn sie ihren Bürgermeister sahen. Schließlich blieben wir vor einem einstöckigen Haus stehen. Die Tür des Anbaus stand offen.

Der Bürgermeister schritt zur Haustür und setzte einen alten Klopfer in Bewegung.

Eine Frau öffnete. Sie war ziemlich vollschlank. Die meisten würden sagen dick. Sie hatte aber gütige Augen und ein frisches Gesicht.

»Was willst du, Mirca?« fragte sie den Bürgermeister. Dann sah sie uns und lächelte. »Sie sind die Herren aus England?«

»Ja.«

»Und einen Chinesen haben Sie auch mitgebracht?«

»Red nicht soviel, Marie, laß uns endlich rein. Es ist ziemlich kalt hier draußen.« Der Bürgermeister hatte keine Lust mehr zu warten, doch die Frau schüttelte den Kopf. »Frantisek ist nicht hier.«

»Dann warten wir eben.«

»Aber du nicht.«

Der Bürgermeister lief rot an. Dann begann er einen Streit vom Zaun zu brechen, der damit endete, daß er verschwand.

Marie wandte sich an uns. »Frantisek kann ihn nicht leiden. Er will ihn nicht im Haus haben. Er mag keine Leute von der Partei. Kommen Sie bitte rein!«

Marie Marek führte uns in eine peinlich aufgeräumte Küche. Wir nahmen an einem groben Holztisch Platz, und die Frau erkundigte sich, ob wir etwas zu trinken haben wollten.

Sie bot einen selbstgebrannten Schnaps an.

Ich war einverstanden, doch vorher wollte ich mich umziehen. In einer Nebenkammer konnte ich die nasse Kleidung wechseln.

Als ich wieder bei Suko saß, standen die Gläser schon auf dem Tisch. Etwa halbhoch schimmerte eine gelbliche Flüssigkeit darin.

»Was ist das?« fragte ich.

»Eine Mischung aus Pflaumen- und Beerenschnaps«, erklärte uns die Frau.

Wir tranken. Und dann schnappte ich verzweifelt nach Luft. Teufel, das Zeug ging durch.

Das war kein Obstschnaps, sondern eine Mischung aus Salzsäure, Paprika und Chili-Pfeffer. Ich lief rot an, rang nach Atem und verschluckte mich.

Suko saß daneben und lachte. Er hatte sein Glas leer. Anzumerken war ihm nichts.

»Engländer können wohl nicht viel vertragen«, meinte die Frau und wollte noch einmal nachschenken, doch ich legte rasch meine flache Hand auf das Glas.

Marie Marek setzte sich zu uns an den Tisch. Jetzt sah ich auch die Sorgenfalten in ihrem Gesicht.

»Haben Sie irgend etwas, Frau Marek?« fragte ich.

»Ja, ich mache mir Sorgen um meinen Mann. Ich weiß nicht, wohin er gegangen ist. Kurz nach ihm ist auch unser Gehilfe verschwunden. Er war so komisch, hat nur wissend gegrinst und ist gegangen.«

»Können Sie sich nicht denken, welches Ziel Ihr Mann hatte?«

Sie hob die Schultern und schaute aus dem Fenster. Draußen nieselte feiner Regen gegen die Scheibe. »Vielleicht auf Vampirjagd. Er glaubt ja daran.«

»Und Sie?« fragte ich.

Die Frau wich meinem Blick aus, als sie antwortete. »Und wenn Sie mich auslachen, mein Herr, aber jeder in dieser Gegend glaubt an Vampire. Daran hat sich seit Vlad Dracula nichts geändert.« Sie hob den Blick. »Jetzt werden Sie sicherlich über mich lachen.«

Ich schüttelte den Kopf. »Im Gegenteil. Ich lache nicht. Vampire sind harte Gegner, und ich habe nicht erst einmal gegen sie gekämpft.«

»Stimmt… das?«

Ich erklärte der Frau, zu der ich Vertrauen gefaßt hatte, welche Funktion ich ausübte. Wie ich dazu gekommen war, in diesen Ort zu fahren.

Ihre Augen wurden groß, und ihr Gesicht nahm einen staunenden Ausdruck an. Dann flüsterte sie: »Lieber Himmel, dann haben Sie das Kreuz!«

»Ich trage es immer bei mir.« Zur Demonstration knöpfte ich mein Hemd auf und zeigte ihr das wertvolle Kleinod.

Marie Marek beugte sich über den Tisch. Ihre Stimme zitterte vor Ehrfurcht, als sie sagte: »Das ist es, mein Gott im Himmel, das ist es tatsächlich. Und ich habe ihm nie glauben wollen.«

»Wem?«

»Meinem Mann. Als er von dem Erbe sprach. Ich habe ihn immer für einen Spinner gehalten, aber jetzt…«

Als wäre die Nennung des Namens ein Stichwort gewesen, öffnete sich die Tür. Marek betrat die Küche, er war in Nebel gehüllt.

»Endlich«, rief seine Frau, »endlich bist du da!«

Marek blieb inmitten der Küche stehen. Ich erhob mich, und wir sahen uns an.

Dieser Mann mit dem weißen Haar, dem wettergegerbten Gesicht und den hellblauen Augen war mir von Beginn an sympathisch. Ihm erging es wohl ebenso, denn wie abgesprochen begannen wir beide zu lächeln. Auf seiner Kleidung glänzte die Feuchtigkeit. Sie hatte sich auch in seinem Haar festgesetzt. Den Reißverschluß der Lammfelljacke hatte er geöffnet. An seiner linken Hüfte sah ich einen Holzpfahl aus dem Gürtel ragen.

»Sie sind John Sinclair«, sagte Marek. »Sie müssen es sein!«

»Ja.« Wir gingen aufeinander zu und reichten uns die Hände. Obwohl uns altersmäßig eine Generation trennte, war unser Händedruck wie ein Schwur.

Es gibt Begegnungen im Leben, da verstehen sich wildfremde Menschen ohne Worte. Mir war es damals so bei Bill Conolly ergangen und auch bei Suko.

Heute erlebte ich es wieder.

»Willkommen bei uns in Petrila«, sagte Marek.

Ich stellte Suko vor, und dann war die Reihe an mir, noch einmal zu berichten. Diesmal ging ich auf Details ein, während Marek zuhörte und sich hin und wieder ein kleines Gläschen einschenkte.

Seine Frau saß daneben und schüttelte den Kopf. Als ich auf die Begegnung mit dem Vampir zu sprechen kam, faltete sie die Hände und murmelte ein Gebet.

»Das war jemand aus der Varescu-Sippe«, sagte Marek. Er berichtete, was er erlebt hatte.

Dann kamen wir auf das Kreuz zu sprechen. Als ich es zeigte, wurden die Augen des Alten feucht. Mit zitternden Fingern griff er danach und berührte es mit seinen Lippen.

»Ja, es ist das richtige Kreuz. Ich erkenne es an den uralten Zeichen.«

Ich war wie elektrisiert. »Dann wissen Sie um die Bedeutung dieser Zeichen?«

Er schüttelte den Kopf. »Nicht genau, ich müßte in einem alten Buch nachschlagen.«

»Haben Sie es zur Hand?«

»Leider nicht. Es liegt oben unter dem Dach. Irgendwo...« Er hob die Schultern. »Wenn wir Zeit hätten, dann...«

»Nein, nein, die haben wir nicht.«

Marek trank sein Glas leer. »Ich freue mich, daß dieses geheimnisvolle Kreuz, das schon dazu beigetragen hat, den Grafen Dracula zu vernichten, in würdige Hände gelangt ist.« Dann zog er den Eichenpfahl aus dem Gürtel. »Auch dieser Pfahl hat dafür gesorgt, daß schon zahlreiche Vampire endgültig zur Hölle geschickt worden sind. Er hat ebenfalls eine lange Geschichte hinter sich. Kreuz und Pfahl gehören eigentlich zusammen.« Er schaute mich an, als wollte er mir den Pfahl übergeben, doch ich winkte rasch ab.

»Nein, behalten Sie ihn!«

Marek nickte. »Wenn mir etwas passiert, wüßte ich keinen würdigeren Menschen, als Sie, der mein Erbe antritt. Vielleicht bin ich der letzte in der langen Ahnenreihe, die gegen die Untoten in diesem Lande gekämpft haben. Mein Leben lang habe ich über mein Schicksal nachgedacht. Ich mußte erst sechsundfünfzig Jahre alt werden, um den Kampf erfolgreich aufnehmen zu können.«

»Dann wollen wir hoffen, daß wir Kalurac zu fassen kriegen«, sagte ich.

Jetzt wiegte Marek nachdenklich den Kopf. »Da machen Sie sich zu große Hoffnungen.«

»Wieso?«

»Er wird nicht mehr hier sein. Meiner Meinung nach hält er

sich irgendwo versteckt. Oder aber er ist unterwegs, um neue Verbündete zu finden, denn es geht um seine Existenz.«

Die Gedankengänge des Mannes waren gut. Wenn sie stimmten, saßen wir hier fest, schlugen uns mit »normalen« Vampiren herum, während Kalurac ganz woanders seine Fäden spann.

Eine Vorstellung, die mir den Angstschweiß auf die Stirn trieb. Er konnte sich ebensogut hier versteckt halten oder Hunderte von Meilen entfernt zuschlagen. Genau dort, wo wir nicht waren.

»Denkst du das gleiche wie ich?« fragte Suko leise.

»Ja.«

Mit wenigen Worten klärte ich Marek auf. Und auch er zeigte sich besorgt. Er drehte den Kopf zum Fenster. »Dann gibt es für uns nur noch eine Möglichkeit. Wir müssen die Familie Varescu finden und ihr den Seelenfrieden wiedergeben, sonst erleben wir die Hölle. Draußen ist es finster. Wenn wir sie noch in ihren Verstecken erwischen wollen, dann müssen wir uns beeilen.«

»Sie wissen, wo die Vampire zu finden sind?« fragte ich.

Jetzt lächelte Frantisek Marek. »Auf dem alten Soldatenfriedhof...«

Das Grauen flog in Richtung Norden!

Niemand sah die riesige Fledermaus, keiner entdeckte sie. Sie wurde eins mit den Wolken, verschwand im Schatten des Nachthimmels, stieß manchmal hinunter bis auf wenige hundert Meter Höhe, sah dann die Lichter der Städte und kleineren Orte und stieß jedesmal ein grimmiges Fauchen aus.

Bald würde diese Ruhe gestört werden, dann war es den Menschen nicht mehr möglich, so sorglos in den Tag hineinzuleben. Dann bestimmten Angst und Entsetzen ihren Alltag, denn die geballte Macht der Vampire war groß – sehr groß sogar!

Lautlos schwebte die Fledermaus weiter, erreichte den Staat Ungarn, segelte hinweg über die brettflache Pußta, ließ sich von Aufwinden tragen und steuerte Wien an.

Dort lebte ein uralter Vampirclan, der sich die Jahrhunderte hindurch gehalten hatte. Die Katakomben der Millionenstadt an der Donau dienten der Familie als Unterschlupf. Sie lebten in den

Abwasserkanälen in ewiger Dunkelheit, hatten ihren Existenzrhythmus auf ein Minimum reduziert und ernährten sich in der Hauptsache nur noch von Tierblut. Es waren keine echten Vampire mehr; die Zeit hatte sie gezeichnet, und sie besaßen nicht die Kraft, sich zu erheben.

Aber das sollte anders werden.

Die Familie Ceprac, vor einigen hundert Jahren aus Rumänien an die Donau gekommen, sollte wieder zu dem werden, was sie früher einmal war.

Zur mächtigsten Vampirfamilie des Kontinents!

Durch einen magisch-geistigen Kontakt hatte D. Kalurac sein Kommen angekündigt. Die Cepracs wußten Bescheid und würden sich an dem vereinbarte Treffpunkt aufhalten.

Und das war der Kahlenberg!

Sie hatten einen alten Bunker als Treffpunkt ausgesucht, der nicht weit vom Gipfel entfernt lag.

Der Vampir erreichte die CSSR, flog über Bratislava, dem ehemaligen Preßburg, hinweg und gelangte an die österreichische Grenze. Kein Zöllner sah die Riesenfledermaus, wie sie im Dunkel der Nacht die Grenze überflog. Die Schwarze Magie ermöglichte es auch, daß dieses Untier nicht auf einem Radarschirm geortet wurde.

Der erste Ort in Österreich hieß Bad Deutsch Altenburg. Auf dem Hundsheimer Berg, ganz in der Nähe der Ortschaft, legte der Vampir eine Pause ein.

Es war tief in der Nacht. Es rauschte auf, als der Vampir dem Gipfel entgegenflog. Wo tagsüber begeisterte Flugzeugbauer ihre neuesten Modelle fliegen ließen, herrschte in der Nacht eine nahezu gespenstische Ruhe.

Die Riesenfledermaus klappte die Flügel zusammen. Das häßliche, vorstehende Maul bildete sich zurück und nahm menschliche Züge an. Der Vampir lächelte böse, als er hinauf zum Himmel schaute und den runden Vollmond ansah.

Er gab ihm immer wieder die Kraft für seine Taten. Aus dem Erdtrabanten empfing er die Strahlen, die seine Existenz während der Nacht gewährleisteten.

Vampire waren Nachtgeschöpfe. Tagsüber mußten sie sich versteckt halten, lebten dann in einsamen, längst vergessenen

Gruften und Burgverliesen. Erst wenn es dunkel wurde, trauten sie sich hervor.

In alter Zeit hatte es noch viele von ihnen gegeben, da vergingen die Menschen fast vor Angst, wenn nur der Name eines Vampirs ausgesprochen wurde. Doch in der modernen Zeit traten sie nur hin und wieder auf. Einige von ihnen hatten überlebt. Dafür war die Familie Ceprac ein gutes Beispiel. Aber an Macht hatten die Blutsauger verloren.

D. Kalurac wollte die Vampirfamilien, die es in Europa noch gab, vereinigen und zu einer Allianz des Blutes zusammenschließen. Österreich mit der Familie Ceprac stand auf seiner Seite. Nun galt es noch, die englischen Vampire davon zu überzeugen, daß ein Eintritt in die Allianz das Beste für sie war, um eine Überlebenschance zu garantieren.

Während Kalurac in seinem Sarg gelegen hatte, als Aschehaufen und körperlich nicht existent, hatte sein böser Geist Ausflüge unternommen und das Weltgeschehen beobachtet. Der Geist hatte in einem Zwischenreich gelebt, das von einem Dämon regiert wurde, den man den Spuk nannte. Er fing die Seelen der Dämonen auf und hortete sie auf einem besonderen Friedhof. Manche von ihnen konnten nicht mehr zurück, aber D. Kalurac war wieder in die Welt der Lebenden geholt worden. Ein böser Zauber hatte dafür gesorgt, und Diener fand er überall. Wie diesen Petroc Jurc, der dem Ruf gefolgt war.

Doch es gab auch Kämpfer, die gegen das Böse antraten. Der Vampir dachte an seine Gegner. An das Team um John Sinclair. Und diese Gegner galt es auszuschalten.

Vor allen Dingen John Sinclair!

Von ihm hatte D. Kalurac zum erstenmal erfahren, als sein Geist im Reich des Spuks dahinvegetierte. Der Spuk hatte D. Kalurac von Sinclair berichtet. Das war nach einer Niederlage gegen den Geisterjäger in New York geschehen, als der Spuk Manhattan unter seine Kontrolle hatte bringen wollen.

Sinclair hatte dies verhindert, überlegte der Vampir, wie so viele andere Angriffe auch. Sinclair stand auf der Abschußliste an erster Stelle. Und deshalb mußte er ausgeschaltet werden.

Und er hatte das Kreuz!

Das Kreuz, das damals zusammen mit dem Eichenpfahl dazu

beigetragen hatte, Vlad Dracula zu vernichten. Es gab kaum Dinge, wovor sich Kalurac fürchtete. Aber das Kreuz gehörte dazu.

Die Macht des Guten, die alles überstrahlte.

Deshalb war John Sinclair nach Rumänien gelockt worden. Dort sollte er sich mit den Vampiren herumschlagen, damit in England die Bahn frei war.

Ihr Plan war einfach, aber teuflisch genial.

Die Vampire wollten in das Alltagsleben der Menschen einbrechen und sie zu ihren Dienern machen. Dabei war vorerst nicht an die einfachen Leute gedacht, nein, die vielleicht später. Erst standen diejenigen auf dem Programm, die an den Schalthebeln der Macht saßen. Politiker, Wirtschaftsbosse, sie alle sollten zu Vampiren werden und ihre Dienste in die Allianz des Blutes stellen.

Ein ungeheurer Plan, aber nicht undurchführbar. Denn wer ahnte schon etwas von der Gefahr, die sich da im Dunkeln zusammenbraute?

Kriegerische Auseinandersetzungen zwischen den einzelnen Völkern waren errechenbar, kalkulierbar und voraussehbar. Da gab es immer Anzeichen, daß etwas passieren würde. Aber bei einem Angriff aus dämonischen Gefilden merkten die wenigsten etwas. Und die, welche die Wahrheit wußten, wurden von den anderen »normalen« Mitbürgern spöttisch belächelt.

Das war es, was den Mächten der Finsternis immer wieder die Chance gab, ihre Siege zu erringen.

Die Uneinigkeit der Menschheit!

Der Vampir lachte schallend auf, als er daran dachte, daß der Erzfeind Sinclair jetzt in Rumänien hockte. D. Kalurac hingegen war auf dem Weg nach England, in Sinclairs Heimat.

Mit diesen Gedanken breitete er seine riesigen, wie Leder wirkenden Fledermausflügel aus und erhob sich rauschend in die Lüfte. Sein Ziel war der Kahlenberg, und schon bald funkelten unter ihm die Lichter der Millionenstadt.

Es war eine mondhelle Nacht. Der Vampir flog über den Vorort Kagran. Er sah die Schatten der neuen Hochhäuser, die so gar nicht zum Image der Stadt Wien paßten, und entdeckte den majestätischen Turm des Stephansdoms, der sich ebenso wie der neue Fernsehturm als Silhouette vor der runden Scheibe des Mondes abhob.

Er wandte den Blick von der Kirche ab, denn das Kreuz war für ihn immer noch Symbol der Vernichtung. Daran hatten auch die Jahrhunderte nichts geändert.

Der Vampir nahm Kurs nach Nordwesten und flog auf den Kahlenberg zu. Diese letzte Erhebung der Alpenausläufer stach wie der Buckel eines riesigen Ungeheuers aus der Landschaft.

Serpentinenartig führte eine Straße zum Kahlenberg hoch. Er war der Ausgangspunkt für viele Spaziergänger, die in den Wienerwald wollten. Nachts jedoch ließ sich hier kein Mensch blicken. Einsam und verlassen lag die Höhe vor ihm.

Durch das bunte Laub der Bäume rauschte der Nachtwind, zupfte die Blätter von den Zweigen und ließ sie zu Boden trudeln, wo sie auf der Straße einen dicken Teppich bildeten.

Weich setzte der Vampir zur Landung an. Er kam in der Nähe eines verriegelten Andenkenstandes auf und hatte von hier aus nur noch wenige Minuten zu gehen, um die Familie Ceprac zu treffen.

Das Geschöpf der Nacht verschwand zwischen den Bäumen. Der Vampir hinterließ eine leere Straße, als hätte es ihn nie gegeben.

Kalurac hatte wieder menschliche Gestalt angenommen. Er raffte seinen langen Umhang um beide Schultern. Silbern sickerte das Mondlicht durch den Wald und ließ das hagere Gesicht des Blutsaugers hin und wieder aufleuchten.

Das Laub raschelte verräterisch unter den Füßen des Untoten, als er durch den Wald ging. Er bemühte sich nicht, leise zu sein. Wer ihn erwartete, sollte merken, wenn er erschien.

Daß sich ein Mensch hierher verirrte, nahm der Untote nicht an. Und wenn, dann würde dieser Mensch sehr rasch in den Kreis der Vampire aufgenommen werden.

Der Weg führte bergauf. Mit dem sicheren Instinkt eines Raubtieres fand der König der Blutsauger das Versteck.

Das Versteck war in den Berg hineingebaut worden. Ein alter Bunker mit einem gemauerten Eingang, kaum mehr als eine Höhle. Davor wuchsen Sträucher. Sie standen so dicht beieinander, daß sie die Sicht in die Höhle verwehrten.

Plötzlich entstand Bewegung zwischen den Sträuchern. Aus dem Innern der Höhle tauchte ein fahles, blutarmes Gesicht auf.

Kaluracs Ankunft war bemerkt worden.

Dann wurden die Zweige des Gebüschs geteilt, und der Anführer der Ceprac-Sippe tauchte auf.

Es war ein uralter Mann, ein Greis, mit grauen, strähnigen Haaren, einem faltigen Gesicht und blutleeren, lappig wirkenden Lippen. In den Augenhöhlen glühte es düster. Als der alte Carl Ceprac sich aus dem Gebüsch schälte und seinen Meister sah, fiel er vor ihm auf die Knie und küßte dessen Füße.

Aufrecht blieb Kalurac stehen und nahm die Huldigung mit unbewegtem Gesicht entgegen.

Er war es gewohnt, so empfangen zu werden.

Langsam erhob sich der Alte. Er reichte dem König der Vampire kaum bis zur Schulter.

»Ich sehe, es geht dir schlecht«, sagte Kalurac, »du hast die Zeiten nicht gut überstanden.«

»Ja, Meister, es war schlimm.«

Kalurac lachte. »Aber das wird sich ändern, glaube mir. Wo sind die anderen?«

Carl Ceprac deutete über die knochige Schulter. »In der Höhle, Meister.«

»Hol sie her! Wir haben nicht viel Zeit!«

Ceprac verstand.

Zuerst tauchten seine beiden Söhne auf. Es waren Ausgeburten der Hölle. Beide kahlköpfig, mit runden, breiten Gesichtern, dicken Lippen und langen, säbelartigen Zähnen. Sie gingen etwas gebeugt, und manchmal tropfte ihnen gelblicher Speichel von den Lippen.

Sie waren Zwillinge und hießen Gorum und Vlado. Mißtrauisch starrten sie Kalurac an. Keiner wollte sich die Blöße geben, ihn als erster zu begrüßen.

»Runter mit euch!« zischte der König.

Jetzt fielen auch sie auf die Knie und küßten seine Füße. Eine Frau hatte Ceprac nicht mehr. Sie war vor langer Zeit von einem Kapuzinermönch gepfählt worden und hatte somit ihr untotes Dasein ausgehaucht.

Aber es gab noch ein Mitglied der Familie. Rebecca, die Tochter!

Wie eine Königin verließ sie die Höhle. Waren ihre beiden Brüder Ausgeburten an Häßlichkeit, so stellte Rebecca genau das Gegenteil dar. Sie konnte man getrost als Schönheit bezeichnen. Selbst Kalurac war überrascht, als er das Mädchen, das schon Hunderte von Jahren zählte, ansah.

Rebecca hatte flammend rotes Haar, das wie eine glühende Sonne ihren Kopf umwehte. Ihr Gesicht war von einer engelhaften Ebenmäßigkeit, die Augen standen leicht schräg, und die Pupillen glühten wie grünes Feuer. Volle Lippen bildeten den Mund, der Hals war schlank und verschwand im runden Ausschnitt des langen, weißen Kleides, das Rebecca wie eine Fahne umwehte. Die hochstehenden Wangenknochen verrieten den slawischen Einschlag. Und als Rebecca die Lippen zu einem Lächeln zurückzog, glänzten ihre beiden Vampirzähne wie aus Perlmutt geschliffen.

Kalurac wußte sofort, daß er sich diese Frau nehmen würde.

»Komm her«, sagte er, und sie gehorchte. Besitzergreifend legte er seinen rechten Arm um Rebecca und sagte: »Von nun an gehörst du mir, Rebecca!«

Sie nickte.

Der Alte sagte: »Es ist uns eine Ehre, wenn du dir Rebecca zur Braut nimmst.«

Und Rebecca schmiegte sich eng an ihren Meister. Der Wind rauschte durch die Bäume, wehte gegen ihr Kleid und preßte es an den Körper. Rebecca hatte eine wunderbare Figur. Straff und fest war die Haut, ihre Schönheit schien der Teufel selbst geschaffen zu haben, doch unter der männererregenden Larve schlug kein Herz.

Sie war ein Vampir und ernährte sich von dem Blut der Menschen.

Die rote Rebecca wurde sie in der großen Familie der Vampire genannt. Und sie war ebenso schlimm wie die anderen.

Der alte Ceprac fragte: »Was befiehlst du, Meister? Sollen wir hierbleiben?«

»Nein, wir haben ein Ziel!«

»Und welches?«

»Wir werden nach England fliegen, um dort unsere Brüder und Schwestern zu treffen. Sie sollen unseren Ruf hören, sich aus den Grüften und Gräbern erheben, um dann wie ein Sturm über das Land zu kommen und all die vernichten, die sich uns in den Weg stellen. Wenn der Mond die Farbe des Blutes annimmt, werdet ihr sehen, daß die Zeit der Vampire da ist.«

Kalurac machte eine weit ausholende Armbewegung, und der Mantel hinter ihm blähte sich auf wie eine Fahne.

»London, wir kommen!« rief er…

Marie Marek blieb allein zurück, als wir das Haus verlassen hatten. Die Frau hatte einen Schock erlitten. Die Männer hatten über Vampire gesprochen, als wären sie die normalste Sache der Welt. Aber für sie waren sie immer noch etwas ungeheuer Schlimmes, Grausames. Und deshalb mußte sie sich jemandem anvertrauen.

Und das war der Pfarrer.

Durch einen Hinterausgang verließ Marie das Haus. Sie hatte sich eine alte Pelerine umgehängt und ein Tuch über den Kopf gebunden. Sie hoffte, daß niemand sie erkennen würde.

Rasch ging sie los. Sie war nicht mehr die Jüngste, und das Tempo, das sie anschlug, ging ihr ans Herz.

Als sie die Kirche erreichte und durch die kleine Pforte auf den Platz schritt, wo der Friedhof des Dorfes lag, sah sie hinter der Kirche im Pfarrhaus Licht brennen.

Es war ein heller Fleck im Grau der Nebelschleier. Über einen schmalen, mit Steinen belegten Weg schritt Marie rasch auf das kleine Pfarrhaus zu.

Sie klopfte an die Eingangstür. Das vertrauenerweckende Zeichen des Kreuzes war in das Holz eingeschnitzt worden.

Die Haushälterin öffnete. Sie stammte ebenfalls aus Petrila und war im gleichen Alter wie Marie.

»Ist der Pfarrer da?« fragte Marie.

»Nein, er ist zu einem Sterbefall ins Nachbardorf gerufen worden, weil der Pfarrer dort erkrankt ist«, erklärte die Haushälterin, »aber willst du nicht hereinkommen?«

Marie überlegte und schüttelte dann den Kopf. »Nein, nein, laß mal. Ich – ich rede dann später mit ihm.«

»Wie du willst, aber wahrscheinlich kommt der Pfarrer erst morgen zurück, der Nebel wird immer dichter.«

Marie bedankte sich und ging wieder. Kopfschüttelnd schloß die Haushälterin die Tür. Sie hätte zu gern gewußt, was Marie von dem Pfarrer wollte.

Marie Marek ging den Weg zurück, den sie gekommen war. Auch der kleine Friedhof wurde vom Nebel umflort. Schwaden tanzten um die Grabsteine wie Gespenster aus einer anderen Welt.

Richtig unheimlich war es, und Marie schüttelte sich.

Inzwischen war es Abend geworden, die Temperatur sank, der Nebel senkte sich auf den Boden, und die Menschen waren von der Straße verschwunden.

Sie hatten sich in ihre Häuser und Wohnungen zurückgezogen. Wie ausgestorben lag Petrila unter der Nebelglocke.

Marie ging jetzt über die Hauptstraße ihrem Haus entgegen. Sie kam sich plötzlich sehr allein vor. Sie hatte sich von dem Pfarrer einen Rat erhofft, denn Marie hatte Angst.

Angst davor, daß die Blutsauger in das Dorf einfallen konnten und auch sie nicht verschonten.

Ihr Herz klopfte oben im Hals. Ihre Lippen murmelten Gebete, während sie durch den Nebel hastete und sich hin und wieder hastig umsah, ob sie verfolgt wurde.

Doch niemand hatte sich auf ihre Fersen gesetzt.

Unangefochten erreichte Marie Marek ihr Haus. Der Wind war etwas stärker geworden und ließ einen alten Fensterladen klappern. Im gleichen Rhythmus schlug er immer wieder gegen die Hauswand. Marie stellte den Fensterladen fest und öffnete erst dann die Haustür.

Hastig schloß sie hinter sich ab. Sie fürchtete sich plötzlich, allein in diesem Haus zu sein. Nervös lief sie von einem Zimmer ins andere. Dann hatte sie eine Idee. Soviel sie wußte, lagen im Keller noch Knoblauchstauden. Und Knoblauch war für die verdammten Blutsauger das reinste Gift.

Es gab Menschen, die Vampire damit getötet hatten, indem sie ihnen Knoblauchstauden zwischen die blutgierigen Zähne stopften. Marie hatte etwas anderes vor. Sie wollte mit dem Knoblauch ihre Türen und Fenster sichern, damit die Blutsauger es erst gar nicht wagten, in das Haus einzudringen.

Aber dazu mußte sie in den Keller.

»Unbewaffnet« wollte Marie ihn auch nicht betreten, so sehr fürchtete sie sich.

Im Schlafzimmer, über dem Ehebett, hing ein großes Holzkreuz. Es wurde für die Prozession genommen und war mit geweihtem Wasser besprengt worden.

Das Kreuz wollte Marie mit in den Keller nehmen.

Sie verließ die Küche, ging in den Flur – und fuhr mit einem Schrei auf den Lippen zurück.

Im Hausflur stand die alte Varescu.

Und sie war ein Vampir!

Wir hatten uns bewaffnet.

Ich trug meine mit geweihten Silberkugeln geladene Pistole bei mir. Suko besaß ebenfalls solch eine Waffe, hatte sich aber zusätzlich aus dem Koffer die mit Eichenbolzen geladene Druckluftpistole eingesteckt. Ich verließ mich noch auf meinen Silberdolch, der mir schon manch gute Dienste erwiesen hatte.

Marek trug nur den Pfahl. Er machte seinem Spitznamen Pfähler wirklich alle Ehre.

Fröstelnd blieben wir einen Moment vor dem Haus stehen. Der Nebel war so dicht geworden, daß wir nicht die Hand vor Augen sehen konnten. Hinzu kam die Dunkelheit. Allein hätten Suko und ich den alten Soldatenfriedhof nie gefunden. Aber wir hatten einen ortskundigen Führer bei uns.

Dabei war es gar nicht sicher, ob sich die Vampirbrut überhaupt dort aufhielt. Diese Vermutung stützte sich allein auf Mareks Annahme.

Wir überquerten die Straße. Irgendwo klang dumpf aus dem Nebel das Mahlen von Rädern.

Ein Fuhrwerk, das unterwegs war.

Wir blieben nicht auf der Hauptstraße, sondern tauchten bald in eine Seitengasse ein, die neben einigen Gärten direkt auf den Wald zuführte.

»Der Friedhof ist uralt«, erzählte Marek. »Christliche Symbole werden wir dort kaum finden. Mörder und Schänder wurden hier begraben.«

»Genau der Ort, an dem sich Vampire wohl fühlen«, kommentierte ich.

Marek nickte.

Suko ging hinter uns. Er war der Mann, der am wenigsten Worte machte, auf den ich mich aber hundertprozentig verlassen konnte, wenn es darauf ankam.

Ich dachte an Jane Collins und an Bill Conolly, die ebenso wie Sheila in London zurückgeblieben waren. Jane wußte gar nicht, wo ich mich aufhielt, aber vielleicht hatte ihr Bill davon berichtet. Das hielt ich durchaus für möglich.

Die Büsche und Bäume in den Gärten sahen seltsam fremd aus. Der Nebel verwischte die Konturen, machte sie unkenntlich und formte mit seinen ewig wallenden Schleiern oft völlig neue Gebilde, die ängstliche Gemüter schon erschrecken konnten.

Wir gewöhnten uns an die graue Suppe, und Marek fand zielstrebig seinen Weg.

Jeder von uns hing jetzt seinen Gedanken nach, während wir durch den Nebel schritten.

Meine Gedanken beschäftigten sich mit D. Kalurac. Er befand sich nicht mehr in dieser Gegend, war entweder geflohen oder hatte sich bewußt ein anderes Ziel ausgesucht. Man nannte ihn den Schwarzen Grafen, im Gegensatz zu Vlad Dracula, der ja unter dem Beinamen »der Pfähler« in die Geschichte eingegangen war. Doch ich schätzte, daß Kalurac dem Grafen Dracula in Grausamkeit in nichts nachstand.

D. Kalurac! Welch ein Name.

Ich murmelte ihn ein paarmal vor mich hin. Irgend etwas störte mich dabei. Ich wußte nicht, was es war, machte aber einige Wortspiele, indem ich die Buchstaben vertauschte.

Ja, das war es.

Buchstaben vertauschen.

D. Kalurac! Setzte man die einzelnen Buchstaben in eine andere Reihenfolge, so entstand der Name DRACULA…

Plötzlich war ich wie vor den Kopf geschlagen. Sollten Dracula und D. Kalurac ein und dieselbe Person sein? War der König der Vampire gar nicht tot? Lebte er immer noch?

Eine unheimliche, makabre Vorstellung. Ich behielt meine Gedanken für mich und sagte den anderen nichts. Aber das Wort »unmöglich« hatte ich im Laufe der Zeit aus meinem Wortschatz gestrichen. Ich hatte Sachen erlebt, die so haarsträubend waren, daß ich sie selbst kaum glauben konnte.

Mittlerweile hatten wir das Dorf verlassen. Wir schritten jetzt über ein freies Feld, auf dem der Nebel wie eine Wand hochwuchs. Wenn jemand sich hier nicht auskannte, war er verloren.

»Wir werden gleich am Wald sein«, hörte ich Mareks Stimme. »Wir halten uns aber dicht am Rand, denn im Wald können wir uns zu leicht verlaufen.«

Man konnte Marek keinen Vorwurf machen. Auch als Eingeweihter war es schwer und oft nahezu unmöglich, sich in dieser dampfenden Nebelbrühe zu bewegen. Wie daheim in London.

Wir schwenkten nach rechts ein, schritten über einen aufgefurchten Boden und spürten wenig später wieder das federnde Gras unter den Sohlen.

Schweigend verging die nächste Viertelstunde. Dann hob Marek die Hand, und wir blieben stehen.

»Da ist er«, sagte der Pfähler und deutete nach vorn auf die wabernde Nebelwand.

Suko und ich sahen zwar nichts, aber wir glaubten dem Einheimischen. Vorsichtig bewegten wir uns auf den alten Friedhof zu. Ich sah keine christlichen Symbole, dafür tauchten alte Grabsteine aus dem Nebeldunst auf. Sie steckten schief in der feuchten Erde, waren mit Moos überzogen, und die Namen darauf konnte kein Mensch mehr entziffern.

Ich hatte die Taschenlampe eingeschaltet. Viel nutzte das nicht, da der Strahl von den unzähligen Nebeltropfen reflektiert wurde.

Der alte Friedhof war nicht eben, sondern erstreckte sich über einen Hang.

»Wir müssen das Massengrab finden«, sagte Marek. »Da halten sie sich bestimmt versteckt.«

»Wann ist das Grab angelegt worden?« fragte Suko.

»Keine Ahnung. Hier wurden die Mörder und Schänder

begraben. Unser Land hat eine wechselvolle Geschichte hinter sich.«

»Ist das Grab inzwischen einmal geöffnet worden?« wollte ich wissen.

»Soviel ich weiß, nein«, erwiderte Marek. »Wir werden außer den Vampiren sicherlich nur bleiche Gebeine finden. Machen Sie sich auf etwas gefaßt.«

Ich schluckte. Schon jetzt lief mir eine Gänsehaut über den Rücken. Obwohl ich in meinem Beruf viel erlebt hatte, konnte ich mich an die makabren Anblicke nie gewöhnen. Neue, schlimme Eindrücke gingen mir jedesmal tief unter die Haut.

»Ruhe!« Das war Sukos Stimme. Er selbst war nur als schemenhafter Umriß zu erkennen.

»Was ist?«

Suko trat einen Schritt auf mich zu. »Ich glaube, ich habe ein Fauchen oder Knurren gehört.«

Ich zog meine Beretta und lauschte dann ebenso gebannt wie Suko und Marek.

Mein chinesischer Partner hatte sich nicht getäuscht. Es war ein bösartiges Knurren, das irgendwo aus der Nebelwand drang. Wir konnten aber nicht feststellen, aus welcher Richtung das Geräusch ertönte, da der Nebel alle Laute verzerrte.

»Der Wolf!« flüsterte ich.

Und da sprang er uns schon an. Als grauer Schatten tauchte er plötzlich auf, wischte durch die Luft und hing Suko an der Kehle.

»Verdammt!« schrie ich und wollte feuern, doch ich ließ die Waffe sinken, als ich sah, daß Suko allein mit dieser Bestie fertig wurde. Suko gehörte zu den Menschen, die verdammt viel Kraft hatten. Und das bewies er in diesen Augenblicken. Er packte mit einer Hand die Kiefer der Bestie und drückte sie zusammen. Dabei ließ er sich auf die Knie fallen und umschloß mit der linken Hand einen Hinterlauf des Wolfs. Dann drehte er sich, schoß aus der Hocke hoch und wurde buchstäblich zum lebenden Kreisel.

Und mit ihm streckte sich der Körper der Bestie.

Mit einem Schrei auf den Lippen ließ Suko den Wolf los. Von der Fliehkraft katapultiert, zischte das Tier wie ein Torpedo auf die dicht stehenden Bäume zu.

Er hatte keine Chance.

Wir hörten noch das Aufprallgeräusch. Ein langgezogenes Heulen folgte, dann war Ruhe.

Suko wischte sich über die Stirn. »Das wär's«, sagte er.

Marek schaute meinen Partner überrascht an. »Mein Gott, haben Sie Kräfte.«

Der Chinese winkte ab. Lob war ihm zuwider.

»Jetzt wissen wir, daß sich die Vampire hier aufhalten«, bemerkte ich.

Wir gingen weiter. Und dann standen wir vor der Grabplatte. Ich weiß nicht, wer dieses Massengrab angelegt hat, aber soviel ich erkennen konnte, mußte unter der großen, rechteckigen Grabplatte ein Schacht in die Erde führen, in den man die Toten damals kurzerhand hineingeworfen hatte.

Eine einfache, aber wirkungsvolle Methode. Unsere oftmals hochgelobten Vorfahren hatten sich schon immer etwas ausgedacht.

»Die Platte kriegen wir nie hoch«, sagte Marek.

»Abwarten«, meinte Suko.

Ich lächelte. »Er hat heute schon ein Auto gestemmt. Der will dem guten Samson Konkurrenz machen.«

»Neidhammel.«

Die dummen Sprüche übertünchten die Spannung, unter der wir standen. Wer konnte schon wissen, was uns erwartete, wenn wir die Grabplatte tatsächlich hochstemmen konnten?

Als wir sie genauer untersuchten, stellten wir fest, daß sie bereits bewegt worden war. Die Vampire hatten hier ihren Einstieg gefunden.

An beiden Seiten der Platte fanden wir Ringe. Suko ging nach rechts. Marek und ich zogen links.

Wir drehten dabei dem übrigen Teil des Friedhofs den Rücken zu und sahen nicht, wie sich die Erde wenige Schritte hinter uns auftat.

Plötzlich tauchte eine mit Erde und Gras bedeckte Gestalt aus dem Grab auf. Das bleiche Gesicht zeigte eine schmierige, feuchte Lehmspur, die sich tief in die Hautfalten hineingegraben hatte.

Die Gestalt war ein Vampir. Sie hielt einen armdicken Holzknüppel in der rechten Hand und näherte sich dem ahnungslosen Marek...

Die Angst fraß sich mit ungeheurer Geschwindigkeit in Marie Mareks Herz.

Sie wünschte sich, daß alles nur ein Traum wäre, doch es war kein Traum.

Sie erlebte die brutale Realität bis zur letzten Sekunde mit. Das, was sie immer in Alpträumen gesehen und durchlitten hatte, wurde nun wahr.

Ein Vampir hatte sie besucht!

Silva Varescu! Eine Frau in Maries Alter. Ihr Leben lang hatte sie gearbeitet, war genügsam gewesen und hatte sich mit den wenigen zufrieden gegeben, was das Leben ihr bot.

Doch ein grausames Schicksal hatte sie zur Untoten gemacht. Zu einer Wandlerin zwischen den Welten. Äußerlich hatte sich die Varescu nicht verändert. Aber eines hatte sie verloren.

Die Seele!

Vampire besaßen sie nicht mehr. Sie waren seelenlose Geschöpfe. Produkte einer finsteren, grausamen Brut, bei denen nur die körperliche Hülle existierte und sonst nichts mehr.

Es gab Vampire in allen Schattierungen, wie auch bei den Menschen. Schöne Frauen lockten oft mit ihrem Körper, machte Jagd auf Jünglinge, um sie dann mit den Fängen der Hölle zu umgarnen.

Vampire – seit jeher Angsttraum der Menschen. Inkarnation von Tod, Grab und Moder...

Sie scheuten das Sonnenlicht, haßten die Macht des Guten, waren oft beinahe ausgerottet worden, wurden im Mittelalter und auch später von der Kirche gejagt und überlebten doch.

Einer blieb immer übrig. Und er pflanzte den Giftstachel des Bösen weiter, bewirkte damit eine höllische Kettenreaktion, der die normalen Menschen oft machtlos gegenüberstanden.

Wie Marie Marek!

Sie war eine gläubige Frau, aber wie so oft bei einfachen Menschen verbanden sich Glaube und Aberglaube zu einer brisanten

Mischung. Wenn die Konfrontation erfolgte, war die Angst oft stärker.

Und Marie hatte Angst.

Die Untote stand im Gegenlicht. Ihre Zähne schimmerten, traten weit über den Oberkiefer hervor und waren dazu ausersehen, auch Marie Marek in den Strudel der Hölle zu reißen.

Marie atmete schneller. Ihre Augen traten aus den Höhlen hervor, starrten die Untote an, die jetzt ihre Hand ausstreckte und den rechten Zeigefinger bewegte.

»Komm«, lockte sie, »komm zu mir!«

Stumm schüttelte Marie den Kopf.

»Dann muß ich dich holen. Wir warten auf dich. Der Schwarze Graf braucht Diener, um sein Reich aufzubauen. Und dich, Marie, hat er dazu ausersehen!«

»Nein!« flüsterte die Frau. »Nein, niemals!«

»Du wirst mir nicht entgehen«, erwiderte Silva Varescu. Sie ging vor. Langsam, wie an einem unsichtbaren Faden hängend. Die Untote war eine Marionette, die einem anderen gehorchte und von ihm geleitet wurde.

Ein Schritt, zwei Schritte...

Der weibliche Vampir kam näher.

Und Marie stand noch schreckensstarr. In ihrem Kopf wirbelten die Gedanken. Es war ein völliges Durcheinander und gleichzeitig eine bodenlose Leere.

Oft hatte sie sich vorgestellt, wie es sein würde, wenn einer der Blutsauger vor ihr stand. Aber jetzt, wo es tatsächlich geschah, hatte sie alles vergessen.

Noch ein Schritt...

Marie sah die welke Haut, die sie an faulende Blätter im Herbst erinnerte, sah die lappigen Lippen, das zurückgeschobene Kinn, nahm den Geruch wahr, den sie nicht genau identifizieren konnte, und fühlte, wie ihre Knie weich wurden.

Da berührte sie die Hand!

Eiskalte Totenfinger strichen über ihr rechtes Gelenk. Vielleicht war es dieser Kontakt, der Marie Marek aus ihrer Erstarrung riß.

Sie schrie plötzlich auf und warf sich auf dem Absatz herum.

Noch ehe Silva Varescu zupacken konnte, stürzte Marie durch die offenstehende Tür in die Küche hinein.

In ihrer Panik lief sie jedoch nicht auf dem kürzesten Weg zur Tür.

Eiskalt nutzte die Untote ihre Chance und schnitt Marie den Weg ab. Mit einem gewaltigen Sprung erreichte sie die Tür und baute sich davor auf.

»Du kommst nicht weg, Marie! Du nicht!«

Die Frau war stehengeblieben, preßte beide Hände gegen ihr wild pochendes Herz. Sie sah in das teuflische Gesicht der Nachbarin, das kaum noch menschliche Züge aufwies. In ihrer wahnsinnigen Angst fielen ihr plötzlich wieder die alten Gebete ein.

Automatisch murmelten ihre Lippen die Worte. Sie sprach lauter und lauter, schleuderte dem Vampir das Credo des Guten ins Gesicht und sah, wie Silva Varescu zusammenzuckte, den Kopf zwischen die Schultern zog und anfing zu greinen.

Die Worte des Guten schienen ihr körperliche Schmerzen zu bereiten. Beide Hände preßte sie gegen die Ohren, und Marie dachte gar nicht daran, aufzuhören.

Es war plötzlich eine Kraft in ihr, die ihr nur jemand eingegeben haben konnte, der weit über den Dingen stand. Marie Marek wußte plötzlich, was sie zu tun hatte.

Sie drehte sich um und verließ mit sicheren Schritten und immer noch Gebete murmelnd die Küche.

Mit hocherhobenem Haupt ging sie auf die Treppe zu, nahm Stufe für Stufe und gelangte so in die oberen Räume.

Sobald die Untote die Gebete nicht mehr vernahm, ging eine Wandlung mit ihr vor. Ihre Gestalt straffte sich. Sie erhob sich aus ihrer geduckten Haltung, fauchte böse und näherte sich ebenfalls mit schleichenden Schritten der Küchentür.

In dem schmalen Treppenhaus blieb sie einen Augenblick stehen und schaute sich um.

Es stand keine Tür offen, demnach war ihr Opfer noch im Haus.

Silva Varescu hörte auf der oberen Etage Schritte und lächelte diabolisch.

Wenn sich Marie dort oben versteckte, dann war sie verloren.

Silva Varescu hatte plötzlich Zeit. Ihrer Meinung nach konnte Marie Marek nicht mehr entkommen.

Auch die Untote schritt die Stufen hoch. Sie bemühte sich nicht, leise zu sein, sondern trat bewußt fest und hart auf, um so ihr Kommen anzukündigen.

Rasch ließ sie den ersten Absatz hinter sich. Dann lag noch eine Stiege vor ihr.

Sie sah schon die Tür des Schlafzimmers, die offenstand. Silva Varescu war nicht zum erstenmal im Haus der Mareks und kannte sich deshalb aus.

»Ich weiß, wo du dich versteckt hast!« rief sie. »Komm her, Marie, damit ich dich…«

Sie verstummte, denn die Tür wurde langsam aufgedrückt.

Auf der zweitletzten Stufe blieb die Untote stehen.

Dann hörte sie Maries Stimme. »Ja, Silva Varescu, ich komme. Warte nur, bald bin ich bei dir!«

Dann riß sie die Tür auf!

Im nächsten Atemzug trat Marie Marek auf die Schwelle. Und sie hielt ein großes Kreuz fest mit beiden Händen umklammert.

»Neiinnn…« Die Untote schrie auf, als ihr Blick das Symbol des Guten traf. Es war mit geweihtem Wasser besprengt worden, und Silva spürte die gefährliche Ausstrahlung.

Wild schüttelte sie den Kopf, riß beide Hände in Schulterhohe, zitterte und schrie.

Marie Marek ließ sich davon nicht beeindrucken. Sie ging vor. Mit unbewegtem Gesicht. Wie eine Heilige, die ein flammendes Schwert in der Hand hält, um das Böse zu vernichten und in die schrecklichen Tiefen der Hölle zu verbannen.

»Weg!« kreischte die Untote. »Geh weg! Weg…«

Marie dachte nicht daran. Furchtlos und im Vertrauen auf die Macht des Kreuzes betrat sie die erste Stufe.

Da fiel der weibliche Vampir zurück. Silvas Fuß verfehlte die nächste Stufe, sie verlor das Gleichgewicht, konnte sich nicht mehr halten und kippte nach hinten.

Sie rutschte die Stufen hinab. Polternde Geräusche begleiteten den Fall, bis die Untote am Ende der Treppe gegen die Wand prallte und liegenblieb.

In verkrümmter Haltung hockte sie am Boden und wimmerte.

Marie aber ging weiter.

Mit einer langsamen Bewegung drehte die Untote den Kopf und schaute Marie von unten her an.

Übergroß kam ihr die Frau vor. Wie ein Denkmal aus Stein stand sie da, mit dem großen Kreuz in der Hand und einem Ausdruck in den Augen, der von einem unerschütterlichen Glauben zeugte.

Dann beugte sie sich nieder.

Näher und näher kam das Kreuz.

Silva Varescu hob die Hand. Die gespreizten Finger sanken zusammen und ballten sich zur Faust. Es war mehr eine verzweifelte Geste als eine Abwehrbewegung. Als die Hand das Holz des Kreuzes berührte, drang ein qualvolles Stöhnen aus dem Mund der Untoten.

Schwer fiel sie hin. Und wo sie das Kreuz berührt hatte, zeigte sich ein brandroter Streifen.

Mit unbewegtem Gesicht tat Marie Marek das, was zu tun war. Sie preßte das Kreuz auf den Körper des Vampirs und schloß die Augen, da sie das grauenvolle Ende des Blutsaugers nicht mit ansehen konnte.

Dann – als alles zu Ende war, brach sie zusammen und begann zu weinen. Die Tränen waren eine Erlösung…

Marek wußte nicht, was ihn gewarnt hatte. Vielleicht war es das Knacken eines Astes oder das Rascheln von Laub. Er wirbelte aus seiner geduckten Haltung herum, sah den Vampir, riß den Eichenpfahl hervor und warf sich mit einem Schrei auf die untote Gestalt.

Der Vampir wollte noch seine Arme hochreißen, als ihn der Pfahl traf. Die Wucht schleuderte den Vampir zurück, bis in das Grab hinein.

Marek kniete vor dem Grab und hielt das Ende des Pfahls gepackt. Seine Wangen zitterten vor Erregung, und er ließ seinen Pfahl erst los, als alles vorbei war.

Suko und ich hatten nicht eingegriffen. Alles war furchtbar schnell gegangen. Marek hatte reagiert wie ein Automat.

Schweratmend trat er zurück. Der Nebel umspielte seine

gebeugte Gestalt. Marek drehte uns sein Gesicht zu und sagte: »Es war der alte Varescu!«

Mehr nicht.

Ich zählte nach. »Dann bleiben noch drei Vampire übrig«, sagte ich. »Die Frau und die beiden Söhne!«

»Ja.«

Was inzwischen im Dorf geschehen war, davon hatten wir keine Ahnung. Ich war skeptisch, ob sich die Vampire tatsächlich noch im Schacht aufhielten. Vielleicht hatten sie sich in Einzelgräbern versteckt wie der alte Varescu.

Ich teilte meine Überlegungen den anderen beiden mit. Gemeinsam begannen wir damit, die Gräber zu durchsuchen. Wir wühlten mit Stöcken die Erde auf, doch einen Vampir entdeckten wir nicht.

»Dann bleibt uns nichts anderes übrig, als es noch einmal zu versuchen«, sagte ich.

Wieder machten wir uns an die makabre Arbeit. Für einen Vampir, dessen Kräfte mit den normalen menschlichen nicht zu vergleichen waren, mußte es ein leichtes gewesen sein, die schwere Platte zu heben. Wir aber keuchten vor Anstrengung.

Suko gab das Kommando.

Gemeinsam hoben wir an, mit allen Kräften.

Die Platte bewegte sich leicht. Wir brachten sie aber nicht hoch.

»Noch einmal!« rief Suko. »Eins, zwei – und drei!«

Zum zweitenmal setzten wir all unsere Kräfte ein. Wir hatten Erfolg.

Stand die schräg in den Schacht eingelassene Platte einmal, so war es leicht, sie nach vorn zu kippen.

Wir sprangen hastig zur Seite, damit wir von dem schweren Stein nicht verletzt wurden.

Mit einem dumpfen Geräusch kippte er auf den Boden.

Uns gähnte die Schachtöffnung entgegen.

Ich war als erster da, hielt in der rechten Hand meine Beretta und in der linken meine Lampe.

Ich leuchtete in den Schacht hinein.

Was ich zu sehen bekam, war das nackte Grauen…

London!

Auch in der Millionenstadt an der Themse hatte der Herbst Einzug gehalten. Es regnete in den zahlreichen Parks bunte, faulige Blätter, und die großen Rasenflächen wurden von einem dicken Laubteppich bedeckt.

Der Nebel hatte sich etwas zurückgehalten.

Nur morgens und abends legte er sich in langen Schleiern über das Land.

Eine fahle Sonne lockte noch zahlreiche Spaziergänger in die Grünanlagen. Die Menschen genossen den Herbst, freuten sich über diese Jahreszeit und ahnten nichts von der Gefahr, die sich der Millionenstadt näherte.

Kalurac und die Ceprac-Sippe befanden sich bereits in London. Noch schlugen sie aber nicht zu, denn es mußten einige Vorbereitungen getroffen werden.

Von der Gefahr, die über London schwebte, wußten weder Sheila noch Bill Conolly etwas. Auch sie genossen die letzten Sonnenstrahlen. Sheila hatte ihren Mann dazu überreden können, mit ihr wieder einmal einen Spaziergang im Hyde Park zu unternehmen.

Als sie noch nicht verheiratet waren, hatten sie stundenlang Arm in Arm die Ruhe des Parks genossen. Die zahlreichen Wege kannte sie heute noch, auch die versteckt stehenden Bänke, auf denen wie früher die jungen Pärchen saßen und sich Koseworte ins Ohr flüsterten.

Es hatte sich nichts geändert.

Und doch – etwas war anders.

Sheila und Bill waren nicht mehr allein.

Bill Conolly, der alte Tiger und Schwerenöter, schob einen Kinderwagen vor sich her, während Sheila neben ihm ging und lächelte. Bill hatte sich erst geweigert, den Wagen zu schieben, aber Sheila hatte es mit vielen Worten und auch ein wenig sanfter Gewalt verstanden, ihren Mann dazu zu bewegen. Jetzt genierte er sich nicht mehr so sehr.

Der kleine John war fröhlich und schlug mit seinen Ärmchen auf die Decke.

Bill blickte sich hin und wieder verstohlen um, ob ihn auch niemand sah. Aber die Menschen interessierten sich nicht für das

Paar mit dem Kinderwagen. Außerdem war Bill Conolly nicht der einzige Mann, der einen Wagen vor sich herschob.

Sie wollten noch eine halbe Stunde am Seeufer vorbeigehen und dann wieder nach Hause fahren. Schließlich mußte Johnny-Boy früh ins Bett.

Der große See im Hyde Park trug den Namen »The Serpentine«, und er lag wie ein nach oben gebogener Schlauch mitten im Park. Im Sommer wurde dort viel Motorboot gefahren und auch gesegelt. Jetzt tanzten bunte Blätter auf den Wellen.

Schräg fielen die Sonnenstrahlen in den Park, schossen wie glitzernde Lanzen durch die bereits zum großen Teil entlaubten Bäume und legten breite, goldene Streifen auf die Wasserfläche.

Es war ein friedliches, wunderschönes Herbstbild. Wenn Bill ein besonders attraktives Motiv sah, schoß er eine Aufnahme. Er vergaß aber nie, Sheila und den kleinen Johnny in den Vordergrund zu stellen.

Am Abend wollten die Conollys ins Theater. Auf den Kleinen achtete dann ein ihnen gut bekanntes Kindermädchen, auf das sich Sheila und Bill hundertprozentig verlassen konnten.

Bill hatte Karten für ein Musical besorgt. Es traten Gaststars aus den Staaten auf. Wie die Kritiker schrieben, sollte das Stück ausgezeichnet sein.

Niemand dachte an etwas Böses.

Auch Bill nicht, als er den Kinderwagen zusammenklappte und auf dem Rücksitz des Porsche verstaute. Er sah zwar den Leichenwagen, der ganz in der Nähe parkte, doch er bemerkte nicht, daß die Gardine des hinteren Fensters zur Seite geschoben wurde und für den Bruchteil einer Sekunde ein Gesicht auftauchte.

Es war D. Kalurac, der hinausschaute. Um seine Lippen spielte ein diabolisches Lächeln.

An diesem Abend noch wollte er zuschlagen. Wollte die Menschen treffen, die John Sinclair am nächsten standen. Es würde für ihn und seine untoten Freunde keine Schwierigkeiten geben, denn die Conollys waren völlig ahnungslos.

Sie merkten beide nicht, daß sich die Schlinge um ihren Hals immer enger zog…

ENDE

Dracula
gibt sich
die Ehre

Der Geruch von Tod, Moder und Verwesung drang mir entgegen.

Und eine knochige Klaue!

Blitzschnell packte sie zu. Gekrümmte Finger schlossen sich um mein rechtes Handgelenk, zerrten es herunter, so daß die Mündung meiner Beretta in die dunkle, unauslotbare Tiefe zeigte.

Ein höhnisches Kichern drang an meine Ohren. Dann ein Ruck, und im nächsten Augenblick wurde ich nach vorn gerissen, direkt auf den Abgrund zu.

Ich schrie auf.

Und da handelte Suko.

Mit einem raubtierhaften Satz hechtete mein Partner vor und bekam mich gerade noch zu fassen, ehe ich vollends in der Schachtöffnung verschwand.

Hart riß mich mein chinesischer Freund und Partner zurück. Ich landete auf dem Rücken und überschlug mich mehrere Male, während aus dem Schacht eine Horrorgestalt auftauchte. Bei ihrem Anblick lief es mir eiskalt den Rücken hinunter.

Die Gestalt war ein qualliges Wesen und sah aus wie eine wabernde, kugelförmige Masse. Sie schimmerte grünlich-gelb, war teilweise durchsichtig, und unter dieser geleeartigen Haut zogen sich dicke Aderstränge kreuz und quer wie das Netz einer Spinne. Ein Gesicht hatte das Wesen nicht, und wenn, dann zerfloß es von einer Sekunde zur anderen und formte immer neue Gebilde.

Überlange Arme reichten bis zum Boden. Wenn sie Kontakt hatten, sonderten sie eine Flüssigkeit ab, die organische Substanzen aufnahm und verdaute.

Zum Beispiel Käfer und Hasen. Vielleicht auch Wölfe – und Menschen.

Ja, auch letztere.

Denn dieses Wesen war ein Ghoul!

Es gehörte zu den schlimmsten Dämonen, die man sich vorstellen konnte. Ghouls wurden selbst von den eigenen Mitgliedern der Dämonenfamilien verstoßen. Man ließ sie nur unwillig am Leben, und sie hausten meist auf alten Friedhöfen, tief unter der Erde, wo sie sich Gänge von einem Grab zum anderen gruben.

Wovon sie sich ernährten, brauche ich nicht zu schreiben. Jedesmal, wenn ich einen Ghoul sah, schüttelte es mich. Ja, ich hatte meine Erfahrungen mit den schlimmsten dieser Dämonen schon hinter mir. Vor Jahren war ich selbst in das Höhlensystem eines Ghouls eingedrungen. Unter der Friedhofserde hatte ich sie gejagt. Es war eines meiner schlimmsten Abenteuer gewesen.

Seit dem Zeitpunkt haßte ich die Ghouls.

Dort, wo mich die Klaue berührt hatte, brannte meine Haut, als hätte man sie mit Säure übergossen. Die Taschenlampe hatte ich bei dem Sturz verloren. Sie lag neben einem schiefen Grabstein und brannte weiter.

Aber ich hielt noch meine Beretta in der Hand.

Pffft!

Das Geräusch klang hinter mir auf, und ich wußte, daß Suko mit der Druckluftwaffe geschossen hatte.

Er traf die Mitte des Körpers, doch der Ghoul schluckte den Eichenbolzen und ging weiter.

Ich war sein Ziel.

Die Gestalt des schleimigen Monsters wurde von den Nebelschwaden umspielt. Die bizarren Wolken tanzten geisterhaft um sie herum. Eine Schleimspur löste sich von den klumpigen Füßen des Ghouls und rann auf mich zu.

Im Liegen schoß ich.

Zweimal bellte die Beretta auf.

Beide Silberkugeln trafen genau ins Ziel. Ghouls – so schrecklich sie auch waren – gehörten zur unteren Kategorie der Dämonen. Sie waren gegen geweihtes Silber nicht gefeit.

Und auch dieser nicht.

Seine unförmige Gestalt sank zusammen, wurden von innen heraus zerstört. Sie degenerierte zu einem breiigen Schlamm, der langsam im Boden versickerte.

Der Ghoul, der wahrscheinlich die Jahrhunderte in Rumäniens ungeweihter Erde verbracht hatte, hauchte sein dämonisches Leben endgültig aus.

Ich hatte dafür gesorgt.

Nach den restlichen Vampiren brauchten wir nicht weiter zu suchen. Der Ghoul hatte sie getötet...

Trotzdem nahm ich meine Lampe und leuchtete in den Schacht. Irgendwo in der Tiefe glaubte ich, bleiche Gebeine schimmern zu sehen. Ich konnte mich aber auch getäuscht haben.

Hinter mir sprachen der alte Marek und Suko. Marek wußte nicht, welch ein Ungeheuer uns attackiert hatte.

Suko klärte ihn auf.

Ich aber steckte meine Waffe weg, griff zu den Zigaretten und zündete mir ein Stäbchen an. Nachdem der Ghoul vergangen war, hatte auch das Brennen auf meiner Haut nachgelassen. Ich setzte mich auf einen Grabstein und dachte nach.

Was hatten wir bisher erreicht?

Einen Teilerfolg, mehr nicht.

Mit dem Absatz drückte ich die Zigarette aus. Die anderen sahen darin so etwas wie ein Startzeichen und traten langsam auf mich zu.

Ich stand auf. »Wo könnte sich Kalurac noch aufhalten?« fragte ich und wandte mich dabei an den alten Marek.

»Vielleicht ist er auf sein Schloß zurückgekehrt.«

»Wir sollten nachschauen«, meinte Suko.

Ich überlegte, ob es Sinn hatte, stimmte dann aber zu. Ich wollte mir nicht nachsagen lassen, nicht alle Möglichkeiten ausgeschöpft zu haben.

»Wie weit ist es?«

Marek hob die Schultern. »Wir können in einer halben Stunde dort sein. So gegen Mitternacht.«

Ich war einverstanden.

Wieder machten wir uns auf den Weg, trotteten durch die Nebelbrühe und mußten achtgeben, nicht mit dem Kopf gegen irgendwelche Bäume und tiefhängende Äste zu stoßen.

Es sollte zwar ein Saumpfad zur Burg führen, aber den fand Marek in der Nebelbrühe nicht. So quälten wir uns weiter durch den Wald und taten etwas für die Kondition.

Einmal huschte ein Nachtvogel dicht über meinen Kopf hinweg, und ich erschrak heftig.

Wir wateten durch feuchtes Laub, das oft glitschig war wie

eine Eisfläche, so daß wir manchmal auf dem steil nach oben führenden Weg zurückrutschten.

Schließlich verließen wir den Wald und standen auf einer Lichtung. Der Nebel hing vor uns wie eine Wand aus Watte.

Nur allmählich schälten sich die Umrisse aus dem Dunst, als wiruns näherten.

Ich erkannte, daß das Schloß schon ziemlich verfallen war. Es mußte eine wechselvolle Geschichte hinter sich haben. Durch große Löcher in den Außenmauern krochen lange Nebelschleier und wehten wie Fahnen über den Innenhof.

Marek führte uns dorthin, wo er in das Verlies gestiegen war. Wir gingen den gleichen Weg. Meine Lampe leuchtete die Dunkelheit aus. Ein fauliger Geruch strömte uns entgegen. Dann hatten wir das Verließ erreicht, in dem der Pfähler Petroc Jurc getötet hatte.

Der Mann lag noch immer da.

»Ich… ich… hatte einfach noch keine Möglichkeit gefunden, ihn zu begraben«, entschuldigte er sich. »Ich werde mich aber später darum kümmern.«

Ich ging inzwischen auf den offenen Sarkophag zu und leuchtete mit der Lampe hinein. Das Tierblut war getrocknet und hatte eine dicke Kruste gebildet.

Sonst war die Grabstätte des Vampirs leer. Ebenso leer und verlassen wie der gesamte Komplex. Wir entdeckten nicht eine Spur von Leben in dem Schloß.

Als wir den Rückweg antraten, war der neue Tag schon angebrochen. Ich war nicht der einzige, der die Müdigkeit spürte, auch Marek gähnte hin und wieder.

»Ein paar Stunden Schlaf werden uns guttun«, meinte er.

Das Dorf war völlig ausgestorben. Ich kam mir vor wie in einer Geisterstadt. Kein Laut unterbrach die drückende Stille. Es gab kein Echo unserer Schritte – nichts, nur dieses drückende, graue, feuchte Gefängnis. Vielen Menschen schlug der Nebel aufs Gemüt. Zu diesem Zeitpunkt konnte ich die Leute verstehen.

Wir erreichten das Haus des Schmieds, und Marek wunderte sich, daß noch Licht brannte.

»Wieso ist Marie noch nicht im Bett?« fragte er mehr zu sich selbst als zu uns. »Sonst kann sie nie früh genug in die Federn kommen.«

»Sie wird sich Sorgen gemacht haben«, erwiderte ich.

Marek schloß auf. »Mal sehen.«

Der Pfähler hatte erst zwei Schritte über die Schwelle getan, als er, wie vor eine Wand gelaufen, stehenblieb.

»Marie!« schrie er, lief auf seine Frau zu und kniete neben ihr nieder.

Jetzt sahen auch wir, was geschehen war.

Marie Marek hockte auf dem Boden. Sie hielt ein großes Holzkreuz umklammert, und neben ihr lag eine ältere Frau, die wir nicht kannten, die aber auf dem Rücken deutlich das Zeichen des Kreuzes eingebrannt hatte.

Diese Frau mußte ein Vampir sein, denn sie lebte nicht mehr.

Und es sah so aus, als hätte Marie sie getötet.

Frantisek Marek faßte seine Frau an beiden Schultern. »Was ist los?« rief er verzweifelt. »So rede doch, um Himmels willen!«

Sie deutete auf die Frau. »Sie ist tot!« flüsterte sie kaum hörbar.

»Wer ist es?« fragte ich den Pfähler. »Kennen Sie die Tote?«

»Ja«, erwiderte er mit schleppender Stimme. »Es ist Silva Varescu, die Frau aus...«

»Dann befand sie sich nicht auf dem Friedhof«, meinte Suko.

»Es sieht so aus«, sagte ich. »Vielleicht müssen wir sogar damit rechnen, daß noch mehr Mitglieder der Familie leben.«

Marek drehte den Kopf und sah mich dabei von unten her an. »Malen Sie den Teufel nicht an die Wand!«

Ich hob die Schultern. »Sicherheitshalber müßten wir das Dorf durchsuchen.«

Da mischte sich die Frau ein. »Sie... sie ist allein gekommen«, erklärte sie. »Sie hätte mir sonst etwas davon gesagt. Sie war sich ihrer Sache sicher. Sie wollte mich zu einem Vampir machen, damit wir gemeinsam das Dorf...«

Marie Marek redete nicht mehr weiter. Ein Weinkrampf schüttelte sie.

Der Pfähler tröstete sie. »Jetzt ist alles gut«, sagte er. »Ich bin bei dir, und vor den Vampiren brauchst du dich auch nicht mehr zu fürchten.«

»Habt ihr... habt ihr sie...?«

»Ja, Marie, wir haben sie getötet!«

»Dem Himmel sei Dank!« schluchzte die Frau. Sie stand auf.

»Am besten ist, Sie legen sich hin«, sagte ich und versuchte ein Lächeln. »Der Schlaf wird Ihnen guttun. Morgen sieht bereits alles anders aus.«

Die Frau nickte. Dann deutete sie auf die Tote. »Was geschieht mit ihr?«

Ich gab die Antwort. »Wir werden sie begraben. Machen Sie sich darüber keine Sorgen.«

»Jetzt komm aber«, sagte Marek. »Du mußt dich hinlegen, Marie.«

Sie ging mit ihrem Mann. Wir hörten sie noch sprechen. »Ich war so allein, Frantisek. Niemand hat mir geholfen. Da habe ich gebetet und das Kreuz genommen. Plötzlich gab mir der Herrgott die Kraft, die Hölle zu besiegen.«

Suko und ich betraten die Küche. Wir setzten uns dort an den Tisch, nicht ohne zuvor die nassen Jacken ausgezogen zu haben. Niemand von uns sprach. Nur die alte Uhr an der Wand tickte.

Fünf Minuten später war Marek wieder zurück. Er deutete mit dem Daumen gegen die Decke. »Marie schläft jetzt. Sie war völlig erschöpft.«

»Kein Wunder, bei dem, was sie hinter sich hat.« Ich stand auf. »Eine andere Frage. Sollen wir die Frau jetzt begraben?«

Marek nickte. »Ich bin dafür.« Er nickte in Richtung Fenster. »Noch ist es neblig. Da sieht uns wenigstens niemand.«

»Wissen Sie einen Platz?«

Marek nickte. »Ja, hinter dem Haus habe ich einen kleinen Garten. Dort könnte sie liegen.«

Suko und ich waren einverstanden.

»Dann los«, sagte ich, und meine Stimme klang belegt. Ich hatte den Eindruck, als wollte niemand den ersten Schritt wagen.

Wir gingen wieder hinaus in den Flur, und ich machte den Anfang. Unter den Schultern faßte ich die Tote, während Suko ihre Beine nahm. Marek öffnete inzwischen die Hintertür.

Wieder einmal traten wir hinaus in die feuchte, neblige Luft. Wir gingen an der Schmiede vorbei, bogen um die Ecke und erreichten den kleinen Garten.

Geisterhaft starr wirkten die Obstbäume mit ihren kahlen

Ästen. Wir durchquerten den Garten und hielten an der hintersten Ecke an.

»Ich hole Werkzeug«, sagte Marek.

Er verschwand und kehrte wenig später mit zwei Spaten zurück. Suko und er gruben.

Marek hatte noch eine alte Decke mitgebracht. Gemeinsam wickelten wir die Tote darin ein und legten sie dann in das frisch geschaufelte Grab.

Marek sprach ein kurzes Gebet. Danach häuften wir die Erde über den starren, kalten Körper, klopften sie fest und gingen wieder zurück ins Haus.

In der Küche setzten wir uns um den Tisch. Der Pfähler holte den Selbstgebrannten hervor. Jeder von uns hatte jetzt einen Schluck verdient. Schweigend tranken wir. Jetzt kam mir das Zeug auch nicht mehr so scharf vor wie beim erstenmal.

»Ich werde keinem Menschen etwas davon sagen, wer in unserem Garten liegt«, versprach Marek. »Und auch meine Frau wird schweigen, dafür garantiere ich.«

»Wer weiß in Petrila überhaupt, daß der Schwarze Graf wieder zum Leben erweckt worden ist?« fragte ich.

»Nur meine Frau und ich«, erwiderte Marek. »Die anderen sind alle gestorben.«

»Und der Bürgermeister?«

Marek grinste bitter. »Er ist ein alter Narr und Dummkopf. Außerdem ein Bonze und Quatschmaul. Er wird sich natürlich seine Gedanken machen, aber die Wahrheit wird er kaum erfahren oder sich zusammenreimen können. Dazu ist er zu dumm.«

»Eine sehr hohe Meinung scheinen Sie nicht von Ihrem Dorfoberhaupt zu haben«, sagte ich.

»Das stimmt. Ich mag eben keine Menschen, die ihre Fahne nach dem Parteiwind drehen.« Marek wechselte das Thema. »Und Sie, was haben Sie jetzt vor? Eigentlich ist Ihre Aufgabe doch hier in Petrila erledigt – oder nicht?«

»So gesehen schon«, gab ich dem Mann recht. »Obwohl wir gar nicht viel getan haben. Sie waren der wertvolle Mann, der alles in die Wege geleitet hat.«

Marek winkte ab.

Suko drehte sich auf seinem Stuhl. »Dann stünde einer

Rückreise nach London eigentlich nichts mehr im Wege«, meinte er. »Denk an die Zeitschriften, die Bill mitgebracht hat. In den Artikeln war immer von Vampiren die Rede.«

»Meinst du, die Erweckung des Schwarzen Grafen steht in einem unmittelbaren Zusammenhang mit den Vorfällen?«

»Das glaube ich.«

»Mit anderen Worten, die Gefahr braut sich nicht mehr hier zusammen, sondern auf der Insel, zum Beispiel.«

Suko nickte ernst.

Auch ich hatte bereits mit ähnlichen Vermutungen und Gedanken gespielt, sie aber noch als zu phantastisch abgetan. Doch je mehr ich die Sache durchleuchtete, um so wahrscheinlicher erschien es mir, daß Suko recht hatte.

»Meinetwegen steht einem Aufbruch nichts mehr im Wege«, sagte ich.

»Sie wollen heute schon nach England zurück?« fragte Marek.

»Ja.«

»Dann nehmen Sie mich mit.«

Suko und ich schauten uns überrascht an, während Marek lächelte.

»Was ist an meinem Wunsch so ungewöhnlich? Denken Sie an das Erbe, das ich übernommen habe. Ich will Kalurac vernichten, und wenn ich dabei mein Leben verliere.«

Aus seiner Sicht hatte Marek recht.

»Aber was wird Ihre Frau dazu sagen?« warf ich ein.

»Marie? Sie hat selbst einen Vampir getötet und wird mir sicherlich recht geben.«

Ich schlug mit der flachen Hand auf den Tisch. »Okay, dann fliegen Sie mit.«

Bill Conolly grinste sein Spiegelbild an und band mit genau abgezirkelten Bewegungen seine Krawatte. Sheila hatte sie ihm gekauft, passend zu dem blauen Seidenhemd, das er zu seinem neuen Anzug erstanden hatte.

Was tat man nicht alles, wenn man ins Theater ging.

Und der Abend sollte im Theater beginnen, in einem Restaurant fortgeführt werden und in einer kleinen Bar enden…

Enden?

Bill lächelte, als er daran dachte. Enden würde dieser Abend dort bestimmt noch nicht. Wenn das Taxi sie nach Hause gebracht hatte und das Kindermädchen dann weg war... Bill pfiff durch die Zähne, das war es, worauf sich ein Mann freute, wenn er mit einer hübschen Frau verheiratet war.

Das behauptete Bill jedesmal.

Und seitdem der kleine Johnny auf der Welt war, konnte man das Glück im Hause Conolly als Dauergast bezeichnen. Der Kleine machte ihnen wirklich Freude.

Dem Patenonkel zu Ehren hatten sie ihn John getauft. Vielleicht würde er später ein ebenso berühmter Geisterjäger werden wie John Sinclair. Wahrscheinlich ließ Sheila diesen Plan scheitern. Sie sah es auch nicht gern, wenn Bill hin und wieder gemeinsam mit mir ein gefährliches Abenteuer durchfocht, das sich gewaschen hatte. Klar, daß sich eine liebende Ehefrau da Sorgen machte.

Bill hatte zwar versprochen, nichts mehr zu unternehmen und brav zu Hause zu bleiben, aber hin und wieder packte es ihn doch. Da mußte er einfach raus. Außerdem steckte er schon viel zu tief mit drin. Die Dämonen wußten, daß nicht nur John Sinclair ihr erklärter Feind war, sondern auch Bill Conolly. Und oft griffen sie ihn und seine Familie direkt an.

Bill dachte oft an seinen Freund aus alten Tagen. Auch jetzt wollten die Gedanken kommen, doch Sheila unterbrach ihren Mann.

»Bist du fertig, Bill?«

»So gut wie.«

»Dann komm doch mal rüber!«

Sheila kleidete sich im Nebenzimmer an. Sie hatte ein neues Kleid angezogen, wahrscheinlich wollte sie sich Bill darin präsentieren.

Doch der Reporter täuschte sich. Sheila bekam den Verschluß nicht richtig zu.

Das Kleid war ein Traum in Himmelblau. Schulterfrei reichte es bis zu den Knöcheln, wurde normalerweise von zwei schmalen Trägern gehalten, die hinter dem Hals zusammengeknotet wurden.

Und eben dieser Schleifenverschluß bereitete Sheila Schwierigkeiten.

»Hilf mir doch mal, Bill!«

Lächelnd nahm der Reporter die beiden Träger in die linke Hand, während die Fingerkuppen der rechten sacht, aber fordernd zugleich über Sheilas gebräunte Haut strichen und dabei auch die schulterlangen blonden Haare berührten.

»Weißt du, wie sehr ich dich liebe, Darling?« flüsterte Bill seiner Frau ins Ohr.

Sheila lehnte sich zurück und preßte sekundenlang ihren Körper gegen ihn. »Doch nicht jetzt, Bill – nachher…«

»Wir haben noch Zeit. Ich meine…«

Sheila machte sich frei. Die Träger glitten Bill aus den Händen, und das Kleid rutschte zu Boden.

Bill Conolly pfiff durch die Zähne, als er den hauchdünnen Seitenträger des BH's sah, der sich über Sheilas formvollendeten Rücken schmiegte. »Wenn das kein Anblick ist.«

Hastig zog Sheila ihr Kleid hoch. Dabei lachte sie. »Du bist unverbesserlich, Bill.«

»Und du bist die schönste Mutter, die ich kenne!«

»Dann sei ein braver Ehemann und hilf mir, sonst kommen wir tatsächlich zu spät.«

Bill gab noch nicht auf. »Wäre kein Weltuntergang.«

Sheila lächelte und drehte ihrem Mann dabei den Rücken zu. »Du vergißt das Kindermädchen, mein Lieber.«

»Polly schicken wir wieder weg.«

»Ich habe mich aber auf den Theaterabend gefreut, Bill.«

»Meine Kunst ist stärker.« Bill hatte die Schleife noch immer nicht gebunden.

Da schellte es.

»Das ist Polly«, sagte Sheila. »Bitte, beeil dich, Bill.«

»Du willst tatsächlich ins Theater gehen?«

»Ja, das weißt du doch!«

Da ließ Bill die Träger wieder aus der Hand rutschen und verschwand lachend, bevor ihm Sheila irgend etwas nachwerfen konnte.

Polly befand sich noch vor der Tür. Sie mußte erst den großen Vorgarten durchqueren, um zum Haus zu gelangen. Durch einen elektrischen Impuls glitt das Tor zur Seite, nachdem sich Bill vergewissert hatte, daß es tatsächlich Polly war.

Sie lenkte ihre Ente den gewundenen Weg hoch und parkte vor dem Haus. Bill erwartete sie in der offenen Haustür.

Polly war zwanzig, vollschlank, hatte kurzes, rotblondes Haar und unzählige Sommersprossen im Gesicht. Ihre Jeans saßen so eng, daß die Nähte fast gesprengt wurden, und der Pullover war nicht nur vorn gut gefüllt.

Sie gab nicht zum erstenmal auf den kleinen John acht und kam gut mit dem Winzling klar.

»Hallo, Mr. Conolly«, sagte sie forsch, »da bin ich, pünktlich wie immer.«

Bill reichte ihr die Hand. »Und ich dachte, die Studenten von heute wären alle unpünktlich.«

Polly lächelte. »Nicht, wenn's ums Geld geht.«

»Da haben Sie recht.« Bill schlug sich gegen die Stirn. »Ach so, Geld, hier haben Sie einen Schein.«

Der Reporter reichte ihr eine Zehn-Pfund-Note. Pollys grün-graue Augen wurden groß. »Mann, Sie sind aber großzügig. Das Gehalt lasse ich mir gefallen. Dazu noch freie Verpflegung.«

Sie gingen ins Haus.

Gerade kam Sheila durch den Flur. »Ah, Polly«, rief sie. »Ich grüße Sie.«

»Toll sehen Sie aus«, sagte Polly. »Da sieht man wieder, wo das Geld steckt.«

Bill winkte ab. »Alles halb so schlimm«, erwiderte er anstelle seiner Frau.

»Wie heißt denn das Theater, in das Sie gehen?« fragte Polly.

»Das Coliseum Theatre, nicht weit vom Piccadilly.«

Polly nickte. »Vornehmer Laden. Und Sie, Mr. Conolly, ohne Smoking?«

Bill grinste. Er mochte Pollys forsche Art. »Es ist erstens nur ein Musical und zweitens keine Premiere.«

»Und wie heißt das Stück?« Pollys große Eigenschaft war die Neugierde.

»The King and I. Uralt das Stück, aber mit Broadway-Besetzung. Soll gut sein.«

»Dann wünsche ich Ihnen viel Vergnügen. Und denken Sie daran. Ich sammle Programmhefte.«

»Bringen wir alles mit.«

Polly wandte sich an Sheila. »Schläft der Kleine schon, Mrs. Conolly?«

»Ja. Aber kommen Sie, Polly, ich habe Ihnen in der Küche einiges aufgeschrieben, was Sie unbedingt beachten müssen.« Die beiden Frauen verschwanden.

Bill ging solange in den Living-room. Er pflanzte sich in einen Sessel, qualmte noch eine und schaltete den Fernseher an.

Werbung und Nachrichten, etwas anderes bekam Bill nicht vorgesetzt. Auf einem anderen Kanal lief eine amerikanische Western-Serie. Sie war aber auch nicht viel besser.

Dann stand Sheila im Zimmer. »Bist du fertig, Bill?«

Der Reporter sprang auf. »Schon längst.«

»Dann komm auch.« Sheila hatte sich eine weiße Hermelinjacke über die nackten Schultern gestreift. Eine schlichte, aber echte Perlenkette lag um ihren schlanken Hals. In der rechten Hand trug sie ein schmales Täschchen. »Nimmst du mich so mit?«

Bill breitete die Arme aus. »Bis ans Ende der Welt, Darling«, lachte er, ging auf seine Frau zu und hauchte ihr einen Kuß auf die Nasenspitze.

Zu Johnny wollten sie nicht mehr ins Zimmer. Sheila hatte Angst, daß der Kleine wach wurde.

Polly stand an der Tür, als die beiden Conollys das Haus verließen. »Dann wünsche ich Ihnen noch viel Spaß!« rief sie. »Und amüsieren Sie sich gut.«

»Danke, das werden wir!« rief Bill zurück. Mit dem Porsche fuhren sie bis zum Tor. Bill konnte es auch vom Wagen aus bedienen. Sie verließen das Grundstück und bogen in die stille Villenstraße ein.

Keiner von ihnen sah den dunklen Leichenwagen, der zwischen den Bäumen parkte.

Jetzt stiegen zwei Männer aus. Dunkel gekleidete Gestalten mit bleichen Gesichtern.

Als sie für den Bruchteil einer Sekunde den Lichtschein einer

Laterne streiften, blitzte im Mundwinkel des einen Mannes ein heller Blutstropfen auf.

Ein Zeichen, daß er sich heute schon seine »Nahrung« geholt hatte. Die Gesichter der Männer blieben unbewegt, als sie mit steifen Schritten das Grundstück der Conollys ansteuerten...

D. Kaluracs Plan trat in die Phase zwei!

Der wulstige Zeigefinger des Mannes wanderte langsam über die Spalten der Anzeigenseite. Man vernahm nur das hastige Keuchen und hin und wieder einen Seufzlaut.

Es waren Anzeigen besonderer Art, die sich der Mann da herausgesucht hatte.

Kontaktanzeigen...

Fotomodelle, Hostessen, Mannequins und angebliche Studentinnen boten ihre Dienste an. Die Telefonnummern standen gleich dabei.

Die dicken Finger packten einen Bleistift, zogen einen dicken roten Strich, rahmten ein bestimmtes Kästchen ein.

Rothaariges Mannequin bietet Privatvorführung. Jederzeit. Auch nachts.

Das war es, was der Mann suchte. Seine dicken Finger begannen die Wähltasten zu drücken.

Er lauschte atemlos. Dann eine Stimme. Leicht rauchig, nach Sünde klingend. Auf jeden Fall gut einstudiert.

»Hallo?«

»Sie kommen auch abends?«

»Ja.«

»Gut, ich erwarte Sie bei mir.«

Lachen. Gurrend und lockend zugleich. »Soll ich irgend etwas mitbringen?«

»Nein, nein, alles normal. Warten Sie, ich gebe Ihnen die Adresse. Sie ist leicht zu finden.« Der Mann sagte die Anschrift durch und legte auf.

Mit einem Tuch wischte er sich über die feuchte Stirn. Diese Anrufe nervten ihn jedesmal. Er hatte schon Alpträume deswegen gehabt. Manchmal träumte er, daß seine Frau plötzlich dran wäre, wenn er anrief. Aber die war weit weg in Manchester und kümmerte sich um die Kinder und das Haus.

Aber er – er war in London. Fünf Tage in der Woche übte Dom de Louise das Amt eines Wirtschaftssekretärs aus. Er arbeitete im Ministerium und hatte dort einen hochdotierten Job. Dom de Louise war eines der Verbindungsglieder zwischen der Wirtschaft und dem Staat. Er unternahm auch oft Reisen ins Ausland und führte ein Doppelleben. Zu Hause war er der brave Familienvater, aber in London oder im Ausland wurde er zum Tiger.

Da ließ Dom de Louise nichts anbrennen. Geld hatte er, denn für seine Amouren mußte er zahlen, da man ihn nicht gerade als gutaussehenden Mann bezeichnen konnte.

Dom de Louise war häßlich. Man konnte ihn ohne Übertreibung als fett bezeichnen. Der Speck lag ringförmig um seinen Körper. Der kleine Kopf saß direkt auf den Schultern. Die wenigen schwarzen Haare waren in der Mitte gescheitelt und liefen in kleinen Locken aus.

Die Augen und der spitze Mund des Mannes waren kaum zu erkennen.

Wie gesagt, Dom de Louise war wirklich keine angenehme Erscheinung, aber er hatte einen scharfen Geist. Auf seinem Gebiet war er ein Fachmann, und der Mann, der ihn übers Ohr hauen wollte, mußte noch geboren werden.

Sein schwacher Punkt waren die Frauen. Und diesen Spaß ließ sich Dom de Louise etwas kosten. Er war Stammgast bei den Londoner Callgirls. Nicht umsonst hatte man ihm den Spitznamen »Dickerchen« gegeben. Und Dom de Louise genoß es, wenn er von den Mädchen gehegt und gepflegt wurde.

In Mayfair hatte er eine Etage in einem Altbau gemietet. Die Miete war sündhaft teuer, doch Dom de Louise brauchte auf den Cent nicht zu schauen.

Ebenso sündhaft präsentierte sich das Badezimmer. Es war mehr ein Wohnbad. Mit einer runden Badewanne, in der zwei Leute Platz fanden. Spiegel bedeckten die Wände. Die Kälte des Bodens wurde von einem braunen, flauschigen Teppich absorbiert, und selbst eine gut bestückte Bar fehlte in dem Raum nicht.

Lächelnd rieb sich Dom de Louise die Hände, als er das Badezimmer betrat. Er hatte bereits seine Vorbereitungen getroffen und trug über dem nackten Körper seinen seidenen Hausmantel. Der Stoff zeichnete jede Speckrolle genau nach, doch das störte den Mann nicht, und die Mädchen schauten auch weg, wenn die Scheine knisterten.

Dom de Louise überprüfte genau, ob alles bereitstand, nickte dann zufrieden und griff nach den kleinen, dünnen Zigarillos.

Da läutete die Glocke.

Der Mann stutzte. War die Kleine schon da? Das ging verdammt fix, denn anderen Besuch erwartete er nicht. Das Lächeln ließ bei ihm einige Gesichtszüge entgleisen, und mit klopfendem Herzen schritt er zur Tür.

Wie die Kleine wohl aussah? Er war jedesmal von neuem gespannt. Zwar bekamen die Mädchen oft einen Schreck, wenn sie ihn sahen, doch er tröstete die Damen schnell mit ein paar Scheinen.

Dom öffnete – und hielt die Luft an.

Das Girl, das vor ihm stand, war eine Wucht!

Es hatte lockiges, brandrotes Haar, trug einen engen, grün schillernden Hosenanzug und um die Schultern ein weißes Pelzjäckchen. Die Frau war wenig geschminkt, dadurch fiel die Blässe des Gesichtes noch mehr auf.

»Hallo«, sagte sie, »darf ich hereinkommen?«

Dom de Louise räusperte sich, nickte und gab den Weg frei. Mit schwingenden Hüften ging die Frau an ihm vorbei, und Doms Blicke saugten sich an ihrem Hinterteil fest.

Er hatte schon viele Callgirls gehabt, aber die hier, die war absolut Spitze.

Sie blieb am Tisch stehen und wandte sich mit einer schlüpfrigen Bewegung um.

»Willst du die Tür nicht schließen?«

»Ja, natürlich, sofort.« Er drückte sie ins Schloß. »Ich… ich bin ziemlich durcheinander.«

»Warum?«

Er lachte. »Kannst du das nicht begreifen?«

»Wollen wir was trinken?« fragte sie.

»Was du willst.« Er lächelte plötzlich. »Ich habe eine Bar im Bad. Wenn du Lust hast…?«

Sie schaute ihn von der Seite her an. »Immer…«

»Okay.« Dom de Louise legte seine Hand um ihre Schultern und spürte das feste, straffe Fleisch. »Wie heißt du eigentlich?« erkundigte er sich mit rauher Stimme.

»Nenne mich Rebecca...«

Dom de Louise verdrehte die Augen, was bei ihm komisch aussah. »Rebecca«, wiederholte er, »welch ein Name. Der verspricht alles.«

»Was ich auch halte.«

Sie betraten das Bad, und Rebecca gab durch ein »Oh« zu verstehen, wie überrascht sie war.

»Gefällt es dir?«

»Und wie, mein Lieber.«

»Du kannst mich übrigens Dom nennen.«

»Ein seltsamer Name.«

»Gar nicht. Er ist nur die Abkürzung von Dominick. Man muß es wissen.« Er lachte.

Auf einem kleinen Hocker stand der Champagner. Der Flaschenhals mit dem weißen Tuch lugte aus dem Kübel. Die Eiswürfel klirrten gegeneinander, als Dom de Louise die Flasche aus dem Kübel zog. Geschickt öffnete er die Korken. Der Champagner quoll als weißer Schaumstreifen aus der Öffnung und lief den Flaschenhals hinab.

Gläser standen bereit.

Dom de Louise füllte zwei bis zum Rand und reichte ein Glas dem Girl.

»Trinken wir auf uns und auf das, was uns noch an Freuden bevorsteht. Cheerio!«

Rebecca nippte nur, während Dom das Glas zur Hälfte leerte. Er heizte sich an, mußte sein Blut noch mehr in Wallung bringen.

Rebecca lächelte kalt. Sie bewegte dabei kaum die Lippen, aber das fiel Dom de Louise gar nicht auf. Er war so nervös, daß er das Sektglas umstieß, als er es abstellte. Tapsig ging er auf die rothaarige Schöne zu.

»Erst einmal nehmen wir ein Bad«, sagte er, »das mache ich immer so mit meinen...« Er stockte, aus Angst, zuviel gesagt zu haben. Dom de Louise öffnete den Schraubverschluß eines Bademittels und ließ einige Tropfen der Flüssigkeit in die Wanne perlen. Es war ein besonderer Badeschaum, den man nur in Sex-

Boutiquen kaufen konnte und der alle Wonnen der Liebe versprach.

Aus zwei Kränen rauschte wohltemperiertes Wasser in die prächtige Wanne.

Lächelnd wandte sich Dom de Louise um. Seine Blicke glitten über die Kurven der Frau, und die Zungenspitze huschte wieselartig aus dem Mund.

Er wollte seine Hände auf die Schultern des Girls legen, doch Rebecca entwand sich ihm mit einer schlangengleichen Bewegung. »Erst das Geschäftliche«, sagte sie.

»Sorry, ich vergaß. Wieviel?«

»Was bin ich dir wert?«

Er gab ihr zwei Hundert-Pfund-Noten.

»Das läßt sich sehen«, erwiderte sie und schob die Scheine in die engen Taschen ihrer Hose.

Nun ließ sich Dom de Louise nicht mehr abhalten. Zu lange schon hatte er warten müssen. Tapsig umfaßte er die schöne Frau, preßte sie an sich und spürte den Gegendruck, der sein Blut noch mehr aufpeitschte.

Die Frau war ein Vulkan!

Dom de Louise vergaß die Welt. Ihm fiel auch nicht auf, wie kalt die Haut der Frau war, und als ihre Lippen gegen seinen Hals drückten, stöhnte er auf.

Rebecca lächelte. Doch es war kein warmes Lächeln, sondern das einer Teufelin.

Weit schob sie die Oberlippe zurück und entblößte zwei perlweiße Vampirzähne.

Rebecca war eine Untote.

Und Dom de Louise war ahnungslos. Noch immer beschäftigte er sich mit dem Körper des Mädchens, suchte nach den Knöpfen, die den Anzug öffneten, und ahnte nicht, daß sich die Zähne bereits an seinem Hals befanden.

Da geschah es.

Dom de Louise zuckte zusammen. Er fühlte einen beißenden Schmerz, zuckte zusammen und dachte, daß Rebecca ihn in ihrer Leidenschaft in den Hals gebissen hatte.

Dann kam die Schwäche. Auf einmal wurde ihm schwindlig.

Er konnte sich nicht mehr auf den Beinen halten, die Knie gaben nach, und er rutschte am Körper der Frau entlang zu Boden.

Schwer fiel er auf den Rücken. Zwei schmale Blutstreifen liefen von seinem Hals aus in Richtung Schulterblatt.

Rebecca aber lachte höhnisch. Wie leicht diese Idioten in die Falle gingen. Sie hätte nicht gedacht, daß es so einfach werden würde. Früher waren die Menschen mißtrauischer gewesen.

Niemand sah der Schönen an, daß sie schon einige Hundert Jahre zählte. Die rote Rebecca, wie sie in Vampirkreisen genannt wurde, hatte schon immer die Männer betört und sie dann ihrer Familie zugeführt.

Die Vampir-Familie Ceprac stammte aus Österreich. In den Wäldern um Wien hatte sie gelebt. In letzter Zeit jedoch mußten sich die Mitglieder versteckt halten, dann aber war D. Kalurac gekommen und hatte sie auferweckt. Der Schlaf, das Nichtstun war vorbei. Die alten Zeiten, in denen die Vampire regierten, sollten abermals erstehen. Dazu war nicht nur Rebecca fest entschlossen, sondern auch die übrigen Untoten. Wie zum Beispiel die Mortimers, dieser uralte englische Vampirclan, den Kalurac ebenfalls aktivieren wollte.

Die Zeichen standen auf Sturm.

Und sie standen gut.

Mit diesen Gedanken kniete sich die Frau neben den am Boden liegenden Dom de Louise, öffnete weit den Mund und beugte sich dann über den Mann.

Ihr nach vorne fallendes rotes Haar verdeckte den makabren Vorgang…

Langsam rollte der Porsche in die Parktasche, wurde sanft abgebremst und stand.

Die Scheinwerfer verlöschten. Bill Conolly stieg aus, ging um den Wagen herum und öffnete Sheila die Tür.

»Madam«, sagte er und deutete eine Verbeugung an.

»Laß doch«, lächelte Sheila. Mit gekonntem Schwung stieg sie aus dem flachen Flitzer.

Bill schloß den Wagen ab, reichte Sheila den Arm und schritt mit ihr auf einen der Fahrstühle zu, die die Tiefgarage mit dem Theater verbanden.

Sie waren nicht die einzigen elegant gekleideten Besucher. Im Foyer drängten sich die Menschen. Man sah und wurde gesehen.

Bill schaute auf die Uhr. »Bis zum Beginn der Vorstellung haben wir noch eine halbe Stunde Zeit«, sagte er zu einem befreundeten Ehepaar. »Genug, um einen kleinen Wiedersehensschluck an der Bar zu nehmen.«

Die anderen waren einverstanden.

Im Gespräch vertieft schritten sie durch das Foyer. Sheila erzählte von ihrem Sohn, während Bill über seine Reisen berichtete. Das Foyer teilte sich in zwei Gänge, die jeweils um einen Teil des Zuschauerraums herumführten.

Beide Gänge liefen wieder an der Bar zusammen. Es gab gemütliche Sitzgruppen, und Bill ergatterte vier noch freie Sessel.

Er ging zur Bar und kehrte mit einer Flasche Sekt nebst vier Gläsern zurück.

Bill schenkte ein. »Auf unser Wiedersehen!« rief er und prostete seinen Freunden zu.

Gläser klangen mit hellen, glockenreinen Tönen gegeneinander. Lippen verzogen sich zu einem Lächeln – die Stimmung war fröhlich und ausgelassen.

Ein unbeschwerter Abend stand den Menschen bevor.

Das dachten sie…

»Das Stück soll ausgezeichnet sein«, sagten die Bekannten. »Ich war vor einigen Monaten in New York, da wurde es am Broadway gezeigt. Man hat die Musik aufgepeppt. Sie ist wirklich gut geworden.«

Bill und Sheila waren der gleichen Meinung wie die Freunde. Der Reporter schenkte noch einmal nach.

»Habt ihr nach dem Stück schon etwas vor?« wurden Sheila und Bill gefragt.

»Irgendwo nett essen, ein wenig bummeln«, erwiderte Sheila. »Vielleicht auch noch in ein Tanzlokal…«

»Dann schließen wir uns an.«

»Abgemacht!« rief Bill. Er schaute auf seine Uhr. »Ich glaube, so langsam sollten wir leertrinken.«

Sheila erhob sich. »Ihr entschuldigt mich«, sagte sie.

Bill nickte und lachte. »Bleib nicht zu lange.«

»Keine Angst, du bekommst den Anfang des Stückes noch mit.« Sheila ging um eine Menschengruppe herum und steuerte die Toiletten an. Sie zog die weißlackierte Tür auf und betrat den großzügig angelegten gekachelten Vorraum.

Der Stuhl der Toilettenfrau war leer. Kaltes Leuchtstoffröhrenlicht fiel über die braunen Kacheln.

Sheila betrat einen Längsgang, dessen rechte Hälfte durch einzelne Kabinen abgeteilt war.

Niemand begegnete ihr. Sie befand sich allein in dem Toilettenraum. Irgendwo rauschte Wasser. Sonst war es still. Die Gespräche der im Foyer wartenden Besucher drangen nicht bis hierher.

Sheila öffnete eine Kabinentür, betrat den kleinen Raum und sah auch das Fenster an der Rückseite. Spaltbreit stand es offen. Das Milchglas der Scheibe ließ von außen keinen Blick zu.

Plötzlich verlöschte das Licht!

Stockfinster wurde es von einem Augenblick zum anderen. Sheila Conolly blieb steif stehen. Sie glaubte an einen technischen Defekt, wollte einige Sekunden warten, bis er vielleicht behoben war, und dann erst die Kabine verlassen. Außerdem würden sich ihre Augen an die Dunkelheit bald gewöhnt haben.

Lautlos wurde das Fenster hinter Sheila Conolly aufgestoßen. Eine knochige Hand tauchte auf, mit einer dünnen Haut, die sich wie Gummi über die Muskeln und Sehnen spannte.

Es folgte ein Arm, ein Gesicht.

Fahl und blutleer, mit Augen, durch die sich feine, rote Äderchen spinnennetzartig verteilten.

Sheila spürte den Luftzug.

Sie wirbelte herum, tat genau das Falsche, anstatt zur Tür zu laufen und sie aufzureißen.

Da packte die Hand zu.

Die Finger umschlossen Sheilas Hals von hinten und erstickten jeden Hilfeschrei bereits im Ansatz. Hart wurde Sheila zurückgezogen, ihre Beine prallten gegen die Toilette. Die Frau schlug um sich, wollte die Hand packen und von ihrer Kehle zerren, doch ihre Bemühungen waren umsonst.

Der Angreifer besaß Bärenkräfte.

Jetzt faßte auch noch eine zweite Hand zu, verstärkte den Druck von der Schulter her. Harte Finger gruben sich in den Pelz, zogen Sheila Conolly hoch, als wäre sie eine Puppe.

Sheila wehrte sich noch immer. Sie strampelte, breitete die Arme aus, um zu verhindern, daß man sie durch das Fenster zerrte.

Ohne Erfolg.

Der oder die anderen waren stärker.

Sheilas Beine schrammten über nacktes Mauerwerk, die Nylons rissen, hart stieß sie mit den Ellenbogen gegen die Fensterecke, und noch immer war es ihr unmöglich, um Hilfe zu rufen.

Sheila Conolly verlor den Kampf.

Sie wurde durch das Fenster gezogen, dann zu Boden gedrückt, und erst jetzt lockerte sich der harte Griff.

Sheilas Schrei erstickte. Vor Grauen wurde sie stumm. Ein glatzköpfiger, widerlich grinsender Kerl hatte sich über sie gebeugt und zeigte seine langen Vampirzähne. In seinen Augen stand ein gieriges Leuchten, und aus der Kehle drang ein wölfisches Knurren.

Bewegungslos vor Angst lag Sheila auf dem schmutzigen Boden. Sie glaubte, daß der Vampir sich auf sie stürzen würde, doch das geschah nicht.

Statt dessen erschien ein zweiter Glatzkopf. Er sah dem Kerl, der Sheila überwältigt hatte, täuschend ähnlich, hatte das gleiche breite Gesicht und das gleiche widerliche Grinsen.

Die beiden mußten Zwillinge sein.

Sheila hatte mit ihrer Ahnung recht. Es waren Gorum und Vlado. Beide gehörten zum Ceprac-Clan. Sie unterhielten sich auf deutsch, doch Sheila verstand jedes zweite Wort und bekam mit, was ihr noch bevorstand.

»Pack sie in den Wagen«, sagte der zweite Glatzkopf.

»Am liebsten möchte ich…«

»Nein, Vlado. Los. Du weißt, was der Meister gesagt hat! Du wirst sie noch früh genug bekommen!«

Vlado stieß ein Knurren aus, fügte sich aber. Sein Bruder

Gorum steckte Sheila einen Knebel in den Mund, und dann hoben die beiden Vampire sie an.

Sie befanden sich auf dem fast dunklen Hof des Theaters, wo normalerweise große Bühnendekorationen zusammengezimmert wurden oder die ankommenden Lastwagen ihre Fracht abluden.

Jetzt lag der Hof düster und ausgestorben da. Nur über einer schmalen Tür brannte eine einsame Lampe. Ihr Schein wurde aber bald von der Finsternis verschluckt.

Die Vampire hatten es eilig. Sie liefen mit ihrer menschlichen Last rasch auf einen im Hof abgestellten Wagen zu.

Es war der Leichenwagen!

Die Hecktür stand offen.

Sheila, die es aufgegeben hatte, sich zu wehren, wurde roh auf die Ladefläche des Leichenwagens geworfen. Die beiden Vampire kletterten hinterher.

Ein dritter saß am Steuer. Er gab sofort Gas, und der Wagen setzte sich mit durchdrehenden Hinterreifen in Bewegung.

Sheila Conolly aber fuhr einem ungewissen Schicksal entgegen…

Bill Conolly wurde immer nervöser. In jeder Minute schaute er mindestens zweimal auf die Uhr.

Der erste Gong war schon ertönt, und das Foyer leerte sich mittlerweile. Die Frauen an der Garderobe setzten sich hin und nahmen ihr Strickzeug oder ihre Zeitungen zur Hand, um sich die Wartezeit bis zum Ende der Vorstellung zu verkürzen.

Auch das mit den Conollys befreundete Ehepaar erhob sich. »Wir sehen uns dann ja in der Pause.«

»Okay.«

Bill sah den beiden nach. Wie ein begossener Pudel hockte er in dem Sessel. Die frisch angezündete Zigarette verqualmte im Aschenbecher. Die Besucher, die sich jetzt noch im Foyer aufhielten, waren an zwei Händen abzuzählen. Ein paar Nachzügler trafen noch ein und hasteten zur Garderobe. Schon während des Laufens zogen sie ihre Mäntel aus.

Plötzlich verlöschte ein Teil der Beleuchtung. Die Lampen an der Wand fielen aus. Bill bemerkte es, nahm aber davon keine besondere Notiz.

Auch den Garderobieren war es so ziemlich egal.

Noch drei Minuten bis zum Beginn der Vorstellung.

»Verdammt!« zischte Bill Conolly. Jetzt hielt er es nicht mehr länger aus. Ob Damentoilette oder nicht – er wollte sehen, wo seine Frau blieb. Energisch schritt Bill los. Ihn kümmerten auch nicht die überraschten Blicke der Garderobieren, als er die Tür ansteuerte, durch die Sheila verschwunden war.

Vor der Tür zögerte der Reporter einen Moment, klopfte dann an, und da sich nichts tat, öffnete er.

Dunkelheit!

Auf der Toilette war es stockfinster.

Augenblicklich rasselten in Bills Hirn die Alarmglocken. Der Ausfall der Lampen, die Dunkelheit auf der Toilette, Sheilas Fernbleiben – all das waren Dinge, die ihn in Alarmzustand versetzten.

Bill stürzte in den Vorraum.

Leer!

Durch die offene Tür fiel genügend Licht, um sich orientieren zu können.

»Sheila?!« Bills Stimme hallte nach, aber er erhielt keine Antwort. Im Türrechteck tauchte eine altere Frau auf. Sie trug einen weißen Kittel.

»Suchen Sie etwas, Mister?«

Auf dem Absatz machte Bill kehrt. »Ja, meine Frau. Sie ist vor etwas mehr als einer Viertelstunde hier zur Toilette gegangen und bisher noch nicht aufgetaucht. Sind Sie für diesen Raum verantwortlich?«

»Ja, aber ich war nicht da.«

Bill nagte auf der Lippe. Hinter der Toilettenfrau sah er die Gesichter der Garderobieren. Dann schob ein grauhaariger Mann die Frauen zur Seite. Der Knabe trug einen dunklen Anzug und humpelte.

»Was ist hier los?« fragte er. »Ich bin der Hausmeister«, stellte er sich vor.

Bill erklärte es ihm. Er deutete auf die einzelnen Toilettentüren. »Kann ich sie öffnen?«

»Bitte!«

Bill probierte die Türen der Reihe nach durch. Die zweitletzte fand er verschlossen. Die anderen Kabinen waren leer.

Er wandte sich an den Hausmeister. »Haben Sie einen Schlüssel dafür?«

»Ja, aber nicht hier.«

»Shit.« Bill sah sich rasch um und nahm das Heft selbst in die Hand. Er stieg auf die Klinke, stieß sich mit dem anderen Fuß ab und hielt sich mit beiden Händen am oberen Rand der Tür fest, der zwei Zoll unter der Decke entlanglief.

Bill lugte in die Kabine.

Sie war leer.

Aber das Fenster stand offen. Kühle Luft wehte von draußen herein und ließ einen hellblauen Stoffetzen, der im Riegel klemmte, flattern.

Sheila trug ein hellblaues Kleid…

Das offene Fenster, der Fetzen – Bill Conolly wußte Bescheid. Er sprang auf den Boden, sein Gesicht war steinern.

Der Hausmeister öffnete den Mund, um eine Frage zu stellen, unterließ es aber, als er in Bill Conollys Gesicht sah.

»Sie ist nicht da«, sagte Bill und bemühte sich, seiner Stimme einen festen Klang zu geben.

»Sollen… können… wir irgend etwas für Sie tun?« fragte der Hausmeister.

»Nein, danke.«

Bill Conolly verließ die Toilette. Schweigend machten ihm die Frauen Platz. Automatisch holte Bill eine Zigarette aus der Schachtel. Er steckte das Stäbchen zwischen die Lippen, zündete es aber nicht an. In seinem Kopf wirbelten die Gedanken.

Sheila war entführt worden. Daran gab es keinen Zweifel! Aber wer hatte das getan? Und vor allen Dingen warum? Bill ließ die letzten Tage vor seinem geistigen Auge Revue passieren. Es war nichts Besonderes geschehen. Die Mächte der Finsternis hatten ihn oder Sheila nicht attackiert. Auch mit John Sinclair hatte er keinen gemeinsamen Fall gelöst. Der letzte lag schon etwas länger zurück. Warum also hatte man Sheila gekidnappt?

Vielleicht wegen einer alten Sache? Oder waren es Gangster gewesen, die es auf das Lösegeld abgesehen hatten?

Bill vernahm zwar die Musik aus dem Theaterraum, aber er hörte sie nicht bewußt. Er hatte andere Sorgen.

So rasch es ging, verließ er das Theater, atmete draußen die kalte Nachtluft ein, beobachtete den brodelnden Verkehr und rannte dann mit langen Sätzen um den Theaterbau herum. Er hatte sich ungefähr die Stelle gemerkt, an der die Toilettenfenster lagen, und erreichte den Hinterhof, der dunkel und verlassen vor ihm lag.

Bill suchte nach Spuren, er fand aber keine. Seine Frau Sheila war und blieb verschwunden.

Verzweifelt raufte sich der Reporter die Haare. Für einen Moment spielte er mit dem Gedanken, die Polizei einzuschalten, dann aber beschloß er abzuwarten, bis sich die Entführer melde-ten.

Bill ging wieder zurück. Er passierte eine Telefonzelle und hatte plötzlich eine Idee.

Bill öffnete die Tür, warf eine Münze ein und rief bei sich zu Hause an.

Achtmal läutete es durch, aber niemand hob ab.

Bill Conolly stöhnte auf. Schwer hängte er den Hörer ein. Als er die Zelle verließ, wirkte er wie ein gebrochener Mann...

Polly, das Kindermädchen, hörte für ihr Leben gern Rockmusik. Und besonders schwärmte sie für Frank Zappa.

Nun, der Knabe ist nicht jedermanns Geschmack, aber Polly mochte seine Hits. Da sie im Hause Conolly keine Zappa-Platten fand, hatte sie sich eigene LP's mitgebracht. Kaum waren Bill und Sheila verschwunden, verließ Polly das Haus, lief zu ihrem Wagen und schloß die Beifahrertür auf. Die Schallplatten waren während der Fahrt vom Sitz gerutscht und lagen auf dem Boden. Polly mußte sie alle aufheben. Dann tauchte sie wieder von der Erde auf und trat mit dem Fuß die Tür ins Schloß.

Rasch lief Polly zurück zum Haus.

Auf halbem Weg stoppte sie abrupt. Aus den Augenwinkeln hatte sie linkerhand eine Bewegung gesehen. Polly stand mitten auf dem Weg und drehte vorsichtig den Kopf.

Wo sie hinschaute, wuchsen Zierbüsche dicht an dicht. Sie bildeten eine kleine, natürliche Wand, die einen Bogen beschrieb und auf einen künstlich angelegten Teich zulief. Und dort, ganz in der Nähe des Teiches, hatte Polly die Bewegung gesehen.

Polly starrte in die Richtung, doch sie konnte beim besten Willen nichts erkennen. Dicht und schwarz wie Tinte lag dort die Dunkelheit. Die nächste Gartenlaterne stand zu weit entfernt, als daß ihr Schein die Buschgruppe erreicht hätte.

Polly nagte auf der Unterlippe. Sie war ein energisches Mädchen und hätte normalerweise nachgeschaut, aber in diesem Fall dachte sie an den kleinen John, den sie allein im Haus zurücklassen mußte.

Und das Baby hatte Vorrang.

Polly ging wieder zurück in den Bungalow, drückte die Tür zu und vergewisserte sich noch einmal, daß sie fest verschlossen war. Mit den Platten ging sie in den Living-room.

Dort stand Bills HiFi-Anlage. Sie war eine Wucht, und mancher Tonmeister hätte an ihr seine Freude gehabt. Polly freute sich auf die Musik. Endlich konnte sie Frank Zappa optimal von der Schallplatte hören. Sie hatte zwar schon einige Konzerte von ihm besucht, aber auf ihrer miesen Stereoanlage brachten die Scheiben nichts.

Polly kannte sich mit HiFi-Anlagen aus. Sie ließ sich nicht von den zahlreichen Skalen und Hebeln irritieren, sondern legte die Platte auf und gab Saft, wie sie immer so schön sagte.

Dann dröhnte der Zappa-Sound im Zimmer.

Hastig drehte Polly leiser. Fehlte noch, daß der Kleine aufwachte, dann konnte sie sich ihren Zappa in den Schornstein schreiben. Johnny war davon bestimmt nicht begeistert.

Die Anlage war so gut, daß sie auch noch bei geringer Lautstärke optimale Leistung brachte. Polly ließ sich in einen modernen Ledersessel fallen, legte die Beine hoch, schloß die Augen und ergab sich ganz der Musik.

Irgendwie beneidete sie die Leute, die sich alles leisten konnten, während sie sich als Studentin mehr schlecht als recht durchs Leben schlug. Doch die anderen hatten sicherlich auch Sorgen, und Polly hoffte, sich in ein, zwei Jahren etwas mehr leisten zu können.

Jetzt aber zählte nur noch Frank Zappa. Am liebsten hätte sie sich die Kopfhörer übergestreift, doch dann hörte sie nicht, wenn sich das Kind meldete.

Aber auch so war Polly high. Sie vergaß ihre Umgebung und sah deshalb nicht die beiden Gestalten, die durch den Vorgarten der Conollys schlichen.

Vorhin, als Polly draußen gewesen war, hatte sie sich in der Tat nicht getäuscht. Hinter dem Busch befand sich jemand. Er bildete die Vorhut. Als Polly im Haus verschwunden war, winkte er seinen Kumpan herbei, um mit ihm gemeinsam in das Haus einzudringen. Sie hatten einen bestimmten Auftrag zu erledigen.

Und sie waren Vampire!

Sie gehörten nicht zum Ceprac-Clan, sondern zur Mortimer-Familie, der größten Vampirfamilie auf der Insel. Kalurac hatte sich ihrer Treue versichert.

Es waren hagere Gestalten mit grauen, strähnigen Haaren, eingefallenen Wangen, rissiger Haut und Leichenflecken im Gesicht. Man sah ihnen an, daß sie sich meist in finsteren Grüften aufhielten, wo Spinnen und andere Kriechtiere ihre Begleiter waren. Und sie waren noch reine Nachtgeschöpfe. Sonnenlicht war für sie tödlich!

Aus dem Dunkel der Büsche tauchten sie auf und näherten sich dem Living-room. Sie wollten über die Terrasse ins Haus eindringen, um ihren Auftrag durchzuführen.

Die beiden konnten in den hellen Raum hineinschauen, während sie selbst im Dunkeln standen und aus dem Innern des Hauses nicht gesehen wurden.

Etwa eine halbe Minute beobachteten sie das Mädchen, wie es im Sessel lag und der Musik lauschte.

Bald würde die Kleine nicht einmal mehr ihren eigenen Herzschlag hören…

Die Vampire rechneten damit, auf eine Alarmanlage zu stoßen. Es konnte aber auch sein, daß sie nicht eingeschaltet war, da sich jemand im Haus befand.

Die Chancen standen fünfzig zu fünfzig.

Sie schlichen zur Terrassentür.

Lautlos wie zwei Schatten. Niemand sah sie, niemand hielt sie auf.

Dann standen sie vor der Tür, schauten sich an, lächelten teuflisch, und im nächsten Moment hob der erste Vampir die Faust.

Mit ungeheurer Kraft und einem hammerartigen Schlag fetzte er die Scheibe aus dem Rahmen. Es gab einen lauten Knall, als das Thermopaneglas zu Bruch ging, und dann sahen die beiden Untoten für Sekunden nur noch einen gewaltigen Splitterregen, der in den Living-room hineinfegte.

Polly wurde völlig überrascht. Sie hatte der Musik gelauscht und an nichts Böses gedacht.

Der Schrecken traf sie um so schlimmer.

Mit einem gellenden Schrei fuhr sie aus dem Sessel hoch. Da standen die beiden Todesboten längst im Raum. Morbide Gestalten, die von der Kraft der Hölle geleitet wurden.

Polly glaubte, einen Alptraum zu erleben. Sie hatte ähnliche Geschöpfe schon gesehen, aber nicht in Wirklichkeit, sondern auf der Leinwand.

Auch jetzt kam ihr alles wie ein Film vor, obwohl sich bei ihr langsam die Erkenntnis herauskristallisierte, daß sie hier keinen Film erlebte, sondern der nackten, brutalen Realität gegenüberstand.

Und das machte die Sache so schlimm.

Die beiden Vampire schüttelten sich die Scherben von der Kleidung. Normalerweise hätten ihre Körper Wunden zeigen müssen, vor allen Dingen die Faust, mit der Vampir Nummer eins die Scheibe durchstoßen hatte.

Aber dem war nicht so.

Die Vampire zeigten nicht die geringsten Verletzungen. Sie waren in der Tat Geschöpfe der Hölle.

Die Blicke des Mädchens irrten hin und her. Obwohl sie es gar nicht bewußt steuerte, suchte sie nach einem Fluchtweg. Sie dachte aber auch an das Baby, an den kleinen John, der hilflos in seinem Bettchen lag und schlief.

Polly stöhnte auf.

Mit hölzern wirkenden Bewegungen setzten sich die Untoten in Bewegung. Sie schritten auf Polly zu, teilten sich aber dann, so daß Polly es nur noch mit einem Gegner zu tun hatte. Der andere ging in Richtung Tür. Er wollte den Living-room verlassen.

Polly schrie auf. »Wo willst du hin?« Sie dachte an den kleinen wehrlosen Johnny.

Der Vampir blieb auf der Schwelle stehen und schaute sich um. Dann zischte er seinem Begleiter etwas zu, und dieser nickte zweimal, um sich anschließend dem Kindermädchen zuzuwenden.

Polly konnte selbst nicht begreifen, daß sie diesen Schrecken überwunden hatte und sogar bereit war, Gegenmaßnahmen zu ergreifen. Sie hatte ihr Herz an den kleinen John verloren, und wenn ihm etwas passierte und sie noch Schuld daran war, dann…

»Bleiben Sie stehen!« schrie sie mit überkippender Stimme. »Sie sollen…«

Da griff der zweite Vampir ein. Mit einem Tritt fegte er den vor dem Sessel stehenden Hocker zur Seite, so daß er freie Bahn zu dem Mädchen hatte. Seine Arme schnellten vor, wollten Polly packen. Doch dem Kindermädchen gelang es, mit einer hastigen Drehung unter den zupackenden Händen wegzutauchen, zur Seite zu springen und mit einem Satz hinter den Sessel zu gelangen.

Blitzschnell packte Polly die Lehne und kippte den Sessel nach vorn.

Der Vampir war nicht so wendig. Die Lehne traf ihn in Bauchhöhe, und das Gewicht des Möbelstücks drückte den Untoten nach hinten.

Polly hatte freie Bahn.

Mit langen Schritten hetzte sie durch den großen Living-room, stürmte durch die Tür. Anstatt zu fliehen und sich selbst in Sicherheit zu bringen, jagte sie die Treppe nach oben zu, wo die Schlafzimmer lagen.

Der Bungalow war einstöckig gebaut, zusätzlich noch in U-Form und etwas verwinkelt. Die Conollys besaßen viel Platz, unter anderem auch mehrere Gästezimmer.

Die Holztreppe mit den breiten Stufen dröhnte unter Pollys Schritten, als sie nach oben hetzte.

Die Angst trieb sie voran. Die Angst um sich und den hilflosen John.

Und da hörte sie das Kind schreien.

Es war ein verzweifeltes Wimmern, das ihr durch Mark und Bein schnitt. Tränen schossen in Pollys Augen.

»Lieber Gott, hilf mir«, flüsterte sie. »Laß es nicht geschehen!« Ihr fielen im Moment keine anderen Worte ein, und gebetet hatte sie auch schon lange nicht mehr, aber jetzt in der Stunde der Not erinnerte sie sich wieder dieser Kinderverse.

Der Gang lag vor ihr.

Die zweite Tür stand offen.

Und dort schlief John Conolly.

Ungeachtet ihrer Angst stürzte Polly in das Zimmer und sah ein grausames Bild.

Der Untote hatte sich über das Kinderbett gebeugt. Er drehte Polly sein Gesicht zu, während seine Arme soeben aus dem Bett auftauchten und ein schreiendes, zappelndes Bündel in den Händen hielten.

Johnny Conolly!

Polly glaubte, ihr Herz müsse stehenbleiben. Der Untote hatte es tatsächlich gewagt und sich an dem Kind...

»Nein!« keuchte sie. »Nein und nein...« Sie schüttelte wild den Kopf und brüllte die letzten Worte hinaus. Ungeachtet der Gefahr wollte sie sich auf den Blutsauger stürzen, doch da umklammerte ein zangenharter Griff ihre rechte Schulter und riß sie herum.

Polly flog mit dem Rücken gegen den Türholm. Weit riß sie die Augen auf und sah den Vampir aus dem Living-room dicht vor sich. Er hatte die Zähne gebleckt, deutlich waren die beiden spitzen Hauer zu erkennen, die das Markenzeichen dieses Blutsaugers waren.

Der Untote war ihr gefolgt, und Polly hatte es nicht bemerkt.

Und jetzt griff er sie an. Er wollte Blut – ihr Blut.

Polly warf sich nach links, in den Gang hinein. Sie kam zu Fall und fiel auf den Rücken.

Übergroß sah sie den Blutsauger vor sich stehen. Im selben Moment verließ der zweite Vampir das Zimmer. Auf seinen Armen trug er den kleinen John, der immer noch zum Steinerweichen schrie und jammerte. Mit seiner Beute jagte der Untote auf die Treppe zu und hetzte die Stufen hinunter.

John Conolly war nicht mehr zu retten.

Doch Polly sollte auch nicht ungeschoren davonkommen.

Wild warf der zweite Vampir sich auf sie. In einer instinktiven Bewegung zog Polly beide Beine an und ließ sie im richtigen Moment vorschnellen. Sie hatte vor Jahren einen Judokursus belegt, und da waren diese Übungen bis zum Erbrechen trainiert worden.

Der Vampir bekam die Schuhe genau gegen die Brust. Er wurde zurückgeschleudert, fiel zu Boden und überschlug sich.

Polly sprang auf. Mit einem Riesensatz war sie über den Vampir hinweg und rannte auf die Treppe zu.

Der Untote wälzte sich zur Seite und riß an dem Teppich, der auf dem Parkettboden lag.

Polly wurden die Beine unter dem Körper weggezogen. Sie knickte nach rechts, ihre Arme wirbelten, versuchten irgendwo Halt zu finden. Sie fiel gegen die Wand und konnte sich im letzten Moment abstützen.

Der Vampir kam wieder auf die Beine und jagte Polly entgegen. Da setzte das Kindermädchen alles auf eine Karte.

Polly sprang.

Von der obersten Treppenstufe flog sie über die restlichen Stufen hinweg, landete hart in der Diele. Sie wurde von dem eigenen Schwung nach vorn gerissen und fiel. Jetzt kamen ihr wieder die Judokenntnisse zugute. Polly zog den Kopf in den Nacken und rollte sich über die rechte Schulter ab.

Fast schulmäßig.

Und schon stand sie wieder.

Aber der Blutsauger gab nicht auf. Es wäre wider seine Natur gewesen, ein Opfer, das sich mit ihm im selben Haus befand, laufenzulassen. Er mußte es haben und zu einem der ihren machen.

Trotz der Panik, die Polly schüttelte, konnte sie noch einen klaren Gedanken fassen. Und sie wußte, wie man Vampire tötete.

Durch geweihtes Silber oder durch einen Eichenpfahl. Auch vor einem Kreuz hatten die Blutsauger Angst.

Und der letzte Begriff brannte sich in Pollys Hirn fest.

Sie wußte, wo ein Kreuz hing.

In Bill Conollys Arbeitszimmer. Sie war mehrere Male dort gewesen und hatte es an der Wand hängen sehen. Sie wußte, daß

Mr. Conolly es einmal von einer seiner langen Reisen mitgebracht hatte. Das Kreuz war eine Rarität. Es stammte aus Italien, hatte dort Hunderte von Jahren in einem Kloster gehangen, bevor es von einem Antiquitätenhändler erworben wurde.

Bill Conolly hatte das Kreuz gekauft. Ihm gefiel damals die Urwüchsigkeit des Holzes, an dem kaum etwas verändert oder verschnitzt worden war.

Bevor der Vampir die Treppe überwunden hatte, war Polly wieder auf den Beinen und hetzte auf das Arbeitszimmer zu. Sie riß die Tür auf, so wuchtig, daß sie gegen die Wand knallte und wieder zurücksprang.

Das Kreuz hing über einer alten Truhe. Es hatte die Größe eines Männerarms. Das Holz war klobig, zeigte Rundungen und hervorspringende Äste, doch es war in seiner Schlichtheit einmalig.

Mit einem Sprung hatte Polly das Kreuz erreicht und nahm es von der Wand. Sie wirbelte herum.

Da stürzte der Vampir in den Raum.

»Bleib, wo du bist, Blutsauger!« schrie das Kindermädchen. »Im Namen Jesu Christi!«

Der Untote stoppte abrupt seinen Lauf. Er zuckte zusammen, als hätte er einen Stromstoß erhalten, duckte sich und begann zu wimmern. Der Anblick des Kreuzes mußte ihm gewaltige Schmerzen bereiten. Wie würde es aber sein, wenn er selbst mit dem geweihten Gegenstand in körperlichen Kontakt geriet?

Polly hatte plötzlich keine Angst mehr. Mutig und entschlossen schritt sie auf den Vampir zu. In ihren Augen loderte ein unbedingtes Vertrauen zu dem Gegenstand, den sie in der Hand hielt. Sie fühlte, wie eine neue Kraft sie durchströmte, und zuckte nicht einmal zusammen, als das Telefon anschlug.

Sie ließ es läuten.

Achtmal...

Unbeirrt ging Polly weiter. Der Vampir duckte sich und winselte. Man sah ihm an, daß er sich am liebsten in eine Höhle verkrochen hätte. Um den Anblick nicht länger ertragen zu müssen, hob er den rechten Arm, winkelte ihn an und schützte seine Augen.

»Sei verflucht, du Höllenwesen!« schrie Polly. »Sei verflucht für alle Zeiten!«

Der Vampir heulte auf. Er schrie und jammerte in einem. Dann aber machte er auf dem Absatz kehrt, warf sich mit einem Sprung durch die Tür und verschwand im Gang.

So schnell ihn seine Füße tragen konnten, jagte er davon.

Polly rannte hinterher.

Sie kam nicht weit. Urplötzlich – und dicht vor der Eingangstür, brach sie zusammen. Die Kraft hatte sie einfach verlassen. Das Erlebte war zuviel für Polly gewesen.

Sie fiel auf die Seite, begann zu weinen, aber sie hielt das Kreuz nach wie vor fest umklammert.

Wie einen Rettungsanker…

Bill Conolly fegte mit seinem Porsche durch London. Der Reporter kümmerte sich nicht um Verkehrsregeln, er raste durch die nächtlichen Straßen und hoffte, daß er nicht einer Verkehrskontrolle in die Finger fiel.

Der Reporter fuhr wie ein Gehirnamputierter. In seinem Innern tobte die Angst. Die Angst um Sheila und seinen Sohn John.

Daß sich das Kindermädchen nicht gemeldet hatte, war für Bill ein untrügliches Zeichen, daß in seinem Haus etwas geschehen sein mußte. Auf der New Kings Road überquerte er die Themse, fuhr immer weiter nach Süden und gelangte in die Vororte.

Flach wie ein Brett lag der Turbo auf der Straße. Das Fahrergesicht hinter der Scheibe wirkte wie aus Stein gehauen. Nicht ein Muskel zuckte unter der Haut.

Bill fuhr konzentriert, doch in seinem Innern tobte eine Hölle.

Nie zuvor hatte er die Strecke in solch kurzer Zeit geschafft. Er wußte gar nicht, wo er hergefahren war. Endlich bog er in die schmale Villenstraße ein, an der auch sein Haus lag.

Alles war ruhig.

Doch Bill ließ sich von der nächtlichen Stille nicht täuschen. Sie erschien ihm trügerisch.

Sein Bungalow lag etwas erhöht auf einem künstlich angeschütteten Hügel. Schon von der Straße her konnte Bill Conolly erkennen, daß Licht im Haus brannte. Der gelbweiße Schein schimmerte durch die blattlosen Büsche.

Das Tor rollte zur Seite.

Bill scheuchte seinen Wagen den Weg hoch, so rasch, daß er befürchten mußte, das Heck würde ausbrechen. Doch im letzten Moment zwang er den Porsche unter seine Kontrolle.

Bremsen! Tür auf – Bill flog förmlich aus dem Wagen.

Die Eingangstür stand offen. Im Durchzug schwang sie leicht hin und her.

Bill stürzte in das Haus und wäre fast über Polly gestolpert.

»Polly!« rief er.

Das Kindermädchen hob den Blick. Es hielt nach wie vor Bills Kreuz aus dem Arbeitszimmer umklammert, und der Reporter war erfahren genug, um zu wissen, wer seinem Haus einen Besuch abgestattet hatte. Er stellte auch keine Fragen, sondern jagte die Treppe hoch, um im Zimmer seines Sohnes nachzuschauen.

Es war leer.

Wie vom Donner gerührt stand Bill Conolly auf der Türschwelle. Auf einmal wurden seine Augen feucht. Bill schluckte, und er flüsterte mit bebenden Lippen den Namen seines Sohnes.

»Johnny... Johnny...«

Plötzlich drehte sich alles vor seinen Augen, und er mußte tief Luft holen, um das Schwindelgefühl zu unterdrücken. Bill starrte auf das leere Bett. Seine Lippen zuckten, und die Pupillen schwammen. Die beiden Menschen, die er über alles liebte, waren gefangen, geraubt von irgendwelchen Bestien!

Mit unsicheren Schritten ging er auf das Kinderbett zu. Das Kissen war zerwühlt. Wie verloren lag eine kleine Puppe auf dem Oberbett. Das Laken war noch warm von der Körperwärme des kleinen Johnny.

Bill Conolly wußte nicht, wie lange er auf das Bett gestarrt hatte. Erst die Stimme des Kindermädchens riß ihn aus seiner Lethargie.

»Entschuldigen Sie, Mr. Conolly!«

Bill wandte sich um.

Polly stand auf der Türschwelle und lehnte sich gegen die

Holzverkleidung. »Ich... ich... habe alles versucht, Mr. Conolly. Aber sie... sie waren zu zweit.«

Bill nickte. »Es ist mir klar, Polly.«

Sie hob ihr verweintes Gesicht. »Und was wird nun geschehen, Mr. Conolly?«

Bill rieb sich mit dem Handrücken über die Stirn. »Ich weiß es nicht, Polly, ich weiß es wirklich nicht.«

»Sie sollten die Polizei...«

»Nein, die nicht. Diese Entführung kann keine Polizei aufklären. Da muß ich selbst...« Bill sprach nicht mehr weiter, denn er fühlte, wie hilflos er war. Er stand auf verlorenem Posten, konnte allein nichts tun. Seine Freunde, die hätten helfen können, waren weit weg. John und Suko trieben sich in Rumänien herum, kämpften gegen Vampire.

Vampire?

»Erzählen Sie, Polly, berichten Sie von Beginn an. Was waren das für Geschöpfe? Ich will alles genau wissen.«

Polly berichtete. Von ihrem Gang in den Garten bis zu dem Punkt, als sie das Kreuz holte und den Vampir somit in die Flucht geschlagen hatte.

»Sie sind sicher, daß es Vampire waren?« fragte Bill.

»Ja, Mr. Conolly. Ich kenne diese Gestalten aus dem Kino. Genauso haben sie ausgesehen. Bisher habe ich immer geglaubt, daß es keine Vampire gibt, aber nun...«

Bill nahm ihre Hand. »Am besten ist es, Polly, wenn Sie das, was Sie erlebt haben, so rasch wie möglich vergessen. Denken Sie nicht mehr daran, oder nehmen Sie einfach an, alles wäre nur ein Traum. Ein böser Traum.«

»Aber Johnny ist nicht mehr da, Mr. Conolly.«

Tief atmete Bill ein. »Mit diesem Problem, Polly, muß ich fertig werden.«

»Was wollen Sie tun?«

»Ich weiß es noch nicht.«

»Warum haben sich die Vampire Ihren Sohn ausgesucht?«

Bill hob die Schultern. Er log mit dieser Geste, obwohl er ganz genau wußte, weshalb die Blutsauger sich gerade ihn vorgenommen hatten. Zu oft schon hatte Bill zusammen mit seinem Freund John gegen die Mächte der Finsternis gekämpft, und mehr als einmal hatten die anderen Rache geschworen. Bisher hatte Bill immer Glück gehabt. Seine Familie war, ohne Schaden davonzutragen, den Anschlägen entgangen. Aber jetzt hatten die Bösen um so schlimmer zugeschlagen. Und es war nicht der Schwarze Tod und dessen Dämonenclique, sondern andere, ebenso schlimme Geschöpfe der Finsternis.

Bill dachte daran, daß er es gewesen war, der dem Fall einen entscheidenden Impuls gegeben hatte. Schließlich war er zu John Sinclair gegangen und hatte ihn auf die Artikel in den einschlägigen Illustrierten aufmerksam gemacht. Und John befand sich in Rumänien, um Vampire zu bekämpfen. Vampire hatten aber auch den kleinen John geraubt.

Wie man den Fall auch drehte und wendete, immer wieder tauchten diese Blutsauger auf.

Für Bill Conolly stand plötzlich fest, daß der Fall in Rumänien und die Ereignisse in London in einem unmittelbaren Zusammenhang standen, mehr noch, es war durchaus möglich, daß ein teuflisch geniales Gehirn alles im voraus geplant hatte, um erstens die Gruppe um John Sinclair auseinanderzureißen und um sie zweitens schachmatt zu setzen. Wenn nicht sogar völlig auszuschalten.

Ein wahrlich hinterlistiger und diabolischer Plan, der zu einem Großteil bereits in Erfüllung gegangen war. Bisher hatten nur die anderen das Geschehen diktiert, alle waren zu einem Spielball geworden. Auch John Sinclair.

»Über was denken Sie nach?« fragte Polly.

»Nichts«, erwiderte Bill, »gar nichts.«

Polly versuchte zu lächeln. Es mißlang. Trotzdem sagte sie: »Sie werden Johnny schon finden, Mr. Conolly. Sie müssen nur Vertrauen haben. Glauben Sie mir.«

»Danke.«

»Ich… ich fahre dann.«

»Soll ich Sie nach Hause bringen?« fragte Bill.

»Nein, danke, es geht schon. Bleiben Sie nur hier. Vielleicht ruft man Sie ja an.«

»Ja, vielleicht.«

Bill brachte das Kindermädchen noch zum Wagen und sah Polly nach, wie sie davonfuhr.

Dann ging er zurück ins Haus. Er betrat den Living-room und ließ das Rollo vor das große Panoramafenster und hatte so die zersplitterte Scheibe abgedeckt, die die Untoten bei ihrem grausamen Besuch hinterlassen hatten.

Bill Conolly war verzweifelt. Die Ruhe, die absolute Stille in dem großen Bungalow zerrte an seinen Nerven. Immer wieder flüsterte er die Namen seiner Frau und seines Sohnes.

Ob er sie jemals wiedersehen würde…?

Die Daunendecke war halb verrutscht und gab einen wunderbar gewachsenen Frauenkörper frei. Langes blondes Haar breitete sich strahlenförmig auf dem Kopfkissen aus, das leichte, duftige Nachthemdchen reichte kaum bis zu den Oberschenkeln und ließ die Haut durchschimmern. Das rechte Bein war leicht angewinkelt, das linke Bein gestreckt.

So schlief Jane Collins immer ein.

Jane hörte das Schrillen der Türglocke im Unterbewußtsein. Sie glaubte erst an eine Täuschung, griff zum Telefonhörer. Der Apparat stand dicht an ihrem Bett.

»Ja?«

Ihre Stimme klang verschlafen.

Als sie keine Antwort erhielt und es trotzdem weiterschellte, wußte Jane endlich, daß jemand vor ihrer Tür stand.

Aber um diese Zeit? Unwillkürlich warf sie einen Blick zur Uhr. Es war kurz vor Mitternacht.

Jane erhob sich aus dem Bett, griff ihren Morgenmantel und warf ihn über. Der schwarze Frotteestoff schmiegte sich eng an die Haut.

Es schellte noch immer.

»Ja doch«, murmelte Jane. »Ich komme ja.« Jane Collins drückte den Knopf der Sprechanlage und erkundigte sich, wer der späte Besucher war.

»Jane, ich bin es. Bill!«

»Du?«

»Mach auf, rasch, ich muß mit dir reden.«

Bills Stimme klang drängend und gleichzeitig gehetzt. Jane fühlte und hörte, daß etwas nicht stimmte.

Sie öffnete.

Jane Collins war Privatdetektivin und außerdem meine Freundin. Diese Freundschaft brachte es mit sich, daß Jane oft in Fälle hineinstolperte, die im Reich des Übersinnlichen angesiedelt und für sie eigentlich eine Nummer zu groß waren. Doch Jane hatte es bisher verstanden, sich mit Mut und Geschicklichkeit aus der Affäre zu ziehen – und manchmal hatte sie einfach Glück gehabt.

Jane war eine Wucht in Blond. Ihre Popularität hatte sich herumgesprochen, man überhäufte sie förmlich mit Aufträgen, und Jane konnte sich die Jobs aussuchen. Scheidungssachen interessierten sie nicht, die gab sie sofort weiter. Jane war scharf auf die heißen Fälle.

Dann war Bill Conolly da. Er schob die Lifttür in den Gang und stürzte aus der kleinen Kabine.

Jane sah es seinem Gesicht an, daß etwas Schreckliches passiert sein mußte.

»Bill, um Himmels willen, was ist los?«

»Laß mich erst mal rein«, sagte der Reporter mit kratziger Stimme. Er stolperte an Jane vorbei in den Living-room und ließ sich dort in einen Sessel fallen.

Jane schenkte Bill zwei Fingerbreit Whisky ins Glas und sagte: »Trink erst mal.«

Dankbar nahm der Reporter das Glas entgegen. Dann kippte er den Whisky.

Jane nahm Bill gegenüber Platz. Das warme Licht einer Stehlampe streichelte ihre Gesichter. Der Reporter sah um Jahre gealtert aus, daran konnte auch die elegante Kleidung nichts ändern, die er immer noch trug. Sein Blick flackerte wie der eines Kranken.

Jane schlug die langen Beine übereinander. »Was ist geschehen, Bill?«

»Sheila ist verschwunden«, sagte der Reporter leise.

»Nein!«

Bill nickte. Dann schrie er plötzlich: »Und Johnny!«

Jane Collins wurde blaß. Unwillkürlich fuhr ihre Hand hoch zur Kehle, so als würde sie keine Luft mehr bekommen. »Das kann doch nicht wahr sein!«

»Es ist aber wahr. Leider.« Und dann erzählte Bill. Er sprach über eine halbe Stunde, ließ nichts aus und fügte auch seine eigenen Vermutungen hinzu. Schließlich lehnte er sich erschöpft zurück.

Jane fuhr sich über das Gesicht. Ihre Finger zitterten dabei. Eine lange Pause bahnte sich an.

Schließlich fragte Bill: »Was soll ich machen? Jane, glaub mir, ich bin völlig verzweifelt, ich weiß nicht mehr weiter. Die... die anderen haben mich fertiggemacht. Ich bin am Ende. Sheila und Johnny in der Hand von Vampiren. Mein Gott, das ist nicht zum Aushalten.«

Jane konnte Bill gut verstehen. Was er fühlte, war mit Worten nicht zu beschreiben. Und Trost – den wußte sie auch nicht. Wie konnte man einen Mann überhaupt trösten, dem das Liebste genommen war, das er besaß?

Trotzdem sagte die Detektivin: »Noch besteht Hoffnung, Bill. Wir sollten die Flinte nicht ins Korn werfen.« Sie wußte selbst, wie leer diese Worte waren, und Bill bestätigte es auch.

»Hoffnung«, sagte er, »ich kann es bald nicht mehr hören.« Er stand auf und begann im Zimmer auf- und abzuwandern. »Soll ich zu Hause sitzenbleiben, Däumchen drehen und darauf warten, daß man mir beide wieder zurückschickt? Ja, so könnte es sogar sein. Vielleicht kommen sie zurück. Aber nicht als Menschen, sondern...«

»Bill!« rief Jane.

»Entschuldige, aber ich bin Realist. Ich mache mir da nichts vor. Wir haben keinen Anhaltspunkt – nichts. Ich weiß nicht, wo ich nachforschen soll.«

»Und John?«

Der Reporter winkte ab. »Der ist in Rumänien. Weit vom Schuß. Sie haben ihn und Suko raffiniert dorthin gelockt. Das war ein lang vorbereiteter Plan.«

»Dann müssen wir John Bescheid geben«, sagte Jane.

»Aber wie?«

»Telegramm oder Anruf.« Jane verzog das Gesicht. »Kennst du den Ort, in dem John und Suko hängen?«

»Nein, verdammt. Die Abreise ging einfach zu schnell. Ich habe ihn nicht gesehen.«

Plötzlich hellte sich Janes Gesicht auf. »Ich habe eine Idee«, sagte sie. »Wenn jemand weiß, wo John sich aufhält, dann ist es Superintendent Powell.«

»Das ist gut.«

Jane stand schon am Telefon. Sie suchte im Buch nach und hatte Powells Nummer rasch gefunden. »Hoffentlich ist er da.«

»Wenn nicht, rufen wir in seinem Club an.«

Jane Collins wählte schon. Nach zweimaligem Läuten wurde abgehoben, und Powell meldete sich mit einer Stimme, die dem anderen Teilnehmer unwillkürlich Angst einflößen konnte.

»Collins hier«, sagte Jane.

»Wissen Sie, wie spät es ist, Miß Collins?«

»Ich weiß, Sir. Ich hätte Sie auch nicht angerufen, wenn nicht ein dringender Fall vorläge.« Dann begann Jane zu berichten, und Powell hörte schweigend zu.

Danach bewies er, daß er nicht umsonst zu einem der führenden Männer bei New Scotland Yard gehörte. »Warten Sie in Ihrer Wohnung, Miß Collins. Ich werde versuchen, John Sinclair telegraphisch zu erreichen. Er sitzt in einem Nest namens Petrila. Irgendwo in den Karpaten.«

»Können Sie nicht telefonisch...?«

»Nein, der andere Weg ist sicherer.« Powell räusperte sich und sagte: »Sie hören noch von mir. Und bestellen Sie Mr. Conolly, daß er die Hoffnungen... Ach nein, sagen Sie am besten gar nichts, ich kann mir vorstellen, wie ihm zumute ist.«

»Danke, Sir«, sagte Jane. Sie legte auf.

Bill schaute sie an. »Und?«

»Powell leitet alles in die Wege«, erklärte sie. »John wird so rasch wie möglich Bescheid bekommen.«

Der Reporter nickte. »Ich frage mich nur, ob es dann nicht schon zu spät ist...«

Geschlafen hatte ich gut. Trotz allem. Das Fellager war bequemer, als es aussah.

Suko war schon auf den Beinen. Er grinste mich an und trocknete mit einem Handtuch seinen breiten Nacken ab. »Waschen kannst du dich draußen. Was meinst du, wie gut das eiskalte Wasser tut. Direkt eine Wohltat für Weichlinge wie dich.«

»Ha, ha.« Ich wollte mir natürlich keine Blöße geben und ging nach draußen.

Es war verdammt kalt geworden. Ein schneidender Ostwind pfiff von den Bergen herab. Er hatte den Nebel fast vertrieben, dafür biß er mit tausend kleinen Zangen in meinen Oberkörper. Wenigstens hatte ich das Gefühl.

Mit Hilfe einer Pumpe mußte ich das Wasser hochholen. Dann klatschte ich mir die eiskalte Flüssigkeit über Gesicht und Oberkörper. Erst fror ich, aber hinterher im Haus wurde es mir warm.

Ich rasierte mich naß. Den Spiegel hatte ich auf das Fensterbrett gestellt, schaute nach draußen und sah, daß auf den Bergen frischer Schnee gefallen war. Unsere Kammer befand sich unter dem Dach. Aufrecht im Raum stehen konnte ich nicht. Dafür war die Decke zu niedrig.

Nebenan hatte der alte Marek seine Räucherkammer. Sie schloß nicht ganz dicht ab, und der Geruch drang durch zahlreiche Ritzen in unseren Schlafraum.

Es war ein widerlicher Gestank.

Das Leben in Petrila nahm wieder seinen gewohnten Lauf. Die Vertreibung des Nebels lockte die Menschen aus ihren Häusern. Ich sah Kinder zur Schule gehen, Männer zu ihren Feldern fahren, Frauen, die ein Schwätzchen hielten, und hörte das Kreischen einer Säge von der nahegelegenen Holzfabrik.

Erst jetzt erkannte ich, welche Ausmaße der Ort hatte. Er war eine regelrechte kleine Stadt, deren Größe mir bei der gestrigen dicken Nebelsuppe überhaupt nicht zu Bewußtsein gekommen war. Die Gehöfte lagen weit verzweigt. Ich sah den Turm einer Kirche sowie einige kleine Geschäfte.

Unbewußt legte sich ein stilles Lächeln um meine Mundwinkel. Ich hatte ein gutes Gefühl, denn ich wußte, daß diese Menschen weiterhin friedlich leben konnten. Die Vampirplage gab es nicht mehr.

Allerdings noch D. Kalurac. Und der Kamerad machte mir wirklich Sorgen. Schließlich wußte ich nicht, ja, ahnte nicht einmal, wo er sich herumtrieb. Aber ich war sicher, daß wir ihn auch noch packten.

Ich schabte den letzten Tupfer Rasierschaum von meiner

linken Wange und spülte den Apparat aus. Noch einen letzten Blick warf ich aus dem Fenster.

Da sah ich einen Mann über die Straße hetzen. Ich kannte ihn. Es war der Bürgermeister. Er hielt einen Umschlag in der Hand und steuerte Mareks Haus an.

Auf einmal hatte ich ein ungutes Gefühl.

Hastig verstaute ich den Rasierapparat, streifte mein Hemd über und lief nach unten.

Gleichzeitig mit dem Bürgermeister betrat ich die Küche.

»Telegramm«, sagte er, »für John Sinclair!«

Er überreichte es mir und blieb neugierig stehen. Ich wandte mich ab und riß den Umschlag auf.

Soeben kam Suko in die Küche und blieb überrascht stehen, als er mich mit dem Telegramm in der Hand sah.

»Aus London«, erklärte ich.

»Und?«

Ich las. Wurde bei jedem Wort blasser und ließ mich auf einen Stuhl fallen.

»Mein Gott«, flüsterte ich.

»Was ist?« rief Suko.

»Sheila Conolly und der kleine Johnny sind von Vampiren entführt worden.«

Suko schaute mich an, und noch nie hatte ich meinen Partner so blaß gesehen.

Der Platz war ideal!

Ein alter, verlassener Friedhof. Grabsteine, denen Wind und Wetter ihre Spuren eingekerbt hatten, knorrige Bäume mit verwinkelten Ästen und Zweigen, hüfthohes Gras, das im ewigen Wind wie ein Meer wogte, und eingefallene Gräber, auf denen das Unkraut wucherte.

Vor Jahren schon war dieser Friedhof aufgegeben worden. Ebenso wie die alte Leichenhalle, deren Kuppelbau wie eine Trutzburg über die Wipfel der zahlreichen Trauerweiden und Pappeln hinwegragte. Die Leichenhalle hatte einen kreisrunden Grundriß. Auf den Dachschindeln klebte der Grünspan, und durch die zerschlagenen Fenster jaulte der Wind.

Ratten, Mäuse und anderes Ungeziefer hatten auf dem Friedhof einen idealen Platz gefunden – aber auch die Vampirfamilie Mortimer fühlte sich auf dem Totenacker wohl.

Hier hatte sie ihr Hauptquartier aufgeschlagen. Seit drei Jahren lebten sie hier, nachdem man sie aus den Wäldern Mittelenglands vertrieben hatte.

Die Mortimers waren degeneriert. Schon seit langer Zeit ernährten sie sich nicht mehr von dem Blut der Menschen, sondern schlachteten Tiere. Für Vampire ein Novum, aber sie sahen keine andere Möglichkeit, um zu überleben.

Außerdem waren sie zu feige und ängstlich, um sich an Menschen zu vergreifen. Aus der einst so stolzen Familie war ein dem Zerfall preisgegebener Clan geworden.

Und das sah man Ezra Mortimer an.

Sein Greisengesicht schien nur noch aus Falten zu bestehen. Gebeugt ging er daher, träumte höchstens noch von den vergangenen Zeiten und war mit sich und seiner Umwelt unzufrieden.

Es gab Momente, da wünschte er sich fast, gepfählt zu werden, damit die Qualen endlich ein Ende hatten.

Aber er war zu einem ewigen Leben verdammt und hatte sich damit abgefunden, ein Nichts zu sein. Ebenso wie seine drei Söhne. Auch sie hatten keine Lust zu kämpfen, schliefen tagsüber in ihren Särgen unterhalb der Leichenhalle und streunten nachts in der Gegend herum.

So vegetierten sie jahrelang dahin.

Bis D. Kalurac kam!

Plötzlich änderte sich alles. Ezra Mortimer hatte einen Traum gehabt, und in diesem Traum wurde ihm gesagt, daß bald jemand kommen würde, der die alten Zeiten zurückbrachte.

Zuerst hatte Mortimer es für einen Scherz gehalten, doch der Traum wiederholte sich.

Beim drittenmal erfüllte er sich.

Kalurac kam.

Und mit ihm der Ceprac-Clan.

Zusammen holten sie die Mortimers aus ihrer Lethargie.

Der Ceprac-Clan setzte sich aus vier Personen zusammen. Der Alte, seine rothaarige Tochter Rebecca, und seine beiden Söhne Vlado und Gorum.

Nun kam die Mortimer-Familie noch hinzu. Der alte Ezra mit seinen drei Söhnen Fred, Brian und Hivar. Die Söhne waren fast im gleichen Alter. Sie unterschieden sich jeweils um zwei Jahre, sahen fast so aus wie ihr Vater, nur daß sie weniger Falten hatten.

Und D. Kalurac kam hinzu. Der Blutsauger aus Rumänien und König der Vampire.

Ezra war es auch, dem Kalurac seinen ersten Besuch abgestattet hatte. Mortimer hörte zu, was ihm der rumänische Vampir zu sagen hatte, und war begeistert. So etwas wie das alte Feuer kehrte zurück, als hätte es nur dieses einen Anstoßes bedurft.

»Ja, wir werden es packen!« hatte er mit lauter Stimme geschrien, daß es schaurig in den Gewölben widerhallte. »Wir werden die Menschen knechten und wieder die wahren Herren sein!«

Mit Freuden hatte Kalurac die Worte vernommen. Jetzt hatte er eine Streitmacht, auf die er sich verlassen konnte. Und die Vampire waren schon unterwegs, um ihre ersten Aufträge auszuführen.

Kalurac war mit Ezra Mortimer allein in der Leichenhalle zurückgeblieben. Alle anderen waren in dieser Nacht unterwegs.

Kalurac und Mortimer hockten auf dem Podest, wo früher die Särge gestanden hatten. Dahinter gab es eine Tür, an die sich eine nach unten führende Treppe anschloß.

Über diese Treppe erreichte man ein Gewölbe, das gewaltige Ausmaße hatte, durch hohe Säulen gestützt wurde und nicht nur Särge beherbergte, sondern auch zahlreiche Gebeine. Sie moderten schon Jahrhunderte in den Gewölben, lagen in extra dafür geschaffenen Kammern, in die die Menschen damals die Pesttoten gesteckt hatten.

Es war ein Ort des Grauens. Aber nur da fühlten sich die Geschöpfe der Nacht wohl. Daran hatte sich auch in der modernen Zeit nichts geändert.

Über die Zeiten sprachen auch die beiden Vampire. Es war schon ein Unterschied, wenn man sie ansah.

Hoch aufgerichtet und stolz wie ein König wirkte der Untote aus Rumänien. Zwergenhaft klein dagegen Ezra Mortimer, obwohl er früher Anführer einer berühmten Vampirsippe gewesen war.

Die meisten waren gepfählt worden, und vielleicht hatte auch das dazu beigetragen, die Angst in Mortimer zu stärken.

Aber jetzt fühlte er sich geborgen. Seit D. Kalurac da war, meinte er, einen unsichtbaren Schutzschirm um sich zu haben. Immer wieder mußte er die Gestalt des Vampirkönigs anschauen, die so mächtig vor ihm aufragte.

D. Kalurac war noch ein Vampir des Klassizismus. Seine dunkle Kleidung, sein langer Mantel, sein gesamtes Gehabe flößte irgendwie Vertrauen ein.

Und er strotzte vor Kraft, was man von den Mortimers nicht gerade behaupten konnte.

Kalurac nahm wieder auf dem Steinpodest Platz. Seine farblosen Lippen in dem bleichen Gesicht verzogen sich zu einem Lächeln. »Du glaubst es immer noch nicht, wie?«

Ezra Mortimer schüttelte den Kopf. »Nein, großer Kalurac, ich kann es nicht glauben. Zu lange waren wir unterdrückt. Nicht die Menschen fürchteten sich vor uns, sondern wir uns vor ihnen. Und das ist schlimm. Früher, wenn wir in mondhellen Nächten auftauchten, dann flohen sie vor uns. Aber sie hatten keine Chance, wir holten sie uns doch. Vor allen Dingen die Jungfrauen.« Der Vampir kicherte, als er das sagte, und rieb sich die Hände. Es hörte sich an, als würde Papier gegen Papier rascheln. »Aber dann änderten sich die Zeiten«, fuhr er fort. »Viele machten Jagd auf uns, man rottete uns förmlich aus. Autos wurden erfunden, Vögel, mit denen man fliegen konnte, kamen hinzu. Man nahm uns die Wälder, holzte sie ab, und wir mußten fliehen. Die Zeit eilte sehr schnell. Angst hatten die Menschen immer noch, aber sie besaßen schreckliche Waffen. Rohre, die richtiges Feuer speien konnten und uns zu Asche verbrannten. Wir trauten uns nicht mehr, einen Menschen anzufallen. Unsere Sippen wurden dezimiert, wir mußten flüchten. Es wurde immer schwerer, einen Platz zu finden, an dem wir uns verstecken konnten. Schließlich ernährten wir uns von Tierblut, was bewirkte, daß unsere Kräfte nachließen. Immer schwächer wurden wir, immer tiefer zogen wir uns in die Wälder zurück, hausten in Höhlen, weil es zu gefährlich für uns war, den Tag in einem Sarg oder einer Gruft zu verschlafen.«

D. Kalurac nickte. »Ich weiß, was ihr durchgemacht habt. In

meinen Träumen habe ich es gesehen. Mein Geist wanderte durch die Dimensionen, bis ich beim Meister der Schatten, dem Spuk, landete.«

»Ihn habe ich noch nie gesehen«, sagte Mortimer.

»Sei froh, denn sein Reich ist der Friedhof der Dämonen oder der Vorhof zur Hölle. Bei ihm leben die durch einen Fluch gefangenen Seelen und warten auf eine Erlösung. Ob sie irgendwann einmal kommt, das weiß niemand. Die Ungewißheit ist schrecklich. Aber auch ich habe in der Zeit gelernt, ich habe die Welt beobachten können, allerdings ohne einzugreifen. Ich habe mitbekommen, wie Menschen, normale Menschen uns plötzlich den Kampf ansagten. Wie dieser John Sinclair.«

Ezra Mortimer stieß ein dämonisches Knurren aus. »Laß diesen Namen aus dem Spiel.«

Kalurac lachte. »Wieso? Kennst du ihn?«

»Nein, aber ich habe Schlimmes gehört.« Der alte Mortimer rieb wieder seine Hände gegeneinander. »Brüder von mir, die Vampire mit der Maske, die hat er vernichtet.«

»Waren das nicht die Diener des großen Octupus?«

»Sie waren es, ja.«

»Das habe selbst ich nicht gewußt«, gab Kalurac zu. »Ein Grund mehr, um sich dieses Sinclairs anzunehmen. Bevor wir unseren großen Plan in die Tat umsetzen können, müssen wir ihn vernichten.« Er lachte plötzlich. »Nach Rumänien haben wir ihn gelockt, und dort sitzt er fest. Wenn er zurückkommt, haben wir seine Freunde in der Gewalt. Und er wird alles tun, um sie zu befreien. Sinclair frißt uns aus der Hand, glaube mir.«

Mortimer zog ein zweifelndes Gesicht. »Er ist stark, vergiß das nicht, großer Kalurac.«

»Hast du schon wieder Angst?«

»Nein, ich bin nur vorsichtig.«

»Ach, Unsinn. Sinclair ist ein Mensch. Er gehört zu der Sorte, die für seine Freunde alles tun. Der würde sich uns sogar ausliefern, dieser Narr.«

»Und dann?«

Kalurac spreizte die Finger und führte zwei kreisrunde Bewegungen mit den Händen durch. »Was ich mir für ihn ausgedacht habe, sage ich nicht. Auf jeden Fall wird es schlimmer als die Hölle sein. Da sei sicher, du Zweifler.«

Quietschend wurde die alte Eingangstür der Leichenhalle aufgezogen. Carl Ceprac, Anführer der österreichischen Sippe, betrat die Halle. Er verbeugte sich vor Kalurac.

»Nun?« fragte der König der Vampire. »Was ist?«

»Es ist ruhig draußen. Der Mond scheint hell, und ich fühle, wie meine Kräfte zurückkehren.«

»So muß es auch sein. Bald wirst du soviel Kraft haben wie nie zuvor.«

»Eigentlich müßten die anderen schon zurück sein«, sagte Ceprac.

Kalurac winkte ab. »Gut Ding braucht Weile. Dieses Wort kennst du doch.«

»Sicher. Aber wir leben in unruhigen Zeiten, und da kann leicht etwas passieren.«

»Vergiß deine Ängstlichkeit, denn ich, Draculas Neffe, bin jetzt hier.«

»Verzeih...«

Kalurac schritt wirklich wie ein König durch die Leichenhalle. Mit weiten, raumgreifenden Schritten. Wenn er sich schnell bewegte, wurde sein Mantel herumgeworfen und blähte sich auf wie ein Vorhang. Es war nicht völlig dunkel in der Halle. In den Wänden steckten noch die alten, verrosteten Halter. Sie enthielten schwarze Kerzen, deren Dochte mit zuckenden Flammen brannten und ein bizarres Schattenspiel auf die dicken Steine warfen. Übergroß zeichneten sie den Schatten des Vampirs nach. Einen Schatten, der vollkommen finster war, denn bei normalem Licht warfen die Blutsauger keinen Schatten und sie zeigten auch kein Spiegelbild.

Abrupt unterbrach Kalurac seine Wanderung.

Gespannt sahen die beiden Alten ihn an.

»Was ist?« fragte Carl Ceprac.

»Er kommt.«

»Wer kommt?« wollte Ezra Mortimer wissen.

»Der Leichenwagen. Ich höre ihn genau.« Kalurac kicherte. »Und sie haben die Beute, das fühle ich.«

Ceprac stand auf.

»Soll ich nachsehen?«

Er lief schon auf die Tür zu.

»Nein, bleib hier. Wir werden sie hier erwarten.«

Die beiden alten Vampire hatten längst nicht so ein gutes Gehör wie Kalurac. Es dauerte einige Zeit, bis auch sie das Motorengebrumm vernahmen.

Dann klappten Wagenschläge, und wenig später wurde die Tür aufgestoßen. Zwei Vampire betraten die Leichenhalle.

Sie waren nicht allein!

Zwischen ihnen hing eine blondhaarige Frau. Sie wirkte benommen. Ihre Füße schleiften über den Boden. Das Kleid war an der linken Seite bis zum Schenkel herauf zerrissen. Das sorgfältige Make-up war zerlaufen und zeichnete dunkle Striche in ihrem Gesicht nach.

Allein konnte sich die Frau kaum auf den Beinen halten.

»Ist sie das?« flüsterte der alte Ceprac.

»Ja!« rief Kalurac triumphierend aus. »Das ist sie. Sheila Conolly, die Frau von Sinclairs bestem Freund. Der gute Bill wird durchdrehen, ebenso wie Sinclair!« Der Vampir trat auf Sheila zu. »Sieh mich an!«

Mühsam hob Sheila Conolly den Kopf.

Ihr Gesicht befand sich dicht vor dem des Untoten. Kalurac zog die Lippen zurück und präsentierte seine beiden dolchspitzen Zähne. »Na, wie fühlst du dich?« fragte er.

»Bitte«, flüsterte Sheila, »bitte, lassen Sie mich. Ich…«

Die Untoten lachten. »Sie hat Angst!« schrie Kalurac. »Seht, sie hat Angst!«

Ezra Mortimer streckte den Arm aus und spreizte die Finger. Er fuchtelte damit dicht vor Sheilas Gesicht herum. »Als ob wir keine Angst gehabt hätten in all den Jahren. Diesmal sollst du spüren, was wir gefühlt haben, und dann, wenn es soweit ist, wenn du…«

»Laß sein«, befahl Kalurac, »ihr steht ja noch einiges bevor. Schafft sie erst einmal in das Gewölbe! Dort kann sie dann in illustrer Gesellschaft über alles nachdenken.« Er deutete auf die Tür. »Weg mit ihr!«

Gorum und Vlado schleiften Sheila fort. Die anderen schauten ihnen nach.

»So ist es recht!« zischte Ceprac. »So muß es sein. Die alten Zeiten kehren zurück. Ich spüre es, und ich bin stolz auf meine beiden Söhne, die noch nichts verlernt haben.«

Kalurac winkte ab. »Warte erst einmal, bis Rebecca zurück ist. Mal sehen, ob sie ihrer Aufgabe gewachsen war.«

Ceprac kicherte. »Und ob. Rebecca wird es schaffen. Auf Männer war sie schon immer scharf. Sie hat sie alle um den Finger gewickelt. Wie es ihr beliebte.«

Das paßte Kalurac nicht in den Kram, schließlich war er selbst scharf auf die rothaarige Rebecca. Und er wollte sie auf keinen Fall mit jemanden teilen. Er beschloß, bei passender Gelegenheit ein Wörtchen mit dem weiblichen Vampir zu reden.

Inzwischen wurde Sheila Conolly die Treppe hinuntergeschleift. Die Blutsauger gingen nicht eben zart mit ihr um. Immer wieder gerieten sie in Versuchung, Sheila anzugreifen, doch dann siegte die Angst. Sie hatten den strikten Befehl, die Gefangene in Ruhe zu lassen. So lange jedenfalls, bis neue Anordnungen gegeben wurden.

Und die würden irgendwann kommen. Da waren sich die beiden Untoten sicher...

Schwer rollte sich Dom de Louise auf die andere Seite. Fast wäre er vom Bett gefallen. Im letzten Moment stützte er sich mit der Hand ab und blieb liegen.

Nur allmählich geriet sein Gedankenapparat wieder auf Touren. Diese Rebecca war ein Höllenweib. Im wahrsten Sinne des Wortes. Eiskalt hatte sie ihn reingelegt. Es war nicht einmal zum Austausch von Zärtlichkeiten gekommen. Dom de Louise hatte plötzlich einen scharfen Biß am Hals gespürt, dann war der Schwindel gekommen und hatte ihn hineingezogen in einen tiefen, dunklen Schacht des Vergessens.

De Louise setzte sich auf.

Noch immer drehte es sich in seinem Kopf. Er verzog schmerzlich das Gesicht, und wiederum galt sein Gedanke dem rothaarigen Girl. Wahrscheinlich gehörte es zu der Sorte, die ihre Kunden bestahlen. Mit Schrecken wurde Dom de Louise klar, daß er einige geheime Unterlagen in seinem Privatsafe aufbewahrt hatte.

Sofort lief er hin. Sein Gang war schwankend, als befände er sich auf einem Boot bei hohem Seegang. Der Safe lag zwar gut versteckt, aber diese Weiber waren verdammt raffiniert. Sie hatten Routine und Erfahrung.

Aus dem Schreibtisch holte Dom de Louise den Safeschlüssel, eine Spezialanfertigung.

Die dicken Lippen des Mannes verzogen sich zu einem Lächeln, als er auf den schmalen Schrank zuging, die Türen öffnete und einige Kleidungsstücke nach rechts über die Kleiderstange schob. Dann sah er die schmale Tür des Safes vor sich.

Er schob den Schlüssel in den Schlitz, drehte ihn zweimal herum und öffnete die Klappe.

Ein befreiter Stöhnlaut drang über seine Lippen. Es war alles noch vorhanden. Hastig wühlte Dom de Louise die Papiere durch und zählte auch das Bargeld nach.

Nichts fehlte.

Beruhigt schloß er wieder ab. Doch dann kamen die Gedanken. Er fragte sich, warum ihn die Frau hereingelegt hatte. Was bezweckte sie damit?

Wieder wurde ihm schwindelig, und er mußte sich setzen. Eine seltsame, nie gekannte Schwäche zog durch seinen Körper, gleichzeitig jedoch stieg ein Drang in ihm hoch, den er ebenfalls noch nie gespürt hatte.

Er bekam Durst. Aber nicht auf Wasser…

De Louise erhob sich und schlug trotzdem den Weg zum Badezimmer ein. Mit der Schulter drückte er die Tür auf, betrat das prachtvolle Bad und blieb abrupt stehen.

Er sah sich nur verschwommen.

Das Bad hatte nicht nur einen Spiegel, sondern vier. Sie waren so raffiniert aufgehängt, daß der Betrachter sich in jedem Spiegel genau sehen konnte. Doch Dom de Louise erkannte sich nicht.

Die Körperkonturen zerflossen in der spiegelnden Fläche, so daß de Louise das Gefühl hatte, von sich bewegenden, immer schwächer werdenden Schatten umgeben zu sein.

Sein eigenes Bild wurde langsam ausgelöscht. Dom de Louise bemerkte es mit Schrecken.

Und plötzlich kam die Panik.

»Nein«, brüllte er, »nein und nein!« Er riß die Arme hoch, preßte sie gegen seine Augen, machte auf dem Absatz kehrt und rannte fluchtartig in den anderen Teil der Wohnung.

Verzweifelt warf er sich auf sein Bett. Er vergrub das Gesicht in den Kissen und stellte sich die bange Frage, was mit ihm geschehen war. Wie es kam, daß er plötzlich sein Spiegelbild nicht mehr klar und deutlich sah.

Er wußte keine Antwort, nahm jedoch an, daß alles mit dem Besuch des rothaarigen Callgirls zusammenhing.

Nur langsam beruhigte sich der Mann wieder. Doch etwas anderes kam hinzu.

Dom de Louise glaubte, sein Oberkiefer wäre stark angeschwollen. Ein Gefühl wie beim Zahnarzt stellte sich ein, wenn die Spritzen aufhörten zu wirken.

Dom de Louise wälzte sich auf den Rücken. Er bot ein Bild des Jammers. Sein Atem ging stoßweise, schwer pumpte sein Herz, das Blut kochte in seinen Adern. Als er jetzt den Arm hob, die Oberlippe zurückschob und nach den Zähnen tastete, traf ihn der zweite Schock.

Die Zähne rechts und links neben den Schneidezähnen waren gewachsen!

Spitz und hart liefen sie nach unten zu, erinnerten ihn an zwei Hauer.

Wie ein Vampir sah er aus.

Vampir?

Dom de Louise war Engländer. Er kannte die Geschichten, die man sich über Vampire erzählte, und plötzlich wurde ihm klar, daß er zu einem Vampir geworden war.

Ja, er war ein Blutsauger.

Es gab keine andere Möglichkeit.

Dom de Louise hatte das Gefühl, einen bösen Traum zu erleben. Doch es war kein Traum, sondern harte, brutale Wirklichkeit. Der Mann mußte sich damit abfinden, innerhalb von Stunden ein anderer geworden zu sein.

De Louise stand auf. Er konnte sich kaum auf den Beinen halten, so schlecht ging es ihm. Er zitterte, sein Herz schlug rasend, und tief in seinem Bewußtsein hegte er noch den Wunsch, einen Arzt anzurufen.

De Louise taumelte zum Telefon.

Weit, viel zu weit stand es entfernt. Er stützte sich am Tisch ab, schleifte über den Boden, torkelte weiter und riß einen Stuhl um. Das Zimmer drehte sich vor seinen Augen. Die Bilder an den Wänden, die Lampen, die Möbelstücke – sie alle führten ihre bizarren Tänze auf. Der grüne Telefonapparat schien sich immer weiter zu entfernen.

Dom de Louise streckte den rechten Arm aus. Sein Mund stand offen. Keuchend schnappte er nach Luft, tat noch einen unsicheren, taumelnden Schritt – und fiel.

Schwer krachte der massige Mann zu Boden.

Das Innere seines Körpers schien in Flammen zu stehen. Das Gift des rothaarigen Vampirs wühlte in seinen Adern. Er versuchte auch gar nicht mehr, dagegen anzugehen. Weit riß er die Augen auf, wollte soviel Eindrücke wie möglich mit nach »drüben« nehmen. Er sah, daß die weiße Decke sich verfärbte und zu einem rasenden blutroten Nebel wurde, der sich immer tiefer senkte und den Mann mit in seinen Schacht zog.

Ein letzter, saugender Atemzug.

Dann war es still.

Die Stille des Todes lag über der Wohnung.

Dom de Louise war gestorben, als Mensch gestorben, doch als Vampir würde er wiederauferstehen, um Kaluracs höllischen Auftrag zu erfüllen…

Hoffnungslos!

Ein anderes Wort fand Sheila Conolly für ihre Lage nicht. Tief unter der Erde war sie eingekerkert in einem finsteren Gewölbe mit dicken festen Mauern, die ein Entkommen so gut wie unmöglich machten.

Die Vampire hatten Sheila nicht gefesselt. Sie konnte sich frei bewegen. Auch die Luft war nicht so schlecht, wie Sheila befürchtet hatte.

Fackeln tauchten das Gewölbe in ein dämmriges Zwielicht, bemalten die Wände mit ihren tanzenden Schatten und formten immer neue Figuren, die Sheila vorkamen wie Gestalten aus einer anderen Welt.

Grausam war die Einsamkeit.

Sie war völlig allein hier unten, hatte niemanden, mit dem sie reden konnte.

Automatisch kamen die Gedanken.

Sie hatte sich überraschen lassen, war den Vampiren wie eine Anfängerin in die Falle getappt und machte sich jetzt die bittersten Vorwürfe. Nur – wer hätte das ahnen können? Nie hatte sie damit gerechnet, daß ein Angriff der Dämonischen erfolgen würde, sie hatte sich in Sicherheit geglaubt und sich auf einen Theaterabend gefreut.

Sheila Conolly begann damit, ihre Einstellung zu überdenken. Sie glaubte, sich losgesagt zu haben von einem Leben, das Bill Conolly vor ihrer gemeinsamen Hochzeit geführt hatte. Sheila nahm an, daß alles vorbei war, doch sie sah sich getäuscht. Schon bei der Geburt ihres Sohnes hätte sie mißtrauisch werden müssen, als die Bösen gnadenlos zuschlugen. Doch Sheila hatte immer wieder gehofft und damit gerechnet, daß alles vorbei war.

Sie täuschte sich.

Wer einmal gegen die Mächte der Finsternis gekämpft und ihnen Schaden zugefügt hatte, den ließen sie nicht mehr los. Sie verfolgten ihn auf Schritt und Tritt, mit dem Ziel, ihn zu vernichten.

Und Bill hatte an John Sinclairs Seite gekämpft. Viele Fälle hatten sie gemeinsam gelöst. Es lag auf der Hand, daß Sheila ebenfalls in den höllischen Strudel mit hineingerissen wurde. Sie kannte das Sprichwort: mitgefangen – mitgehangen...

Bei ihrem letzten Abenteuer hatte es wenigstens noch eine Chance zur Flucht gegeben. Aus einem Krankenhaus konnte man fliehen, durchs Fenster, zum Beispiel. Jetzt aber hockte sie in einem Verlies tief unter der Erde ohne Kontakt zur Außenwelt.

Das machte sie so fertig.

Sheila Conolly dachte an ihren Sohn. Sie war heilfroh, daß nicht auch er in die Hände der Blutsauger gefallen war. Und Sheila betete, daß Bill, ihr Mann, den kleinen John in Sicherheit bringen würde.

Alles andere war ihr egal.

Trotz der miesen Situation, in der sich Sheila befand, arbeitete ihr Verstand klar und präzise. Daß die Vampire sie nicht direkt angegriffen hatten, ließ darauf schließen, daß sie noch etwas mit ihr vorhatten. Wahrscheinlich sollte sie als Geisel benutzt werden, um an John und Bill herankommen zu können.

Ein einfacher Plan, aber wirkungsvoll.

Wie sie John kannte, würde er sicherlich darauf eingehen. Und sie wußte weiter, daß die verdammten Höllengeschöpfe falschspielten. Noch nie hatten sie ihr Wort gehalten. Für Vampire gab es Begriffe wie Ehre, Moral und Anstand nicht.

Für sie zählte nur das Böse.

Sheila begann, in ihrem riesigen Gefängnis auf- und abzuwandern und es zu untersuchen. Manchmal hatte sie das Gefühl, ihren Tränen freien Lauf lassen zu müssen, doch immer wieder riß sie sich zusammen.

Die hohen, deckenstützenden Säulen waren durch Rundbögen miteinander verbunden. Sheila kam sich klein und verloren vor. Dieses Gewölbe war uralt, und sie fragte sich, wozu es einmal gedient haben mochte.

Sheila fand sehr rasch eine Antwort, denn als sie tiefer in das Gewölbe eindrang, verengte es sich, und Sheila betrat einen ziemlich breiten Gang.

Es war dunkel hier. Der Lichtschein der Fackeln drang nur sehr schwach herüber, so daß Sheila erst im letzten Augenblick die Nischen entdeckte, die sich groß wie Zimmer in die Wände hineinschoben.

Neugierig trat Sheila näher

Mit einem Schrei fuhr sie zurück.

Knochen, Gebeine, Totenschädel – in einem wirren Durcheinander lagen sie in den Nischen übereinandergestapelt. Sheila schloß die Augen und legte ihre Hand gegen das hämmernde Herz.

Dieser fürchterliche Anblick hatte sie geschockt. Sie erinnerte sich daran, daß sie einmal Katakomben besichtigt hatte, in denen es ähnlich aussah. Die Nischen beherbergten die Gebeine zahlreicher Pesttoter.

Sollte dieses Gewölbe ähnliches beherbergen? Eine andere Erklärung gab es für Sheila nicht.

Sie verließ den Ort des Schreckens, schritt wieder zurück und fühlte sich so unsagbar einsam und verloren. Die Pelzjacke hatte sie zum Glück noch anbehalten, so daß sie vor der ärgsten Kälte geschützt war.

Ein knarrendes Geräusch ließ sie aufhorchen.

Sheila blieb stehen und lauschte.

Die Tür war geöffnet worden.

Schritte!

Sie kamen die Treppe herunter, näherten sich dem Gewölbe. Ängstlich preßte sich Sheila gegen eine der Säulen. Kamen die Blutsauger jetzt, um sie zu holen?

Es war Kalurac persönlich, der sich herunterbemühte. Der Widerschein einer Fackel geisterte für einen winzigen Moment über sein Gesicht und machte es zu einer Teufelsfratze.

Kalurac hielt etwas auf dem Arm. Er bückte sich und ließ das Etwas auf der zweitletzten Stufe liegen.

»Ein Geschenk für dich!« rief er mit höhnischer Stimme.

Dann drehte er sich um und verschwand wieder.

Sheila hatte eine schreckliche Vermutung. Hastig lief sie auf die Treppe zu, und schon auf halben Weg wurde die Vermutung zur Gewißheit.

Das Weinen eines kleinen Kindes durchschnitt die Stille.

»Johnnnyyy…!« brüllte Sheila und warf sich weinend neben der Treppe zu Boden…

Ein Toter wurde wieder wach!

Ein Mann, dessen Herz aufgehört hatte zu schlagen, der aber trotzdem noch lebte, dabei nicht atmete, der kein Spiegelbild mehr hatte und keinen Schatten mehr warf.

Der Mann war ein Vampir, und er hieß mit bürgerlichem Namen Dom de Louise.

Er sah zwar noch aus wie ein Mensch, doch er fühlte längst als ein Geschöpf der Hölle. Er hatte lange gelegen, zu lange, denn normalerweise hätte er schon im Büro sein müssen.

Schwerfällig stand er auf. Noch immer trug er den Bademantel. Mit einem Ruck schleuderte er ihn zur Seite, schritt in sein Schlafzimmer, öffnete den Ankleideschrank und suchte seine

Kleidung heraus. Er wählte genau, sorgte dafür, daß die Sachen zueinander paßten. So hatte er es als Mensch auch immer gehalten.

Dann läutete das Telefon. Er zuckte zusammen, überlegte, ob er abheben sollte, und entschloß sich, es zu tun.

»Ja«, meldete er sich.

Harold Farmer, sein Assistent, war dran.

»Sir, ich dachte, es wäre Ihnen etwas passiert. Wir waren beunruhigt, daß Sie nicht...«

»Ich fühle mich nicht wohl«, gab der Vampir zurück.

»Dann kommen Sie nicht ins Büro?«

Jetzt huschte ein böses Lächeln um die Lippen des Blutsaugers. »Doch«, erwiderte er, »ich komme, Farmer. Ganz bestimmt sogar. Warten Sie ab.«

»Jawohl, Sir!«

De Louise legte auf. Er band sich eine Krawatte, schlüpfte in das maßgeschneiderte Nadelstreifenjackett, nahm seinen Aktenkoffer und wollte die Wohnung schon verlassen, als abermals das Telefon anschlug.

Diesmal war der Anrufer eine Frau.

»Ich hoffe, du hast gut geschlafen, Dom«, vernahm er die Stimme der rothaarigen Rebecca.

»Ja, wundervoll.«

»Und wie fühlst du dich?«

»Prächtig.«

»Du weißt, was der König verlangt?«

»Ich weiß es.«

»Wirst du dich daran halten?«

»Ich werde Kalurac nicht enttäuschen.«

Rebecca lachte. »Dann bis später. Wir rufen wieder an und verlangen einen Bericht.«

Der Vampir legte auf. Kalurac. Vor einem Tag noch hätte er mit diesem Namen nichts anzufangen gewußt, doch jetzt wußte er, wer sich dahinter verbarg. Sein Herr und Meister, dem er zu gehorchen hatte. Eine große Sehnsucht erfaßte ihn, diesen Kalurac einmal kennenzulernen. Die Zeit würde kommen, da war er sich ganz sicher. Und wenn Kalurac befahl, mußte man gehorchen.

Der Vampir verließ seine Wohnung.
Eine Aufwartefrau kam ihm entgegen. Sie grüßte freundlich, doch de Louise erwiderte den Gruß nicht. Er sah nur den Hals der Frau und die Adern unter der Haut pochen.

Plötzlich überkam ihn die Gier. Seine Lippen zuckten, er wollte schon seine Vampirzähne zeigen, doch er beherrschte sich.

»Ist Ihnen nicht gut, Sir?« fragte die Frau.

»Doch, doch...«

Hastig drückte sich de Louise an der Frau vorbei und verschwand um den nächsten Treppenabsatz.

Er sah nicht die nachdenklichen Blicke, die ihm hinterhergeschickt wurden.

De Louise verließ das Haus. Langsam kroch das Grau der Morgendämmerung über die Londoner Häuserschluchten. In den Straßen waberten noch Nebelschleier. Es war feucht und kühl geworden. Die Sonne hatte keine Chance, durchzubrechen.

Und das freute Dom de Louise.

Sein Wagen parkte in der Garage. Er hatte diesmal keinen Chauffeur bestellt, sondern wollte selbst fahren. Es galt, Pläne zu schmieden und viel zu überlegen.

Wenig später rollte der schwere Rover langsam rückwärts aus der Garage. Schon bald hatte der Vampir die ruhigen Wohnviertel hinter sich gelassen. Er fuhr jetzt über die Park Lane, an der Ostseite des Hyde Parks vorbei, passierte das Hilton Hotel und das Wellington Museum. Über die Grosvenor Lane näherte er sich dem Regierungsviertel.

Ruhig hielt Dom de Louise das Steuer. Nichts an seiner Haltung verriet, daß er gestern noch ein ganz anderer gewesen war. Er sah aus wie immer, bewegte sich wie immer und redete wie immer.

Und doch war er ein Geschöpf der Finsternis.

Wegen des leichten Nebels hatten sämtliche Fahrzeuge die Scheinwerfer eingeschaltet.

Der Vampir stellte sich auf die gegebenen Verkehrsverhältnisse ein. Er fuhr jetzt über die Victoria Street. Je mehr er sich dem Regierungsviertel näherte, um so dichter wurde der Verkehr. London erlebte den Morgenstau.

Nur im Schrittempo ging es weiter.

Und dann sah er das Gebäude von New Scotland Yard. Der schlanke Turm stach wie ein riesiger Finger in den bleigrauen Himmel. Für einen Moment verzerrte sich das Gesicht des Vampirs. Durch Kaluracs Informationen wußte er, wer hier arbeitete.

John Sinclair!

Ihr erbittertster Feind.

Dom de Louise spielte mit dem Gedanken, einfach das Gebäude zu betreten, in Sinclairs Büro zu gehen und…

Er verwarf den Gedanken wieder, als sein Vordermann anfuhr. Die Autoschlange setzte sich im Kriechtempo in Bewegung.

Zwanzig Minuten später fuhr ein Angestellter den Rover in die Tiefgarage, während sich Dom de Louise mit einem Lift in sein Büro hochschießen ließ.

Es lag im vierten Stock.

Das Bürohaus stammte noch aus dem vorigen Jahrhundert. Mit seinen weiten, hohen Gängen und den wuchtigen Treppen wirkte es wie eine alte Schule oder ein archaisches Gerichtsgebäude.

Im Vorzimmer sprang seine Sekretärin auf, als de Louise den Raum betrat.

»Guten Morgen, Sir!«

Der Vampir nickte grüßend zurück. Er zog die Doppeltür auf und verschwand in seinem Büro.

Es hatte zwei hohe alte Fenster. Trübes Tageslicht sickerte in den Raum. Trotzdem zog der Untote noch die schweren Vorhänge zu. Seine Lampe auf dem Schreibtisch drehte er so, daß der Schein einen senkrechten Kegel auf den Schreibtisch warf.

Ein Teil der Post lag schon bereit. Es war wie an jedem Morgen. Aktennotizen mußten gelesen werden, dazu Rundschreiben und neue Anordnungen. Nur interessierte Dom de Louise das alles nicht mehr. Immer stärker spürte er den Drang, das zu tun, was ein Vampir tun mußte, um zu überleben.

Es klopfte.

Aber nicht an die Tür zum Vorzimmer, sondern an die zweite, die zum Büro des Assistenten führte.

»Come in!«

Harold Farmer betrat den Raum.

Smart, jung, flexibel, angenehme Erscheinung. Um die Dreißig, und sehr dynamisch. Werbeagenturen suchten mit diesen markigen Worten ihre Mitarbeiter. Und in eine Agentur hätte Harold Farmer viel besser gepaßt.

Stets war er nach der neuesten Mode gekleidet, ging jede Woche zum Friseur und ließ sich dort auch seinen dunklen Oberlippenbart schneiden.

Er trug einen blauen Nadelstreifenanzug, der verdammt teuer aussah. Aber wenn man einen reichen Vater hatte wie Farmer, konnte man sich diese Kleidung leisten.

Sekundenlang musterten sich die beiden ungleichen Männer.

Dom de Louise haßte seinen Mitarbeiter. Er wußte, daß Farmer nur darauf wartete, seinen Posten zu besetzen. Der Emporkömmling lauerte förmlich darauf, den Sprung nach ganz oben zu schaffen, und er wartete, daß de Louise einen Fehler beging.

Doch der Vampir war ein alter Praktiker. So leicht machte ihm niemand etwas vor. Und dieser Theorieschnösel schon gar nicht.

Wie immer lächelte Farmer, als er den Morgengruß entbot.

De Louise nickte nur.

»Der Staatssekretär Thorpraine hat schon nach Ihnen gefragt, Sir. Ich habe ihm gesagt, daß...«

»Geschenkt, Farmer.«

»Wie Sie wünschen, Sir.« Der Knabe blieb aalglatt. »Darf ich dann die Unterlagen bei Ihnen abgeben?«

»Worum handelt es sich?«

»Um das Staudammprojekt in Afrika. Sie wissen schon, die Sache, an der sich außer uns noch andere Länder beteiligen wollen. Auch die Deutschen sind dabei...«

»Ja, ja, schon gut, Farmer. Ich werde mir die Unterlagen selbst ansehen. Sie können dann gehen.«

»Wie Sie wünschen, Sir!«

Harold Farmer deutete eine Verbeugung an und verschwand.

Am liebsten würde er mir den Dolch in den Rücken bohren, dachte der Untote. Er schaute hinter seinem Assistenten her. Wie von selbst zog er die Lippen zurück und bleckte seine beiden Vampirzähne.

Die Sucht steigerte sich. Er ballte beide Hände zu Fäusten,

keuchte und knurrte, warf sich auf seinem Sessel hin und her und wartete, bis der Anfall vorüber war.

Wieder einigermaßen bei Kräften, griff er zum Sprechapparat und sagte seiner Sekretärin, daß er nicht gestört werden wollte. Dann ließ er seinen Kopf schwer auf die Schreibtischplatte fallen und blieb in der Haltung hocken.

Die Zeit verrann. Aus Minuten wurden Stunden. Die Mittagszeit kam. Die meisten gingen jetzt zum Essen. Einer der wenigen, die fast immer dablieben, war Harold Farmer.

Die Sucht wurde stärker. Es erschien Dom de Louise fast unmöglich, seinen eigentlichen Auftrag zu erfüllen. Er hatte am Nachmittag eine Besprechung mit einigen Staatssekretären. Da sollte er zum erstenmal zuschlagen.

Alle vier sollten seine Opfer werden…

Aber so lange hielt er es nicht aus. Er brauchte es. Zu sehr wütete die Gier in ihm.

Es war Mittag.

Und da war sein Assistent.

Ihm wollte er schon lange eins auswischen. Gemerkt hatte Farmer nichts. Nein, wer ahnte schon…

Die Finger näherten sich der Sprechanlage, doch kurz zuvor zuckte die Hand wieder zurück.

Er traute sich nicht.

»Aber warum eigentlich nicht?« flüsterte er. »Es ist doch kein Risiko dabei. Und mit zwei Leuten ist der Auftrag wesentlich besser durchzuführen.«

Da wagte es Dom de Louise und schaltete die Sprechanlage ein.

»Sir?«

»Bitte… kommen Sie zu mir.«

»Sofort, Sir!«

Wie dienstbeflissen diese verdammte Stimme wieder klang. Ja, der Kriecher wußte sich zu verkaufen. Zahlreiche Menschen fielen auf ihn herein. Sie hielten ihn für einen tollen Mann. Vor allen Dingen die Frauen. Ob jüngere, ob ältere, Farmer drehte sie alle so, wie er sie haben wollte. Bis die Frauen etwas merkten, war es längst zu spät.

Lächelnd und frisch wie am Morgen betrat Harold Farmer das

Büro. Doch seine Augen lächelten nicht. Sie blickten spöttisch, als verwünschten sie Dom de Louise.

»Sie sehen schlecht aus, Sir. Verzeihen Sie.«

»Ja, ich fühle mich heute nicht gut, wenn ich ehrlich sein soll, mein Lieber.«

»Ich weiß, der Streß. Er packt uns alle, Sir.« Harold Farmer legte seine Hände auf den Rücken. »Womit kann ich Ihnen dienen, Sir?«

»Ja, es geht hier um einen Fall, der schon lange zurückliegt.«

»Um welchen, bitte?«

»Gemach, junger Mann, gemach. Ich muß die Akte erst aus dem Schrank holen.« Dom de Louise stemmte sich aus seinem Sessel hoch. Er schritt zu dem in der Wand eingebauten hohen Mahagonischrank und öffnete ihn.

In mehreren Lagen standen die Akten übereinander.

Dom de Louise reckte sich. Die Beleuchtung war nicht gerade optimal. Er konnte nur mit Mühe lesen.

»Soll ich die Vorhänge aufziehen, Sir?« fragte Harold Farmer.

»Nein!« Die Antwort klang barsch und hart.

»Entschuldigen Sie, es war nur eine Frage.« Harold Farmer trat dicht an seinen Vorgesetzten heran. Er war ahnungslos, dachte an nichts Böses.

Jetzt! Jetzt mußt du es wagen!

Dom de Louise versteifte sich.

»Sir, wenn ich Ihnen behilflich sein kann, dann...«

»Neiinnn!« Mit diesem Schrei auf den Lippen fuhr der Vampir herum und warf sich gegen den völlig überraschten Harold Farmer. Die Wucht des Aufpralls war so groß, daß der junge Assistent zu Boden geworfen wurde. Zu seinem Glück dämpfte der Teppich den Fall.

Sofort rollte sich Farmer zur Seite. »Sind Sie wahnsinnig!« schrie er. »Ich werde...«

Dom de Louise packte einen Stuhl.

»Nicht...« In einer verzweifelten Bewegung hob Farmer die rechte Hand.

Der Vampir schlug zu. Mühelos durchbrach der Stuhl die provisorische Deckung des Mannes.

Dom de Louise aber lachte. Dann beugte er sich nieder, um Harold Farmer den Vampirkuß zu geben…

Dom de Louise erwachte wie aus einem Rausch. Minutenlang hatte er in der knienden Stellung ausgeharrt. Jetzt kam er auf die Beine. Mit glänzenden Augen starrte er auf den am Boden liegenden jungen Mann. Farmer bewegte sich nicht, ganz ruhig lag er da.

Aber der Keim des Bösen war gesät…

Niemand hatte Dom de Louise beobachtet. Sicherheitshalber schritt er zur Doppeltür, öffnete sie und schaute in das Sekretariat. Wanda Pernell, die Vorzimmerelfe, war nicht da. Bestimmt hockte sie wieder in irgendeinem Drugstore, schaufelte Sahnetorte in sich hinein und dachte nicht im Traum an ihre Figur.

Aber das war de Louise jetzt egal. Hauptsache, seine Sekretärin war nicht im Haus.

Er schloß die Tür wieder und widmete sich seinem Assistenten und jetzigem Blutsbruder.

Im Büro gab es einen kleinen Waschraum. Er lag versteckt hinter einer Einbautür.

Dom de Louise öffnete die Tür und schleifte Harold Farmer in den Mini-Waschraum. Er winkelte Farmers Beine an, lehnte sie gegen die Wand und schloß die Tür wieder ab.

Wenn Farmer soweit war, würde er sich schon melden.

De Louise wischte sich über den Mund. Er fühlte die beiden Zähne, und als er die Hand zurücknahm, sah er auf dem Rücken einen roten Streifen.

Der Vampir lächelte böse. Gleichzeitig aber fühlte er sich zufrieden wie lange nicht mehr. Die Feuerprobe hatte er bestanden, jetzt freute er sich auf die Besprechung mit den vier Regierungsangestellten. Denn da wollte er sein Meisterstück liefern…

Himmel, war das eine Fahrt!

Wir hatten nicht das Glück, einen Taxifahrer zu treffen, und auch durch Geld und gute Worte war der Bürgermeister nicht dazu zu bewegen, uns seinen Dienstwagen zur Verfügung zu stellen. Er konnte uns nicht leiden.

Also tuckerten wir mit dem Bus los. Bis Sibiu erlebten wir alle Höhen und Tiefen einer Busfahrt. Als wir die Stadt schließlich erreichten, tat mir mein Hinterteil weh, weil ich auf einem Sitz ohne Federung gehockt hatte. Meine Gelenke waren so müde, daß ich erst einmal Gymnastik machen mußte.

Sofort fuhren wir zum Flughafen.

Zu unserem Glück war der Nebel verschwunden. Am Flughafen reichten einige Scheinchen, um sich die Chartermaschinen aussuchen zu können. Schon bald waren wir in der Luft.

Kurs: Bukarest.

Dann mit der Linienmaschine nach London. Zwischendurch rief ich noch bei Bill Conolly an, bekam aber keine Verbindung.

Die Worte des Telegramms hatten sich in meinem Hirn festgebrannt. Alle waren wir während der Reise sehr ernst. Auch Fantisek Marek, dem es gelungen war, sich von seiner Frau loszueisen. Marie hatte schließlich ein Einsehen gehabt.

In Rumänien hatten wir uns mit Vampiren herumgeschlagen. Aber in London erwartete uns die Hölle.

Dessen war ich mir sicher.

In Petrila konnte man die Vampirbrut einigermaßen unter Kontrolle halten. Doch London war größer, da fanden sie ihre Opfer, ohne daß jemand vorläufig Notiz davon nahm. Und bis wir es erfuhren, war es meistens zu spät. Der Vampirismus breitet sich immer nach dem Schneeballsystem aus.

Verdammt, ich durfte gar nicht daran denken…

Wir schwebten London entgegen – und in den Nebel hinein. Ich bekam es mit der Angst zu tun. Wenn wir auf einem anderen Flughafen landen mußten, ging noch mehr Zeit verloren.

Ich erkundigte mich bei der Stewardeß. »Ist Heathrow frei?«

Sie lächelte. »Ja, Sir, wir landen in London.«

»Ich danke Ihnen.«

Nun, es wurde eine verdammt schwierige Landung, denn der Pilot mußte sich allein auf seine Instrumente verlassen. Sehen konnte er in der Waschküche kaum etwas.

Ruckelnd setzte die Maschine auf und rollte ruhig aus. Den Passagieren fiel ein Stein vom Herzen. Und Marek auch. Er flog zum erstenmal in seinem Leben. Sein Gesicht zeigte eine ungesunde Blässe.

Die Kontrolle lief rasch über die Bühne.

Jane Collins wartete schon auf uns. Sie flog mir in die Arme. »Mein Gott, John, es ist so schrecklich.«

Ich nickte. »Und Bill?«

»Er wartet bei mir zu Hause. Du kannst dir ja vorstellen, wie es in ihm aussieht.«

»Gewiß.«

Ich erklärte Jane, wer Marek war und welche Aufgabe er übernommen hatte. Wir klemmten uns dann alle in Janes VW.

»Fahr uns zum Yard«, sagte ich.

»Aber Bill ist...«

»Er soll mit einem Taxi hinkommen«, erklärte ich. »Powell wartet bereits auf mich.«

»Okay, John.«

Noch nie war mir die Strecke vom Flughafen bis zur Victoria Street so weit vorgekommen. Wie quälten uns durch Londons Nachmittagsverkehr und waren alle heilfroh, als wir das vom Dunst umflorte Yard Building sahen.

Sofort fuhr ich hinauf in mein Büro.

Glenda Perkins war noch da. Meine Sekretärin – sie war heimlich in mich verliebt – wußte, was geschehen war. Selten hatte ich ihr Gesicht so ernst gesehen.

»Ich freue mich, daß Sie wieder gesund zurück sind, Sir«, sagte sie.

»Danke, Glenda. Könnten Sie uns Kaffee kochen?«

»Schon erledigt.«

»Sie sind ein Schatz.«

Glenda verschwand, um den Kaffee zu holen, und ich sorgte für Stühle.

Dann rief ich Bill an. Er meldete sich mit einer Stimme, die ich bei ihm noch nie gehört hatte.

»Ich bin es, Bill!«

»John!« schluchzte er. »Endlich. Mein Gott, du stellst dir nicht vor, was ich durchgemacht habe. Wo bist du jetzt?«

»In meinem Büro. Nimm dir ein Taxi und komm.«

»Okay.«

Kaum hatte ich den Hörer wieder auf die Gabel gedrückt, wurde die Tür geöffnet. Mein Chef, Superintendent Powell, betrat das Büro. Auf der Türschwelle blieb er stehen. Und ich brauchte bloß in sein Gesicht zu sehen, um zu wissen, was los war.

Powell hatte es wieder am Magen. Kein Wunder, bei den Nachrichten. Die anderen schien er gar nicht zu sehen, sondern nur mich. »Endlich«, sagte er.

»Sir, ich hatte einige Schwierigkeiten. Rumänien ist zwar ein sehr schönes Land, aber verkehrstechnisch unterentwickelt.«

Powell wedelte mit der Hand. »Dann müssen Sie sich eben was einfallen lassen.«

»Ist hier schon was passiert? Außer der Entführung, meine ich.«

»Zum Glück nicht. Das heißt, wir wissen es nicht.«

»Darf ich mal durch?« Das war Glenda, die da fragte. Sie kam mit dem Kaffee. »Sie auch eine Tasse, Sir?«

Powell verzog das Gesicht. »Kaffee ist Gift für meinen Magen. Und für Ihren auch.«

Er war wirklich wieder einmal mieser Laune, der gute Powell. Wer ihn nicht kannte, hätte ihn für einen Griesgram gehalten.

Glenda schenkte Kaffee ein. Für Powell wieder ein Grund, mich anzumosern.

»Wenn Sie Ihre Kaffeetantenrunde beendet haben, können Sie mich mal aufklären.«

»Ich dachte, das wären Sie.«

»Scherze sind fehl am Platze, Sinclair.«

Zack, da hatte ich es wieder. Aber das machte mir nichts. Ich hatte ein dickes Fell. Der einzige, der nicht mitbekam, was lief, war der alte Marek. Er saß auf seinem Stuhl und schaute von einem zum anderen.

Ich nahm ein paar Schlucke und zündete mir dann eine Zigarette an.

Wieder meckerte Powell. »Jetzt verpesten Sie auch noch die Luft.«

Ich drückte die Zigarette aus und begann mit meinem Bericht. Powell hörte geduldig zu. Schließlich sagte er: »Okay, Sie sind also wunderbar in die Falle gegangen. Auch der berühmte Geisterjäger John Sinclair ist nicht allwissend.«

»Das habe ich nie behauptet, Sir.«

»Andere Frage: Haben Sie sich schon darüber Gedanken gemacht, wie es weitergehen soll?«

»Nein.«

Powells Gesicht legte sich in Falten. »Und warum nicht?«

»Weil ich erst mit Bill Conolly reden möchte. Er weiß Bescheid und müßte gleich hier eintreffen.«

Diesmal enthielt Powell sich eines Kommentars und fragte statt dessen: »Klären Sie mich bitte über die Funktion dieses Gentleman auf?« Damit meinte er Marek, den Pfähler.

Ich berichtete ihm, weshalb Marek mitgekommen war und welches Erbe er übernommen hatte.

»Darf ich den Pfahl einmal sehen?« fragte Powell.

»Sicher.« Ich sprach Marek auf rumänisch an, und er holte den Pfahl unter seinem Jackett hervor.

Powell wog ihn in der Hand und betrachtete ihn genau.

Ich konnte mir eine Bemerkung nicht verkneifen. »Das Ding steht Ihnen gut, Sir. Fehlt nur noch der Vampir.«

Er warf mir einen dolchscharfen Blick zu und gab Marek den Pfahl zurück.

Dann traf Bill Conolly ein.

Ich erschrak.

Bill sah aus wie ein alter Mann. Grau die Gesichtshaut, die Lippen schmal, die Wangen eingefallen, die Augen rot. Was mußte er hinter sich haben!

»John«, sagte er nur, »mein Gott. Ich weiß nicht mehr, was ich machen soll.«

Wir umarmten uns. Wie lange kannte ich Bill schon? Die Jahre hatte ich gar nicht gezählt. Und er war ein Draufgänger, wie er im Buche steht. Hatte früher reihenweise die Mädchenherzen gebrochen, ließ sich von keiner Gefahr abschrecken, und wo am meisten Trouble war, da fand man Bill Conolly. Auch die Heirat hatte ihn nicht groß verändert. Sicher, für ihn gab es nur noch eine Frau, aber in seinem Herzen war er immer noch der alte. Bill und ich waren erst vor kurzem in Ägypten gewesen, wo eine uralte Mumie ihre Schrecken verbreitete. Bill hatte gekämpft wie ein Löwe – und jetzt? Nein, das war nicht mehr der alte Bill Conolly. Das war ein gebrochener Mann, den ein grausames Schicksal fertiggemacht hatte. Unsere Gegner wußten, wo sich unsere Schwachstellen befanden. Und sie kannten keine Gnade, sie machten nicht einmal vor kleinen Kindern halt, sondern spielten sie noch als Joker in ihrem höllischen Spiel aus. Bill hatten sie das Liebste genommen, was er auf der Welt besaß. Höchstwahrscheinlich galt dieser Angriff aber mir.

Ich sage bewußt höchstwahrscheinlich, denn noch wußten wir nicht, was unsere Gegner genau bezweckten. Gemeldet hatten sie sich noch nicht. Vielleicht waren noch nicht alle Vorbereitungen getroffen, denn wenn wirklich Kalurac hinter all den Greueltaten steckte, dann plante er einen Angriff im großen Stil. Wie ich ihn einschätzte, wollte er wieder die alten Zeiten zurückholen.

Im Klartext hieß das: Herrschaft der Vampire über die Menschheit. Und das in England, in London!

Eine Vorstellung, die mir den Angstschweiß aus den Poren trieb. Und wir wußten nicht, wo sich die Blutsauger versteckt hielten. Vielleicht waren sie gar nicht in London, vielleicht hatten sie sich eine andere Stadt ausgesucht oder sich irgendwo auf dem Land festgesetzt. Möglichkeiten gab es viele.

Das Fatale an der Situation war ja, daß die anderen erst zuschlagen mußten, damit wir etwas unternehmen konnten.

Powell sprach das aus, was wohl alle dachten. »Selten waren wir so hilflos, nicht wahr?«

Wir stimmten ihm zu.

Bill berichtete, wo Sheila entführt worden war, und erzählte, wie er nach Hause gerast war und Polly, das Hausmädchen, dort vorgefunden hatte.

»Hat diese Polly denn aussagen können?« fragte ich.

Bill nickte und berichtete kurz. Er holte eine Zigarette aus der Schachtel, und seine Finger zitterten dabei. Das hatte ich bei ihm noch nie gesehen.

Ich gab ihm Feuer. »Der Plan war gut vorbereitet«, sagte ich. »Man wird dich und deine Familie beobachtet haben. Ist euch nichts aufgefallen?«

»Nein, John, wir waren ahnungslos. Wenn ich daran denke,

daß die Blutsauger Sheila und den kleinen Johnny...« Seine Stimme erstarb. Bill hatte Mühe, die Beherrschung zu bewahren.

Ich legte dem Freund die Hand auf die Schulter. »Wir werden unser Bestes geben, Bill. Darauf kannst du dich verlassen.« Andere Worte fielen mir in diesem Augenblick nicht ein. und ich wußte selbst, wie phrasenhaft sie waren.

Ich fing einen Blick meines Chefs auf und erkannte in seinen Augen die Sorge. Der Fall ging auch einem Mann wie Powell schwer an die Nieren. Unter der oft rauhen Schale verbarg sich ein herzensguter Kern.

Bill drückte die Zigarette aus. »Und was machen wir jetzt?« fragte er.

Die Antwort gab Jane. »Wir müssen den Fall noch einmal in allen Einzelheiten durchgehen, etwas anderes bleibt uns nicht übrig. Vielleicht haben wir etwas übersehen und stoßen dabei auf eine Spur.«

»Möglich«, sagte ich.

»Weißt du etwas besseres?«

»Nein«, gab ich zu.

Da schrillte das Telefon!

Dom de Louises Nervosität wuchs von Stunde zu Stunde. Der Mittag war vorbei, und die frühen Nachmittagsstunden lagen ebenfalls schon hinter ihm.

Wanda Pernell war aus ihrer Pause zurückgekommen und hatte de Louise die Mittagspost gebracht.

Aufgefallen war der Frau nichts.

Harold Farmer lag noch immer in dem kleinen Waschraum. Dom de Louise ließ ihn bewußt dort liegen, er sollte sich erst einmal an seinen neuen Zustand gewöhnen.

De Louise las Akten, ohne sich bewußt zu werden, was er eigentlich gelesen hatte.

Die Sprechanlage summte.

De Louise legte den Hebel um. »Ja?«

Wanda Pernell wollte etwas von ihm. »Ich möchte Sie nur an die Besprechung erinnern, Sir.«

»Ja, ich weiß, danke.«

»Und noch etwas, Sir.«

»Reden Sie schon.«

»Mr. Farmer ist nicht in seinem Büro. Es sind schon zwei Anrufe für ihn gekommen. Wissen Sie vielleicht, Sir, wo er sich aufhält?«

»Ja, es ging ihm nicht gut. Er hatte Magenbeschwerden, und ich habe ihn nach Hause geschickt. Ich vergaß nur, Sie darüber zu informieren.« Die Ausrede floß Dom de Louise glatt über die Lippen.

»Dann ist es gut, Sir.«

Dom de Louise unterbrach die Verbindung. Er griff zu seinen Zigarren, doch da fiel ihm auf, daß er kein Verlangen danach spürte. Es war wie abgeschaltet.

Dom wollte nach Harold Farmer sehen.

Er stand auf, öffnete die Tür zum Waschraum und sah Farmer liegen. Wie er ihn zurückgelassen hatte. De Louise bückte sich und stieß den Mann an. Dann drehte er dessen Kopf so, daß er in Farmers Gesicht schauen konnte.

Farmer öffnete die Augen. Er starrte Dom de Louise mit einem unverständlichen Blick an, als könnte er nicht begreifen, wer da vor ihm stand.

»Du erkennst mich?« fragte de Louise. Jetzt, da sie Verbündete waren, duzten sie sich.

Farmer deutete ein Nicken an.

»Wie fühlst du dich?«

»Gut.« Die Antwort war kaum zu verstehen.

De Louise kicherte. »Du wirst dich bald noch viel besser fühlen, mein Freund, wenn erst dein Durst gestillt ist. Zieh deine Oberlippe zurück, Harold!«

Farmer gehorchte.

Dom de Louise sah die beiden spitzen Eckzähne, die deutlich von den anderen Zähnen abstachen. Er hatte es also geschafft.

Harold Farmer war zu einem Vampir geworden!

De Louise streckte den rechten Arm aus. »Komm, mein Freund, ich helfe dir hoch!«

Zwei kalte Hände fanden sich, und Harold Farmer kam auf die Füße. Er mußte gestützt werden, da er zu wackelig auf den Beinen war.

Der Spiegel über dem kleinen Waschbecken zeigte nichts. Nicht einmal die Umrisse der beiden Männer. Sie waren zu hundertprozentigen Untoten geworden, zu Geschöpfen der Hölle.

»Komm mit ins Büro«, sagte de Louise, »ich will dir deine Aufgabe erklären.«

Harold Farmer folgte seinem Vorgesetzten.

Dom de Louise rollte einen Besuchersessel heran und bat Harold, darin Platz zu nehmen.

Er musterte seinen Assistenten.

Nichts war mehr von der solariumbraunen Haut vorhanden. Sie hatte die Farbe gewechselt, war bleich, eines Vampirs würdig. Ohne große Schwierigkeiten hatte sich Harold Farmer in die Kaste der Blutsauger eingereiht. Aber noch hatte er zu kämpfen, noch wußte er nicht, worin seine eigentliche Aufgabe lag.

Dom de Louise erklärte es ihm.

Er berichtete von D. Kalurac, dem Vampir aus Rumänien, und Draculas Neffen.

»Er ist unser Meister, Harold, ihm nur müssen wir gehorchen, denk immer daran. Was er sagt, müssen wir tun. Er weiß alles, und er hat die Jahrhunderte überdauert. Verstehst du mich?«

»Ja, ich verstehe dich, Dom. Aber was soll ich tun?«

»Langsam, langsam. Du kommst schon noch zu deinem Recht. Und noch etwas, wir haben gegen siebzehn Uhr eine Besprechung. Vier Vertreter des Ministers sind anwesend. Sie werden in unsere Reihen aufgenommen. Du nimmst dir zwei vor und ich die beiden anderen. Ist das klar?«

»Natürlich, ich freue mich schon darauf.«

Das Lächeln des Vampirs wurde hintergründig. »Wenn wir unsere Aufgabe erfüllt haben, verschwinden wir so rasch wie möglich. Wir setzen uns in meinen Wagen und fahren zu ihm.«

»Und wo wohnt er?«

»In einer alten Leichenhalle, draußen auf dem Land. Mehr verrate ich dir nicht.«

»Was geschieht, wenn die anderen vier auch zu uns gehören?« wollte Farmer wissen.

Jetzt lachte Dom de Louise. »Sie werden sich ebenfalls Opfer suchen. Und zwar unter ihren nahen Bekannten und Kollegen. Das sind alles Menschen, die im Regierungsgeschäft tätig sind.

Staatssekretäre, Mitglieder des Parlaments. Wir werden eine wahre Flut von Vampiren erleben. Eine Invasion ist nicht mehr aufzuhalten. Wir sind die Sieger!«

Harold Farmers Augen begannen zu glänzen. »Unwahrscheinlich«, flüsterte er, »das ist unwahrscheinlich.«

Dom de Louise lachte. »Du sagst es, mein Lieber, es ist phänomenal. Endlich ist unsere Stunde gekommen.«

Die Tür wurde aufgedrückt, und Wanda Pernell stand im Raum. Die beiden Untoten bemerkten sie nicht, sie lachten weiter, aber Wanda hatte scharfe Augen.

Genau schaute sie hin.

Die Frau erschrak bis ins Mark. Unendlich behutsam zog sie die Tür ins Schloß. Sie wurde dabei ebenso wenig gesehen wie zuvor...

Mit zitternden Knien ging Wanda Pernell in ihr Büro zurück. Schwer fiel sie auf ihren Schreibtischstuhl, und in ihrem Schädel wirbelten die Gedanken.

Was ging hinter dieser gepolsterten Tür eigentlich vor?

Sie hatte Harold Farmer gesehen, der angeblich krank und von de Louise nach Hause geschickt worden war. Den beiden Männern, die sich sonst nicht leiden konnten, schien es aber blendend zu gehen, denn sie hatten gelacht und verstanden sich prima. Etwas stimmte hier nicht.

Warum hatte Dom de Louise sie belogen?

Wanda Pernell war eine Frau in den besten Jahren. Als Junggesellin hatte sie sich immer durchzusetzen vermocht. Nicht umsonst saß sie bereits seit vier Jahren auf dem sehr begehrten Posten einer Chefsekretärin. Über ihr Privatleben wußte niemand etwas. In der etwas molligen Wanda Pernell sah jedermann nur die Arbeitsmaschine.

Wanda hatte noch etwas gesehen. Die beiden Männer waren nicht mehr normal. Deutlich hatte sie bei Harold Farmer die beiden spitzen Eckzähne entdeckt.

Und das bedeutete nur eins.

Farmer war ein Vampir!

Wanda Pernell kannte sich darin aus. Nicht umsonst las sie

jeden Gruselroman, der ihr in die Hände fiel, und sie schaute sich auch jeden Horrorstreifen im Kino an.

Sie glaubte an okkulte Dinge, und auch daran, daß es Vampire gab. Soeben hatte sie den Beweis erhalten.

Ihr Chef war ein Blutsauger!

Wanda Pernell mußte sich erst mit diesem schrecklichen Gedanken vertraut machen. Sie rauchte lange, dünne Zigarillos und zündete sich jetzt erst einmal eins von diesen Dingern an. Immer wieder warf sie einen Blick auf die Tür. Sie erwartete, daß die beiden Männer auftauchen und über sie herfallen würden, aber nichts geschah. Die Tür blieb geschlossen.

Wanda Pernell rauchte nervös. Sie wußte nicht, was sie tun sollte. Vampire pfählte man, das war ihr klar. Aber sie hatte keinen Eichenpfahl zur Hand. Keine Pistole, die geweihte Silberkugeln verschoß. Auch kein Schwert, mit denen sie den Blutsaugern den Kopf abschlagen konnte.

Nein, sie war wehrlos, wenn sie angegriffen wurde.

Ein junger Bote betrat den Raum. Er grüßte freundlich und legte einen braunen Umschlag auf Wandas Schreibtisch. Die Frau ertappte sich dabei, daß sie auf die Zähne des Mannes schaute.

Der Bote lächelte freundlich, grüßte und ging.

Wanda war wieder allein mit ihren Gedanken. Wer konnte ihr noch helfen? Es kam ihr gar nicht in den Sinn, daß sie sich eventuell getäuscht hatte. Nein, was sie gesehen hatte, das stimmte.

De Louise und Farmer waren Vampire.

»Die Polizei«, flüsterte sie. »Ja, die muß helfen. Oder der Sicherheitsschutz?«

Wanda ließ die Hand wieder sinken. Nein, man würde ihr nicht glauben. Bestimmt nicht. Die Leute würden sie für verrückt halten. Und trotzdem! War es nicht egal? Sie mußte einfach ihre Pflicht tun. Und da hatte sie eine Idee.

Es gab bei Scotland Yard eine Abteilung, die sich mit übersinnlichen Fällen beschäftigte. Wanda hatte davon gelesen. Sie wußte zwar nicht, wer der zuständige Beamte war, aber man würde sie sicherlich weiterverbinden.

Aus dem Buch suchte sich Wanda Pernell die Nummer von Scotland Yard heraus und begann mit zitternden Fingern zu wählen…

Ich hob ab.

»Sinclair!«

Der Mann von der Zentrale war dran. »Sir, entschuldigen Sie, daß ich Sie belästige, aber ich habe hier eine Verrückte, die irgend etwas von Vampiren erzählt, es sei sehr wichtig…«

Auf das Wort Vampire reagierte ich im Moment allergisch. »Stellen Sie durch, Mann.«

»Sofort, Sir.«

Es knackte, und dann hatte ich die Frau an der Strippe. »Mein Name ist Wanda Pernell. Mit wem bin ich verbunden?«

»Oberinspektor Sinclair.«

»Sir, Sie müssen etwas tun…«

Und dann sprudelte die Frau all das heraus, was sie erlebt hatte. Sie sprach über ihre beiden Chefs und darüber, was sie gesehen hatte. »Sie müssen mir glauben, Sir, es sind Vampire.«

»Okay, ich glaube Ihnen«, erwiderte ich.

»Ein Glück.«

»Hören Sie gut zu«, sagte ich. »Mein Kollege und ich werden zu Ihnen kommen. Tun Sie nichts, reizen Sie die Leute nicht, benehmen Sie sich wie immer. Auch wenn es schwerfällt.«

»Ich werd's versuchen, Sir. Und wann…?«

Ich ahnte, was sie fragen wollte und sagte: »Wir kommen so schnell wie möglich. Okay?«

»Ja, Sir.«

»Behalten Sie die Nerven.« Ich legte auf.

Die anderen hatten das Gespräch mitbekommen. »Sind Vampire aufgetaucht?« fragte Powell.

»Ja.«

»Wo?«

Ich lächelte knapp. »Im Ministerium für kooperative Zusammenarbeit.«

»Verdammt.«

Ich machte Suko ein Zeichen. »Komm mit.«

Die anderen wollten auch, vor allen Dingen Bill, aber ich wehrte mich dagegen, und Powell sprach schließlich ein Machtwort.

Suko und ich aber hetzten zum Fahrstuhl.

Die Wartezeit war endlich vorbei. Die Jagd hatte begonnen...

Wanda Pernell hatte kaum den Hörer aufgelegt, als die Tür zum Chefraum geöffnet wurde.

Wanda erschrak. War ihr Gespräch belauscht worden? Hatten de Louise und Farmer mitgehört und kamen jetzt, um sich zu rächen, um sie ebenfalls zu einem Vampir zu machen?

Wie erstarrt saß sie auf ihrem Stuhl.

Dom de Louise deutete ihren Schrecken falsch. Er lächelte, ohne die Lippen zu verziehen. »Sie wundern sich bestimmt, daß Mr. Farmer doch hier ist.«

Wanda nickte.

»Ja, er hat es sich anders überlegt. Ihm ist wieder eingefallen, daß wir noch heute eine Besprechung haben. Sein Arbeitseifer ist bewundernswert, finden Sie nicht auch, Miss Pernell?«

»Natürlich, Sir.«

»Sie können auch gleich Feierabend machen, Miss Pernell. Für die Konferenz brauche ich Sie nicht mehr.«

»Danke, Sir.«

Die beiden gingen zur Tür. Dom de Louise wünschte seiner Sekretärin noch einen schönen Abend und verließ mit seinem Assistenten das Vorzimmer.

Wanda Pernell aber atmete auf. Noch nie in ihrem Leben hatte sie solch eine Angst ausgestanden.

»Mein Gott«, flüsterte sie nur, und ihr Kopf sank auf die Schreibtischplatte.

Die beiden Vampire verließen das Büro. In der hohen Halle blieben sie einen Augenblick stehen. Es war Feierabend und der Betrieb entsprechend. In den kahlen Gängen hallten die Schritte der zahlreichen Angestellten wider, die zu den Fahrstühlen strömten.

De Louise und Farmer grinsten kalt. Sie liefen dem Strom entgegen und steuerten eine breite Steintreppe an, um in die nächste Etage zu gelangen. Sie nahmen bewußt nicht die überfüllten Aufzüge. Auf der Treppe kam ihnen kaum ein Mensch entgegen.

Es wurde ruhiger in dem großen Bau. Vor der zweiflügeligen Tür des Konferenzraumes blieben de Louise und Farmer stehen. Leer breitete sich links und rechts der Gang aus.

Sie nickten sich zu.

De Louise hatte den Schlüssel. Er öffnete die Tür und betrat als erster den großen Raum.

Ein langer Tisch, dessen Mahagoniplatte wie frisch poliert glänzte. In kleinen Körbchen standen Erfrischungsgetränke bereit. Die Holztäfelung an den Wänden war gediegen, ein beigefarbener Teppichboden dämpfte die Schritte.

Die hohen Fenster wiesen nach Süden. Draußen hatte die Dämmerung bereits Einzug gehalten. Nebelschleier trieben durch die Luft. Noch hatten sie sich nicht verdichtet, doch sie machten die zahlreichen Lichter zu auseinanderfasernden, hellen Kreisen. Der Verkehrslärm war nicht zu hören. Thermopanescheiben schluckten die Geräusche.

Dom de Louise hatte nur die Wandbeleuchtung eingeschaltet. Der prunkvolle Kronleuchter an der Decke blieb dunkel.

»Wann werden sie kommen?« fragte Farmer. Er bewegte den Mund und präsentierte seine häßlichen Vampirzähne.

De Louise drehte sich zu ihm um. Er lachte. »Es sind Beamte, die sind normalerweise pünktlich.«

»Ich kann es kaum erwarten.«

De Louise nickte. »Mir erging es beim erstenmal auch so.«

»Wer hat dich denn angesteckt?« fragte Harold Farmer.

»Eine Frau, nein, ein Mädchen.« De Louise lächelte. »Ich hatte sie mir kommen lassen. Ich wollte eine heiße Nacht verbringen. Plötzlich stand sie vor der Tür. Rothaarig, ungeheuer sexy. Ein Weib, wie vom Teufel gemacht.«

»Und?«

»Was und?«

Farmer hob die Schultern. »Woher wußte sie, daß du... ich meine, sie konnte doch nicht ahnen – oder sind die Callgirls auch schon unsere Schwestern?«

»Nein, ich denke es mir so. Man hat mich bewußt ausgesucht und kannte auch meine Leidenschaft für jüngere Frauen. Dann hat man mir einfach diese rothaarige Rebecca geschickt.«

»Raffiniert.«

»Ja, das meine ich auch.« Dom de Louise lächelte. »Ich freue mich schon auf ein Wiedersehen mit ihr.«

»Habt ihr einen Zeitpunkt ausgemacht?«

»Nein, aber sie lebt bei dem Meister.«

»Dann wird er Ansprüche stellen.«

»Vielleicht.«

Farmer schaute auf seine Uhr. »Eigentlich müßten sie schon da sein«, bemerkte er. »Ich kann es nicht mehr aushalten. Wenn ich nicht bald meinen…«

Das Telefon unterbrach ihn. Es stand am Kopfende des Tisches und gab einen diskreten Summton ab.

Rasch nahm Dom de Louise den Hörer. »Ja?« sagte er.

Der Mann von der Anmeldung war am Apparat. »Sir, die Gentlemen, auf die Sie warten, sind eingetroffen.«

»Danke. Führen Sie die Herrschaften hoch. Konferenzraum zwei.«

»Jawohl, Sir.«

Dom de Louise legte auf. Er rieb sich die Hände und sagte: »Es hat geklappt, mein lieber Harold.«

»Na endlich.« Farmer zeigte wieder sein Vampirgebiß, doch de Louise winkte ab. »Reiß dich zusammen, Harold. Sie brauchen nicht sofort zu merken, mit wem sie es zu tun haben.«

»Aber ich will…«

»Bitte!«

Harold Farmer schwieg. In seinem Innern tobte die Gier. Bisher war er das Opfer gewesen, doch nun begann die Kettenreaktion des Vampirismus. Er würde einen nächsten infizieren, der wiederum ein weiteres Opfer und so weiter – und so weiter…

Ein grausames Schicksal schwebte über der Millionenstadt, ohne daß die Bewohner auch nur den Hauch einer Ahnung hatten. Die äußeren Bedingungen waren ideal.

Nebel, Herbst, Dunkelheit…

Vampirwetter!

Und dabei waren Dom de Louise und Harold Farmer nur die Vorhut. Weitaus Schlimmere lauerten im Hintergrund, waren bereit, eiskalt und gnadenlos in die Bresche zu springen.

Daran dachte Harold Farmer, als er zusammen mit Dom de Louise auf die vier Leute wartete. Sein früheres Leben war wie ausgelöscht. Ihn interessierte das nicht mehr, was er noch vor wenigen Stunden für begehrenswert gehalten hatte. Karriere, Ruhm – sie waren anders gepolt worden. Er steckte seine Ziele zwar ebenso hoch, aber in eine andere Richtung. Die Macht würde er bekommen. Macht über Menschen, ja, er würde sie durch die Vampirtaufe in seine Abhängigkeit bringen.

Ein Klopfen an der Tür unterbrach seine Gedanken.

Die beiden Untoten tauschten einen schnellen Blick.

Dom de Louise lächelte, als er mit fester Stimme rief: »Come in!«

Ein Bediensteter öffnete die Tür, verbeugte sich und meldete die vier Besucher an.

Es waren die typischen Bilderbuchdiplomaten. Vertreter der Regierung auf der mittleren Ebene und bereit, den Sprung in die oberen Etagen zu wagen.

Ihr Lächeln wirkte wie einstudiert, die Kleidung ähnelte sich. Auch die vier Aktenkoffer schienen beim selben Hersteller gekauft worden zu sein.

Der Portier zog sich zurück und schloß lautlos die Tür.

Die Männer reichten sich die Hände. Keinem der vier Neuankömmlinge fiel auf, wie kalt die Finger der Vampire waren. Kalt wie Eis und dabei trocken und spröde.

Harold Farmer mußte sich beherrschen, um nicht jetzt schon aus der Rolle zu fallen. Gewaltsam zwang er sich zu einem verbindlichen Lächeln und nahm ebenso Platz wie die anderen.

Dom de Louise saß am Kopfende des Konferenztisches. Die vier Besucher klappten ihre Koffer auf, entnahmen ihnen Akten und legten sie vor sich auf den Tisch.

Jemand fragte: »Können wir nicht das Licht einschalten? Es ist ein wenig dunkel.«

»Natürlich, meine Herren«, erwiderte Dom de Louise, »aber ich finde es so gemütlicher, was meinen Sie?«

Die Besucher blickten sich verwundert an.

Unter dem Tisch bewegte Harold Farmer die Finger, krallte und verknotete sie ineinander, ballte die Hände zu Fäusten und mußte mit aller Kraft seinen Trieb unterdrücken.

»Wenn Sie meinen, Mr. de Louise.«

Farmer brummte sich etwas in seinen nicht vorhandenen Bart.

Als die anderen ihn anschauten, hielt er sich blitzschnell eine Hand vor den Mund und räusperte sich.

»Sorry, ich...«

»Gut, dann kommen wir zum Thema.« Dom de Louise, der alte Praktiker, übernahm geschickt die Gesprächsinitiative. »Wir haben hier einige Projekte vorliegen, über deren Kosten ich mir meine Gedanken mache. Vorerst einmal können wir schlecht im Ausland investieren, wenn unser eigener Währungskurs so sinkt. Und ein Ende der Talfahrt ist nicht abzusehen. Ich bin dafür, daß wir mindestens die Hälfte der Projekte streichen.«

Der letzte Satz forderte den Widerspruch der vier Politiker geradezu heraus.

Ihr Sprecher formulierte es so: »Wir haben uns gedacht, Mr. de Louise, daß wir in Zukunft...«

Harold Farmer hörte gar nicht hin. Er ließ den Mann reden. Seine Blicke wieselten über die Anwesenden, streiften deren Gesichter und schauten auch Dom de Louise an, der sehr interessiert tat und in Wirklichkeit doch nur auf die Chance wartete, die anderen zu überrumpeln.

Sie sollen aufhören! Macht endlich Schluß mit dem Gerede! Harold Farmer rutschte unruhig auf seinem Stuhl hin und her. Er war nervös, er saß auf dem Sprung und konnte sich kaum noch beherrschen.

Hier saßen vier ahnungslose Menschen. Menschen, die ihnen vertrauten, die an nichts Böses dachten und sich nicht wehren würden.

Die Überraschung mußte gelingen.

Der Mann, der Dom de Louise angesprochen hatte, machte eine Pause und blickte in die Runde, so als erwarte er Beifall für seine Worte. Die drei Kollegen nickten, während de Louises Gesicht ausdruckslos blieb und sich bei Harold Farmer der Widerstreit der Gefühle spiegelte.

Dann stand Dom de Louise auf.

»Haben Sie eine Entscheidung getroffen, Sir?« wurde er gefragt.

»Ja.«

»Und die lautet?« Der Frager verzog das Gesicht zu einem Lächeln.

»Wir werden Sie töten!«

Endlich! Endlich hatte Dom de Louise die Worte ausgesprochen. Harold Farmer jubilierte innerlich. Er sprang so heftig auf, daß er mit den Kniekehlen den Stuhl umstürzte. Das polternde Geräusch unterbrach das betretene und auch erschrockene Schweigen.

Irritiert sahen sich die vier Männer an. Dann formulierte ihr Sprecher vorsichtig: »Ich glaube, Sie nicht richtig verstanden zu haben, Sir...«

»Sie werden sterben, Gentlemen«, wiederholte Dom de Louise seinen Satz.

»Um dann wieder zu erwachen«, flüsterte Harold Farmer.

Alle Köpfe drehten sich ihm zu. Erschrecken, Unverständnis und Spott zeichneten Spuren auf die Gesichter der vier Männer. Bis Harold Farmer seinen Mund öffnete und die beiden spitzen Vampirzähne zeigte. Jetzt wurden die Männer ärgerlich.

»Nehmen Sie das lächerliche Ding aus dem Mund«, sagte ihr Anführer. »Wir sind hier nicht auf einer Gruselparty, sondern verhandeln um ernste Projekte.«

»Es ist uns auch ernst.« Dom de Louise sprach die Worte gelassen aus. »Zu Scherzen sind wir nicht mehr aufgelegt.« Auch er zeigte jetzt seine Zähne, und langsam dämmerte es den Männern, daß hier wirklich etwas ungeheuer Schlimmes in Gang gesetzt worden war und sie diesem Teufelskreis nicht mehr entrinnen konnten.

Mit einem Ruck klappte der Sprecher den Deckel des Koffers zu. »Ich glaube, es wird Zeit für uns zu gehen«, erklärte er mit spröder Stimme. »Für Sie wird die Szene natürlich Konsequenzen haben, das verspreche ich Ihnen.«

Harold Farmers Lache unterbrach ihn. Der junge Vampir verließ seinen Platz, schlich zur Tür und baute sich dort mit ausgebreiteten Armen auf.

»Sie können es versuchen«, sagte er nur.

»Sind Sie wirklich an einer Auseinandersetzung interessiert?« fragte der Sprecher.

Als Antwort fegte Dom de Louise den Telefonapparat vom Tisch. »Reicht das?«

Nicht die Vampire waren es, die angriffen, sondern die vier Männer. Einer von ihnen riß plötzlich seinen Aktenkoffer hoch und schleuderte ihn auf Dom de Louise zu.

Der Vampir wich nicht schnell genug aus, und eine Kante traf ihn genau im Gesicht.

Er fluchte. Dann aber schrie er. »Pack sie, Harold! Saug ihnen das Blut aus!«

Im nächsten Augenblick war der Teufel los...

Zum Glück stand mein Bentley nicht bei mir zu Hause, sondern in der Tiefgarage von Scotland Yard. Er wartete mal wieder darauf, gefordert zu werden.

Der Motor kam, kaum daß er den Zündschlüssel gerochen hatte. Mit radierenden Reifen jagte ich in die Kurve und dann die Auffahrtsrampe hoch. Der Beamte grüßte flüchtig und öffnete automatisch den Schlag, als die Scheinwerferstrahler ihn streiften.

Ich fädelte mich in den Verkehr ein und ärgerte mich wieder einmal, daß ich kein Rotlicht besaß.

Die Wagenreihen schoben sich über die Victoria Street. Eine Aneinanderreihung von Lichtern und funkelndem Blech. Von oben her trieben Nebelschwaden auf die Fahrbahn und quirlten vor den Scheinwerfern als grauweiße Milchsuppe.

Wir fuhren an Westminster Abbey vorbei und sahen schräg vor uns Houses of Parliament liegen. Ich mußte auf die andere Spur, um nicht in die Auffahrt zur Westminster Bridge zu gelangen.

Suko hockte neben mir und überprüfte seine Pistole. Es war die Druckluftwaffe. Ich trug wie immer die Beretta. Silberkugeln waren für Vampire tödlich.

Das Ministerium für kooperative Zusammenarbeit war in einem hohen, an ein altes Gerichtsgebäude erinnernden Bau untergebracht. Es hatte einen eigenen Parkplatz, auf dem wir uns den Abstellplatz aussuchen konnten, so leer war er.

Ich lenkte den Bentley dicht bis an das Gebäude heran. Er stand noch nicht ganz, als Suko schon aus dem Wagen hetzte. Ich lief hinter meinem Partner her und traf mit ihm an der zur Außentür führenden Treppe zusammen.

Wir jagten die Stufen hoch. Zwei Männer begegneten uns. Ihre Blicke waren verwundert. Sie hatten wohl noch nie Menschen in ein so ehrwürdiges Gebäude hetzen sehen.

Dann hielt uns der Portier in der großen Halle auf. Wie ein Irrwisch stürmte er aus seiner Glaskanzel und stellte sich mit ausgebreiteten Armen hin.

Es war wie so oft. Gibt man einem Menschen eine Uniform, so hält er sich gleich für den Größten. Vor allen Dingen Fremden gegenüber können die Knaben oft sehr unangenehm werden.

Ich hatte aber keine Zeit, mich auf lange Diskussionen einzulassen, sondern präsentierte meinen Sonderausweis.

Amtliche Dokumente beeindrucken diese Leute mehr als Worte. So war es auch hier. Der Mann sah die Stempel und die Unterschrift des Innenministers und wurde sofort freundlicher.

»Sie können passieren, Sir. Aber der Chinese...«

»Gehört zu mir«, erwiderte ich scharf.

Er zuckte zusammen und beantwortete mir meine nächste Frage sehr prompt.

»Wo finde ich Mrs. Pernell?«

»Dritter Stock. Zimmer einhundertvier«, rasselte er.

»Danke.«

Wir hetzten zu den Aufzügen. Der alte Lift schaukelte uns mühsam zu unserem Ziel hoch.

Suko und ich liefen durch einen langen hohen Korridor, dessen Boden so blank gebohnert war, daß wir uns darin spiegelten. Dann standen wir vor der richtigen Bürotür.

Ich hatte kaum angeklopft, als wir schon in das Zimmer stürmten. Erschreckt fuhr Wanda Pernell hinter dem Schreibtisch hoch und preßte ihre rechte Hand gegen den wogenden Busen.

»Großer Lord«, flüsterte sie. »Haben Sie mich aber...«

»Mein Name ist John Sinclair«, stellte ich mich vor. »Wir haben miteinander telefoniert. Wo ist Ihr Chef?« Ich vermied bewußt das Wort Vampir, denn ich wollte die Frau nicht noch mehr erschrecken. Außerdem konnte sich die ganze Sache auch als Trugschluß herausstellen.

»Sie sind im kleinen Konferenzraum.«

»Sie?«

»Mr. Farmer befindet sich ebenfalls dort. Er ist Mr. de Louises Assistent.«

»Und wo ist der Raum?«

»Eine Etage höher.« Sie erklärte uns den Weg. »Sie können ihn gar nicht verfehlen, Sir.«

Wir bedankten uns und waren ebenso rasch wieder draußen, wie wir gekommen waren.

»Die Treppe«, sagte Suko und deutete auf die breiten Steinstufen mit dem klobigen Geländer an der rechten Seite.

Nebeneinander liefen wir hoch. Und wieder standen wir in einem langen Gang. Er war finster. Ich fand einen Lichtschalter und kippte den kleinen Hebel um.

Die Kugellampen unter der Decke glühten auf. Rasch sahen wir uns um.

»Da«, sagte Suko und deutete auf einen Pfeil an der Wand, über dem das Wort Konferenzraum stand.

Diesmal bemühten wir uns, möglichst leise zu sein. Falls die Vampire wirklich dort waren, sollten sie nicht schon vorher gewarnt werden.

Ich war aufgeregt. Das kam nicht von ungefähr. Sicher, ich hatte schon oft gegen Vampire gekämpft, aber in den vergangenen Fällen waren die Vorzeichen doch andere. Diesmal standen wir unter einem ungeheuren seelischen Druck.

Die Blutsauger hatten Sheila Conolly und ihren Sohn in den Händen.

Nicht auszudenken, was sie mit ihnen anstellen konnten. Wenn ich daran dachte, wurde mir regelrecht übel, solch eine Angst hatte ich um die beiden.

Suko blieb vor der hellbraun lackierten Doppeltür stehen. Wie abgesprochen rutschten unsere Hände unter die Jacketts. Beide zogen wir die Waffen.

Suko seine Eichenbolzen verschießende Druckluftpistole – ich meine mit geweihten Silberkugeln geladene Beretta.

Wir nickten uns zu. Unsere Gesichter waren ernst. Kein siegessicheres oder kaltes Lächeln, wie es die Filmhelden zur Schau tragen, sondern äußerste Konzentration.

Das Holz der Tür war zwar dick, aber trotzdem hörten wir das Gepolter aus dem dahinterliegenden Konferenzraum.

»Okay«, sagte Suko, faßte nach der Klinke, drückte sie und riß mit einem Ruck die rechte Hälfte der Tür auf...

Harold Farmer löste sich von der Tür und sprang mit einem gewaltigen Satz auf den ihm am nächsten stehenden Mann zu. Es war der jüngste Teilnehmer, und der reagierte erstaunlich wendig. Er wich aus, rammte die Fäuste vor und stoppte den Angriff des Blutsaugers.

Farmer wurde zurückgeschleudert.

Dom de Louise hatte mehr Glück. Allein durch sein Gewicht drückte er einen Mann zu Boden. Ein Stuhl ging dabei zu Bruch, aber das störte keinen.

De Louise stöhnte auf.

Weit öffnete er den Mund, er starrte auf das angstverzerrte Gesicht seines Opfers und präsentierte die langen, spitzen Zähne. Verzweifelt versuchte der Mann, den Vampir von sich abzuschütteln, doch die Masse war zu schwer.

Ein anderer schlug mit dem Aktenkoffer zu, traf Dom de Louises Rücken und verhinderte den tödlichen Vampirkuß für eine Weile.

Inzwischen hatte sich Harold Farmer wieder erholt. Noch immer stand er dicht vor der Tür und wollte gerade wieder angreifen, als die rechte Türhälfte mit Wucht aufgestoßen wurde.

Sie knallte ihm in den Rücken.

Farmer flog vor, verlor das Gleichgewicht, knallte dicht neben den Schuhspitzen eines Mannes zu Boden.

Dann stürmten wir in den Raum.

Im ersten Moment waren wir unentschlossen, mußten Feind und Freund auseinanderhalten.

Dom de Louise, der unter dem Konferenztisch hindurch auf die Tür schaute, erkannte mich.

Vielleicht hatte er auch nur geraten, wer da mit gezogener Waffe in das Konferenzzimmer gestürzt war. Auf jeden Fall brüllte er laut und deutlich: »Sinclair!«

Da wußte auch Harold Farmer Bescheid. Er packte die Beine des neben ihm stehenden Mannes, zog sie ruckartig nach vorn, so daß der Mann fiel und auf ihn prallte. Blitzschnell wälzte sich der Vampir zur Seite, riß seinen Gegner mit ungeheurer Kraft hoch und benutzte ihn als lebende Deckung.

Da feuerte Suko.

Es gab ein dumpf pfeifendes Geräusch, als der Bolzen die Druckluftwaffe verließ. Das Geschoß hätte eigentlich Dom de Louise treffen sollen, doch der Untote zog genau in dem Moment den Kopf ein, so daß der Bolzen über ihn hinwegpfiff.

Das alles hatte nur wenige Sekunden gedauert, eine Zeitspanne, die normalerweise reichte, um einer Auseinandersetzung eine andere Richtung zu geben.

Doch hier war alles anders. Wir hatten es nicht mit geübten Kämpfern zu tun, sondern mit panikerfüllten Menschen.

Sie sprangen durcheinander. Jeder wollte gleichzeitig die Flucht ergreifen.

Nur der Mann, den Harold Farmer festhielt, wand sich verzweifelt in dem harten Griff des Untoten.

Die Männer liefen mir in die Schußlinie. Ich konnte nicht feuern, ohne sie zu gefährden.

Und das kam auf keinen Fall in Frage. Auch Suko war behindert. Er sprang zwar zur Seite, aber da reagierte Dom de Louise und schleuderte ihm einen Stuhl entgegen.

Suko wollte noch über das Möbelstück hinwegspringen, verhakte sich aber und stolperte. Er fiel zu Boden, rollte sich geschickt ab und kam wieder auf die Füße.

Die Zeitspanne reichte Dom de Louise, um mit seiner höllischen Kraft den langen Konferenztisch hochzuheben und umzukippen. Schwer fiel er auf die Seite.

Ich mußte wegspringen, sonst hätte mich die Kante erwischt. Wie ein fauchender Drachen schoß Dom de Louise hinter dem

Tisch hoch. Sein Gesicht war verzerrt, die vorstehenden Zähne funkelten.

Aus einer Drehbewegung feuerte ich. Die Kugel fehlte, zupfte nur an seiner Schulter und klatschte in die Wand.

Der Schuß hatte die Panik noch vervielfacht. Inmitten der drei Männer drängte auch Dom de Louise zur Tür.

Keine Chance, ihn aufzuhalten.

Jetzt hatte auch Harold Farmer eingesehen, daß er weg mußte. Seinen linken Arm hatte er um den Hals des Mannes gepreßt, er selbst wurde von dem Körper gedeckt.

»Weg!« kreischte er uns an. »Geht weg, sonst ist der Mann tot!«

Wir blieben stehen.

Hastig tauschten Suko und ich einen Blick. Jeder wußte jetzt, was er zu tun hatte.

Wir ließen den Vampir kommen. Farmer schlich zur Tür. Er drückte den angstschlotternden Mann vor sich her.

Gleichzeitig bewegte sich Suko ein wenig zur Seite. Er und ich standen so weit voneinander entfernt, daß der Untote nicht uns beide gleichzeitig im Auge behalten konnte.

Mich hielt er für den gefährlicheren.

Und ich wartete bewegungslos auf Sukos Einsatz.

Mein chinesischer Partner enttäuschte mich nicht. Blitzschnell bückte er sich, faßte ein Stuhlbein mit der linken Hand und flog im nächsten Moment auf Harold Farmer zu.

Es war ein kraftvoller Karatesprung. Farmer sah nur einen Schatten, ließ seine Geisel instinktiv los und wandte sich halb um.

Der Schlag traf seine Schulter.

Ein Untoter verspürt keinen Schmerz, trotzdem trieb ihn die Wucht des Aufpralls zurück.

Ich jagte vor, packte die schreckensstarre Geisel am Handgelenk und schleuderte sie auf die Tür zu, weg aus dem unmittelbaren Gefahrenbereich.

Jetzt stand der Vampir gegen uns beide.

Und er wußte, was auf ihn zukam.

Es gab nur die eine Möglichkeit.

Suko war näher bei ihm. Er drückte ab. Der Eichenbolzen traf genau.

Harold Farmer taumelte, preßte beide Hände gegen die Brust und fiel nach hinten.

Schwer schlug er zu Boden. Und plötzlich glitt im Angesicht des Todes ein Lächeln über sein Gesicht. Harold Farmer war von einem unseligen Fluch erlöst.

Seine Seele hatte Ruhe gefunden.

Er würde sich nicht zu Staub auflösen, dafür war er noch nicht lange genug ein Geschöpf der Nacht gewesen.

Wir aber rannten aus dem Raum. Denn noch war ein Vampir übrig.

Von Dom de Louise sahen wir nichts.

»Wo ist er?« herrschte ich einen der Überfallenen an. Die Männer standen mit bleichen Gesichtern und zitternden Knien auf dem Gang.

Der Mann deutete auf die Treppe.

»Nach oben oder nach unten?« fragte ich.

»Oben!«

Ich gab Suko ein Zeichen, und einen Atemzug später begann die Jagd von vorn...

Dom de Louise jagte die Stufen hoch. Noch vor wenigen Stunden hätte er bei seiner Körperfülle gekeucht wie eine altersschwache Lok, doch als Vampir besaß er Kräfte, die über das normale Maß weit hinausgingen.

Der Plan war schiefgelaufen, und im Innern des Untoten tobte die Hölle. Alles lief glatt, da tauchte dieser verdammte Sinclair auf.

Woher wußte er Bescheid?

Immer wieder stellte sich de Louise diese Frage, während er zwei Stufen auf einmal nahm.

Aber so sehr er auch grübelte, er kam zu keinem Ergebnis.

Dom de Louise kannte diesen Bau von Grund auf. Er kannte einen Weg, der über das Dach führte. Von dem großen Flachdach aus konnte er auf einen kleinen Anbau springen und von dort zu Boden. Eine Kleinigkeit.

In der letzten Etage war es ruhig. Hier oben befand sich das Archiv mit seinen Tausenden von Akten und Unterlagen. Bis jetzt fehlten die Mittel, um all die Informationen auf Magnetbänder zu speichern, so daß die Räume in dieser Etage nur mit Archivmaterial vollgestopft waren. Eine Eisentür führte in das Archiv hinein.

Sie war verschlossen.

Der Vampir hatte damit gerechnet, aber wußte auch, daß der Archivar den Schlüssel immer unter der Matte versteckte, falls jemand länger arbeitete und Unterlagen benötigte. Das entsprach zwar nicht ganz der Vorschrift, doch es wurde stillschweigend geduldet und war für Dom de Louise zu einem unschätzbaren Vorteil geworden.

Er bückte sich, holte den Schlüssel unter der Matte hervor und schloß auf.

Bevor er jedoch das Archiv betrat, schlich er vor zur Treppe und lugte am Geländer vorbei in den Schacht.

Gedämpft nur vernahm er die Stimmen. Lauter hörte er jedoch die Schritte, die auf die Steinstufen der Treppe klatschten. Die Verfolger kamen.

Der Vampir verzog das Gesicht.

Für ihn lief die Zeit plötzlich doppelt so schnell. Er schlich zurück, betrat das Archiv und huschte in die Dunkelheit hinein. Wie ein Geist verschwand er zwischen all den Regalen, um etwa in der Mitte des Raumes stehenzubleiben.

Unter der Decke befand sich eine Klapptür. Der Vampir wußte genau, wo sich der lange Stab mit dem Haken befand. Er holte ihn und drehte den Haken um die Öse an der Klapptür.

Dann zog er.

Die Tür schwang in den Raum hinein und fuhr automatisch eine leichte Aluminiumleiter aus, die sich dem Fußboden entgegensenkte und auf Gummipuffern stehenblieb.

Wind pfiff in das Archiv und wirbelte die Haare des Vampirs durcheinander.

Dom de Louise spürte nicht die Kälte und auch nicht den Wind. Für ihn zählte nur eins. Er mußte so rasch wie möglich verschwinden, ehe die Häscher ihn packten…

Die Häscher waren wir.

Und diesem Vampir verdammt dicht auf den Fersen. Leider wußten wir das nicht, als wir vor der offenen Tür des Archivraumes stehenblieben.

Die Dunkelheit warnte uns. Dort konnte man uns leicht eine Falle stellen.

Wir berieten uns flüsternd.

Da fegte ein Windzug aus der Tür. Kalt blies er uns ins Gesicht. Suko und ich zuckten zusammen, hatten beide den gleichen Gedanken.

»Der ist aus dem Fenster verschwunden«, zischte mein chinesischer Partner.

Ich betrat als erster das Archiv.

Obwohl mich der Luftzug geradezu verleitete, alles auf eine Karte zu setzen, blieb ich vorsichtig. Ich wollte nicht in eine Falle des Blutsaugers laufen.

Dem Geruch nach zu urteilen, war ich in einem Archiv gelandet. So roch es in allen Archiven der Welt. Nach Staub und Bohnerwachs. Die Regale standen in Längs- und Querrichtung. Sie bildeten ein regelrechtes Labyrinth, in dem ich mich leicht verlaufen konnte, und deshalb riskierte ich es, die kleine Bleistiftlampe anzuknipsen.

Suko hatte sich von mir getrennt. Während ich vom Eingang aus nach links gegangen war, hatte er die rechte Seite genommen. Mir fiel ein, daß ich das Licht hätte anschalten sollen, jetzt war es zu spät. Ich hätte den Schalter erst suchen müssen.

Ich erreichte die Wand, die mit Fenstern nahezu bestückt war. Keines davon stand offen.

Demnach hatte uns der Luftzug genarrt. Oder der Vampir.

Von den Fenstern aus gerechnet bis zu den Schmalseiten der Regale befand sich ein Zwischenraum von etwa einem Yard. Ich riskierte es jetzt und ließ den feinen Lampenstrahl kreisen.

Außer umhertanzenden Staubkörnern sah ich nichts. Hörte aber im nächsten Moment den Ruf.

»John!«

Das war Suko. Er schien etwas entdeckt zu haben.

Ich lief den halben Weg wieder zurück, tauchte dann in einen Zwischengang ein, berührte mit der Schulter einen hervorstehenden Aktenordner und riß ihn aus der Reihe. Polternd fiel er zu Boden. Nur mühsam unterdrückte ich eine Verwünschung.

Suko rief noch einmal.

Dann sah ich ihn. Er stand auf einer Trittleiter. Sie führte zum Dach hoch. Aus einer offenen Luke pfiff der Wind. Suko duckte sich, neigte mir den Kopf entgegen und zischte: »Da oben ist der Blutsauger verschwunden. Er muß…«

Ich sah es im letzten Augenblick, erkannte die Gefahr, aber es war schon zu spät.

Der Schlag mit der Stange traf Suko völlig unvorbereitet. Ich sah noch den Schatten an der Lukenöffnung, und im nächsten Moment fiel mein chinesischer Partner von der Leiter.

Schwer schlug er zu Boden. Die Stange hatte ihn im Nacken getroffen. Einem normalen Menschen hätte der Hieb wer weiß was angetan, doch Suko besaß karategestählte Muskeln. Er war zwar groggy, aber nicht bewußtlos.

Rasch ging ich neben ihm in die Knie.

»Kümmere dich um den Vampir!« keuchte er. »Mach schon, ich, au, verdammt…«

Ich konnte Suko ruhig alleinlassen, steckte die Lampe weg und erklomm die Leiter.

Der Lauf der Beretta zeigte nach oben. Ich wollte schießen, sobald der Vampir auftauchte.

Doch den Gefallen tat er mir nicht. Er hatte sich auf das Dach zurückgezogen.

Mit dem Waffenlauf zugleich steckte ich meinen Kopf aus der Luke. Beißend fuhr mir der Wind in die Augen, schleuderte Staub mit sich, aber von meinem Gegner sah ich nicht einen Rockzipfel. Kein Wunder, denn auf dem Flachdach gab es genügend Verstecke. Mehrere gemauerte Kamine und einen Abfallberg aus rostigen Eisenteilen. Eine Brüstung, die das Dach begrenzte, entdeckte ich nicht.

Doch dafür sah ich den Vampir. Hinter einem Kamin schoß er hoch. Geduckt hetzte er auf den Abfallberg zu, und noch ehe ich feuern konnte, war er dahinter verschwunden.

Jetzt wußte ich, wo er sich versteckt hielt.

Ich schaute über das Dach hinweg und sah die nackten Äste der kahlen Bäume wie skelettierte Finger in die Luft ragen.

Nebelschwaden umwehten sie, führten bizarre Tänze auf und wurden vom Nachtwind auf das Dach geweht, wo sie als lange, graue Schleier in der Luft hängenblieben.

Es war kälter geworden. Die Luft roch nach Schnee, und der Wind stieß beißend durch meine Kleidung.

Geduckt lief ich weiter. Nach wie vor hielt ich die Beretta schußbereit. Der Untote sollte mich nicht überraschen.

Mit dem Rücken preßte ich mich gegen einen gemauerten Kamin. Ich sah den Eisenberg, der aus was weiß ich für Gründen hier gelagert wurde, schräg vor mir.

»Komm raus!« rief ich. »Du hast keine Chance!«

Der Vampir gab keine Antwort.

Ein kaltes Lächeln grub sich in meine Mundwinkel. Dieser Untote konnte mich nicht täuschen. Hier auf dem Dach saß er wie in einer Rattenfalle.

Und ich würde ihn mir holen! Ich wollte ihn lebend haben, denn er war der einzige, der uns zu Kalurac führen konnte. Er mußte wissen, wo sein Meister saß. Daß zwischen dem Auftauchen der Vampire hier im Ministerium und der Entführung ein unmittelbarer Zusammenhang bestand, daran gab es für mich nicht den geringsten Zweifel. Und deshalb mußte ich den Untoten haben. Er würde mir sagen, wo Sheila und das Kind gefangengehalten wurden.

An eine andere Möglichkeit durfte ich gar nicht denken.

Ich löste mich von der Mauer und huschte auf den Abfallberg zu. Aus der Nähe erkannte ich, daß hier alte Wasserrohre, Kräne, Leitungen und Waschbecken lagen. An den Seiten stachen die unförmigen Rohre wie metallene Fangarme hervor.

Wieselartig huschte ich um den Abfallberg herum, blieb dann breitbeinig stehen – und sah nichts.

Verdammt, der Vampir hatte mich geleimt!

Ich drehte den Kopf.

Da entdeckte ich ihn.

Gar nicht weit entfernt jagte der Vampir auf den Dachrand zu. Eine Deckung gab es zwischen dem Abfallberg und dem Dachende nicht. Also nichts, wohinter er sich verstecken konnte.

Ihm blieb keine andere Wahl.

Er mußte springen.

Oder...?

Ich rief ihn an, während ich gleichzeitig loslief. »Stehenbleiben!«

Der Vampir hörte meine Stimme, schaute über die Schulter zurück, und ich sah in sein bleiches Gesicht. Drohend schüttelte er die Faust, und aus seinem Mund drang ein höhnisches Lachen.

Vor dem Dachrand konnte ich ihn nicht mehr erreichen. Es gab nur eine Möglichkeit.

Ich mußte schießen.

Abrupt blieb ich stehen, senkte den Pistolenlauf und zielte auf die Beine des Blutsaugers. Ich hoffte, ihn mit einer Kugel stoppen zu können.

Doch der Untote machte mir einen Strich durch die Rechnung. Urplötzlich stieß er sich aus vollem Lauf ab, und noch ehe ich reagieren konnte, war seine plumpe Gestalt über dem Dachrand verschwunden.

Einen Sprung aus dieser Höhe würde auch ein Vampir nicht ohne Schaden zu nehmen überstehen.

Ich verstand den Untoten nicht, hetzte zum Dachrand, stoppte dicht davor ab und starrte in die Tiefe.

Der Vampir war nicht auf dem Boden gelandet, sondern auf einem Anbau. Etwa drei Yards tiefer lag das flache Dach. Die Teerdecke schimmerte. Dunst waberte vom Boden hoch, kroch über den Anbaurand und bildete kleine Wolken auf dem Dach.

Ich sprang ebenfalls.

Hart kam ich auf, wurde von der Wucht des Aufpralls nach vorn geschleudert, spürte das Stechen bis in die Schultern und rollte mich schulmäßig ab.

Blitzschnell war ich wieder auf den Beinen.

Und doch zu spät.

Der Vampir übersprang bereits das Anbaudach und war meinen Blicken entschwunden.

Jetzt wurde es kritisch. Hinter dem Gebäude begann ein parkähnliches Gelände mit viel Buschwerk und dicht aneinanderstehenden Bäumen. Eine gute Möglichkeit für den Untoten, zu entkommen.

Ich erreichte den Dachrand, schaute nach unten, wollte springen, als der Fall eine dramatische Wende nahm.

Wie ein Regisseur von einem überhöhten Bühnenplatz aus beobachtete ich die Vorgänge.

Der Untote war gut aufgekommen und rannte mit langen Schritten auf die Bäume zu.

Gleichzeitig leuchteten zwei strahlend helle Scheinwerfer auf und erfaßten mit ihren gleißenden Lichtlanzen den flüchtenden Blutsauger.

Der Vampir blieb stehen.

Erschreckt drehte er sich um, hob die Hand vor die Augen und sah nicht die Gestalt, die sich aus der Dunkelheit löste.

Es war Marek, der Pfähler.

Mit Riesenschritten spurtete er auf den Untoten zu. In der rechten Hand hielt er den langen Eichenpfahl. Es war klar, was er vorhatte.

»Nein! Nicht!« Ich brüllte mir die Kehle aus dem Leib. »Töte ihn nicht!«

Marek hörte nicht.

»Sieh her, Blutsauger!« schrie er.

Der Vampir wirbelte herum.

Marek war noch drei Schritte vor ihm. Und er befand sich in vollem Lauf.

Mit der gesamten Wucht seines Körpergewichts schnellte sein rechter Arm vor.

Und Marek traf genau.

Zusammen mit dem Vampir fiel er zu Boden. Sekundenlang blieben sie liegen.

Dann stand einer auf.

Es war Marek. Die Spitze des Eichenpfahls steckte tief in der Brust des am Boden liegenden Untoten.

Dom de Louise würde nie mehr versuchen, jemandem den Vampirkuß zu geben.

Er war tot.

Und meine letzte Chance dahin. Jetzt standen wir wieder am Anfang. Er hätte uns vielleicht sagen können, wo sich Sheila und der kleine Johnny befanden.

Wagentüren klappten.

Bill Conolly und Jane Collins stiegen aus dem alten VW. Sie schauten zu mir hoch.

Ich winkte matt und kehrte dann zurück zu Suko.

Selten in meinem Leben hatte ich mich so mies gefühlt. Suko saß auf dem Boden und massierte seinen Nacken. »Teufel, hat der Kerl einen Schlag«, sagte er. Dann schaute er mich an. »Und?«

Ich sprang die letzten beiden Sprossen der Leiter hinunter. »Er lebt nicht mehr.«

»Ist doch gut«, meinte Suko. »Aber irgend etwas ist dir über die Leber gelaufen.«

»Ja.« Ich erklärte meinem Freund, weshalb ich so sauer war.

Suko sagte nur ein Wort. »Shit!«

Und damit traf er den Nagel genau auf den Kopf.

Wenig später gab es abermals betretene Gesichter. Am meisten ärgerte sich Marek.

»Tut mir leid«, flüsterte er, »aber das habe ich nicht gewußt.«

»Ich mache Ihnen ja auch keinen Vorwurf.« Ich sog an meiner Zigarette und ließ den Rauch durch die Nasenlöcher ausströmen.

Neben mir verwünschte Bill sich selbst und die ganze Welt. Der Vampir lag vor uns auf dem Boden. Wir hatten die Mordkommission verständigt. Ich wollte mit dem zuständigen Beamten reden und die Sachlage erklären. Die anderen fuhren zurück zum Yard. In meinem Büro sollten sie warten.

Eine Stunde später war ich auch da.

Kaffeeduft wehte mir entgegen und erinnerte mich daran, daß ich einen Wachmacher gebrauchen konnte.

Langsam trank ich das heiße Getränk.

Bill deutete auf den Schreibtisch. »Da ist was für dich abgegeben worden, John.«

Ich stellte die Tasse weg, nahm den blauen Briefumschlag und schlitzte ihn auf.

Einen Absender entdeckte ich nicht, dafür flatterte mir ein weißer Zettel entgegen. Mit krakeliger Handschrift war eine Botschaft auf das Papier geschrieben worden.

WIR HABEN DIE FRAU UND DEN JUNGEN! ES GIBT NUR EINE MÖGLICHKEIT FÜR DIE BEIDEN, FREIZUKOMMEN! DU WIRST DICH UNS WAFFENLOS STELLEN, JOHN SINCLAIR! WARTE AUF EINE WEITERE NACHRICHT!

Ich legte den Zettel zurück auf meinen Schreibtisch, ging zum Fenster und starrte durch die Scheibe. In diesem Moment fühlte ich gar nichts, auch keine Überraschung. Irgendwie hatte ich mit dieser Wendung des Falles gerechnet.

Die anderen lasen die Botschaft ebenfalls.

»Mein Gott«, hörte ich Janes Stimme.

Bill trat hinter mich und legte mir seine Hand auf die Schulter. »John«, sagte er mit kratziger Stimme. »John, willst du es tun?«

Langsam drehte ich mich. Bills Hand rutschte ab. Ich schaute meinen Freund an, sah ihm fest in die Augen und las darin die Verzweiflung und Angst, die er in diesem Augenblick empfand.

Hatte ich denn eine Wahl?

»Ja«, erwiderte ich. »Ich gehe auf den Vorschlag ein…«

ENDE

Die
Vampirfalle

Tapsig fuhr der kleine Kinderarm in die Höhe. Die winzigen Finger berührten die samtweiche Haut der Frau und zeichneten unbewußt die Tränenspuren nach.

Sheila Conolly preßte ihren Sohn fest an sich.

Sie hatte viel geweint in den letzten Stunden. Seit man sie in dieses Gewölbe unterhalb der Leichenhalle geschafft hatte, war die Zeit für sie stehengeblieben. Sheila erlebte die Hölle auf Erden.

Zwei Vampire hatten sie kurz vor einem Theaterbesuch entführt und durch das Fenster der Damentoilette gezerrt. Dann sperrten sie sie in einen Wagen und schafften sie in eine gottverlassene Horrorgegend. Gleichzeitig kidnappten zwei andere Vampire Johnny, ihren kleinen Sohn. Er hatte sich im elterlichen Bungalow in der Obhut eines Kindermädchens befunden. Polly, so hieß das Girl, war mit dem Leben davongekommen. Aber das wußte Sheila nicht.

Sie saß mit ihrem Sohn in dem unterirdischen Gewölbe und wartete darauf, daß etwas geschah. Daß man sie rausholte oder aber…

Sie hatte ihr Schicksal vor Augen und dachte an den Tod, denn woher sollten ihre Freunde und ihr Mann wissen, wohin man sie geschafft hatte? Der Plan mußte von langer Hand vorbereitet gewesen sein. Schlimm war, daß die Vampire ein Baby mit hineingezogen hatten, das erst ein paar Monate alt war. Selbst davor schreckten diese Bestien nicht zurück.

Sheila hockte auf der untersten der kalten Steinstufen und hielt ihren Sohn auf den Armen. Der Kleine hatte etwas geschlafen, doch nun war er wach geworden und schaute Sheila mit seinen großen Augen an.

Die Frau lächelte schmerzlich. Johnny hatte ihre Augenfabe geerbt. Der Junge war zu einem kleinen, prächtigen Kerl herangewachsen, er lachte viel und machte seinen Eltern Freude.

Bis jetzt…

Je mehr Zeit verging, um so geringer wurde die Hoffnung. Sheila wußte nicht einmal, ob es Tag oder Nacht war.

An den Wänden brannten einige Fackeln. Sie tauchten die Umgebung in ein bizarres Zwielicht. Schatten tanzten an den hohen Stützpfeilern entlang und verloren sich in der unter der Decke liegenden Schwärze.

Längst hatte sich Sheila an das Bild gewöhnt, ebenso an die Nischen im Hintergrund des Gewölbes, die die Gebeine zahlreicher Toter beherbergten.

Ein paarmal hatte Johnny geweint. Doch Sheila war es immer wieder gelungen, ihn zu beruhigen.

Als er jetzt wieder anfing, stand sie auf und wanderte mit dem Kleinen auf dem Arm hin und her. Dabei schaukelte sie ihn und summte ihm ein Kinderlied vor, was sie eine ungeheure Überwindung kostete, denn Sheila war eher nach Weinen als nach Singen zumute.

Daß der Kleine schrie, war die natürlichste Sache der Welt. Er hatte Angst in dieser fremden, unheimlichen Atmosphäre des Gewölbes.

Kleine Tränen quollen aus seinen Augen und liefen wie winzige Perlen an den Wangen entlang.

Sheila küßte sie weg.

»Sei ruhig, mein kleiner Liebling. Bald – bald kommen wir hier heraus. Dann wird alles wieder gut.«

Sie sprach ihrem Sohn Trost zu, obwohl sie selbst welchen gebraucht hätte.

Aber so machten sie sich gegenseitig Hoffnung.

Sheila spürte die Wärme der Fackelfeuer, wenn sie dicht daran vorbeischritt. Die Fackeln waren aber auch die einzige Wärme- und Lichtquelle in diesem kalten und feuchten Gewölbe.

Zum Glück hatte Sheila noch keine Ratten gesehen. Es gab kaum Tiere, vor denen sie sich fürchtete, aber Ratten flößten ihr eine Heidenangst ein.

Johnny wurde ruhiger, und irgendwann fiel er in einen leichten Schlaf. Automatisch kehrten Sheilas Gedanken zu ihrer Situation zurück, jetzt, wo der Kleine sie nicht mehr ablenkte.

Hatte sie überhaupt noch eine Chance, diesem Verlies zu entfliehen? Konnte sie denn auf die Hilfe ihrer Freunde rechnen?

Sheila atmete schwer und blieb vor der Treppe stehen. Die Stufen führten hoch in die große Leichenhalle, wo ihre Entführer saßen. Sheila hatte bereits mit dem Gedanken gespielt, nach oben zu schleichen, um vielleicht irgendwie einen Fluchtweg zu finden, doch mit Johnny war das unmöglich.

Der kleine Kerl schlief jetzt. Sheila spürte ihre Arme kaum noch vom langen Tragen. Aber auf den Boden betten wollte sie Johnny auch nicht. Der Stein war viel zu kalt.

Und so trug sie ihn weiter. Eine liebende Mutter, die selbst am Rande der Hoffnungslosigkeit stand.

Es war ein schlimmes Einerlei, was Sheila zu erdulden hatte. Wenn wenigstens etwas passieren würde, dachte sie, aber nichts geschah.

Abermals nahm Sheila ihre ruhelose Wanderung auf. Johnny schlief, aber irgendwann würde er erwachen und erneut schreien.

Sheila versuchte, die trüben Gedanken zur Seite zu schieben. Es gelang ihr nicht.

Plötzlich horchte sie auf. Sie hatte das Knarren einer Tür gehört. Und es gab nur eine einzige Tür, die aus diesem Gewölbe in die Freiheit führte.

Hastig lief Sheila zur Treppe. Vor der untersten Stufe blieb sie stehen.

Und dann kam Kalurac.

Er, der sich selbst als Draculas Neffe ausgab, schritt wie ein König die Stufen hinunter. Er wußte in diesen Augenblicken, was er wert war, und er fühlte sich ganz als der große Sieger. Er setzte Fuß vor Fuß. Ein durch die offene Tür fahrender Windzug wehte seinen langen Mantel auf wie einen Schleier. Deutlich stach das bleiche Gesicht aus dem Schwarz der Kleidung hervor.

Und es war ein Gesicht, das man – hatte man es einmal gesehen – nie wieder vergaß.

Dämonisch und doch faszinierend. Beherrschend waren die Augen. Sie zogen jeden in ihren Bann. Von ihnen ging eine regelrechte Hypnose aus. Der Vampir war überdurchschnittlich groß und wirkte in seinem Umhang noch gewaltier.

Ja, er war ein König.

Doch Sheila hielt dem Blick stand. Eine Frau, die mehr als einmal ihren Mut bewiesen hatte und auch dieses Treffen mit Würde und Mut überstehen wollte.

Sie beugte sich dem Blutsauger nicht!

Kaluracs Lippen verzogen sich zu einem schmalen Lächeln, als er auf die Frau und das Kind hinabstarrte. »Noch immer so mutig?« fragte er höhnisch.

Sheila ging auf die provozierende Frage nicht ein, sondern sagte nur: »Lassen Sie mich hier raus!«

Der Vampir lachte nur.

Doch Sheila ließ nicht locker. »Sie brauchen es nicht um meinetwillen zu tun. Aber denken Sie an den Jungen. Er ist erst ein paar Monate alt und noch ein Baby. Haben Sie wirklich kein Gefühl mehr?«

»Gefühl? Was ist das?« Der Vampir schüttelte den Kopf. »Ich glaube, Sie haben noch immer nicht begriffen, mit wem Sie es zu tun haben. Vor Ihnen steht kein Mensch. Gefühle sind mir fremd. Ich will die Macht, das ist alles.«

»Und weshalb sind Sie gekommen? Nur um mir das zu sagen?« schrie Sheila.

»Unter anderem.«

Sheila senkte den Blick. Die Grausamkeit dieses Mannes widerte sie an. Kalurac hatte recht. Sie mußte umdenken. Mit Menschen hatten diese Bestien wirklich nichts gemein.

»Ich weiß einen Weg, wie Sie unter Umständen freikommen«, sagte der Untote. Seine Stimme klang dabei lauernd, aber er hatte mit diesem Satz genau ins Schwarze getroffen, das erkannte er an Sheilas Reaktion.

Sie hob den Kopf. »Was sagen Sie da?«

»Ja, Sie können hier freikommen. Allerdings muß eine bestimmte Bedingung erfüllt werden.«

»Und welche?«

»Ich will John Sinclair!«

»Nein!« Sheila wankte zwei Schritte zurück. Ihre Augen wurden groß und füllten sich mit Tränen.

»Niemals!«

»Dann werden Sie ebenso elendig umkommen wie die Pesttoten in den Nischen!« zischte der Blutsauger. »Und Ihr Sohn ebenfalls!«

Tief holte Sheila Luft. »Sie Bestie«, flüsterte sie. »Sie dreckige, miese Bestie. Irgendwann einmal, dann…«

»Sinclair wird kommen!« peitschte die Stimme des Vampirs.

»Er wird mir in die Falle gehen. Auch ohne Ihre Hilfe. Aber ich frage Sie noch einmal. Sind Sie bereit, ihm einige Zeilen zu schreiben?«

Stumm schüttelte Sheila Conolly den Kopf.

»Gut«, sagte Kalurac, »dann haben Sie sich die Folgen selbst zuzuschreiben. Denn auch Ihr Mann und Ihre Freunde werden von uns nicht verschont.«

Sheila Conolly raffte allen Mut zusammen. »Das wird John Sinclair zu verhindern wissen!«

»Keine Angst, ich unterschätze ihn bestimmt nicht«, erwiderte der Vampir grinsend. »Ich weiß genau, wie gefährlich dieser Mann ist. Trotzdem fordere ich ihn zum Duell heraus. Ich gegen ihn – und er ohne Waffen!«

»Er wird Sie…« Besiegen, wollte Sheila noch sagen, doch sie brachte das Wort nicht über die Lippen. Sie wußte genau, daß Kalurac dem Geisterjäger in diesem Duell haushoch überlegen war.

»Ich werde Ihnen seine Leiche vor die Füße werfen«, höhnte der Untote zum Abschied, machte auf dem Absatz kehrt und schritt davon. Sein wehender Umhang nahm fast die gesamte Breite der Treppe ein.

Zurück ließ er eine weinende, völlig deprimierte Sheila Conolly, deren Hände sich wie von selbst zu einem Gebet fanden. Während die Worte flüsternd über ihre Lippen drangen, schlief Johnny, ihr Sohn, fest in ihren Armen.

Würde es für ihn jemals eine Zukunft geben?

Sheila glaubte nicht mehr daran.

Schlaf hatte ich in dieser Nacht kaum gefunden.

Wir waren zu meiner Wohnung gefahren. Wir, das heißt, Jane Collins, Bill Conolly, Suko, Marek und ich. Dort wollten wir auf weitere Nachrichten warten.

Inzwischen wußte ich, daß Kalurac mich allein wollte. Er hatte mir eine Nachricht zukommen lassen, und nun wartete ich auf die zweite Botschaft, in der ich weitere Details erfahren sollte.

Die Warterei schaffte uns alle.

Marek war mit Suko in dessen Appartment gegangen,

während Jane, Bill und ich in meinem Living-room zusammenhockten. Blaugrau hing der Zigarettenqualm unter der Decke. Wir alle waren nervös, sehr nervös sogar, und Bill hatte es am schlimmsten erwischt. Im Gesicht sah er um Jahre gealtert aus. Die Haare standen wirr vom Kopf ab. Immer wieder war er mit seinen Händen hindurchgefahren.

»Wenn man nur wüßte, wo sie steckt«, wiederholte er seinen Standardsatz.

Wir gaben keine Antwort. Durch eine unglückselige Verkettung von Zufällen hatte Marek, der Pfähler, unseren einzigen Zeugen getötet. Dom de Louise hätte uns vielleicht sagen können, wo sich sein Herr und Meister aufhielt, der von Rumänien gekommen war und Londen erobern wollte. Aber Dom de Louise war tot, und wir mußten abwarten, was die andere Seite jetzt unternahm.

Das konnte dauern, aber auch schnell gehen.

Ich stand auf. Zuvor war ich für ein paar Minuten eingenickt, doch die bleierne Müdigkeit steckte mir immer noch in den Knochen. Vielleicht half eine Dusche.

»Ich mache mich mal frisch«, sagte ich.

Meine Freunde standen alle zu mir.

Das wußte ich. Und jeder würde auch sein Leben einsetzen, um mich aus einer gefährlichen Situation zu befreien.

Ebenso dachte ich.

Wenn ich Sheila damit wirklich retten konnte, würde ich dem Vampir waffenlos gegenübertreten. Und wenn es mich mein eigenes Leben kostete. Doch die Sache hatte einen Haken. Ich schätzte Kalurac und seine Untoten nicht als so fair ein, daß sie Sheila laufenließen, wenn ich mich erst einmal gestellt hatte. Den Grund, mich zu vernichten, glaubte ich zu kennen.

D. Kalurac wollte freie Bahn haben!

Er wußte, daß einzig und allein ich ihm als Hindernis im Wege stand. Kalurac wäre nicht der erste Vampir, den ich erledigt hätte. In meiner Laufbahn war ich schon des öfteren auf die Untoten gestoßen. Bisher hatte ich sie alle besiegt.

Und jetzt?

Ich streifte meine Kleidung vom Körper und stellte mich unter die prasselnden Wasserstrahlen. Wechselbäder vertrieben einen

Teil der Müdigkeit. Ich hatte mein Kreuz abgestreift und es auf einen kleinen Hocker gelegt.

Das Licht der Deckenlampe wurde von dem Silber reflektiert und warf helle Punkte auf die grünen Kacheln. Noch immer wußte ich nicht, welche Bedeutung die Zeichen hatten, die in das Silber eingraviert worden waren. Doch Marek, der Pfähler, den ich in Rumänien kennengelernt hatte, schien mehr zu wissen. Leider hatten wir nicht die Zeit gefunden, näher auf die geheimnisvollen Schriftzeichen einzugehen. Und jetzt sah es so aus, als würde ich die Bedeutung nie erfahren. Doch wenn ich mich wirklich waffenlos dem Vampir stellte, war ich so gut wie verloren.

Kalurac würde nicht allein sein. Bestimmt hatte er Helfer, die an seiner Seite kämpften und die auch gegen mich vorgehen würden, aber ich konnte es nicht riskieren, meine Freunde mit in die Sache hineinzuziehen. Selbst Suko nicht.

Wie ich die Dinge auch drehte und wendete, ich stand allein auf weiter Flur.

Ich stellte die Dusche ab und griff zum Handtuch.

Im Living-room klingelte das Telefon.

Hastig schlüpfte ich in meinen Bademantel. »Moment, ich komme!« Das Wasser rann mir von den Beinen, als ich den Wohnraum betrat. Bill stand in Nähe des Apparats. Seine Hand schwebte über dem Hörer, doch als ich den Kopf schüttelte, trat mein Freund zur Seite.

Ich hob ab.

»Sinclair!«

Zuerst hörte ich nichts, vernahm nur ein Rauschen in der Leitung. Dann klang eine Stimme auf. Sie schien aus unendlicher Ferne zu kommen, aber trotzdem vernahm ich den triumphierenden Unterton.

»Sinclair, nicht wahr?«

»Das habe ich schon gesagt.«

Lachen. Hämisch und irgendwie widerlich. »Du solltest nicht so ungeduldig sein, Sinclair. Bewahre immer die Ruhe.«

»Was wollen Sie, und wer sind Sie?«

Ich stellte die Fragen bewußt, obwohl mir längst klar war, mit wem ich es zu tun hatte.

»Laß die Scherze. Hast du meine Nachricht erhalten?«

Als Antwort gab ich ein zögerndes Ja.

»Gut. Und jetzt hör weiter zu, großer Geisterjäger. Sicher wirst du deine Freunde gesund und munter wiedersehen wollen. Um das zu garantieren, mußt du auf folgende Bedingungen eingehen. Du setzt dich in deinen Wagen und fährst in Richtung Ipswich. Auf der alten Landstraße. Verstanden?«

»Ja.«

»Irgendwo auf der Strecke wirst du einen Leichenwagen am Randstreifen sehen. Wenn du ihn entdeckt hast, fährst du den nächsten Weg, und sei er noch so schmal, rechts rein, stellst deinen Wagen ab und wartest. Begriffen?«

»Natürlich.«

»Alles weitere wird sich dann ergeben. Sollte es dir einfallen, uns reinlegen zu wollen, werden nicht nur die Frau und das Kind sterben, sondern Hunderte von Menschen bekommen von uns den Vampirkuß. Was dann geschieht, brauche ich ja nicht erst auszumalen.«

Nein, das brauchte er wirklich nicht. Aber ich wollte Sicherheiten und fragte auch danach.

Der Vampir lachte höhnisch. »Sicherheiten? Du mußt dich schon auf mein Wort verlassen, Geisterjäger.«

Auf das Wort eines Vampirs. Das war nicht mehr wert als ein ungedeckter Scheck. Aber ich hatte, verdammt noch mal, keine andere Möglichkeit.

»Und wann soll ich fahren?«

»Um genau sechzehn Uhr!« Er lachte wieder. Dann wurde er jedoch schlagartig wieder ernst. »Noch einmal, keine Tricks. Wir würden es früh genug merken.«

Ich wollte noch eine Frage stellen, doch da hatte er schon aufgelegt.

Jane und Bill schauten mich an. Sie wußten längst, was los war. Bill sprang aus seinem Sessel hoch.

»Und?« Sein Gesicht war verzerrt. In seinen Augen leuchteten Hoffnung und Verzweiflung zugleich.

Ich drückte Bill zur Seite und zündete mir eine Zigarette an. »Er hat mir soeben den Treffpunkt genannt.«

Bill zog mich an der Schulter zurück. »Wo?«

»Das sage ich dir nicht.«

»Du mußt es aber, John!« schrie er. »Du mußt es!«

Ich schrie zurück. »Willst du das Leben deiner Frau und deines Sohnes aufs Spiel setzen?«

Bill wurde blaß. Noch nie hatte ich ihn so angeschrien. Er schaute mich mit einem Blick an, den ich nie vergessen würde.

»Himmel, John«, flüsterte Jane.

Ich wischte mir über die Stirn. Verdammt, auch ich war nervös. Die Ereignisse der letzten Tage hatten bei mir ihre unübersehbaren Spuren hinterlassen.

»Entschuldige, Bill«, sagte ich.

»Schon gut, John. Ich weiß, wie dir zumute ist. Ich an deiner Stelle würde auch nicht anders handeln.«

Ich schlug meinem Freund auf die Schulter und ging, mich anzukleiden.

An der Tür holte mich Janes Stimme ein. »Wann sollst du fahren, John?«

Ich lehnte mich gegen das Holzfutter und warf Jane einen schrägen Blick zu. »Um sechzehn Uhr.«

»Bis dahin ist noch Zeit.«

»Sicher. Aber was meinst du damit?«

Jane strich mit ihrem Zeigefinger über den schmalen Nasenrücken. »Wir sollten den Fall gemeinsam noch einmal durchgehen. Vielleicht haben wir etwas übersehen oder finden eine andere Lösung.«

»Glaubst du an den Weihnachtsmann?«

Sie lächelte. »Manchmal schon.«

»Ich aber nicht.«

»Schlachtfest, Freunde, Schlachtfest«, sagte der alte Mike Farrow und schleuderte das schwere Messer mit einer artistischen Bewegung hoch, um es sicher am Griff wieder aufzufangen.

Im Türrechteck des Hühnerstalls blieb er stehen und ließ seinen Blick über die Verschläge gleiten.

Mike Farrow züchtete Hühner. Obwohl er mit den Tieren groß geworden war, hatte er im Laufe der Zeit einen makabren Humor entwickelt, wenn es darum ging, einem Huhn den Kopf abzuschlagen, um eine gute Suppe oder einen knusprigen Braten zu bekommen.

Langsam ging er vor. »Ja, wen nehmen wir denn da«, murmelte er und ließ seine Blicke durch die Maschendrahtgitter wandern. Die Hühner schienen zu merken, was auf sie zukam. Aufgeregt flatterten sie in ihren engen Gefängnissen hin und her.

Dann hatte Farrow gefunden, was er suchte. Ganz links in dem Verschlag hockten zwei besonders fette Hühner. Sie waren sogar zu träge, um wild herumzuflattern.

»Ihr seid dran«, sagte Farrow.

Er hatte Routine im Schlachten. Die Leute holten ihn immer, wenn sie etwas zu schlachten hatten, und für eine Flasche Brandy besorgte Mike Farrow diese Sache fachgerecht.

Er betrieb einen kleinen Hof, züchtete Hühner und hatte die Scheune als Gaststätte umgebaut. Außerdem vermietete er Zimmer. Sie waren zwar klein und lagen unter dem Dach, aber für Studenten, die durch England trampten und wenig bezahlen konnten, war dieser Gasthof ideal. Es hatte sich herumgesprochen, daß man bei Mike Farrow billig wohnen konnte und auch ein hervorragendes Essen bekam. Richtige Hausmannskost. Farrows Frau stammte aus Germany, dort hatte sie gut Kochen gelernt.

Auch jetzt war Farrow nicht allein. Zwei Pärchen hatten sich bei ihm einquartiert. Junge Leute, die eine Horror-Tour durch England machen wollten und in Burgen oder alten Schlössern übernachteten.

Diese Horror-Touren waren in den letzten Jahren zu einem Volltreffer geworden. Immer mehr Menschen gönnten sich das Gruselvergnügen. Clevere Reiseveranstalter hatten sogar Wegstrecken ausgearbeitet und garantierten für Geister und Gespenster. Letztere wurden dann von dem Reiseveranstalter bezahlt.

Sensationslüsterne Menschen buchten diese Reisen, und oft waren Frauen in der Überzahl.

Aber es gab auch Reisende, die alte Schlösser und Burgen auf nicht vorgezeichneten Wegen abklapperten. Dazu gehörten die vier Gäste, die Mike Farrow im Augenblick beherbergte. Eine Nacht hatten sie bereits in seinem Gasthaus verbracht, doch es hatte ihnen so gefallen und vor allen Dingen so gut geschmeckt, daß sie auf eine Weiterfahrt pfiffen und noch eine Übernachtung dranhängen wollten.

Mike Farrow hatte nichts dagegen. Er freute sich immer, wenn es den Leuten gefiel, und für seine Frau konnte es kein besseres Kompliment geben.

»Und da sagt man immer, junge Leute leben nur von Hamburgern und kennen die gute Hausmannskost nicht«, brummte er, als er den Holzriegel der Verschlagtür zurückschob.

Die Hühner gackerten auf und wollten in die entfernteste Ecke flüchten, doch Farrows Hand war schneller. Blitzschnell und mit routiniertem Griff hatte er ein Huhn gepackt, drückte ihm die Flügel zusammen und zog es aus dem Verschlag.

»Du kommst auch noch dran«, sagte er zu dem anderen.

Mike Farrow trat an den Hauklotz, legte sich dann das Huhn zurecht, hob den rechten Arm und schlug zu.

Fachmännisch trennte er den Kopf vom Rumpf. Das Tier empfand keinen Schmerz. Andere Schlachter waren nicht so human.

Mike Farrow legte das Huhn beiseite und holte sich das zweite Tier.

Auch hier geschah das gleiche. Schnell und routiniert.

Trotzdem schrie das Mädchen unterdrückt auf, als es plötzlich in der offenen Tür auftauchte.

Es war die rothaarige Karen Black mit den großen, dunklen Kirschenaugen und der Figur eines Vamps. Jetzt hatte sie die Hand gegen den Mund gepreßt und sprach zwischen den gespreizten Fingern hindurch: »Mein Gott, wie grausam.«

»Finden Sie?«

Karen nickte.

Mike Farrow schmunzelte. »Wenn Sie so denken, dürfen Sie gar nichts essen. Was meinen Sie, wie es bei einer Schweineschlachtung zugeht?«

»Hören Sie auf, Mr. Farrow, davon will ich nichts wissen.«

Farrow lachte. »Wenn Sie später mal auf dem Land leben sollten, wird die Schlachterei für Sie so normal sein wie das tägliche Autofahren. Glauben Sie mir.« Farrow hob die toten, ausgebluteten Hühner hoch und wickelte sie in Papier. »So«, sagte er, »jetzt kann meine Frau die Tierchen rupfen, und dann kommen sie in den Kochtopf. Was glauben Sie, wie Ihnen die Suppe nachher schmecken wird.«

»Ich weiß nicht, ob ich eine esse.«

Farrow lachte nur. Er war fast sechzig Jahre alt und hatte vor vierzig Jahren auch so gedacht. Aber ein Leben auf dem Land härtete wirklich ab. Auch körperlich. Mike hatte eine Haut wie Leder, gezeichnet von Wind und Wetter. Trotzdem strahlten seine blauen Augen noch einen jugendlichen Optimismus aus, und auch an Körperkraft war er den meisten jungen Leuten überlegen.

Mike Farrow trat nach draußen. Karen war zur Seite gegangen. Sie schaute zu dem alten Bus hin, unter dem Barry, ihr Bruder, lag. Er wollte die Achsen nachsehen. Barry studierte Maschinenbau. Er war es auch, der den Bus – er bot immerhin Platz für zwanzig Personen – erstanden hatte. Für ein paar Pfund hatte der Schrotthändler ihn abgegeben. Barry möbelte den Wagen wieder auf, und für die Reise, die sie vorhatten, war er ideal.

Er stand unter den Zweigen der alten Platanen auf einem Laubteppich. Die Wiese vor dem Gasthaus sah braun aus. Das Gras faulte dem Winter entgegen.

»Und ich verschwinde in der Küche«, sagte Mike Farrow. Er winkte Karen zu und betrat durch einen Seiteneingang das Gasthaus.

Karen schlenderte derweil auf ihren Bruder zu. Der sah sie nicht kommen. Von ihm schauten nur die Beine unter dem Bus hervor.

Mit der Fußspitze stieß das Mädchen ihren Bruder leicht in die Rippen.

»Verdammt!« fluchte Barry.

»Leg dir wenigstens was unter, sonst erkältest du dich noch«, schimpfte Karen.

»Bin ja gleich fertig.«

Es dauerte zwei Minuten, bevor Barry unter dem Wagen hervorkroch. Er hatte die gleichen roten Haare wie seine Schwester. Jetzt waren sie allerdings ölverklebt. Ebenso wie die kräftigen Unterarme und das Hemd. Er spreizte beide Hände und tat so, als wollte er seine Schwester mit den schmutzigen Fingern anfassen.

Kreischend floh Karen einige Schritte zurück. »Untersteh dich!« rief sie.

Barry lachte und ging zum Bach hinunter, der dicht an dem Grundstück vorbeifloß. Dort wollte er sich säubern.

Karen aber betrat das Gasthaus. Es war mit einem Reetdach gedeckt. Die dicke Eichentür quietschte in den Angeln, als Karen die Gaststube betrat.

Neben dem Eingang saßen zwei Männer aus dem Nachbarort. Ihre Blicke glitten bewundernd über Karens Figur, und einer der Männer nickte andächtig. Dann meinte er flüsternd zu seinem Freund: »Die Kurven hat meine Alte nicht aufzuweisen.«

»Nee, deine Alte kannst du auch als Garderobenständer nehmen. Cheerio.«

Die Männer lachten und leerten ihre hohen Gläser.

Karen aber ging auf den Tisch am Eckfenster zu, wo ihr Verlobter und Barrys Freundin warteten. Barry und Christine wollten sich im nächsten Jahr verloben.

Christine war genau das Gegenteil von Karen. Ziemlich schmal, ein etwas blasses Gesicht, und auch mit der Größe hatte die Natur bei ihr gespart. Das Girl reichte Barry eben bis zur Schulter. Das blonde Haar trug sie kurz. Am Wirbel standen einige Strähnen hoch, doch das störte sie nicht.

Karen Black setzte sich. Robby Tisdale, ihr Verlobter, gab ihr einen Kuß auf die Wange.

»Huh, was bist du kalt«, sagte er.

»Draußen ist es auch kühl«, meinte Karen und zog fröstelnd die Schultern hoch. »Ich kann meinen Bruder nicht verstehen, daß er bei dem Wetter unter dem Bus liegt.«

»Hat er den Fehler wenigstens gefunden?« fragte Christine.

»Ich glaube ja.«

»Der ist doch ein begnadeter Techniker«, sagte Robby. Er wußte, was er sagte.

Robby war das genaue Gegenteil von Barry Black. Mit seiner Goldrandbrille wirkte er immer wie ein College-Schüler. Robby war hochaufgeschossen, aber ziemlich dünn. Seine Freunde hatten ihn früher Spargeltarzan gerufen, und der Name war irgendwie treffend. Das dunkle Haar fiel Robby in die Stirn und war auch mit der Bürste nicht zu bändigen. Er war der Planer und Theoretiker der Gruppe. Auf der Uni studierte er Politologie und Jura, während die beiden Mädchen Lehrerinnen werden wollten.

Karen hakte sich bei Robby unter. »Dafür hast du andere Qualitäten, mein Lieber.« Sie mochte es nicht, wenn Robby sich selbst herunterspielte.

Christine lächelte etwas anzüglich, wie Robby schien, und er sagte schnell: »Das, was du denkst, meint Karen bestimmt nicht.«

»Wer weiß«, gab das rothaarige Girl zur Antwort, und jetzt lachten alle drei.

Die Männer vorn am Eingang erhoben sich von den Stühlen und verließen das Gasthaus.

Dafür kam Mrs. Farrow aus der Küche. Sie war eine kleine Person mit einem runden, gutmütigen Gesicht, roten Wangen und strahlend blauen Augen. Während sie auf den Tisch zuging und Robby ihr einen Stuhl zurecktrückte, trocknete sie sich ihre Hände an der Kittelschürze ab.

»Es wird heute abend eine herrliche Hühnersuppe geben«, schwärmte sie. »Einfach wunderbar.«

Karen verzog das Gesicht. »Ich habe zugesehen, als Ihr Mann die Tiere schlachtete. Glaube kaum, daß ich davon etwas essen kann.«

Robby Tisdale, ihr Verlobter, schüttelte den Kopf. »Du darfst das nicht so eng sehen, Karen. Denk mal daran, wie sich die Schweine im Dreck wälzen, bevor sie geschlachtet werden. Ich habe gehört, daß die Chinesen sogar Ratten essen.«

»Jetzt hör aber auf.«

»Ich meinte ja nur.«

Mrs. Farrow erhob sich wieder. »Ich muß zurück in die Küche. Bis später.«

»Sicher hast du ihr den Appetit mit deiner Bemerkung verdorben«, zischte Christine.

»Aber das stimmt doch.«

»Jeder hat eben nicht das Gemüt eines Fleischerhundes.«

»Ich sage gar nichts mehr.«

»Ist auch besser.«

»Streitet euch nicht«, mischte sich Karen ein. »Dafür sind wir ja nicht losgefahren.«

»Meine ich auch!« rief Robby und legte seinen Arm um Karens Schulter. »Ah, da kommt ja Barry.« Robby winkte ihm zu. »Du kannst gleich vier Whisky bestellen.«

»Wir trinken nichts«, sagten die Mädchen wie aus einem Mund.

»Davon hat auch keiner gesprochen, die vier sind für uns.«

»Säufer«, sagte Karen liebevoll und hauchte ihrem Verlobten einen Kuß auf die Lippen.

Barry brachte die Gläser. Die Wirtin hatte gut eingeschenkt, das waren Doppelte.

»Wenn ihr die leer habt, seid ihr betrunken«, befürchtete Christine.

Barry winkte ab. »Keine Panik, Mädchen, wenn alle so standfest wären wie wir, dann könnten die Wirte noch mehr verdienen.«

»Hau nicht so auf den Pudding«, nahm Karen die Freundin in Schutz. »Wenn ich an früher denke, als du noch auf dem College warst, da hast du des öfteren…«

»Cheerio!« unterbrach Barry Black seine Schwester schnell.

Er und Robby tranken.

»Heavens, ist das ein Stoff«, gurgelte Robby und hustete sich den Hals frei. »Wo hast du den denn aufgetrieben?«

Barry grinste. »Das ist Selbstgebrannter. Nur kein Whisky, wenn er auch so aussieht.«

»Bei dem gehen die ja die Zehennägel hoch«, flüsterte Robby.

»Und noch mehr!« kicherte Karen.

Dann kam Mike Farrow. Er strahlte über sein ganzes wettergegerbtes Gesicht.

»Na, ihr vier Hübschen? Schmeckt euch mein Selbstgebrannter?«

Robby hustete. »Ja, nur ein bißchen kräftig.«

Mike Farrow nahm zwischen den jungen Leuten Platz. »Ein Glas zu leeren gehörte früher zu unseren Mutproben«, erzählte der Wirt,

Da gab Robby ihm recht. »Es ist wirklich eine Mutprobe, das Zeug zu trinken.«

Mike Farrow hatte sich auch von dem Selbstgebrannten mitgebracht. Ein Wasserglas voll. Er nahm einen Schluck und meinte:

»Ihr wollt morgen früh weiter, wenn ich das recht verstanden habe.«

»Ja«, lautete die einstimmige Antwort.

»Noch weit hinter Ipswich?«

Barry Black gab Mike Farrow die Antwort. »Wir lassen Ipswich liegen und biegen zuvor nach Norden ab. Rein in die Provinz Suffolk. Dort soll es interessante alte Landhäuser geben. Die Häuser haben alle ihre Spukhistorie. Wir sind wirklich sehr gespannt.«

»Ihr liebt solche Plätze?« fragte Farrow.

»Und wie.«

»Da wüßte ich noch einen.«

Die vier jungen Leute wurden hellhörig. »Und wo?«

»Ungefähr fünf Meilen von hier gibt es eine alte Leichenhalle. Sie steht inmitten eines waldreichen Geländes, direkt neben einem plattgewalzten Friedhof. Vor einigen hundert Jahren hat es dort ein Dorf gegeben. Zuerst schlug die Pest zu, dann die Truppen von Cromwell. Wenn mich nicht alles täuscht, war das um 1655. Die Leichenhalle haben sie stehengelassen und in deren Gewölbe die Pesttoten geschafft. Das ist ein grausamer Ort, und er ist verflucht.« Mike Farrow senkte die Stimme. »Von uns Einheimischen wagt sich dort kaum einer hin. Hin und wieder führen ein paar Kinder Mutproben durch und betreten die Halle. Das ist aber auch alles. Wenn ihr Lust habt...«

Barry Black schlug auf den Tisch. »Mann, die Halle sollten wir uns ansehen. Was meint ihr?«

Nur Christine hatte Bedenken. »Bringt das nicht unseren ganzen Plan durcheinander?«

Robby Tisdale schüttelte den Kopf. »Ach was, Plan. Wir machen Urlaub. Und da möchte ich nicht nach der Uhr leben. Mr. Farrow hat gesagt, daß die Leichenhalle nicht weit von hier entfernt liegt. Und ein kleiner Ausflug am Abend ist erquickend und labend.«

»Was ist denn so schlimm an der Leichenhalle?« fragte Karen Black.

»Angeblich gehen dort die Geister der Pesttoten um«, raunte der Wirt. »Immer bei Vollmond.« Er deutete auf das Fenster. »Heute nacht haben wir Vollmond.«

»Ideales Gruselwetter«, spottete Barry.

Mike Farrow hob warnend den rechten Zeigefinger. »Machen Sie sich nicht darüber lustig. Ich kenne Leute, die durch einen unglückseligen Zufall in die Nähe der Halle geraten sind. Sie haben dort Heulen und Wehklagen gehört.«

»Das war sicherlich der Wind«, meinte Karen.

»Nein, die Geister.«

Robby schlug auf den Tisch. »Egal, wer. Auf jeden Fall werden wir uns die Leichenhalle einmal ansehen, Kinder.«

»Aber erst nach dem Essen«, sagte Barry. »Ich möchte die Hühnersuppe probieren.«

Die anderen waren einverstanden. Sie wollten aber vorher auf ihre Zimmer gehen und sich umziehen.

Die Studenten hatten zwei Zimmer belegt. Robby und Karen wohnten zusammen, sowie Barry und Christine. Die fast gleich eingerichteten Räume lagen nebeneinander. Alte Eichenholzbetten, ein Kleiderschrank aus dem gleichen Holz, ein Tisch, zwei Stühle und ein Waschbecken. Die Fenster waren klein und quadratisch.

Robby zog die rechte Scheibenhälfte auf. Sie klemmte etwas. Dann schaute er nach draußen.

Vom Bach her stiegen die ersten Dunstschwaden auf. Kniehoch bewegten sie sich über die Wiesen und breiteten sich immer weiter aus.

»Wir bekommen Nebel«, sagte Robby, ohne den Kopf zu wenden.

»Richtiges Gruselwetter.«

»Genau.«

»Tu mir einen Gefallen und schließ das Fenster, Robby. Mich friert.«

»Okay.« Robby Tisdale wandte sich um. Seine Freundin hatte die Schranktür geöffnet und stand, nur mit BH und Slip bekleidet, vor dem Spiegel.

Das Bild sprang Robby Tisdale förmlich in die Augen. Er schlich sich an seine Freundin heran, legte seine Hände auf ihre Schultern, berührte mit den Lippen ihren Nacken und streifte die beiden Träger des BH's langsam über die runden Schulterbögen.

»Nicht, Robby«, flüsterte die rothaarige Karen und zuckte unter seinen Berührungen zusammen. »Nicht jetzt.«

»Und warum nicht?«

»Wir... wir...«

»Wir haben noch Zeit genug«, sagte Robby lächelnd. Er merkte, daß ihr Widerstand dahinschmolz und sie sich langsam zu dem breiten Bett führen ließ. Karen war ein Vulkan, der Feuer spie und hin und wieder gelöscht werden mußte...

Im Nebenzimmer ging es nicht so friedlich zu.

Christine sträubte sich gegen den Besuch der Leichenhalle. »Das ist doch alles Unsinn«, sagte sie scharf. »Eine Schnapsidee.«

Barry blickte auf. »Wieso?«

»Weil wir unseren Plan damit umstoßen.«

»Hör auf. Wir fahren morgen früh weiter. Da ändert sich nichts. Du hast Angst, das ist es.«

»Da kann ich nur lachen.«

»Dann tu's doch. Lach, anstatt mir hier eine Szene zu machen.«

»Ich mache dir keine Szene, sondern vertrete nur meine Meinung.«

Barry Black nickte. »Okay, meine liebe Christine, du kannst ja hierbleiben.«

Das Girl saß auf der Bettkante. Dann schüttelte es den Kopf. »Nein, ich fahre trotzdem mit.«

»Willst dich nicht blamieren, wie?«

»Mit dir kann man ja nicht reden.«

Sie stand auf und streifte ihren Pullover über den Kopf. Einen BH trug sie nicht. Bei ihrer Figur konnte sie getrost darauf verzichten. Aus dem Schrank suchte sie sich wärmere Sachen, während sie die übrigen schon in den Koffer packte.

Barry Black stand derweil am Fenster, rauchte eine Zigarette und sah den Nebelschwaden zu, die aus der Bachniederung stiegen und die Büsche mit ihrem grauen Gespinst einhüllten.

Es wird eine regelrechte Horrornacht werden, dachte Barry.

Er hatte nicht die geringste Ahnung, wie schlimm sich seine Prophezeiung erfüllen sollte...

Viertel vor vier erschien Superintendent Powell. Mein Chef wußte selbstverständlich Bescheid. Er war dabeigewesen, als ich die Nachricht erhielt, und ich hatte ihn dann telefonisch über den Anruf des Vampirs verständigt.

Er hatte nichts dazu gesagt. Um so überraschter waren wir alle, als er plötzlich vor meiner Wohnungstür stand.

Powell nickte den anderen zu und wandte sich dann an mich. »Sie wollen das Risiko tatsächlich auf sich nehmen?«

»Ja.«

»Sie wissen genau, auf was Sie sich da einlassen?«

Ich nickte.

»Gab es keine andere Möglichkeit?«

»Wissen Sie eine, Sir?« fragte ich zurück.

»Leider nein.«

»Aber ich muß Sheila und den Kleinen retten«, sagte ich. »Wir können die beiden doch nicht in den Händen dieser Blutsauger lassen. Lieber setzte ich alles aufs Spiel.«

»Das ist mir klar«, erwiderte Powell. »Nur – glauben Sie, daß dieser Kalurac es ernst meint?«

Ich schaute meinen Chef verständnislos an.

»Dann muß ich deutlicher werden«, sagte Powell. »Glauben Sie, daß er sich an die Vereinbarungen hält?«

Ich warf Bill Conolly einen Blick zu, und mein Freund nickte. »Du kannst ruhig offen sprechen, John!«

Ich wandte mich wieder an Powell. »Nein, Sir, ich glaube nicht, daß er sich an die Abmachungen hält. Ich nehme an, er wird versuchen, mich oder uns zu hintergehen.«

»Wollen Sie fair spielen?« fragte mein Chef.

»Ich werde waffenlos an dem Treffpunkt erscheinen«, antwortete ich ausweichend.

»Sie haben einen Trumpf in der Hinterhand!« stellte Powell fest.

»Zumindest könnte es einer werden. Wir hatten Zeit genug, noch einmal alles durchzusprechen. Und ich möchte, daß Suko oder Bill Conolly die gleichen Vollmachten besitzen wie ich.«

Powell schüttelte den Kopf. »Das ist unmöglich. Beide sind keine Polizisten.«

»Aber wir befinden uns in einer besonderen Situation, Sir.

Wenn wir keinen Erfolg haben, wird die Vampirbrut bald den gesamten Kontinent ersticken. Das ist ein ungewöhnlicher Fall. Und ungewöhnliche Fälle erfordern besondere Maßnahmen.«

Powell nickte. »Können Sie mich in Ihre Pläne einweihen?«

Ich schaute auf die Uhr. »Sorry, Sir, aber für mich wird es leider Zeit.«

»Okay.«

Dann reichte mir mein Chef die Hand. Und er schaute mir mit einem Blick in die Augen, in dem alles Vertrauen lag, das er mir entgegenbrachte. »Holen Sie die Frau und das Kind zurück, John. Bitte!«

Ich nickte. Sprechen konnte ich nicht, auch nicht, als mir die anderen die Hand reichten.

Bill, zum Beispiel. Oder Jane. Auch Suko oder der alte Marek. In ihren Augen las ich Vertrauen, Hoffnung – aber auch Angst. Nicht nur mein, sondern auch ihr Schicksal ruhte jetzt in meiner Hand.

Verdammt, wenn doch nur schon alles vorbei wäre.

Bill brachte mich zur Tür. Im Flur sprachen wir noch ein paar Worte miteinander.

»John«, sagte mein Freund mit kratziger Stimme, »ich weiß, daß ich mich auf dich verlassen kann. Aber tu dein Bestes, John, ich flehe dich an. Sonst weiß ich nicht, wie es weitergehen soll.«

Ich versuchte, optimistisch zu lächeln, merkte aber, daß nur eine Grimasse daraus wurde. »Wird schon schiefgehen, Bill.«

Noch einmal reichten wir uns die Hände. Dann ging ich zum Lift. Lautlos schlossen die Türen.

Ich fuhr abwärts.

Waffenlos, wie mein Gegner es verlangt hatte. Selbst das Kreuz trug ich nicht mehr auf meiner Brust. Ich kam mir vor wie jemand, der zu seiner eigenen Hinrichtung geht…

Seit Anbruch der Dämmerung war der Nebel noch dichter geworden. Wie eine graue, immer höher werdende Wand stieg er aus den zahlreichen Auen und Wiesen.

Christine hatte wieder ihre Bedenken. »Sollen wir bei dem Wetter überhaupt fahren?«

Robby wischte ihren Einwand weg. »Es sind nur fünf Meilen.«

»Was ist, wenn wir den Weg nicht finden?«

»Den hat uns Mr. Farrow doch genau beschrieben«, sagte Barry Black. Er zupfte den Reißverschluß seines Parkas hoch, weil ihm plötzlich kalt geworden war.

»Beim nächstenmal fahre ich im Sommer«, sagte Christine und öffnete die Fahrertür. Sie stieg ein.

Die anderen folgten.

Barry wollte fahren. Er konnte mit dem Bus am besten umgehen. Mit einem Klebeband befestigte er die Wegskizze an der Scheibe. Mike Farrow hatte sie ihm zusätzlich aufgezeichnet.

Robby Tisdale betrat als letzter den Bus und schlug die Tür zu. Das Gefährt hatte nur noch die vorderen vier Sitzreihen. Die anderen waren herausgenommen worden, dafür glich die zweite Hälfte des Busses mehr einem Campingwagen. Vier Liegen waren aufgestellt, und Proviant lag in der Ecke unter Decken verborgen. Sogar ein Kocher war vorhanden. Den vier Studenten machte es nichts aus, auch mal eine Nacht in ihrem Bus zu verbringen, falls sie nicht solch ein gemütliches Gasthaus fanden, wie es Mike Farrow betrieb.

Für teure Hotels reichte das Geld nicht. Außerdem fanden die jungen Leute es so gemütlicher.

Das Ehepaar Farrow stand in der Tür und winkte ihnen zum Abschied zu. Der wabernde Nebel ließ ihre Gestalten aussehen wie Geister.

Barry startete.

Der Motor drehte ein paarmal, tuckerte und lief sich langsam warm.

Das Licht der Scheinwerfer wurde von der grauen Suppe regelrecht verschluckt. Sie konnten den Weg daher nur im Schrittempo zurücklegen.

Barry Black lenkte den Bus vom Hof. Er beschrieb eine Schleife und erreichte den Pfad, der nach einigen hundert Yards auf die Straße mündete. Sie war ein schmales graues Band und gehörte zu den zahlreichen Nebenstrecken, die ebenfalls in Richtung Ipswich führten. Die vier Studenten hätten auch über die Hauptstraße fahren können, aber von dort war der Weg zur Leichenhalle weiter. Sie wollten nicht länger als nötig durch den Nebel kutschieren.

Federung und Stoßdämpfer des Fahrzeugs ächzten und quietschten. Es war eine immerwährende Begleitmusik, an die sich die vier längst gewöhnt hatten.

Der Nebel lichtete sich, je näher sie der Straße kamen. Dann hingen nur noch hin und wieder dünne Schleier über der Fahrbahn.

Barry lachte. »Wer sagt's denn? Wenn Engel reisen, lacht der Himmel.«

»Ich sehe nur keinen lachenden Himmel«, bemerkte Christine.

»Du hast auch immer was zu nörgeln«, gab Barry zurück.

Christine saß neben ihm, während es sich Karen und Robby hinten im Bus gemütlich gemacht hatten. Karen hatte eine Thermosflasche mit heißem Tee mitgenommen. Sie goß vier Plastikbecher voll und reichte sie durch.

Auch Barry schlürfte das heiße Getränk, während er mit einer Hand lenkte.

Hin und wieder warf Barry einen Blick auf die Skizze. Es mußte aufpassen, denn die Abzweigung konnte jeden Moment auftauchen.

Da war der Weg schon!

Nur ein schmaler Pfad, der rechtwinklig von der Straße abbog. Barry mußte über die Fahrbahn auf die rechte Seite. Er zog den Bus hart herum, und Karen verschüttete den Rest ihres Tees.

»Gib doch acht«, rief sie.

»Keine Panik auf der Titanic«, gab Barry grinsend zurück. Er fuhr weiter. Jetzt wesentlich langsamer als zuvor, denn der Weg war dementsprechend schlecht.

Der alte Bus schaukelte hin und her wie ein Schiff bei hohem Seegang. Die Bäume wuchsen dicht an den Wegrand, Zweige und Äste kratzten über das Dach des Busses oder glitten schabend an den Fenstern entlang.

Kurven tauchten auf und mußten vorsichtig angefahren werden. Querrinnen, Schlaglöcher und tiefe, feuchte Rillen verlangten dem Bus alles ab und ließen so manche Verwünschung über die Lippen des Fahrers dringen.

Christine konnte sich ihre Bemerkungen nicht verkneifen. »Ich habe es euch ja gleich gesagt. Wir hätten auf dem Hof bleiben sollen.«

»Ich dachte, du wolltest eine Gruseltour machen?« spottete Robby.

»Da hätten wir die komische Leichenhalle ruhig auslassen können.«

»So etwas gehört einfach dazu«, sagte Barry. »Außerdem brauchst du nicht zu fahren.«

»Wie gütig.«

Die Stimmung sank. Christine ging den anderen schwer auf die Nerven mit ihrer Quengelei.

Karen Black versuchte sich als Friedensengel. »Beim nächstenmal gehen wir auf deinen Vorschlag ein, okay?«

Jetzt mußte Christine lachen. »Schon gut«, sagte sie. »Ich wollte nur meinen Standpunkt vertreten.« Sie ging nach hinten zu Karen, und beide Mädchen schauten aus dem Fenster.

Viel war nicht zu sehen, und wenn urplötzlich Zweige über die Scheiben ratschten, zogen sie hastig und erschrocken ihre Köpfe zurück. Der Nebel war jetzt völlig verschwunden. Beide Scheinwerfer des Busses warfen ihre breiten Lichtspeere auf den Weg und erfaßten die unmittelbare Umgebung.

Die Freundinnen kamen sich vor wie in einem Märchenwald.

Tannen, Buchen, Eichen standen bunt gemischt. Dazwischen wucherte hohes Farnkraut, und es fehlte nur noch der Elfenreigen, der durch das Unterholz tanzte.

»Ich finde es irgendwie gruselig«, sagte Karen und schüttelte sich.

Christine verneinte. »Meiner Meinung nach ist es romantisch. Aber Grusel, nein, den empfinde ich nicht. Obwohl...«

Sie sprach nicht mehr weiter und starrte angestrengt durch die Scheibe.

»Was ist?« fragte Karen.

»Ein Leichenwagen. Ich habe einen Leichenwagen gesehen. Lieber Himmel!« Die letzten beiden Sätze schrie sie heraus und preßte dann die Hand gegen den Mund.

Barry Black bremste. Der Bus senkte sich vorn leicht.

Barry war aufgesprungen. »Was ist los?«

»Christine hat einen Leichenwagen gesehen«, erklärte Karen.

»Ja, es stimmt.« Christine nickte heftig.

Robby kam zu ihr, während Barry sitzenblieb. »Wo?« fragte Tisdale.

»Dort zwischen den Bäumen. Er... er leuchtete, meine ich. Du mußt mir glauben.«

»Aber ich sehe nichts.« Auch Robby starrte jetzt angestrengt durch die Scheibe. Doch erkennen konnte er nichts. Hinter den letzten Lichträndern der Scheinwerferstrahlen ballte sich die Finsternis.

»Du hast dich getäuscht, Christine.«

»Nein, Robby, ich habe mich nicht getäuscht. Vorhin war er noch da. Wirklich.«

»Ich steige mal aus«, sagte Barry.

»Sei vorsichtig.« Christines Stimme klang schrill.

Robby warf Karen, seiner Verlobten, einen zweifelnden Blick zu.

Barry öffnete die Tür und sprang nach draußen. Er ging um den Bus herum und klopfte gegen die Scheibe, hinter der er die Gesichter seiner drei Freunde sah. Dabei grinste er.

»Der nimmt das alles viel zu leicht«, flüsterte Christine.

Barry verschwand im Wald. Er hielt sich aber dicht an der Lichtgrenze der Scheinwerfer, als hätte er Angst, von der Dunkelheit verschluckt zu werden.

»Und außerdem«, sagte Robby, »wo soll denn um diese Zeit ein Leichenwagen herkommen? Und vor allen Dingen, was hat er in dieser Gegend zu suchen?«

»Genau«, stimmte ihm Karen zu.

»Vergeßt nicht, daß es hier in der Nähe einen Friedhof gibt«, verteidigte sich Christine. »Mike Farrow hat davon berichtet.«

»Ja, aber einen plattgewalzten«, antwortete Robby.

»Außerdem soll es dort spuken.«

Robby schaute Christine an. »Du bist ja ganz schön abergläubisch«, lachte er.

Christine schwieg, und auch Karen sagte nichts.

Dann sahen sie Barrys Gestalt wieder innerhalb der Scheinwerferlanzen. Er machte eine verneinende Schulterbewegung, die nur bedeuten konnte, daß er nichts gefunden hatte.

»Da siehst du es«, sagte Karen.

Barry stieg wieder ein.

Er grinste. »Draußen stehen zwar Bäume, die aussehen wie Leichen, aber einen Wagen habe ich nicht entdeckt. Es gibt wohl noch einen Parallelpfad, der durch den Wald führt.«

»Und ich habe mich nicht getäuscht!« rief Christine. »Der war auf dem Pfad!«

Barry tätschelte ihre Schulter. »Ganz sicher, mein Schatz. Du hast recht.«

Christines Kopf ruckte herum. »Du glaubst mir nicht, wie?«

»Doch, doch...«, beruhigte Barry sie.

Robby schlug vor: »Kommt, Kinder, laßt uns weiterfahren. Es ist bestimmt nicht mehr weit bis zu dieser Leichenhalle. Ich mache inzwischen die Kamera fertig und lade die Blitze auf.«

Barry übernahm wieder das Lenkrad.

Und weiter schaukelte der Bus seinem unheimlichen Ziel entgegen.

Die beiden Mädchen schwiegen. Jedes hing seinen Gedanken nach. Nur hin und wieder warf Karen der Freundin scheue Blicke zu.

Robby störte das nicht. Er pfiff ein lustiges Lied und kümmerte sich um seine Kamera. Robby war der Fotoexperte der Vierergruppe.

Normalerweise waren fünf Meilen keine Strecke. Doch bei einem Bus, der nur im Schrittempo fuhr, konnte diese Entfernung zu einer quälenden Tortur werden.

Nach zehn Minuten meldete sich Robby. »Die Kamera ist fertig«, sagte er und fügte spöttisch hinzu: »Jetzt können die Monster kommen!«

Als wäre dies ein Stichwort gewesen, gab es plötzlich einen dumpfen Laut auf dem Dach.

Hastig trat Barry die Bremse. Vor Schreck würgte er den Motor ab.

Es wurde still.

Niemand der vier sprach ein Wort. Alle hatten die Köpfe erhoben und starrten zum Busdach hoch.

Zehn, fünfzehn Sekunden vergingen.

Endlich traute sich jemand zu sprechen. »Was – was war das?« flüsterte Karen.

Robby antwortete. »Keine Ahnung.« Mit einer beschützenden Geste legte er seinen Arm um Karens Schulter.

»Der Leichenwagen!« hauchte Christine. »Das hängt mit dem Leichenwagen zusammen.«

Barry rutschte vom Sitz. Aufrecht stand er im Gang. Mit dem Kopf streifte er fast die Decke. Dann pochte er gegen die Verkleidung. »Die Erklärung ist ganz einfach«, sagte er. »Wir werden gegen irgendeinen verdammten Ast gestoßen sein. Bei Tag hätten wir darüber gelacht.«

»Ja, das wird es sein«, stimmte ihm auch Robby zu. Doch die Antwort klang nicht gerade überzeugend.

Die Gesichter der Mädchen waren blaß. Angst stahl sich in ihre Blicke. Angst vor der eigenen Courage.

»Ich glaube, ich sehe mal nach«, sagte Barry und machte Anstalten, den Bus zu verlassen.

Doch dazu sollte es nicht mehr kommen.

Plötzlich schrie Christine gellend auf. »Da!« brüllte sie. »Seht doch, am Fenster!«

Drei Köpfe wandten sich ruckartig um.

Und acht Augen sahen ein bleiches, häßliches Gesicht.

Ein Gesicht mit zwei fingerlangen Vampirzähnen...

Ich nahm die Westminster Bridge, um die Themse zu überqueren, fuhr am St. George's Circle in Richtung Osten, durchquerte Newington, fuhr dann nach Norden, kreuzte noch einmal die Themse, um dann in Richtung Ipswich zu fahren.

Dieses Verwirrspiel kostete zwar Zeit, aber ich hoffte dadurch, eventuelle Verfolger abzuschütteln. Es konnte durchaus sein, daß mich meine Gegner beobachteten.

Im rechten Mundwinkel fühlte ich einen ungewohnten Druck. Dort hatte ich mir unter die Zunge einen kleinen, aber ungeheuer leistungsstarken Sender geklemmt. Meine Beziehungen zum Geheimdienst hatten sich bezahlt gemacht. Die Techniker dort hatten mir das Ding in Windeseile besorgt.

Der Sender gab ständig Zeichen, und Suko am Empfänger wußte, wo ich mich aufhielt. Erst wollte ich nach James-Bond-

Manier den Sender im Absatz deponieren. Aber sollte ich durchsucht werden, dann fand man dieses Versteck bestimmt.

Wer schaute schon jemandem in den Mund?

Der Nachmittagsverkehr war schlimm. Ich kam nur langsam vorwärts.

An der Stadtgrenze wurde es besser. Und bis zum Verteilerkreuz der Schnellstraßen kam ich gut durch. Doch ich nahm keine Fernstraße, sondern die Landstraße nach Ispwich. Dort konnte ich zwar nicht so schnell fahren, aber ich mußte mich an die Bedingungen meines Gegners halten.

Noch fuhr ich durch Londoner Vororte, warfen Peitschenleuchten ihr kaltes Licht auf den Asphalt. Die Rücklichter der vor mir fahrenden Wagen wirkten auf mich wie hin- und herschaukelnde Blutstropfen und erinnerten mich immer daran, auf was für eine Aufgabe ich mich eingelassen hatte.

Wir hatten Freitag.

Wochenende.

Und ich fuhr in mein Verderben – in den Tod...

Automatisch kamen die Gedanken. Ich erinnerte mich an zahlreiche Gegner, die ich in meinem Leben schon bekämpft hatte. Einige davon lebten noch und bereiteten heimlich neue, gigantische Verbrechen vor, dessen war ich mir hundertprozentig sicher.

Da war zum Beispiel der Schwarze Tod, die rechte Hand des Satans. Ein Dämon von ungeheurer Brutalität und Stärke, der allerdings im Clinch mit Myxin, dem Magier, lag. Myxin hatten Suko und ich aus einem zehntausendjährigen Schlaf befreit. Dieser Magier war uns zwar nicht verpflichtet, aber er hatte mir schon manche Warnung zukommen lassen. Anders der Spuk, Herr im Reich der Schatten und Herrscher über die Seelen der getöteten Dämonen. Der Spuk wollte meine Vernichtung. In New York hatte er es versucht, doch ich konnte den Angriff zurückschlagen.

Gegen die letzten Gegner hatte ich Einzelerfolge erringen können, mehr aber auch nicht.

Bald verschwanden die Lichter, und ich lenkte meinen silbermetallicfarbenen Bentley auf der einsamen Landstraße einem ungewissen Ziel entgegen. Ich hoffte nur, daß es keinen Nebel gab, womit im November eigentlich stündlich zu rechnen ist.

Wie dem auch sei, irgendwo würden sie mich abfangen, und dann kam es zur Entscheidung...

»Ein Vampir!« kreischte Christine mit schriller Stimme. »Mein Gott, das ist ein Vampir!« Ihre Stimme brach ab, erstickte in einem Wimmern.

Auch die anderen hatten die gräßliche Fratze gesehen.

Robby riß Karen zurück, während sich Barry schützend vor Christine stellte.

Das Gesicht des Blutsaugers schien an der Scheibe zu kleben. Der Unheimliche hockte auf dem Dach. Er hatte sich dann über den Rand gebeugt und schaute in das Innere des Busses. Wie er auf das Dach gelangt war, ließ sich ganz einfach beantworten. Er mußte auf einem Baum gesessen haben und hatte sich dann fallen lassen. Bei der geringen Geschwindigkeit des Busses konnte der Blutsauger leicht die Balance halten.

Jetzt bewegte er den rechten Arm. Eine bleiche, knochige Hand tauchte auf, wurde gespreizt, und dann kratzten fünf lange Fingernägel über die Scheibe.

Es klang wie ein Willkommensgruß der Hölle.

Ängstlich klammerte sich Christine an ihren Freund. »Ich will hier weg!« schluchzte sie. »Bitte, fahrt! Fahrt doch...«

Auch in Karens Gesicht stand die nackte Angst geschrieben, und die beiden jungen Männer sahen auch nicht gerade aus wie Helden.

Barry erwachte als erster aus seiner Erstarrung. Er löste sich von Christine, warf sich auf den Fahrersitz und startete.

»Ich werde ihn schon runterfegen!« schrie er. »Dieser Kerl hat seinen Spaß gehabt, jetzt habe ich meinen.«

»Spaß?« rief Christine. »Das ist doch kein Spaß!« Sie zerrte an Robbys Arm. »Oder was meinst du?«

»Es wird sich jemand verkleidet haben.«

»Nein, der ist echt.«

Der Bus ruckte an, und im nächsten Moment verschwand das bleiche Gesicht des Vampirs.

Heftig gab Barry Gas. Die Hinterräder drehten auf dem weichen Humusboden durch, fanden aber dann doch Halt, und Barry lenkte den schweren Wagen in die erste Kurve.

Viel zu schnell, aber das tat er bewußt.

Das Heck rutschte weg, knickte eine Buschreihe weg, kam einem Baumstamm bedrohlich nahe und fegte ganze Äste zur Seite. Wie ein Ungeheuer wühlte sich der schwere Bus weiter.

Christine, Karen und Robby waren zu Boden gefallen. Zu plötzlich kamen die Schleuderbewegungen.

Dann die nächste Kurve.

Diesmal links herum.

Wieder schaukelte der Bus hin und her. Die Proviantpyramide geriet ins Wanken, kippte um, und schon rollten die zahlreichen Konservendosen durch den Gang.

Doch darauf kümmerte sich niemand. Auch als eine hochkant gestellte Liege auf Robbys Beine fiel, fluchte es nur. Er hoffte, wie auch die anderen, daß Fahrtwind und Fliehkraft den ungebetenen Besucher vom Dach gefegt hatten. Tatsächlich war der Untote verschwunden.

Noch immer befanden sie sich in dichtem Waldgebiet. Doch irgendwo in der Nähe mußte es ein Gewässer geben, denn zwischen den Bäumen hingen bereits dünne Nebelschleier, die das Scheinwerferlicht zerfaserten.

Jetzt wurde der Weg breiter. Die Bäume traten zurück. Wiesen mit kniehohem Unkraut säumten statt dessen den Weg.

Barry erhöhte die Geschwindigkeit noch. Seine Hände hielten das große Lenkrad fest. Die Lippen hatte er fest zusammengepreßt. Wirr hing ihm das rote Haar in die Stirn.

Und er schaltete höher.

Die Geschwindigkeit nahm zu. Für einen Menschen war es jetzt so gut wie unmöglich, sich auf dem Dach zu halten. Besonders deshalb, weil Barry wieder mit seiner Slalomfahrt begann und dabei nicht langsamer wurde.

»Haltet euch fest!« rief er nach hinten. Er selbst wurde ebenfalls auf dem mit grünem Kunstleder überzogenen Fahrersitz hin und her geschleudert.

Ihm war es egal, ob die Stoßdämpfer zu Bruch gingen. Die besten waren sie sowieso nicht.

Der Nebel wurde etwas dichter. Er war zwar nicht so schlimm wie auf dem Farrowschen Anwesen, aber er behinderte die Fahrweise doch. Barry hatte das Gefühl, in einen grauen Tunnel zu fahren.

Und dann passierte es.

Plötzlich gab es einen ungeheuren Stoß am linken Vorderrad. Etwas brach knirschend entzwei. Die Wucht des Aufpralls fegte den Bus nach rechts und Barry vom Fahrersitz. Barry rollte in den Gang und blieb am Einstieg liegen.

Der Bus aber schleuderte weiter.

Glas splitterte. Dazwischen mischten sich die Schreie der drei anderen Studenten.

Dann folgte die Katastrophe.

Der Bus kippte um.

Schwer krachte er auf die Seite. Fenster gingen zu Bruch, das Innere verwandelte sich in ein Chaos aus verbogenem Blech, splitterndem Glas und herumfliegenden Teilen.

Verstrebungen knickten wie Streichhölzer. Irgendwo bog sich noch ein Metallteil kreischend zusammen, dann war es ruhig.

Die Fahrt der vier jungen Leute hatte ein Ende gefunden, wie sie es sich wahrhaftig nicht vorgestellt hatten...

Irgendwann hatte Sheila Conolly das Gefühl, die Decke würde ihr auf den Kopf fallen. Die Dunkelheit, die Angst, die Einsamkeit kamen noch hinzu. Sheila war dem Wahnsinn nahe.

Doch da war noch der kleine John. Dieses unschuldige Kind, das sich so bewunderswert tapfer hielt und kaum weinte. Wenn, dann schaffte es Sheila schnell, ihn wieder zu beruhigen.

Sie hatte Johnny in ihre Pelzjacke eingewickelt. So lag der Kleine wenigstens warm, während in ihrem Körper die Kälte langsam hochstieg und Sheila mit den Zähnen klappern ließ.

Der Vampir hatte sie nicht wieder besucht, und Sheila fragte sich immer stärker, was John und ihr Mann wohl unternehmen würden, um sie zu befreien.

Aber hatten sie eine Chance?

Wieder nahm Sheila eine der ruhelosen Wanderungen auf. Ihre Schritte waren schleppend geworden. Die Muskeln verkrampft und steif vor Kälte. Physisch war Sheila Conolly dem Zusammenbruch nahe. Aber noch wollte sie keine Schwäche zeigen, noch hielt sie sich auf den Beinen, denn sie wußte, daß ihr Peiniger zurückkehren würde, und dann wollte sie ihm aufrecht gegenübertreten.

Er sollte keine gebrochene Frau vorfinden.

Und Kalurac kam.

Das gleiche Spiel wiederholte sich. Hoch aufgerichtet blieb er auf der viertletzten Stufe stehen und schaute auf seine Gefangene hinab, die ihr Kind fest an sich gepreßt hielt.

Sheila schien es, als hätte sein Gesicht einen noch triumphaleren Ausdruck angenommen. Wenig später wußte sie, daß der Blutsauger Grund hatte, sich zu freuen.

»John Sinclair ist auf meine Forderungen eingegangen«, meldete er. »Er wird mir entgegentreten. So, wie ich es verlangt habe. Waffenlos!«

Sheila sagte nichts.

»Hat es dir die Sprache verschlagen?« höhnte Kalurac.

»Nein, aber noch haben Sie nicht gesiegt. John Sinclair wird sich zu wehren wissen.«

D. Kalurac lachte spöttisch. »Gegen mich ist er machtlos. Und er wird sich hüten, falschzuspielen, denn dann wird er dich nur noch als Leiche sehen.«

Abrupt drehte sich Sheila Conolly um. Sie zeigte damit an, daß sie das Gespräch für beendet hielt.

Kalurac richtete sich danach. Hohnlachend schritt er die Stufen wieder hoch. Hinter ihm fiel die Tür mit einem dumpfen Geräusch zurück ins Schloß.

Als erster rührte sich Robby.

Er war mit den Füßen unter einen der wenigen Sitze gerutscht und dort festgeklemmt. Durch einige ruckartige Bewegungen konnte er seine Beine befreien und rutschte sofort nach unten, wobei er mit den Füßen gegen eine Scheibe stieß.

Der Bus war auf die rechte Seite gekippt.

Um ihn verlassen zu können, mußte sich jeder von ihnen bis

zur Tür hin hochhangeln. Ein verdammt schwieriges Unterfangen.

Robby sah sich um.

Christine lag dicht neben ihm. Sie hielt die Augen geschlossen und blutete an der Stirn. Dort hatte sie ein harter Gegenstand getroffen. Wahrscheinlich eine Konservendose.

Robby bekam es mit der Angst zu tun. Er streckte die Hand aus und berührte Christines Wange.

Das Girl stöhnte, öffnete die Augen.

»Alles okay?« fragte Robby.

»Mein – mein Kopf.«

Ein Fluch ertönte. »Verdammter Mist.« Das war Barry, der Hitzkopf. Eingeklemmt hing er in der Trittmulde.

»Hast du dir was gebrochen?« fragte Robby.

»Nein, glaube nicht.« Auf ihn war eine Liege gefallen, hatte ihn aber nicht verletzt.

Karen Black hatte die meisten Konserven abgekriegt. Der Berg war auf sie zugerollt, doch das junge Mädchen schützte ihren Kopf, so daß sie nur am Körper einige blaue Flecken hatte.

Barry übernahm die Initiative. »Da wollen wir mal rausklettern«, sagte er.

»Und wie?« erkundigte sich Robby.

»Durch die Tür, zum Henker.«

»Das mach mal vor, du Henker.«

Barry lachte heiser. »Werde ich auch. So leicht ist der alte Barry nicht totzukriegen.«

Er bewegte vorsichtig seinen Fuß und schaffte es, ihn aus der unfreiwilligen Klemme zu lösen.

Dann begann die Hangelei. Er mußte sich senkrecht hochschieben, um an die Tür zu gelangen. Zum Glück waren die Sitze nicht aus der Verankerung gerissen, und Barry fand hin und wieder einen festen Punkt, wo er sich abstützen konnte.

Zweimal rutschte er trotzdem zurück.

Robby wühlte sich ebenfalls vor und legte sich halb quer, so daß sein Freund bei ihm etwas Halt fand.

Barry erreichte die Tür. Sie hatte noch eine altmodische Klinke. »Hoffentlich klemmt das Ding nicht«, keuchte Barry, als er die Klinke niederdrückte.

Die Tür schwang auf.

Ehe sie wieder zurückfallen konnte, stoppte Barry sie mit seiner Hand. Er krallte seine zehn Finger um eine Kante, zog sich weiter und ließ sich kopfüber aus dem Bus rollen.

Er landete auf weichem, moosigem Untergrund, blieb ein paar Sekunden still liegen, holte tief Luft und rief: »Alles okay. Ihr müßt es versuchen. Ich helfe euch!«

Barry stand auf. Er suchte die nähere Umgebung ab und fand einen passenden Ast. Dann schwang er sich wieder hoch, rollte über die Kante und reichte den Ast in den Bus.

Christine war die nächste. Sie packte zu. Robby drückte gegen ihre Füße, und durch die tatkräftige Hilfe der beiden Männer gelang es dem Girl, ebenfalls den Bus zu verlassen.

Auch Karen wurde auf die gleiche Weise ins Freie geschafft.

Blieb Robby. Er riß sich einen Winkelhaken in seine Cordhose, aber dann stand auch er draußen.

»Das wäre geschafft.« Barry Black wischte sich den Schweiß aus dem Gesicht.

Robby schimpfte. »Möchte nur mal wissen, wieso der Bus umgekippt ist.«

»Das werden wir gleich haben.« Barry knipste sein Feuerzeug an und untersuchte die Achsen. »Da, ein Bruch. Wie ich es mir gedacht habe.«

»Und was ist der Grund?« fragte Karen.

Barry suchte weiter. Plötzlich pfiff er durch die Zähne. »Wir sind gegen einen Grabstein gefahren.«

»Mein Gott«, flüsterte Christine. »Dies würde bedeuten, daß...«

»... der alte Friedhof in der Nähe ist«, vollendete Robby den Satz.

»Sag mal lieber, wir sind schon mitten drauf«, meinte Karen.

»Ich habe Angst«, flüsterte Christine und bewegte unruhig ihre Schultern, während sie sich vorsichtig umschaute.

Die anderen gingen nicht auf ihre Bemerkung ein. Barry steckte das Feuerzeug ein. »Dieser verdammte Grabstein«, sagte er. »Und ich dachte, die Dinger säßen locker.«

»Du bist eben in einem unglücklichen Winkel dagegengefahren«, erklärte Robby.

»Mag schon sein.«

Christine wollte nicht länger bleiben. »Laßt uns wieder zurückgehen«, schlug sie vor.

Barry lachte. »Jetzt, wo wir dicht vor unserem Ziel sind?« Er deutete nach vorn. »Wir befinden uns hier auf dem alten Friedhof. Und Farrow hat uns erzählt, daß die Leichenhalle neben dem Friedhof liegen soll. Die Chance bekommen wir nie wieder. Wir gehen hin, schauen uns die Leichenhalle an und marschieren wieder zurück. Morgen sehen wir nach, ob die Karre irgendwie fahrtüchtig zu machen ist. Hat einer einen anderen Vorschlag?«

»Du kennst meine Meinung«, sagte Christine spröde.

»Und ihr?« fragte Barry.

Karen und Robby waren dafür, die Leichenhalle zu besichtigen. Das Mädchen machte zwar kein begeistertes Gesicht, fügte sich aber der Mehrheit.

»Habt ihr eigentlich den Vampir vergessen?« fragte Christine. In ihrer Stimme schwang eine leichte Spur von Hysterie mit.

Schweigen.

Dann hob Barry die Schultern, während die anderen sich mehr oder weniger verstohlen umsahen.

»Ich bin weiterhin der Meinung, daß sich da jemand einen dummen Scherz erlaubt hat. Mir kann man vieles erzählen, aber an Vampire glaube ich nicht.«

»Du mußte es ja wissen!« zischte Christine.

Robby versuchte zu vermitteln. »Die Girls können ja vor der Halle auf uns warten«, sagte er, »während wir hineingehen und uns mal umsahen. Ist das ein Vorschlag?«

Sie einigten sich darauf.

Die vier Studenten gingen los. Sie duckten sich oftmals, da sie die tiefhängenden Äste der Bäume unterqueren mußten. Grasboden dämpfte ihre Schritte. Schon bald klebte faulendes Laub an ihren Schuhen. Hier und da schimmerte eine Steinplatte durch. Vergessene Gräber einer längst vergangenen Zeit.

Der Nebel hatte sich zurückgezogen. Die Luft war klar. Blaß wie eine kaum reife Zitrone stand der Vollmond am Himmel. Ideales Wetter für Vampire.

Christine hatte sich an Barry geklammert. Immer wieder

schaute sie sich um und rechnete damit, daß der Unheimliche jeden Augenblick wieder auftauchte.

Karen erging es nicht besser. Auch sie suchte bei ihrem Verlobten Schutz, allerdings machte sie ihrem Unbehagen nicht so sehr durch Worte Luft.

Plötzlich blieb Barry stehen. »Da ist ja die Leichenhalle«, sagte er und deutete nach vorn.

»Mann, ist das ein Bau!« staunte Robby Tisdale. »Den hätte ich in dieser Gegend wirklich nicht vermutet.«

Der Kuppelbau präsentierte sich wirklich beeindruckend vor den Augen der vier Betrachter. Voll warf der Mond seinen Schein auf die Leichenhalle und ließ die Steine grünlich schimmern. Algen und Mirkoorganismen hatten eine Schicht über die Kuppel gezogen, dagegen wirkten die Mauern schwarz und verbrannt.

»Es ist doch unheimlich«, meinte Karen Black. »Irgendwie fürchte ich mich.«

Die anderen gaben keine Antwort.

Nur Barry meinte: »Komm, laß uns näher herangehen.«

Christine folgte nur zögernd. Als sie auf Karens Höhe war, raunte sie: »Da wird bestimmt etwas passieren. Ich fühle es genau. Und ich habe Angst.«

Es war still, unnatürlich still. Die vier Studenten hörten das Klopfen ihrer Herzen. Vor den dicken Mauern blieben sie stehen. Mit dem Finger klopfte Barry dagegen.

»Die sind für eine Ewigkeit gebaut«, sagte er.

Robby hielt inzwischen Ausschau nach einer Tür. Er sah keine. »Wenn ich nur wüßte, wo der Eingang oder...«

»Wir gehen mal um den Bau herum«, schlug Barry vor.

Hintereinander schritten die Studenten durch die Dunkelheit. Sie hatten die beiden Mädchen in die Mitte genommen. Auch Robby und Barry war es nicht gerade wohl zumute, aber wenn sie jetzt einen Rückzieher machten, würden sie hinterher ausgelacht.

Robby sah die Tür zuerst. »Da müssen wir rein!« rief er.

Rasch war Barry an seiner Seite. »Die sieht ja noch aus wie neu.«

»Ist vielleicht nachträglich eingebaut worden.«

»Möglich.« Barry wandte sich an die Mädchen. »Ihr bleibt also bei eurem Vorsatz, nicht mit hineingehen zu wollen?«

»Ja«, antworteten Karen und Christine synchron.

Robby drückte inzwischen die Klinke. »Es ist offen«, meldete er. »Komm, Barry.«

»Wir bleiben nicht länger als zehn Minuten weg«, versprach er den Mädchen und machte sich daran, seinem Freund in die stockdunkle Leichenhalle zu folgen.

»Wenn das nur gutgeht«, murmelte Christine erstickt...

Fast hätte ich den Leichenwagen verfehlt!

Im letzten Augenblick entdeckte ich das Gefährt am Straßenrand. Scheinwerfer blinkten zweimal auf.

Das Erkennungszeichen.

Ich verringerte die Geschwindigkeit, indem ich stotternd bremste. Knapp hinter dem Leichenwagen brachte ich den Bentley zum Stehen.

Im Innenspiegel sah ich das Gefährt. Er hatte hohe Räder, deren Speichen im Mondlicht glänzten. Ich hoffte, einen Blick in das Führerhaus werfen zu können, doch hinter den Scheiben rührte sich nichts. Keine Bewegung, kein Schatten.

Ich setzte zurück. Jetzt erst entdeckte ich den schmalen Weg, der von der Straße aus in das Gelände führte. Weg war eigentlich übertrieben, denn das, was vor mir lag, war nur ein Pfad. Dicht neben der Einmündung des Pfads ließ ich meinen Bentley stehen, öffnete die Tür und verließ den Wagen.

Keiner empfing mich, niemand wartete auf mich. Kalt fuhr der Wind unter meine schwarze Wildlederjacke. Ich hatte mich bewußt nicht mit einem Mantel belastet, so war ich beweglicher.

Ich versuchte, das hinter dem Wagen liegende Dunkel mit Blicken zu durchdringen, doch ich sah nur die Schatten einer Buschreihe und den Rand eines Waldgebietes.

Wo steckten die Vampire?

Ich bohrte beide Hände in die Hosentaschen und schritt langsam auf den Leichenwagen zu. Dann bog sich Gras unter meinen Sohlen, und schließlich blieb ich neben der eckigen Kühlerhaube stehen. Der Wagen parkte etwas schräg. Er hatte dunkle Scheiben. Entweder hingen Tücher davor, oder die anderen hatten das Glas schwarz angestrichen.

Es war mir egal.

Aus Richtung London näherten sich zwei Lichter. Mal waren sie verschwunden, mal tauchten sie wieder auf.

Schließlich hörte ich das Brummen eines Motors, und wenig später radierten die gewaltigen Reifen eines Lastwagens an mir vorbei. Rücklichter verschwanden in der Ferne.

Es wurde wieder still.

Ich glaubte nicht, daß mich meine Gegner genarrt hatten, dafür war ihnen die Sache viel zu ernst, und schon im nächsten Augenblick sah ich sie.

Sie kamen von oben.

Aus der Luft.

Zwei gewaltige Schatten verließen das dunkle Grau der Nacht. Die Luft trug die Monster, und sie schwebten auf mich zu.

Unwillkürlich zog ich den Kopf ein, meine Hand rutschte automatisch unter das Jackett. Es war eine leere Geste. Mir fiel ein, daß ich waffenlos war.

Ich verfolgte sie mit meinem Blick.

Noch kreisten die beiden Riesenfledermäuse über mir, wollten mich narren, aber im nächsten Moment stieß die erste dem Boden zu.

Ihr Ziel war ich.

Innerhalb von Sekundenbruchteilen nahm ich das Bild in mir auf. Das gewaltige Monster, der kleine Kopf, das aufgerissene Maul und die spitzen Zähne.

Ich duckte mich.

Der Flugvampir legte die Flügel an, verwandelte sich in einen Pfeil und schnellte los.

Verdammt, die Bestien wollten mir ans Leder.

Hart stieß ich mich ab und flog in ein Gebüsch. Über mir spürte ich den wilden Luftzug, dann brachen die Zweige unter meinem Gewicht. Ich landete im Dreck. Feuchtes Laub drang mir in den Mund. Ich spuckte, drehte mich um die eigene Achse, wiederholte den Vorgang, brach aus dem Gebüsch hervor und sprang auf die Füße.

Von der Seite flog die zweite Fledermaus an. Sie stieß krächzende Laute aus, die mir wie Hohngelächter in den Ohren klangen.

Wieder ging ich auf Tauchstation. Dicht über mir fegte der Blutsauger hinweg. Seine Krallen rissen noch an meiner Lederjacke, dann war er vorbei.

Ich sprang auf.

Wie ein Komet stieg die zweite Fledermaus in den nachtdunklen Himmel, während sich die erste bereits zurückverwandelt hatte.

In einen Mensch-Vampir.

Es war ein häßliches Geschöpf, das mir da gegenüberstand. Ich empfand einen Schrecken, denn noch nie in meinem Leben hatte ich einen glatzköpfigen Blutsauger gesehen.

Er wirkte noch schlimmer mit seinem breiten Schädel, den geöffneten Lippen und den nadelspitzen Zähnen.

Ich war waffenlos.

Meine Blicke kreisten. Ich wollte nicht, daß mir der zweite Untote in den Rücken gelangte, doch er flog nur noch eine Schleife, senkte sich dem Boden zu und verwandelte sich ebenfalls zurück.

Er sah genauso aus wie sein Kumpan.

Mir wurde klar, daß ich es hier mit Brüdern zu tun hatte. Sogar mit Zwillingsbrüdern, die mich auf deutsch anredeten.

Ich verstand die Sprache. Schließlich lebte mein alter Freund und Kollege, Kommissar Mallmann, in Deutschland. Der Blutsauger sprach Wiener Dialekt, und ich wußte nun, daß ich es mit österreichischen Vampiren zu tun hatte.

Kalurac betrieb das grausame Geschäft international. Wenn er wirklich die Vampire Europas vereinigen wollte – und es sah ganz so aus, als hätte er es fast schon geschafft –, dann sah ich schwarz. Wir hatten kaum die Mittel, um dagegen anzugehen.

Auch ich war machtlos. Ohne Waffen fühlte ich mich nackt.

Ein verdammt mieses Gefühl…

Und das wußten auch die Vampire. Hohnlachend blickten sie mich an. Vielleicht hatten sie schon von mir gehört, so daß es für sie jetzt eine Freude sein mußte, mir gegenüberzustehen.

Denn ich war ihnen unterlegen.

Irgend etwas führten sie im Schilde, das ahnte ich. Ohne zu

rupfen wollten sie mich wohl nicht zu ihrem Herrn und Meister bringen. Wahrscheinlich deshalb auch die Machtdemonstration vorhin.

Ich wollte die Sache beschleunigen und sprach die beiden Vampire direkt an.

»Sollt ihr mich nicht zu eurem Meister bringen?«

Der rechts von mir Stehende lachte. »Geduld, John Sinclair, Geduld. Gönn uns doch unseren Spaß.«

»Aber nicht, wenn er auf meinen Knochen ausgetragen wird.«

»Du kannst dich nicht wehren. Denn du bist waffenlos.« Das letzte Wort sprach er mit besonderem Triumph aus.

Ja, da hatte er recht. Aber ich war nicht kampfunfähig. Und das bewies ich ihm , als er mich angriff. Er sprang auf mich zu. Mit ausgestreckten Armen und mit zu Fäusten geballten Händen. Von Kampftechnik hatte er aber noch nie etwas gehört.

Geschickt wich ich aus und trat ihm blitzschnell die Beine unter dem Körper weg.

Der Vampir krachte gegen die Wagen, wirbelte sofort wieder herum, als ich ihm schon die Handkante in den Nacken hieb.

Er war kein Mensch, und er verspürte keinen Schmerz. Aber die Wucht reichte aus, um das untote Lebewesen zu Boden zu schleudern, während ich zur Seite sprang und mich dem zweiten Vampir zuwandte.

Der hob den rechten Arm.

»Es reicht«, sagte er. »Mein Bruder Gorum wollte seinen Spaß haben und hat eine Lehre bekommen. Auch ein unbewaffneter John Sinclair ist nicht zu unterschätzen.«

»Du sagst es!« knirschte ich.

Gorum stand auf. Er schüttelte den Kopf wie ein angeschlagener Boxer. Dann drehte er mir das Gesicht zu und fixierte mich aus seinen kleinen, gletscherkalten Augen.

Bewußt provozierend sagte ich: »Wir können gern in die zweite Runde gehen.«

Damit war der zweite Vampir nicht einverstanden. »Nein!« peitschte seine Stimme. »Wir fahren. Der Meister soll nicht zu lange warten.«

Der andere Vampir folgte nur widerwillig. Er ging auf das

Führerhaus zu und zog die Tür auf. Dabei warf er mir immer wieder gefährliche Blicke zu.

Man bedeutete mir, einzusteigen.

»Wo?« fragte ich.

»Hinten.« Gorums Bruder zeigte auf die dritte Tür.

»Aber beeil dich, Vlado«, rief der Vampir vom Führerhaus her.

Jetzt kannte ich die beiden Namen der Blutsauger.

Der Untote klappte die hintere Tür hoch. Eine schwache Birne warf ihr Licht in den Laderaum, und ich prallte unwillkürlich zurück.

Vor mir stand ein Sarg!

Scharf sog ich den Atem ein. Erinnerungen wurden wach. Erinngerungen an ein böses Abenteuer, als man mich lebendig begraben hatte. Von dem Zeitpunkt an hatte ich etwas gegen Särge.

Verständlich, glaube ich.

»Ich soll da rein?« fragte ich. »In den Sarg?«

»Ja«, antwortete Vlado, und ein gemeiner Zug umspielte seine wulstigen Lippen.

»Nein!«

»Der Meister hat es befohlen.«

Ich schüttelte den Kopf. »Es interssiert mich nicht, was dein Meister befohlen hat. Ich komme zu ihm, das stimmt. Aber wie und auf welche Weise, das lasse ich mir nicht vorschreiben.«

»Denk an die Frau und das Kind!«

Ich winkte ab. »Kalurac will mich. Er kann mich haben. Aber nicht wehrlos in einem Sarg.«

Gorum meldete sich. »Was ist?«

»Er will nicht in den Sarg!«

»Dann zwing ihn doch!« schrie Gorum.

Leise sagte ich: »Du kannst es versuchen, Vlado. Vielleicht gewinnst du auf die Dauer, vielleicht auch nicht. Auf jeden Fall würde sich der Transport verzögern. Ich weiß nicht, wieviel Zeit dein Herr und Meister hat.«

Er überlegte und nickte dann. »Ich nehme den Sarg heraus!«

Vlado bückte sich, packte die Totenkiste an den Griffen und zog sie von der Ladefläche. Dann schaffte er den Sarg zwischen zwei Büsche.

Das gefiel mir schon besser.
»Steigst du jetzt ein?«
»Ja.«
Ich kletterte auf die Ladefläche, zog den Kopf ein und setzte mich hin.
Hart knallte der Vampir die Tür zu. Das letzte, was ich von ihm sah, war ein triumphierendes Grinsen.
Wenig später brummte der Motor auf, und dann setzte sich der Leichenwagen schaukelnd in Bewegung.
Eine tintige Finsternis hüllte mich ein. Instinktiv lehnte ich mich zurück, da hörte ich es zischen. Gas!
Diese Blutsauger wollten wirklich ganz sichergehen...

Irgendwo in der Nähe schrie ein Nachtvogel. Es war ein klagendes Geräusch, das den beiden Frauen eine Gänsehaut über den Rücken jagte.
Sie blickten sich an. Karen hatte sich noch mehr in der Gewalt als Christine. Sie versuchte, Christine Mut zu machen. »Robby und Barry werden schon bald zurückkommen. Die halten sich bestimmt nicht länger als nötig in dem Ding da auf.«
»Hoffentlich.«
Christine sah sich immer wieder um. »Ich kann den Vampir einfach nicht vergessen«, sagte sie. »Der war echt, Karen, glaube mir.«
Karen schüttelte den Kopf. Sie hatte ihre Haare hochgesteckt. Eine Klammer hielt die Flut. »An Vampire glaube ich nicht. So etwas gibt es doch nur in Horror-Romanen.«
»Aber du glaubst an Geister!« Christine ließ nicht locker.
»Nein.«
»Warum hast du denn dann die Tour mitgemacht?«
»Weil ich Robby einen Gefallen tun wollte. Nur deshalb.«
Christine lachte leise. »Dann glaubt er also an Geister und Gespenster?«
»Kaum. Aber er liebt den Nervenkitzel. Er mag es, in alten Schlössern und Burgen herumzustromern. Aber wenn du solche Angst hast, Christine, warum bist du denn mitgefahren?«

»Frag mich mal.« Christine ging einen halben Schritt zur Seite und starrte angestrengt in die Dunkelheit.

»Ist irgendetwas?« fragte Karen.

Christines Antwort kam flüsternd. »Ich glaube, ich habe da eine Gestalt gesehen.«

»Wo?« Karen drehte sich.

»Dort, wo der alte Friedhof liegt. Da hat sich was bewegt. Das ist bestimmt der Vampir von vorhin.« Sie bekräftigte die Worte mit einem Nicken, während ihre Stimme zitterte. Diese Ungewißheit, die Dunkelheit, die unheimliche Umgebung, all das war eingentlich nichts für Christine. Wenn sie ehrlich war, dann hatte sie sich noch nie in ihrem Leben so unwohl gefühlt wie jetzt.

Sie hoffte, daß alles schnell vorbeiging. Und sie hoffte, sich getäuscht zu haben.

Plötzlich zuckte sie zusammen und stieß einen leisen Schrei aus. Jemand hatte sie an der Schulter berührt.

»Sei doch nicht so nervös«, sagte Karen. »Mann, du bist ja ein richtiger Angsthase.«

»Ach, hör auf. Ich wollte, die beiden wären schon wieder zurück. Hast du die Gestalt wirklich nicht gesehen?«

»Nein, wenn ich es dir sage. Du hast dich getäuscht. Deine Fantasie ist wieder mit dir durchgegangen.«

»Nein, sie hat sich nicht getäuscht!«

Jetzt fuhren beide Frauen mit einem Schrei herum. Christine preßte ihre Hand in Brusthöhe gegen das Herz, während Karen vor Schreck stumm war und den Mund im ersten Augenblick nicht mehr zubekam.

Vor ihnen stand eine Frau. Rote Haare, ein grünes Kleid mit ovalem Ausschnitt, der die Ansätze ihrer Brüste sehen ließ. Sie hatte ein bleiches, starres Gesicht, in dem nur die Augen zu leben schienen. Die waren es, die Karen und Christine fixierten.

Karen fand als erste die Sprache wieder. »Lieber Himmel, haben Sie uns erschreckt!« stöhnte sie. Sie bemerkte nicht, daß die Fremde bei dem Wort Himmel zusammenzuckte, sich aber schnell wieder in der Gewalt hatte.

»Ich bin Rebecca«, sagte sie.

»Karen – Christine.«

»Ihr seid freiwillig gekommen?« fragte Rebecca.

»Ja. Unser Bus hatte Achsenbruch. Wir sind hier in der Nähe liegengeblieben und fanden die Leichenhalle. Auch Mr. Farrow hat uns von der Halle berichtet. Wir wollten sie uns sowieso einmal ansehen.« Karen plapperte munter drauflos. Sie wußte auch nicht, warum sie das tat, wahrscheinlich, um ihre Angst zu unterdrücken. Sie schloß ihre Erzählung jedoch mit einer Frage ab. »Frieren Sie eigentlich nicht, Rebecca?« Dabei deutete sie auf die beiden kurzen Kleiderärmel.

»Nein.«

»Und warum nicht?«

»Tote können nicht mehr frieren«, erwiderte die rothaarige Rebecca.

Es dauerte einige Sekunden, bis Christine und Karen die Worte begriffen hatten. Christine schüttelte nur den Kopf, und ihre Lippen formten dabei lautlose Worte.

Karen versuchte zu lächeln, doch es wurde nur eine Grimasse daraus. »Sie – Sie scherzen doch.«

Rebecca lächelte hintergründig und faßte nach Christines Hand. Das Girl zuckte unter der eiskalten Berührung zusammen und wich unwillkürlich zurück.

»Hast du Angst?« fragte Rebecca.

Christine nickte.

Karen faßte Mut. »Sagen Sie uns endlich, was hier gespielt wird, Rebecca.«

»Du kannst ruhig du zu mir sagen, denn bald sind wir Schwestern.«

Jetzt wurde es auch Karen unheimlich. Was meinte diese Frau damit? Wenn doch nur die beiden Männer wieder zurückgekommen wären, dann hätte alles anders ausgesehen. So aber mußten sie hier stehenbleiben und sich mit der fremden Frau unterhalten. Diese Fremde, die eine Kälte ausströmte, wie sie Karen noch nie erlebt hatte. So fühlten sich Tote an. Aber hatte die Frau nicht gesagt...

Panik flackerte in Karens Augen auf. Doch ehe sie etwas sagen konnte, übernahm Rebecca die Initiative. »Kommt mit«, sagte sie, »ich möchte euch etwas zeigen.«

»Wir können nicht.« Karen schüttelte den Kopf. »Wir warten auf unsere beiden...«

»Ich weiß, auf wen ihr wartet. Zu ihnen will ich euch führen.«

»Zu Barry und Robby?« fragte Christine schrill.

»Ich weiß nicht, wie sie heißen, aber sie haben mich bereits kennengelernt.«

Schon längst schrillte die Alarmglocke in Karens Hirn. Am liebsten wäre sie mit Christine geflüchtet, aber sie konnten ihre Männer nicht im Stich lassen. Irgend etwas war geschehen! Ob es mit dem Auftauchen des Vampirs zusammenhing? War diese rothaarige Frau vielleicht ein Vampir? Hatte sie nicht gesagt, daß sie schon längst tot war?

O Gott, wie sollte das noch alles enden?

»Kommt«, lockte Rebecca, »kommt mit. Es ist wirklich interessant, was ich euch zu zeigen habe.«

Christine schüttelte den Kopf. Sie wollte nicht so recht, doch Karen faßte sie am Arm und flüsterte scharf: »Denk an Robby und Barry!«

Da ließ sich auch Christine überzeugen.

Die rothaarige Rebecca machte es geschickt. Sie schob sich zwischen die beiden Mädchen und hakte sich bei ihnen unter.

Sowohl Christine als auch Karen zuckten zusammen, als sie die eiskalte Haut auf der ihren spürten. Schauer liefen über ihren Rücken. Rebecca Ceprac, aus der Wiener Vampirfamilie, bemerkte es wohl, sagte jedoch nichts. Sie wußte, daß ihr diese beiden Frauen nicht mehr entkommen würden. Bewußt war sie allein gegangen, hatte die verbündete Mortimer-Sippe aus England zurückgehalten und auch ihren Vater Carl Ceprac. Die beiden Brüder Gorum und Vlado waren ja unterwegs, um den Geisterjäger John Sinclair abzuholen.

Der alte Ezra Mortimer und seine drei Söhne lauerten irgendwo in der Umgebung. Sie behielten den Friedhof und den Kuppelbau genau im Auge und lauerten auf jeden Ankömmling. Einer der Mortimer-Söhne war es auch gewesen, der sich auf das Dach des Busses fallen lassen und die Insassen in Panik versetzt hatte.

Die rothaarige Rebecca schritt mit den beiden Frauen nicht auf die Tür zu, durch die die beiden jungen Männer verschwunden waren, sondern sie ging um die Leichenhalle herum.

»Wo führen Sie uns hin?« Karen stemmte sich gegen den Griff.

Rebecca drehte den Kopf. »Laßt euch überraschen. Ihr werdet eure Freunde bestimmt wiedersehen. Sie fühlen sich wohl bei uns.«

Karen und Christine glaubten der Untoten kein Wort, aber die Angst und die Sorge um Robby und Barry erstickten jeden Widerstand im Keim. Und so gingen sie weiter, mit klopfendem Herzen. Sie näherten sich Schritt für Schritt dem Verderben.

Als sie ein Stück gegangen waren, stoppte Rebecca.

Erst bei genauerem Hinsehen erkannten die beiden Girls die schmale, in das Mauerwerk eingelassene Tür. Sie war kaum breiter als die Schultern eines normal ausgewachsenen Mannes.

Rebecca lächelte wissend und klopfte dreimal gegen die Tür.

Das Zeichen.

Von innen wurde sie aufgezogen. Die Angeln quietschten erbärmlich, mit der Unterkante schabte die Tür über den Boden. Als sie halb offenstand, kam sie zur Ruhe.

Ein düsteres Zwielicht gähnte den beiden jungen Mädchen entgegen. Irgendwo mußten sich Fackeln befinden, denn der auf- und abtanzende Schein konnte eigentlich nur von einem offenen Feuer stammen. Brennende Kerzen, die einc unheimliche Atmosphäre schufen und genau zu dieser Leichenhalle paßten.

Die Mädchen hatten die Person nicht gesehen, die ihnen die Tür öffnete. Eine nie gekannte Furcht umkrallte ihre Herzen, schien sie zusammenzudrücken und erschwerte das Atmen.

Es war die Angst…

Christine und Karen zögerten. Erstere wich sogar einen Schritt zurück, doch Rebecca zog sie auf die Tür zu.

»Nein…«, flüsterte Christine.

»Denk an Barry«, sagte Karen leise. Ihr war auch nicht gerade wohl zumute, und sie wäre ebenfalls am liebsten davongelaufen, aber sie mußte wissen, was mit ihrem Verlobten geschehen war.

Längst waren sich beiden Mädchen darüber im klaren, daß sie es hier nicht mit normalen Menschen zu tun hatten. Sie ahnten aber auch, daß es für eine Flucht zu spät war.

Rebecca zog sie in das Leichenhaus.

Einen Schritt, den zweiten – die Mädchen überschritten die Schwelle. Hinter der Tür lauerte Carl Ceprac.

Er schlug sie zu.

Es gab ein hartes Geräusch. Christine und Karen zuckten zusammen. Sie schauten jedoch nicht zurück, sondern bannten ihre Blicke an dem fest, was sie vor sich sahen.

Es waren zehn Särge!

Ein elfter, prunkvoller, mit Silber verzierter schwarzer Sarg stand erhöht auf einem Steinpodest.

Der interessierte die beiden Mädchen nicht.

Und auch nicht die acht anderen Särge, die leer waren. Nur die beiden, die ganz links außen standen und vom Licht einer Wandfackel gestreift wurden.

Diese Särge waren nicht leer.

In ihnen lagen zwei junge Männer.

Barry und Robby!

Das Gas mußte mit großem Druck aus den feinen Düsen strömen, denn es breitete sich ungeheuer schnell aus. Es verteilte sich in meinem engen Gefängnis, und ich hatte schon nach wenigen Sekunden Atembeschwerden.

Hastig kroch ich in Richtung Tür, wo die Luft noch etwas besser war. Ich saugte die Lungen voll und hielt den Atem an.

In der Dunkelheit unternahm ich den Versuch, die Tür von innen zu öffnen. Ein sinnloses Unterfangen. Als ›Erfolg‹ brach ich mir einen Fingernagel ab.

Die Fenster!

Wenn ich sie einschlagen konnte, dann strömte das Gas nach draußen, und die frische Luft wirbelte ins Wageninnere. Ich hoffte nur, daß sie kein Panzerglas verwendet hatten.

Ich winkelte den Arm an, dann schlug ich zu.

Der Schmerz zuckte bis zur Schulter, aber die Scheibe hielt.

Zudem wurde mir die Luft kanpp. Außerdem hatte ich schon zuviel von dem Zeug eingeatmet, so daß ich die Schwäche spürte, die durch meine Glieder zog.

Ein zweiter Versuch.

Alle Kraft legte ich in den Hieb. Mein Ellbogen dröhnte gegen die Scheibe – und es zeigten sich Risse. In meinem rechten Arm aber wühlte der Schmerz. Ich biß die Zähne zusammen, daß es knirschte, und hütete mich, den Mund zu öffnen und etwas von dem Zeug einzuatmen.

Jetzt der dritte Schlag.

Wieder winkelte ich den Arm an, hämmerte den Ellbogen gegen die Scheibe und sah das Loch. Das Glas bröckelte aus der Fassung. Ich konnte es nun leicht herausstoßen.

Frische Nachtluft zog in den Wagen und wehte winzige Glaskrümel mit hinein.

Die beiden Vampire schienen von meinen Bemühungen nichts bemerkt zu haben, denn das schmale Rückfenster der Fahrerkabine blieb nach wie vor verhangen.

Ich streckte den Kopf aus dem offenen Fenster und atmete einige Male tief durch.

Das tat gut. Die Luft war Balsam für meine gequälte Lunge.

Noch immer fuhren wir durch Wald. Hin und wieder sah ich Nebelfetzen zwischen den Bäumen hängen. Dann wurde die graue Suppe dichter, und ich konnte nichts mehr erkennen. Doch rasch verschwand der Nebel wieder.

Ich dachte an den kleinen Sender in meinem Mund und hoffte inständig, daß er weiterhin seine Impulse aussandte.

Die schlechte Wegstrecke strapazierte die Federung des Leichenwagens. Die Vampire achteten nicht darauf, ob sie vom Weg abkamen, die hohen Räder knickten Büsche und kleinere Sträucher. Gorum und Vlado konnten es wohl nicht erwarten, mich so rasch wie möglich zum Ziel zu bringen.

Ich zog mich wieder in den Wagen zurück und suchte die Stelle, wo das Gas ausgeströmt war.

Das Zischen hatte aufgehört.

Die Untoten nahmen wohl an, daß ich bewußtlos auf der Ladepritsche lag. Und sie wollten sich überzeugen.

Das schwarze Tuch glitt zur Seite. Eines der beiden häßlichen Gesichter wurde sichtbar.

Ich grinste die Vampirvisage an.

Innerhalb einer Sekunde veränderte sich der Ausdruck. Aus Triumph wurde Wut.

Sinnlose Wut und maßlose Enttäuschung.

Dann wurde das Fenster wieder verdunkelt. Ich rechnete damit, daß der Wagen stoppte, doch die Blutsauger fuhren weiter. Sie hatten sich die Sache wohl zu einfach vorgestellt, aber so leicht ließ ich mich nicht zu Boden zwingen. Im Laufe der Jahre hatte ich oft in so gefährlichen Situationen gesteckt, daß sich die Kreativität bei mir überdurchschnittlich entwickeln konnte. Fast immer hatte ich eine Möglichkeit gefunden, mich aus solchen prekären Lagen zu befreien. Und wenn es mir nicht gelang, dann waren meine Freunde da. Wie Suko oder Bill Conolly. Schon mehr als einmal hatten wir uns gegenseitig das Leben gerettet.

Plötzlich verringerte der Vampir die Geschwindigkeit. Für mich ein Zeichen, daß wir unser Ziel bald erreicht hatten.

Wieder schaute ich aus dem Fenster. Der Nebel war verschwunden, der Mond hatte freie Bahn und konnte sein fahles Licht auf die Erde streuen.

Und auf einen alten Friedhof. Ich sah Grabsteine in unregelmäßigen Abständen aus der feuchten Erde ragen, Trauerweiden, Pappeln, Büsche und einen umgekippten Reisebus.

Ein Bus in dieser Gegend?

Sollten die Blutsauger noch weitere Opfer an diesen gottverlassenen Ort gelockt haben?

Ich spürte den Kloß, der plötzlich in meinem Magen lag. Wenn die Annahme stimmte, dann besaßen die Untoten weitere Trümpfe, und meine Situation verschlechterte sich dadurch.

Der Leichenwagen fuhr jetzt in eine Rechtskurve und wurde quer über den alten Friedhof gesteuert.

Ein Kuppelbau geriet in mein Blickfeld.

Irgendwie erinnerte er mich an eine Sternwarte, die ich mal besichtigt hatte. Das Dach schimmerte grünlich im Mondlicht, während die Mauern schwarz und verbrannt aussahen.

Vielleicht war dieser an eine Sternwarte erinnernde Kuppelbau die Leichenhalle des Friedhofs. Wenn ja, ein idealeres Versteck konnte ich mir für die Blutsauger nicht vorstellen.

Der Leichenwagen stoppte.

Türen klappten, die Vampire stiegen aus. Ein Schlüssel kratzte im Schloß der hinteren Tür.

Sie wurde hochgeklappt.

»Aussteigen!«

»Wurde auch Zeit, denn sehr bequem ist es in dieser Karre wahrhaftig nicht!«

»Du wirst bald noch viel unbequemer liegen, Sinclair!« zischte man mir ins Gesicht. Ich wußte nicht, ob der Kerl, der die Worte gesprochen hatte, Gorum oder Vlado war. Auf jeden Fall faßte er nach meinem Arm und wollte mich rausziehen.

Ich schlug ihm auf das Gelenk. »Keine Angst, ich bin noch gelenkig genug und lasse mich nicht von jedem anfassen!«

Der Vampir wollte sich auf mich stürzen, überlegte es sich aber im letzten Augenblick und trat zur Seite.

Der andere sagte: »Da hinein!« und deutete auf den Kuppelbau.

Ich schritt los. So sicher, wie ich mich gab, fühlte ich mich wahrhaftig nicht. In wenigen Minuten würde ich D. Kalurac, der sich selbst als Draculas Neffe bezeichnete, gegenüberstehen. Und dann würde es sich zeigen, wer der Stärkere war.

Er oder ich!

Zuerst begriffen die beiden Mädchen gar nicht richtig, wer in den Särgen lag.

Zu schlimm war der Schock.

Christine packte es zuerst. Sie stöhnte auf, begann am gesamten Körper zu zittern. Ihre Knie gaben nach, und dann fiel sie mit einer korkenzieherartigen Bewegung zu Boden.

Christine wurde bewußtlos.

Karen half ihr nicht. Vielleicht hatte sie auch gar nicht mitbekommen, was mit ihrer Freundin geschehen war. Sie starrte nur unverwandt auf die beiden Särge.

»Barry… Robby…«, hauchte sie.

Zögernd trat sie einen Schritt vor, dann noch einen. Ein von wildem Schmerz geprägter Ausdruck zeichnete sich auf ihrem Gesicht ab. Hilflosigkeit und Angst waren in ihren Augen zu erkennen.

Aber hier hatte niemand Mitleid.

Auch nicht Rebecca. »Sieh sie dir genau an«, zischte sie leise die Worte in Karens Ohr. »Sie werden bald zu uns gehören, sie sind ebenso in unsere Falle gelaufen wie ihr.«

Karen begriff. Sie wandte den Kopf, so daß sie in Rebeccas Gesicht schauen konnte.

Die rothaarige Untote lächelte. Und jetzt zog sie die Lippen zurück. Dabei zeigte sie nicht nur ihre normalen, prächtig gewachsenen Zähne, sondern auch die beiden Vampirhauer, die weit überstanden und glänzten.

»O nein«, ächzte Karen.

Rebecca lachte widerlich. »Ja, meine Liebe, du bist hier von Vampiren umgeben. Du, deine Freundin und die beiden bewußtlosen Männer. Ihr seid freiwillig gekommen, uns direkt in die Arme gelaufen, und wir werden dieses Glück voll ausnutzen.«

Karen schluckte. Sie wunderte sich, daß sie noch nicht ohnmächtig geworden war, und sie konnte sich nicht erklären, woher sie überhaupt noch die Kraft fand, sich so zu beherrschen. »Ihr... ihr wollt uns alle zu Vampiren machen?« stammelte sie.

»Das hatten wir vor.«

»Aber – es gibt doch keine Vampire. Das sind doch Phantasiegeschöpfe. Vampire erscheinen immer nur in Romanen oder Filmen. Ihr – ihr habt euch verkleidet.«

»Du denkst wie alle Menschen. Arrogant und überheblich. Aber laß dir gesagt sein, es gibt uns. Und wir werden immer mehr, stündlich, täglich. Bald beherrschen wir das Land, dann einen ganzen Erdteil, später die ganze Welt. Das ist unser Ziel, und wir werden es erreichen, das schwöre ich dir beim Anblick des Schwarzen Grafen.«

Karen wollte noch eine Frage stellen, doch in diesem Augenblick begann sich Robby zu bewegen.

Robby, Karens Verlobter.

Er stöhnte, öffnete die Augen und richtete sich auf.

Wie eine Speerspitze schnitt das Stöhnen des jungen Mannes in Karens Herz.

»Robby!« rief sie und wollte zu ihm stürzen.

Da hielten sie zwei Hände fest. Eiskalte Totenhände mit der Kraft der Hölle.

Verzweifelt wand sich Karen in dem Griff, doch der Vampir ließ sie nicht los. »Los, hol ihn dir, Rebecca!«

Und Rebecca ging vor. Schritt mit aufgerissenem Mund auf den Sarg zu, um ihre schaurige Mahlzeit zu halten.

Karen schrie.

Rebecca aber bückte sich, zog den immer noch halb bewußtlosen Robby Tisdale zu sich heran und näherte sich mit ihren Zähnen seinem Hals…

Ich hörte den Schrei!

Sheila! Der Gedanke durchzuckte mich wie ein elektrischer Stromstoß. Sofort lief ich schneller. Meine beiden Begleiter versuchten mich festzuhalten, doch ich kam ihnen zuvor. Unter den zupackenden Händen tauchte ich weg und schlug aus der Drehung heraus zu.

Beide rollten sie über den Boden. Ich war in diesen Momenten wieder zu einem gefährlichen Fighter geworden, denn jetzt ging es um das Leben eines Menschen.

Wo die Tür war, wußte ich.

Schon riß ich sie auf.

Einen Herzschlag später drang ich ein in die düstere Leichenhalle, die von flackerndem Kerzenzwielicht erhellt wurde und eine gespenstische und makabre Szene enthüllte.

Die Frau, die geschrien hatte, war nicht Sheila, sondern ein junges, rothaariges Mädchen, das von einem älteren Vampir daran gehindert wurde, sich auf einen Mann im Sarg zu stürzen, um ihm gegen eine ebenfalls rothaarige Vampirin behiflich zu sein.

Dieses Weib hatte den jungen Mann halb aus dem Sarg gezogen und war im Begriff, ihm den Vampirkuß zu geben.

Ich kam gerade im rechten Augenblick.

Mein plötzliches Erscheinen hatte die Untote abgelenkt. Sie ließ den jungen Mann in Ruhe und drehte mir den Kopf zu.

Häßlich war ihr Gebiß anzusehen. Die Augen rollten, und in ihnen leuchtete der Haß.

Ich sprang.

Mit den Füßen zuerst hechtete ich über die Särge. Meine Schuhe trafen die rothaarige Untote in Höhe der Brust und schleuderten das Weib zurück.

Die Vampirin fiel auf den Rücken, drehte sich aber zur Seite und sprang fauchend hoch.

Wie gesagt, ich hatte keine Waffen. Dafür aber meine Fäuste. Und die setzte ich ein. Schulmäßig kamen die Schläge, so daß das rothaarige Teufelsweib keine Chance hatte, mir an die Kehle zu gehen.

Aber da waren noch die anderen. Vor allen Dingen meine beiden Begleiter. Von hinten griffen sie mich an. Ich erhielt einen heftigen Stoß ins Kreuz. Die Wucht trieb mich zu Boden. Instinktiv rollte ich mich herum, zog meine Beine an und ließ sie wieder vorschnellen.

Einer der Vampir-Zwillinge wurde von meinem Tritt zurückgeschleudert und ging mit rudernden Armen zu Boden. Den nächsten schaffte ich nicht. Er sprang mich an und drückte mich mit seinem Gewicht zu Boden. Plötzlich kriegte ich keine Luft mehr. Die Finger des Vampirs hatten meine Kehle gefunden.

Ich versuchte, den Griff zu sprengen, aber der Untote hatte verdammt viel Kraft. In meinen Ohren rauschte es. Wie durch Watte gefiltert hörte ich das Schreien der übrigen Vampire. Ich warf mich hin und her, bis der zweite Vampir meine Beine festhielt.

Jetzt hatten sie mich!

Wehrlos mußte ich zusehen, wie sich die beiden Zähne meinem Hals näherten. Ich stieß mit der Stirn vor, doch der Vampir war schlau und nahm hastig seinen Kopf zur Seite.

Meine Not wurde größer, und die Chancen verringerten sich. In diesen Augenblicken hing mein Leben wirklich an dem berühmten seidenen Faden.

Da erhielt ich Hilfe von einer Seite, mit der ich nie gerechnet hätte. D. Kalurac erschien.

»Hört auf!« gellte seine Stentorstimme durch die Halle, und die Echos hallten von den Wänden wider.

Der Vampir über mir zuckte zurück. Die Hände lösten sich von meiner Kehle.

Auch meine Beine waren auf einmal wieder frei. Ich zog sie an und kam taumelnd auf die Füße. Scharf sog ich die Luft ein. Im Augenblick drehte sich noch alles vor meinen Augen. Ich stellte mich breitbeinig hin und atmete tief durch.

Langsam sah ich klarer.

Und schaute meinem Gegner direkt in die Augen!

Es war ein Bild, das jeden Horrorfilmer in einen Freudentaumel versetzt hätte.

Vier Schritte höchstens trennten uns. Wir maßen uns mit Blicken, keiner wich dem anderen aus.

D. Kalurac, der rumänische Vampir, war eine imposante Erscheinung. Hochgewachsen, mit einem hageren Gesicht und kohlrabenschwarzen Augen. Er trug dunkle Kleidung und einen offenen Mantel von der gleichen Farbe, der vor dem Hals von einer Spange gehalten wurde. Das Innenfutter des Mantels bestand aus roter Seide. Sie knisterte, wenn sich der Stoff bewegte.

Ein spöttisches Lächeln umspielte Kaluracs Lippen. Er senkte dabei etwas den Kopf, so daß ich seinen angegrauten Haaransatz sehen konnte. Das übrige Haar glänzte wie schwarzer Lack und war straff zurückgekämmt.

Christopher Lee, der große Horror-Mime, hatte in seinen Filmen den Grafen Dracula gespielt. Und ich muß sagen, daß Kalurac und Christopher Lee vom Aussehen her keinen großen Unterschied aufwiesen. Die Filmemacher hatten die Gestalt wirklich gut getroffen.

Jetzt lächelte er, deutete eine Verbeugung an und sagte mit spöttischer Stimme: »Willkommen in meinem Reich, John Sinclair!«

Bill Conolly, Suko und Jane Collins hatten ihr Hauptquartier in meiner Wohnung aufgeschlagen. Wie gebannt hockten sie vor dem Funkgerät. Der alte Marek lag auf der Couch. Er war eingeschlafen. Verständlich, nach den Strapazen der vergangenen Tage.

Superintendant Powell hatte die Wohnung verlassen. Er war ebenfalls in den Plan eingeweiht worden. Es war nun seine Aufgabe, die organisatorischen Vorbereitungen zu treffen, damit alles klappte.

Theoretisch lief alles gut. Bill, Suko und Jane hatten es vorher genau durchgespielt, doch damit es auch in der Praxis glattging, brauchte man ein Quentchen Glück.

Bill hoffte, daß ihnen das Glück zur Seite stehen würde.

Das Gerät, vor dem sie hockten, war kaum größer als ein hochkant gestellter Zigarrenkasten. An der linken Seite gab es einige Knöpfe und Hebel, und rechts befand sich ein Bildschirm, auf dem hin und wieder ein Punkt tanzte, und zwar immer dann, wenn der sich in meinem Zahn befindliche Sender einen Peilton abgab.

Auf dem kleinen Monitor sah der Betrachter die topographischen Umrisse einer Landkarte. Sie zeigte den Ausschnitt des Gebietes, in dem ich mich aufhielt.

Die Provinz Suffolk.

Und der Punkt wanderte. Immer weiter nach Osten. Jedesmal blitzte der Bip im Abstand von einer Minute auf.

»Er fährt noch immer« sagte Jane. Sie war die nervöseste von allen. Jane konnte nicht still sitzen. Unruhig rutschte sie auf ihrem Stuhl hin und her.

Suko gab sich gelassener. Sein Gesicht blieb nahezu ausruckslos.

Im Gegensatz zu Bill. Er schwitzte wie ein Bergsteiger bei einer gefährlichen Gratüberquerung. Hin und wieder wischte er sich mit einem Tuch über das Gesicht.

In der Wohnung war es warm. Die Heizung arbeitete auf vollen Touren, aber keiner hatte den Nerv, das Gerät abzustellen. Der kleine Bildschirm nahm alle gefangen.

Schließlich stand Jane Collins auf. »Ich koche Kaffee«, sagte sie.

Ihr Vorschlag wurde mit einem Nicken aufgenommen, ohne daß Bill und Suko einen Blick vom Monitor nahmen.

Jane betrat die kleine Küche. Sie kannte sich aus in meiner Wohnung. Sie kochte hier nicht zum erstenmal Kaffee. Geschickt traf Jane die Vorbereitungen, und als der Kaffee in die Auffangkanne lief, ging sie ins Bad, um sich ein wenig zu erfrischen.

Der Spiegel zeigte ihr Gesicht. Jane Collins sah schlecht aus. Die Augen blickten stumpf. Dunkle Ränder waren der Beweis für Schlaflosigkeit. Zehn Stunden Schlaf hätten ihr gutgetan, aber daran war momentan nicht zu denken. Erst wenn John heil und gesund zurückgekehrt war, konnten alle wieder an ein normales Leben denken.

Die Frage war nur, ob er es schaffte.

Pausenlos hatte sich die blondhaarige Detektivin darüber Gedanken gemacht, aber zu keinem Entschluß durchringen können. Dieser Fall lag anders als die bisherigen. Waffenlos mußte John Sinclair einem mächtigen Dämon gegenübertreten, um Leben zu retten. Sicher, er hatte durch seine Freunde ein wenig Rückendeckung, aber da sie sich nicht am Schauplatz des Geschehens befanden, würde es mehr als schwierig sein, rettend einzugreifen.

Jane Collins drehte den Hahn auf, ließ Wasser in die trichterförmig aneinandergelegten Hände laufen und erfrischte ihr Gesicht. Mit einem sauberen Handtuch tupfte sie die Feuchtigkeit ab. Ihre Schritte waren schleppend, als sie zurück in die Küche ging.

Der Kaffee war inzwischen durchgelaufen. Jane füllte vier Tassen, stellte Milch und Zucker bereit und ging mit einem Tablett auf den angewinkelten Armen zurück in den Livingroom.

»Kaffee ist fertig.«

Suko und Bill nickten dankbar. Sie nahmen sich jeder eine Tasse und tranken das heiße, aufmöbelnde Getränk.

»Sollen wir ihn wecken?« fragte Jane und deutete auf den schlafenden Marek.

Bill schüttelte den Kopf.

Suko meinte: »Er hat den Schlaf verdient.«

Jane nahm wieder Platz und nippte an ihrem Kaffee. Draußen war es längst dunkel geworden. Über London ballten sich dicke Regenwolken, und es würde nicht mehr lange dauern, dann fegte der kalte Nachtwind die Wasserschleier in das Häusermeer.

Der naßkalte November kam mit aller Macht. Irgendwann würde es auch anfangen zu schneien. In höher gelegenen Gegenden lag bereits eine dünne Schneedecke.

Jane hatte eigentlich vorgehabt, einmal mit John in den Winterurlaub zu fahren. Die Schweiz stand auf ihrem Programm. Es war nur die Frage, ob sich das Vorhaben je verwirklichen ließ.

Für John sanken die Chancen…

Gedankenversunken trank Jane Collins ihren Kaffee und schreckte erst hoch, als Bill einen überraschten Ruf ausstieß.

»Was ist?«

Der Reporter drehte den Kopf. Auch sein Gesicht war von den durchstandenen Strapazen der letzten Tage gezeichnet.

»Der Punkt bewegt sich nicht mehr.«

Jane stellte die Tasse weg und war mit zwei Schritten an dem Gerät. Suko und Bill rückten etwas zur Seite, damit die Detektivin freien Blick auf den kleinen Monitor hatte.

»Tatsächlich«, murmelte sie. »Dann hat John sein Ziel erreicht.«

»Scheint so«, meinte Bill.

»O Gott«, flüsterte die Detektivin. »Hoffentlich geht alles gut. Ich habe Angst…«

»Wenn wir nur schon wüßten, ob Powell was erreicht hat«, sagte Bill. »Diese Warterei macht mich noch verrückt.«

Suko sagte nichts. Er schien völlig in Gedanken versunken zu sein und starrte nur auf den Bildschirm.

Marek wurde wach. Er legte sich auf die Seite, richtete sich plötzlich auf und schüttelte den Kopf. »Himmel, da bin ich doch eingeschlafen.«

»Du hast es verdient«, sagte Suko.

Marek trat ebenfalls an das Gerät. »Und?«

Bill schabte mit der Hand über seine Bartstoppeln. »John hat das Ziel erreicht.«

Marek verstand nicht ganz, und Suko übersetzte.

Der Alte faltete die Hände. »Dann können wir nur noch beten und ihm die Daumen drücken.«

Er sprach damit das aus, was die anderen dachten.

Bill blickte auf seine Uhr. »Etwas Zeit bleibt uns noch«, meinte er.

»Wieso?« Jane sah ihn fragend an. »Ich habe diesem Kalurac zwar noch nicht gegenübergestanden, aber ich schätze ihn als Schaumann ein. Es muß doch ein ungeheurer Triumph für ihn sein, John endlich in seiner Hand zu haben. Er wird ihn auskosten und John zum Duell auffordern. Damit alles stilecht über die

Bühne läuft, findet das Duell bestimmt erst um Mitternacht statt.«

»Ein verdammt schwacher Trost«, meinte Jane.

»Besser als gar keiner«, erwiderte Bill. »Wie denkst du darüber, Suko?«

Der Chinese hob die breiten Schultern. »Du kannst recht haben, Bill. Obwohl Kalurac in seinem Haß sicherlich unberechenbar ist. Dem traue ich auch eine Trotzreaktion zu.«

Jane leerte ihre Tasse. »Du meinst, daß er sofort versucht, ihn zu töten?«

»Ja.«

Die Detektivin schloß die Augen. »Lieber Himmel, wir sprechen über John, als wäre er schon gar nicht mehr unter uns. So kann man doch nicht reden. Außerdem müssen wir an Sheila und den kleinen Johnny denken.«

Bill lachte hart. »Was meinst du, was ich die ganze Zeit über tue?«

»Entschuldigung, Bill!«

Auch Suko schaute immer öfter zum Telefon hin. Powell mußte anrufen. So lange konnten die Verhandlungen doch nicht dauern.

Jane schien ihre Uhr hypnotisieren zu wollen.

Bill schwieg verbissen.

Und auch der alte Marek sagte nichts. Sein Blick schien in unendliche Fernen gerichtet zu sein.

Dann meldete sich der Apparat.

Scharf wie ein Messer durchschnitt das schrille Klingeln die Stille in der Wohnung.

Alle Anwesenden zuckten zusammen und wandten ihre Blicke wie auf ein geheimes Kommando Bill Conolly zu.

Der Reporter stand auf. Seine Finger zitterten, als er den Hörer abnahm. Er hielt ihn so, daß auch die anderen mithören konnten. Dann meldete er sich.

Es war Superintendent Powell, der anrief.

»Ich habe es geschafft«, meldete er, und seiner Stimme war deutlich die Erleichterung zu entnehmen, die er empfand. Auch Powell war ein Mensch, wenn er auch manchmal wie eine lebende Maschine wirkte, die sich nur nach den Vorschriften richtete.

Für zwei Sekunden schloß Bill Conolly die Augen. Ein gequälter Atemzug entrang sich seinen Lippen.

»Wir machen alles wie besprochen«, fuhr der Superintendent fort. »Ich habe mit dem Innenminister geredet und ihn überzeugen können. Es wird, was den Ablauf der Aktion angeht, keine Schwierigkeiten geben.« Powell holte tief Luft. »Gehen Sie von nun an vor wie besprochen.«

»Danke, Sir«, sagte Bill.

»Ich warte dann auf dem Flugfeld auf Sie.«

»Wollen Sie wirklich dabeisein, Sir?« fragte Bill Conolly noch.

»Ja. Außerdem habe ich vom Minister die dienstliche Order erhalten. Der gesamte Einsatzplan läuft unter strengster Geheimhaltung ab. Niemand darf etwas erfahren. Kein Wort an einen Außenstehenden.«

»Sie können sich auf uns verlassen, Sir.«

»Der Wagen, der Sie abholt, ist bereits unterwegs«, meldete Powell. »Halten Sie sich bereit. Ende.«

Der Superintendent unterbrach die Verbindung. Auch Bill Conolly legte auf.

Suko erhob sich. »Okay«, sagte er, »dann wollen wir.«

Zwei Minuten später stand der Wagen vor dem Haus, Teil eins des Einsatzplanes lief an…

Im Hintergrund der düsteren Leichenhalle nahm ich eine Bewegung wahr. Ein schmales, blondhaariges Mädchen, das bisher am Boden gelegen hatte, erhob sich, ging zurück bis zur Wand und stützte sich dort ab.

Kein Schrei, kein Laut durchbrach die Stille. Jeder schien auf einmal zu wissen, daß sich die Entscheidung nur zwischen mir und Kalurac abspielen konnte.

Gespannt wurden wir beobachtet. Auch von den Vampiren, die ihre Opfer vergessen hatten.

Wenigstens für diesen Moment.

»Es ist doch wohl klar, daß ich auf deinen Willkommensgruß verzichten kann«, sagte ich. »Gib Sheila Conolly und den Jungen frei. Sowie die anderen hier auch. Dann ist alles klar, und du kannst über mich verfügen, Kalurac.«

Er lachte. »Das kann ich schon jetzt, John Sinclair.« Dann wandte er sich an seine Gehilfen. »Habt ihr ihn nach Waffen untersucht?«

»Ja.«

Die beiden logen. Sie hatten mich nicht gefilzt, sondern sich auf mein Wort verlassen.

Kalurac rieb sich die Hände, so daß seine trockene Haut knisterte. Das Geräusch erzeugte bei mir eine Gänsehaut. »Da du dich nun in meiner Hand befindest, John Sinclair, werde ich die Bedingungen diktieren.«

»Und die lauten?«

»Laß dich überraschen.«

Ich verengte die Augen zu Sicheln. »Du treibst ein falsches Spiel, Kalurac!«

»Nein, das Spiel ist schon nach meinem Geschmack.«

»Aber…«

»Kein aber, Geisterjäger.« Er machte eine unwirsche Handbewegung. »Vergiß nicht, daß du in meiner Gewalt bist.«

Ich wollte ihn festnageln. »Hältst du dich an unsere Abmachungen?«

Er nickte.

»Du läßt also Sheila Conolly und das Kind frei?«

»Ja.«

Ich atmete tief ein. Noch immer war es still in der gewaltigen Leichenhalle. Die anderen warteten darauf, wer von uns das Wort ergreifen würde.

Und das war ich. »Gut, Kalurac.« Jedes Wort, das nun über meine Lippen drang, überlegte ich mir sorgfältig. »Du gibst Sheila Conolly und den Jungen frei. Aber nicht nur sie. Ich will auch die anderen vier Gefangenen.«

Kaum hatte ich den Satz ausgesprochen, erhob sich ein unbeschreibliches Wutgeheul. Ich wandte den Kopf und schaute die Vampire an. Die beiden Alten schüttelten drohend die knochigen Fäuste, die Zwillinge keiften zum Steinerweichen, und besonders tat sich das rothaarige Teufelsweib hervor. Diese Untote entwickelte sich zu einer regelrechten Furie.

»Wenn du das tust, Kalurac«, giftete sie, »dann werde ich nicht deine Braut. Und die anderen stehen auf meiner Seite, das glaube mir!«

Mit dieser Reaktion hatte ich gerechnet, deshalb war ich auch nicht enttäuscht.

Kalurac aber lächelte schmal. Noch immer hatte er mir nicht seine Vampirzähne gezeigt, und auch jetzt, als er mich ansprach, bewegte er kaum die Lippen.

»Du hast gehört, Geisterjäger, wie meine Freunde über deinen Vorschlag denken. Ich kann darauf nicht eingehen und muß auf sie hören. Sonst würde ich selbst mein Gesicht verlieren.«

Irgendwo im Hintergrund der Halle hörte ich das Weinen. Ich wußte nicht, wer von den Mädchen schluchzte, es spielte im Augenblick auch keine Rolle. Mir ging es einzig und allein darum, die vier jungen Leute zu retten.

Ich versuchte es mit einem anderen Argument. »Du wirst schnell Ersatz herbeigeschafft haben«, sagte ich.

Rebecca, die rothaarige Untote, kreischte los. »Laß dich auf nichts ein, Kalurac. Dieser verdammte Hund will dich reinlegen. Keine Kompromisse!«

»Nein, sie bleiben hier! Die Särge sind schon reserviert.«

Die Wut stieg in mir hoch wie eine feurige Flamme. Ich war wirklich hilflos wie ein neugeborenes Kind und diesem Satan und seinen Helfern ausgeliefert. Nicht nur Kalurac wartete darauf, mich besiegen zu können, sondern die anderen ebenfalls. In ihren Augen las ich das längst über mich gefällte Urteil.

Als Untoter durch die Zeiten zu geistern!

Eine grauenhafte Vorstellung. Ich brauchte all meine Kräfte, um die Angst nicht zu zeigen, die ich empfand.

Ich nahm einen letzten Anlauf. »Gut, Kalurac, du willst die vier jungen Leute nicht freilassen. Irgendwie kann ich dich sogar verstehen. Aber erfülle mir noch einen Wunsch.«

»Rede.«

»Überlasse sie erst deinen Dienern, nachdem du mich besiegt hast. Versprichst du das?«

Schweigen.

Kalurac dachte nach. Ein verschlagener Ausdruck überschattete sein Gesicht. Er ging etwas zur Seite. Das Feuer einer Fackel wischte über seine linke Gesichtshälfte und ließ sie aussehen wie mit Blut bemalt. »Ich traue dir nicht, Sinclair!«

»Jeder zum Tode verurteilte Mensch hat einen letzten Wunsch. Wirst du ihn mir erfüllen?«

Kalurac schaute seine Diener an. Kein Protestwort wurde ihm entgegengeschleudert.

Das war für mich bereits der halbe Sieg.

»Du scheinst sehr sicher zu sein, mich besiegen zu können!« höhnte er.

»Jeder hat seine Chancen.«

Wieder blickte er mich lauernd an. »Gut, Geisterjäger, ich werde dir diesen Wunsch erfüllen. Wir lassen sie in Ruhe, bis unser Duell vorbei ist.«

»Ich danke dir.«

Jetzt lachte er schallend. »Warum willst du mir danken? Es ist unnötig. Ich werde dich töten.«

»Vielleicht...«

Sein Gelächter erstarb. Mit einer halben Drehung warf er seinen langen Umhang herum. »Und jetzt komm mit, John Sinclair!« befahl er. »Ich will dir etwas zeigen.«

Er schritt vor, und mir blieb nichts anderes übrig, als ihm zu folgen. Kalurac ging auf eine Tür zu. Sie war aus stabilem Holz gefertigt, und als der Vampir die Klinke drückte, sagte er: »Geh dort die Treppe hinunter, Geisterjäger, du wirst schon erwartet.« Er selbst machte eine einladende Handbewegung.

Im Schein der Fackeln an den Wänden sah ich die Steinstufen. Sie führten in eine unbekannte Tiefe. Nachdem die ersten Stufen hinter mir lagen, hatte ich das Gefühl, in ein Grab zu steigen.

Kalurac folgte mir nicht. Als ich einen Blick über die Schulter warf, sah ich ihn an dem Treppenende stehen und mir nachschauen. Die Arme hatte er vor der Brust verschränkt. Kalurac stand dort in klassischer Vampirhaltung.

War er tatsächlich Draculas Neffe?

Ich hatte keinen Grund, daran zu zweifeln. Langsam ging ich weiter. Die Luft wurde schlechter. Sie roch nach Moder und Grab.

Was erwartete mich am Ende der Treppe?

Dann hörte ich Schritte. Sie wurden rasch lauter und näherten sich der Treppe.

Auf der zweituntersten Stufe blieb ich stehen. Und dann wurden meine Augen groß. Mein Herz begann rasend zu hämmern.

Ich hatte die Frau erkannt, die sich der Treppe näherte.

Es war Sheila Conolly!

Sie lief auf die Treppe zu, stolpernd, taumelnd, am Ende ihrer Kraft. Ihre Augen weiteten sich. Ungläubiges Staunen zeichnete sich in ihren Pupillen ab, während Kalurac über mir stand und hämisch lachte. Dafür hätte ich ihn am liebsten erwürgt.

Das Lachen verklang.

Ich schritt die letzten beiden Stufen hinunter. Irgend etwas würgte in meiner Kehle, in den Augen spürte ich plötzlich ein Brennen, als bestünde das Tränenwasser aus Salzsäure.

»John!« Sheila hauchte das Wort. Dann plötzlich schrie sie auf. »John! John… daß du da bist…!«

Sie fiel mir in die Arme. Zusammen mit ihrem Sohn preßte ich sie an mich.

Der Körper erbebte unter ihrem haltlosen Schluchzen. Ich konnte nicht sprechen, brachte keinen Ton oder kein Wort des Trostes aus meiner wie zugeschnürten Kehle hervor.

Meine Hand fuhr nur über ihr Haar. Wieder und immer wieder.

»Ich… ich hatte mich schon aufgegeben!« flüsterte Sheila. »Himmel, John, das ist mir unbegreiflich.« Sie weinte wieder.

Endlich fand ich ein paar magere Worte. Die einzigen, die mir in dieser Situation einfielen. »Es – es wird schon alles gutgehen, Sheila, glaube mir.«

Sie hob den Kopf, schaute mir aus tränennassen Augen ins Gesicht.

»Nein, John, nichts wird gutgehen. Ich weiß, daß du dich für mich opfern sollst. Für mich und den kleinen Johnny. Diese Bestie hat mir alles hohnlachend erklärt, und ich war so hilflos, ich konnte nichts für dich tun, sondern nur warten.«

»Jetzt bin ich da.«

»Aber du kannst nicht für mich in den Tod gehen, John!« Eindringlich sprach sie die Worte.

Meine Antwort war klar. »Doch, ich kann, Sheila, und du wirst von hier weggehen. Bill braucht dich.«

»Aber du wirst sterben, John!«

Ich lächelte optimistisch. »Noch lebe ich.« Johnny schlief. Ich sah das kleine Gesicht mit den dicken Wangen und der winzigen Nase. Schon allein für ihn mußte ich mich Kalurac zum Duell stellen. Das war ich Johnny schuldig.

»Genug geturtelt und geflüstert«, rief Kalurac. »Kommt hoch. Ich will nicht mehr lange warten, Sinclair.«

Ich schob Sheila zur Seite, legte meinen Arm um ihre Schultern. So schritten wir die Stufen nach oben.

D. Kalurac hatte seine Haltung nicht verändert. Nach wie vor fühlte er sich als Sieger. Mir kam der Gedanke, ihn einfach die Treppe hinunterzustoßen, doch dann verwarf ich die Idee wieder. Die anderen Vampire in der Leichenhalle hätten mich und auch Sheila mit dem Jungen gepackt. Um sich vorstellen zu können, was danach geschah, dazu brauchte man keine allzu große Phantasie.

Kalurac ließ uns nicht passieren. Eine Hand streckte er vor.

Wir blieben stehen.

»Du siehst, John Sinclair, ich habe mein Versprechen gehalten. Ihr ist nichts geschehen, und auch dem Jungen nichts. Sie wird diese Leichenhalle ohne angegriffen zu werden verlassen können.«

»Das hatte ich vorausgesetzt«, erwiderte ich. »Gestattest du, daß ich sie zur Tür bringe?«

»Natürlich.«

Wir nahmen die restlichen Stufen.

»John!« flüsterte Sheila. »Mein Gott, was soll das alles noch werden?«

Ich schwieg und betrat mit Sheila Conolly die Halle. Die Vampire starrten uns an. In jedem Augenpaar las ich den Hunger. Sheila senkte den Blick.

»Du wirst sie niemals schaffen«, hauchte sie, »niemals.«

Die Befürchtung hatte ich auch, hütete mich aber, sie Sheila gegenüber zuzugeben.

Nein, sie sollte sich noch einen Funken Hoffnung bewahren.

Ich sah die ängstlichen Blicke der gefangenen Menschen und

konnte ihnen einfach nicht ausweichen. Sie waren flehend auf mich gerichtet, diese Verzweifelten setzten all ihre Hoffnungen auf mich.

Würde ich sie erfüllen können?

Erst einmal war für Sheilas Sicherheit gesorgt, alles andere würde sich finden. Immerhin hatte ich Zeit herausschinden können. Es war zwar kein großer Erfolg, aber eine Sprosse auf dem Weg der Hoffnungsleiter.

Die rote Rebecca sprang uns in den Weg. Sie streckte die Arme aus und spreizte dabei die Hände.

»Ich mach' euch fertig, ich mach' euch fertig!« keifte sie und fuchtelte dabei vor meinen Augen herum. Sheila bekam Angst und ging etwas zurück.

Der kleine Johnny in ihren Armen bewegte sich. Hoffentlich begann er nicht zu weinen.

Ich riskierte es und packte das rechte Handgelenk der Furie. Hart bog ich es herum. Die Untote folgte dem Druck und ging in die Knie.

»Laß uns in Ruhe!« fuhr ich sie an. Gleichzeitig ließ ich das Gelenk los, war aber bereit, sofort wieder einzugreifen.

Sie zog sich nicht zurück. Erst als ihr Herr und Meister sie anfuhr, ging sie wieder zu den anderen.

Ich drehte mich um. Kalurac stand schräg vor uns. »Ich dachte, du hättest ihr freies Geleit versprochen!«

»Sie kann gehen.«

Bis zur Tür war es nicht mehr weit. Jetzt, wo der Augenblick der Trennung nahe war, klammerte sich Sheila Conolly fest an mich. »Bitte, John«, flüsterte sie mit tränenerstickter Stimme, »willst du es dir nicht noch einmal überlegen? Du kannst doch nicht hierbleiben.«

»Ich muß, Sheila.«

»Aber es ist alles so hoffnungslos.«

»Nicht ganz!« zischte ich.

»Wie meinst du das?«

»Geh jetzt!« befahl ich ihr, ohne näher darauf einzugehen, was ich gemeint hatte. Sie fiel mir noch einmal um den Hals und hauchte mir stammelnde Worte ins Ohr.

Verdammt, mir war auch nicht gerade nach Lachen zumute.

Warum ging sie denn nicht endlich? Das Würgen in meiner Kehle kroch höher. Auch ich hing am Leben, so wie jeder andere Mensch.

Dann löste sich Sheila von mir.

Ich öffnete die Tür. Warf einen Blick nach draußen in die Dunkelheit. Den letzten vielleicht. War der letzte Eindruck, den ich von der Welt mitnahm, ein mit Mondlicht übergossener Grabstein?

Und Sheila ging. In beiden Armen hielt sie ihren kleinen Sohn. Wenigstens er sollte eine Zukunft haben.

Einer der Zwillings-Vampire riß mir den Türgriff aus der Hand und schmetterte die Tür zu. Dann schlich er leise lachend davon.

Alle Vampire waren davon überzeugt, daß ihr Herr und Meister mich schaffte. Draculas Neffe war bisher noch nicht endgültig besiegt worden.

Ich drehte mich um. Mein Blick kreuzte sich mit dem des Vampirs. Etwa eine halbe Minute sprach niemand von uns ein Wort.

Dann aber begann der Blutsauger zu lachen. Es war ein gemeines, hintergründiges und teuflisches Lachen zugleich.

»John Sinclair«, sagte er plötzlich. »Du bist ein noch größerer Narr, als ich erwartet hatte.«

»Wieso?«

»Glaubst du vielleicht, ich werde diese Frau laufenlassen?«

Mir schwante Schreckliches. Schwindel packte mich, und es kostete mich Mühe, überhaupt stehenzubleiben. »Wie – wie soll ich das verstehen?«

»Ganz einfach, Geisterjäger. Meine Diener, die ich hier versammelt habe, sind längst nicht alle. Draußen lauern weitere Vampire. Und sie warten nur auf ein Opfer. Sie sind besonders scharf hinter Frauen her. Frauen wie Sheila Conolly, zum Beispiel...«

Sie saßen auf der Ladefläche eines kleinen Armeetransporters. Die Streben der Holzbänke und die harte Federung des Wagens waren nicht dazu angetan, den Komfort zu erhöhen. Aber sie ertrugen dies mit stoischer Geduld.

Besonders Suko verzog keine Miene. Er saß auf der Bank und schien ins Leere zu starren. Der Chinese war völlig entspannt.

Die Waffen hatten sie in einem Koffer mitgenommen. Sie sollten hinterher verteilt werden.

Wie bei einem Kommandounternehmen, dachte Jane Collins und schauderte. Sie haßte Kriege, aber wenn sie es recht betrachtete, befand sich die Menschheit immer im Krieg. Die Menschen bekämpften sich untereinander und sahen nicht die große Gefahr, die sich über ihnen zusammenbraute. Es gab Anzeichen dafür, daß die anderen, die Jenseitigen, zu einem Angriff auf die Erde angesetzt hatten. Immer wieder stießen sie aus ihren Welten herab, fanden sogenannte Dimensionslöcher und brachten das Grauen und den Schrecken.

Bill Conolly knetete nervös seine Hände. Woran er dachte, stand ihm förmlich auf dem Gesicht geschrieben.

Bill ging es um Sheila und den Jungen. Um sie zu retten, dafür würde er sein eigenes Leben geben.

Aber erst einmal mußten sie John und die Gefangenen gefunden haben. Sicher, der Plan, den sie ausgeheckt hatten, war gut und auch wohldurchdacht. Sie kannten zwar den ungefähren Ort, aber nicht die hundertprozentig genaue Stelle, wo sich die Vampire versteckt hielten.

Vielleicht änderte sich das, wenn sie erst einmal die Militärbasis erreicht hatten. Dort gab es Spezialkarten, die praktisch jeden Grashalm wiedergaben.

Marek sprach hin und wieder mit sich selbst. Er tat dies in seiner Heimatsprache, dabei ballte er oft die Hände und stieß dann die Fäuste drohend in die Luft.

Der Wagen bremste. Sie hatten ihr Ziel erreicht. Bill lupfte die Plane etwas an und schaute nach draußen. Soviel er erkennen konnte, standen sie vor einem Tor. Rechts befand sich die massiv gebaute Wachstube. Zwei Halogenscheinwerfer übergossen das Eingangstor mit ihrem blendenden Licht.

Ein Wachtposten sprach mit dem Fahrer. Ein weiterer Aufpasser stand mit schußbereiter Maschinenpistole im Hintergrund.

Er war es auch, der das Tor öffnete und den Wagen passieren ließ. Der Fahrer scheuchte seinen Transporter durch einige Kurven, stoppte, stieg aus und löste die Plane.

Mit unbewegtem Gesicht forderte er die vier Verbündeten auf, auszusteigen.

Der Wagen hatte vor einem barackenähnlichen Bau gehalten. Lange Antennen glitzerten auf dem Dach, und hinter den zahlreichen Fenstern brannte Licht.

Zwei Posten standen vor der Tür, die von innen aufgezogen wurde, so daß ein heller Lichtstreifen die aussteigenden Freunde traf.

Dann erschien Superintendent Powell. Neben ihm ging ein Mann in Uniform. An den Dienstgradabzeichen erkannte Bill Conolly den Colonel.

Powell bat die Freunde in die Kaserne. Der Wagen fuhr wieder weg.

Sie betraten einen nüchtern eingerichteten Raum, in dem nur ein Schreibtisch und mehrere Stühle standen. Dafür hingen an den Wänden riesige Karten, die wirklich jeden Weg wiedergaben.

Powell stellte den Uniformierten vor. »Das ist Colonel Harrison«, sagte er. »Der Colonel ist für den exakten militärischen Ablauf unserer Operation verantwortlich.«

Der Colonel tippte an seinen Mützenschirm, und Powell nannte ihm unsere Namen.

Anschließend wurde eine Lagebesprechung abgehalten. Anhand der Karte war zu erkennen, wo John Sinclair sich ungefähr befinden mußte. Der Geheimdienst hatte Hochglanzfotos zur Verfügung gestellt, aufgenommen mit Spezialkameras und erst ein Jahr alt. Jeder Flecken Erde von Old Merry England war so auf Fotos festgehalten worden.

Hier erlebten die vier Neunankömmlinge die erste Überraschung. Zwei Bilder zeigten die kuppelartige Leichenhalle mit dem dazugehörigen Friedhof.

»Gibt es ein besseres Versteck?« fragte Powell.

Bill schüttelte den Kopf. »Wahrhaftig nicht.« Er nahm eine Lupe zur Hand und sah sich die Aufnahmen an. »Das muß ein uralter Friedhof sein«, meinte er, »die Aufschriften an den Grabsteinen sind gar nicht mehr zu entziffern. Und was ist mit der Leichenhalle? Steht sie leer?«

Der Colonel antwortete. Er war ein drahtiger Offizier, hochgewachsen, und hatte ein schmales Gesicht mit scharfen, stechend blickenden Augen.

»Wir haben Erkundigungen eingezogen. Die Leichenhalle wird in der Tat nicht mehr benutzt. Ebensowenig wie der Friedhof. Aber das werden Sie ja selbst sehen.«

»Ist die Maschine schon bereit?« fragte Jane.

Der Colonel deutete eine Verbeugung an. »Madam, wenn die Royal Air Force etwas in die Hand nimmt, dann klappt das. Ihre Kleidung und Geräte sind ebenfalls fix und fertig. Auch wenn dies ein Sondereinsatz ist, so sind wir doch präzise.«

Jane lächelte. »Das sollte keine Kritik sein, aber ich kenne Ihren Dienstbereich nicht.«

»Ich habe es auch nicht als Kritik verstanden.«

Bill suchte inzwischen weiter. »Und wo werden wir landen?« fragte er.

Der Colonel ging zur Karte und deutete auf ein freies Gelände. Es lag etwa zwei Meilen westlich des Friedhofs. »Hier wird unsere Maschine hinuntergehen.«

Bill wandte sich an die anderen. »Dann kann ja nichts mehr schiefgehen. Wann starten wir?«

»Sobald Sie umgezogen sind«, erwiderte der Colonel. »Für die Lady habe ich einen Extraraum zur Verfügung stellen lassen.«

Jane lächelte. »Ich danke Ihnen.«

Bill Conolly stieß Superintendent Powell an. »Wie ist es, Sir? Machen Sie den Einsatz auch mit?«

»Nein, aber ich werde an der Maschine auf Sie warten und Sie wieder in Empfang nehmen. Gesund, versteht sich.«

»Sir, Sie sind Optimist. Das habe ich bisher gar nicht gewußt«, erwiderte Bill und folgte den anderen.

Ich glaubte, mich verhört zu haben, und stand da, wie vom Donner gerührt.

Mit allem hatte ich gerechnet, nur nicht mit solch einer gemeinen und hinterlistigen Falle. Aber wieder einmal bewahrheitete sich die Tatsache, daß man den Dämonen nicht trauen konnte. Sie spielten immer falsch. Ich hätte es wissen müssen, suchte jetzt nach Entschuldigungen und machte mir doch nur Vorwürfe.

Es war alles zu schnell gegangen. Erst die lange Reise nach Rumänien, dann die Entführung, anschließend das Ultimatum, meine Bereitschaft, darauf einzugehen – und so, nur so war ich betriebsblind geworden. Ich hatte die Lage einfach nicht richtig übersehen. Dieses zu wissen schaffte mich.

Für Sekunden drehte sich alles vor meinen Augen, während ich mich gedanklich mit dem Problem auseinandersetzte. Sheila würde mit dem Jungen in ihr Verderben rennen.

Ich durfte wirklich nicht daran denken, sonst verlor ich noch den Verstand.

Kaluracs Kreaturen reagierten rasch. Hinter mir bauten sich die Zwillinge vor der Tür auf und schnitten mir so den Rückweg ab.

Nun war auch die letzte Chance zur Flucht vorerst dahin.

D. Kalurac hatte gesiegt. Draculas Neffe war in diesem Spiel der große Gewinner.

Daran biß keine Maus den Faden ab.

Und dann lachte er. Schadenfroh, spöttisch und gemein. Er sah, in welch einem Zustand ich mich befand, wie ich innerlich zerrissen war, und er hatte seinen Triumph.

»Du hast falschgespielt, Kalurac!« preßte ich hervor. »Der Teufel soll dich dafür holen!«

»Es stand dir frei, auf meinen Vorschlag einzugehen, Geisterjäger«, erwiderte er kalt. »Du bist als Held geboren, Sinclair, und wirst als Held sterben. Aber das nützt dir nichts. Wenn du erst als Untoter einer der unsrigen bist, siehst du alles ganz anders. Ich habe dich zum Duell gefordert, und nun stell dich, John Sinclair!«

Auf einmal waren die trüben, deprimierenden Gedanken wie fortgeblasen. Tief holte ich Luft.

Ja, ich würde kämpfen. Kalurac sollte sich nicht getäuscht haben. Und ich würde mein Leben verteidigen.

Auf Biegen und Brechen!

Als die Tür hinter Sheila Conolly zufiel, hatte sie das Gefühl, ganz allein auf der Welt zu sein. Sie drückte ihren Sohn an sich, kämpfte mühsam mit den Tränen und blickte sich ängstlich um.

Sheila stand in einer perfekten Gruselkulisse.

Weiter entfernt war der dunkle Wald. Davor ein alter Friedhof. Grabsteine ragten schief aus dem Boden. Sie waren mit Moos bewachsen, und das silberne Mondlicht übergoß sie mit einem fahlen Schein.

Sheila sah auch den Bus. Auf der rechten Seite lag er dicht am Waldrand. Sie konnte sich ausrechnen, daß die jungen Leute mit dem Bus gekommen waren, um dann den Blutsaugern direkt in die Arme zu laufen.

Nach wenigen Schritten blieb Sheila stehen. Sie lauschte zurück. Vielleicht hörte sie etwas aus der Leichenhalle. Ein Geräusch, ein Schrei oder Triumphgebrüll…

Nichts dergleichen.

Es blieb still.

Sheila wußte nicht, wo sie war. Sie hatte diesen Ort vorher nie gesehen. Es war wirklich ein gottverlassener Totenacker, auf den der Wind die Jahre über seine schaurige Melodie heulte.

Hätte Sheila das Baby nicht gehabt, so wäre sie zurückgelaufen und hätte versucht, John Sinclair zu helfen. So aber mußte sie sich auf gute Wünsche beschränken und auf die Hoffnung, daß John es im letzten Augenblick doch noch schaffte.

Doch daran wollte Sheila nicht so recht glauben. Nicht, weil sie mir nichts zutraute, sondern weil sie Kalurac und dessen Brutalität kennengelernt hatte. Ein normaler Mensch konnte niemals so grausam sein wie diese Bestie.

Und John war waffenlos! Er war voll auf die Bedingungen des Vampirs eingegangen. Aber was hatte er ihr zum Abschied zugezischt? Sagte er nicht, daß doch noch Hoffnung bestünde?

Durch wen? Und wieso?

Sollten die gemeinsamen Freunde irgendwo im Hintergrund lauern? War vielleicht auch Bill dabei?

Die Gedanken daran gaben Sheila ein wenig Mut zurück. Vielleicht hatte John noch einen Trumpf in der Hinterhand. Denn so einfach ließ sich ein Mann wie er nicht aus dem Spiel bluffen.

Sheila lächelte plötzlich. Wenn das wirklich stimmte, dann… Sie dachte nicht mehr weiter, sondern sah zu, daß sie den unheimlichen Ort so rasch wie möglich verließ.

Ihre eleganten Theaterschuhe mit den hohen Absätzen sanken

tief in dem feuchten Boden ein. Sheila konnte kaum laufen und schleuderte die Schuhe deshalb von den Füßen.

Jetzt ging es besser.

Doch schon nach wenigen Schritten rissen die Nylons. Widerborstige Unkrautzweige fetzten Löcher in die Strümpfe und hakten sich an dem Gewebe fest.

Zwischen den Grabreihen schritt Sheila hindurch. Sie glaubte, im Mondlicht einen schmalen Weg gesehen zu haben, der am Waldrand entlangführte und der sie unter Umständen zu einer Straße brachte.

Es war ein makabres Bild, als Sheila Conolly durch die Grabreihen lief und ihren kleinen Sohn fest an sich gepreßt hielt. Der Atem stand als helle Fahne vor Sheilas Lippen, und sie selbst wunderte sich, daß sie vor Schwäche noch nicht umgefallen war, denn was hinter ihr lag, war mehr als schwer.

Sheila ahnte nicht, daß drei Vampire auf sie lauerten. Keinen von ihnen hatte sie bisher zu Gesicht bekommen, und Kaluracs teuflischer Plan schien aufzugehen.

Die Mortimer-Söhne hielten sich im Freien auf, um eventuelle Gegner abzufangen. Der alte Ezra Mortimer befand sich mit Kalurac innerhalb der Leichenhalle, doch seine Söhne hatten die Aufgaben von Wachtposten übernommen.

Zwei von ihnen hockten in den Bäumen. Sie drückten sich so eng gegen die dicken Äste, daß sie mit deren Schatten verschmolzen. Der dritte aber hatte sich in ein Grab gewühlt.

Nur der dunkle Haaransatz sowie die Stirn und die Augen schauten aus dem feuchten Erdreich hervor.

Der Untote war der jüngste der Mortimer-Sippe. Und er gierte danach, endlich unter Beweis stellen zu können, daß er ein echter Vampir war.

Nun sah er die junge Frau.

Allein. Schutzlos…

Er mußte sich beherrschen, um nicht aus dem Grab zu springen und der Frau entgegenzustürzen.

Lauernd wartete er ab. Das feuchte, modrige Erdreich war Balsam für ihn. Es fiel gar nicht auf, daß der Boden gelockert war. Die anderen Gräber sahen ebenfalls nicht viel besser aus. Viele waren eingefallen, zeigten tiefe Risse, und die Grabsteine saßen locker in der Erde. Es genügte ein Stoß, um sie umzuwerfen.

Der Vampir lag mit dem Kopf dicht unterhalb des verwitterten Grabsteins. Seine Hände befanden sich direkt unter der feuchten klebrigen Erde, die Finger öffneten und schlossen sich.

Die Frau kam näher.

Die anderen beiden Vampire mußten sie ebenfalls bemerkt haben. Von ihren Plätzen aus hatten sie einen noch besseren Überblick. Der Nachtwind hatte den Himmel leergefegt. Kalt leuchtete der Mond. Sein Licht gab den Untoten die Kraft, zu überleben. Und auch die Tage zu überstehen, die sie meistens in dunklen Grüften und Särgen verbrachten.

Hivar Mortimer spürte die Kraft, die in ihm steckte, die ihn fast zur Explosion brachte.

Nichtsahnend schritt Sheila Conolly an dem provisorischen Grab des Vampirs vorbei. Sie sah nicht den dunklen Haarschopf, sondern hatte nur Augen für den schmalen Pfad.

Das war die Sekunde des Blutsaugers. Mit vorsichtigen Bewegungen schraubte er sich höher. Zuerst erschien der Kopf. Leicht durchbrach er das Erdreich. Ein paar Krumen rollten über das Gesicht und fielen zurück auf das Grab. Die rechte Hand folgte. Sie stützte sich am Rand des Grabes auf. Der Vampir drehte sich zur rechten Seite, zog die Beine nach und hatte das Grab verlassen.

Auf Händen und Füßen kniend wartete er ab. Auch er trug dunkle Kleidung, um mit den Schatten des Waldes verschmelzen zu können. Er öffnete seinen Mund. Hell und klar stachen die spitzen Vampirzähne hervor. Voll beschien das Mondlicht seine Gestalt, und der Untote tankte die Kraft, die er nun für seine Aufgabe brauchte.

Sheila wandte sich nicht um. So rasch es ihre schuhlosen Füße gestatteten, lief sie weiter. Wie ein Scherenschnitt zeichnete sich der Waldrand im klaren Mondlicht ab.

Und dort lauerte einer der anderen Mortimer-Söhne. Der dritte befand sich auf einem Baum, dessen Stamm von der Friedhofserde gehalten wurde.

Der Vampir stieß sich ab, huschte so geräuschlos es eben möglich war, auf sein Opfer zu.

Dann hielt es Hivar Mortimer nicht mehr aus. Die Sucht machte ihn halb verrückt.

Ohne es zu wollen, drang ein siegessicheres Fauchen über seine blutleeren Lippen.

Und dieses Geräusch warnte Sheila.

Sie kreiselte herum, begriff innerhalb von Sekundenbruchteilen die Gefahr, in der sie schwebte, und sah den Vampir auf sich zukommen. Er hatte die Arme ausgestreckt, den Mund geöffnet und wollte Sheila mit einem pantherartigen Satz anspringen.

Sheila Conolly drehte sich zur Seite.

Hivar Mortimer – mitten im Sprung – konnte die Richtung nicht mehr korrigieren und verfehlte die blondhaarige Frau. Dicht neben ihr fiel er zu Boden.

Was Sheila Conolly dann tat, diktierte der reine Instinkt und Selbsterhaltungstrieb. Ehe der Vampir sich aufrichten konnte, schnellte ihr rechtes Bein vor.

Der nackte Fuß traf den Untoten mitten im Gesicht. Hivar Mortimer hatte noch keinen rechten Halt gefunden, und so wurde er von dem Tritt voll getroffen und wieder zurückgeschleudert. Er brüllte seine Wut hinaus und drehte sich einmal um die eigene Achse.

Sheila Conolly gewann wertvolle Sekunden.

Flucht! Das war ihr einziger Gedanke. Wenn es noch eine Chance gab, dem Blutsauger zu entkommen, dann war es die rasche Flucht. Und sie mußte in den Wald eintauchen, denn die Bäume dort boten ihr genügend Deckung.

Sheila packte den kleinen Johnny fester und rannte los.

Da fing das Kind an zu weinen. Dies mußte mal kommen. Es war ein Wunder, daß der Kleine so lange stillgehalten hatte. Plötzlich schrie er los.

»Bitte, Johnny!« keuchte sie. »Sei still. Bitte…«

Doch der Kleine weinte weiter. Er wies damit dem dämonischen Verfolger den Weg.

Längst schmerzten Sheilas Füße. Kleine, spitze Steine hatten die Haut aufgerissen. Schmutz drang in die Wunden, doch an eine Blutvergiftung dachte Sheila in diesen Augenblicken nicht.

Das Kind auf ihren Armen wurde immer schwerer. Sheila taumelte mehr als daß sie lief. Hinter sich vernahm sie das grelle Lachen des Vampirs.

Er hatte sein Opfer sicher!

Die ersten Bäume! Zum Greifen nahe standen sie vor Sheila Conolly. Und dann löste sich ein Schatten aus dem Astgewirr vor ihr. Im nächsten Augenblick sprang der zweite Sohn der Mortimer-Sippe zu Boden.

Dicht vor Sheila kam er auf.

Die Frau schrie.

Der Vampir lachte häßlich und breitete beide Arme aus. Sheila war bereits zu nahe bei ihm, als daß sie hätte ausweichen können.

Die Falle war zugeschnappt.

Dicht vorm Waldrand fiel Sheila Conolly auf die Knie, kippte zur Seite und hielt krampfhaft ihr weinendes Baby fest.

Die Untoten hatten gesiegt!

Startbereit stand die Maschine auf dem Rollfeld. Es war eine zweimotorige Cessna, deren Aluminiumrumpf im Licht der Landebahnmarkierung glänzte.

Ein Wagen der Air Force hatte sie hergebracht, war wieder abgefahren, und nun standen die Freunde ziemlich verloren vor der Maschine.

Sie hatten die Kleider gewechselt. Jane Collins trug wie die anderen Hosen aus festem Drillichstoff und eine grüne Parkajacke. Die Füße steckten in hohen Schnürschuhen, und jeder war ausgezeichnet bewaffnet.

Der Pilot hockte schon in seinem Cockpit. Er checkte die Armaturen noch einmal durch. Der Mann war eingeweiht und gleichzeitig zur Geheimhaltung vergattert worden. Denn er hatte keinen normalen Einsatz vor sich, sondern einen, der ihn vor Dinge und Probleme stellen konnte, die er bisher nur für Märchen gehalten hatte.

Jane schaute auf die Uhr.

»Nervös?« fragte Bill.

Die Detektivin nickte. »Nur noch sieben Minuten bis Mitternacht. Wir müßten langsam starten.«

»Die Strecke schafft der Pilot in wenigen Minuten«, sagte Suko. Für seinen Athletenkörper hätte es bald keine Kampfjacke gegeben. Bei der, die er trug, waren die Schultern noch zu schmal.

Nur Powell trug Zivil. Er wirkte in seinem eleganten blauen Tuchmantel ziemlich deplaziert. Auch der steife Hut und die Krawatte hätten eher als Aufzug in einen Club gepaßt als hierher auf das Rollfeld.

Unruhig schritt Bill auf und ab. Endlich winkte der Pilot. Sie konnten einsteigen. Über eine ausfahrbare Leiter kletteren sie auf die schallschluckende Tür zu.

Powell ging als erster, und Suko bildete den Schluß. Marek war ebenfalls umgezogen. Seinen Eichenpfahl hielt er fest umklammert.

Während Suko die Tür schloß, fuhr die Leiter automatisch hoch und knickte zusammen.

Der Innenraum der Maschine bot genügend Platz für alle. Sie ließen sich auf die Sitze fallen und schnallten sich an.

Bill und Suko saßen nebeneinander, sowie Marek und Jane. Powell saß allein. Es geschah selten, daß er bei einem Einsatz mitmischte. Aber wenn, dann mußte es wirklich um alles gehen.

Und hier war das der Fall.

Deshalb waren die Mienen der Freunde so ernst und angespannt.

Längst liefen die Motoren warm. Niemand sprach ein Wort. Bill saß am Fenster, nagte auf der Unterlippe und blickte nach draußen, wo die Rollbahnbeleuchtung wie eine zweireihige Perlenschnur in die Dunkelheit schnitt.

Dann rollte die Cessna an. Erst langsam. Schwerfällig legte der Pilot sie in eine Kurve, bis er freie Bahn hatte, und gab dann Gas. Die Motoren brachten ihre volle Leistung, die Cessna rollte – und hob ab.

Die Freunde wollten bis zur Landung angeschnallt bleiben.

Der Pilot flog eine Rechtskurve und hatte dann die nötige Höhe. Er stand mit dem Tower der Air-Force-Base in laufender Funkverbindung.

Bill schaute nach unten. Das Land lag da wie ein riesiger dunkler Teppich, nur hin und wieder unterbrochen von winzigen Lichtern…

Kurs Nord-Südost. Klare Sicht, kein Nebel. Fast ideale Nachtflugvoraussetzungen.

Ruhig liefen die Motoren. Auch die Maschine selbst vibrierte kaum. Sie war glänzend in Schuß gehalten worden.

Immer weiter rauschte der metallene Vogel seinem Ziel entgegen. Die Passagiere sprachen nicht. Es gab nichts zu sagen. Alles war abgesprochen. Jeder hing seinen Gedanken nach, und es lag auf der Hand, daß diese sich nur um einen Punkt drehten.

Träge verging die Zeit. Dann erklang die Stimme des Piloten aus dem Bordlautsprecher.

»Zielanflug in genau fünf Minuten und siebenundvierzig Sekunden. Over.«

Es war also bald soweit. Nun hoffte jeder, daß das Kommando glatt über die Bühne lief und daß die Überraschung so gelang, wie es geplant worden war.

Die Maschine sackte tiefer. Urplötzlich, weil ein Luftloch ihren Kurs kreuzte. Dann flog sie wieder ruhig, verlor dabei mehr an Höhe und ging auf Landeanflug.

Bill drehte den Kopf.

Der Pilot mußte die Landung im Dunkeln riskieren. Eine verdammt haarige Angelegenheit, die nur absoluten Könnern zuzutrauen war. Eine größere Unebenheit im Boden, und es war aus.

Rasend schnell näherte sich die weite Lichtung. Die letzten Bäume huschten unter den ausgefahrenen Landerädern weg, dann gab es nur noch das freie Feld und die Dunkelheit.

Die Cessna setzte auf.

Hart, zu hart.

Sie wurde durchgeschüttelt, schwankte. Enorm hoch war noch die Geschwindigkeit, doch der Pilot brachte das Flugzeug tatsächlich unter Kontrolle.

Kein Landebein knickte ein, keine Bodenwelle zerstörte die Tragfläche. Die Landung verlief glatt.

Ein Lob dem Piloten. Er war in der Tat ein exzellenter Flieger. Langsam rollte die Cessna aus. Sie bockte noch ein paarmal wie ein widerborstiger Mustang, stand aber dann.

Den Freunden fiel ein Stein vom Herzen. Die letzten Minuten waren arg schlimm gewesen.

Superintendent Powell wischte sich mit einem Tuch über die Stirn. Bill konnte sich eine Bemerkung nicht verkneifen. »Eine Cessna ist kein Rolls-Royce, Sir.«

»Ich habe es bemerkt.«

Die Anschnallgurte fielen. Suko stand als erster auf und öffnete die Tür. Langsam fuhr die Leiter aus.

Der Pilot hatte seine Kanzel bereits verlassen und stand wartend im Gras.

»Kompliment«, sagte Suko, »astreine Landung, die Sie da hingelegt haben.«

Der Mann schien ähnliche Bemerkungen und Lobeshymnen gewohnt zu sein, denn er verzog keine Miene.

Superintendent Powell sprach noch kurz mit ihm. »Sie kennen Ihre Order?«

»Ja, Sir, ich werde hier mit Ihnen warten.«

»Gut.«

Der Pilot salutierte lässig, stieg in den Rumpf der Maschine und begann damit, das Wichtigste herauszuschaffen.

Es waren Raketen!

Sogenannte Ein-Mann-Raketen oder Ein-Mann Hubschrauber, wie sie die Army vor Jahren entwickelt hatte. Die Fluggeräte hatten sich aber nie richtig durchgesetzt und staubten vor sich hin.

Für jeden lag ein Gerät parat. Auch der alte Marek hatte darauf bestanden, eins zu bekommen.

Mit Hilfe des Piloten legten Bill, Suko, Marek und Jane ihre übergroßen »Rucksäcke« an. Die wesentlichen Teile dieses Ein-Mann-Fliegers waren ein Treibstofftank und der Propeller. Außerdem ein Hebel zum Steuern. Keiner von ihnen war jemals mit diesen Dingern geflogen. Ob es klappte, stand noch nicht fest. Aber es war der schnellste Weg, John Sinclair sowie Sheila und dem Jungen zu Hilfe zu eilen.

Der Propeller oder Minirotor befand sich etwa ein Yard über den Köpfen der Freunde.

Durch einen Knopfdruck begann er zu rotieren.

Bill und Suko probierten es als erste aus.

Knattern, stottern, und dann drehte sich das Ding. Bill gab mehr Stoff und hob ab.

Er flog eine Runde, winkte zum Zeichen, daß alles gut lief. Bei Suko ging es ebenfalls vorzüglich. Marek hatte Schwierigkeiten, wurde aber damit fertig, und auch Jane fühlte sich auf einmal wie ein Vogel. Sie mußten nur achtgeben, daß sie mit den Rotorblättern in keine Baumkronen gerieten. Dann war es aus.

Die Richtung hatten sie sich eingeprägt. Waffen waren auch vorhanden.

Der Fall trat in die letzte, heißeste Phase…

Sheila Conolly lag auf dem Bauch. Sie spürte den feuchten, weichen Boden unter sich und hörte Johnnys dünnes Wimmern.

Hart biß sie sich auf die Lippen. Sie schmeckte Blut.

Die Vampire hatten sie eingekreist und wollten ihren Lebenssaft. Nur dadurch konnten sie existieren, nur deshalb waren sie geschaffen. Und Sheila war ein wehrloses Opfer.

Auch der dritte Mortimer-Sohn kam jetzt heran. Er lief schnell, als hätte er Angst, etwas zu versäumen.

»Steh auf!« befahl Hivar. »Los, hoch mit dir!«

Sheila blieb liegen. Sie konnte nicht mehr, war am Ende ihrer Kräfte.

Da packte Hivar zu. Seine Finger wühlten sich in den Pelz der Jacke und zogen die junge Frau auf die Füße.

Sheilas Kopf pendelte haltlos nach links. »Laßt mich doch«, flüsterte sie. »Bitte – laßt mich…«

Wie in Trance hielt sie ihren kleinen Sohn umklammert. Wenn ihm nur nichts passierte!

Einer der Untoten baute sich hinter Sheila auf. Er hielt ihren Kopf fest, ein zweiter umklammerte ihre Arme.

Und Hivar stand vor ihr.

Er war ebenso bleich wie die anderen Blutsauger. Sein fahles Haar hing ihm in die Stirn, die Mundwinkel zuckten. Noch hielt er seine beiden Zähen verborgen.

Noch…

Eine eiskalte Hand faßte nach Sheilas Kinn. Finger streichelten die Haut. Hivar wollte mit seinem Opfer spielen.

»Macht Schluß!« flüsterte Sheila. »Bitte macht Schluß. Aber verschont meinen Sohn. Er… er ist doch noch so klein…« Sheila Conolly begann zu weinen.

Die Vampire rührte das nicht. Sie kannten keine Gefühle. Sie waren Bestien aus einer anderen Welt. Lebende Tote, deren Sinn danach trachtete, zu überleben.

Durch das Blut der Menschen.

»Wie du willst!« keuchte Hivar und öffnete seinen Mund. Er legte die Hände auf Sheilas Schultern und näherte sich ihrem schlanken Hals…

Es war ein herrliches Gefühl, so zu schweben. Der Ein-Mann-Hubschrauber ließ sich fantastisch lenken. Sie probierten es aus, indem sie über der Landefläche kreisten.

Powell schaute zu ihnen hoch. Ein stilles Lächeln lag um seine Mundwinkel. Er wünschte den Freunden alles Gute und hoffte, jeden gesund wiederzusehen.

Bill und Suko übernahmen die Führung. Suko flog etwas schräg versetzt. Sie mußten achtgeben, daß sich die Rotorblätter nicht berührten. Wenn das geschah, fielen sie wie ein Stein dem Boden entgegen.

Die Richtung war klar. Bill hatte sich die Karte sehr gut eingeprägt. Licht besaßen sie auch. Starke Scheinwerfer aus Armybeständen hingen in Hüfthöhe. Jetzt mußte nur noch der Überraschungsangriff gelingen. Sie wollten auf dem Gelände des kleinen Friedhofs landen, um dann mit ihrer Befreiungsaktion zu beginnen.

Beißend schnitt der Wind in die Gesichter. Schon bald tränten ihnen die Augen. Die Luft war kalt, und der Flugwind verschärfte die Kälte noch. Schon bald tränten Jane die Augen, und hätte sie keine Handschuhe getragen, wären ihr sicherlich die Finger abgestorben.

Sie flogen über den Bäumen. Vier Menschen, die aussahen, als kämen sie aus einem Science-Fiction-Film.

Auch der alte Marek hielt sich tapfer.

Das Mondlicht erwies sich als große Hilfe. Und der silberne

Schein würde auch die Leichenhalle treffen, davon waren die Freunde überzeugt.

Plötzlich wies der an der Spitze fliegende Bill nach vorn. Schräg zeigte seine Hand nach unten. Er wandte kurz den Kopf und sah, daß die anderen verstanden hatten.

Zwei Sekunden später schaltete Bill seine Lampe ein.

Die anderen folgten seinem Beispiel.

Gleichzeitig gingen sie tiefer.

Vier Lichtspeere durchschnitten die Finsternis, zuckten über Bäume, streiften den Kuppelbau der Leichenhalle, wanderten rasch weiter, erreichten den Friedhof und rissen einige Grabsteine aus der Dunkelheit sowie den umgekippten Bus.

Und sie trafen noch etwas anderes.

Eine Frau und drei Vampire!

»Sheila!« brüllte Bill.

Und dann jagte der Reporter wie ein Teufel dem Erdboden entgegen...

Kalurac deutete auf den etwas höher stehenden Sarg. »Gefällt er dir, John Sinclair?«

Ich verzog die Lippen. »Soll ich dir tatsächlich darauf eine Antwort geben?«

»Nun, er wird deine Ruhestätte sein. Jeder Vampir wäre froh, solch einen Sarg sein eigen nennen zu dürfen. Du siehst, ich behandle dich als etwas Besonderes.«

»Du hast dich über mich informiert?« erkundigte ich mich.

»Ja. Meine körperliche Hülle war zwar zerstört, aber nicht mein Geist. Er durchschwebte die Dimensionen und wartete die Zeit im Reich der Schatten ab, um wieder in den Körper fahren zu können. Es war eine zu lange Zeit. Ich erlebte mit, was auf der Erde geschah, war gewissermaßen der Beobachter und mußte mit ansehen, wie du Brüder von mir vernichtet hast. Es war schlimm für mich, daß ich aus meinem Gefängnis nicht herauskonnte. Der Spuk weigerte sich, mich zu befreien. Ich mußte warten, nur warten.« Kaluracs Gesicht verzerrte sich, als er in der Erinnerung daran dachte. »Mir ging es wahrhaftig nicht gut, genau wie meinen noch lebenden Brüdern in den zivilisierten

Gegenden. Auch sie hatten einen großen Teil ihrer Macht verloren, vegetierten dahin und ernährten sich von dem Blut erlegter Tiere. Eine Schande für jeden Vampir. Was blieb, war die Zeit, die irgendwann kommen sollte. Nun ist sie angebrochen, und wir sind dabei, auch noch die letzten Hindernisse aus dem Weg zu räumen. Diese Sheila Conolly war ein guter Lockvogel. Du wirst sehen, in den nächsten Minuten kommt sie zurück in diese Leichenhalle. Als eine Schwester von uns. Und sie wird ebenso fordern, daß auch du in unseren Kreis hineintrittst und für unsere Sache kämpfst.«

Die rote Rebecca mischte sich ein. »Warte nicht so lange!« rief sie schrill. »Nimm ihn jetzt!«

Ich spannte meine Muskeln. Mein ganzer Körper stand unter Spannung. Von der Seite her näherte sich ein alter Vampir.

Es war Ceprac, der Österreicher. Er streckte seine Arme vor und berührte mich. Dabei zog er die Lippen von den Zähnen und zeigte sein gelbes Vampirgebiß. Bis zur Schulter ließ ich ihn kommen, dann stieß ich ihn zurück. Der Alte kämpfte vergeblich, er kam gegen mich nicht an. Er schlug zu Boden und kreischte.

Seine Landung war so etwas wie ein Startsignal für die Zwillinge. Sofort stürmten sie auf mich zu.

Und dann gellte Kaluracs Befehl. »Packt ihn und schafft ihn zu mir! Ich will ihn haben!«

Die vier jungen Leute, die sich ebenfalls noch in der Leichenhalle befanden, schrien auf. Ängstlich verdrückten sie sich in eine dunkle Ecke. Auch der zweite junge Mann war inzwischen aus seinem Sarg geklettert.

Die Tür war nicht verschlossen! Das hatte ich genau gesehen. Ich schrie die vier an. »Flieht! Durch die Tür! Beeilt euch, macht schnell!«

Ich bekam nicht mit, ob sie mich verstanden hatten, denn Gorum und Vlado rückten mir verdammt dicht auf den Pelz.

Jetzt wurde es gefährlich.

Dem ersten ungestümen Angriff wich ich geschickt aus. Eine Hand mit langen Nägeln fetzte über meine Jacke. Mit einem schnellen Tritt beförderte ich einen Vampir weiter in die Leichenhalle hinein.

Ich rannte zu den Särgen. In Windeseile hatte ich mir einen Plan zurechtgelegt. Einen verzweifelten Plan, aber vielleicht die einzige Möglichkeit, doch noch etwas länger zu überleben.

Denn noch immer hoffte ich auf Bill, Suko und Jane. Und darauf, daß sie Marek mitbrachten, denn er besaß den Eichenpfahl, der für Kalurac reserviert war.

Draculas Neffe stand wie ein König in der Leichenhalle und schaute dem Kampf mit lüsternen Blicken zu.

Ich drehte mich auf der Stelle und sprintete auf die Reihe der Särge zu. Doch da waren noch Rebecca und die beiden alten Vampire, die mir den Weg abschneiden wollten.

Rebecca war schneller.

Mit ausgestreckten Armen und gespreizten Händen, dabei das Gesicht zu einer Grimasse verzerrt, stürzte sie auf mich zu.

Ich duckte mich, stoppte den Lauf etwas ab, umklammerte mit beiden Händen ihre Hüften, hob die kreischende Frau hoch und schleuderte sie über mich hinweg.

Ich hatte freie Bahn.

Schon war ich bei den Särgen.

Es waren einfache Totenkisten aus Fichtenholz, ziemlich flach, so wie man sie im Orient findet.

Und eine Hälfte war leicht zu packen.

Ich hob sie an.

Geschlossen rannten die Vampire auf mich zu.

Sie bildeten eine Front. Aus den Augenwinkeln sah ich, wie die vier jungen Leute in Richtung Tür schlichen.

Hoffentlich gelang ihnen die Flucht.

Dann mußte ich mich um die Angreifer kümmern. Jetzt waren sie nahe genug heran.

Ich schleuderte die Sarghälfte mit voller Kraft auf sie zu. Die ganze Breitseite traf und riß eine Lücke.

Rasch bückte ich mich und packte die nächste Sarghälfte. Wuchtig schmetterte ich sie gegen die Wand.

Die Totenkiste zersplitterte. Ich faßte eine lange Latte, riß sie aus dem Gefüge und hielt so etwas wie eine Waffe in der Hand. Fest packte ich zu.

Ezra Mortimer war der erste, der mich angriff.

Er lief in meinen Drehschlag und wurde zurückkatapultiert. Dann sprang ich zur Seite.

Kalurac merkte, daß nicht alles so lief, wie er es sich vorgestellt hatte, daß ich trotz seiner mir entgegengestellten Übermacht doch noch in der Lage war, zu kämpfen.

Und das machte ihn rasend.

»Nieder mit ihm!« brüllte er. »Macht ihn nieder!«

Ich lächelte grimmig. Okay, sollten sie kommen, diese verdammten Blutsauger. Ich würde sie entsprechend empfangen.

Die Untoten waren jetzt vorsichtiger. Mein Überlebenswille hatte sie doch gewarnt.

Sie schlichen von der Seite auf mich zu, zogen einen Halbkreis und wollten mich so in die Zange nehmen.

In meinem Rücken spürte ich die Mauer. Die Kälte des Gesteins drang durch die Kleidung, aber ich war heilfroh, daß ich den Rücken frei hatte. So konnte ich mich voll auf die Angriffe vor mir konzentrieren. Wenn ich an Sheila dachte, wurde mir fast übel. Die Angst um sie war so stark geworden, daß mir sogar das Atmen schwerer fiel. Kalurac hatte sie kurzerhand nach draußen geschickt. Genau in die Fänge seiner Getreuen.

Sheila hatte keine Chance.

Ich stellte mir vor, wie sie als weiblicher Vampir zurückkehrte. Und mir war auch klar, was ich dann zu tun hatte.

Wenn ich überlebte…

O Gott, nur nicht daran denken.

Kalurac hatte seinen Spaß. Er spielte mit mir wie ein Kind mit einem Weihnachtsgeschenk. Er wollte mich erst kampfunfähig machen, um dann seine Rache befriedigen zu können.

Aber noch lebte ich.

Und ich würde es ihnen zeigen.

Hart umklammerte meine rechte Faust die etwa armlange Holzlatte. Ich konnte damit die Vampire zwar nicht endgültig ausschalten, aber sie reichte aus, um mir Respekt zu verschaffen.

Vorläufig jedenfalls.

Rasch warf ich einen Blick zur Tür. Die Mädchen standen dort. Aus angstvollen Augen starrten sie zu uns rüber.

Und die beiden jungen Männer?

Sie hatten ihre Angst überwunden und wollten mir helfen. So edel und löblich dieser Vorsatz auch war, doch er rentierte sich nicht. Es war Wahnsinn, was sie vorhatten.

Sie hatten keine Erfahrung mit Vampiren. Sie würden ihnen buchstäblich ins offene Messer laufen.

»Nicht!« rief ich. »Bleibt stehen. Weg da!«

Gorum und Vlado drehten die Köpfe. Dann sprinteten sie los, auf die jungen Männer zu.

Wie erstarrt blieben Barry und Robby stehen. Ich löste mich von der Wand, jumpte über die Särge und griff die rothaarige Untote sowie die beiden Alten an.

Den Knüppel führte ich wie ein japanischer Kendo-Kämpfer. Die Untoten kamen gar nicht dazu, sich an meinen Körper wie Kletten zu hängen, und der Rothaarigen gab ich eins auf die Finger, daß sie aufschreiend zurückwich.

Ich wollte den Weg frei haben.

Da griff Kalurac ein. Er befand sich in meinem Rücken, sah, daß das Spiel nicht nach seinen Regeln lief, und sprang mich von hinten an.

Die Wucht des Aufpralls überraschte mich. Ich fiel zu Boden, wollte mich abstützen, kam hart mit der Lattenspitze auf, und dabei brach das Holz.

Jetzt hielt ich nur noch ein etwa unterarmlanges Stück in der Hand, und das nutzte mir im Augenblick verdammt wenig.

Soeben sah ich noch, daß Gorum und Vlado die beiden jungen Männer zu Boden schleuderten, sich auf sie warfen und zwei kämpfende, um sich schlagende Knäuel bildeten.

Ich prallte auf den Bauch, stieß mit dem Kinn gegen den Boden, und meine Zähne klackten aufeinander.

Kalurac lag über mir. An meinem Ohr hörte ich sein schreckliches Fauchen. Dabei roch ich den Moder der Jahrhunderte, winkelte die Arme an und versuchte, mich mit den Ellenbogen hochzustützen.

Ich schaffte es nicht.

Kaluracs Kräfte waren übergroß.

Da gab ich nach.

Zusammen mit dem Vampir rollte ich zur Seite, gab mir aber

selbst noch Schwung, so daß ich plötzlich auf ihm lag. Und zwar mit dem Rücken.

Kalurac lachte nicht mehr. Er fauchte wütend.

Ein Schrei!

Einer der alten Vampire hatte das rothaarige Mädchen gepackt, während Rebecca ihren Zwillingsbrüdern beistand. Der Alte zerrte das Girl tiefer in die Leichenhalle hinein.

Ich mußte was tun.

Meine Hände fanden die Finger des Blutsaugers, krallten sich fest, ein Ruck – und ich hatte den Griff gesprengt.

Sofort schnellte ich hoch. Mit langen Schritten jagte ich auf den alten Vampir zu, riß ihn im letzten Moment zurück und zog meine Rechte von unten nach oben.

Ich traf voll.

Er wurde durch die offenstehende Tür geschleudert und rollte sich überschlagend die Treppe hinunter in das tiefer gelegene Gewölbe der Leichenhalle.

Kalurac hetzte auf mich zu.

Sein Gebiß war deutlich zu sehen. Er hatte den Mund weit geöffnet, und jetzt sah ich seine Zähne zum ersten Mal.

Es waren nicht nur zwei, sondern vier.

Zwei oben und zwei unten.

Ein wahrlich teuflisches Gebiß, das dieser Supervampir zur Schau trug. Um in den Kampf der anderen eingreifen zu können, mußte ich an Kalurac vorbei. Und es sah nicht danach aus, daß ich es schaffen konnte.

Doch da geschah etwas, womit ich auch nicht mehr gerechnet hatte.

Deutlich vernahmen wir von draußen die knatternden Rotorgeräusche. Und plötzlich lachte ich.

Irre und irgendwie erlöst.

Bill Conolly und die anderen waren gekommen.

Jetzt konnte sich Draculas Neffe auf einiges gefaßt machen…

»Bill!«

Der Reporter hörte den verzweifelten Aufschrei seiner Frau und raste im wahrsten Sinne des Wortes raketengleich dem Erdboden entgegen. Er kam hart mit den Hacken auf, bohrte sich in den weichen Boden, stellte gleichzeitig den Rotor ab, daß sich die Blätter zusammenfalteten, und fiel nach vorn.

Die Vampire spritzten auseinander, als hätte eine Bombe unter ihnen eingeschlagen.

Sheila wälzte sich auf den Rücken, während Bill auf die Füße sprang und nach seiner Waffe angelte.

Er trug eine mit Eichenbolzen geladene Druckluftpistole bei sich. Es dauerte seine Zeit, bis er sie unter der Parka hervorgefingert und in Anschlag gebracht hatte.

Der jüngste Mortimer-Sohn sprang über Sheila hinweg und stürzte sich auf Bill.

Der Reporter schoß.

Pfeilschnell verließ der Eichenbolzen den unförmigen Lauf und traf den Vampir dort, wo das Herz des Untoten steckte.

Der Blutsauger kippte zur Seite. Dicht neben Bill prallte er zu Boden. Der Reporter sprang auf die Füße. Mit schußbereiter Waffe kreiselte er herum und suchte die anderen beiden Blutsauger.

Die jedoch hatten das Schicksal ihres Bruders mitbekommen, sich in Fledermäuse verwandelt und stießen pfeilschnell in die Dunkelheit. Sie wollten den blendenden Lampenstrahlen entgehen, doch da spielten Suko und Jane Collins nicht mit.

Während Marek, der Pfähler, gelandet war und sich suchend umsah, wobei er seinen Flugapparat von der Schulter schnallte, kreisten Suko und Jane noch.

Die Fledermäuse wären ihnen sonst entkommen.

Kaum eine Armlänge von Jane Collins entfernt rauschte eine der Bestien vorbei. Jane sah die rötlich schimmernden Augen im Bruchteil einer Sekunde.

Auch sie hatte eine Waffe.

Eine kurze Drehung, und der Flugapparat jagte mit Jane hinter der Fledermaus her.

Mit der linken Hand hielt Jane die Lampe. Sie strahlte damit die Fledermaus an, und noch ehe diese durch ein Zickzack-Manöver den tödlichen Kugeln entgehen konnte, drückte die blondhaarige Detektivin zweimal ab.

Die Flugbewegungen des Vampirs wurden torkelnder, unkontrollierter. Er geriet ins Trudeln wie eine defekte Maschine und schmierte ab, um bei den Fliegerausdrücken zu bleiben.

Im kahlen Geäst eines Baumes blieb der Untote hängen. Er brach noch einige Zweige ab, dann zerfiel er langsam zu Staub.

Jane Collins drehte eine Runde. Sie suchte Suko, den Chinesen, sah ihn über sich und bemerkte, daß er sich immer höher schraubte. Der Lampenstrahl tanzte dem Himmel entgegen und verlor sich in der Finsternis. Dem letzten Blutsauger mußte es in der Tat gelungen sein, vorerst zu entkommen.

Doch er kannte Suko nicht. Und auch Jane rechnete nicht mit der Hartnäckigkeit des Chinesen.

Plötzlich hörte sie einen gellenden Schrei, der selbst noch das Knattern der Rotorblätter übertönte. Den Schuß oder die Schüsse aus Sukos Waffe hatte sie nicht vernommen.

Drei Atemzüge später rauschte ein schwerer Körper vom Himmel. Er streifte Jane beinahe, so dicht wirbelte er an ihr vorbei.

Es war der dritte Mortimer-Sohn. Als er auf den Boden schlug, löste sich sein untoter Körper bereits auf.

Dann flog Suko herbei. Grüßend hob er die Hand und deutete nach unten.

Landen!

D. Kalurac knurrte böse.

Mein Lachen endete abrupt.

Ich blickte an Kalurac vorbei und sah, daß auch die anderen Vampire von ihren Opfern abgelassen hatten. Die jungen Leute lebten noch. Sie schienen nicht einmal verletzt zu sein.

Ein doppelter Stein fiel mir vom Herzen.

Doppelt aus dem Grunde, weil meine Freunde es geschafft hatten, gerade noch rechtzeitig zu erscheinen. Natürlich wußte ich von dem gewagten Plan. Schließlich hatte ich mitgeholfen, ihn vorzubereiten. Und es hatte tatsächlich geklappt.

Der Vampir drehte hastig den Kopf und starrte mich wieder an. Unsere Blicke bohrten sich ineinander. Selbst im flackernden Fackellicht erkannte ich, daß sich der Ausdruck in seinen Augen verändert hatte. Der Triumph war gewichen. Jetzt las ich Mißtrauen, Unverständnis und so etwas wie Angst darin.

»Was hat das zu bedeuten?« fragte er scharf.

Ich ließ mir Zeit mit der Anwort, wollte ihn etwas hinhalten, um ihn vielleicht noch unsicherer zu machen. Dann erwiderte ich: »Ich habe ebenso wie du mein Versprechen gehalten und bin waffenlos zu dir gekommen, Kalurac. Aber ich habe in den letzten Jahren gelernt. Man soll und darf nie einem Dämon trauen! Diese sprichwörtliche Weisheit habe ich mir sehr gut hinter die Ohren geschrieben und mich auch danach gerichtet. Ich ahnte, daß du falschspielen würdest, und deshalb hatte auch ich einen Trick in der Hinterhand. Das waren meine Freunde. Denn im Gegensatz zu euch haben wir Menschen euch eins voraus. Es gibt unter uns noch Freundschaften und so etwas wie Zusammenhalt. Meine Freunde und ich haben oft bewiesen, daß wir letzten Endes den Dämonen der Finsternis über sind. Gerade weil wir uns aufeinander verlassen und jeder sein Leben für den anderen geben würde. Du hast es erlebt. Sheila Conolly, die Frau meines ältesten Freundes, war es mir wert. Jetzt aber sind die anderen gekommen, um mich zu retten. Und sie, Kalurac, sind nicht waffenlos. Auch Draculas Neffe wird nicht überleben.«

Er lachte nur. »Es haben schon andere versucht, mich zur Strecke zu bringen, und sind gescheitert. All meine Diener kannst du mit einer Silberkugel oder dem Eichenpfahl töten – mich jedoch nicht. Ich habe mich so entwickelt, daß ich gegen diese Art von Waffen immun bin. Sie können dir ruhig dein Kreuz mitgebracht haben, Geisterjäger. Es nützt dir gar nichts. Nicht das letzte Stück Dreck unter dem Fingernagel.«

Ich lächelte, und das machte ihn unsicher. »Das Kreuz allein nicht«, gab ich zu. »Aber in Verbindung mit dem jahrhundertealten Eichenpfahl wird es Kräfte entfalten, die auch dir gefährlich werden können, ja, die tödlich für dich sind.«

»Hast du den Pfahl?«

»Noch nicht. Aber es gibt jemanden, der extra aus Rumänien gekommen ist, um dir zu begegnen, Kalurac. Rate mal, wer das ist!«

»Marek?«

»Genau, Marek, der Pfähler. Und er ist nicht gekommen, ohne ein Geschenk mitzubringen. Eben den bewußten Pfahl!«

Der Supervampir zuckte zusammen. Unwillkürlich ging er einen Schritt zurück.

»Angst?« höhnte ich.

»Du lügst!« zischte er.

»Nein, ich spreche die Wahrheit.«

Die anderen Vampire hatten unserem Dialog zugehört. Und natürlich wußten sie über diese Waffe Bescheid. Die rothaarige Rebecca machte sich zur Sprecherin.

»Stimmt das, was er sagt?«

Unwirsch schüttelte Kalurac den Kopf. »Er will nur sein erbärmliches Leben retten, das ist alles.«

»Das wollte ich vielleicht vor zehn Minuten noch«, erklärte ich. »Jetzt sehen die Vorzeichen anders aus. Und wie ich meine Freunde kenne, werden sie deine drei Aufpasser draußen längst erledigt haben. Es kann nicht lange dauern, bis sie die Halle stürmen.«

»Dann laß uns fliehen!« schrie Rebecca Ceprac. Auch die anderen stimmten ihr laut rufend zu. Vergessen waren die vier jungen Leute, jetzt ging es um ihr höllisches Leben.

Draculas Neffe zögerte. Noch wollte er sich die Niederlage nicht eingestehen.

Und auch ich stand auf heißen Kohlen. Wenn Bill, Suko und Jane nicht bald auftauchten, dann mußte ich die Blutsauger ziehen lassen. Allein konnte ich sie nicht aufhalten.

»Los, weg hier!« kreischte die Rothaarige. Sie hängte sich an Kaluracs Arm, doch der stieß sie roh zur Seite. Dafür herrschte er die Zwillinge an: »Seht nach!«

Gorum und Vlado schritten zur Tür. Zögernd, so als hätten sie Angst, sie aufzuziehen.

»Macht schon!« brüllte Kalurac.

Die Zwillinge waren an der Tür. Rebecca und die beiden alten Vampire beobachteten sie.

Doch Gorum und Vlado brauchten die Tür nicht mehr aufzuziehen. Sie wurde aufgestoßen.

Von außen.

Und mit ungeheurer Wucht.

Alles ging so schnell, daß die Zwillings-Vampire nicht mehr ausweichen konnten. Der Türflügel knallte gegen sie und schleuderte sie nach hinten.

Einer fiel gegen die Wand. Der andere konnte seinen Sturz noch auffangen, zwei Sekunden später erwischte es auch ihn.

Suko hatte geschossen.

Mit einer Silberkugel.

Der Vampir verging.

Mein Partner aber stürmte in die Leichenhalle. Hinter ihm sah ich Jane Collins und auch den alten Marek.

Sie kamen wie ein Ungewitter.

Suko schlug sich eine Bresche. »John!« gellte seine Stimme und übertönte die Schreie der Untoten.

»Hier!«

Kalurac wischte zur Seite weg.

Suko warf meine Beretta. Sie trudelte durch die Luft, über den Kopf der roten Rebecca hinweg, und ich fing die Waffe auf. Rasend vor Wut wollte sich Rebecca auf mich stürzen. Sie drehte völlig durch. Ich feuerte aus der knienden Stellung.

Aus der Entfernung konnte ich einfach nicht vorbeischießen. Plötzlich wurde das Gesicht der Frau alt und grau, die bleiche Haut verwandelte sich zu einem runzelig erscheinenden Astwerk. Schwer fiel Rebecca zu Boden. Aber das sah ich längst nicht mehr.

Ich suchte Draculas Neffen.

Er war nicht aufzufinden. Dafur aber sah ich die beiden alten Vampire. Sie flohen. Kopflos in ihrer Panik, rannten sie auf die Treppe zu, die in die tieferen Gewölbe führte.

Jane Collins und Suko nahmen die Verfolgung auf. Nur der alte Marek blieb in der Halle.

Er hatte etwas für mich. Den Pfahl – und mein Kreuz.

»John Sinclair!« rief er und rannte auf mich zu. »Nehmen Sie das, bitte. Nur so können Sie ihn vernichten!«

Marek, der Pfähler, hielt mir beides hin. Ich nahm die Waffen und erkannte, daß Marek sich entschlossen hatte, Kalurac nicht zu verfolgen.

Der Rumäne wollte mir den Triumph des Sieges überlassen!

Dankbar nahm ich beides entgegen und wollte aus der Leichenhalle laufen, als Marek mich festhielt.

»Moment noch«, sagte er, »die Zeichen auf deinem Kreuz muß ich dir erklären.«

»Aber ich...«

»Kein aber, du mußt es wissen.« Er war wieder in den vertrauten Tonfall gefallen. »Es ist ungeheuer wichtig. Dieses Kreuz ist uralt. Sieh die vier Zeichen, es sind die Insignien der vier Haupterzengel. Michael, Gabriel, Raphael und Uriel! Merke dir diese Namen. An jedem Ende des Kreuzes hat einer von ihnen sein Zeichen hinterlassen. Und wenn du willst, daß das Kreuz seine Kraft entfaltet, mußt du die vier Namen rufen. Denk daran, die vier Namen!«

Gebannt hatte ich zugehört. Jetzt endlich wußte ich, was die geheimnisvollen Zeichen zu bedeuten hatten und wer sie hineingeätzt hatte. Ein Schauer lief mir über den Rücken. Was mußte dieses Kreuz für eine Geschichte hinter sich haben?

Sicherlich war es so alt wie die Urkirche selbst. Dann war es nach Rumänien gelangt und von dort aus nach England, um in meinen Besitz überzugehen.

Stolz erfüllte mich. Stolz und Verantwortung.

Marek und ich sahen uns in die Augen. »Danke«, sagte ich heiser. »Ich danke dir.«

Dann verließ ich die Leichenhalle. Der Vampir hatte einen Vorsprung, und es war fraglich, ob ich ihn aufholen konnte.

Plötzlich sah ich Bill Conolly. Zusammen mit seiner Frau hockte er auf dem Boden.

Auch er entdeckte mich. »John!«

Ich lief zu ihm.

»Sheila lebt«, waren seine ersten Worte.

Mir fiel der berühmte Stein vom Herzen. Doch ich hatte keine Zeit, auf eine lange Wiedersehensrede einzugehen, denn noch befand sich Kalurac in Freiheit.

»Hast du ihn gesehen?« fragte ich Bill.

»Wen?«

An der Frage erkannte ich, daß Bill Conolly ihn nicht entdeckt hatte. Er war zu sehr mit Sheila beschäftigt gewesen. Verständlich. Aber ich mußte Kalurac haben. Koste es, was es wolle.

Spähend schaute ich mich um. Meine Blicke tasteten das Dunkel ab, glitten hinüber zum Waldrand. Ich sah auch den umgekippten Bus, erfaßte die Grabsteine und glaubte, hinter einem der Denkmäler eine Bewegung gesehen zu haben.

Hastig lief ich auf den Grabstein zu.

Ich hatte mich nicht getäuscht.

Plötzlich tauchte hinter dem Grabstein eine große, dunkle Gestalt auf. Es war Kalurac. Warum er dort gelauert hatte und nicht geflüchtet war, konnte ich nur ahnen. Vielleicht wollte er abwarten, wie sich der Kampf entwickelte, oder er konnte nicht begreifen, daß er verloren hatte. Auf jeden Fall war er da.

Und nur das zählte.

Ich sprintete auf den Grabstein zu. Der weiche Boden gab nur wenig Trittfestigkeit. Dreckklumpen spritzten nach hinten weg. »Bleib stehen!« brüllte ich, doch der Vampir dachte gar nicht daran.

Er drehte sich, lief hinter den Bus und war verschwunden.

Zwei Sekunden geschah nichts. Ich blieb stehen.

Dann aber hörte ich sein Lachen. Im nächsten Augenblick tauchte eine riesige Fledermaus hinter dem Bus auf und schwebte langsam in die Höhe. Bis zu mir hörte ich das Rauschen der gewaltigen Flügel. Ich hob die Waffe, ließ sie sinken und steckte sie weg. Nein, mit der Beretta allein konnte ich ihn nicht besiegen. Den Eichenpfahl hatte ich in meinen Hosengürtel geschoben.

»Nimm den Hubschrauber!« schrie Bill. »Beeil dich, John. Mach schon. Sonst entkommt er dir!«

Mein Freund hatte recht. Nur wenn ich mir das Fluggerät umschnallte, bestand für mich noch die Chance, den Blutsauger zu fassen. Das nächste greifbare Gerät lag nur ein paar Schritte von mir entfernt. Über die Funktion wußte ich Bescheid. Es bereitete mir auch keine Schwierigkeiten, es auf den Rücken zu schnallen.

Hart spannten sich die Riemen über meine Brust.

Ich legte den Starthebel um.

Der Rotor faltete sich über mir auf, begann zu kreisen. Ich gab etwas Gas – und dann hob ich ab.

Stieg dem nachtdunklen Himmel entgegen, hatte wenige

Atemzüge später schon die Baumwipfel erreicht und spürte den kalten Nachtwind schneidend im Gesicht.

Die letzte Runde hatte begonnen!

Noch nie in meinem Leben war ich mit einem Ein-Mann-Hubschrauber geflogen.

Ich mußte mich erst mit der Bedienung vertraut machen, doch nach wenigen Sekunden schon beherrschte ich das Gerät. Die Steuerung war denkbar einfach.

Jetzt erst konnte ich mich voll auf die Suche nach meinem Gegner konzentrieren.

Der Vorteil war das Mondlicht. Hinzu kam der steife Nachtwind, der den Himmel von Wolkenbergen blankgefegt hatte. Auch der Nebel war verflogen.

Ich hatte klare Sicht.

Etwa zehn Yards über den Baumwipfeln kreiste ich in der Luft. Ich war für solch einen Flug nicht angezogen. Der Wind fuhr durch meine Jacke, biß auf der Haut und ließ den Stoff knattern. Lange konnte ich es sicherlich nicht aushalten. Irgendwann wurden meine Gelenke steif und bewegungsunfähig.

Suchend glitten meine Blicke über den Himmel. Weit riß ich die Augen auf, doch dann schloß ich die Lider wieder halb, denn der beißende Wind trieb mir die Tränen hervor.

Ich zog die Kreise weiter. Mit Schrecken dachte ich daran, daß der Vampir nur abzuwarten brauchte, bis der Treibstoff verbraucht war. Dann mußte ich runter.

Verdammt!

Über die Leichenhalle flog ich hinweg. In der Ferne sah ich ein paar vereinzelte Lichtpunkte blitzen. Dort lag ein Dorf. Die Lichter kamen mir vor wie der Gruß aus einer anderen Welt.

Auf einmal sah ich die Fledermaus. Es geschah rein gefühlsmäßig, daß ich den Kopf etwas nach links drehte. Der Vampir hatte sich bisher irgendwo hinter dem Wald versteckt gehalten.

Nun rauschte er hervor.

Ich erhöhte die Geschwindigkeit. Von der Seite her flog ich auf ihn zu. Kalurac mußte das Flappen des Rotors vernommen haben, denn schon wandte er den Kopf.

Ich verringerte die Geschwindigkeit ein wenig, daß auch Kalurac nicht mehr weiterflog, sondern quasi in der Luft stehenblieb.

Stellte er sich zum Kampf?

Es sah ganz so aus.

Der Vampir bot ein schaurig schönes Bild. Voll stand das Mondlicht hinter ihm und zeichnete jede Kontur nach.

Ich sah die weiten Flügel mit der lederartigen Haut. Der Kopf war normal geblieben. Er hatte sich nicht verändert, sondern zeigte nach wie vor die menschliche Form. Wie der untere Teil des Körpers hatten auch die klauenartigen Hände die Metamorphose nicht mitgemacht.

Sekundenlang fixierten wir uns.

»Nun kann dir keiner mehr helfen!« rief ich den Vampir an, und der Wind riß mir die Worte von den Lippen. Gleichzeitig hob ich die linke Hand hoch und präsentierte ihm mein Kreuz.

Er zuckte zusammen.

Ich hatte Zeit und riß den Eichenpfahl aus dem Gürtel. Beides zusammen vereinigte sich zu einer tödlichen Waffe.

»Stirb Kalurac, Nachkomme des Dracula!« Ich brüllte die Worte hinaus, und dann fiel mir ein, was Marek mir ans Herz gelegt hatte.

Ich rief die Namen der Schutzgeister.

»Michael! Gabriel! Raphael! Uriel!«

Meine Stimme überschlug sich fast. Sie bekam mehr Kraft, und jedes Wort mußte wie ein Donnerschlag an Kaluracs Ohren dringen.

Da geschah es.

Aus den vier Enden des Kreuzes, genau dort, wo sich die Zeichen der Erzengel befanden, schossen gelbgrüne Strahlen, rasten auf den Vampir zu und nagelten ihn fest.

Zwei Strahlen trafen die Füße, die beiden anderen die Hände.

Kalurac schrie.

Gebannt starrte ich ihn an. Er stand wie angeleimt mitten in der Luft. Die magische Falle hielt ihn fest.

Fest für mich...

Ich spürte, wie sich das Kreuz in meiner Hand erwärmte, fühlte gleichzeitig die Kraft, die in meinen Körper drang, und hörte eine Stimme im Gehirn, die aus einer unendlichen Ferne zu kommen schien.

»Nimm den Pfahl, John Sinclair. Denn du bist der Erbe des Lichts. Nimm ihn…!«

Ich tat es.

Langsam flog ich auf den Vampir zu. Wild rollte er mit den Augen. Hell sah ich das Weiße darin schimmern. Das blutleere, bleiche Gesicht zuckte. Der Vampir spürte, daß es mit ihm zu Ende ging. Diesmal hatte er keine Chance. Der Nachtwind würde dafür sorgen, daß die Asche auseinanderfiel.

Er flehte nicht, er wimmerte nicht. Er kannte sein Schicksal, das so unabänderlich war wie das Ende der Welt.

Ich holte aus.

Dann schloß ich die Augen – und stieß zu.

Der uralte, historische Eichenpfahl tat das, wofür er bestimmt war. Er durchbohrte das Herz des Vampirs.

Draculas Nachkomme starb endgültig!

Ich riß den Pfahl aus seiner Brust, drehte ab und wendete dann wieder. So konnte ich Kaluracs Ende beobachten.

Die vier Strahlen wurden blasser. Gleichzeitig kühlte sich das Kreuz in meiner Hand ab.

Und Kalurac verging. Seine Haut welkte, wurde gelblichbraun, zerbröselte zu Lehm, und als die Strahlen endgültig erloschen waren, da gab es auch keinen Kalurac mehr.

Ein Windstoß fächerte um mein Gesicht, erfaßte eine Staubwolke, zerteilte sie und trieb sie fort.

Die Welt hatte vor Kalurac Ruhe.

Langsam glitt ich dem Erdboden entgegen…

Sie hatten auf mich gewartet.

Bill, Sheila, Suko, Jane – und Marek. In ihren Blicken las ich nur eine Frage, die ich beantwortete, ohne daß sie akustisch gestellt worden war.

»Kalurac lebt nicht mehr!«

»Wir haben es gesehen«, sagte Suko, »aber wir wollten es von dir wissen.«

Ich schnallte das Gerät ab.

Irgendwie war ein Gefühl in mir, das ich nicht beschreiben konnte. Hoffnung, Glück, Zufriedenheit? Ich konnte es nicht sagen. Jedenfalls Dankbarkeit. Dankbarkeit gegenüber den Freunden, die mir in der Not beigestanden hatten.

Wir machten nicht viele Worte, sondern gaben uns nur die Hand. Jeder Druck war ein Versprechen, uns niemals gegenseitig im Stich zu lassen. Eine ungeheure Gefahr war beseitigt. Nicht zuletzt dank der Hilfe von Menschen, die sich aufeinander verlassen konnten.

Von Kaluracs Dienern lebte niemand mehr. Nur die Leichenhalle stand noch da, als wäre nichts gewesen. Und vier junge Leute schauten uns aus großen Augen an. Sie konnten wahrscheinlich ihre Rettung noch gar nicht richtig fassen.

Plötzlich fing der kleine Johnny an zu schreien. Da wußte ich endgültig, daß mich das Leben wiederhatte…

ENDE

AFRA
Die Horror-Reiter

Nasse Schneeflocken fielen vom bleigrauen Himmel, tupften gegen die breite Frontscheibe des Bentley und schmolzen sofort. Es war ein widerliches, naßkaltes Wetter. Schneeregen, Kälte, Wind – und ich war unterwegs.

Mein Ziel war ein kleines Pfarrhaus, nordwestlich von London, in einem winzigen Ort, der Torrens hieß.

Heizung und Gebläse liefen. Die schweren Reifen wühlten den Schlamm des schmalen Wegs auf. Aus dem Radio hörte ich leise Musik.

Eigentlich wollte ich gar nicht mehr um diese Zeit hinausfahren, aber Father Hackmanns Stimme hatte sehr dringend geklungen. Und so fuhr ich am späten Nachmittag meinem Ziel entgegen.

Die Schneewand wurde dichter. Ein wirbelnder Flockenzirkus tanzte im Licht der beiden Scheinwerfer. Noch war der Boden nicht gefroren, so daß der Schnee bald wegtaute, doch das konnte sich in den nächsten Tagen rasch ändern, dann hatten wir wieder das Chaos auf den Straßen.

Der Weg führte an einer hohen Mauer vorbei. Efeugewächse rankten über die Krone hinweg und strichen gegen das Wagendach. Am Ende der Mauer sollte das Pfarrhaus liegen. Das jedenfalls hatte man mir im Dorf gesagt.

Es stimmte.

Kirche und Pfarrhaus lagen versteckt hinter hohen Ulmen. Nur der Kirchturm ragte über die Baumkronen hinaus. Ich sah ihn schemenhaft, denn die tanzenden Flocken erschwerten die Sicht. Rechts wurde die Mauer von einem großen, schmiedeeisernen Tor unterbrochen. Ich bremste und ließ den Bentley neben dem Tor stehen.

Dann stieg ich aus. Dumpf schnappte die Wagentür ins Schloß. Nasse, dicke Schneeflocken trafen mein Gesicht. Der Wind kam von der Seite. Er biß in die Haut.

Ich stellte den Mantelkragen hoch. Mein Burberry hielt die Nässe ab. Ich schaute durch die Torgitter und sah Licht schimmern. Links von der Kirche.

Der Pfarrer war also zu Hause.

Ich drückte die Klinke und fand das Tor verschlossen. Dafür entdeckte ich in der Wand einen Klingelknopf.

Ich schellte.

Einen elektrischen Türöffner oder eine Gegensprechanlage gab es nicht. Der Pfarrer kam selbst, um zu öffnen. Er hatte sich einen weiten Mantel über die Schultern gehängt. Die Kapuze ließ nur das Gesicht frei.

Der Pfarrer schloß auf.

»Mein Name ist John Sinclair«, stellte ich mich vor. »Sie haben mich angerufen, Father.« Während des Sprechens schaute ich auf ihn hinab. Er war ziemlich klein.

»Ah ja. Ich freue mich, daß Sie da sind. Kommen Sie doch herein. Rasch.« Er zog mich am Arm. »Die anderen Klatschmäuler brauchen nicht unbedingt zu wissen, daß ich Besuch habe.«

Ich trat durch das Tor. »Aber ich habe bereits im Dorf nach dem Weg gefragt.«

»Ist auch nicht mehr zu ändern.«

Wir gingen zum Pfarrhaus. Der Weg war mit Kies bestreut. Es knirschte unter unseren Füßen. Der weiße Flockenwirbel hüllte uns ein. Der Schnee schmolz zu kleinen Tropfen auf der dichten Haut des Mantels.

Ich war wirklich gespannt, was der Pfarrer von mir wollte. Am Telefon hatte er nichts Konkretes gesagt, doch mein Gespür sagte mir, daß ich am Beginn eines heißen Falls stand.

Vor der Kirche bogen wir ab. Das Pfarrhaus wirkte direkt winzig gegenüber dem riesigen romanischen Bau.

»Wie alt ist die Kirche?« fragte ich.

»Fast tausend Jahre«, lautete die stolze Antwort.

Ich empfand Ehrfurcht vor dem Bauwerk.

Der Pfarrer hatte die Tür seines Hauses nur angelehnt. Der Wind drückte sie auf und fegte Flocken hinein.

Schnell betraten wir das Haus.

Die Zimmer waren klein, aber gemütlich. Da alle Türen offenstanden, konnte ich von der schmalen Diele aus in die einzelnen Räume hineinschauen.

»Wollen Sie nicht ablegen?« fragte der Pfarrer.

Ich zog den Mantel aus.

Father Hackmann ging vor in sein Arbeitszimmer. Es war eine kleine Bibliothek. An den Wänden standen Regale. Sie reichten bis zur Decke und waren vollgestopft mit Büchern. Wenn der Pfarrer hinter dem Schreibtisch saß, konnte er durch das Fenster auf die Kirche blicken. Zwei Stehlampen verbreiteten ein gemütliches Licht. In einer Ecke stand der Kohleofen. Durch ein Sichtfenster sah ich den Koks glühen.

Erst jetzt konnte ich mir den Pfarrer genauer ansehen. Er war schon alt. Ich schätzte ihn auf mindestens siebzig Jahren. Seine Haut zeigte zahlreiche Falten, aber die blauen Augen blickten klar und wach. Er trug einen dunklen Anzug und darunter einen schwarzen Pullover.

Aus einem Schrank holte Father Hackmann eine Weinflasche. Sie hatte kein Etikett und war zur Hälfte mit einer dunklen Flüssigkeit gefüllt.

»Das ist Selbstgebrannter«, verkündete Father Hackmann stolz. »Möchten Sie ein Gläschen?«

Ich wollte nicht unhöflich sein. »Eins kann ich verantworten.«

Der Pfarrer lächelte. »Ich weiß, Sie müssen noch fahren.«

Das Getränk schmeckte gut. Es war ein Aufgesetzter. Bill Conolly, mein alter Freund, hatte dafür vor Jahren mal einen Spezialausdruck geprägt. Schrebergartenwhisky.

Wir hatten an einem runden Tisch Platz genommen, und nachdem die Gläser leer waren, kam der Pfarrer zur Sache.

»Ich darf voraussetzen, Mr. Sinclair, daß Sie an Dämonen glauben?«

»Ja.«

»Ich als Geistlicher weiß natürlich auch, daß es das Böse gibt. Es ist einfach da und auch nicht wegzudiskutieren. Ich habe mir nur nie vorstellen können, wie es sich darstellt, bis ich vor drei Tagen damit konfrontiert worden bin. Jemand brachte mir einen alten Freund. Pater Emilio Zagallo. Wir haben zusammen studiert, uns hin und wieder geschrieben, doch dann ist der Pater in ein Kloster gegangen und hat dort gearbeitet. Das Kloster liegt in den Pyrenäen, auf einem Berggipfel, ziemlich einsam und von der Welt völlig abgetrennt. Ebenso leben die Mönche. Sogar begraben werden sie dort oben. Man weiß nicht, was hinter den Mauern geschieht. Ich möchte darüber auch keinen Kommentar abgeben. Nun ist es meinem Freund Emilio Zagallo gelungen, aus diesem Kloster zu fliehen. Aber er ist ein anderer Mensch. Als er hier ankam, war er fertig.«

Ich runzelte die Stirn. »Wieso?«

Der Pfarrer stand auf. »Kommen Sie mit, Mr. Sinclair, ich will Sie zu ihm führen.« Der Pfarrer ging zur Tür. Kurz davor wandte er noch einmal den Kopf. »Aber erschrecken Sie nicht. Er... er sieht wirklich nicht gut aus.«

»Ich werde mich zusammenreißen.«

Über eine Holzstiege schritten wir in die erste Etage. Die Stufen knarrten.

Oben mußte ich den Kopf einziehen.

Der Pfarrer lächelte. »Ja, ja, wenn man groß ist, hat das auch manchmal seine Nachteile.«

»Sie sagen es.«

Vor einer schmalen Tür blieben wir stehen. Sie war graugrün lackiert. Bevor der Pfarrer die Tür öffnete, bemerkte ich den eigentümlichen Geruch. Ich konnte ihn nicht genau identifizieren, glaubte aber, so etwas wie Schwefel oder Moder zu schmecken.

Meine Nackenhaare stellten sich quer. Unwillkürlich tastete ich nach meiner mit Silberkugeln geladenen Beretta.

Sie steckte wie immer in der Schulterhalfter.

Pfarrer Hackmann hatte meinen Griff bemerkt. Er lächelte. »Sie brauchen keine Angst zu haben, Mr. Sinclair. Pater Emilio tut Ihnen nichts, nicht mehr.« fügte er bedeutungsvoll hinzu.

Zweimal drehte er den Schlüssel herum. Dann stieß er die Tür auf. Ich ließ ihn vorgehen. Rechts an der Wand befand sich der Lichtschalter. Der Pfarrer drehte ihn herum.

Die Lampe an der Decke gab einen milchigtrüben Schein ab. Er leuchtete soeben das alte Metallbett aus, auf dem Emilio Zagallo lag.

»Treten Sie näher«, flüsterte der Pfarrer und winkte mir zu.

Auf Zehenspitzen ging ich in das Zimmer hinein. Erst jetzt sah ich, daß der Mann auf dem Bett gefesselt war. Arme und Beine waren mit Stricken an die jeweiligen Pfosten gebunden.

»Es mußte sein«, flüsterte der Pfarrer, als er meinen verwunderten Blick bemerkte.

Dann stand ich neben dem Bett. Father Hackmann war etwas

zur Seite getreten, so daß ich freies Sichtfeld auf Pater Emilio hatte.

Im nächsten Augenblick erschrak ich bis ins Mark!

Der Mann sah grausam aus. Er mochte ungefähr so alt sein wie Father Hackmann, hatte das gleiche schlohweiße Haar wie er, doch damit endeten die Gemeinsamkeiten.

Das Gesicht war es, das mir einen Schock versetzte.

Die Haut auf der rechten Hälfte sah aus, als wäre sie mit Säure übergossen worden. Sie bestand nur aus einer zusammengedrückten, verschrumpelten Masse, die sich vom Kinn bis hoch zum Stirnansatz zog. Auch das Auge war in Mitleidenschaft gezogen worden. Es hatte keine Pupille mehr, sondern wirkte wie eine gläserne, übergroße Murmel. Die Hälfte der Nase war überhaupt nicht mehr vorhanden, und wo normalerweise bei einem Menschen die Lippen sitzen, befand sich ein Loch.

Ich riß mich zusammen und beugte mich weiter über ihn. Die linke Gesichtshälfte sah völlig normal aus. Zwar hatte das Alter auch dort seine Spuren hinterlassen, aber mit siebzig Jahren zeigte die Haut nun nicht mehr die Frische der Jugend.

Der Mann war nicht tot. Er atmete schwer und seufzend. Sein gesundes Auge mußte uns sehen, doch es zeigte keine Reaktion.

Ich stellte mich wieder aufrecht hin. Sekundenlang schaute ich den Pfarrer an. Niemand von uns sprach.

»Was ist mit ihm geschehen?« Ich unterbrach das Schweigen.

Mit einer resignierend anmutenden Geste strich sich der Pfarrer über sein Gesicht. »Das ist eine lange Geschichte«, murmelte er. »Ich kenne sie auch nicht genau. Mir sind nur Bruchstücke davon bekannt. Eben das, was ich von ihm gehört habe.«

»Und das war nicht sehr erfreulich?« vermutete ich.

»Nein, Mr. Sinclair. Ganz und gar nicht.«

»Was ist mit seinem Gesicht passiert?« wollte ich wissen.

»Es ist ja nicht nur das Gesicht«, erwiderte der Pfarrer, »sondern die gesamte Körperhälfte. Ich meine, daß es die Rache der Dämonen ist. Er hat die Mächte der Finsternis herausgefordert und muß dafür nun büßen.«

»Wissen Sie Näheres?« fragte ich.

Der Pfarrer wurde einer Antwort enthoben, da Pater Zagallo anfing zu sprechen. Vielmehr war es nur ein Lallen, denn Worte konnten wir kaum verstehen. Wir mußten uns schon die einzelnen Verbindungen zusammenreimen.

Wir traten näher an das Bett.

Wie tot lag der Pater auf der zerschlissenen Matratze. Das linke Auge lebte, die Pupille schien zu tanzen, während das rechte Auge starr gegen die Decke stierte.

»Sie... sie kommen«, keuchte er. »Sie... sie sind schon da. Gefahr. Das Kloster... dem Bösen... verschrieben... Tor... das Tor...«

Er murmelte noch einige Worte, die ich nicht richtig verstehen konnte. Dann aber bäumte sich sein Körper auf, und der Pater begann zu schreien.

»AEBA!« keuchte er. »AEBA... AEBA...« Er betonte jeden einzelnen Buchstaben.

Immer wieder rief er das Wort. Dabei brach ihm der Schweiß aus. Wie eine zweite Schicht lag er auf seiner Stirn, doch der Pater hörte nicht auf.

»AEBA! AEBA!«

Er kreischte und tobte. Der Priester sah mich an. »So schlimm war es noch nie«, flüsterte er.

Ich wandte meinen Blick nicht von dem Bett. Emilio Zagallo wand sich in den Fesseln. Er bäumte seinen Körper hoch, bog den Rücken durch, schrie und geiferte.

Und immer wieder rief er dieses einzelne Wort, bis der Speichel vor seinen Lippen sprühte und zu kleinen Bläschen zerplatzte.

Plötzlich sank er zusammen. Von einem Augenblick zum anderen geschah dies. Pater Zagallo fing an zu weinen. Das Schluchzen schüttelte seinen Körper regelrecht durch.

Für mich bestand kein Zweifel. Dieser Mann war besessen!

Nicht zum erstenmal in meinem Leben erlebte ich einen Besessenen. Die Frage stellte sich nur, ob der Pater von einem Dämon besessen war oder ob ihn der Satan beherrschte.

Es gab Fälle, da suchten sich Dämonen Wirtskörper aus. Meistens gehörten diese Dämonen zur unteren Kategorie. Sie besaßen nicht den Einfluß, um das Bewußtsein des Menschen permanent zu verändern, sondern nur hin und wieder. Deshalb kam es auch zu den unregelmäßigen Anfällen. Dann drang der Dämon wieder an die Oberfläche, und der Besessene mußte sich Luft machen.

Wie bei Pater Zagallo.

Father Hackmann kniete neben dem Bett nieder und sprach Gebete. Dabei holte er einen Rosenkranz hervor und ließ die einzelnen Perlen durch die Finger gleiten.

Doch Pater Emilio gehorchte ihm nicht. Er tobte nur noch schlimmer. Schrie und jaulte. Er stieß Drohungen aus, die schlimm waren und der Welt den Untergang versprachen. Zwischendurch fiel immer das eine Wort, das ich nicht verstand.

AEBA.

Was bedeutete das? Ich zerbrach mir den Kopf, während ich auf den Pater hinabschaute.

Als ich sah, daß Father Hackmann mit seinen Gebeten keinen Erfolg hatte, zog ich mein Kreuz über den Kopf, trat an das Bett und ließ das Kreuz vor Pater Emilios Augen pendeln.

Seit kurzem wußte ich, was die rätselhaften Zeichen an den Enden des Kruzifixes zu bedeuten hatten. Es waren die Anfangsbuchstaben der vier Erzengel.

Michael, Gabriel, Raphael und Uriel.

Sie hatten dem Bösen abgeschworen und dieses Kreuz geweiht. Deshalb wirkte es auf Dämonen wie ein rotes Tuch. Die Diener der Finsternis mußten meiner Meinung nach die Strahlen spüren, die von diesem Kreuz ausgingen. Erst vor kurzem hatte ich erlebt, wie das Kreuz in Verbindung mit einem uralten Eichenpfahl Draculas Neffen vernichtet hatte. Es war eine Szene, die ich nie in meinem Leben vergessen würde.

Hin und her pendelte das Kreuz, schwang einmal nach rechts, dann wieder nach links. Und der Blick des abtrünnigen Priesters wurde wie magisch von dem Kruzifix angezogen.

Sein Schreien verebbte langsam, wurde immer leiser und erstarb schließlich ganz.

Nur noch die keuchenden Atemzüge erfüllten das kleine Zimmer unter dem Dach.

Überrascht blickte mich Father Hackmann an. Er stand auf,

schüttelte ungläubig den Kopf und fragte mit erstaunter Stimme: »Wie haben Sie das gemacht?«

Ich lächelte. »Mein Geheimnis, und ich möchte es für mich behalten. Nur soviel sei gesagt: Dieses Kreuz ist wohl das Wertvollste, was ich besitze, und ich würde es für kein Geld in der Welt hergeben.«

»Ich verstehe Sie«, erwiderte der Pfarrer. Er warf einen Blick auf den jetzt merklich ruhiger gewordenen Pater Emilio. »Was... was sollen wir mit ihm machen?«

Darauf wußte ich keine Antwort. Aber ich hatte noch einige Fragen an den Pfarrer, die ich jedoch nicht in dem Zimmer stellen wollte. »Lassen Sie uns nach unten gehen«, bat ich.

»Wie Sie wünschen.«

Der Pfarrer schloß die Tür ab, und wir begaben uns wieder in sein Arbeitszimmer. Mittlerweile war es draußen dunkel geworden. Es hatte noch nicht aufgehört zu schneien. Nach wie vor klatschten die Flocken gegen die Scheibe. Sie schmolzen und vereinigten sich zu Rinnsalen, die an dem Glas nach unten liefen.

»Möchten Sie noch einen Schluck?« Der Pfarrer bot mir von seinem Aufgesetzten an.

»Aber nur ein halbes Glas.«

Father Hackmann schenkte ein, und wir tranken schweigend.

Eine Frage brannte mir schon lange auf der Zunge, und ich stellte sie schließlich. »Was bedeutet AEBA?«

Der Pfarrer hob die Schultern. »Tut mir leid, Mr. Sinclair, ich weiß es nicht.«

»Aber das Wort hat er schon öfter genannt?«

»Ja.«

»Haben Sie sich nie Gedanken darüber gemacht, was es heißen könnte?« hakte ich nach.

Der Pfarrer nickte. »Schon – nur bin ich zu keinem Ergebnis gelangt.« Er deutete mit dem Arm ringsum. »Sehen Sie sich diese Bücher hier an. Alle habe ich durchgewälzt, doch in keinem habe ich den Namen gefunden.«

Meine Blicke flogen über die Buchrücken. Soweit ich lesen konnte, handelte es sich um Werke der christlichen Literatur. Doch Pater Emilio hatte das Wort regelrecht ausgespien, so daß ich zwangsläufig annehmen mußte, daß es sich dabei um ein Synonym des Bösen handelte.

Ich sprach den Pfarrer daraufhin an. »Ein Buch über Dämonologie besitzen Sie nicht zufällig?«

»Nein.«

»Das ist schade.«

»Glauben Sie, daß Sie dort eine Erklärung für dieses Wort AEBA finden?«

»Ich nehme es zumindest an.«

Der Pfarrer schüttelte den Kopf. »Bücher über Dämonologie sind Teufelswerk, ich möchte sie in meiner Bibliothek nicht haben. Sie müssen das verstehen. Ich weiß nicht, was die Mitglieder meiner Gemeinde sagen, wenn sie ein solches Buch bei mir sehen.«

Ich lächelte. »Sie brauchen sich nicht zu entschuldigen, Herr Pfarrer, es war nur eine Frage.«

»Natürlich.«

Meine Neugierde war noch längst nicht gebrochen. Ich wollte mehr über Emilio Zagallo wissen und erkundigte mich bei Father Hackmann, in welchem Kloster er gelebt hatte.

»In einem spanischen.«

»Genauer. Wo liegt das Kloster?«

»Irgendwo in den Pyrenäen.«

»Wissen Sie den Namen?« Ich hakte nach. »Den Ort, meine ich?«

Der Pfarrer wartete mit der Antwort. Er runzelte mehrmals die hohe Stirn und meinte dann: »Die Pyrenäen sind groß, und das Kloster ist nicht sehr bekannt. Nicht so wie dieses Touristenkloster Montserrat. Es liegt auch mehr nach Westen hin...«

Ich drängte nach. »Überlegen Sie genau, Father. Denken Sie nach. Ich bitte Sie...«

Er wand sich. Murmelte manchmal ein paar Worte und schüttelte dann wieder den Kopf. »Ich komme einfach nicht darauf. Es tut mir leid. Wirklich.«

Ich wechselte das Thema. »Wer hat Pater Emilio hierhergebracht?«

»Ein Fremder.«

»Von dem Sie nicht wissen, wo er wohnt?«

»Nein. Er sprach auch nur sehr schlecht unsere Sprache. Der Pater und er redeten spanisch. Der Mann hieß, so glaube ich, Ortega. Ja, jetzt fällt es mir wieder ein. Sogar der Vorname ist mir bekannt. Juan. Juan Ortega.«

Ich atmete auf. »Wenigstens etwas«, sagte ich. »Und an das Kloster können Sie sich nicht erinnern?«

Der Pfarrer stützte das Kinn in beide Hände. »Was glauben Sie, wie oft ich mir über diesen Namen schon den Kopf zerbrochen habe.«

Ich ließ ihn in Ruhe, griff zu den Zigaretten und zündete mir ein Stäbchen an. Es war ruhig im Zimmer. Hin und wieder explodierte im Ofen ein Stück Holz. Dann stoben die Funken nach allen Seiten weg. Meine Blicke wanderten. Neben dem Fenster hing ein prächtiges Kreuz. Es war aus Eichenholz und zeigte eine aus Elfenbein geschnitzte Christusfigur. Das Kruzifix mußte sehr wertvoll sein.

Plötzlich schlug der Pfarrer mit der flachen Hand auf den Tisch. »Himmel«, rief er, »ich hab's!«

»Und?«

»Das Kloster heißt Monte Terrano!«

Ich hob die Augenbrauen. »Der Erdenberg? Ein seltsamer Name für ein Kloster, finden Sie nicht auch, Father?«

Er hob die Schultern.

»Ich vermisse die christliche Beziehung des Namens. Das ist es, was mich stutzig werden läßt.«

»Meinen Sie, das Kloster wäre entweiht worden?«

»Es ist zumindest nicht völlig auszuschließen«, erwiderte ich. »Oft werden Kirchen entweiht und zu Schwarzen Messen mißbraucht. Warum sollte aus einem Kloster nicht ein Hort des Satans werden?«

»Aber das ist Blasphemie. Gotteslästerung.«

»Stimmt. Doch glauben Sie mir, Father, ich habe in meinem Leben schon sehr viel erlebt. Ich kenne beide Seiten. Die gute und die böse, und ich glaube, daß es manchmal Dinge gibt, wo die Grenzen fließend sind. Wo Gut und Böse ineinandergreifen, wo eine direkte Trennung nicht mehr möglich ist.«

»Ja«, sagte der Pfarrer, »da ist etwas Wahres dran, glaube ich. Nur fällt es mir schwer, dies zu begreifen. Wenn ich nicht genau wüßte, daß Sie ein Mensch sind, dem man vertrauen kann, würde ich Sie hinauswerfen.«

Ich lächelte. »Woher wollen Sie wissen, daß man mir vertrauen kann?«

Father Hackmann schaute mich mit seinem klaren Blick an. »Ich habe Ihren Namen von einem mir sehr gut bekannten Pfarrer. Damals ging es um einen Rummelplatz und eine dort auftretende Geistererscheinung...«

Ich lachte. »Ja, das stimmt, ich habe mich mit Ihrem Kollegen sehr gut verstanden. Er war mir übrigens eine sehr große Hilfe. Ohne ihn hätte ich die Macht des Dämons nicht brechen können. Überhaupt hatte ich immer Glück mit den Geistlichen. Sie waren sehr kooperationsbereit, im Gegensatz zu anderen Menschen.«

»Aber was halten Sie von diesem Fall?« fragte Father Hackmann. »Ich kann hinter all dem kein System entdecken.«

»Was dahintersteckt, werde ich wissen, wenn ich herausgefunden habe, was der Begriff AEBA bedeutet.«

»Sie sind da sehr optimistisch.«

»Das muß man in meinem Job sein.«

Der Pfarrer schenkte sich noch ein Gläschen ein. Ich lehnte ab, als er mir von dem Selbstgebrannten anbot. »Um einen Rat möchte ich Sie doch bitten, Mr. Sinclair.«

»Sprechen Sie sich aus.«

»Was soll ich mit Pater Emilio Zagallo machen?«

Er hatte eine ehrliche Frage gestellt, und ich auch eine ehrliche Antwort. »Das weiß ich leider auch nicht, Father. Er ist kein Fall für das Krankenhaus, aber auch nicht für eine Anstalt.«

»In solchen Fällen sagt man Pflegefall«, meinte er.

»So wird es wohl sein«, erwiderte ich.

Das Telefon schrillte. Es war noch ein alter, schwarzer Klingelkasten, und er stand auf einem Regal.

»Entschuldigen Sie mich.«

Der Pfarrer ging hin und hob ab. Er meldete sich, lauschte und machte mir dann ein hastiges Zeichen, zu ihm zu kommen. Rasch war ich bei ihm.

Father Hackmann hielt den Hörer so weit vom Ohr weg, daß ich mithören konnte. Und es waren Worte, die mir einen Schauer über den Rücken trieben und gleichzeitig bestätigten, wie tief ich schon in der Sache drinsteckte.

Die Stimme klang rauh, wütend und kalt zugleich. »Hütet euch!« zischte der Anrufer. »Hütet euch, und laßt Emilio in Ruhe. Denn er ist ein Abtrünniger, den wir bestrafen werden. AEBA wird kommen. AEBA ist schon da. Ihr wißt es nur nicht. Flieht aus dem Haus und laßt ihn in Ruhe, denn er wird sterben. Er muß sterben. Er hat sich gegen AEBA gestellt und ist bestraft worden.«

Ich nahm dem Pfarrer den Hörer aus der Hand. »Wer sind Sie?« rief ich scharf. »Sagen Sie Ihren Namen. Sofort!«

Der Unbekannte lachte nur hämisch. Dann unterbrach er die Verbindung, bevor ich noch weitere Fragen stellen konnte.

»Die haben was mit Pater Emilio vor«, flüsterte der Pfarrer. Er schaute mich mit großen Augen an.

Ich legte den Hörer auf die Gabel und nickte. »Ja, das glaube ich auch.«

»Und was soll ich tun?«

Ich lächelte. »Sie gar nichts, Father. Ich bin ja bei Ihnen. Sollten es die Dämonen tatsächlich wagen, hier einzudringen, werde ich ihnen schon den nötigen Empfang bereiten.« Ich ging wieder zum Tisch zurück. »Außerdem glaube ich nicht, daß sie in dieses Haus hier gelangen.«

»Und warum nicht?«

»Weil dies ein christliches Haus ist und der Geist des Herrn hier wohnt.«

»Aber Sie sagten doch selbst, daß Schwarze Messen in Kirchen gefeiert werden.«

»Dann waren diese vorher entweiht. Und das ist hier nicht der Fall.«

Der Pfarrer verstand. Ich sah es seinem Gesicht an, daß ihm ein Stein vom Herzen gefallen war. »Sie sind wirklich ein Spezialist«, lobte er mich.

»Das macht die Erfahrung«, schwächte ich ab.

»Aber nun sind wir immer noch nicht weiter.« Father Hackmann hatte sichtlich Mühe, die Nerven zu bewahren. Fahrig strich er durch sein Gesicht. »Wenn ich die Worte am Telefon richtig verstanden habe, so entnehme ich daraus eine Morddrohung.«

Ich konnte die Vermutung des Pfarrers nur bestätigen.

»Aber das können wir doch nicht zulassen, Mr. Sinclair. Wir müssen diesen Menschen schützen.« Der Pfarrer atmete tief ein. »Auch wenn er ein Verirrter ist. Menschenleben sind gleich, da gibt es keine Unterschiede.«

»Ich bin froh, daß Sie so denken«, sagte ich.

»Haben Sie eine andere Denkweise erwartet, Mr. Sinclair?«

Ich winkte ab. »Lassen wir das.«

Der Pfarrer wollte noch etwas sagen, stutzte aber dann.

»Was ist?« fragte ich, als ich sein angespanntes Gesicht sah.

Father Hackmann deutete zur Decke hoch. »Da oben… ich glaube, Emilio hat sich bemerkbar gemacht. Ich habe ein Poltern gehört. Wir müßten nachschauen.«

»Sie nicht«, wehrte ich ab.

»Aber…«

»Keine Widerrede.« Ich stand bereits an der Tür. Da hörte ich das Geräusch ebenfalls. Es war nicht nur ein Poltern, sondern auch ein gräßliches Stöhnen.

Und dann ein Schrei!

Hart und guttural klang er. Und unmenschlich. So, als hätte ihn ein Tier ausgestoßen. Aber er stammte von einem Menschen, da war ich mir völlig sicher.

Ich sprintete die schmale Treppe hoch, erreichte den Flur unter dem Dach, zog wegen der niedrigen Decke instinktiv den Kopf ein und vergaß, das Licht anzuschalten. Im Dunkeln tastete ich mich weiter, denn die Helligkeit aus den unteren Räumen reichte längst nicht bis zu mir.

Urplötzlich tauchte der Kerl vor mir auf.

Ich erschrak, weil ich damit nicht gerechnet hatte. Grün leuchtete die rechte Gesichtshälfte des Paters, und das Auge stach daraus wie ein weißer Kreis hervor. Es war ein Anblick, der mich abstieß und schockte.

Deshalb überraschte mich auch der ungeheuer wuchtige Schlag. Oberhalb der Gürtellinie wurde ich getroffen, zurückkatapultiert, versuchte, mich noch zu fangen, doch da war bereits die oberste Treppenstufe.

Ich trat ins Leere.

Die Stufen waren hoch und kantig. Ich kugelte wie ein lebloser Gegenstand die Stufen hinunter. Instinktiv schützte ich meinen Kopf mit Armen und Händen. Im Unterbewußtsein vernahm ich Father Hackmanns Entsetzensschrei, dann hatte ich die verdammte Treppe hinter mir.

Noch einmal überschlug ich mich und blieb gekrümmt wie ein Fragezeichen liegen.

In meinem Kopf spürte ich einen ziehenden Schmerz, auf der Stirn schwoll langsam eine Beule an.

Pater Emilio folgte mir.

Mit schweren Schritten stieg er die Stufen hinab und hatte die Treppe bereits hinter sich gebracht, als ich begann, mich aufzurichten.

Im Sitzen griff ich zur Waffe.

Pater Emilio schritt an mir vorbei.

Ich ließ die Beretta sinken und steckte sie wieder weg. Nein, ich konnte nicht schießen, nicht auf einen Unbewaffneten.

Father Hackmann aber war wesentlich mehr geschockt als ich. Bis zu seinem Schreibtisch wich er zurück. Dabei schlug er hastige Kreuzzeichen und rief immer wieder: »Weiche, Satan, weiche…«

Dann fiel sein Blick auf das Kreuz an der Wand. Mit einer raschen Bewegung hob er es ab, hielt es mit beiden Händen fest und ließ Pater Emilio auf die Christusfigur schauen.

Der Mann zuckte zusammen. Sein verzerrter Gesichtsausdruck zeigte mir, daß er Schmerzen oder innere Qualen verspüren mußte. Flehend streckte er beide Arme aus. Die Lippen bewegten sich, formten Worte.

»Hilf, Dios… hilf…«

Ich hatte mich erhoben und erstarrte förmlich. In dem Mann mußte eine regelrechte Hölle toben. Die grüne Gesichtsfarbe trat etwas zurück, doch die Verschrumpfung der Haut blieb. Zwei Seelen kämpften in seiner Brust. Wie würde er sich entscheiden?

Plötzlich schüttelte er den Kopf. »Nein!« brüllte er und schlug mit den Händen wild um sich. »AEBA… AEBA…«

Das Böse in ihm war stärker. Oder es hatte ihn erreicht, um ihn zurückzuholen.

Wieder brüllte er los. »AEBA! AEBA!« Er torkelte auf den Tisch zu, und Pfarrer Hackmann brachte sich schnell in Deckung. Mit der Faust schlug der Pater auf den Tisch, so daß es dröhnte. Dann drehte er sich um die eigene Achse und starrte mich an.

Wieder leuchtete die rechte Gesichtshälfte grün. Die Haut zuckte permanent. Speichel troff aus seinem Mund. Leicht vorgebeugt stand er da. »AEBA... Satanas... AEBA...«

Wenn ich nur gewußt hätte, was dieses verdammte Wort zu bedeuten hatte, dann wäre mir wohler gewesen. Ich versuchte es einfach, schritt auf den Pater zu und fragte: »Was ist AEBA?«

Er hob den rechten Arm. Auch die Hand war verkrüppelt und zeigte eine grüne Farbe.

»Was ist AEBA!« herrschte ich ihn an. »Rede. Ich will es endlich wissen!«

Wie ein Fallbeil schlug die Hand nach unten. Ich konnte mich gerade noch zur Seite drehen, so daß mich die Hand nur streifte. Sie war schwer wie Blei. Dieser Mann war kein Mensch mehr. Er war zu einem Dämon geworden, und ich nahm an, daß er innerlich versteinerte.

Auf der linken menschlichen Gesichtshälfte spiegelte sich die Qual wider, weil sein Inneres zerrissen wurde.

Ich war gerade noch zum richtigen Zeitpunkt gekommen. Denn jetzt hatte sich dieser Pater zu einem Dämon gewandelt.

Noch immer brachte ich es nicht fertig, meine Waffe zu ziehen. Ich konnte einfach nicht auf ihn schießen. Wenn es eben ging, wollte ich in besiegen.

Er rannte vor. Hielt dabei den Kopf leicht gesenkt. Ich wollte ihn stoppen, doch er schlug mich einfach zur Seite.

Sein Ziel war die Tür. Er riß sie auf und verschwand nach draußen.

Sofort nahm ich die Verfolgung auf. Ich tauchte in den Schneewirbel ein. Der Pfarrer lief hinter mir her, doch ich bedeutete ihm, ins Haus zurückzugehen.

Jetzt ärgerte ich mich, daß ich keine Taschenlampe bei mir hatte. Dunkelheit und tanzende Flocken machten eine Sicht so gut wie unmöglich. Innerhalb von Sekunden war ich mit einer weißen Schicht bedeckt. Pater Emilio war nach rechts verschwunden, soviel hatte ich noch gesehen. Also wandte ich mich in die gleiche Richtung.

Ich kam vom Weg ab und schritt über eine nasse, glitschige Wiese. Zwischen Kirche und Pfarrhaus wuchs ein Strauchgürtel. Dort irgendwo mußte sich der Pater versteckt halten.

Das hatte er auch.

Plötzlich sah ich seine Gestalt vor mir hochwachsen. Doch im selben Moment ereignete sich auch noch etwas anderes. Ein hohes Pfeifen lag auf einmal in der Luft. Grell schnitt es in meine Ohren. Ich drehte mich, suchte nach der Ursache des Geräuschs und sah die unheimliche Gestalt, die aus den Wolken zu kommen schien.

Es war ein Reiter!

Er wurde von den Schneeflocken umtanzt, jagte mit ungeheurer Geschwindigkeit näher, saß auf einem pechschwarzen Pferd und schwang ein blitzendes Schwert.

Dann ging alles rasend schnell. Der unheimliche Reiter visierte das Gebüsch an, hinter dem sich der Pater versteckt hatte. Ein gewaltiger Streich mit dem Schwert.

Flammen, bläulich knisternd und zuckend, schlugen plötzlich aus dem Boden hoch. Und inmitten des Flammeninfernos stand Pater Emilio. Hoch riß er die Arme. Seinen Mund hatte er zu einem lautlosen Schrei geöffnet, während das Höllenfeuer ihn umtanzte.

Der Reiter fegte durch die Flammenwand hindurch. Für Bruchteile von Sekunden sah ich ihn ganz deutlich. Er trug eine lederartige schwarze Rüstung, einen Kopfschutz und eine rote Halbmaske, die den oberen Teil seines Gesichts bedeckte.

Noch einmal führte er einen Schwertstreich.

Pater Emilio sackte zusammen. Hoch schlugen die Flammen und blendeten mich, so daß ich die Arme vor das Gesicht reißen mußte.

Dann war alles vorbei.

Ruhig, als wäre nichts geschehen, lag der Garten wieder vor mir. Ich war gar nicht dazu gekommen, auf den Reiter zu feuern, so rasch ging alles.

Schnell lief ich auf den Ort zu, wo Pater Emilio gestanden

hatte. Die Erde war dort nicht verbrannt. Alles wirkte normal, als hätte es überhaupt kein Feuer gegeben.

Und doch war das Gegenteil der Fall.

Denn von Pater Emilio sah ich keine Spur mehr. Er hatte sich buchstäblich aufgelöst...

Einige Zeit stand ich wie ein Denkmal in der Kälte. Die unzähligen Flocken umtanzten mich. Sie legten eine weiße Haube auf meine Schultern und mein Haar. Im Gesicht schmolzen sie zu Tropfen, die an der Haut entlangrannen.

Sehr deutlich hatte ich den Reiter gesehen, und auf einmal wurden Erinnerungen in mir wach.

Amerika – Arizona – Maringo, der Höllenreiter. Wie ein Film liefen die Bilder an meinem geistigen Auge vorbei. Es war ungefähr ein halbes Jahr her. Der Spuk, einer meiner Hauptgegner, hatte mich in eine teuflische Falle gelockt. In seinem Reich war ich gefangen und hatte dort die vier Reiter kennengelernt.

Die Todesboten der Apokalypse.

Sie lauerten im Reich der Schatten, um dann losgeschickt zu werden, wenn dem Spuk Gefahr drohte.

Mußte ich jetzt wieder gegen ihn kämpfen? Gegen einen Dämon, der sich selbst als Hüter der Schwarzen Seelen bezeichnete? Fast sah es so aus, denn der Reiter, den ich gesehen hatte, besaß große Ähnlichkeit mit einem der apokalyptischen Boten. Bisher war ich der Meinung, daß sie nicht in die sichtbare Welt kommen würden, aber da hatte ich mich bestimmt getäuscht.

Dann mußte demnach zwischen dem geheimnisvollen Wort AEBA, dem Kloster in den Pyrenäen und dem Reiter ein unmittelbarer Zusammenhang bestehen.

Und noch etwas fiel mir jetzt auf.

Der Reiter hatte auf seiner gepanzerten Brust ein flimmerndes A gehabt. AEBA fing auch mit dem Buchstaben A an.

Die Stimme des Pfarrers riß mich aus meinen Gedanken. »Ist Pater Emilio tot?«

Ich wandte mich um und wischte mir ein paar Schneeflocken aus den Augen. »Ich nehme an, daß er tot ist, auf jeden Fall ist er verschwunden.«

Der Pfarrer schüttelte sich. Es konnte die Kälte, aber auch die Nachwirkung des eben Gehörten sein. »Wieso verschwunden?«

Ich erzählte es ihm.

»Mein Gott, das ist ja schrecklich«, flüsterte Father Hackmann. »In was bin ich da nur hineingeraten?«

Niemand verstand den Pfarrer besser als ich. Es war für einen Unbedarften immer schwer zu begreifen, daß es noch etwas anderes gab. Etwas, das zwischen den Dingen lag, die uns die Schulweisheit lehrte. Und gerade ein Pfarrer hatte es besonders schwer, diese Dinge zu verstehen.

Father Hackmann wollte eine Erklärung, doch ich konnte ihm keine geben.

»Tut mir leid, Father, aber ich stehe selbst vor einem Rätsel.« Wir gingen wieder ins Haus. Die Wärme tat wohl. In der Diele klopfte ich mir den Schnee ab.

Der Pfarrer sprach mich auf meine letzte Bemerkung hin an. »Und wie wollen Sie das Rätsel lösen, Mr. Sinclair?«

»Indem ich nach Spanien reise.«

»Sie wollen in die Pyrenäen?«

»Ja.«

Die Augen des Seelsorgers wurden groß. »Aber ist das nicht zu gefährlich?«

Ich griff zum Mantel und zog ihn über. »Das schon, aber Gefahr ist mein Job. So abgegriffen sich dies auch anhört, aber der Satz stimmt nun mal.«

»Und was mache ich?«

Ich knöpfte den Mantel zu. »Sie schweigen am besten über all diese Dinge. Kein Wort zu einem Außenstehenden. Sie würden die Menschen nur unnötig in Angst und Schrecken versetzen. Außerdem ist Pater Emilio hier kaum bekannt.«

Der Pfarrer nickte. »Ja, das wird wohl das beste sein.«

Er begleitete mich zu meinem Wagen. Als ich bereits hinter dem Lenkrad saß, meinte er: »Und halten Sie mich auf dem laufenden, Mr. Sinclair. Ich möchte gern wissen, welches Rätsel sich wirklich hinter all dem verbirgt.«

»Mach' ich, Father.«

Ich schlug die Tür zu und startete. Father Hackmann schaute mir nach, bis die Rückleuchten in der Dunkelheit verschwunden waren.

Majestätisch ragten die schneebedeckten Gipfel der Pyrenäen in den glasklaren Winterhimmel. Eine fahle Sonne stand am Firmament. Ihre Strahlen wärmten nicht mehr. Sie tupften als blasse Schemen gegen die gewaltigen Gletscher und Eisfelder und ließen Milliarden von Schneekristallen aufblitzen.

Oberhalb der Zweitausend-Meter-Grenze lag alles in majestätischer Ruhe.

Auch das Kloster Monte Terrano.

Nach Art der griechischen Vorbilder war es auf einem steil in die Höhe ragenden Felsen gebaut worden. Seine beiden Türme wiesen wie zwei anklagende Zeigefinger in den strahlend blauen Winterhimmel. Man sah den Bauten an, daß sie eine wechselnde Geschichte hinter sich hatten. Das war in der Tat der Fall.

Gebaut worden war das Kloster gegen die muselmanischen Eroberer im elften Jahrhundert. Sollte es tatsächlich zu einer Besetzung kommen, so hatte das Kloster als letzter Schutz zu dienen. Durch seine Lage war es uneinnehmbar. Gegen Monte Terrano waren schon Armeen vergeblich angerannt. Nicht nur die Muselmanen, auch andere Eroberer, und den Zweiten Weltkrieg hatte das Kloster ebenfalls überstanden.

Die Mönche lebten in Frieden.

Es war ein seltsamer Orden, der sich dort zusammengefunden hatte. Er gehörte keiner der christlichen Kirchen mehr an. Im Laufe der Jahrhunderte hatte sich der Orden zu einer regelrechten Sekte entwickelt. Zwar bestand noch eine christliche Basis, doch in der Auslegung der Lehre waren die Mönche eigene Wege gegangen. Sie nannten sich die Diener der Erde und lebten ungeheuer spartanisch. Zu vergleichen nur noch mit den Trappisten, die in ihren eigenen Särgen schliefen.

Die Diener der Erde schiefen auf dem Boden. Im Winter, wenn es kalt wurde, schützten Strohsäcke die Körper. Sommertags jedoch schliefen sie auf dem Gestein.

Sie bewohnten auch keine normalen Räume. Ihre Zimmer glichen den Höhlen der Vorfahren. Sie waren einfach in den Fels hineingehauen worden. Es gab keine Stühle, kein Licht, keinen Tisch, keine Wärme. Nur ein Altar, aus grobem Stein gehauen und mit zwei Kerzen dekoriert, diente den Mönchen als Betstätte.

Hinter dem Altar lag der Strohsack, dessen Füllung nur einmal im Monat gewechselt wurde.

Denn Stroh und Lebensmittel waren knapp im Kloster. In dem kleinen Vorhof wuchs Hafer und etwas Gras, auf dem die klostereigenen Ziegen weideten. Das Brot backten die Mönche selbst, und Fleisch sowie andere weltliche Genüsse waren verboten. Man ernährte sich von Brot und Ziegenmilch. Zweimal täglich gab es eine Mahlzeit. Ein Kalfaktor trug sie aus.

Gesprochen wurde kaum. Oft redeten die Mönche monatelang nicht miteinander, und wenn jemand starb, so wurde er in eine der flachen Felsenhöhlen geschoben und dort begraben.

Die Zeit war an diesem Kloster vorübergegangen, und Besuch wollten die Mönche nicht empfangen. Außerdem gab es nur eine Straße, die hoch zum Kloster führte. Sie war im Winter sowieso unpassierbar. Nicht einmal Bergsteigern gewährten die Mönche Schutz.

Und doch war es einem der Mönche gelungen zu entfliehen. Diese Tatsache hatte Unruhe in das Kloster gebracht, denn auf einmal fühlten sich die Mönche nicht mehr so sicher. Sie hatten Angst, daß jemand hinter ihr Geheimnis kommen würde.

Und das waren die Gewölbe von Monte Terrano.

Sie lagen tief im Felsen, und keiner der Mönche, außer dem Abt, durfte dieses Labyrinth betreten. Was da geschah, war so ungeheuerlich, daß der menschliche Verstand überfordert war, dies zu begreifen. Denn dort, wo nie ein Mensch hinkam, befand sich das Tor zu einer anderen Welt.

Zum Reich der Schatten…

Ich fuhr nicht zu meiner Wohnung, sondern zum Yard Building. Dort wurde rund um die Uhr gearbeitet. In den unzähligen Abteilungen lösten sich die Spezialisten in der Wechselschicht ab, so daß eigentlich nie ein Leerlauf entstand.

Meinen silbermetallicfarbenen Bentley stellte ich auf dem

yardeigenen Parkplatz ab und fuhr mit dem Lift hoch zu meinem Büro. Mittlerweile war es zwanzig Uhr durch. Leer präsentierten sich die Gänge. Doch kurz vor meiner Bürotür kam mir Superintendent Powell, mein Chef, entgegen. Er war schon in Hut und Mantel und zog ein saures Gesicht, als er vor mir stehenblieb. Er konnte sich eine bissige Bemerkung nicht verkneifen.

»Arbeiten Sie neuerdings außerhalb der Dienststunden? Das sollte mich doch sehr wundern.«

Ich blieb gelassen, weil ich meinen Chef kannte. Er meinte es gar nicht so. »Genau, Sir, ich habe keine Lust, hierzusein, wenn alle anderen auch da sind. Außerdem habe ich Sie von meinem Weggehen in Kenntnis gesetzt.«

Powell schaute auf die Uhr. »Ich muß zwar in den Club, aber erzählen Sie mal. Die paar Minuten habe ich noch Zeit.«

Ich bat meinen Chef ins Büro. »Kaffee kann ich Ihnen leider nicht anbieten, Miss Perkins hat schon Feierabend.«

Powell schnaufte. »Das fehlt noch, daß Sie nach Dienstschluß mit Ihrer Sekretärin hier herumhängen.« Er nahm auf einem der harten Besucherstühle Platz.

Die Heizung war heruntergedreht. Kühle herrschte im Raum. Ich zog trotzdem meinen Mantel aus.

»Kommen Sie zur Sache«, verlangte Powell.

Ich steckte mir eine Zigarette an und berichtete. Powell hörte geduldig zu und gestand danach sogar ein, daß mein Besuch bei Father Hackmann nicht umsonst gewesen war. Er hatte sich nämlich erst dagegen gesträubt.

»Wie ich die Sache so überblicke, wollen Sie sicherlich nach Spanien«, meinte er.

»Wird mir wohl nichts anderes übrigbleiben, Sir.«

»Und wann?«

»Morgen nehme ich die erste Maschine.«

»Allein?«

»Eigentlich sollte Suko dabeisein!«

Powell verzog das Gesicht. »Ach, wieder der komische Chinese.«

»Sir, darf ich Sie höflichst daran erinnern, daß Suko mir mehr als einmal das Leben gerettet hat und daß diese Abteilung schon längst auseinandergeplatzt wäre ohne ihn.«

Auf dieses Thema wurde Powell nicht gern angesprochen. Aber es gibt das Sprichwort, das heißt: Wie du mir – so ich dir. Der Superintendent holte aus der Tasche seine Pillendose hervor und schluckte erst einmal eine Tablette.

»Fahren Sie um Himmels willen.«

»Mit Suko?«

»Meinetwegen. Es gibt zwar wieder einen Kampf wegen der Spesen, aber das bin ich gewohnt.«

»Sie wissen nicht zufällig, Sir, was das Wort AEBA bedeutet?« fragte ich.

Powell war schon im Begriff zu gehen. Unwillig wandte er sich um. »Bin ich Hellseher?«

»Nein, Sir.«

»Na also. Viel Glück übrigens.«

»Hätte ja sein können, daß Sie mal einen lichten Moment haben«, sagte ich, aber so leise, daß er es nicht hörte.

Als Powell weg war, rief ich Bill Conolly an und bekam erst einmal Sheila an den Apparat.

»Ist das Gespräch privat oder dienstlich?« erkundigte sie sich sofort mit dem ihr angeborenen weiblichen Scharfsinn.

»Beides.«

»Bill hat heute abend keine Zeit für die Dämonenjagd. Wir stecken inmitten der Weihnachtsvorbereitungen.«

»Ich habe auch nur eine Frage. Wie geht es Johnny?«

Sofort wurde Sheilas Stimme weicher. »Gut. Sehr gut sogar.«

»Das freut mich.« Der Kleine wäre um ein Haar von Vampiren geraubt worden. Ich hatte mich als Geisel zur Verfügung gestellt, damit Sheila und der Junge, die sich beide in der Gewalt der Blutsauger befanden, freikamen.

Wir redeten noch etwas über Johnny, dann kam Bill an den Apparat.

»Hör zu, du Tiger«, sagte ich. »Womit verbindest du den Begriff AEBA?«

»Hä?«

Ich buchstabierte.

»Kenne ich nicht«, behauptete Bill. »Wohl eine Popgruppe, aber die heißt ABBA.«

»Die kenne ich selbst. Aber ich brauche den Begriff AEBA. Er muß irgend etwas mit Dämonen zu tun haben. Oder Schwarzer Magie...«

»Keine Ahnung, John. Aber du kannst vorbeikommen. Ich bin es sowieso leid, immer nur den Daumen auf die Schlaufen zu halten, damit Sheila die Päckchen packen kann. Wir könnten bei einer guten Flasche Whisky darüber nachdenken, was der Begriff AEBA bedeutet.«

Ich lachte. »Ein anderes Mal vielleicht, Bill. Ich werde mich in einigen Tagen wieder melden.«

Bill Conolly wollte noch wissen, wo ich hinfahre, aber ich verschwieg es ihm. Ich hoffte, zum Weihnachtsfest wieder zurück zu sein.

Dann begab ich mich in die topographische Abteilung. Dort wurde alles über Landvermessung und Geographie ausgewertet, was es auszuwerten gab. Vom Satellitenfoto bis zur Generalstabskarte war alles sorgfältig sortiert und katalogisiert.

»Wenn Sinclair kommt, gibt's Arbeit«, empfing mich der zuständige Kollege.

Zur Versöhnung bot ich ihm eine Zigarette an und rückte dann mit meinem Wunsch heraus.

»Ich brauche alles an Kartenmaterial über die Pyrenäen.«

»Mehr nicht?«

»Nein.«

»Und bis wann?« fragte der Kollege.

Ich setzte mich auf eine Schreibtischecke. »Sofort.«

»Mach keine Scherze.«

»Sind auch keine.« Ich erklärte dem Kollegen, daß ich nur Kartenmaterial haben wollte.

»Na ja, das kannst du bekommen.«

Zehn Minuten später war alles vorbereitet. Das Kartenmaterial war auf einem Film verewigt worden.

Ich saß in der ersten Reihe und schaute auf die Leinwand. Dann lief der Film ab.

Die Karte war ausgezeichnet. Jeder noch so kleine Ort war darauf verzeichnet.

»Geht es um etwas Besonderes?« fragte der Kollege.

»Ja, um das Kloster Monte Terrano.«

»Und du weißt nicht genau, wo es liegt?«

»Stimmt.«

Wir mußten die Gebirgskette durchgehen. Ich las Namen, die ich noch nie in meinem Leben gehört hatte. Daß die einzelnen Häuser nicht zu sehen waren, wunderte mich.

Nach einer Viertelstunde taten mir die Augen weh, aber nach dreißig Minuten war es soweit.

Ich fand das Kloster.

»Stopp!« rief ich.

Der Kollege hielt den Film an. Ich stand auf und trat dicht vor die Leinwand. Eine Lupe lieh ich mir, klemmte sie vors Auge und schaute genauer hin.

Ja, da lag das Kloster. Monte Terrano, stand dort in winzig kleinen Buchstaben. Ich ließ die Lupe weiterwandern und entdeckte auch den Nachbarort.

Er hieß Los Albas.

Der Karte nach mußte er nur wenige Meilen von diesem Kloster entfernt liegen. Ich schätze höchstens drei.

»Willst du dahin?« fragte mich mein Kollege. Er schaltete das Licht ein.

Ich drehte mich um und erwiderte: »Ja.«

»Dann nimm aber Skier mit.«

»Danke. Ich verlasse mich lieber auf einen Schlitten. Und zur Not reicht der Hosenboden.«

»Witzbold. Da meint man es gut, und was erntet man?«

»Undank«, sagte ich. »Dieser ist bekanntlich der Welten Lohn. Mach's gut. Und laß dir die Zeit nicht zu lang werden.«

»Ha, ha.«

Ich fuhr wieder hoch, bestellte zwei Flugkarten von meinem Büro aus und verschwand.

Meine Wohnung liegt nicht sehr weit vom Yard-Gebäude entfernt. Ich parkte den Bentley in der Tiefgarage und zischte mit dem Aufzug hoch.

Kaum hatte ich mein Apartment betreten, da tauchte Suko auf. Grinsend deutete er auf das Fenster.

»Was ist?« fragte ich.

»Eigentlich wollte ich durch das Fenster klettern«, meinte er.

»Und warum?«

»Weil Weihnachten vor der Tür steht.«

»Oohh… noch so einen kalten, und wir haben wirklich Winter.« Ich schenkte mir einen Remy Martin ein. »Übrigens, vielleicht kannst du Weihnachten in den Bergen feiern.«

»Schweiz, Österreich?«

»Nein, in den Pyrenäen.«

»Dann geht's nicht zum Skifahren, wie ich deinen Worten entnehmen kann.«

»Richtig. Auf uns wartet mal wieder ein heißer Fall. Aber was anderes: Was verstehst du unter dem Wort AEBA?«

Suko schaute mich groß an. »Willst du mich auf den Arm nehmen?«

»Nein.« Ich erklärte es ihm. Aber von Suko erhielt ich auch keine Antwort.

»Dann wollen wir sehen, ob wir in Spanien die Auflösung finden«, sagte ich und trank mein Glas leer.

Der Abt des Klosters Monte Terrano hieß Don Alvarez.

Er lebte nicht in einer dieser Höhlen, sondern in einem normalen Raum mit zwei Fenstern, durch die er einen fantastischen Blick auf die Berge hatte.

Ein Fenster wies nach Osten hin, eins nach Westen. Jeden Morgen beobachtete der Abt den Sonnenaufgang und am Abend den Untergang.

Don Alvarez regierte mit eiserner Hand. Früher hätte man ihn als einen Despoten oder Tyrannen bezeichnet. Er war die beherrschende Autorität innerhalb des Klosters, und von ihm gingen auch die geistigen Impulse aus.

Und er besaß als einziger den Schlüssel zu den Gewölben!

Diese eigene Welt innerhalb des Berges war ihm wohlvertraut. Vor drei Jahren entdeckte der Abt ein altes Buch. Es war stark beschädigt, hatte vergilbte Seiten und einen löchrigen Ledereinband.

Der Abt nahm das Buch mit. Er studierte es. Seite für Seite. Es war in hebräisch geschrieben, aber Don Alvarez beherrschte diese Sprache wie seine eigene.

Er vertiefte sich in den Inhalt. Tag und Nacht las er, und plötzlich wurde ihm bewußt, daß er eine Satansbibel in der Hand hielt. Zuerst meldete sich sein Gewissen, doch das erlosch schnell, denn der Inhalt des Buches war stärker.

Er faszinierte ihn.

Und Don Alvarez lernte. So wußte er plötzlich, daß es innerhalb der Felsen geheimnisvolle Gewölbe gab, die vor Urzeiten entdeckt und dem Bösen geweiht worden waren. Immer wieder tauchte ein Wort in den Schriften auf.

AEBA.

Dieser Begriff mußte der Schlüssel zu einem grauenvollen Geheimnis sein. Der Abt forschte und studierte. Er verließ sogar das Kloster, um sich in den ältesten Bibliotheken der Welt umzusehen. Er war im Vatikan, in Indien und in Ägypten.

In Kairo fand er endlich den Schlüssel. Er entdeckte einen magischen Spruch, der ihm den Zutritt zu den Gewölben freigab.

Don Alvarez wagte es.

In einer finsteren Nacht schlich er über die alte Leiter zu den Gewölben hin, öffnete die Tür – und stand in einer anderen Welt.

Das Böse war dort manifestiert. Es schlug ihm als eine unsichtbare Woge entgegen, drang in sein Hirn, erfaßte seine Gedanken und kehrte sie um.

Aus dem Paulus wurde ein Saulus.

Der Keim des Bösen war gelegt.

AEBA hatte gesiegt.

Doch so auffällig durfte der Abt dies nicht zeigen. Er spielte nach wie vor den gestrengen Seelsorger, doch in den Gesprächen, die er manchmal führte, verunsicherte er seine Padres. Sie wußten nicht, was sie machen sollten. Geistliche Hilfe blieb ihnen verwehrt, da es unmöglich war, das Kloster zu verlassen.

Sie blieben hinter den dicken Mauern gefangen. Hinter Mauern, die das Böse eingefangen hatten, das schleichend wie Gift in die Gehirne der Mönche drang und die Männer bereit machte, AEBA zu dienen.

Noch wußten nur wenige Eingeweihte, was sich hinter AEBA verbarg. Einer der Eingeweihten war Pater Emilio. Und ihm gelang die Flucht. Durch einen zufällig entdeckten Geheimgang verließ er das Kloster und schlug sich bei Nacht und Nebel durch bis in das nächste Dorf. Von dort aus gelangte er auf Umwegen nach England, wo in London der einzige Mann wohnte, dem er noch vertraute.

Father Hackmann.

Doch AEBA war ihm auf der Spur. Don Alvarez hatte in einem Wahrtraum erfahren, was geschehen war. Deshalb war er so besorgt.

Unruhig schritt er in seiner Kammer hin und her. Er hatte sämtliche christlichen Symbole entfernt, nur noch die Möbelstücke standen dort. Der Schrank, der Tisch, die Waschschüssel, das Bett.

Er lebte komfortabler als seine Brüder. Sie neideten es ihm nicht, sondern erkannten ihn als Führer an.

Don Alvarez war ein Mensch von ungewöhnlicher Statur. In der Größe überragte er die meisten. Seine dunklen Augen hatten einen zwingenden Blick, der den anderen sofort unter die Haut ging. Das Gesicht war hager. Ein dunkler Vollbart wuchs fast bis auf die Brust. Er trug meistens einen pechschwarzen Umhang mit weiten Ärmeln, in denen er seine Hände verbergen konnte. Wenn er durch die Gänge schritt, setzte er auch die Kapuze auf, so daß er schon vom Ansehen her eine unheimliche Erscheinung abgab.

Doch seine Seele war noch schwärzer.

Sie gehorchte nur dem Satan – oder AEBA.

Auch an diesem Abend schritt er wieder durch die Gänge des Klosters. Draußen war es finster geworden. Sternenklar spannte sich der Himmel über dem gewaltigen Gebirgsmassiv. Es gab Frost, und die klirrende Kälte fiel herab wie ein Teppich.

Längs- und Quergänge durchzogen das Kloster wie das Netz einer Spinne. Wer sich zurechtfinden wollte, mußte schon einige Zeit hier leben, sonst verlief er sich unweigerlich, oder er landete in einer Sackgasse, wo er bald vor irgendeiner Mauer stand und nicht weiter konnte.

Der Abt hatte seine Hände in den weiten Ärmeln versteckt. Er ging mit gemessenen Schritten. Die Mönche, die ihm begegneten, nickten demutsvoll, wenn sie den Abt anschauten.

Don Alvarez war sich seiner Stellung wohl bewußt. Der Kalfaktor machte den tiefsten Bückling und murmelte einen Gruß.

Der Abt blieb stehen. »Hoch mit dir«, herrschte er den Mann an.

Der Kalfaktor erhob sich zitternd. Er wagte nicht, dem Mönch in die Augen zu schauen. Er hieß Gulio Ortega. Sein Sohn wohnte unten im Dorf.

Gulio war der einzige, der hin und wieder das Kloster verließ. Er ritt dann auf dem Maultier ins Dorf und besorgte frisches Gemüse. Wenn er zurückkam, trug er immer einen verschlossenen Korb mit sich. Er enthielt Dinge, die nur für den Abt bestimmt waren. Fleisch, Käse, Brot, auch Zeitungen und Zeitschriften. Niemand der anderen Mönche durfte etwas davon wissen, und Gulio Ortega hütete sein Geheimnis.

»Wenn du beim nächstenmal wieder in das Dorf kommst, nimm den Korb mit«, sagte der Abt.

»Jawohl, Herr!«

Dann ging der Abt weiter. Mehr Worte redete er nicht mit Gulio Ortega, dem Kalfaktor mit dem weißen Haarkranz.

Der Abt verließ den Hauptgang. Er wandte sich nach rechts, betrat einen schmalen Seitenstollen und mußte den Kopf einziehen, da er sonst gegen die Decke gestoßen wäre.

Der Gang endete vor einer Wand. Für einen Fremden wäre hier alles zu Ende gewesen, denn die Fackeln, die den Hauptgang ausleuchteten, verstreuten ihre Helligkeit nicht bis an die Mauer.

Don Alvarez drückte auf einen hervorragenden Stein.

Zuerst geschah nichts. Doch nach einigen Sekunden zeigte ein häßliches Knirschen an, daß etwas in Bewegung geriet.

Es war ein Teil der Wand.

Er wurde kurzerhand nach innen gedrückt und gab ein genügend großes Quadrat frei, so daß ein erwachsener Mensch hindurchhuschen konnte. Der Abt überschritt die Schwelle, und automatisch glitt die Öffnung hinter ihm wieder zu.

Unter seinem Gewand holte der Abt eine Fackel hervor und zündete das obere Ende an.

Flackerndes Licht warf einen rötlichen Schimmer in ein kleines Verlies. Er berührte aber auch den Boden, riß eine Holzfalltür aus der Dunkelheit, die der Abt anhob und langsam zurückgleiten ließ.

Ein dumpfer, nach Schwefel und Verwesung riechender Gestank schlug ihm entgegen.

Das machte Don Alvarez nichts aus. Er hatte sich längst an den Geruch gewöhnt.

Im Licht der Fackel sah er die alte Holzleiter, die in die tiefer gelegenen Gewölbe führte. Die Leiter war uralt. Sie sah aus, als würde sie jeden Augenblick zusammenbrechen, doch sie hatte die Jahrhunderte überdauert und würde auch noch länger halten.

Stufe für Stufe stieg der Abt hinein in eine andere Welt.

War es im Kloster schon unheimlich, so kam in diesem Gewölbe noch das Grauen hinzu, das unsichtbar zugegen war und die Menschen beeinflussen wollte.

Don Alvarez aber ließ sich dadurch nicht stören. Er gehörte bereits selbst zu den anderen, die das Böse in die Welt tragen wollten. Er war angesteckt worden wie ein Kranker von einem Bazillus.

Er bückte sich und betrat die Leiter. Die Sprossen bogen sich unter seinem Gewicht etwas durch, sie hielten aber.

Don Alvarez konnte sich nur mit einer Hand festklammern, da er in der anderen die Fackel trug. Ohne zu stolpern erreichte er den Boden.

Nebeldämpfe stiegen aus den haarfeinen Rissen im Gestein, waberten hoch und verteilten sich zu langen Schleiern. In der Höhle schien ein ewiges Raunen und Wispern zu herrschen, ein stetiges Summen, das den Ankömmling lockte und nie mehr freigeben wollte.

Der Abt schritt durch die Nebelwand. Seine Fackel war nur noch ein verschwommener Fleck. Je tiefer er in das Gewölbe und damit in den Nebel hineinschritt, um so deutlicher schälte sich etwas anderes aus der wabernden Wand hervor.

Es war ein Tor.

Die Umrisse flossen, waren dauernd in Bewegung, verwischten, um sich erneut zusammenzufinden.

Dieses Tor wurde auf eine Felswand projiziert. Grünlich-silbern schimmerten die Konturen und strahlten auch den Fels dahinter an. Wenn man normalerweise von Dämonentoren sprach, so waren damit die Risse zwischen den einzelnen Dimensionen gemeint. Hier aber sah der Betrachter ein regelrechtes Tor vor sich.

Don Alvarez blieb stehen.

Hoch hielt er die Fackel, den anderen Arm streckte er dem Tor entgegen. »AEBA!« rief er. »Hier ist dein Diener!«

Die letzten Nebelstreifen vor dem Tor faserten auseinander, kaum daß die Stimme erklungen war. Dann verschwand die graue Suppe völlig.

Frei lag das Dimensionstor vor den Augen des dämonischen Abts.

Die Fläche innerhalb der beiden Seiten veränderte sich. Das Flirren wurde weniger, verschwand plötzlich, und das grauschwarze Gestein verwandelte sich in eine helle, spiegelnde Fläche.

Gebannt beobachtete Don Alvarez dieses Phänomen. Er erlebte es nicht zum erstenmal und wurde doch immer wieder davon mitgerissen. Der dämonische Einfluß war in diesem Gewölbe unglaublich stark. Er konnte sich so verbreiten, da es hier unten keinen Gegenpol gab. Die Kräfte des Lichts waren ausgeschaltet.

Noch tat sich nichts auf der Spiegelfläche, doch der Abt wußte genau, daß sie sich bald veränderte und ihm ein Bild zeigen würde. Dann erhielt er neue Informationen aus dem Reich der Schatten. Vielleicht sah er auch den Meister, der Spuk genannt wurde und oft als grausames Wesen auftrat, das mit eiserner Strenge über die schwarzen Seelen der Dämonen herrschte. In seinem Reich vegetierten die Dämonenseelen dahin, die von mächtigen Gegnern verbannt worden waren.

Doch der Spuk trat nicht auf.

Dafür sah Don Alvarez andere.

Vier Reiter!

Sie schienen aus einer unendlichen Ferne zu kommen, galoppierten nebeneinander her, und all das geschah in einer gespenstischen Lautlosigkeit, die dem Betrachter eine Gänsehaut über den Rücken laufen ließ.

Die Reiter näherten sich, wurden deutlicher.

Sie hockten auf pechschwarzen Pferden, trugen lederne Rüstungen. Auf ihren Köpfen saßen die Helme wie festgeklebt.

Von der oberen Hälfte ihrer Gesichter war nichts zu sehen. Rote Masken verdeckten sie. Nur die unteren Teile schauten hervor. Sie glänzten knochenbleich.

Die vier Reiter! Sinnbild der Apokalypse. Sie brachten die vier großen Plagen.

Krieg, Pest, Tod und Hunger!

Diese Reiter existierten schon seit Urzeiten. Im Mittelalter hatten sie ihre große Zeit. Während des Dreißigjährigen Krieges brachten sie die Pest über Europa, förderten die Hungersnöte, brachten das Grauen mit und säten den Tod.

Vier Reiter – vier Leibwächter.

Jeder der Reiter trug einen Buchstaben auf der Rüstung. Don Alvarez las von links nach rechts.

A-E-B-A

Das Wort, um das sich alles rankte. Es war ein Geheimnis der Hölle und wurde von den Reitern gelüftet.

Nur wenige wußten, was AEBA bedeutete, und waren darüber informiert, daß die vier Reiter höheren Dämonen als Leibwächter dienten. Denn auch die Hölle hatte ihre Günstlinge. So wie die Erzengel die Schützer des Himmels sind, gibt es in der Hölle den schrecklichen Gegenpol.

Vier grausame Hauptdämonen.

Astaroth, Eurynome, Bael und Amducias!

Vier Namen, vier Begriffe, vier Anfangsbuchstaben. Die Anfangsbuchstaben aneinandergefügt ergaben das Wort AEBA.

Dieser geheimnisvolle Begriff, der schon manche Menschen vor Rätsel gestellt hatte, war ganz einfach zu erklären.

Man mußte es nur wissen.

Und Don Alvarez wußte, was er von AEBA zu halten hatte. Für ihn war dies alles. AEBA bestimmte sein Leben, AEBA hatte ihn in den Klauen. AEBA war das Böse an sich.

Der Reiter ganz links sprengte vor, während die anderen drei etwas zurückblieben.

»Hör zu, Unglückseliger!« dröhnte dem Abt die donnernde Stimme entgegen. »Wir haben den gefunden, der aus dem Kloster geflohen ist. Er hat es bis zu einem Land geschafft, das nördlich von hier liegt. England heißt es. Dort hat er einen Freund aufgesucht, gezeichnet und völlig am Ende. Aber er konnte noch reden. AEBA ist bekannt geworden. Und nicht nur Emilios Freund weiß davon, sondern auch ein Mann, der unser erklärter Feind ist und den wir bis aufs Blut hassen. Der Mann heißt John Sinclair.«

Der Reiter legte eine Sprechpause ein. Don Alvarez zuckte in einer hilflosen Gebärde mit den Schultern. »Was soll ich tun?«

»Du wirst mehrere Dinge tun. Erst einmal mußt du den Mann bestrafen, der Emilio zur Flucht verholfen hat.«

»Wer ist es?«

»Gulio Ortega!«

»Der Kalfaktor?«

»Ja. Er und sein Sohn haben gemeinsam das Komplott gegen dich geschmiedet. Und aus diesem Grund müssen beide sterben. Hörst du – beide!«

»Ja.«

»Wenn dieses nun erledigt ist, wirst du dich um deine Brüder kümmern.«

»Soll ich sie auch töten?«

»Nein. Sie sollen nur in einen magischen Tiefschlaf fallen, aus dem sie irgendwann erweckt werden, wenn ich sie brauche. Ich will sie später zu unseren Dienern machen, damit sie die Lehren der Hölle verbreiten können. Wenn dies alles geschehen ist, werden wir uns gemeinsam um John Sinclair kümmern. AEBA wird diesen Menschen *vernichten!*«

Der Reiter stieß das letzte Wort haßerfüllt aus. Und er fuhr fort: »Der Spuk, unser Meister, wartet auf Sinclairs Tod. Und wie ich Sinclair kenne, wird er nicht lockerlassen und die Spur von AEBA aufnehmen. Vielleicht trifft er irgendwann in den nächsten Tagen bei dir im Kloster ein. Verweigere ihm nicht den Zutritt, denn dann hast du ihn in der Falle und überläßt ihn uns.«

»Ich werde all das tun, was du verlangst«, erwiderte der Abt.

»Das ist gut. Dann geh jetzt und bereite alles vor!«

Es waren die letzten Worte des Reiters. Mit ihnen zusammen verschwand auch das Tor.

Nur noch der Spiegel blieb zurück, dessen Fläche jedoch rasch stumpf und grau wurde und wieder die Farbe des Höhlengesteins annahm.

Der Abt wandte sich zum Gehen. Er hatte genug erfahren, und

er war fest entschlossen, die teuflischen Forderungen seines Meisters auszuführen.

Ganz oben auf der Liste stand ein Name.

Gulio Ortega!

Los Albas war ein Bergbauerndorf.

Es lag eingekeilt zwischen den hohen Felsmassiven der Pyrenäen und war mit der Außenwelt praktisch nur durch eine Straße verbunden. Dieser Höhenweg führte nach Mont Louis, war beschwerlich zu fahren und im tiefen Winter völlig zugeschneit.

Die wenigen Einwohner des Ortes lebten in einem Dreiländereck.

Im Norden Frankreich, im Süden Spanien und im Westen lag die Republik Andorra.

Dreihundert Seelen zählte der Ort. Fast alle lebten von der Landwirtschaft. Die Familien bewirtschafteten die kargen Felder. Terrassenförmig waren die Felder angelegt, und oft genug geschah es, daß von den aus den Pyrenäen kommenden Fallwinden die Saat wieder weggeweht wurde.

Die Bauern kämpften gegen die Natur. Und seit Jahrhunderten stand der Kampf unentschieden.

Die einzelnen Häuser – sie waren nur bessere Hütten – klebten förmlich am Berg. Aus gelbbraun schimmerndem Lehm waren diese Hütten errichtet, mit kleinen Fenstern und schmalen Türen.

Der Kirchturm überragte die Häuser jedoch alle. Weiß und mit einem großen Kreuz versehen, stach er in den Himmel. Schaute man am Kirchturm vorbei und ließ den Blick weiter in die Höhe wandern, so war das Kloster nicht zu übersehen. Wie eine Trutzburg stand es oben auf einer Bergspitze, vom Wind umheult, und doch ein unerschütterliches Zeugnis einer langen, ereignisreichen Vergangenheit.

Eintönig war der Tagesablauf der Bergbauern. Besonders im Winter, wenn die ersten Schneestürme ins Tal fegten und den kleinen Ort mit ihrer weißen Pracht zudeckten.

Auch in diesem Jahr hatte es bereits den ersten Sturm gegeben.

Doch der Schnee war rasch wieder getaut. Der Boden enthielt noch zuviel Wärme. Jetzt hatte die Kälte Einzug gehalten. Der Frost ließ die Erde hart wie Stein werden, und die kalte Luft stach beim Atmen in den Lungen. Wenn es nun schneite, dann blieb der Schnee liegen und würde bis zum Frühjahr nicht wieder tauen.

Die Einwohner von Los Albas hatten vorgesorgt. Die Vorratskammern waren gefüllt mit Brennmaterial und Lebensmitteln. Auch die Schafe und Ziegen waren in die Ställe getrieben worden und wurden erst wieder ins Freie gelassen, wenn der Schnee schmolz.

In engen Kurven schlängelte sich die Dorfstraße durch den Ort. Sie wand sich vorbei an Hausecken, führte mal in die Höhe und fiel dann wieder ab.

Vor der einzigen Bodega des Dorfes standen ein paar Reklametafeln. Der Bodegero war der reichste Mann. Er besaß sogar Telefon und einen Fernsehapparat. Die meisten Häuser hatten noch keinen elektrischen Strom. Man war auf das Licht der Petroleumlampen angewiesen.

Los Albas war wirklich vergessen worden.

Fremde kamen nur selten. Hin und wieder tauchten Grenzbeamte auf, die jedoch schnell wieder verschwanden, wenn sie merkten, daß sie ihr Vergnügen schon woanders suchen mußten.

Die Einwohner waren sehr gläubig. Aber auch abergläubisch. Sie verehrten die Jungfrau Maria, fürchteten sich jedoch ebenso vor den finsteren Mächten der Hölle und den Dämonen. Was oben im Kloster geschah, blieb ein Geheimnis.

Und doch gab es jemanden, der mehr erfuhr als alle anderen. Das war Juan Ortega, der Sohn des alten Kalfaktors. Wenn der Alte ins Dorf kam, um Proviant zu besorgen, dann ging er immer auf ein Schwätzchen zu seinem Sohn. Natürlich erzählte er, was im Kloster los war, und Juan erfuhr von der veränderten Haltung der Mönche. Bei jedem Besuch wußte sein Vater mehr zu berichten. Es machte dem jungen Ortega Angst. Als Gulio Pater Emilio schließlich in das Dorf brachte, da hörte Juan Dinge, die ihm die Haare zu Berge stehen ließen. Er überwand sich und brachte den Pater nach England.

Im Gegensatz zu seinen meisten Mitbürgern hatte Juan Ortega

etwas Vermögen. Nicht viel, aber da er einige Zeit in Madrid gelebt und dort auch studiert hatte, konnte er sparen. Trotz seines Jurastudiums war er in das kleine Dorf zurückgekehrt, denn er war von der Idee besessen, den Leuten die Zivilisation näherzubringen. Er wollte den Ort auch für den Tourismus erschließen. Erste Anstrengungen hatte er schon unternommen und sich dabei mit den zuständigen Stellen und sogar mit dem Ministerium in Verbindung gesetzt.

Die Antwort war bisher ausgeblieben.

Wie jeden Tag machte Juan Ortega auch an diesem Nachmittag seine Runde durch den Ort. Sein Auto hatte er verkauft und es gegen ein Fahrrad eingetauscht. Mit diesem Drahtesel war er wesentlich beweglicher.

Er mußte strampeln, als er die kleine Anhöhe hochfuhr, auf deren Scheitelpunkt die Bodega lag. Der Wirt war einer seiner Verbündeten. Er hatte nichts dagegen, daß der Ort für den Tourismus erschlossen werden sollte. So etwas hob das Geschäft.

Die Älteren waren da anderer Meinung. Sie wollten nicht, daß die Fremden kamen und ihre Ruhe störten. Sollten die Touristen doch an die Küste fahren und sich dort von der Sonne schmoren lassen.

Juan hatte geredet und geredet. Schließlich gewann er auch den Bürgermeister für seine Pläne.

Don Felipe Saragon, der Alkalde, hatte es schließlich geschafft und auch die alteingesessenen Bürger überredet.

Kalt blies dem jungen Ortega der Wind entgegen. Zum Schutz hatte er sich einen Schal vor den Mund gebunden, doch die Augen begannen zu tränen, so daß er das Gefühl hatte, sie würden zu Eistropfen gefrieren.

Ein paar letzte Schneereste klebten an der Hauswand der Bodega.

Juan Ortega stellte sein Fahrrad rechts der schmalen Eingangstür ab. Er rollte den Schal ein und schüttelte sich. Trotz der dicken Jacke war ihm der schneidende Wind doch manchmal bis auf die Haut gedrungen.

Als er die Tür aufstieß, quollen ihm Wärme, Stimmengewirr und Tabaksqualm entgegen.

Ein weißhaariger Mann rief: »Ah, da kommt ja unser kleiner Reformer!«

Juan lächelte nur und ging vor bis zu der Theke.

Die kleinen Tische waren fast alle besetzt. Nicht eine Frau war zu sehen. Das Sitzen in der Bodega war reine Männersache. Die Dorfbewohner tranken ihren Pastis oder einen Roten und diskutierten über Gott und die Welt.

Manuel Corso, der Bodegero, strahlte über das ganze Gesicht, als er Juan erblickte. Die beiden Männer verstanden sich gut. Außerdem hatten sie gemeinsame Interessen.

Juan Ortega knöpfte seine Jacke auf.

»Willst du nicht ablegen?« fragte Corso.

»Warum? Ich bleibe doch nicht lange.«

»Wie immer?«

»Ja.«

Ortega erhielt seinen Anisschnaps. Das Wasserglas war bis zur Hälfte gefüllt. Juan trank in kleinen, langsamen Schlucken.

Corso rieb sich die Hände. »Verdammt kalt da draußen, was?«

Ortega nickte. Er stellte das Glas zur Seite.

»Hast du schon etwas vom Ministerium gehört?« fragte der Bodegero.

Juan zündete sich eine Zigarette an und blies den Rauch gegen die Lampe. Sie war aus Kork und schaukelte im Luftzug. »Gehört habe ich noch nichts, aber ich kenne die Beamten aus meiner Studienzeit. Bis die einen Antrag bearbeiten, das dauert.«

Corso hustete. »Kann man eben nichts machen. Ich habe mich schon mit einem Architekten in Verbindung gesetzt. Die Bodega hier soll zu einem richtigen Eßlokal umgebaut werden.« Corso bekam glänzende Augen. »Ich sehe schon alles vor mir. Lampions schwingen in linder Frühlingsluft. Flamenco. Tänzer und Tänzerinnen, eine Kapelle, vielleicht auch Zigeuner. Das wird eine Schau.«

Die anderen Gäste waren aufmerksam geworden.

»Spinnst du schon wieder?« rief einer. »Füll lieber unsere Gläser nach.«

»Ach, was wißt ihr denn schon?« schrie Manuel Corso und fuchtelte mit den Händen herum. »Ihr könnt ruhig auf eurem Acker festfrieren. Das ist mir egal.«

Er ging mit dem Weinschlauch von Tisch zu Tisch und füllte die Becher nach.

Juan Ortega rauchte seine Zigarette zu Ende.

»Was habe ich zu zahlen?«

»Der geht auf Kosten des Hauses.«

Juan lachte. »Danke.«

Er wollte gehen, doch der Bodegero hielt ihn am Arm fest. »Mal was anderes, Juan. Ich wollte dich schon immer etwas fragen.«

»Rede.«

»Wie ist das eigentlich mit dem Kloster? Ich denke da an deinen Vater, der könnte doch mal herumhorchen.«

Juan Ortega runzelte die Stirn. »Ich verstehe dich nicht, Manuel.«

»Ist doch ganz einfach, Hombre.« Der Bodegero beugte sich weiter vor. »Denk doch mal an dieses Touristenkloster Montserrat, wo die Busse mit den Urlaubern zu einer Sektprobe hinfahren. Das könnte man doch aus unserem Kloster auch machen.«

Juan tippte sich gegen die Stirn. »Kennst du die Mönche, die bei uns hier oben leben?«

»Nein.«

»Deshalb redest du auch so. Mann, die trinken doch nie in ihrem Leben einen Schluck. Außerdem...«

»Was ist mit außerdem?«

»Ach, nichts. Danke für den Schnaps. Wir sehen uns später.« Juan knöpfte seine Jacke zu.

»Und grüß Carmen von mir«, sagte der Bodegero.

»Mache ich.«

Carmen war Juans Verlobte und ein rechtes Teufelsweib. Sie hatte ein Temperament wie nur wenige Frauen. Und in ihr steckte eine Leidenschaft, die nur mit einem Vulkanausbruch zu vergleichen war, wenn Juan mit Carmen im Bett lag.

Draußen packte ihn wieder der kalte Wind. Juan Ortega wickelte sich seinen Schal vor die untere Gesichtshälfte, stieg auf das Rad und fuhr los.

Bergab ging es schneller. Er bog in die Hauptstraße ein, fuhr um eine Kurve und sah plötzlich den Mercedes, der genau vor seinem Haus parkte.

Soeben stiegen zwei Männer aus.

Juan fuhr schneller. Er erkannte, daß es sich nicht um Einheimische handelte, und fragte sich, was die beiden Fremden von ihm wollten…

Gulio Ortega, der alte Kalfaktor, konnte nicht sagen, ob es Tag oder Nacht war. Sein Zimmer hatte, wie die der anderen, keine Fenster. Er hauste in ebenso einer Höhle wie die übrigen Mönche. Nur ging es Gulio etwas besser. Er hatte sich hin und wieder Dinge aus dem Dorf mitgebracht und sie in seiner Zelle versteckt.

Schnaps trank der alte Gulio immer.

Er schleppte immer eine große Flasche von dem Selbstgebrannten mit hoch, und jedesmal, wenn er unten im Dorf war, wurde er gefragt, warum er denn wieder hochginge.

»Da habe ich meine Ruhe vor euch Klatschmäulern«, lautete immer die Antwort.

Ortega ahnte nicht, daß er bald seine ewige Ruhe haben würde. Er war zwar seit einigen Tagen ziemlich unruhig – schließlich hatte er Pater Emilio zur Flucht aus der Festung verholfen –, aber große Sorgen machte er sich deswegen nicht. Wer wollte ihm denn schon etwas beweisen?

Wie üblich brachte er das Essen herum. Einen Fraß, den er selbst gekocht hatte.

Dünne Suppe und Weißbrot. Gulio gab zu, daß es im Zuchthaus besseres Essen gab. Doch die Mönche nahmen, aßen und schwiegen. Dann brachte Gulio den Kessel wieder zurück in die provisorische Küche. Er wusch den großen Topf dort aus und ging in seine Höhle.

Er brauchte kein Licht, um die Tür zu finden. Im Dunkeln tastete er nach den Zündhölzern, um eine Kerze anzuzünden.

Da legte sich eine Hand auf seine Schulter!

Gulio erschrak bis ins Mark. Seine Finger begannen zu zittern, er ließ die Zündhölzer fallen.

»Wer… wer bist du?« hauchte Gulio.

Er hörte das Lachen an seinem Ohr und wußte plötzlich, wer neben ihm stand.

Don Alvarez, der Abt!

Gulio Ortega beruhigte sich wieder. Der Herzschlag normalisierte sich, und auch das Zittern hörte auf. »Haben Sie mich erschreckt, Don Alvarez«, hauchte Gulio.

Der Abt lachte wieder. Noch immer war es stockdunkel. Gulio Ortega spürte eine Klaue seinen Rücken entlangwandern. »Ich kann dir einen Wunsch erfüllen, Kalfaktor.«

»Und welchen?« fragte Gulio leise.

»Laß dich überraschen. Du warst ja schon immer sehr neugierig.« Gulio spürte den harten Griff des Abts an seinem Arm und dachte nicht an Widerstand.

Aber tief in seinem Innern entstand plötzlich eine nie gekannte Angst. Und er fragte sich mit Bangen, ob er das Spiel nicht überreizt hatte. Diese Fluchthilfe konnte ihm schließlich das Genick brechen, wenn jemand merkte, daß er derjenige war, der dahintersteckte. Don Alvarez war schlau. Schlau und abgebrüht.

Im Dunkeln zog der Abt die Tür auf. Als Gulio Ortega das Knarren der Tür hörte, versteifte er sich.

»Ich... möchte lieber hierbleiben«, widersprach er.

»Nein. Du tust, was ich dir sage.«

»Aber warum, ich...«

Alvarez zog ihn kurzerhand weiter. Sein Griff war wie eine Klammer, aus der es kein Entrinnen gab. Stolpernd tauchte Gulio Ortega ein in die Finsternis des Gangs. In der tiefschwarzen Dunkelheit führte ihn der Abt weiter.

Ortegas Angst wuchs.

Er hätte um Hilfe schreien können – seine Schreie wären auch gehört worden. Aber nicht erhört. Ihm wäre niemand zu Hilfe geeilt. Die Angst vor dem Abt steckte zu tief. Außerdem waren es die Mönche gewohnt, sich nur mit sich selbst zu beschäftigen. Sie waren in den letzten Jahren noch fatalistischer geworden. Ihre früheren Ideale waren dahin. Der Einfluß des Bösen hatte sich doch sehr stark bemerkbar gemacht. Wie Gift breitete er sich in den Gehirnen der hier Lebenden aus und machte sie bereit und willig für eine endgültige Übernahme.

Das alles wußte Gulio Ortega zwar nicht genau, aber er ahnte doch etwas. Und nun war der Abt gekommen, um ihm etwas zu zeigen.

Das Rätsel dieses Klosters vielleicht? Das absolut Böse und Grauenhafte? Die Mächte der Hölle, die unten im Berg lauerten?

Je länger Ortega daran dachte, um so schlimmere Bilder malte er sich in seinem Geist aus. Um so größer wurde auch die Angst.

Urplötzlich blieb er stehen. Er stemmte sich gegen den Griff und wischte gleichzeitig nach links. Es gelang ihm, sich aus dem Griff zu drehen. Hastig lief er zurück.

Sie befanden sich inzwischen in einem Gang, der durch Fackeln erleuchtet wurde. Und Gulio Ortega wußte genau, wohin er zu laufen hatte. Er kannte das Geheimnis des Fluchtweges, diesen uralten Schacht, der mit einer Wendeltreppe ausgestattet war und tief in den Berg hineinführte zu einem geheimen Ausgang.

Unendlich viele Stufen mußte man überwinden. Es gab keine Geländer, nur diese Stufen, und nicht selten hatte jemand das Gleichgewicht verloren und war in die Tiefe gestürzt.

Die Gebeine der Gestürzten bleichten dahin. Manche waren schon zu Staub verfallen.

Ortega lief. Rannte so schnell wie noch nie zuvor in seinem Leben. Er war ein alter Mann, sein Körper hatte nicht mehr die Kraft, die nötig war, um die Treppe zu erreichen.

Der Abt war schneller.

Don Alvarez erwischte Ortega wenige Schritte vor der Geheimtür, die zum Schacht führte. Gulio hatte bereits seinen Arm ausgestreckt, um den Kontakt zu berühren, als sich die Finger in das Fleisch seiner Schulter bohrten und ihn herumrissen.

Gulio Ortega schrie auf. Er prallte mit dem Rücken gegen die Felswand und riß seine Hände schützend vor das Gesicht.

Der dämonische Abt lachte. Die Faust traf Ortega dicht oberhalb der Gürtelschnalle.

Der alte Mann brach zusammen.

Don Alvarez wollte noch einmal zuschlagen, doch dann sah er, daß es nicht nötig war. Ein Schlag hatte völlig gereicht, um die Kräfte des Alten zu erschüttern.

Wie tot lag er auf dem Boden.

»Komm hoch, verdammt!« zischte der Abt.

Gulio rührte sich nicht.

Don Alvarez zog ihn hoch. Er bemerkte, daß Ortega bewußtlos war, und fluchte.

Jetzt mußte er ihn schleppen. Denn viel Zeit hatte er nicht. Er konnte nicht erst warten, bis Ortega aus seiner Bewußtlosigkeit erwachte, er mußte ihn so rasch wie möglich den vier Reitern übergeben.

Ächzend lud sich der verbrecherische Abt den Bewußtlosen auf die Schulter. Arme und Beine des Alten baumelten herab. Der Abt lachte widerlich. Ortega sollte sich wundern. Dieser Schurke wollte unbedingt das Geheimnis des Klosters lüften. Vielleicht war er sogar ein Spion. Nun, er sollte das Rätsel kennenlernen.

Sicherheitshalber blickte sich Don Alvarez um, ob ihn auch niemand beobachtete. Er sah, daß die Luft rein war, und er verschwand in dem Gang, der vor der Mauer mündete. Hier betätigte er wieder den Kontakt, und die steinerne Wand gab den Eingang frei.

Das Gewicht des Alten drückte, und Don Alvarez stieß mehr als einmal einen lästerlichen Fluch aus. Die Fackel hatte er beim letztenmal neben der Falltür liegenlassen. Er hob die Tür an und entfachte die Fackel.

Sofort wurde das kleine Verlies in ein geheimnisvolles, flackerndes Licht getaucht. Der Abt hatte Angst, daß die Leiter das doppelte Gewicht nicht tragen konnte. Die zweite Sprosse brach tatsächlich. Nur mit Mühe konnte sich Don Alvarez halten. Er zischte eine Verwünschung, ging trotzdem weiter und war schließlich froh, daß die anderen Sprossen hielten.

Der Modergeruch hatte sich noch verstärkt. Auch der Schwefelgestank war nicht zurückgegangen. Im Gegenteil. Alle Anzeichen sprachen dafür, daß das Böse noch stärker geworden war.

Schweratmend ließ der Abt den Bewußtlosen zu Boden gleiten. Er brauchte einige Zeit, um sich zu erholen. Mit dem Kuttenärmel fuhr er über sein Gesicht. Wie Wattestreifen hing der aus dem Boden quellende Nebel über dem Gestein. Das Tor war nicht zu erkennen. Erst als Don Alvarez tiefer in den Nebel hineinschritt, sah er die Konturen.

Noch immer flimmerten die Umrisse auf dem Gestein. Die Decke war nicht zu sehen. Geisterhaft umwaberten Nebelschlieren die Gestalt in der langen Kutte. Weit hatte der dämonische Abt die Augen aufgerissen. Er streckte seine Arme aus und flehte zu AEBA. Er rief die Leibwächter der vier schrecklichen Dämonen an, damit sie das Opfer annehmen sollten.

Der Abt redete in einer uralten Sprache. Kehlige, guttural klingende Laute drangen über seine Lippen. Er rief die Diener der Hölle an und wurde erhört.

Wieder zeigte sich das, was er schon oft gesehen hatte.

Aus der Unendlichkeit der Dimensionen tauchten die vier Reiter auf, hielten an, und Don Alvarez suchte die Zwiesprache.

»Ich habe ihn, den Verräter!« zischte er.

Der erste Reiter ritt vor. Seine Hand stieß nach oben. »Hole ihn her, diesen Verdammten!«

»Sofort!«

Don Alvarez ging zurück und verschwand im Nebel. Gulio Ortega kam soeben wieder zu sich. Er stützte sich auf und schaute sich um. Sein Blick war verwirrt wie der eines Geisteskranken. Ortega fand sich überhaupt nicht zurecht.

Er sah den Nebel, dessen lange Schlieren aus dem Boden krochen und von einer Seite zur anderen schwangen. Er spürte die Aura des Bösen, merkte, wie grausame, fremde Gedanken in sein Hirn dringen wollten, und faltete in seiner Verzweiflung die Hände.

Die Worte eines Gebets flossen über seine Lippen. Ortega rief den Herrgott an und merkte, daß es ihm schon bald besser ging.

Die Flut des Bösen wurde zurückgedrängt, aber nicht gestoppt, dafür war der Einfluß zu stark.

Gulio Ortega erhob sich ächzend. Ihm war schlecht, und er preßte beide Hände gegen die getroffene Stelle. Hinzu kam der beißende Kopfschmerz. Als die Finger seiner rechten Hand über den Hinterkopf tasteten, fühlten sie die kaum verkrustete Platzwunde, die er sich beim Fall zugezogen hatte.

Jetzt fielen ihm auch wieder die Ereignisse ein. Er dachte an Don Alvarez, der ihn überwältigt und entführt hatte.

Aber wohin?

Gulio Ortega überlegte. Wenn ihn nicht alles täuschte, dann hatte ihn der Abt in die tiefen Gewölbe unterhalb des eigentlichen Klosters geschafft, genau dorthin, wo das Grauen lauerte und sich Don Alvarez seine dämonische Kraft holte.

Dieses Wissen brachte ihn fast um den Verstand. »Nein!« keuchte er. »Nein – nicht...«

Er drehte sich, versuchte, mit seinen Blicken den Nebel zu durchdringen, und taumelte mit ausgestreckten Armen vor.

Der Kalfaktor hatte Glück. Seine Finger schlossen sich um die Sprossen der Leiter.

Die Rettung?

Gulio Ortega wollte nach oben klettern. Er hob den rechten Fuß an, fand die Trittfestigkeit, seine linke Hand faßte nach der nächsten Sprosse, er zog das andere Bein nach – und spürte die Gefahr fast körperlich, die sich hinter ihm anbahnte.

Schauer rieselten über seinen Rücken.

Dann hörte er die Stimme.

»Zu spät, Ortega! Viel zu spät!« Don Alvarez lachte und rieb sich dabei die Hände.

Plötzlich packte er zu. Er umfaßte Ortegas Hüften und riß den Alten von der Leiter.

Roh warf er den Kalfaktor zu Boden. Don Alvarez bückte sich. Er kicherte wieder böse. Dieses leise, teuflische Gelächter war für den Kalfaktor wie ein Gruß aus der Hölle. Die Angst lähmte ihn, machte ihn fast wahnsinnig. Früher, in jüngeren Jahren, hätte er noch gekämpft, aber jetzt war er zu alt und zu schwach.

»Komm!« hechelte der dämonische Abt. »Komm schon. AEBA wartet bereits auf dich.«

Der Druck verschwand von Ortegas Rücken. Der Alte trug eine zerschlissene Jacke. Finger wühlten sich in den Kragen, zogen Ortega hoch.

»Geh schon, verdammt, und laß dich nicht hängen!«

Gulio Ortega taumelte voran.

Er hörte die Worte seines Peinigers, mußte hin und wieder einen Schlag in den Rücken hinnehmen und näherte sich immer mehr dem geheimnisvollen Tor in die Dämonenwelt.

Die Reiter warteten!

Wie Statuen saßen sie auf ihren Pferden. Lebende Denkmäler, die bereit waren, Tod und Vernichtung zu bringen.

Weit hatte Gulio Ortega die Augen aufgerissen. Er sah die

Reiter zwar, doch er nahm sie nicht bewußt wahr. Seine Beine arbeiteten plötzlich wie von selbst. In seinem Gehirn brauste es. Er hatte das Gefühl, als würde sein Blut mit doppelter Geschwindigkeit durch die Adern fließen und gegen die Schädeldecke trommeln. Dann kamen noch die fürchterlichen Gedanken hinzu. Sein menschliches Bewußtsein wurde zurückgedrängt und fast völlig ausgelöscht.

Zu stark war die dämonische Kraft. Sie konzentrierte sich nur auf ihn, auf Gulio Ortega, einen schwachen Menschen, der in die Arme des Grauens getrieben wurde.

»Lauf! Lauf!« peitschte hinter ihm die Stimme des Abts. »Sie warten auf dich. Renn auf das Tor zu. Es soll dich verschlingen, es wird dich verschlingen!«

Ein letzter Stoß.

Gulio Ortega taumelte nach vorn. Mit den Händen wollte er sich irgendwo festhalten, doch es gab nichts, woran er sich klammern konnte.

Die Reiter standen bereit.

Eine behandschuhte Hand packte ihn am Hals. Der Reiter mit dem großen A auf der Brust riß Ortega hoch. Mit einer spielerischen Leichtigkeit schleuderte er ihn über seinen Kopf, hielt ihn weiterhin fest, gab plötzlich seinem Gaul die Sporen und verschwand mit ihm in der Unendlichkeit der Dimensionen.

Der Abt aber lachte. Don Alvarez wußte genau, was mit dem Kalfaktor geschah. Mit ihm zusammen würde der Reiter in der sichtbaren Welt auftauchen, um dort das erste Zeichen der Vernichtung zu setzen...

Himmel, hatten wir eine Fahrt hinter uns!

Bis Paris flogen wir mit dem Jet. Dort hatten wir dann zwei Stunden Aufenthalt, um anschließend mit einem Propellerflugzeug weiter bis Perpignan zu fliegen.

Und dort wurde es dann kritisch. Mit grünen Gesichtern stiegen wir aus der Maschine, da die Luftturbulenzen mit dem Metallvogel einiges angestellt hatten.

Einen Leihwagen bekamen wir auch. Einen Mercedes Diesel. Und der brachte uns über Prades und Mont Louis in die

Pyrenäen. Die Straße führte dann weiter nach Süden zur Grenze hin. Wir aber fuhren nach Westen, Richtung Andorra zu.

Suko spielte den Führer, suchte Straßenschilder und fand die Straße, die nach Los Albas führte. Als Straße hätten sie nur Optimisten bezeichnet. Für mich war es eine bessere Piste. Aber unser Diesel tat seine Pflicht. Zwar nicht schnell, aber dafür brachte er uns sicher nach Los Albas.

Und hier war der Hund begraben. Der Ort lag ziemlich hoch. Als wir das warme Wageninnere verließen, um uns nach Juan Ortegas Haus zu erkundigen, biß der kalte Frostwind in unsere Gesichter.

Wir fanden das Haus und ließen den Wagen langsam ausrollen. Als er stand, riß das Stahlseil der Handbremse. Ich legte den ersten Gang ein, fluchte und stieg mit Suko aus.

Das Haus, in dem Juan Ortega wohnte, war einstöckig, hatte eine braungelbe Fassade und stieß mit der Hinterseite gegen den nackten Fels. So etwas hatte ich mal in der Schweiz gesehen, in einem dieser engen Täler, in denen man Platzangst bekommen konnte.

Suko verzog das Gesicht, als er seine Blicke an der Hausfront entlanggleiten ließ. »London ist mir lieber!« kommentierte er.

»Wem sagst du das!«

Ich wollte auf die Eingangstür zugehen, als mir ein Radfahrer auffiel, der die Straße herabfuhr und winkte.

Suko meinte: »Du bist aber auch überall bekannt.«

»Ich kann meinen Ruhm kaum ertragen!«

Der Fahrer stieg ab. Die letzten Meter schob er seinen Drahtesel. Ich ging dem jungen Mann ein Stück entgegen.

Für einen Spanier war er ziemlich groß, hatte breite Schultern, ein offenes Gesicht, dunkle Augen und welliges, pechschwarzes, nach hinten gekämmtes Haar. Vielleicht war er Franzose, denn noch befanden wir uns in Frankreich.

Der junge Mann lehnte sein Rad gegen die Hauswand. »Wollen Sie zu mir?« fragte er.

Er sprach französisch, und ich antwortete ihm in der gleichen Sprache. »Wenn Sie Juan Ortega sind – ja.«

»Bin ich.«

Ich stellte Suko und mich vor.

Juan Ortega staunte. »Aus London kommen Sie?«
»Ja.«
Er rieb sich sein Kinn. »Dann hat sich meine Reise also doch noch gelohnt.«
Suko hatte inzwischen den Einsatzkoffer aus dem Wagen geholt. »Sollen wir nicht ins Haus gehen?«
»Entschuldigen Sie.« Juan Ortega breitete die Arme aus. »Aber ich war im Moment zu überrascht, um an die Pflichten eines Gastgebers zu denken.«
Er ging vor und schloß die Tür auf. Ich warf einen Blick zum Himmel. Noch lag er wie ein hellblaues Tuch über den schneebedeckten Gipfeln, aber schon bald würden die langen Schatten der Dämmerung herankriechen. Die Sonne war ein verwaschener, weißgelber Fleck ohne wärmende Kraft.
Dann sah ich das Kloster. Es stand auf einer Bergspitze, war vom Schnee befreit, nur um das Gebäude herum lag die ewig weiße Gletscherpracht. Häßlich stachen die Mauern von dem hellen Eis der Gletscher ab. Auf mich wirkte das Kloster wie eine Drohung, und ich fragte mich, wie wir dort je hinaufkommen sollten. Aber das Problem stellte sich im Augenblick noch nicht. Juan Ortega, der Einheimische, würde sicherlich Rat wissen.
Er hielt uns die Tür auf.
Wir betraten ein Haus, in dem die einzelnen Zimmer alle von einer Vordiele abzweigten. Der Boden war mit Fliesen ausgelegt. Schmiedeeiserne Wandleuchter, Teppiche und Stierkampfplakate zeigten an, daß wir es mit einem Spanier zu tun hatten. Als Lampe diente ein Wagenrad. Auf ihm steckten zwölf Kerzen.
»Haben Sie keinen Strom?« fragte ich.
»Nein.« Juan Ortega lachte verbissen. »Es ist so. Wir sind hier eine spanische Minderheit dicht an der Grenze. Eigentlich gehören wir zu Frankreich, aber die Einwohner wollen nicht. Und die Spanier kümmern sich auch nicht um uns. Das alles läuft schon Hunderte von Jahren so. Niemand hat sich bisher darum gekümmert, daß dieser Zustand geändert wird. Ich habe den ersten Versuch unternommen. Wir, das heißt der Bodegero und ich, wollen aus Los Albas ein Touristenzentrum machen. Ich habe an das spanische und das französische Ministerium geschrieben. Antworten stehen noch aus.«

»Und was sagen die Einwohner dazu?«

»Die sind natürlich dagegen!« Juan Ortega lachte bitter auf. »Die sind gegen jeden Fortschritt. Aber das sind nicht Ihre Probleme. Bitte, lassen Sie uns reingehen. In meinem Arbeitszimmer ist es gemütlicher.«

»Sie wohnen allein hier?« fragte ich.

»Ja.« Er lächelte verschmitzt. »Hin und wieder kommt Carmen, meine Verlobte. Sie werden Sie noch kennenlernen. Wenn Sie wollen, können wir auch in Ihrer Heimatsprache reden. Ich habe mich während meines Studiums oft genug mit englischen Kommilitonen unterhalten.«

Der junge Mann wurde mir immer sympathischer.

Im Arbeitszimmer sah man vor lauter Büchern die Wände nicht mehr. Ich überflog einzelne Titel. Philosophie, Rechtswissenschaft und Ökonomie waren wohl die Hobbys des jungen Mannes.

»Langeweile haben Sie nicht«, bemerkte ich.

Er schüttelte den Kopf und lachte. »Nein, ganz und gar nicht.«

Die Sessel waren aus stabilem Rohr gefertigt. Sitzkissen förderten die Entspannung.

»Möchten Sie etwas trinken?« fragte Juan, nachdem wir Platz genommen hatten.

Ich entschied mich für einen spanischen Weinbrand, während Suko Mineralwasser trank.

Ich verzog das Gesicht. »Damit erinnerst du mich an Powell.«

»Schließlich muß ja einer auf dich achtgeben«, konterte mein Freund.

Juan Ortega zündete mehrere dicke Kerzen an. Im Kamin knisterte das Holz. Die Stimmung wurde urgemütlich. Der junge Mann hatte sich eine Flasche Wein geholt und trank. Der dunkle Wein war rot wie Blut und funkelte in dem Pokal.

Er hob sein Glas. »Trinken wir darauf, daß es uns auch in den nächsten Jahren noch gibt.« Er lächelte. »Das ist ein alter Spruch hier aus den Bergen. Die Menschen haben immer mit den Widrigkeiten der Natur zu kämpfen gehabt und deshalb eine eigene Philosophie entwickelt.«

Der Weinbrand war mild und brannte nicht im Gaumen. Ich sah, wie Juan Ortega genußvoll die Augen verdrehte. Er deutete auf sein Weinglas, nachdem er es abgestellt hatte. »Ein wunderbares Getränk, Señores. Sie sollten es auch einmal probieren. Es heißt bei uns Teufelsblut.« Er lachte. »Wenn Sie einige Gläser davon getrunken haben, dann steckt Ihnen wirklich der Teufel im Leib.«

Juan Ortega wußte, was sich gehörte. Wir redeten erst über allgemeine Themen, bevor wir auf den eigentlichen Grund unseres Besuches zu sprechen kamen.

Ortega wurde schlagartig ernst. »Ja, das war schon schlimm«, sagte er. »Von meinem Vater erfuhr ich, daß es in dem Kloster nicht mit rechten Dingen zuging. Die Mönche hatten sich im Laufe der Zeit verändert. Und vor allen Dingen der Abt, Don Alvarez, war vom Glauben abgefallen und diente nun dem Teufel.«

»Welches Ereignis hat das bewirkt?« wollte ich wissen.

»Das kann ich nur schätzen. Irgendwo unterhalb des Klosters muß es im Berg eine Stelle geben, an der sich die Macht des Bösen manifestiert hat. Dort hockt etwas, das so schaurig und grausam ist, daß man kaum Worte dafür findet.«

»Hat Ihr Vater das Geheimnis gelüftet?«

Juan Ortega schüttelte den Kopf. »Nein, er nicht, aber Pater Emilio, den ich nach England geschafft habe. Doch sein Geist war verwirrt. Er stammelte sinnlose Worte, Sätze, aus denen keiner schlau wurde. Ein Schock mußte ihn getroffen haben.«

»Was ist mit AEBA?« erkundigte ich mich.

Der Mann hob überrascht die Augenbrauen... »Sie... Sie kennen AEBA?«

»Kennen ist zuviel gesagt. Ich habe davon gehört. Pater Emilio hat davon gesprochen.«

Ortega nickte eifrig. »Ja, das stimmt. Er hat auch während der Reise fast nur dieses eine Wort gesagt.«

»Was es bedeutet, wissen Sie nicht?«

»Nein, Señor Sinclair. Dieses Rätsel habe ich nicht lösen können. Es muß aber irgendwie mit dem Berg zusammenhängen. Oder anders gesagt: AEBA ist das Rätsel des Klosters.«

»Hat Pater Emilio noch mehr erzählt? Ich meine, er muß doch von seinen Tagen, seiner Zeit im Kloster berichtet haben. Über den Tagesablauf, zum Beispiel.«

»Natürlich, Señor. Aber sobald die Sprache auf AEBA kam, war die Angst da. Ich hatte immer das Gefühl, daß eine geistige Barriere ihn davon abhielt, weiter darüber zu reden.«

»Wie hat er die Fahrt nach England überstanden?«

»Gut. Auch den Flug. Obwohl er zum erstenmal in seinem Leben geflogen ist. Er schien wieder normal zu werden. Und als ich ihn zu Father Hackmann brachte und ihm die Geschichte erzählte, da erwähnte der Father sofort Ihren Namen, Señor. Deshalb war ich nicht überrascht, Sie und Ihren Freund hier in Los Albas zu finden. Father Hackmann hat mir einiges über Sie erzählt. Ich wollte ja erst in London auf Sie warten, aber ich werde hier gebraucht.«

»Ist klar«, sagte ich. »Sie wissen demnach nicht, wer oder was AEBA ist«, murmelte ich. »Es bleibt also nichts anderes übrig, als es selbst herauszufinden. Mit anderen Worten, wir müßten dazu in das Kloster hinein.«

Suko meldete sich. »Es wird schwer sein, John. Hast du dir die Lage schon mal angesehen?«

Juan Ortega nickte heftig. »Ihr Freund hat recht, Señor. Das Kloster ist eine Festung. So gut wie uneinnehmbar. Da sind schon Armeen vergeblich gegen angerannt.«

»Okay, aber rein müssen wir.« Ich trank mein Glas leer. »Mit dem Wagen kommen wir ja nicht bis dort oben hin. Das ist klar. Wie ist denn Ihr Vater immer hingekommen?«

»Auf einem Esel«, antwortete Juan Ortega.

Ich lachte. »Ist ja fantastisch. Warum sollen wir nicht auch auf einem Esel reiten?«

Suko räusperte sich. »Warum siehst du mich dabei so an?« knurrte er.

»Keine Angst, ich reite schon nicht auf deinem Rücken.«

Juan Ortega blieb ernster. »So lustig wie Sie finde ich das nicht«, erklärte er. »Sie werden sich wundern, über welche Wege und Geländeformen Sie reiten müssen. Und dann noch in das Kloster hineinzukommen, das ist auch nicht einfach. Die Mönche lassen niemanden zu sich herein, Señores.«

»Bei uns müssen Sie eine Ausnahme machen«, sagte ich.

Suko stand plötzlich auf.

»Was ist?« fragte ich.

Mein chinesischer Freund und Partner wandte sich an Juan Ortega. »Erwarten Sie Besuch, Señor Ortega?«

»Wieso? Ich...«

»Da ist jemand an der Tür.« Suko hielt plötzlich seine Waffe in der Hand, glitt ein paar Schritte zur Seite und verschwand hinter einem Mauervorsprung.

Auch ich war aufmerksam geworden, während Juan Ortega blaß wurde.

Und dann drückte jemand die Tür auf.

Im nächsten Augenblick schrie der junge Spanier auf. »Carmen!« rief er und rannte auf ein Mädchen zu, das am Ende seiner Kräfte stand...

Das junge Mädchen taumelte in den Raum. Es konnte sich kaum auf den Beinen halten. Der lange Fellmantel war schmutzig und zum Teil zerrissen. Das lackschwarze Haar klebte ihr im Gesicht. Sie machte ein, zwei taumelnde Schritte in das Zimmer hinein, dann gaben ihre Knie nach, und sie brach zusammen.

Juan Ortega konnte sie im letzten Augenblick auffangen, sonst wäre sie schwer gestürzt.

Er nahm sie auf die Arme und trug sie zu einer Couch. Ich machte ihm Platz. Suko trat wieder hinter dem Mauervorsprung hervor. Er steckte seine Pistole weg.

Juan zog dem jungen Mädchen den Mantel aus. Carmen war nicht ohnmächtig. Ihr Atem ging stoßweise, die Augen hatte sie weit aufgerissen. Die Lippen – voll und rot – zitterten.

»Carmen!« flüsterte Juan. »Carmen, was ist?« Er beugte sich nieder und streichelte die blassen Wangen.

Ich tippte ihm auf die Schulter. »Wer ist dieses Mädchen?« fragte ich.

»Carmen Valdera, meine Verlobte«, antwortete er tonlos.

»Geben Sie Ihr einen Schluck.«

»Ja.« Juan Ortega nahm ein Glas, schenkte Weinbrand ein und setzte es ihr an die Lippen.

Das Mädchen schluckte automatisch. Ihr Blick wurde klarer, und langsam kehrte die Farbe in ihr Gesicht zurück.

Juan stellte das Glas weg. Mit den Fingerspitzen strich er über Carmens Wangen. »Was ist denn, cariño? Rede doch – bitte…«

Carmen versuchte ein Lächeln, als sie in das Gesicht ihres Verlobten schaute, doch dann wurde ihr Blick wieder ängstlich. »Es… es war so schrecklich…«

Sie verstummte.

Ich hielt mich zurück. Es war nicht gut, wenn Carmen jetzt einen Fremden sah und mit ihm sprach. Sie mußte Schreckliches erlebt haben, und ich fand es besser, wenn sie jetzt mit einer ihr bekannten Person redete.

»Was war schrecklich?« hakte Juan Ortega nach.

»Ich… ich habe ihn gesehen«, flüsterte das Mädchen. »Ich wollte zu dir, da kam der Reiter. Er ritt durch die Luft, lachte und…« Sie schluckte und begann zu weinen. Wir warteten, bis sie sich beruhigt hatte. Dann erzählte sie stockend weiter. »Er war nicht allein. In seinen Krallen hielt er einen Menschen. Es war… dein Vater, Juan.«

Der junge Ortega zuckte zurück.

»Hast du dich auch nicht getäuscht, Carmen?«

»Nein. Ich habe ihn genau gesehen. Dein Vater ist tot.«

Juan Ortega schloß die Augen. Hart preßte er die Lippen zusammen. Seine Wangenmuskeln spielten. Die Klarheit seiner Pupillen verschwamm im Tränenwasser. Er ballte die Hände, drehte sich halb um und blickte mich an.

»Wir werden es nachprüfen«, sagte ich leise. Etwas anderes fiel mir im Augenblick nicht ein.

»Sie hat sich bestimmt nicht getäuscht«, sagte Juan. »Die anderen sind grausam.«

»Wen meinen Sie damit?«

»Nun – AEBA.«

Immer wieder dieses verdammt Wort. Mittlerweile hatte es sich für mich zu einem Alptraum entwickelt. Ich wußte nicht, was dahintersteckte, aber es war ein Schlüsselwort. Vielleicht, so kombinierte ich, brachte mich die Lösung des Rätsels auf die Spur irgendeines gigantischen Vorhabens, das von dämonischen Mächten gesteuert wurde. Es war oft so, daß kleine Anzeichen eine große Sache ankündigten. Ich hatte mittlerweile einen Blick dafür. Wenn Dämonen etwas planten – damit unterschieden sie sich nicht von normalen Verbrechern –, mußten sie vorbereiten, planen, organisieren, Helfer gewinnen. Bei Gangstern lief dies meist im geheimen ab. Dämonisches Treiben fiel mehr auf, auch wenn es nur geringste Vorbereitungen waren.

Und das war eben unser Vorteil. Wenn unbeteiligte Zeugen in diese Vorbereitungen hineingezogen wurden, reagierten sie oft hysterisch, so daß die Polizei rascher davon Wind bekam. Die Menschen waren halt bereit, sofort zur Polizei zu laufen und ihre ungewöhnlichen Beobachtungen zu melden. Aus diesen Kreisen hatte ich schon mehr als einmal einen entscheidenden Hinweis erhalten und konnte somit ein großes Verbrechen verhindern. Auch hier in Los Albas schienen mir diese Voraussetzungen gegeben zu sein, denn Carmens Beobachtungen waren für uns sehr wertvoll.

Dem Mädchen ging es mittlerweile ein wenig besser. Ich drückte Juan Ortega zur Seite und beugte mich über Carmen.

Auf französisch sprach ich sie an. »Sie brauchen keine Angst zu haben, Mademoiselle, Sie sind hier in Sicherheit. Ich heiße John Sinclair und bin ein Freund Ihres Verlobten. Wir wollen uns gemeinsam bemühen, das Rätsel zu lösen. Wollen Sie uns dabei unterstützen?«

»Ja«, lautete die schwache Antwort. Aber in Carmens Augen las ich das Vertrauen, das sie mir entgegenbrachte.

»Wo haben Sie diesen Reiter gesehen?«

»Auf dem Weg hierher.«

»Von wo kam er?«

»Ich weiß nicht genau.«

»Kam er vom Kloster?«

Carmen schluckte. »Das kann sein. Ich – ich habe es nicht so genau gesehen. Alles ging so plötzlich. Ich hörte ein Brausen, dann ein Gelächter, und da sah ich den Reiter.«

»Können Sie ihn beschreiben?«

»Er hatte eine Rüstung an. Auf der Brust flimmerte ein großes A. Eine Halbmaske hatte er vor dem Gesicht. Sein Pferd war schwarz, und aus den Nüstern schlug eine Feuerlohe. Ich – ich glaube, es war der Teufel.«

Mit dieser Annahme lag sie gar nicht mal so weit daneben. Mit dem Teufel hatte der Reiter ganz sicher etwas zu tun. Sie alle –

Dämonen und Gestalten der Schwarzen Magie – waren in letzter Instanz Diener des Teufels, Roboter des Bösen und des Grauens. Sie wollten das Chaos, die Panik und die Anarchie. Die Erde sollte in Trümmern liegen, und dann würde aus diesen Ruinen die Herrschaft des Bösen entstehen. Bis jetzt hatte es der Satan noch nicht geschafft, denn es gab immer wieder Menschen, die die Gefahr erkannten und sich gegen ihn stellten.

Ich zündete mir eine Zigarette an. »Hatte dieser Reiter nun eine Botschaft für uns oder für Sie?« fragte ich Carmen interessiert.

»Nein. Er hatte nur Juans Vater vor sich über den Rücken des Pferdes gelegt und triumphierend gelacht.«

Nachdenklich stieß ich den Rauch aus. Was konnte dieser Reiter mit Gulio Ortega vorgehabt haben? Wahrscheinlich hatte er ihn getötet. Doch auch Dämonen töteten nicht ohne Motiv oder wahllos. Sie wollten mit einem Mord immer etwas erreichen, und wenn es eine Bestrafung war.

Ja, Bestrafung. Das mußte es sein. Gulio Ortega hatte Pater Emilio geholfen. Das hatten sie herausgefunden, und er wurde von den Mächten der Finsternis bestraft.

Ich drückte die Zigarette aus.

Mein Blick traf Juans Gesicht. In seinen Augen sah ich die Ratlosigkeit, aber auch die Sorge um seinen Vater schimmern. Und mir wurde klar, daß auch er keinen Ausweg wußte.

»Wir sollten uns auf die Suche machen«, schlug Suko, mein chinesischer Partner, vor.

Der Meinung war ich auch. Doch bevor es soweit kam, wurde uns die weitere Handlung buchstäblich aus den Händen gerissen.

Plötzlich hörten wir ein gellendes Pfeifen, dann ein dämonisches, teuflisches Gelächter. Beides erklang dicht über unseren Köpfen. Im nächsten Augenblick aber flog die Tür mit Brachialgewalt auf, und der düstere Todesbote sprengte auf seinem pechschwarzen Pferd mitten in Juan Ortegas Haus…

Ein, zwei Herzschläge lang waren wir wie gelähmt. Keiner von uns hatte mit dieser Attacke gerechnet.

Bis Carmen schrie.

Und dieser Schrei riß uns aus der Erstarrung.

Suko stand dem Reiter am nächsten. Er warf sich mit Todesverachtung dem Höllenboten entgegen. Ich sah ihn noch unter den wirbelnden Hufen verschwinden und kümmerte mich um das Mädchen.

Carmen saß wie versteinert auf ihrem Platz. Ich sprang auf sie zu, riß sie an der Schulter herum, trat mit dem Fuß gegen den Tisch, so daß er umkippte und wir ihn als Deckung benutzen konnten. Doch ich kam nicht mehr dazu, Carmen auf den Boden zu drücken.

Die Ereignisse überschlugen sich.

Feuer strömte aus den Nüstern des Pferdes.

Juan Ortega schrie gellend. Ich sah ihn stehen, mit halb erhobenen Händen, und dann tanzten plötzlich die Flammen auf seiner Kleidung. Über den Tisch flog ich hinweg, bekam zum Glück eine herumliegende Decke zu fassen und preßte sie auf die brennende Kleidung. Die kleinen Flammen wurden erstickt. Rauch wölkte auf, biß in meiner Nase.

»Bleib so liegen!« schrie ich Juan Ortega zu, kreiselte herum, zog meine mit Silberkugeln geladene Beretta und stellte mich dem Reiter.

Wieder fauchten Feuerzungen aus den Nüstern, begleitet von einem gellenden Lachen des Reiters.

Doch ich war gewarnt und duckte mich, so daß die Flammen über meinen Kopf hinwegstrichen und ich nur den Gluthauch der Hölle spürte. Meine Nackenhaare stellten sich quer.

Ich feuerte.

Im selben Augenblick riß der Reiter seinen schwarzen Gaul hart herum, und meine geweihte Silberkugel zischte dicht an seinem Kopf vorbei.

Dann trieb der Reiter sein Pferd an. Er sprengte auf mich zu. Ich flog zur Seite, warf zwei Sessel um und entging so den Hufen und den beiden neuerlich ausgestoßenen Feuerlanzen, die dafür jedoch eine Gardine in Brand setzten.

Ich schoß.

Hämmerte wie ein Wahnsinniger die Kugeln aus dem Lauf,

weil ich den verdammten Reiter einfach stoppen mußte, bevor er noch mehr Unheil anrichtete.

Ich traf ihn auch. Mehrmals sogar.

Doch das flimmernde A auf seinem Panzer schluckte die geweihten Geschosse.

Auf den Kopf konnte ich nicht zielen, da sich der Reiter in dauernder Bewegung befand. Jetzt riß er das Pferd auf die Hinterbeine, beugte sich im nächsten Moment aus dem Sattel, ließ sich dabei fast zu Boden fallen und streckte den rechten Arm aus.

Seine Finger gruben sich in Carmens Kleid.

Hart riß er das Mädchen hoch.

»Carmen!« Juan Ortega schrie den Namen seiner Verlobten. Er wollte sich aus seiner Decke wühlen, doch er war zu langsam. Carmen hatte keine Chance, sich aus dem eisenharten Griff zu befreien. Wie eine leblose Puppe wurde sie über den Pferderücken geworfen.

Ich sprang über den Tisch, schnellte vor dem Reiter in die Höhe und krallte meine Finger in die ledernen Zügel. Die Beretta hatte ich eingesteckt. Das Magazin war leergeschossen, und zum Nachladen blieb mir keine Zeit.

Die freie Faust des Reiters fuhr von oben nach unten. Es war ein wuchtiger Schlag, und er traf meine Gelenke.

Unwillkürlich schrie ich auf. Ich hatte das Gefühl, als wären meine Hände in glühende Lava getaucht worden. Der Schmerz zuckte durch meine Arme, fraß sich tiefer in die Schultern hinein, drang aber nicht weiter vor.

Über den Grund dachte ich nicht nach, denn der Reiter riß seinen Gaul herum und schleuderte mich mit. Mit den Füßen fegte ich einen noch stehenden Stuhl um, knallte mit den Knien gegen einen Mauervorsprung und wurde weiter mitgerissen.

Der Reiter sprengte auf den Ausgang zu.

Dicht vor mir tauchte eine Wand auf. Mit der rechten Schulter prallte ich gegen das Mauerwerk, wurde herumgedriftet und trotzdem weitergezerrt.

Mit mir am Zügel hängend jagte der Reiter durch die Tür. Er stieß heisere Anfeuerungsschreie aus, und wir erreichten das Freie.

Ein Sprung, und das pechschwarze Pferd setzte über unseren Mercedes hinweg.

Ich stieß mit den Knien gegen das Dach. Es dröhnte dumpf, und meine Kniescheiben nahmen mir diesen Stoß verdammt übel.

Noch immer hielt ich eisern fest. Hing an dem verfluchten Zügel und konnte meine Hände auch gar nicht mehr davon lösen, denn irgendwie war ich mit dem Tier und seinem Reiter auf eine magische Weise verbunden.

In diesem engen Tal war es inzwischen dunkel geworden. Nur noch einige Berggrate glühten im letzten Licht der untergehenden Sonne. Ihre Strahlen berührten auch das Kloster und ließen es aussehen wie mit Blut übergossen.

Der Reiter jagte die schmale Straße hoch. Eisenharte Hufe trommelten über den Boden, warfen sprühende Funken. Ich wurde an der rechten Seite des Gauls mitgeschleift und biß die Zähne zusammen, um nicht laut aufzuschreien.

Wieder stießen Feuerlanzen aus den Nüstern. Der Wind trieb sie zurück, und sie leckten über mein Gesicht, ohne mich allerdings zu verletzen.

Dann hörte ich einen irren, wilden Schrei. Der Horror-Reiter hatte ihn ausgestoßen und damit dem Pferd ein Signal gegeben.

Es erhob sich in die Luft.

Wie bei Pegasus, dem fliegenden Pferd aus der griechischen Sage. Nur besaß dieser Gaul keine Flügel.

Ich verlor den Kontakt mit dem Boden. Auch ein letzter Versuch, meine Finger von dem Zügel zu lösen, schlug fehl. Ich wurde kurzerhand mitgerissen auf eine mörderische Reise in die eiskalte Bergluft der Pyrenäen...

Suko sah noch die Pferdehufe vor sich auftauchen, dann folgte der totale Blackout.

Aus, nichts. Vorbei.

Aber dieses Wegsein dauerte nicht lange. Nicht einmal eine Minute. Suko kam genau dann wieder zu sich, als ich am Zügel des Pferdes hängend verschwand.

Der Chinese setzte sich auf.

Er verzog das Gesicht und tastete an seinem Kopf hoch, wo an der rechten Schläfe eine Beule wuchs. Dort hatte ihn der Huf getroffen.

Aber nicht nur ihm ging es schlecht. Auch Juan Ortega hatte es arg erwischt. Er war es, der den Brand entdeckte. Die Flammen leckten an der Gardine hoch und hatten den Stoff in einen glühenden Feuerstreifen verwandelt.

Juan Ortega schrie auf. Trotz der Flammen fetzte er die Gardinenreste von der Stange und trampelte so lange darauf herum, bis die Flammen gelöscht waren.

Suko hatte inzwischen wieder zu sich gefunden. Er drehte sich um die eigene Achse und blickte sich dabei wild um.

»Wo ist John?« herrschte er Juan an.

Der junge Franco-Spanier hob die Schultern und machte ein verzweifeltes Gesicht.

»Er ist weg.«

»Das sehe ich selbst.« Suko sprang über zwei umgekippte Stühle und lief auf Juan Ortega zu. Er sah, daß der Mann mit seinen Nerven am Ende war, aber darauf konnte er jetzt keine Rücksicht nehmen.

Suko schüttelte Juan Ortega durch. »Mensch, rede!« rief er. »Jede Sekunde ist wichtig.«

Ortega nickte verbissen. »Der Reiter hat sie mitgenommen. Beide. Sinclair und Carmen!«

Der Chinese ließ Juan los. »O verdammt«, sagte er, »daß wußte ich nicht.«

»Es ist aber so. Und ich konnte nichts tun.«

»Erzähle.«

Juan Ortega berichtete, was sich zugetragen hatte. Er redete auch davon, wie plötzlich seine Kleider Feuer gefangen hatten und ich ihn gerettet hatte.

Suko hörte mit unbewegtem Gesicht zu. Für ihn gab es nur eine Möglichkeit, wo sich Carmen und Sinclair befinden konnten. Und das sagte der Chinese auch.

»Sie sind bestimmt zum Kloster hoch.«

Juan nickte. Dann hob er in einer hilflosen Gebärde beide Schultern. »Wenn das stimmt, haben wir kaum eine Chance.«

Suko war da anderer Meinung. »Erst einmal abwarten und nur nicht die Flinte ins Korn werfen.«

Er ging auf die Tür zu, und Juan folgte ihm.

Mit Einbruch der Dunkelheit war das Thermometer gefallen. Die Kälte schien in dem kleinen Tal wie eine Wand zu stehen. Der Frost drückte sie dem Boden zu.

Die Dorfstraße war leergefegt. Keine Strahlenlaterne leuchtete. Weiter unten schimmerte es hell hinter einigen Fenstern. Das Kloster war längst nicht mehr zu sehen. Die Dunkelheit hatte es verschluckt. Zum Glück war es windstill, so daß sich die Temperaturen ertragen ließen.

Der Mercedes stand unbeschädigt dort, wo Suko und ich ihn verlassen hatten.

Suko ging auf den Wagen zu. Er war nicht mehr weit von der Beifahrertür entfernt, als seine Fußspitze gegen etwas Weiches stieß.

Der Chinese bückte sich und sah eine Gestalt am Boden liegen. Im Haus brannten noch ein paar Kerzen. Sie hatten die Auseinandersetzung überstanden. Der aus der offenen Tür fallende Lichtschein reichte aus, um erkennen zu lassen, daß es sich um einen älteren Mann handelte, gegen den Suko gestoßen war.

Sukos Hand fuhr dort hin, wo das Herz sitzt.

Es schlug nicht mehr.

Der Mann war tot.

Suko brauchte kein Hellseher zu sein, um zu wissen, wer dieser Tote war. Er erhielt auch sehr rasch die Bestätigung.

Juan Ortega trat aus dem Haus, ging auf Suko zu, schaute ihm über die Schulter und warf sich im nächsten Augenblick neben dem Chinesen zu Boden.

»Vater!« schluchzte er auf und barg sein Gesicht an der Brust des Toten.

Suko erhob sich. Ihm lief eine Gänsehaut über den Rücken. Der Schmerz wühlte den jungen Ortega auf. Er weinte wie ein Kind. Suko stand neben ihm mit einem Gesicht, das wie aus Granit gemeißelt zu sein schien. Wieder einmal erlebte er mit, wie grausam Dämonen mit Menschenleben umgingen und welche Schmerzen ein Mensch verspürte, der einen nahen Verwandten verloren hatte. Einen Mann, der sich gegen die Mächte der Finsternis gestellt hatte und seinen Preis dafür bezahlen mußte.

Es waren immer wieder diese und ähnliche Szenen, die Suko und auch mir den Mut zum Weitermachen gaben, die unsere Einstellung festigten, gegen das Böse zu kämpfen und es auszumerzen, wo immer sich die Möglichkeit ergab.

Minutenlang ließ Suko Juan Ortega allein in seinem Schmerz. Dann legte er ihm die Hand auf die Schulter. »Kommen Sie, Juan. Wir können nicht hier in der Kälte bleiben.«

Juan nickte. Dann drehte er sich halb um und blickte Suko von unten her an. »Was – was geschieht mit meinem Vater?«

»Wir bringen ihn ins Haus.«

»Und dann? Er ist getötet worden. Wir müssen die Polizei verständigen...«

Sukos Stimme wirkte beruhigend auf den jungen Ortega. »Zuerst müssen wir Ihren Vater hineinbringen.« Der Chinese bückte sich. »Ich helfe Ihnen.«

Gemeinsam hoben die beiden Männer den Toten an. Juan Ortega weinte, als er mithalf, seinen Vater ins Haus zu tragen. Suko kickte die Tür mit dem Fuß zu. Er wollte nicht, daß eventuell Neugierige ins Haus schauten.

Sie legten den Toten auf die Couch, die sie zuvor aufrichten mußten. Das Gesicht der Leiche zeigte keinen friedlichen Ausdruck. Im Gegenteil, es war verzerrt, als hätte der Tote kurz vor dem Sterben noch alle Schrecken der Hölle durchgemacht.

Juan faltete die Hände seines Vaters vor der Brust zusammen. »Adios«, flüsterte er. »Ich werde alles tun, um deinen Tod zu sühnen, Vater.«

Suko stand stumm daneben. Seine Gedanken beschäftigten sich bereits mit der nahen Zukunft. Zeit durfte jetzt nicht mehr vertrödelt werden. Wenn sie noch etwas retten wollten, dann mußten sie hoch zum Kloster. Auch ohne große Vorbereitungen.

»Ich werde der Polizei Bescheid geben«, sagte Juan Ortega.

Suko hielt ihn zurück. »Nein, das wäre falsch.«

»Wieso?«

»Wir würden zuviel Zeit verlieren. Es gäbe Verhöre. Protokolle müßten geschrieben werden. Nein, es ist besser, wenn wir uns gleich auf den Weg machen, um Carmen und John Sinclair zu befreien.«

»Aber wir haben keine Ausrüstung.« Juan Ortega versuchte einen Einwand.

»Das Nötigste bekommen wir schon zusammen.« Suko packte Juan an beiden Schultern. »Reißen Sie sich zusammen. Ich weiß, daß es ein schwerer Schlag für Sie war, daß Sie Ihren Vater verloren haben. Aber Sie müssen sich damit abfinden, so hart sich dies auch anhört. Wir müssen jetzt an uns und an die anderen Lebenden denken. Und dazu gehört Carmen, Ihre Verlobte.«

Juan nickte. »Ja, Sie haben recht. Entschuldigen Sie.« Seine Gestalt straffte sich. »Sagen Sie mir, was ich alles tun soll.«

»Mit einem Wagen kommen wir da nicht hoch. Also brauchen wir Esel. Können Sie sie besorgen?«

»Das ginge schon.«

»Auch schnell?«

»Ich muß es versuchen. In der Nähe wohnt ein alter Bauer. Der hat mal eine Eselszucht gehabt. Einige Tiere hat er noch. Aber was soll ich sagen, wenn er nach dem Grund fragt?«

»Gar nichts.« Suko holte zwei Geldscheine aus der Tasche. »Wenn Sie ihm die geben, wird er sicherlich auf jegliche Fragerei verzichten.«

Juan Ortega steckte das Geld ein. »Das glaube ich auch«, sagte er. Er holte seinen Fellmantel und hängte ihn sich über.

»Haben Sie auch noch einen für mich?« erkundigte sich der Chinese.

»Ich werde mal nachsehen. Der alte Mantel von meinem Vater müßte noch hier unten sein.«

Der Franco-Spanier ging. Suko blieb mit dem Toten allein zurück. Der Chinese meditierte.

Mit gekreuzten Beinen setzte sich Suko hin und entspannte Geist und Körper. Er bereitete sich auf eine Aufgabe vor, die sicherlich zu den härtesten gehörte, die er bisher vor sich gehabt hatte. Suko wußte nicht, wer oder was ihn in dem Kloster erwartete, wie viele Gegner gegen ihn standen und ob John und Carmen überhaupt noch lebten.

Alles Fragen, auf die Suko eine Antwort suchte und zu finden hoffte.

Es verging ungefähr eine halbe Stunde, bis Juan Ortega zurückkehrte. Sein Gesicht war rot angelaufen. Er schlug die Tür zu und streifte den Mantel von der Schulter.

Fragend schaute Suko ihn an.

Ortega nickte. »Ich habe es geschafft«, meldete er. »Der Alte hat mir zwei Esel verkauft.«

»Hat er viel gefragt?«

»Nein, der freute sich, als er die Geldscheine sah.«

Juan Ortega ging in einen anderen Raum. Als er zurückkam, hielt er den Mantel seines toten Vaters in der Hand. »Der müßte einigermaßen passen«, sagte er.

Suko probierte ihn über. Er spannte zwar in den Schultern, doch das war nicht tragisch. Sie nahmen auch noch einige andere Ausrüstungsgegenstände mit, die für einen Trip in die Berge unerläßlich waren: Seile, Eispickel, Klammern, Haken und Verbandskasten. Juan verstaute alles in einem Sack, den er über den Rücken des Esels hängte.

Suko war in seiner Heimat schon öfter auf einem Esel geritten. Deshalb hatte er auch keine Schwierigkeiten, aufzusteigen. Wenig später schon waren sie unterwegs. Und nach kurzer Zeit schluckte die Dunkelheit nicht nur die beiden auf den Eselsrücken sitzenden Gestalten, auch die Hufgeräusche verloren sich in der Ferne.

Es schien, als hätte es die beiden Männer nie gegeben. Und kein Dorfbewohner ahnte, in welch einer gefährlichen Mission Suko und Juan unterwegs waren…

Ad astra – zu den Sternen!

Vor Jahren hatte ich mal ein Buch mit diesem Titel gelesen. Ich kam mir ebenfalls vor wie jemand, der den Sternen näher rückt. Wir stießen hinauf in den nachtdunklen Himmel. Es schien, als wollten wir die kalte Pracht der Sterne durcheinanderwirbeln, doch wie unendlich waren diese Gestirne von uns entfernt.

Ich konzentrierte mich auf das Naheliegende. Und das war schlimm genug.

Noch immer hing ich an den Zügeln des Pferdes wie an einer

magischen Kette. Der beißende, eiskalte Wind schnitt mir mit unzähligen kleinen Messern ins Gesicht.

Meine Hände spürte ich schon längst nicht mehr. Sie schienen zu Eisklumpen gefroren zu sein. Auch in den Armen hatte ich kein Gefühl mehr, die Blutzirkulation schien zum Stillstand gekommen zu sein. Dicht vor mir sah ich die Hinterbeine des Rappens. Wenn ich den Kopf hob, konnte ich den Reiter sehen und sein großes A auf der Brust.

Senkte ich den Blick, so ließ die frostklare Luft eine ungeheure Weitsicht zu.

Ich sah eisbedeckte Gipfel im letzten Widerschein der verschwindenden Sonne aufleuchten. Sie schillerten in sämtlichen Farben, obwohl das Rote dominierend war. Jeder Kunstmaler hätte an dieser prächtigen Naturkulisse seine Freude gehabt.

Ich weniger, denn mir ging es verdammt mies. Die eisigkalte Luft stach mir in die Lungen. Hinzu kam die Angst, daß der Reiter die magische Verbindung lösen würde. Dann hätte es einen Oberinspektor John Sinclair gegeben. Ich würde in die Tiefe stürzen und... Doch das hatte der Horror-Reiter zum Glück nicht vor. Weiterhin jagte er mit Carmen und mir dem geheimnisvollen Kloster entgegen.

Der Wind fuhr mit seinen eisigen Fingern unter meine dünne Kleidung. Meine Haare flatterten, wurden zerzaust und zerwühlt. Luftwirbel spielten mit mir, drifteten mich einmal zur Seite, dann wieder auf den Rücken, um mich anschließend in die Bauchlage zu bringen, damit sie das Spiel wieder von vorn beginnen konnten.

Die Zeit kam mir unheimlich lang vor. Und mit jeder Sekunde, die verstrich, fraß sich die Kälte tiefer in meinen Körper, so daß ich vermeinte, zu einem Eisklumpen zu gefrieren.

Wann endlich würden wir das Kloster erreichen? Selten in meinem Leben hatte ich mich so nach einem Ziel gesehnt. Auch wenn dieses für mich Gefangenschaft – und vielleicht sogar den Tod bedeutete.

Den Mond sah ich nicht. Er stand in meinem Rücken. Doch sein fahles, silbriges Licht ließ die Berggipfel aufblitzen, als wären sie mit unzähligen Brillanten bestückt.

Über den Reiter machte ich mir kaum Gedanken. Hatten wir

erst einmal das Kloster erreicht, würde sich das Geheimnis sicherlich von selbst lüften.

Und plötzlich sah ich die Mauern. Hoch und unüberwindlich schienen sie mir zu sein. Für eine Ewigkeit gebaut, als Trutzburg des Guten. Doch kein Kreuz stand auf den Türmen, kein christliches Symbol bedeckte die Mauern, nach denen die Mächte der Finsternis ihre Klauen ausgestreckt hatten.

Schon näherten wir uns dem Innenhof. Er bestand aus einem großen Geviert, das leer und verlassen unter uns lag.

Der Reiter landete.

Er hatte die Geschwindigkeit verringert. Das Pferd streckte die Beine aus, berührte das unebene Gestein und zog eine lange Funkenspur hinter sich her.

Der Horror-Reiter stand.

Mir fiel ein Stein vom Herzen, obwohl meine Lage mehr als besch… eiden war. Ich hing in einer Schräglage. Die Fußspitzen berührten den Boden. Meine Arme waren ausgestreckt, die Hände umklammerten nach wie vor die Zügel.

Der Reiter bewegte sich leicht nach rechts. Er hob Carmen an und ließ sie zu Boden gleiten.

Dann wartete er ab.

Plötzlich löste sich der magische Bann. Ich war darauf nicht vorbereitet und fiel hart auf das Gestein. Zum Glück konnte ich das Gesicht abdecken, aber der Aufprall war auch so noch hart genug.

Ich lag auf dem Innenhof des Klosters wie der große Verlierer. Wahrscheinlich war ich das auch. Nahezu naiv und blauäugig war ich in den Fall hineingestolpert, der mir bisher nur eins gebracht hatte: eine Niederlage.

Ich versuchte, meine Glieder zu bewegen. Die Finger, die Zehen, die Arme…

Ich schaffte es nicht einmal unter großen Schwierigkeiten. Mein Kreislauf mußte sich förmlich auf dem Nullpunkt befinden, ich hatte kein Gefühl mehr in den Gliedern.

Nur mit Mühe gelang es mir, den Kopf zu drehen und Carmen einen Blick zuzuwerfen.

Sie lag auf der Seite. Ihr Gesicht war kalkweiß. Ich kannte diese Blässe von Vampiropfern her oder von Leichen. Sekundenlang durchzuckte mich der heiße Schreck, doch dann sah ich, daß Carmen atmete.

Mit meinen Bemühungen ließ ich nicht nach. Immer wieder bewegte ich Hände und Füße, versuchte, den Kreislauf in Gang zu bringen. Denn im Moment war ich wehrlos wie ein Baby. Trotz meiner Bewaffnung. Daß man mir die Beretta nicht abgenommen hatte, konnte ich nicht als einen Vorteil ausspielen, denn ich hatte sie noch nicht wieder aufgeladen.

Noch immer stand der Reiter wie ein Denkmal neben mir. Er wartete auf irgend etwas oder auf irgend jemanden. Ich rechnete damit, daß es der Abt war.

Und hatte mich nicht getäuscht.

Eine Tür schwang auf. Sie befand sich genau in meinem Blickfeld. Rötlichgelber Fackelschein fiel nach draußen, wurde aber schon nach wenigen Metern von der Dunkelheit verschluckt.

Der Abt kam!

Ich sah eine hochgewachsene Gestalt im Türrechteck, sah die lange, weite Kutte, die ihn umwehte wie eine Fahne, und spürte fast körperlich den Haß, den mir dieser Mann entgegenbrachte.

Er hatte die Kapuze über seinen Kopf gezogen und die Arme in den Ärmeln versteckt. Mit gemessenen Schritten verließ er das schützende Kloster, ging über den Innenhof und steuerte genau auf mich zu.

Bis auf das monotone Jaulen des Windes war es ruhig in dem einsamen Bergkloster. Der Abt schritt lautlos. Nicht ein Stein knirschte unter seinen Füßen.

Vor Carmen blieb er stehen. Er bewegte den Kopf und schaute zu dem Reiter hoch.

»Ich danke dir, daß du beide gebracht hast«, sagte er mit modulationsloser Stimme. »Mein Opfer an AEBA wird um so größer sein.«

Da war es wieder, dieses verdammte Wort, das ich nicht verstand. Aber ich nahm mir vor, diesen Don Alvarez danach zu fragen.

Ganz allmählich begann mein Kreislauf wieder zu arbeiten. Das Blut pulste durch die Adern, doch ich hätte schreien können, solche Schmerzen hatte ich zu ertragen, da durch die verdammte Kälte fast alles abgestorben war.

Ich biß die Zähne zusammen und ließ mir nichts anmerken. Der Abt hatte noch immer genug mit dem Reiter zu tun. Sie sprachen miteinander. Dann gab der Reiter seinem Pferd die Sporen, sprengte auf die Tür zu und löste sich plötzlich von einer Sekunde zur anderen buchstäblich in Luft auf.

Carmen, der Abt und ich waren allein. Doch nicht lange.

Plötzlich kamen sie. Hintereinander traten die übrigen Mönche aus der Tür. Zuerst zählte ich noch, doch bald ließ ich es bleiben. Es waren zu viele.

Die Mönche bewegten sich, als würden sie an unsichtbaren Fäden hängen. Und mir wurde klar, daß ich es bei ihnen nicht mit geistig normalen Menschen zu tun hatte.

Sie waren Dämonendiener.

Marionetten des Teufels.

Jeder zweite Mönch trug eine Pechfackel. Der in den Innenhof fallende Wind spielte mit den Flammen, bewegte sie hin und her, so daß der Widerschein skurrile Figuren auf die dicken Innenmauern warf.

Jeder Mönch wußte genau, was er zu tun hatte. Stumm, als gäbe es einen in ihren Hirnen konservierten Befehl, teilten sie sich und bildeten ein offenes Karree.

Carmen und ich waren der Mittelpunkt!

Die Mönche blieben stehen wie eine menschliche Mauer. Sie standen so dicht, daß sie einander berührten. Die Fackelträger hatten ihre Arme ausgestreckt und ein wenig gesenkt, so daß der Schein über unsere Körper tanzte.

Don Alvarez, der dämonische Mönch, hielt seine große Stunde für gekommen. Er trat dicht an uns heran und senkte seinen Blick.

Zum erstenmal konnte ich in sein Gesicht schauen. Zur Hälfte wurde es von dem Bart eingenommen, doch die Augen waren zu sehen. Und darin las ich einen Ausdruck, wie ich ihn schon oft bei Menschen gesehen habe, die von Dämonen besessen sind.

Es war eine Mischung aus Triumph, Wut und Wahnsinn.

Bisher hatte keiner von uns ein Wort gesprochen. Don Alvarez unterbrach das Schweigen.

Zuvor zog er mit einem Ruck seine Hände aus den Kuttenärmeln. Ich zuckte zusammen, denn seine Fäuste umklammerten zwei unterarmlange, gefährliche Dolche. Die Spitzen zielten nach unten. Sie zitterten dicht über meiner Brust.

»Damit werde ich dich töten, John Sinclair!« versprach der dämonische Abt…

Daß Esel störrisch sind, davon hatte Suko schon gehört. Und er hatte darüber gelächelt. Doch als er am eigenen Leibe erfahren mußte, wie störrisch so ein Esel sein kann, wurde auch Sukos Geduld auf eine lange Probe gestellt.

Plötzlich wollte das Tier nicht mehr.

Juan Ortega ritt vor. Sein Tier trottete dahin, aber Sukos Esel blieb stehen.

Auch Juan hielt an. Er stieg ab und blieb abwartend stehen. Sie befanden sich auf einem schmalen, steinigen Weg, der serpentinenartig in die Höhe führte. Eine volle Wagenbreite hätte nicht Platz gehabt. Links wuchs eine rauhe Felswand hoch, rechts führten ausgedehnte Geröllhalden in die Tiefe.

Es waren gewaltige Steinfelder, und da hinunterzurutschen, konnte man nicht gerade als Vergnügen bezeichnen. Das wußte auch Suko, und deshalb sah er zu, daß er immer dicht an der Felswand blieb.

Sternenklar präsentierte sich der Himmel. Auch der Mond schien. Als dunkle Buckel zeichneten sich Grate und Gipfel vor der kalten Sternenpracht ab.

Je höher sie kamen, um so kälter wurde es. Der Lammfellmantel wärmte zwar, doch auch er konnte nicht verhindern, daß die Kälte so nach und nach durch die Kleidung drang.

»Will er nicht?« rief Juan.

»Nein, zum Teufel.« Suko hob den Arm und ließ ihn wieder fallen. Seine Hand klatschte gegen die Flanke des Esels, doch das Tier rührte sich nicht. Es schnaufte nicht einmal.

»Sie müssen ihm gut zureden«, schlug Juan vor.

Suko versuchte auch dies. Aber selbst Koseworte und Versprechungen brachten den Esel nicht dazu, weiterzugehen.

Resignierend hob Suko die Schultern. Er stieg ab, ging dreimal um das Tier herum, um seine Muskeln zu lockern, und zog am Zügel. Der Esel stemmte sich dagegen. Zwar rutschte er durch den Zug weiter, doch er selbst bewegte nicht einmal den Schwanz.

Suko gab es auf. Er ließ die Arme sinken. »Wissen Sie denn nicht, wie man solch ein Tier überreden kann?«

Juan Ortega machte eine hilflose Handbewegung. »Es gibt zwar viele Esel bei uns, aber so genau habe ich mich mit denen noch nicht beschäftigt. Wenigstens nicht mit den vierbeinigen.«

»Ja, zweibeinige kenne ich auch«, sagte Suko. »Und da weiß ich, wie man die auf Vordermann bringt.« Er räusperte sich. »Aber bei den vierbeinigen, da...« Plötzlich wurden Sukos Augen groß. »Mensch, der läuft ja wieder.« Der Chinese war begeistert.

In der Tat lief sein Esel los, als wäre nichts geschehen. Und er duldete es auch, daß sich Suko auf seinen Rücken schwang. Weiter ging der Ritt.

Wie viele Menschen, so war auch Suko einer Täuschung erlegen. Der Weg vom Dorf bis hoch zum Kloster kam ihm von unten her gesehen gar nicht weit vor. Aber in den Bergen täuschen die Entfernungen. Eine Strecke, die manchmal so kurz aussieht, ist oft sehr viel länger.

Und die Zeit verrann.

Längst war es Abend. Irgendwo unten im Tal schlug eine Kirchenglocke. Der Klang wurde wie auf unsichtbaren Schwingen weitergetragen und hallte noch lange nach.

Es hätte eine romantische Winternacht sein können, doch Suko und Juan verdrängten solche Gedanken. Vor ihnen lag eine verdammt harte Aufgabe. Sie wußten nicht, was oder wer sie in diesem Kloster erwartete.

Auch der Weg war mit Geröll bedeckt. Unter den Hufen der Tiere löste sich das lockere Gestein und rollte talabwärts. Die lauten Geräusche waren dabei leider nicht zu vermeiden. Ihr Klang war noch ziemlich weit zu hören.

Der Wind hatte gedreht. Er blies jetzt Nordwest. Die Luft schmeckte irgendwie anders.

Nach Schnee.

Noch war nichts zu sehen, noch präsentierte sich der Himmel sternenklar; doch Suko wußte, daß sich das Wetter in den Bergen innerhalb einer halben Stunde völlig verändern konnte.

Suko schaute immer wieder schräg nach oben, ob er nicht die Mauern des Klosters entdeckte. Ohne Erfolg. Überhängende Felsvorsprünge nahmen ihm die Sicht.

Juan Ortega hatte berichtet, daß das Kloster an der entgegengesetzten Seite nur über eine Zugbrücke zu erreichen war. Der Aufstieg dort war weniger beschwerlich, dafür war die Zugbrücke immer hochgezogen. Sie überspannte ein tiefes, enges Tal, das schon mehr eine finstere Schlucht war.

Unermüdlich trotteten die beiden Esel voran. Die Tiere hatten wirklich eine große Geduld. Hin und wieder schüttelten sie die Köpfe oder schnaubten. Dann stoben helle Atemwolken vor den Nüstern auf. Auch bei Suko und Juan riß die Atemfahne nie ab.

Immer wieder bewegten sich die beiden Männer, um wenigstens die ärgste Kälte aus den steifen Gliedern zu treiben.

Dann tauchte das Kloster öfter im Blickfeld der beiden Männer auf. Immer, wenn sie eine Kehre hinter sich gebracht hatten, sahen sie die gewaltigen Mauern.

»Jetzt dauert's nur noch eine Stunde«, rief Juan Ortega Suko über die Schulter zu.

»Wie schön für uns.«

Aus der Stunde wurden fast zwei, da die letzte Strecke äußerst beschwerlich war. Schneereste waren zu harten Eisrutschbahnen gefroren. Als weiße Buckel lagen sie oft quer über dem Weg. In Gipfelnähe schützte keine Felswand mehr die Männer. Rechts und links des schmalen Pfades führten kleinere Gletscher in die Tiefe. Die Sicht war noch gut. Aus den zahlreichen Tälern grüßten winzige Lichter, während sich Suko hier oben vorkam wie auf dem Mond.

Auch vom Kloster aus mußten sie längst bemerkt worden sein, falls jemand Wache hielt. Das schien nicht der Fall zu sein. Jedenfalls deutete nichts darauf hin, daß ihre Ankunft gemeldet worden war.

Eine letzte Biegung, dann führte der Weg direkt auf das Kloster zu.

Juan Ortega winkte Suko zu sich heran.

»Wir lassen die Esel am besten hier zurück«, schlug er vor, »und gehen den Rest der Strecke zu Fuß.«

Der Meinung war Suko auch. Sie nahmen all das mit, was sie

benötigten, um die dicken Mauern zu überklettern. Suko, der Kräftigere, trug die Sachen. Er übernahm auch die Führung. Auf dem Weg zu laufen war schwieriger, als er es sich vorgestellt hatte. Vor allen Dingen deshalb, weil er keine Bergsteigerschuhe an den Füßen hatte. Mit seinen glatten Sohlen rutschte er immer wieder zurück.

Der Wind beutelte die beiden einsamen Männer regelrecht durch. Über ihnen war die kalte Sternenpracht etwas verblaßt. Man sah sie wie durch einen Watteschleier. Ein Zeichen dafür, daß sich erste Wolken gebildet hatten.

»In spätestens einer Stunde wird es schneien«, bemerkte Juan Ortega. »Dann kann man hier nicht mehr die Hand vor Augen sehen.«

»Das glaube ich.«

Man merkte dem Chinesen nicht an, wie schwer die letzten Meter waren. Sein Atem ging kaum schneller. Suko hatte eine sagenhafte Kondition.

Dann standen sie vor der Klostermauer.

Hoch wuchsen die Quader vor ihnen auf. Die Männer waren ein paar Schritte vom Wegende weggegangen. Sie mußten sich schräg stellen, da neben ihnen direkt ein langer, von Schneefeldern unterbrochener Geröllhang begann.

Suko ließ seine Blicke über das Mauerwerk schweifen. Die Steine lagen dicht aufeinander. Nahezu fugenlos und glatt. Nicht einmal eine Bergziege wäre hier hochgekommen. Sie mußten es also mit dem Seil und der Hakensperre versuchen.

»Sieht mies aus, nicht?« flüsterte Juan Ortega. Er sprach leise, als hätte er Angst davor, daß andere mithörten.

Suko nickte. Er hatte sich das Seil über die Schulter gerollt und den viergliedrigen Haken an den Gürtel gesteckt. Der Chinese ließ das Seil von der Schulter rutschen, rollte es etwa einen Yard lang auf und wog es prüfend in der rechten Hand.

»Der erste Wurf muß sitzen«, sagte er.

Juan nickte. Er beobachtete gespannt den Chinesen, vor dem er in den letzten Stunden so etwas wie Hochachtung bekommen hatte.

Suko ging noch einen Schritt weiter nach rechts, schaute an der Mauer hoch und gab noch mehr Seil zu. Es war ein riskantes

Unternehmen. Suko mußte zusätzlich sein Gleichgewicht halten. Haken und Eispickel hatten sie zum Glück nicht gebraucht, aber das Seil war jetzt lebenswichtig geworden.

Der Chinese ließ das Seil kreisen. Einmal, zweimal – gab noch etwas nach, und dann fegte der viergliedrige, sternförmige Haken in die Höhe.

Suko hatte genau gezielt. Dicht an der Mauer entlang schoß der stählerne Stern hoch, schwang über die Kuppe – ein helles, metallisches Klirren – und hakte sich fest.

»Geschafft!« zischte Juan Ortega. In seinen Augen wetterleuchtete es.

Suko prüfte die Belastbarkeit des Seils. Der Haken saß fest. Das Seil war belastbar.

Sie hatten bereits vorher abgesprochen, wie sie es machen wollten. Suko stieg als erster.

Er nickte Juan Ortega noch einmal zu, lächelte, packte das Seil mit beiden Händen und fing an, sich hochzuhangeln. Es war eine Schufterei. Mit den Beinen stemmte sich Suko am Mauerwerk ab.

Auf der Hälfte der Streckte legte Suko eine kleine Pause ein und schaute zurück.

Juan Ortega stand unter ihm und winkte.

Der Chinese machte weiter.

Plötzlich sah er den rötlichen Widerschein dicht oberhalb der Klostermauern. Diesen Schein hatten weder er noch Juan von unten gesehen. Suko kannte sich aus. Er wußte, daß dieser Widerschein nur von einer Anzahl von Fackeln stammen konnte. Er rechnete damit, daß der Innenhof des Klosters beleuchtet war.

Warf er einen Blick nach links, so sah er einen der beiden Türme. Er kam ihm vor wie eine viereckige, übergroße Zigarre.

Noch zwei Yards, dann hatte er es geschafft.

Die anstrengende Kletterei zerrte an seiner Kondition. Trotz der Kälte begann Suko zu schwitzen. Auf dem letzten Yard wurde er noch vorsichtiger und kletterte langsamer. Sein Kopf befand sich bereits auf gleicher Höhe mit der Mauerkrone, als er seinen rechten Arm ausstreckte und die Finger um das Gestein krallte. Jetzt beglückwünschte Suko sich, keine Fäustlinge übergestreift zu haben.

Er fand Halt.

Langsam zog Suko sein Bein nach. Er winkelte das Knie an, stützte sich damit auf der Mauerkrone ab und zog das andere Bein sofort nach, während sein linker Arm vom Seil weg vorschnellte.

Suko lag auf der Mauer.

Flach und schweratmend.

Nur langsam beruhigten sich seine Lungen. Die Mauer war ungefähr so breit wie der Weg, und der Chinese konnte bequem darauf liegen. Jetzt streifte ihn auch der Fackelschein.

Mein Freund stützte sich mit den Ellenbogen ab und drehte vorsichtig den Kopf nach rechts. Gerade so weit, daß er in den Hof des Klosters hineinschauen konnte.

Suko zuckte zusammen, als hätte er einen Schlag mit der Peitsche erhalten. Die Fackeln, die den Innenhof erleuchteten, steckten nicht in Halterungen an der Wand, sondern befanden sich in den Händen von zahlreichen Mönchen.

Sie alle hatten die Köpfe erhoben und ihre Gesichter dem auf der Mauer hockenden Suko zugewandt.

Der Chinese wußte jetzt: Überraschend war er nicht erschienen. Im Gegenteil.

Die Mönche hatten ihn erwartet!

Ich glaubte dem Abt das Versprechen aufs Wort. Nichts würde ihn mehr befriedigen, als meinen Tod mitzuerleben.

Plötzlich begann mein Herz rasend zu hämmern. Ich hatte das Gefühl, als würde es jeden Augenblick aus dem Körper springen.

Don Alvarez lachte. »Jetzt hast du Angst, wie?«

Ich konnte es nicht leugnen.

Die Messer senkten sich. Synchron. Mit gleichmäßiger Geschwindigkeit zielten sie auf meine ungeschützte Brust, um sie zu durchbohren.

Ich riß mich zusammen, und es kostete mich eine Riesenüberwindung.

»Ich würde es an deiner Stelle nicht tun!« keuchte ich.

Die Messer kamen zur Ruhe. Jetzt waren sie nur noch eine Handbreit von meiner Brust entfernt.

»Und warum nicht?« fragte er.

Ich setzte alles auf eine Karte. »Ich könnte dir wichtige Informationen geben. Zum Beispiel über das Dämonenreich oder…«

»Ha! Du winselst um dein erbärmliches Leben, Sinclair.« Er lachte. »So schwach, wie du bist – nein, das hätte ich von dir nie gedacht. Und da haben die anderen Angst. Ich kann nur darüber lachen. Mehr nicht.«

Mir war es egal, was er tat. Hauptsache, er nahm die verdammten Messer weg, denn davor hatte ich im Augenblick einen wirklichen Horror. Außerdem mußte ich zusehen, daß die Steifheit aus meinen Gliedern verschwand.

Wenn er dann zustieß, würde er keinen bettelnden Gegner vorfinden. Darauf konnte sich dieser Abt verlassen.

Er nahm die Messer zwar nicht weg, er senkte sie aber auch nicht mehr. So hatte ich immerhin einen Teilerfolg errungen. Außerdem brauchte ich Zeit. Ich wollte wissen, was mit diesen verdammten Horror-Reitern los war und was der Begriff AEBA bedeutete.

Doch vorerst kam ich nicht dazu. Carmen begann sich zu bewegen. Sie war bisher bewußtlos gewesen. Jetzt erwachte sie aus diesem Trancezustand und kündete es mit einem Seufzlaut an.

Ich wurde uninteressant für Don Alvarez. Statt dessen wandte er sich dem Mädchen zu.

Die Messer steckte er weg, bevor er ihren Kopf anhob, sich niederkniete und Carmen hinsetzte. Das Mädchen saß so, daß es mich anschauen mußte.

Die Fackeln warfen einen rötlichen Schein über ihr Gesicht. Eine befand sich so dicht neben ihrem Kopf, daß ich Angst hatte, das Feuer würde ihre Haare versengen.

»Wie fühlst du dich, mein Täubchen?« fragte der Abt. Er redete spanisch, und ich verstand nicht alles.

Carmen schien noch nicht ganz in der Welt zu sein. Ihr Blick war etwas unklar. Dann sah sie mich. Ihr Gesicht verzog sich. Sie runzelte die Stirn, kramte wohl in ihrer Erinnerung und wußte doch nicht, wo sie mich hinstecken sollte.

Der Abt kicherte. »Ja!« zischte er. »Sieh ihn dir nur genau an. Er ist gekommen, um euch zu retten, aber jetzt ist er genau wie du mein Gefangener.«

Carmen fror. Sie schüttelte sich, und ich sagte: »Gebt ihr wenigstens eine Jacke.«

»Du hältst dich da raus, Sinclair!«

Ich schwieg, denn wenn der Abt sich weiter in seine Wut hineinsteigerte, würde er sich unter Umständen zu unkontrollierten Reaktionen hinreißen lassen. Schon die ganze Zeit über fragte ich mich, wohin der Reiter verschwunden war. Er hatte sich zwar in Luft aufgelöst, aber war er in eine andere Dimension geritten? Oder hatte er sich im Innern des Klosters wieder neu manifestiert?

Während sich der Abt um Carmen kümmerte, bewegte ich meine Finger, die Zehen und versuchte so, wieder Gefühl in meinen Körper zu bekommen. Hin und wieder beobachtete ich auch die uns umstehenden Mönche. Von ihnen schien mir im Augenblick keine unmittelbare Gefahr zu drohen. Ich glaubte, daß sie nicht von allein handelten, sondern erst auf einen Befehl ihres Abts warteten.

War das meine Chance?

Ich winkelte die Arme an und stützte mich auf die Ellenbogen. Don Alvarez merkte nichts, oder er ließ mich bewußt in Ruhe. Es war mir auch egal, Hauptsache, ich konnte die Initiative an mich reißen.

Der Abt redete weiter mit Carmen. Er berichtete von seinen Triumphen, und dabei fiel immer wieder das Wort AEBA.

Mir war es jetzt egal, was der Begriff bedeutete. Ich wollte so rasch wie möglich den Spieß umdrehen und zusehen, daß ich diesen irren Mönch zur Ruhe brachte.

Ich schob mich etwas weiter nach hinten, um einen besseren Aktionsradius zu haben. Meine Hand ließ ich unter das Jackett rutschen, denn die Beretta steckte noch in der Halfter.

Ungeladen!

Doch das wußte Don Alvarez nicht.

Meine Finger fanden das Metall der Waffe. Unendlich behutsam zog ich sie aus der Halfter. Der Abt redete immer noch auf Carmen ein. Er schrie ihr flammende Worte ins Gesicht, doch sie schüttelte nur den Kopf, riß die Hände vors Gesicht und brüllte: »Nein, nein, das darf nicht wahr sein. Du lügst! Du...«

»Ich lüge nicht!« schrie Don Alvarez zurück. Er packte Carmen an beiden Schultern und schüttelte sie durch. »Ich werde euch opfern. AEBA wartet. Im Berg wirst du in die andere Dimension hineingeworfen, und dort werden dich die Reiter verschlingen. Ein Opfer für AEBA. Ich muß es bringen!«

Und ich war soweit.

Hielt die Waffe in der Hand, schwenkte sie ein wenig nach links, so daß die Mündung auf Don Alvarez zeigte.

Als er erneut Atem schöpfte und nur das Schluchzen des Mädchens zu hören war, sagte ich kalt: »Laß sie los, oder ich schieße dir ein Loch durch deinen dämonischen Schädel!«

Für einen Augenblick wurde es totenstill. Der Abt starrte mich an, als wäre ich ein Geist. Auch Carmen sprach kein Wort. In ihrem Gesicht stand die Überraschung wie eingemeißelt.

Ich unterbrach das Schweigen. »Weg von dem Mädchen, Alvarez. Jetzt bin ich an der Reihe!«

Er zögerte. Dann schluckte er und knirschte: »Nie. Nie kommst du hier raus, Sinclair. Das Spiel ist aussichtslos.«

»Für dich vielleicht. Los, weg jetzt!«

Der Abt gehorchte und glitt zur Seite. Ich stand auf. O verdammt, war ich wackelig in den Knien. Es kostete mich Beherrschung, mir meinen Zustand nicht anmerken zu lassen. Die zurückliegenden Strapazen waren doch verflixt hart gewesen.

Aber ich stand. Breitbeinig und hielt das Gleichgewicht. Die Mönche rührten sich nicht. Unbeweglich hatte uns diese Mauer der menschlichen Marionetten eingekreist. Da sie uns bisher noch nicht angegriffen hatten, würden sie es vielleicht auch jetzt nicht wagen.

»Steh auf!« herrschte ich Carmen an.

Ich mußte hart sprechen, damit meine Aufforderung auch verstanden wurde, denn Carmen begriff noch immer nicht, daß sich das Blatt zu unseren Gunsten gewendet hatte.

Dann aber gehorchte sie.

»Komm langsam näher«, sagte ich. Während dieser Worte behielt ich weiterhin den Abt im Auge, denn er machte mir wahrlich nicht den Eindruck, als hätte er schon aufgegeben. Und so schätzte ich ihn auch gar nicht ein.

Carmen schritt auf mich zu. Zum Glück lief sie nicht in die Schußlinie. Ihre Augen waren weit aufgerissen. Ich las in den Pupillen all den Schrecken, den sie empfand. Ich hatte sie als bildhübsches Mädchen in Erinnerung. Doch nun war sie gezeichnet von den Ereignissen der vergangenen Stunden.

In der rechten Hand hielt ich die Beretta, die linke streckte ich aus, berührte Carmens Arm, lächelte dabei aufmunternd und zog das Mädchen an mich.

Die erste Hürde war genommen.

»Und nun soll jemand das Tor öffnen!« verlangte ich.

Don Alvarez rührte sich nicht.

»Bist du immer noch scharf auf eine Kugel?«

Da gab er den Befehl, aber nicht den, den ich von ihm verlangt hatte. Die Fackelträger, die links von uns standen, traten plötzlich einen Schritt vor. Gleichzeitig verschwand Don Alvarez. Er nahm hinter seinen Männern Deckung.

Wieder gellte ein Befehl.

Auch die Fackelträger rechts von uns gingen einen Schritt vor.

Ein dritter Ruf. Die Reihe vor uns setzte sich in Bewegung.

Und dann ertönte das teuflische Lachen des dämonischen Abts. »Jetzt sieh zu, wie du hier herauskommst, Sinclair!« brüllte er mit sich überschlagender Stimme und setzte wieder zu seinem höhnischen Lachen an.

Ich sprang mit dem Mädchen zurück, riß Carmen herum und versuchte, dort zu entkommen, wo das Karree noch offen war.

Noch…

Aber es schloß sich.

Und das verdammt schnell. Die Fackelträger wußten, was wir vorhatten. Sie versuchten, uns den Weg abzuschneiden. Zum Glück bewegten sie sich nicht so schnell, so daß wir soeben noch durchwischen konnten.

Aber da war die Mauer. Zeit, um hinüberzuklettern, hatten wir nicht. Außerdem konnten wir mit den bloßen Fäusten nicht an dem Gestein hoch.

Wir saßen in der Klemme.

Die Fackelträger formierten sich zu einer geschlossenen Front, während die anderen Mönche stehenblieben und abwarteten. Sie würden sicherlich später eingreifen.

Die anderen aber kamen näher.

Und sie sahen wahrlich nicht so aus, als wären sie Freunde von uns. Uns blieb nur noch eine Galgenfrist. Ein paar Sekunden vielleicht, die ich aber nutzte.

Ich holte das Reservemagazin hervor und kickte es in den Griff der Beretta.

Die Fackelträger senkten die Arme. Alles geschah wie auf ein geheimes Kommando hin. Die Flammen der Fackeln wiesen mit ihrer Front genau auf unsere Körpermitte. Und mir war klar, was sie mit uns vorhatten.

Sie wollten uns verbrennen!

Carmen erlitt einen hysterischen Anfall. »So tu doch etwas!« schrie sie mir ins Ohr. »Schieß, schieß!«

Sie umklammerte meinen Arm, drückte mir die Fingernägel ins Fleisch, zitterte und preßte sich an mich.

Ich schlug ihr ins Gesicht. Die einzige Möglichkeit, ihre Hysterie zu stoppen.

Sie wurde auch sofort ruhig.

Ich packte sie, schleuderte sie herum, drückte sie dann gegen die Mauer, stellte mich vor sie und schützte das Mädchen so mit meinem eigenen Körper.

Carmen schluchzte und schrie. »Warum schießt du nicht? Du hast doch eine Waffe!«

Ich lachte hart. Sicher, sie hatte recht. Aber vor mir standen keine Dämonen, keine Geschöpfe der Finsternis, deren unseliges Leben man mit eine geweihten Silberkugel auslöschen konnte.

Uns gegenüber standen Menschen. Irregeleitete Kreaturen, die auf einen wahren Teufel in Menschengestalt hörten, die ein Verbrechen begehen wollten, ohne daß sie etwas dafür konnten.

Nein, darauf konnte ich nicht schießen!

Aber sie kamen näher. Schritt für Schritt. Harte Fäuste umklammerten die Fackelstiele. Die Flammen züngelten. Hin und her tanzten sie.

Die Mönche gingen im Gleichschritt. Ihre Absätze knallten auf das harte, holprige Kopfsteinpflaster.

Eine Armada des Schreckens näherte sich uns, und ich suchte

verzweifelt nach einem Ausweg. In den nächsten Sekunden mußte es sich entscheiden, da mußte ich einfach etwas tun.

Ich schoß.

Setzte die Kugel dicht über die Köpfe der Mönche. Sie blieben nicht stehen, zuckten nicht einmal zusammen oder verharrten für einen winzigen Augenblick – nein, sie gingen weiter.

Unbeirrbar.

Ich ließ die Waffe verschwinden. Die Mönche waren verdammt nahe. Ich spürte bereits den Gluthauch der Fackeln, sprang zur Seite und riß Carmen Valdera kurzerhand mit.

Sie stolperte hinter mir her, verlor das Gleichgewicht und fiel hin. Doch ich zog sie wieder hoch. Wir rannten an der Mauer entlang. Eine Hand nur hatte ich frei, und die setzte ich ein.

Ich fegte eine dicht vor mir auftauchende Fackel zur Seite. Gleichzeitig schnellte mein Fuß hoch. Ich traf meinen Gegner dort, wo eine Kordel die Kutte zusammenhielt.

Der Mönch kippte zurück.

Ein anderer schlug nach mir. Ich unterlief den Schlag, und es gelang mir, dem Mönch die Fackel aus der Hand zu winden. Jetzt hatte ich etwas, womit ich mich verteidigen konnte.

Carmen riß sich los. Ich konnte mich nicht um sie kümmern, denn sofort attackierten mich drei Mönche.

Ein heftiger Kampf begann.

Es war wie Degenfechten. Nur trugen wir es mit unseren Fackeln aus.

Durch einen Rundschlag wehrte ich zwei gutgezielte Hiebe ab und hatte wieder etwas Luft. Wenn der Fackelschein etwas zur Seite tanzte, sah ich für Sekundenbruchteile die verzerrten Gesichter unter den Kapuzen. Blitzschnell drehte ich mich um die eigene Achse. Traf dabei einen hinter mir stehenden Gegner, der bereits zum Schlag ausgeholt hatte. Der Mann fiel zu Boden.

Ich duckte mich, entging so einem weiteren Hieb und riß die dem letzten Mönch entfallene Fackel an mich. Mit zwei Pechfackeln in den Fäusten stellte ich mich meinen Gegnern.

Sie griffen jetzt konzentrierter an. Ich konnte mich allein nicht mehr halten, und als mich eine Fackel in Höhe der Hüfte traf, mußte ich zurückspringen.

Mitten im Sprung hörte ich den Schrei.

Carmen!

Mein Gott, sie hatte ich in den letzten Sekunden ganz vergessen. Ich nahm mir die Zeit und warf einen Blick über die Schulter.

Das Mädchen war bis an die Mauer geflohen. Hier konnte sie nicht mehr weiter.

Zwei Mönche attackierten sie. Carmen schlug mit den Armen um sich. Sie wehrte sich verzweifelt gegen die Angriffe.

Ich kam über die Kerle wie ein Ungewitter. Trieb sie mit blitzschnellen Schlägen auseinander, verschaffte Carmen so für wenige Augenblicke Luft und warf ihr meine zweite Fackel zu.

»Halt sie fest!« schrie ich sie an. »Wir müssen in das Kloster. Nur dort sind wir vorläufig sicher!«

Ich wußte nicht, ob sie mich verstanden hatte, auf jeden Fall folgte sie mir.

Wir rannten quer über den Hof.

Aber sehr bald merkten die Mönche, was wir vorhatten. Sie schnitten uns den Weg ab.

Sie schrien sich plötzlich gegenseitig Befehle zu, rannten mit wehenden Kutten über den Innenhof und schwenkten ihre Fackeln. Zwei Mönche stellten sich vor den Eingang. Sie streckten dabei ihre Arme aus und hielten die Fackeln über Kreuz.

Aber wir mußten durch. Koste es, was es wolle. Es war unsere einzige Chance!

Carmen Valdera rannte neben mir her. Sie hatte den Mund geöffnet und keuchte. Hell stand der Atem vor ihren Lippen. Mich wunderte es, daß sie noch auf den Beinen war. Irgendwann mußte sie zusammenbrechen.

Die beiden Mönche wichen um keinen Millimeter zur Seite.

Okay, dann also nicht.

Als ich noch zwei Schritte von den Mönchen entfernt war, stieß ich mich ab. Es war ein Sprung, den man im Karatekursus lernt. Und ich traf die Mönche dort, wo ich sie treffen wollte.

Gemeinsam flogen sie durch die Tür, überschlugen sich und blieben liegen.

Auch ich prallte zu Boden, verlor dabei meine Fackel, warf mich aber sofort herum und sprang wieder auf.

Carmen Valdera hatte bereits die Schwelle übersprungen. Und sie bewies Geistesgegenwart und Nervenstärke.

Sie packte die Tür und knallte sie zu. Gerade im rechten Augenblick. Einer ihrer Verfolger konnte seinen Lauf nicht mehr schnell genug abbremsen und donnerte gegen das dicke Holz.

Ich sah den Riegel an der oberen Türhälfte, schlug mit der Faust dagegen und verriegelte die Tür.

Atempause.

Carmen und ich schauten uns an. Ich las in ihren Augen eine stumme Frage.

»Vielleicht haben wir es geschafft«, lächelte ich und nahm meine Fackel auf.

»Und was jetzt?«

Ich schaute mich um. Wir standen in einem ziemlich breiten Gang, der tiefer in das Kloster hineinführte. Ich hätte meine Fackel eigentlich gar nicht gebraucht, denn an den Wänden steckten Pechfackeln, deren Rauch – oft beißend und scharf – unter der Decke her entlanggeweht wurde und in einem Abzug verschwand. Wo der sich befand, konnten wir nicht sehen. Doch mir fiel ein, daß einmal von einem Schacht geredet worden war. Juan Ortega hatte davon gesprochen.

Ich fragte Carmen danach.

»Ein Schacht?« flüsterte sie. »Ich weiß davon nichts.«

Meine Hoffnung sank.

Sie las es an meinem enttäuschten Gesicht ab und sagte leise: »Es tut mir leid, Señor Sinclair.«

»Sie brauchen sich doch keine Vorwürfe zu machen«, erwiderte ich. Dann lauschten wir gemeinsam, doch innerhalb des Klosters war es ruhig. Auch von draußen vernahmen wir keine Stimmen. Das wunderte mich, denn ich rechnete damit, daß die Mönche die Tür einrammen würden oder aber durch einen zweiten Eingang, den wir nicht kannten, in die Festung eindrangen.

Wichtig war der Schacht. Unsere wohl einzige Fluchtchance. Noch genau war mir in Erinnerung geblieben, daß es unzählige Stufen sein sollten, die in die Tiefe führten. Der Schacht war so alt wie das Kloster selbst. Klar, daß die Stufen im Laufe der Zeit nicht besser geworden waren. Da es kein Geländer gab, war es für uns eine lebensgefährliche Sache, in die Tiefe zu steigen.

Doch hatten wir eine Wahl?

Nein, ganz bestimmt nicht.

Carmen sprach das aus, was ich dachte. »Der Abt wird wissen, wo sich der Schacht befindet.«

Ja, das war klar. Nur fragte es sich, ob er auch bereit war, sein Geheimnis zu lüften. Ich glaubte es nicht. Auch mußten wir ihn erst finden. Es war schon eine vertrackte Situation. Ein Todfeind sollte uns den Weg zeigen, aus diesem Gefängnis herauszukommen.

»Gehen wir«, sagte ich und faßte Carmen am Arm. Die beiden Mönche, die den Eingang bewacht hatten, ließen wir zurück. Sie waren noch immer bewußtlos.

Wir schritten tiefer in das Kloster hinein. Quergänge tauchten auf, kleinere Stollen, die ich ausleuchtete. Wir sahen auch Türen, die zu irgendwelchen Zellen führten, aber es waren verhältnismäßig wenige, wenn ich die Anzahl der Mönche in Relation dazu setzte.

Ich fragte Carmen: »Wissen Sie, wo die Mönche ihre Kammern haben?«

»Nein, tut mir leid.«

»Hat Ihr zukünftiger Schwiegervater denn nichts gesagt?«

»Ich habe kaum mit ihm gesprochen. Ich sah ihn nur wenig. Er kam nur dreimal vom Kloster her nach Los Albas. Und mit mir hat er sowieso wenig gesprochen.«

Ich schwieg. Der Gang senkte sich etwas. Hoch hielt ich die Fackel und sah über mir an der Decke einen schmalen Schacht, der in den Berg hineinstieß.

Das war der Abzug. Aber über dem Kloster lag nichts. Nur der Himmel. Ich fragte mich, wo der Schacht hinführte und ob wir nicht doch versuchen sollten, dort hineinzuklettern und nach einem Fluchtweg Ausschau zu halten. Denn den Fluchtschacht fanden wir bestimmt nicht so schnell. Außerdem würde der Abt noch auf uns Jagd machen und irgendwo in der Dunkelheit auf uns lauern.

Den Reiter durften wir auch nicht vergessen. Er hatte ja bereits seine Macht demonstriert.

»Sie… Sie wollen da hoch?« fragte Carmen. Ihre Stimme zitterte.

»Ja. Es bleibt uns wohl nichts anderes übrig. Raus müssen wir hier. Unsere Gegner kennen sich in diesem Kloster aus. Wir nicht, meine liebe Carmen.«

Plötzlich packte Carmen meinen Arm. »Da! Sehen Sie doch!«

Ich wandte den Kopf. Schaute in die Richtung, wo wir hergekommen waren. In der Luft lag plötzlich ein silbernes Leuchten. Ich dachte sofort an den Reiter und sollte auch recht behalten.

Aber nicht nur ein Reiter manifestierte sich dort im Gang, sondern vier an der Zahl. Dicht nebeneinander standen sie da. Unbeweglich wie Statuen. Und alle sahen sie gleich aus.

Bis auf die Buchstaben auf ihren Brustpanzern.

Ich las von links nach rechts.

AEBA.

Suko hockte sprungbereit auf der Mauer. Er starrte in den Fackelschein und kniff die Augen etwas zusammen, um nicht geblendet zu werden.

Unter ihm waberte die rötliche Lichtfülle. Die Mönche starrten zu ihm hoch, blieben dort stehen, wo sie gerade standen, und machten keine Anstalten, den Chinesen von der Mauer zu holen.

Suko überwand seinen ersten Schrecken, als er bemerkte, daß ihm keine unmittelbare Gefahr drohte. Sein Blick wanderte. Rechts von ihm befand sich die Zugbrücke. Sie war in der Tat hochgezogen. Das hölzerne Gestell stand senkrecht zur Mauer.

Gegenüber sah Suko einen schmalen Steg, der von der Mauerkrone über den Innenhof hinweg auf das Klostergebäude zuführte.

Der Chinese schaltete sofort. Wenn er noch eine Chance haben wollte, in das Kloster einzudringen, dann mußte er unbedingt auf die andere Seite.

Doch das war gar nicht so einfach. Suko hatte das Gefühl, als würde ihm ein Spießrutenlaufen bevorstehen.

Und er sollte sich nicht getäuscht haben.

Suko erhob sich aus seiner knienden Stellung und lief geduckt los. Er mußte achtgeben, denn die Mauerkrone war nicht eben, sondern voller Spalten, Risse und tückischer Fußfallen. Für letztere waren vor allen Dingen die hervorstehenden Steine verantwortlich.

Über die Unebenheiten sprang Suko hinweg. Einmal blieb er stehen und warf einen Blick nach rechts.

Ein Lichtkreis wirbelte durch die Dunkelheit. Juan Ortegas Zeichen. Der junge Mann fragte dadurch an, ob er nachkommen sollte. Es war so ausgemacht worden. Suko wollte erst einmal die Lage erkunden und dann Bescheid geben.

Doch in der Situation, in der er sich jetzt befand, hielt er es für ratsam, Ortega aus dem Spiel herauszuhalten. Es reichte völlig aus, wenn er sich in Gefahr befand.

Suko holte seine Bleistiftlampe hervor und ließ sie kurz hintereinander dreimal aufblitzen. Für Juan Ortega das Zeichen, zurückzubleiben. Mochte der junge Mann denken, was er wollte. Suko mußte einen Alleingang wagen.

Er wollte die Lampe schon wegstecken, da flog die erste Fackel heran. Der Chinese sah den brennenden Scheit aus den Augenwinkeln. Instinktiv zog er den Kopf ein, und die Fackel wischte nur eine Handbreit über ihn hinweg. Sie überschlug sich ein paarmal und verschwand in der Dunkelheit.

Juan Ortega würde sich bestimmt wundern. Suko wollte ihm hinterher eine Erklärung geben.

Falls es für ihn noch ein Hinterher gab...

Er lief weiter. War jetzt noch vorsichtiger, denn das Beispiel des ersten Werfers hatte Schule gemacht.

Mehrere Fackeln segelten auf Suko zu. Es war gespenstisch. Keiner der Mönche sprach ein Wort. Sie warfen nur ihre Fackeln. Manche wurden von einer Windböe gepackt und abgetrieben, andere wiederum trafen. Eine klatschte gegen Sukos Hüfte. Das schmierige Pechzeug klebte. Suko riß die Fackel ab und schleuderte sie weg. Er hatte aber nicht vermeiden können, daß sein Hosenbein Feuer fing.

Hastig schlug der Chinese die kleinen Flammen aus. Der Stoff qualmte noch nach.

Mein Freund riskierte es jetzt nicht mehr, aufrecht weiterzulaufen. Er kniete sich hin, machte sich dann noch kleiner und verschmolz fast mit der Mauerkrone. Im Kriechgang bewegte er sich weiter.

Suko hatte Glück. Er wurde von keiner weiteren Fackel getroffen. Nur einmal prallte ein Geschoß dicht vor seinem Gesicht gegen die Mauerkante. Da nahm mein Freund hastig seinen Kopf zurück. Funken stoben auf und verglühten auf seinem Gesicht.

Der Chinese gab nicht auf. Schon bald hatte er die Nordseite der Mauer erreicht. Er kroch dort weiter und peilte mit einem Auge immer wieder in den Hof hinab.

Die Mönche hatten es aufgegeben, mit den Fackeln zu werfen. Sie hielten sich zurück und beobachteten nur. Suko fragte sich, weshalb sie nicht im Innern des Klosters verschwanden, aber darüber groß nachzudenken, war nicht seine Sache.

Wieder mußte Suko auf eine andere Mauerseite klettern. Auch das schaffte er ohne große Schwierigkeiten.

Und der Übergang rückte näher. Ein schmaler Steg aus Stein, der dicht unterhalb eines Fensters endete, wie Suko jetzt erkennen konnte. Er war im nachhinein froh darüber, daß die Mönche mit ihren Fackeln leuchteten, sonst hätte er den Übergang bestimmt nicht entdeckt.

Dann hatte er ihn erreicht.

Er lag etwas tiefer als die Mauer, aber Suko konnte hinaufspringen, mußte allerdings vorsichtig sein, damit er das Gleichgewicht nicht verlor.

Er ließ sich von der Mauer rutschen.

Ein Mönch versuchte es noch einmal. Wuchtig schleuderte er seine Fackel. In dem Augenblick, als sich Suko zwischen Mauer und Steg befand. Die Fackel hätte ihn genau ins Gesicht getroffen, doch Suko reagierte geistesgegenwärtig und blitzschnell. Er bekam die brennende Pechfackel zu fassen und schleuderte sie sofort zurück.

Der Mönch schaffte es nicht mehr, rechtzeitig auszuweichen. Die Fackel blieb an seiner Kutte kleben.

Schreiend rannte der Mann davon.

Suko kümmerte sich nicht um ihn. Er balancierte auf Händen und Knien über den Steinsteg, kam dicht unterhalb des Fensters an, sah die Scheibe vor sich und winkelte den rechten Arm an.

Dann hieb er blitzschnell und hart zu.

Sein Ellbogen knallte in die Scheibe und zerstörte sie.

Rasch schlug Suko einzeln hängende Splitter aus dem Rahmen, damit er sich nicht verletzte, und er turnte dann in das Innere des Klosters…

Vier Buchstaben, die sich zu einem geheimnisvollen Wort formten.

AEBA

Jetzt wußte ich, wie sich dieses Rätsel zusammensetzte, aber ich hatte keine Ahnung, was es genau bedeutete, und wieso die Reiter die Symbole auf ihren Brustpanzern trugen.

An die Gefahr dachte ich erst später. Aber dann wurde mir bewußt, daß ich nur eine winzige Chance besaß. Diese vier Reiter waren mächtige Dämonen aus einer anderen Dimension. Das wußte ich mit Bestimmtheit, denn schon einmal hatte ich ihnen gegenübergestanden. Vor einem halben Jahr etwa, im Reich des Spuks.

Da war ich den vier Todesboten der Apokalypse begegnet. Sie brachten die großen Plagen.

Krieg, Pest, Hunger und Tod!

Sie hatten die Weltgeschichte beeinflußt. Besonders im Mittelalter hatten sie gewütet, doch dann ließ ihre Wirkung nach, da sich die Menschen der Welt wieder auf ihre wahren Werte besannen. Auch hatte die Wissenschaft Fortschritte gemacht, die Plagen und Seuchen wurden eingedämmt. Aber jetzt sah es ganz so aus, als wollten die vier Reiter der Apokalypse wieder aktiv werden. Jetzt, wo die Menschen nicht mehr an die Gefahren dachten, hielten sie die Zeit für gekommen. Ich hatte Holzschnitte und Zeichnungen gesehen von Künstlern des Mittelalters. Ungeheuer realistisch waren die vier Reiter dargestellt worden. Schon beim Betrachten der Bilder bekam man es mit der Angst zu tun. Aber diese Maler hatten gewußt, was sie da zeichneten. Sie hatten die Gefahr geahnt und zu warnen versucht, doch sie waren oft nicht ernstgenommen worden.

Ein Fehler – vielleicht…

Und nun standen die vier apokalyptischen Reiter vor mir. Zum zweitenmal. Und das in einem Kloster, einem Hort des Guten, das aber vom Bösen befallen worden war.

Durch einen Abt, der dem Teufel diente.

Durch Don Alvarez!

Auch ihn sah ich. Er tauchte aus seinem Seitenstollen auf und stellte sich vor die vier Reiter. Seine beiden Dolche hielt er fest umklammert. Er stand geduckt da, wie ein sprungbereites Raubtier, das sich auf seine Opfer stürzen will.

Und die Opfer waren Carmen und ich.

»Ihr, ja ihr fahrt als erste zur Hölle!« zischte Don Alvarez. »Aber nicht durch eine Kugel, nein, für euch haben wir uns etwas Besonderes ausgedacht.«

Das konnte ich mir gut vorstellen. Schon mancher Dämon hatte mir den Tod versprochen. Bis jetzt allerdings war ich immer der erste Sieger geblieben. Und ich hatte mir im Laufe der Zeit eine gewisse Kaltblütigkeit angeeignet, die mich auch in brandgefährlichen Situationen wie dieser nicht verließ.

Ich wurde neugierig. Vor allen Dingen wollte ich wissen, was AEBA bedeutete.

Ich hob beide Hände und drehte die Handflächen nach außen.

»Wollen Sie aufgeben?« zischte Carmen hinter mir.

»Nein! Erst einmal Zeit gewinnen.«

»Was nützt das noch?«

Ich gab ihr keine Antwort mehr, denn ich konzentrierte mich auf den verbrecherischen Abt.

»Wie jeder zum Tode Verurteilte habe auch ich einen Wunsch, Don Alvarez. Gewährst du ihn mir?«

»Sprich!«

Tief holte ich Luft, bevor ich meine Frage formulierte. »Ich möchte gern wissen, was AEBA zu bedeuten hat. Welchen Sinn haben die Buchstaben auf den Brustpanzern?«

Don Alvarez rieb sich die Hände. »Ja, das glaube ich, daß du neugierig bist. Aber wie du eben schon sagtest, einem zum Tode Verurteilten gewährt man seinen letzten Wunsch. Deine Frage, John Sinclair, ist nicht leicht zu beantworten. Ich muß weiter zurückgreifen, bis in die alttestamentarische Kirchengeschichte. Du weißt, daß es sieben Erzengel gibt. Gabriel, Raphael, Michael und Uriel. Diese vier spielen nur eine Rolle. Die anderen drei haben in der Geschichte nicht viel zu sagen. Wenigstens nicht im christlichen Glauben. Aber wo Feuer ist, da ist auch Wasser. Mit anderen Worten: Zu diesen vier Erzengeln gibt es vier Gegenparte. Dämonen also. Diese vier heißen Astaroth, Eurynome, Bael und Amducias. Es gibt noch andere Hauptdämonen, wie zum Beispiel Belphégor, aber uns interessieren nur diese vier, obwohl du auch gegen Belphégor schon einmal gekämpft hast, wie ich mir habe sagen lassen. Nun zu unseren vier Dämonen. Jeder dieser Dämonen hat einen Leibwächter, einen Reiter, den er vorschickt, bevor er selbst erscheint. Und diese Reiter tragen jeweils die Anfangsbuchstaben der Namen ihrer Herren auf den Brustpanzern. Vier Buchstaben bilden ein Wort. AEBA. Die neue Apokalypse, die auch du, John Sinclair, nicht mehr aufhalten kannst. Im Buch der Schwarzen Gesetze, das der Schwarze Tod, Herr über alle Dämonen, in den Händen hält, ist dein Untergang und damit das Ende der heutigen Welt verbrieft. Von diesem Kloster aus wird die dämonische Revolution die Welt erfassen, und niemand kann sie aufhalten. Auch du nicht. Du bist nicht mehr als ein Sandkorn im Flugwind einer dämonischen Attacke. Die Jenseitsmächte haben längst zum Sturm geblasen. Leider hast du uns so manches Mal einen Strich durch die Rechnung gemacht. Aber das ist nun vorbei. Und ich, ein Mensch, werde das Tor für die anderen öffnen. Ein Tor, das dich verschlingen wird, um dich nie wieder freizugeben. Denn du wirst in den Dimensionen versiechen, dein Tod ist…«

Der Reiter mit dem A auf der Brust sprengte vor. »Rede nicht soviel, sondern handle.« Er zog sein Schwert, und instinktiv wollte ich meine Beretta aus der Halfter reißen.

Ich sah noch den Blitz aus der Schwertspitze fegen, spürte einen ungeheuren Schmerz im Gehirn und dann nichts mehr.

Schwer fiel ich zu Boden.

Carmen Valdera schrie wie am Spieß, doch ihr Schreien wurde von Don Alvarez' Griff erstickt.

Suko sprang zu Boden.

Finsternis hüllte ihn ein. Er streckte seine Arme vor und wartete ab, bis sich seine Augen an die herrschende Dunkelheit gewöhnt hatten. Erst dann ging er weiter.

Konturenhaft nur sah er die Gegenstände. Einen Schrank, ein Bett, eine Kommode – die Tür.

Sukos Hände stießen gegen das Holz. Einen Herzschlag später hatten sie die Klinke gefunden. Sie war ziemlich groß, aus Gußeisen gefertigt, und als er sie nach unten drückte, stellt er fest, daß die Tür abgeschlossen war.

Suko holte wieder seine Minilampe hervor und leuchtete das Schloß ab. Für die primitive Konstruktion hatte er nur ein müdes Lächeln übrig. Das Schloß öffnete er zwar nicht mit der linken Hand, dafür aber mit einem zurechtgebogenen Draht.

Er führte ihn in das Schloß ein, drehte ein paarmal hin und her und hatte Glück.

Die Tür war offen.

Suko verließ die muffig riechende Zelle und gelangte in einen schmalen Gang, der nicht viel höher als ein Stollen war, so daß der Chinese den Kopf einziehen mußte, um sich nicht an die niedrige Decke zu stoßen.

Doch schon bald erreichte er einen breiteren Gang. Wieder trat die Taschenlampe in Aktion.

Zuerst leuchtete Suko nach rechts. Dort verlor sich der Strahl in der Dunkelheit.

Er schwenkte den Arm nach links, ließ die Lampe etwas kreisen und sah die beiden Mönche, die sich soeben taumelnd vom Boden erhoben. Es waren die Kerle, die ich niedergeschlagen hatte.

Auch sie wurden auf den Chinesen aufmerksam.

Und noch ehe sich Suko versah, stürzten die beiden Kerle schon auf ihn zu…

Zuerst nahm ich an, in einer anderen Dimension gefangen zu sein. Nebel umwaberte mich. Er kroch über den Boden, hüllte meinen Körper ein und erschwerte das Atmen.

Mir war nicht schlecht, ich spürte auch keine Kopfschmerzen – ja, ich spürte eigentlich nichts.

Nur, daß ich auf einem harten Boden lag, ausgestreckt. Arme sowohl als auch Beine. Ich konnte sie nicht mehr bewegen. Ich merkte es, als ich mich aufrichten wollte, aber nicht vom Boden hochkam. Meine Arme waren weit über die Schultern nach hinten gestreckt. Sie standen etwas hoch, und ebenso erging es meinen Beinen. Auch sie klappten auseinander wie die Schenkel einer Schere und befanden sich in ihrer Schräglage dabei dicht über dem harten Boden.

Ich blieb erst einmal liegen, nachdem ich meine miese Lage festgestellt hatte. Sekundenlang ruhte ich mich aus, dann hob ich ein wenig den Kopf. Dabei drehte ich ihn nach links und suchte die Handfesseln.

Ich sah sie nicht.

Sofort begann ich zu überlegen. Ohne Fesseln war ich dennoch gefesselt. Da gab es nur eins. Man hatte mich in einen magischen Bann geschlagen. Ich verdrehte die Augen, peilte zu meinen Handgelenken hoch und sah den haarfeinen, silbernen Strahl, der davon ausging.

Das war an der linken Seite. Ich blickte nach rechts und entdeckte den gleichen Strahl, der von meinen Gelenken aus in der Nebelwolke verschwand.

Man hatte mir eine magische Fessel angelegt!

Und damit befand ich mich in der Gewalt der vier apokalyptischen Reiter. Da biß keine Maus den Faden ab, und darüber machte ich mir auch keine Illusionen.

Meine erste Sorge galt nicht mir, sondern Carmen. Voller Angst fragte ich mich, was man mit dem Mädchen angestellt hatte. War Carmen umgebracht worden? Wenn ja, warum hatten sie mich dann noch am Leben gelassen?

Aber mit mir wollten sie ja etwas Besonderes anstellen, das hatte mir der Abt prophezeit. Ich versuchte, die Arme anzuziehen, und setzte dabei viel Kraft ein, doch es gelang mir nicht. Die magischen Fesseln waren einfach zu stramm.

Wenn nur dieser verdammte Nebel nicht gewesen wäre. Er kroch aus jeder Bodenspalte und machte eine Sicht so gut wie unmöglich. Ich wußte nicht einmal, wo ich mich befand.

Don Alvarez' Worte schwirrten noch in meinem Kopf herum. Er hatte von der neuen Apokalypse gesprochen, von den vier Reitern, die schon bereitstanden, die großen Plagen über die Menschheit zu bringen. Sollte dies der Anfang vom Ende sein? Standen wir bereits dicht vor dem Ende der Welt, so wie es in alten Schriften prophezeit worden war? War der Schwarze Tod vielleicht mit dem so oft zitierten Antichrist identisch? Die Weisen hatten nie eine Zeitangabe gemacht, aber immer auf die Zeichen hingewiesen, die auf eine Ankunft des Antichrists hindeuteten. War AEBA das Stichwort?

Ich muß ehrlich gestehen, daß mich der Gedanke daran nicht nur unangenehm berührte, sondern mir auch Angst einjagte. Ich lag gefesselt am Boden und war wehrlos, während die anderen mit mir machen konnten, was sie wollten.

Durch den Druck an der linken Achsel merkte ich, daß ich noch meine Waffe besaß. Sie mußte wieder in die Halfter zurückgerutscht sein, als ich bewußtlos wurde.

Und ich trug noch etwas bei mir.

Mein Kreuz!

Dieses Kruzifix, dessen Geheimnis ich jetzt endgültig kannte, und das so ungeheuer wertvoll war. Ich wußte nun, was die Zeichen bedeuteten, die in das Metall eingraviert waren.

Die vier Erzengel hatten dieses Kreuz geweiht!

Wo Feuer ist, da ist auch Wasser. Wie von selbst kam mir dieser Ausspruch des Abts in den Sinn.

Feuer waren die vier Reiter – das Wasser war mein Kreuz! Beide waren gleich stark, aber das Wasser löschte das Feuer.

Ich ging diese Gedankenspielerei ein paarmal durch, bis mir klar wurde, daß mir das Kreuz gar nichts nutzte. Denn ich war gefesselt und kam nicht heran.

Plötzlich lichtete sich der Nebel. Als wäre ein Windstoß durch ihn gefahren, aber das war nicht der Fall. Die langen grauen Schleier verschwanden einfach in den zahlreichen Spalten und Rissen, aus denen sie gestiegen waren.

Nur die Dunkelheit blieb. Nein, die auch nicht, denn vor mir sah ich zwei grünliche Lichtfinger, die in drei Yards Höhe einen Torbogen bildeten.

War dies ein Dimensionstor?

Meine Gedanken wurden abgelenkt, denn ich sah zwei oder vier Reiter. Sie hockten wie festgewachsen auf ihren Gäulen und hielten meine magischen Fesseln umklammert. Auf der Brust des linken Reiters glänzte ein A. Der rechte Reiter trug das B auf dem

Brustpanzer. Die anderen beiden Horror-Reiter konnte ich nicht sehen, da sie sich in meinem Rücken befanden.

Die Reiter vor mir hielten meine Füße gefesselt. Der Strahl ging von ihren Händen aus, er stand nicht unbeweglich in der Luft, sondern zitterte hin und her.

Jetzt erst sah ich den Abt und das Mädchen.

Don Alvarez hatte sich mit Carmen in der Nähe des Dimensionstors aufgehalten. Er trat jetzt aus dem Schatten heraus und trieb Carmen vor sich her.

Der dämonische Abt hatte ihr einen Arm auf den Rücken gedreht. Carmen ging gebeugt. Das schwarze Haar fiel wie ein Vorhang zu beiden Seiten des Kopfes herab. Sie konnte sich kaum auf den Beinen halten und schien am Ende ihrer Kraft zu sein. Ihre Füße schleiften über den Boden, und als sie einmal den Kopf hob, sah ich an ihrer roten Wange, daß sie geschlagen worden war.

In mir stieg die heiße Wut auf diesen Teufel Don Alvarez hoch. Er wollte mich töten und würde auch Carmen nicht verschonen. Seitlich von mir blieb er stehen. Seine linke Hand fuhr um Carmens Schulter herum, die Finger faßten nach dem Kinn und hoben den Kopf an. »Da!« schrie er. »Sieh ihn dir nur genau an, deinen Retter. Dort liegt er auf dem Boden und wartet auf seinen Tod.« Der Abt lachte. »Weißt du, was ich mir für ihn ausgedacht habe? Ahnst du es?«

Carmen schüttelte den Kopf.

»Hören Sie auf!« rief ich.

»Halt du dein Maul, Sinclair. Ich werde es ihr sagen. Du siehst, daß er gefesselt ist. Er ist an Händen und Füßen mit magischen Stricken gebunden. Und auf mein Kommando werden die vier Reiter anreiten und ihn…«

»Nein!« schrie Carmen. »Nicht! Reden Sie nicht weiter.« Sie schüttelte in wilder Panik den Kopf, und ein verzweifeltes Schluchzen drang aus ihrem Mund.

Don Alvarez hatte seinen Spaß. Obwohl ich es mit einem Menschen zu tun hatte, war er nicht weniger schlimm als ein Dämon. Das Böse beherrschte ihn total.

Der Abt sprach weiter. »Zuerst werde ich Sinclair töten lassen, und dann bist du an der Reihe. Ihr beide macht den Anfang, andere werden folgen, glaube mir. Die neue Apokalypse ist nicht mehr aufzuhalten. Sie beginnt mit eurem Tod.«

Die Worte trafen mich wie Schwerthiebe, wühlten mein Innerstes auf. Jahrelang hatte ich gegen das Böse gekämpft, und jetzt sollte alles vorbei sein? War alles umsonst? Meine Arbeit, meine Berufung? Sah so das Ende aus? Zerrissen von vier Pferden? Wehrlos lag ich auf dem Boden. Nicht im Kampf würde ich verlieren, nein, gedemütigt und geschwächt. Ein Grab in den Pyrenäen, das niemand fand.

Ich dachte an meinen Freund Suko. Er war im Dorf zurückgeblieben. Wahrscheinlich hatte er Himmel und Hölle in Bewegung gesetzt, um mich zu finden.

Aber wußte er überhaupt, wo er suchen sollte? Wenn er tatsächlich zum Kloster gekommen war, hatte er immer noch eine Anzahl von Gegnern vor sich, die er allein nicht besiegen konnte. Nein, die Chancen standen mehr als mies.

»Ich will keine langen Worte mehr machen«, sagte der Abt und hob die Hand zum Zeichen. Er blickte mich dabei an. »Wenn ich den Arm fallen lasse, reiten sie an, Sinclair…«

Trotz seiner ausgezeichneten Reflexe konnte Suko nicht mehr rasch genug ausweichen. Der erste Mönch prallte gegen ihn. Suko verlor die Lampe, wurde in den engen Gang hineingeschleudert. Sein Gegner setzte sofort nach. Finger tasteten über Sukos Brust, fuhren hoch bis zur Kehle.

Der Chinese drückte das Kinn herunter. Seine Hände hatte er zum Glück frei. Sie zuckten von oben nach unten, trafen dicht unterhalb der Kapuze.

Der Mönch bäumte sich auf und kippte zur Seite. Suko mußte ihn wegwälzen, um aufstehen zu können.

Sein zweiter Gegner war vorsichtiger. Er hatte sich mit einer Fackel bewaffnet und erwartete meinen Freund am Ende des schmalen Stollens. Breitbeinig stand er dort, hielt die Fackel in der Rechten und zielte damit auf Sukos Körpermitte.

Der Chinese wich aus. Sein linkes Bein flog hoch und streifte den zurückschnellenden Arm. Der Tritt schleuderte die Hand zurück. Die Fackel knallte gegen die Decke. Ein Funkenregen stob über beide Kämpfer. Ehe der Mönch ein zweitesmal zuschlagen konnte, hatte Suko ihn unterlaufen. Der Mönch fiel durch den eigenen Schwung gegen die Gangwand. Sein Gesicht verzerrte sich. Suko sprang vor, packte den Arm des Mannes und drehte ihn herum.

Der Kerl schrie auf und ließ die Fackel fallen. Er gab jedoch nicht nach und wollte Suko zu Boden drücken. Doch die Kutte behinderte ihn zu sehr. Suko wich aus und zog dem Mann die Füße weg. Der Mönch fiel zu Boden.

Sofort warf sich der Chinese auf ihn, drehte ihm vor dem Hals die Kutte zusammen und drückte ihn mit seinem Gewicht weiterhin auf den Boden.

»So, mein Freund«, zischte Suko, »jetzt werden wir mal Fraktur miteinander reden. Wo ist John Sinclair?«

Der Mönch antwortete in einer Sprache, die Suko nicht verstand, aber mein Freund war sicher, daß der Kerl auch Englisch beherrschte, es nur nicht zugeben wollte.

Suko ballte die linke Hand zur Faust. »Rede endlich, oder es geht dir dreckig.«

Der Mönch sah die Entschlossenheit in Sukos Augen und begann zu sprechen. »Was wollen Sie wissen?«

»Na also, es geht ja doch. Wo haltet ihr John Sinclair und das Mädchen gefangen?«

»Ich weiß nicht.«

»Du lügst!« zischte Suko.

»Nein, nein! Der Abt weiß es. Und nur er kennt das Geheimnis der Gewölbe. Ich...«

»Bist du ihm nie heimlich gefolgt?«

»Es war verboten.«

»Ach, verdammt.« Suko schluckte. »Wo könnte es denn ungefähr sein?«

»Vielleicht hinten am Gang.«

»Dann zeig es mir.« Suko zog den überwältigten Mönch wieder hoch und stieß ihn vorwärts. »Geh, mein Freund, und laß dir ja keinen Umweg einfallen.«

Der Mönch stolperte vor dem Chinesen her. Er spürte immer Sukos Faust im Rücken und hütete sich, irgendeine dumme Bewegung zu machen, die mißverstanden werden konnte.

Die Zeit verging. Suko wurde immer nervöser und stellte sich mittlerweile die bange Frage, ob überhaupt noch Chancen bestanden, mich zu finden.

Lebendig – wohlgemerkt...

»Halt! Moment noch!« rief ich mit zitternder Stimme. Don Alvarez' Arm blieb in der Luft hängen. »Was ist?« keifte er. »Was willst du denn noch?«

»Ich möchte noch einmal mit ihr reden.«

Der Abt zögerte. Er hielt Carmen noch immer fest. Ich merkte förmlich, wie es hinter seiner Stirn arbeitete. Scharf sog ich die Luft ein. Wenn Alvarez jetzt nein sagte, war alles verloren, dann war unsere letzte, hauchdünne Chance dahin.

»Bitte«, sagte ich. Jeder von Ihnen kann wohl nachfühlen, wie schwer mir dieses Wort über die Lippen kam.

Aber es verfehlte seine Wirkung nicht.

Don Alvarez stimmte zu. »Gut«, sagte er, »du kannst ein paar Worte mit ihr reden. Ich bin ja kein Unmensch.« Er lachte wieder. »Geh hin zu ihm!« Er stieß Carmen so hart vor, daß sie förmlich auf mich zutaumelte, stolperte und über mich fiel. Genau das hatte ich eigentlich gewollt. Jetzt kam es darauf an, daß Carmen begriff. Ich brachte meine Lippen dicht an ihr Ohr. »Tu genau das, was ich dir jetzt sage!« zischte ich. »Und reiß dich noch einmal zusammen, dann schaffen wir es. Hast du mich verstanden?«

»Ja.« Die Antwort war nur ein Hauch.

»Gut. Bleib so liegen, Carmen, und knöpfe mein Hemd auf. Reiß es auch meinetwegen auseinander, Hauptsache ist, die Brust liegt frei. Dann zieh das Kreuz unter dem Unterhemd hervor.«

»Was noch?«

»Nichts mehr!«

»He, ihr beiden Turteltäubchen!« schrie Don Alvarez. »Jetzt reicht es. Ihr trefft euch im Jenseits wieder!«

»Schnell!« raunte ich.

Carmens Hände fuhren über meine Brust, fanden die Hemdknöpfe, fetzten sie ab...

»Wird's bald, verdammt!« Alvarez schrie und trat näher, um Carmen Valdera wegzureißen. Er packte sie an der Schulter, riß sie zurück, und buchstäblich im letzten Augenblick zog Carmen noch das Kreuz hervor.

Jetzt lag es frei auf meiner Brust.

Und dann ging alles drunter und drüber. Eine grelle Lichtaura strahlte von dem Kreuz aus. Ich schrie die Namen der vier Erzengel. Don Alvarez brüllte verzweifelt und taumelte mit Carmen zurück, die versuchte, ihm das Gesicht zu zerkratzen. Aber das alles sah ich nur aus den Augenwinkeln. Wichtig für mich allein waren die vier Reiter.

Flammende Lichtspeere lösten sich von den vier Seiten des Kruzifix' und bohrten sich in die Brust der vier Reiter.

Dampf wölkte auf. Meine magischen Fesseln verschwanden. Ich konnte mich wieder frei bewegen, sprang auf und brach doch wieder zusammen, da mir die Kraft fehlte, auf den Beinen zu bleiben.

In den nächsten Sekunden war ich nur Statist und sah zu, wie durch die Kräfte des Lichts das Dämonentor verschwand. Und mit ihm die vier Horror-Reiter.

Alle vier wurden von einer gleißenden Lichtwolke eingehüllt. In der Wolke sah ich wirbelnde Schatten, hörte gräßliche dämonische Urlaute. Es tobte ein Kampf der Mächte. Wind pfiff und warf uns umher wie welke Blätter. Durch Zufall prallte Carmen Valdera gegen mich. Ich hielt sie eisern fest und schützte sie vor dem tobenden Sturm. Das Kreuz hatte seine Strahlungsintensität verloren. Es schimmerte wieder in seinem völlig normalen silbernen Glanz. Aber seine Kraft hatte ausgereicht, um die Reiter vorerst auszuschalten. Die Lichtaura, die sie umgab, hatte sich zu einer Spirale gedreht, in der alle vier Reiter förmlich gefesselt waren.

Mit ungeheurer Geschwindigkeit drehte sich die Lichtspirale um die eigene Achse. Dann raste sie haargenau auf das nur schemenhaft zu erkennende Dämonentor zu und verschwand darin.

Die große Gefahr war vorerst gebannt.

Aber noch gab es Don Alvarez.

Er schrie und tobte wie ein Wahnsinniger, als er einsehen

mußte, daß er verloren hatte, und er machte mich für seine Niederlage verantwortlich.

Plötzlich riß er die Dolche aus seinen weitgeschnittenen Ärmeln hervor.

»Ich bringe dich um!« brüllte er. »Ich schlitze dich auf. Du, Sinclair, sollst auch nicht mehr leben!« Ich stieß Carmen Valdera zur Seite. Doch längst nicht schnell genug. Der Abt hatte mich fast erreicht. Nur noch einen Schritt, dann würde er sich auf mich stürzen... Da flog von der Seite her ein Schatten heran. Ich hörte einen mir bekannten Kampfschrei, und im nächsten Augenblick knallten zwei stahlharte Karatefäuste auf die Arme des verbrecherischen Abts.

Don Alvarez brüllte wie am Spieß. Die mörderischen Dolche rutschten ihm aus den Händen, klirrten zu Boden.

Er stand da und zitterte. Dann, als hätte jemand bei ihm einen Faden abgeschnitten, brach er in die Knie und fiel lang aufs Gesicht.

Ich rappelte mich auf.

Neben Don Alvarez stand Suko. Das erleichterte Lächeln machte sein Vollmondgesicht noch breiter.

Wir verließen die unterirdischen Gewölbe des Klosters. Ich stützte Carmen. Sie weinte ununterbrochen. Der Schock saß ihr in den Knochen, und sie konnte es kaum begreifen, noch einmal mit dem Leben davongekommen zu sein.

Suko hatte sich den bewußtlosen Abt über die Schulter geworfen. Was mit ihm geschehen sollte, wußten wir noch nicht. Wahrscheinlich würde er in eine Anstalt eingeliefert werden.

Gemeinsam betraten wir den Innenhof des Klosters. Verständnislos schauten uns die Mönche an. Sie begriffen nicht. Aufgeregt sprachen sie durcheinander.

Ich versuchte, eine Erklärung abzugeben, sprach von einem Bann, unter dem sie gestanden hatten. Ob sie mir glaubten, war zweifelhaft. Plötzlich hörten wir einen Ruf. »Carmen!«

Juan Ortega hockte auf der Klostermauer. Er hatte es auf seinem Platz nicht mehr ausgehalten. Als er seine Verlobte sah, sprang er in den Innenhof, und wenig später lagen sich die beiden jungen Menschen in den Armen. Ob die Mönche weiterhin in dem Kloster bleiben würden, das war ihr Problem. Suko, Carmen, Juan und ich sahen zu, daß wir so rasch wie möglich ins Tal kamen. Wir gingen den Weg über die Zugbrücke, den Abt nahmen wir mit.

Auf halber Strecke begann es zu schneien. Suko hatte die Führung übernommen. Durch Handschellen war er mit Don Alvarez verbunden. Als wir schließlich das Dorf erreichten, war von unserem Wagen nichts mehr zu sehen. Eine dicke Schneeschicht bedeckte ihn.

Juan Ortega wollte, daß wir noch blieben, doch ich war dagegen. Wenn wir noch länger warteten, dann war die Schneedecke wahrscheinlich bald so dicht, daß wir nicht mehr wegkamen.

Juan Ortega sagte zum Abschied: »Ich werde meinen Vater in aller Stille begraben lassen. Niemand soll wissen, wie er umgekommen ist und was in dem Kloster geschah.« Es war mir recht, daß er so dachte. Auch ich wollte keinen Wirbel. Die Gefahr, die AEBA heraufbeschworen hatte, war vorerst gebannt.

Don Alvarez wurde tatsächlich in eine Irrenanstalt eingeliefert. Als das geschah, waren wir längst wieder in London und kümmerten uns um andere Fälle, denn die Mächte der Finsternis schlafen nie.

ENDE

Die Ameisen
greifen an

Nicht ein Lichtstrahl durchbrach die Dunkelheit des Raumes. Es war völlig finster. Wie es die Vorschrift verlangte.

Der Mann, der sich in dem Raum bewegte, kannte sich auch ohne Licht aus. Er wußte, wo die einzelnen Gegenstände standen. Die Schale mit dem Blut, das grünlich schimmernde, magische Pulver, die Töpfe, die Krüge und die beiden schwarzen, aus Leichenfett gefertigten Kerzen, die der Beschwörung den nötigen Rahmen gaben.

Der Mann rieb sich die Hände. In wenigen Minuten war es soweit. Dann wollte er den mächtigen Dämon beschwören, um es Zweiflern und Spöttern zu zeigen. Sie hatten ihn ausgelacht, wenn er von dem mächtigen Bael sprach. Ja, sie hatten ihn sogar aus dem Haus geworfen, so daß er in die Einsamkeit der Berge fliehen mußte.

Aber bald – wenn der Dämon auf der Erde war – würden sie vor Angst und Grauen zittern und ihm Abbitte leisten. Doch er würde ihre Entschuldigung nicht annehmen. Sie sollten büßen und Angst haben.

Alle…

Er riß ein Zündholz an.

Winzig nur flackerte die Flamme auf, erhielt aber dann neue Nahrung, wurde größer, und der Widerschein tanzte schließlich mit grotesken Bewegungen über die Holzwände der Hütte.

Der Mann zündete die Kerze an. Sein Gesicht wurde aus der Dunkelheit gerissen.

Es war ein altes Gesicht mit zahlreichen Falten. Die Lippen wirkten schmal und verkniffen. Die Nase war lang und spitz. Die Schultern fielen zu beiden Seiten hin ab, und ein violetter Umhang verdeckte die ausgemergelte Gestalt.

Der Mann schritt um die Kerzen herum. Er hütete sich dabei, das magische Fünfeck zu betreten, das er mit roter Kreide auf den Boden gezeichnet hatte.

Statt dessen griff er zu einer ovalen Schale, kippte das Pulver aus und verteilte es kreisförmig in dem magischen Pentagramm. Dann nahm er einen Krug und leerte ihn ebenfalls.

Eine dicke rote Flüssigkeit floß auf das Pulver und vermengte sich mit ihm zu einer Substanz, die sofort warm wurde und kleine Blasen warf.

Der Mann trat zurück. Er rieb sich wieder die Hände. Das trockene Schaben hörte sich an, als würde er über Pergament reiben.

Teil eins der Beschwörung war gelungen.

Aber das Wichtigste lag noch vor ihm. Der Mann öffnete die Doppeltür eines alten Schranks. Die Angeln quietschten erbärmlich, doch das störte ihn nicht. In den langen Monaten hatte er sich längst an dieses Geräusch gewöhnt.

Er holte ein Gefäß hervor, das durch einen Deckel verschlossen war. In dem Gefäß befand sich die wichtigste Zutat, die er für diese Beschwörung brauchte.

Knochenmehl!

Es stammte von einem verstorbenen Verbrecher, den der Mann um Mitternacht aus seinem Grab geholt hatte. Bei Vollmond hatte er die einzelnen Knochen zerrieben, bis dieses feinpulvrige Mehl entstanden war.

Mit spitzen Fingern hob der Mann den Deckel ab und legte ihn zur Seite.

Das feine Knochenmehl bedeckte nur den Boden. Es schimmerte weißgrau und sah völlig harmlos aus. Doch in Verbindung mit den anderen Bestandteilen wurde es zu einer magischen Zeitbombe.

Und das wußte der Mann.

Er hielt das urnenartige Gefäß mit beiden Händen fest. Während er sich auf das von den beiden Kerzenflammen erleuchtete Fünfeck zubewegte, murmelte er Worte in einer Sprache, die nur wenigen Menschen bekannt war. Vor allen Dingen solchen, die sich mit Schwarzer Magie und Hexerei beschäftigten.

Es war die Sprache der Hölle.

Vor dem magischen Pentagramm kniete er nieder. Noch hielt er das Gefäß in den Händen. Dann beugte er sich vor, seine Hände überschritten die Grenze des Fünfecks, er kippte die Urne nach links, und im nächsten Augenblick rann das Pulver aus dem Gefäß.

Kleine Funken blitzten auf, als es sich mit dem Sud im Innern des magischen Pentagramms mischte.

Eine Verbindung wurde geboren.

Eine gefährliche Synthese, die das Böse auf die Welt holen sollte. Der Mann wußte nicht, wie der Dämon erscheinen würde. Als Tier, als Monster oder sogar als Mensch.

Er hoffte nur, daß er kam.

Plötzlich wogte Nebel auf. Die blubbernden Blasen bildeten Nebelstreifen, die die Farbe des Blutes annahmen und innerhalb des Fünfecks hin- und herwogten, die Grenzen berührten, sie jedoch nicht überschritten.

Gebannt schaute der Mann diesem unerklärlichen Vorgang zu. Als der Nebel wie eine Säule stand, war es an der Zeit, die Beschwörungsformeln zu sprechen.

Abgehackte, guttural klingende Laute drangen aus dem Mund des Mannes. Er streckte beide Arme vor und führte die Hände kreisförmig in die Nebelwand hinein, wirbelte die Schleier durcheinander. Immer wieder rief er den Dämon an.

Seine Stimme steigerte sich, sie wurde schrill und überschlug sich. Schweiß drang dem Mann aus allen Poren, bedeckte sein hageres Gesicht mit einer glänzenden Schicht. Jetzt wiegte er den Oberkörper. Langsam. Einmal nach links, dann wieder nach rechts. Nie unterbrach er seine Beschwörung, der Dämon sollte erscheinen.

Da geschah es. Ein eiskalter Hauch wehte durch den Raum, streifte den vor dem Fünfeck knienden Beschwörer und drang in das Pentagramm ein. Der Hauch wirbelte den roten Nebel durcheinander, verformte ihn zu grotesk tanzenden Figuren.

Eine tiefe Stimme ertönte.

»Warum rufst du mich, Elender!?«

Der Mann erschrak. Die Stimme schien von weit her zu kommen, aus der Unendlichkeit der Dimensionen. Und doch war sie laut und fest, so daß er jedes Wort verstand.

»Bael?«

Mit banger Stimme rief der Mann den Namen. Er vernahm keine Antwort. Nur die roten Nebelfetzen fegten weiterhin innerhalb des Pentagramms hin und her.

Noch einmal rief der Mann.

Wieder blieb die Antwort aus. Doch Sekunden später klang noch einmal die Stimme des Dämons auf.

»Du Narr hast alles verkehrt gemacht. Du hast durch deine

Beschwörung ein Tor geöffnet, das bisher verschlossen war. Du bist ein Anfänger. Doch die Folgen mußt du tragen. Du und die anderen. Über euch wird das Grauen kommen...«

Die Stimme hallte noch nach. Besonders die letzten Worte schwangen als schaurige Echos durch die einsame Hütte.

Die Kerzen verlöschten, der Nebel verschwand. Es wurde finster.

Ächzend stand der Mann auf. Mit müden Schritten schlurfte er zu einem Regal. Er wußte, daß er es nicht geschafft hatte. Etwas hatte gefehlt, um die Beschwörung exakt auszuführen.

Aber was?

Auf dem Regal stand eine batteriebetriebene Laterne. Der Mann knipste sie an. Der milchige Schein leuchtete die Hütte kaum aus, so schwach war er.

Der Mann schaute sich um. Nichts hatte sich verändert. Es stand noch alles wie zuvor.

Weshalb hatte der unsichtbare Dämon ihn verhöhnt? Angeblich sollte er etwas falsch gemacht haben. Wahrscheinlich hatte sich der Dämon geirrt.

Das war nicht der Fall. Bael irrte nie. Der Mann, der ihn beschwören wollte, hatte durch seinen Fehler in der Tat das Grauen auf die Erde geholt. Ein Dimensionstor war aufgestoßen worden, durch das die schlimmsten Monster aus dem Reich der Finsternis auf die Welt gelangen konnten.

Es waren die Riesenameisen!

Mit einem eleganten Hüftschwung zog Peter Egli die Skier herum und kam inmitten einer aufstiebenden Schneewolke zum Stehen.

Er lehnte die Stöcke gegen die Hüttenwand und klappte die Kappe seiner Fellmütze hoch.

Der Blick über die Bergwelt war einmalig.

Peter Egli genoß das Panorama, obwohl er es schon von Jugend auf kannte. Denn er war hier geboren. Er war ein Kind des Berner Oberlandes.

Vor ihm präsentierte sich die Jungfrauenregion mit all ihrer strahlenden Gletscherpracht. Es war bitterkalt geworden. Peter

Egli schaute hinauf zu den Gipfeln von Eiger, Mönch und Jungfrau und sah die Sonne soeben noch hinter den beiden ersten Bergen verschwinden. Ihr letztes Licht ließ die Firne und Eismassen rötlichblau aufleuchten. Ein Abschiednehmen für einen Tag, sogar für ein Jahr.

Denn man schrieb den 31. Dezember.

Silvester!

Jahreswechsel in den Bergen. Ein Höhepunkt. Unten im Tal lag Grindelwald, das Kleinod des Berner Oberlandes. Sämtliche Hotels waren ausgebucht. Entlang der Hauptstraße und auch ringsum an den Hängen gab es in keinem Hotel mehr ein freies Bett.

Peter Egli selbst wohnte zwischen Grindelwald und Lauterbrunnen. Seine Eltern bewirtschafteten dort eine kleine Pension, in die nur Stammgäste kamen. Peter gehörte zur Bergwacht. Er lebte oft tagelang allein in der Berghütte. Sie lag auf zweitausendfünfhundert Meter Höhe, war mit einer Funkanlage und mit einem Telefon ausgestattet. Schon oft hatten hier Bergsteiger vor einem plötzlich hereinbrechenden Wetterumschwung Schutz gefunden. Auch Touristen, die sich unerfahren und leichtsinnig auf eine Bergwanderung begeben hatten, fanden auf der Egli-Hütte Schutz.

Es war in den letzten Tagen viel Schnee gefallen. Die Kältewelle kam aus dem Norden und hatte die Alpen bis hin nach Italien überrollt. An diesem Nachmittag zeigte das Außenthermometer an der Hüttenwand schon minus 22 Grad.

Peter Egli stieg aus den Skibindungen und schob den Riegel der Hüttentür zurück.

Eine angenehme Wärme schlug ihm entgegen, die die Eiskristalle in seinem Bart sofort zum Schmelzen brachte. Rechts neben der Tür befand sich ein kleiner Raum, in dem Peter die Skier abstellte. Er zog die Handschuhe aus und legte den Anorak ab.

Händereibend betrat er den großen Hüttenraum.

Das Feuer brannte in einem alten gemauerten Ofen. Die Wände bestanden aus dicken Holzbohlen. Die Zwischenräume waren gut isoliert, so daß die Wärme im Raum blieb und sich nicht draußen verlor.

Vom Hüttendach hingen dicke Eiszapfen. Zentnerschwer

lastete der Schnee auf der Hütte. Sie war mit der Rückseite an einen Hang gebaut worden und dadurch lawinensicher. Es gab mehrere Schlafstellen und eine lange, an der Wand entlanglaufende Bank. Darüber hingen Bilder. Sie zeigten Schneelandschaften oder Häuser aus der näheren Umgebung.

Peter Egli setzte sich an den Tisch. Bedächtig begann er seine alte Pfeife zu stopfen. Er sollte den Jahreswechsel in der Hütte verleben, und das kam nicht von ungefähr. Einige Hotels hatten Silvesterwanderungen organisiert. Die Gäste zogen dann mit Pechfackeln zwei Stunden durch die Einsamkeit der Bergwelt, um eine Stunde vor Mitternacht wieder daheim zu sein. Dann zog man sich um und feierte den Jahreswechsel.

Peter Egli erlebte nicht zum erstenmal solche Umzüge. Und er wußte auch, daß sich zahlreiche Wanderer mit hochprozentigen Aufwärmgetränken eingedeckt hatten. Manche taten dann des Guten zuviel, betranken sich und fielen einfach um.

Um diese Leute kümmerte sich dann Peter Egli mit seinem Freund Roger Calf. Roger stammte aus der Nähe von Crans-Montana, der Retortenstadt in der französischen Schweiz. Roger war ein Jahr jünger als Peter und ein richtiger Naturbursche.

Geschneit hatte es nicht mehr. Der Luftdruck stieg, die Sicht war klar wie selten. Ein Wetter, von dem die meisten Urlauber nur träumten.

Peter schaute auf seine Uhr.

Roger wollte erst gegen Abend kommen. Er war noch in Grindelwald und wollte anschließend Colette, seine Freundin, besuchen.

Colette arbeitete als Zimmermädchen und Bedienung im Grandhotel Alpina, das oberhalb des Ortes lag und in der Luftlinie gar nicht mal so weit von der Hütte entfernt war.

Das Hotel zählte wohl zu den besten in der Umgebung. Für die Silvesterfeier war es schon immer im Sommer ausgebucht.

Es machte aber auch Spaß, in diesem Hotel zu feiern. Zusätzlich zu der prächtigen Landschaft bot es noch allen Komfort. Die Preise waren natürlich dementsprechend.

Etwas machte Peter Egli Sorge. Und das war der Zeltplatz. Die Camper wurden immer verrückter. Jedenfalls war das seine Meinung. Sie fuhren mit ihren Wohnwagen sogar im Winter los, um die Feiertage über in den Sardinenbüchsen zu verbringen, anstatt sich zu Hause hinter den warmen Ofen zu setzen.

Aber jeder war schließlich sein eigener Narr. Peter Egli hoffte nur, daß bei den Campern alles glattging und es keine Skiunfälle gab.

Der fünfundzwanzigjährige Mann sah, daß das Feuer etwas heruntergebrannt war, und legte ein paar Holzscheite nach. Die Rinde fing an zu knistern, sprang explosionsartig ab und prallte gegen die Sichtscheibe.

Auf dem Ofen stand eine Kanne mit heißem Wasser. Peter goß sich einen Tee auf und telefonierte dann hinunter zur Talstation. Er gab seine Meldung durch und berichtete, daß alles in Ordnung war.

»Hier sind auch keine besonderen Vorkommnisse«, hörte er die Stimme seines Kollegen.

»Wollen hoffen, daß es so bleibt«, sagte Peter.

»Das gebe Gott.«

Peter zündete sich seine erloschene Pfeife wieder an und machte anschließend seinen Kontrollgang. Er prüfte nach, ob noch genügend Proviant vorrätig war, und checkte auch die Notverbandskästen durch. Wenn etwas fehlte, so schrieb er es auf.

Hin und wieder schaute er aus dem Fenster. Hier oben war es nicht so windstill wie im Tal. Der Wind hatte regelrechte Schneeberge vor den Felsen aufgetürmt. Hin und wieder strich er darüber weg und riß Millionen Schneekristalle in einem weißen Wirbel hoch.

Die Spur seiner Skier konnte Peter Egli verfolgen, bis sie hinter der nächsten Welle verschwand.

Plötzlich vernahm er ein Geräusch.

Peter stutzte.

Der Laut war hinter ihm aufgeklungen und hörte sich schabend und kratzend an.

War etwa Schnee vom Dach gefallen? Und rutschte nun anderer nach?

Peter Egli runzelte die Stirn. Langsam drehte er sich um. Er fühlte, wie sich eine Gänsehaut bildete und seinen Rücken hinunterlief. Irgend etwas war geschehen. Die Luft in der Hütte schien sich verändert zu haben. Peter kam es vor, als würde ein unsichtbares, schleichendes Gift in den Raum kriechen, das jeden Winkel der Hütte ausfüllte. Nie hatte es ihm etwas ausgemacht, die Tage und auch Nächte allein hier oben auf dem Berg zu verbringen, nun aber bekam er es doch mit der Angst zu tun.

Obwohl nichts zu sehen war.

Peter wischte sich über die Augen. Behutsam ging er einen Schritt nach vorn. Er starrte auf die Rückwand der Hütte. Dort war das Geräusch aufgeklungen.

Da, jetzt wieder!

Kratzen, Schaben, Schmatzen…

Peter Egli ging zur Seite. Neben dem Schrank stand ein alter eiserner Schürhaken. Ihn riß der junge Mann aus der Halterung. Jetzt fühlte er sich wohler. Wenn sich ein Einbrecher hinter der Hütte befinden sollte, dann hatte er bestimmt nicht lange Spaß.

Aber die Hütte war direkt an den Berg gebaut worden. Es konnte kein Einbrecher sein. Es sei denn, er mußte aus dem Berg herauskommen. Und das gab es nur im Märchen.

Plötzlich war ein grünlich-silbernes Flimmern da. Im nächsten Moment existierte ein Teil der Wand überhaupt nicht mehr. Er war einfach verschwunden – als hätte es ihn nie gegeben.

Statt dessen sah Peter Egli etwas anderes.

Zwei glühende Augen.

Sie starrten ihn an, schienen ihn hypnotisieren zu wollen. Peter riß den Mund auf, doch nicht ein Laut drang aus seiner Kehle. Aus weit aufgerissenen Augen starrte er dem Unheimlichen entgegen.

Die Augen wirkten wie blutrote Teller. Die Umgebung darum verschwamm in einer grauen Schwärze. Es war eine undefinierbare Farbe, wie Peter sie noch nie gesehen hatte.

Ein Monster! Aus der Wand mußte ein Monster kommen. Etwas anderes konnte sich Peter gar nicht vorstellen.

Und dann löste sich das Untier aus der grauen Schwärze. Es ging vor, Schritt für Schritt.

Peter zweifelte an seinem Verstand. Er wollte einfach nicht glauben, was er mit seinen eigenen Augen sah.

Aus der Wand schob sich eine riesige Ameise.

Groß wie ein Mensch.

Sechs lange Beine bewegten einen massigen Oberkörper. Ein schmaler Kopf, glühende Augen, darunter zwei zangenartige Gebilde, die wie scharfe Scheren wirkten.

Das Untier kam näher.

Die Beine pochten auf den Holzboden. Und jeder Schritt brachte Peter dem Verderben näher.

Die vorderen Zangen begannen zu zucken. Sie klappten auf und zu.

Peter ahnte, wofür sie geschaffen worden waren.

Ihn schauderte.

Ein Tisch stand im Weg. Die Riesenameise hob die beiden Vorderbeine. Wie Fallbeile fielen sie nach unten. Das Holz brach unter der enormen Wucht.

Erst jetzt erwachte Peter Egli aus seiner Erstarrung. Er schrie auf, machte auf dem Absatz kehrt und rannte zur Tür.

Drei Schritte waren es höchstens.

Drei lächerliche Schritte…

Und doch zu weit.

Peter Egli warf sich nach vorn, bekam auch noch die Türklinke zu fassen, doch es gelang ihm nicht mehr, sie nach unten zu drücken. Die Ameise war schneller.

Das rechte vordere Bein wischte halbhoch über den Boden. Peter Egli erhielt einen Schlag gegen die Hüfte, der ihn zusammenknicken ließ. Er prallte gegen das Türfutter und rutschte stöhnend zu Boden. Mit schmerzverzerrtem Gesicht hob er den Kopf.

Die Riesenameise stand dicht vor ihm und starrte aus ihren großen, blutroten Augen auf Peter Egli hinab.

Die Fühler bewegten sich auseinander.

Peter schrie.

Er riß seinen rechten Arm hoch, den Schürhaken in der Faust. Doch an der hornigen Haut, die wie ein Panzer wirkte, prallte die Eisenstange ab.

Der junge Mann hatte keine Chance.

Die Ameise hob ein Bein, drückte es Peter gegen die Brust. Der junge Mann stemmte sich dagegen an, doch das Monster war stärker. Peter Egli fiel auf den Rücken.

Er konnte an dem Rieseninsekt vorbeischauen, sah, daß noch einige dieser Tiere aus der Öffnung drangen, und das war das letzte Bild, das seine Augen noch wahrnahmen...

Bis Interlaken fuhren wir mit dem Zug. Hier lag der Schnee schon verflixt hoch. Zu beiden Seiten der Fahrbahnen türmten sich die weißen Wälle. Die Autos fuhren mit Schneeketten, und die Menschen trugen dicke Winterkleidung.

Auch ich hatte das Fell in den Burberry-Mantel geknöpft, stieg aus dem Zug und half Sheila auf den Bahnsteig. Ich wartete, bis Bill ebenfalls ausgestiegen war, und nahm Suko dann zwei der fünf Koffer ab, die wir mitgebracht hatten.

John Sinclair in der Schweiz. Mancher Leser wird sich jetzt fragen, was wir hier zu suchen hatten. Wir wollten ein paar Tage Urlaub machen und den Jahreswechsel in einem Berghotel feiern.

Auf die Idee war Bill Conolly gekommen. Er hatte Suko und mich kurzerhand mit einer Einladung überrascht. Jane Collins sollte auch erst mitfahren, doch sie war beruflich verhindert. Ein dringender Fall erforderte ihre Anwesenheit.

Ich hatte nicht lange gezögert. Urlaub stand mir sowieso noch zu. Powell, mein Chef, hatte zwar knurrig aus der Wäsche geschaut, aber freundlich habe ich ihn bisher nur selten gesehen. Schnell hatte ich mich entschlossen, packte die Koffer, und ab ging es. Mit dem Jet bis Zürich und von dort weiter mit der Bahn.

Ich wollte endlich mal wieder Ski laufen. Während meiner Studentenzeit hatte ich das letzte Mal auf den Brettern gestanden.

Den kleinen Johnny hatten die Conollys bei Bekannten untergebracht. Das Ehepaar freute sich diebisch auf das Kind. Es war Sheilas und Bills erster gemeinsamer Urlaub nach der Geburt des Kindes.

Bezahlen brauchten Suko und ich nichts. Bill Conolly, mehrfacher Millionär, gab uns den Urlaub aus. Das Angebot nicht anzunehmen wäre einer Todsünde gleichgekommen. Dafür kannte ich Bill gut genug. Im Zug hatte er mir ein paarmal zugeflüstert, daß er sich wie ein Kind auf den Urlaub freue. Sieben Tage wollten wir ausspannen, einfach mal nichts tun, uns der Müßigkeit hingeben und jeden Gedanken an Dämonen und böse Geister verbannen.

Sheila Conolly kuschelte sich enger in den mit Pelz besetzten Wildledermantel. Bill trampelte mit den Füßen, und Suko machte einen langen Hals.

»Suchst du was?« fragte ich ihn.

»Wo ist denn hier der Gepäckträger?«

Ich grinste. »Wir haben dich doch.«

»Spaßvögel, Kinder und Geisteskranke alle Bahnsteig zehn«, sagte Suko. »Da kommt gleich ein großer schwarzer Wagen mit Gittern vor den Fenstern und holt die Leute ab.«

Ich konterte. »Wenn du nicht ruhig bist, bekommst du zur Aufwärmung eine schottische Tomatensuppe.«

»Was ist das denn?« fragte Bill, der sofort dabei war, wenn es ums Essen ging.

»Ganz einfach«, erklärte ich. »Man gießt heißes Wasser in einen roten Teller.«

Suko und Bill schauten mich an, als wollten sie mich erwürgen. Nur Sheila hielt zu mir. Sie wollte sich ausschütten vor Lachen. »Himmel, John, den kannte ich ja noch gar nicht.«

Ich wies über ihre Schulter. »Da ist ein Gepäckträger. Neben dem Knaben mit dem Schild.«

»Die wollten doch vom Hotel jemand schicken«, maulte Bill. »Der Service fängt ja gut an.«

Suko hatte ihn zuerst gesehen. »Auf dem Schild, das der Mann da trägt, steht Grand Hotel Alpina. Das müßte unser Schuppen sein.«

»Von wegen Schuppen«, knurrte Bill, nahm aber zwei Koffer. Da Suko ebenfalls zwei trug, blieb für mich nur noch einer übrig.

»Wir wollen zum Grand Hotel Alpina«, sagte ich zu dem Schildträger.

Das steife Gesicht des Knaben entgleiste zu einem Lächeln. »Da sind Sie bei mir genau richtig, mein Herr. Gehören die Herrschaften auch zu Ihnen?« erkundigte er sich mit einem Blick auf meine Freunde.

»Ja.«

»Dann muß einer von Ihnen Mr. Conolly sein.« Der Mann sprach jetzt englisch.

Bill trat vor. »Ich.«

»Bitte folgen Sie mir, meine Herrschaften. Der Bus wartet direkt am Bahnhof.« Er schnippte einmal mit den Fingern seiner freien Hand, und unter dem Vordach des Bahnhofsgebäudes lösten sich zwei Pagen, die sofort unsere Koffer nahmen.

Suko trug seinen selbst. Er liebte es nicht, wenn man ihn bediente.

Wir gingen durch eine Unterführung, und als wir wieder ans Tageslicht kamen, sahen wir dicht vor uns den schmalen Wasserstreifen, der den Thuner- und den Brienzer See miteinander verband. Auf dem Wasser schwammen einige Eisplatten, so kalt war es geworden. Aber bei uns auf den Inseln hatte es ebenso geschneit. Wir waren buchstäblich mit der letzten Maschine weggekommen.

Der blaue Bus mit der Aufschrift des Hotels stand neben einem Schneehaufen.

Der Himmel war strahlend blau. Ein fantastisches Wetter. Ich sprach es auch aus.

»Bis gestern hat es noch geschneit«, sagte der Fahrer. »Sie haben Glück und können sich auf eine wunderbare Schneewanderung freuen.«

Und ob wir uns freuten.

Das Gepäck wurde verladen. Bill gab ein Trinkgeld, und wir stiegen in den VW-Bus.

Die Schneeketten mahlten über die weiße Fläche. Wir fuhren ein Stück durch die City und nahmen das Flair eines Wintersportortes in uns auf. Zahlreiche Menschen trugen Skier. Die meisten Wagen, die in Richtung Grindelwald oder Lauterbrunnen fuhren, hatten Dachgepäckträger, auf denen die Bretter festgeklemmt waren.

Ich zog etwas den Kopf ein und schaute nach Norden.

Aus der Ferne grüßten die Eisgipfel der Viertausender. Grindelwald liegt über tausend Meter hoch. Die Straße dorthin war die ersten Kilometer gut ausgebaut, doch dann wurde sie eng. Überholverbot. Die Wagen mußten hintereinanderfahren.

Rechts und links die Winterpracht. Verschneite Wälder. Tannenzweige bogen sich unter der weißen Last. Hin und wieder flatterte ein Vogel auf. Dann stoben Schneewölkchen auf. Wenn der Wald etwas zurücktrat, hatten wir freie Sicht auf das grandiose Bergpanorama.

Ich freute mich immer mehr auf diesen Urlaub. Vor allen Dingen hatten wir ein sagenhaftes Wetter.

Viele Deutsche waren unterwegs. Fast alle Wagen waren mit Schneeketten ausgerüstet.

Die Straße teilte sich. Rechts ging es nach Lauterbrunnen, links in Richtung Grindelwald. Aus dem Autoatlas wußte ich, daß die Straße dort zu Ende war. Wer weiter wollte, der mußte klettern.

Immer steiler ging es hoch. Kurven. Einmal links, einmal rechts. Dann fuhren wir ein Stück an der Bahnlinie vorbei. Auch sie endete in Grindelwald. An den Abteilfenstern standen fröhliche Menschen und winkten uns zu.

Wir winkten zurück.

Sheila drehte sich um. Ihre Augen blitzten vor Freude. Fest hielt sie Bills Hand. »Herrlich, nicht wahr?«

Ich nickte.

Rechts von uns fielen schon die Hänge in die Tiefe. Ich sah die ersten Skifahrer. Doch die richtigen Pisten begannen weiter oben, wo es nur noch Schnee und Eis gab und der Weg ins Tal zu einer rasanten, abenteuerlichen Fahrt wurde.

Nach dreißig Minuten hatten wir Grindelwald erreicht. Das Ortseingangsschild tauchte auf. Doch wir fuhren nicht in den Ort hinein, sondern bogen links ab.

Ein schmaler Weg wand sich den Hang hoch. Verschneite Wiesen zu beiden Seiten. Im Sommer weidete hier das Vieh. Die Zäune bogen sich unter dem Schneegewicht. Die Häuser trugen große weiße Hauben. Die Wintersonne war fahl. Ihre Strahlen trafen die reine, helle Schneedecke und ließen sie aufblitzen wie mit Hunderttausenden von Diamantsplittern übersät.

Bill deutete nach vorn. »Da oben, das Haus, das ist es.«

Ich peilte zwischen seiner und Sheilas Schulter vorbei. Das Hotel lag wirklich einmalig.

Wie ein Märchenschloß hing es an einer Bergflanke. Es war ein alter Bau mit zahlreichen Ecken und Türmen. Eine überglaste Terrasse, auch Wintergarten genannt, ließ einen prächtigen Blick auf die Jungfrauregion zu. Menschen in bunten Skianzügen sausten die Pisten hinab und fuhren bis dicht vor das Hotel, wo sie die Bretter abschnallten und dem Personal übergaben.

Der hoteleigene Wagen fuhr bis vor das Hotel und hielt dicht neben dem Eingang. Wir stiegen aus. Um das Gepäck brauchten wir uns nicht zu kümmern, das besorgten andere. Das Grand Hotel Alpina hatte nicht nur einen ausgezeichneten Ruf, sondern auch einen hervorragenden Service.

Die Auffahrt und die direkt am Hotel befindlichen Wege waren vom Schnee befreit worden. Die Pfade stachen als schwarze Streifen in das Weiß der Schneelandschaft.

Ein weiträumiges Foyer nahm uns auf.

Höflich wurden wir zur Anmeldung gebeten. Unsere Zimmer lagen im zweiten Stock. Zwei Pagen fuhren mit uns hoch. Großzügige Gänge, mit Teppichboden ausgelegt, kleine Nischen, viele Blumen und Zimmertüren aus Mahagoni.

Suko und ich erhielten zwei nebeneinander liegende Zimmer. Die Räume der Conollys lagen gegenüber.

Bevor Bill und Sheila ihr Zimmer betraten, kniff mir mein Freund noch ein Auge zu.

»In einer halben Stunde an der Bar?«

Ich nickte. »Okay.«

Sheila hob die Augenbrauen. »Geht das jetzt schon bei euch los?«

»Wir wollen nur einen kleinen Willkommensdrink nehmen. Anschließend essen wir dann zusammen, und danach ziehen wir uns für die Wanderung um.«

Sheila war beruhigt.

Zum Zimmer gehörten ein Bad und eine Dusche. Telefon und TV waren selbstverständlich. Ich wollte von beiden nichts wissen. Powell hatte zwar verlangt, daß ich in London anrief, aber der alte Knabe konnte mich mal im Mondschein besuchen.

Ich hatte Urlaub. Basta.

Handhoch lag der Schnee auf der Balkonbrüstung. Ich zog die Gardine ein wenig zur Seite und hatte einen sagenhaften Blick auf den Eiger. Minutenlang genoß ich das Panorama. Ich sah die langen Gletscher, dazwischen ein spinnennetzartiges Eisfeld, das schon manchem Bergsteiger zum Verhängnis geworden war, und mein Blick wanderte weiter zum Finsteraarhorn und zum

Schreckhorn hin. Die beiden Berge maßen, ebenso wie Eiger, Mönch und Jungfrau, an die viertausend Meter und darüber.

Ich kam mir plötzlich unendlich klein und winzig vor und hatte Hochachtung vor den Menschen, die sich daran machten, die Berge zu ersteigen.

Dann nahm ich eine Dusche. Das Bad war braungrün gekachelt. Es fehlte an nichts. Vom Handtuch bis zur Rasierklinge war alles vorhanden. An der Mischbatterie stellte ich die richtige Temperatur der Dusche ein und ließ die nadelfeinen Strahlen auf meinen Körper prasseln.

Die Wechselbäder taten mir sehr gut. Sie vertrieben die leichte Müdigkeit, die die Anreise mit sich gebracht hatte.

Salopp gekleidet – in Cordhose und Pullover – verließ ich mein Zimmer. Ich klopfte bei Suko an.

Als mein chinesischer Freund und Partner erschien, hatte er noch ein Handtuch um die Hüfte geknotet.

Ich blieb vor der Tür stehen. »Willst du mit nach unten?«

»Keine Lust. Ich werde ein Stündchen die Augen schließen.«

»Okay.«

Bill öffnete schon die Zimmertür und lugte in den Gang. Er grinste von Ohr zu Ohr, als er mich sah. »Auch schon fertig, John? Klasse, dann laß jucken.« Aus dem Zimmer hörte ich die Dusche rauschen. Bill schloß die Tür und leckte sich über die Lippen. »Ich habe vielleicht einen Brand«, sagte er.

Wir nahmen nicht den Aufzug, sondern gingen über die breite, gewundene Treppe. Unterwegs schlug mir Bill auf die Schulter. »Du glaubst gar nicht, wie sehr ich mich auf diesen Urlaub freue, John. Das ist wie früher, als wir noch jung und schön waren.«

»Ja, heute sind wir nur noch schön.«

Bill lachte. »Und reifer.«

»Auch das.«

Andere Gäste begegneten uns. Sie grüßten freundlich. Überall stand das Personal mit wachen Augen bereit. Hier wurde dem Gast jeder Wunsch von den Augen abgelesen.

Die gläserne Flügeltür zur Bar schwang auf, als wir mit den Füßen einen Kontakt berührten.

Wir betraten eine andere Welt. Sitzgruppen aus edlem Leder gruppierten sich locker verteilt im Raum. Es waren regelrechte

Wohnlandschaften. Etwa die Hälfte der Sessel und Elemente waren besetzt. Ober in frackartigen Uniformen brachten die Getränke. Raffinierte Lampenkonstruktionen hingen von der Decke. Sie erinnerten schon mehr an die Werke zeitgenössischer Künstler. Der kamelhaarfarbene Teppich dämpfte die Schritte.

»Mein lieber Mann«, sagte Bill Conolly, »das ist ja super.«

Der Meinung war ich auch. Und super präsentierte sich auch die Bar. Als Quadrat war sie mitten im Raum gebaut. Drei Keeper taten ihren Dienst hinter der Theke. Die Flaschen standen in einem mehrere Etagen umfassenden gläsernen Ständer. Aus verborgenen Lautsprechern drang leise Musik und wurde von dem Klingeln der Eiswürfel in hohen Cocktailgläsern untermalt.

Wir steuerten die Bar an.

Sie war kaum besetzt. Ein schwarzhaariges Mädchen mit einem langen Pferdeschwanz stand neben einem jungen Mann, der auf einem Hocker saß. Da wir nicht weit von ihnen entfernt, Platz nahmen, bekamen wir unwillkürlich Gesprächsteile mit.

»Aber ich muß bald fahren, Colette. Wirklich.«

Die Schwarzhaarige zog einen Schmollmund. »Kann dein Freund denn nicht allein in der Hütte bleiben?«

»Nein, zwei Leute sind Vorschrift.«

»Das wird vielleicht ein Jahreswechsel.«

»Aber du hast doch auch Dienst.«

Das Girl wischte eine Haarsträhne aus der Stirn. »Nach Mitternacht läuft hier sowieso vieles durcheinander. Da fällt es kaum auf, wenn sich mal jemand verdrückt.«

»Es geht wirklich nicht, Colette.«

»Okay, dann bis zum nächsten Jahr.« Die schwarzhaarige Colette küßte ihren Freund auf die Wange, drehte sich um und ging. Sie mußte dicht an uns vorbei.

Ich schaute sie an.

Colette hatte ein hübsches Puppengesicht und unwahrscheinlich große, dunkle Augen.

»He, träumst du?« fragte Bill.

»Wieso?«

»Was willst du denn trinken?«

Der Keeper schlug etwas vor. Er war ein schmalbrüstiger Typ

mit müden, treuen Augen. »Wenn ich den Cocktail Grand Hotel Alpina empfehlen dürfte?«

Bill nickte. »Sie dürfen, Meister.«

»Und was ist das?« fragte ich.

»Lassen Sie sich überraschen, mein Herr.«

Der Keeper mixte den Drink. Was er alles in den Shaker gab, bekam ich so rasch gar nicht mit. Der Knabe war wirklich ein Meister seines Fachs.

Colettes Freund trank inzwischen sein Glas leer. Er war ein großer, breitschultriger, junger Mann, hatte blonde Haare und trug einen himmelblauen Skianzug mit roten Streifen an den Seiten. Der modische Oberlippenbart war wohlgestutzt, die Haut von der Sonne gebräunt. Der Mann rutschte vom Hocker, nickte uns zu und schritt in Richtung Ausgang. Bill und ich schauten ihm nach.

»Ein richtiger Naturbursche«, meinte der Reporter.

Ich widersprach ihm nicht.

Unsere Drinks kamen. Zwei hohe Gläser waren fast bis zum Rand gefüllt. Das Getränk hatte eine gelbbraune Farbe.

Bill versuchte einen Scherz. »Hoffentlich schmeckt es nicht so, wie es aussieht.«

»Sie werden zufrieden sein«, sagte der Mixer.

Tatsächlich, wir waren es. Ich versuchte herauszufinden, was dieser Drink alles enthielt. Doch nur den Sherry schmeckte ich heraus.

Bill war in Hochform. Er begann plötzlich zu lachen.

»Was ist?« fragte ich.

»Weißt du – weißt du, warum der Mönch nicht auf die Jungfrau kann, John?«

»Nein.«

»Weil der Eiger dazwischen steht.« Bill wollte sich ausschütten vor Lachen. Ich aber sagte: »Noch einen Kalauer, und ich gehe in den Keller.«

Bill unterbrach sein Lachen. »Warum?«

»Weil dort die Bartwickelmaschine steht. So alt ist der Witz nämlich.«

Bill war beleidigt. Drei Minuten sprach er nicht mit mir. Dann schlug er mir auf die Schulter und rief: »Jetzt nehmen wir noch einen zweiten Cocktail.«

Ich hatte nichts dagegen.

Roger Calf schritt durch das Foyer. Die meisten Angestellten kannten und begrüßten ihn auch. Er sprach noch mit dem Chefportier ein paar Worte über das Wetter und ging dann nach draußen.

Seine Skier hatte er hinter dem Haus abgestellt. Es gab dort einen schmalen Anbau, in dem das Personal wohnte, das oft von weit her angereist war, um in den Wintermonaten Geld zu verdienen. Calfs Skier lehnten neben anderen Brettern an der Wand.

Er schnallte sich die Gleiter unter, prüfte, ob die Bindung fest genug saß, und nickte zufrieden.

Eine von Colettes Kolleginnen trat auf ihn zu, gerade als er sich seine Strickmütze aufsetzte. Das Girl war mal scharf auf den gutaussehenden Roger Calf gewesen, doch der junge Mann hatte die Kleine abblitzen lassen. Und das verzieh sie ihm nie.

Hämisch sagte sie: »Da muß die gute Colette ja ohne dich den Jahreswechsel feiern.«

»Sieht so aus.«

»Mach dir nichts draus. Es gibt genügend andere Männer im Hotel, die Colette trösten werden.«

»Die sollen sich mal lieber an dich halten«, erwiderte Roger spöttisch. »Du hast es schließlich nötiger.«

»Scheusal.«

Roger lachte nur, stemmte die Stöcke ein und stieß sich ab. Er fuhr in den Spuren schräg am Hang entlang. Eine dunkle Schneebrille klebte vor seinen Augen. Das Schleifen der Bretter über den Schnee waren die einzigen ihn begleitenden Geräusche.

Die Sonne verschwand bereits hinter den Berggipfeln. Bald würde die Dämmerung hereinbrechen, und dann kam fast ohne Übergang die Dunkelheit. Das ging in den Bergen sehr schnell.

Roger dachte an Colette. Natürlich hätte er den Abend und die Nacht lieber bei ihr verbracht, aber er hatte Dienst.

Er war stolz auf seine Arbeit. Er brauchte nur an die Verunglückten zu denken, die er schon aus Bergnot gerettet hatte. Aus

Schluchten und Gletscherspalten, in die sich nur tollkühne Männer wagten. Wenn er dann die Gesichter sah und die Dankbarkeit las, die in den Augen stand, dann wußte er, wofür er arbeitete, und dann fiel es ihm auch nicht schwer, auf einen Silvesterabend mit seiner Freundin zu verzichten.

Sein erstes Ziel war die Liftstation. Sie befand sich in der Mittellage. Sie überwand bis zur letzten Station einen Höhenunterschied von achthundert Metern, und von dort aus war es nicht mehr weit bis zur Hütte.

Roger Calf mußte sich sputen, denn der Liftbetrieb wurde bei Einbruch der Dämmerung eingestellt. Ob sie für ihn eine Ausnahme machen würden, war fraglich.

Kraftvoll stemmte Roger Calf die Stöcke ein und gab sich immer wieder Schwung. Seine Bewegungen waren fließend. Sie gingen ineinander über. Man sah, daß er fahren konnte. Er war ein ebenso guter Lang- wie Slalomläufer, und es hatte nicht viel gefehlt, da wäre er für die nationalen Meisterschaften nominiert worden.

Aber Roger wollte nicht. Er haßte den Rummel, dafür liebte er das Leben in den Bergen um so mehr.

Vor sich sah er schon die kleine Mittelstation. Roger empfand die Liftmasten als eine Landschaftsschande, aber was sollte man machen? Die Fremden kamen in Scharen, jährlich wurden es mehr. Sie wollten Ski fahren und mußten transportiert werden. Das Land lebte nun mal vom Tourismus.

Roger Calf erhöhte die Geschwindigkeit. Mit Bravour übersprang er einen Hügel, wedelte nach rechts und kam inmitten einer aufstiebenden Schneewolke zum Stehen.

Der alte Mayer trat aus dem Haus. »Hast lange auf dich warten lassen, Junge«, begrüßte er Roger. »Ich wollte schon dichtmachen.«

Roger lachte und schob seine Schneebrille in die Stirn. Dann drückte er dem faltengesichtigen Mann mit der schwarzen Pudelmütze die Hand.

»Ich war bei Colette und…«

Der Alte lachte. »Ja, sie ist hübsch geworden, die Kleine. Ich wollte, ich wäre noch einmal vierzig Jahre jünger. Mann, das waren Zeiten.«

Roger fuhr an dem Steinhaus vorbei. In der kleinen Station durchlief das Seil mehrere waagerecht liegende Rollen, wurde um eine S-Kurve transportiert, um dann wieder ins Freie zu gelangen.

Das Gesicht des Alten tauchte am Fenster auf. Er winkte und rief: »Dann einen guten Rutsch, mein Junge!«

»Danke gleichfalls.«

Ein Doppelsitz fuhr heran. Er schwankte etwas, aber Roger besaß Routine im Aufspringen. Es bereitete ihm keine Mühe. Schon nach zwei Sekunden schwebte er aufwärts. Er hob ein letztes Mal den Arm zum Gruß, setzte die Schneebrille wieder auf und überließ sich dann der Einsamkeit der Bergwelt.

Über ihm war nur das Singen der Räder auf den Stahltrossen zu hören. Immer wenn die kleine Gondel an einem der Pfeiler vorbeifuhr, gab es an den Rollen einen Ruck. Ängstliche Menschen bekamen oft Magendrücken, wenn sie das spürten.

Roger Calf konnte darüber nur lachen. Er war ein Kind der Berge. Sein Blick wanderte nach rechts. Über einem verschneiten Waldstreifen standen einige dünne Rauchfahnen. Roger wußte, daß sich dort in der Nähe der Campingplatz befand. Die Menschen heizten ihre Wohnwagen und kochten selbst.

Roger Calf richtete sein Augenmerk wieder nach vorn. Die klare Luft ließ die Entfernungen zusammenfließen. Deutlich konnte er die letzte Station erkennen.

Es war die Zeit kurz vor Einfall der Dämmerung. Der Tag schien noch einmal kräftig Atem zu schöpfen, bevor die Dunkelheit kam. Zehn Minuten würde es noch dauern, bis Calf sein erstes Ziel erreichte. Von der Station aus gab es einen prächtigen Weg zur Hütte. Roger freute sich schon auf die Strecke.

Plötzlich stutzte er.

Er schaute genauer hin, nahm sogar die Schneebrille ab und beschattete die Augen.

Neben der letzten Liftstation hatte sich etwas bewegt. Und es bewegte sich weiter. Daran gab es keinen Zweifel. Roger ärgerte sich, daß er kein Fernglas dabei hatte, er konnte zwar etwas Dunkles erkennen, das sich von der weißen Fläche abhob, aber was es genau war, das wußte er nicht.

Ein Tier? Oder ein Mensch?

Seltsam...

Als er abermals hinschaute, war das dunkle Gebilde verschwunden. Die Gondel fuhr weiter, wurde von der Dämmerung eingeholt und warf einen langen Schatten auf den Schnee.

Roger Calf nahm sich fest vor, sofort nachzusehen, wenn er die Endstation erreicht hatte. Er mußte wissen, ob er sich getäuscht oder ob sich dort tatsächlich etwas bewegt hatte.

Nach Skifahrern sah das jedenfalls nicht aus.

Er fuhr die letzten Meter. Die Erde kam immer näher. Längst lagen die Baumwipfel hinter dem einsamen Fahrer. Hier oben gab es nur Fels und vom Schnee bedeckte Krüppelgewächse.

Die Gondel lief in das oberste Gebäude der Endstation ein, und Roger Calf sprang aus dem Sitz. Der junge Mann trat sofort zu dem an der Wand befestigten Telefonapparat, drückte einen weißen Knopf und war mit der Mittelstation verbunden.

»Alles klar?« fragte der alte Mayer.

»Ja.«

»Da stimmt doch was nicht, Junge. Deine Stimme klingt so komisch. Hast du was?«

Dem Alten konnte man nichts vormachen. Roger überlegte, ob er von seiner Entdeckung berichten sollte, aber er entschied sich nur teilweise dafür. »Sind eigentlich kurz vor mir noch weitere Personen zur letzten Station hochgefahren?« fragte er.

»Nein. Wieso? Hast du etwas entdeckt?«

»Es schien mir so.«

»Von hier aus und auch von der Talstation ist niemand mehr hochgefahren«, erklärte der alte Mayer.

»Dann bedanke ich mich«, sagte Roger Calf, wünschte dem Alten noch einmal einen guten Rutsch und hängte ein.

Auf seinen Skiern bewegte er sich nach draußen. Der Himmel hatte schon eine dunkelgraue Farbe angenommen. Roger mußte sich sputen, wenn er rechtzeitig die Hütte erreichen wollte. Aber vorher suchte er den Boden in unmittelbarer Nähe der Hütte nach Spuren ab.

Und er fand auch welche. Spuren, die nicht hierher paßten. Dicht hintereinander befanden sich tiefe Löcher im Schnee, als hätte jemand einen Besenstiel in die weiße Masse gesteckt. Zwei Spuren liefen parallel zueinander, und sie waren sogar ziemlich gleichförmig. Roger fuhr ein paar Meter neben der Spur her und sah sie auf einen Kamm zulaufen. Da die Zeit drängte, konnte er die Spur nicht mehr weiter verfolgen. Er mußte zur Hütte. Peter wartete bestimmt schon.

Roger Calf schwang herum. Den Weg zur Hütte kannte er im Schlaf. Wuchtige Stockstöße trieben ihn voran. Geduckt stand er da, federte dabei in den Knien nach und bot mit seinem Körper so wenig Luftwiderstand wie nur eben möglich.

Er hatte eine ausgezeichnete Fahrhaltung. Wenn es einen kleinen Hang oder Hügel hinabging, drückte er die Ellenbogen fest gegen die Hüften und ließ sich von der Schußfahrt mittreiben. Meist hatte er so viel Schwung, daß er auf der anderen Seite des Hügels noch hoch sauste. Hin und wieder stieß er einen Begeisterungsschrei aus. Diese rasante Skifahrt machte ungeheuren Spaß.

Hier oben – also abseits der normalen Skipisten – konnten nur die wahren Könner laufen. Und diejenigen, die die Gegend kannten, die wußten, wo sich die Gletscherspalten und Risse befanden, die für Fremde oft zu Todesfallen wurden.

Roger Calf kannte sich aus. Er jagte sogar über Gletscherspalten hinweg. Rechts von ihm lag ein Eisfeld. Es schillerte in der Dunkelheit bläulich.

Der junge Mann wunderte sich ein wenig, daß er noch nicht das Licht in der Hütte sah. Weit war er nicht mehr von seinem Ziel entfernt. Sobald die Dunkelheit anbrach, wurde in der Hütte das Licht angezündet. Und dieser Schein war ein Wegweiser, zu vergleichen mit einem Leuchtturm an der Küste.

Sollte Peter Egli noch nicht eingetroffen sein?

Roger wunderte sich, denn so etwas war nicht Peters Art. Auf ihn konnte man sich hundertprozentig verlassen. Ein unangenehmes Gefühl breitete sich in Rogers Magengegend aus, als er nach links schwenkte und dann direkten Kurs auf die Hütte nahm.

Wie eine unheimliche, drohende Wand stieg der Felsen hinter der Hütte hoch. Der Wind hatte Schneewolken gegen das Gestein geweht. Sie klebten daran wie durch Leim gehalten.

Auf den letzten Metern mußte Roger die Skistöcke zu Hilfe

nehmen. Dann stand er vor der Tür. Rechts und links davon befanden sich zwei Fenster. Roger schaute durch das rechte.

Eisblumen nahmen ihm die Sicht. Ein Zeichen, daß es auch in der Hütte ziemlich kalt war.

»So was«, murmelte der junge Mann und drückte die Türklinke nieder. Er machte sich erst gar nicht die Mühe, seine Bretter abzuschnallen, zog die Tür auf und schaute in die Hütte hinein.

Urplötzlich packte ihn das Entsetzen. Er sah die Unordnung, das Chaos – und Peter Egli.

Er lag auf dem Boden.

Tot!

Roger erlitt einen Schock.

Er hatte das Gefühl, Mittelpunkt eines Alptraums zu sein. Er schrie, weinte und redete in einem. Sah aber nicht, daß sich die Gefahr von einer ganz anderen Seite näherte.

Hinter seinem Rücken tauchten plötzlich zwei Riesenameisen auf...

Hätte Roger Calf sich die Mühe gemacht, den Spuren an der Liftstation noch ein paar Meter weiter zu folgen, so hätte er eine der Ameisen gesehen.

Das Rieseninsekt stand neben einem Felsblock, der sich wie ein grauer spitzer Hut aus dem Schnee herausschob. Das Tier hatte die Witterung des Menschen aufgenommen. Unruhig bewegten sich die beiden Zangen. Es war bereit, anzugreifen.

Doch die Witterung wurde schwächer. Der Mensch entfernte sich. Schnell sogar.

Zu schnell für die Ameise.

Sie wartete noch und drehte dann ab. Es sah etwas unförmig aus, wie sie sich in dem hohen Schnee bewegte, aber diese Unförmigkeit machte sie trotzdem nicht ungefährlicher. Ganz im Gegenteil. Das Rieseninsekt suchte Wärme. Es kam aus einer anderen Dimension, wo es einen anderen Himmel gab, eine andere Sonne – überhaupt völlig andere Lebensgewohnheiten.

Jedes Lebewesen, das sich dem Rieseninsekt in den Weg

stellte, wurde von ihm angegriffen, denn es war auf Töten programmiert.

Die großen dunkelroten Augen glühten, als sie talabwärts schauten. Sie hatten etwas entdeckt.

Lichter!

Wo Licht war, da gab es auch Wärme. Die Ameise ahnte dies mit ihrem sicheren Instinkt.

Und wo Wärme war, da lebten Menschen.

Beute…

Die Ameise stapfte weiter, steuerte direkt auf die Lichter zu, die wie Sterne durch die Dämmerung leuchteten.

Doch es waren keine Sterne. Die Lichter, die die Riesenameise anzogen, gehörten zu einem Hotel.

Zum Grand Hotel Alpina!

Der zweite Cocktail schmeckte schon besser. Und auch der Mixer entpuppte sich als Scherzbold.

Er war ziemlich klein, hatte uns verraten, daß er Gonni hieß und aus Zürich stammte, wo auch seine Frau und der kleine Sohn Kevin lebten.

Als er hörte, daß wir aus London kamen, glänzten seine etwas traurig blickenden Augen.

»England, mein Traum«, sagte er nach einer Weile.

Ich winkte ab. »Alles halb so schlimm.«

»Und dann der ewige Nebel«, meinte Bill.

Gonni schüttelte langsam den Kopf. »Das alles macht mir nichts aus. Irgendwann werde ich einen Job in England annehmen.«

Bill klopfte auf die Bar. »Dann kommen wir Sie bestimmt besuchen.«

Gonni, der Mixer, lächelte. »Das ist ein Wort, Gentlemen.«

Wir tranken.

Dann summte das Telefon hinter der Bar. Gonni nahm wie in Zeitlupe ab, nickte und sagte ein paarmal ja. Nach dem Gespräch schaute er uns an. »Eine Mrs. Conolly war am Apparat. Sie möchten hochkommen.«

Bill rutschte vom Hocker. »Hörst du nicht die Stimme des Herrn?« fragte er mich.

Ich grinste. »Das ist doch deine Herrin.«

»Jetzt bist auch du dran.« Bill faßte mich am Arm. »Komm, keine Müdigkeit vortäuschen. In einer halben Stunde wird gegessen.« Und zu Gonni, dem müden Mixer, rief er: »Setzen Sie die Drinks auf meine Rechnung. Zimmer zwanzig.«

»Geht in Ordnung, Sir«, kam schleppend die Antwort.

Diesmal nahmen wir den Aufzug. Bill meinte: »Das ist ja das Schlimme, wenn du beweibt in Urlaub fährst. Nie bist du dein eigener Herr. Und da du mein bester Freund bist, John, sollst du mit mir leiden.«

»Deine Logik ist bestechend«, gab ich zurück.

Wir verließen den Aufzug.

Sheila schaute aus der Zimmertür. »Wollt ihr euch nicht umziehen?« fragte sie.

»Schon gut«, sagte Bill. Er drückte sich an seiner Frau vorbei und hauchte ihr einen Kuß auf die Wange.

Ich zog mich um. Man brauchte zum Dinner zwar nicht im Smoking zu erscheinen, aber Anzug war erwünscht. Ich zog meinen dunkelbraunen an. Zu Weihnachten hatte mir Jane zwei Krawatten und die dazu passenden Hemden geschenkt.

Eins packte ich jetzt aus.

Als ich es über den Kopf streifte, stach mich noch eine Nadel in den Arm.

Mein Fluch war nicht gerade druckreif. Ich zog das Hemd wieder aus und entfernte die Nadel. Trotzdem hatte ich noch etwas Zeit und betrat den kleinen Balkon.

Mein Blick flog hinunter nach Grindelwald. Der Ort lag unter einer weißen Decke. Hunderte von Lichtern blinkten. Am Bahnhof brannten große Kerzen auf einem Weihnachtsbaum. Auch vor zahlreichen Häusern standen die Bäume.

Die Luft war klar. Tief atmete ich durch. Ich reinigte meine Raucherlunge.

Irgendwo im Tal schlug eine Kirchturmglocke. Der Klang schwang weit über das Land.

Ich beugte mich über die Brüstung und schaute zur Seite. Mein

Blick fiel auf einen Anbau. Das Dach konnte ich sogar von meinem Balkon aus mit einem Sprung erreichen.

Und dann hörte ich den Schrei.

Gellend und markerschütternd.

So schrie nur ein Mensch in Todesnot.

Der Schrei wiederholte sich. Ich wußte jetzt, daß er in dem Anbau unter mir aufgeklungen war, zögerte keine Sekunde, schwang mich über die Brüstung und sprang…

Roger Calf war ahnungslos!

Noch immer starrte er auf den Toten, und trotz der Panik, die ihn packte, stellte er sich die bange Frage, wer Peter Egli umgebracht hatte.

Er glaubte nicht daran, daß es ein Mensch gewesen war.

Aber wilde Tiere gab es in dieser Gegend nicht. Die Wölfe waren schon seit langer Zeit ausgerottet.

Wer aber hatte diesen Mord begangen?

Roger Calf stöhnte auf. Vom Magen her drängte die Übelkeit hoch, ihm wurde schwindlig, und mit tonloser Stimme flüsterte er immer wieder den Namen seines toten Freundes.

Die Gefahr für ihn kam jedoch mit jeder Sekunde, die verging, näher. Die beiden Riesenameisen hatten sich den jungen Mann längst als nächstes Opfer ausgesucht.

Ihre tellergroßen, rotglühenden Augen waren auf seinen Rücken fixiert. Die Fühler der Ameisen zitterten vor kaum unterdrückter Erregung. Langsam bewegten sie sich voran. Sie trennten sich dabei ein wenig, so daß sie Roger Calf in die Zange nehmen konnten. Sie wollten ihm jede Fluchtmöglichkeit verbauen.

Still war es vor der Hütte. Nur weiter oben am Felsen jaulte der Wind und trieb kleine Schneespiralen vor sich her.

Roger Calf stand wie ein Denkmal. Unbeweglich, starr… Seine Augen begannen zu tränen. Die Trauer um den verlorenen Freund brannte wie eine heiße Flamme.

Plötzlich hörte er das Knirschen!

Roger Calf versteifte noch mehr. Auf einmal stellten sich seine

Nackenhaare quer, er begann zu zittern und wagte es nicht, sich umzudrehen.

Wieder ertönte das Geräusch. Es war hinter ihm aufgeklungen und hörte sich an, als würde jemand durch den Schnee gehen.

Auf ihn zu!

Roger Calf atmete tief ein und schwang auf seinen Brettern herum.

Zwei rotglühende Augenpaare starrten ihn an!

Roger Calf sah die Riesenameisen vor sich, deren Beine fast bis zu den langgestreckten Oberkörpern im Schnee steckten. Sein Herz trommelte plötzlich rasend schnell. Auf einmal wußte er, wer seinen Freund Peter Egli umgebracht hatte. Und ihm wurde auch mit erschreckender Deutlichkeit klar, daß ihm das gleiche Schicksal drohte.

Die Ameise links von ihm war nur noch zwei Meter von ihm entfernt. Jetzt hob sie die beiden vorderen Beine aus dem Schnee. Es knirschte, als die Beine die leicht gefrorene Oberschicht der weißen Pracht durchbrachen.

Roger Calf konnte nur eins helfen.

Flucht!

Aber er mußte schnell sein. Verdammt schnell sogar. Sie hatten ihm bereits den Weg abgeschnitten. Nach rechts und links konnte er nicht. Ihm blieb nur die Flucht nach vorn. Zwischen den beiden Monstern hindurch.

Aber der Raum wurde immer enger.

Fast zu eng…

Roger Calf stieß einen Schrei aus, rammte beide Skistöcke in den Schnee und schnellte sich ab.

Der Weg von der Hütte führte zum Glück bergab, so daß Roger sich nur einmal kräftig Schwung zu geben brauchte, um in Fahrt zu kommen.

Er schoß genau auf die Lücke zwischen den beiden Riesen-insekten zu.

Doch auch die Monster aus der anderen Dimension hatten erkannt, was gespielt wurde.

Synchron schwangen sie ihre Körper herum.

Roger Calf fegte heran. Sein Gesicht war verzerrt, der Mund weit aufgerissen. Mit einem gellenden Schrei machte er sich Luft.

Dann war er heran!

Er wollte zwischen den beiden Riesenameisen hindurchzischen, doch auch die Insekten kannten Tricks.

Die linke Riesenameise hob ihren Oberkörper hoch, und dann schnellten die beiden Vorderbeine dem Skiläufer entgegen.

Roger Calf sah alles wie in einem Zeitlupenfilm. Er ahnte, daß er den Beinen nicht ausweichen konnte, versuchte es noch mit einer Körperdrehung der Hüfte.

Der junge Mann verlor die Balance.

Er wurde zur rechten Seite gedrückt. Er riß das linke Bein hoch. Der Ski stellte sich senkrecht. Schnee stiebte auf, und Roger Calf fiel inmitten des wirbelnden Flockenschleiers zu Boden. Er tauchte ein in die weiße Pracht und rutschte weiter.

Roger Calf überschlug sich mehrere Male. Die automatische Bindung löste sich. Der rechte Ski glitt weg, und Roger rutschte hinter seinem schmalen Brett her.

Irgendwie fing er sich wieder.

Ein innerer Motor trieb ihn hoch. Er wußte, daß er verloren war, wenn er jetzt liegenblieb. Er mußte fliehen. Um sich im tiefen Schnee bewegen zu können und um schneller zu sein als die Monster, brauchte er beide Skier.

Roger Calf rappelte sich auf. Die Ameisen hatten schon die Verfolgung aufgenommen. Sie wollten ihr Opfer um keinen Preis entkommen lassen. Trotz ihrer unförmigen Körper bewegten sie sich rascher als der Mensch.

Calf warf einen Blick zurück. Er erkannte, wie nah die beiden Bestien schon waren. Wie der Teufel rannte er los.

Es sah grotesk aus, wie er durch den Schnee stapfte. Am linken Fuß klemmte noch der Ski. Roger verlor das Gleichgewicht, fiel wieder hin, kam keuchend hoch und stapfte weiter. Wie im Krampf hielt er weiterhin seine Skistöcke umklammert. Er durfte diese Hilfen nicht verlieren. Denn wenn das geschah, war er verloren.

Seine Kleidung war über und über mit Schnee bedeckt. Und dann sah er seinen rechten Ski im Schnee stecken. Wie bei einer schiefen Ebene ragte die Spitze empor.

Roger Calf bewegte sich auf den Ski zu. Er ruderte mit den Armen, stützte sich mit seinen Skistöcken ab. Angst und Panik trieben ihn voran, peitschten ihn hoch zu übermenschlichen Leistungen. Wenn er den Bestien nicht entkam, war es aus. Dann erging es ihm wie seinem Freund Peter Egli.

Roger wagte es gar nicht, sich umzudrehen. Das hätte Zeit gekostet, wertvolle Sekunden, die ihm unter Umständen hinterher fehlen würden. Falls es noch ein Hinterher gab.

Erst als er den Ski erreichte, drehte er den Kopf. Unwillkürlich schrie er auf. Er hatte das Gefühl, die vier Augen direkt über sich zu sehen. So nahe heran waren die Ameisen bereits. Eine der Bestien hatte sogar die beiden vorderen Beine erhoben und war bereit, jeden Moment zuzustoßen.

Roger rammte den Skistock vor. Er wollte das Auge treffen, fehlte jedoch und warf sich zur Seite.

Das rettete ihm das Leben. Die beiden Beine wischten an ihm vorbei und versanken im Schnee. Die Ameise wurde durch ihre schwere Körperlast nach vorn gedrückt. Roger Calf gewann einige Sekunden. Sie waren um so wertvoller, da das andere Monster sich nicht in seiner unmittelbaren Nähe befand.

Calf kroch zur Seite. Er packte den verlorenen Ski, hetzte weiter und schaffte es irgendwie, sich das Brett anzuschnallen, bevor die Ameisen ihn erreichten.

Jetzt fühlte er sich besser.

Roger Calf gab sich den nötigen Schwung und raste wie ein Torpedo den Abhang hinunter.

Noch immer war er nicht in der Lage, einen klaren Gedanken zu fassen. Er wußte nur eins. Er mußte die Menschen in der näheren Umgebung warnen. Ohne zu zögern, schlug er den Weg zum Grand Hotel Alpina ein.

Der Schnee dämpfte meinen Aufprall auf dem Anbaudach. Bis zu den Knien sank ich in der weißen Schicht ein. Sofort klebte mir die Hose an den Beinen.

Ich stapfte vor, bis ich den Rand des Anbaus erreicht hatte. Auf dem Hof lagen zusammengekehrte Schneehaufen, die geradezu dazu einluden, hineinzuspringen.

Ich ließ mich fallen, landete sicher, befreite mich aus dem Schneehaufen und sah mich um.

Aus einigen erleuchteten Fenstern fielen schmale Lichtbahnen nach draußen und bedeckten den Schnee mit ihrem gelben Glanz. Wohl aufgereiht standen an der gegenüberliegenden Seite des Hofs zahlreiche Kisten und Kästen.

Daneben führte eine Tür in ein barackenähnliches Gebäude, das wie ein kleines Vorratslager aussah.

Sollte der Schrei von dort erklungen sein?

Ich wollte es nachprüfen.

Die Türschwelle lag noch vor mir, da vernahm ich bereits das Wimmern. Stammelnde Worte, Hilfeflehen.

»Nein – nein – nicht… bitte…«

Ich sprang in den Raum, sah mich um.

Eine trübe Deckenleuchte warf ihr Licht auf große Kartons und Holzkisten. Regale standen an den Wänden. Sie waren mit Konserven vollgefüllt. Unter der Decke liefen Heizungsrohre entlang. Von einem tropfte Wasser. Es rann mir unangenehm kalt in den Nacken.

Ich schlich um ein querstehendes Regal herum und hatte freies Sichtfeld.

Mich traf fast der Schlag.

Auf dem kalten Steinboden lag ein Mädchen oder eine junge Frau. Und neben ihr stand ein Geschöpf, das es normalerweise nur in Alpträumen gab.

Eine Riesenameise!

Sie hatte ihren Körper halb erhoben, die vorderen Beine standen ebenfalls hoch, bereit, auf die junge Frau niederzufahren.

Ich zögerte keine Sekunde.

Mit langen Schritten rannte ich vor, stieß mich dann ab und hechtete schräg gegen das Monster, so daß mein Gewicht es zur Seite drückte und damit weg von der wehrlosen Frau.

Ich hatte all meine Kraft in den Sprung gelegt, trotzdem kam es mir vor, als wäre ich gegen eine Betonmauer gehechtet. Meine zupackenden Hände rutschten an dem glatten Panzer der Bestie ab. Die Ameise war so groß wie ich. Sie drehte sich unwillig und schleuderte mich zu Boden.

Sofort rollte ich mich zusammen und prallte gegen einen Kistenstapel, der zwar ins Wanken geriet, jedoch nicht umkippte.

Tellergroße, rotglühende Augen fixierten mich. Sekundenlang starrten wir uns an. Mir wurde in diesen Momenten klar, daß ich es mit einem Monster zu tun hatte. Einer gefährlichen Bestie, die von irgendwoher stammte, nur nicht von der Erde. Es stand für mich fest, daß ich mich wieder in einem heißen Fall befand.

Dann schweiften meine Gedanken ab, konzentrierten sich auf die Bestie, die gemerkt hatte, wer jetzt ihr eigentlicher Gegner war, und langsam auf mich zukam.

Ich sprang auf.

Waffenlos stand ich der Ameise gegenüber. Und plötzlich bekam ich Angst. Dieses Rieseninsekt konnte einem schon einen Schrecken einjagen. Unwillkürlich schlug mein Herz schneller, als ich daran dachte, daß ich mich jetzt mit bloßen Fäusten verteidigen mußte.

Das Mädchen mußte in Sicherheit gebracht werden. Es hatte sich halb aufgerichtet.

»Laufen Sie weg!« schrie ich sie an. »Machen Sie schon, los!«

Sie reagierte nicht. Vielleicht verstand sie mich auch nicht, waren Panik und Angst noch zu groß, als daß sie normal hätte reagieren können.

Das Mädchen rührte sich nicht von der Stelle. Ich konnte mich nicht mehr um sie kümmern, denn die menschengroße Ameise griff an.

Die Vorderbeine stießen auf mich zu. Gleichzeitig öffnete sie die Scheren, um damit zuzuschnappen, doch ich tauchte geschickt zur Seite.

Die wie Lanzen wirkenden Vorderbeine verfehlten mich und drangen in den Kistenstapel. Klirren. Zwei Kisten fielen um. Flaschen zerplatzten, und der Geruch von Whisky breitete sich in Sekundenschnelle im Vorratsraum aus.

Ich kreiselte herum. An der Wand lehnte ein Schneeräumer. Fest packte ich ihn. Eine miese Waffe im Vergleich zu der Riesenameise, aber besser als gar nichts.

Bevor das Tier sich richtig erholt hatte, drosch ich mit der langen Kante des metallenen Vierecks zu. Der Schaber krachte gegen den Panzer. Mehr geschah nicht. Das Tier zeigte keine Verletzung. Der Panzer war zu hart.

Mein Herz begann zu rasen. Wenn ich die Ameise so nicht stoppen konnte, wie dann?

Ich zielte nach dem rechten mittleren Bein. Jetzt schleuderte ich meine »Waffe« vor wie einen Speer.

Und hatte Erfolg. Die scharfe Kante traf ein Bein und knickte es wie ein Streichholz.

Allerdings rutschte mir bei dieser Aktion der Schneeschieber aus den Fäusten und glitt scheppernd über den rauhen Steinboden.

Die Bestie wurde wütend. Drei der Beine schlugen um sich. Ich kam nicht rasch genug weg, mußte einen Schlag gegen die Schulter hinnehmen und einen zweiten gegen den Kopf.

Plötzlich spielte ich Rakete. Ich wurde durch den Vorratsraum gewirbelt und krachte gegen eine Ansammlung von Kartons. Diesmal fielen sie über mir zusammen. Ich konnte gerade noch meinen Kopf schützen, damit mich die Ecken und Kanten nicht zu hart trafen. Dann hörte ich nur noch das Poltern und Krachen, als der Stapel von der Decke her dem Boden entgegenkippte.

Ruhig blieb ich liegen und wartete ab, bis alles vorbei war. Meine rechte Schulter schmerzte, und in meinem Kopf schien ein Hammerwerk zu toben.

Trotzdem durfte ich mich jetzt nicht ausruhen. Wenn die Ameise nachsetzte, fand sie einen geschwächten Gegner vor.

Ich wühlte mich aus den Kartons. Viele waren aufgeplatzt. Dosen mit Obst und Gemüse rollten durcheinander. Als ich mich erhob, mußte ich achtgeben, daß ich nicht hinfiel.

Aber wo war die Ameise?

Verschwunden!

Ich lief zu dem Mädchen. Es saß noch immer mit dem Rücken an der Wand. Aus leeren Augen blickte es mich an.

»Wo ist die Ameise?« fragte ich.

Sie schüttelte nur den Kopf.

»Ist sie draußen?«

Nicken.

Es war für mich Antwort genug. Ich rannte zur Tür, sprang über die Schwelle, stand wieder im Schnee und schaute mich um.

Von dem Tier war nichts zu sehen.

Tief atmete ich ein. Klebrig lag der Schweiß auf meinem Gesicht, und nur langsam beruhigten sich meine Nerven.

Stimmen schreckten mich auf. Natürlich, der Kampf war nicht ohne Geräusche über die Bühne gegangen. Jetzt wollten die Menschen nachsehen, was geschehen war.

Ich lief wieder zurück in die Vorratskammer. Neben dem Mädchen kniete ich nieder. »Kein Wort von dem, was vorgefallen ist. Verstanden?«

Sie nickte.

Eine allgemeine Panik wollte ich unbedingt vermeiden. Wenn es eben möglich war, wollten Suko und ich diese Riesenameise allein ausschalten. Die Frage war allerdings, ob wir es nur mit der einen zu tun hatten oder ob es nicht noch mehr von diesen Exemplaren gab.

Menschen drängten sich durch die Tür. Hotelangestellte, wie ich sofort sah.

An der Spitze kam ein dunkelhaariger Mann im schwarzen Anzug. Er trug ein Menjou-Bärtchen auf der Oberlippe und blickte mich fragend und strafend zugleich an.

Eine Ausrede hatte ich schon.

Ich erhob mich und deutete auf das Mädchen. »Sie ist überfallen worden. Zufällig kam ich hinzu, hörte ihre Schreie und habe ihr geholfen.« Mit dieser Erklärung war ich seinen Fragen von Beginn an schon aus dem Weg gegangen.

Der Mann schluckte. Dabei hüpfte sein Adamsapfel auf und nieder. Blasse Gesichter schauten über seine Schulter hinweg. In zahlreichen Augen las ich Neugierde und Furcht.

Der Mann drehte sich um. »Moment«, sagte er zu mir. Dann scheuchte er die Angestellten weg, kam in das Lager und schloß die Tür. »Müssen wir einem Arzt Bescheid sagen?«

Ich schüttelte den Kopf. »Nein. Ich bin gerade noch rechtzeitig eingetroffen.«

»Haben Sie den Mann gesehen? Es war doch ein Mann – oder?«

Ich entschloß mich zu einer Notlüge. »Gesehen habe ich ihn schon, aber ich kann ihn nicht identifizieren. Er trug eine Maske vor dem Gesicht.« Mein Arm deutete in die Runde. »Ich habe sogar mit ihm gekämpft, aber es ist mir nicht gelungen, ihm die

Maske vom Gesicht zu reißen. Tut mir leid, daß ich Ihnen so wenig helfen kann.«

»Ich bin Heinz Krämer, der stellvertretende Direktor des Hotels. Sie haben uns schon sehr geholfen, Herr…«

»Sinclair, John Sinclair.«

»Engländer?«

»Ja.«

»Dafür sprechen Sie sehr gut deutsch. Ohne sie wäre Carla vielleicht verloren gewesen. Wenn Sie mir unter Umständen einen Gefallen tun könnten…«

Ich winkte lächelnd ab. »Keine Angst, Herr Krämer, ich werde nichts verlauten lassen. Was geschehen ist, bleibt unter uns. Und ich hoffe, daß Ihre Angestellten auch dichthalten.«

»Dafür werde ich sorgen.«

Ich drückte nur die Daumen, daß sich Carla nicht verplapperte. Dann war eine Panik nicht auszuschließen.

Ich streckte dem Mädchen meinen Arm entgegen und half ihm hoch. Carla war ein zartes, blondhaariges Geschöpf mit einem schmalen Gesicht und verweinten Augen. Sie schaute mich an, und ein Schatten flog über ihr Antlitz.

»Die… die Ameise«, flüsterte sie. »Wo – wo ist sie…?«

Ich biß mir auf die Lippen.

»Was sagt sie?« fragte Herr Krämer.

Ich legte meine Hand auf Carlas Schulter. »Nichts. Der Schock, wissen Sie…«

Doch Carla redete weiter. »Sie war so groß. Wie ein Mensch.«

Herr Krämer wurde doch aufmerksam. »Wer war so groß wie ein Mensch?«

»Die – die Ameise.«

Der stellvertretende Hotelmanager begann zu lachen. »Jetzt fantasieren Sie aber, meine Liebe. Es gibt keine menschengroßen Ameisen.« Er blickte mich an. »Das wird wohl der Schock sein.«

»Natürlich.«

»Dann können wir jetzt gehen«, sagte Krämer. »Das Haus wird es irgendwie wiedergutmachen, Mister… äh… Herr Sinclair.«

»Keine Ursache.«

Krämer öffnete die Tür und ging mit Carla nach draußen. Ich folgte langsamer. Meine Blicke schweiften über den Hof, doch nirgendwo konnte ich die Ameise sehen. Außerdem reichte die Beleuchtung nicht aus, um irgendwelche Spuren zu entdecken.

Ich ging um das Hotel herum, um an den Vordereingang zu gelangen. Halogenlampen warfen ihren gleißenden Lichtschein auf die Fläche vor dem Hotel. Sie rissen auch den Schnee aus der Dunkelheit.

Hier suchte ich ebenfalls nach Spuren, entdeckte jedoch keine.

Ich erschrak bis ins Mark, als mir jemand auf die Schulter klopfte. Hastig drehte ich mich um.

Suko stand vor mir. »Wo treibst du dich denn herum?« war seine erste Frage. Dann schaute er mich richtig an, sah mein Gesicht und fragte sofort: »Ist etwas passiert?«

»Ja.«

»Und?«

Mir war kalt. »Laß uns drinnen weiterreden.«

»Okay. Sheila und Bill warten bereits im Speiseraum.«

»Sie können ruhig alles wissen.«

Seite an Seite betraten wir das Hotel. Die Wärme tat gut, denn die kurze Zeit draußen hatte bereits ausgereicht, um meine Hände eiskalt werden zu lassen.

Der stellvertretende Direktor stand an der Rezeption. Als er mich sah, nickte er mir beruhigend zu. Suko war diese Geste nicht entgangen.

»Du kennst ihn?«

»Ja. Es hängt mit dem zusammen, was ich erlebt habe.« Ich legte meinem chinesischen Partner die Hand auf die Schulter und dirigierte ihn nach rechts auf die Tür des Speisesaals zu.

Ein Page zog sie dienstbeflissen auf.

Wir betraten den Raum. Ober wieselten mit gefüllten Tabletts umher. Weiße Decken lagen auf den Tischen. Blumengestecke dienten als Dekoration. Jeweils vier Tische waren zu einer kleinen Gruppe zusammengefaßt. Als »Grenzen« dienten Blumenbänke. An der Decke hing ein Kristalleuchter. Wandlampen spendeten zusätzlich Licht. Ich kam mir in meinem schmutzigen Anzug ziemlich deplaziert vor, war aber bisher noch nicht aufgefallen.

Suko deutete mit der Hand nach vorn. »Da hinten sitzen wir. Direkt am Fenster.«

Wir steuerten den Tisch an. Sheila warf mir einen bitterbösen Blick zu.

Bills Blick war eher fragend.

Sheila bemerkte auch, daß ich meinen Anzug beschmutzt hatte. »Was hast du denn gemacht?«

Wir nahmen Platz.

Ich sah in die Menükarte und bestellte als Vorspeise Forellenfilet. Sheila und Bill hatten diese Mahlzeit schon hinter sich. Ich wandte mich an die blondhaarige Sheila, die in ihrem weitfallenden beigen Kleid fantastisch aussah. »Ich habe mich nicht ohne Grund verspätet«, entschuldigte ich mich. »Es ist etwas passiert.«

Mein Filet wurde serviert. Während ich aß, erzählte ich mit leiser Stimme, was mir widerfahren war.

Bills Gesicht nahm einen ungläubigen Ausdruck an. Sheila wurde blaß.

Nur Suko blieb gelassen. Sein Blick glitt aus dem Fenster. Er aß keine Vorspeise.

»Das ist doch nicht möglich«, flüsterte Sheila, als ich mit meiner Erzählung am Ende war.

»Doch.«

Bill tupfte sich mit einer Serviette die Lippen ab. »Wenn John das sagt, glaube ich es.« Er räusperte sich. »Und du hast nicht gesehen, wo diese Ameise hingelaufen ist?«

»Nein.«

»Sie hält sich demnach in der näheren Umgebung versteckt«, mischte sich Suko ins Gespräch.

»Möglich.«

Sheila ballte die Hände zu Fäusten. »Dann… dann müssen wir damit rechnen, daß die Ameise das Hotel angreift.«

»Und sogar noch mehr«, sagte Bill. »Vielleicht ist sie nicht allein. Wer will denn wissen, ob es nicht zwei, drei oder fünf dieser Exemplare gibt?«

Ich gab meinem Freund recht.

»Hoffentlich läßt sich die Sache geheimhalten«, sagte Suko leise. »Wenn dieses Mädchen redet…«

»Keiner wird ihr glauben.« Bill schüttelte den Kopf.

»Es sei denn, die Ameise taucht woanders auf und wird gesehen«, warf ich ein.

Sheila fing den Ball auf. »Zum Beispiel in Grindelwald.«

Wir blickten uns an und wußten, der Urlaub war im Eimer.

In rasender Schußfahrt jagte Roger Calf dem Grand Hotel Alpina entgegen. Zu beiden Seiten wirbelte der Schnee hoch. Er fuhr eine Strecke, die er noch nie benutzt hatte.

Es war die kürzeste, aber auch gefährlichste.

Eisbuckel konnten zu tödlichen Fallen werden. Gletscherspalten lauerten, oft nur abgedeckt durch eine dünne Schicht aus Pulverschnee. Aber Roger nahm jedes Risiko auf sich.

Seine Gedanken wirbelten. Er wußte nicht genau, wie er vorgehen wollte, aber er mußte die anderen Menschen warnen.

Hoffentlich glaubten sie ihm.

Doch das war die große Frage.

In einer rasanten Slalomfahrt änderte der junge Mann die Richtung. Er mußte einem gefährlichen Eisfeld ausweichen, schaffte es auch, rauschte mit hoher Geschwindigkeit schräg einen Höhenrücken entlang und sah dann die Lichter des Hotels in der Dunkelheit schimmern.

Weit unten im Tal lag Grindelwald. Dort bereitete man sich auf die Silvesterfeier vor, und kein Gast ahnte, welch eine Gefahr im Dunkel der Nacht lauerte.

Ein paarmal hatte Roger Calf mit dem Gedanken gespielt, die Polizei zu verständigen, doch jedesmal entschied er sich anders. Die Polizisten würden ihm nicht glauben. Im Gegenteil, sie würden ihn auslachen. Er hatte sich einen Plan zurechtgelegt, wollte Colette sprechen und sie davon überzeugen, daß es besser war, wenn sie gemeinsam die Flucht ergriffen. Colette sollte ihre Sachen packen und dann nichts wie weg. Er konnte die Polizei auch von außerhalb verständigen.

Hoffentlich glaubte Colette ihm. Sonst mußte er eben zu anderen Mitteln greifen. Auf jeden Fall wollte er Colette mitnehmen und sie nicht im Hotel einer Gefahr aussetzen.

Roger Calf fuhr schräg über die Piste, die direkt zur Hinterseite des Hotels führte. Der Schnee war dort glatt und an einigen Stellen verharscht. Mit hoher Geschwindigkeit rauschte Roger seinem Ziel entgegen und fuhr direkt in den Hinterhof hinein. Dort stoppte er seinen rasanten Abfahrtslauf.

Colette wohnte in dem Anbau. Hastig schnallte der junge Mann seine Skier ab. Er drückte sich durch die schmale Tür und betrat den mit Linoleum ausgelegten Korridor, von dem rechts und links die Zimmer für das Personal abzweigten. Das Licht der herabhängenden Kugellampen spiegelte sich auf dem Boden.

Ein Zimmermädchen kam Roger entgegen. Sie kannten sich. Das Mädchen blieb stehen, als sie den jungen Mann sah.

»Hast du schon gehört?«

Etwas an ihrem Gesicht veranlaßte Roger stehenzubleiben. Er hatte plötzlich ein unruhiges Gefühl. »Was ist los?«

»Carla ist überfallen worden.«

Roger runzelte die Stirn. »Carla?«

»Ja, die kleine Blonde, die erst ein paar Wochen bei uns ist. Eine stille Person.«

Roger Calf schlug sich gegen die Stirn. »Natürlich, jetzt erinnere ich mich. Wer hat sie überfallen? Und wo?«

»Im Vorratslager. Muß irgend so ein scharfer Kerl gewesen sein.« Das Zimmermädchen verzog den Mund. »Wahrscheinlich einer von den Gästen. Du schaust ja nie jemand hinter die Stirn.«

»Und? Was hat Carla getan? Hat sie den Kerl erkannt? Ist ihr was passiert?«

»Nein, ein Fremder ist hinzugekommen und hat sie gerettet. Der hat sogar mit dem Typ gekämpft. Der andere ist aber entkommen. Weißt du, was Carla gesagt hat? Eine Ameise hätte sie überfallen. Ich glaube, die spinnt. Stell dir mal vor, eine Ameise. Riesengroß soll sie gewesen sein.«

Roger Calf wankte zurück.

»Was ist mit dir?«

Calf wischte sich über die Stirn. »Nichts, gar nichts.«

Das Zimmermädchen lachte unecht. »Eine Ameise. Die ist verrückt. Aber sie selbst hat es laut genug gerufen, als sie auf ihr Zimmer gebracht wurde.«

Roger drückte sich an dem Zimmermädchen vorbei. »Ist Colette in ihrem Zimmer?«

»Bestimmt. Ihr Dienst fängt ja erst gleich an.«

Roger ging bis zum Ende des Flurs. Hinter der letzten Tür auf der rechten Seite lag Colettes Zimmer.

Roger klopfte an.

»Wer ist da?«

»Ich bin's, Roger. Mach auf, Colette.«

Ein überraschter Ausruf war die Antwort. Colette wunderte sich, denn sie vermutete ihren Freund oben auf der Hütte. Sie zog die Tür einen Spalt auf, und Roger schlüpfte in den spärlich möblierten Raum.

Colette trug nur einen BH und dazu den winzigen Slip. Beides aus schwarzer Spitze. Normalerweise hätte Roger jetzt etwas anderes zu tun gehabt, als mit seiner Freundin nur zu reden, doch nach Lage der Dinge sagte er nur: »Pack deine Koffer. Sofort.«

Colette setzte sich erst einmal. »Bist du verrückt?«

»Nein, ich war noch nie so klar wie in diesem Augenblick.«

»Aber warum soll ich dann meine Sachen packen?«

»Weil ich es will.«

»Du spinnst.«

Mit zwei Schritten war Roger bei ihr und faßte sie an beiden Schultern. Er schüttelte sie durch. »Du mußt packen, Colette. Glaub mir. Wir müssen hier weg.«

Sie schüttelte den Kopf. »Laß mich los, du Scheusal. Du tust mir weh, zum Teufel.«

»Ja!« rief Roger. »Bald wird der Teufel los sein, wenn du nicht hörst.« Er warf ihr ein paar Kleider zu, die er aus dem offenstehenden Schrank holte. »Pack alles in einen Koffer. Wir müssen fliehen.«

»Aber warum?«

Roger Calf atmete tief ein. Er entschloß sich, Colette einen Teil der Wahrheit zu sagen. »Peter Egli ist tot.«

»Nein!« Colette schrie auf und preßte ihren rechten Handballen gegen die Lippen. »Das... das stimmt nicht.«

»Doch.«

»Aber wie ist das geschehen?« Colette weinte plötzlich. Sie hatte Peter Egli gut gekannt. »War es ein Unfall?«

»So ähnlich. Und wenn wir uns nicht beeilen, dann geschieht

mit uns das gleiche. Wir sind unseres Lebens nicht mehr sicher, Colette. Begreif das endlich.«

»Ja, ja. Aber ich…«

»Kein Aber, pack jetzt!«

Colette atmete tief durch. Sie schaute ihren Freund dabei an. »Roger, ich kann doch nicht so ohne weiteres von hier fortlaufen. Ich muß wenigstens Bescheid geben, daß ich weggehe.«

»Nichts wirst du.« Roger Calf war schon dabei, einen Koffer vom Schrank zu holen. »Wir verschwinden.«

»Dann sag mir den Grund!« verlangte Colette.

Roger stützte seine flache Hand auf den Tisch. »Es geht um Leben und Tod, Colette. Mehr kann ich dazu nicht sagen. Und du mußt mir glauben, das verlange ich von dir. Alles andere ist unwichtig, Colette. Laß uns verschwinden!«

»Peter ist also tot.«

»Das habe ich schon gesagt.«

»Und wie ist er ums Leben gekommen?«

»Er… er ist verunglückt.«

»Deshalb machst du mir eine Szene? Redest hier von Leben und Tod?«

Roger Calf verdrehte die Augen. Colette hatte einen Dickkopf. Und ihm blieb nichts anderes übrig, als ihr die Wahrheit zu sagen. »Okay, Colette, dann hör zu. Was ich dir jetzt sage, bleibt unter uns. Zu keinem Menschen ein Wort, verstanden?«

Colette nickte.

»Also: Peter Egli ist verunglückt, das habe ich gesagt.« Colette wollte etwas einwerfen, doch Roger winkte ab. »Laß mich weiterreden. Man kann es als Unglück bezeichnen. Andere würden es Mord nennen.«

Colettes Augen wurden groß, und ihre vollen Lippen begannen zu zittern.

Der junge Mann sprach weiter. »Ich habe Peter oben in der Hütte gefunden. Frag mich nicht danach, wie er aussah. Ich kann nur eins betonen: schrecklich! Ich dachte erst an einen Mörder, aber dann fiel mir ein, daß Tiere…«

»Bitte, rede nicht weiter!« flüsterte Colette erstickt. Eine Gänsehaut rann über ihren Körper.

Roger Calf legte schützend einen Arm um ihre Schulter. »Ich

hatte mich noch nicht von meinem Schreck erholt und wollte schon ins Tal fahren, als ich sie sah.«

»Die Mörder?«

»Ja, die Mörder. Und es waren – Ameisen!«

Colette starrte ihren Freund an. Sie sagte nichts. Aber in ihren Augen spiegelte sich furchtbare Angst. »Carla, sie hat...«

Roger nickte. »Richtig. Sie hat nicht gelogen. Auch ich habe die Ameisen gesehen. Sie waren groß wie Menschen. Grausame Geschöpfe. Sie wollten mich töten. Es kam zu einem Kampf. Vielmehr, ich versuchte zu fliehen, aber frage mich nicht, wie ich es geschafft habe. Die nackte Panik hat mich vorangepeitscht. Jetzt bin ich hier, Colette. Und ich will weg. Mit dir. Kannst du das nicht verstehen?«

»Doch, Roger, doch.« Colette hatte die Hände gefaltet. Ihr Blick ging ins Leere. Sie schluckte. »Dieser – dieser Mann, der Carla gerettet hat, sprach aber von einem Verbrecher.«

»Dann hat er gelogen.«

»Und warum?«

»Was weiß ich?«

»Wir müßten die Hoteldirektion verständigen«, sagte Colette. »Wer weiß, was hier gespielt wird.«

»Nein, ich will nur weg, Colette. Wir fahren nach Interlaken und rufen von dort aus die Polizei an. Ich will hier nicht mehr länger bleiben. Wenn du diese Bestien gesehen hättest, dann könntest du mich verdammt gut verstehen. Sie hatten glühende Augen. Beine fast so groß wie ein Mensch. Dazu kam der gewaltige Oberkörper...«

»Hör auf, Roger.« Colette stand auf und schüttelte sich. Sie streifte ein Unterhemd über und zog sich einen warmen Pullover an. Dann stieg sie in ihre lange gefütterte Hose. Sie warf auch noch einige Kleidungsstücke in den Koffer, schloß ab und packte das Gepäckstück. »Meinetwegen können wir.«

Roger zog die Tür auf und blickte hinaus. Der Gang war leer. Das beruhigte den jungen Mann.

Sie schlichen zur Hintertür. Als Roger sie aufzog, fragte Colette: »Und du hast dich wirklich nicht getäuscht? Du hast tatsächlich die Ameisen gesehen?«

»Ja. Wenn ich dir doch sage...« Roger Calf verstummte.

Colette schrie auf. Wie Roger Calf hatte auch sie die Umrisse zweier Männer gesehen. Die beiden standen direkt vor ihnen.

Die von mir verletzte Ameise floh. Sie stapfte durch den Schnee, wollte den Ort ihrer Niederlage verlassen, um sich mit ihren beiden Brüdern zu treffen. Der Ausflug zum Hotel hatte nichts eingebracht. Ein Fremder war aufgetaucht. Ein Mann, der sich nicht fürchtete. Mit dem sicheren Instinkt eines Tieres merkte die Ameise, daß dieser Mann mit den blonden Haaren ein gefährlicher Gegner war, der sich nicht so leicht einschüchtern ließ. Und das wollte sie ihren beiden Artgenossen mitteilen.

Sie warteten in einer Gletscherhöhle. Die war nicht allzu weit von der Berghütte entfernt. Ungefähr auf halbem Weg zwischen der Hütte und dem Campingplatz.

Wenn die Ameise daran dachte, vergaß sie ihre Schmerzen. Dieser Platz lag ideal für einen Überfall. Und die Menschen dort sollten den nächsten Morgen nicht erleben.

Immer weiter schleppte sich das Riesentier durch den Schnee. Die roten Augen rollten. Sie nahmen nicht nur die optischen Eindrücke auf, sondern waren auch Antennen, um telepathische Botschaften zu empfangen.

Das Rieseninsekt schickte einen Hilferuf aus.

Und er wurde gehört.

Die beiden anderen Artgenossen, die in der Höhle warteten, machten sich auf den Weg zu der Ameise. Schnell, denn sie wußten, daß sie verletzt war.

Sie trafen sich etwa auf halber Strecke. Und nun zeigte es sich, daß die Riesentiere zusammenhielten. Sie nahmen ihren verwundeten Artgenossen auf den Rücken und transportierten ihn so weiter.

Ihr Ziel war der Campingplatz!

Wir tranken noch jeder einen Orangensaft, denn Alkohol war das Verkehrteste überhaupt in dieser Situation.

Sheila drängte darauf, die Gäste zu warnen.

Ich schüttelte den Kopf. »Man wird dir nicht glauben.«

»Aber der stellvertretende Direktor weiß doch Bescheid.«

»Nein, Sheila. Ihm ist nur bekannt, daß dieses Mädchen Carla überfallen wurde. An die Ameise hat er nicht geglaubt.«

»Dann findet die Nachtwanderung also doch statt?«

»Ja.«

Bill lehnte sich zurück. »Mein Gott, wenn ich daran denke, daß in der Dunkelheit diese Bestien lauern und darauf warten, Menschen zu überfallen, wird mir ganz anders.«

»Das müssen wir eben verhindern«, sagte ich.

»Und wie?«

»Ob eine Silberkugel den Panzer durchschlägt, ist fraglich«, meinte Suko. »So wie du erzählt hast, ist das Ding hart wie Beton.«

»Vielleicht müßte man die Augen treffen«, vermutete Sheila.

»Möglich«, sagte ich. »Aber erst einmal müssen wir die Bestien finden. Ich werde mit dieser Carla reden. Sie hat sich sicherlich beruhigt, und vielleicht ist ihr noch etwas eingefallen, was für uns wichtig sein könnte.«

»Dann komme ich mit«, sagte Suko.

Ich hatte nichts dagegen. Bill wollte mit Sheila in das Zimmer gehen und sich schon umziehen.

Sheila und Bill nahmen den Aufzug, während Suko und ich aus dem Vordereingang traten und um das Hotel herumgingen. Wieder stampften wir durch den Schnee. An der Rückseite war nicht geräumt worden.

Suko hielt mich an der Schulter zurück. »Weißt du überhaupt, wo diese Carla ihr Zimmer hat?«

»Nein.« Ich zeigte auf den Anbau. »Da können wir ja fragen.«

»Okay.«

Bevor wir das Haus betraten, stampften wir uns den Schnee von den Schuhen.

Plötzlich spitzten wir beide die Ohren. Jenseits der Tür fragte eine Frauenstimme: »Du hast tatsächlich die Ameisen gesehen?«

Eine Männerstimme antwortete: »Wenn ich es dir doch sage…« Da wurde die Tür aufgerissen.

Wir standen dicht davor.

Die Frau stieß einen spitzen Schrei aus. Sie trug einen Koffer an der Hand und wankte jetzt zurück, als sie uns entdeckte.

Auch der Mann zuckte zusammen. Er fing sich aber schneller. »Was wollen Sie hier?« herrschte er uns an.

»Wir möchten gern mit Fräulein Carla reden«, erwiderte ich.

»Wozu?«

Ich lächelte etwas mokant. »Vielleicht können wir uns mit ihr über die Ameisen unterhalten.«

Unwillkürlich zog der junge Mann den Kopf ein. Ich hatte mit meiner Antwort bei ihm wohl einen wunden Punkt getroffen. Scharf sog er die Luft ein.

»Was wollen Sie damit sagen, mein Herr?«

»Das müßten Sie doch am besten wissen. Zufällig habe ich gehört, wie Sie diese Ameisen erwähnten.«

Seine Augenbrauen zogen sich zusammen. »Sind Sie etwa der Mann, der Carla...?«

»Ja. Und ich wollte eigentlich mit dem Mädchen reden, habe aber gemerkt, daß auch Sie über das Thema Bescheid wissen. Ist es nicht besser, wenn wir uns drinnen unterhalten?«

Der Mann zögerte.

Dafür meldete sich das Mädchen. »Laß uns in mein Zimmer gehen, Roger.«

Der junge Mann erklärte sich einverstanden. Er und das Mädchen fanden auf dem Bett Platz. Ich setzte mich auf einen Stuhl, und Suko blieb mit vor der Brust verschränkten Armen an der Wand stehen.

Wir machten uns miteinander bekannt.

»Sie sind Engländer?« fragte Roger Calf.

»Und als Urlaubsgast hier«, ergänzte ich. Dann kam ich zum Thema. »Wie war das nun mit der Ameise? Erzählen Sie!«

Roger Calf sah mich nachdenklich an. »Gut«, sagte er nach einer Weile. Und mit einem Seitenblick auf Colette, die ihm zunickte, ergänzte er: »Ich vertraue Ihnen.«

Dann berichtete er. Ich war schockiert, als ich hörte, daß die Riesenameise bereits ihr erstes Opfer gefunden hatte. Als er geendet hatte, legte ich meine Karten auf den Tisch.

Roger Calf und seine Freundin staunten. »Dann haben Sie auch mit der Ameise gekämpft und nicht mit einem Einbrecher?«

»Genau, aber die Wahrheit konnte ich ja wohl schlecht sagen.«

»Das war wirklich nicht drin.«

Egal, was geschieht, immer gibt es ein Motiv. Auch hinter dem Auftauchen der Ameisen mußte ein Motiv stecken. Und danach fragte ich den jungen Mann.

»Sie sind doch schon lange hier und müßten eigentlich besser Bescheid wissen. Gab es irgendein rätselhaftes Ereignis, wodurch die Ameisen auf diese Welt gekommen sind? Denn meiner Meinung nach sind es Geschöpfe aus einer anderen Dimension.«

Roger Calf starrte mich verwundert an. Auch in den Blicken seiner Freundin las ich eine gewisse Skepsis. Ich gab jedoch keine näheren Erläuterungen, sondern wartete auf eine Antwort.

Der junge Mann schüttelte den Kopf. »Ich glaube kaum, daß ich Ihnen da helfen kann.«

»Überlegen Sie genau«, sagte ich.

Suko stellte eine Frage. »Ist Ihnen nichts aufgefallen, Fräulein Colette?«

Sie schüttelte den Kopf. »Nein.«

Wir standen vor einem Rätsel. Für mich jedoch war klar, daß das Auftauchen der Ameisen einen Grund hatte.

Nur – wo sollten wir ihn suchen? Die Erfahrung spielte bei meinen weiteren Überlegungen mit. Wenn die Riesenameisen tatsächlich aus einer anderen Dimension kamen, dann mußte irgendwo ein Tor geöffnet worden sein, durch das sie unsere Welt betreten hatten. Es gab überall solche Tore. Manche waren gut versteckt. Andere wiederum waren völlig normal. Zum Beispiel konnte ein einfacher Spiegel als transzendentales Tor dienen. Oder ein Fenster. Meiner Meinung nach mußte es in der unmittelbaren Umgebung ein solches Tor geben.

Aber wo sollten wir anfangen zu suchen?

Roger Calf hatte sein Kinn auf beide Hände gestützt. Angestrengt dachte er nach. Ich ließ ihn in Ruhe. Zwei Minuten vergingen schweigend. Dann holte der junge Mann tief Luft und schaute mir ins Gesicht. Die Hand seiner Freundin legte sich auf die seine. Ein Zeichen, daß beide Menschen zusammenhalten wollten.

Ich lächelte. »Haben Sie sich an etwas erinnert?«

»Wahrscheinlich.«

»Dann raus mit der Sprache. Wir sind hier unter uns. Alles, was gesprochen wird, bleibt in diesem Raum. Und ich will Ihnen noch etwas verraten. Von Beruf bin ich Polizeibeamter. Ich arbeite für Scotland Yard und bin schon allein durch meinen Diensteid dazu verpflichtet, Stillschweigen zu bewahren.«

Er hob die Schultern. »Eigentlich ist es Unsinn, aber da Sie selbst sagen, daß man alle Möglichkeiten ausschöpfen soll, so denke ich da an den alten Santini.«

»Den Spinner?« rief das Mädchen.

»Wer ist Santini?« hakte ich nach.

»Ein komischer Kauz. Er hat früher unten im Ort gewohnt. Bei den Einheimischen galt er als verschroben. Er hat immer wieder von bösen Geistern und Dämonen geredet und behauptet, daß sie eines Tages zuschlagen würden, und daß man sich mit ihnen in Verbindung setzen könnte. Man müßte nur die richtigen Mittel und Wege kennen.«

»Hat Santini es geschafft?« forschte ich.

»Keine Ahnung. Ich weiß nur, daß er den anderen auf den Wecker fiel und sie ihn aus dem Dorf gejagt haben. Er hat sich dann in eine alte Berghütte verkrochen, diese ausgebaut und zu einer kleinen Wohnung gestaltet. Ich war einmal bei ihm.«

»Glauben Sie, daß Santini für diese Plage verantwortlich ist?« fragte ich.

»Vorstellen kann ich es mir«, gab der junge Mann zurück. »Schließlich haben sie ihn aus dem Dorf geworfen. Die Einheimischen haben ihm übel mitgespielt. Er hat sie verflucht. Auch als ich oben bei ihm war, hat er fast nur von seiner Rache gesprochen.«

Ich sah Suko an. »Wir sollten dieser Spur einmal nachgehen«, schlug ich vor.

»Nichts dagegen«, erwiderte mein Freund.

Ich wandte mich an Roger Calf. »Ist es von hier aus weit bis zu der Hütte?«

»Ja, ziemlich.«

»Trotzdem muß ich es versuchen.«

Suko war dagegen. »Denk an die Wanderung, John. Wir sollten beide in der Nähe bleiben.«

Da hatte mein Freund auch wieder recht.

Roger Calf bot sich an, allein zur Hütte hochzufahren. »Ich werde mit ihm reden«, sagte er. »Er kennt mich und hat zu mir etwas Vertrauen gefaßt.«

»Und es macht Ihnen nichts aus?« fragte ich.

»Nein. Sollte ich unterwegs den Ameisen begegnen, so bin ich auf Skiern immer schneller als sie.«

»Das will ich hoffen«, flüsterte Colette.

Ein Campingplatz im Sommer sieht natürlich anders aus als der gleiche im Winter.

Wo bei Sonnenschein Jubel und Trubel herrscht, ist es im Winter still. Nur die Rauchfahnen aus den kleinen Schornsteinen zeigten an, daß die Wohnwagen bewohnt waren. Am Eingang des Platzes stand ein Weihnachtsbaum. Der Schnee, der auf der schmalen Straße lag, war festgefahren worden. Die Camper hatten ihre einzelnen Parzellen erst freischaufeln müssen. Hohe Schneewälle bildeten jetzt die Grenzen.

Zum Norden und Westen hin bot der Wald dem Campingplatz etwas Schutz. Wer jetzt noch campte, war wirklich ein Enthusiast und Supercamper. Oder jemand, der die hohen Preise in den Hotels nicht bezahlen konnte und trotzdem die Landschaft genießen wollte.

Acht Wagen standen auf dem Platz. Hätten sie nicht dicht beieinandergestanden, wären sie kaum aufgefallen. Der Mann, der für diesen Platz verantwortlich war, hieß Willi Spengler.

Und er war sauer.

Nur weil acht miese Wohnwagen auf dem Platz standen, mußte auch er in seiner Bude sitzenbleiben und die Aufsicht halten. Am liebsten hätte er alles zu Kleinholz gehackt, so sehr war er in Stimmung.

Aber Dienst ist Dienst.

Seine Frau hatte ihm selbstgebrannten Schnaps mitgegeben. Das Zeug war ein regelrechter Rachenputzer, aber es wärmte. Bei jedem Schluck hatte Willi Spengler das Gefühl, seine Zehennägel würden wachsen.

Der Raum, in dem er saß, war nur halb so groß wie das Büro. Dementsprechend klein war auch das Fenster. Wenn er durch die Scheibe schaute, konnte er einen Teil des Weges überblicken, der vom Dorf her zum Platz führte.

Camper würden jetzt nicht mehr kommen. Die letzten waren am Morgen eingetrudelt.

Willi Spengler nahm wieder einen Schluck aus der Flasche. Er hatte sie schon zur Hälfte geleert und spürte bereits die Wirkung. Aber das war ihm egal. Falls er um Mitternacht betrunken war, sollten ihn die anderen mal im Mondschein besuchen.

Wenn er den Kopf etwas nach links drehte, sah er die Wohnwagen. Sie standen in Reih und Glied dicht nebeneinander. Einer hatte sogar sein Vorzelt aufgebaut. Der Knabe würde sich wer weiß was abfrieren.

Und genau aus diesem Vorzelt trat ein Mann. Dick vermummt und die Hände in den Taschen vergraben, schritt er quer über den Platz, erreichte den Lichtschein einer Bogenlampe und steuerte direkt auf das Haus des Verwalters zu.

Willi Spengler kratzte sich am Ohr. »Der Typ soll mich in Ruhe lassen, zum Teufel.«

Er ließ ihn nicht in Ruhe, sondern klingelte.

Mürrisch öffnete Willi Spengler.

»Guten Abend!« schnarrte der Neuankömmling. »Ich wollte fragen, ob Sie vielleicht Pflaster haben. Meine Frau hat sich in den Finger geschnitten.

Willi Spengler stand auf. »Wieviel?«

Der Mann, von dem Willi Spengler wußte, daß er Kapahnke hieß und aus Berlin stammte, hob die Schultern. Er fuhr mit Daumen und Zeigefinger seinen grauen Oberlippenbart nach und meinte: »Geben Sie mir mal ein ganze Rolle. So ungeschickt wie meine Alte ist, schneidet die sich bestimmt noch mehr ab.«

Er lachte über seinen eigenen Witz. Spengler verzog nicht einmal das Gesicht. Aus dem Wandschrank holte er das Gewünschte.

»Wieviel macht das?«

»Ich setze es auf die Rechnung.«

»Aber ohne Trinkgeld.« Kapahnke lachte wieder.

»Arschloch«, murmelte Spengler, allerdings so leise, daß Kapahnke es nicht hörte.

»Ja, dann gehe ich wieder«, sagte der Deutsche. »Und falls wir uns nicht mehr sehen sollten, rutschen Sie gut rein. Und geben Sie acht, daß sie nicht daneben rutschen.« Wieder lachte er dumm, ging zur Tür und verschwand.

»Solche Gäste wünsche ich nicht mal meiner Schwiegermutter«, brummte Willi Spengler. Er setzte sich wieder hin und schaute dem Deutschen nach, der zu seinem Wohnwagen mit dem Vorzelt ging. Die Alkoholfahne des Mannes hing wie ein unsichtbares Tuch im Raum. Aber Spengler roch sie nicht, er war selbst nicht mehr ganz nüchtern.

Auf den Schreck mußte er sich erst einmal einen Schluck genehmigen. Willi Spengler trank direkt aus der Flasche. Er schluckte, schloß die Augen, genoß, setzte die Flasche wieder ab, öffnete seine Augen – und dachte, ihn hätte ein Pferd getreten.

Er stierte durch die Scheibe und wollte nicht glauben, was er sah. Aber so betrunken, daß er Halluzinationen hatte, war er noch nicht.

»Das… das gibt's doch nicht«, ächzte er.

Kapahnke, der Berliner, hatte das Haus verlassen und befand sich auf dem Weg zu seinem Wohnwagen. Plötzlich tauchte links von ihm – aus dem Wald – ein Monster auf.

Eine Riesenameise.

Fast leichtfüßig lief sie über den plattgewalzten Schnee. Sie mußte ziemlich dicht am Fenster vorbei. Willi Spengler sah die rotglühenden Augen und die beiden tödlichen Scherenbacken, die weit aufgeklappt waren.

Noch hatte Kapahnke nichts bemerkt.

Spengler wollte das Fenster aufreißen, um den Deutschen zu warnen, doch der verdammte Riegel klemmte.

Er mußte eingefroren sein. Und so war das Unglück nicht mehr aufzuhalten.

Kapahnke konnte nicht mehr gewarnt werden. Als er bemerkte, daß die Gefahr hinter ihm lauerte, und er die Geräusche hörte, kreiselte er herum.

Im selben Augenblick stießen die beiden vorderen Beine der Ameise nach unten.

Kapahnke brüllte auf. Er riß noch die Arme vor sein Gesicht, um sich zu schützen, doch diese Geste half ihm auch nichts mehr. Die Beine der Horrorameise wirkten wie Lanzen.

Sie töteten den Deutschen auf der Stelle. Der Schnee färbte sich rot, als Kapahnke zu Boden fiel.

Doch sein Schrei war gehört worden. Er hatte die anderen Camper alarmiert.

Plötzlich flogen an den verschiedenen Wohnwagen die Türen auf. Die Menschen stürzten ins Freie, schauten sich um und sahen das Rieseninsekt über dem am Boden liegenden Mann stehen.

Markerschütternde Schreie hallten über den kleinen Campingplatz. Das Monster hob den Oberkörper. Die Augen fixierten die angsterfüllten Menschen.

Die Ameise witterte Beute und setzte sich in Bewegung.

Flucht! Nur dieser eine Gedanke beherrschte die Gäste vom Campingplatz. Weg aus dieser Hölle. Zum Glück waren keine Kinder da. Aber auch die Erwachsenen hatten es schwer. In der Eile konnten sie keine Skier mehr anschnallen. Sie mußten sich durch hohen Schnee kämpfen. Eine Frau versank am Waldrand in einer Schneewehe und wurde von ihrem Mann im allerletzten Moment wieder herausgezogen, denn das verfluchte Untier war schon sehr nahe.

Blindlings stolperten die Menschen durch die Dunkelheit, getrieben von einer wahnsinnigen Angst und Furcht.

Auch Willi Spengler hielt es nicht mehr in seinem Büro. Er hatte die schreckliche Tat aus allernächster Nähe mit ansehen müssen. Auf keinen Fall wollte er noch länger dableiben.

Er riß noch seinen Fellmantel und die gefütterte Mütze vom Haken. Im Laufen streifte er den Mantel über. Die Mütze hatte er schon vorher aufgesetzt.

Hart riß er die Tür auf.

Mit einem gellenden Schrei fuhr er zurück.

Vor ihm stand die zweite Ameise. Er starrte genau in die beiden glühenden Augen, sah, daß sich die Schere öffnete, merkte, wie sein Herz plötzlich rasend schlug, bekam keine Luft mehr, röchelte verzweifelt und fiel schwer zu Boden.

Als er aufschlug, stand sein Herz still.

Willi Spengler war tot. Die Riesenameise hatte ihn indirekt umgebracht. Sie stieg über den Mann hinweg und zerstörte in einem rasenden Anfall die gesamte Einrichtung. Dann lief sie wieder nach draußen und riß den Tannenbaum nieder.

Die elektrischen Lichter verlöschten.

Kurzschluß...

Auch im Haus wurde es finster. Es war, als würde die Dunkelheit ein großes Tuch über die Stätte der Verwüstung und des Grauens breiten...

Die Hütte des alten Santini lag ziemlich ungünstig. Abseits der Lifte und Wege. Im Sommer mußte man fast klettern, um die Hütte zu erreichen, im Winter kam man nur mit Skiern hoch.

Der Anstieg war recht schwierig. Nur durchtrainierte Sportler schafften ihn.

Der junge Roger Calf war Sportler. Und trotz der grauenhaften zurückliegenden Ereignisse verlor er nicht die Nerven und ging bedächtig und überlegt vor.

Es war unmöglich, mit normalen Skiern hoch zur Hütte aufzusteigen. Deshalb besorgte sich Roger Calf Felle, die er unter die Bretter schnallte. Man kam zwar nicht sehr schnell, aber dafür sicher voran. Der Fahrer rutschte auch nicht zurück, weil die Felle sehr gut hafteten.

Roger Calf hatte seine Vorbereitungen innerhalb weniger Minuten getroffen. Mit den unter den Brettern befestigten Fellen stapfte er los. Er hatte sich den kürzesten Weg ausgesucht, es war aber auch der steilste.

Meter für Meter kämpfte er sich den steilen Hang hoch. Schon bald war er in Schweiß gebadet. Sein Atem stand als Wolke vor den Lippen. Der Wind kam von vorn. Er trieb den Schnee hoch, drehte ihn zu Spiralen, die den einsamen Wanderer wie groteske Gebilde umtanzten.

Roger Calf gab nicht auf. Er hatte das Gefühl, daß er in Santinis Hütte einen Teil der Lösung finden würde.

Gefährlich war dieser Alleingang schon. Santini galt als Eigenbrötler, als Spinner. Zu manchen Besuchern war er freundlich, mit anderen fing er Streit an. Noch vor einem halben Tag hätte Roger Calf über das, was er jetzt tat, gelacht. Wenn ihm einer erzählt hätte, daß es Ameisen groß wie Menschen gab, er hätte den anderen sicherlich für verrückt erklärt. Aber nun hatte er die Bestien gesehen. Und sie waren gefährlich. Sie griffen Menschen an und hatten seinen besten Freund getötet.

Deshalb wollte Roger Calf dem alten Santini einige Fragen stellen. Bis heute hatte er ihn immer in Schutz genommen, aber nun wollte er mit ihm ein paar ernste Worte reden.

Mit diesen Gedanken beschäftigte er sich während des Aufstiegs. Je mehr er sich der Hütte näherte, um so wütender wurde er. Er spürte die Kälte nicht, die in der Höhe noch beißender und bissiger wurde. Er stapfte weiter, manchmal schräg zum Hang. Er war wirklich froh, daß er die Felle unter die Bretter gespannt hatte.

Blaugrau glitzerte die Oberfläche des Schnees in der Dunkelheit. An überhängenden Felsgraten hingen meterlange, dicke Eiszapfen.

Der Wind wurde heftiger. Roger Calf hatte sich einen Schal vor den Mund gebunden. Er blieb stehen und sah sich um.

Roger suchte die Hütte.

Aber der alte Santini hatte kein Licht angezündet. Er hielt sich immer verborgen und kam eigentlich nur in der Nacht aus seiner Hütte. Wenn sich tagsüber Touristen hierher verliefen, jagte er sie rasch wieder fort.

Roger wollte sich nicht fortjagen lassen. Wenn der Alte Schwierigkeiten machte, gab es Zunder.

Roger mußte die Richtung ein wenig ändern, weil er zu weit von der Hütte abgekommen war. Er schritt unter einer überhängenden Felswand weiter, erreichte ein langgestrecktes Geröllfeld und sah als dunkle Umrisse schneebeladene Tannen.

Roger Calf kam jetzt schneller voran. Auf den letzten Metern steigerte er seine Geschwindigkeit noch und erreichte dann die Hütte, die neben ein paar Latschenkiefern stand.

Von seinem Standort aus konnte er in das Tal schauen. Weit unten lag Grindelwald. In westlicher Richtung Grindelwald First mit seiner Seilbahnstation und den herrlichen Skiabfahrtshängen. Es ging auf zwanzig Uhr zu, und Roger wußte, daß schon die großen Silvesterwanderungen begannen.

Er machte eine Kehrtwendung und schnallte seine Bretter ab. Die letzten Meter wollte er zu Fuß zurücklegen. Roger stapfte durch den Schnee. Es war herrlicher Pulverschnee. Dick lag er auf den Tannenzweigen. Der Wind strich darüber hinweg, löste Flocken und wirbelte sie dem einsamen Wanderer entgegen.

Er schlug einen Bogen und näherte sich der Hütte von der Rückseite. Sie war aus Holz gebaut. Dicht übereinander lagen die einzelnen Stämme. Der alte Santini hatte den Bau selbst fertiggestellt. Aber die Unterkunft war windschief und längst nicht so abgedichtet wie die Hütten der Bergwacht.

Mit der Schulter berührte Roger Calf einen Tannenzweig. Die Schneelast geriet ins Rutschen und stäubte dicht neben dem jungen Mann zu Boden.

Geduckt stapfte er weiter. Dann hatte er die Rückseite der Hütte erreicht. Seine Bretter hielt Roger jetzt in der linken Hand. Er lehnte sie dicht neben dem schmalen rückwärtigen Fenster an die Wand und versuchte, durch die vereiste Scheibe zu peilen. Vergeblich.

Roger sah auch keinen Lichtschein und entdeckte nichts, was darauf hindeutete, daß die Hütte bewohnt war.

Sollte der alte Santini nicht da sein?

Roger Calf wollte nicht gehen, ohne sich davon überzeugt zu haben.

Vor dem Alten hatte er keine Angst, nur vor den Ameisen. Denn wer garantierte ihm, daß sie sich nicht in seiner unmittelbaren Umgebung aufhielten? Roger blieb wachsam.

Er schritt um die Hütte herum, erreichte die Vorderseite und sah die Fußspuren im Schnee. Er wußte aber immer noch nicht, ob Santini zu Hause war.

Erst wollte Roger anklopfen, doch dann überlegte er es sich anders.

Vor der Tür war der Schnee festgestampft. Roger legte seine Hand auf die gebogene Klinke, drückte sie nach unten und stieß mit einem Ruck die Tür auf. Die Skier hatte er neben dem Eingang gegen die Hüttenwand gelehnt.

Mit zwei langen Schritten war Roger in der Hütte.

Und dann spürte er den Druck an der linken Wange.

Stocksteif blieb Roger stehen.

Jemand kicherte. »Keine Angst, Söhnchen, ich bin ja bei dir.

Geh ruhig weiter rein, aber schließe vorher die Tür. Du kannst das mit dem Fuß machen.«

Roger Calf hatte die Stimme erkannt. Sie gehörte dem alten Santini. Wahrscheinlich hatte der seinen Anmarsch längst bemerkt und ihn in die Falle laufen lassen.

»Na los, schließ die Tür!«

Roger hob den Fuß und kickte gegen die Tür, so daß sie ins Schloß schnappte.

»So ist es brav. Und jetzt geh noch einen Schritt vor. Aber keine dumme Bewegung, sonst blase ich dir dein Licht aus.«

Calf räusperte sich. »Seit wann bist du so aggressiv, mein Freund?«

»Geh weiter.«

Roger gehorchte. Mit dem Alten war an diesem Abend wirklich nicht zu spaßen. Schon beim Eintreten war Roger Calf der seltsame Geruch aufgefallen. Es war mehr ein widerlicher Gestank, aus allen möglichen Kräutern und Essenzen zusammengesetzt. Roger hatte so etwas noch nie gerochen, und der Gestank verursachte bei ihm eine leichte Übelkeit. So langsam gewöhnten sich seine Augen an die Lichtverhältnisse, und er erkannte Umrisse.

Eine Bank, ein Tisch, ein alter Schrank. Der gemauerte Ofen in der Ecke, in dem die Kohlen nur noch schwach schwelten. Der Druck an seiner Wange war inzwischen verschwunden, aber der junge Mann hütete sich, eine falsche Bewegung zu machen. Sicherlich hatte Santini ihn voll im Visier. Außerdem wollte Roger von dem Alten noch einiges wissen.

»Setz dich auf den Stuhl!« befahl Santini.

Roger gehorchte. Die Sitzfläche war hart und ziemlich unbequem. Außerdem zu klein.

Er sah Santinis Umrisse. Der Alte bewegte sich zur Seite, öffnete eine Schranktür und holte aus dem Innern eine Petroleumfunzel hervor. Er drehte sie mit der linken Hand höher und entzündete den Docht. Augenblicklich wurde der Raum in einen rötlichen Schein getaucht. Santini stellte sie so hin, daß der Schein Roger Calf erreichte, ihn selbst aber nicht, denn er wollte nicht gesehen werden. Die Schrotflinte hatte er sich unter den rechten Arm geklemmt. Der Holzkolben ruhte im angewinkelten Arm. Die Mündung zeigte auf Roger Calf.

»Wenn ich dich jetzt erschieße, kräht kein Hahn mehr nach dir«, sagte der Alte. »Du bist hier bei mir eingebrochen, und ich habe dich auf frischer Tat ertappt.« Er kicherte wie über einen gut gelungenen Witz. Santini trug einen dreiviertellangen Fellmantel. Darunter eine verschossene Jacke und eine alte Cordhose.

Rogers Blick wanderte weiter und streifte über den Boden. Er glaubte, dort die Umrisse eines aufgemalten Fünfecks zu erkennen. Das konnte aber auch eine Täuschung sein. Roger wußte mit der Zeichnung nichts anzufangen, er beschloß aber, Santini danach zu fragen. Doch zuvor stellte der die Fragen.

»Weshalb bist du gekommen, Junge?«

»Ich wollte mit dir reden.«

Santini ging einen Schritt zur Seite. »Ich rede nur, wenn ich es will. Das solltest du doch eigentlich wissen. Früher, da hat niemand mit mir gesprochen, und jetzt will ich nicht.«

Roger hob die Hände. »Nun sei doch nicht so nachtragend.«

»Bin ich aber. Du kennst meine Geschichte.«

»Ja. Ich weiß, daß man dir übel mitgespielt hat. Aber mußt du dich deshalb auf diese Weise rächen?«

»Wieso rächen?«

Roger Calf ging jetzt aufs Ganze. »Hast du diese Riesenameisen in die Welt geholt?«

Schweigen.

Nur im Ofen knisterte das Holz, und der Wind säuselte im Kamin.

Roger hakte nach. »Warum antwortest du nicht, Santini? Hat es dir die Sprache verschlagen, daß ich davon weiß?«

Der Alte lachte hart. »Du nimmst also an, daß ich die Ameisen angelockt habe.«

»Ja.«

»Aber wie sollte ich das geschafft haben?«

»Durch Schwarze Magie.«

»Was ist das?«

»Hör auf zu lügen, ich weiß Bescheid. Du hast durch Schwarze

Magie die Mächte der Hölle beschworen und damit ein bisher verschlossenes Dimensionstor aufgestoßen.«

»Ich bewundere dich und deine Ansichten«, erwiderte der alte Santini. »Woher kennst du die Fakten? Schwarze Magie, Dimensionstor, bisher hast du nie davon gesprochen.«

»Da wußte ich auch noch nichts von den Dingen. Inzwischen habe ich mich informiert, und es hat den ersten Toten gegeben. Mein Freund Peter Egli ist von den Riesenameisen umgebracht worden. Ein junges Mädchen konnte im letzten Augenblick gerettet werden. Ich weiß nicht, wie viele Ameisen noch herumlaufen, doch eins ist sicher: Du wirst sie wieder zurückschicken.«

»Ich habe noch keine Riesenameisen gesehen«, erklärte Santini.

»Das glaube ich dir nicht.«

Santini hob die Waffe etwas an. »Ich habe die stärkeren Argumente. Du mußt es mir abnehmen.«

»Warum hast du die magischen Zeichen auf den Boden gemalt?« forschte Roger Calf weiter.

»Weil ich ihn beschwören wollte.«

»Wen?«

»Einen Dämon. Er heißt Bael. Ist uralt und wird sogar schon in der Bibel erwähnt.«

Roger lief eine Gänsehaut über den Rücken, als er den Alten so reden hörte. Ihn schauderte. Zum erstenmal in seinem Leben war er mit der Schwarzen Magie in Berührung gekommen. Und ihm wurde bewußt, daß dieser Santini ein Teufel in Menschengestalt war.

»Dann kannst du den Zauber nicht mehr rückgängig machen?« erkundigte sich Roger mit heiserer Stimme.

»Nein.«

»Aber hast du das gewollt? Geht deine Rachsucht wirklich so weit, daß du unschuldige Menschen in einen teuflischen Strudel mit hineinreißt?«

»Haben die Menschen denn an mich gedacht?« schrie Santini. »Haben sie mich nicht mit Schimpf und Schande aus dem Ort gejagt? Niemand wollte etwas mit mir zu tun haben. Sie hielten mich alle für wahnsinnig. Wenn ich kam, holten sie ihre Kinder in die Häuser. Sie zeigten mit Fingern auf mich und bespuckten mich. Nein, was jetzt geschieht, haben sich die Leute selbst zuzuschreiben.«

Roger Calf schluckte. »Überlege es dir!« sagte er mit beschwörender Stimme. »Noch kannst du…«

»Gar nichts kann ich. Die Ameisen sind da. Meine Beschwörung ist mißlungen. Ich habe etwas falsch gemacht, das ist die Wahrheit. Ich wollte einen Dämon beschwören und habe es nicht geschafft. Die Ameisen sind das Ergebnis.«

»Lieber Himmel«, flüsterte Roger, »dann…«

Der Alte ließ Calf gar nicht ausreden. »Aber jetzt bin ich froh, daß es so gekommen ist. Die Ameisen sollen sich auf die Heuchler stürzen. Ich gönne diesen Menschen den Tod. Aber wie bist du auf mich gekommen?«

»Durch Überlegung.«

Santini schüttelte den Kopf. »Das kannst du mir nicht weismachen, junger Freund. Hat dir jemand geholfen?«

»Nein«, log Roger Calf.

»Willst du sterben?« hechelte Santini und drehte seine Waffe in der Hand.

»Einige Leute wissen, daß ich zu dir unterwegs bin«, warf Roger ein.

Santini schüttelte den Kopf. »Spuren wird es nicht geben. Deine Leiche verscharre ich irgendwo. Ich kenne mich hier aus, Roger Calf. Du hast einen Fehler gemacht. Du hättest fliehen sollen, anstatt zu mir zu kommen. Jetzt ist es zu spät.«

Rogers Mund wurde trocken. In den Worten des Alten schwang die finstere Entschlossenheit mit. Er würde seinen Vorsatz wahr machen, daran gab es nichts zu rütteln.

Die Mündung der Waffe kam Roger Calf plötzlich übergroß vor. Jede Sekunde konnte sie Tod und Verderben speien.

Und Roger saß wie festgeleimt auf seinem schmalen Stuhl.

Der alte Santini kam näher. Und mit ihm die Mündung. Sie war genau auf Roger Calfs Stirn gerichtet.

»Sprich schon mal dein letztes Gebet, mein Junge«, flüsterte der alte Santini, »denn gleich ist es aus mit dir…«

Ich hatte Roger Calfs Abmarsch beobachtet und drückte dem jungen Mann beide Daumen. Gleichzeitig machte ich mir Sorgen um ihn. Wenn Santini tatsächlich durch eine Beschwörung die Monster auf die Welt geholt hatte, dann war er selbst ein Satan in Menschengestalt. Ein Mann, der keine Gnade kannte.

Aber ich war nicht mit ihm gefahren. Ich wurde im Grand Hotel Alpina dringender gebraucht.

Der Nachtmarsch stand dicht bevor. Die meisten Gäste waren mit dem Dinner fertig. Viele gingen schon hoch auf ihre Zimmer, um sich umzuziehen.

Colette hatte ihren Dienst angetreten. Sie half mit, das große Mitternachtsbüfett aufzubauen. Ich hatte mich wieder in den Speisesaal begeben, saß mit Suko zusammen und rauchte eine Zigarette. Colette warf mir hin und wieder einen besorgten Blick zu. Klar, daß sie sich auch Gedanken um ihren Freund machte.

Um zwanzig Uhr sollte der Marsch starten. Zwei Stunden würden wir unterwegs sein. Einhundertzwanzig Minuten durch die schweigende, herrlich verschneite Bergwelt. Doch all die Wanderer ahnten nichts von den tödlichen Gefahren, die in der Dunkelheit lauerten.

Auf uns, die wir Bescheid wußten, lastete eine ungeheure Verantwortung.

Am liebsten hätte ich dafür gesorgt, daß die Wanderung abgeblasen wurde. Aber dann hätte ich mit Erklärungen herausrücken müssen, und die hätte man mir sicherlich nicht abgenommen. Im Gegenteil, ich wäre als Spinner abqualifiziert worden, und die Gefahr wäre nur noch größer geworden.

Suko sprach das aus, was ich dachte. »Wir brauchen Waffen, John.«

Zum Glück hatte ich meine Waffe mitgenommen. Auch Suko war mit einer Beretta ausgerüstet. Beide Pistolen verschossen geweihte Silberkugeln, aber ob die den Panzer der Ameise zerstörten, war fraglich.

Ich sagte: »Okay, wir haben die Kanonen, aber sonst noch was?«

Suko rieb sich sein Kinn. »Ich hätte da eine Idee«, meinte er.

»Rück raus.«

»Mit Feuer könnten wir die Biester vernichten. Wir werden auf jeden Fall Pechfackeln tragen.«

»Das reicht nicht.«

Suko nickte. »Glaube ich auch. Aber Bill, du und ich könnten uns Molotowcocktails basteln. Die müßten wirken. Ich meine, auf einen groben Klotz gehört ein grober Keil.«

Da hatte der gute Suko gar nicht mal so unrecht. Aber Molotowcocktails? Der Chinese sah es mir an, daß ich nicht sehr begeistert war.

»Hast du einen besseren Vorschlag?« fragte er mich.

Den hatte ich nicht, und das sagte ich ihm auch.

»Also bleiben wir dabei.«

»Wenn uns nicht noch etwas anderes einfällt, ja.« Ich hob warnend den Zeigefinger. »Aber wir setzen die Dinger nur im äußersten Notfall ein.«

»Natürlich. Außerdem ist es gar nicht sicher, daß die Ameisen uns angreifen.«

»Falls nicht – was ich hoffe –, so werden wir die Tierchen suchen. Aber ich schätze, daß sie uns bestimmt über den Weg laufen.«

»Denk daran, daß auch aus Grindelwald noch Gruppen unterwegs sind. Und die sind ungeschützt.«

»Ja, ich weiß.«

Wir standen auf. Was Suko gesagt hatte, war meine große Sorge. In dieser Silvesternacht würden zahlreiche Menschen unterwegs sein. Den Ameisen war der Tötungsdrang eingeimpft worden. Allerdings rechnete ich damit, daß sich die Tiere noch in einer gewissen Höhe aufhielten. Grindelwald lag im Tal. Wir waren den Ameisen also näher als die Menschen unten im Ort.

Das Büfett war fast fertig. Es sah prächtig aus und war vollbeladen mit kulinarischen Köstlichkeiten. Normalerweise wäre mir das Wasser im Mund zusammengelaufen, aber im Augenblick spürte ich einen faden Geschmack auf der Zunge. Ich hätte nicht einen Bissen hinunterbekommen. Nicht einmal den Kaviar.

Colette kam auf uns zu. Sie trug ein rotes Kleid und eine kecke Mütze auf dem dunklen Haar. In ihren Augen las ich die Sorge.

Ich blieb stehen. Mein Lächeln sollte ihr Mut machen. »Roger wird es schon schaffen«, sagte ich.

Sie trat dicht an mich heran. »Ich habe Angst, Herr Sinclair. Große Angst sogar. Roger ist allein. Wenn die Ameisen ihn sehen…«

»Er ist ein blendender Skiläufer«, beruhigte ich sie. »Er ist diesen Bestien schon einmal entkommen. Und er wird es auch ein zweites Mal packen, sollten ihm die Tiere über den Weg laufen.«

»Ihren Optimismus möchte ich haben«, flüsterte Colette. »Ich mache alles falsch, bin völlig durcheinander. Ich bin bereits mehrmals zurechtgewiesen worden und kann nicht einmal dagegen protestieren. Die anderen sind ja so ahnungslos.«

»Was ist mit Carla?«

»Der Hotelarzt hat ihr ein Schlafmittel verabreicht. Sie liegt jetzt im Bett und schläft.«

Ich war beruhigt, schärfte Colette noch einmal ein, die Nerven zu bewahren, und ging dann zu Suko, der in der Nähe der Tür auf mich wartete und auf seine Uhr deutete.

»Ja, ich weiß, es ist schon spät. Aber ich mußte das Mädchen beruhigen.«

»Habe ich dir einen Vorwurf gemacht?«

Wir verließen den Speiseraum. In der Halle herrschte Hektik. Einige Gäste waren schon umgezogen. Sie standen in Gruppen herum, redeten, tranken und scherzten.

Vor allen Dingen waren es die Frauen, die ihre Nervosität oft nicht verbergen konnten. Einige lachten hysterisch auf und schauten immer wieder durch die verglaste Eingangstür nach draußen, wo sich das helle Licht auf der glänzenden Schneeoberfläche brach.

Ich runzelte die Stirn. Diese Wanderung schmeckte mir immer weniger, vor allem jetzt, wo ich sah, daß manche Damen doch schon einiges getrunken hatten.

Aber auch die Herren der Schöpfung kippten die harten Sachen. Die Ober und Pagen konnten kaum genug heranschaffen, so rasch wurden ihnen die Gläser von den Tabletts genommen.

Suko ließ mich allein. Er wollte leere Flaschen, Benzin, Lappen und Dochte besorgen, um die Molotowcocktails herzustellen. In meinem Zimmer wollten wir uns dann treffen.

Ich sah Herrn Krämer, den stellvertretenden Direktor. Er stand an der Rezeption und hielt einen grünen Telefonhörer gegen das Ohr gepreßt. Irgend etwas an seiner Haltung störte mich. Als er ein wenig den Kopf drehte, sah ich, daß sein Gesicht eine kreidebleiche Färbung angenommen hatte.

Kein Zweifel, da war etwas passiert!

Ein Gefühl sagte mir, daß es in unmittelbarem Zusammenhang mit den Riesenameisen stand.

Ich steuerte die Rezeption an. Eine gutgewachsene Brünette stellte sich mir in den Weg. Sie trug ihren himmelblauen Parka auf dem angewinkelten Arm. In der freien Hand hielt sie ein Glas mit Sekt.

»Trinken Sie einen Schluck mit mir, schöner Mann«, sagte sie mit piepsender Stimme. Sie drängte das Glas zu rasch vor, so daß die Hälfte von dem Sekt überschwappte und ihre Hand benetzte.

»Später vielleicht, Madam. Jetzt muß ich mich umziehen.«

»Ich nehme Sie beim Wort.«

Mein Lächeln fiel tigerhaft aus, als ich sagte: »Sie können mich auch woanders dran nehmen, Madam.«

Sie lachte lauthals. Immer wieder rief sie: »Ist der nicht süß, ach, ist der nicht süß...«

Die Süße stieß mir sauer auf. Ich erreichte die Rezeption, als Herr Krämer soeben den Hörer auflegte. Seine Hand zitterte.

Ich sprach ihn an. »Herr Krämer, was war los?«

Sein Blick schien durch mich hindurchzugehen. Erst nachdem ich ihn angestoßen hatte, wurde er sich meiner Gegenwart bewußt.

»Herr... Sinclair?«

Ich deutete auf den Telefonapparat. »Sie haben ein Gespräch geführt. Mit wem? Was ist geschehen?«

Er zog die Luft durch die Nase ein. Von seiner zuvor zur Schau getragenen Fassung war nicht mehr viel übriggeblieben. »Eine Katastrophe«, flüsterte er, so daß nur ich die Worte verstand. »Ich erhielt einen Anruf aus Grindelwald. Schrecklich.« Er wischte sich mit einem Tuch über die Stirn.

»Was ist los? Reden Sie!«

»Die Camper. Sie... sie sind überfallen worden von riesigen

Ameisen. Die meisten haben sich retten können. Aber zwei – zwei… sie sind tot. Ermordet. Die Camper haben es erzählt.«

Mir lief es kalt den Rücken hinunter. »Wer ist ermordet worden?«

»Ein Gast und der Hüter vom Campingplatz.«

»Wie hat man in Grindelwald reagiert?«

Herr Krämer ließ sich auf einen Stuhl fallen. »Die Leute haben gelacht, Herr Sinclair. Niemand glaubte den Gästen.«

»Und Sie?« fragte ich. »Was ist mit Ihnen?«

»Ich weiß nicht. Wenn ich da an Carla denke, auch sie hat was von den Ameisen erzählt.«

Ich beugte mich vor, legte eine Hand auf die Schulter des stellvertretenden Direktors und zwang ihn, mich anzuschauen. »Die Leute haben nicht gelogen, Herr Krämer. Es gibt die Ameisen tatsächlich. Ich selbst habe mit einer gekämpft. Carla ist nicht von einem Mann angegriffen worden, sondern von dem Rieseninsekt. Und das war nur eins. Wir wissen nicht, wie viele von den Tierchen noch in der Umgebung herumlaufen.«

»Sie – Sie haben sie also auch gesehen?«

Ich nickte.

Krämer war am Ende. Sein Kopf sackte nach vorn. In einer hilflosen Geste hob er die Schulter. »Aber was sollen wir denn jetzt machen?« murmelte er. »Ich – wir können die Wanderung doch nicht ausfallen lassen. Und wenn wir den Grund angeben, lieber Himmel, die Leute würden mich auslachen. Sie glauben mir nicht.«

»Das fürchte ich auch«, erwiderte ich.

»Haben Sie einen Plan?« fragte er mich.

»Ja.«

Sein Kopf ruckte hoch. Herr Krämer schaute mich so hoffnungsvoll an, daß ich trotz des Ernstes der Situation lächeln mußte. »Mein chinesischer Freund und ich decken uns mit Waffen ein. Wir möchten dann an der Spitze des Zuges mitgehen. Außerdem müßten Sie uns sehr starke Taschenlampen besorgen. Erwähnen Sie den Gästen gegenüber nichts. Es würde eine Panik geben, und davon hätte niemand etwas. Außerdem gehört zu unserer Gruppe noch Bill Conolly. Auch er wird in die Auseinandersetzung mit eingreifen. Wir hoffen, daß wir zu dritt die Gefahr bannen können. Mehr kann man im Augenblick wirklich nicht tun.«

»Wenn das so ist...«

»Bewahren Sie Haltung!« zischte ich ihm zu. »Kümmern Sie sich um die Gäste, und versuchen Sie, den Abmarsch um eine Viertelstunde zu verschieben. Ich ziehe mich jetzt um.«

Herr Krämer versprach, sich an meine Richtlinien zu halten.

Ich nickte ihm noch einmal zu, machte einen großen Bogen um die Brünette und ging mit langen Schritten zum Aufzug. Rasch fuhr ich nach oben. Suko war noch nicht zurück.

Dafür steckte Bill Conolly seinen Kopf aus der Zimmertür. »Gibt's was Neues, John?«

In Stichworten erklärte ich ihm, was ich mit dem stellvertretenden Direktor besprochen hatte.

Bill war meiner Meinung. »Wenn jemand die Ameisen schaffen kann, dann nur wir drei.«

»Und was sagt Sheila dazu?«

Mein Freund lächelte. »Gar nichts. Sie hat Angst. Aber sie muß sich mit den Gegebenheiten abfinden.«

Wie ein Todesauge sieht die Mündung aus, dachte Roger Calf.

Er konnte einfach nichts tun, saß auf dem verdammten Stuhl wie festgeklebt und sah die Mündung immer näher kommen. Dahinter das Gesicht des Alten.

Und plötzlich war ihm alles egal. Die flüsternde Stimme Santinis riß ihn aus der Erstarrung.

»Beten, du sollst beten, Freundchen!«

»Nein!« Mit diesem Schrei auf den Lippen fuhr Roger Calf hoch. Sein rechter Arm fegte die Mündung zur Seite.

Santini drückte ab.

Roger Calf hatte das Gefühl, die Waffe würde dicht neben seinem Ohr explodieren. Die Schrotladung fauchte über seine Schulter hinweg, klatschte in den Schrank und schlug Löcher in das stabile Holz. Der Abschußknall dröhnte in den Ohren des jungen Mannes. Er hatte das Gefühl, sein Trommelfell wäre geplatzt. Verbissen kämpfte er aber weiter. Roger warf sich vor. Sein Kopf bohrte sich in die Magengrube des Alten. Mit Santini zusammen wurde Roger zurückgeschleudert. Beide stürzten quer durch die Hütte. Ein Stuhl flog um, desgleichen der Tisch. Die Petroleumfunzel neigte sich zur Seite, kippte um, prallte zu Boden, zerbrach, und das Petroleum lief aus.

Es fing Feuer!

Kleine Flämmchen zuckten aus der Lache hoch, breiteten sich schnell aus und suchten nach Nahrung.

Doch davon merkten die beiden Männer nichts. Verbissen rangen sie. Es war ein Kampf auf Leben und Tod. Einer wollte den anderen besiegen. Der Alte hatte seinen Schießprügel nicht losgelassen. Santini entwickelte Kräfte, die man ihm gar nicht zutraute. Wie ein Berserker kämpfte er.

Ineinandergekeilt rollten sie über den Boden. Sie näherten sich den aufzüngelnden Flammen, wirbelten in sie hinein und erstickten sie mit ihrer Kleidung. Beißender Qualm stieg gegen die Holzdecke der einsam liegenden Hütte.

Die beiden Männer rollten auf den Ofen zu. Roger Calf stieß mit der Schulter gegen die gemauerte Einrahmung. Die Steine waren warm, doch das merkte er nicht. Er konzentrierte sich auf den alten Santini, der seine Schrotflinte weiterhin umfaßt hielt und sie jetzt als Schlagwaffe benutzen wollte.

Mit dem Kolben schlug er zu.

Doch Roger nahm rechtzeitig seinen Kopf zur Seite, so daß der schwere Gewehrkolben dicht neben seinem Ohr auf den Boden donnerte.

Jetzt platzte Roger Calf der Kragen. Sein Gegner war ein Leichtgewicht. Roger gelang es, die Beine anzuziehen. Ruckartig stieß er die Knie dann hoch.

Der alte Santini wurde nach hinten katapultiert und krachte zu Boden.

Roger Calf sprang auf. Er stürzte auf Santini zu, die Fäuste hielt er erhoben, dann jedoch blieb er dicht vor dem Alten stehen.

Zwei gläserne Augen starrten ihn an.

Roger wischte sich eine Haarsträhne aus der Stirn und ging in die Knie. Eine unsichtbare Hand schien sein Herz zu umfassen.

»Santini«, flüsterte er, »so rede doch, sag was! Mach keinen Mist…«

Der Alte gab keine Antwort. Er konnte auch keine mehr geben, denn er war tot.

Roger schluckte. Er begann plötzlich zu zittern. Die nervliche Anspannung löste sich. Schuldgefühle kamen auf. Er machte sich Vorwürfe, am Tod des Mannes schuldig zu sein.

Es kam ihm gar nicht in den Sinn, an einen Unglücksfall zu denken. Erst nach zehn Minuten hatte er sich wieder gefangen. Er schaute sich den Toten an und stellte fest, daß er beim Fall mit dem Hinterkopf aufgeprallt war.

Das hatte Santini nicht überlebt.

Roger sprach ein kurzes Gebet. Er fühlte sich nicht kompetent, um über den alten Santini zu richten. Er machte ihm auch keinen Vorwurf, daß er ihn angegriffen hatte. Vielleicht hätte er an seiner Stelle ebenso gehandelt.

Roger Calf verließ die Hütte. Der eisige Wind trocknete sein nasses Gesicht. Rasch bildete sich eine Eishaut. Roger wischte sie weg und band den Schal wieder um.

Aufmerksam sah er sich die nähere Umgebung an. Nichts deutete auf eine Anwesenheit der Riesenameisen hin. Aber Roger wußte, daß sie irgendwo lauerten. Er schaute hinunter ins Tal. Von hier oben konnte er nur einen kleinen Ausschnitt überblicken, aber er sah die zahlreichen Lichter des Städtchens Grindelwald. Und er sah oberhalb des Ortes eine regelrechte Lichterkette, die sich in einer langen Linie einen Hang hochbewegte.

Mit seinen Blicken verfolgte er den zurückgelegten Weg der Lichterprozession und stellte fest, daß sie sich vom Grand Hotel Alpina wegbewegte.

Die Gäste hatten sich schon auf den Weg gemacht.

Roger Calf dachte darüber nach, wie er sich verhalten sollte. Er konnte nach Grindelwald hinunterfahren und alles melden, er konnte aber auch den Gästen entgegenlaufen.

Und noch eine dritte Alternative blieb.

Zurück ins Hotel. Zu seiner Freundin Colette. Das war wohl am besten. Er wollte das Mädchen nicht schutzlos lassen.

Roger hatte den Vorsatz kaum zu Ende gedacht, als er nach den Stöcken griff und sich abstieß. In rasender Schußfahrt jagte er seinem Ziel entgegen. Irgendwie hatte er das Gefühl, daß Colette seine Hilfe dringend benötigte.

Suko sprach das aus, woran ich auch schon gedacht hatte. »Eigentlich ist es verdammt riskant, die Angestellten des Hotels ohne Schutz zurückzulassen.«

Ich nickte. »Recht hast du. Aber wie willst du das ändern?«

»Es müßte eben einer von uns hierbleiben.«

Ich widersprach. »Nein, das ist nicht drin. Dann sind die anderen ohne Schutz. Die Wahrscheinlichkeit spricht dafür, daß die Ameisen die relativ schutzlosen Menschen draußen im Freien angreifen.«

Suko gab mir recht.

Wir hielten uns in meinem Zimmer auf. Suko hatte inzwischen die Molotowcocktails gebastelt. Das hochexplosive Gemisch befand sich in mehreren Wein- und Schnapsflaschen verteilt. Suko hatte Korken durchbohrt. Aus ihnen schauten die Dochte hervor. Die »Cocktails« hatten wir in einem Rucksack verstaut. Jede Flasche war mit einem Tuch umwickelt worden, damit sie während des Marsches beim Aneinanderstoßen nicht zerplatzten.

Wetterfest waren wir beide angezogen. Wir trugen dicke, gefütterte Parkas, wattierte Hosen und Handschuhe. Fäustlinge hatten wir abgelehnt. Sie hätten uns zu sehr behindert. Unter den festen Schuhen befanden sich griffige Sohlen. Die starken Taschenlampen hingen an unseren Gürteln. Wir hatten auch noch Erste-Hilfe-Material und zusammengerollte Seile in den Rucksäcken verstaut.

Ich wollte mir gerade die Pelzmütze aufsetzen, als Bill Conolly das Zimmer betrat. Auch er war schon umgezogen. Wie Suko und ich trug er eine Fellmütze mit Ohrenschützern.

»Alles klar?« fragte Bill.

»Nein«, erwiderte ich.

»Wieso?«

Ich erzählte ihm, was uns Sorgen bereitete. Bills Gesicht wurde sehr nachdenklich.

»Verdammt«, sagte er, »du hast recht. Die Leutchen hier im Hotel sind wirklich schutzlos. Was machen wir?«

»Einer von uns müßte hierbleiben. Am besten du«, platzte ich hervor. Die Idee war mir ganz plötzlich gekommen.

Bill schaute mich an, als hätte ich Ausschlag. Er ging zwei Schritte zurück und tippte sich gegen die Brust. »Wieso ich?«

»Weil wir draußen gebraucht werden.«

Bill dachte nach.

Da kam Sheila. Sie trug einen himmelblauen Anorak mit roten Streifen und Pelzbesatz. Ihr Gesicht schien zu glühen, sie war bereits draußen gewesen, streifte jetzt ihre Handschuhe ab und rieb sich die Finger. »Es ist herrlich draußen«, schwärmte sie. »Der viele Schnee – einmalig. Wir müssen uns beeilen, die wollen gleich los.«

»Ich gehe nicht mit«, sagte Bill.

Sheilas Augen wurden groß. »Aber wieso nicht?«

Ich erklärte es ihr rasch. Und Sheila hatte Verständnis. »Ja«, meinte sie nachdenklich. »Wenn ich genauer darüber nachdenke, hast du recht, John.« Sie lächelte etwas schmerzlich. »Ich bleibe natürlich auch hier, obwohl ich mich auf den Marsch gefreut habe.«

Bill nahm seine Frau in die Arme. »Ich danke dir.«

Suko holte seine Pistole hervor. Er legte sie auf die flache Hand und streckte Bill den Arm hin. »Nimm, damit du dich wenigstens verteidigen kannst, falls etwas geschehen sollte.«

Der Reporter zögerte noch. »Aber ich dachte, die Kugeln dringen nicht durch den Panzer.«

»Du mußt auf die Augen zielen«, erklärte ich. »Ich habe es zwar noch nicht probiert, aber ich sehe darin immerhin eine Möglichkeit. Und schießen kannst du ja.«

Da nahm Bill Conolly die Waffe. »Okay, John, ich ziehe mich dann wieder um.« Er legte einen Arm um Sheilas Schultern. »Komm, Darling, wir lassen uns vom Personal verwöhnen.«

Ich freute mich, daß Bill es leicht nahm. Wir verabschiedeten uns. Sheila machte sich große Sorgen, das sah ich ihren Augen an. Sie sagte aber nichts.

Mit dem Aufzug fuhren wir hinunter in die Halle. Dort hielt

sich nur noch das Personal auf. Die meisten schauten nach draußen, wo sich die Gäste schon formiert hatten.

Colette trat uns in den Weg. »Ich wünsche Ihnen viel Glück«, sagte sie. »Roger ist noch nicht zurück.«

»Wenn er kommt, soll er sich bei meinem Freund Bill Conolly melden«, erklärte ich. »Er bleibt hier. Zum Schutz.«

»Meinen Sie denn, daß...«

»Wir wollen keine Möglichkeit außer acht lassen. Und jetzt entschuldigen Sie mich.«

»Danke.«

Ich ging. Suko wartete schon draußen. Er stand neben dem stellvertretenden Direktor. Herr Krämer war schon nervös. »Wo bleiben Sie denn?« rief er.

»Tut mir leid«, entschuldigte ich mich, »aber ich hatte noch einiges zu erledigen.« Wir schritten gemeinsam zur Spitze. Die Brünette winkte mir zu. »Hei, schöner Mann, werden Sie mich wärmen, wenn es mir zu kalt wird?«

Ich gab keine Antwort, bekam aber aus den Augenwinkeln mit, daß sich bereits ein anderer Gast um die Frau kümmerte.

Wir hatten die Spitze der Reihe erreicht. Vor uns begann ein Weg, der nur anhand der in den Boden gerammten Stöcke als solcher zu erkennen war. Sonst hatte der Schnee alles zugedeckt.

Der Wind hatte etwas zugenommen. Er kam von den Höhen, blies gegen meine dick eingecremte Haut, biß hinein, so daß ich gezwungen war, die Ohrenschützer herunterzuklappen.

»Wir haben zwanzig Grad minus«, erklärte Suko.

»Und oben wird es noch kälter«, meinte Herr Krämer. Er hatte sich zu uns gesellt.

»Sie spielen den Führer?« fragte ich.

»Ja, ob Sie es glauben oder nicht, ich bin vor Jahren zum Bergführer ausgebildet worden. Ein bißchen ist davon noch hängengeblieben.«

Ich spielte den Optimisten. »Dann kann ja nichts schiefgehen.«

»Wenn die Ameisen nicht wären, schon«, erwiderte Krämer, gab das Handzeichen, und wir marschierten los.

Der Marsch ins Ungewisse begann...

Die Riesenameisen hatten sich zurückgezogen. Sie waren nicht ins Tal gelaufen, sondern lauerten auf halber Höhe. Denn hier – in der freien Natur – waren ihre Chancen größer.

Sie schienen zu wissen, daß sich Menschen zu Silvesterspaziergängen zusammengefunden hatten. Leichte Beute für sie. Sie wollten die Ahnungslosen blitzschnell überwältigen.

Die Menschen sollten keine Chance haben.

Und noch etwas hatten die Ameisen vor. Zwei von ihnen lauerten hinter hohen Schneewehen.

Die dritte aber, die verletzte Ameise, trennte sich von ihren Brüdern. Sie schlug einen anderen Weg ein. Einen Weg, den sie ziemlich gut kannte.

Zum Grand Hotel Alpina!

Bill streifte seine Wintersachen wieder ab.

Sheila stand am Fenster und schaute hinaus. Sie sah die vor dem Hotel versammelten Menschen, drehte sich halb zu Bill um und berichtete: »Jetzt ziehen sie los.«

Bill stand auf einem Bein, da er gerade aus seiner Hose stieg. »Es paßt dir doch nicht so ganz, hierzubleiben, wie?«

»Dir denn?«

Bill zog sich eine bequeme Cordhose über. »Auch nicht, aber John hat recht. Es besteht die Möglichkeit, daß die Ameisen auch zum Hotel kommen. Und dann sehen wir lustig aus.«

»Du hast doch eine Waffe«, sagte Sheila.

Bill trat hinter seine Frau und legte ihr die Arme um die Hüften. Dann wanderten seine Hände höher, bis Sheila ihm auf die Finger klopfte. »Doch jetzt nicht.«

Bill Conolly lachte übermütig. »Warum nicht? Ich bin nicht aus Stein. Außerdem sind wir ungestört. Zu Hause horchst du ja immer mit einem Ohr nach Johnny.«

Sheila drehte sich um und preßte ihrem Mann die Lippen auf den Mund. »Wir reden später darüber«, sagte sie.

»Ich nehme dich beim Wort.«

»Das kannst du auch.«

Bill löste sich von Sheila, ging zum Tisch, wo er die Pistole abgelegt hatte, und steckte sie in den Bundgürtel. Dann ließ er seinen Pullover über die Waffe fallen. »Es braucht ja nicht jeder zu sehen, wie ich herumlaufe.«

Sheila stand noch am Fenster. »Jetzt sind sie gegangen.«

»Okay, dann können wir uns nach unten verkrümeln.«

»Willst du wieder an die Bar?« fragte Sheila empört.

»Von dort aus hat man den besten Überblick.«

»Das war deine bisher faulste Ausrede. Aber meinetwegen, ich gehe mit.« Umgezogen war Sheila schon. Sie trug ein zweiteiliges Strickkleid, das ihre Figur umschmeichelte. Das lange blonde Haar hatte sie gelöst. Locker fiel es bis auf ihre Schultern.

Sie gingen nach unten. Bill wollte noch mal mit Colette reden, denn sie erwartete jeden Moment ihren Freund zurück. Und dieser Roger Calf würde gewiß etwas zur Aufhellung des Tatbestandes beitragen.

Hinter der Bar hantierte nur noch ein Mixer. Und das war Gonni. Er hockte auf einem Schemel, machte ein trauriges Gesicht und schaute kaum auf, als Bill und Sheila Platz nahmen.

»He, was ist los?« rief der Reporter.

Gonni gähnte und reckte sich. »Himmel, bin ich müde«, sagte er, bequemte sich aber aufzustehen und nach den Wünschen der Gäste zu fragen.

»Haben Sie wieder von England geträumt?« erkundigte sich Bill, nachdem er seinen Whisky und Sheila ihren Orangensaft bekommen hatte.

Gonni schüttelte den Kopf. »Diesmal nicht.«

»Wovon denn?«

Gonni verzog das Gesicht. »Vom Feierabend.«

Bill lachte. »Trinken Sie einen mit?«

Gonni nahm ein Bier. Sie prosteten sich zu und unterhielten sich über allgemeine Themen. Auch Sheila mischte sich in das Gespräch mit ein. Bill warf hin und wieder einen Blick zum Ausgang. Er suchte Colette. Nachdem er sich mehrere Male vergeblich den Hals verrenkt hatte, sah er sie. Bill winkte ihr zu.

Colette kam. Sie wirkte etwas verstört. »Sie sind doch sicher Mr. Conolly«, sagte sie.

»Ja, und das ist meine Frau Sheila.«

Gonni, der müde Mixer, war zur anderen Seite der Bar gegangen und baute dort Sektgläser auf. Man konnte sich also ungestört unterhalten.

»Mein Freund ist noch nicht zurück«, sagte Colette. »Langsam mache ich mir Sorgen.«

Bill tröstete sie. »Halb so schlimm. Er wird bestimmt noch kommen. Ein Skifahrer wie er...«

»Das sagen Sie so.«

»Möchten Sie etwas trinken?« fragte Sheila.

»Nein, danke. Angestellten ist es verboten, während der Arbeitszeit zu...«

Bill schüttelte den Kopf. »Ein Glas Sekt ist doch kein Alkohol.« Er winkte Gonni herbei und ließ sich ein Glas Sekt bringen.

»Danke«, sagte Colette. Sie trank mit durstigen Zügen und leerte das Glas bis zur Hälfte.

»Rechnen Sie eigentlich damit, Mr. Conolly, daß die Ameisen auch hier auftauchen?«

»Wir wollen es nicht hoffen.«

»Aber die Möglichkeit besteht.«

»Ja«, sagte Sheila. »Deshalb sind wir hiergeblieben.«

In Colettes dunklen Kirschenaugen flackerte es. »Aber wie sollen wir uns schützen?«

»Es gibt eine Möglichkeit, da seien Sie mal beruhigt«, erwiderte der Reporter.

»Tja, wenn Sie das sagen.« Colette leerte ihr Glas. »Wenn nur mein Freund schon hier wäre.« Sie schaute immer wieder durch die großen Scheiben nach draußen, konnte aber auch nicht viel sehen.

Doch Bill erkannte ihn, als er die Rezeption passierte. »Da ist er ja«, rief er.

Colette drehte den Kopf. Sie sah ihn ebenfalls und rannte los. »Ich hole ihn her.«

»Die Kleine hat Angst«, bemerkte Sheila.

Bill fragte: »Du nicht?«

»Auch. Aber es ist bei mir eher ein Gefühl der Gespanntheit, ob sie kommen oder nicht.«

»Du hast eben schon einiges hinter dir«, meinte Bill. »Das Mädchen und ihr Freund kommen«, wechselte er das Thema.

Der junge Mann redete auf seine Freundin ein. Er war noch

von der Skifahrt gezeichnet. An seinem Anzug hingen Schneereste, und in den hohen Plastikschuhen konnte er kaum laufen. Sein Gesicht war gerötet. Am Rand der Mütze klebten kleine Eisperlen.

Colette machte Roger Calf mit dem Ehepaar Conolly bekannt. Ihre Stimme klang sehr belegt.

Bill ahnte, daß etwas passiert war. Und er stellte auch die diesbezügliche Frage.

Roger Calf nickte heftig. »Ich war oben«, erklärte er. »Santini ist tot!«

Jetzt nahm Bill Conolly einen Schluck Whisky.

Der Reporter war von mir in den Fall eingeweiht worden. Er kannte den Namen Santini.

»Die Ameisen?« fragte er.

»Nein.« Roger Calf räusperte sich, bevor er weitersprach. »Ich – ich habe ihn umgebracht.«

»Sie?« flüsterte Sheila. Sie schaute ebenso ungläubig drein wie Bill Conolly.

Roger Calf nickte. »Ja, ich war's.«

Wild schüttelte Colette den Kopf. »Aber das stimmt doch gar nicht!« rief sie, und zwar so laut, daß selbst der müde Gonni aufmerksam wurde und überrascht seine dunklen Augenbrauen hob. »Es ist anders gewesen, Mr. Conolly, ganz anders. Er bildet sich nur etwas ein, glauben Sie mir.«

»Wie ist es denn gewesen? Erzählen Sie.«

Roger Calf hüstelte. Bill sah es und bestellte etwas zu trinken.

»Danke.« Roger trank das Mineralwasser in langen, durstigen Zügen. Dann berichtete er. Seine Stimme klang leise und monoton. Als er von dem Kampf erzählte, war er außer sich. »Es war grausam, glauben Sie mir, aber ich konnte wirklich nichts dafür. Er ist hingefallen – und…«

Bill Conolly legte dem jungen Mann seine Hand auf die Schulter, während Colette anfing zu weinen.

Sheila kümmerte sich um das Mädchen. Roger fragte: »Bin ich jetzt ein Mörder, Mr. Conolly?«

Bill schüttelte den Kopf. »Nein.«

»Am besten, wir verlassen die Bar«, schlug Sheila vor. »Und warten auf dem Zimmer.«

Die anderen waren einverstanden. Nur Colette widersprach. »Aber mein Dienst, er ist…«

»Unsinn.« Bill winkte ab. »Die Leute werden auch einmal ohne Sie auskommen.«

»Wenn Sie meinen…«

Sheila, Colette, Roger und Bill verließen die Bar. »Wir können einmal um das Haus herumgehen«, sagte Roger Calf. »Wenn die Ameisen in der Nähe sein sollten…«

Der Reporter war einverstanden. Sheila wollte mit dem Mädchen auf dem Zimmer warten.

Bill war nicht gerade der Witterung entsprechend gekleidet. Bei der Eiseskälte bekam er sofort eine Gänsehaut.

Roger schaute Bill von der Seite her an. »Wollen Sie sich nicht eine Jacke holen?«

Bill Conolly winkte ab. »Für diese kurze Zeit geht es schon.«

Sie gingen hinter das Hotel. Auf dem einmal festgestampften Schnee ließ sich gut laufen. Bill blieb in der Nähe des Hauses, während Roger weiter entfernt parallel zu ihm ging.

Sie suchten nach Spuren.

Roger Calf entdeckte sie. »Da, Mr. Conolly, ich habe etwas gefunden.«

Bill stapfte durch den Schnee und sank manchmal bis zu den Knien ein, doch das war ihm egal.

Hastig deutete Roger auf die Spuren. »Die sind frisch«, sagte er. »Sehen Sie doch.«

Bill nickte. Plötzlich wurde seine Kehle trocken. »Kommen Sie mit.« Er dämpfte unwillkürlich seine Stimme.

Die beiden Männer schritten zum Hotel zurück, verfolgten die Spuren und erreichten den kleinen Hof mit dem Anbau.

Dort endeten die Spuren. Und zwar direkt vor der Mauer. Die Männer schauten sich an, und jeder von ihnen hatte wohl den gleichen Gedanken. Die Riesenameise war an der Wand hochgeklettert und befand sich vielleicht schon im Hotel.

Bill warf einen Blick nach oben. Die Fenster seines und Sheilas Zimmer befanden sich schräg über ihm. Es war leider zu dunkel, um etwas zu erkennen. Aus den Fenstern fiel kein Licht, aber Bill glaubte doch, den sich bewegenden Schatten an der Hauswand zu sehen.

Er hatte plötzlich eine wahnsinnige Angst um die beiden Frauen.

»Kommen Sie!« rief er Roger Calf zu und begann zu rennen…

Colette schwieg, als sie neben Sheila Conolly herschritt. Sheila sah, daß sich das junge, schwarzhaarige Mädchen hin und wieder schüttelte. Wahrscheinlich dachte sie an die letzten Ereignisse.

Als Sheila die Zimmertür aufschloß und das Mädchen vorbeiließ, sagte sie: »Wir bestellen uns erst einmal einen Tee. Der wärmt. Okay?«

Colette war einverstanden. Und Sheila Conolly bestellte über Haustelefon das Gewünschte.

Das Mädchen hatte im Sessel Platz genommen und die Hände auf die Knie gelegt. Aus unruhigen Augen blickte Colette zu Sheila Conolly hoch.

»Ich habe Angst, Mrs. Conolly, große Angst sogar.«

Sheila winkte ab. »Wir werden es schon schaffen, Colette. Ich darf Sie doch so nennen, oder?«

»Natürlich.«

»Okay, ich bin Sheila für Sie.«

Der Tee wurde gebracht. Der Zimmerkellner staunte, als er seine Kollegin sah, sagte aber keinen Ton, sondern zog sich mit einer Verbeugung zurück, nachdem ihm Sheila ein Trinkgeld in die Hand gedrückt hatte.

»Was wird der wohl gedacht haben?« fragte Colette.

Sheila lächelte. »Uns stört's nicht.«

Colette nickte. »Da haben Sie recht.«

Die beiden Frauen tranken. Der Tee war sehr heiß, er schmeckte aber ausgezeichnet und wärmte richtig durch.

Sheila bot Zigaretten an. »Rauchen Sie?«

»Ja, danke.« Colette griff nach einem Stäbchen, und Sheila gab ihr Feuer. Sie selbst war Nichtraucherin. Früher hatte sie hin und wieder eine Zigarette geraucht, doch in der Schwangerschaft ließ sie es ganz bleiben. Sie hatte sich einmal daran gewöhnt und sah keinen Sinn darin, das Rauchen wieder anzufangen.

Colette aber qualmte nervös. Man sah ihr an, daß sie sich Sorgen um ihren Freund machte.

»Sie und Roger sind noch nicht verlobt?« erkundigte sich Sheila Conolly.

»Nein, aber bald.« Colette stieß den Rauch hastig aus. »Wir wollen erst noch sparen und uns dann vielleicht ein kleines Chalet kaufen. Aber die Preise hier sind ja so hoch, daß sich ein normal verdienender Mensch das nicht leisten kann.«

Sheila lachte auf. »Wem sagen Sie das. Der Blick auf Eiger, Mönch und Jungfrau kostet eben was.«

»Sind Sie zum ersten Mal in der Schweiz?« fragte Colette.

»Nein, ich war früher als junges Mädchen mal einige Wochen in Zürich. Von dort bin ich dann durch die Ostschweiz gereist. Nach Graubünden und ins Engadin. Wunderschön, sage ich Ihnen.«

»Ja, die Landschaft ist wirklich prächtig.« Colette drückte ihre Zigarette aus. Dann schaute sie Sheila fest an. »Ich habe das Gefühl, daß Sie sich mit außergewöhnlichen Dingen auskennen, Sheila.«

»Wie kommen Sie darauf?«

»Sie zeigen nicht den Schrecken, den man bei einer Unbeteiligten erwartet.«

Sheila nickte. »Sie haben mit Ihrer Vermutung recht, Colette. Ich habe wirklich schon einiges erlebt. Wenn ich daran denke! Allein wie mein Vater umgekommen ist.«

Sheila erzählte aus ihrem Leben, und Colette hörte gebannt zu. Bills Frau vergaß auch nie, ihren Mann zu erwähnen, und berichtete, unter welch dramatischen Umständen sie sich kennengelernt hatten.

Doch plötzlich unterbrach Sheila ihre Erzählung und horchte auf.

»Ist was?« fragte Colette.

Sheila hob die Schultern. »Ich weiß nicht genau. Ich glaube aber, ein Geräusch gehört zu haben.«

»Wo?«

»Vom Balkon.«

Sheila Conolly erhob sich. Auch Colette wollte aufstehen, doch Sheila winkte ab. »Nein, nein, bleiben Sie sitzen. Ich sehe nach.«

Colette nickte. Sie ließ sich wieder zurückfallen und folgte Sheila mit angstvollen Blicken. Sie bewunderte den Mut der eleganten, blondhaarigen Frau. Anscheinend hatte sie keine Angst.

Vor der bis zum Boden reichenden Gardine blieb Sheila Conolly stehen.

Dann faßte sie sich ein Herz und zog die Gardine zur Seite.

Im selben Augenblick schrie Sheila Conolly auf. Zwei tellergroße, rotglühende Augen starrten sie an.

Die Ameise war da!

Zwei begleitende Hotelangestellte verteilten die Fackeln. Sie setzten sie auch in Brand.

Die Leute rissen sich um die Pechfackeln. Sie waren wie die kleinen Kinder.

Ich schüttelte den Kopf.

Auch Suko wunderte sich.

»Gib den Menschen Freibier, so wühlt sich sogar ein Millionär durch bis an die Theke«, sagte ich.

Suko nickte. »Wahrscheinlich hast du recht.« Er probierte seine Lampe aus. Der Strahl war ziemlich breit, auch relativ stark gebündelt und fächerte erst in einer großen Entfernung auseinander. Er huschte über die Eisfelder und langen Schneekämme.

Das rötliche Licht der Fackeln tanzte über die Gesichter der Menschen. Zahlreiche Augen glänzten noch vom genossenen Alkohol. Einer schwenkte die Fackel wild in die Runde, beschrieb einen flammenden Kreis und hätte fast seinem Nachbarn das brennende Stück Holz ins Gesicht geschlagen.

Direktor Krämer war sofort zur Stelle. Höflich, aber bestimmt machte er den Gast darauf aufmerksam, daß er diese Art Spielerei in Zukunft unterlassen sollte.

Der Mann schwieg.

Wir gingen weiter. Krämer kam wieder zu uns. Er trug eine Fellmütze und eine wattierte Bergsteigerjacke. Kopfschüttelnd meinte er: »Es ist jedes Jahr so. Die Leute spielen auf einmal verrückt. Benehmen sich wie die kleinen Kinder. Die Frauen eingeschlossen.«

Ich lachte. »Wem sagen Sie das, Herr Krämer. Mir wollte sich auch so eine Hotelschönheit an den Hals werfen. Ich habe sie aber abblitzen lassen.«

Herr Krämer lachte. »Ja, ich kenne die Frau. Sie ist Stammgast bei uns. Sie heißt Gräfin von Kanderheide und ist angeblich mit was weiß ich für tollen Leuten verwandt oder bekannt. Wenn sie zuviel getrunken hat, wird sie meist albern.«

»Sehr albern«, präzisierte ich.

Herr Krämer lachte. »Sie entschuldigen mich. Ich muß wieder nach hinten und mich mal um die anderen kümmern.«

»Eine Frage noch. Welchen Weg nehmen wir eigentlich?«

»Erst einmal geradeaus. Wir bleiben an diesem Bergrücken. Die abgesteckte Strecke windet sich daran entlang. Unser Ziel ist eine Art Unterstand. Dort wartet heißer Tee mit Rum auf die müden Wanderer.«

Es ließ sich gut laufen. Die Schneedecke war ziemlich festgetreten, und es gab kaum Eisbuckel, auf denen wir hätten ausrutschen können. Wir gingen etwas schneller und lösten uns von der Gruppe. Falls wir die Ameisen tatsächlich entdeckten, sollten sie sich erst einmal auf uns konzentrieren.

Wenn wir die Köpfe nach rechts drehten, so lag unter uns Grindelwald. Es war wirklich ein Postkartenbild. Tief verschneit war der Ort. Die zahlreichen Lichter glitzerten wie Sterne. Dazwischen leuchteten die elektrischen Kerzen der Weihnachtsbäume, und zahlreiche an den Hängen liegende Häuser waren angestrahlt.

Vom Grand Hotel Alpina konnten wir auf die anderen Hotels hinunterblicken.

Suko trug den Rucksack mit seiner brisanten Ladung. Er ging zwei Schritte vor und leuchtete mit seiner Lampe nach rechts, während ich mir die linke Seite vornahm.

Der Strahl tanzte über den Schnee, der an der Oberfläche zu Millionen von Eiskristallen gefroren war. Schließlich wurde das Licht von der Dunkelheit absorbiert.

Unser Hotel lag bereits weit zurück. Die Einsamkeit der Bergwelt hatte uns aufgenommen. Auch die anfangs aufgekommene Hysterie hatte sich etwas gelegt. Der Marsch war kein Spaziergang.

Die Menschenschlange hatte sich auseinandergezogen. Das

war immer so. Ob beim Wandertag der Schulen oder bei einem Spaziergang.

Ich dachte an die Camper. Sie waren von den Riesenameisen überfallen worden und hatten keine Chance gehabt.

Aber hatten wir eine Chance?

Ich hoffte es stark.

Immer wieder ließen Suko und ich die Lichtlanzen kreisen. Sie rissen breite, helle Schneisen in das Dunkel der Nacht, geisterte über Felsbuckel und schroffes Gestein. Aber die verdammten Viecher entdeckten wir nicht.

Ich leuchtete nach links hoch, duckte mich dabei ein wenig – und zuckte plötzlich zusammen.

Neben einem Felsen sah ich die Bewegung!

»Suko!« zischte ich. »Leuchte!«

Die konzentrierte Blendkraft der beiden Lampen kreiste den Felsen und dessen nähere Umgebung ein.

Da sahen wir die Ameise!

Sie hatte uns die Vorderfront zugewandt. Deutlich konnten wir die beiden roten Punkte erkennen, die direkt auf uns gerichtet zu sein schienen.

»Halt die Molotowcocktails bereit!« rief ich Suko zu.

Mein chinesischer Partner schwang seinen Rucksack vom Rücken, während ich den Weg verließ und mich daranmachte, den Hang zu erklettern, um direkt auf das Rieseninsekt zuzulaufen.

Sofort sank ich fast bis zu den Knien im Schnee ein. Suko stand noch auf dem Weg. Seine Lampe blitzte dreimal kurz hintereinander auf. Dann schwenkte er sie im Kreis.

Es war das verabredete Zeichen für Herrn Krämer. Er sollte mit den Gästen auf keinen Fall weitergehen, sondern darauf warten, bis wir uns wieder meldeten.

Es war verdammt mühsam, sich durch den Schnee zu wühlen. Doch ich biß die Zähne zusammen, ging manchmal auf Händen und Füßen und ließ dabei nie das Monster aus den Augen.

Noch hatte es sich nicht von der Stelle gerührt.

Die Entscheidung stand dicht bevor. Der ewige Kampf zwischen Mensch und Monster. Schon in der Antike beschrieben und oft als Grundlage für Sagen und Legenden genommen.

Hier erlebte ich es am eigenen Leib.

Ich warf einen Blick über meine Schulter zurück und sah Suko, der in meinen Trittspuren folgte. Der Strahl seiner Lampe leuchtete an mir vorbei auf den Felsen.

Die Ameise mußte uns längst bemerkt haben, sie verhielt sich jedoch bisher passiv.

Ein schneller Blick nach links. Die Hotelgäste hatten angehalten. Ich wußte nicht, was ihnen Herr Krämer erzählte, war aber froh, daß sie sich nicht in den unmittelbaren Gefahrenbereich begaben.

Jetzt erst setzte sich die Riesenameise in Bewegung. Sie löste sich aus der Deckung des Felsens, schlug einen kleinen Bogen und nahm direkten Kurs auf uns.

»Aufgepaßt, Suko!« rief ich.

»Willst du einen ›Cocktail‹?«

»Gib her.«

Ich blieb stehen und drehte mich halb. Suko reichte mir eine Flasche. Die Lampe hängte ich in den Gürtel, so daß ich beide Hände frei hatte, denn das war verdammt nötig. Mein Feuerzeug steckte in der rechten Tasche. Der Wind blies mir pulvrigen Schnee ins Gesicht. Hoffentlich ging mein Feuerzeug nicht aus. Und hoffentlich versank die Flasche nicht im Schnee.

Aber dann hatte ich noch die Waffe.

Es war gar nicht leicht, eine gewisse Standfestigkeit zu finden, da der Hang steil abfiel. Ich verlagerte mein rechtes Bein etwas nach hinten, damit ich mehr Halt hatte, und knickte leicht in den Knien ein. Suko trennte sich von mir und ging zur Seite. Ich durchschaute seinen Plan sofort. Er wollte, daß wir das Monster in die Zange nahmen.

Die Riesenameise merkte es ebenfalls. Sie stockte, wußte nicht, wem sie sich zuwenden sollte.

Dann ging sie aber weiter und behielt ihren Kurs bei.

Ich schaute ihr entgegen. Dieses verdammte Biest konnte einem schon Angst einflößen. Groß wie ein ausgewachsener Mensch war die Ameise. Mit sechs langen Beinen, die wie Stangen durch den tiefen Schnee staksten und auf denen sie sich erstaunlich gut fortbewegte.

Noch zögerte ich, die Lunte anzuzünden. Ich wollte das Rieseninsekt erst näher herankommen lassen.

Der erste Wurf mußte ein Volltreffer sein!

Auch Suko hielt einen »Cocktail« bereit.

Ich kniete mich hin. Auf Suko konnte ich nicht mehr achten, sondern mußte mich jetzt voll auf die Horrorameise konzentrieren.

Die Flasche steckte ich zwischen meine Beine, knipste das Feuerzeug an und schützte die Flamme mit der hohlen Hand.

Trotzdem blies der Wind sie aus.

Das Biest kam näher.

Wieder ein Versuch.

Sukos Stimme: »John, zum Teufel! Beeil dich!«

Ich gab keine Antwort. Verbissen hatte ich die Lippen zusammengepreßt. Die Flamme flackerte. Sekunden verrannen. Ich hielt den Docht an die Flamme. Es fing Feuer, das sich sofort weiterfraß. Ich riß die Flasche zwischen meinen Knien hervor, faßte sie an der unteren Hälfte, bog meinen Oberkörper zurück, sah auf das verdammte Biest und warf.

Im selben Augenblick schleuderte auch Suko seinen brisanten »Cocktail«. Beide Flaschen trudelten durch die Luf auf das Monster zu. Zum Glück verlöschte die Flamme nicht. Suko hatte die Lunten vorher präpariert.

Dann war es soweit.

Die Flaschen krachten gegen den Panzer des Monsters. Der Docht war weit genug heruntergebrannt, die Flamme erreichte das hochexplosive Gemisch und die Flasche platzte auseinander.

Ich hechtete in den Schnee.

Zwei Stichflammen, die sich zu einer einzigen vereinigten. Die Flaschen zerplatzten in tausend Splitter. Der Krach der Explosion dröhnte in unseren Ohren. Schneewolken wurden haushoch gewirbelt, hüllten die Ameise in einen dicken Nebel.

Sekundenlang blieb ich liegen, hoffte, daß die beiden Cocktails etwas erreicht hatten.

Dann hob ich den Kopf.

Ich sah die Flammen, die über den dicken Panzer züngelten und ihn regelrecht einhüllten.

Ich mußte sehen, daß ich wegkam.

Suko winkte mir. »Zurück auf den Weg!« schrie er.

Auf dem Absatz machte ich kehrt, während die Flammen hinter mir den Panzer der Ameise zum Zerplatzen brachten.

Ich rannte auf den Weg zu, rutschte aus, fiel hin und raffte mich wieder hoch.

Suko stand schon unten. Er blickte an mir vorbei, sah zu, wie die Ameise verendete.

Schließlich hatte auch ich es geschafft. Weiter entfernt hörte ich die aufgeregten Rufe der Hotelgäste. Sie hatten bestimmt nicht mitbekommen, was genau geschehen war, sondern sahen nur die lodernde Fackel.

Gebannt sahen wir dem Schauspiel zu. Das Rieseninsekt brach zusammen. Der Schnee deckte die Überreste zu wie ein großes weißes Leichentuch.

»Geschafft!« keuchte ich.

»Ja, eine«, meinte Suko. »Aber wo sind die anderen? Es war doch nicht die, die du verletzt hast.«

»Nein.«

Die Suche nach einem weiteren Artgenossen konnten wir uns ersparen. Plötzlich gellten Angstschreie durch die Nacht, und wir wußten sofort, was geschehen war.

Die andere Ameise hatte die Hotelgäste überfallen...

Der Schock hatte Sheila Conolly gelähmt. Sie starrte in die tellergroßen Augen und war zu keiner Bewegung fähig.

Im Zimmer fiel ein Sessel um, als Colette sprungartig aufstand. Sie schaute an Sheila vorbei, stand starr vor Entsetzen und preßte die Hand auf den Mund.

Und die Bestie kam.

Wie Speere durchbrachen die beiden Vorderbeine die Glastür des Balkons. Die Scheibe zersplitterte. Scherben fielen in den Raum, und dann drang das Biest herein.

»Sheila!« Colettes gellender Schrei riß Bills Frau aus der Erstarrung. Sie sprang zurück.

Das war ihr Glück. Die Vorderbeine, die sich schon um ihre Hüften legen wollten, verfehlten sie und schnappten ins Leere.

Colette warf sich nach vorn, umklammerte Sheilas Schultern und riß sie zurück.

Die Riesenameise bewegte sich weiter vor. Mit den beiden Scheren wirbelte sie die letzten Splitter aus dem Rahmen und stieg in das Zimmer.

Sheila und Colette kannten nur eins.

Flucht!

Weg aus dieser Rattenfalle und in Richtung Tür rennen. Doch das Rieseninsekt war schlau. Es durchschaute ihren Plan. Die Ameise packte mit den beiden vorderen Beinen den Tisch und hob ihn hoch.

Dann schleuderte sie das Möbel auf die Tür zu.

Sheila und Colette bemerkten die Gefahr zu spät. Sie ahnten zwar, was auf sie zukam, doch sie konnten nicht mehr rechtzeitig ausweichen. Das schwere Möbelstück traf sie an den Schultern und riß sie durch die Wucht zu Boden.

Colette wurde gegen die Tür geschleudert, Sheila fiel zu Boden.

Bills Frau warf sich auf den Rücken.

Das Rieseninsekt hatte bereits die Hälfte des Zimmers durchquert. Was ihm im Weg stand, schleuderte es zur Seite. Einen Sessel, einen Stuhl, zwei Koffer, eine Tasche. Unaufhaltsam drang es weiter vor.

Der Weg zur Tür war Sheila durch die am Boden liegende Colette versperrt. Blieben noch zwei Fluchtchancen.

Erstens das Schlafzimmer, zweitens das Bad. Das Bad war näher. Zum Schlafzimmer hätte Sheila noch zwei Schritte laufen müssen.

Und die waren zuviel.

Sie warf sich gegen die Tür, drückte sie auf, warf sich in das Bad hinein und drosch die Tür hinter sich zu.

Es knallte wie ein Pistolenschuß.

Irgendwie mußte dieser Knall die Funktion eines Startsignals gehabt haben, denn Colette erwachte aus ihrer Erstarrung, rappelte sich auf, und ehe die Ameise sie erreichen konnte, riß sie die Tür auf und hetzte in den Gang.

Die Ameise schenkte sich die Verfolgung. Sie hatte noch ein zweites Opfer.

Bills Frau war bis zum Fenster zurückgewichen. Es lag ziemlich hoch. Sie mußte sich recken, um den Riegel zu erreichen. Dann zog sie das Fenster auf.

Kalte Luft fuhr in den Raum und fächerte über die erhitzte Stirn der Frau.

Wenn nichts mehr half, wollte Sheila aus dem Fenster springen. Egal, wie alles endete, dachte sie im Moment.

Da krachten die Schläge gegen die Tür.

Es waren wuchtige Hiebe, als würden sie mit einem Vorschlaghammer geführt. Das Holz bebte, die Tür zitterte, sie knirschte nach dem dritten Schlag bereits in den Angeln.

Sheila wurde von Panik geschüttelt. Ihr Blick irrte zwischen Tür und Fenster hin und her. Sie wußte nicht, was sie tun sollte. Springen oder sich zum Kampf stellen.

Da zersplitterte das Holz.

Ein Bein erschien.

Der nächste Schlag. Wieder knirschte das Holz, und ein zweites Bein kam zum Vorschein.

Sheila bebte vor Angst.

Und dann flog die Tür aus den Angeln. Einen Herzschlag später drängte sich die Ameise in das kleine Badezimmer…

Bill Conolly rannte los. Auch Roger Calf beeilte sich. Er konnte neben dem Reporter kaum Schritt halten.

Um durch den Vordereingang das Hotel zu betreten, hätte es zuviel Zeit gekostet.

»Der Hintereingang!« schrie Bill. »Wo?«

»Komm mit!«

Bill ließ Roger Calf vorlaufen. Beide Männer hatten Mühe, das Gleichgewicht zu halten. Sie sprinteten um eine Hausecke, erreichten eine schmale Tür, und im Laufen stieß Roger Calf die Tür auf.

Sie standen in einem Treppenhaus. Schmal war die Treppe, hoch die Stufen. Roger Calf nahm drei davon auf einmal. Mit der linken Hand hielt er sich dabei an dem schmalen Eisengeländer fest.

Bill folgte ihm auf dem Fuß. Selten in seinem Leben war er so rasch eine Treppe hochgerannt. Und dabei war es fraglich, ob sie es noch schafften.

Wieder eine Tür.

Roger riß sie auf. Schon hörten die beiden Männer die gellenden Hilfeschreie.

»Das ist Colette!« brüllte Roger und stürmte in den Gang.

Das Mädchen kam ihm schon entgegen. Sie stolperte mehr, als daß sie lief. »Roger!« schrie sie und warf sich in die Arme des jungen Mannes.

Hart riß Bill die beiden auseinander. »Wo ist Sheila?« rief er.

Colette starrte ihn aus geweiteten Augen an.

»Wo ist sie?«

»Im Zimmer. Die Ameise...« Plötzlich verdrehte Colette die Augen und wurde ohnmächtig.

Bill Conolly aber hatte genug gehört. Mit Riesenschritten jagte er auf seine Zimmertür zu und riß während des Laufens die von Suko erhaltene Beretta hervor...

Mit seinem Panzer schabte das Rieseninsekt die letzten Splitter hinweg. Bei einem quer stehenden Holzstück nahm es die Schere zu Hilfe. Sie schnitt es einfach durch. Das Holzstück zersprang in zwei Teile.

Sheila war bis an die Wand zurückgewichen. Links neben ihr befand sich das Fenster, rechts die beiden Waschbecken. Sie hatte schon ausgeräumt und ihre Kosmetika sowie die zahlreichen Spraydosen auf die kleine Ablage gestellt.

Sheila wußte nicht mehr, was sie tun sollte. Allein konnte sie sich nicht befreien. Das Monster war zu stark. Es würde sie ohne Erbarmen töten.

Sheilas Herz hämmerte.

Sie weinte und betete in einem. Klare Gedanken waren ausgelöscht. Langsam verließ sie die Kraft. Sie rutschte an der Wand entlang zu Boden. Dabei streckte sie den rechten Arm aus. Es war mehr eine unbewußte, haltsuchende Geste. Zwei Spraydosen wurden von ihren Fingern berührt und fielen um. Neben ihr schepperten sie auf den Terrazzofußboden. Sie rollten noch hin und her, bevor sie vor ihren Füßen liegenblieben.

Sheila sank in die Knie. Sie stützte die Hände vor und nahm eine Spraydose auf. Wenn sie den Kopf etwas anhob, sah sie das Monster. Es kam ihr noch größer vor. Sehr genau konnte sie alles erkennen. Sie sah sogar die feinen Härchen auf den Beinen des Tieres zittern.

Und die Augen!

Vor allen Dingen diese glühenden Teller waren es, die ihr solch einen Schock einjagten. Sie leuchteten gefährlich und schienen in Blut getaucht zu sein.

Diese Augen bannten. Sie waren die Seele des Monsters. Nur durch sie war das Monster zu vernichten.

Sheila wunderte sich, über was sie alles in diesen schrecklichen Sekunden nachdachte. Aber gleichzeitig hatte sie eine Idee. Auf so etwas kommt ein Mensch wohl nur, wenn er in der allerhöchsten Gefahr schwebt und sich nicht mehr zu helfen weiß.

Bills Frau riß die Spraydose hoch, streckte den Arm vor, zielte und drückte auf den Knopf.

Ein feiner Haarspraystrahl zischte aus der Düse und dampfte direkt auf das linke Auge der Riesenameise zu. Plötzlich legte sich ein matter Film über die Pupille.

Ein kleiner Schwenk nach rechts.

Wieder ein Druck.

Das zischende Geräusch war für Sheila Conolly in diesen Augenblicken die reinste Engelsmusik. Immer wieder schwenkte sie die Dose und besprühte beide Augen der Ameise.

Erst nach einigen Herzschlägen reagierte die Ameise. Aber dafür mit doppelter Gewalt. Wild schlug sie um sich. Plötzlich bäumte sie sich auf.

Hastig warf sich Sheila zu Boden.

Die Ameise drehte durch. In einer sinnlosen Vernichtungswut zerstörte sie alles, was ihr in die Quere kam. Ihre Beine zertrümmerten die Deckenlampe, ein wuchtiger Hieb verbog die Metallhalterung an der Dusche, der Spiegel zersprang. Auch die übrigen Spraydosen und Parfümfläschchen wurden von der Ablage gewischt, und Sheila erhielt plötzlich einen harten Schlag gegen die Hüfte, so daß sie das Gefühl hatte, gelähmt zu sein.

Sie hatte sich eng auf den Boden gepreßt, den Kopf in den

angewinkelten Armen vergraben und hoffte, daß sie nicht mehr getroffen wurde.

Sie selbst konnte nichts mehr tun.

Dafür aber ein anderer.

Bill Conolly!

Sein Schrei gellte plötzlich auf. »Sheila!«

Im nächsten Augenblick hechtete eine Gestalt durch die offene Tür. Bill flog genau gegen den Rücken der Riesenameise, drückte sie durch den Aufprall nach vorn, rutschte aber an dem glatten Panzer ab, so daß er dicht neben seiner Frau zu Boden fiel.

Aber er hatte die Beretta.

Sechs geweihte Silberkugeln steckten in dem Magazin.

Die Bestie konnte zwar nichts mehr erkennen, sie merkte jedoch, daß sich eine zweite Person in der Nähe befand. Sie hielt ein mit der Zerstörungswut und konzentrierte sich.

Das war ihr Fehler.

Bill richtete sich halb auf. Er konnte genau zielen. Die Ameise machte es ihm durch ihre Unbeweglichkeit möglich.

Und Bill schoß.

Er jagte die Kugeln aus dem Lauf.

Das Monster starb.

Die Ameise gehörte zur niederen Stufe der Wesen aus dem Schreckensreich. Man konnte sie noch mit Silberkugeln töten, was bei den höheren Dämonen nicht der Fall war.

Der Panzer wurde rissig. Er wies plötzlich regelrechte Spalten und Krater auf und platzte auseinander wie eine Nußschale, wenn sie geknackt wird.

Die Beine fielen ab und wurden zu Staub oder blieben als körnchengroße Reste zurück.

Bill Conolly schüttelte den Kopf. Er konnte es kaum begreifen, daß er es wirklich geschafft hatte.

Die Riesenameise existierte nicht mehr.

Jetzt mußte er sich um seine Frau kümmern.

Sheila hatte das Gesicht zur Wand gedreht. Sie wollte von den Schrecken nichts mehr sehen. Ihr reichte es. Als sie Bills Hand auf ihrer Schulter spürte, zuckte sie wie bei einem Stromstoß zusammen und schrie auf.

»Ruhig, Sheila, bitte, sei ruhig. Es ist alles vorbei. Die Ameise ist tot. Ich habe sie erledigt.«

»Bill?« Langsam wandte Sheila Conolly den Kopf. Sie starrte ihren Mann so ungläubig an, als könnte sie es nicht glauben, daß er es war, der neben ihr saß.

Bill lächelte. »Ich bin es wirklich. Wir sind gerettet!« Er zog seine Frau hoch, und als Sheila stand, sich umschaute und die Ameise nicht mehr sah, sondern nur noch das Chaos, das sie hinterlassen hatte, da wußte sie, daß sie nicht träumte.

»Bill!« rief sie und warf sich in die Arme ihres Mannes.

Der Reporter hielt seine Frau fest an sich gepreßt. Er streichelte ihren Rücken und flüsterte ihr Koseworte ins Ohr. Er konnte verstehen, wie es in ihr aussah. Schließlich hatte sie Schreckliches durchmachen müssen.

Natürlich war der Lärm nicht ungehört geblieben. Auch die Hilfeschreie hatte man vernommen.

Bill hörte erregte Stimmen auf dem Gang, Fragen – und dann tauchten die ersten Gesichter in der offenen Badezimmertür auf.

»Es ist alles in Ordnung«, sagte Bill »Sie können wieder gehen.«

Ein Mann im roten Frack nickte. Er war wohl für die Etage verantwortlich und sagte, nachdem er sich gebührend geräuspert hatte: »Wir werden selbstverständlich dafür Sorge tragen, daß hier aufgeräumt wird, mein Herr. Leider können wir Ihnen und Ihrer Gattin kein anderes Zimmer geben, da unser Hotel voll belegt ist.«

Bill winkte ab. »Machen Sie sich keine Umstände. Wir kommen schon so zurecht. Und auch das Aufräumen übernehmen wir.«

Die Miene des Mannes zeigte Verständnislosigkeit. So etwas hatte er bei einem Gast wohl noch nie erlebt. Aber Bills Wunsch war ihm Befehl. Er zog sich diskret zurück. Die anderen gingen mit ihm.

Sheila atmete tief ein. »Da habe ich mich wohl unmöglich benommen«, meinte sie mit einem gequälten Lächeln.

Bill küßte sie auf die vollen Lippen. »Nein, Sheila, ich hätte auch nicht anders gehandelt.«

Sie verließen das Badezimmer. Der Wohnraum erinnerte an ein Schlachtfeld. Durch das zerstörte Fenster pfiff der Wind.

»Mein Gott«, stöhnte Sheila, »wie sieht es denn hier aus!«

»Das kommt schon wieder in Ordnung.« Bill deutete auf die Tür zum Schlafraum. »Zum Glück ist dort noch alles klar.«

Sheila zog fröstelnd die Schultern hoch. Bill hängte ihr eine Jacke um. Da tauchten Roger Calf und seine Freundin im offenen Türrechteck auf. Colette war sehr blaß. Man merkte ihr die Ohnmacht noch an. Roger wußte nicht so recht, was er sagen sollte. Ein peinliches Schweigen entstand. Bill überbrückte es, indem er dem jungen Mann die Hand reichte. »Ich danke Ihnen, Roger.«

»Wofür?«

»Für alles.«

»Ich habe kaum etwas getan. Sie waren es doch, der die Ameise getötet hat.« Sein Blick wurde fragend. »Sie ist doch tot – oder?«

»Ja.«

»Haben die Silberkugeln es geschafft?«

Bill berichtete genau, wie das Rieseninsekt gestorben war. Er ließ auch Sheilas Tat nicht aus.

Roger Calf wandte sich an die blondhaarige Frau. »Ich bewundere Ihren Mut.« Wie er das sagte, klang es ehrlich.

Sheila lächelte spärlich. »Ich hatte mehr Angst als Vaterlandsliebe. Glauben Sie mir.«

Roger nickte. »Dann haben wir eine Ameise erledigt. Bleiben noch die anderen.«

Bill wußte, worauf der junge Mann hinauswollte. »Ja«, sagte er, und sein Gesicht war ernst dabei. »Ich hoffe, daß meine Freunde John und Suko ebenso erfolgreich sind wie wir…«

Suko und ich rannten zurück. Jetzt kam es wirklich auf jede Sekunde an. Die verdammten Ameisen waren doch schlauer, als wir angenommen hatten. Sie hatten sich formiert, uns abgelenkt, um dann überraschender und härter zuschlagen zu können.

Panik hatte die Hotelgäste erfaßt. Schreie gellten durch die Nacht, und die Menschen liefen einfach weg. Sie warfen ihre

Fackeln in den Schnee und rannten zu beiden Seiten des Weges die Hänge rauf oder runter.

Die Ameise stand mitten auf dem Weg!

Sie sah schrecklich aus, nahm fast die gesamte Breite ein und war auch schnell. Sie bewegte sich längst nicht so plump wie das Tier vorhin, das durch den hohen Schnee staksen mußte. Einmal lief sie vor, dann wieder zur Seite. Sie schwenkte ihre Vorderbeine aus, um die Menschen zu packen. Und sie schaffte es.

Ich hatte innegehalten und mich hingekniet. Zielte auf die rotglühenden Augen der Bestie, als sie mir einen Strich durch die Rechnung machte. Plötzlich hielt sie eine Frau zwischen den hochgestellten Vorderbeinen. Ich erkannte, daß es die Brünette war, die mich angesprochen hatte. An ihrer leblosen Körperhaltung sah ich, daß sie ohnmächtig sein mußte.

Ich ließ die Waffe sinken, konnte nicht schießen, ohne daß ich in Gefahr lief, die Frau zu treffen.

»Laß die Cocktails weg!« schrie ich Suko zu, der schon nach den Flaschen griff.

»Was willst du denn machen?«

»Ich greife sie so an!«

»Bist du lebensmüde, John?«

Ich startete bereits. »Nein«, rief ich über die Schulter zurück. »Aber es ist die einzige Möglichkeit, die Frau zu retten.«

Die anderen Gäste hatten inzwischen den unmittelbaren Gefahrenbereich verlassen. Kopflos rannten sie umher. Sie wußten nicht wohin, liefen in den Tiefschnee und sackten oft bis zu den Hüften ein, wo sie sich mit wilden Bewegungen zu befreien versuchten.

Jetzt war ich froh, daß sie so reagiert hatten. Die Riesenameise konnte nicht an sie heran.

Noch immer hielt das Killerinsekt die Frau umklammert. Sie schwebte etwa zwei Meter über dem Boden, und zu ihrem Glück traten die mörderischen Scheren der Bestie nicht in Aktion.

Ich wollte es auch nicht soweit kommen lassen.

Suko blieb hinter mir und gab Rückendeckung, während ich auf das Insekt zusprintete.

Nach wie vor hielt ich die Beretta schußbereit, aber die Waffe nutzte mir im Augenblick verdammt wenig, denn die Ameise hielt die Frau so, daß sie mit ihrem Körper auch die beiden großen, roten Augen verdeckte.

Und gerade die waren so wichtig.

Je näher ich der Ameise kam, desto größer erschien sie mir. Ein grauenerregendes Ungeheuer. Schlaff wie eine Gliederpuppe hing die Frau zwischen den beiden Vorderbeinen der Bestie.

Und jetzt öffnete sie auch die Schere.

Mir blieb fast das Herz stehen.

Aber ich setzte, verdammt noch mal, alles auf eine Karte. Nahe genug war ich heran. Unter den erhobenen Vorderbeinen tauchte ich weg, sah den Körper der Ameise jetzt über mir, und im selben Moment bemerkte sie ihren neuen Gegner.

Sie ließ die Frau einfach fallen.

Plötzlich wurde ich angehoben, schwebte in Sekundenschnelle über dem Boden und sah die beiden auseinandergeklappten großen Scherenhälften.

Angst stieg in mir hoch.

Unglücklich hing ich in dem eisenharten Griff. Ich konnte den Arm mit meiner Waffe nicht drehen, um auf die Augen zu zielen. Ich war wehrlos!

Da griff Suko ein.

Er tat dies wirklich im letzten Augenblick und setzte alles auf eine Karte, um mich zu retten.

Suko schleuderte den brennenden Molotowcocktail.

Aber nicht direkt auf die Ameise zu, sondern er warf die Flasche rechts daneben.

Sie explodierte.

Genau in dem Augenblick, als die beiden Scherenbacken zupacken wollten.

Es war die Hölle.

Ein mörderischer Krach, eine Stichflamme, deren Glut ich zu spüren bekam. Auf einmal wurde eine Schneewolke hochgewirbelt, vernebelte die Sicht. Der Druck erfaßte die riesige Ameise und schleuderte sie zur Seite.

Und mich mit.

Das Insekt kippte in den Schnee. Es fiel auf den Rücken, hatte nun genug damit zu tun, sich wieder aufzuraffen, benötigte dazu die sechs Beine und ließ mich los.

Ich verschwand in der weißen Masse, gönnte mir nicht eine Sekunde Pause, sondern rappelte mich wieder hoch.

Bis zu den Knien stand ich im Schnee, überall mit einer weißen, haftenden Schicht bedeckt – aber die Beretta hatte ich nicht verloren. Wie festgeschmiedet lag sie in meiner Rechten.

Tief und ruhig atmete ich durch.

»Geh weg!« schrie Suko. »Ich werfe noch einmal!«

»Nein, ich versuche es anders!«

Ich ließ das Höllenbiest kommen.

Ich *mußte* es töten!

Die Ameise tat sich schwer, durch den Tiefschnee zu laufen. Sie war erschöpft, am Ende ihrer Kraft.

Langsam hob ich die Waffenhand.

Dann peitschten die Schüsse.

Hintereinander jagte ich die silbernen Kugeln aus dem Lauf, streute leicht und traf haargenau.

Silberkugeln töten Dämonen und Schattenwesen der niederen Stufe. Die Riesenameise gehörte dazu.

Sie fiel.

In ihren Augen brannte plötzlich ein strahlendes kaltes Licht, so daß ich unwillkürlich einen Schritt zurückging, als ich geblendet wurde. Immer weiter breitete sich das Licht aus, erfaßte den gesamten Körper und zerstörte ihn von innen heraus.

Das letzte Rieseninsekt verging. Es starb in der Schneelandschaft einer grandiosen Bergwelt einen lautlosen Tod.

Automatisch steckte ich die Beretta weg, wischte mir den Schnee aus dem Gesicht und drehte mich um.

Suko hob die Hand.

Er und ich wußten, was dieses Zeichen zu bedeuten hatte.

Geschafft!

Zahlreiche Augenpaare hatten unseren Kampf beobachtet. Nur allmählich trauten sich die Menschen zurück auf den Weg. In ihren Blicken las ich Unglauben, Skepsis und Unverständnis.

Ich kümmerte mich um die bewußtlose Frau. Sie hatte ihre Pelzmütze verloren, und als ich mich über die Frau beugte, merkte ich, daß sie längst aus ihrer Ohnmacht erwacht war.

»Können Sie es nicht mit einer Mund-zu-Mund-Beatmung versuchen?« flüsterte sie.

»Später vielleicht«, erwiderte ich und half ihr hoch.

Ihr war noch schwindlig, so daß sie sich an mich lehnte, um nicht hinzufallen. »Ich komme darauf zurück«, raunte sie mir ins Ohr.

Mit ein paar höflichen Worten trennte ich mich von ihr und ging zu den anderen Hotelgästen.

Sie standen zusammen und warteten auf eine Erklärung. Ich gab sie ihnen. Ich sprach von etwas Unfaßbarem, was ich mir selbst nicht erklären konnte, von Mutationen und von den Tücken der Natur. Ob man mir die Worte abnahm, wußte ich nicht. Es war mir auch egal.

Jemand aus der Menge meinte dann, daß nur die Atombombenversuche daran schuld wären.

Ich widersprach ihm nicht. Wenn die anderen dies als Erklärung annahmen, um so besser.

Wir gingen zum Hotel zurück. Es hatte Tote gegeben, und die örtliche Polizei mußte informiert werden.

Über dieses Thema redete ich auch mit Herrn Krämer, während wir nebeneinander herschritten.

»Man wird sicherlich ein Motiv suchen«, meinte er. »Und was wollen Sie dann sagen, Herr Sinclair?«

Ich hob die Schultern. »Keine Ahnung, ich lasse die Dinge am besten an mich herankommen.«

Im Hotel war der Teufel los. Als wir es betraten, kam uns der Oberkellner mit bleichem Gesicht entgegen.

Eine schlimme Ahnung stieg in mir hoch.

Doch dann sah ich Sheila, Bill, Colette und Roger in einer der Nischen sitzen. Ein Stein fiel mir vom Herzen. Ich hörte mir an, was der Oberkellner zu sagen hatte, und enthielt mich eines Kommentars, um Herrn Krämer das Wort zu überlassen.

Er rief auch die Polizei an.

Natürlich hatten die Beamten Fragen. Ich präsentierte meinen Ausweis und mußte mit einem Menschen in Bern telefonieren. Es war der Leiter der Kantonspolizei. Ich gab einen knappen Bericht, und der Mann versprach, am nächsten Tag vorbeizuschauen.

Die Polizisten hatten alle Hände voll zu tun. Auch Roger Calf wurde verhört. Ein paarmal mußte er über seine Erlebnisse berichten.

Darüber verging die Zeit.

Plötzlich rief jemand: »Prost Neujahr!«

Trotz der schlechten Stimmung knallten die Champagnerkorken. Sheila, Bill, Suko und ich standen beisammen. Wir hielten jeder ein Glas in der Hand.

»Auf das neue Jahr«, sagte Bill mit belegter Stimme.

Ich lächelte, wollte etwas hinzufügen, aber ich wußte nicht, was. Sheilas Augen schwammen in Feuchtigkeit, als sie mit mir anstieß. Es wurden viele guten Wünsche ausgesprochen, aber nicht nur ich wußte, daß das neue Jahr wieder heiße und gefährliche Abenteuer bringen würde. Und ob ich den nächsten Jahreswechsel noch erlebte, war mehr als fraglich.

Ich sonderte mich von den anderen ein wenig ab, ließ Bill und Sheila allein und schaute durch die große Panoramascheibe der Rezeption hinunter nach Grindelwald.

Dort zischten farbige Leuchtraketen in den Nachthimmel und zerplatzten zu phantastischen Gebilden, die als riesige Fallschirme wieder dem Boden entgegentrudelten.

Gedankenverloren blickte ich in die Ferne und dachte an das vergangene Jahr. An all die gefährlichen Fälle, die ich oft nur mit viel Glück hatte lösen können.

Die großen Gegner jedoch hatte ich nicht besiegt.

Der Schwarze Tod, Myxin, der Magier, der Spuk – sie lebten noch immer und lauerten auf eine Chance, um mich zu vernichten.

Ich hoffte nur, daß dies nicht geschah…

ENDE

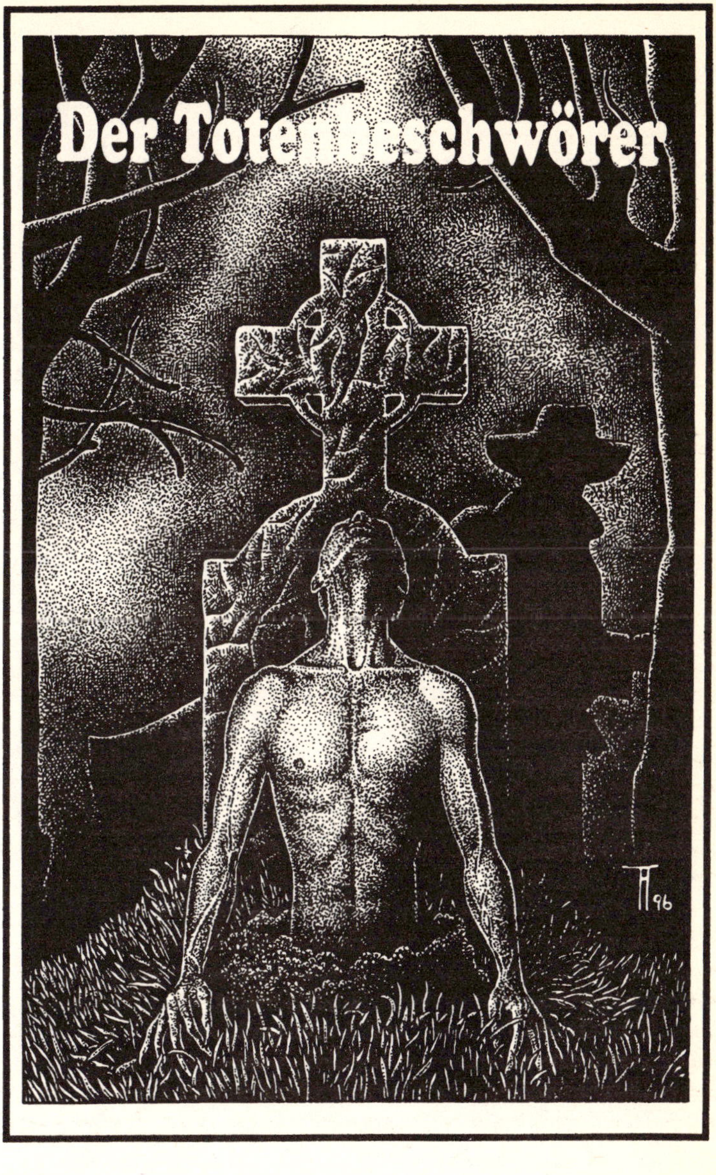
Der Totenbeschwörer

Vom Friedhof aus war das Licht nur als winziger, verwaschener Fleck zu erkennen. Er schien in der Luft zu schweben, war mal fort und kam dann wieder, je nachdem, wie die Nebelschwaden vom Wind durcheinandergetrieben wurden.

Es war eine kalte Nacht. Die Temperaturen lagen weit unter dem Gefrierpunkt. Die obere Schicht der Friedhofserde war knochenhart gefroren.

Das junge Mädchen, das hinter dem erleuchteten Fenster stand, schaute in die Nacht.

Jill Hanson war nervös.

Die Unruhe hatte ihren gesamten Körper erfaßt. Jill konnte nicht mehr still im Bett liegen bleiben. Immer wieder stand sie auf, trat ans Fenster und schaute zu dem Friedhof hinüber, der eine seltsame Faszination auf sie ausübte.

Aber war es überhaupt der Totenanker, der dieses Gefühl bei ihr hervorrief? Oder war es Jills Großvater? Seit drei Wochen lag er dort unter der kalten Erde.

Und genau vor drei Wochen hatte es begonnen.

Eines Nachts erwachte Jill Hanson schweißgebadet. Ein unerklärlicher Drang lockte sie zum Fenster, und sie glaubte, Stimmen zu hören. Leise, fordernde Stimmen, die sie zum Friedhof hinzogen.

»Komm doch, komm«, hieß es immer wieder.

Jill konnte sich das nicht erklären. Sie glaubte an eine Einbildung, doch die Stimmen blieben.

Das Mädchen nahm Tabletten. Jetzt erst konnte sie wieder schlafen. Doch die Stimmen kamen wieder. Intensiver und fordernder. Sie lockten und flehten, füllten Jills Gehirn aus und nahmen ihr die Kraft, sich dagegen zu wehren.

Die Angst wurde stärker. Jill empfand einen regelrechten Horror vor der jeweils nächsten Nacht, aber so paradox es sich anhörte, gleichzeitig wartete sie darauf, die Stimmen zu hören.

Wie jetzt!

Noch nie zuvor waren sie so laut gewesen. Sie brausten in ihrem Kopf, Jill gelang es nicht, sich dagegen zu wehren. Und sie wollte auch nicht mehr. Sie wußte, daß sie in dieser finsteren Nacht dem Drängen nachgeben würde.

»Ja«, flüsterte sie. »Ich komme. Ich muß es einfach tun. Wartet auf mich, bald bin ich bei euch.«

Die Stimmen verstummten. Sie hatten die Nachricht gehört und warteten auf das Mädchen.

Jill Hanson drehte sich um, ging zum Kleiderschrank und öffnete die Tür.

Auf der Innenseite befand sich ein langer Spiegel. Jill sah sich selbst darin und erschrak.

Was war aus ihr geworden?

In den letzten drei Wochen hatte sie mindestens zehn Pfund an Gewicht verloren. Der Körper der Fünfundzwanzigjährigen, sonst fraulich gerundet, bestand nur noch aus Haut und Knochen. Eingefallen war auch das Gesicht. Falten zeichneten die Haut. Die Augen lagen tief in den Höhlen. Die Ringe befanden sich wie dunkle, eingegrabene Halbmonde darunter. Die Lippen waren schmäler als früher. Aus der einst so blühenden Schönheit war eine häßliche Frau geworden.

Ihre Kollegen, Eltern und Geschwister hatten sie öfters auf ihr Aussehen hin angesprochen.

Jill Hanson hatte immer eine Ausrede gefunden. Liebeskummer, seelische und berufliche Krise – nur die Wahrheit hatte sie nie eingestanden. Sie hatte sehr an ihrem Großvater gehangen. Nächtelang wachte sie an seinem Sterbebett, und die Worte – es waren seine letzten – klangen ihr noch jetzt in den Ohren.

»Ihr werdet mir folgen«, hatte er mit rauher Stimme geflüstert. »Wartet es nur ab… bald kommt auch ihr an die Reihe. Der Friedhof lockt… die Gräber… sie werden auch für euch die Ruhestätten sein.«

Noch jetzt fühlte Jill den Schauer, der ihr bei diesen Worten über den Rücken gerieselt war.

Sie hatte die Sätze damals nicht ernst genommen, doch nun…

Ihre Gedanken wanderten. Sie dachte an die Eltern und Geschwister, die in ihren Betten lagen und schliefen und nichts davon ahnten, was bald geschehen würde.

Jill schaute auf ihre Uhr.

Eine halbe Stunde vor Mitternacht.

Sie mußte sich beeilen, wenn sie pünktlich sein wollte. Denn Mitternacht war die Zeit der Toten. Dann trat die Tageswende ein, wurden die Geister der Verstorbenen wieder aktiv, so wie es beim alten Hanson war.

Jill griff in den Schrank hinein und zog ihren Wintermantel hervor. Er war von innen mit Pelz gefüttert. Jill hatte lange gespart, um sich diesen Mantel leisten zu können.

Sie streifte ihn über das lange wollene Nachthemd. Es schaute unter dem Mantel hervor, aber das störte Jill Hanson nicht. Sie ging ja nicht zu einer Modenschau.

Jill Hanson drückte die Schranktür wieder zu und lief zum Fenster.

»Ich komme«, raunte sie. »Jetzt…«

Das junge Mädchen verließ das Zimmer. Sie schlief im ersten Stock. Auf Zehenspitzen schlich sie über den Flur der Treppe zu, die nach unten führte.

Sie passierte dabei die Türen, hinter denen die Schlafzimmer ihrer Geschwister und Eltern lagen.

Sie verschwendete nicht einen Gedanken mehr an ihre nächsten Verwandten. Sie waren ihr auf einmal so gleichgültig geworden wie auch die anderen Dinge in ihrem Leben.

Für sie zählte nur noch der Lockruf.

Jill schritt die Stufen hinab. Sie ging am Rand, damit das alte Holz nicht zu sehr knarrte. Bis auf das Summen der Heizung war es im Haus ruhig.

Das Mädchen schritt nicht zur Vordertür, sondern ging in Richtung Keller, wo der Hinterausgang lag. Diese Tür war meistens nicht abgeschlossen, und auch in dieser Nacht stand sie offen. Dafür hatte Jill gesorgt.

Vorsichtig öffnete sie die Tür. Als der Spalt groß genug war, schlüpfte sie hindurch.

Schnee lag auf dem Hof. Nur ein schmaler Pfad war geräumt worden. Dafür türmte sich die weiße Pracht an der Hauswand.

Jill schritt durch den kleinen Garten, balancierte über die festgefrorene Ackerfurchen und erreichte den hüfthohen Zaun, der das ziemlich große Grundstück einrahmte.

Rechts von ihr streckten die mit einer weißen Schicht bedeckten Obstbäume ihre Äste in den Nachthimmel. Sie wirkten manchmal wie die gespenstische Vision eines Malers.

Ein Wetterumschwung lag in der Luft. Die noch vorhandene

Kälte drückte den Nebel zu Boden. Er war nur stellenweise vorhanden, und als Jill hindurchschritt, da sah es so aus, als würde sie über der Erde schweben.

Sie kletterte über den Zaun und schlug den Weg zum Friedhof ein.

Die Straße führte nicht am Totenacker vorbei und auch nicht am Haus der Hansons. Sie beschrieb einen Bogen und tangierte die Nordseite des Friedhofs. Jill mußte über freies Feld laufen.

Das störte sie nicht. Sie hatte nur ein Ziel vor Augen, das sie unbedingt erreichen wollte.

Schneeinseln bedeckten den welligen Boden. Zum Teil war der Schnee getaut, doch der, der noch lag, trug eine Eisschicht auf der Oberfläche.

Der kühle Nordwestwind blies Jill ins Gesicht. Am Himmel trieben dicke Schneewolken auf die Küste zu.

Jill Hanson schritt über verfaultes Gras, trat in schmale Ackerfurchen und lief einige Meter parallel zu einem rostigen Stacheldrahtzaun, den ein Bauer gezogen hatte, bevor er sein Grundstück an den zuständigen Kreis verkaufte.

Das Feld sollte in einigen Jahren ebenfalls ein Friedhof werden. Die entsprechenden Pläne lagen bereit.

Das Haus blieb immer mehr zurück. Es verschwamm in der kalten Nebelsuppe. Jill Hanson verließ ein Stück Heimat, um einem ungewissen Schicksal entgegenzugehen.

Der Mantel hielt die Kälte ab. Der hochgestellte Kragen schützte Hals und Ohren.

Eine Mauer begrenzte den Friedhof. Allerdings nur an der Nordseite. Gegenüber, wo er erweitert werden sollte, hatte man die Mauer bereits abgerissen, so daß jedermann das Gelände ungehindert betreten konnte.

Jill ging den Weg nicht zum erstenmal. Schon öfter hatte sie das Grab ihres Großvaters besucht und es mit frischen Blumen geschmückt. Sie hing sehr an dem alten Mann. Auch heute noch.

Ein plötzlicher Windstoß blähte den vorn nicht geschlossenen Mantel auf und ließ Jill Hanson aussehen wie eine große Fledermaus. Sie steckte ihre Hände in die Taschen und drückte den Mantel wieder zu.

Die Grasnarbe des Bodens verschwand. Jill schritt jetzt durch die tiefen Spuren, die noch von den Lastwagen des Abbruchunternehmens stammten. In manchen Kuhlen hatte sich Wasser gesammelt. Eine dünne Eisschicht bedeckte die Oberfläche, und sie knirschte, als Jill darüberschritt.

Trotz der Dunkelheit konnte sie bereits die ersten Grabsteine und Kreuze erkennen.

Die Zeugen der Vergänglichkeit standen auf dem alten Teil des Friedhofs. Kantige, schmucklose Steine, auf denen der Name des Verstorbenen eingemeißelt worden war. Auch die ehemals stolzen Holzkreuze hatte der Zahn der Zeit angefresssen und sie ihm Laufe der Jahre weich und brüchig werden lassen.

Es gab schmale Wege, die sich hin und wieder kreuzten und zu den einzelnen Gräbern führten. Blattlose Bäume breiteten ihre knorrigen Äste aus, als wollten sie die Gräber der Toten beschützen.

Der Nachtwind strich durch Hecken und Buschinseln. Er bewegte auch die alte Wetterfahne auf dem Leichenhaus, so daß sie einen Laut abgab, der an das gequälte Atmen einer gepeinigten Kreatur erinnerte.

Übergangslos erreichte Jill Hanson den Friedhof. Auch hier war die Erde gefroren. Die knochenharten Stellen bildeten Stolperfallen. Jill mußte achtgeben, daß sie nicht umknickte und sich noch einen Knöchel verstauchte.

Wie ein Geist schritt sie zwischen den Grabreihen hindurch. Trockenes Laub und knorrige Zweige knackten unter ihren Schuhen. Sie schüttelte den Kopf, um die langen Haare aus der Stirn zu schleudern, die mit ihren Fransen fast die Augen verdeckten.

Der alte Hanson war auf dem neuen Teil des Friedhofs beerdigt worden. Breite Kieswege verbanden ihn mit der Leichenhalle, damit sich die Trauergäste keine schlammigen Schuhe holten, wenn es mal regnete. Es sei denn, sie standen dicht am Grab.

Auf diesem Teil des Totenackers glänzten die Grabsteine noch wie frisch poliert, stachen die hellen Kreuze von der schmutzigbraunen Erde ab. Hier wurden die Gräber gepflegt und im Herbst mit Tannenzweigen bedeckt.

Dann zog auch ein anderer Geruch über den Friedhof. Im

Winter roch es nur nach Moder, Verwesung und faulendem Laub. Eben ein typischer Friedhofsgeruch. Er machte dem Mädchen jedoch nichts aus. Jill empfand ihn als Balsam. Sie überquerte den Hauptweg, schritt dann auf einen schmalen Pfad und ging zwischen einer Reihe neu angelegter Gräber weiter.

Kreuz stand neben Kreuz. Kein Stein zierte die Gräber. Zum Teil waren sie durch eine festgefrorene Schneekappe verhüllt.

Weiter vorn begann das Gelände, wo die frischen Gräber ausgehoben wurden.

Und dort lag ihr Großvater.

Es waren schon wieder einige Gräber dazugekommen.

Das Grab ihres Großvaters war das viertletzte in der linken Reihe. Es sah nicht anders aus als die anderen, und doch barg es ein schreckliches Geheimnis.

Ein Geheimnis, das bald gelüftet werden sollte.

Sekundenlang blieb Jill Hanson vor dem Grab stehen. Plötzlich klopfte ihr Herz oben im Hals. Jetzt fragte sie sich, ob sie alles richtig gemacht hatte, doch die Stimme, die plötzlich in ihre Gedanken drang, zerstörte die Bedenken.

»Ich freue mich, daß du gekommen bist, Jill. Warte noch ein wenig, dann bin auch ich bereit.«

»Ja«, flüsterte Jill. Sie sprach mit sich selbst und glaubte nicht, daß der Großvater sie hören konnte.

Stumm starrte sie auf das Grab. Der Wind erfaßte ihr blondes Haar und schüttelte es durch. Ganz in der Nähe flatterten zwei Nachtvögel erschreckt von ihren Schlafplätzen hoch und verschwanden in der Dunkelheit.

Auf der Leichenhalle knarrte die Wetterfahne. Irgendwo raschelte es. Ein Stück Holz schlug rhythmisch gegen einen Stein. Sonst war es still.

Mitternacht!

Geisterstunde – Tageswende.

Die graue Zeit der Dämonen. Startpunkt für alles Unheil, für Leid, Schrecken und Tränen.

Es war die Stunde der Nachtgeschöpfe.

Jill Hanson hielt den Atem an. Sie spürte, daß gleich etwas geschah, ja, einfach geschehen mußte. Noch immer starrte sie auf das Grab. Der Schnee war völlig weggetaut und gab die braune Erde frei.

Erde, die sich bewegte. Erst aufgeworfen wurde und dann wieder zusammenfiel.

Jemand arbeitete unter der Erdoberfläche.

Der Tote?

Unvorstellbar, grauenhaft. Jill lief eine Gänsehaut über den Rücken. Sie krampfte ihre Hände zusammen, der Atem ging jetzt stoßweise, wurde als Dampfwolke von ihren Lippen geweht.

Die Erde bewegte sich wieder. Kein Frost konnte dem Druck standhalten. Was aus dem Grab herauswollte, das mußte heraus, da gab es kein Halten und kein Hindernis.

Heftiger wurde die Erde bewegt. Es war schon dicht unter der Oberfläche, drückte weiter – erschien.

Finger!

Von einer bleichen Totenhaut überzogen, mit Dreckkrumen unter den langen, spitzen Nägeln. Haut, die wie weißes Pergament wirkte und fast durchsichtig war.

Jill Hanson versteifte sich.

Sie starrte auf die Hand, sah das Schreckliche mit eigenen Augen und wurde innerlich von der Angst aufgewühlt. Da packte die Hand zu.

Blitzschnell umklammerte sie Jill Hansons Fußknöchel!

Über fünfhundert Jahre sollte die alte Linde schon zählen. Ihr gewaltiger Stamm und die knorrigen Äste hatten bereits manchen Sturm überstanden, hatte den Unbilden der Natur getrotzt und sich auch nicht von Menschenhand zerstören lassen.

Die Linde war der Mittelpunkt des Friedhofes. Schon manchem hatte sie Schutz geboten. Vor Regen, Sturm und Hagel. Zahlreiche Legenden rankten sich um den Baum, Tatsache war aber, daß man ihn unter Naturschutz gestellt hatte.

Auch in dieser kalten Nacht bot die Linde jemanden Schutz vor neugierigen Blicken. Es war eine relativ kleine Gestalt, eingehüllt in einen langen Mantel, der eine capeähnliche Form hatte. Der Kragen war hochgestellt. Zwei kalte Augen beobachteten die

Bewegungen des Mädchens, als es zu dem Grab des Großvaters ging.

In den Augen leuchtete Triumph. Der Unbekannte hatte seine Fäden gesponnen. Lange genug hatte er nach einem geeigneten Ort gesucht. Hier hatte er ihn gefunden. Tief in der Erde lagen die begraben, nach denen er forschte.

Die Nachzehrer!

Schon aus dem Mittelalter bekannte und gefürchtete Geschöpfe, die man für schlimmer hielt als die Vampire. Sie verbreiteten einen unermeßlichen Schrecken, und man hielt sie in der neueren Zeit für ausgestorben.

Doch das war ein Irrtum.

Man mußte die Nachzehrer nur zu finden wissen und ihre Kräfte neu wecken.

Der Mann hinter der Linde hatte dies getan. Jetzt wartete er auf den Erfolg des ersten Versuches.

Er war kein Unbekannter mehr im Reich der Finsternis. Er gehörte zu den Großen, war aber noch nicht stark genug, um die endgültige Macht an sich zu reißen. Er mußte im geheimen arbeiten, sonst machten ihm seine Gegner einen Strich durch die Rechnung.

Denn er war – Myxin, der Magier!

Jill Hanson schrie auf. Sie wollte zurückweichen, doch die Klaue hielt sie eisern fest.

Jill stemmte ihr rechtes Bein in den Boden, bückte sich, um die Hand von ihrem linken Knöchel zu lösen.

Jill hatte zu lange gewartet.

Er war schneller.

Die Erde des Grabs wurde förmlich aufgesprengt, als der Tote herausstieg.

Alex Hanson, Jills Großvater, erschien!

Er war eine grauenhafte Gestalt, ein Nachzehrer, wie er in den alten Büchern beschrieben stand. Jedes Merkmal stimmte.

Seine Haut war in der Zeit noch nicht verwest. Sie hatte nur eine fahle kalkige Farbe angenommen. Im Gegensatz dazu stand das Lippenrot. Ebenfalls ein Hinweis darauf, daß man einen

Nachzehrer vor sich hatte. Bei einem normalen Toten verschwindet das Lippenrot, bei einem Nachzehrer nicht. Auch schließt sich bei ihm nicht der Mund, und die Augen bleiben offen. All diese Merkmale trafen auf Alex Hanson zu.

Sein Leichenhemd klebte am Körper. Es war schmutzig und an einigen Stellen zerrissen, so daß die nackte Haut zum Vorschein kam. Spitz stachen die Schulterknochen hervor, die Wangen waren eingefallen, und die Hände bestanden nur aus Klauen.

Zwischen den Fingern spannte sich die Haut, ähnlich wie bei den in Sagen und Legenden erwähnten Meerungeheuern.

Bis zur Gürtellinie war der Nachzehrer bereits dem Grab entstiegen. Er starrte Jill an.

Sie zitterte vor Angst. All das Rufen und Locken war vergessen, sie war nur noch ein hilfloses Bündel Mensch in der Gewalt eines Monsters.

Schreckliche Laute drangen aus dem Mund der Bestie. Jill glaubte, einige Worte zu verstehen. Sie klangen wie: »Komm her. Ich will dich in meinem Grab haben. Folgen… alle werden mir folgen…«

Kalt wie Stein war die Klaue an ihrem Knöchel. Und eisern hielt sie fest.

Jill beugte sich zurück, zog und zerrte, wollte den stählernen Griff sprengen, doch das Ungeheuer hatte die Kraft der Hölle. Jill konnte dagegen nichts ausrichten.

Ein Ruck – und sie fiel nach vorn.

Genau auf den lebenden Toten.

Das Mädchen wimmerte. Die Todesangst drohte sie zu überschwemmen wie eine riesige Woge. Jetzt griff die andere Hand auch noch zu. Jill fühlte die Totenklaue in ihrem Nacken. Ihr Kopf wurde nach vorn gepreßt gegen das Erdreich. Dreckkrumen drangen in ihren Mund, in die Nasenlöcher.

Plötzlich hörte sie ein Schmatzen.

Die Angst steigerte sich in Panik.

Jemand zerrte an ihrer Kleidung, fraß sie regelrecht auf.

Jill verstand nichts mehr. Sie hatte noch nie in ihrem Leben etwas über die Nachzehrer gelesen, diese Mischung aus Ghoul und Vampir. Nachzehrer zerren, sind sie einmal tot, ihre unmittelbaren Verwandten hinter sich her. Sie nehmen sie mit ins Grab.

Lebend!

Jill Hanson gelang es, für einen winzigen Moment den Kopf zu drehen. Sie sah in das Gesicht der Leiche und erkannte, daß eine graue Zunge über die roten Lippen fuhr.

Der Nachzehrer leckte sich die Lippen…

Auch das wurde in den Überlieferungen erwähnt.

Jill merkte, daß sie tiefer sank. Das Erdreich nahm sie auf. Sie spürte die Kälte des Todes, hörte nach wie vor das Schmatzen des Nachzehrers und verschwand in dem feuchten, kalten Grab.

In den Augen des dämonischen Beobachters jedoch glomm der schreckliche Triumph…

Beerdigungen sind mir immer unangenehm. Ich glaube, da geht es mir nicht anders als anderen Menschen.

Ein komisches Gefühl bleibt bei mir immer nach einem Friedhofsbesuch zurück. Menschen, die sich auf einem Friedhof wohl fühlen, sind mir noch nicht begegnet. Außer den Toten natürlich.

Ich habe beruflich mit Totenackern und Friedhöfen oft genug zu tun, aber daran gewöhnt habe ich mich bis heute noch nicht. Das können Sie mir glauben.

Meinem Freund Bill Conolly geht es übrigens ebenso.

Zu dieser Beerdigung mußten wir. Es war ein dienstlicher Auftrag. Ein Kollege von mir war vor einer Woche gestorben. Auf eine grausame Art und Weise.

Er hatte im Londoner Hafen einige Dealer überwachen sollen. Er war entdeckt worden. Dann schlugen die Dealer zu und erschossen ihn.

Die Dealer waren gefaßt, doch der Kollege hinterließ eine Frau und zwei halbwüchsige Kinder.

Bill kannte Hank Thormer ebenfalls, und deshalb hatte er mich begleitet.

Hank Thormer wollte nicht in London beerdigt werden, sondern in seinem Heimatort Gatway.

Er war dort geboren und auch zur Schule gegangen, bevor er sich entschloß, in den Polizeidienst einzutreten.

Gatway liegt in Wales, diesem Land mit der bodenständigen Bevölkerung, den unaussprechlichen Namen und einer Vergangenheit, die weit bis in die Zeit der Kelten hineinreicht.

An diesem kalten Spätvormittag war Suko nicht dabei. Er kannte den Kollegen nicht. Außerdem hatte er in London zu tun.

Wie schon erwähnt, Bill Conolly begleitete mich.

Wir waren in den frühen Morgenstunden losgefahren, um pünktlich zu sein. Den Kranz hatte ich abgegeben.

In die Trauerhalle kamen wir nicht mehr hinein. Zu viele Menschen stauten sich dort.

Wir warteten draußen auf dem kiesbestreuten Vorplatz.

Über uns knarrte in regelmäßigen Abständen eine Wetterfahne. Erst hatte mich das Geräusch gestört, doch nun gewöhnte ich mich daran.

Langsam schritten Bill und ich auf und ab.

Wir rauchten und redeten über die letzten Fälle.

Vor allen Dingen die Vampirgeschichte hatte es Bill angetan. Damals waren Sheila, seine Frau, und Johnny, sein kleiner Sohn, von den Blutsaugern entführt worden.

Wir sprachen aber auch über unseren letzten Urlaub, der plötzlich gar keiner mehr war, da uns die Riesenameisen einen Strich durch die Rechnung machten.

»Hank Thormer war ein feiner Kerl«, sagte Bill und trat die Zigarettenkippe aus.

Ich blieb stehen. »Wem sagst du das?«

Bill schaute in die Luft. »Denkst du nicht auch manchmal daran, John?«

»Woran?«

»Daß es auch dich erwischen kann.«

»Oft genug, Bill. Vor allen Dingen, wenn ich einen Fall heil überstanden habe. Dann stellt sich automatisch die Frage, ob es vielleicht der letzte gewesen ist.«

»Ein mieses Gefühl ist das«, sagte Bill.

»Das kannst du wohl laut sagen. Aber es ist nun mal nicht zu ändern.«

Bill Conolly gab mir recht. »Aussteigen kannst du aus deinem Job nicht mehr, John!«

»Das will ich auch nicht«, erwiderte ich. »Außerdem lassen es meine Gegner nicht zu. Ich weiß zuviel von ihnen. Es ist nicht so, daß ich – wenn ich einmal die Altersgrenze erreicht habe – pensioniert werde, nein, ich kann nie Ruhe finden.«

»Aus dem Blickwinkel habe ich die Sachlage noch gar nicht betrachtet«, gab mein Freund zu.

»Das muß man aber.«

Wir schwiegen in den nächsten Minuten und beobachtete die Wolken, die der Wind über den grauen Himmel trieb. Es roch nach Schnee. Dieser Winter war verdammt lang und hart.

Die Trauerfeier hatte schon begonnen. Chiefinspektor Ransome, der unmittelbare Vorgesetzte des toten Polizisten, war als offizieller Vertreter nach Gatway gefahren. Außerdem noch einige Uniformierte, die als Sargträger fungierten.

Der Friedhof lag außerhalb des Ortes in einem malerischen Tal. Im Sommer war es hier bestimmt prächtig.

Im Westen begannen die Black Mountains, die Schwarzen Berge. Das Gestein war nicht etwa schwarz, sondern der Name des Gebirges stammte von den dunklen Wäldern her, die die Berghänge bedeckten.

Von Gatway kannten wir nur die Hauptstraße und eine alte Steinbrücke, die über einen halb zugefrorenen Bach führte. Auf den schmalen Straßen in der Umgebung lag eine zum Teil festgefahrene Schneedecke. Die Wagen brauchten Winterreifen.

Ich hatte auf meinen Bentley ebenfalls welche aufziehen lassen.

Außer uns hielten sich noch einige Menschen vor der Leichen halle auf. Sie froren wie wir.

Bill meinte: »Hoffentlich schneit es nicht auf der Rückfahrt.«

Ich grinste. »Wenn Engel reisen…«

»Ja, das schon. Aber heute reist nur einer. Nämlich ich.«

»Hast du Sheila angerufen?« Ich wechselte das Thema.

Bill nickte. »Ja, als du in der Trauerhalle warst und den Kranz abgegeben hast. Sie erwartet uns am Abend zurück.« Bill rümpfte die Nase und drückte seine Pelzmütze fester auf den Kopf. »Hast du einen neuen Fall am Hals?«

»Nein, aber Suko kümmert sich da um eine Sache.«

»Interessant?«

»Keine Ahnung.«

»Worum geht es denn?«

Ich wurde einer Antwort enthoben, denn die Tür der Leichenhalle wurde geöffnet. Die beiden Flügel schwangen herum, und im nächsten Moment erschienen die sechs Träger mit dem Sarg. Es gab hier keinen Wagen, der die Särge zu den Gräbern transportierte.

Mir lief eine Gänsehaut über den Rücken, und ich preßte die Lippen zusammen. Den Mann, der jetzt in dem Sarg lag, hatte ich gut gekannt. Hank Thormer war ein feiner Kerl gewesen. Er hatte immer von seinem geliebten Wales gesprochen, wohin er nach seiner Pensionierung zurückkehren wollte.

Jetzt war er zurückgekehrt, anders, als er es sich vorgestellt hatte.

Dem Sarg folgte der Priester mit zwei Meßdienern. Dahinter gingen die Witwe, eine tief verschleierte brünette Frau, und die beiden Kinder. Mrs. Thormer weinte. Sie hielt ihr Taschentuch gegen den Schleier in Höhe der Augen gepreßt.

Dann folgten die zahlreichen Trauergäste. Viele Menschen aus dem Ort, denn Thormer war in Gatway immer noch bekannt gewesen, obwohl er schon lange nicht mehr dort gewohnt hatte.

Gemächlich schritten wir auf die Menschenschlange zu und reihten uns ein.

Vor uns gingen zwei Frauen. Sie waren schon älter und trugen beide Blumen. Sie unterhielten sich in ihrem walisischen Dialekt.

»Ja, Jill ist verschwunden, so glaube mir doch, Amy.«

Die mit Amy Angeredete schüttelte den Kopf. »Ich kann das einfach nicht begreifen. Sie war doch sonst immer so auf Zack. Ein liebes Kind. Nicht so verdorben wie die anderen, hat sich nicht herumgetrieben und wollte auch nicht unbedingt in die Stadt.«

»Aber hast du denn nicht gesehen, wie sie in den letzten Wochen verfallen ist?«

Amy nickte. »Natürlich. Seit dem Tode ihres Großvaters.«

»Sie hat sehr an ihm gehangen.«

»Ich kann mich noch genau an seine Beerdigung erinnern«, flüsterte Amy eifrig. »Es war ein ergreifender Abschied.«

»Hör auf damit! Ich sehe den Alten jetzt noch vor mir. Augen und Mund offen – widerlich sah er aus. Und weißt du, was mir der Pfarrer erzählt hat?«

»Nein.«

»Sie haben ihn so begraben. Mit offenen Augen und offenem Mund. Die ließen sich einfach nicht schließen.«

Die Frauen verstummten und schritten schweigend weiter.

Unter unseren Füßen knirschte der Kies. Ich maß der Unterhaltung keine große Bedeutung bei. Dorfklatsch, mehr nicht.

Später jedoch sollte ich noch auf eine sehr unangenehme Art und Weise an den Dialog der beiden Frauen erinnert werden.

Ich ließ meine Blicke hin und wieder über das Gelände schweifen. Der Friedhof bestand aus einem alten und einem neuen Teil. Der alte Teil wirkte geheimnisvoll. Da standen die hohen Bäume mit ihren breiten Ästen und Zweigen, die sie wie Schutzschirme über die Grabreihen legten.

Der neue Teil jedoch wirkte supermodern – und kalt. Gräber lagen nebeneinander wie mit dem Lineal gezogen, die Wege waren mit Kies bestreut und die Seiten zu den Gräbern hin durch Steine abgegrenzt.

Es war ruhig in der Trauerschlange. Nur das Scharren der Füße bildete ein monotones Geräusch. Ein paar Krähen segelten von Baum zu Baum. Ich sah auch Spatzen, die sich um einen Brotkrumen stritten.

Wir bogen nach links in das Gräberfeld ab. Dort lag das Grab des verstorbenen Hank Thormer.

Die Schlange blieb stehen. Die ersten mußten die letzte Ruhestätte bereits erreicht haben. Sehen konnte ich es aber nicht, da mir durch zahlreiche Trauergäste die Sicht verdeckt war.

Die Teilnehmer der Beerdigung bildeten einen großen Halbkreis. Jetzt gelang es mir, einen Blick über die Köpfe der Leute zu werfen. Die Träger hatten den Sarg abgestellt. Geschickt zogen zwei Hilfskräfte Seile unter die Totenkiste.

Es war still geworden. Nur der Wind rüttelte an schwachen Ästen und fuhr durch die Büsche. Hin und wieder hörten wir das Schluchzen der Frauen. Die Männer bissen die Zähne zusammen. Vor allen Dingen die Polizisten.

Wir dachten wohl alle das gleiche in diesen Minuten. Daß

irgendwann einmal auch wir an der Reihe wären. An uns konnten die Versicherungen kein Vermögen verdienen.

Chiefinspektor Ransome hielt die erste Trauerrede. Er sprach von dem Toten als Freund und pflichtbewußten Beamten, der sein Leben bei der Erfüllung seines Dienstes verloren hatte.

Danach fragten allerdings die Witwe und die beiden zurückgebliebenen Kinder nicht.

Ich verspürte immer einen schalen Geschmack im Mund, wenn ich diese Art von Reden hörte.

Auch Bill Conolly verzog das Gesicht. Mein Freund dachte ähnlich wie ich.

Dann sprachen der Pfarrer und der Bürgermeister von Gatway. Eine halbe Stunde verging.

Die ersten Blumen wurden in das Grab geworfen, nachdem der Sarg in der kalten Erde stand. Die Witwe mußte gestützt werden. Sie weinte herzzerreißend.

Langsam gingen die Trauergäste vor. Bill und ich schlossen uns der Reihe an. Wir waren so ziemlich die letzten, die dann vor dem offenen Grab standen. Die meisten hatten sich bereits zurückgezogen und schritten dem Ausgang entgegen.

Ich nahm die kleine Schaufel zuerst, stach das Blatt in den Lehmhügel und ließ die gelbbraune Erde auf den Sarg fallen. Es polterte dumpf.

Ich stand einige Sekunden bewegungslos wie ein Denkmal, dachte noch einmal über den Kollegen nach und murmelte einen letzten Gruß.

Dann machte ich Platz für Bill Conolly.

Die Witwe stand etwas abseits. Schmerzgebeugt. Sie sah nicht auf, als ich ihr die Hand drückte und mein ehrliches Beileid aussprach. Den Kindern strich ich über das Haar.

Ach verdammt, ich kam mir so hilflos vor. Ich wollte tröstende Worte sagen, doch mir fiel nichts ein. Ich empfand all diese Phrasen als leeres Gewäsch.

Ein Freund stand bei der Witwe und hielt ihren Arm. Ich kannte den Mann nicht.

Er stellte sich mir als Lester Hanson vor.

Auch ich murmelte meinen Namen, wartete, bis Bill das gleiche getan hatte, und dann gingen wir.

Dumpf dröhnten unsere Schritte auf den Holzbohlen, die den Weg zum Grab markierten.

Ich warf einen Blick über die Schulter zurück und sah, daß auch die Witwe mit den beiden Kindern ging. Lester Hanson begleitete sie. Die drei nahmen einen anderen Weg.

Bill und ich waren allein.

»Sollen wir noch zu der Trauerfeier gehen?« fragte Bill.

Ich sah auf die Uhr und blieb dabei dicht vor einem anderen Grab stehen. »Ja.«

»Okay.«

Bill Conolly war bereits einen Schritt vorgegangen, als ich das Geräusch hörte.

Es war ein widerliches Schmatzen und Lecken!

Plötzlich standen mir die Haare zu Berge, und eine Gänsehaut rann über meinen Körper.

Das Schmatzen – es war direkt aus dem Grab neben mir gekommen!

Bill Conolly bliebe stehen, drehte den Kopf und schaute mich stirnrunzelnd an. »Was ist?«

»Komm her!« flüsterte ich.

Noch immer lag die Gänsehaut auf meinem Körper. Ich war sicher, daß ich mich nicht verhört hatte.

Bill trat neben mich. »Was ist denn?« wiederholte er seine Frage.

Ich erklärte es ihm.

Mein Freund blickte mich an, als ob er einen Geisteskranken vor sich hätte.

»Das gibt's doch nicht«, sagte er leise. »Du mußt dich geirrt haben, John.«

Stur schüttelte ich den Kopf, und dann erhielt ich den Beweis.

Wieder hörte ich das Schmatzen. Diesmal auch Bill Conolly. Mein Freund wurde blaß. Jetzt sah ich bei ihm die berühmte Gänsehaut.

»Nun?«

Bill schluckte, bevor er antworten konnte. »Du – du hast recht, John. Das Schmatzen kommt aus dem Grab.«

Ich ging in die Knie, sah mir das Grab genauer an. Es war noch relativ frisch, konnte eigentlich nicht älter als einen Monat sein. Trotzdem sah es anders aus als die anderen Gräber in der Reihe, die ungefähr zur gleichen Zeit angelegt worden waren.

Die Oberfläche war aufgewühlt und nur unvollständig zurechtgedrückt worden. So, als wäre jemand diesem Grab entstiegen.

Nicht zum erstenmal wurde ich mit diesen schrecklichen Dingen konfrontiert. Ich kannte mich mit lebenden Toten aus, mit Zombies und Wiedergängern. Bereits bei meinem ersten Einsatz vor einigen Jahren hatte ich mich mit den lebenden Toten auseinandersezten müssen. Damals waren sämtliche Leichen eines Dorffriedhofs aus ihren Gräbern gestiegen.«

Ich stand wieder auf.

»Der Tote, der hier begraben liegt, heißt Alex Hanson«, sagte Bill Conolly. »Ich habe den Namen auf dem Kreuz gelesen.«

Hanson! Der Name kam mir bekannt vor. So hieß doch auch der Begleiter von der Witwe.

Fest schaute ich meinen Freund an.

»Wenn mich nicht alles täuscht, Bill, wird es heute wohl noch nichts mit unserer Rückreise. Ich muß dieses Geheimnis lüften.«

»Worauf du dich verlassen kannst«, erwiderte mein Freund.

Schweigend gingen wir zum Parkplatz, stiegen in meinen Bentley und rollten in den Ort.

Malerisch sah die kleine Steinbrücke aus, über die wir fuhren. Rechts davon sahen wir die romanische Kirche. Die Grundmauern und der Turm standen noch. Alles andere war neu aufgebaut worden. Zum Glück hatten sich die Wolken etwas verzogen. Hin und wieder lugte der blaue Himmel durch die graue Schicht.

Viel Autoverkehr herrschte nicht. Gatway war ein sauberer Ort. Mit einer Hauptstraße und einige Nebenstraßen. Es gab einen Marktplatz, zwei Hotels und ein großes Gasthaus, in dem sich die Trauergäste versammelt hatten. Wir wollten ja erst nicht an der Totenfeier teilnehmen, doch jetzt mußte ich mit einigen Leuten reden.

Meinen Spezialkoffer hatte ich zum Glück im Kofferraum des Wagens.

Auf der Mitte des Marktplatzes stand ein alter Brunnen. Er hatte eine fünfeckige Form. Mehrer Bänke kreisten den Brunnen ein. Jetzt lag auf dem lackierten Holz eine Schneeschicht.

Wir fanden einen Parkplatz. Ich ließ den Bentley in die Lücke zwischen zwei Schneehaufen hineinrollen.

Wir waren nicht die letzten. Einige Trauergäste schritten die Stufen zu der zweiflügeligen Gasthaustür hoch.

Wir gingen hinterher.

Bill fragte: »Meinst du, daß dir dieser Lester Hanson eine Antwort auf deine Fragen gibt?«

»Warum nicht?«

Bill runzelte die Stirn. »Du kennst doch die Dörfler, John. Die sind oft sehr verschlossen.«

Ich blinzelte in die fahle Sonne. Sie stand hoch über den Black Mountains, wärmte aber kaum. Im Januar hatte der Glutball eben doch nicht die richtige Kraft.

»Meiner Meinung nach ist dieser Hanson ein vernünftiger Mensch. Er wird sich bestimmt nicht sträuben.«

»Aber du willst das Grab aufbrechen.«

»Erst einmal abwarten.« Ich schritt die Stufen hoch, und mein Freund folgte mir.

Stimmengewirr und Tabakrauch empfingen uns. Der Qualm legte sich schwer auf unsere Atemwege. Die niedrige Decke und das dunkle Holz gaben der Gaststätte einen gemütlichen Touch. Die Theke war belagert. Zahlreiche Männer tranken dort ihr dunkles Bier. Wir wurden angestarrt, und als wir grüßten, nickte kaum jemand.

Für die Dörfler waren wir Fremde. Zudem hatten die Waliser ihre Eigenheiten. Und da stand das Mißtrauen ganz oben auf der langen Liste.

Der Gesellschaftsraum schloß sich hinter dem Gastzimmer an. Drei Tische waren in U-Form aufgestellt. Weiße Decken lagen auf den Tischplatten. Die Witwe saß mit ihren beiden Kindern am Mitteltisch. Sie hielt den Kopf gesenkt. Flankiert wurde sie von Lester Hanson und dem Bürgermeister. Die offizielen Yard-Vertreter waren bereits wieder in Richtung London gefahren.

Ich sah einige nicht besetzte Stühle.

»Halt mir bitte einen Platz frei«, sagte Bill. »Ich telefoniere eben mit Sheila.«

»Was willst du ihr sagen?«

»Alles – nur nicht die Wahrheit. Du weißt doch, wie sie ist. Die vergeht vor Angst.«

Da hatte Bill recht. Sheila, seine Frau, wollte es nicht, wenn er sich in meine Fälle einmischte. Ich stand immer mit einem Bein im Grab, und auch für Bill Conolly wurde es meistens lebensgefährlich.

Irgendwie konnte ich Sheila verstehen, aber ich verstand auch Bill. In seinem Blut floß die Abenteuerlust. Außerdem war er Reporter und von Natur aus neugierig.

Ich nahm Platz.

Lester Hanson sah mich und nickte mir zu. Ich grüßte zurück. Stören wollte ich ihn jetzt nicht. Nach dem Trauermahl fand sich bestimmt Zeit, mit ihm zu reden.

Neben mir saß ein rothaariger Mann mit Händen wie Baggerschaufeln. Er trug einen dunklen Anzug, der gut in ein Museum gepaßt hätte. Der Mann warf mir einen Blick zu, sagte aber nichts.

Ich schwieg ebenfalls.

Dann kam Bill zurück. Er hatte die Stirn in Falten gelegt und zog ein nachdenkliches Gesicht. Aufatmend nahm er auf dem Stuhl neben mir Platz.

»Was hat sie gesagt?« fragte ich.

Bill lachte freudlos. »Sie glaubt mir kein Wort. Ich habe gesagt, wir hätten einen Bekannten getroffen, wollten noch etwas zusammensitzen und erst morgen fahren. Sie sagte, du ziehst die Dämonen an wie das Licht die Motten.«

Ein junges Mädchen schenkte Tee ein. »Möchten Sie sonst noch etwas trinken?«

Bill und ich bestellten Whisky.

»Hat Sheila denn gesagt, daß du zurückfahren sollst?«

Bill nahm einen Schluck Tee. »Nicht direkt.«

Ich hob die Schultern. »Nun ja, vielleicht ist auch alles nur harmlos.«

»Mal sehen.«

Unser Whisky kam. Wir tranken ihn langsam. Zusammen mit dem heißen Tee wärmte er uns durch. Die Bedienung stellte Kuchen auf den Tisch, und jetzt kamen auch einige Männer von der Theke.

Lester Hanson stand auf. Er flüsterte der Witwe etwas ins Ohr und ging um den Tisch herum. Wie ich sah, schlug er den Weg zu den Toiletten ein.

Ich erhob mich ebenfalls. Mit Hanson traf ich außerhalb des Gastzimmers zusammen. Er war ein stattlicher Mann von etwa fünfzig Jahren, hatte dichtes, schwarzes Haar und dies zu einem Scheitel gekämmt. Die Augenbrauen waren buschig, die Nase kräftig und der Mund schmal.

»Kann ich Sie einen Augenblick allein sprechen, Mr. Hanson?« fragte ich ihn.

Er überlegte. »Ich weiß nicht. Mrs. Thormer braucht mich in diesen schweren Augenblicken.«

Ich zeigte ihm meinen Ausweis.

Er lächelte. »Ich habe mir schon gedacht, daß Sie ein Kollege von Hank sind. Gut, meinetwegen. Wo?«

Ich entdeckte einen freien Tisch nicht weit von der Theke entfernt. Dort nahmen wir Platz.

Lester Hanson zündete sich eine dicke Zigarre an. Ich mußte schon beim Zusehen husten, so qualmte sie.

»Okay, Oberinspektor, was wollen Sie wissen?«

Ich fuhr mir über die Stirn. »Es hört sich an wie ein Märchen, was ich Ihnen jetzt erzähle, es ist aber keins, sondern die reine Wahrheit. Als wir von der Beerdigung kamen, passierte folgendes…«

Ich berichtete haargenau, was Bill und mir widerfahren war. Lester Hanson hörte geduldig zu. Er gab sich jedoch nur äußerlich ruhig, innerlich mußte er sehr erregt sein. Seine Augenlider flatterten, und seine Lippen wurden sehr schmal. Er klemmte die Zigarre so stark zwischen die Finger, daß ich schon befürchtete, er würde sie zerbröckeln.

»Und warum fragen Sie mich, Oberinspektor?«

»Ganz einfach. Der Name Hanson stand auf dem Grabkreuz.«

Jetzt senkte der Mann den Kopf. Er starrte auf die Tischplatte und hob die Schultern. Seine Zigarre legte er in den Aschenbecher.

»Was ist mit Ihnen?« fragte ich. Daß ihn etwas bedrückte, sah ein Halbblinder.

Ich schaute auf, weil ein Schatten über uns fiel.

Es war Bill Conolly. Er brachte den Whisky mit. Ich rutschte zur Seite, so daß Bill sich setzen konnte.

Lester Hanson hob den Kopf. Ich stellte meinen Freund vor, glaubte aber, daß Hanson gar nicht richtig zuhörte. Er war mit seinen Gedanken woanders.

»Was ist passiert? So reden Sie doch, Mr. Hanson«, drängte ich den Mann.

Er hob nur die Schultern. Als sich unsere Blicke begegneten, sah ich es in seinen Augen feucht schimmern. Den guten Mann mußte eine schwere Bürde drücken.

»Bitte, sagen Sie, was geschehen ist, Mr. Hanson. Sie können zu uns Vertrauen haben. Reden Sie, auch wenn Ihnen die Dinge noch so unwahrscheinlich erscheinen.«

»Sie sind fremd, Mister…«

»Aber wir wollen Ihnen helfen.«

»Kann das denn jemand?«

»Lassen Sie es doch darauf ankommen.«

Er überlegte und nickte dann. »Gut, Oberinspektor, Sie haben mich überzeugt. Ich will Ihnen die Geschichte erzählen. Noch nie habe ich mit einem Fremden darüber geredet, aber jetzt muß es sein. Vielleicht ist es auch besser, und man kann eine Lösung finden.«

Er zündete sich seine Zigarre wieder an und begann zu reden. »Das alles begann mit dem Tod meines Vaters vor ungefähr drei Wochen. Wir wohnen nicht weit vom Friedhof entfernt in einem großen, alten, ererbten Haus. Ich habe drei Kinder. Jill, das Mädchen, und die beiden Jungen Gaylord und Michael. Jill ist die Älteste. Sie hat sehr an ihrem Großvater gehangen und ihn gepflegt, als er krank war. Bis zum Tod hat sie an seinem Sterbebett gesessen. Als er starb, ging es auch mit Jill rapide bergab. Sie veränderte sich, verlor an Gewicht und wurde auch seelisch krank. Aus dem lebenslustigen Mädchen – man kann sagen –

wurde ein Wrack. Und das mit fünfundzwanzig Jahren. Natürlich stellten wir Fragen, aber sie antwortete nie.«

»Haben Sie einen Arzt aufgesucht?« stellte ich die Zwischenfrage.

»Der konnte nichts feststellen.«

»Was geschah weiter?«

»Unsere Tochter alterte zusehends. Sie vernachlässigte ihre Arbeit, war oft am Grab des Großvaters zu finden und hielt sich dort stundenlang auf. Die Menschen im Dorf redeten schon über sie. Man sprach bereits von einer Geistekrankheit. Sie wissen ja, wie die Leute sind, Oberinspektor.«

Mir fiel etwas ein. Ich dachte an das Gespräch, das die beiden Frauen vor mir geführt hatten, als wir zum Grab gingen. Ich berichtete Lester Hanson davon.

Er nickte. »Ja, da haben die Klatschtanten über Jill geredet.«

Ich bat ihn, weiter zu erzählen.

»Meine Frau und ich versuchten, mit Jill zu reden. Meistens gab sie keine Antwort, aber wenn sie etwas sagte, dann klang es schon mehr als seltsam.«

»Was, zum Beispiel?« Die Frage stellte Bill.

Lester Hanson warf meinem Freund einen gequälte Blick zu. »Jill redete so, als wäre ihr Großvater noch am Leben. Angeblich brauchte er sie. Wir fragten daraufhin, woher sie das wisse. Sie lächelte verklärt und erwiderte: ›Ich höre sein Rufen. Er gibt mir aus dem Grab heraus Bescheid.‹«

Lester Hanson schwieg, und auch Bill und ich sprachen kein Wort. Beide hingen wir unseren Gedanken nach. Ich dachte an lebende Tote, an sogenannte Zombies. Sollte der alte Hanson ein Zombie gewesen sein? Daß er ein Ghoul war, hielt ich für ausgeschlossen. Ghouls sind Dämonen, aber Hanson war ein Mensch.

Oder?

»Wie hat sich Ihr Vater benommen?« wandte ich mich an Lester Hanson.

Er blickte mich verständnislos an. Ich präzisierte die Frage. »War er in seinem Leben irgendwie anders als ein normaler Mensch? Hat er sich für okkulte Dinge interessiert oder einem magischen Zirkel angehört, der sich mit Totbenbeschwörungen befaßt?«

»Nein«, antwortete Lester Hanson. »Nie. Jedenfalls habe ich nichts davon bemerkt.«

Ich sagte: »Da fällt mir noch etwas ein, Mr. Hanson. Diese Frauen haben sich auch über Ihren Vater unterhalten. Sie sprachen davon, daß er mit offenem Mund und ebenfalls geöffneten Augen begraben worden sei. Stimmt das?«

»Ja, das war in der Tat der Fall.«

Plötzlich schlug Bill mit der flachen Hand auf den Tisch, so daß die leeren Whiskygläser hüpften. »Ich hab's!« rief er und senkte dann seine Stimme. »Dieser Mann ist ein Nachzehrer!«

»Ein was?« flüsterte Lester Hanson.

»Nachzehrer«, wiederholte Bill Conolly.

Ich lehnte mich zurück. Wenn Bill Conolly mit seiner Vermutung recht behielt, standen uns böse Zeiten bevor. Nachzehrer sind mindestens so schlimm wie Vampire.

Bisher hatte ich mit dieser Dämonenabart noch nichts zu tun gehabt, nun aber mußten wir uns darauf einstellen, immer vorausgesetzt, daß Bill recht behielt.

»Was sind das für Geschöpfe?« wollte Lester Hanson wissen.

Bill erklärte es, während ich ruhig zuhörte und bereits über eine Graböffnung nachdachte.

»Nachzehrer«, sagte mein Freund, »sind schreckliche Geschöpfe und eine Abart der Vampire oder Wiedergänger. Er heißt, daß sie Menschen, in der Regel Angehörige, nach dem Tod zu sich ins Grab ziehen. Verantwortlich dafür ist die Gier des Nachzehrers nach dem Leben. Er kann nicht überwinden, tot zu sein. Er saugt den anderen ebenfalls das Leben aus. Dabei bereitet er alles genau vor, und es dauert etwas, bis sein Opfer ihm ins Grab folgt. In fernzauberischer Weise zehrt er die Lebenskraft aus, er zerrt dabei an Gliedern und Kleidern und zieht die Verwandten so nach. Besonders gefährdet ist derjenige, der schon im Leben dem Toten sehr nahegestanden und ihm bei der Beerdigung etwas in den Sarg gelegt hat.«

»Aber das ist ja schrecklich«, flüsterte Lester Hanson. Er war blaß wie eine Kinoleinwand.

Doch Bill Conolly war noch nicht fertig. Er redete weiter. »Oft ist der Nachzehrer schon im Leben eine unheimliche und böse Person. Aber zum Nachzehrer kann auch jeder harmlose Tote werden, wenn man nicht bei der Einkleidung und Sarglegung verhütet, daß ihm irgend etwas von der Kleidung zu nahe an den Mund gerät. Man glaubt, daß dann die ganze Familie nachstirbt.«

Lester Hanson stöhnte qualvoll auf. »Glauben Sie denn, daß meine Tochter solch ein Nachzehrer ist?«

Ich mischte mich ein. »Ihre Tochter vielleicht nicht...«

»Aber mein Vater!«

»Wir müssen es leider annehmen«, erwiderte ich.

Lester Hanson sah uns mit flackernden Augen an. »Und was soll ich nun machen?«

Ich lächelte. »Wir, Mr. Hanson.« Ich zündete mir eine Zigarette an. Auch Bill nahm ein Stäbchen. »Wir müssen das Grab Ihres Vaters öffnen.«

»Nein!«

»Doch, Mr. Hanson. Nur dann können wir erkennen, ob wir in Ihrem Vater einen Nachzehrer vor uns haben.«

»Aber woran sehen Sie das?«

»Beweis Nummer eins war das Schmatzen, das wir vernommen haben. Ein widerliches Geräusch, sage ich Ihnen. Im Mittelalter – so sagte es die Überlieferung – hat man Gräber nach Nachzehrern geöffnet. Man sah sie in den Gräbern liegen, und sie haben ihre Kleidung aufgegessen. Und manchmal nicht nur die Kleidung, wenn Sie verstehen, was ich meine.«

Lester Hanson senkte den Kopf. »Ja, Oberinspektor, ich verstehe sehr gut.«

»Geben Sie denn Ihre Einwilligung für eine Graböffnung?« fragte ich.

»Wird mir wohl nichts anderes übrigbleiben. Mein Gott, was wird meine Frau dazu sagen?«

»Wir werden es nicht erzählen«, sagte ich.

»Sind Sie denn überhaupt berechtigt, ein Grab zu öffnen?« fragte mich der Mann.

»Ja, ich habe einen Sonderausweis von Scotland Yard. Eine Erlaubnis brauche ich also nicht.«

»Und wann sollen wir damit beginnen?«

»Am besten, wenn es dunkel wird. Ich mache Ihnen einen Vorschlag, Mr. Hanson. Wir fahren zu Ihnen nach Hause und bleiben dort bis zur Dunkelheit. Das wird nicht lange dauern. Sagen Sie Ihrer Frau und Ihren Kindern nichts.«

»Nein, nein, Elisa hat sowieso noch hier im Gasthaus zu tun. Sie hilft ein wenig und kommt erst gegen Abend zurück.«

Ich lächelte. »Dann wäre ja alles klar.«

Lester Hanson stand auf. »Ich werde mich nur von den anderen verabschieden.« Er schritt wie ein alter, gramgebeugter Mann davon. Zahlreiche Augenpaare schauten ihm nach. Man hatte uns bei dem Gespräch mit Hanson beobachtet und die Ohren gespitzt. Doch ich hatte dafür gesorgt, daß die Neugierigen nichts mitbekamen.

Wir wollten zahlen. Man sagte uns, daß die Witwe Thormer dies bereits erledigt habe.

Trotzdem gab ich der Bedienung ein Trinkgeld. Das Mädchen machte sogar noch einen Knicks.

»Wie siehst du die Sache?« fragte mich mein Freund.

Ich drückte die Zigarette aus. »Wenn wir es wirklich mit dem Phänomen der Nachzehrer zu tun haben, dann wollen wir nur hoffen, daß es ein einzelner ist.«

»Willst du ihn töten?«

»Ja, wie einen Vampir.«

Bill Conolly wischte sich über die Stirn. »Ich hoffe für Lester Hanson, daß seine Tochter nicht zu diesen Geschöpfen gehört. Ich glaube, er würde es nicht überstehen.«

»Man weiß nie.«

Hanson kam zurück. Seine Frau begleitete ihn. Sie war eine schlanke Person mit einem lieben Gesicht und gütigen Augen. Ihre schmale Hand wirkte zerbrechlich wie Glas.

»Das sind die beiden Herren, von denen ich dir berichtet habe, Elisa.«

Wir erhoben uns.

Lester Hanson erklärte: »Meine Frau ist zwar fast fertig, aber sie will sich noch um die Witwe kümmern. Sie kommt nach. Jemand aus dem Ort fährt sie.«

»Vielen Dank, Madam, daß Sie uns die Gastfreundschaft gewähren«, sagte ich.

»Aber das ist selbstverständlich, wenn Sie etwas mit meinem Mann zu besprechen haben. Sie entschuldigen mich jetzt.«

Elisa Hanson verschwand.

»Ich habe ihr natürlich nichts erzählt«, sagte Lester. »Sie wäre sonst in Ohnmacht gefallen.« Lester hob die Schultern und machte ein sorgenvolles Gesicht.

Bill schlug auf die Stuhllehne. »Fahren wir?«

»Okay.« Wir nahmen unsere Mäntel und verließen das alte Gasthaus.

Lester Hanson blieb vor dem Bentley stehen. Er trug einen langen grauen Wintermantel und hatte die Hände in den Taschen vergraben. Wie eine Katze um den heißen Brei, so schlich er um den Silbergrauen herum, dessen Fahrertür ich gerade aufschloß.

»Von solch einem Wagen träume ich«, kommentierte er. »Und das wird wohl immer ein Traum bleiben.«

Bill zeigte auf mich. »Keine Angst, Mr. Hanson, bei Oberinspektor Sinclair läuft der Wagen auch mehr auf Wechsel als auf seinen eigenen vier Rädern.«

Beim Einsteigen sagte ich: »Du mußt es ja wissen.«

Bill nahm neben mir Platz, und Lester Hanson setzte sich in den Fond. Ich rangierte den Wagen aus der Parklücke und schaltete Gebläse und Heizung auf die höchste Stufe, da es ziemlich kalt geworden war.

»Wo muß ich herfahren?«

»In Richtung Friedhof, Oberinspektor. Sie kennen den Weg?«

Ich nickte.

Einige Leute schauten uns nach, als wir durch das Dorf fuhren. Ich bog dann ab und rollte auf die Steinbrücke zu, die den schmalen Bach überspannte.

Obwohl wir erst frühen Nachmittag hatten, sank die Sonne bereits tiefer. Der Himmel war fast völlig klar. Wir würden in der Nacht Frost bekommen, das war jetzt schon sicher. Die Hänge der Black Mountains waren mit einer dicken Schneeschicht bedeckt, ebenso die Zweige und Äste der Tannen.

Die Wegdecke war zum Teil aufgerissen. Frosteinbrüche trugen dafür die Verantwortung.

Wir rollten auf das Hauptportal des Friedhofs zu, als Lester Hanson mich anwies, rechts ranzufahren. »Wir müssen um das Gelände herum. Das alte Haus, das Sie dort hinten sehen, darin wohne ich.«

»Ziemlich dicht am Friedhof«, meinte Bill.

»Ja, und bald wird es noch dichter. Die wollen den Totenacker nämlich erweitern.«

»Sterben hier so viele?« fragte Bill.

»Das nicht, aber die beiden Nachbarorte haben keinen eigenen Friedhof mehr. Deshalb werden die Toten bei uns beerdigt.«

Ich schüttelte den Kopf. So etwas hatte ich auch noch nicht gehört. »Haben Sie denn keine Angst, daß Ihr Haus mal abgerissen wird?«

»Nein, Herr Oberinspektor. Das Grundstück gehört schon seit Generationen den Hansons, und dabei bleibt es.«

»Ihr Name hört sich nicht sehr walisisch an.«

»Meine Vorfahren stammen aus Schweden«, erklärte mir Lester Hanson.

Der Weg zum Haus wurde von hohen Bäumen flankiert. Zur Wetterseite hin waren die Äste mit Schnee bedeckt. Vor dem Haus gab es einen genügend großen Parkplatz.

Ich ließ den Wagen ausrollen.

Das Gebäude sah tatsächlich sehr alt aus. Es hatte noch zwei Stockwerke über dem Erdgeschoß und ein spitzwinkliges Dach.

»Bewohnen Sie die Zimmer alle?« fragte ich.

»Nein.« Lester Hanson schüttelte den Kopf. »Nicht einmal die Hälfte. Aber was man geerbt hat, möchte man nicht wieder abgeben.«

»Wem sagen Sie das.«

Ich stieg aus. Zur Tür hoch führte eine Steintreppe. An der Wand rechts neben der Tür lehnten Schneeschieber und Spaten. Der Weg zum Haus war geräumt worden.

Dumpf schlugen die Wagentüren ins Schloß. Vielleicht war es das Geräusch, das den etwa elfjährigen Jungen aufgeschreckt hatte. Er riß die Haustür auf, sprang mit einem Satz die Treppe hinunter und lief mit ausgestreckten Armen auf seinen Vater zu.

»Dad, Dad!« rief er.

Lester fing seinen Sohn auf. »Was ist denn Gaylord? Du bist ja ganz aufgeregt.«

»Dad, Dad, Jill ist wieder da!«

Lester Hanson ließ seinen Sohn sinken, wandte den Kopf und schaute uns sprachlos an. In seinen Augen las ich Unverständnis, Überraschung und Sorge.

Auch ich wußte im ersten Augenblick nicht, was ich sagen sollte. Zu plötzlich kam alles. Wir waren auf Jills Verschwinden vorbereitet gewesen, und jetzt hörten wir, daß sie sich im Haus befand.

Die helle Jungenstimme unterbrach das Schweigen. »Was ist denn, Dad? Warum sagst du nichts?«

Lester lächelte. Er legte seine Hände auf Gaylords Schultern und ging vor ihm in die Knie. »Du hast wirklich deine Schwester Jill gesehen, Gaylord?«

Der Junge nickte. »Ja, Dad!«

»Und ist sie allein?«

Gaylord strich sich eine Haarsträhne aus der Stirn. Er hatte rostrotes, widerborstiges Haar, tausend Sommersprossen im Gesicht und eine freche Stupsnase. »Sie ist allein, Dad. Und sie will auch allein bleiben. Das hat sie mir gesagt. Ich soll sie nicht stören.«

Wir waren näher herangegangen, so daß wir das Gespräch verstehen konnten.

»Wie ist es mit mir, Gaylord? Darf ich Jill stören?«

Der Junge schüttelte mit ernstem Gesicht den Kopf. »Auch du nicht, Dad.« Dann deutete er auf uns. »Die beiden ebenfalls nicht. Niemand darf Jill stören.«

»Warum denn nicht?«

»Weil sie...« Der Junge zögerte.

Lester Hanson schaute seinen Sohn durchdringend an. »Du mußt es mir sagen, Gaylord. Was ist mit Jill?«

»Sie spricht immer mit Grandpa.«

Lester Hanson zuckte zusammen. Er ließ seinen Sohn los, der fragend zu ihm hochschaute, und erhob sich.

»Was meinen Sie dazu?« wandte er sich an uns.

»Wir müssen mit Jill reden«, sagte ich schnell.

Gaylord meldete sich. »Aber sie will mit keinem sprechen. Sie hat verboten, daß jemand zu ihr kommt. Sie will allein sein.«

»Wo ist sie?« fragte Lester Hanson.

»Auf ihrem Zimmer.«

Hanson sah uns an. »Okay, Gentlemen, gehen wir.«

»Aber das dürft ihr nicht.« Gaylord versuchte seinen Vater festzuhalten, doch Lester nahm seinen Sohn hoch und ging kurzerhand weiter. Der Junge begann zu weinen. »Ich habe es ihr doch versprochen«, schluchzte er. »Jetzt ist sie enttäuscht.«

Auch ich kannte den Ehrenkodex der Kinder. Nichts ist für einen Jungen schlimmer als ein Wortbruch. Doch in diesem Fall ging es um Dinge, deren Ausmaße Erwachsene kaum übersehen konnten, geschweige denn Kinder.

Nein, wir mußten mit Jill reden.

Eine Waffe steckte ich nicht ein. Ich wollte es nicht zu einer Eskalation der Gewalt kommen lassen. Man mußte das junge Mädchen überreden, sein Vorhaben fallenzulassen.

Gaylord Hanson hatte die Haustür nicht zugedrückt. Sie stand sperrangelweit offen.

Wir betraten einen breiten Hausflur. Rechts ging es in eine große Küche. Links führte eine Treppe zu den oberen beiden Stockwerken.

Lester Hanson schritt voran. Er versuchte, so leise wie möglich zu sein, damit seine Tochter nicht schon vorher gewarnt wurde. Gaylord mußte unten bleiben. Er schaute uns aus verweinten Augen nach und hatte die Lippen trotzig zusammengepreßt.

Bill und ich blieben dem Hauseigner dicht auf den Fersen. Er drehte sich noch einmal um und flüsterte: »Verstehen Sie das alles?«

»Noch nicht«, erwiderte ich ebenso leise.

Nach ein paar Schritten blieben wir vor Jill Hansons Zimmertür stehen und lauschten.

Das Mädchen sprach mit jemandem. Wir hörten zwar ihre Stimme, doch Worte konnten wir nicht verstehen. Lester Hanson bückte sich und schaute durch das Schlüsselloch.

»Können Sie was erkennen?« raunte Bill.

Lester Hanson erhob sich wieder. »Ich sehe sie.«

»Und?«

»Weiß nicht. Sie scheint auf dem Boden zu sitzen.«

»Wir gehen hinein«, sagte ich.

Lester legte seine rechte Hand auf die Türklinke. Er sah uns noch einmal an, holte tief Atem, drückte die Klinke und öffnete mit einem Ruck die Tür.

Er überschritt als erster die Schwelle. Wir blieben dicht hinter ihm, schauten über seine Schulter.

Im Zimmer brannte nur eine Wandleuchte. Sie gab einen schwachen Schein ab, doch innerhalb des Lichtkreises saß ein junges Mädchen. Wir sahen nur den schmalen Rücken und die fahlblonden Haare, in denen einige Erdklumpen klebten.

Lester Hanson konnte nicht mehr an sich halten. »Jill!« rief er und ging einen Schritt vor.

Seine Tochter drehte sich um.

Ihr Gesicht war ebenso bleich wie das lange Nachthemd oder Gewand. Tief lagen die Augen in den Höhlen. Ränder hatten sich unter ihnen in die Haut gegraben.

Doch das war es nicht, was uns entsetzte.

Jills Lippen waren dunkelrot.

Rot von Blut!

Sekundenlang standen wir entsetzt da. Lester Hanson hatte am schwersten zu leiden. Er zitterte, wollte etwas sagen, öffnete den Mund, doch nicht ein Wort drang aus seiner Kehle.

Er war sprachlos und entsetzt!

Ich schob ihn zur Seite, ging auf das am Boden sitzende Mädchen zu und sagte leise ihren Namen.

Sie erwiderte nichts, sondern schaute mich nur an. Ihr Blick war seltsam leer, irgendwie tot, ohne Gefühl. Wie bei einem hypnotisierten Menschen oder bei einem Toten.

Sollte Jill etwa…?

Sie hockte im Schneidersitz am Boden. Zwischen ihren gekreuzten Beinen stand eine Schale mit Blut. Der süßliche Geruch zog mir in die Nase. Ich sah auch die kleinen Fläschchen, die sie rundum aufgebaut hatte und in die sie das Blut füllte.

Wofür?

Ich legte meine Hand auf ihre Schulter. Durch den Stoff fühlte ich die Haut.

Kalt wie Eis…

Ich schauderte. Stand ich vor einer lebenden Toten? Barg dieser Friedhof ein grauenhaftes, dämonisches Geheimnis, von dem wir nichts wußten?

Ich sprach das Mädchen an. »Jill«, sagte ich, »kannst du mich verstehen?«

Sie gab keine Antwort.

»Wenn du mich hören kannst, dann nicke.«

Wieder keine Reaktion.

Ich versuchte es trotzdem weiter. »Warst du auf dem Friedhof, Jill?«

»Ja.«

Die Antwort war nur ein Hauch. Mehr nicht. Aber ich atmete auf. Die nächste Frage. »Bei deinem Großvater?«

Nicken.

»Was hast du da gemacht?«

»Mit ihm gesprochen.«

»Worüber?«

»Er hat mich gerufen. Ich mußte zu ihm. Seit Wochen schon lockte er mich auf den Friedhof.«

»Ist er aus dem Grab gestiegen?« Voller Spannung wartete ich auf die Antwort. Denn jetzt kam es darauf an.

Wenn ja, dann hatten wir es tatsächlich mit einer lebenden Toten zu tun. Und was das bedeutete, wußte ich aus eigener Erfahrung. Es gibt kaum schrecklichere Geschöpfe als diese Kreaturen.

»Er – er ist nicht aus dem Grab gestiegen«, lautete die Antwort.

Ich ließ mir meine Enttäuschung nicht anmerken. »Aber du hast doch mit ihm gesprochen?«

Jill legte die Hände flach auf die Oberschenkel. »Ich – ich bin zu ihm gegangen.«

»In das Grab?« hakte ich nach.

»Ja!«

Hinter mir stöhnte Lester Hanson auf. Ich hörte ihn den Namen seiner Tochter flüstern, sagte aber nichts. Auch ich war erregt. Was Jill da erzählte, war ungeheuerlich. Sie selbst war in das Grab ihres Großvaters gegangen.

»Wie hast du das geschafft?« fragte ich und bemühte mich dabei, meine Stimme unter Kontrolle zu halten.

»Er hat mich geholt.«

»Was hat er zu dir gesagt?«

»Er holt die anderen nach. Genau wie mich. Wir werden alle aus den Gräbern holen. Sie sollen dem Meister dienen, denn er braucht uns.«

Der Meister! Eine neue Person war in das höllische Spiel getreten.

»Wer ist der Meister?«

Die Antwort haute mich fast um. »Myxin«, erwiderte das Mädchen.

Ich warf einen raschen Blick zu Bill Conolly hin. Mein Freund war ebenso geschockt wie ich. Wir beide kannten Myxin sehr gut, hatten ein gefährliches Abenteuer erlebt. Suko und ich waren schuld daran, daß Myxin lebte. Wir beide hatten ihn nach zehntausendjährigem Schlaf auf dem Meeresgrund erweckt. Nur deshalb, weil er, der Legende nach, ein Gegner des Schwarzen Todes sein sollte. Wir wollten einen Verbündeten gewinnen, doch Myxins Erweckung gestaltete sich als Lattenschuß. Er haßte zwar den Schwarzen Tod und hatte auch schon vor Urzeiten in Atlantis um die Vorherrschaft mit ihm gekämpft, doch Myxin war ein Dämon. Und Dämonen sind schlecht. Er stand längst nicht auf unserer Seite, wenn er uns auch hin und wieder einen Tip gegeben hatte, um uns auf den Schwarzen Tod zu hetzen. Er hoffte, daß wir ihn für ihn erledigten, daß wir uns im gegenseitigen Kampf zerrieben, damit er, Myxin, ungestört die Macht übernehmen konnte.

Die Rechnung war bisher nicht aufgegangen. Lange hatten wir nichts von Myxin gehört. Doch nun sagte dieses Mädchen seinen Namen. Und damit war klar, daß der Magier wieder in das dämonische Ränkespiel mit eingegriffen hatte.

»Hast du ihn gesehen?« fragte ich.

Jill Hanson schaute mich aus großen Augen an. »Ja, ich habe sogar mit ihm gesprochen.«

»Was hat er gesagt?«

»Ich soll immer das tun, was mein Großvater von mir verlangt.«

»Und was ist das?«

Ein hintergründiges Lächeln huschte über ihre Lippen. Sie zeigte auf die Schale mit dem Blut, hob dann die knochigen Schultern und stand auf.

Ich trat zurück.

Jill schaute uns an, ebenso ihren Vater. Doch ihr Blick glitt durch ihn hindurch.

»Jill«, flüsterte Lester Hanson, »erkennst du mich denn nicht? Jill, sag doch was. Ich bin dein Vater.« Er ging vor, wollte seine Tochter in die Arme nehmen, doch ich ließ es nicht soweit kommen, sondern hielt ihn zurück. Ich ahnte, daß Jill etwas vorhatte und wir sie jetzt nicht stören durften.

»Gehen Sie zurück!« zischte ich Lester Hanson zu.

Er gehorchte.

Jill aber ging zum Schrank. Sie zögerte noch ein wenig.

Ich half ihr. »Tu das, was man von dir verlangt, Jill. Du darfst die anderen nicht enttäuschen. Aber vor allen Dingen nicht den großen Meister.«

Meine Worte waren genau richtig gewählt. Jill trat an einen hohen Schrank und öffnete die Tür.

»Was will sie da?« hörte ich Lester leise fragen.

Seine Tochter zog die Tür auf. Die Hand verschwand im Innern des Schrankes.

Dann zuckte sie blitzschnell wieder hervor. Jill drehte sich auf der Stelle. Sie streckte die Arme aus. Ihre rechte Faust umschloß den Griff eines Messers.

»Er hat gesagt, daß ich damit alle Feinde töten soll«, flüsterte sie. »Und dich zuerst!«

Bei ihren letzten Worten wies die Klinge auf meine Brust!

Trotz der gefährlichen Situation blieb ich stocksteif stehen. Für zwei Sekunden schaute ich Jill in die Augen, und ich sah darin kein menschliches Gefühl mehr.

Das Messer sah verdammt gefährlich aus. Es hatte einen starken, etwas klobigen Griff und eine breite Klinge. Wie mir schien, war sie beidseitig geschliffen und so scharf, daß sie sogar ein Stahlseil durchgetrennt hätte.

Ich mußte aufpassen.

Lester Hanson unterbrach das Schweigen. »Du bist wahnsinnig, Jill!« schrie er. »Leg sofort das Messer weg! Mach schon – oder ich werde dich mit...«

»Halten Sie den Mund!« fuhr Bill Conolly den Mann an. »Sie wird nicht auf Sie hören. Sie gehorcht jetzt einem anderen.«

Aber Lester Hanson wollte keine Vernunft annehmen. »Sie ist meine Tochter! Sie ist...« Er sprach nicht mehr weiter, sondern stürzte sich auf sie. Er hatte die Arme erhoben, die Hände zu Fäusten geballt. Sein Gesicht war schweißbedeckt und hochrot angelaufen. Im Innern dieses Mannes mußte eine Hölle toben.

Jill ruckte herum. Plötzlich war die Messerspitze nicht mehr auf mich gerichtet, sondern auf Lester Hanson.

Eine rasche Bewegung nur – und...

Da griff ich ein.

Mein rechtes Bein schnellte vor. Lester Hanson übersah es, stolperte und fiel. Dumpf krachte er zu Boden. Mit der Schulter warf er noch einen Stuhl um. Aber das Messer verfehlte ihn. Die Klinge wischte über ihn hinweg.

Jill stieß einen Wutschrei aus. Ich hatte sie von einem Mord abgehalten, dafür wollte sie sich an mir rächen. Mit aller Gewalt.

Sie drehte das Messer, wollte von oben nach unten zustechen und holte aus.

Ich steppte zur Seite

Dicht an meiner rechten Schulter fegte die Klinge vorbei, und sofort sprang Jill Hanson wieder zurück.

Vom Boden her beobachtete ihr Vater aus weit aufgerissenen Augen unsere Auseinandersetzung.

Jill sprach mich an. »Komm doch«, lockte sie. »Komm zu mir, wenn du meine Klinge schmecken willst!«

Ich blieb gelassen, war aber gleichzeitig auf der Hut. In dem Mädchen hatte ich keinen Profi vor mir, aber diese Amateure sind oft schlimmer, weil unberechenbar.

Sie setzten nicht ihre Cleverneß ein, sondern ihre Wut und all ihren Haß. Sie achteten dabei nicht auf Deckung, sondern griffen wild und ungestüm an.

Wie Jill.

Wieder stach sie zu. Diesmal jedoch reagierte ich anders. Ich unterlief den Stoß und drehte mich gleichzeitig ein wenig zur Seite, so daß ich mit einem raschen Griff ihr Messergelenk packen konnte.

Die Klinge kam auf halbem Weg zur Ruhe. Sie zitterte dicht vor meinen Augen. Rechts und links dahinter sah ich in das maskenhafte Gesicht des Mädchens.

Jill hatte Kräfte, mit denen ich nicht rechnete. Sie drückte mich zurück und drängte mich dabei auf den Schrank zu, aus dem sie die Klinge geholt hatte.

Wir kämpften verbissen. Ich verstärkte meinen Gegendruck, kam jedoch nicht gegen sie an.

Natürlich hätte ich zu anderen Mitteln greifen können. Vom Karatesport waren mir einige Griffe und Tricks sehr geläufig, aber ich zögerte, dies zu tun.

Schließlich hatte ich einen Menschen vor mir, und nichts steht in meiner Achtung so hoch wie ein Menschenleben.

Ein wenig gab ich nach. Es war bewußt von mir, und ich ließ mich auch weiter zurückdrängen, bis die Hacke meines rechten Fußes gegen den Schrank stieß und ich mit dem Rücken die Tür zudrückte.

Was dann geschah, war äußerst gefährlich, aber ich ging dieses Risiko bewußt ein.

Hastig ließ ich das kalte Gelenk des Mädchens los und ging blitzschnell in die Knie.

Mit unheimlicher Wucht rammte sie das Messer in den Schrank!

Es fuhr durch das Holz der Tür, und Jill fiel gegen den Schrank. Sie stieß einen irren Schrei aus, als sie sah, daß sie keinen Erfolg gehabt hatte. Sie wollte die Klinge wieder herausreißen, doch ich war schneller.

Neben ihr jagte ich hoch. Mein Schlag riß sie in die Bewußtlosigkeit. Sie verdrehte die Augen und fiel zu Boden.

Ich fing sie auf, nahm sie auf die Arme, trug sie zur Couch und legte sie dort nieder.

Bill war sofort bei mir, und Lester Hanson rappelte sich vom

Boden hoch. »Ich dachte, du schaffst es nicht«, sagte der Reporter.

Ich hob nur die Schultern. »Aber eins ist gewiß«, mit diesen Worten wandte ich mich an beide Männer. »Wir haben es bei Jill mit einem Menschen zu tun und nicht mit einem Dämon.«

»Wieso?« fragte Lester Hanson.

»Ein Dämon wäre durch meinen Schlag nicht bewußtlos geworden. Er empfindet keine Schmerzen mehr im menschlichen Sinne. Ihn muß man mit anderen Waffen bekämpfen.«

»Und mit welchen?« fragte Lester.

Ich lächelte. »Es ist müßig, jetzt darüber zu reden. Wir haben keine Zeit. Andere Dinge sind wichtiger. Haben Sie Stricke im Haus? Aber sie müssen sehr fest sein.«

»Ja. Wofür brauchen Sie die?«

»Ich möchte Ihre Tochter fesseln, denn wenn sie zu sich kommt, will ich sicher sein, daß sie keinen Unsinn macht.«

Lester Hanson war einverstanden. Er sah mich an, und sein Gesichtsausdruck sagte mir, daß ihn etwas quälte.

»Sprechen Sie sich ruhig aus«, ermunterte ich ihn. »Ich kann mir vorstellen, wie es in Ihnen aussieht.«

»Ja, danke. Ich meine, ich – ich habe ja alles miterlebt. Glauben Sie, daß meine Tochter zu retten ist?«

»Ja.«

Er hob beide Hände. »Aber wie ist das möglich? Sie hat doch gesagt, sie sei im Grab ihres Großvaters gewesen. Normalerweise mußte sie doch auch längst gestorben sein.«

»Das sind Rätsel, denen wir leider auch oft fassungslos gegenüberstehen, Mr. Hanson. Es ist mir bisher nicht gelungen, sie zu lösen. Nehmen Sie es als gegeben hin. Und nun holen Sie die Stricke, bitte. Ich weiß nicht, wann Jill wieder zu sich kommt.«

»Ja, ja, natürlich.« Lester verschwand.

Mit einem Tuch wischte ich Jill das Blut von den Lippen. Bill sprach mich auf Myxin an. »Dann hat er mal wieder seine Finger im Spiel«, murmelte er. »Wer hätte das gedacht?«

Ich zündete mir eine Zigarette an und gab Bill ebenfalls eine. »Ist doch klar. Irgendwann mußte er ja aktiv werden. Du darfst nicht vergessen, daß auch Myxin starke Verbündete sucht. Und wo findet er welche? In den Reihen der Dämonen.«

»Ja, du hast recht«, sagte Bill. Er blickte auf das Mädchen. »Früher war sie sicher hübsch.«

»Bestimmt.«

»Ob wir Myxin auf dem Friedhof finden?« fragte Bill.

»Wahrscheinlich.«

»Und wie willst du ihn bekämpfen?«

»Darüber denke ich jetzt noch nicht nach«, erwiderte ich. »Irgendeine Lösung wird uns schon einfallen.«

Lester Hanson kam zurück. Er hielt ein paar Stricke bereit. Ich nahm sie ihm aus den Händen, prüfte die Festigkeit und nickte zufrieden. »Ja, das müßte gehen.«

Bill half mir dabei, das bewußtlose Mädchen zu fesseln. Ich legte die Stricke so an, daß sie zwar fest saßen, aber nicht schmerzten. Um sich jetzt zu befreien, hätte Jill schon eine Entfesselungskünstlerin sein müssen.

»Und was mache ich, wenn sie erwacht?« fragte Hanson. »Was sage ich meiner Frau?«

Ich beruhigte ihn. »Das werden wir übernehmen.«

Lester Hanson hatte die Tür nicht geschlossen, deshalb hörten wir die Stimme des kleinen Gaylord sehr deutlich.

»Dad!« rief er. »Dad, komm schnell. Rasch, beeil dich, Großvater – er ist hier!«

Wir starrten uns an. Eine Gänsehaut lief über Hansons Körper. Dann aber rannten wir los…

Elisa Hanson war dem Gaststättenehepaar noch etwas zur Hand gegangen. Sie hatte in der Küche geholfen und Geschirr gespült.

Nach zweistündiger Arbeit ließ sie das Geschirrtuch sinken. Mit der linken Hand wischte sie sich eine Haarsträhne aus der Stirn. »Das reicht, Lena«, sagte sie zu der Wirtin. »Den Rest kann ja die Bedienung übernehmen. Ich muß wieder nach Hause, dort warten die Kinder auf mich.«

Die Wirtin hatte Verständnis. Sie bedankte sich noch einmal für die große Hilfe.

Als Elisa Hanson ihren Wollmantel überstreifte, fragte Lena: »Sag mal, was ist eigentlich mit eurer Jill los?«

Elisa knöpfte den Mantel zu. »Erinnere mich nicht daran«, sagte sie. »Es ist schon schlimm genug.«

»Ist sie krank?«

»Keine Ahnung, Lena!«

Die Wirtin ließ nicht locker. »Was sagt der Arzt? Die Leute im Ort sprechen auch schon über Jill.«

»Er kann kein körperliches Leiden feststellen. Angeblich ist Jill gesund.«

»Vielleicht solltest du den Doktor wechseln?«

Elisa Hanson nickte. »Wäre eine Möglichkeit. Aber wie gesagt, ein körperliches Leiden ist nicht festzustellen.«

»Und seelisch?«

»Wie meinst du das, Lena?«

»Vielleicht hat sie Liebeskummer. Das kommt bei diesen jungen Dingern schnell vor. Wir waren doch auch mal in dem Alter. Wenn ich daran denke, wie oft ich verliebt war.« Sie rang die Hände und verdrehte die Augen. »Ach du lieber Gott, da waren tolle Männer dabei. Und an wem bin ich hängengeblieben?«

Elisa winkte ab. »Hör auf, Lena, so toll waren die Männer auch nicht. Wir kennen uns lange genug. Sei froh, daß du so einen guten Mann wie Fred hast.«

»Nun ja«, wechselte Lena das Thema, »soll Fred dich nach Hause fahren?«

»Das wäre mir sehr lieb.«

»Dann sage ich ihm Bescheid.« Die Wirtin verließ die Küche, und Elisa folgte ihr.

Der Wirt spülte Gläser. Die Gaststätte hatte sich inzwischen weitgehend geleert.

Fred war einverstanden. »Natürlich fahre ich dich nach Hause, Elisa.«

»Ich übernehme so lange«, schlug Lena vor.

»Okay.«

Der Wirt fuhr einen Lieferwagen. Er transportierte darin seine Waren, die er vom Großmarkt einmal in der Woche holte. Elisa stieg in das Führerhaus, und der Wirt startete den Wagen.

Während der Fahrt sprachen sie über den Toten. »Ja, es ist schon schlimm, was mit dem guten Hank passiert ist«, meinte Fred. »Und dabei war er noch so jung.«

»Aber er war Polizist.«

Fred nickte. »Ja, das war er. Die Gangster werden immer brutaler. Ich bin nur froh, daß mein Sohn kein Polizist wird. Da hätte ich nur noch Angst.«

»Was macht er eigentlich?«

Das Gesicht des Wirtes begann zu strahlen. Stolz erzählte er: »Er studiert und will Tierarzt werden. Wenn er fertig ist, bekommt er seine Praxis hier in Gatway. Solche Leute sind gefragt, glaub mir.«

»Kann sein.«

Das Gespräch versickerte. Sie hatten das Dorf bereits verlassen und fuhren in Richtung Friedhof. In der noch klaren Winterluft grüßten die hohen Bäume. Doch bald würde die Dämmerung sie verschlucken.

Elisa dachte an ihren verstorbenen Schwiegervater. Sie hatte immer ein gutes Verhältnis zu ihm gehabt, und es hatte ihr sehr leid getan, als der alte Mann starb.

»Elisa?« Die Stimme durchbrach plötzlich ihre Gedanken.

»Ja.« Sie sprach das Wort aus, und der Wirt wandte überrascht den Kopf.

»Hast du etwas gesagt?«

Elisa lächelte. »Ich? Nein – wieso?«

»Du hast doch ja gesagt.«

»Eine Täuschung, Fred.«

Der Wirt verzog das Gesicht und schaltete einen Gang höher. »Ich weiß nicht so recht.«

»Elisa?« Wieder vernahm sie die Stimme des Verstorbenen. Diesmal jedoch hütete sich, ihre Gedanken auszusprechen. Sie formulierte die Antwort auf telepathischem Weg.

»Was willst du?«

»Komm zu mir, Elisa!«

»Aber du bist doch tot!«

»Nein und ja.« Pause. Dann: »Steig aus und geh zu meinem Grab. Ich erwarte dich dort.«

Elisa Hanson wunderte sich darüber, daß sie keinen Schrecken empfand, als der Tote mit ihr sprach. Sie nahm es fast als normal hin. Und sie mußte plötzlich an ihre Tochter Jill denken. Hatte sie nicht erzählt, daß jemand nach ihr rief?

Elisa tippte den Fahrer an. »Stopp bitte, Fred.«

Der Wirt war überrascht. »Jetzt?«

»Ja.«

»Aber wir sind doch noch gar nicht da.«

»Tu mir den Gefallen. Ich möchte den Rest des Weges zu Fuß zurücklegen.«

Fred lachte auf. »Wie du willst.«

Er hielt an. Elisa bedankte sich noch einmal und stieg aus. »Dann bis später mal«, sagte Fred, fuhr an und rollte in Richtung Gatway. Im Innenspiegel sah er die Gestalt der Frau. Verloren stand sie dort und wurde kleiner und kleiner.

Elisa Hanson wartete, bis der Wagen um die nächste Kurve verschwunden war, und schlug dann den Weg zum Friedhof ein. Der Wind hatte aufgefrischt. Kalt fuhr er von den Bergen herunter, und die kleine, zerbrechliche Frau mit den grauweißen Haaren schlug ihren Mantelkragen hoch. Während sie ging, stemmte sie sich gegen den Wind.

Elisa war allein auf weiter Flur. Kein Mensch hatte Lust, an diesem kalten Spätnachmittag noch aus dem Haus zu gehen, geschweige denn auf den Friedhof.

Auch der Totengräber hielt sich nicht mehr an seinem Arbeitsplatz auf. Er war bereits in den Ort gefahren, wo er wohnte. Jedenfalls sah das kleine Arbeitshaus sehr verwaist und abgeschlossen aus.

Die Frau erreichte den Friedhof. Sie blieb stehen und lauschte. Doch der alte Hanson meldete sich nicht mehr. Elisa machte sich keine Vorwürfe, daß sie nicht nach Hause, sondern zum Grab des Alten ging. Ihr Mann und die Kinder waren im Augenblick nur zweitrangig.

Das Tor des Friefhofs war nie abgeschlossen. Es diente nur zur Zierde.

Elisa betrat den neuen Teil des Geländes, warf einen Blick weit über die Gräber hinweg und sah an der gegenüberliegenden Seite das Licht durch die kahlen Äste schimmern. Dort lag ihr Haus, ihre Wohnung, wo sie eigentlich längst hätte sein sollen.

Statt dessen blieb sie auf dem Totenacker.

»Geh weiter bis zu meinem Grab, Elisa!« Da war die Stimme des Alten wieder, und Elisa gehorchte.

Der Kies knirschte unter ihren Füßen. Die Dämmerung sank langsam über das Land und tauchte den Friedhof in ein seltsames Zwielicht. Elisa hatte plötzlich das Gefühl, als wären die Grabsteine und Kreuze von einem gespenstischen Eigenleben. Sie schienen vor ihren Augen zu tanzen und als Nebenfiguren durch die Luft zu schweben.

Die Frau wischte sich über die Stirn. Tief saugte sie die kalte Luft ein und konzentrierte sich wieder auf ihre eigentliche Aufgabe. Plötzlich verstand sie ihre Tochter und deren Friedhofssehnsucht. Fühlte sie sich nicht ebenfalls von der Grabstätte des Toten angezogen?

Noch schritt sie über den Hauptweg, doch schon bald bog sie ab, um zu den jüngeren Gräbern zu gelangen. Eiskrusten lagen auf den Rhododendronsträuchern. Die dünnen Zweige der Vogelbeerbäume bogen sich unter der schweren Schneeschicht. An manchen Kreuzen hingen Eiszapfen. Knochenhart war die Erde gefroren.

Irgendwo knackte es. Ein Ast, der in der Kälte brach. Geräusche waren überall. Ein ängstlicher Mensch hätte den Friedhof fluchtartig verlassen. Nicht Elisa Hanson.

Sie wurde erwartet.

Von einem Toten!

Es machte ihr im Moment nichts aus. Elisas Bewußtsein hatte sich in der letzten halben Stunde um einhundertachtzig Grad gedreht.

Schon sah sie die Grabreihe, in der die letzte Ruhestätte ihres Schwiegervaters lag.

Sie trat näher. Drei, vier Schritte trennten sie noch.

Plötzlich blieb sie ruckartig stehen.

Ihre Augen wurden groß. Sie starrte auf das Grab, runzelte die Stirn, und ein Stöhnlaut drang aus ihrer Kehle.

Das Grab war aufgebrochen. Feuchte Erde, mit Eisklumpen vermischt, häufte sich zu beiden Seiten des Grabes. Das meiste war wieder zurückgefallen, so daß der Sarg nicht zu sehen war.

Aber wo befand sich der Tote?

Plötzlich machte die Frau auf dem Absatz kehrt.

Sie zuckte zusammen, als nur einen Yard von ihr entfernt eine Gestalt stand.

Es war Myxin, der Magier!

»Großvater, Großvater!«

Auf halbem Weg hörten wir wieder die Stimmen des Jungen. Wir jagten noch schneller die Stufen hinunter. Ich an der Spitze. Drei, vier Stufen nahm ich auf einmal. Bill folgte mir, während Lester Hanson den Schluß bildete. Er war nicht so durchtrainiert wie wir, die wir oft an vorderster Front standen.

Ich erreichte des Ausgang und stürmte nach draußen.

Der kleine Gaylord stand vor der Außentreppe und schaute schräg nach links.

Ich faßte den Jungen an der Schulter und drehte ihn herum. »Was ist mit deinem Großvater, Gaylord?«

»Ich habe ihn gesehen!«

»Wo?«

»Am Wald, bei den Bäumen, dicht am Friedhof.«

Ich blickte ebenfalls in die angegebene Richtung, sah aber niemanden. Dann hörten wir hinter uns eine Jungenstimme.

Michael, Lester Hansons zweiter Sohn, stand in der offenen Tür. Er war etwas älter als sein Bruder, und auf seinem Gesicht zeichnete sich der Schrecken ab.

Lester lief die Stufen hoch. »Was ist geschehen?« fragte er.

Michael begann zu weinen. »Dad, ich…« Er warf sich in die Arme seines Vaters, und Lester strich dem Jungen über das lockige Blondhaar.

»Sei ganz ruhig, Michael, ich bin jetzt bei dir. Es geschieht dir nichts.«

Der Junge nickte unter Tränen. »Aber Dad. Du – du hast doch gesagt, daß Grandpa tot wäre.«

»Das ist er auch, mein Junge.«

»Aber vorhin habe ich ihn gesehen!«

Wir zuckten zusammen. Mit wenigen Schritten stand ich neben Vater und Sohn.

»Wo hast du ihn gesehen, Michael?« fragte ich den Jungen.

Er schaute mich aus großen, verweinten Augen an. »Ich – ich war im Keller. Habe gespielt. Da hörte ich, wie die Tür ging. Ich dachte, es wäre Ma oder Dad. Ich schaute nach, und da sah ich ihn.«

»Wo war er?« drängte ich.

»Im Haus.«

Lester Hanson wollte loslaufen, doch ich hielt ihn fest. »Okay, er war also im Haus, Michael. Aber euer Haus ist groß. Kannst du mir sagen, wo er hingegangen ist?«

»Er ging die Kellertreppe hoch. Ich hatte solch eine Angst. Er sah so komisch aus. Er hatte den Mund und auch die Augen offen. Und er hat geblutet, glaube ich.«

»Danke.«

Bill stieß mich an. »Entgegengekommen ist er uns nicht«, sagte er. »Er müßte also noch…«

Ich boxte Bill vor die Brust. »Natürlich, der ist zu Jill gegangen. Während wir nach unten gelaufen sind, ist er durch den Keller hereingeschlichen und…«

Ich brauchte nichts mehr zu sagen, denn wir erhielten sehr rasch die Bestätigung meiner Theorie.

Jills Schrei zerriß die Stille des Hauses!

Elisa Hanson war völlig perplex. Sie hatte tatsächlich damit gerechnet, ihrem Schwiegervater gegenüberzustehen, obwohl dieser im Grab gelegen hatte. Doch nun sah sie sich getäuscht.

Ein Unbekannter starrte sie an.

Er war gar nicht mal so groß. Von seinem Gesicht konnte Elisa kaum etwas erkennen, weil es von der breiten Krempe eines Schlapphutes zur Hälfte überschattet wurde. Augen und Nase lagen im Dunkeln. Elisa glaubte jedoch, dicht unter dem Schatten der Krempe grüne Haut schimmern zu sehen.

Der Unheimliche trug einen dunklen Überwurf, der bis zum Boden reichte. In der rechten Hand hielt er einen Stab. Er war etwa so lang wie ein Männerunterarm, und als er den Stab jetzt anhob, sah die Frau, daß er ausgehöhlt war.

»Wer – wer sind Sie?« krächzte Elisa Hanson.

Der Unheimliche lachte. »Mein Name tut nichts zur Sache. Ich bin hier, weil ich Diener brauche.«

Seine Stimme klang zischend, wie das rasselnde Geräusch einer angriffslustigen Klapperschlange.

Normalerweise wäre Elisa vor Grauen vergangen, doch diesmal stand sie dem Unbekannten ruhig gegenüber. Sie fühlte nicht einmal Angst, nur Neugierde.

»Was soll ich tun?« fragte sie.

»Ich habe alles vorbereitet«, antwortete Myxin, der Magier. »Ich habe die Totenbeschwörungen durchgeführt, so daß die Leichen in den Gräbern von der magischen Kraft meiner Worte getroffen worden sind. Wenn es dunkel ist und die Zeit auf Mitternacht zugeht, wirst du zum Friedhof kommen und mir helfen. Denn ich brauche dich als Medium. Mit deiner Tochter habe ich es versucht, doch der Nachzehrer war nicht mehr zu halten. Ich habe seine Gier unterschätzt. Er ist aus dem Grab gekommen, um andere nachzuholen. Ich habe ihn gehen lassen, da größere Aufgaben warten. Bist du bereit, mich zu unterstützen?«

»Ja.«

»Gut, dann komm mit mir.«

Die Frau zögerte noch. »Wer bist du? Darf ich deinen Namen nicht erfahren?«

»Das ist unnötig. Es reicht, wenn du unter meinem magischen Bann stehst. Ich werde dir jetzt all die Gräber zeigen, auf die es ankommt. Ich brauche eine Armee von Toten, die an meiner Seite kämpfen.«

»Gegen wen?«

»Nicht nur gegen die Menschen«, erwiderte Myxin, »auch gegen andere Feinde. Einige der Toten sind Nachzehrer. Sie werden schon vor Mitternacht aus ihren Gräbern steigen. Sie lauern bereits auf ihre Chance. Warten darauf, daß etwas geschieht.«

Myxin ging, und Elisa Hanson folgte ihm wie hypnotisiert.

Sie gingen zurück, schlugen die Richtung ein, die zum Hauptweg führte. Aber dort wollte Myxin nicht hin. Er blieb vor einem Grab stehen und deutete auf die Erde.

»Horch genau, dann hörst du sie!«

Elisa beugte sich nach vorn. Sie spitzte die Ohren, doch sie vernahm nichts.

»Leg dein Ohr auf das Grab!« zischte Myxin.

Die Frau gehorchte. Als die feuchte Erde ihre Haut berührte, zuckte sie zusammen. Ein seltsamer Geruch drang aus dem Boden. Eine Mischung aus Moder und welkem Laub.

Aber jetzt vernahm sie die Geräusche. Sie klangen aus der Tiefe des Grabes.

Kratzen, flüstern – und schmatzen!

Hier war ein Nachzehrer am Werk. Er wollte jemand zu sich holen. Traf bereits seine Vorbereitungen. Elisa warf einen Blick auf den grauen Grabstein. Sie las einen Namen, den sie gut kannte. Die Leute wohnten in Gatway und hatten dort eine Bäckerei.

»Bald werden auch diese die Rufe des Toten vernehmen«, sagte Myxin und kicherte hohl.

Elisa erhob sich. Mit einer fahrigen Geste wischte sie sich den Dreck von ihrem Ohr. Ein paar Krumen blieben in den weißen Haaren hängen. Die Frau merkte es nicht.

Inzwischen war es noch dunkler geworden. Die bewaldeten Hänge der Black Mountains waren unter einem schwarzen Tuch verschwunden. Am Himmel blitzten die ersten Sterne. Sie wirkten wie unendlich weit entfernte Eiskristalle an diesem frostklirrenden Abend.

Sie gingen zum nächsten Grab. Die Frau hielt sich dicht neben Myxin, und sie spürte die Ausstrahlung, die dieser Mann verbreitete. Er brauchte nichts zu sagen, trotzdem fühlte sich Elisa von seiner unmittelbaren Nähe gefangengenommen. Es schien, als umgäbe ihn eine geheimnisvolle Aura, die sich wie ein Schirm verteilte und die Nerven der Frau vibrieren ließ.

Elisa Hanson nahm die Geräusche ihrer unmittelbaren Umgebung jetzt intensiver auf. Sie hörte aus einigen Gräbern das Schmatzen und manchmal auch ein geheimnisvolles Klopfen. Was hatte der unheimliche Fremde gesagt?

Sie sollte das Medium sein, das dafür Sorge trug, die Nachzehrer aus den Gräbern zu holen.

Sie schritten auf den alten Teil des Friedhofs. Elisa hatte eine

Frage auf dem Herzen. »Werden auch hier die Toten aus den Gräbern steigen?«

Myxin blieb stehen. »Nein, diese Leichen sind verwest. Es sind Gerippe, Skelette, zum Teil verfallen. Ich könnte nicht viel mit ihnen anfangen.«

»Aber warum muß ich sie aus den Gräbern holen?«

Myxin hob seinen röhrenförmigen Stab und deutete reihum. »Ich habe es bereits angedeutet. Du bist diejenige, die als Lockmittel dient. Auf dich werden sie hören, du bist unbeteiligt. Ich habe nur die magischen Formeln gesagt. Außerdem habe ich Feinde, die herausfinden könnten, was ich vorhabe, den Spieß dann umdrehen und die Armee der lebenden Toten gegen mich aufhetzen. Sind die Geschöpfe jedoch einmal draußen, befinden sie sich in meiner Gewalt und unter meiner Kontrolle. Dann kann sie mir niemand mehr entreißen.«

»Wer sind deine Feinde?«

Myxin erwiderte nichts. Er dachte nur an den Schwarzen Tod und an den Spuk, Herrscher im Reich der Schatten. Innerlich fürchtete der Magier, daß seine Erzfeinde bereits Wind von seinem Vorhaben bekommen hatten und es vereiteln wollten. Denn der Schwarze Tod hatte überall seine Spione, um Asmodis, dem Herrn der Finsternis, zu berichten.

Sie hatten es nicht mehr weit bis zum Haus. Die beiden waren quer über den Friedhof gegangen.

Myxin blieb stehen. »Geh in dein Haus und tu so, als wäre nichts geschehen. Zwei Stunden vor Mitternacht aber stiehlst du dich davon und kommst zum Grab. Dort werde ich dich erwarten. Und vergiß die Zeit nicht, sonst bist du des Todes...«

Elisa Hanson nickte. »Ich werde kommen. Niemand kann mich aufhalten. Wer es dennoch versucht, den töte ich.«

Myxin hob den rechten Arm. »Nimm das!« Er reichte ihr das Instrument.

»Was ist das?«

»Eine gefährliche Waffe. Die sogenannte Dämonenpeitsche. Bewege sie einmal kreisförmig, und du wirst sehen, was geschieht.«

Elisa tat, wie ihr geheißen.

Plötzlich wischten drei blitzende Peitschenschnüre aus der

Öffnung. Wie Schlangen ringelten sie dicht über dem Boden und schienen ein Eigenleben zu führen.

Myxin erklärte die Bedeutung der Peitsche. »Wenn du einen Dämon oder einen Untoten damit schlägst, so vergeht er oder wird in eine andere Dimension geschleudert. Bekommt jedoch ein Mensch die Peitsche zu spüren, so trägt er nur normale Verletzungen davon.«

Die Frau hob die Peitsche wieder an, und die Schnüre glitten zurück. Sie spürte, daß diese Waffe magisch aufgeladen war. Ein seltsames Kribbeln drang durch ihre Hand, und sie glaubte fest daran, daß Myxin die Wahrheit gesprochen hatte.

»Damit bin ich unbesiegbar«, sagte sie.

»Ja«, erwiderte Myxin, »das bist du. Verstecke die Waffe gut. Setze sie nur ein, wenn die anderen gefährlich werden.«

Elisa nickte.

Myxin deutete auf das Haus. »Geh jetzt, sie warten alle auf dich!«

Und die Frau schritt davon. Schon bald hatte die Dunkelheit sie verschluckt. Keiner ahnte, welch eine lebende Zeitbombe auf das Haus zukam.

Ich hatte wieder die Spitze übernommen und jagte den Weg zurück, den ich schon gekommen war. Mein Herz hämmerte einen Takt schneller. Es war die Angst um Jill, die mich so vorantrieb. Denn sie war ein Mensch und kein Dämon.

Ich wollte sie retten! Freiwillig würde ich es nie zulassen, daß sich ein Diener der Finsternis einen Menschen untertan machte. Nicht, wenn ich in der Nähe weilte.

Und hier war ich dicht am Ball.

Der letzte Treppenabsatz!

Mit drei langen Sätzen stürmte ich ihn hoch, stand in dem Gang, von dem aus die Zimmer abzweigten, und ich hörte aus Jills Raum ein widerliches Geräusch, das mir sehr bekannt vorkam.

Schmatzen…

Der Nachzehrer war da.

Ich stürmte in das Zimmer hinein. Unbewaffnet, denn meine

mit Silberkugeln geladene Beretta und unser Einsatzkoffer befanden sich im Wagen. Wenn es nicht anders ging, ließ ich mich auch mit bloßen Fäusten auf einen Kampf ein.

Eine ausgemergelte Gestalt stand neben Jills Liege. Sie wandte mir den Rücken zu und hatte den Kopf gesenkt. Die Schmatz- und Schlürfgeräusche widerten mich an.

Ich sprang vor, grub die Finger meiner rechten Hand in die kalte Schulter des Nachzehrers und wuchtete ihn herum. Ich hatte soviel Kraft hinter diese Aktion gelegt, daß der Kerl weit zurückgeschleudert und erst von der Wand gestoppt wurde.

Er fiel mit der Frontseite dagegen, drehte sich aber und starrte mich an.

Ich hatte zuvor einen raschen Blick auf Jill Hanson geworfen und mich davon überzeugt, daß die Fesseln noch genauso stramm saßen wie zuvor.

Jetzt wandte ich mich dem Nachzehrer zu.

Zum ersten Mal in meinem Leben sah ich solch ein Geschöpf vor mir. Eine Mischung zwischen einem Toten, Scheintoten und Vampir.

Sein Mund klaffte weit auf. Gurgelnde Laute drangen zwischen den roten Lippen hervor. Auch die Augen waren weit aufgerissen und rot umrändert. Er hatte die Arme halb erhoben und die Finger gespreizt. Die langen Nägel sahen aus wie Dolche, liefen vorn nadelspitz zu, und ich dachte an die Geschichten, die man sich über Tote erzählte, bei denen im Grab die Fingernägel noch nachwuchsen. Wirr hing das Haar auf seinem Kopf. Es war grau und strähnig und von Erdklumpen durchsetzt. Sein Leichenhemd – an einigen Stellen zerrissen – ließ die bleiche Haut durchschimmern, die sich eng über die Knochen des Mannes spannte. Er trug keine Schuhe, war barfuß gelaufen, und die Kälte hatte ihm nichts ausgemacht.

Wieder fuhr seine Zunge über die Lippen. Er produzierte dabei seine Schlürf- und Schmatzgeräusche.

Hinter mir – dicht an der Tür – standen Bill Conolly und Lester Hanson. Sie griffen nicht ein, sondern warteten die Auseinandersetzung zwischen dem Nachzehrer und mir ab.

»Was willst du hier?« sprach ich ihn an.

Seine Hand schnellte zur Seite. Der Zeigefinger deutete auf das liegende Mädchen.

»Sie will ich!« stieß der Nachzehrer hervor.

Jill bäumte sich in ihren Fesseln auf. Sie hatte den Kopf gedreht und schaute den alten Hanson an. In ihren Augen las ich den Willen, zu ihm zurückzukehren.

Das würde ich verhindern!

»Warum willst du sie haben?« Ich stellte die Fragen bewußt, denn ich wollte mir Klarheit verschaffen.

»Sie wird uns helfen!«

»Wer ist uns?«

Darauf antwortete der Nachzehrer nicht. Statt dessen ging er einen Schritt auf die Liege zu.

»Bleib stehen!« warnte ich.

Er schüttelte den Kopf und erhielt von Jill Hanson Unterstützung. »Hol mich hier weg, Grandpa. Nimm mich mit. Schnell, beeil dich. Ich will nicht mehr hierbleiben.«

Dagegen hatte ich einiges.

Der nächste Schritt brachte den Nachzehrer genau auf die richtige Distanz. Er verließ sich auf seine Stärke, fühlte sich vielleicht als Übermensch, und da traf ihn meine Faust.

Er flog wieder zurück. Auf seinem Gesicht zeichnete sich kein Schmerz ab, sondern nur ungläubiges Staunen, daß es jemand gewagt hatte, ihn zu attackieren.

Für mich ein Zeichen, daß ich es nicht mit einem Menschen zu tun hatte. Dieser Mann war tot!

Dämonische Kräfte und Strömungen hielten ihn am Leben. Er war eine Puppe, eine Marionette in der Hand eines Stärkeren. Ich wußte zwar nicht, wem er gehorchte, doch mir war klar, daß er einen Hintermann haben mußte, denn aus eigenem Antrieb handelte er bestimmt nicht.

Ich beschloß, die Probe aufs Exempel zu machen.

Doch zuvor mußte ich einen weiteren Angriff abwehren. Diesmal erfolgte er schneller, und seine nadelspitzen Nägel hakten sich an meinem Jackettärmel fest.

Ich schleuderte ihn herum. Seine linke Hand fing ich ab, noch bevor sie mein Gesicht treffen konnte. Dann hob ich das rechte Bein, trat zu, und der Kerl wurde zu Boden geschleudert.

Er wollte sofort wieder hoch. Aus den Augenwinkeln nahm ich wahr, daß Bill Conolly und Lester Hanson eingreifen wollten, doch ich hielt sie mit einem scharfen Zuruf zurück.

Eine Waffe trug ich doch bei mir.

Mein silbernes Kreuz. Dieser Talisman, den ich vor Jahren geschenkt bekommen hatte, war schon oft zum Retter in höchster Not geworden. Inzwischen war es mir gelungen, die seltsamen Zeichen zu enträtseln, die in das Silber eingraviert worden waren.

Damit hatten die vier Erzengel ein Bollwerk gegen das Böse errichtet. Das Kreuz war solch eine starke Waffe, daß selbst Dämonen der höheren Ränge sich davor fürchteten.

Der Nachzehrer saß am Boden. Er hatte den Kopf etwas zwischen die Schultern gezogen. Blitzschnell öffnete ich die Knöpfe meines Hemdes und streifte das Kreuz ab.

Schwer lag das silberne Kruzifix in meiner rechten Hand. Ich drehte die Hand so, daß der Nachzehrer es ansehen mußte.

Sein Blick traf das Kreuz!

Augenblicklich ging eine Veränderung mit ihm vor. Der Mund klaffte noch weiter auf, das Gesicht verzerrte sich, die Augen schienen aus den Höhlen treten zu wollen, und abwehrend hob er den rechten Arm.

Ich schlug ihn nach unten.

»Weg!« gurgelte er. »Nimm es weg! Aaahh…«

Ich überhörte die Worte, kniete mich hin und hielt das Kreuz dicht vor sein Gesicht.

»Du wirst uns sagen, was los ist!« zischte ich zwischen den Zähnen hindurch. »Warum bist du aus dem Grab gestiegen?«

»Nein – ich… weg!«

Er heulte das letzte Wort, doch ich war unerbittlich. Wenn ich das Kreuz jetzt einsteckte, bekam er wieder Oberwasser und legte mein Handeln als Schwäche aus. Dämonen dachten so, und deshalb blieb ich hart.

Im Hintergrund sprach Lester Hanson. »Mein Gott«, flüsterte er, »das ist ja schrecklich…«

Bill Conolly hielt ihn zurück. »Lassen Sie John Sinclair nur. Er kennt sich mit diesen Geschöpfen aus.«

Der Nachzehrer zitterte und flehte. Stur schüttelte ich den

Kopf. Der lebende Tote hatte eine panische Angst vor dem Silber. Vor dem Kreuz weniger. Aber in Verbindung mit dem geweihten Metall war es für den Nachzehrer tödlich.

»Wer ist dein Herr und Meister?« fragte ich. »Wer hat euch oder dich aus dem Grab geholt? Was hast du mit Jill vorgehabt?«

Er wand sich, rutschte weiter zurück und lag bald auf dem Boden.

Ich machte jede Bewegung mit. Mein Blick heftete sich an seine Augen.

»Nun...?« Meine Stimme klang drohend.

Der Nachzehrer schwankte zwischen Angst und Treue zu seinem Meister. Die Angst siegte.

»Ich – ich rede!« keuchte er. »Aber nimm es weg...«

Ich entfernte das Kreuz ein wenig. Behielt es aber immer in einer drohenden Reichweite.

Die Haltung des Nachzehrers entspannte sich ein wenig. »Er verlangt es«, sagte er. »Er will sie aus den Gräbern holen. Die Nachzehrer und die anderen.«

»Wer ist er?«

»Der Totenbeschwörer!«

Ich warf Bill Conolly einen raschen Blick zu, doch mein Freund hob nur die Schultern. Er konnte mit dem Begriff auch nichts anfangen.

»Hat der Totenbeschwörer auch einen Namen?« wandte ich mich an den Nachzehrer.

Er schwieg, aber seinen Augen sah ich an, daß er sehr wohl einen Namen wußte, ihn jedoch nicht preisgeben wollte. Ich brachte das Kreuz wieder näher an sein Gesicht.

»Hör auf!« schrie er. »Ich... sage ihn!«

Von der Tür her vernahm ich einen Schluchzlaut. Lester Hanson war am Ende seiner Nervenkraft. Er sah seinen eigenen toten Vater vor sich auf dem Boden liegen, und dieser Anblick mußte einfach zuviel für ihn gewesen sein.

Hätte Bill ihn nicht gestützt, Hanson wäre sicherlich zusammengebrochen.

Ich gab meinem Freund ein Zeichen. »Bring ihn nach unten, Bill. Das hier schaffe ich allein.«

Doch Lester wollte nicht. Stur schüttelte er den Kopf. »Nein, ich will hierbleiben.«

Mir war es egal. Ich wollte nur so rasch wie möglich eine Antwort haben.

»Also, wer ist es?« hakte ich nach. »Sag den Namen!«

Und dann hörten wir die Antwort. Der Nachzehrer gab sie uns.

Bill und mich traf es wie ein Hammerschlag. Mit allem hatten wir gerechnet, nur damit nicht.

»Er heißt Myxin!«

Bills Reaktion entlud sich in einem Pfiff. Ich zuckte zusammen und merkte plötzlich, wie sehr ich schwitzte. Myxin war also wieder aufgetaucht. Wir hatten ihn bereits vergessen, doch jetzt brachte er sich auf makabre Weise in Erinnerung.

Myxin, der Magier. Selbst ein Dämon und Feind meines stärksten Gegners, dem Schwarzen Tod. Die beiden stritten um die Vorherrschaft im Dämonenreich. Der Schwarze Tod war mächtiger, da Myxin einen zehntausendjährigen Schlaf hinter sich hatte und die Zeit an ihm vorbeigelaufen war. Erst Suko und ich hatten ihn aus dem Schlaf erweckt und uns damit versehentlich einen Gegner geschaffen. So etwas wie Dankbarkeit kannte Myxin nicht, es sei denn, er konnte uns gegen den Schwarzen Tod aufhetzen. Dann gab er uns Informationen, Hinweise und Tips, mit denen wir den Schwarzen Tod treffen konnten.

Doch diesmal war Myxin unser Hauptfeind!

Ich ahnte die Gründe, weshalb er die Toten aus den Gräbern holen wollte. Er brauchte Verbündete, die ihn in seinem Kampf gegen den Schwarzen Tod unterstützten. Und es war wirklich ein ungeheurer Zufall, daß wir uns gerade dort aufhielten, wo Myxin zuschlug.

Aber konnten wir noch etwas retten?

Der Nachzehrer mußte mir die Antwort geben. Ich schaute ihn an. »Myxin kenne ich«, sagte ich. »Wir haben nicht erst einmal gegen ihn gekämpft. Ich will nur wissen, was er vorhat.«

»Wir brauchen das Blut der Lebenden, um die Toten aus den Gräbern zu holen«, erwiderte der alte Hanson.

Diese Aussage schockierte mich, doch im Prinzip hatte ich

nichts anderes erwartet. »Was geschieht mit dem Blut? Wie geht die Beschwörung vor sich?«

Der Nachzehrer wußte gut Bescheid. »Wir träufeln es in den Boden, damit das Grab auf eine magische Weise verändert wird und die Lebenden zu den Toten steigen können. Allerdings nur zu den Nachzehrern, denn wir brauchen die Normalen, um ihnen das Leben zu entreißen.«

»Blut?«

»Nein, die Seele.«

Ich atmete tief durch. Bisher war mir das alles noch etwas unverständlich, aber ich hoffte, in den nächsten Stunden eine Lösung zu finden. Außerdem mußte ich Myxin suchen und aufspüren. Einer Auseinandersetzung mit ihm konnte ich nicht mehr aus dem Weg gehen.

Die rot umränderten Augen des Nachzehrers waren starr und ängstlich auf mich gerichtet. Er traute mir nicht. Sein Denken war durch die reine Dämonologie so beeinträchtigt, daß er damit rechnete, nicht mehr zu überleben.

Ich dachte darüber nach, was zu tun war.

Sicher, ich hätte ihn vernichten können, denn er war kein Mensch mehr. Er war wehrlos. Wenn ich ihn aber jetzt tötete, fühlte ich mich als Mörder.

Es war ein innerer Kampf, den ich ausfocht, obwohl der Dämon mich auf der anderen Seite bestimmt nicht geschont hätte. Dessen war ich mir sicher.

Auch Lester Hanson schaute mich an. In seinen Blicken lag die Bitte, es nicht zu tun.

Ich schüttelte den Kopf. »Fesseln«, sagte ich.

Es waren noch genügend Stricke übrig geblieben. Während Bill Conolly den Nachzehrer mit meinem Kreuz in Schach hielt, verschnürte ich ihn zu einem Paket.

Jill lag auf der Couch und schaute teilnahmslos zu. Hin und wieder stieß sie einen Stöhnlaut aus.

Ich zog den letzten Knoten fest. Der Nachzehrer bäumte sich auf.

Bill fragte: »Wohin mit ihm?«

Ich wandte mich an den Hausherrn. »Haben Sie hier einen ausbruchsicheren Keller?«

Lester Hanson nickte.

»Gut, dann schaffen wir ihn dort hinein.«

»Und was haben Sie mit ihm vor?« fragte mich Lester Hanson.

Da mußte ich passen. »Keine Ahnung, Mr. Hanson. Vielleicht haben wir in ihm ein Faustpfand. Ich weiß es noch nicht genau. Wir müssen erst diesen geheimnisvollen Totenbeschwörer finden.«

»Sie kennen den Kerl?«

»Ja.«

»Und? Ist er gefährlich?«

Ich verkniff mir eine Erwiderung, denn ich wollte den braven Mann nicht mehr als nötig ängstigen. Myxin besaß wirklich eine außergewöhnliche Macht. Mit einfachen Dämonenbannern war er nicht zu schlagen. Wir mußten uns schon Tricks einfallen lassen.

Bill Conolly faßte mit an. Er trug die Beine des Nachzehrers, während ich ihn unter den Achseln packte. Lester Hanson hielt uns die Tür auf. Als wir an ihm vorbeigingen, fletschte der lebende Tote die Zähne. Angstvoll wich Lester seinem Blick aus.

Wir trugen ihn in den Keller. Diese unter der Erde liegenden Räume waren wirklich für eine Ewigkeit gebaut. Die dicken Mauern schluckten jeden Schrei. Eng und feucht waren die Gänge. Hin und wieder fielen dicke Wassertropfen von den unter der Decke entlanglaufenden Rohren. Es roch muffig.

Lester Hanson schloß die Tür eines Verschlages auf. Licht gab es darin nicht. Wir mußten uns mit dem begnügen, was vom Gang hereinfiel. Die Hälfte des Verschlages wurde von einem Kohlenhaufen eingenommen. Zwischen ihm und der Tür befand sich soviel Platz, daß der Gefesselte dort liegen konnte.

Ich nickte beifällig. »Das müßte reichen.« Gewissensbisse, ihn auf die feuchte Erde zu legen, hatte ich nicht. Der alte Hanson war kein Mensch mehr, er spürte keine Kälte und auch keine Hitze. Er war ein lebender Leichnam.

Als wir den Verschlag verließen, begleiteten uns seine grauenhaften Verwünschungen. Lester Hanson verschloß die Tür. Zweimal drehte er den Schlüssel herum.

»Das müßte reichen«, sagte Bill.

Die beiden Jungen hatte Lester Hanson auf ihre Zimmer geschickt.

Im Hausflur standen wir uns gegenüber.

Mir fiel der Koffer ein, der noch immer im Wagen lag.

»Ich hole ihn«, sagte Bill. Er wollte nach draußen gehen, als die Tür aufschwang.

Auf der Schwelle stand eine Frau.

Elisa Hanson!

Sie starrte uns an, runzelte die Stirn und hob überrascht die Augenbrauen. »Was ist denn hier los?« fragte sie.

Lester Hanson trat vor. Er legte seinen Arm um ihre Schultern, doch sie blieb stocksteif stehen. »Ich werde es dir später erklären, Darling«, sagte er, »komm erst einmal herein.«

»Ich gehe dann eben«, meinte Bill und schlüpfte durch die offenstehende Tür.

»Warst du so lange im Ort?« fragte Lester.

»Ja.«

»Ist dir unterwegs, ich meine, ist dir vielleicht etwas aufgefallen? Zum Beispiel...?«

»Was sollte mir denn aufgefallen sein?« Die Stimme der kleinen, weißhaarigen Frau klang ärgerlich.

Ich versuchte einzulenken. »Ihr Mann macht sich eben Sorgen um Sie«, sagte ich.

»Das brauchte er nicht. Ich bin kein kleines Kind mehr, zum Teufel. Außerdem hat mich Fred nach Hause gefahren.«

»Wir haben keinen Wagen gehört«, sagte Lester.

»Ich bin die letzten Yards zu Fuß gelaufen«, erwiderte Elisa spitz. »So, und jetzt möchte ich mich umziehen, bitte schön.« Sie drängte sich an ihrem Mann vorbei und schritt die Treppe hoch.

»Verstehen Sie das?« fragte mich Lester.

»Ich kenne Ihre Frau nicht. Aber seltsam hat sie sich schon benommen.«

»Finde ich auch.«

Bill kam zurück. In der rechten Hand trug er den Koffer. In der anderen meine Beretta samt Halfter. Ich schnallte mir die mit Silberkugeln geladene Waffe um.

»Wir gehen in den Living-room«, schlug Lester Hanson vor. »Meine Frau wird sicher nachkommen.«

Der Wohnraum war gemütlich eingerichtet. Man sah den Möbelstücken ihr Alter an.

»Alles geerbt«, erklärte uns der Hausherr.

Auf einer halbrunden Couch nahmen Bill und ich Platz. Lester Hanson holte Whisky aus dem Schrank und drei Gläser. »Sie trinken doch einen Schluck?«

Wir waren einverstanden.

Es tat gut, nach all den Aufregungen ein kleines Glas zu trinken.

Nachdem wir die Gläser abgesetzt hatten, entstand eine Pause. Im Ofen knisterte das Holz und glühten die Kohlen. Draußen war es mittlerweile völlig dunkel geworden. Wir kamen uns vor wie auf einer hellen Lichtinsel.

Lester Hanson unterbrach das Schweigen. »Wie geht es jetzt weiter?«

Die Frage war an mich gerichtet, und ich gab auch die Antwort. »Mein Freund Bill Conolly und ich werden uns den Friedhof einmal näher ansehen. Dabei müssen wir zwangsläufig auf diesen geheimnisvollen Myxin stoßen.«

»Und dann?«

Ich lächelte sparsam. »Wir werden versuchen, Myxin auszuschalten. Mehr kann ich Ihnen nicht sagen.«

»Aber wie wollen Sie das schaffen?« fragte Lester Hanson.

»Das ergibt immer die jeweilige Situation. Wir sind da sehr auf Improvisation angewiesen.« Ich gab Bill Conolly ein Zeichen. »Reich mir bitte den Koffer.«

Bill gab ihn mir.

Ich legte den Koffer auf meine Knie und öffnete den Verschluß. Dies sah leicht aus, doch wenn ein Unbefugter es versuchte, sprühte ihm ein Gas entgegen, das ihn davon abhielt, sich weiter mit dem Koffer zu beschäftigen.

Ich gab Bill eine Pistole sowie den Silberdolch und die magische Kreide. Die gnostische Gemme hängte er sich ebenfalls um. Sie hatte uns schon manches Mal gute Dienste erwiesen. Die Gemme war ein flacher Stein, der auf der Oberfläche eine stilisierte Schlange zeigte, die sich selbst in den Schwanz biß.

Fast andächtig nahm Bill Conolly die wertvollen Sachen entgegen. Er wußte ebenso wie ich, wieviel davon abhing. Bill hatte zahlreiche Abenteuer Seite an Seite mit mir ausgefochten. Ihm war bekannt, worauf es ankam.

»Sind Sie ein Hexenjäger?« fragte Lester Hanson plötzlich.

»So ähnlich.«

Der Mann schüttelte den Kopf. »Ich begreife das nicht. Sie kommen nach Gatway, nehmen an einer Beerdigung teil, werden mit grauenhaften Dingen konfrontiert, wogegen andere sich nicht wehren können, und Sie öffnen einen Koffer und entnehmen ihm bestimmte Verteidigungswaffen, die sicherlich sehr wirkungsvoll sind. Wie hängt das alles zusammen?«

Ich schloß den Koffer wieder und stellte ihn neben das Tischbein. »Ein Zufall, Mr. Hanson, mehr nicht. Auf eine Geisterjagd waren wir gar nicht vorbereitet, aber das Leben schlägt oft die tollsten Saltos.«

»Ja, das stimmt.« Lester Hanson blickte zu Boden. Ihn beschäftigte etwas, und ich bat ihn, sich auszusprechen.

Er hob die Schultern. »Wissen Sie, Oberinspektor, es ist so. Ich bleibe hier zurück. Mit einem lebenden Toten und einem Mädchen, das ebenfalls in den unmittelbaren Einflußbereich des Grauens geraten ist. Dazu noch eine Frau, die von alldem nichts weiß, aber dennoch Fragen stellen wird. Was soll ich machen?«

Lester Hanson hatte recht. Das war in der Tat ein Problem. Er hatte mich um Rat gefragt, und ich wollte ihm die Antwort geben. »Am besten, Sie sagen nicht alles.«

»Und wenn sie fragt?« Er wischte sich über die Stirn. »Elisa weiß noch gar nicht, daß Jill wieder zurückgekommen ist. Irgendwann muß ich ihr das erklären. Jill wird rufen. Elisa will bestimmt nach ihr sehen, und dann bemerkt sie, daß Jill gefesselt worden ist. Ich weiß nicht, wie ich ihr das erklären soll.«

»Versuchen Sie, Ihre Frau so lange wie möglich hinzuhalten. Wenn wir zurück sind, werde ich eine Erklärung abgeben.«

»Hoffentlich schaffe ich das.« Er schüttelte den Kopf. »Elisa hat mir gar nicht gefallen. Sie war irgendwie komisch, so abweisend, was man von ihr sonst gar nicht gewohnt ist. Als würde sie sich mit einem Problem beschäftigen.«

»Das ist durchaus möglich«, gab ich zu.

»Ob ihr unterwegs irgend etwas passiert ist?«

»Fragen Sie Ihre Frau«, meinte Bill.

»Nein, Mr. Conolly, das werde ich nicht tun. Ich rufe Fred, den Wirt, an. Er wird mir sagen, wann Elisa ausgestiegen ist.«

Die Worte des Mannes beunruhigten mich ein wenig. Aber wir konnten nicht im Haus bleiben, denn Myxin war die größere Gefahr. Wenn er erst die Leichen aus den Gräbern geholt hatte, gab es für uns kaum noch eine Chance, das Unheil zu stoppen. Wie ich es auch drehte und wendete, wir mußten aus dem Haus.

Plötzlich hob Lester Hanson den Kopf. »Und wissen Sie, Oberinspektor, was mir noch aufgefallen ist?«

»Nein.«

»Elisa hatte Schmutz im Haar. Richtige Krumen, aber das kann auch eine Täuschung gewesen sein. Na ja, wie dem auch sei, Ihnen wünsche ich jedenfalls viel Glück.«

Wir standen auf, überprüften noch einmal unsere Waffen und verabschiedeten uns im Flur von Lester Hanson. Seine Frau bekamen wir nicht mehr zu Gesicht.

Leise schloß Lester Hanson die Tür hinter uns, während wir den Weg zum Friedhof einschlugen.

Ich hätte vielleicht im Haus bleiben sollen, so aber nahm das grauenhafte Drama seinen Lauf…

Lester Hanson zog den Schlüssel ab und steckte ihn in die Tasche seiner Hausjacke. Dann drehte er sich um, schritt am Treppenaufgang vorbei und betrat den Wohnraum.

Er sah nicht, daß ihn seine Frau vom ersten Treppenpodest aus beobachtete.

Sie verfolgte jede seiner Bewegungen und lächelte kalt, als sie ihren Mann in den Wohnraum gehen sah. Elisa hatte genau gehört, worüber sich Lester mit den beiden Fremden unterhalten hatte. Und sie wußte jetzt, was im Haus los war.

Auf Zehenspitzen schlich sie die Stufen hinunter.

Lester stand vor dem Telefon. Er hatte das Buch aufgeschlagen und griff nach seiner Brille, um die Nummer der Gaststätte herauszusuchen.

»Wen willst du denn anrufen?« fragte Elisa leise. Unhörbar hatte sie sich genähert.

Erschreckt wirbelte Lester herum. Er preßte seine Hand gegen das Herz und stöhnte: »Himmel, hast du mir einen Schrecken eingejagt. Da kann man ja direkt Angst bekommen.«

Die Frau winkte ab. »Sei nicht albern. Sag mir lieber, wen du anrufen wolltest.«

»Schon vergessen.«

Sie lächelte. »Dann ist ja alles gut, mein Lieber. Möchtest du etwas trinken? Soll ich dir einen Tee zubereiten?«

»Nein, danke.«

Lester Hanson ließ sich in einem Sessel nieder und schaute seine Frau forschend an.

»Ist was?« fragte sie.

Lesters Hand deutete auf ihren Kopf. »Du hast etwas im Haar! Einige Erdkrumen.«

Ihre Hand fuhr hoch, streifte durch die grauweißen Strähnen. Elisa lachte falsch. »Wie kommt das denn? Ich weiß gar nicht, wo ich mir das geholt haben könnte«, stieß sie aus, als sie die Dreckkrumen zwischen den Fingern spürte.

»Warst du auf dem Friedhof?« fragte Lester.

»Ich?«

»Ja, du.« Er stand auf. »Wo solltest du sonst deine Haare so verschmutzt haben?«

»Ach, hör doch auf. Ich bin ein paar Meter spazieren gegangen, das ist alles. Der Tag war auch für mich ziemlich anstrengend. Ich war müde und wollte deshalb frische Luft schnappen. Ich weiß nur nicht, was du für ein Aufhebens wegen dieser Sache machst.«

»Entschuldige, aber es ist in den letzten Stunden eben zuviel auf mich eingestürmt.«

Elisa lächelte. Sie strich ihrem Mann über das Haar. Lester hob seinen Arm und hielt ihre Finger fest. Dann drehte er den Kopf. Ihre Blicke trafen sich.

Lester vermeinte, den sonst warmherzigen Ausdruck in ihren Augen nicht mehr zu sehen, aber er konnte sich auch getäuscht haben. »Ich muß dir etwas sagen, Elisa.«

»So?«

»Ja – und es ist nicht ganz einfach, die Worte richtig zu formulieren.«

»Rede frei von der Leber weg«, sagte die Frau.

»Gut, auf deine Verantwortung.« Lester Hanson nickte. »Jill ist wieder da!«

»Nein!« Obwohl die Frau schon Bescheid wußte, spielte sie ihre Rolle ausgezeichnet.

»Doch, Elisa, sie ist wiedergekommen. Ganz plötzlich war sie hier. Und sie…«

»Wo war sie denn?«

Lester war über den Themenwechsel froh. »Das hat sie mir nicht gesagt. Sie war sehr müde und hat sich sofort hingelegt.«

Elisa rutschte von der Sessellehne, auf der sie gehockt hatte. »Ich gehe zu ihr.«

»Nein, nicht.«

Die Frau wandte den Kopf. »Warum nicht?«

»Weil sie schlafen möchte. Das mußt du doch verstehen, Elisa. Obwohl ich weiß, wie es in dir aussieht. Aber wir können morgen darüber reden.«

»Gut – morgen.«

Lester atmete tief ein. Der ganze Dialog mit seiner Frau kam ihm vor wie eine schlechte Komödie. Beide wußten sie etwas, sie sprachen auch darüber, nur berührten sie das Thema nicht direkt. Sie redeten um den heißen Brei herum.

Sie spielten sich etwas vor!

Auch wunderte es Lester Hanson, daß seine Frau nicht einmal nach den beiden Kindern gefragt hatte. Er sagte ihr dies auch.

Elisa schaute ihn nur groß an. »Die beiden sind doch in ihrem Zimmer.« Sie gähnte. »Ich bin aber jetzt auch müde. Ich glaube, ich gehe zu Bett. Kommst du mit?«

Lester, der in Gedanken versunken war, schreckte hoch. »Nein, nein, geh nur. Ich bleibe hier sitzen. Werde vielleicht noch ein wenig lesen.«

»Dann gute Nacht, mein Bester.«

»Ja, gute Nacht.«

Elisa schritt zur Tür. Sie wandte sich nicht ein einziges Mal um. Lester sah deshalb nicht das hinterlistige Lächeln, das ihr Gesicht in eine Fratze verwandelte.

Sachte schloß Elisa die Tür. Sie ließ einen Mann zurück, dem es nicht gelang, seine Gedanken zu ordnen. Lester Hanson hatte das Gefühl, auf einem Pulverfaß zu sitzen, das jeden Augenblick in die Luft fliegen konnte.

Ich stellte den Kragen meines schwarzen Burberry höher, um Kinn und Hals vor dem kalten Wind zu schützen. Vom Nachmittag zum Abend hin waren die Temperaturen gefallen. Zum Glück fiel kein Schnee. Frostklar war der Abend.

Wir erreichten den Friedhof fast übergangslos. Nach wenigen Schritten schon bewegten wir uns zwischen alten Gräbern und untern den Ästen der Platanen.

Zahlreiche Grabstätten waren dem Erdboden gleichgemacht. In einigen Jahren sollten hier neue Gräber entstehen.

Längst waren die Wege zugewachsen. Nicht einmal Pfade konnten wir erkennen. Wir bewegten uns quer durch das Gelände.

Es war eine unheimliche Szenerie. Hin und wieder steckte ein uralter Grabstein schief im Boden. Dann wiederum war es ein Steinkreuz, das im Dunst des Bodennebels eine andere Gestalt annahm.

Es war stockfinster. Bei wolkenverhangenem Himmel hätten wir überhaupt nichts sehen können. Der Halbmond stand über uns wie eine blasse Banane.

Bill schritt etwas versetzt hinter mir. Plötzlich hörte ich ihn gedämpft fluchen.

»Was ist?« Ich wandte den Kopf.

Bill stand gebückt da. Er war in ein Wasserloch getreten. Eine dünne Eisschicht hatte es verdeckt, und sie war unter Bills Last eingebrochen.

Bis zum Knöchel stand mein Freund in der Brühe. Als er das Bein herauszog, war der Fuß tropfnaß. Zusätzlich war ihm das Wasser in den Schuh gelaufen.

»Wenn du mit dem linken Fuß schneller läufst, trocknet er rascher«, kommentierte ich sein Unglück.

Bill schlug mit den Händen gegen sein nasses Hosenbein.

»Wer den Schaden hat, braucht für den Spott nicht zu sorgen. Aber es kommt der Zeitpunkt, da lache ich.«

Erst einmal lachten wir nicht mehr, denn die unheimliche Umgebung nahm uns gefangen. Obwohl ich mich als ziemlich abgebrüht bezeichnen kann, gehört es nicht gerade zu meinen Hobbys, nachts über einen verlassenen Friedhof zu schleichen. Wir schlichen in der Tat. Wir verursachten so wenig Geräusche wie nur möglich, um unsere Gegner nicht frühzeitig zu warnen.

Ich glaubte dem Nachzehrer. Bestimmt befanden sich seine Artgenossen noch in den kalten Gräbern, doch ich war sicher, daß sie noch in dieser Nacht ihre makabren Stätten verlassen würden – wenn es uns nicht gelang, Myxin, den Magier, auszuschalten.

Die Erinnerung an den Dämon war für mich ein Stichwort. Wir würde er sich verhalten, wenn wir ihm gegenüberstanden? Würde er uns eine Chance geben? Myxin war eine mehr als zwielichtige Person. Einerseits war er auf uns angewiesen – wir bekämpften schließlich auch seine Feinde – andererseits haßte er uns. Wenn ich das Gedankenspiel fortsetzte, so kam ich zu dem Schluß, daß Myxin uns töten würde, wenn er Verbündete und somit Macht besaß. Und Helfer wollte er sich in dieser Nacht holen.

Wir erreichten die unsichtbare Grenze zwischen dem alten und dem neuen Teil des Friedhofs. Ab jetzt hieß es, noch vorsichtiger zu sein.

»Wir nehmen jeweils hinter den Bäumen Deckung«, flüsterte ich meinem Freund zu.

Bill nickte.

Trauerweiden und Buschreihen grenzten die einzelnen Grabfelder ab. Neben einer rostigen Wassertonne blieben wir stehen. Schräg vor uns lag der Teil des Friedhofes, auf dem am frühen Nachmittag die Beerdigung unseres Kollegen stattgefunden hatte.

Die noch blanken Kreuze der frischen Gräber schimmerten im herabfallenden Mondlicht. Ein Nachtvogel rauschte über unsere Köpfe hinweg, und wir zuckten unwillkürlich zusammen, als wir das Geräusch der sich auf- und abbewegenden Schwingen vernahmen.

Wir versuchten mit unseren Augen die Dunkelheit zu durchdringen, doch je länger wir starrten, um so verschwommener wurde alles.

Von Myxin sahen wir nichts.

Ich stieß Bill an. »Gehen wir!« raunte ich.

Der Reporter blieb wieder dicht hinter mir. Bill hatte seine rechte Hand in die Manteltasche gesteckt, wo sie den Griff der Beretta umklammerte.

Dann standen wir an den ersten Gräbern.

Von Nachzehrern war gesprochen worden. Von Kreaturen, die harmlose Menschen in ihr Grab zogen. Diese Nachzehrer machten sich durch Geräusche bemerkbar. Wenn sie sich also in den Gräbern vor uns befanden, mußten wir sie hören.

Wir lauschten.

Bill gab wieder seinen unvermeidlichen Kommentar. Das tat er immer, wenn die Spannung wuchs.

»Jetzt möchte ich Mr. Spock aus der Serie Enterprise sein.«

»Warum?«

»Der hat längere Ohren.«

Aber auch ohne Mr. Spocks Ohren vernahmen wir schräg vor uns ein saugendes, schmatzendes Geräusch.

Zwei Schritte brachten uns an das Grab.

Ich beugte mich vor.

Die aus dem Grab dringenden Laute waren so widerlich, daß mir eine Gänsehaut über den Körper lief. Dazu kam noch ein Klopfen. Der Nachzehrer wollte raus, und sein Bemühen, sich bemerkbar zu machen, wurde auf unerklärliche Weise verstärkt.

Einen hatten wir entdeckt!

Aber wie viel lagen noch unter der feuchten Erde? Und wo versteckte sich Myxin?

»John!« Bill Conolly zischte meinen Namen. Irgend etwas hatte meinen Freund erschreckt.

Ich kam aus der gebückten Haltung hoch.

Hart umklammerte Bill meinen rechten Arm. Mit der freien Hand deutete er dorthin, wo sich der Haupteingang des Friedhofs befand.

Und da sah ich sie.

Menschen!

Frauen und Männer. Sie schritten nebeneinander her und gingen in direkter Linie auf die Grabreihen zu...

Dieser Trottel, dachte Elisa Hanson. Er ahnt nicht einmal etwas. Glaubt, daß ich mich hinlegen werde.

Die Frau kicherte. Sie stand völlig unter dem dämonischen Einfluß des Magiers.

Das Schlafzimmer des Ehepaares lag im ersten Stock. Auf Zehenspitzen schritt Elisa die Stufen hoch. Sie machte kein Licht, sondern bewegte sich mit traumwandlerischer Sicherheit. Vor ihrer Schlafzimmertür blieb sie einen Moment stehen und drückte dann die Klinke. Sie betrat den dunklen Raum.

Schwaches Mondlicht fiel durch das Fenster und zeichnete die Umrisse des Betts und die Konturen des großen Schranks nach. Auf dem Bett lag Elisas Mantel. Sie hob ihn hoch und betrachtete mit glänzenden Augen die Peitsche, die ihr Myxin überlassen hatte.

Ihre Fingerkuppen strichen über den Griff. Er war aus einem besonderen Material gefertigt, fühlte sich hart, aber dennoch seltsam warm an. Als würde die Peitsche ein Eigenleben führen.

Elisa nahm sie in die Hand, deutete damit auf den Boden und beschrieb einen Kreis.

Sofort zuckten die drei Schnüre heraus und ringelten über den Fußboden. Die Frau konnte nur ahnen, welche eine Kraft in ihnen steckte.

Sie beschloß, eine Probe aufs Exempel zu machen. Sie hob die Peitsche an und schlug damit gegen den Bettkasten.

Nichts geschah. Kein Holz splitterte ab. Die Frau war enttäuscht. Sie war überzeugt, daß die Wirkung der Peitsche erst bei Menschen einsetzen würde.

Elisa Hanson streifte ihren Mantel über. Die Dämonenpeitsche verstaute sie in der tiefen Tasche, so daß nur noch ein Teil des Griffs herausschaute.

Dann wandte sie sich wieder der Tür zu. Sie wollte nicht länger als unbedingt nötig in ihrem Schlafzimmer verweilen. Vorsichtig zog sie die Tür auf und lauschte.

Von ihrem Mann war nichts zu hören. Er befand sich noch immer unten im Wohnzimmer.

Dieser ahnungslose Narr. Wenn er versucht hätte, sie aufzuhalten, hätte Elisa ihn umgebracht. Dazu war sie fest entschlossen. Die Jahre, die sie mit ihrem Mann gemeinsam verbracht hatte, waren vergessen. Myxin, der Magier, hatte das Gute in der Frau zurückgedrängt, wenn nicht sogar zerstört.

Elisa betrat den Gang. Ein paar Schritte weiter befand sich die Tür, hinter der Jills Zimmer lag. Sie hatte bereits bei ihrer Tochter vorbeigeschaut und sich sagen lassen, wo der alte Hanson hingeschafft worden war.

In den Keller!

Elisa griff in die andere Manteltasche und fühlte das kalte Metall des Schlüssels zwischen ihren Fingern. Mit ihm würde sie das Schloß öffnen, und dann war der Nachzehrer frei!

Gemeinsam wollten sie zum Friedhof zurück, um die große Aufgabe zu beenden.

Sie ging vor bis zur Treppe. Elisa hielt sich am Rand, als sie nach unten stieg. Hin und wieder bewegte sich das Holz der Stufen, aber das war auch alles. Die Laute, die dabei entstanden, waren nicht so stark, daß sie bis an Lesters Ohren drangen.

Als Elisa aus dem Wohnraum Stimmen hörte, blieb sie stehen. Hatte Lester Besuch?

Nein. Sehr bald stellte sie fest, daß die Stimmen aus dem Fernsehapparat drangen. Lester gab sich seiner Lieblingsbeschäftigung hin. Er hockte vor der Flimmerkiste.

Selten war die Frau so froh darüber gewesen. Ihretwegen konnte er bis zum Sendeschluß vor dem Kasten hocken bleiben.

Sie entfernte sich von ihrem Lauschposten und dachte plötzlich an ihre beiden Kinder.

Gaylord und Michael waren ebenfalls zwei Unbekannte in ihrer Rechnung. Elisa überlegte, ob sie noch einmal zu ihnen gehen sollte, aber die Zeit drängte. Elisa wollte so rasch wie möglich auf dem Friedhof erscheinen, damit der Magier nicht zu lange zu warten brauchte. Schließlich hatte er ihr Leben verändert, und enttäuschen durfte sie ihn nicht.

Zahlreiche Nachzehrer lagen in den Gräbern. Bisher hatte Elisa nichts davon gewußt, daß sich der Horror so auf den Friedhof und dessen unmittelbare Umgebung konzentrierte. Sie wußte auch nicht, weshalb dies so war, vielleicht hatte es in der Vergangenheit irgendein Ereignis gegeben, dessen Tragweite jetzt erst voll erkennbar wurde.

Die Kellertür war nicht verschlossen. Das Schloß war seit Monaten schon eingerostet. Lester hatte es immer auswechseln wollen, kam aber nicht dazu. Nun freute sich die Frau darüber.

Behutsam zog sie die Tür auf. Die Angeln hatten ebenfalls Rost angesetzt, und das Quietschen hallte überlaut in den Ohren der Frau wider. Sie verzog das Gesicht.

Schließlich war der Spalt groß genug, damit sie hindurchschlüpfen konnte. Dunkel lag die Treppe vor ihr. Licht wagte sie nicht anzuknipsen, und so schlich sie in der Finsternis die hohen Steinstufen hinunter.

Doch Elisa war in dem Haus aufgewachsen. Sie kannte den gefährlichen Weg.

Mit der rechten Hand hielt sie sich an dem Eisengeländer fest. Rost rieselte zu Boden, und endlich erreichte Elisa das Ende der steilen Steintreppe.

Sie blieb in dem engen, feuchten Kellergang stehen und streckte ihr rechte Hand aus. Langsam führte sie die Finger zur Seite, bis sie gegen die Kellermauern stießen.

Die Frau tastete sich Schritt für Schritt voran.

Die erste Nische!

Ihre Hand fuhr ins Leere, fühlte dann die dicken Bohlen der Tür und glitt weiter.

Elisa Hanson passierte noch drei Kellertüren, bevor sie vor der richtigen stand. Die war wesentlich niedriger als die anderen, und Elisa zog instinktiv den Kopf ein, um sich nicht zu stoßen.

Sie holte den Schlüssel aus der Tasche, suchte nach dem Schloß, fand es und führte den Schlüssel in die Öffnung.

Von innen vernahm sie schabende Geräusche. Dazwischen ein Stöhnen, leises Keuchen und auch Knurren. Hin und wieder rollten Kohlen den Berg hinunter und tickten über den Steinboden.

»Keine Angst, ich komme«, flüsterte die Frau. Gerade so laut, daß der alte Hanson es hören mußte.

Der Nachzehrer schwieg.

Elisa drehte den Schlüssel. Das Vorhängeschloß sprang auf.

Die Frau zog es aus dem Riegel und hatte die Tür offen. Sie lächelte diabolisch, als sie das Verlies betrat.

Eine hechelnde Stimme. »Bist du da, Elisa?«

»Ja, mein Lieber. Warte, ich mach Licht.«

Sie holte eine Schachtel Streichhölzer hervor, schob sie auf und hielt wenig später das Schwefelhölzchen in der Hand. Die Finger zitterten, als das Holz über die Reibfläche fuhr.

Zischen, Glimmen – dann flackerte die Flamme auf, war erst klein, fand aber rasch neue Nahrung.

Bevor das Streichholz erlosch, sah Elisa das rußgeschwärzte Gesicht des Alten. Die rotumränderten Albinoaugen wirkten in dem flackernden Licht noch schrecklicher.

Elisa zündete ein zweites Zündholz an. Sie fand an der Wand einen Holzspan. Rasch hatte er Feuer gefangen. Der Span brannte wesentlich länger als ein Streichholz.

Elisa legte den Finger auf ihre Lippen, als sie sich dem Gefesselten näherte. »Warte«, flüsterte sie, »gleich bist du erlöst. Dann kannst du dich an den Lumpen rächen, die dir das angetan haben.«

Es war nicht einfach für die Frau, die Fesseln des Nachzehrers zu lösen, da sie mit einer Hand das brennende Stück Holz halten mußte. Der alte Hanson war ihr behilflich, so gut es ging. Er bäumte sich immer wieder auf, rutschte zur Seite, spannte Arme und Beine und versuchte so, die Fesseln zu lockern.

Zwei Fingernägel brach sich Elisa ab, doch das war ihr egal. Hauptsache, sie konnte die Stricke lösen.

Schließlich fielen die ersten.

Jetzt nahm der Nachzehrer den Holzspan in die Hand. Er war schon zur Hälfte abgebrannt. Der Widerschein der Flamme tanzte durch das kleine Verlies und zuckte über das Gesicht des Untoten, so daß es noch dämonischer aussah, als es in Wirklichkeit war.

Er leckte sich immer wieder über die Lippen und machte Kaubewegungen. Der Nachzehrer war erregt. Er sehnte sich nach der Kraft der Menschen, um weiterleben zu können.

»Beeil dich!« keuchte er.

»Ja, ja, gleich bin ich fertig.« Elisa bewegte ihre Finger so rasch es ging. Der alte Hanson blieb nicht ruhig liegen. Durch seine

Bewegungen quoll der Kohlenstaub hoch und legte sich als dunkle Schicht auf die Gesichter der beiden.

Der letzte Knoten. Er saß dicht über dem Knöchel und war besonders stramm angezogen.

Der Nachzehrer drehte sich und strampelte.

Ein Ruck – und frei!

»Endlich!« keuchte er.

Elisa erhob sich und trat zurück. Mit glänzenden Augen schaute sie auf ihren untoten Schwiegervater nieder.

Hanson wollte aufstehen. Er rollte erst auf den Bauch, winkelte die Arme an und drückte sich mit beiden Ellenbogen in die Höhe. Die letzten Stunden hatten Kraft gekostet, er brauchte Leben, neue Opfer, sonst war es bald vorbei mit seinem untoten Dasein.

Elisa Hanson half ihrem Schwiegervater. Sie packte ihn unter den Achseln und stemmte ihn hoch.

Der Nachzehrer stand sehr wacklig auf den Beinen. Er kippte nach hinten, doch da war die Wand, die ihn auffing.

Elisa bekam es mit der Angst zu tun. Sie fürchtete, daß der Untote es nicht schaffte.

»Wir müssen weg!« zischte sie ihm zu. »Auf dem Friedhof kannst du dir deine Opfer holen.«

Der alte Hanson keuchte und schüttelte den Kopf. »Schwer, es wird schwer sein. Mir fehlt die Kraft.«

»Reiß dich zusammen!« fuhr Elisa ihn an. »Du darfst jetzt nicht aufgeben.«

»Ich – ich versuche es.«

Elisa hob den Holzspan auf. Er war fast heruntergebrannt und würde höchstens noch ein paar Minuten leuchten. Die Zeit mußte reichen, um zu fliehen.

Sie drückte ihren Schwiegervater auf die Tür zu. »Geh voraus«, sagte sie. »Aber sei leise, damit Lester nichts hört.«

Der Nachzehrer zuckte zusamme. »Lester?« wiederholte er krächzend. »Lester gehört nicht zu uns, und er ist ein Mensch. Ich könnte ihm sein Leben…«

Die weiteren Worte versickerten in einem undeutlichen Gemurmel. Aber Elisa war geschockt. Der Nachzehrer würde vor Lester nicht haltmachen. Sie wollte ihn nicht abhalten, aber außer ihrem Mann befanden sich noch die Kinder im Haus.

Unschuldige Geschöpfe, die…

»Nein!« befahl sie. »Geh jetzt!«

»Und Jill?«

Elisa öffnete die Tür. »Sie wird später zu uns stoßen. Das ist ganz sicher.«

Sie wollte den Nachzehrer in den Gang schieben.

Da traf beide der grelle Schein eines Lichtstrahls. Er blendete, so daß sie den Träger der Lampe nicht erkennen konnten.

Doch die Stimme war beiden bekannt.

»So etwas Ähnliches habe ich mir schon gedacht«, sagte Lester Hanson in das eisige Schweigen hinein…

Ich zog Bill Conolly in die Deckung einer breit wuchernden Strauchgruppe. Die Menschen brauchten und nicht unbedingt zu sehen. Wir aber konnten sie beobachten uns bekamen so mit, was sie im Schilde führten.

Sie hoben sich ziemlich deutlich vor den Grabreihen ab. Ich zählte genau nach und kam auf zehn Personen.

Fünf Männer und fünf Frauen.

Die Gruppe bewegte sich schräg auf uns zu. Wenn die Leute so weitergingen, würden sie uns in einem Abstand von vielleicht vier Yards passieren.

Es war eine gespenstische Prozession, die sich da durch die Grabreihen bewegte. Der Nachtwind blähte die Kleidungsstücke auf und fuhr durch die Haare der späten Besucher. Niemand sprach ein Wort. Nur die dumpfen Schritte waren zu hören oder hin und wieder das Brechen eines hartgefrorenen Zweiges unter ihren Sohlen.

Man hätte sie für leblose Marionetten halten können. Nur die Atemfahnen vor ihren Lippen bewiesen, daß es sich bei den Leuten um Menschen handelte.

Allerdings um Menschen, die unter einem magischen Einfluß standen. Unter dem Bann der Nachzehrer.

Dessen war ich mir hundertprozentig sicher.

Bill kam dicht an mich heran. Wir standen geduckt da und wurden von den auseinanderfächernden Zweigen gedeckt.

Ich spürte Bills warmen Atem an meinem Ohr. »Das sind Einwohner aus Gatway, John.«

»Ja. Einige habe ich auf der Beerdigung gesehen.«

»Das bedeutet, daß diese Nachzehrer auch mit den anderen Dorfbewohnern Kontakt haben.«

»Sicher. Hier liegen doch nur Verwandte.«

Wir schwiegen wieder und beobachteten weiter. Die Gruppe befand sich etwa auf unserer Höhe. Alle Altersstufen waren vertreten.

Sie hatten jetzt das neu angelegte Gräberfeld erreicht. Kahl ragten die einfachen Holzkreuze aus dem Boden.

Mir sträubten sich die Haare. Sollten die Nachzehrer tatsächlich aus ihren Gräbern kommen, so war dies mehr als schlimm. Je nachdem, wie lange sie im Boden gelegen hatten, sahen sie auch aus.

Zombies!

Ja, sie waren Zombies. Lebende Leichen. Erweckt von einem Dämon, der in ein satanisches Spiel eingestiegen war. Von jeher waren Zombies Kreaturen, die sich zum Alptraum der Menschheit entwickeln hatten. Vor allen Dingen im Voodoo-Kult wurde diese Art von Auferstehung zelebriert. Oft krochen schreckliche Gestalten aus den Gräbern, die inzwischen zu Ghouls und anderen Abarten aus dem Reich der Dämonen degeneriert waren und an den Menschen auf fürchterliche Weise Rache nahmen.

Meistens konnte man sie nur dadurch töten, daß man ihnen den Kopf abschlug. Der Schweiß trat mir auf die Stirn, wenn ich an die Fälle dachte, die ich bereits mit Zombies erlebt hatte.

Sie gingen noch einige Schritte weiter und blieben dann stehen. Sie kamen mir dabei vor wie eine militärische Patrouille, die auf einen Befehl wartet.

Sie warteten...

Auf Myxin?

Ich nahm es an. Bei diesem Gedanken glitt meine rechte Hand automatisch in die Manteltasche. Ich fühlte das kalte Metall der Beretta und fragte mich, ob meine Silberkugeln ausreichten. Gegen die Zombies vielleicht, aber nicht gegen Myxin.

Ihn konnte ich höchstens durch mein Kreuz abschrecken.

»Wir müssen schießen, wenn sie aus ihren Gräbern steigen«, hauchte Bill Conolly.

Ich gab keine Antwort. Der Wind strich mir über den Rücken und hinterließ ein eisiges Gefühl.

Die Menschen hatten Zweierreihen gebildet. Ihre Arme hingen zu beiden Seiten der Körper herab. Die Köpfe hatten sie leicht erhoben, schauten dabei in den Himmel, als wären sie bereit, das Mondlicht in sich aufzunehmen.

Dann aber – nachdem etwa eine Minute vergangen war – setzten sie sich wieder in Bewegung.

Sie fächerten auseinander, teilten sich und schritten zu den verschiedenen Grabstätten.

Jeder für sich.

Eine Person – ein Grab.

Zehn Menschen – zehn Gräber.

Also zehn Nachzehrer!

Zu viele Gegner für uns. Rechnete man die Menschen noch hinzu, hatten wir es mit dreißig Gegnern zu tun.

Ein verdammt ungleiches Verhältnis.

»Wir müssen sie ausschalten«, flüsterte ich, »bevor es zu einer Katastrophe kommt.«

Bill zog ein zweifelndes Gesicht. »Aber wie?«

Ich antwortete mit einem Satz, der mir innerlich zuwider war, doch ich sah keine andere Möglichkeit. »Radikalkur, Bill. Es geht nicht anders, wenn wir sie retten wollen.«

»Und wie?«

Ich holte tief Luft. »Wir müssen sie bewußtlos schlagen. Das ist unsere Chance. Wir schleichen uns an, und dann werden wir sehen.«

Bill Conolly war einverstanden. Er zog seine Waffe hervor und packte sie am Lauf.

»Wenn das nur gutgeht«, sagte mein Freund.

»Bete, Bill, daß es klappt. Sonst ist es vorbei.« Ich legte eine kleine Pause ein und sagte dann: »Auch mit uns, mein Freund…«

Elisa Hanson riß den Nachzehrer zurück, so daß er in die Dunkelheit des Verlieses eintauchte. Der Alte prallte gegen den Kohlenberg, verlor das Gleichgewicht und fiel hin. Er ruderte mit den Armen, brachte dabei die kleine Halde ins Rutschen und hatte Mühe, sich aus den schwarzen Brocken freizuschaufeln.

Der Lampenstrahl verfolgte ihn nicht. Er blieb auf dem Gesicht der Frau haften.

Elisa hob die Arme, um sich vor der blendenden Wirkung zu schützen. Dann zischte sie: »Was willst du hier?«

Lester trat einen Schritt nach vorn. »Dich will ich. Und den Alten dazu!«

Sie lachte schrill. »Verschwinde lieber. Verschwinde, bevor es zu spät ist.«

Lester ließ sich nicht aufhalten. Er überstieg die Schwelle und betrat das Verlies. »Du hast einen Fehler gemacht, Elisa. Du hättest nicht mehr zurückkommen sollen. Ich habe schon bei deinem Eintritt bemerkt, daß etwas nicht stimmte. Der Schmutz in deinem Haar, zum Beispiel, das war Graberde, nichts anderes. Deine Ausreden haben bei mir nicht gezogen. Ich weiß Bescheid.«

»Dann ist es ja gut«, höhnte die Frau.

Lester schüttelte den Kopf. »Gar nichts ist gut, Elisa. Gar nichts. Aber ich sehe noch eine Chance. Wenn du jetzt umkehrst, ist es noch nicht zu spät. Du bist ein Mensch, kein Dämon. Du kannst noch geschützt werden. Und ich glaube an dich. Deshalb habe ich den beiden Männern auch nichts über meinen Verdacht gesagt.«

»Du verschwendest deine Worte!« kreischte die Frau.

»Und die Kinder? Denkst du auch daran, Elisa?«

»Sie sind mir verdammt gleichgültig.«

Lester Hanson schüttelte den Kopf. Verzweiflung packte ihn. Er begriff nicht, daß sich seine Frau, sein Ehepartner, so verändert hatte. Und das von einem Augenblick zum anderen.

»Ich lasse dich hier nicht raus!« sagte er hart.

»Das wirst du aber müssen.«

»Du kannst mich nicht zwingen! Ich werde meines Lebens nicht mehr froh werden, wenn ich dich jetzt gehen lasse.«

Der alte Hanson lag noch immer auf dem Kohlenberg. Sein

Blick wanderte zwischen seinem Sohn und seiner Schwiegertochter hin und her. In ihm war erst recht jedes Gefühl erloschen. Es gab keine Verbindung mehr zwischen ihm und seinen nächsten Verwandten.

Auch die Blutsverwandtschaft zählte nicht. Wenn sie jetzt in diesem Verlies blieben, so war er verloren. Dann würde er elendig verenden, weil er keine Lebenskraft erhielt, die er so nötig brauchte.

Seine Zunge war schon rauh, als sie über die bereits spröden Lippen fuhr.

So kündigte sich das Ende an.

Er stöhnte, aber niemand hatte Mitleid.

Lester Hanson warf ihm nur einen kurzen Blick zu. Dann sagte er zu seiner Frau: »Gib mir den Kellerschlüssel!«

Sie schüttelte den Kopf. »Nein!«

»Ich hole ihn mir!«

»Versuch es!« schrie sie ihm entgegen.

Lester ging vor. Synchron wich die Frau zurück. Lester leuchtete sie mit seiner Lampe an und sah den haßerfüllten Ausdruck in ihren Augen, der ihn erschreckte.

Nein, das war nicht mehr seine Frau, und er empfand plötzlich auch keine Gewissensbisse, sich gegen sie zu stellen.

Er schritt weiter.

»Du rennst in dein Verderben!« hielt ihm Elisa entgegen. Sie streckte die Hand aus. »Tu's nicht. Ich warne dich!«

»Halt deinen Mund!«

Da regte sich der auf den Kohlen liegende Nachzehrer. Er drehte sich etwas zur Seite, und als er sah, daß sein Sohn ihm keinen Blick zollte, kroch sein Arm wie eine Schlange vorwärts. Die Hand bewegte sich auf den linken Knöchel des Mannes zu.

Ein Schritt – ein Griff – und...

»Aahhh!« Lester Hanson schrie auf. Ruckartig zog der Nachzehrer an dem Bein. Die Füße wurden Lester Hanson unter dem Körper weggerissen. Er krachte zu Boden und hatte dabei das Glück, zur Seite zu fallen und auf dem Kohlenberg zu landen. Die Lampe verlor er. Leuchtend rollte sie den kleinen Hang hinab und blieb unten liegen.

»Pack ihn!« geiferte der Nachzehrer.

Die Frau reagierte. Sie stürzte sich auf ihren Mann, warf sich mit ihrem gesamten Gewicht auf seinen Körper und drückte ihn tiefer in die Kohlen hinein.

Lester Hanson war noch etwas benommen. Er versuchte, irgendwo Halt zu finden, doch vergeblich. Lester sackte tiefer.

Die einzelnen Kohlestücke rollten über sein Gesicht. Staub und Dreck verklebten die Augen, drangen in seine Nasenlöcher und in seinen Mund.

Seine Frau kniete auf ihm. Sie hatte ihre Hände um seine Knie gelegt, sah, daß die Kohlen ihren Mann begruben, und löste ihren Griff.

Schweratmend stand sie auf. Sie half dem lebenden Toten ebenfalls auf die Füße und spie aus.

»Willst du ihn nicht töten?«

»Nein, wir lassen ihn hier liegen und schließen von außen ab. Raus kann er hier nicht mehr.«

»Wie du willst.«

Der Nachzehrer stützte sich auf die Frau, als sie aus dem Verlies schritten.

»Moment noch«, sagte Elisa. Draußen auf dem Gang drehte sie sich und schloß ab. Den Schlüssel ließ sie in ihrer Manteltasche verschwinden. Sie lachte. »Das wär's. Soll er sehen, wie er sich befreit.«

Die beiden hatten es auf einmal sehr eilig. Zuviel Zeit war verloren gegangen. Sie mühten sich auch nicht, besonders leise zu sein, sondern liefen so rasch es ging die Treppe hoch.

Der Untote keuchte. Er überwand die Stufen nur mit letzter Kraft. Im Flur wandten sie sich sofort der Haustür zu, zogen sie auf und verschwanden in der Nacht.

Keiner von ihnen sah die beiden Augenpaare, die ihnen im Flur nachstarrten.

Es waren vier Kinderaugen.

Sie gehörten Gaylord und Michael…

Lester Hanson hörte die Tür zuschlagen, vernahm das Lachen seiner Frau und konnte doch nichts dagegen tun.

Er lag begraben unter dem Kohlenberg. Der verdammte Staub

war ihm in den Mund, die Nase und in die Ohren gedrungen. Er kratzte im Hals und erschwerte das Atmen.

Als Lester die Hände seiner eigenen Frau an seinem Hals gespürt hatte, da brach für ihn eine Welt zusammen. Sie hatte ihn tatsächlich töten wollen. Diese Erkenntnis schockte ihn so sehr, daß er nicht in der Lage war, sich zu wehren. Nur langsam kehrte so etwas wie Kraft in seinen Körper zurück. Er wühlte sich aus dem Kohlenberg hervor. Die Lampe hatte seine Frau nicht mitgenommen. Sie lag auf dem Steinboden und brannte weiter. Der Lichtstrahl zeichnete einen hellen Kreis auf die verschmutzte Wand.

Auf allen vieren kroch Lester Hanson über den Boden. Neben der Lampe blieb er sitzen und ruhte sich aus.

Eine lange Pause gönnte er sich nicht. Lester Hanson wollte so schnell wie möglich das Gefängnis im eigenen Haus verlassen. Doch die Tür war verschlossen.

Mit einem müden Lächeln wandte er sich um und drehte sich dem Luftschacht und der Kohlenrutsche zu. Dabei mußte er wieder auf den Berg klettern.

Lester Hanson schaute in den Schacht hinein. Ein Eisengitter deckte ihn oben ab. Von seiner Position aus kaum zu öffnen. Also Fehlanzeige.

Vom Gitter tropfte der tauende Schnee. Das Wasser spritzte auf Lesters Kopf. Er verrieb die Tropfen, und zusammen mit dem Staub wurde die Flüssigkeit zu einem Matsch.

Lester Hansons Gedankenapparat lief auf Hochtouren. Wie kam er aus diesem Gefängnis wieder heraus?

Er dachte an die beiden Scotland-Yard-Leute. Lester wußte nicht, daß Bill Conolly kein Polizeibeamter war.

Aber die waren weit weg und konnten ihm nicht helfen.

Es mußte jemand sein, der sich im Haus aufhielt.

Jill?

Nein, die kam nicht dafür in Frage. Er wußte auch nicht, was mit ihr war, ob seine Frau nicht auch Jill befreit hatte.

Es war alles so furchtbar kompliziert.

Lester legte sein Gesicht in beide Hände. Und da hatte er die Idee.

Die Jungen!

Gaylord und Michael. Sie mußten ihm helfen. Gaylord war neun, Michael elf Jahre alt.

Sie waren seine einzige Hoffnung.

Wie hatte seine Frau noch gesagt? Die Kinder hielten sich in ihren Zimmern auf. Es gab jedesmal Schwierigkeiten, sie ins Bett zu bekommen. Die beiden wollten abends immer lange aufbleiben.

Hoffentlich hatten sie es sich heute nicht anders überlegt.

Lester Hanson ging zur Tür. Tief holte er Luft. Und dann begann er mit aller ihm zur Verfügung stehenden Kraft um Hilfe zu schreien...

Wir warteten noch.

Die Zehnergruppe löste sich auf. Jeder ging zu einem anderen Grab.

Schweigend aber zielstrebig.

Einige Personen wurden von der Dunkelheit verschluckt. Die Gräber, die sie besuchen wollten, lagen weiter entfernt. Nur das Säuseln des Nachtwindes und die Schritte der Menschen waren zu hören.

»Wir müssen jeden dieser Dorfbewohner bewußtlos schlagen«, erklärte ich Bill noch einmal. »Sie dürfen erst gar nicht dazu kommen, die Nachzehrer aus ihren Gräbern zu holen.« Ich schaute ihn an und sah sein Gesicht als hellen Fleck dicht vor mir. »Schaffst du das?«

»Ja.«

»Okay, dann los!«

Mein Freund nickte. Zusammen mit mir schob er sich aus der Deckung. Wir liefen geduckt und versuchten so wenig Geräusche wie möglich zu machen.

Es war eine fast unlösbare Aufgabe. Wenn man uns zu früh bemerkte, ging der ganze Plan schief.

Das Gräberfeld, das die Menschen besucht hatten, war ziemlich groß. Die einzelnen Grabstätten lagen weit verstreut. Wollten wir effektiv »arbeiten«, mußten wir uns trennen.

Die erste Gestalt tauchte vor uns auf. Wir sahen ihren Rücken.

Es war ein Mann. Leicht gebückt stand er vor dem Grab und stieß Worte aus, die ich nicht verstand.

Ich zeigte auf mich.

Bill Conolly verstand und nickte.

Unhörbar pirschte ich mich an den Mann heran. Meine Blicke waren überall, auch rechts und links. Ich rechnete jeden Augenblick mit einer Gefahr, mit dem Auftauchen von Myxin, dem Magier.

Noch geschah nichts.

Auf halber Strecke zu meinem Ziel vernahm ich die widerlichen Geräusche. Sie drangen aus dem Grab, der Nachzehrer war schon kräftig bei seiner Arbeit.

Sicherlich dauerte es nicht mehr lange, und er verließ seine makabre Wohnung.

Hinter dem Beschwörer richtete ich mich auf.

Er war ahnungslos.

Dann schlug ich zu.

Genau und dosiert. Ich wollte dem Mann nicht mehr Schmerzen bereiten als unbedingt nötig.

Er knickte zusammen und fiel langsam zur Seite. Ich fing ihn auf und legte ihn neben dem Grab zu Boden. Dann blickte ich über die Schulter zurück.

Keiner der anderen hatte etwas bemerkt. Ich gab Bill ein Zeichen. Mein Freund huschte herbei.

»Alles klar, Bill, der erste ist…«

Plötzlich wurden Bills Augen groß. Ich folgte seinem Blick und sah selbst, was mit dem Grab vor uns geschah.

Die Erde bewegte sich!

Der Nachzehrer!

Einige Sekunden hielt ich den Atem an, weil mich die Szene faszinierte und abstieß zugleich. Viele Regisseure haben in ihren Horrorfilmen Bilder dieser Art fantastisch umgesetzt. Doch die Wirklichkeit übertrifft alle Kinoprodukte. Ich weiß nicht, wie ich es sagen soll, aber wenn jemand am eigenen Leib erlebt und zusieht, wie diese Toten auferstehen, das ist grauenhaft.

Schon tauchten die Fingerspitzen aus der harten Erde auf. Ich sah die langen Nägel, unter denen der Dreck wie schwarze Halbmonde lag. Die Hand bohrte weiter, drückte die Erde hoch, verschaffte sich Platz.

»Tu was!« zischte Bill Conolly hinter mir. Auch er bekam die Szene mit, da er über meine Schulter schaute.

Bill hatte gut reden. Was sollte ich tun? Sicher, ich konnte den Untoten nicht einfach laufenlassen. Aber nahm ich jetzt die Beretta und erschoß ihn, dann würde der Knall auch die anderen rebellisch machen.

Bill brachte mich auf die richtige Idee. An das Naheliegendste denkt man selbst oft zuletzt.

»Nimm das Kreuz!«

Mein Freund hatte recht.

Der Nachzehrer kroch immer weiter aus dem Grab. Ich sah bereits seinen Arm und einen Teil der Schulter. Das Leichenhemd war schon zerstört. Ich dachte in diesen schrecklichen Sekunden nur daran, diese Bestie nicht aus dem Grab steigen zu lassen.

In die rechte Hand nahm ich mein Kreuz.

Ich fühlte die Wärme des geweihten Silbers und spürte auch etwas von der Kraft, die von diesem Kruzifix ausging.

Jetzt mußte es mir wiederum helfen.

Der Arm des Nachzehrers stand fast senkrecht. Einen Augenblick blieb er wie ein Denkmal stehen, dann senkte er sich nach vorn und fiel genau auf mich zu.

Gegen das Kreuz!

Arm und Kruzifix berührten sich. Gut und Böse prallten aufeinander. Das Lichte kämpfte gegen die Dunkelheit.

Wer gewann?

Aus den Tiefen des Grabes drang ein grauenhafter Schrei an meine Ohren. Die Hand war dort, wo sie das Kreuz berührt hatte, verbrannt. Und sie löste sich auf.

Wie bei einem Vampir.

Ich zog das Kruzifix zurück. Wieder der Schrei. In dem Grab mußten sich grauenhafte Dinge abspielen. Ich war heilfroh, daß ich dem Treiben nicht zuzusehen brauchte.

Der Arm verschwand und zerfiel gleichzeitig. Er wurde eins mit dem Boden.

Wir hatten den Nachzehrer besiegt.

Einen von zehn!

Ein Tropfen auf dem heißen Stein.

Erst jetzt merkte ich, daß Bill Conolly seine Hände in meine Schulter gekrallt hatte. Auch ihn hatte der Vorgang stark mitgenommen.

Ich atmete mit offenem Mund, gönnte mir keine Pause. »Wir müssen weiter, Bill. Es war nur der erste.«

»Und dabei wird es auch bleiben!« erklang hinter uns eine kalte Stimme.

Wir wirbelten herum.

Vor uns stand Myxin, der Magier!

Draußen ging es dem alten Hanson besser.

Nach wenigen Schritten blieb er stehen und schaute zu der Sichel des Mondes hoch.

»Weiter!« forderte die Frau. »Der Meister wartet auf uns. Wir dürfen keine Zeit verlieren!«

Der Untote schüttelte den Kopf. »Ich muß noch warten. Ich will Kraft schöpfen. Die Kraft der Finsternis...«

Elisa gönnte ihm eine halbe Minute. Dann zog sie ihn fort. »Du darfst jetzt nicht aufgeben.«

Sie stolperten auf den Friedhof zu. Elisa hatten den Nachzehrer an der Hand gefaßt. Um Mitternacht sollte alles vorbei sein. Bis dahin mußten die anderen ihre Gräber verlassen haben.

Und die Zeit drängte.

Viel war noch zu tun. Denn nach der Tageswende würden sie in Richtung Gatway gehen, um Energie zu tanken. Sie feuerte den Nachzehrer immer wieder an. »Der Meister wird dir deine Kraft zurückgeben. Du mußt nur schnell bei ihm sein.«

»Ja, ja!« keuchte der alte Hanson und stolperte durch die Dunkelheit...

Gaylord Hanson blickte seinen um zwei Jahre älteren Bruder Michael besorgt an.

»Wo geht Mom hin?« wisperte er.

»Ich weiß es nicht.«

»Wer war denn bei ihr?« fragte Gaylord. Er klammerte seine Hände um die Stäbe des Geländers.

»Ich glaube...« Michael sprach nicht weiter, weil er plötzlich Angst bekommen hatte.

»Meinst du Großvater?«

Michael schüttelte den Kopf. »Der ist doch tot.«

Gaylord nickte ernst. »Das stimmt. Aber vielleicht ist er aus dem Grab gestiegen«, folgerte er in seiner kindlichen Naivität und ahnte nicht, daß er mit dieser Vermutung nicht weit danebenlag.

Sein älterer Bruder gab darauf keine Antwort. Er ging zwei Stufen nach unten und schaute in den Flur. Dämmerlicht hüllte ihn ein. Die Konturen der Garderobe verwischten. Die beiden an den Haken hängenden Mäntel sahen aus wie Geister aus der Jenseitswelt.

»Du, Michael, ich habe Angst«, sagte Gaylord leise.

»Das brauchst du nicht. Ich bin doch bei dir.« Michael fühlte sich für seinen Bruder verantwortlich.

»Trotzdem...« Gaylord begann zu schluchzen. »Außerdem ist Dad nicht da.«

»Er sitzt bestimmt im Wohnzimmer und ist vor dem Fernsehapparat eingeschlafen«, vermutete Michael.

»Nein, glaube ich nicht.«

Michael drehte sich um. »Sollen wir nachsehen?«

»Ja. Aber halte mich fest.« Gaylord erhob sich aus seiner sitzenden Haltung, und sein älterer Bruder nahm ihn bei der Hand Gemeinsam schlichen die beiden Jungen die restlichen Stufen hinab und huschten auf Zehenspitzen in Richtung Living-room.

Sie lauschten an der Tür.

»Alles still«, raunte Gaylord. »Er ist bestimmt nicht mehr hier.« Der Neunjährige begann wieder zu weinen.

Michael tröstete ihn, indem er ihm seine Hand auf die Schulter legte. »Wir werden ihn suchen, Gaylord«, versprach er.

»Aber wo?«

Darauf wußte der Ältere auch keine konkrete Antwort.

Die beiden standen im kalten Hausflur und schauten sich an. Gaylord zitterte, Tränen liefen über seine Wangen. »Sollen wir nach oben zu Jill gehen?«

»Aber wir dürfen nicht. Man hat uns doch verboten...«

»Jill wird sicher wissen, was wir tun können.«

Die beiden Brüder wollten sich schon auf den Weg machen, als sie den Ruf hörten.

»Moment«, raunte Michael. Er hielt Gaylord fest.

»Was ist?«

»Da hat doch einer gerufen.«

»Wo?«

Michael deutete mit dem Finger nach unten. »Ich glaube, das war im Keller.«

Unhörbar schritten die Jungen auf die Kellertür zu und lauschten dort.

»Hilfe…«

Nur schwach drang der Ruf an ihre Ohren. Aber es gab keinen Zweifel. Jemand war dort unten eingeschlossen.

»Das ist doch Dad«, sagte Gaylord.

Michael nickte.

»Du, ich habe solch eine Angst.« Gaylord klammerte sich bei seinem älteren Bruder fest. »Wenn Daddy nun etwas passiert ist.«

Michael raffte all seinen Mut zusammen. »Nachschauen müssen wir aber. Und du gehst mit.«

Gaylord nickte. Er ließ Michael den Vortritt, und der öffnete die Kellerflurtür.

»Hilfe!«

Wieder hörten sie den Ruf. Diesmal wesentlich lauter als zuvor.

Michael schrie in den nachtdunklen Keller hinein. »Daddy, wir kommen! Wo bist du?«

»Im Kohlenkeller!«

Jetzt gab es für die beiden Jungen kein Halten mehr. Michael machte Licht. Er mußte sich dabei auf die Zehenspitzen stellen, da der Schalter so hoch angebracht war.

Dann hasteten sie die steile Treppe hinab. Sie konnten es kaum erwarten, ihren Vater aus dem Gefängnis zu befreien. Michael erreichte die Tür als erster.

Sie war zu.

Enttäuscht trat er einen Schritt zurück. »Die Tür ist abgeschlossen, Dad!« rief er verzweifelt.

Gaylord begann wieder zu weinen.

Lester Hanson verlor die Nerven zum Glück nicht. Er stand dicht hinter der Tür und rief: »Ihr müßt das Schloß aufbrechen, Jungs!«

»Aber womit?«

»Sucht eine Brechstange. In irgendeinem Keller werdet ihr sicherlich eine finden. Sucht – bitte.«

»Okay, Daddy!«

Die Jungen machten sich an die Arbeit. Jeden Kellerraum suchten sie ab, schauten in alle Ecken, sahen in der Werkzeugkiste nach, und Gaylord fand schließlich das Gesuchte.

Das Brecheisen lag neben einer alten Kartoffelkiste. Gaylord hob es triumphierend hoch.

Rasch nahm Michael ihm die Eisenstange aus der Hand. »Komm, die ist zu schwer für dich«, sagte er und lief in den Gang. Gaylord konnte ihm kaum folgen.

Dann standen sie vor der Tür. Beide waren ungeheuer aufgeregt und atmeten schwer.

»Dad?« rief Michael.

»Ja. Habt ihr es?«

»Gaylord hat es gefunden«, berichtete Michael. »Es lag neben einer alten Kartoffelkiste.«

»Okay, Jungs. Ihr wißt, wie ihr die Brechstange anzusetzen habt?«

»Ja. Zwischen Tür und Mauer.«

»Okay, ihr seid fantastisch. Dann nichts wie ran.«

Michael und Gaylord machten sich an die Arbeit. Sie versuchten die vorn flach zulaufende Spitze der Brechstange in die Lücke zwischen Mauer und Tür zu klemmen, doch das war gar nicht so einfach. Ihr Vater gab ihnen den Rat, einiges von der Mauerecke wegzuschlagen.

Sie taten es, und dann ging es besser.

Gaylord und Michael packten gemeinsan zu, als sie die Brechstange in den Spalt klemmten.

»Habt ihr es?« rief Lester Hanson. Auch seine Stimme zitterte vor Nervosität.

»Ja.«

»Okay, dann drückt dagegen. Und beide gleichzeitig. Ich zähle. Bei vier fangt ihr an.« Hanson holte noch einmal tief Atem, während seine Jungs nur durch die Tür von ihm getrennt mit angespannten Gesichtern dastanden.

»Eins – zwei – drei, jetzt!«

Gaylord und Michael setzten all ihre Kräfte ein. Sie stemmten sich gegen die Stange, als gelte es, eine Weltmeisterschaft zu erringen. Mauerwerk bröselte, Holz knirschte, die Stange bog sich etwas durch – doch die Tür hielt.

Gaylord schluchzte auf. »Wir schaffen es nicht, Dad. Wir sind nicht stark genug.«

»Versucht es noch einmal!«

Wieder setzten die beiden Kinder all ihre Kräfte ein. Staub rieselte zu Boden, legte sich als feine Puderschicht auf die Füße der Jungen und klebte bereits auf ihren verschwitzten Gesichtern.

Und die Tür – sie brach. Das heißt, der Riegel bewegte sich und wurde aus dem Mauerwerk gerissen.

»Geht zur Seite!« rief Lester Hanson.

Die Jungen sprangen zurück.

Lester nahm einen kurzen Anlauf und warf sich dann gegen die Tür. Sie flog förmlich aus dem Rahmen, prallte in den Gang, und Lester fiel auf das Holz.

Keuchend blieb er liegen, während sich seine beiden Kinder auf ihn stürzten und ihn umarmten.

Er stand auf.

Michael und Gaylord schauten zu ihm hoch.

»Was willst du jetzt machen, Dad?« fragte der Ältere.

Lester strich ihnen über die Köpfe. »Ich werde eure Mutter suchen.«

»Weißt du denn, wo sie hingegangen ist?«

»Ja, zum Friedhof!«

»Dann gehen wir mit!« riefen die Kinder.

Lester Hanson erwiderte nichts, sondern lief los…

Er war der große Triumphator, er hatte gewonnen!

Myxin stand vor uns – und obwohl er nicht groß war, so überragte er uns um Haupteslänge, da wir noch immer in unserer hockenden Stellung verharrten.

»John Sinclair«, sagte Myxin und sprach meinen Namen aus, als würde er etwas Kostbares kaufen. »Endlich habe ich dich. Und es war Zufall, daß wir aufeinanderstießen. Nicht gesteuert und nicht gelenkt von mir. Wirklich reiner Zufall.«

»Okay«, sagte ich. »Was willst du von uns?«

»Muß ich dir das noch erklären?«

»Also unser Leben.«

»Ja.«

Ich schaute ihn an. Er sah irgendwie läppisch aus, mit seinem breitkrempigen Schlapphut und dem großen dunklen Cape. Das Gesicht schimmerte grünlich, wenigstens die untere Hälfte, die wir sehen konnten. Die Arme hielt er leicht angewinkelt, die Handflächen waren nach außen gedreht. Wir sahen die schuppige Haut.

»Dürfen wir aufstehen?« fragte ich.

»Nein!« Knallhart klang die Antwort.

Neben mir holte Bill tief Luft. Er stand kurz vor der Explosion. Ich kannte meinen Freund. Noch ein Fünkchen, und er würde durchdrehen und sich wie wahnsinnig auf seinen Gegner stürzen. Damit lief er Myxin dann ins offene Messer.

»Halte dich zurück!« zischte ich Bill zu.

Er warf mir einen bösen Blick zu, und Myxin lachte.

Sein Gelächter verstummte, als ich sagte: »Wenn du mich tötest, hast du niemanden mehr, der dich im Kampf gegen den Schwarzen Tod unterstützt.«

Myxin winkte herrisch ab. »Meine Unterstützung hole ich mir aus den Gräbern. Die Nachzehrer werden den Menschen das Leben aussaugen. Mit diesen zehn Leuten, die sich bereits auf dem Friedhof befinden, fängt es an. Sind sie einmal Dämonen, so werden sie über andere herfallen. Aus zehn werden zwanzig, aus zwanzig vierzig, aus vierzig achtzig und so weiter… Was hier beginnt, John Sinclair, wird in ein paar Monaten überall auf der Welt seine Folgen zeigen. Ein Heer von Zombies wird über die noch Normalen herfallen und sie ebenfalls in den tödlichen Kreislauf mit hineinziehen. Das ist meine Armee. Und damit werde ich den Schwarzen Tod besiegen!«

Mir lief bei seinen Worten eine Gänsehaut über den Rücken. Was Myxin plante, war nicht nur dämonisch, sondern gigantisch. Es sollte ein erfolgreiches Unternehmen werden, und ich hielt Myxin für fähig, so etwas durchzuführen.

»Nun, Sinclair, du sagst ja nichts.«

Ich schaute an dem Magier vorbei. Schattenhaft nur sah ich einen Dorfbewohner vor dem Grab stehen. Er stand gebückt und sprach etwas, aber was er sagte, das konnte ich nicht verstehen. Auf jeden Fall würde es mir nicht mehr gelingen, die Beschwörungen zu stoppen. In wenigen Minuten würden die Nachzehrer aus ihren Gräbern steigen.

O verdammt!

Trotz meiner miesen Lage hatte ich die Hoffnung nicht aufgegeben. Außerdem war meine Neugierde geblieben. Ich wollte wissen, wie es kam, daß gerade dieser Friedhof von Nachzehrern bevölkert war.

Myxin lachte. »Das Rätsel liegt in der Vergangenheit verborgen. In dieser Gegend lebte vor ein paar hundert Jahren ein großer Magier. Er wollte den Menschen durch seine Künste helfen, dieser Narr, aber die anderen haben es ihm nicht gedankt. Sie verbrannten ihn. Und noch auf dem Scheiterhaufen stieß er einen Fluch aus. Er verseuchte den Boden des Totenackers mit magischen Bazillen und legte fest, daß irgendwann in ferner Zukunft die Rache eintreffen sollte. Heute ist die Zeit gekommen.«

»Und was haben die Hansons damit zu tun?« wollte ich wissen.

»Ich brauche Helfer, das ist alles. Nur hat mir der Hanson einen Strich durch die Rechnung gemacht. Sein Rufen und Locken war so stark, daß seine Enkelin auf ihn hörte und er viel zu früh aus dem Grab gestiegen war. Er sollte erst in dieser Nacht herauskommen, doch ich konnte ihn nicht richtig unter Kontrolle halten. Aber das ist jetzt egal. Die Hansons habe ich wieder voll im Griff. Wenigstens die eine Hälfte der Familie, die andere wird bald folgen.«

»Und du machst nicht einmal vor Kindern halt?« schrie ich ihn an.

»Menschen sind Menschen. Ob alt – ob jung. Was spielt das bei uns für eine Rolle, John Sinclair?«

Ja, was spielte es bei den Dämonen für eine Rolle! Ich hatte sie selbst kennengelernt, hatte ihre Grausamkeit oft genug am eigenen Leib erfahren müssen, kannte den Schwarzen Tod, den Spuk – und Myxin. Letzteren hatte ich immer für ein wenig besser gehalten, doch nun sah ich mich enttäuscht. Er war ebenso grausam wie die anderen. Es ging bei ihnen nur um Macht.

Ich versuchte es ein letztes Mal. »Vergiß nicht, Myxin, daß mein Freund Suko und ich es waren, die dich aus deinem langen Schlaf erweckt haben...«

Er lachte auf. »Was verlangst du, John Sinclair? Dankbarkeit? Habe ich meine Rechnung nicht schon längst beglichen? Wenn ich mich recht erinnere, so gab ich dir manchen Tip, wie du gegen den Schwarzen Tod vorgehen kannst. Ich war es, der dich auf Maringo, den Höllenreiter, aufmerksam gemacht hat. Oder hast du das vergessen?«

»Nein, aber ich finde, es ist zu wenig!«

Er zischte einen Fluch und machte eine unwillige Handbewegung. Hinter ihm stöhnte und ächzte jemand. Ich sah einen Schatten aus einem der Gräber steigen.

Der erste Nachzehrer!

Vor Wut und Hilflosigkeit biß ich mir fast die Lippen blutig. Wir hatten es nicht verhindern können!

»Und nun darf ich um eure Waffen bitten«, sagte Myxin.

Er wollte unsere Pistolen. Klar, er fürchtete, daß wir damit die Nachzehrer töteten.

Bill Conolly kam ziemlich schnell der Aufforderung nach. Myxin brauchte sie nicht zu wiederholen, als er bereits in seine Tasche griff, um die Beretta herauszuholen.

Das wunderte mich.

Ich wollte Bill noch zurückhalten, doch es war bereits zu spät. »Da hast du die Kanonen!« brüllte er, legte auf Myxin an und feuerte.

In den nächsten Sekunden überstürzten sich die Ereignisse. Myxin reagierte ebenso rasch wie Bill Conolly. Sogar noch schneller. Aus seinen Fingerspitzen zuckten plötzlich zwei Blitze. Spiralförmig zischten sie auf Bill zu. Funken sprühten, und mein Freund schrie auf, als die Blitze seine Schußhand umwickelten und sie nach oben rissen.

Die Silberkugel fauchte in den Himmel. Bill wurde von der magischen Fessel zurückgeworfen und fiel auf das Grab, in dem der von uns vernichtete Nachzehrer lag. Sein rechter Arm war plötzlich mit einer silbrigen Haut übergossen. Ohne daß Bill es wollte, wurden seine Finger geöffnet. Die Beretta rutschte zu Boden. Mit dem Lauf voran blieb sie im Erdreich stecken.

Myxin war mit meinem Freund beschäftigt. Wenn ich den Magier noch überwältigen wollte, dann jetzt.

Ich zog und schoß!

Zweimal drückte ich ab, schwenkte dabei den Lauf ein wenig, um sicherzugehen, daß ich auch traf. Wenn die Kugeln Myxin auch nicht ausschalten konnte, so hoffte ich doch, daß sie ihn schwächten.

Aber sie trafen ihn nicht einmal. Eine Handbreit von seinem Körper entfernt platzten sie auseinander und fielen in einem silbernen Sprühregen zu Boden.

Ich sprang auf.

Myxin lachte kalt. »Du kannst es nicht lassen, Sinclair!« Weit holte er aus, und während Bill noch unter seine magischen Fessel am Boden lag, raste der silberen Lichtspeer genau auf meine Brust zu.

»Stirb, Sinclair!« brüllte Myxin dabei...

Es war niemand mehr da, der sie aufhielt. Sie hörten die Worte und hielten es in ihren Gräbern nicht mehr aus. Längst hatten sie die Särge zerstört.

Die Menschen aus dem Ort standen vor den Gräbern. Ihre Worte wurden lauter, die Beschwörungen wirksamer. Die Schwarze Magie feierte in dieser Nacht Triumphe. Die Dörfler ließen sich auch durch die Schüsse nicht stören, sondern redeten weiter. Sie, die aus den Gräbern der Nachzehrer ferngelenkt wurden, sprachen an den makabren Stätten die endgültigen Worte.

Hände durchbrachen die Erde. Bleiche Knochen schimmerten

im Mondlicht. Fetzen von Leichenhemden hingen an den untoten Körpern. Die Zombies waren bereit.

Der Wind hatte aufgefrischt. Er fuhr zwischen den kahlen Ästen der Bäume hindurch und wehte hin und wieder ein paar Schneekristalle dem Erdboden zu.

Der erste Nachzehrer verließ sein Grab.

Auch bei ihm standen Mund und Augen offen. Er bewegte sich wie ein Roboter, schaute sich um und stampfte auf den Weg.

Sein Beschwörer war zurückgewichen. Ein junger Mann aus dem Dorf, der plötzlich seinem verstorbenen Onkel gegenüberstand.

Sie schauten sich an.

Dann begann der Nachzehrer zu sprechen. »Komm zu mir, Jack«, sagte er krächzend und breitete seine Arme aus.

Und Jack ging…

Der Blitz blendete mich. Instinktiv riß ich noch meine Arme zu einer Abwehrbewegung hoch, doch mir war klar, daß ich damit nichts ausrichten konnte.

Myxin war stärker!

Ich wartete auf den alles verzehrenden Schmerz und dann den tiefen Fall in das unendliche Nichts – doch genau das Gegenteil trat ein. Myxin brüllte auf.

Schrecklich und gellend, daß mir seine Schreie in den Ohren widerhallten.

Ich öffnete die Augen.

Was war geschehen?

Myxin krümmte sich. Sein Körper war eingehüllt in eine silberne Lichtaura. Er hatte die Hände gegen den Unterleib gepreßt, den Kopf zurückgerissen und dadurch seinen breitkrempigen Hut verloren. Das grüne Gesicht wurde grau und schien zu verfallen. Weit hatte er den Mund aufgerissen, während sich aus der Lichtaura kleine Blitze lösten und in seinen Körper einschlugen.

Da wußte ich die Lösung. Mein Kreuz hatte mich gerettet. Der magische Strahl hatte es genau getroffen. Dadurch verdoppelte sich die Kraft, und diese geballte Macht der Kräfte des Lichts wurde reflektiert und gegen Myxin geschleudert.

Seine eigene Waffe war für ihn zu einem Bumerang geworden.

Zu einem tödlichen?

Nein, Myxin überwand die Attacke. Aber er war geschwächt. Er taumelte zurück, machte dann auf dem Absatz kehrt und wollte im Schutz der Nacht untertauchen.

Doch so hatten wir nicht gewettet.

Ich mußte Myxin kriegen!

»John!« Bill Conolly Stimme riß mich herum. Mein Freund lag noch immer auf dem Grab. Auf seinem Gesicht zeichneten sich die Schmerzen ab, die er empfand. »Sie kommen, John. Da!«

Ich drehte den Kopf. Myxin, der Magier, wurde plötzlich zur Nebensache, denn mit Brachialgewalt drangen zwei Menschen durch ein Gebüsch.

Elisa Hanson und ihr Schwiegervater!

Ein, zwei Sekunden überlegte ich. Hinter Myxin konnte ich nicht mehr her, der Weg war mir durch die Hansons versperrt. Die Frau schickte den Nachzehrer vor.

»Los, bring ihn um!«

Der Alte kam. Er warf sich gegen mich, und mir gelang es nicht, ihm auszuweichen.

Gemeinsam fielen wir zu Boden.

Über mir sah ich das häßliche Gesicht. Ich fühlte die kalten Totenhände, die nach meiner Kehle tasteten, und es gelang mir, die Beine anzuwinkeln und sie vorzustoßen.

Der Nachzehrer wurde zurückgeschleudert. Er hatte längst nicht mehr die Kraft wie vor einigen Stunden. Er brauchte erst noch sein Opfer, um wieder aufzutanken, und nur deshalb war er für mich ein leichter Gegner.

Er fiel nach hinten und ruderte mit Armen und Beinen. Es sah grotesk aus, aber mir war in diesem Augenblick wirklich nicht nach Lachen zumute.

Hart fiel er zu Boden. Direkt neben Bill Conolly. Bill, der sich wieder etwas erholt hatte, merkte plötzlich die Gefahr. Ehe sich die Hände des Nachzehrers um seinen Hals schließen konnten, riß er die Beretta aus dem Erdreich und drückte ab.

Eine Feuerblume platzte aus dem Lauf. Die Kugel traf das Monster aus kürzester Entfernung in den Kopf.

Aus!

Der Nachzehrer kippte zurück. Die zerstörende Kraft des Silbers breitete sich in seinem Körper aus und riß das Gewebe auseinander. Der Nachzehrer verging.

Elisa heulte ihre Wut hinaus. Immer wieder starrte sie mich an und dann wieder ihren toten Schwiegervater.

Doch sie erhielt Unterstützung.

Aus dem Dunkel der Nacht schoben sich fünf Gestalten. Sie schritten dicht nebeneinander, nahmen die gesamte Breite des Weges ein.

Wie sollte ich sie stoppen?

Fünf Zombies – fünf Kugeln.

Da mußte jede sitzen!

Ich hob den rechten Arm mit der Waffe und visierte den ganz links außen gehenden Untoten an.

Stecher, Druckpunkt – und…

»Sieh her, Sinclair!« kreischte Elisa.

Etwas in ihrer Stimme warnte mich. Meine Nackenhaare richteten sich auf, ich kreiselte herum und sah die Frau, die etwas aus ihrer Manteltasche zerrte, einen Kreis damit schlug und plötzlich eine dreischwänzige Peitsche in der Hand hielt.

Sofort erfolgte der erste Schlag. Zweimal konnte ich ausweichen, dann jedoch umwickelte das Leder meinen rechten Arm und fegte mir die Waffe aus den Fingern.

Die Frau lachte triumphierend. Trotz ihrer geringen Größe entwickelte sie plötzlich Bärenkräfte.

Für zwei Sekunden ließ ich mich von den Peitschenriemen ablenken.

Elisa wollte mich zu sich heranziehen. Ihr Gesicht verzerrte sich, sie winkelte den Arm an, legte all ihre Kraft in den Zug – und ich stemmte mich verzweifelt dagegen.

Es wurde ein stummes, hartes Ringen, in dem keiner nachgeben wollte. Elisas heißer Atem schlug mir ins Gesicht. Sie war ungeheuer erregt – oder besessen.

Dann eine schnelle Handbewegung von ihr, und ich war frei.

Im selben Augenblick peitschten die Schüsse auf. Ich hörte zwei Kugeln pfeifen, so nahe strichen sie an meinem Kopf vorbei. Rasch blickte ich zur Seite.

Bill Conolly stand auf dem Grab, hatte den rechten Arm erhoben, und die Beretta lag wie festgeschmiedet in seiner Hand.

Ich konnte mich nicht darum kümmern, ob die Kugeln die Zombies trafen, denn Elisa griff wieder an.

Diesmal fegte die Peitsche auf meinen Kopf zu.

Ich tauchte weg. Die Haare wurden noch berührt und hochgewirbelt. Der nächste Schlag zerfetzte meinen Mantel. Die Frau hatte eine ungeheure Wucht dahintergelegt und soviel Schwung, daß sie nach rechts wegtaumelte.

Ich nutzte den Augenblick der Unachtsamkeit aus. Aus dem Stand flog ich vor und prallte gegen Elisa Hanson.

Wir fielen zu Boden.

Jetzt hatte sie mir nichts mehr entgegenzusetzen. Geschickt drehte ich ihr die Peitsche aus der Hand. Rasch sprang ich auf.

»John!« Bills Warnruf riß mich herum.

Armlang nur von mir entfernt stand ein Zombie. Eine schreckliche Gestalt, die schon lange im Grab gelegen hatte. Unbewußt schlug ich mit der Peitsche zu. Drei Schnüre ringelten sich mit rasender Geschwindigkeit um den Körper des Nachzehrers.

Und dann geschah etwas Seltsames!

Der Zombie riß weit den Mund auf, und ehe ich noch begriff, war der Nachzehrer verschwunden.

Weg – von einem Atemzug zum anderen.

Er hatte sich einfach aufgelöst, als die Peitsche ihn berührte. Ein Phänomen, eine Verrücktheit?

Bill rannte auf mich zu.

Elisa Hanson stand neben mir. Sie schaute mich an, als würde sie mich gar nicht kennen.

Da hörte ich eine Kinderstimme. »Mummy, Mummy!«

Elisa Hanson drehte sich um. Ihre beiden Jungen liefen quer über das Gräberfeld auf die Frau zu. Lester Hanson folgte etwas langsamer.

Ich beobachtete Elisa Hanson genau. Ihr Gesicht – vor wenigen Sekunden noch eine Grimasse – änderte sich. Erst runzelte sich die Stirn, dann strich sich Elisa über die Augen, und plötzlich lächelte sie.

»Mummy?« fragte der kleine Gaylord.

»Ja, mein Schatz, ich bin hier!«

»Oh, Mummy, wir hatten solch eine Angst.« Da bückte sich die Frau und hob ihren Sohn hoch. Sie preßte ihn fest an sich, während die Tränen über ihr Gesicht liefen.

Lester Hanson kam. Er schaute uns an, und wir nickten. Dann schritt er zu seiner Frau, und die Eheleute fielen sich in die Arme. Der magische Bann war gebrochen.

Wodurch?

Fragen Sie mich nicht, ich weiß es nicht. Vielleicht durch das Auftauchen der beiden Kinder.

Für Bill und mich gab es nichts mehr zu tun.

Wir suchten den Friedhof Stück für Stück ab. Von Myxin fehlte jede Spur. Er hatte sich zurückgezogen und leckte seine Wunden.

Daß er tot war, daran glaubte ich nicht. Wir würden sicherlich noch einiges von ihm hören.

Hinter einem Gebüsch versteckt fanden wir einen Zombie. Er war noch jung, griff uns aber an.

Blitzschnell sprangen Bill und ich auseinander. Mein Freund wollte schon schießen.

»Laß!« schrie ich.

Ich hatte die Peitsche.

Eine kreisförmige Bewegung. Die drei Riemen wischten aus der Öffnung. Aus dem Handgelenk schlug ich zu. Der Nachzehrer befand sich mitten im Sprung, als er getroffen wurde.

Plötzlich gab es ihn nicht mehr. Weg, verschwunden – aufgelöst.

Bills Augen wurden riesengroß. »Das… das ist doch nicht möglich«, sagte er. Er strich mit seinen Fingern über die Peitsche. »Woher – hast du sie?«

»Von Elisa Hanson.«

Bills Blick wurde mißtrauisch.

Ich lachte. »Sie hat sie bestimmt nicht in der Schublade liegen gehabt, mein Lieber. Ich schätze eher, daß Myxin ihr die Peitsche gegeben hat. Schließlich braucht er eine Waffe, um sich gegen die Schergen des Schwarzen Todes zu verteidigen.«

Bill Conolly rieb sich die Hände. »Und jetzt haben wir diese Dämonenpeitsche.«

Ich nickte. »Genau, mein Lieber, jetzt haben wir sie.« Ich schlug mit dem Stiel gegen meine linke offene Handfläche. »Und so schnell werde ich sie nicht mehr hergeben, darauf kannst du Gift nehmen.«

Bill schüttelte den Kopf. »Lieber nicht. Ich möchte nämlich noch erleben, wenn du die Peitsche einsetzt.«

»Darauf kannst du dich verlassen«, erwiderte ich, klopfte Bill auf die Schulter und schritt mit ihm quer über den Friedhof auf Hansons Haus zu.

Es war genau Mitternacht.

Doch diesmal konnten wir dem nächsten Tag mit frohen Gesichtern entgegensehen…

ENDE

Das Trio
des Teufels
96

Hastig richtete sich das Mädchen im Bett auf. Giselas Blick wanderte zum Fenster. Sie hatte dort eine Bewegung gesehen. Ein Schatten – nichts weiter.

Aber das reichte aus, um Gisela Hoff Angst einzujagen. Es war zuviel passiert in der letzten Zeit. Die Angst und das Grauen gingen um, schlichen lautlos durch die Nacht. Wie der Nebel, der vom Meer hertrieb.

Gisela stand auf. Sie schwang ihre langen Beine aus dem Bett, strich das braune Haar zurück und schlüpfte in die flachen Pantoffeln. Über das lange, durchsichtige Nachthemd streifte sie einen Morgenmantel. Automatisch knotete sie den Gürtel fest, während ihre Blicke keinen Augenblick vom Fenster wegstreiften.

Da – wieder der Schatten!

Ein Gesicht!

Gisela öffnete den Mund, um zu schreien. Plötzlich flackerte Panik in ihren Augen, doch ehe ein Hilferuf über ihre Lippen drang, verzog sich das Gesicht hinter dem Fenster zu einem Lächeln, und Gisela Hoff atmete beruhigt aus.

Das Gesicht kannte sie. Sehr gut sogar. Sie lief hin und öffnete. Der Riegel klemmte etwas, wie immer bei feuchtem Wetter. Doch der junge Mann half von außen nach, und rasch war das Fenster offen.

Gisela Hoff wollte reden, doch der »heimliche Dieb« legte seinen Zeigefinger auf die Lippen und ließ sich kopfüber in das Zimmer fallen. Er war Judoka, rollte sich geschickt ab, stand auf den Füßen und preßte, bevor Gisela sich versah, seine Lippen auf ihren Mund und nahm sie fest in die Arme.

Das junge Mädchen drückte seinen Freund zurück. »Ja, bist du denn des Wahnsinns«, flüsterte sie. »Du kannst doch nicht mitten in der Nacht zu mir kommen.«

Hans winkte ab. Er ging zum Fenster und schloß es. Dann drehte er sich um. »Warum nicht?« Er lachte. »Du weißt doch, Liebe überwindet bekanntlich alle Hindernisse.«

»Ach, Hans!« Gisela warf sich in seine Arme. Sie und der junge Mann kannten sich seit gut zwei Monaten und hatten Gefallen aneinander gefunden. Hans Schneider arbeitete als Elektriker bei einer Firma, die ihren Sitz im Ruhrgebiet hatte und an der holsteinischen Küste ein Kraftwerk errichtete. Bei einem Tanzabend hatten sie sich kennengelernt. Gisela war Internatsschülerin und stand kurz vor dem Abitur. Wenn sie ehrlich gegen sich selbst war, dann mußte sie sich eingestehen, daß ihr der junge Mann längst nicht gleichgültig war.

Hans setzte sich auf das Bett, und Gisela blieb vor ihm stehen. Der junge Mann lächelte. »Was ist? Willst du dich nicht zu mir setzen?«

Gisela schüttelte den Kopf. »Nein, ich kann nicht.«

»Und warum nicht?«

»Du mußt wieder gehen, Hans!«

Der junge Mann mit den flachsblonden Haaren lachte lautlos. »Wieso denn? Glaubst du, ich hätte den beschwerlichen Weg umsonst gemacht? Nein, jetzt will ich meine Belohnung.«

Gisela schüttelte den Kopf. »Aber du weißt doch, was hier los ist!«

»Du denkst an die Morde?«

»Ja.«

Hans Schneider winkte ab. »Irgendwann werden sie den Täter schon fassen.«

»Das ist kein Täter im normalen Sinne, Hans.«

»Hast du ihn schon gesehen?«

»Nein. Aber die Toten – sie waren schlimm zugerichtet. Es wird sogar die Vermutung laut, daß wir es hier mit einem Tier oder einem Panther zu tun haben. Jedenfalls habe ich das gehört.«

Hans Schneider tippte sich gegen die Stirn. »Jetzt sag nur noch ein Werwolf, dann fange ich aber an zu lachen.«

Gisela nickte ernst. »Möglich ist alles.«

»Also, ich habe keinen gesehen. Und zu dir ins Zimmer wird er nicht kommen.«

»Nein, das nicht.«

Hans schlug sich auf den rechten Oberschenkel. »Wovor hast du dann Angst?«

Gisela Hoff ging trotzdem zu ihm. Sie beugte sich vor, und während Hans' Hände ihre Hüfte umklammerten, strich sie über sein Gesicht. »Du kannst wirklich nicht hierbleiben, Liebling«, sagte sie leise. »Es geht nicht um diesen Mörder, sondern um die Kontrolle.«

»Welche Kontrolle?«

»Die Rektorin geht in jeder Nacht durch die Zimmer. Sie kontrolliert, ob die Schülerinnen im Bett liegen. Sie muß jeden Augenblick kommen.«

Hans lächelte verwegen. »Dann verstecke ich mich eben.«

»Wo denn? Im Schrank?«

Der junge Mann löste seine Hände von Giselas Hüften und nickte. »Ich sehe schon, du hast heute keinen Bock auf mich.«

»Aber das ist doch gar nicht wahr. Ich habe nur Angst, daß man uns entdeckt.«

»Ein Liebender muß leiden.« Hans Schneider sprach mit dumpfer Schauspielerstimme, so daß Gisela lachen mußte. »Aber morgen, Mädchen, da lasse ich mich nicht so einfach abspeisen. Du rufst mich in der Firma an?«

Gisela nickte. »Ich…« Sie horchte. »Himmel, die Alte kommt. Weg, Hans, los!«

Auch der junge Mann hörte die Schritte und das Klappen der Türen. Wenn man ihn hier erwischte, bekam Gisela schweren Ärger. Das stand fest. Sie würde von der Schule fliegen, und da ihr Vater sich das Geld für den Internatsaufenthalt buchstäblich vom Munde absparte, wollte sie ihm diese Schande nicht antun.

Hans verstand sie.

Während die Rektorin im Nebenzimmer kontrollierte, schlich Hans zum Fenster. Er hatte es nur angelehnt, so daß es ihm keine Mühe bereitete, es zu öffnen.

Er drückte seiner Freundin noch einen schnellen Kuß auf die Lippen und schwang sich nach draußen.

Wie ein Dieb klebte er an der Hauswand. Seine Füße fanden auf einem schmalen Vorsprung Halt, die Hände krallte er in das rissige Mauerwerk des ehemaligen Schlosses. Geschmeidig bewegte er sich nach links. Er mußte das Vordach des Hauptportals erreichen. Von dort konnte er dann auf den weichen Grasboden springen. Giselas Zimmer lag im zweiten Stock. Im ersten befanden sich die jetzt leeren Klassenräume. Es bestand also keine Gefahr, von dort aus entdeckt zu werden.

Hans ging diesen Weg nicht zum erstenmal.

Trotzdem war er vorsichtig. Besonders schwierig wurde es, als er um eine Säule herum mußte.

Aber auch das schaffte er.

Dann hatte er das Vordach erreicht. Es bestand aus Beton und war nachträglich angebaut worden, ebenso das Schwimmbad und die Turnhalle. Hans Schneider sprang auf das Dach. Er kam federnd auf, und ein wildes Lächeln umspielte sein Gesicht.

Im Augenblick fühlte er sich wie Tarzan auf einem seiner Dschungel-Streifzüge.

Hans lief vor bis zum Rand, schaute nach unten und zuckte zurück.

Vor dem Eingang stand jemand.

Ein Mann.

Er rauchte eine Zigarette und ging langsam auf und ab. Nach oben schaute er nicht.

Hans Schneider wich lautlos zurück und legte sich flach auf das Dach, während er vorsichtig nach unten peilte. Er kannte den Mann. Es war Harry Hart, der Sportlehrer. Ein Typ, auf den die Mädchen flogen.

Hans grinste, als er den Lehrer beobachtete. Er mußte heimlich rauchen, weil sich das mit dem Image des Sportlehrers nicht vertrug.

Hans' Blick wanderte weiter. Ein großer Park umgab das Internatsgebäude. Er wurde von schmalen Wegen durchschnitten, und es führte auch eine asphaltierte Straße hindurch, die die Verbindung zur Bundesstraße war. Die Schule lag einsam. Hinter dem Park begann ein großes Waldgelände, nur von Wiesen und kleineren Seen unterbrochen. Zehn Kilometer war das nächste Dorf entfernt. Vor einigen Wochen war die kleine Ortschaft eingeschneit gewesen.

Der Turnlehrer hatte seine Zigarette zu Ende geraucht. Er warf die Kippe in hohem Bogen fort. Sie landete auf einer gefrorenen Pfütze und verlosch.

Harry Hart reckte und streckte sich. Er strich sich noch einmal über das Haar und verschwand dann im Haus.

Hans Schneider ließ einige Minuten verstreichen, bis er ganz sicher war, daß ihn niemand mehr beobachtete. Dann lief er zur rechten Seite des Dachs, schätzte kurz die Entfernung ab und sprang hinunter.

Er landete weich. Rasen und Schnee dämpften seinen Sprung. Bis zu den Bäumen hatte er rund fünfzig Meter freie Strecke zu überwinden. Er schaffte dies in Sprintermanier und war froh, als er zwischen den Stämmen der Buchen, Eichen und Pappeln untertauchen konnte.

Nachtnebel kroch über den Boden. In langen Schleiern rollte er sich um Bäume und hüllte auch bald den einsamen Mann ein wie ein Watteschleier. Hans Schneider stieß seine Hände in die Hosentaschen und schritt zügig voran.

Angst kannte er nicht. Obwohl zwei Mädchen in den letzten Tagen auf bestialische Weise umgekommen waren, fühlte er sich sicher. Was sollte ihm schon passieren?

Doch der junge Mann täuschte sich. Er hatte seinen kleinen Fiat nahe der Bundesstraße abgestellt und die Hälfte der Strecke bereits hinter sich, als er die Gestalt sah.

Abrupt blieb Hans stehen.

Wie ein Denkmal stand die Gestalt zwischen den Bäumen.

Aber...?

Hans atmete unwillkürlich schneller, als er dies sah. Die Gestalt saß in einem Rollstuhl!

Ein Traum? Eine Halluzination?

Hans ging näher. Er nahm seine Hände aus den Taschen und ballte sie zu Fäusten.

Die Gestalt hatte ihm ihr Gesicht zugedreht. Hans sah, daß es einer alten Frau gehörte.

Aber was suchte sie um diese Zeit im Park? Und dazu noch im Rollstuhl? Dem jungen Mann wurde es flau im Magen, trotzdem ging er weiter vor, und als er sich nur noch zwei Meter von der Frau entfernt befand, blieb er stehen.

Sie starrten sich an.

»Guten Abend«, sagte die Frau. Ihre Stimme klang krächzend.

Hans nickte. »Haben Sie sich verlaufen?« fragte er.

Die Alte kicherte. Sie hatte ein Kopftuch umgebunden. Das Gesicht schien nur aus Falten zu bestehen. Es glänzte nebelnaß. »Ich habe auf dich gewartet«, sagte sie.

Hans schluckte. »Auf mich?«

»Ja, mein Kleiner.«

»Und warum?« Seine Stimme war nicht mehr als ein Flüstern.

Die Alte antwortete nicht sofort. Statt dessen griff sie mit der rechten Hand unter die Decke, und als sie sie wieder hervorzog, hielt ihre Faust ein Messer mit unterarmlanger Klinge umklammert. »Ich habe auf dich gewartet, weil du jetzt sterben wirst«, sagte sie mit harter, seltsam tonloser Stimme...

Hans Schneider war im ersten Augenblick ziemlich perplex. Er begriff die Situation nicht. Sie war auch zu abstrakt. Da saß vor ihm jemand im Rollstuhl. Bewegungsunfähig, wie ihm schien, hielt jedoch ein langes Messer in der Hand und wollte ihn töten.

Makaber – sehr makaber sogar.

»Lassen Sie doch den Unsinn«, sagte er, »und legen Sie bitte das Messer weg.«

»Bübchen, du bist zu vorlaut.«

»Soll ich Sie nach Hause fahren?« Hans trat einen Schritt auf die alte Frau zu.

Sie winkte mit dem gekrümmten Zeigefinger der linken Hand. »Ja, Bübchen, komm ruhig näher, komm näher. Mein Messer wartet auf dich. Sieh dir die blanke Klinge an.« Die Alte kicherte, dann stieß sie blitzschnell zu, führte den Arm dabei von oben nach unten, und Hans Schneider mußte den Bauch einziehen, um nicht verletzt zu werden.

Die Alte lachte. Ihre Augen funkelten, und Hans glaubte, darin die Freude des Satans zu sehen.

Wäre die gebrechliche Frau ein Mann gewesen, so hätte Hans Schneider kurzen Prozeß mit ihr gemacht. Aber bei dieser Person, die sicherlich schon über siebzig Jahre zählte, dazu noch im Rollstuhl saß, konnte er sich für einen Angriff nicht entscheiden. Er nahm sich vor, davonzulaufen. Aber er wollte auch der Polizei Bescheid geben, denn diese Frau war wirklich gefährlich. Vielleicht war sie aus einer Irrenanstalt ausgebrochen? Auf jeden Fall durfte sie mit ihrer gefährlichen Waffe nicht so frei herumlaufen.

Aber wie war sie in dieses Waldstück gekommen?

»Es ist aus mit dir, Bübchen!« Die Alte hob das Messer und

fuhr mit dem Daumen der linken Hand über die Schneide. »Vorbei...« Wieder begann sie zu kichern.

Hans Schneider schüttelte den Kopf. »Ich gehe jetzt«, sagte er entschlossen und wollte kehrtmachen.

Es blieb beim Wollen.

Plötzlich hörte er über sich ein gespenstisches Fauchen. Er riß den Kopf in den Nacken, schaute nach oben und hatte das Gefühl, sein Herz würde stehenbleiben.

Auf den starken Ästen der Esche hockte ein Panther!

Schrägstehende Raubtieraugen funkelten ihn an. Das Maul war weit aufgerissen und präsentierte sich als dunkle Öffnung.

Die Reißzähne blitzten!

In Bruchteilen von Sekunden fielen dem jungen Mann die beiden Morde ein. Gisela hatte von einer Bestie gesprochen, von einem Tier.

Hier sah er den Beweis!

»Sterben!« kreischte hinter ihm die Alte. »Sterben!«

Da sprang der Panther.

Hans Schneider – durch seine Judo-Kenntnisse mit fantastischen Reflexen ausgestattet – reagierte zu spät. Der Panther fiel mit seinem gesamten Gewicht auf ihn.

Die Tatzen schlugen zu.

Das letzte, was Hans Schneider in seinem Leben hörte, was das Lachen der alten Frau im Rollstuhl.

Dann wurde er hineingezogen in die ewige Dunkelheit...

Die Mordkommission stand vor einem Rätsel. Erst am anderen Morgen war die grausige Tat entdeckt worden. Ein junges Mädchen, das zum Arzt wollte, wäre fast über den Toten gestolpert. Das Mädchen hatte einen Schock erlitten.

Die Schule fiel aus. Endlose Verhöre begannen. Dr. Mensching, der Direktor, rief das Lehrerkollegium zusammen und redete mit jedem einzelnen.

Doch heraus kam dabei nichts.

Die Spuren waren fast die gleichen. Irgendeine wahnsinnige Bestie mußte gewütet haben. Das hatten natürlich auch rasch die

Reporter herausgefunden. Sie waren noch fixer zur Stelle als die Beamten, doch sie erhielten eine Abfuhr.

»Ich möchte nicht, daß die Öffentlichkeit damit behelligt wird«, sagte der leitende Beamte.

Der Reporter protestierte. Es gab einen wilden Krach, den der Beamte schließlich für sich entschied.

Die Verhöre dauerten einen Tag. Gisela Hoff gab zu, daß der junge Mann bei ihr gewesen war. Sie konnte die Aussage erst am späten Nachmittag machen. Einen Schritt weiter kamen die Beamten nicht. Sie zogen wieder ab, nicht ohne eine Wache dazulassen. Während der Nächte sollten Polizisten den Park durchkämmen. Die Männer waren mit Maschinenpistolen bewaffnet. Außerdem führten sie dressierte Hunde bei sich.

Die Eltern der übrigen Schülerinnen waren sehr beunruhigt. Einige spielten mit dem Gedanken, ihre Tochter von der Schule zu nehmen, doch Dr. Mensching konnte sie noch einmal beruhigen. »Es wird alles getan, was in unseren Kräften steht.« So und ähnlich lauteten seine Kommentare.

Die Polizei bildete eine Sonderkommission. Und von dieser Kommission hörte auch ein Mann, der beim BKA seinen Dienst tat und mit einigen Sondervollmachten ausgestattet war.

Es war Kommissar Mallmann.

Mallmann ließ sich die Akten schicken. Er betrachtete sich die Tatortfotos genau. Verglich. Er las die Aussagen der Fachärzte und wurde plötzlich an einen Fall erinnert, der etwas über ein Jahr zurücklag und der sich im Spessart zugetragen hatte. Dort trieb unter anderem ein Werwolf sein Unwesen. Seine Opfer hatten ähnlich ausgesehen.

Mallmann zog Parallelen.

Eine halbe Stunde schloß er sich in seinem Büro ein und war für niemand zu sprechen.

Dann ging er zu seinem Chef. Und ihm legte er einen gewaltigen Plan auf den Tisch, wie man diese Bestie unter Umständen fangen konnte.

»Wir müssen in diesem Fall auf eine andere Weise vorgehen«, sagte der Kommissar. »Anders können wir die Bestie nicht fangen.«

Der hohe Beamte lächelte etwas überheblich und wiegte zweifelnd den Kopf. »Magie, Wer-Bestien. Mallmann, sagen Sie ehrlich, glauben Sie daran?«

»Ja!«

»Ich verstehe Sie nicht. So etwas gibt es doch nur in Horror-Romanen.«

Will Mallmann lehnte sich auf seinem Stuhl zurück. »Das habe ich früher auch geglaubt, bis mich die Praxis eines Besseren belehrte. Sie kennen doch meine Berichte.«

»Sicher, aber sie lesen sich ein wenig fantastisch, um einmal zu untertreiben.«

Mallmann fragte direkt. »Bekomme ich die Vollmachten oder nicht?«

Sein Chef wand sich hin und her. Schließlich gab er die Zustimmung. »Meinetwegen. Führen Sie Ihren Plan durch und weihen Sie bitte nur Dr. Mensching ein.«

Will Mallmann lächelte. Mit Daumen und Zeigefinger strich er über seine Römernase. Ein Zeichen, wie sehr er zufrieden war. Dann verließ er das Büro und meldete sofort ein Gespräch nach London an.

Der Teilnehmer dort hieß John Sinclair…

Eine Party im eigentlichen Sinne war es nicht, sondern ein regelrechter Empfang.

Es ging alles ein wenig steif zu, es wurden Reden gehalten, Lob wurde verteilt, und es gab Beifall. Die Zuhörer saßen auf harten Stühlen, machten keep-smiling und wünschten sich wahrscheinlich zwanzig Yards weiter, denn dort war die Getränkebar aufgebaut.

Mir ging es nicht anders. Ich saß in der ersten Reihe, zupfte hin und wieder am Kragen meines zu engen, nagelneuen Smokinghemds und hörte einem der offiziellen Vertreter von Scotland Yard zu, der meinen Chef und dessen Wirken über alle Maßen lobte.

Was war geschehen?

Ganz einfach, Freunde. Superintendent Powell hatte sein großes Etappenziel erreicht.

Er war geadelt worden!

Jawohl, Sie haben richtig gelesen. Sir Powell hieß er nun. Die Nachricht traf urplötzlich ein, und noch nie hatte ich meinen Chef so aus dem Häuschen gesehen. Jahrelang hatte er gezittert, gebangt und gehofft, in den Adelsstand erhoben zu werden. Nun hatte ihn die Queen persönlich zu einem Sir gemacht.

Hoch lebe die Queen!

Und hoch lebe Sir Powell!

Es war stolz wie Oskar. Endlich konnte er mit seinen Clubmitgliedern gleichziehen. Sir Powell, wie sich das anhörte. Vielleicht würden jetzt sogar seine Magenbeschwerden verschwinden, da er ja nicht mehr so frustriert war wie früher, als er noch ein einfacher Superintendent war.

Ich gönnte es dem alten Nörgler. Irgendwie hatten wir uns in den Jahren zusammengerauft, obwohl wir nicht nur vom Alter her so verschieden waren, sondern auch von der Weltanschauung. Powell ging für mich durchs Feuer, und umgekehrt war es ebenso. Schließlich hatte er dafür gesorgt, daß ich meine Vollmachten erhielt, auf die ich manchmal sehr angewiesen war.

Der Redner verstummte, wartete den Beifall ab und schritt zu seinem Platz.

Dann ging Sir Powell zum Rednerpult. Mit hochrotem Kopf, und in seinen Augen leuchtete die Freude.

Ich klatschte besonders laut. Das animierte meine Nachbarin ebenfalls, kräftig für die Durchblutung ihrer Hände zu sorgen.

Neben mir saß Glenda Perkins.

Auch heute, bei dieser offiziellen Feier, sah sie wieder zum Anbeißen aus. Sie trug ein schwarzes, zweiteiliges Kleid mit gewebten Silberfäden im Oberteil. Das Kleid war hochgeschlossen, nur dicht unter der Halsgrube setzte ein kleiner Tropfenausschnitt an, durch dessen schmale Öffnung das Weiß der Haut schimmerte. Glenda hatte das lange schwarze Haar mit zwei Spangen im Nacken zusammengesteckt, so daß es einen sehr breiten Pferdeschwanz bildete und locker auf die Schultern fiel. Glendas Lippen glänzten lackrot. Ich sah ihr Profil mit der schmalen Nase und den beiden Grübchen im Kinn.

Glenda Perkins war nicht nur meine Sekretärin, sondern auch eine geballte Ladung an Sex. Wenn ich sie anschaute, wurde es mir heiß und kalt zur gleichen Zeit.

Bei solch einer Frau konnte ein Mann einfach nicht ruhig bleiben. Vor allen Dingen, wenn man Junggeselle ist.

Himmel, Amor und Wolkenbruch! Glenda war in mich vernarrt. Das gab sie mir oft sehr deutlich zu verstehen.

Wie auch jetzt.

Die Stühle standen dicht beieinander. Sehr dicht sogar, und unsere Schenkel berührten sich zwangsläufig. Der Kleiderstoff war dünn. Ich spürte die Wärme der Haut und fühlte auch den leichten Druck, den mir Glenda entgegenbrachte. Als sie einen raschen Seitenblick meinerseits auffing, huschte ein Lächeln über ihre vollen Lippen.

Glenda wußte genau, was sie tat.

Aber ich befand mich in einer Zwickmühle. Denn da gab es noch eine Frau, die mir einiges bedeutete.

Die hieß Jane Collins, war Privatdetektivin und hatte mich auf manchen Einsätzen begleitet. Natürlich war Jane rasend eifersüchtig auf Glenda. Sie gab zu, daß meine Sekretärin sehr gut aussah. Ferner wußte sie, daß Glenda mich anhimmelte.

Es war schon ein Problem, Freunde.

Mit Gewalt konzentrierte ich mich auf Powells Rede. Er sprach von den Erfolgen, die nicht er, sondern Scotland Yard errungen hatte, und wie stolz er darauf war, zur besten Polizeiorganisation der Welt zu gehören.

Glenda beugte sich zu mir. Sie brachte ihre Lippen dicht an mein Ohr. Ich spürte den warmen Atem und hörte ihre Stimme. »Sind Sie nicht auch froh, John, zum Yard zu gehören?«

Eine Gänsehaut rieselte über meinen Rücken. Ich schluckte. »Natürlich, Glenda, sicher. Und Sie doch sicherlich auch?«

»Noch stolzer.«

Glenda beugte sich wieder zurück, und ich konnte mich auf Powells Rede konzentrieren.

Er ging mit keinem Wort auf die Abteilung ein, die er leitete. Es gab sie offiziell gar nicht. Wie hätte man auch den Namen Geisterpolizei erklären sollen? Für die Öffentlichkeit war ich ein normaler Oberinspektor, allerdings mit besonderen Vollmachten ausgestattet. Einige Kollegen wußten inzwischen, womit ich mich beschäftigte. Ihren anfänglichen Spott hatten sie abgelegt, denn die Erfolge, die Suko, Bill Conolly, Jane Collins und ich erzielt hatten, konnten sich sehen lassen. Dabei arbeiteten meine Freunde nicht einmal für den Yard. Sie unterstützten mich nur, und dafür war ich mehr als dankbar.

Sir Powell sprach die letzten Worte. Er bedankte sich noch einmal und versprach, auch in der Zukunft all seine Kraft für das Wohl des Landes einzusetzen.

Beifall brandete auf, an dem Glenda Perkins und ich uns beteiligten.

Sir Powell wirkte etwas verlegen. Als er das Rednerpult verließ, hatte er einen hochroten Kopf. Da ich besonders laut klatschte, warf er mir noch einen bitterbösen Blick zu.

Ich mußte grinsen. Das war der alte Powell.

Der offizielle Teil der Feier war nun abgeschlossen. Jetzt begann der gemütlichere.

Das kalte Büfett ging auf Kosten von Scotland Yard. Ebenso die zahlreichen Getränke. Sir Powell hatte für den nächsten Tag den Gesellschaftsraum seines Clubs gemietet. Dort wollte er dann noch im kleinen Kreis eine Feier geben. Mein Freund Bill Conolly und Sheila, dessen Frau, waren ebenfalls eingeladen, genau wie ich.

Wir standen auf.

Glenda schaute mich an. Ihre Augen und ihr Mund lächelten. »Haben Sie keinen Hunger, John?«

»Doch – natürlich.«

»Dann lassen Sie uns zum Büfett gehen.« Sie hakte sich bei mir unter. Ich winkelte den Arm an und spürte, daß die Ellbogenspitze gegen ihren linken Busen stieß. Glenda war ein Biest. Sie drückte sich bewußt so eng an mich. Falls sie überhaupt einen BH unter dem Kleid trug, dann war es ein weicher.

Sir Powell wurde von einigen Gratulanten umdrängt. Es waren Vertreter aus der Politik und des Wirtschaftslebens darunter. Aber auch hohe Beamte vom Yard.

Da war mir Glendas Gesellschaft lieber.

Ober liefen mit gefüllten Tabletts umher. Ich nahm zwei Sektschalen ab und reichte Glenda eine davon.

Wir protesteten uns zu. Unsere Blicke trafen sich.

Glenda formulierte den Trinkspruch. »Auf uns und auf diesen Abend, John.«

»Der bald vorbei sein wird«, rutschte es mir heraus.

Doch Glenda war nicht böse. »Der Teil hier – ja. Aber wir brauchen nicht sofort nach Hause zu gehen, sondern könnten irgendwo in einer netten Bar noch einen kleinen Drink zu uns nehmen.«

Der Vorschlag hatte es in sich. Sicherlich würde es nicht beim Trinken bleiben. Ich wollte mich nicht so recht festlegen, sondern erwiderte: »Mal sehen.«

Glenda lachte kokett, leerte ihr Glas und machte auf dem Absatz kehrt. Ich schwitzte. Teufel, diese Person konnte einem ganz schön einheizen. Ich folgte ihr zum kalten Büfett. Der Rock schwang hin und her wie eine Glocke. Glenda hatte einen unnachahmlichen Hüftschwung, mit dem allein sie schon die Männer verrückt machen konnte.

Und ich bin auch kein Roboter.

Wir nahmen uns Teller und Bestecke. Ich hatte Appetit auf Fisch und nahm einige Sorten. Vor allen Dingen der Lachs hatte es mir angetan.

Glenda probierte von den zahlreichen Salaten, die mit einem fettarmen Dressing zubereitet waren.

Und dann stand Sir Powell neben uns.

»Hallo, Sir.« Ich lächelte.

Der Superintendent zeigte mit der Gabel auf mich. »Ich habe Sie und Glenda schon lange beobachtet«, sagte er. »Denken Sie daran, daß das hier Dienst ist.«

»Wie meinen Sie das, Sir?« fragte ich unschuldig.

»Das wissen Sie ganz genau.« Er senkte seine Stimme. »Meinen Sie denn, es fällt nur mir auf, wenn Sie Miss Perkins mit Ihren Blicken regelrecht verschlingen?«

»Aber Sir, das ist doch nicht der Fall.«

»Reden Sie nicht, Sinclair. Ich weiß, was ich gesehen habe.« Er verstummte, als Glenda auf uns zukam.

»Darf ich Ihnen noch einmal meinen Glückwunsch aussprechen«, sagte die schwarzhaarige Super-Sekretärin. »Ich freue mich mit Ihnen, Sir.«

»Danke sehr.« Sir Powell hielt sich gerade. »Sie wissen, daß solch eine Beförderung nicht nur aus Rechten besteht, sondern auch aus Pflichten. Deshalb müssen wir ab heute noch mehr darauf achten, daß auf unsere Abteilung kein Makel fällt.«

Glenda nickte mit ernstem Gesicht, und ich fiel mal wieder aus der Rolle.

»God save the Queen«, sagte ich.

»Sie sollten nicht spotten, John!« zischte Powell.

»Sorry.«

Sir Powell nickte uns noch einmal zu und begab sich dann zu den anderen Gästen.

Ich aß meinen Lachs.

»Respekt haben Sie vor Ihrem Vorgesetzten auch nicht«, bemerkte Glenda.

Ich schluckte den Fisch hinunter, spülte mit Sekt nach und sagte dann: »Das täuscht, Glenda, ich habe Respekt vor ihm. Doch Sir Powell sieht das alles ein wenig zu eng. Und er nimmt alles zu ernst. Wenn ich nicht meinen gesunden Humor hätte, wäre ich an den Dingen, mit denen ich zu tun habe, längst zerbrochen.«

Glenda nickte. »Da haben Sie recht, John.«

Ich lachte. »Aber warum sollen wir uns groß Gedanken machen? Trinken wir auf den heutigen Abend.«

»Auf einmal so fröhlich, John?« Auch Glenda lachte, und in ihren Augen las ich ein Versprechen für die kommende Nacht.

Sir Powell war der Held des Tages. Er mußte unzählige Hände schütteln.

»Schade, daß man hier nicht tanzen kann«, sagte Glenda, drehte sich dabei um ihre eigene Achse, so daß ihr Rock hoch bis über die Knie schwang. Nicht nur ich sah die verführerisch hübschen Beine, sondern auch die älteren Gentlemen, und sie lächelten sehr angetan.

Nur Sir Powell nicht. Jetzt würde er wieder Magenschmerzen bekommen. Glenda schien leicht angeschwipst zu sein. Sie ließ sich gegen mich fallen.

»Fang mich auf, John«, rief sie übermütig und dachte nicht mehr an das unpersönliche Sie.

Ich hielt sie fest. Und ehrlich gesagt, ich tat es gern. Dabei schaute ich mich nach einem Ober um, denn ich hatte Durst auf einen doppelten Whisky.

Der Ober kam, und er wollte auch zu mir! Nur trug er kein Tablett auf den Armen, sondern einen Telefonapparat. Den Hörer hielt er in der linken Hand.

Ich wollte noch schnell verschwinden, aber es war bereits zu spät. Der Ober hatte mich entdeckt. »Mr. Sinclair«, rief er und hielt den Hörer hoch.

»Aber nicht jetzt!« zischte Glenda mir ins Ohr.

»Sorry«, sagte ich. »Vielleicht ist es meine Tante.«

»Die heißt doch nicht zufällig Jane Collins?« fragte Glenda Perkins spitz.

Der Ober sagte: »Bitte sehr«, und ich nahm den Hörer.

»Sinclair.«

Verstehen konnte ich nichts, zudem der Anrufer auch noch in einer anderen Sprache redete.

»Moment«, sagte ich laut. Die Schnur war lang genug, und ich verzog mich mitsamt dem Telefon in eine ruhige Ecke. Den Apparat stellte ich auf der Fensterbank ab, preßte mir das rechte Ohr zu und klemmte den Hörer an das linke.

Jetzt endlich verstand ich meinen Gesprächspartner. »Mein Gott, was ist denn bei euch los, John?«

»Will!« rief ich. »Du alter Haudegen! Was macht denn so die Kunst? Läuft die Stereoanlage noch? Rollt der heiße Manta?«

»Ach, hör auf, John. Mit dem Manta habe ich mich gedreht.«

»Wie das?«

»Glatteis auf der Autobahn. Du fährst nichtsahnend, und plötzlich spielst du Kreisel.«

»Ist dir denn was passiert?«

»Zum Glück nicht. Die Strecke war frei.«

»Dann herzlichen Glückwunsch.«

»Kannst du wohl sagen, John. Aber jetzt was anderes: Ich rufe nicht zu meinem Vergnügen an. Hast du im Moment einen heißen Fall auf der Rolle, oder kannst du rüberkommen?«

»Privat?«

»Nein, hochoffiziell. Eine Zusammenarbeit der Behörden beider Länder.«

Ich dachte rasch nach. Wenn Will Mallmann so redete, dann brannte ihm ein Fall unter den Nägeln. »Worum geht es denn?« fragte ich.

»Um drei Morde.«

»Und?«

Der Kommissar berichtete in Stichworten. Ich hörte zu, ohne ihn zu unterbrechen. Dann aber rückte er mit seinem Plan heraus. Trotz des Ernstes der Lage mußte ich lachen. »Um Himmels willen, Will, wie stellst du dir das vor? Ich als Lehrer?«

»Das geht doch. Du kannst Englisch unterrichten. Es soll ja auch nicht für immer sein, John. Am besten ist, du bringst noch jemand mit. Eine weibliche Lehrperson.«

Ich wußte, wen er meinte. »Jane Collins?«

»Genau.«

»Ich werde es mir überlegen, Will.«

»Nein.« Damit war Mallmann gar nicht einverstanden. »Du kannst mich jetzt nicht hängenlassen, John. Ich habe mich für die Sache ungeheuer stark gemacht. Wenn das nun in die Hose geht, bin ich der Blamierte. Nimm die nächste Maschine und komm rüber. Ich erwarte dich um sechs Uhr dreißig nach unserer Zeit am Hamburger Flughafen. Du bist doch sonst von der schnellen Truppe.«

»Mir kommt das alles nur etwas plötzlich«, gab ich zu bedenken.

»Keine Ausrede. Dein Chef bekommt auch Bescheid. Am besten ist, du bringst Suko mit. Er kann ja im Hintergrund operieren. Das war das Wichtigste. Alles andere später.«

Ehe ich noch eine Frage stellen konnte, legte Will Mallmann auf. Auch ich drückte den Hörer auf die Gabel und griff nach meinen Zigaretten. Nachdenklich steckte ich mir ein Stäbchen zwischen die Lippen.

Eine bläuliche Gasflamme zischte vor der Zigarettenspitze hoch. »Darf ich dem Herrn Feuer geben?« Glenda stand vor mir.

»Danke.«

»Ärger?« fragte Glenda, die mich ziemlich gut kannte.

Ich wiegte den Kopf. »Es geht.«

Glenda Perkins verstand. »Dann wird es wohl nichts mit dem Weiterfeiern?«

»So ungefähr.«

»Schade«, sagte sie, »schade, daß Sie solch einen Job haben,

John.« Sie machte abrupt kehrt, doch ich hatte die Tränen in ihren Augenwinkeln sehr wohl bemerkt.

Ich wischte mir über die Stirn und suchte Superintendent Powell. Er stand im Mittelpunkt einer Gruppe älterer Herren, und sie unterhielten sich über die Vor- und Nachteile der Monarchie.

Zwei Minuten nahm man mich nicht zur Kenntnis, dann machte ich mich durch hartes Räuspern bemerkbar.

Und nun reagierte Sir Powell prächtig. »Sie entschuldigen mich, Gentlemen«, sagte er, »aber ich werde verlangt, wie Sie sicherlich sehen. Wir unterhalten uns später noch.«

»Was gibt's denn, John?« fragte mich mein Chef, und wir gingen einige Schritte zur Seite.

Ich berichtete ihm von Mallmanns Anruf. Sir Powell nickte. »Das hatte ich gewußt«, erklärte er mir. »Ich wollte Ihnen nur nicht den Abend verderben. Die deutschen Behörden haben sich bereits am frühen Nachmittag mit mir in Verbindung gesetzt, und ich habe ihnen unsere Hilfe zugesagt.«

»Mit anderen Worten – ich kann fliegen.«

»Ja, John.«

Ich war ärgerlich, daß man mich so hintergangen hatte. »Ich werde aber noch zwei Personen mit auf die Reise nehmen. Jane Collins und Suko.«

Sir Powell war einverstanden. Kein Wort des Vorwurfs, keine Silbe über die hohen Spesen.

Ich hatte das Gefühl, die Welt ginge unter. Sagte aber nichts, sondern meinte nur: »Dann werde ich mich jetzt verabschieden, Sir.«

Superintendent Powell reichte mir die Hand. »Alles Gute, John!«

»Danke, Sir.« Ich deutete in die Runde. »Und noch viel Vergnügen.«

Dann ging ich. Von Glenda Perkins sah ich nichts mehr. Sie schien die Feier bereits verlassen zu haben.

Ich konnte sie verstehen.

Jane Collins lag noch nicht im Bett, sondern arbeitete an ihrer Einkommensteuererklärung. Als ich ihre Wohnung betrat, strahlte die blondhaarige Detektivin, doch als ich sie an mich drückte, verzog sie das Gesicht und stieß einen Zischlaut aus.

»Du riechst nach Parfüm!« stellte sie fest.

»Ich? Wieso…?«

»Ja, du riechst nach Parfüm.« Sie trat einige Schritte zurück und schaute mich von oben bis unten an. »Festliche Garderobe, piekfein in Schale, warst du aus?«

»Ja, dienstlich. Powell feiert seinen Sir!« Ich sagte es mit grimmiger Miene, und sofort schnappte Jane Collins den Ball auf. »Dann war auch Glenda Perkins in der Nähe.«

»Stimmt.«

»Daher das Parfüm.«

»Sie hat neben mir gesessen«, verteidigte ich mich.

»Dem Geruch nach zu urteilen hat sie auf deinem Schoß gesessen, mein lieber John.«

»Das ist doch albern.« Unwillig schüttelte ich den Kopf. »Bei einer offiziellen Feier…«

»Es gibt Nebenräume.«

Ich gab keine Antwort, sondern ging an Jane vorbei, ließ mich in einen Sessel fallen und bat um einen Schluck Sodawasser.

Jane brachte mir sogar das Glas. Auch sie war eine fantastische Frau. Der seidene Morgenmantel schmiegte sich eng um ihren gut gewachsenen Körper. Ich sah deutlich den Abdruck des winzigen Slips, und als sie sich bückte, um mir das Glas zu reichen, erkannte ich die schmale Schlucht zwischen den beiden Brüsten.

Mit dem Fuß löschte Jane fünfzig Prozent der Lichtquellen. Drei Minuten später brannte nur noch die kleine Lampe neben dem Bett. Und ich brannte ebenfalls lichterloh.

Aber in Janes Armen.

Der Kavalier genießt und schweigt. Erst eine halbe Stunde vor Mitternacht kam ich dazu, Jane Collins von meinem Vorhaben zu berichten. Ich saß im Bett und rauchte eine Zigarette, während Jane vor dem Spiegel ihr langes Haar ausbürstete.

»Das ist doch fantastisch!« rief sie. »Natürlich fahre ich mit. Ich als Lehrerin. Was soll ich denn unterrichten?«

»Meinetwegen schwimmen.«

»Damit du mich im Bikini beobachten kannst?«

»Denk daran, es ist ein Internat. Da ist züchtige Kleidung Vorschrift. Nimm dir einen Badeanzug mit.«

»Einen Einteiler?«

»Sind die nicht gerade ›in‹?« fragte ich.

»Du bist ein Ekel.«

Ich stand auf.

»Wo willst du hin?«

»Suko anrufen.«

Jane Collins schlug sich gegen die Stirn. »Stimmt, der ist ja mit von der Partie. Willst du ihn als Karatelehrer einstellen?«

»Nein, höchstens als Kinderschreck für Sextanerinnen.«

»Es gibt ja nicht nur Sextanerinnen im Internat«, sagte Jane.

Ich blieb an der Tür stehen und drehte den Kopf. »Wie meinst du das denn jetzt schon wieder?«

Jane erwiderte spitz: »Nun, ich habe schon öfter attraktive Oberprimanerinnen kennengelernt. Die konnten einem Mann schon den Kopf verdrehen.«

»Aber doch nicht mir, Jane.« Ich ging hinüber in den Livingroom. Suko bewohnte das Apartment neben mir. Obwohl es bereits Nacht war, schnappte er nach dem zweiten Klingeln schon den Hörer.

»Hier ist John.«

Suko war überrascht. »Ist die Feier schon zu Ende? Oder hatte Glenda keine Lust?«

»Mann, sei ja ruhig.«

Suko lachte. »Was gibt's?«

Ich erklärte es ihm, und der Chinese war begeistert. »Na, das ist doch mal wieder was für mich«, rief er. »Wann soll's losgehen?«

»In aller Herrgottsfrühe.« Ich sagte ihm die genaue Zeit.

»Und wann kann ich dich erwarten?«

»Ich fahre gleich los.«

»Rufst du von Jane aus an?«

»Ja.«

»Laß mich raten, was du anhast...«

Ich lachte und legte auf.

Suko hatte sich, seitdem er bei mir war, zu einem regelrechten

Partner entwickelt, auf den ich mich hundertprozentig verlassen konnte. Oft kämpften wir Seite an Seite, und gerade dadurch waren wir oft stärker als unsere Gegner, die immer wieder aus den Reichen der Finsternis in diese Welt stießen. Erst vor kurzem war mir durch einen wirklichen Gücksfall eine Waffe in die Hand gefallen, mit der es noch leichter war, das Heer der Dämonen zu bekämpfen. Es war die Dämonenpeitsche. Wurde ein Dämon damit getroffen, so löste er sich einfach auf. Zurück blieb meist nur eine nach Pest und Schwefel stinkende Wolke. Diese Peitsche hatte vorher Myxin, einem unserer Hauptgegner, gehört.

Jetzt lag sie in meinem Spezialkoffer.

Die Fliege band ich erst gar nicht mehr um, sondern steckte sie in die Smokingtasche.

Jane brachte mich bis an die Tür. »Und fahr nicht bei einer anderen vorbei«, gab sie mir als Abschied mit auf den Weg.

Ich lächelte schief. »Die Primanerinnen schlafen ja jetzt alle.«

»Ekel!« zischte sie und gab mir trotzdem einen Kuß.

Als ich das Haus verließ, war es zwei Minuten vor Mitternacht. Durch tauenden Schneematsch schlitterte ich zu meinem Wagen. Ich wollte noch etwas schlafen, denn in wenigen Stunden startete bereits unsere Maschine.

Der Mann hieß Karl. Seinen Nachnamen hatte er vergessen. Er war knapp vierzig Jahre alt und arbeitete schon seit seinem vierzehnten Lebensjahr für den größten Lebensmittelhändler im Ort. Karl gehörte fast zur Familie.

Auch an jenem bewußten Morgen mußte er wieder eine Fahrt antreten. Sein Opel Caravan war mit Lebensmitteln vollgestopft. Die Kunden hatten telefonisch bestellt.

Karl hakte noch einmal die einzelnen Posten auf seiner Liste ab, nickte zufrieden und schlug die Wagentür zu. Dann ging er wieder ins Haus, betrat über die steile Treppe sein Zimmer und nahm eine Flasche Bier aus dem Kühlschrank.

Das zweite Frühstück.

Ein Lächeln flog über Karls Gesicht, als er die Flasche ansetzte.

Für ihn war das Biertrinken eine Zeremonie. Daß er dabei bis zu dreimal in der Woche betrunken war, störte ihn nicht.

Karl nuckelte an der Flasche und setzte sie erst ab, als sie zur Hälfte leer war. Ein paar Schaumflocken hingen noch an seinem Oberlippenbart. Mit dem Handrücken wischte Karl sie weg. Dann pellte er sich ein hartes Ei und aß es langsam und genußvoll, wobei er die zweite Hälfte der Flasche leerte.

Anschließend zündete er sich eine filterlose Zigarette an, trat ans Fenster und blies den Rauch gegen die Scheibe. Die letzten Schatten der Nacht verschwanden. Im Osten stieg die rote Februarsonne über den Horizont und verdrängte die letzten Morgennebel. Karl rauchte zu Ende und verließ sein Zimmer.

Er trug bereits den grauen Arbeitskittel mit der Aufschrift des Lebensmittelladens.

Auf dem Hof begegnete ihm sein Chef.

»Wann bist du zurück, Karl?«

Karl strich sich über sein schon leicht angegrautes Haar und fuhr mit dem Daumen im Nacken auf und nieder. »Tja, wenn ich zu den Tanten soll, dann dauert es bis gegen zehn.«

»Gut. Bis dahin sind auch die neuen Waren eingetroffen. Du kannst sie dann auszeichnen und sortieren. Ich lege dir die Preisliste dazu.«

»Wird gemacht, Chef.« Karl stieg in den Wagen.

Der Lebensmittelhändler winkte und gab Karl noch den Rat, auf diesen schneeglatten Wegen vorsichtig zu fahren.

Karl begann mit seiner Tour. Er fuhr erst zu zwei Familien im Dorf, erhielt bei der letzten einen Korn und kippte ihn in die Kehle. Er fuhr auch, wenn er leicht einen sitzen hatte. Er nahm das nicht so genau.

Als er dann wieder in seinen Wagen stieg, fiel ihm ein silbergrauer Opel Manta auf. Der Wagen hatte ein fremdes Kennzeichen und war mit drei Männern und einer Frau besetzt. Karl schaute dem Manta nach, bis der hinter der nächsten Kurve verschwand.

Dann fuhr er weiter.

Jetzt hatte er nur noch die drei alten Frauen zu beliefern. Einmal im Monat fuhr Karl dorthin, und immer hatte er ein komisches Gefühl. Etwas stimmte mit diesen Weibern nicht. Sie saßen alle drei im Rollstuhl, waren an sich harmlos, aber Karl spürte doch jenen kalten Hauch der Gefahr, der von diesen Frauen ausging, wenn er ihnen gegenüberstand. Sie wohnten schon lange in ihrem einsamen Haus, und jeder im Ort fürchtete sich vor ihnen.

Die Hexen-Drillinge wurden sie genannt.

Eine Gänsehaut lief über Karls Rücken, als er daran dachte. Er lenkte seinen Wagen mit einer Hand, die andere lag auf der Rückenlehne des Beifahrersitzes.

Noch fuhr er über die Hauptstraße, doch nach einem Kilometer mußte er rechts abbiegen.

Flach wie ein Brett war das Land. Wiesen und Felder bildeten ein geometrisches Muster. Tauende Schneemassen bedeckten sie. Als dunkle Inseln hoben sich die Mischwälder ab. Die Waldstücke waren oft kilometerlang und wurden hin und wieder von kleineren Seen unterbrochen.

Im Sommer war diese Gegend ein bezorzugtes Feriengebiet, ein Paradies für Kinder.

Der Weg wurde schmaler. Die Räder des Opels wühlten sich durch den tauenden Schnee und fußhohen Matsch. In einer Linkskurve rutschte er nach hinten weg, doch Karl gelang es, ihn wieder in die Spur zu bringen. Der gelbe Opel hob sich als Farbklecks von der Landschaft ab. Er zog eine helle Auspuffahne hinter sich her.

Das Haus der drei Schwestern lag in einem Wald. Wie im Märchen. Ringsum waren die Bäume abgeholzt, auf der Lichtung stand das Gras kniehoch und lugte zwischen Schneeresten empor.

Karl fuhr zwischen den Bäumen. Das klare Morgenlicht wurde gefiltert, der Wald machte es zu einem Wechselspiel von Hell und Dunkel. Noch eine Kurve, und Karl war da.

Jedesmal rann ihm eine Gänsehaut über den Rücken, wenn er das Haus betrachtete.

Es war aus Holz gebaut. Hatte zahlreiche Giebel und Vorsprünge und war verwinkelt wie eine Hexenhütte.

Ja, Hexenhütte war der richtige Ausdruck.

Die schmalen Reifen walzten das Gras platt, als Karl bis dicht vor die Tür fuhr.

Er stieg aus.

Die Frauen hatten seine Ankunft bereits beobachtet. Es war immer das gleiche Spiel.

»Komm ruhig rein, Söhnchen«, ertönte eine krächzende Stimme, »die Tür ist offen.«

Karl öffnete die Heckklappe des Kombis und packte den ersten Karton. Er trug ihn auf beiden Armen und stieß die Tür mit der rechten Fußspitze auf.

Zwei Schritte hinter der Schwelle blieb er stehen. Es dauerte etwas, bis sich seine Augen an das Dämmerlicht gewöhnt hatten.

Die drei Frauen saßen in ihren Rollstühlen genau vor ihm. Er wußte nicht, wer Elise, Stina oder Martha war. Sie sahen alle gleich aus. Sie trugen dieselben langen, dunklen Kleider, hatten faltige Gesichter und gichtkrumme Hände, deren Finger um die Seitenlehnen der Stühle geklammert waren.

Die Diele war leer. Auf den feuchten Holzdielen schimmerte grünlicher Schimmel. Links führte eine wurmstichige gewundene Treppe bis unter das Dach.

»Bring es in die Küche, Söhnchen«, sagte die Frau in der Mitte.

»Ja, natürlich.« Karl schritt vor. Er mußte rechts an den Frauen vorbei, passierte eine windschiefe Holztür und betrat einen Raum, dessen Einrichtung noch aus dem vorigen Jahrhundert zu stammen schien. Die Möbel waren uralt. Überall knackte und knarrte es. In den Schränken nistete der Holzwurm.

Hinter sich hörte Karl ein rollendes Geräusch. Eine Frau war ihm gefolgt. »Stell die Sachen auf dem Unterteil ab, Söhnchen.«

Karl tat, wie ihm geheißen.

Dann drehte er sich um.

Die Frau grinste ihn an. Er sah einen zahnlosen Mund, die zahlreichen Falten im Gesicht, doch durch das spinnwebenverklebte Fenster fiel noch genügend Licht, um den gelblich leuchtenden Ausdruck in den Augen der Alten sehen zu können.

Wie bei einem Raubtier, dachte Karl und schüttelte sich. »Darf ich vorbei?« fragte er und quälte sich ein Lächeln ab. »Im Wagen draußen stehen noch zwei Kartons.«

»Aber natürlich, Söhnchen. Warte, ich mache dir Platz.« Die Alte rollte zurück zu ihren beiden Schwestern, die ebenfalls keinen Blick von Karl ließen, als er das Haus verließ.

»Er ist ein schöner junger Mann«, flüsterte Martha.
»Ja, wirklich«, bestätigte Stina. »Sollten wir ihn nicht…«
»Sei ruhig!« zischte Elise. »Wer bringt uns sonst die Waren?«
»Aber er ist doch so kräftig!«
Karl kam zurück, und Martha verstummte. Sie folgte nur mit hungrigen Blicken dem Mann, wie er die Küche betrat und dort den zweiten Karton absetzte.
Dann holte er den dritten.
Als Karl das Haus betrat, lächelte er den alten Frauen zu, obwohl er am liebsten davongelaufen wäre.
Karl stellte den dritten Karton auf einen Stuhl. Er bemerkte, daß eine der Schubladen im Küchenschrank offenstand. Karl schaute hinein, zog sie noch weiter auf und sah plötzlich das Messer.
Die Klinge war blutig!
Karl sprang zurück. Plötzlich schwitzte er und begann zu zittern.
Von wem stammte das Blut?
Von einem Menschen – oder einem Tier?
Karl atmete scharf aus. Er wischte sich über die Stirn, und als er auf seine Finger schaute, waren sie naß. Karl dachte an die Morde, die in der letzten Zeit passiert waren und die Bevölkerung der näheren Umgebung in Angst und Panik versetzten.
Hatten die drei Frauen etwas damit zu tun?
»O Gott«, stöhnte Karl und schüttelte sich.
»Söhnchen?« Die krächzende Stimme riß ihn aus seinen Überlegungen in die Wirklichkeit zurück. Er schob die Schublade wieder halb zu und verließ die Küche.
Das Messer mit der blutigen Klinge ging ihm nicht aus dem Kopf. Karl war ein einfacher Mensch. Er arbeitete, trank sein Bier und ließ sonst den lieben Gott einen guten Mann sein. Aber er verstand es doch, eins und eins zusammenzuzählen.
Hier stimmte etwas nicht.
Als er die Küche verließ, war er blaß. Die drei Frauen hatten ihre Stellungen verändert. Eine wartete dicht vor der Treppe, die beiden anderen hielten sich in der Nähe der Tür auf.
Martha winkte mit dem gichtkrummen Finger. Sie sah dabei wirklich aus wie eine Hexe.

»Komm zu mir, Söhnchen.«

Karl zögerte noch.

Die Alte kicherte häßlich. »Hast du Angst, Söhnchen?«

Karl schüttelte den Kopf und trat langsam auf sie zu. Die Alte griff unter ihr Kleid, und als die Hand wieder zum Vorschein kam, lag ein Fünfmarkstück auf dem Handteller.

»Hier, das ist für dich.«

Karl nahm das Geld. Seine Fingerspitzen berührten dabei die Haut der Frau. Hastig steckte er die Münze weg.

»Danke. Danke sehr.«

»Dann bis zum nächstenmal«, flüsterten die drei Frauen fast gleichzeitig.

Karl wandte sich um und vollführte eine etwas linkische Verbeugung. »Ja – ich gehe dann jetzt. Auf Wiedersehen.«

Er stolperte fast nach draußen, rannte zu seinem Wagen und warf sich hinein.

Karl war naßgeschwitzt. Er würgte den Motor vor lauter Aufregung ab, dann aber startete er durch. Dreck spritzte hinter den Reifen des Opels hoch. Er vermischte sich mit kleineren Grassoden, und das Heck des Wagens schlingerte, als Karl beschleunigte.

Seit er das blutige Messer gesehen hatte, hatte er noch mehr Angst vor den drei Frauen.

Die drei Weiber aber lachten und rieben sich die knöchernen Hände. Martha sprach aus, was die anderen beiden dachten. »In der Nacht wird es ein nächstes Opfer geben…«

Das Internat lag an einem idyllischen Plätzchen, das mußte man ohne Neid eingestehen. Der Park um das große Gebäude herum war gepflegt, und auf den breiten Wegen wuchs kein Unkraut. Man merkte überall die Hand des Gärtners.

Suko blieb im Wagen sitzen, während Jane Collins, Kommissar Mallmann und ich ausstiegen.

Der Chinese hielt mich noch an der Schulter zurück. »Halt die Ohren steif, John«, sagte er eindringlich.

Ich lächelte. »Wird schon schiefgehen.«

Will und ich nahmen Jane in die Mitte. Wir schritten die Stufen hoch, auf das nachträglich eingebaute Glasportal zu. Es schwang automatisch zurück, als wir einen Kontakt berührten.

Zwei Meter weiter befanden wir uns in einer anderen Welt.

Es war die typische Schule, wie ich sie von früher her kannte. Eine hohe Decke, zwei breite Steintreppen, die in die erste Etage führten, Rundbögen, die die Decke stützten, blankgescheuerte Fliesen auf dem Boden und ein Hausmeister, der uns am Weitergehen hinderte. Er war ein kompakter Typ mit einem borstigen Igelschnitt. Der Hausmeister trug einen grauen Kittel und hatte beide Hände in den Taschen vergraben. Auf Janes Figur blieb sein Blick länger haften.

Die blondhaarige Detektivin trug ein elegantes, blau gemustertes Winterkostüm aus Cashmere-Stoff, Stiefel in einer blaugrauen Farbe und hatte eine kecke Mütze auf dem Kopf.

»Sie wünschen?« wurden wir angesprochen.

Will Mallmann redete. »Wir möchten zu Dr. Mensching und sind bei ihm angemeldet. Mein Name ist Mallmann.« Er deutete auf Jane. »Das ist Miss Collins, und der Herr dort ist Mr. Sinclair. Beide kommen aus England und sind die neuen Lehrpersonen.«

Das Gesicht des Hausmeisters wurde freundlicher. Mit dem Lehrkörper wollte er es sich wohl nicht verderben. »Wenn Sie einen Augenblick warten wollen?« Er verschwand in seiner kleinen Box und telefonierte.

Ich sah mich inzwischen um. Die Koffer hatte ich abgestellt. Auch mein Spezialkoffer war dabei.

Wohl konnte ich mich in dieser Schule nicht fühlen. Alles war düster, die Wände, die Gänge, die Decken.

Der Hausmeister kehrte zurück. »Dr. Mensching läßt bitten«, sagte er. »Ich darf Sie führen?«

Er nahm zwei unserer Koffer.

Von den Schülerinnen hörten wir nichts. Jetzt war Unterricht, und in den Klassen herrschte Ruhe.

Der Hausmeister brachte uns in die erste Etage, wo Dr. Mensching, der Schulleiter, sein Büro hatte.

Wir gelangten in ein Vorzimmer.

Eine rothaarige Mitdreißigerin erhob sich von ihrem Stuhl. Sie trug eine Brille, hatte zahlreiche Sommersprossen im Gesicht und eine Jayne-Mansfield-Figur.

Ich sah Janes eifersüchtigen Blick und mußte grinsen. Also nicht nur die Primanerinnen.

Die Frau stellte sich als Elfriede Lachmann vor. Sie lächelte strahlend, als sie uns begrüßte.

»Sie sind also die neuen Lehrpersonen«, sagte sie. »Ich würde mich freuen, wenn Sie sich bei uns wohl fühlten.«

»Danke sehr.«

Sie deutete auf eine gepolsterte Nebentür. »Dr. Mensching wartet bereits. Bitte sehr.«

Das Büro des Direktors war doppelt so groß wie das Vorzimmer. Dr. Mensching erhob sich hinter seinem antiken Schreibtisch und kam mit ausgestreckten Händen auf uns zu.

»Ich darf Sie herzlich begrüßen«, sagte er und zu seiner Vorzimmerelfe gewandt: »Sie können gehen, Fräulein Lachmann.«

»Sehr wohl, Herr Doktor.«

Wir schüttelten uns die Hände.

Dr. Mensching war etwa fünfzig Jahre alt und reichte mir nur bis zur Schulter. Sein schwarzes Haar lichtete sich bereits. Er hatte es jedoch so raffiniert gekämmt, daß dies kaum auffiel. Sein grauer Anzug war von konservativem Schnitt, und auch die Krawatte zählte nicht gerade zu den modernsten.

Er trug eine Goldrandbrille und hatte eine tiefe Stimme. Dr. Mensching war eingeweiht. Als er uns Plätze angeboten hatte, kam er auch sofort zur Sache.

»Die drei Morde sind noch immer nicht aufgeklärt, meine Herren. Wie ich weiß, steht die Polizei nach wie vor vor einem Rätsel. Aber das ist Ihnen ja bekannt, Herr Kommissar.«

Will Mallmann nickte. Mit den beiden Zeigefingern fuhr er an seinen gelichteten Schläfen entlang. »Die Polizei ist auf einen höheren Befehl hin abgerufen worden«, erklärte er. »Das gehört alles zu unserem Plan, Herr Doktor.«

»Oh, das wußte ich nicht.«

Mallmann lächelte nur weise.

Ich fragte direkt. »Welche Aufgaben sollen wir nun übernehmen?«

Dr. Mensching schaute mich an. »Sie wollte ich als Englischlehrer einsetzen. Ihre Kollegin, Miss Collins, könnte unserem

Sportlehrer, Dr. Hart, ein wenig zur Hand gehen. Sie sollte sich vor allen Dingen um das Schwimmen kümmern.«

»Und wann sollen wir mit dem Unterricht beginnen?« fragte Jane.

»Am besten heute nachmittag. Da sind noch zwei Stunden Unterricht. Auch Schwimmen und Englisch. Trauen Sie sich das zu?« Er schaute uns fragend an.

Ich nickte. Auch Jane Collins sah keine Schwierigkeiten. Wir sprachen noch über die Mordfälle und über den Ärger, den Dr. Mensching dadurch hatte. »Sie werden das Rätsel bestimmt lösen«, meinte er zuversichtlich.

»Erwarten Sie bitte keine Wunder«, dämpfte ich seinen Optimismus. »Wir sind auch nur Menschen.«

Will Mallmann stand auf. »Dann werde ich mich verabschieden.« Er wandte sich an uns. »Ihr wißt, wo ihr mich findet. Okay?«

Wir nickten.

Der Kommissar ging und schloß leise die Tür. Mit ihm und Suko hatten wir einen starken Trumpf in der Hinterhand.

Dr. Mensching rieb sich die Hände. »Und nun zu uns«, sagte er. »Mir ist aufgefallen, daß Sie beide sehr gut deutsch sprechen. Waren Sie schon öfter in Deutschland?«

»Ja«, sagte ich.

Ich hatte keine Lust, mich mit dem Direktor über unsere Reisen zu unterhalten, und wollte ihm schon vorschlagen, uns endlich mit den Kollegen bekannt zu machen, als es klingelte.

»Große Pause«, sagte Dr. Mensching.

Jane hatte den gleichen Gedanken wie ich. »Dann gehen wir jetzt ins Lehrerzimmer, um unsere Kollegen kennenzuerlernen.«

»Das gleiche wollte ich Ihnen eben vorschlagen«, erwiderte Dr. Mensching. »Bitte sehr.«

Das Lehrerzimmer lag auf derselben Etage. Dr. Mensching ging vor. Zahlreiche Mädchen stürmten aus den Klassenräumen. Die kleineren rannten, die größeren gingen gemächlicher. Ich sah auch Oberprimanerinnen; es waren verteufelt hübsche Girls darunter.

Dr. Mensching wurde gegrüßt. Er aber nickte kaum zurück.

Wir waren nicht die ersten im Lehrerzimmer. Zwei ältere,

bebrillte Damen waren dabei, ihre Sandwiches auszupacken. Sie hielten aber damit inne, als wir das Zimmer betraten.

»Die neuen Kollegen«, sagte Dr. Mensching. »Bevor ich sie bekanntmache, möchte ich noch das Eintreffen der anderen abwarten.«

Die Jungfern nickten. Jane Collins bedachten sie nicht gerade mit freundlichen Blicken.

So nach und nach trudelten alle ein. Besonders fiel mir ein blondhaariger Sportstyp auf, der etwa die gleichen Lebensjahre zählte wie ich. Er war der Siegermensch, trug einen blauen Trainingsanzug mit roten Streifen, und ich nahm an, den Sportlehrer vor mir zu haben.

Er zog Jane Collins mit seinen Augen fast aus. Mich bedachte er nicht. Später erfuhr ich, daß sein Name Harry Hart lautete.

Dr. Mensching übernahm die Vorstellung. Zum Glück machte er es knapp und zündend. Als er damit herausrückte, daß er Jane Collins diesem Hart zuteilen wollte, ging auf dessen Gesicht die Sonne auf.

»Es wird mir ein Vergnügen sein, Sie einzuarbeiten«, sagte der Knabe mit Schmelz in der Stimme.

Jane Collins lächelte zuckersüß. Mir streckte sie heimlich die Zunge heraus.

Wir schüttelten Hände. Die Namen der einzelnen Personen konnte ich mir nicht merken. Außer dem Sportlehrer gab es noch einen Mann, der unterrichtete.

Er hieß Dr. Kastner und war Biologe. Weißes, abstehendes Haar, eine randlose Brille, ein fleckiger Anzug und eine Uhrkette über der Weste waren seine Kennzeichen. Er ging gebeugt und führte hin und wieder Selbstgespräche.

Die Lehrerinnen waren durchweg ältere Frauen. Nur eine davon war verheiratet. Die anderen wollten mit Fräulein angeredet werden.

Dann bimmelte wieder die Glocke.

Ende der Pause.

»Sie können mit mir gehen«, sagte Harry Hart und hielt Jane galant die Tür auf.

Die Detektivin hatte nichts dagegen.

Ich sah den beiden nach und machte mir meine Gedanken.

»Dann werde ich Sie Ihrer Klasse vorstellen«, erzählte mir Dr. Mensching. »Bitte kommen Sie.«

Der Direktor und ich verließen als letzte das Lehrerzimmer. Auf den Gängen war es wieder ruhig geworden. Hier und da lag Papier. Dr. Mensching regte sich darüber auf.

Er ging ein paar Schritte vor.

Durch die großen Fenster an der Seite fiel blasses Sonnenlicht und leuchtete den Steinboden aus.

»Wir können auf dieser Etage bleiben«, erklärte mir der Direktor. »Die übernächste Tür, dort ist es.«

Und da hörten wir den Schrei!

Dr. Mensching stand da wie angewurzelt. Ich aber reagierte. Stieß den Direktor zur Seite und rannte auf die breite Treppe zu, die weiter nach oben führte.

»Sind dort die Zimmer der Mädchen?« rief ich über die Schulter zurück, und meine Stimme hallte im Treppenhaus nach.

»Ja.«

Vier Stufen nahm ich auf einmal. Mein Körper streckte sich wie der eines Kurzstreckenläufers. Die rechte Hand klatschte auf das Geländer, und nach wenigen Sekunden hatte ich die Treppe überwunden.

Wieder ein Gang.

Ebenso breit wie der eine Etage tiefer. Unter mir keuchte Dr. Mensching die Stufen hoch.

Aus welchem Zimmer war der Schrei gekommen?

Ich wartete auf eine Wiederholung, und abermals schrie die Frau oder das Mädchen.

Jetzt wußte ich, von wo der Schrei gekommen war.

Die dritte Tür auf der rechten Seite. Ich spurtete hin, riß sie auf und sprang über die Schwelle.

Eine Gardine flatterte im Luftzug. Das Fenster stand offen. Im Bett saß ein braunhaariges Mädchen. Es hatte vor Angst die Decke bis zum Kinn hochgezogen.

Das alles nahm ich in Bruchteilen von Sekunden auf. Und ich sah auch, wohin das Mädchen schaute.

Schräg an mir vorbei – nach oben!

Ich drehte den Kopf und glaubte verrückt zu werden.

Auf dem Schrank saß ein Panther!

Eine pechschwarze Bestie mit glühenden Augen und weit aufgerissenem Maul, so daß ich die spitzen Fangzähne genau erkennen konnte.

Dr. Mensching tauchte auf der Türschwelle auf. Er entdeckte den Panther ebenfalls und wurde kreidebleich. Dann torkelte er nach hinten. Stöhnlaute drangen aus seinem Mund.

Der Panther sprang.

Sein Ziel war ich.

Ich konnte gar nicht so rasch reagieren. Das Raubtier war ungeheuer schnell. Ich sah nur noch einen Schatten, warf mich zur Seite und deckte instinktiv mit dem angewinkelten Arm mein Gesicht ab.

Dann peitschten die Krallen in meine Schulter. Ich trug noch den Mantel, und selbst der unverwüstliche Burberry-Stoff war den Krallen des Raubtieres nicht gewachsen.

Sie fetzten lange Risse hinein.

Ich prallte zu Boden. Der Panther ebenfalls. Doch er war wesentlich geschmeidiger als ich. Als ich mich zur Seite rollte, schlug er mit den Vorderpfoten zu, und ich hörte die Krallen über meinen Rücken ratschen.

Während ich rollte, zog ich meine Beretta. Noch im Liegen brachte ich sie in Anschlag.

Die Kugel konnte ich mir sparen.

Ein gewaltiger Satz, und der Panther schnellte auf das Fenster zu. Sein geschmeidiger Körper war innerhalb eines Atemzugs verschwunden.

Ich rappelte mich hoch, lief zum Fenster und warf einen Blick nach draußen.

Das Raubtier war auf einen in der Nähe stehenden Baum zugesprungen und lief schon an der mir entgegengesetzten Seite des Stammes hinunter. Blitzschnell war die Riesenkatze im Park verschwunden.

Ich drehte mich wieder um. Zahlreiche Gedanken schossen mir durch den Kopf.

Hatte ich da den Mörder vor mir gehabt? Einen Panther?

Bestimmt sogar, denn wie ich wußte, hielt der Arzt, der die Leichen untersucht hatte, viel von der Raubtier-Theorie.

Aber wie kam der Panther hierher?

Sein Lebensraum war nicht Europa, sondern Afrika und Südamerika. In diesem Klima mußte er einfach eingehen. Oder war er aus einem Zoo entwichen?

Ich wollte dafür sorgen, daß Kommissar Mallmann in dieser Richtung etwas unternahm.

Dr. Mensching hockte auf dem Gang. Er lehnte mit dem Rücken an der Wand, war kalkweiß im Gesicht und hatte seine rechte Hand gegen die linke Brustseite gepreßt.

»Mein Herz«, stöhnte er, »oh, mein Herz!«

Ich ging zu dem Mädchen. Rehbbraune Augen schauten mich ängstlich an. Die Kleine hatte sich ganz zurückgedrängt und zitterte wie Espenlaub. Die Knöchel der Finger, die das Laken umklammert hielten, traten weiß und spitz hervor.

Ich lächelte sie an. »Sie brauchen keine Angst zu haben, mein Fräulein. Ich tue Ihnen nichts.«

Sie gab keine Antwort.

»Wie heißen Sie?«

»Hoff«, hauchte sie. »Gisela Hoff.«

Der Name war mir bekannt. Kommissar Mallmann hatte ihn erwähnt. Gisela Hoff war die Freundin des letzten Opfers gewesen. Verständlich, daß sie Angst hatte.

»Ich bin der neue Englischlehrer«, gab ich mich zu erkennen. »Möchten Sie reden?«

Ihr ängstlicher Blick glitt an mir vorbei. Ich drehte den Kopf. Dr. Mensching rappelte sich auf. Mit der linken Hand lockerte er seinen Krawattenknoten. Er taumelte in das Zimmer und ließ sich auf einen Stuhl fallen.

Ich schloß die Tür.

»Was – was war das?« keuchte Mensching.

»Ein Panther«, erwiderte ich und nahm wieder auf der Bettkante Platz.

»Aber – aber...«

»Sagen Sie nichts, Doktor«, wehrte ich ab. »Es ist besser so. Ich weiß, daß alles sehr unwahrscheinlich klingt, aber wir müssen den Tatsachen ins Auge sehen.«

Der Direktor schwieg.

Ich wandte mich an Gisela Hoff. »Wenn Sie uns nichts sagen wollen, ist es auch nicht schlimm.«

Sie schaute mich an. Ihre Augen schwammen in Tränen. Dann flüsterte sie: »Doch, fragen Sie.«

Eine Scheibe war nicht zerbrochen. Ich deutete auf das Fenster, das ich geschlossen hatte. »Haben Sie das Tier hereingelassen?«

Gisela nickte.

»Warum?«

»Weil ich eine Stimme hörte.«

»Erzählen Sie das bitte genauer, Gisela. Sie hörten also eine Stimme. War sie weiblich, männlich?«

»Eine Frauenstimme.«

»Und was sagte sie?«

Gisela Hoff zog die Nase hoch und schluckte. »Sie rief nach mir und lockte mich. Sie sagte immer, ich solle das Fenster öffnen und abwarten. Das ist alles.«

»Was Sie auch taten.«

»Ja.«

Der Direktor begann zu lachen. »Alles Unsinn!« rief er. »Glauben Sie ihr kein Wort, Sinclair!«

»Nein!« rief das Mädchen. »Es ist kein Unsinn. Ich habe es erlebt. Ich schwöre es!«

Dr. Mensching hätte sich fast gegen die Stirn getippt, doch auf halbem Wege überlegte er es sich anders.

Ich wandte mich an den Direktor und stellte fest: »Ich stelle hier die Fragen, Dr. Mensching. Bitte denken Sie daran.«

»Meinetwegen.«

Gisela Hoff sah ihren Direktor mißtrauisch an, der sich mit einem roten Tuch den Schweiß von der Stirn wischte.

Aufmunternd lächelte ich dem Mädchen zu. »Sie haben die Stimme vernommen. Kam sie Ihnen bekannt vor?«

»Ja und nein.«

»Was heißt das?«

Gisela Hoff hob die Schultern. »Gehört habe ich sie schon mal. Das ist allerdings auch alles. Ich kann mich nur nicht erinnern, wo ich sie gehört habe.«

»Überlegen Sie genau!« drängte ich.

»Ich – ich weiß nicht.«

»Gut.« Ich winkte ab. »Erzählen Sie bitte, was dann weiter geschah, nachdem Sie das Fenster geöffnet hatten.«

»Ich stand am Fenster, schaute nach draußen und suchte den Rufer. Doch da meldete sich niemand. Ich versuchte es noch einmal und beugte mich dabei hinaus. Plötzlich...« Gisela stockte. Sie holte tief Luft und sprach stockend weiter. »Plötzlich sah ich den Schatten. Zuerst wußte ich nicht, was los war, hörte aber das Fauchen, und im nächsten Moment sprang das Tier ins Zimmer. Ich – ich bin vor Angst bald wahnsinnig geworden, kann ich Ihnen sagen. Ich schrie und warf mich in mein Bett, und der Panther sprang auf den Schrank.« Sie holte noch einmal tief Luft. »Dann kamen Sie.«

»Von der Frau haben Sie nichts mehr gesehen?« forschte ich.

»Nein.«

»Aber die Stimme klang so laut, daß Sie sie verstehen konnten?«

Gisela nickte und bat um eine Zigarette. Ich gab ihr das Stäbchen und auch Feuer.

Dr. Mensching räusperte sich. Er war leidenschaftlicher Nichtraucher.

Ich unterhielt mich noch einige Minuten mit dem Mädchen und schlug ihm vor, einen Arzt kommen zu lassen. Doch Gisela winkte ab. »Machen Sie sich meinetwegen keine Umstände, Herr Sinclair. Es geht schon wieder einigermaßen. Vor ein paar Tagen war es schlimmer, als sie – als sie meinen Freund fanden.« Gisela sog hastig an der Zigarette, so erregt war sie.

Ich stand auf. »Okay«, sagte ich, »dann bis später.«

»Herr Sinclair?«

»Ja?«

»Ich freue mich schon darauf, wenn Sie Unterricht geben. Morgen bin ich wieder dabei.«

»Das will ich hoffen.«

Zusammen mit Dr. Mensching verließ ich das Zimmer des Mädchens. Auf dem Gang meinte der Direktor: »Den Täter haben Sie nun.« Er sagte es fast heiter.

»Sie denken an den Panther?«

Er nickte.

»Und die Stimme, die das Mädchen gehört hat?« fragte ich.

Dr. Mensching winkte ab. »Alles Einbildung. Sie steht noch unter einem Schock.«

Den Eindruck machte mir Gisela Hoff allerdings nicht. Doch das sprach ich nicht aus. Und ein weiterer Gedanke schwirrte mir im Kopf herum. Was war, wenn der Panther und diejenige, die gesprochen hatte, ein und dieselbe Person waren?

Der Direktor blieb plötzlich stehen. Er wirkte auf einmal fröhlich. »Eigentlich ist Ihr Job schon beendet«, meinte er.

Ich tippte ihm gegen die Brust und zeigte ihm meine Zähne. »Im Gegenteil, Herr Doktor. Jetzt fängt der Job für mich erst richtig an.«

Dr. Mensching starrte mich an, als hätte er in mir einen Geisteskranken vor sich.

Das Gemälde zeigte ein Abbild des Teufels!

Grausam war das Ziegenbock-Gesicht anzusehen. Häßlich das grinsende Maul, widerlich der behaarte Körper und lächerlich der Bocksfuß. Der Teufel war so dargestellt, wie man es aus zahlreichen Büchern und Veröffentlichungen kannte.

Der Teufel ein Ziegenbock!

Über Jahrhunderte war dieses stilisierte Satanssymbol erhalten geblieben, und auch die drei alten Weiber verehrten ihn.

Denn er war ihr Lehrer und Meister.

Ihm verdankten sie alles. Auch ihr langes Leben.

Die drei alten Weiber hatten eine Aufgabe zu erfüllen. Und der Meister drängte, es endlich zu tun. Er wollte Gefolgsleute haben. Mädchen, junge Mädchen, die ihm huldigten und andere wiederum in den Strudel mit hineinrissen.

Dafür sollten die drei Weiber sorgen. Und dafür hielt sie die höllische Kraft am Leben.

Der Satan schaute auf sie herab. Aus dem Gemälde sah er ihnen entgegen, da die drei mit ihren Rollstühlen vor dem Bild hockten.

Elisa, Martha und Stina waren seine Dienerinnen. Und würden es auch bleiben, bis zum bitteren Ende. Wie lange das noch dauerte, hing von ihnen selbst ab.

Sie mußten Erfolg haben, denn Satan war ungeduldig.

Er wollte die jungen Mädchen.

Die drei Weiber hatten ihre Köpfe in den Nacken gelegt und starrten zu dem Bild an der Wand.

»Satan«, flehten sie und rangen die gichtkrummen Hände. »Wir tun alles, was du verlangst. In vielen Mädchen steckt bereits der Keim des Bösen. Er wird sich erweitern, wird wachsen und dann voll zum Ausbruch kommen. Schon bald, schon heute...«

Satan antwortete nicht. Nur die schwarzen Augen im Kopf des Ziegenbocks veränderten sich. Sie wurden dunkelrot, und die Frauen hatten das Gefühl, von den Blicken durchbohrt zu werden. Sie kreischten und schrien, ruckten in ihren Rollstühlen hin und her und hatten eine nahezu diebische Freude.

Der Teufel hatte ihr Angebot angenommen. Durch seine Blicke gab er ihnen kund, wie wohl er den Dienerinnen gesonnen war.

Die alten Weiber drehten ihre Rollstühle und fuhren aus dem Zimmer. Vor der nach oben führenden Treppe versammelten sie sich und rieben ihre Hände gegeneinander.

Stina kicherte hohl. »Alle, die uns gefährlich werden konnten, haben wir ausgeschaltet. Die jetzt noch übrig sind, stehen auf unserer Seite.«

»Und das Mädchen?« fragte Martha krächzend.

Elisa fühlte sich angesprochen. »Ich war bei ihr und wollte diese Gisela überzeugen.«

»Und?«

Elisa senkte den Kopf. Sie hatte noch nichts berichtet, aber jetzt mußte sie die Karten auf den Tisch legen. »Es kam etwas dazwischen. Ein Fremder stürmte plötzlich in das Zimmer und hat das Mädchen beschützt.«

»Was ist das schon?« kreischte Stina. »Ein Mann – lächerlich. Wirst du nicht mit ihm fertig?«

Elisas Schultern zuckten. »Eigentlich ja, aber da war etwas, das mir Angst machte.«

»Was denn?«

»Von diesem Mann ging eine Strömung aus, die mich in Panik versetzte. Ich konnte nicht nahe genug an ihn heran.«

Stina und Martha schauten sich an. Sie rollten mit ihren

Stühlen näher. »Das mußt du uns genauer erklären, meine Liebe«, sagte Martha.

»Ich kann es auch nicht begreifen, aber ich hatte plötzlich rasende Angst und bin geflohen.«

»Kanntest du den Mann?«

Elisa schüttelte den Kopf. Ihr Faltengesicht zuckte. »Es war ein Fremder.« Sie atmete seufzend. »Er ist bestimmt gefährlich, liebe Schwestern. Ich spüre und fühle es. Das ist ein besonderer Mann. Wir müssen achtgeben.«

»Töten!« kreischte Martha. »Sofort töten. Wir müssen unserem Freund Bescheid geben – sofort.«

»Ja, das machen wir.« Auch Stina und Elisa waren mit diesem Vorschlag einverstanden.

Sie ruckten mit ihren Stühlen herum, so daß sie ein Dreieck bildeten. Dann faßten sie sich gegenseitig an den Händen, schlossen die Augen und konzentrierten sich auf einen Mann in der Schule.

Es war – Harry Hart!

Harry Hart blieb stehen und legte Jane Collins vertrauensvoll seine Hand auf die Schulter.

»Hat man Ihnen schon Ihr Zimmer gezeigt, Jane?« Der Sportlehrer sprach die Detektivin kurzerhand mit Jane an. Sie sagte zwar nichts, weil sie keinen Streit wollte, doch wenn Hart noch anhänglicher wurde, würde sie sich schon zu wehren wissen.

»Nein, ich weiß nicht, wo ich wohnen werde.«

»Dann ist dies meine Aufgabe, Sie einzuweisen. Bitte folgen Sie mir.« Er nahm Janes zwei Koffer hoch und schritt davon. Der Detektivin blieb nichts anderes übrig, als hinter ihm zu bleiben.

»Einen Fahrstuhl gibt es leider bei uns nicht«, bemerkte Hart, als sie die Treppe weiter hochstiegen. »Aber wir sind sportlich.« Er lachte. »Übrigens, als ich hörte, daß wir eine neue Kollegin bekommen, war ich sehr gespannt, doch nun bin ich, ehrlich gesagt, enttäuscht.«

»Wieso?«

Harry Hart lächelte und zeigte dabei ein blitzsauberes Gebiß. Auf der gebräunten Haut entstanden um die Augen herum einige Falten. »Ich bin angenehm überrascht, Jane. Ich ahnte schon oder hoffte, daß Sie hübsch sind, aber daß Sie so gut aussehen, hätte ich mir in meinen kühnsten Träumen nicht vorgestellt.«

Jane winkte ab.

»Ich meine es ehrlich.«

»Ja, ja, schon gut.«

Sie schritten über den Flur. Etwa in der Mitte blieben sie vor einer dunkel gebeizten Tür stehen. »Dahinter liegt Ihr Zimmer«, sagte der Sportlehrer. »Meins ist gleich gegenüber.«

»Ich glaube kaum, daß mich das interessiert«, erwiderte Jane Collins kalt. Sie mochte die Typen nicht, die so von sich eingenommen waren und dabei glaubten, jede Frau würde ihnen sofort zu Füßen liegen.

Doch Hart lachte nur.

Die Tür war offen, der Schlüssel steckte von innen. Harry Hart folgte Jane in den Raum und stellte die Koffer ab.

Das Zimmer war nicht sehr groß, aber wohnlich eingerichtet. Es beherbergte ein Klappbett, einen Schrank, Tisch, zwei Stühle, ein kleines Sofa, Radio und Fernsehapparat. Eine schmale Tür führte in das blau gekachelte Bad. Das Bett mußte erst noch bezogen werden.

Harry Hart stand dicht hinter der Schwelle und schaute sich um.

Jane wollte allein sein. »Ich danke Ihnen, Herr Hart«, sagte sie.

Er machte keine Anstalten zu gehen.

»Ist noch was?« fragte Jane.

»Eine dumme Frage. Haben Sie einen Badeanzug dabei?«

»Ja.«

»Einteilige sind übrigens Vorschrift«, bemerkte Hart, »obwohl ich mir Sie im Bikini sehr gut vorstellen könnte.«

»Es wird wohl bei der Vorstellung bleiben«, entgegnete Jane Collins eisig.

»Was ist eigentlich mit Ihrem Kollegen?« wollte der Sportlehrer noch wissen.

»Wir sind nicht verheiratet«, klärte die Detektivin ihn auf. »Aber ich finde ihn trotzdem sehr sympathisch. Reicht Ihnen das als Antwort, Herr Hart?«

»Natürlich. Entschuldigen Sie.« Hart deutete eine Verbeugung an und verschwand.

Jane schloß ab und schüttelte den Kopf. Sie mochte die aufdringliche Art Harts nicht.

Sie packte nur das Nötigste aus ihrem Koffer, verstaute die Kleidungsstücke im Schrank und zog sich dann aus. Nur mit dem Bademantel bekleidet betrat sie das Badezimmer, stieg in die Duschwanne und ließ die heißen Strahlen auf ihren Körper prasseln.

Jane Collins war gespannt, was sie in der Schwimmstunde erwartete.

Zehn Schülerinnen befanden sich in meiner Klasse. Hübsche, junge Mädchen im Alter zwischen achtzehn und zwanzig Jahren. Ich wurde tatsächlich noch rot, als ich vor meinen Schülerinnen stand.

Dr. Mensching machte mich bekannt. Er redete fünf Minuten und sprach hauptsächlich über mein Heimatland.

»Herr oder Mr. Sinclair wird Ihnen vor allen Dingen die englische Geschichte näherbringen, meine Damen. Ich hoffe, Sie bringen ihm das gleiche Vertrauen entgegen wie seinem Vorgänger. Ich danke Ihnen.« Dr. Mensching nickte mir zu und machte eine einladende Handbewegung. »Sie sind an der Reihe.«

»Danke sehr.« Ich trat zum Pult. Die Mädchen saßen vor mir auf ihren altertümlichen Bänken. Nichts von einem modernen Klassenzimmerlook. Hier stand noch der Mief der Jahrhunderte.

Ich wurde fixiert und überlegte mir, wo ich anfangen sollte. Der Direktor verließ auf Zehenspitzen das Klassenzimmer. Ich hörte kaum, daß er die Tür schloß.

Erst einmal machte ich es mir bequem. Die Mädchen bemerkten wohl meine kleine Verlegenheit.

Ich beschloß, auf die leichte Tour anzufangen. »Was hatten Sie denn in den letzten Stunden durchgenommen, meine Damen?«

Ein rothaariger Lockenkopf antwortete. Die Kleine kaute auf ihrem Kaugummi. »Wir waren bei Shakespeare.«

»Sie haben über die Dramen gesprochen?«

»Nein«, kicherte ein Girl aus der zweiten Reihe, »über sein Liebesleben.«

Alles lachte.

Nur ich blieb ernst, obwohl es mir schwerfiel. Ich kreuzte die Beine und umschloß mit den Händen mein Knie. »Über Shakespeares Liebesleben bin ich leider nicht informiert.«

»Sie können ja etwas über sich erzählen«, meinte die Rothaarige.

»Das wird Sie wohl nicht sehr interessieren, meine Damen. Sie werden bestimmt enttäuscht sein.«

»So alt sind Sie doch noch nicht«, meinte eine dritte.

Ich merkte, wie mir der Unterricht, der eigentlich noch gar nicht richtig begonnen hatte, aus den Händen zu gleiten begann. Jetzt hieß es aufpassen.

»Okay, kommen wir zu Shakespeare«, sagte ich. »Ich möchte gern von Ihnen wissen, meine Damen, wann er geboren wurde.«

Keine Antwort.

Schweigen.

Nicht ein Finger reckte sich in die Höhe.

Ich schaute die Schülerinnen an. Stumm – teilnahmslos saßen sie auf ihren Plätzen.

»Also, wann ist er geboren?«

Jetzt gab die Rothaarige eine Antwort. »Wir wissen es nicht, Mister.« Das letzte Wort betonte sie besonders spöttisch. »Wir haben auch kein Interesse daran, es zu erfahren. Wir haben etwas ganz anderes vor. Nicht wahr, Helga?«

Helga war das Mädchen mit den schwarzen Haaren. Sie nickte. Langsam stand sie auf.

Und auch die Rothaarige erhob sich von ihrem Platz. Sie drehte sich etwas und sagte zu den anderen gewandt: »Es ist soweit, Freundinnen. Wir gehen jetzt!«

Ich saß da wie der Ochse vor dem Berg. Was hier geschah, begriff ich nicht.

Noch nicht…

Ich rutschte vom Pult. »Moment mal, meine Damen. Darf ich erfahren, wohin Sie wollen?«

Helga und die Rothaarige waren bereits auf dem Weg zur Tür.

Die anderen Mädchen hockten schweigend auf ihren Stühlen. Helga war es, die mir eine Antwort gab.

»Ich kann Ihnen sagen, wohin wir gehen, Mister. Zum Teufel gehen wir. Zum Teufel...«

Das Schwimmbad befand sich im Keller der Schule. Jane Collins hatte über ihren Einteiler einen Bademantel gestreift, als sie nach unten ging. Kaum hatte sie die Eisentür geöffnet, als ihr der typische Schwimmbad-Geruch entgegenströmte. Eine Mischung aus Chlor, Seife und Desinfektionsmitteln.

Vor sich sah Jane das große Becken. Unter der Decke klebten zwei starke Leuchtstoffröhren. Ihr Licht spiegelte sich auf der Wasseroberfläche. Die Kacheln des Beckens erstrahlten in einem hellen Blau. Das Wasser warf blitzende Reflexe, die sich an den hellen Wänden widerspiegelten.

Jane gegenüber – auf der anderen Seite des Beckens – befand sich ein Ein-Meter-Brett.

Noch hatte sie niemand entdeckt, da die Decke von zwei starken Säulen gehalten wurde. Nahe einer der Säulen führte eine Tür zu den Duschenräumen. Jane konnte hineinschauen, da die Tür offenstand.

Sie zählte genau zehn Mädchen. Sie hatten sich vor der Längsseite des Beckens niedergehockt und hörten den Ausführungen ihres Lehrers gespannt zu.

Harry Hart machte eine gute Figur. Sein Körper war sonnenbraun, und die Badehose saß sehr knapp.

Zu knapp, fand Jane. Wenigstens für einen Lehrer. Sie wußte, daß er die Unterprimanerinnen unterrichtete. Auch diese Schülerinnen waren gut entwickelt. Die meisten von ihnen hatten frauliche Körper. Das sah Jane trotz der Einteiler, die sie trugen.

Die Detektivin ließ den Bademantel zu Boden gleiten und umrundete die obere Beckenkante.

Jetzt wurde sie nicht mehr von der Säule verdeckt, und Harry Hart sah sie auch sofort. »Ah«, rief er leutselig, »Miss Collins, der Gast von der Insel, gibt sich die Ehre!«

Jane fand, daß es der falsche Ton war, den Hart vor den Schülerinnen anschlug, sie sagte aber nichts.

Alle Augen wandten sich ihr zu.

Die Detektivin konnte sich mit ihrer Figur sehen lassen. Harry Hart konnte seine Blicke nicht von der neuen »Lehrerin« lösen.

Zwei Schritte vor ihm blieb Jane Collins stehen. Sie knickte den rechten Arm ein und stützte ihn in die Hüfte. »Genug geschaut, werter Kollege?« fragte sie spitz.

Hart gab keine Antwort, doch was er dachte, stand in seinen Augen zu lesen.

Er wandte sich an die Schülerinnen. »Darf ich Ihnen die neue Lehrerin vorstellen? Das ist Miss Collins. Sie kommt aus England und wird mich bei meiner Arbeit ein wenig unterstützen.«

Die Mädchen sagten ihre Namen. Jane Collins gab allen die Hand. Dann setzte sie ihre Badekappe auf.

Harry Hart deutete auf das Wasser. »Wir waren gerade dabei, den Kopfsprung zu üben. Theoretisch – vorerst. Wie ist es, Miss Collins, haben Sie nicht Lust, uns diese Übung vorzumachen?«

»Okay.«

Harry Hart wandte sich an die Mädchen. »Und ihr schaut genau zu.«

Jane verschwand in der großen Kabine. Sie sah zehn metallene Duschen unter der Decke.

Eiskaltes Wasser rann auf ihre Haut. Die Detektivin duschte sich ab und lief dann zurück in die Schwimmhalle.

Die Schülerinnen waren aufgestanden und hielten sich in Reih und Glied am Beckenrand auf.

Jane Collins schritt an ihnen vorbei und lief leichtfüßig auf das Sprungbrett zu.

Zweiundzwanzig Augen verfolgten jede ihrer Bewegungen. Jane Collins stieg auf das Brett.

Es federte.

Die Detektivin schritt vor bis zum Ende. Unter sich sah sie das Wasser glitzern. Wellen führten kleinere Tänze auf, und das sich widerspiegelnde Deckenlicht wurde hin und her bewegt.

Jane stellte sich auf die Zehenspitzen, streckte ihre Arme nach hinten und machte sich sprungbereit.

Sie holte noch einmal tief Luft und wollte sich abschnellen. Mitten in der Bewegung stoppte sie. Das Brett federte nach, und Jane hatte Mühe, das Gleichgewicht zu bewahren.

Sie starrte auf das Wasser und konnte kaum fassen, was sie dort mit eigenen Augen sah.

Auf der Wasseroberfläche schwamm eine riesige Teufelsfratze!

Drei, vier Sekunden vergingen.

Die Teufelsfratze lag noch immer auf dem Wasser. Durch die Wellen wurde sie hin und her bewegt. Dabei verzog sich das häßliche Gesicht zu grimassenhaften Fratzen, die jedoch sekundenschnell wechselten, je nachdem, wie sich der Wasserspiegel verhielt.

Jane ruderte mit den Armen, um sich auf dem Sprungbrett zu halten.

Da griff Harry Hart ein.

»Spring!« schrie er. »Los, springen Sie!«

Der Sportlehrer war vorgelaufen, befand sich nur noch wenige Schritte vom Sprungbrett entfernt. In seinen Augen leuchtete es. Dieser Mann war besessen.

Jane schrie zurück. »Sie sind wohl verrückt. Ich springe nicht. Was hat das überhaupt alles zu bedeuten?«

Harry Hart kam noch näher. »Das wirst du schon merken. Spring endlich!«

Jane Collins dachte nicht im Traum daran. Sie riskierte noch einen Blick auf die Schülerinnen.

Wie versteinert standen sie am Beckenrand und starrten auf die Teufelsfratze.

Nein, von ihnen hatte Jane keine Hilfe zu erwarten. Aber in was war sie da hineingeraten? Welch ein Satanskreis hatte sich um sie geschlossen?

Da riß Harry Hart der Geduldsfaden.

Er stürmte plötzlich vor, sprang auf das Brett, und bevor Jane Collins ausweichen konnte, erhielt sie einen Stoß gegen die Brust, der sie nach hinten schleuderte.

Die Detektivin verlor das Gleichgewicht.

Sie fiel mitten in die Fratze hinein!

Im ersten Moment glaubte ich, mich verhört zu haben. Doch die Mädchen wiederholten ihre Antwort nicht. Statt dessen schritten sie zielstrebig auf die Tür zu.

Hinter mir vernahm ich das leise Lachen der anderen Schülerinnen. Das war es wohl, was einen Reflex bei mir in Gang setzte. Ich lief den beiden nach.

Sie schlugen mir die Tür vor der Nase zu, doch ich riß sie wieder auf und sprang in den Gang.

Helga und ihre rothaarige Freundin hatten ein paar Meter Vorsprung gewonnen. Doch den holte ich schnell auf und bekam sie noch vor der Treppe zu fassen.

An der Schulter zog ich Helga herum.

»Was ist los?« herrschte ich sie an.

»Lassen Sie mich!« fauchte sie. »Er wartet schon.«

»Wer wartet?«

»Der Teufel!« kreischte die Rothaarige und begann zu lachen.

Also doch, ich hatte mich nicht verhört. Na, das konnte ja heiter werden.

»Und wo wartet er?«

»Verschwinde!« knurrte mich die Rothaarige an. »Hau ja ab, du Mistkerl.« Sie sprach mit einer Stimme, die gar nicht ihr zu gehören schien. Mir wurde plötzlich bewußt, daß das Mädchen unter einem fremden Willen stand.

Wie auch ihre Freundin Helga. Aber sie griff mich plötzlich an. Mit einer Nagelfeile. Das Metall blitzte zwischen ihren schmalen Fingern auf, als sie den Arm von oben nach unten schlug.

Ich sprang zur Seite.

Der Schlag verfehlte mich. Die Faust des Mädchens prallte gegen die Gangwand, und die Feilenspitze hinterließ eine häßliche graue Furche.

Zu einem zweiten Angriff ließ ich ihr erst gar nicht die Zeit. Ich packte ihren rechten Arm und hebelte ihn herum. Wie von selbst öffneten sich die Finger, so daß die Feile zu Boden klirrte. Ich trat sie weit weg.

Helga versuchte sich aus meinem Griff zu befreien, doch ich hielt eisern fest.

Jetzt griff ihre Freundin ein. Sie hob beide Arme. Ich sah die langen, rot lackierten Fingernägel. Damit konnte sie schon jemanden ernsthaft verletzen.

Ich war darauf nicht scharf, ließ Helga los, stieß sie jedoch gleichzeitig nach vorn, so daß sie gegen ihre Klassenkameradin prallte und beide zu Boden gingen.

Es sah lächerlich aus, aber es war eher zum Weinen.

Noch hatte niemand aus den anderen Klassen etwas von unserer Auseinandersetzung bemerkt. Ich wollte, daß es auch so blieb, und setzte erst gar nicht nach.

Die Mädchen rappelten sich auf.

Erst starrten sie mich an. Sie warteten darauf, daß ich etwas unternahm. Doch den Gefallen tat ich ihnen nicht.

»Geht, verschwindet!« herrschte ich sie an. »Geht zu eurem Teufel und bestellt ihm einen schönen Gruß!«

Die Schwarze warf ihre langen Haare zurück. »Ja, wir werden den Saten von dir grüßen, damit er auch dich holt. Warte es nur ab.«

Helga packte den Arm ihrer Freundin. Sie zog sie mit sich fort. Gemeinsam rannten sie den Gang hinunter auf die Treppe zu, wobei die Schwarzhaarige immer wieder Blicke über die Schulter zurückwarf, um zu sehen, wie ich reagierte.

Ich tat erst mal gar nichts.

Eine seltsame Schule war das schon. Anscheinend hatte der Teufel hier großen Einfluß, aber auf solche Sachen war ich spezialisiert. In welch einem Zusammenhang die Schülerinnen und der Panther mit den drei Morden standen, wußte ich noch nicht. Doch ich schwor mir, es herauszufinden.

Erst einmal mußte ich sehen, wo die beiden Mädchen hinliefen. Dann konnte man weitersehen…

Jane Collins drehte sich in der Luft, denn sie wollte nicht mit dem Rücken auf die Wasserfläche klatschen, sondern seitlich eintauchen.

Es gelang ihr.

Jane stach in das Wasser – und dabei genau in das Gesicht der Teufelsfratze.

Es war rot wie Blut. Die Farbe überdeckte das Blau der Kacheln.

Das Wasser schlug über der Detektivin zusammen. Sie wunderte sich, daß sie keine Schmerzen verspürte, sie hatte sogar damit gerechnet, in kochende Lava zu tauchen.

Doch alles war normal.

Noch über dem Boden wendete die Detektivin. Sie tat dies mit einer schlangengleichen geschmeidigen Bewegung. Jetzt gratulierte sich Jane dazu, daß sie vor dem Eintauchen noch einmal tief Luft geholt hatte. So konnte sie nun den Atem anhalten und zum Beckenrand schwimmen. Somit brauchte sie nicht inmitten der Fratze wieder aufzutauchen.

Über das Gesicht machte sie sich im Augenblick die wenigsten Sorgen. Sie wollte so rasch wie möglich aus dem Becken hinaus.

Jane schwamm unter Wasser weiter. Mit vier langen, gleichmäßigen Zügen hatte sie den Beckenrand erreicht. Sie sah den etwas dunkleren Randstein durch das blaue Wasser schimmern.

Jane tauchte auf. Ein Kraulstoß noch, und ihre Hand klatschte gegen den Rand.

Da knallte etwas gegen ihre Stirn.

Jane schrie unbewußt auf und ließ sich nach hinten fallen. Ihr Kopf wurde in den Nacken gerissen. Wasser überspülte das Gesicht, drang in Janes Mund.

Die Detektivin keuchte. Ihr Kopf schnellte wieder aus dem Wasser. Sie trat auf der Stelle und blickte sich um.

Harry Hart hatte ihr den gemeinen Schlag versetzt. Lächelnd stand er am Rand und wies auf seinen Handballen, womit er sie geschlagen hatte. Die Schülerinnen hatten sich um das Becken verteilt. Sie standen jeweils in einem Abstand von ungefähr zwei Metern nebeneinander. Ihre Gesichter waren starr. Die Augen blickten kalt und leer. Und Jane Collins wurde in diesen Augenblicken klar, daß die Mädchen und auch Harry Hart nicht gewillt waren, sie aus dem Becken zu lassen.

Sie machte die Probe aufs Exempel. Jane legte sich auf die rechte Seite und schwamm auf eine Lücke zwischen zwei Mädchen zu. Sobald die Schülerinnen sahen, was die Detektivin vorhatte, schlossen sie die Distanz, beugten ihre Oberkörper etwas vor und waren bereit, Jane Collins wieder zurückzustoßen.

Harry Hart, der Sportlehrer, schaute kaltlächelnd zu.

Doch Jane dachte nicht daran, aufzugeben. Sie probierte es. Bis dicht an den Beckenrand schwamm sie heran, dann gab sie sich selbst den nötigen Schwung und schnellte aus dem Wasser. Mit ihren Händen versuchte sie die Schülerinnen wegzustoßen, doch sie traf nicht. Die Mädchen waren zur Seite gewichen. Stattdessen spürte Jane ihre Fäuste an der Schulter, und sie klatschte wieder zurück in das Becken.

Harry Hart lachte. Sein Gelächter dröhnte in Janes Ohren.

»So schaffen Sie das nie, verehrte Kollegin!« höhnte er.

Jane schwamm an der Teufelsfratze vorbei und auf die Leiter zu. Sie rechnete damit, daß das Becken dort nicht so tief war, doch sie täuschte sich.

»Sie haben Pech oder Glück gehabt, liebe Miss Collins, daß Sie gerade heute zu uns gekommen sind. Denn dies ist der Tag, an dem er sich der Mädchen annehmen wird.«

Jane spie Wasser aus und rief zurück. »Wen meinen Sie mit *er?*«

»Schauen Sie auf das Gesicht. Den Teufel natürlich. Wer denn sonst, verehrte Kollegin?«

»Und was habe ich damit zu tun?«

»Das will ich Ihnen gern alles erklären!«

»Dann lassen Sie mich endlich hier raus, verdammt noch mal.«

Harry Hart schüttelte den Kopf. »Wo denken Sie hin, liebe Kollegin? Sie haben die Wahl: Entweder Sie machen bei uns mit, oder aber wir lassen Sie hier bis zur Erschöpfung schwimmen.« Er ging ein paar Schritte weiter nach rechts. »Allerdings gibt es noch eine dritte Möglichkeit, meine Liebe. Der Teufel persönlich wird sich Ihrer annehmen. Na, wie gefällt Ihnen das?«

Jane hatte die Badekappe bei ihren Tauchversuchen verloren. Ihre blonde Haarpracht lag wie ein Vlies auf dem Wasser und hing auch in ihrer Stirn.

»Das gefällt mir überhaupt nicht«, erwiderte sie und schlug sich mit einer Kopfbewegung das nasse Haar aus dem Gesicht. »Ich werde mich einen Dreck um Ihre Vorschläge scheren.«

Harry Hart stützte beide Hände in die Hüften. Sein Gesicht

wurde zur Grimasse. »Sie scheinen mir verdammt hartnäckig zu sein!« zischte er wutsprühend. »Für mich kommt dann nur die dritte Möglichkeit in Betracht. Daß Sie der Teufel holt.«

»Man weiß, wo ich bin!« rief Jane. »Und man wird mich hier herausholen.«

»Etwa Ihr komischer Kollege? Glauben Sie doch nicht daran. Dem geht es um keinen Deut besser als Ihnen. Auch er steht vor einer Klasse, die dem Teufel zugeteilt worden ist. Damit kommen Sie nicht durch. Was Sie sagen, ist reiner Bluff.«

Da versuchte es Jane Collins ein letztes Mal. Wild warf sie sich nach vorn und kraulte auf den Beckenrand zu. Selten in ihrem Leben war sie so rasch geschwommen.

In diesem Moment brüllte Harry Hart: »Hol sie dir, Satan!«

Er hatte die Worte kaum ausgesprochen, als Wellenberge das Wasser durchkämmten und es hochgischten. Jane wurde sofort unter die Oberfläche gedrückt. Als sie dann wieder auftauchte und den Kopf drehte, war die Teufelsfratze verschwunden.

Dafür schwamm ein gewaltiger Krake in dem Becken…

Die Mädchen liefen die breiten Treppenstufen hinunter. Ich blieb am Beginn der Treppe stehen und peilte in den Schacht. Die Schülerinnen gingen hintereinander.

Jetzt erst nahm ich die Verfolgung auf.

Leichtfüßig lief ich über die Stufen, stoppte jedoch, als ich eine Stimme hörte.

»Wo wollen Sie denn hin? Mitten in der Unterrichtsstunde?«

Das Organ klang mir ganz und gar nach einer Lehrerin.

Klar vernahm ich die Stimme der Rothaarigen. »Entschuldigen Sie, Fräulein Dr. Blomersfeld, aber wir gehören zur Schwimmgruppe und sind auf dem Weg ins Bad.«

»Das ist natürlich etwas anderes. Bitte gehen Sie, ich will Sie nicht aufhalten.«

»Danke sehr.«

Wenig später traf ich auf das Fräulein Doktor. Es war die verschrobenste Jungfer in der ganzen Schule. Als sie mich – einen Mann – so plötzlich auftauchen sah, erschrak sie sichtlich. Man hatte sie wohl nicht vorgewarnt.

»Keine Angst«, lächelte ich, »ich tue Ihnen nichts.«

»Aber sind Sie nicht der Neue?«

»Ruhig, meine Gnädigste. Und nun entschuldigen Sie mich. Ich habe noch zu tun.«

An der perplexen Jungfer lief ich vorbei und ließ sie mit ihren Mutmaßungen allein.

Die Schwimmhalle befand sich im Keller. Neben den Heizungs- und Wirtschaftsräumen.

Schon auf den letzten Stufen nahm ich den Geruch von Chlorwasser wahr. Ich mochte ihn nicht.

Die Mädchen blieben vor einer breiten Tür stehen und zogen sie auf. Rasch huschten sie in die dahinterliegende Schwimmhalle.

Ich blieb ihnen auf den Fersen, lockerte sicherheitshalber meine mit Silberkugeln geladene Beretta in der Halfter und zog dann vorsichtig die linke Hälfte der Tür auf.

Mit einem Auge peilte ich in die Schwimmhalle.

Zahlreiche Mädchen standen am Beckenrand. Sie schauten auf die Wasserfläche. Ich hörte einen Mann irgend etwas rufen, verstand es jedoch nicht, erkannte aber an der Stimme den Sportlehrer Harry Hart.

Im nächsten Moment brodelte und schäumte das Wasser auf.

Ich glaubte, meinen Augen nicht trauen zu dürfen, als ich den gewaltigen Kraken sah, dessen Fangarme das Wasser des Beckens peitschten.

Dann hörte ich den Hilferuf.

Sofort riß ich die Tür weit auf, drang in die Schwimmhalle ein, warf einen Blick auf das Becken und sah die blondhaarige Jane Collins im Wasser, die ums Überleben kämpfte.

Jane hatte keine Chance. Einer der Fangarme schob sich aus dem Wasser und pendelte über Janes Kopf…

Die Detektivin kraulte, warf den Kopf herum, sah plötzlich den Arm über sich und fühlte die Todesangst, die in ihr hochstieg. Wasser drang in ihren Mund. Sie hustete und keuchte.

Dann packte der Tentakel zu.

Jane spürte den schleimigen Fangarm auf ihrem Körper. Ihre

Schwimmbewegungen wurden abrupt gestoppt. Eine ungeheuere Kraft hob sie hoch, und im nächsten Moment schwebte die Detektivin über der Wasseroberfläche. Wie durch einen Schleier sah sie die Mädchen am Beckenrand stehen. Wasser rann in ihre Augen. Jane wollte schreien, doch der Tentakel drückte ihr die Luft ab.

Sie war herumgedreht worden, so daß sie den unförmigen Körper des Kraken erkennen konnte. Sie sah die beiden großen Augen und die restlichen fünf schenkeldicken Arme der Bestie, die in unregelmäßigen Abständen auf das Wasser peitschten.

Der Krake spielte mit ihr. Plötzlich jagte der Fangarm nach unten. Rasend schnell sah Jane Collins die Wasseroberfläche auf sich zukommen, dann tauchte sie auch schon ein.

Sie hatte keine Luft mehr einatmen können, aber Jane schloß den Mund. Mit dem Rücken schrammte sie über den Boden.

Sie hatte die Hände noch frei und versuchte, sich von dem Tentakel zu lösen.

Zunehmend machte sich der Luftmangel bemerkbar.

Außerdem näherte sich ihr ein zweiter Fangarm, und Jane Collins gab keinen Pfifferling mehr für ihr Leben…

Es war schon zu spät. Wäre ich zwei Sekunden früher erschienen, dann hätte ich es geschafft. So aber packte der Tentakel zu, wand sich um Janes Körper und hob ihn hoch.

Plötzlich schwebte die Detektivin in der Luft.

Ich riß meine Beretta hervor.

Zielte genau!

Da warf sich eines der Mädchen von der Seite her mit aller Kraft gegen mich.

Ich konnte mich nicht halten und fiel zu Boden. Es war die schwarzhaarige Helga, die mich angegriffen hatte und die sich jetzt wie eine Furie auf mich stürzte.

Die anderen hatten mich wohl gesehen, nahmen aber keine Notiz von mir. Auch Harry Hart nicht. Sie alle starrten auf den riesigen Kraken, in dessen Fangarmen sich Jane Collins befand.

Ich mußte jetzt alle Rücksicht fahren lassen, wollte ich Jane vor einem schrecklichen Tod retten.

Mit dem Knie drückte ich das Mädchen zurück, dann packte ich es an der Hüfte und schleuderte es herum.

Helga verlor das Gleichgewicht, taumelte zur Seite, geriet an den Rand des Beckens, der feucht und glitschig war, rutschte durch den Schwung aus und fiel ins Wasser.

Blitzschnell war ich wieder auf den Beinen.

Von Jane sah ich nichts mehr.

Die Bestie hatte sie unter Wasser gedrückt.

Für mich gab es kein Zögern mehr.

Am Rand des Beckens stellte ich mich auf, und dann feuerte ich. Jagte Kugel auf Kugel aus dem Magazin und in den Körper der dämonischen Bestie hinein.

Das geweihte Silber, die konzentrierte Kraft aus Licht, zerstörte den Dämon.

Wild peitschten die Fangarme das Wasser. Letzte Todeszuckungen durchliefen den Kraken, dann löste er sich buchstäblich vor meinen Augen auf. Schrumpfte erst zusammen, wurde unansehnlich wie ein alter Apfel und verbrannte schließlich in einer hellen Rauchfahne.

Aber wo war Jane?

Meine Blicke glitten über die Wasseroberfläche. Die Schwarzhaarige hatte das Becken verlassen. Laut schreiend lief sie auf die anderen Mädchen zu, lamentierte und fuchtelte mit beiden Armen.

Mich kümmerten die anderen im Moment nicht. Ich wollte schon in das Wasser hechten, als ich Jane Collins sah. Mit letzter Kraft schwebte sie der Oberfläche entgegen, gelangte an die Wasseroberfläche und schwamm auf die Leiter zu.

Ich lief hin, um ihr hochzuhelfen.

Doch nun griffen die anderen ein.

Harry Hart feuerte sie an.

Der Sportlehrer, der smarte Sonnyboy, doch in Wirklichkeit ein Diener des Satans.

Ich schaffte es gerade noch, die völlig erschöpfte Jane hochzuhieven, dann mußte ich mich um die anderen kümmern.

Jane Collins blieb am Rand liegen. Sie keuchte, hustete und schnappte verzweifelt nach Luft.

Ich konnte ihr jetzt nicht helfen, denn die anderen waren

bereits zu nahe. Sie gingen wie Marionetten, wie ferngelenkte Puppen, und in ihren Augen las ich, daß ich von ihnen keine Gnade erwarten durfte.

Harry Hart, der Initiator, hielt sich im Hintergrund. Er schickte seine Mädchen vor.

An der Spitze die Rothaarige aus meiner Klasse.

»Tötet ihn!« kreischte sie. »Ja, tötet ihn!« Sie streckte ihren Arm aus und deutete mit dem Zeigefinger auf mich.

Die Mädchen nahmen die gesamte Distanz zwischen Beckenrand und Wand ein.

In der rechten Hand hielt ich noch immer meine Beretta. Drei Kugeln steckten noch im Magazin.

Aber was sollte ich damit?

Ich konnte doch nicht schießen! Nicht auf diese jungen Mädchen, auf Menschen, die sich unter die geistige Knute eines Dämons hatten zwingen lassen.

Und sie kamen näher.

Ich wich etwas zurück.

Sie gingen weiter.

»Ja, holt ihn euch!« feuerte Harry Hart seine Geschöpfe an. »Er ist ein Feind des Teufels. Er hat hundertmal den Tod verdient!«

Ich warf einen raschen Blick auf Jane Collins. Es ging ihr immer noch mies, aber sie bemühte sich, auf die Füße zu gelangen. Ich streckte ihr meine Hand entgegen.

Jane ergriff sie und zog sich hoch.

Wie konnten wir uns wehren?

Fliehen? Eine Möglichkeit. Aber damit hatten wir die Mädchen nicht besiegt. Sie würden die anderen Schülerinnen, die normalen, ebenfalls in den Strudel mit hineinreißen.

Was also dann?

Noch drei Meter trennten uns.

Schweiß bedeckte meine Stirn. Bis Jane Collins plötzlich die rettende Idee hatte.

»Das Kreuz, John! Nimm dein Kreuz!«

Das war die Lösung! Ich selbst hatte im Moment nicht daran gedacht. Ich sprang so weit zurück, daß ich fast die Tür im Rücken spürte. Jane Collins zog inzwischen die eine Hälfte auf und stand schon halb im Treppenhaus.

Ich aber nahm das Kreuz mit den jetzt enträtselten Zeichen von meiner Brust und hielt es den Mädchen entgegen.

Zuerst geschah nichts.

Sie gingen weiter.

Einen Schritt – den zweiten...

Ich hatte schon Angst, daß das Kruzifix diesmal versagte, doch dann geschah das, worauf ich hoffte.

Die Mädchen blieben stehen.

Abrupt, als wären sie gegen eine Wand geprallt.

Ich fühlte, wie sich das Metall in meiner Hand erwärmte, wie die Kräfte des Guten aktiviert wurden und ihre unsichtbaren Strahlen aussandten, die auf die irregeleiteten Menschen trafen.

Sie wirkten wie ein Schock.

Allerdings wie ein positiver.

Der starre Ausdruck in den Augen verschwand. Klar und rein schimmerten wieder die Pupillen.

Ich lächelte in dem Bewußtsein, es geschafft und eine vorläufige Gefahr gebannt zu haben.

Die Schülerinnen blickten sich gegenseitig an. Erste Worte wurden gesprochen.

»Was ist los? Wie kommen wir hierher?«

Ratlosigkeit, Unverständnis, wohin man schaute.

Jane Collins schloß die Tür. Allerdings von innen. Die Detektivin kehrte wieder zurück. Auch auf ihrem Gesicht las ich die Erleichterung.

»Kümmere du dich um die Schülerinnen«, sagte ich, während ich die beiden Mädchen aus meiner Klasse anschaute.

Auch Helga und ihre rothaarige Freundin waren wieder zu normalen jungen Menschen geworden.

Wir hatten alle aus den Klauen des Teufels entrissen. Und das wußte auch Harry Hart.

Er schrie einen wilden Fluch.

»Verdammt sollst du sein, Sinclair!« brüllte er, daß es laut durch die Schwimmhalle dröhnte. »Ich werde noch mit dir abrechnen. Wir treffen uns wieder.«

Der Sportlehrer stand auf dem gegenüberliegenden Rand des Beckens. Er tobte und brüllte, aber dann warf er sich herum und wollte verschwinden.

So hatten wir nicht gewettet.

»Gib du auf die Mädchen acht«, rief ich Jane Collins zu und nahm die Verfolgung auf.

Ich wartete die Antwort der Detektivin nicht ab und rannte so schnell es ging um das Becken herum. Die Tür, die Hart aufgerissen hatte, führte in eine Sauna.

Ich gelangte in einen kleinen Umkleideraum und schaute in eine Saunakabine.

Übereinanderliegende Holzbänke dekorierten die Wand. Einen Ausgang entdeckte ich dort nicht.

Dafür in dem kleinen Vorraum, in dem ich mich befand. Es war nur eine schmale Tür und meiner Meinung nach Harts einzige Fluchtmöglichkeit. Ich riß die Tür auf und gelangte in einen schmalen Kellergang, der durch mehrere an der Decke hängende Glühbirnen spärlich erhellt wurde. Unter der Decke liefen armdicke Rohre entlang. Spinnweben glitzerten zwischen Stein und Metall.

Ich schaute den Gang entlang. Wohin war der Kerl verschwunden? Hatte er sich versteckt, lauerte er auf mich, um mir eine Falle zu stellen und hinterrücks zuschlagen zu können?

Ich hielt meine Beretta weiterhin fest umklammert. Hier unten war es grabesstill. Stimmen aus dem Schwimmbad waren nicht zu hören. Nur das Tropfen von Wasser drang an meine Ohren.

Die Hälfte des Gangs hatte ich hinter mich gebracht, als ich das Schlagen einer Tür hörte.

Ich blieb stehen.

Das Geräusch war von vorn erklungen. Dort irgendwo mußte mein »Freund« lauern.

Langsam ging ich weiter, setzte Fuß vor Fuß, tauchte, da eine Glühbirne an der Decke defekt war, in eine Schatteninsel ein, durchquerte sie und schlich weiter.

Das silberne Kreuz baumelte jetzt vor meiner Brust.

Es gab nur eine Tür, die zugefallen sein konnte. Und genau vor der blieb ich stehen. Sie befand sich auf der linken Seite des Ganges, war aus Metall und wies außen einige Beulen auf.

Als ich die Tür aufzog, spürte ich den Luftzug, der über mein Gesicht streifte.

Irgendwo mußte es eine weitere Öffnung geben, so daß dieser Zug entstehen konnte.

Ich betrat einen finsteren Kellerraum, drückte die Tür hinter mir lautlos ins Schloß und verhielt mich erst einmal still, um nach verdächtigen Geräuschen zu lauschen.

Vorerst blieb alles ruhig.

Langsam gewöhnten sich meine Augen an das Dämmerlicht, und ich Umrisse und Konturen sah.

Ich war wohl in einem Heizungskeller gelandet, denn links von mir sah ich die hohen Kessel, von denen dicke Rohre in die Wände liefen. Armaturen zeigten Druck und Ölstand an. Ihr Glas schimmerte wie leere Augen. Geradeaus sah ich Werkzeug. Es hing an der Wand. Ich konnte einen Bohrer, eine Säge, einige Hammer und mehrere Zangen erkennen.

Und links pfiff die Luft durch einen Schacht. Er begann dicht unter der Decke, die Öffnung war schräg geschlagen worden, und der Schacht führte nach draußen.

Ich hielt den Atem an. Die Armaturen summten leise. Die Nadeln auf den Instrumenten zitterten. Es war alles in Ordnung, wenn hier nicht irgendwo mein Gegner gelauert hätte.

Aber wo hielt er sich versteckt?

Als einzige Möglichkeit kam nur ein Platz hinter den Tanks in Frage.

Ein reiner Nervenkrieg begann. Wer verriet zuerst seine Position? Der Sportlehrer oder ich?

Ich hatte Zeit, war auf solche Geduldspiele eingerichtet, aber der andere hatte es sicherlich sehr eilig.

Nach zwei Minuten tat sich etwas.

Zuerst vernahm ich nur ein kaum hörbares Knirschen. Schlich da einer davon?

Ich hielt den Atem an und lauschte.

Jetzt fiel ein schmaler Schatten auf die hellere Wand, wo das Werkzeug hing.

Ich wußte sofort, was mein Widersacher vorhatte. Er wollte sich einen Hammer oder eine Säge schnappen, um mich damit zu attackieren.

Das mußte ich verhindern.

Der Schatten streckte sich, er wurde länger, und aus dem

dunklen, noch unförmigen Gebilde schälten sich ein Arm und eine Hand, deren Finger gespreizt und gleichzeitig gekrümmt waren.

Um zugreifen zu können!

Ich startete wie ein Sprinter. Schnellte aus meiner geduckten Stellung hoch, jagte quer durch den Kellerraum und seitlich auf den Sportlehrer zu.

Harry Hart wurde überrascht. Er reagierte erst, als es bereits zu spät war.

Die Finger, die schon einen Hammerstiel gepackt hielten, rutschten ab. Mit voller Wucht prallte ich gegen ihn. Beide fielen wir und rollten über den Boden. Ich hatte dabei das Pech, daß ich ihn zu tief an der Hüfte gepackt hielt, so daß Hart mir seine geballten Fäuste auf den ungedeckten Rücken schlagen konnte.

Und der Kerl hatte Kraft, aber mein Rücken hatte schon härtere Schläge schadlos überstanden. Ich schleuderte Harry Hart herum und ließ ihn sofort los.

Es dröhnte wie bei einem angeschlagenen Gong, als er gegen den Heizkessel fiel.

Er schüttelte den Kopf und hob beide Fäuste. Diese Geste bewies mir, daß er noch lange nicht genug hatte. Harry Hart wollte weiterkämpfen.

Und er griff an.

Wild und ungezügelt, von einem dämonischen Trieb besessen. Leider verstand er etwas vom Boxen, so daß ich wahrlich auf der Hut sein mußte, um keinen harten Schlag zu kassieren.

Links, rechts – rechts, links, so flogen die Fäuste heran.

Die meisten Schläge konnte ich abblocken. Ich nahm ihnen mit der vorgeschobenen Schulter die größte Wucht oder ließ die Schläge an meinen hochgerissenen Armen abrutschen.

Quer durch den Keller tobte der Kampf.

Und langsam verlor Harry Hart seine Kondition. Er prustete und schnaubte. Hin und wieder sah ich zwischen den Fäusten sein schweißnasses Gesicht auftauchen, das vor Anstrengung verzerrt war.

Leider kämpfte er nicht fair, sondern versuchte auch Tiefschläge anzusetzen, denen ich aber durch geschickte Beinarbeit auswich.

Und dann kam er doch durch.

Ein aus der Hüfte geführter Schlag überwand meine Deckung. Durch rasches Zurücknehmen meines Kopfes erreichte ich, daß mich die Faust nur am Kinn streifte.

Ich gab mich allerdings angeschlagener, als ich war, und fiel zurück bis gegen die Wand.

Hart stieß einen Triumphschrei aus.

Noch während er schrie, flog seine Faust heran.

Ich zog genau im richtigen Moment den Kopf ein.

Der Luftzug der über mich hinwegzischenden Faust erfaßte noch meine Haarspitzen, dann aber krachte die Hand gegen die Wand.

Harry Hart heulte auf wie eine alte Sirene. Er taumelte zurück und hielt seine Faust.

Er wankte zurück.

Ich folgte ihm.

»Gib auf«, riet ich dem Sportlehrer, »du hast keine Chance mehr. Ich bin besser.«

Er schüttelte den Kopf. Er war stur wie ein Bulle, der ein rotes Tuch gesehen hatte.

Dann tat er etwas für mich Unverständliches. Er warf sich auf dem Absatz herum, sprintete in Richtung Tür, machte plötzlich kehrt und hetzte auf den Luftschacht zu.

Ich hatte ihn verfolgt, fiel auf den Trick rein, konnte nicht so rasch stoppen und prallte gegen den Tank.

Wieder dröhnte es durch den Keller. Als ich mich umdrehte, sah ich Hart am Schacht stehen. Er hatte die Arme erhoben, seine Hände verschwanden in der Öffnung, und ich nahm an, daß er damit die Sprossen einer Steigleiter umklammerte.

Ich hatte mich nicht getäuscht.

Als ich bei ihm war, wollte er soeben das linke Bein anziehen. Meine Hand schnappte zu, und fünf Finger umklammerten seinen Knöchel.

Hart fluchte.

»Mach endlich Schluß!« forderte ich ihn auf.

Er dachte nicht daran, sondern trat mit dem anderen Bein nach mir. Fast hätte mich die Schuhspitze an der Stirn getroffen. Jetzt war ich es leid. Mit einem gewaltigen Ruck zog ich den Kerl zu mir herunter.

Hart schrie auf und prallte neben mir zu Boden.

»Das hätten Sie sich ersparen können«, sagte ich.

Er fauchte mich an wie ein Raubtier. Noch immer war die Kraft des Satans in ihm nicht gebrochen.

Dann aber zeigte ich ihm das Kreuz.

Plötzlich zuckte er wie unter einem Stromstoß stehend zusammen.

»Sieh her«, sagte ich. »Sieh es dir genau an. Damit werde ich dir den Satan aus dem Leib treiben.«

Harry Hart keuchte. Er rutschte zurück, bis er mit dem Rücken gegen die Wand stieß. Abwehrend streckte er einen Arm vor und schloß dazu noch die Augen, um das Kruzifix nicht ansehen zu müssen.

Es nützte ihm nichts.

Ich drängte seine Hand zur Seite und näherte das Kreuz seinem Gesicht. Die magischen Strahlen wurden stärker, sie erreichten sein Inneres und kämpften gegen den bösen Einfluß an.

Der Körper des Mannes bäumte sich auf. Wie eine Sehne bog er sich durch. Und plötzlich fiel er zusammen. Auf dem Rücken blieb er liegen, die Augen halb geschlossen.

Das Kreuz hatte ihn besiegt. Harry Hart war wieder ein normaler Mensch.

Ein Mensch, mit dem man reden konnte.

In seinen Augen sah ich das gleiche Nichtverstehen wie zuvor bei den Mädchen.

Aber er erkannte mich. »Sinclair«, ächzte er. »Was – was, zum Henker, tun Sie hier?«

»Das ist eine lange Geschichte, die ich Ihnen vielleicht später erzählen werde. Vorher jedoch habe ich einige Fragen an Sie, Herr Hart.«

Er schluckte und holte tief Luft. Mit der rechten Hand strich er sich über das schweißnasse Gesicht. Dabei schaute er auf seine Knöchel, die zwar dick angeschwollen, zum Glück aber nicht gebrochen waren.

»Okay, Sinclair, was wollen Sie wissen?«

Ich stellte meine Fragen, und die Antworten, die er mir gab, überraschten mich mehr und mehr…

Das Gasthaus trug den schönen Namen »Zur schönen Aussicht«. Es lag mitten im Dorf, und die Aussicht endete am Dach des gegenüberliegenden Gebäudes.

Schaute man allerdings aus den Zimmern, die nach hinten lagen, so glitt der Blick über weite Felder, grüne Wiesen und dichte Wälder, bis hin zum Horizont, wo Enthusiasten immer das Meer schimmern sehen.

Doch meistens erst nach dem zehnten Korn.

Und Korn wurde viel getrunken. Es gab ihn sogar farbig. Rot, grün und blau.

Einen normalen Korn bot der Wirt zur Begrüßung an. Kommissar Mallmann und Suko – sie hatten hier ihre Zimmer gemietet – nahmen dankbar an. Mallmann kippte den Schnaps in die Kehle, während Suko doch mehr nippte und dabei das Gesicht etwas verzog.

Er war kein Freund von harten Getränken.

Die Zimmer erreichte man von einem kleinen Flur aus. Man brauchte nicht erst durch die Gaststätte zu gehen.

Mallmanns und Sukos Räume lagen oben in der ersten Etage. Wegen der guten Aussicht. Doch die kümmerte den Kommissar nicht. Ihm kam es darauf an, daß die Zimmer sauber waren.

Und das konnte er schon nach einer ersten Inspektion bestätigen. Es gab zwar nur eine Etagendusche und nur ein Etagenklo, aber Waschbecken und Spiegel im Zimmer blitzten.

Auch Suko war zufrieden.

Die beiden wollten ein wenig ausruhen und dann hinunter in die Gaststätte gehen, um etwas Anständiges zu essen. Der Wirt war berühmt für seine Hausmannskost. So etwas ließ sich der gute Kommissar Mallmann nie entgehen.

Und auch Suko freute sich darauf, eine typisch deutsche Mahlzeit zu probieren. Was es gab, wußte er noch nicht. Er ließ sich überraschen.

Während sich der Chinese ein wenig aufs Ohr legte – mit mir wollten sie erst am frühen Nachmittag, wenn der Unterricht beendet war, zusammentreffen –, packte Will Mallmann seine Reiseschreibmaschine aus, stellte sie auf den Tisch und spannte einen Bogen nebst Durchschlag ein. Er war Beamter und mußte auch auf Dienstreisen seine Berichte schreiben.

Will Mallmann stützte sein Kinn auf beide Hände und furchte die Stirn. Er überlegte, wie er am besten anfangen sollte, und schüttelte dann den Kopf. Diese dienstlichen Berichte waren ihm ein Greuel.

Mallmann trat ans Fenster und schaute nach draußen. Überall lagen noch Schneereste auf dem braunen Wintergras. Von der See her pfiff ein steifer Wind. Er spielte mit den langen blonden Haaren eines Mädchens, das eine schmale Straße entlangradelte. Vorbei an Feldern und Wiesen.

Das Mädchen hielt auf das Dorf zu. Es überholte sogar noch einen Trecker. Ein einsamer Lastwagen rumpelte ebenfalls in Richtung Dorf. Mallmann ließ seine Blicke höher wandern.

Der Himmel nahm eine graue Farbe an. Wolkenberge türmten sich am Firmament. Sie sahen schwer aus und würden wohl Schnee oder Schneeregen bringen.

Verstreut lagen die einzelnen Gehöfte. Manche Dächer waren mit Riedgras gedeckt. Andere wiederum waren mit Dachpfannen versehen, die hellrot schimmerten.

Es war ein schönes Land, dieses Schleswig-Holstein. Im Westen und Osten von Nord- und Ostsee umspült. Ein Land, in dem sich vieles um die Seefahrt drehte.

Alte Geschichten erzählten von versunkenen Städten, von Geistern und Meerungeheuern, von Feen und Trollen. Und es gab noch die Sage um die untergegangene Stadt Veneta, deren Bewohner in Saus und Braus gelebt und kein Herz für die Armen gehabt hatten. Bis es dem Herrgott zuviel wurde und er das Meer schickte, das die Stadt mit ihren Einwohnern verschlang.

Will Mallmann spürte die aufkeimende Müdigkeit. Die lange Fahrt hatte ihn geschlaucht.

Er schlug die Bettdecke zurück und legte sich aufs Ohr. Der Kommissar wollte nur ein paar Minuten die Augen schließen, doch ehe er sich versah, war er eingeschlafen.

Wie Suko.

Kurz nach zwölf Uhr wurde Mallmann wach. Hastig setzte er sich auf und schaute zum Fenster.

Grau in grau lag das Land dahinter. Die Wolkendecke war noch dichter geworden. Sie hing ein paar hundert Meter hoch über dem Erdboden. Jeden Moment konnte es anfangen zu regnen.

Der Wind rüttelte an den Fensterläden, und obwohl es warm im Zimmer war, zog Will fröstelnd die Schultern hoch.

Er wusch sich und verließ den Raum.

Mallmann klopfte an Sukos Tür. Der Chinese öffnete sofort. Er grinste von Ohr zu Ohr.

»Eigentlich wollte ich dich schlafen lassen«, sagte er zur Begrüßung und gab die Tür frei.

»Nein.« Mallmann winkte ab. »Laß uns nach unten gehen. Ich habe einen Bärenhunger.«

»Frag mich mal.«

Suko schloß die Tür ab, während der Kommissar schon vorging. Ein blitzsauberer, rot gemusterter Teppich lag auf den Stufen der hellen Holztreppe. Das Geländer war noch echte Drechslerarbeit. Auf der Fensterbank am ersten Treppenabsatz standen bunte Topfblumen. Sie blühten auch den Winter über.

Der Wirt wartete bereits.

Er hieß Hansen, war ein jovialer Bursche mit roten Wangen und einem beachtlichen Bauch, um den er eine lange weiße Schürze gebunden hatte. Die Ärmel des gemusterten Hemds waren hochgekrempelt, sein Gesicht strahlte.

»Ah, da sind die Herrschaften ja«, sagte er mit strahlendem Lächeln, »ich habe bereits gedeckt.«

»Fein.« Mallmann freute sich.

Er führte Will und Suko zu einem Tisch am Fenster, von wo aus sie die Straße beobachten konnten.

Es saßen noch einige Gäste im Lokal, und auch an der Theke standen drei Männer. Sie musterten Suko von Kopf bis Fuß. Der Chinese machte sich nichts daraus, er war so etwas gewohnt.

Will schaute aus dem Fenster. Die Gaststätte befand sich ziemlich in der Mitte des Dorfes. Gegenüber lag das Bürgermeisteramt, eine Apotheke, ein Supermarkt, ein Metzger, Konfektionsgeschäfte und eine Reihe von Parkbuchten, die alle besetzt waren. Frauen gingen einkaufen. Kinder spielten auf den sauberen Bürgersteigen. Es war eine gepflegte Stadt. Wenigsten nach außen hin.

Und in dieses Muster an Sauberkeit war nun ein dreifacher Mörder eingebrochen.

Der Kommissar fragte sich, was wohl hinter den Stirnen der Menschen vor sich ging, was sie dachten, ob sie sich vielleicht gegenseitig verdächtigten, die Morde begangen zu haben.

Mallmann bestellte ein Bier.

Suko wollte Mineralwasser nehmen, doch auf Anraten des Wirts bestellte auch er sich den Gerstensaft.

»Zu unserem Essen schmeckt Bier wirklich besser«, sagte Hansen.

Eine dralle Bedienung mit blonden, dicken Zöpfen brachte das Essen.

Es gab Grünkohl und Mettwurst, dazu noch Speck und Kasseler. Ein wahrer Leckerbissen für die meisten Deutschen. Und die Bratkartoffeln waren auch nicht zu verachten.

Suko hatte so etwas noch nie gegessen. »Was ist das denn?« fragte er und zeigte auf die dampfenden Schüsseln.

Will Mallmann rieb sich die Hände und erklärte es.

»Schmeckt das denn?«

»Besser als eure chinesische Frühlingsrolle«, erwiderte er.

»Na, dann wollen wir mal.«

Mallmann und Suko legten sich die feinen Sachen auf den Teller. Der Kommissar nahm erst einen großen Schluck Bier. Dann begann er zu essen. Es beobachtete Suko dabei ganz genau und sah, wie sich das Gesicht des Chinesen immer mehr verklärte.

»Das ist ein Essen«, schwärmte er. Suko schmeckte es so gut, daß er Nachschlag bestellte.

Das freute natürlich den Wirt. Sogar seine Frau kam aus der Küche. Sie stellte sich als die Köchin des Grünkohls vor.

Mallmann schlug auf seinen Bauch und ließ sich erschöpft auf dem Holzstuhl zurücksinken. »Sagenhaft«, stöhnte er, »aber jetzt bin ich so satt, daß nichts mehr hineinpaßt. Beim besten Willen nicht.«

Suko aß noch immer. Er hatte sich auch schon ein großes Glas

Bier nachbestellt. »Ein Mann muß essen«, sagte er. »Wer weiß, wann wir wieder etwas kriegen.«

Die Wirtin lachte. »Da haben Sie recht. Essen Sie nur, so lange es Ihnen schmeckt.«

Sie verstand Sukos holpriges Deutsch.

Als die Wirtin in die Küche verschwand und die Tür hinter sich zudrückte, betrat ein Mann das Lokal, dessen Mittagspause soeben begonnen hatte.

Der Mann war Karl, der Lebensmittelfahrer. Er ging sofort zur Theke und erhielt einen Korn und ein Bier. »He, Karl«, sagte der Wirt. »Auch wieder hier?«

Karl nickte und kippte den Korn. »Noch einen«, verlangte er.

Hansen bekam große Augen. »Was ist denn los mit dir, Karl? Du trinkst den zweiten doch immer erst nach dem Essen. Ist was passiert?«

Karl nickte. »Das kann man wohl sagen.«

»Erzähle.« Der Wirt stellte den Korn hin und beugte sich neugierig nach vorn.

Auch die anderen Gäste an der Theke warteten gespannt darauf, was Karl zu berichten hatte. Er fühlte sich als Mittelpunkt, ließ sich auch nicht lange bitten und fing an.

»Ich glaube, ich weiß, wer der Mörder ist!«

Seine Worte schlugen ein wie eine Bombe.

In der Gaststätte wurde es ruhig.

Will Mallmann horchte ebenfalls auf, und Suko ließ sein Besteck sinken.

Der Wirt lachte gekünstelt. »Du machst doch einen schlechten Witz, mein Lieber?«

»Nein.« Stur schüttelte Karl den Kopf. »Was ich gesehen habe, das habe ich gesehen.«

»Und was war das?«

Karl nahm erst einmal einen langen Schluck aus dem Glas und wischte sich den Schaum von den Lippen. Ein paar Reste blieben noch in seinem Oberlippenbart kleben, doch das störte ihn nicht. Dann blies er seine Wangen auf und schüttelte den Kopf. »Tut mir leid, aber das sage ich der Polizei. Nur der.«

Die Gäste waren enttäuscht. Erste Rufe wurden laut.

»Karl, mach keinen Mist, Mensch.« Oder: »Karl, sei doch kein

Frosch. Stellst dich an wie eine Jungfrau.« Ein anderer meinte: »Ist doch egal, Karl.«

Karl blieb stur. Er stellte sich aufrecht hin, rollte mit den Augen und ließ seine Schnurrbartenden zittern. »Kameraden, ich spreche nur mit der Polizei.« Dabei hob er gewichtig den rechten Finger, um seinen Worten die nötige Unterstreichung zu geben.

Der Lebensmittelfahrer trank sein Glas leer und sagte laut und deutlich: »Zahlen!«

Hansen kassierte.

Stolz wie ein König drehte Karl sich um und wollte das Lokal verlassen. Kommissar Mallmann hatte die gesamte Zeit über mit Interesse seinen Ausführungen zugehört. Er mochte diesen Burschen. Karl gehörte zu den Typen, wie sie die Gegend hier schuf. Und bevor er zur Dorfpolizei lief, wollte Mallmann ihn sich vornehmen.

»Einen Moment bitte, der Herr«, rief der Kommissar und erhob sich von seinem Platz.

Karl blieb stehen. Sein rundes Gesicht zeigte Überraschung. Er wirkte in diesem Moment wie ein großer Teddybär und deutete dabei auf seine Brust. »Meinen Sie mich, mein Herr?«

Mallmann lächelte. »Ja. Ich möchte, daß Sie sich für ein paar Minuten zu uns setzen.«

Karl schüttelte den Kopf. »Tut mir leid, aber ich muß weg.«

Will ging auf Karl zu und flüsterte ihm ins Ohr: »Die Polizei sind wir.« Er wollte nicht, daß die anderen das Gespräch mitbekamen, sie waren sowieso schon neugierig genug.

Karl zögerte noch, doch Mallmanns zwingender Blick beseitigte seine Zweifel.

Er setzte sich zu Will und Suko an den Tisch.

Der Kommissar stellte seinen Kollegen und sich vor. »Und wie heißen Sie?« erkundigte er sich.

Karl knetete seine leicht gerötete Nase. »Ich heiße einfach nur Karl. Sagen Sie Karl zu mir, so nennen mich hier alle.«

»Okay, also Karl.«

Will Mallmann holte seinen Ausweis hervor und zeigte ihn Karl, um dessen Zweifel auszuräumen.

»Möchten Sie ein Bier?« fragte Will.

Karl schmunzelte. »Ein Körnchen auch.«

Er erhielt beides. Nachdem er seine Filterlose angezündet und einen Schluck getrunken hatte, fragte er: »Was wollen Sie von mir wissen?«

Mallmann sah den Burschen ernst an. »Mein Kollege und ich sind hier, um diesen dreifachen Mord aufzuklären. Wie wir vorhin hörten, haben Sie etwas entdeckt. Was war dies genau?«

Karl zog die Nase hoch und nahm noch einen Schluck. Dann berichtete er ausführlich von seinem Besuch bei den alten Frauen. »Und als ich dann in die Küche kam, sah ich das Messer mit der blutigen Klinge. Damit haben die Weiber sicherlich die armen Geschöpfe umgebracht.«

»Aber die Frauen sitzen im Rollstuhl«, gab der Kommissar zu bedenken.

»Trau schau wem«, erwiderte Karl philosophisch. »Dieses Haus ist mir sowieso nicht geheuer.«

»Nicht?« Will runzelte die hohe Denkerstirn.

»Ja. Man erzählt sich schlimme Geschichten über das Gemäuer. Der Platz, auf dem das Haus steht, ist verflucht. Vor einigen hundert Jahren, kurz nachdem der Dreißigjährige Krieg zu Ende war, haben dort, wo das Haus steht, die letzten Hexenverbrennungen stattgefunden. Die haben da drei Scheiterhaufen aufgestellt. Sie können das in der Kirchenchronik nachlesen. Kurz bevor die Hexen starben, haben sie noch einige Flüche ausgestoßen und gesagt, daß dieser Platz ein Areal des Teufels wäre und daß der Satan sich so etwas nicht ohne weiteres gefallen lassen würde. Irgendwann würde er sich rächen.«

Suko mischte sich ein. Er kam wieder auf die Frauen zu sprechen. »Was sind das denn für Typen?«

Karl nahm einen Schluck. Er trank das Bier wie ein Profi. »Das sind uralte Weiber. Manche sagen, die seien erst achtzig, andere wiederum schätzen sie auf mindestens hundert Jahre. Aber was Genaues weiß niemand. Soweit ich mich jedoch erinnern kann, haben sie schon immer in dem verfallenen Haus gewohnt.«

»Haben Sie noch andere Hinweise auf die Morde entdeckt?« wollte Mallmann wissen.

»Nein – aber reicht das nicht?«

»Da haben Sie recht, Karl.«

»Können Sie uns zu diesem Haus bringen?« fragte Suko.

»Nein!« Die Antwort kam spontan, und Karl bestellte sich auf den Schreck, den diese Frage bei ihm ausgelöst hatte, noch einen Korn. »Da fahre ich vorerst nicht wieder hin.«

Will Mallmann lächelte. Er konnte Karl verstehen. »Würden Sie uns denn den Weg erklären?«

»Das kann ich machen.«

Karl erklärte in seiner etwas langatmigen, bilderbuchhaften Art den beiden Männern, wie sie das Haus erreichen konnten. Dann fragte er: »Wollen Sie denn jetzt dorthin?«

»Vielleicht später.«

»Dann kann ich gehen?«

»Ja, Karl.« Will Mallmann legte seine Hand auf Karls angewinkelten Arm. »Und zu keinem ein Wort über unser Gespräch. Auch nicht zu der örtlichen Polizei.«

Karl legte seine Hand auf die Brust. »Ehrenwort!«

Mallmann lächelte. »Okay, schon gut.«

Karl stand auf und schritt davon. Sein Gang war schon leicht onduliert. Die Körnchen steckten ihm in den Knochen. Aber Lebensmittel brauchte er nicht mehr zu fahren. Er konnte sich an diesem Nachmittag im Lager aufs Ohr legen.

Anders Will Mallmann und Suko. Für die beiden fing die Arbeit erst richtig an. Dieses Haus, von dem Karl gesprochen hatte, schien wirklich sehr interessant zu sein…

Ich ließ Harry Hart nicht aus dem Keller, denn hier unten waren wir beide ungestört.

Das Kreuz hatte ich weggesteckt, ebenso die Beretta. Ich glaubte nicht mehr daran, daß der Sportlehrer Schwierigkeiten machen würde. Er war völlig geknickt.

Die Reue quälte ihn. »Was habe ich nur gemacht?« fragte er leise. »Was habe ich nur angestellt?«

Ich lächelte ihm aufmunternd zu. »Es ist zum Glück nichts Schlimmes geschehen, Herr Hart.«

»Und die drei Morde?«

»Nehmen Sie denn an, daß sie in einem unmittelbaren Zusammenhang mit Ihnen stehen?«

Er hob die Schultern. »Ich weiß es nicht genau. Das ist ja das

Schlimme. Mein Gedächtnis läßt mich im Stich. Ich kann mich an nichts mehr erinnern. Vielleicht war ich sogar der Täter.«

Darauf gab ich keine Antwort. Mich interessierten die Hintergründe. Ich wollte wissen, wie Harry Hart in diese Sache hineingerasselt war. Und danach fragte ich ihn.

»Alles begann vor etwa einem Monat. Ich habe die Angewohnheit, nachts noch etwas spazierenzugehen. Das tat ich auch Anfang Januar. Der Schnee lag hier noch hoch, doch das machte mir nichts aus. Ich streifte auf meinen Langlaufskiern durch die Wälder der näheren Umgebung und gelangte auch an ein Haus. Es liegt im Wald, und die Leute im Dorf erzählen, daß es dort spukt. Aber ich war neugierig, klopfte an, und man ließ mich hinein. Drei Frauen bewohnen das Haus. Sie sitzen alle drei in Rollstühlen. Ich war überrascht, aber die Frauen baten mich, hereinzukommen. Sie bewirteten mich, und als ich nach einem schmackhaften Essen den schweren Wein trank, geschah es. Ich hatte plötzlich einen Filmriß. Als ich das Haus wieder verließ, fehlten mir drei Stunden. Ich kam erst nach Mitternacht wieder hier an, legte mich ins Bett, schlief sofort ein und hatte die schrecklichen Alpträume.«

Er sprach nicht mehr weiter, sondern senkte den Kopf.

»Welche Träume waren das?« hakte ich nach.

»Der Teufel erschien mir. Ich sah immer diesen widerlichen Ziegenbock. Ich sollte den drei Frauen gehorchen, verlangte er. Und ich tat es. Abends spürte ich den Drang, das Haus zu besuchen. Es war wie eine schlimme Sucht. Ich konnte mich einfach nicht dagegen wehren. Ja, ich ging hin. Immer wieder. Und da hörte ich, daß die drei Weiber junge Mädchen suchten, die sie dem Teufel zuführen wollten. Aber auch, um selbst überleben zu können, denn wie ich hörte, sind die Frauen schon einige hundert Jahre alt. Das kann stimmen, muß aber nicht. Wenn Sie die Frauen jedoch sehen würden, kämen Ihnen auch Zweifel. Da bin ich mir ganz sicher.«

»Wo liegt das Haus?« fragte ich.

Harry Hart schaute mich entsetzt an. »Wollen Sie – wollen Sie dorthin gehen?«

»Ja.«

»Aber das ist Wahnsinn. Das ist Selbstmord. Sie würden das

gleiche mit Ihnen machen wie mit mir. Lassen Sie das, Sinclair. Bleiben Sie hier und unterrichten Sie. Überlassen Sie alles andere der Polizei. Ich werde meine Aussagen wiederholen, und dann sollen die sich um die Frauen kümmern.«

»Hat man sie denn im Laufe der Ermittlungen noch nicht verhört?« fragte ich.

»Nein.« Er lachte. »Wer traut drei alten Frauen in Rollstühlen schon so etwas zu?«

»Da haben Sie auch wieder recht.« Doch mir lag noch eine andere Frage auf dem Herzen. »Ich habe einen Panther hier in der Nähe gesehen«, sagte ich. »Können Sie mir dafür eine Erklärung geben?«

»Nein.«

»Okay«, sagte ich. »Irgendwann wird sich das Rätsel auch noch aufklären.« Ich wollte dem Sportlehrer nicht meine Theorien darlegen und auch nicht mein Inkognito lüften.

»Morgen gehe ich zur Polizei«, sagte er fest, »und berichte alles, was ich erlebt habe.«

Das war mir egal. Meinetwegen konnte er mit den Polizisten reden. Bis dahin hoffte ich, mehr Licht in das Dunkel des Falls gebracht zu haben.

Harry Hart wandte sich noch einmal an mich. »Und wenn ich Ihnen einen Rat geben darf, Herr Sinclair, lassen Sie, um Himmels willen, Ihren Vorsatz fallen, und besuchen Sie dieses Haus auf keinen Fall. Ich müßte Ihnen Warnung genug sein.«

»Schon gut«, erwiderte ich ausweichend.

»Und nun?« fragte er. »Was soll ich jetzt tun?«

»Gar nichts. Sie tun so, als wäre nichts gewesen.«

»Aber das ist doch nicht drin.«

»Und warum nicht? Hat irgend jemand etwas bemerkt? Außer mir und meiner Kollegin?«

»Nein.«

»Na also. Sie gehen hin und geben weiterhin Unterricht. Schließlich kann man auf eine gute Fachkraft wie Sie nicht einfach verzichten.«

Er lachte. »Da sagen Sie was.« Harry Hart hatte bisher auf dem Boden gesessen, jetzt stand er auf.

Wir verließen den Keller und gingen gemeinsam zurück in die unterirdische Schwimmhalle.

Jane Collins schaute uns erstaunt an. Sie unterwies die Mädchen in Schwimmdisziplinen. Ich bewunderte die Detektivin. Jane hatte es tatsächlich geschafft und sich nichts weiter anmerken lassen. Sie hatte auch den Schülerinnen gegenüber so getan, als wäre nichts geschehen. Wie es aussah, hatten die Mädchen es ihr abgenommen.

»Moment noch, John«, sagte Jane und wandte sich an die Mädchen. »Kinder, wir machen jetzt Schluß. Duscht euch ab und zieht euch um. Wir sehen uns später.«

Schlanke Körper kletterten aus dem Wasser. Dann rannten die Mädchen wie aufgescheuchte Hühner zu den Duschen. Jede wollte die erste sein.

Harry Hart wirkte sehr verlegen. Mit gesenktem Kopf stand er vor Jane, und ich zwinkerte ihr ein Auge zu.

»Ich weiß nicht, wie ich es sagen soll, Fräulein – äh – Miss Collins, aber ich möchte mich…«

Janes Burschikosität überwand die Peinlichkeit der Situation. Sie reichte dem Sportlehrer die Hand. »Vergessen wir die Sache, Herr Hart. Okay?«

Harry Hart nickte hastig, und dann flog ein strahlendes Lächeln über sein Gesicht, als er bei Jane einschlug.

Wenig später verabschiedete er sich.

Jane und ich blieben noch in der Halle. Ich berichtete von dem, was mir Hart erzählt hatte.

Schweigend hörte Jane zu. Dann meinte sie: »Dieser Fall scheint doch größere Dimensionen anzunehmen, als wir ahnen konnten. Was hast du vor? Das Haus besuchen?«

»Darauf kannst du dich verlassen.«

Ich trennte mich von Jane Collins und suchte eine Telefonzelle auf. Es gab mehrere davon. Eine war nur noch frei. Drei Groschen rutschten in den Schlitz, und dann wählte ich die Nummer des Gasthauses, in dem Kommissar Mallmann und Suko abgestiegen waren.

Der Wirt meldete sich.

Ich sagte ihm, wer ich war und wen ich sprechen wollte.

»Oh, das tut mir leid, Herr Sinclair. Her Mallmann und sein

chinesischer Begleiter sind weggefahren. Vor etwa einer Viertelstunde.«

»Wissen Sie wohin?«

»Nein.«

Ich bedankte mich und legte auf. Als ich die Zelle verließ, kam der Hausmeister auf mich zu.

»Vorhin kam ein Anruf für Sie, Herr Sinclair.«

Ich blieb stehen. »Wissen Sie den Namen?«

»Ja, ein gewisser Herr Mallmann.«

»Und? Hat er Ihnen gesagt, was er wollte?«

»Nein, das nicht.«

»Vielen Dank.« Ich lächelte. Dann ging ich hoch auf mein Zimmer, um einige Vorbereitungen zu treffen.

»Es ist weg!« kreischte Elisa. »Es ist weg! Die Verbindung ist unterbrochen!« Sie hämmerte wütend mit ihrem Fäusten auf die Lehnen des Rollstuhls.

Die beiden anderen Weiber sagten nichts. Sie starrten weiterhin auf den schwarzen Stein, der inmitten des Wohnraums lag, eine quadratische Form aufwies und bis vor wenigen Minuten noch eine helle Oberfläche gezeigt hatte, auf der sich einige verschwommene Bilder widerspiegelten.

Jetzt lag er kalt und leblos vor ihren Füßen.

»Er hat es tatsächlich geschafft«, flüsterte Stina. »Dieser Teufel hat es geschafft.« Sie wandte sich an Martha. »Wie heißt der Kerl noch?«

»Sinclair. John Sinclair!«

»Er muß etwas Besonderes sein, ich habe es gleich gespürt«, murmelte Elisa. »Er kennt sich aus und weiß, wie man mit den Mächten der Finsternis umgehen muß. Aber wir werden ihn schaffen. Da bin ich ganz sicher. Und bestimmt sucht er uns auf. Es muß ihm einfach auffallen. Es muß!« Ihre Augen begannen plötzlich zu leuchten. Gelb und kalt – wie bei einem Raubtier.

»Und dann?« fragte Martha.

Elisa blickte ihre Schwester an. »Da fragst du noch? Bist du denn so dumm? Wenn er hier auftaucht, werden wir ihn töten. Wir drei stürzen uns auf ihn.« Sie lachte. »Wer glaubt denn schon, daß wir ahnungslosen Frauen je etwas Böses im Schilde führen könnten? Doch niemand – oder?«

Martha und Stina nickten. Auf ihren Gesichtern lag dabei ein wölfisches Lächeln.

Elisa nickte. »Irgendwann«, so murmelte sie, »irgendwann wird dieser Stein wieder anfangen zu leben und uns andere Bilder zeigen. Bilder, die wir sehen wollen. Verstanden?«

»Ja.«

»Gut, dann laßt uns jetzt die Vorbereitungen treffen.«

In diesem Augenblick klopfte es an der Tür.

Die Weiber schauten sich an. »Ob er schon da ist?« flüsterte Stina.

»Wir werden sehen«, erwiderte Elisa und setzte ihren Rollstuhl in Bewegung...

»Hier muß es irgendwo sein«, flüsterte Kommissar Mallmann und blieb stehen.

Auch Suko hielt an.

Die beiden Männer hatten Mallmanns silbergrauen Manta an der Straße abgestellt und waren zu Fuß weitergegangen. Der Boden war glitschig und aufgetaut. Nasser Schnee klebte wie Leim an ihren Schuhen. Sie waren durch die Wiesen gestampft und über Zäune gestiegen, bis sie den Waldrand erreichten.

Jetzt wurde es schwierig.

Mallmann wollte sich nach rechts wenden, doch der Chinese war dagegen. Er deutete in die andere Richtung.

»Was ist?« fragte Will.

»Da gibt es einen Weg. Den hat bestimmt auch dieser Lebensmittelfahrer genommen.«

»Ich sehe nichts.«

Suko lachte. »Mein Vater war Adler, daher die stärkeren Augen, mein Freund.«

Will Mallmann verließ sich auf Suko. Er schritt hinter ihm her. Der Chinese ging querbeet. Er teilte die kahlen Büsche mit seinen Händen, und schon bald hatten sie den von ihm entdeckten Weg erreicht.

Mallmann blieb stehen.

Vom Westen her wehte ein kalter Wind. Die Wolken hatten sich zu einer dicken, grauen Decke geschlossen. Jeden Augenblick konnte es anfangen zu regnen.

Will Mallmann hatte den Gedanken kaum zu Ende gedacht, als die ersten Tropfen in sein Gesicht klatschten.

Der Kommissar stellte den Kragen seines Mantels hoch. Der Schneeregen kam von der Seite und näßte ihn durch.

»Scheißwetter!« fluchte Will.

Suko war da gelassener. »Was willst du machen? Wir haben schließlich Winter.«

»Stimmt auch wieder«, gab Will zu.

Der Weg führte tiefer in den Wald hinein. Im Schlamm waren noch die Reifenabdrücke zu sehen, die Karls Wagen hinterlassen hatten.

Der Regen nahm zu. Und auch der Wind wurde stärker. Er rüttelte und schüttelte an den Bäumen.

Der Wind blies aus wechselnden Richtungen. Es war dunkler geworden, schon fast wie in der Nacht.

Der Kommissar fluchte. Sein Gesicht war klatschnaß. Schnee und Regen rannen ihm in die Augen. Beides bildete einen grauweißen Vorhang, durch den beide Männer stapften.

Will Mallmann hatte versucht, in der Schule anzurufen, doch dort hatte man mich und Jane nicht gefunden. Der gute Will nahm an, daß wir verschwunden waren oder die Schule verlassen hatten, denn auch der Hausmeister hatte keine Ahnung, wo wir uns befanden.

»Da ist das Haus!« schrie Suko.

In der Tat tauchten die Konturen des Hauses aus dem Schneeregenvorhang auf. Der Weg wurde breiter und mündete in einen kleinen Platz. Das Haus war aus Holz gebaut worden. Es sah ziemlich baufällig aus. Schneeregenschleier klatschten gegen die morschen Wände. Der Wind rüttelte an den Fensterläden und heulte um Ecken und Winkel.

»Wie das Hexenhaus im Märchen«, sagte Will Mallmann und wischte sich mit dem Handrücken das Wasser aus dem Gesicht.

»Und die Hexen sind auch da«, meinte Suko.

Will lachte.

Sie gingen weiter. Der Weg endete. Schneenasses Gras umwickelte ihre unteren Hosenbeine.

Dann standen sie vor der Tür. Nach einer Klingel hielten die Männer vergebens Ausschau. Aus der Nähe betrachtet fiel ihnen erst auf, wie morsch das Holz war. Moos wuchs in zahlreichen Spalten und Einkerbungen. Rechts von ihnen klapperte ein Fensterladen mit monotonem Geräusch gegen die Wand.

Suko drückte den Kommissar ein wenig zur Seite. »Ich werde klopfen«, sagte er und hämmerte mit der Faust gegen die Tür.

Dreimal dröhnte sie gegen das Holz.

Dann warteten sie ab. Das Wasser rann Will Mallmann in den Kragen. Suko erging es nicht besser.

Plötzlich wurde die Tür aufgerissen. Will Mallmann trat unwillkürlich einen Schritt zurück, als er die alte Frau anblickte.

Sie sah tatsächlich aus wie die Hexe aus dem Märchen. Milchiger Lichtschein umleuchtete die gekrümmte Gestalt mit dem schmalen, geierartigen Kopf, der faltigen Haut, den stechenden Augen und den strähnigen, grauen Haaren.

»Ja bitte?« krächzte die Alte.

»Dürfen wir reinkommen?« erkundigte sich Mallmann. Er holte seinen Ausweis hervor und hielt ihn der Frau dicht vor die Augen. »Polizei«, sagte er, »wir haben einige Fragen an Sie.«

Die Alte kicherte. »Polizei? Wie schön, aber treten Sie doch näher.« Sie drehte den Kopf zur Seite und rief über die knochige Schulter hinweg: »Martha, Stina, wir haben hohen Besuch im Haus. Die Polizei ist hier. Kommt her zu mir.«

Aus einem Nebenzimmer rollten zwei weitere Stühle. Die Frauen, die darin saßen, glichen der ersten aufs Haar. Elisa machte Platz, um Suko und Mallmann hereinzulassen.

»Bitte sehr.«

»Danke.«

Der Kommissar ging vor. Wie suchend blickte er sich um. Zuerst fiel ihm der muffige Geruch auf, aber den verströmten wohl alle alten Häuser, in denen kaum saubergemacht wurde.

»Wollen wir nicht ins Zimmer gehen?« fragte Elisa.

Sie und ihre beiden Schwestern hatten sich im Halbkreis vor Suko und Will aufgebaut, die Köpfe etwas in den Nacken gelegt und die Hände um die Lehnen gekrallt.

»Ja, natürlich. Komm, Suko.«

Elisa stellte sich und ihre Schwestern vor. »Aber uns werden Sie wohl kaum auseinanderhalten können«, meinte sie. »Das haben schon viele versucht und sind gescheitert.«

»Ich habe auch nur wenige Fragen«, sagte Kommissar Mallmann.

Die Frauen bildeten eine Gasse und ließen Will und Suko hindurch. Die Tür zum eigentlichen Wohnraum stand offen. »Gehen Sie bitte dort hinein«, forderte Elisa die Männer auf und grinste ihren Schwestern dabei zu, was Will und Suko allerdings nicht bemerkten. Sie hätten sich sicherlich ihre Gedanken dazu gemacht.

So aber waren sie ahnungslos.

Drei Schritte vor der Tür passierte es.

Urplötzlich gab der Boden unter den beiden nach.

Mallmann schrie auf und war verschwunden.

Suko besaß bessere Reflexe. Noch im Fall schnellten seine Arme vor. Sie fanden auf dem Rand der Luke Halt.

Elisa stieß einen Fluch aus.

»Schmeiß ihn runter, Martha!« giftete sie.

Martha zog den Dolch unter ihrem Kleid hervor. Sie rollte an den Rand der Luke, bückte sich ein wenig und stieß wutentbrannt zu.

Suko ließ im letzten Moment los.

Das Messer sauste in das Holz und riß einen langen Span heraus. Die Weiber aber lachten. Sie holten einen Teppich und deckten ihn über die Öffnung.

Elisa rieb sich die Hände. »Das waren die ersten beiden. Die anderen werden folgen. Ich freue mich schon auf Sinclairs Gesicht, wenn er unten im Schlamm liegt und mit den Ratten spielt...«

Besch...eiden war ja nur, daß ich keinen Wagen dabei hatte. Bis zu meinem Ziel mußte ich einige Kilometer laufen, und weil draußen der Sturm Schneeregenschauer vor sich hertrieb, hatte ich keine große Lust, auf Schusters Rappen zu wandern.

Wo bekam man einen Wagen her? Ich besprach mit Jane Collins das Problem, und sie hatte die rettende Idee.

»Frag doch Harry Hart.«

Ich schnippte mit dem Finger. »Wenn ich dich nicht hätte, Darling…«

Jane winkte ab. »Ja, ja, ich weiß.«

»Du sagst es.« Ich stand auf. »Wo hat Hart sein Zimmer?«

»Irgendwo hier auf dem Gang.«

»Danke.« Ich verließ meine Bude, in der ich mit Jane Collins gesessen hatte.

Zufällig lief mir eine Schülerin über den Weg. Sie grüßte freundlich, und ich fragte sie nach Harry Harts Zimmer.

»Dort, die dritte Tür«, sagte sie und deutete nach hinten.

Ich bedankte mich und wartete, bis die Schülerin um die Gangbiegung verschwunden war.

Als ich klopfte, hörte ich ein schwaches »Herein«.

Harry Hart saß am Tisch, hatte eine Flasche Weinbrand vor sich stehen und ein halb gefülltes Wasserglas. Der Flüssigkeitspegel in der Flasche war bereits um die Hälfte gesunken. Wenn Hart so weitertrank, dann sah ich schwarz.

Ich nahm ihm die Flasche weg. Mit glasigem Blick folgte er meinen Bewegungen.

Auf einem Holzstuhl nahm ich Platz. »Sie sollten nicht soviel trinken«, ermahnte ich ihn.

Harry Hart machte eine müde Handbewegung. »Ist doch alles egal«, knurrte er.

»Nein.«

Er grinste schief. »Weshalb sind Sie eigentlich gekommen?« fragte er mit unsicherer Stimme.

»Ich wollte mir Ihren Wagen ausleihen.«

Er setzte sich aufrecht, runzelte die Augenbrauen und legte dabei die Stirn in Falten. »Tatsächlich?«

»Ja.«

»Wo… wofür denn?«

»Draußen regnet und schneit es.«

»Ist ja auch egal.« Mit zitterndem Finger deutete er auf seine über dem Bett liegende Jacke. »Stellen… stellen… Sie sich nicht so an, und nehmen Sie den Schlüssel aus der Tasche. Wagen ist hinterm Haus auf dem Parkplatz.« Er nahm einen kräftigen Zug. Seine Augen wurden kleiner, die Lider schwer, dann sank sein Kopf nach vorn auf die Tischplatte, und Hart schlief ein.

Ich holte die Schlüssel.

Wenig später hatte ich das Zimmer verlassen. Anschließend zog ich meinen ramponierten Burberry über, prüfte noch einmal, ob alle Waffen vorhanden waren, und nickte zufrieden.

Mit raschen Schritten verließ ich das Haus.

Von Jane Collins hatte ich mich bewußt nicht verabschiedet. Sie brauchte gar nicht erst zu sehen, wann ich abfuhr.

Der Schlüssel gehörte zu einem Ford Granada. Es stand nur der eine Wagen dieser Marke auf dem Parkplatz. Der Schneeregen klatschte voll gegen die Frontscheibe.

Ich schloß auf und stieg ein.

Es war ungewohnt, auf der linken Seite zu sitzen, aber ich fuhr ja nicht in eine Großstadt.

Plötzlich sah ich eine Gestalt durch den Regenschleier huschen. Ihr Ziel war der Granada.

Ich erkannte Jane Collins.

Also doch. Nur mühsam unterdrückte ich einen Fluch, ergab mich in Resignation und öffnete die Beifahrertür.

Jane ließ sich auf den Sitz fallen und schüttelte die Tropfen von ihrem Mantel ab wie ein nasser Hund.

»Wußte ich's doch«, sagte ich.

»Denkst du, ich lasse dich allein fahren?«

Ich bugsierte den Zündschlüssel ins Schloß. Der Wagen war kalt und kam erst beim zweiten Startversuch. Die Wischer sangen, als sie über die Frontscheibe fuhren und den Schneeregen wegputzten. Ich stellte das Gebläse auf die höchste Stufe und fuhr an.

Es war nicht einfach, mit einem fremden Fahrzeug umzugehen, doch nachdem ich einige Male auf dem Parkplatz hin und her gefahren war, hatte ich mich an den Granada gewöhnt.

Jane stellte den Kragen ihres hellen Trenchs hoch und bat um eine Zigarette.

Ich gab ihr meine Schachtel.

»Möchtest du auch eine?« fragte sie.

»Nein.«

»Sauer?« Jane blies den Rauch gegen die Scheibe, wo er zu wolkenartigen Gebilden durcheinanderquoll.

»In gewisser Hinsicht schon«, erwiderte ich und lenkte den Wagen auf den breiten Kiesweg, der den Park durchschnitt und auf eine Bundesstraße zuführte. »Du weißt selbst, daß du vor etwas über einer Stunde nur haarscharf dem Tode entronnen bist. Und kaum hast du wieder Luft geschnappt, willst du dich in ein neues Abenteuer stürzen.«

»Die Masche zieht nicht, lieber John. Schließlich warst du es, der mich mitgenommen hat.«

Da mußte ich passen. Jane Collins hatte recht. »Ja, aber nur für den Lehrerinnen-Job.«

»Soll ich so werden wie die Jungfern da?«

Ich grinste eindeutig.

Jane knuffte mich in die Seite. »Scheusal!« zischte sie.

Wir erreichten die Straße. Unzählige Tropfen tupften auf das graue Asphaltband. Ich orientierte mich nach dem Wegweiser und bog in die linke Richtung ab. Die breiten Reifen wühlten durch Spurrillen. Ich mußte vorsichtig fahren, wenn ich nicht wie auf einer Seifenbahn wegrutschen wollte.

Jane drückte ihre Zigarette aus. »Ich werde dir den Rücken decken«, gab sie zu verstehen.

»Mit anderen Worten, du bleibst im Wagen.«

»Mal sehen.«

Ich ließ das Thema lieber fallen. Wenn wir am Ziel waren, sahen wir weiter.

Der Schneeregen wurde dichter. Schwere Flocken klatschten gegen die Scheiben und die Karosserie. Sie schmolzen sofort weg.

Jane Collins starrte angestrengt nach vorn. »Wie weit haben wir es noch?« wollte sie wissen.

»Wir müßten die Abzweigung bald erreichen. Aber wundere dich nicht. Wie mir Harry Hart erzählte, ist es nur ein schmaler Feldweg, der zudem noch in einen Wald führt.«

»Wie im Märchen, wie?«

»So ungefähr.«

Wir waren die einzigen auf der Straße. Die Scheinwerfer des Granadas waren verschmutzt. Das Licht reichte kaum zwanzig

Meter weit. Die schweren Flocken führten einen bizarren Tanz vor unserer Scheibe auf. Obwohl ich nur langsam fuhr, merkte ich den Wind doch, der an unserem Wagen rüttelte.

Fest hielt ich das Lenkrad und erschrak, als Jane Collins rief: »Da steht Wills Manta!«

Ich bremste stotterweise, da ich nicht über die Straße schlittern wollte. Dann zog ich den Wagen auf die linke Seite und hielt dicht vor der Schnauze des Mantas an.

»Von Will und Suko ist aber nichts zu sehen«, meinte Jane.

Ich öffnete die Tür. »Bleib bitte im Wagen!« rief ich der Detektivin zu. »Es reicht, wenn einer naß wird.«

Jane nickte.

Sturm und Regen packten mich mit voller Wucht. Wieder schlug ich den Mantelkragen hoch und stemmte mich gegen die Naturgewalten. Ich legte meine Hand auf die Kühlerhaube des Mantas. Sie war noch warm. Lange konnten Will und Suko nicht weg sein.

Vielleicht holten wir sie ein. Ich entdeckte den schmalen Weg, der von der Straße abzweigte. Reifenspuren zeigten an, daß auch Autos dort fahren konnten.

Ich stieg wieder in den Wagen.

»Und?« fragte Jane.

»Wir fahren zum Haus hoch«, bestimmte ich. »Suko und Will sind zu Fuß hochgegangen. Vielleicht haben wir Glück und holen sie ein.«

Jane war einverstanden, und ich fuhr an.

Auf der Straße war die Fahrt trotz des Wetters noch ein Vergnügen gewesen, aber der schmale Weg bereitete dem Granada doch einige Probleme. Wie eine graue Wand stand der Wald vor uns. Es sah aus, als würde der Weg in einen Tunnel führen.

Die Reifen wühlten den Schlamm auf. Mit dem Heck schlingerte der Wagen hin und her. Hoffentlich schafften wir es heil durch den Wald, ich hatte keine Lust, einen Blechschaden zu bezahlen.

Die ersten Zweige kratzten über den Lack. Konzentriert hockte ich hinter dem Lenkrad und hielt den Granada eisern in der Spur.

Ich spürte die innere Spannung, die sich in mir ausbreitete. Sie trat meistens dann ein, wenn wir kurz vor dem Ziel oder vor einer Eskalation mit unseren Feinden standen.

Aber drei alte Frauen? Konnten sie uns überhaupt gefährlich werden? Normalerweise nicht, aber wenn diese Weiber tatsächlich mit dem Teufel im Bunde standen und Hexen waren, dann sah die Sache schon ganz anders aus.

Ich nahm die Kurven manchmal wie ein Rallyefahrer, der Punkte sammeln wollte.

Und dann sah ich das Ende des Wegs. Er führte zu einer Lichtung, an deren Ende das Haus stand.

Ich löschte die Scheinwerfer.

»Weißt du, was mir komisch vorkommt?« sagte Jane.

»Daß Suko und Will nirgends zu sehen sind«, erwiderte ich.

»Genau.«

»Ob sie in eine Falle gelaufen sind?«

Ich räusperte mich. »Mal den Teufel nicht an die Wand.« Ich fuhr den Wagen an den Rand der Lichtung und stoppte.

Etwa eine halbe Minute lang beobachteten wir das Haus. Viel konnten wir nicht sehen, denn der Vorhang aus Schneeregen nahm uns den größten Teil der Sicht, und auch von unseren beiden Freunden war nicht eine Schuhspitze zu entdecken.

Nicht einmal Licht sahen wir hinter den Fenstern schimmern.

»Vielleicht sind die drei Weiber gar nicht zu Hause«, vermutete Jane Collins.

»Wo sollen die denn bei diesem Wetter hin?«

»Ich meine ja nur.«

Die mit Silberkugeln geladene Beretta nahm ich aus der Schulterhalfter und reichte der Detektivin die Waffe. »Hier, nimm du sie als Schutz, wenn ich nicht da bin.«

Jane wich zurück. »Aber dann hast du ja nichts.« Sie schaute auf die Waffe.

»Doch, ich habe noch die Dämonenpeitsche.«

»Die hatte ich ganz vergessen.« Jane Collins nahm die Beretta an sich.

»Außerdem bin ich noch mit dem Kreuz und meinem silbernen Dolch versorgt«, beruhigte ich Jane.

Sie schlang ihre Arme um mich. »Sieh dich vor, John. Ich habe auf einmal schreckliche Angst. Suko und Will Mallmann sind keine ängstlichen Kreaturen, aber auch sie sind plötzlich verschwunden. Wir wissen nicht, was mit ihnen geschehen ist.«

Ich spürte Janes kalte Hand an meiner Wange und streichelte ihr Haar.

»Wenn ich in einer Stunde nicht zurück bin, fährst du in die Stadt und alarmierst die Polizei. Okay?«

»Nein«, flüsterte Jane. »Ich sehe dann selbst nach.«

Sie hatte so bewußt gesprochen, daß es mir unmöglich war, zu widersprechen.

Ich stieg aus. Die Dämonenpeitsche, von der ich vorhin gesprochen hatte, hing an meinem Gürtel. Es war ein einfaches, unterarmlanges Rohr, sah harmlos aus, doch wenn es eingesetzt wurde, entwickelte es sich zu einer gefährlichen Waffe.

Natürlich nur gegen die Mächte der Finsternis, versteht sich.

Wieder wurde ich naß. Der schwarze Burberry glänzte wie das Fell einer Katze. Einen Hut trug ich nicht. In Strähnen klebte mir das blonde Haar am Kopf. Das Wasser rann über mein Gesicht, und der Boden war glitschig wie Schmierseife.

Ich unternahm erst gar nicht den Versuch, nach einem Hintereingang zu suchen, sondern wollte das Haus offiziell durch den Haupteingang betreten.

Etwa zwanzig Meter hatte ich bis dorthin zurückzulegen. Das schmutzige Grün des Bodens zeigte hier und da einen weißen Schimmer. Meist dicht am Waldrand, wo der nasse Schnee liegenblieb.

Ich stand vor der Tür.

Eine Klingel sah ich nicht. Mein Magen hing mir schwer im Leib. Ich stand unter Hochspannung. Plötzlich wußte ich, daß ich das Rätsel in den nächsten Minuten lösen würde.

Ich warf noch einen Blick zurück. Die Umrisse des Granadas verschwammen hinter den Schneeregenschleiern.

Während ich tief Luft holte, hob ich die Faust. Dann klopfte ich gegen das Holz.

Sofort erhielt ich Antwort.

»Komm ruhig rein, John Sinclair. Die Tür ist offen. Drück fest dagegen!«

Die Stimme klang krächzend und gehörte einer Frau.

Mit der Schulter stemmte ich mich gegen die Tür. Sie schwang auf und wurde vom Wind weiter geöffnet.

Zwei Schritte brachten mich über die Schwelle.

»Schließ die Tür!«

Ich folgte der Aufforderung.

Zuerst sah ich nichts, aber dann hatten sich meine Augen an das Dämmerlicht gewöhnt.

Auf einer Kommode dicht neben der geschwungenen Treppe brannten mehrere Kerzen. Und ihr Schein streifte über die drei Frauen, die in ihren Rollstühlen vor mir saßen.

Aber was waren das für Weiber!

Sie glichen sich wie ein Ei dem anderen. Und doch gab es makabre Unterschiede.

Die Frau rechts von mir hielt eine Pistole in der knochigen Hand.

Die in der Mitte eine Axt mit spiegelblanker Schneide.

Und die Alte links hatte ein langes Messer, dessen Klinge rötlich braun schimmerte.

Alle Waffen zeigten auf mich.

Die Alte in der Mitte sprach die Begrüßungsworte. »Willkommen im Todeshaus, John Sinclair!«

»Paß doch auf, wo du hinfällst«, knurrte Will Mallmann. »Bald hättest du mich erdrückt!«

»Entschuldige!« Suko rollte sich über die Schulter ab und fluchte, weil er in einer Schlammpfütze gelandet war.

»Ist dir was passiert?« fragte Will.

»Nein. Nur haben wir uns wie die letzten Trottel benommen. Himmel, das passiert mir nicht noch mal.«

»Falls es so etwas noch gibt.«

Suko setzte sich auf. »Großer Pessimist, wie?«

»Nein, nur Realist.«

Der Kommissar wühlte in seinen Manteltaschen herum, fand nicht das, was er suchte, und forschte in den anderen Taschen weiter.

Doch da riß Suko bereits ein Zündholz an. Er schirmte die

Flamme erst mit der gekrümmten Hand ab und leuchtete das Gefängnis aus.

Viel sehen konnten sie nicht. Sie waren in einer Sickergrube oder einem alten Schacht gelandet. Der Boden war schlammig, und sie steckten bis zu den Knöcheln im Dreck.

Aber sie hörten etwas, als die Flamme verlosch.

Ein unangenehmes Fiepen.

Ratten!

»Mist«, sagte Mallmann, obwohl er lieber ein anderes treffenderes Wort gebraucht hätte, »jetzt haben wir diese Tierchen auch noch auf dem Hals.«

Suko schwächte ab. »Die haben bestimmt mehr Angst als du, mein lieber Freund.«

»Wer sagt denn, daß ich Angst habe?«

Suko gab keine Antwort, sondern riß ein zweites Streichholz an. Obwohl der Lichtkreis nicht sehr weit reichte, sah er doch die kleinen grauen Tiere davonhuschen.

Die Biester waren verdammt nah.

Und sie schienen hungrig zu sein, daß sie sich so nahe an die Menschen herantrauten.

Suko verlor seinen Galgenhumor nicht. »Auch für die Ratten war es ein langer Winter. Du mußt sie verstehen, Will...«

Der Kommissar fluchte, als eine Ratte an seinem Bein vorbeistreifte. Blindlings trat er mehrere Male zu. Dann spürte er etwas Weiches unter seiner Fußsohle, trat noch einmal zu, und die Ratte war tot.

Jetzt hatten die anderen ihre Beute. Mallmann und Suko gingen zur Seite, als die Ratten sich über ihren Artgenossen stürzten. Die waren ungeheuer gefräßig. Jede wollte die erste sein. Die Tiere purzelten übereinander.

Suko und Will hatten etwas anderes zu tun, als den Ratten bei ihrem makabren Mahl zuzusehen.

»Nach oben können wir nicht«, flüsterte Will, »vielleicht gibt es einen zweiten Ausgang. Die Ratten müssen ja auch von irgendwoher gekommen sein.«

Suko winkte ab. »Die gab es hier schon immer.«

Sie bewegten sich weiter nach rechts. Suko riß unentwegt Zündhölzer an.

Bis die beiden vor eine Wand stießen und die Bestätigung hatten. Vor ihnen auf dem Boden lag ein Skelett.

Die Knochen waren blank und schimmerten weißgrün.

Das Streichholz verlöschte.

»Das wär's dann wohl«, meinte Suko. »Wie hätte unser alter Freund John Sinclair sicherlich jetzt so treffend festgestellt? Wir sitzen in einer wahren Rattenfalle, Freunde...«

Die Alte in der Mitte kicherte böse. »Darf ich dich mit meinen Schwestern bekannt machen?«

Ich blieb gelassen, da ich den ersten Schock überwunden hatte. »Ja, gern.«

»Links von mir, die mit der Pistole, das ist Stina. Sie kann trotz ihres Alters sehr gut schießen.« Die Alte zeigte mit der Axt nach rechts. »Und das, mein lieber Sinclair, ist Martha. Sie verläßt sich immer auf ihr Messer.« Wieder das widerliche Lachen. »Und mich, junger Freund, kannst du Elisa nennen.«

»Und wo sind meine Freunde?« fragte ich.

»Meinst du den Chinesen und den Kommissar?«

»Ja.«

Ihr Gesicht verzerrte sich, als sie mir die Antwort entgegenschleuderte. »Sie sind bei den Ratten, und dort werden sie auch bleiben. Bis an ihr Lebensende. Darauf kannst du dich verlassen.«

Ich schluckte. Diese Kaltblütigkeit und Brutalität der alten Weiber schockte mich bis ins Mark. Und ich stellte mir die Frage, ob ich es hier überhaupt mit Menschen oder bereits mit dämonischen Geschöpfen zu tun hatte. Zudem schienen sie mir in ihrem Siegestaumel sehr geschwätzig zu sein. Das wollte ich ausnutzen. Ich wollte jetzt die ganze Wahrheit erfahren.

»Gut«, sagte ich leichthin, »ihr habt also meine Freunde gefangen und mich ebenfalls. Aber warum? Und warum habt ihr die Morde begangen? Drei Menschen sind gestorben. Aus welchem Grund habt ihr sie getötet?«

Wieder antwortete mir Elisa. Mit der freien Hand wischte sie sich die Spinnweben aus dem Gesicht. »Die drei waren zu neugierig. Sie haben unser Geheimnis herausgefunden. Das ist alles. Aus dem Grund haben wir sie getötet.«

»Welches Geheimnis?«

»Kannst du dir das nicht denken?«

Ich hob die Schultern. »Vielleicht, aber ich möchte es gern von euch wissen.«

»Also schön. Auf wie alt schätzt du uns?«

»Achtzig Jahre?«

Elisa lachte. »Falsch, Sinclair, völlig falsch. Wir sind weit über hundert und wären schon längst tot, wenn es da nicht einen alten Fluch gegeben hätte. Dieses Haus hier hat seine Geschichte. Es ist auf dem Grund und Boden gebaut worden, auf dem vor fast dreihundert Jahren die letzten Hexen verbrannt worden sind. Es waren drei. Und was niemand wußte, diese drei hatten Kinder geboren. Nachkommen, in denen das Böse weiterlebte und die sich sehr wohl an die Schmach und die Schande erinnerten, die ihren Müttern angetan worden war. Es mußte irgendwann die Zeit der Rache kommen, denn die Hexen hatten einen Bund mit dem Teufel geschlossen. Und der Satan vergißt nie, auch wenn Zeit für ihn keine Rolle spielt. In der ersten Nachkommensgeneration geschah nichts. Auch nicht in der zweiten, obwohl das Böse unterschwellig weiterlebte. Unsere Väter und Mütter gingen nie in die Kirche oder taten Gutes. Sie gehörten immer zu den Ausgestoßenen, zu denen, um die man einen großen Bogen schlug. Die Geschichte unserer Vorfahren wurde weitererzählt. Einer baute dann dieses Haus auf. Auf dem unheiligen Boden, auf der Richtstätte. Dann wurden wir geboren. Und bei uns war es soweit. Der Teufel meldete sich. Die Rache, die er unseren hingerichteten Hexenschwestern verwehrte, wollte er bei uns vollenden. Aber auch wir mußten was tun. Der Teufel wollte Mädchen. Junge Mädchen. Was lag näher, als uns darum zu bitten? Es war wie eine Fügung des Schicksals, daß die Schule gebaut wurde. Ein Mädchen-Internat. Da fanden wir unsere Opfer. Unsere Tarnung war perfekt. Wer verdächtigt schon drei alte, in Rollstühlen sitzende Frauen?«

Da hatte dieses Weib in der Tat recht. Auf sie würde nie ein Verdacht fallen. Die drei Weiber hatten das raffiniert eingefädelt. Das mußte ich ehrlich zugeben.

Aber ich wollte noch mehr wissen. »Wie verhält es sich mit dem Panther?« fragte ich. »Dieses Tier sah ich, als ich das Zimmer eines jungen Mädchens betrat.«

»Ach, Sie meinen diese Gisela Hoff?«

»Genau.«

»Ja, das Mädchen hatte einen Freund. Und wir hatten ihn in Verdacht, daß er etwas wußte. Da war es sicherer, ihn umzubringen.«

Mich erschreckte diese Kaltblütigkeit der Frauen. Aber das war ich gewohnt, trotzdem – gewöhnen würde ich mich nie daran. Für mich war ein Menschenleben unantastbar, aber meine Gegner gingen damit um, als wären Menschen nur Schachfiguren.

»Er kam von seiner Freundin«, erklärte mir Elisa. »Wir haben ihm aufgelauert. Was meinen Sie, wie er geschaut hat, als plötzlich eine Frau im Rollstuhl vor ihm saß. Aber der Angriff erfolgte von hinten. Ein Panther hat ihn getötet.«

Da waren wir bei meiner nächsten Frage. »Wer ist dieser Panther?«

»Kannst du dir das nicht denken?« flüsterte Elisa, und die anderen Weiber lachten lautlos.

Plötzlich veränderte sich der Blick ihrer Augen. Er wurde stechend, grausam. Die Farbe wechselte dabei, nahm einen irrlichternden Ausdruck an. Die Augen stellten sich schräg, und dann hatte ich die Gewißheit.

Die Frauen wurden zu Raubtieren.

»Stina wird zum Panther«, erklärte mir Elisa, »meine Schwester Martha wird zum Wertiger, und ich verwandle mich in einen Werwolf, John Sinclair. Drei Raubtiere sitzen vor dir. Glaubst du immer noch, daß du gegen uns eine Chance hast?«

Noch hatten sie sich nicht verwandelt. Und ich besaß als Trumpf meine Peitsche. »Ich gebe erst auf, wenn ich nicht mehr am Leben bin«, antwortete ich.

Da kreischte Elisa auf. »Schieß, Stina, schieß ihn zusammen, den Teufel…!«

Mir war klar, daß diese Stina keinen Augenblick zögern würde. Aber auch ich war nicht von gestern. Ich hatte genau gesehen, daß die Mündung nicht direkt auf mich zeigte, sondern um eine Winzigkeit vorbei. So weit schien es mit Stinas Schießkünsten auch nicht herzusein.

Sie drückte ab.

Das Weib fluchte, drückte immer wieder ab, doch es tat sich nichts.

Noch war ich »waffenlos«. Wenigstens hatte ich meine Waffe noch nicht gezogen.

Ich kniete.

Elisa schrie und fluchte.

»Das Messer, Martha!«

Die Angesprochene saß leicht vorgebeugt in ihrem Rollstuhl. Jetzt hob sie die rechte Hand.

Dann sauste ihr Arm nach unten.

Und schon fegte die Klinge auf mich zu.

Flach hechtete ich über den Boden. Und knapp flog die mörderische Waffe über mich hinweg. Sie rasierte mir fast noch den Nacken. Ich weiß selbst nicht, warum ich damals nicht die Dämonenpeitsche zu Hilfe nahm. Vielleicht war es die unbewußte Scheu davor, drei Frauen als meine Gegner zu haben, aber ich konnte mich einfach nicht dazu entschließen, konzentriert zurückzuschlagen.

Als Elisa sah, daß mich die Klinge verfehlt hatte, wandte sie eine andere Taktik an.

Sie befahl ihren Schwestern, auseinanderzufächern. »Fahrt, nehmt ihn in die Zange. Und du holst dir dein Messer wieder, Martha!«

Die Klinge steckte in der Holzwand. Der eingekerbte Griff zitterte noch, so heftig hatte die Frau das Messer geworfen.

Die Weiber fuhren einen Halbkreis. Sie wollten mich in die Mitte nehmen.

Ich sprang immer wieder zurück. Dann riß ich das Messer aus der Wand. Ich hielt es in der rechten Hand und schaffte mir so die Weiber für eine gewisse Zeit vom Hals, die ich benötigte, um an mein Kreuz zu gelangen. Damit wollte ich sie schocken.

Doch es kam anders.

Plötzlich schleuderte Stina die Pistole. In ihrer Wut hatte sie keine andere Möglichkeit gesehen. Was sollte sie auch mit der leergeschossenen Waffe anfangen?

Ich sah das Ding viel zu spät, konnte nicht rechtzeitig genug ausweichen und kassierte einen Treffer an der rechten Schulter.

Der Schmerz wühlte sich durch. Ich biß die Zähne zusammen, versuchte keine Schwäche zu zeigen, doch Elisa, dieses Teufelsweib, hatte mich schon längst durchschaut.

»Ja«, keifte sie, »jetzt bist du reif!«

Sie schleuderte die Axt.

Ich weiß nicht, wie ich es schaffte, von der Stelle zu kommen. Es war mehr ein Fallen und Stolpern, aber die verdammte Axt traf mich trotzdem. Sie nagelte den weiten rechten Ärmel meines Mantels an der Tür fest.

Ich zerrte, aber der gute Burberry hielt. Jetzt war das gute Stück endgültig hinüber.

»Jetzt haben wir dich!« kreischte Elisa. »Los, hin zu ihm. Geben wir ihm den Rest!«

Sie kümmerten sich nicht darum, daß ich noch das Beutemesser in der Hand hielt. Wahrscheinlich konnte man sie mit einer normalen Waffe nicht töten.

Aber dann geschah etwas, womit wohl keiner von uns gerechnet hatte. Die Hexenweiber hatten es so eilig, mich aus dem Weg zu schaffen, daß sie sich gegenseitig behinderten und nicht darauf achteten, wohin sie fuhren.

Ich glaube, es war Stina, die über die Falltür rollte. Und der Teppich hielt das Gewicht nicht aus.

Er gab nach. Plötzlich schrie Stina auf, und dann waren sie, der Rollstuhl und auch der Teppich verschwunden…

Die Ratten hatten sich vorerst zurückgezogen, nachdem Will Mallmann noch zwei von ihnen getötet hatte. Die Biester waren ihm verdammt nahe auf den Pelz gerückt, und gegen so etwas war der gute Kommissar allergisch.

Jetzt berieten er und Suko, wie sie aus diesem Rattenloch wieder rauskamen.

»Wir schaffen es auch nicht, wenn du dich auf meine Schulter stellst«, sagte der Chinese.

Mallmann schaute hoch. Doch er konnte nichts sehen, bis auf ein paar hellere Umrisse, die die Konturen der Falltür nachzeichneten.

»Ganz geschlossen haben sie die nicht«, flüsterte Suko.

Will räusperte sich. »Vielleicht haben sie nur etwas darüber gelegt.«

»Möglich.«

Und dann ging es plötzlich Schlag auf Schlag. Die Unterlage auf der Luke bewegte sich. Ein schmaler Lichtstreifen fiel in den Schacht, der jedoch nicht den Boden erreichte, aber erkennen ließ, was da herunterfiel.

Ein Rollstuhl.

Mit einer Frau.

»Weg!« Suko riß den wie erstarrt stehenden Will Mallmann zur Seite, damit der nicht von dem herabfallenden Rollstuhl getötet wurde.

Dicht vor ihren Füßen krachte der Rollstuhl zu Boden. Die Räder verbogen sich, die Speichen brachen mit singenden Geräuschen.

Ein gellender Schrei, dann ein Fauchen, und urplötzlich blickten die beiden Männer in zwei gelblich funkelnde Raubtieraugen.

Sie gehörten nicht mehr Stina, sondern einem gefährlichen Panther!

Ich hatte es nur noch mit zwei Gegnern zu tun. Aber beide waren brandgefährlich.

Und sie verwandelten sich.

Was hatte diese Elisa noch gesagt? Sie wäre in Wirklichkeit ein Werwolf und die andere ein Wertiger?

Ich konnte mich von beidem überzeugen.

Innerhalb von Sekunden ging die Verwandlung der Frauen vor sich. Die Körper streckten sich, wurden immer größer. Die Haut verging. Statt dessen wuchs ein prächtig gestreiftes Fell bei dem Wertiger und braunes Fell bei dem Werwolf.

Der Tiger hatte sich als erster verwandelt. Er hatte einen gewaltigen Körper, unter dessen Fell die Muskeln spielten. Wuchtig brach der Rollstuhl auseinander, als sich das dämonische Tier bewegte. Schon allein daran war zu erkennen, welche Kraft in dieser Ausgeburt der Hölle steckte.

Ich klemmte noch immer fest.

Dann ließ ich das Messer fallen und riß mit der jetzt freien Hand die Axt aus dem Holz. Zweimal mußte ich ziehen, so tief saß die Waffe in der Tür.

Im selben Moment sprang der Tiger.

Aus dem Handgelenk schleuderte ich die Axt. Sie war auf den Kopf des dämonischen Tieres gezielt, sollte verhindern, daß mich die gefährlichen Reißzähne zu packen bekamen. Doch der Tiger duckte sich blitzschnell ab, glitt zur Seite weg, und die Axt ritzte nur sein Fell.

Plötzlich bekam ich Angst.

Riesengroß tauchte der Tiger vor mir auf. Zeit, mich nach dem Messer zu bücken, hatte ich nicht. Ich konnte mich nur noch mit einem gewaltigen Hechtsprung retten.

Dicht vor der Treppe landete ich, krachte gegen das Geländer und riß einen gedrechselten Stützstab aus der Halterung. Während ich noch auf dem Rücken lag, verschwand meine Hand unter dem Mantel, und im nächsten Augenblick hielt ich die Dämonenpeitsche schlagbereit.

Eine rasche Kreisbewegung, und die drei Schnüre ringelten aus der Öffnung. Sie wirkten wie grüngelb schimmernde Schlangen.

Da sprang der Wertiger.

Jetzt hatte ich keine Zeit mehr zum Ausweichen. Der Rachen des Wertigers war weit aufgerissen. Es sah fast federleicht aus, als der schwere Körper auf mich zuflog.

Da drosch ich mit der Peitsche zu.

Ich schlug aus der Drehung und stieß dabei einen gellenden Schrei aus.

Die drei Riemen klatschten gegen den Körper des Wertigers. Sie trafen dort, wo ich es wollte, aber die Peitsche konnte den Sprung nicht mehr stoppen.

Der Wertiger prallte gegen mich.

Ich spürte noch den Raubtiergeruch, erwartete jeden Moment die Zähne an meiner Kehle, doch da machte sich die Wirkung der Dämonenpeitsche bemerkbar.

Nicht der strenge Raubtiergeruch ätzte mehr meine Nase, sondern der Gestank nach Schwefel und Verbrennung. Der riesige Körper hatte mich zurückgedrückt, Tatzenkrallen hatten meinen Mantel fast vollständig zerfetzt, auch die Jacke darunter sah mitgenommen aus. Die Dämonenpeitsche war mir aus der Hand gefegt worden. In diesem Augenblick war ich waffenlos.

Doch die geballte Kraft der Waffe, die ich Myxin, dem Magier, durch Zufall entwendet hatte, entlud sich an diesem dämonischen Scheusal. Es verging.

Der Wertiger löste sich auf. Sein Körper verblaßte, wurde zu Rauch, der gegen die Decke stieg.

Doch zum Atemholen kam ich nicht. Die Zeit, in der ich mit dem Wertiger kämpfte, die hatte Elisa genutzt.

Ihre Verwandlung zum Werwolf war perfekt.

Knurrend griff sie mich an. Mit gesträubtem Fell und weit aufgerissener Schnauze schlich das Ungeheuer auf mich zu. Es war größer als ich, bot einen furchterregenden Anblick und hatte mir den Weg zur Dämonenpeitsche verbaut.

Nur zwei Schritte lag sie von mir entfernt, aber sie war unerreichbar für mich.

Denn der Werwolf schnitt mir den Weg ab. Ich mußte abermals zurück. Doch wohin?

Nur die Treppe kam in Betracht. Ich sprang nach hinten und griff dabei unter meinen Mantel, um den silbernen Dolch hervorzuholen. Dabei ging ich zu hastig vor, verfehlte eine Stufe, konnte mich nicht mehr fangen und fiel hin.

Ich kam nicht mehr an mein Messer. Auf solch eine Chance hatte der Werwolf nur gelauert.

Er brüllte auf, stieß sich vom Boden ab und flog im nächsten Moment genau auf mich zu...

Will Mallmann und Suko hörten das aggressive Fauchen des Raubtieres, und gleichzeitig streifte der heiße Atem ihre Gesichter.

Suko packte Wills Arm. »Zu Boden!« schrie er und fegte dem Kommissar mit einem Tritt beide Beine weg. Mallmann fiel hin. Er preßte sich gegen den Schlamm, denn er war waffenlos, im Gegensatz zu dem Chinesen.

Suko trug wie ich eine mit geweihten Kugeln geladene Waffe bei sich.

Und die zog er.

Er duckte sich dabei, starrte die beiden schrägstehenden und irrlichternden Raubtieraugen an, hob den rechten Arm, zielte und feuerte.

Der Knall dröhnte den beiden Männern in den Ohren. Plötzlich zuckten die Augen herum, das Fauchen steigerte sich zu einer grausamen Sinfonie, der schwere Körper der Werkatze wurde nach hinten geschleudert, die Pranken wischten dabei unkontrolliert herum. Suko spürte einen harten Schlag am Arm und sprang einen Schritt nach hinten. Er war bereit, in der nächsten Sekunde wieder zu schießen, falls eine Kugel für die Bestie nicht ausreichte.

Doch das Silber zeigte seine Wirkung. Zudem hatte der Chinese haargenau gezielt.

Der Werpanther wand sich im Todeskampf. Suko und Will konnten es zwar nicht sehen, sie hörten es jedoch an den Geräuschen, die ihnen sehr bekannt vorkamen.

Die dämonische Raubkatze hatte der Kraft des Silbers nichts entgegenzusetzen.

Sie verging.

Will Mallmann stemmte sich vom Boden hoch. Er hatte Mühe, auf dem rutschigen Boden das Gleichgewicht zu behalten, faßte nach Sukos Arm und murmelte einen Dank.

»Stell das Bier nicht zu früh kalt«, erwiderte der Chinese. »Noch wissen wir nicht, was mit John ist.«

Da schwieg der gute Will Mallmann.

Mir erging es in diesen Augenblicken nicht gut. Der Werwolf hatte mich in die Defensive gedrängt.

Ich lag auf der Treppe, spürte die Stufen im Kreuz, hatte die Arme erhoben und versuchte, mir das Tier vom Hals zu halten.

Es war ein verbissener Kampf. Denn wenn ich jetzt eine Schwäche zeigte, war es aus.

Dann würde mich die Bestie töten!

Weit klaffte die Schnauze auf. Der heiße Raubtieratem fauchte mir entgegen. Mein Gesicht fing an zu glühen. Ich strengte mich ungeheuer an. Das Blut pulsierte rasend durch meine Adern. Ich kam nicht an die Waffen heran, und auch das Kreuz war durch meinen Mantel verdeckt. Der Werwolf hatte alle Chancen auf seiner Seite.

Meine Hände wühlten sich in sein Fell. Ich stemmte mich gegen das Höllenbiest, doch der schwere Körper drückte weiter zu. Es war nur eine Frage der Zeit, wann ich zusammenbrechen würde.

Und dann hatte der Werwolf freie Bahn.

Seine Pranken waren etwas zu kurz. Wenn er sie bewegte, so streiften sie nur über die Reste des Burberrys. Aber jetzt versuchte er es mit einem Trick.

Der Werwolf warf sich zur Seite. Für Bruchteile von Sekunden verschwanden die hellweißen Pupillen aus meinem Blickfeld, dann holte er aus und rammte die Tatze nach vorn.

Ich konnte dem Schlag nicht ausweichen. Stoff riß wie Papier. Ich schrie auf, der Werwolf heulte in seinem wahnsinnigen Triumph.

Es war die Hölle!

Aus einer Wunde am Bein pulsierte das Blut. Verdammt, ich war angeschlagen.

Ich rollte mich herum, als der Werwolf sich aufrichtete, hoch über mir stand und zu einem letzten, alles entscheidenden Angriff ausholte.

Meine Hand raste unter die Jacke. Die Finger umklammerten den Griff des silbernen Messers, rissen es aus der Lederscheide, als zwei Schüsse aufbellten.

Und plötzlich sah ich alles wie im Zeitlupentempo.

Der Angriff des Werwolfs wurde gestoppt. Er hatte sich nach vorn werfen wollen, doch die silbernen Kugeln rissen ihn zur Seite. Schwer fiel die Bestie gegen das Geländer und durchbrach es. Inmitten eines Regens von Holzsplittern krachte sie zu Boden, so daß die morschen Planken dröhnten und vibrierten.

Der Werwolf hatte der Kraft des geweihten Silbers nichts mehr entgegenzusetzen. Was seit Urzeiten Bestand hatte, bewahrheitete sich auch in diesen Minuten.

Die Kraft des Guten siegte über die Mächte der Finsternis.

Der Werwolf – oder Elisa – verging.

Satan hatte verloren!

Ich warf einen Blick zur Tür und sah Jane Collins auf der Schwelle stehen. Die Waffe hatte sie sinken lassen. Wir schauten uns in die Augen, und plötzlich rannte Jane auf mich zu und warf sich in meine Arme.

»Danke!« flüsterte ich ihr ins Ohr. »Ich danke dir!«

Dann wurde es mir schwindlig, und ich mußte mich setzen. Ich landete auf einer Stufe.

»Aber du bist ja verletzt!« Jane preßte die rechte Hand gegen ihren Mund und zeigte mit der anderen auf mein Bein.

Ich winkte ab. »Nur eine Fleischwunde.«

»Von wegen, wir müssen sie verbinden.« Jane war auf einmal sehr besorgt.

Ich drehte den Kopf nach links und warf einen Blick durch das zerstörte Geländer.

Der Werwolf war tot, und auch die Frau, die statt ihm auf dem schmutzigen Boden lag. Sie hatte sich wieder zurückverwandelt und zerfiel langsam zu Asche. Jetzt zeigte es sich, wie alt diese Drillinge tatsächlich waren.

Das Trio des Teufels existierte nicht mehr. Und es war nicht nur mein Verdienst, sondern das Resultat einer gelungenen Partnerschaft zwischen Menschen, die sich geschworen hatten, den Mächten der Finsternis zu trotzen.

»He, wollt ihr uns hier unten verhungern lassen?« hörten wir plötzlich Sukos Stimme.

Jane trat an die Luke. »Soll ich euch Verpflegung hinunterwerfen?« erkundigte sie sich, »denn die Chance bekommen wir so rasch nicht wieder.«

»Welche Chance?«

»Daß John und ich endlich mal allein sein können...«, antwortete sie. Und als wir alle vier lachten, da stand fest, daß wir diesen Fall endgültig überstanden hatten...

ENDE

Der
Alptraum-
Garten

Der Wind wehte von den Britischen Inseln her, wuchs über dem Kanal zum Orkan auf und fiel auf die französische Küste nieder wie ein hungriges Raubtier.

Noch brachte er keinen Regen oder Schnee mit, sondern pfiff und heulte um Felsen und Riffe, ließ die See kochen und schleuderte gewaltige Wassermassen gegen die Kalksteinfelsen der bretonischen Küste.

Im Innern des Landes flaute der Sturm ein wenig ab, er hatte aber dennoch Kraft genug, um das Wasser des kleinen Sees zu gischtenden Wellen hochzupeitschen, um sie dann an den Ufern als lange Zungen in das Land hineinlecken zu lassen.

Der Winter neigte sich seinem Ende zu, und es schien so, als würde er noch einmal Atem holen, um sich gegen die wärmere Jahreszeit zu stemmen. Deshalb spielte das Wetter verrückt. Warme und kalte Luftmassen prallten aufeinander, es gab Temperaturstürze und Gewitter, und die Menschen, deren Kreislauf nicht mehr der beste war, hatten unter dem Sturm zu leiden.

Das Wetter machte Lydia La Grange jedoch nichts aus. Obwohl sie schon über fünfzig Lenze zählte, war sie kerngesund. Sie hatte nie in ihrem Leben einen Arzt aufgesucht und ihn auch nicht gebraucht.

Ihr gehörte die Insel.

Sie lag inmitten des sturmgepeitschten Sees, war dicht bewachsen und stemmte sich wie eine Trutzburg gegen den Orkan.

Die Insel hatte Lydia La Grange geerbt. Seit vielen Jahrhunderten befand sie sich im Besitz ihrer Familie. Lydia war die letzte aus der Ahnenreihe der La Granges und hatte keine Nachkommen.

Auch an diesem späten Nachmittag verließ sie ihr hochherrschaftliches Haus, band sich das Kopftuch um und stemmte sich gegen den Sturm. Jean, der Diener, war im Haus geblieben, er hatte ihr nur mit der Laterne geleuchtet.

Der Wind ließ ihren Mantel knattern. Er rüttelte an den Zweigen und Ästen der kahlen Bäume, bog die sorgfältig geschnittenen Hecken des Parks dem Boden zu und bewegte das Gras wie ein riesiges grünes Wellenmeer.

Lydia La Grange spazierte wie immer auf demselben Weg.

Und sie passierte dabei die Stellen im Park, die zahlreiche Rätsel bargen und schon manche Menschen dazu verleitet hatten, sich mit Lydia La Grange zu beschäftigen.

Doch überlebt hatte es niemand...

»Ich weiß nicht so recht. Das alles paßt mir nicht in den Kram.« Tom Jeffers spielte unschlüssig mit seinem Calvadosglas und ließ es über den blankpolierten Tisch bis nach vorn zur Kante rutschen.

»Sag bloß, du kneifst?« Sein Gegenüber schaute ihn erstaunt an.

»Sieh doch mal nach draußen, Pierre. Willst du bei diesem Wetter auf den See fahren?«

»Ich denke, du bist ein Reporter?«

»Richtig, Pierre, aber kein Lebensmüder.«

Pierre Balmain schlug mit der Faust auf den Tisch. »Dann fahre ich eben ohne dich.«

»Das ist noch größerer Wahnsinn.«

»Aber es ist meine Sache. Wie lange haben wir uns schon vorgenommen, daß wir der Insel einen Besuch abstatten. Denkst du, ich möchte mich in der Redaktion auslachen lassen? Pierre Balmain, der rasende Reporter, der Mann, den nichts erschüttern kann, hat Angst vor einem kleinen Lüftchen.«

»Morgen ist der Sturm vorüber«, warf Tom Jeffers, der Engländer, ein.

»Morgen ist auch Redaktionsschluß. Nein, wir fahren hin, und dann telefoniere ich in der Nacht noch meinen Bericht durch.« Er schüttelte den Kopf. »Ich weiß gar nicht, was in dich gefahren ist, mein Junge. Hast du Angst?«

»Ja, ich habe Angst«, erwiderte Tom Jeffers leise.

»Das darf doch nicht wahr sein.« Pierre Balmain, der Mann mit dem buschigen Oberlippenbart und dem Bürstenhaarschnitt, beugte sich vor und schüttelte den Kopf. »Angst hast du doch noch nie gehabt, Tom. Und was haben wir für Dinger gedreht. Denk mal an unsere Reise nach Mekka. Und dann der Trip nach Indien. Alles heiße Sachen, aber jetzt machst du dir in die Hose, weil mal 'ne stärkere Brise weht.«

»Das stimmt nicht.«

Pierre lehnte sich auf seinem Stuhl zurück. »Was ist es dann?«

Jeffers hob die Schultern. Er hatte ein schmales Gesicht mit einem ausgeprägten Kinn und trug das schwarze Haar zu einer Bürste geschnitten. Seine Augen blickten immer ein wenig melancholisch, und wer den traurigen Zug um seine Mundwinkel sah, konnte ihn für einen ewigen Pessimisten oder Nörgler halten. Dabei hatte sich Tom Jeffers, der Reporter, mit Leib und Seele seinem Beruf verschrieben. Im Moment schrieben er und sein französischer Kollege Pierre Balmain eine Artikelserie über Leute, die sich die eigenwilligsten Hobbys leisteten. Die Britischen Inseln hatten sie bereits abgegrast, jetzt war Frankreich an der Reihe. Zuerst die Bretagne und die Normandie.

Die Menschen, die hier wohnten, besaßen noch etwas von der Ursprünglichkeit ihrer Vorfahren. Sie waren bodenständig und von einer bestechenden Geradlinigkeit.

»Komm, rede schon!« forderte Balmain.

»Ich kann es dir auch nicht genau sagen, aber ich habe ein komisches Gefühl. Wenn wir auf diese Insel fahren, passiert etwas.«

Pierre Balmain lachte. »Du hast dich von den Geschichten der Dorfbewohner verrückt machen lassen, mein Lieber, das ist es. Klar, die Leute hier halten Lydia La Grange für verschroben und irgendwie hinterwäldlerisch. Manche haben sogar Angst vor ihr. Ein Junge hat mir erzählt, daß es zu einer bevorzugten Mutprobe gehört, zur Insel hinüberzurudern, dort an Land zu gehen, eine Minute stehenzubleiben und schnell wieder wegzufahren.«

»Und warum gehört es zu einer Mutprobe?« fragte Jeffers.

»Weiß ich auch nicht.«

»Ich kann es dir aber sagen, Pierre. Weil die Leute Angst haben. Dort soll es nicht mit rechten Dingen zugehen. Fischer erzählten, daß sie des Nachts Schreie und Stimmen gehört haben, obwohl die Frau ja nur mit ihrem Diener allein dort lebt. Auf der Insel spukt es.«

»Und du glaubst den Fischern auch.« Pierre tippte sich gegen die Schläfe.

»Warum nicht?«

»Mensch, Tom, wir wollen der Alten nur ein paar Fragen über

diese Steinfiguren stellen, das ist doch alles. Deshalb braucht man uns doch nicht gleich umzubringen.«

»Hast du dir mal überlegt, woher diese Steinfiguren stammen?«

Pierre sah seinen Kollegen an. »Nein, aber das wollen wir ja herausfinden.« Er schlug dem Engländer auf die Schulter. »Los jetzt, sei kein Frosch, Meister.«

»Ich weiß nicht...«

Pierre Balmain hob die rechte Hand und schnippte mit den Fingern. »Zwei Calvados noch, Monsieur!«

Der Wirt winkte zurück. Tom Jeffers und Pierre Balmain waren die einzigen Gäste. Als der Mann das Tablett mit den beiden Gläsern auf dem Tisch abstellte, beugte er sich vor und flüsterte: »Ich würde an Ihrer Stelle nicht fahren, Messieurs.«

»Und warum nicht?« fragte Balmain.

»Die Insel ist nicht ganz geheuer. Sie ist verflucht. Vor allen Dingen die Figuren...«

»Hör auf!« Balmain winkte ab. »Erzähle das deiner Großmutter und dem Friseur...«

»Ich meine ja nur.« Beleidigt watschelte der Wirt davon. Er hatte in der Tat den Gang einer Ente.

»Auf uns«, sagte Balmain, hob das Glas und kippte den Calvados in die Kehle.

Tom Jeffers nippte nur. Er hatte seinen Freund nicht davon überzeugen können, zurückzubleiben. Aber im Stich lassen wollte er ihn auch nicht. Dazu hatten sie zu viel gemeinsam erlebt.

Balmain schob seinen klobigen Stuhl zurück. »Auf geht's, Freund«, sagte er und schlug Tom auf die Schulter. »Wenn wir uns beeilen, sind wir gegen Mitternacht wieder zurück.«

»Das hoffe ich stark.«

Pierre blieb stehen. »Wie meinst du das denn?«

Tom Jeffers winkte ab. »Ach – nur so...«

Sie schnallten ihre Rucksäcke auf und gingen nach draußen. Tom Jeffers trug den Rucksack mit der wertvollen Kameraausrüstung. Pierres Sack war mit Ersatzteilen für die Kameras gefüllt.

Vor der Tür packte sie der Sturm. Er wehte so heftig, daß beide Männer wieder in die Nische gedrückt wurden.

Pierre schimpfte, Tom sagte nichts.

Sie betraten die mit Kopfsteinen gepflasterte Dorfstraße und gingen zur Anlegestelle hinunter. Kein Mensch ließ sich blicken, denn der Wind hatte auch noch den Regen mitgebracht.

Waagerecht peitschte er ihn über das Land. Die Männer zogen die Kapuzen hoch und schnürten sie fest.

Regennaß glänzte das Pflaster. Der See sah aus wie eine schwarze Fläche. Die Insel war mit bloßem Auge nicht zu erkennen.

Bergab führte die Straße dem See entgegen. Das Pflaster glänzte naß. An der Mole lagen die Kähne der Fischer. Es waren einfache Boote ohne Motoren. Nur wenige hatten ein Segel. Gefischt wurde hier für den eigenen Bedarf.

Das aufgewühlte Wasser bewegte die Boote hin und her. Sie stießen aneinander, wurden wieder zurückgetragen und trieben abermals gegeneinander.

Das Motorboot fiel auf. Es war ein flacher Kahn mit weit vorgezogenem Bug, aus Kunststoff gefertigt und mit einem Heckmotor versehen. Das blaue Boot mit der schrägstehenden Frontscheibe war ein regelrechter Wasserflitzer, allerdings für Sturmfahrten nicht sehr geeignet.

Pierre und Tom hatten es an einer Mole befestigt. Immer wieder wurde es von den Wellen gegen den Strand geschoben, wobei der Kiel über harten Kies glitt.

Schon umspülten die anlaufenden Wellen ihre Füße. Bis zu den Knöcheln wurden sie naß.

Pierre Balmain sprang als erster ins Boot und hätte fast das Gleichgewicht verloren, als der Kahn von einer Welle hart zurückgeschoben wurde.

Balmain schimpfte und hielt sich an der Verkleidung fest. Er nahm seinen Rucksack ab und legte ihn vor die kleine Sitzbank am Heck. Er winkte Tom zu. »Steig schon ein!«

Jeffers blieb noch stehen. »Willst du es dir nicht überlegen?«

»Nein, zum Teufel!« Ein scharfer Windstoß riß Pierre die Worte von den Lippen. »Wenn du Schiß hast, fahre ich allein rüber. Die Alte wird mich schon nicht fressen. Wenn wir sie interviewen, hat sie bestimmt einen anständigen Schnaps für uns.«

»Um den zu trinken, begebe ich mich aber nicht in Lebensgefahr«, sagte Tom, allerdings so leise, daß sein Freund nichts verstand. Dann bestieg er das Boot.

Er fühlte sich unwohl auf den schwankenden Planken, sagte aber nichts.

Pierre Balmain ließ den Motor an. Er nickte zufrieden. »Das ist Musik, was?« rief er und lachte mit blitzenden Zähnen. Die Leine hatten sie inzwischen gekappt, und Pierre gab Gas. »Noch zehn Meilen bis Buffalo!« schrie er, auf ein altes Gedicht anspielend.

Das Boot nahm Fahrt auf. Pierre stellte den Wischer an, der sofort seine Halbkreise über die gebogene Scheibe zog.

Schon nach wenigen Yards packte sie der Sturm. Er rüttelte das Boot regelrecht durch. Der Bug glitt über die kleineren Wellen, schnitt aber tiefer ein, wenn querlaufende Wellen gegen den Rumpf klatschten.

Tom Jeffers stand neben seinem Freund. Er hatte die Zähne zusammengebissen und starrte auf die grauschwarze, sich hin- und herbewegende Wasserfläche, bei der nur die Wellenkämme ab und zu aufblitzten.

Rasch verschwand das Ufer im Dunst des Regenvorhangs. Das kleine Boot wurde von Pierre nur so über die Wellen gescheucht. Es schaukelte beängstigend. Spritzwasser gischtete über, klatschte gegen die breite Frontscheibe und wurde vom Fahrtwind nach oben und seitlich weggedrückt. Der Wind heulte und pfiff um das kleine Boot, drang in den offenen Unterstand ein und ließ den Regen gegen das Armaturenbrett prasseln.

»Fahr doch langsamer!« rief Tom Jeffers, dessen Gesicht bereits eine leicht grünliche Farbe angenommen hatte.

»Warum?« Sein Freund lachte. »Ich...«

Er sprach nicht mehr weiter, denn eine Querwelle hob das Boot förmlich hoch, und der in derselben Sekunde zupackende Windstoß drückte es nach backbord über, daß beide Männer gegeneinandergepreßt wurden und Pierre das Steuer hastig losließ, um sich nicht den rechten Arm auszurenken.

»Das hast du davon!« brüllte Jeffers gegen das Toben der Naturgewalten.

Pierre stieß ihn von sich. »Scheiße!« Er packte das Steuer und ging mit dem Gas runter.

Die Fahrt wurde besser. Zwar schüttelten Wind und Wellen die Nußschale noch immer durch, aber die beiden Männer brauchten nicht mehr die große Angst vor dem Kentern zu haben.

Stockfinster war es. Die dicken, dunklen Wolken ließen keinen Stern sehen. Sie wurden über den Himmel gewirbelt wie fantastische Gebilde, um im nächsten Augenblick wieder neue Formen anzunehmen. Dazu fegte der Regen als schräger Vorhang über die Wasserfläche des Sees. Immer öfter klatschte er, wie aus Eimern geleert, gegen die Frontscheibe, wo sich der Wischer vergeblich bemühte, der Wassermassen Herr zu werden.

Tom Jeffers' Magen schien sich selbständig machen zu wollen. Er stieg der Kehle immer mehr entgegen, während Pierre die lebensgefährliche Schaukelei wohl nichts ausmachte. Im Gegenteil, sein Grinsen klebte fest in beiden Mundwinkeln.

Tom hockte sich nieder. Vielleicht half gegen die Übelkeit eine Zigarette. Es war ein Problem, das Stäbchen anzuzünden, auch mit einem Sturmfeuerzeug.

Erst beim drittenmal fing der Tabak Feuer. Der Engländer rauchte in der hohlen Hand.

»Ist denn von der verdammten Insel immer noch nichts zu sehen?« fragte er. Der in den offenen Unterstand hineinpfeifende Wind riß ihm den Rauch von den Lippen, und der Regen näßte das Zigarettenpapier.

»Nein, noch nicht. Ist dir schlecht?«

»Mir ist es noch nie so gut gegangen«, erwiderte Tom Jeffers laut.

Pierre Balmain lachte.

Er jagte weiter über die aufgewühlte Wasserfläche, gab ein wenig mehr Gas, und prompt wurde das Boot von hart auflaufenden Wellen stärker durchgeschüttelt.

Plötzlich schrie Pierre auf. »Ich sehe die Insel!«

Tom Jeffers schoß hoch, gab nicht acht und stieß sich den Kopf. »Verdammt!« Er reckte den Hals, um durch die Scheibe schauen zu können. »Wo denn?«

»Backbord voraus!«

Pierre hatte recht. Auf dem Wasser hob sich ein dunkler, gewaltiger Halbkreis ab. Er wirkte aus dieser Entfernung wie der riesige Buckel eines Ungeheuers.

Einzelheiten waren noch nicht zu erkennen, doch je näher sie der Insel kamen, um so größer wurde sie. Wo die Wellen an den Strand klatschten, gischtete hell die Brandung auf.

»Weißt du denn, wo wir anlegen können?« fragte Tom.

»Nein.«

»Dann paß auf, daß das Boot nicht zerschellt.«

»Mach dir nur nicht in die Hose.« Pierre Balmain nahm Gas weg. Er zog das Boot in eine weite Kurve, damit der Flitzer nicht kenterte.

Dann steuerte er auf direktem Kurs die Insel an.

Das Wasser wurde flacher. Unter dem Kiel gurgelte und schäumte es. Pierre Balmain lachte. »Wir sind gleich da.« Sie gerieten bereits in die zurücklaufende Strömung, wurden aber gleichzeitig von den anlaufenden Wellen erfaßt, und schon Sekunden später scheuerte der Kiel über Land.

Pierre hatte den Motor längst abgestellt.

»Wirf die Rucksäcke über Bord!« rief er Tom Jeffers zu. »Aber sei vorsichtig!«

Tom war vorsichtig. Die Kameras hatten ein kleines Vermögen gekostet. Pierre nahm sie entgegen, lief ein paar Schritte und stellte sie ab. Zum Glück war das Material, aus dem die Rucksäcke gefertigt waren, wasserdicht, so daß die empfindlichen Geräte nicht beschädigt wurden.

Pierre lief wieder zurück. Dann zogen die beiden Reporter das Boot so weit aufs Land, daß es von den Wellen nicht mehr erreicht werden konnte.

Sie schnallten sich ihre Rucksäcke über, und Pierre nickte unternehmungslustig.

»Auf geht's«, sagte er.

Vor sich sahen sie eine Wand. Sie begann etwa zwanzig Meter hinter dem Strand. Eine Wand aus hohen Bäumen, deren verwildertes Astwerk ineinander griff.

Für Pierre, der vorausging, war es nahezu unmöglich, einen

Weg durch das Dickicht zu finden. Er drehte den Kopf und rief: »Pfade gibt es hier nicht. Wir müssen schon Tarzan spielen.«

Tom hob nur die Schultern. Ihm war noch immer schlecht, doch Pierres Mut schien ungebrochen zu sein.

Sie bahnten sich förmlich einen Weg in das Innere des Waldes. Über ihnen pfiff der Wind, aber sie fühlten sich relativ geschützt.

Fünfzehn Minuten schritten sie voran. Tom wurde langsam sauer, weil von dem Haus immer noch nichts zu sehen war.

Plötzlich blieb der Franzose stehen. »Sieh dir das an, Tom!« sagte er staunend.

Jeffers trat neben ihn. Auch er war überrascht und glaubte, seinen Augen nicht trauen zu können.

Übergangslos wechselte der Wald in eine Parklandschaft. Wohl gestutzte hohe Hecken bildeten ein wahres Labyrinth. Sie sahen schmale und breitere Wege, sehr gepflegt, mit Bänken zum Ausruhen und auch kleine Rondelle.

Die Bäume waren wie nach oben spitz zulaufende Kegel zurechtgeschnitten. All das mußte eine Heidenarbeit gekostet haben, und die beiden Reporter konnten nur die Köpfe schütteln.

»Alles hätte ich erwartet, nur das nicht«, meinte Pierre.

»Aber wo sind die Figuren?« fragte Tom.

»Da – sieh doch.« Pierre deutete nach rechts.

Auch Tom drehte den Kopf.

Etwa zehn Meter weiter sahen sie ein Denkmal. Der Stein leuchtete irgendwie grünlich, und die Figur zeigte einen Krieger aus der Zeit der Französischen Revolution. Er hatte eine stramme Haltung angenommen und trug die alte Muskete mit dem Lauf über die Schulter gelegt.

»Der sieht aus, als würde er leben«, flüsterte Tom und wischte sich das Regenwasser aus dem Gesicht.

Pierre Balmain sagte nur: »Laß uns weitergehen.«

Die Steinfigur stand an einer Wegkreuzung. In der Mitte blieben die beiden Männer stehen.

»Wohin jetzt?« fragte Tom. »Wir haben vier Seiten zur Auswahl. Entscheide dich.«

Pierre Balmain sah sich um. Noch immer klatschte der Regen in langen Schleiern gegen sie und nahm ihnen jeglichen Orientierungssinn. »Einfach weitergehen«, sagte Pierre. Er deutete nach vorn. »Der Weg hier ist ja breiter.«

Die Reporter marschierten los. In ihren Schuhen quietschte es. Wasser war hineingedrungen.

Und sie sahen weitere Steinfiguren. Jede einzelne schimmerte grünlich. Es schien den Betrachtern, als würde dieses seltsame Leuchten von innen hervordringen. Es gab den Figuren ein gespenstisches Eigenleben. Sie stammten aus allen Geschichtsepochen der menschlichen Zeitrechnung. Vom römischen Legionär bis zum Soldaten des Zweiten Weltkrieges war alles vertreten.

Die Männer kamen aus dem Staunen nicht mehr heraus. »So etwas habe ich noch nie gesehen«, flüsterte Tom Jeffers. »Die Alte hat wirklich ein einmaliges Hobby.«

»Wenn wir sie schon gefunden hätten, wäre mir wohler«, erwiderte Pierre. »Verdammt, das Haus kann gar nicht so weit entfernt sein. Die Insel ist doch kein riesiges Land.«

Sie gingen noch einige Schritte und wunderten sich plötzlich, daß der Weg breiter wurde. Und hinter dem Regenvorhang wurde ein gewaltiges Denkmal sichtbar.

Allein der Sockel erreichte fast die Größe eines ausgewachsenen Menschen. Was dann folgte, war gigantisch. Ein riesiger steinerner Bogenschütze bot sich den Blicken des Betrachters. Die Figur trug Stiefel, ein enges Wams, einen Brustschutz und Stulpenhandschuhe. Auch diese Figur schien von innen heraus zu leuchten, und dieses Flimmern griff auch auf die Augen über.

Was die beiden Männer jedoch am meisten entsetzte oder erstaunte, war der gespannte Bogen in seiner linken Hand. Dieser Arm war ausgestreckt, während er den rechten angewinkelt und einen Pfeil auf die Sehne gelegt hatte.

Die Spitze des Pfeils war, wie die gesamte Figur, aus Stein.

Pierre und Tom blieben stehen. Fast andächtig starrten sie zu der Figur hoch, die von Regenschleiern umspült wurde und die gesamte Breite des Weges einnahm.

»Fantastisch«, sagte Pierre.

Tom nickte nur.

»Hast du die Figuren alle gezählt?« fragte der Franzose.

»Nein, aber ich glaube, daß es nirgendwo auf der Welt so viele

Steinfiguren und Denkmäler auf engstem Raum gibt. Und so etwas haben wir nicht gewußt.«

»Sei froh, daß du im Urlaub den alten Dorftrottel getroffen hast.« Pierre schüttelte das Wasser aus der Kapuze.

»Sollen wir die Figur jetzt aufnehmen oder später?«

»Später«, sagte Pierre. »Ich will erst mit der alten Frau reden. Das Haus kann bestimmt nicht mehr weit entfernt sein.«

»Glaube ich auch.«

Sie gingen weiter. Auch Tom Jeffers hatte das Fieber gepackt. Er übernahm die Führung und stapfte durch den knöcheltiefen Schlamm.

Der Regen rauschte vom Himmel und hüllte die Männer in seine eintönige Melodie ein. Sie nahmen sie schon gar nicht mehr wahr, auch das Prasseln der Tropfen auf den wasserdichten Stoff. Sie hatten sich an die Geräusche gewöhnt.

Und deshalb hörte Tom Jeffers auch den erstickten Schrei hinter sich.

Er wirbelte herum.

Dicht vor sich sah er seinen Freund Pierre Balmain. Der Reporter hatte den Mund weit aufgerissen, in seinen Augen lag ein ungläubiger Ausdruck.

Doch das war es nicht, was Tom so entsetzte. Wie hypnotisiert starrte er auf den Pfeil, dessen Spitze aus der Brust seines Freundes ragte…

Pierre Balmain stand selbst wie ein Denkmal. Er hatte beide Arme halb erhoben und um den Pfeilschaft geklammert. Weit aufgerissen waren seine Augen, und die Lippen formten Buchstaben, aus denen Tom Jeffers unschwer seinen eigenen Namen ablesen konnte.

Der Pfeil war von hinten auf Pierre abgeschossen worden. Aber wer hatte ihn abgefeuert?

Toms Blick glitt an Pierres Schulter vorbei – und traf die Statue des Bogenschützen.

Er stand noch immer da wie zuvor. Doch etwas hatte sich verändert. Der Pfeil des Bogenschützen lag nicht mehr auf der Sehne. Er steckte in Pierres Körper.

Dieses Bild traf Tom Jeffers wie ein Schock. »Nein«, keuchte er, »nein, das darf nicht wahr sein. Ich – ich…«

Ein schreckliches Stöhnen machte ihn auf Pierre aufmerksam. »Tom«, gurgelte er, »Tom – ich…«

Die restlichen Worte verstand der Engländer nicht mehr. Sein Freund Pierre Balmain kippte nach vorn und fiel zu Boden. Schwer krachte er auf die Seite, während die grauen Regenschleier den Toten wie ein riesiges Leichentuch bedeckten.

Tom fiel neben dem Freund in die Knie. Mit beiden Händen umfaßte er das blasse Gesicht und schaute in die starr blickenden Augen. Da wußte Tom, daß seinem Freund Pierre niemand mehr helfen konnte, daß dieser bereits vor einem höheren Richter stand.

Das Regenwasser vermischte sich mit dem warmen Tränenstrom auf Toms Gesicht.

Nein, er schämte sich nicht zu weinen.

Aber er dachte in diesen Momenten nicht an die Gefahr, in der auch er sich befand.

Bis er die Schritte hörte.

Sie klatschten über den aufgeweichten Boden. Hastig fuhr Tom Jeffers herum.

Da kam er.

Die Gestalt eines römischen Legionärs schälte sich aus dem grauen Regenvorhang. Auch er war aus Stein, konnte aber laufen. Schritt für Schritt näherte er sich.

In der rechten Hand hielt er ein Kurzschwert, in der linken einen runden Schild. Der steinerne Helm thronte auf seinem Kopf.

Ein Denkmal, das laufen kann?

Unmöglich!

Wie konnte ein steineres Standbild sich bewegen? Wie war so etwas möglich? Das stellte sämtliche Naturgesetze auf den Kopf. Der Mann war aus Stein – der konnte nicht laufen, der mußte…

In Toms Kopf rasten die Gedanken, doch eine Erklärung fiel ihm nicht ein. Er wußte nur, daß hier etwas nicht mehr mit rechten Dingen zuging.

In was war er da hineingeraten?

Sein Freund Pierre war tot. In seiner Brust steckte ein normaler Pfeil, der zuvor noch aus Stein gewesen war.

Tom Jeffers befand sich in Lebensgefahr, denn der Legionär ging weiterhin zielstrebig auf ihn zu.

Tom Jeffers schnellte aus seiner hockenden Stellung hoch. Er wollte sich herumwerfen und fliehen, doch er vergaß den rutschigen Boden, glitt mit dem rechten Bein zur Seite weg, konnte sich nicht mehr halten und fiel hin.

Der junge Mann schlug mit dem Rücken zuerst auf. Unter ihm knirschte etwas. Die sorgfältig behütete Kameraausrüstung wurde zerstört. Doch daran dachte Tom Jeffers nicht mehr, für ihn gab es nur einen Gedanken.

Flucht!

Aber da war noch der Legionär.

Und er befand sich nur noch zwei Schritte von dem auf dem Boden liegenden Tom entfernt.

Er hob den rechten Arm.

Es sah ungelenk aus, aber für Tom Jeffers ging alles viel zu schnell. Panik ergriff ihn, als er sah, daß sich das Kurzschwert verwandelte. Anstelle des Steins schimmerte ihm eine blanke Klinge entgegen.

Da warf sich der junge Reporter herum. Er lag noch nicht ganz auf dem Bauch, als er sich bereits hochstemmte, um noch aus der Bewegung heraus wegrennen zu können.

Zu spät.

Das Kurzschwert pfiff durch die Luft – und bohrte sich in den Rucksack des Reporters.

Tom Jeffers spürte den mörderischen Schlag im Rücken, rechnete mit dem alles erlösenden Ende, mit der unendlichen Schwärze, aus der es kein Erwachen mehr gab, doch um so mehr wunderte er sich, daß er weiterlaufen konnte.

Er war nicht verletzt!

Die Metallteile der Kameras hatten den Schwerthieb abgelenkt.

Diese Erkenntnis kam ihm nach wenigen Schritten, und sie beflügelte ihn. Tom Jeffers rannte wie noch nie zuvor in seinem Leben. Die Beine schienen sich selbständig zu machen. Die Füße klatschten in Pfützen, sie wirbelten Schlamm und Dreck hoch.

Instinktiv fand Tom Jeffers den Weg, den er und Pierre Balmain zuvor gekommen waren.

Er verlief sich nicht ein einziges Mal und rannte in den wilden Wald hinein, so daß die kahlen Äste und Zweige über seine Kleidung schrammten.

Dann brach er in die Knie.

Schweratmend blieb Tom auf dem nassen Boden liegen. Er konnte nicht mehr, mußte sich erst ausruhen.

Die Angst trieb ihn wieder hoch. Taumelnd kam er auf die Füße, schaute sich um und sah nichts.

Nur der Regen rauschte weiterhin monoton vom Himmel. Hatte er alles nur geträumt?

Tom faßte nach hinten, fühlte den zerstörten Rucksack und wußte, daß es kein Traum gewesen war.

Sein Freund Pierre lebte nicht mehr. Und er war nur knapp dem Tod entronnen.

Vorsichtig blickte sich Tom Jeffers um. Er sah nichts, hörte nur das Rauschen des Regens und das Klatschen dicker Tropfen in große Pfützen.

Der Engländer schluckte und wischte sich Wasser und Schmutz aus dem Gesicht. Er war noch immer völlig fertig, stand unter einem Schock, aber der Wille zum Überleben brandete in ihm auf, und der sagte ihm, daß er von der Insel weg mußte, sollte nicht noch ein Unglück geschehen.

Er dachte auch nicht über irgendwelche Erklärungen für das Grauen nach, das hatte noch Zeit.

Wie zuvor mit seinem Freund Pierre Balmain, so hetzte Tom Jeffers nun allein durch den Wald. Ungestüm brach er durch das Unterholz. Die Fetzen des Rucksacks klatschten ihm bei jedem Schritt gegen den Rücken.

Weg, nur weg!

Erschöpft taumelte er aus dem Wald und lief über den schmalen Uferstreifen. Seine Füße hinterließen lange Spuren im grobkörnigen Sand.

Tom Jeffers sah das Boot nicht.

Im ersten Augenblick umkrampfte eine eiskalte, unsichtbare Hand sein Herz, doch dann siegte der Verstand.

Tom Jeffers sah, daß er dort, wo sie das Boot zurückgelassen hatten, gar nicht aus dem Wald gekommen war. Jetzt mußte er den Flitzer suchen. Aufs Geratewohl lief Tom nach links. Noch pfiff der Wind, wühlte die Wolken am Himmel auf und peitschte Regenschleier über das bleigraue Wasser.

Der Sturm kam von rechts, packte den einsamen Wanderer und schüttelte ihn durch. Schwer stemmte sich Tom gegen die Naturgewalt an und hätte fast einen Freudenschrei ausgestoßen, als er das Boot auf dem Strand liegen sah.

Unbeschadet, wie ihm schien.

Tom Jeffers rannte das letzte Stück, bückte sich und schob das Boot ins flache Wasser. Als die heranrollenden Wellen bereits seine Knie umspülten, stieg er in den Kahn.

Jetzt hoffte er nur, daß der Motor ansprang.

Zuerst blubberte die Maschine, und dem jungen Reporter wurde schon angst und bange.

Ein leises Tuckern, etwas mehr Gas, und der Motor war voll da. Im selben Augenblick sah Tom Jeffers die Gestalt aus dem Wald treten.

Es war ein Mann.

Er schwenkte eine Laterne und begann gräßlich zu lachen, so daß dem Reporter eine Gänsehaut über den Rücken lief. Das Gelächter war sogar noch gegen den Wind zu hören, und Tom Jeffers sah zu, daß er wegkam. Er zog das Boot in eine enge Backbordkurve und gab dann Gas. Wie ein Wellentänzer raste er vom Ufer weg. Jetzt war er es, der viel zu schnell fuhr, doch Tom Jeffers hatte Glück. Unbeschadet erreichte er den kleinen Ort mit dem provisorischen Hafen.

Tom befestigte das Boot an der Mole und schlich wie ein Dieb durch das Dorf. Auf dem Marktplatz hatten sie ihren Wagen geparkt. Der Peugeot 504 gehörte seinem toten Freund Pierre. Tom besaß ebenfalls die Schlüssel dazu.

Er stieg ein, startete und fuhr weg.

Sein Ziel war London. Dort kannte er einen Mann, dem er den Job bei der Zeitung zu verdanken hatte, der ihn förderte, lobte und kritisierte.

Der Mann war ein As als Journalist und international anerkannt.

Tom Jeffers hoffte, einmal so berühmt zu werden wie sein großes Vorbild Bill Conolly...

Freitagabend!

Siebzehn Uhr – Feierabend. Herrlich...

Ein Wochenende lag vor mir. Eins ohne Arbeit. Auch wenn wir Ende Februar hatten, freute ich mich darauf. Ich wußte noch nicht, was ich machen sollte. Allerdings hatte ich eine Einladung angenommen. In drei Stunden wollte ich bei den Conollys sein. Nicht allein, sondern zusammen mit Suko.

Jane Collins, die Privatdetektivin, hatte ich auch mitbringen sollen, aber Jane trieb sich in New York herum. Sie suchte den Schmuck einer Millionärsgattin, und da der Auftrag gut bezahlt wurde und ihr zusätzlich eine Reise in die Staaten bescherte, hatte Jane Collins zugegriffen.

Ich räumte meinen Schreibtisch auf und pfiff dabei einen populären Schlager.

Sir Powell, mein Vorgesetzter, war auch nicht da. Er befand sich auf einem Kongreß, so daß ich dem freien Tag mit Freude entgegensehen konnte.

Mal nichts hören vom Schwarzen Tod, vom Spuk und von Myxin, dem Magier, den Suko und ich vor nicht langer Zeit überlistet und ihm eine wichtige Waffe abgenommen hatten.

Die Dämonenpeitsche.

Sie war wirklich von einem unschätzbaren Vorteil für uns. Wenn wir mit der Peitsche zuschlugen, dann lösten sich Dämonen in Rauch auf. Myxin hatte sie im Kampf gegen die Diener des Schwarzen Tods eingesetzt.

Aber jetzt hatte ich sie.

Eine letzte Feierabendzigarette, ein letzter Blick auf den aufgeräumten Schreibtisch. Ich holte schon meinen Mantel aus dem Schrank und hängte ihn über die Stuhllehne. Dann schaute ich aus dem Fenster. Vor einer Woche noch lag London unter einer Schneedecke begraben. Der zweite Schneesturm in diesem Winter. Manchmal glaubte ich, daß die kalte Jahreszeit überhaupt nicht aufhörte. Man fühlte sich richtig eingeschlossen. Ich sehnte mich nach dem Frühling.

Es klopfte.

Ehe ich noch »Come in« rufen konnte, steckte Glenda Perkins, meine Sekretärin, ihren Wuschelkopf durch die Tür. Sie trug seit einer Woche einen neuen Haarschnitt. Glenda hatte sich ihre schwarzen Haare zu unzähligen Locken drehen lassen. Die Frisur stand ihr gut.

»Ich wollte Ihnen nur ein schönes Wochenende wünschen, John«, sagte sie und lächelte.

Ich drehte mich um. »Danke.«

Glenda betrat das Büro. »Haben Sie was vor?«

»Kaum.« Ich ließ meine Blicke über ihre Figur gleiten. Glenda trug einen hellbeigen Cashmere-Pullover und dazu einen weitgeschnittenen braunen Rock. Der Pullover hatte einen Rollkragen, modellierte die üppige Figur jedoch ausgezeichnet nach.

Glenda lächelte mit kirschroten Lippen. »Ich gehe ins Theater. Ein Bekannter hat mich eingeladen.«

»Dann wünsche ich Ihnen viel Vergnügen.« Meine Stimme klang etwas kratzig.

Glenda war ein tolles Weib. Wenn Jane Collins nicht gewesen wäre, dann...

Sie nickte mir zu und spitzte dabei etwas die Lippen, so daß es mir ziemlich trocken wurde im Hals. »Dann bis Montag«, sagte sie. »Und vielleicht gehen wir auch mal zusammen ins Theater.«

»Über die Idee sollte ich wirklich nachdenken«, erwiderte ich.

»Aber nicht zu lange.« Glenda nickte mir noch einmal zu und verließ das Büro.

Ich drückte die Zigarette aus und schlüpfte in meinen Mantel. Meine Stimmung war etwas gedrückter als noch wenige Minuten zuvor.

Mit dem Lift fuhr ich nach unten.

Der Bentley stand auf dem Parkplatz. An den Seiten türmten sich die Schneehaufen. Mittlerweile war auch der Abfall von den Bürgersteigen verschwunden, da die Müllwerker nicht mehr streikten.

Zusammen mit einigen Kollegen verließ ich den Parkplatz und fuhr zu meiner Wohnung.

Suko traf ich in der Tiefgarage, wo er an seiner Harley Davidson bastelte.

»Wie lange dauert es noch?« fragte ich meinen chinesischen Partner, als ich ausstieg.

»Bin fertig.«

»Und?« Ich deutete auf die Maschine. »Was ist daran jetzt anders?«

»Sie ist sauberer.«

»Aha.«

Suko hatte noch ein paar Minuten zu tun, deshalb fuhr ich allein hoch. Wir bewohnten zwei nebeneinanderliegende Apartments.

Der Chinese war im Laufe der Zeit zu einer echten Hilfe für mich geworden. Ich hatte ihn kennengelernt, als ich gegen den Geheimbund des Schwarzen Drachen kämpfte. Damals hatte er ebenfalls den Mächten des Bösen den Kampf angesagt und fightete nun an meiner Seite. Auf ihn konnte ich mich blind verlassen, ebenso wie auf meinen Freund Bill Conolly. Suko wurde von Bill, der reich geheiratet hatte, finanziell unterstützt, so daß er gut seinen Lebensunterhalt bestreiten konnte.

In meiner Wohnung stellte ich das Radio an, nahm eine Dusche und zog mich dann um.

Eine halbe Stunde später fuhren wir. Ich hatte nicht vor, viel zu trinken, und fuhr deshalb mit meinem Bentley. Bill Conolly wohnte am südlichen Stadtrand der Millionenstadt in einem fantastischen Bungalow, den er auf einem angeschütteten Hügel errichtet hatte. Bill arbeitete zwar nicht mehr festangestellt, aber seine Berichte waren noch immer gefragt und wurden ihm zu Höchsthonoraren aus den Händen gerissen.

Bill war mit der reizenden Sheila verheiratet. Beider Stolz war der kleine Johnny, ihr fast einjähriges Baby, dem sie meinen Namen gegeben haben und dessen Patenonkel ich bin.

Für Sheila hatte ich Blumen mitgebracht und für den Kleinen ein Spielzeug. Einen Hampelmann aus Holz, der die ulkigsten Grimassen schnitt, wenn man an einem Band zog.

Es war bereits dunkel, als wir bei den Conollys eintrafen. Am Eingangstor brannten zwei Lampen, durch deren milchige Lichthöfe Nebelstreifen glitten.

Ich hielt an, stieg aus und drückte den in der Mauer eingelassenen Klingelknopf.

»Ja?« Bills fragende Stimme ertönte aus dem Lautsprecher.

»Mach auf, du Beutel«, rief ich.

»Das muß ich mir noch überlegen. Hier ist ein anständiges Haus, und ob ich…«

»Aber nur, wenn du nicht da bist«, erwiderte ich. Rasch ging ich wieder zum Wagen zurück, als das Tor zur Seite glitt. Der Bentley rollte durch und die Auffahrt zum Haus hoch. Ich parkte vor Bills Garage.

Mein Freund erwartete mich vor der offenen Tür. Er grinste von Ohr zu Ohr, als er uns auf die Schultern klopfte. Er sah den Blumenstrauß in meiner Hand und meinte grinsend: »Du willst mir wohl die Frau ausspannen, wie?«

»Verdient hättest du es.«

»Wehe dir.«

Wir lachten und betraten das Haus. Sheila kam. Sie hatte ihre blonde Haarflut hochgesteckt und freute sich wie ein Schneekönig über den gemischten Blumenstrauß.

Ich drückte ihr einen Kuß auf beide Wangen und fragte dann nach dem kleinen Johnny.

»Ich habe ihn gerade ins Bett gebracht.«

Als sie mein enttäuschtes Gesicht sah, lachte sie und sagte: »Keine Angst, für dich mache ich eine Ausnahme. Du kannst ihn dir anschauen.«

»Der ist sicherlich sonst sauer, wenn er seinen Onkel John nicht sieht«, gab ich zu bedenken.

»Angeber«, knurrte Bill.

Johnny war noch wach. Er lag in seinem Bettchen und strahlte mich an. Dann sah er den Hampelmann und griff danach.

»Jetzt schläft er bestimmt nicht mehr ein«, meinte Sheila, nachdem ich einige Minuten mit dem Kleinen gespielt hatte und anschließend das Zimmer verließ.

»Abwarten.«

Bill und Suko waren bereits in den großzügig angelegten Living-room gegangen, wo ein weiterer Gast wartete, den ich allerdings nicht kannte. Er erhob sich aus seinem Sessel, als ich über die Türschwelle schritt.

»Darf ich euch bekannt machen«, sagte Bill. »Das ist Tom Jeffers, ein junger Kollege von mir – John Sinclair, der Mann, von dem ich dir schon einiges erzählt habe.«

Tom Jeffers reichte mir die Hand. »Sie sind also der berühmte Geisterjäger.«

Ich winkte ab. »Das hat Ihnen sicherlich Bill erzählt.«

»Ja – und einiges mehr.«

Tom Jeffers war ein noch junger Mann. Er hatte die Zwanzig gerade überschritten. Wenn man ihn genau ansah, entdeckte man auf seinem Gesicht einen Ausdruck, den man mit dem Wort Angst bezeichnen konnte.

Jeffers hatte ein Problem, und wahrscheinlich sollte ich ihm helfen, es zu lösen. Deshalb hatte Bill uns beide eingeladen.

Raffiniert gemacht.

Wir setzten uns. Bill grinste mich an. Er schien ein schlechtes Gewissen zu haben. »Möchtest du etwas trinken, John?«

»Ja, ein Glas Sekt, das regt den Kreislauf an.«

»Wieso? Hast du das nötig?«

»Vielleicht…«

Ich erhielt meinen Sekt, aber ich trank ihn nur, um einen Toast auf Sheila auszusprechen, die sich inzwischen zu uns gesellt hatte.

Sheila trug ein lachsfarbenes Kleid von einfachem Schnitt. Aber gerade diese Schlichtheit machte die Raffinesse des Kleides aus.

Ich hob mein Glas. »Auf die Hausfrau und den Abend, der noch vor uns liegt.«

Außer Suko tranken alle Alkohol. Mein chinesischer Partner begnügte sich mit Mineralwasser, von dem Bill Conolly immer behauptete, man bekäme davon Läuse im Bauch.

Wir redeten über alte Fälle, und mir blieb nicht verborgen, daß mich der junge Reporter Jeffers hin und wieder von der Seite her musterte. Er hatte irgend etwas auf dem Herzen, traute sich aber nicht, es zu sagen.

Dann bat Sheila zum Essen.

Sie hatte sich wirklich Mühe gemacht. Auf dem Tisch stand eine Platte mit Meeresfrüchten. Fisch – fantastisch zubereitet –, bei dessen Anblick allein mir schon das Wasser im Mund zusammenlief.

»Kinder, greift zu«, rief Bill und fing mit einem großen Stück Aal an.

Wir ließen es uns schmecken. Auch während des Essens ging es nie steif zu, dafür sorgten schon Bill und ich. Anschließend begaben wir uns wieder in den Living-room.

»Ein Waldlauf wäre jetzt besser«, meinte Suko.

Bill verzog das Gesicht. »Bei dem Wetter?«

Ich unterstützte den Chinesen. »Mein lieber Bill, du bist zu verweichlicht. Das müssen wir ändern.«

»Und wie?« Bill grinste, als er sich setzte.

Ich deutete auf das Whiskyglas in seiner Hand. »Mineralwasser trinken und schwere Weiber stemmen. Das fördert die Kondition.«

»Nur stemmen?«

»Wer stemmt hier wen?« Sheila hatte die letzten Worte gehört, wußte jedoch nicht, um was es sich handelte.

Bill winkte ab. »Schon gut, ein Gespräch unter Männern.«

»Schade, daß Jane nicht hier ist. Da hätte ich wenigstens etwas Unterstützung.«

Wir lachten.

Dann aber kam Bill Conolly zur Sache. »John, die Einladung war nicht ganz uneigennützig, wenn ich das vorausschicken darf«, sagte er und lächelte dabei.

Ich drehte mein Glas in den Händen. »Das habe ich mir fast gedacht.«

»Es geht um Tom Jeffers.« Bill deutete auf seinen jungen Kollegen.

Tom saß da, hatte seine Hände zusammengepreßt und den Blick gesenkt. »Ich wollte erst gar nicht soviel Wirbel machen«, sagte er, »aber nachdem mein Freund Pierre umgekommen ist, konnte ich einfach nicht schweigen. Ich wußte mir auch keinen anderen Rat, als Sie, Mr. Sinclair, um Hilfe zu bitten.«

Ich zündete mir eine Verdauungszigarette an. »Aber Sie sollten jetzt berichten, was Sie auf dem Herzen haben, Mr. Jeffers.«

Der junge Mann erzählte.

Er konnte packend schildern. Wenn er auch so schrieb, brachte er für seinen Beruf die idealen Voraussetzungen mit. Mich faszinierte die Erzählung. Nur Suko saß da und hatte den Blick gesenkt. Ich wußte jedoch, daß ihm kein Wort entging. Sheila hatte sich zu ihrem Mann auf die Sessellehne gesetzt. Als der junge Reporter auf seine Flucht zu sprechen kam, bildeten sich rote Flecken auf seinen Wangen. So sehr hatte ihn das Ereignis mitgenommen.

Er schloß mit den Worten: »Ich wußte mir keinen Rat mehr und fuhr zu Bill, da er ebenfalls schon Dinge erlebt hat, die mit dem normalen Verstand nicht zu begreifen sind. Auf dieser Insel geht es nicht mit rechten Dingen zu. Wie kann eine Steinfigur morden?«

Ich drückte meine Zigarette aus. »Sie sind ganz sicher, Mr. Jeffers, daß die Steinfigur, dieser Bogenschütze, Ihren Freund umgebracht hat?«

»Ja. Ich selbst bin ja von einer anderen Statue verfolgt worden. Von einem römischen Legionär. Er schlug mit seinem Kurzschwert nach mir. Und so unwahrscheinlich es sich anhört, mein Rucksack mit der Kameraausrüstung hat mich gerettet. Ich habe sie sogar als Beweisstück mitgebracht. Möchten Sie sie sehen, Mr. Sinclair?«

»Später.«

Bill mischte sich ein. »Reden wir nicht lange um den heißen Brei herum. Tom Jeffers möchte, daß wir uns mit dem Vorfall beschäftigen.«

Ich lächelte. »Das hatte ich mir gedacht, mein lieber Bill. Nur vergißt du, daß ich einen Job habe.«

»Aber im Augenblick hast du keinen Fall am Hals.«

»Nicht direkt...«

»Na bitte«, sagte mein Freund. »Wie ich dich kenne, hast du dir auch nichts für das Wochenende vorgenommen. Und bis in die Bretagne ist es nur ein Katzensprung. Wir könnten sehr früh fahren und wären gegen Mittag schon am Ziel. Die Fähren sind ja wieder in Betrieb.«

Ich schaute Suko an. Der Chinese hob die Schultern. »Die Entscheidung liegt bei dir, mein Lieber«, sagte er, »ich mische mich da nicht ein.«

»Und du willst auch mit?« fragte ich Bill.

»Ja.« Mein Freund lächelte. »Sogar Sheila hat diesmal nichts dagegen.«

»Das ist übertrieben«, antwortete die Dame des Hauses. »Du hast so lange gebettelt, bis ich nicht mehr nein sagen konnte. Aber was ich wirklich denke, weißt du. Begeistert bin ich nicht davon.«

Wochenende ade. Ich hatte mich schon längst entschlossen, dem jungen Reporter zu helfen. Ich habe einen Job, da kann man nicht sagen, um siebzehn Uhr ist Feierabend und den Griffel hinwerfen. Leute wie ich sind immer im Einsatz. Und wenn sich irgendwo auf der Welt etwas ereignet, wofür die Mächte der Finsternis verantwortlich sind, darf es für mich kein Halten mehr geben. So wie in diesem Fall.

Ich glaubte dem jungen Reporter jedes Wort und fragte: »Möchten Sie wieder mit?«

Bill antwortete. »Heißt das, daß du dich entschieden hast, John?«

»Ja.«

Und Tom Jeffers sagte: »Natürlich, ich möchte wieder mit. Ich kenne mich in dem Ort etwas aus.«

»Wie heißt er denn?«

»Evre du Lac.«

»Er liegt also am See«, sinnierte ich. »Wie sieht es mit einem Boot aus?«

»Ich hoffe, daß unser Mietboot noch dort liegt.«

»Okay«, sagte ich und stand auf. »Suko ist ebenfalls dabei. Wann sollen wir fahren?«

»Das können wir noch besprechen«, sagte Bill Conolly. In seinen Augen glänzte es unternehmungslustig. Endlich konnte Bill wieder aktiv sein.

Er ahnte allerdings nicht, auf was er sich da eingelassen hatte. Vielleicht wäre er dann zu Hause geblieben…

Gegen Morgen flaute der Sturm etwas ab. Zwar wehte noch immer ein steifer Westwind, aber der war normal. An ihn hatten sich die Bewohner von Evre du Lac gewöhnt.

Kaum war die fahle Morgendämmerung über den Horizont gekrochen, gingen die ersten Fischer zum See hinunter. Die

Männer betrieben den Fischfang nur als Hobby, werktags arbeiteten sie in den Fabriken der umliegenden Orte.

Aber jetzt wollten sie doch nachschauen, ob der Sturm ihren Booten geschadet hatte.

Losgerissen hatte er keins.

Die Männer balancierten über die provisorische Mole, und es war Maurice Marac, der sein Boot am weitesten entfernt liegen und deshalb den längsten Weg hatte.

Er schritt über den Steg. Der Wind rüttelte den Mann durch, und Marac zog die Schirmmütze tiefer in die Stirn. Der See vor ihm war in ständiger Bewegung. Wellen liefen kreuz und quer, schlugen übereinander und rollten dann dem Ufer zu.

Morgendunst lag nicht über dem Wasser. Es war klare Luft.

Deutlich konnte Marac die Insel erkennen. Der dunkle Buckel ragte wie ein Kreisbogen aus dem Wasser, und nicht einmal die Dorfbewohner wußten, welch ein Geheimnis sich hinter dem dichten Wald verbarg. Jean, der alte Diener der Frau, kam einmal im Monat mit dem Boot herüber, um Lebensmittel einzukaufen. Dabei sprach er kaum ein Wort, sondern reichte nur den Zettel weiter.

Maurice Marac mußte an die beiden Fremden denken, die der Insel in der Nacht einen Besuch abstatten wollten. Anscheinend waren sie heil wieder zurückgekommen, denn ihr blaues Boot lag am Ufer. Es hob sich farblich sehr deutlich von den Fischerkähnen der Einwohner ab.

Die Reporter hatten Mut, das mußte man ihnen lassen. Marac hätten keine zehn Pferde auf die Insel gebracht. Er war zwar neugierig und hätte gern gewußt, was dort vor sich ging, aber selbst hinüberfahren, das kam nicht in Frage. Nein, da verließ er sich lieber auf die Berichte der anderen.

Er sprang in sein Boot. Marac trug hohe Gummistiefel, so daß ihm das im Boot stehende Regenwasser nicht die Füße näßte.

Er überprüfte, ob das Boot ein Leck hatte, doch das war nicht der Fall. Trotzdem brauchte das Holz unbedingt einen neuen wasserfesten Anstrich, sonst faulten die Planken.

Zufrieden nickte der Hobbyfischer und schaute ein letztes Mal über den See, bevor er ausstieg.

Plötzlich hatte er das Gefühl, dicht vor einem Herzinfarkt zu stehen. Auf dem Wasser trieb etwas.

Kein Ast oder irgendein anderer hölzerner Gegenstand, sondern – ja, was war das eigentlich?

Maurice Marac schaute genauer hin, und dann erkannte er den »Gegenstand«.

Es war – eine Leiche!

»Nein!« flüsterte Marac. Er war im ersten Moment unfähig, sich zu rühren.

Wie hypnotisiert starrte er auf den leblosen Körper, der direkt auf den in den See führenden Anlegesteg zutrieb, von den Wellen mal angehoben, dann überspült, aber immer weiter getragen wurde.

Und es war…

»Mein Gott«, krächzte der Hobbyfischer. »Das ist ja einer der Reporter.«

Plötzlich kam Leben in Maurice Marac. Er kletterte so heftig aus dem Boot, daß er den Steg fast verfehlt hätte. Dann aber rannte er hastig zurück.

Er rief die anderen.

»Eine Leiche, dort schwimmt eine Leiche. Seht. Es ist einer der Reporter!«

Die anderen liefen ihm entgegen.

Sie schauten über den See, und ihre Gesichter wurden bleich. Saval, der Älteste von ihnen, nickte, bevor er mit leiser Stimme sprach, so daß den anderen eine Gänsehaut über den Rücken lief.

»Sie hat wieder zugeschlagen. Lydia La Grange. Auf ihr Konto gehen die Toten. Es ist schlimm…«

»Was machen wir?« wollte Marac wissen.

»Wir ziehen ihn raus.«

»Und dann?«

Der alte Saval war so etwas wie der Ältestenführer im Ort. »Wir werden die Leiche erst einmal verstecken. Wenn sich niemand um den Fall kümmert, vergraben wir ihn.«

Maurice Marac wagte zu widersprechen. »Aber man wird den Mann vermissen.«

»Wir haben nichts gesehen«, sagte der Alte. Er deutete über den See zur Insel hin. »Sie soll verflucht sein, die alte Hexe, und uns in Ruhe lassen. Mehr wollen wir gar nicht. Ich möchte nur wissen, wer den Reportern die Geschiche von der Alten erzählt hat. Ich war es nicht.«

Die anderen Männer hoben die Schultern, obwohl Maurice Marac ein schlechtes Gewissen bekam, denn er hatte für hundert Franc ausgepackt. Das war viel Geld, und Marac hatte eine Frau und drei Kinder zu ernähren.

Saval stieß ihn an. »Los, Maurice, hol eine Stange. Wir hieven den Toten an Land.« Er stieß einen anderen Mann ebenfalls an. »Du hol eine Plane. Es braucht nicht jeder zu sehen, wen wir da aus dem See gefischt haben.«

Als die Männer gingen, starrte der alte Saval noch einmal zur Insel hinüber.

»Irgendwann«, murmelte er, »wird auch dich der Teufel holen, Lydia La Grange. Und ich werde dabei das Höllenfeuer anheizen. Darauf kannst du dich verlassen.«

Wir erwischten die erste Fähre. Es war gerade hell geworden, als ich in Le Havre meinen Bentley vom Schiff rollen ließ.

Jetzt hatten wir noch einige Meilen vor uns, um zu unserem Ziel zu gelangen.

Ich lenkte, Bill saß neben mir und hatte die Karte auf den Knien liegen, während es sich Suko und Tom Jeffers im Fond bequem gemacht hatten.

Der Chinese schlief. Er besaß eine beneidenswerte Mentalität. Vor den heißesten Einsätzen konnte er die Augen schließen und Kräfte sammeln, um beim Start voll da zu sein.

Die nächste Station hieß Rennes. Diese Stadt war das Tor zur Bretagne, dieser wildromantischen Landschaft.

Die Straßen waren leer, und der Wettergott hatte mit uns ein Einsehen. Nur ein steifer Wind fegte über das Land. Doch der machte einem Bentley nichts aus.

Von Rennes aus hatten wir rund hundert Kilometer Landstraße zu fahren. Die Straße war sehr gut ausgebaut, und wir kamen fast so schnell voran wie auf unseren englischen Motorways.

Auf halber Strecke tankte ich. Bill, der etwas besser französisch sprach als ich, erkundigte sich beim Tankwart nach den Wetteraussichten.

Der Mann, ein schielender Schnauzbart, wie einem Stan-Laurel- und Oliver-Hardy-Film entnommen, schaute Bill an und trotzdem an ihm vorbei. »Ich bin nicht Petrus und mache das Wetter nicht«, murmelte er vor sich hin.

Über das Trinkgeld freute sich der Mann.

Von der Ferne schon sahen wir den See. Das Wasser schimmerte bleigrau. Die roten Dächer der am Ufer liegenden Steinhäuser hoben sich wie bunte Tupfer dagegen ab.

»Evre du Lac ist übrigens der einzige Ort am See«, erklärte uns Tom Jeffers.

Zehn Minuten später rollte mein silbermetallicfarbener Bentley über die Dorfstraße.

Er wurde bestaunt wie ein Weltwunder. Es war Samstag, und es herrschte noch ziemlich viel Betrieb.

Die Frauen kauften ein, während sich die Männer zu einem Schwatz versammelt hatten. Autoverkehr gab es wenig. Die meisten Wagen hatten eine Ladefläche.

»Wo soll ich halten?«

»Vor dem einzigen Hotel«, sagte Tom. »Fahren Sie die übernächste Straße rechts. Dort geht es zum See hinunter. Und da liegt auch das Gasthaus, in dem wir abgestiegen sind.«

»Okay.«

Suko war wach geworden. Er blickte wie Tom Jeffers aus dem Fenster. Über Kopfsteinpflaster rollte der Bentley im Zehn-Meilen-Tempo dem See entgegen.

Die Wohnhäuser traten zurück. Zäune grenzten die einzelnen Grundstücke ab. Die Wiesen und Weiden sahen zu dieser Jahreszeit braun aus. An einigen Stellen lagen noch die schmutzigen Schneereste.

Das Hotel oder Gasthaus war alt, aber dennoch gepflegt. Man sah es an der Hausfront, die hier und da Zeichen einer Renovierung zeigte.

Bis zum See waren es nur ein paar Schritte, und ich stellte meinen Bentley neben einem alten Renault-Lieferwagen ab.

Als wir ausstiegen, sah ich hinter einem der sechs Restaurantfenster ein Gesicht auftauchen, das aber rasch wieder verschwand.

Tom Jeffers ging vor, als wir auf das Gebäude zuschritten. Wir gelangten in einen kleinen Vorraum, in dem sich rechts eine Tür befand und links eine Holzwand, in deren Mitte sich eine Klappe abzeichnete.

Sie wurde hochgeschoben. Das Gesicht vom Fenster erschien.

»Bonjour, Monsieur Derrain«, sagte Tom Jeffers. »Ich hoffe, Sie erkennen mich noch.«

Das faltige, wettergegerbte Gesicht verzog sich zu einem Lächeln. »Aber sicher, Monsieur.«

»Haben Sie vier Zimmer frei?«

»Ja.«

Der Wirt strahlte, weil hierher selten Gäste kamen, die vier Räume belegten. Der Mann verschwand, und wenig später tauchte er in Lebensgröße wieder auf.

Größe war etwas zuviel gesagt. Der Mann reichte mir gerade bis zur Schulter.

Er klimperte mit vier Schlüsseln. »Wenn mir die Herrschaften bitte sehr folgen würden?«

Er öffnete eine Tür und schritt voran. Über eine krumme, ächzende Treppe erreichten wir die erste Etage, wo unsere Zimmer lagen. Alle nebeneinander.

»Leider kann ich Ihnen nicht mit einem Bad oder einer Dusche dienen«, sagte er und hob bedauernd die breiten Schultern.

»Das macht nichts«, erwiderte Bill. »Hauptsache, die Betten sind bequem.«

»Oh, das sind sie, Monsieur. Sie werden zufrieden sein. Auch ohne eine Madame oder Mademoiselle.«

Wir lachten pflichtschuldig.

Die Zimmer sahen gleich aus. Die Einrichtung bestand aus alten Möbeln, und die riesigen Betten luden wirklich zu einer Ruhepause ein.

»Dann darf ich mich verabschieden«, sagte der Wirt.

»Moment noch.« Tom Jeffers hielt ihn fest.

»Ja, Monsieur?«

»Sie fragen mich gar nicht nach meinem Kollegen.«

»Warum sollte ich, Monsieur? Die Zimmer sind bezahlt. Aber

wenn Sie mich darauf stoßen. Ist Ihr Kollege allein zu Hause geblieben? Er kam doch aus Frankreich?«

»Ja, natürlich.« Tom schluckte. »Vielen Dank.«

Der Wirt zog sich zurück, nachdem er eine Verbeugung angedeutet hatte.

»Was hatten Sie mit dieser Frage bezweckt?« wollte ich von Tom wissen.

»Ich habe damit gerechnet, daß man seine Leiche gefunden hat. Das ist es.«

»Und jetzt?«

Tom hob die Schultern. »Keine Ahnung. Wir werden auf jeden Fall zur Insel fahren. Vielleicht liegt Pierre noch dort. Man kann nie wissen, obwohl ich annehme, daß man ihn kurzerhand in den See geworfen hat.« Er räusperte sich. »Ja, da ist noch etwas. Ich habe hier im Dorf einen Informanten. Den möchte ich noch aufsuchen, bevor wir fahren.«

Die Idee war gar nicht schlecht, und ich stimmte zu.

Dann verschwanden wir in unseren Zimmern. Bill Conolly blieb noch bei mir.

Die Räume lagen zum See, und als wir ans Fenster traten, schauten wir auf die Wasserfläche.

Der Wind kräuselte die Wellen zu einem abstrakten Muster, und da die Luft sehr klar war, konnten wir auch die Insel erkennen.

»Sie ist ziemlich waldreich«, bemerkte Bill. Er streckte den rechen Arm aus. »Ich sehe kaum einen Fleck, der nicht bewachsen ist. Vom Strand einmal abgesehen.«

Ich nickte.

Leider mußten wir auf ein Fernglas verzichten, ich hatte es vergessen. Viel erkennen konnen wir deshalb nicht, die Entfernung war zu groß.

Dann aber sah ich das Boot.

Ich machte Bill darauf aufmerksam.

»Verdammt, das kommt von der Insel«, sagte er.

»Und steuert dem Ufer entgegen.«

Wir schauten uns an, und es war klar, daß wir beide das gleiche vorhatten.

»Das sehen wir uns mal aus der Nähe an, wenn es angelegt

hat«, sagte ich. »Außerdem bin ich gespannt, wer den Kahn steuert.«

»Das ist bestimmt der Diener, der hier einmal im Monat einkauft«, erklärte Bill. »Aus dem wirst du wohl nicht viel herausbekommen.«

»Abwarten.«

Die Frau trug das dunkle Kleid hochgeschlossen. Wie in Marmor gehauen wirkte ihr schmales Gesicht, das von schwarzen, streng zurückgekämmten Haaren umrahmt wurde, die wiederum im Nacken zu einem Knoten zusammengebunden waren.

Lydia La Grange sah aus wie eine große Dame aus den Filmen der vierziger Jahre. Das schmale, asketenhafte Gesicht blieb fast immer unbewegt, ebenso die Augen mit den rabenschwarzen Pupillen. Die ebenfalls dunklen Wimpern berührten fast die Gesichtshaut. Den weißen Kontrast bildeten die Knöpfe auf dem Kleid. Sie wirkten wie eine von oben nach unten laufende Perlenkette. Das Kleid umspielte schmale Beine, und die Füße waren in hochhackigen Schuhen versteckt.

Das Alter der Frau ließ sich schwer schätzen. Es lag irgendwo zwischen fünfundvierzig und fünfundfünfzig.

Auch die Einrichtung der Räume paßte zu der Frau. Die Möbel stammten aus England. Das Mahagoniholz schien ein Eigenleben zu führen, je nachdem wie das Licht auf die einzelnen Stücke fiel, änderten sie ihre Farbe.

Doch meistens war es dunkel in den Räumen des geheimnisvollen Hauses. Zur Beleuchtung dienten Kerzen. Sie standen überall verteilt und wurden von Jean, dem Diener, angezündet und gelöscht.

Madame, wie sich Lydia La Grange von ihrem Lakaien nennen ließ, hielt sich meist in ihrem privaten Zimmer auf, das eine Mischung aus Bibliothek und Arbeitszimmer darstellte. Arbeitszimmer deshalb, weil sie hier modellierte. Sie war eine perfekte Bildhauerin, und unter ihren langen, geschickten Fingern entstanden die eindrucksvollsten Figuren. Wenn ihre Hände den weichen Ton spürten, dann war Madame in ihrem Element, dann formte sie Figuren und Gegenstände, und es waren vor allen Dingen die Figuren, die sie immer faszinierten.

Sie hatte Ebenbilder der Historie entstehen lassen. Krieger, Männer und Frauen, die vor Jahrhunderten gelebt hatten und unter ihren Händen als Denkmäler wiederentstanden waren. Lydia La Grange hatte eine Begabung, die schon mit dem Wort genial zu bezeichnen war. Vor Jahren hatte es aber ein Ereignis in ihrem Leben gegeben, das alles umwarf.

Zuerst war ihr die Gestalt nur im Traum erschienen. Ein riesiges Skelett mit einem schwarzen Totenschädel, in dem ein weißes Augenpaar leuchtete.

Das Skelett hatte sich als der Schwarze Tod vorgestellt und gefragt, ob sie für ihn arbeiten wollte.

Lydia La Grange, der geheimnisvollen Seite des Lebens schon immer zugetan, hatte zugestimmt.

Und das Skelett erschien ihr wieder. Diesmal nicht im Traum, sondern in Natur. Deutlich erinnerte sich Lydia an jedes Wort des Gesprächs, als wäre dies erst vor einem Tag gewesen.

Der Schwarze Tod, in seinem dunklen, wallenden Umhang, hatte vor ihr gestanden und sie gefragt, ob sie eine naturgetreue Abbildung von ihm anfertigen wollte.

»Ja«, hauchte Lydia.

Da verzog sich das häßliche Gesicht zu einer grinsenden Fratze. »Ich wußte, daß du mir dienen willst, und du brauchst es auch nicht umsonst zu tun. All die Figuren in deinem Park, die du und deine Vorfahren im Laufe der Zeit gesammelt haben, werden lebendig, um dich und dein Werk vor dem Bösen zu schützen. Das ist mein Preis für deine Arbeit. Und nun mache dich ans Werk!«

Mit Eifer hatte sich Lydia La Grange auf die Arbeit gestürzt. Sie vergaß alles um sich herum, und unter ihren Händen entstand das Meisterwerk.

Der Schwarze Tod!

Dann kam er selbst, um die Arbeit zu bewundern. Er war voll des Lobes und sagte zu ihr: »Auch ich habe meinen Preis gezahlt. Mache die Probe.«

Lydia vertraute den Worten. Sie lockte einen jungen Mann auf die Insel und konnte selbst miterleben, wie die Figuren zu einem unheimlichen Leben erwachten und den Besucher töteten. Dann warfen sie ihn ins Wasser.

Von nun an diente die Frau nur dem Dämon. Durch das gefertigte Ebenbild besaß sie eine magische Verbindung mit ihm, so daß er zu ihr sprechen konnte, wann immer er und sie es wollten.

Sie redeten meistens nachts miteinander, sprachen über schaurige Welten, in denen das Böse regierte, und die von dem Schwarzen Tod beherrscht wurden.

Durch diese Nachbildung war der Schwarze Tod auf der Erde immer existent und konnte Dinge beobachten, die ihm sonst entgingen.

Er hatte Lydia auch vor den beiden Reportern gewarnt.

Es geschah in der Nacht, als die Reporter auf die Insel kamen und vertrieben wurden.

»Einer ist entkommen«, sagte das Skelett, »und es wird Hilfe holen. Meine persönlichen Feinde sind im Anmarsch. Du mußt sie töten!«

»Aber wie?«

»Ich kann dir leider im Augenblick nicht helfen, da ich selbst gegen einen Feind, der sich Myxin nennt, zu kämpfen habe. Er hat dafür gesorgt, daß ich im Augenblick nicht zu dir kann. Aber wenn die anderen die Insel betreten, mußt du dafür sorgen, daß sie sie nie mehr verlassen. Mein Ebenbild strömt eine magische Aura aus, die so groß ist, daß sie auf dich übergreift und du von ihr Gebrauch machen kannst. Wenn du es willst, werden die anderen, die Feinde, zu Stein und als Denkmäler für alle Zeiten auf deiner Insel bleiben. Denke daran, wenn sie kommen. Nicht nur du bist in Gefahr, auch dein Werk kann von ihnen zerstört werden.«

Lydia La Grange hatte sich die Worte wohl gemerkt. Sie wußte auch, was zu tun war.

Jean wollte an diesem Tag an Land fahren, um Lebensmittel zu holen. Der Mann war ihr treu ergeben, er fragte nichts und tat, was man ihm auftrug. Auch er wußte, daß die Figuren lebten, sprach aber nicht weiter darüber.

»Ich will wissen, ob die Feinde kommen, Jean«, sagte sie zu ihm. »Aber vier Augen sehen mehr als zwei, und es ist gefährlich, wenn du allein fährst. Nimm jemand mit, der dich beschützt, mein Freund.«

Jean, vom Alter gebeugt und mit einem faltenreichen Gesicht, verneigte sich. »Ich werde alles tun, wie Sie es befehlen, Madame. Nur – wen soll ich mitnehmen?«

»Den Ritter! Seiner Lanze ist noch nie ein Gegner entkommen!« Lydia La Grange holte tief Luft. »Ich hoffe, daß er mit unseren Feinden fertig wird.«

Jean wagte zu widersprechen. »Ist das nicht etwas zu unsicher, was Sie vorhaben, Madame?«

»Wieso?« Die Frage klang scharf wie der Knall einer Peitsche.

»Wenn man ihn findet, werden die Leute merken, was auf unserer Insel vor sich geht.«

»Er soll ja auch im Boot bleiben und nur beobachten. Wenn man dir nämlich ans Leben will, dann greift er ein.«

»Entschuldigen Sie.« Jean verbeugte sich. »Ich hatte Sie leider falsch verstanden, Madame.«

»Schon gut, geh jetzt. Ich will, daß du rasch wieder zurückkehrst, denn vor uns liegt eine große Bewährungsprobe.«

»Sehr wohl, Madame.«

Jean verschwand lautlos und ließ eine nachdenkliche Lydia La Grange zurück.

Bill und ich verließen das Zimmer. Auf dem Gang trafen wir Suko und Tom Jeffers.

Der Chinese sagte: »Tom will unbedingt jetzt schon mit seinem Informanten sprechen.«

»Ja, Mr. Sinclair, es ist besser, wenn wir das hinter uns haben. Maurice Marac ist zwar kein Feigling, aber es könnte doch sein, daß er unsicher wird, wenn er erfährt, daß ich mit Verstärkung zurückgekommen bin. Und dann verschwindet er und versteckt sich irgendwo.«

Ich hatte nichts dagegen.

»Kommst du auch mit?« fragte Suko.

»Nein, ich möchte zum Hafen hinunter. Dort läuft ein Boot ein, das von der Insel kommt.«

»Jean holt Proviant«, sagte Tom Jeffers schnell.

»Genau.«

»Und was haben Sie vor?« fragte mich der junge Reporter. »Mit diesem Jean reden?«

»Genau.«

Tom winkte ab. »Glauben Sie nicht an den Weihnachtsmann. Jean läßt niemanden an sich ran. Wenigstens erzählen das die Leute aus dem Ort. Die müssen es wissen.«

Ich lächelte. »Auf die Meinung anderer habe ich noch nie großen Wert gelegt, besonders dann nicht, wenn sie vorgefestigt war. Ich mache mir gern mein eigenes Bild.«

»Versuchen Sie es, Mr. Sinclair.«

Suko wollte erst bei mir bleiben, doch dagegen war ich. »Geh mit den anderen!« zischte ich ihm zu. »Ich möchte haargenau wissen, was dieser Marac sagt, falls er überhaupt den Mund aufmacht.«

»Du kannst dich auf mich verlassen.«

Nicht, daß ich Bill Conolly nicht getraut hätte, aber er mußte sich auch um Tom Jeffers kümmern. Der junge Reporter war ziemlich aufgeregt. Ich hatte Angst, daß er Fehler machte.

»Wir treffen uns wieder hier im Hotel«, sagte Bill. »Ich drücke dir die Daumen, John.«

»Ich mir auch.«

Gemeinsam schritten wir die Treppe hinunter und trennten uns dann vor dem Haus.

Bis zum See waren es nur wenige Meter. Ich blieb dicht an der Mole stehen und beobachtete den Steg, der weit ins Wasser hineinragte und an dem noch einige Boote dümpelten. Andere waren unterwegs. Die Wochenendfischer fuhren auf den See hinaus, um ihre karge Beute zu fangen. Viel brachte das nie.

Das von der Insel kommende Schiff sah seltsam plump aus. Es hatte einen breiten Bug und erinnerte mich in der Form an eine Fähre. Es war ziemlich schwer gebaut, deshalb schaukelte es kaum auf den anlaufenden Wellen. Wie ein Panzer näherte es sich dem Ufer.

Zehn Minuten mußte ich noch warten, bevor das Schiff anlegte. Ich schaute es mir genauer an und sah das breite Deck, eine umgeklappte Segelstange und ein Ruderhaus, aus dem Jean, der Steuermann, auftauchte. Er hatte seinen Kahn hart an die

Mole manövriert, warf jetzt ein Seil, sprang von Bord und machte das Schiff fest.

Ein paar Kinder schauten ihm aus respektvoller Entfernung zu. Sie halfen jedoch nicht, wie sie das bei einem anderen sicherlich getan hätten. Die Eltern hatten es ihnen verboten.

Ich löste mich von meinem Beobachterplatz und ging auf Jean zu, der soeben von Bord kletterte.

Wir trafen uns auf halbem Weg.

»Monsieur Jean?« fragte ich.

Er blieb stehen und blickte mir ins Gesicht. Dabei legte er seinen Kopf in den Nacken. »Was wollen Sie?« Seine Augen verengten sich. »Lassen Sie mich durch.« Er redete in einem Französisch, das ich nur schwerlich verstehen konnte, obwohl ich mir Mühe gab.

»Ich möchte mit Ihnen reden, Monsieur Jean.«

»Nein.«

»Nur ein paar Worte.«

Der Alte holte tief Luft. Ich sah den blanken Haß in seinen Augen leuchten. Haß, der gegen mich gerichtet war. Dieser Mann war beeinflußt worden – oder aber, er war ein Typ, der alle Menschen verachtete.

Jean trug einen alten Regenmantel, der ihm bis zu den Knöcheln reichte. Auf dem Kopf saß eine Strickmütze. Sie verdeckte das Haar. Seine Füße steckten in ausgelatschten Schuhen.

Mein letzter Versuch. »Ich möchte mit Ihnen über Madame La Grange reden.«

»Gehen Sie mir aus dem Weg!«

Da trat ich zur Seite. Zwingen konnte ich den Mann nicht, aber er hatte sich durch sein Verhalten mir gegenüber sehr verdächtig gemacht. Ich schaute ihm nach, wie er den Weg hochging und in einer Seitenstraße verschwand.

Sein Kahn dümpelte noch auf den Wellen.

Irgendwie reizte mich das Schiff, es einmal genauer unter die Lupe zu nehmen.

Ich blickte mich um, ob ich nicht beobachtet wurde, sah, daß dies nicht der Fall war, und schlenderte auf den Kahn zu.

Die Holzbohlen des Stegs bogen sich unter meinem Gewicht etwas durch. Der Wind ließ meine Kleidung flattern. Vom Steg aus sprang ich auf die Planken des Kahns. Mich interessierte besonders das Ruderhaus. Mit raschen Schritten huschte ich darauf zu…

Der Dämon lag auf dem Rücken.

Nur wenig Licht drang durch die Holzaufbauten des Ruderhauses. Einer dieser hellen Streifen traf die steinernen Beine des Ritters.

Noch rührte sich der Koloß nicht. Völlig ruhig lag er da und wartete ab.

Doch plötzlich regte er sich.

Von einem Augenblick zum anderen war es vorbei mit der Starre. Der Ritter richtete sich auf.

Etwas hatte ihn erschreckt.

Ruckartig hob er den schweren Oberkörper an. Seine rechte Hand wanderte weiter und umfaßte den Griff des Kampfschwerts. Mit jeder Faser seines dämonischen Körpers spürte er das andere, das sich auf dem Schiff bewegte.

Jemand kam!

Und dieser Jemand war sein Feind. Deutlich spürte er die Ausstrahlung. Sie bereitete ihm Unwohlsein, und das sonst glatte, steinerne Gesicht des Ritters verzerrte sich.

Schritte!

Sie näherten sich der Tür und verstummten dort.

Der Dämon stieß einen Knurrlaut aus, wobei er sich vollends aufrichtete, dabei jedoch den Kopf einzog, damit er nicht gegen die Decke des Aufbaus stieß.

Mit einem Ruck zog er das Schwert aus der Scheide. Innerhalb von Sekunden war aus der Steinfigur ein dämonisches Wesen geworden, das auf Vernichtung programmiert war. Nur noch die graugrüne Haut zeugte davon, aus welchem Material dieser Dämon tatsächlich bestand.

Er bewegte die Hand mit dem Schwert und hielt die Waffe dann so, daß er sofort zuschlagen konnte, wenn der Unbekannte die Kajüte betrat. Die geheimnisvolle Aura wurde noch stärker, und der Ritter wußte, daß sein Feind jetzt vor der Tür lauerte und jeden Moment eintreten konnte.

Schon bewegte sich die eiserne Klinke.

Jetzt mußte er kommen...

Lustlos stocherte Maurice Marac in seinem Mittagessen herum. Schwere Sorgenfalten kerbten seine Stirn. Er war schweigsam wie selten, und das fiel natürlich auch seiner Frau und den Kindern auf.

Während der Nachwuchs die Teller geleert hatte und nach draußen gelaufen war, legte Maurice die Gabel weg. Selbst der rote Landwein schmeckte ihm nicht mehr.

Claudine Marac war früher eine sehr hübsche Person gewesen, aber das harte Leben und die Erziehung der drei Kinder hatten ihre Spuren hinterlassen. Claudine sah älter aus, als sie mit ihren fünfunddreißig Jahren war. Nur in den Augen leuchtete nach wie vor die Schönheit der Jugend.

»Was ist denn los mit dir, Maurice? Du ißt nichts, stierst auf deinen Teller, stocherst lustlos im Essen herum und sagst keinen Ton. Etwas stimmt doch da nicht. Hast du Kummer?«

Maurice lehnte sich zurück. »Nein. Eigentlich nicht.«

»Was ist es dann?«

»Ich weiß es nicht.«

Claudine bohrte weiter. »Bist du krank?«

Kopfschütteln.

Seine Frau stand auf. »Dann kann ich dir auch nicht helfen«, sagte sie und räumte den Tisch ab.

Maurice griff nach den Zigaretten in der hellblauen Packung. Er zündete sich eine Schwarze an und blies den Rauch gegen die Decke, während seine Gedanken auf Wanderschaft gingen.

Fremde waren in den Ort gekommen. Aber unter ihnen befand sich auch der junge englische Reporter, und er war bestimmt zurückgekehrt, um seinen Kollegen zu treffen.

Doch der war tot. Aufgebahrt lag er im Spritzenhaus. Maurice Marac machte sich die bittersten Vorwürfe, daß er den Reportern damals den Tip gegeben hatte. Sicherlich würden sie ihn aufsuchen und unangenehme Fragen stellen.

Ob die anderen Männer von der Polizei waren?

Es schellte.

Maurice zuckte regelrecht zusammen. Er wollte aufstehen, doch seine Frau stand näher an der Tür. »Ich öffne schon!« rief sie.

Plötzlich begann Maurice zu schwitzen. Die Kleidung klebte ihm förmlich am Körper. Und als er von der Tür her die Stimme des Engländers hörte, hatte er die endgültige Gewißheit.

Jetzt steckte er in der Zwickmühle.

Seine Frau betrat das Zimmer. Auf ihrem Gesicht lag ein ungläubiger Ausdruck. »Die Herren möchten mit dir reden, Maurice. Einer behauptet, dich zu kennen.«

Marac nickte. »Ja, schon gut.« Er stand auf und bot den Ankömmlingen Platz am Küchentisch an. Seine Frau blieb bei der Tür stehen.

»Möchten Sie etwas trinken?« fragte er und erkannte seine Stimme kaum wieder. »Einen selbstgebrannten Calvados vielleicht?«

Tom Jeffers und Bill Conolly sagten nicht nein, während Suko ablehnte. Dann stellte Tom die Männer einander vor.

Claudine servierte den Schnaps.

Man trank.

Als sie die Gläser abgestellt hatte, sagte Tom Jeffers: »Kommen wir zur Sache, Monsieur Marac. Sie können sich bestimmt denken, weshalb wir hier sind.«

Marac nickte.

Tom Jeffers fuhr fort. »Es geht um meinen Freund und Kollegen Pierre Balmain. Er ist tot. Auf der Insel ermordet worden. Ich habe mich nur mit letzter Kraft retten können.«

»Ich weiß, daß Ihr Kollege ermordet worden ist«, sagte Marac.

»Wie?« Auf Jeffers' Gesicht stand die Überraschung geschrieben. Er blickte die anderen an, und auch Suko und Bill wunderten sich.

Maurice Marac trank sein Glas leer. »Ich möchte es Ihnen erklären. Die Leiche Ihres Kollegen wurde gestern morgen hier ans Ufer gespült. Innerhalb des Sees herrschen Strömungsverhältnisse, die alles an unserem Ufer anschwemmen. Sei es nun Treibgut oder eine Leiche. Ich selbst habe den Toten entdeckt.«

Tom Jeffers war aufgeregt. »Und dann? Was geschah dann?«

»Ich war allein, als der Tote angetrieben wurde. Ich holte die

Männer aus dem Dorf zu Hilfe, und gemeinsam haben wir die Leiche geborgen.«

»Wo ist sie jetzt? Haben Sie meinen Freund begraben?«

»Nein. Wir haben sie noch aufgebahrt. Und zwar im Spritzenhaus der Feuerwehr. Heute abend soll darüber entschieden werden, was mit dem Toten geschieht.«

Tom wischte sich über das Gesicht, während Marac in einer hilflosen Geste die Schultern hob. »Das ist alles, was ich Ihnen sagen kann«, meinte er. »Ich mache mir sowieso schon die größten Vorwürfe, daß ich mit Ihnen, Monsieur Jeffers, überhaupt gesprochen habe.«

»Das war uns immerhin hundert Franc wert.«

»Ich weiß.«

»Also daher ist das Geld«, mischte sich Claudine Marac in das Gespräch. »Dann hast du mich angelogen, Maurice.«

»Sei froh, daß ich dir überhaupt etwas gesagt habe.«

Madame Marac schwieg.

Bill fand es an der Zeit, das Gespräch weiterzuführen. »Dann wissen Sie, was auf der Insel vor sich geht«, sagte er.

»Wissen ist zuviel gesagt. Ich kann es mir denken. Man sagt, daß diese Lydia La Grange mit den Kräften der Hölle in Verbindung steht und sie deshalb niemanden auf die Insel läßt. Als ihre Eltern noch lebten, waren hin und wieder Dorfbewohner drüben. Sie haben auch den Park gesehen und die Denkmäler aus sämtlichen Geschichtsepochen. Deshalb wissen wir, wie es auf der Insel aussieht.«

»Aber mehr ist Ihnen nicht bekannt?« fragte Bill.

»Nein.«

»Du lügst«, sagte seine Frau. »Warum erzählst du den Messieurs nicht, daß es bereits mehrere Tote gegeben hat? Junge Leute aus der Umgebung, die der Insel einen Besuch abstatteten. Sie sind alle nur als Leichen zurückgekehrt. Es war schlimm.«

»Was haben Sie für einen Verdacht, Madame?« wollte Bill Conolly wissen.

»Ich glaube, daß nicht die Frau die Mörderin ist, sondern andere.«

»Und wer zum Beispiel?«

Claudine holte tief Atem, bevor sie antwortete. »Die Denkmäler. Ja, die sind es.«

»Danke.« Bill wandte sich an Maurice. »Was sagen Sie dazu, Monsieur Marac?«

»Ich habe keine Ahnung«, lautete die brummige Antwort.

»Aber du hast doch auch schon darüber geredet«, fiel Claudine ihm in die Parade.

»Na und? Hast du Beweise? Außerdem solltest du dich da raushalten. Weiber quatschen sowieso schon genug.«

»In diesem Fall hat Ihre Frau recht«, konterte Bill. »Es ist wirklich besser, wenn Sie sich kooperativer zeigen würden, Monsieur Marac.«

»Und was habe ich davon?«

»Ihre Ruhe. Wir müssen mit dem Spuk aufräumen, Monsieur, und wir schaffen es, darauf können Sie sich verlassen. Ein Freund von mir, den man den Geisterjäger nennt, ist bereits in einer anderen Ermittlung unterwegs. Wir haben Erfahrung. Vertrauen Sie sich uns an.«

Marac überlegte.

»Bitte, Maurice«, drängte seine Frau. »Die Männer meinen es doch nur gut.«

Er lachte.

Bill schaute dem Franzosen ins Gesicht. »Ich will nicht schwarzmalen, Monsieur, aber noch haben Sie Glück gehabt. Vielleicht sind Sie oder jemand aus Ihrer Familie der nächste, der auf der Liste dieser Bestien steht. Daran sollten Sie denken, bevor Sie Ihre Entscheidung treffen.«

Maurice Marac atmete laut durch die Nase ein. »Bon«, sagte er schließlich. »Ich werde mit Ihnen zusammenarbeiten. Was wollen Sie wissen?«

»Zuerst einmal möchten wir die Leiche sehen.«

Marac zuckte zusammen. »Aber die liegt im Spritzenhaus. Und das ist abgeschlossen.«

»Dann holen Sie den Schlüssel.«

»Das geht nicht, den hat der alte Saval.«

Tom Jeffers schlug mit der Faust auf den Tisch. »Wir werden mit ihm reden.«

»Nein, nein«, sagte Maurice hastig, »es gibt noch einen anderen Eingang ins Spritzenhaus.«

»Worauf warten wir noch?« Tom Jeffers stand auf. Bill und Suko erhoben sich ebenfalls. Sie verabschiedeten sich von Madame Marac, die noch immer völlig durcheinander war.

Die Männer verließen das Haus durch den Hinterausgang. Sie nahmen nicht den normalen Weg, sondern schlichen durch verwilderte Gärten und über nasse Wiesen ihrem Ziel zu. Zum Glück stand das Spritzenhaus am Ortsrand, so daß sie ungesehen dorthin gelangen konnten.

Die Mauern bestanden aus Stein, während das große Dach aus Holz gebaut war.

»Das war eine ehemalige Scheune«, erklärte Marac, als er auf eine schmale Tür zuging, jedoch nicht davor stehenblieb, sondern rechts der Tür ein Fenster aufdrückte, dessen Scheibe durch Spinnweben verklebt war. »Einen Moment noch«, sagte er.

Er stieg durch das offene Fenster in die Scheune. Kopfüber verschwand er und zog die Beine nach.

Eine Minute später war die Tür offen.

Bill betrat als erster das Spritzenhaus, und Suko ging am Schluß. Das Licht, das durch die vorderen Fenster fiel, reichte aus, um sich orientieren zu können.

Sie gingen an zwei alten Feuerwehrwagen vorbei, deren Lack hellrot glänzte. An einer Wand waren Schläuche gestapelt. Man hatte sie auf Rollen gedreht und diese wiederum aufeinandergestellt. An zahlreichen Haken hingen Feuerwehruniformen.

Maurice Marac räumte zwei Blechtonnen zur Seite. Hinter den Gefäßen lag der tote Reporter.

Bill und Tom bückten sich gemeinsam. Mein Freund knipste sein Gasfeuerzeug an.

Die bläulich schimmernde Flamme gab genügend Licht, um den Toten genau erkennen zu können.

»Das ist er«, flüsterte Tom Jeffers. Im nächsten Augenblick stieß er einen überraschten Ruf aus.

Auch Bill Conolly hatte gesehen, was mit dem Toten geschehen war.

Die Leiche war zu Stein erstarrt!

Unbewußt zögerte ich, meine Hand auf die gußeiserne Klinke zu legen. Das Gefühl einer unmittelbaren Gefahr sprang mich plötzlich an. Hinter der Tür mußte etwas lauern, was ungeheuer gefährlich sein konnte.

Aber hinein mußte ich.

Meine Finger berührten das kalte Metall. Ein kurzer Blick in die Runde, ich war völlig allein. Niemand beobachtete mich. Nur das Heulen des ewigen Windes war zu hören.

Dann riß ich die Tür auf, blieb aber dicht vor der Schwelle stehen.

Und das rettete mir das Leben.

Der Schwerthieb, der mich sicherlich getötet hätte, wischte dicht an mir vorbei. Ich spürte noch den Luftzug, so nahe war ich dem Tod entronnen. Kraftvoll wurde die Schwertspitze nach unten geführt und hackte in die Planken.

Ich sprang zurück.

Und dann sah ich meinen Gegner.

Es war ein lebender Steinritter aus dem Mittelalter. Alles war naturgetreu nachgebildet, der Körper, der Panzer, der Helm, der Gesichtsschutz. Nur war dieser Mann aus Stein und bewegte sich wie ein normaler Mensch.

Dämonische Kräfte hielten ihn aufrecht. Wenn es eines letzten Beweises bedurft hätte – nun hatte ich ihn.

Der Ritter riß seine Waffe wieder aus dem Holz hervor. Er konnte sie nicht schwingen, da die enge Türschwelle ihn behinderte. Aber er traute sich auch nicht auf Deck, sondern wartete ab, was ich tat.

Und ich griff an.

Ich hatte bereits bemerkt, daß er nicht so rasch reagierte wie ein Mensch. Seine Bewegungen waren langsamer, sie wirkten hölzern.

Aber trotzdem mußte ich auf der Hut sein. Denn wenn er mich traf, war es aus.

Unter dem nächsten Schwerthieb tauchte ich geschickt weg, hob dann das rechte Bein und stieß es der lebenden Statue wuchtig in die Körpermitte.

Sofort setzte ich nach.

Das Ruderhaus war ziemlich geräumig. In der gegenüberliegenden Seite der Tür gab es eine Luke, die in den Schiffsbauch führte und deren Klappe jetzt offenstand.

Mein Tritt hatte soviel Wucht gehabt, daß der steinerne Dämon quer durch das Ruderhaus geschleudert wurde, auf die Luke zutorkelte, einen Schritt zuviel machte und plötzlich verschwand.

Ich jagte ihm nach.

Am Rand der Luke blieb ich stehen, nachdem das Poltern verhallt war. Der Dämon mußte hingefallen sein, jedenfalls entnahm ich das den entsprechenden Geräuschen.

Dem Ritter nachzuspringen, erschien mir zu gefährlich. Aber ich war bewaffnet.

Im Magazin meiner Beretta steckten sechs geweihte silberne Kugeln. Geschosse, die für Dämonen der niedrigen Stufe tödlich waren.

Auch bei dem Ritter?

Ich hoffte es, denn ich schätzte ihn als einen Dämon ein, der nur Befehle entgegennahm und nie auf eigene Faust handelte.

Und dann sah ich ihn.

Er stand leicht breitbeinig schräg unter der Lukenöffnung, und hielt in der rechten Hand das Schwert. Den Arm hatte er zum Schlag erhoben. Sein Visier war hochgeklappt. Im schwachen Licht erkannte ich die grün schimmernde Haut und die leeren Augenhöhlen.

Es war ein schauriger Anblick, aber ich ließ mich durch ihn nicht schocken, sondern zielte mit dem Waffenlauf in die Luke hinein und somit auf seinen Körper.

»Laß das Schwert fallen!«

Ich wußte nicht, ob er mich verstanden hatte, auf jeden Fall befolgte er meinen Befehl nicht.

Er blieb einfach stehen.

Ich wiederholte die Aufforderung. Der Dämon reagierte anders, als ich es mir vorgestellt hatte.

Bösartig und hinterlistig handelte er.

Aus dem Handgelenk schleuderte er sein Schwert mit einer plumpen Bewegung. Und so konnte ich mich im letzten Moment noch flach auf den Boden werfen.

Das Schwert raste über mich hinweg und blieb zitternd in der Wand des Ruderhauses stecken.

Ich schoß.

Es war mehr ein Reflex, der mich abdrücken ließ, aber die Kugel traf den breiten Körper des Ritters.

Die Macht des Silbers breitete sich gedankenschnell aus. Sie zerstörte den steinernen Körper.

Erste Risse bildeten sich, wurden breiter und länger. Es knackte und knirschte. Der Dämon war wieder zu Stein geworden und zerfiel rasch in seine Einzelteile.

Der Körper brach auseinander, und die Steine wurden zu Staub. Aber auch das in der Wand steckende Schwert zerfiel. Der Dreck rieselte wie feiner Schnee zu Boden.

Ich stand auf und atmete tief durch. Die erste Gefahr war gebannt. Nun ahnte ich, was mich auf der Insel noch alles erwartete.

Aber ich wollte mir den kaufen, der unter anderem für diesen Angriff verantwortlich war.

Jean!

Rasch lief ich durch das Ruderhaus, schlüpfte nach draußen auf Deck und sah den von der linken Seite heransausenden Schatten zu spät.

Etwas traf mit ungeheurer Wucht meinen Nacken, und im nächsten Moment erlöschten sämtliche Lichter.

Blackout!

Schwer fiel ich auf die Planken. Ich hörte nicht mehr, wie der Alte sagte: »Jetzt wollen wir mal sehen, wer hier wem die Fragen stellt, du Schnüffler…«

»O Gott, er ist tatsächlich aus Stein.« Maurice Marac flüsterte die Worte und schüttelte verständnislos den Kopf. »Als wir ihn bargen, war er noch völlig normal.«

Bill Conolly erhob sich aus seiner hockenden Stellung. Er steckte sein Feuerzeug weg und wandte sich an Suko. »Wir werden ihn ans Tageslicht schaffen.«

Der Chinese nickte, räumte aber zuvor die Tonnen zur Seite,

damit sie mehr Platz hatten. Er und Bill hoben den Toten hoch. Suko faßte ihn an den Schultern, Bill an den Beinen.

Und beide Männer ächzten plötzlich wie Greise. »Himmel, ist der schwer«, keuchte Bill. Auf seiner Stirn traten vor Anstrengung die Adern dick hervor.

Selbst Suko stöhnte. Der Chinese hatte Kräfte wie ein Bär, aber erst als Marac und Tom Jeffers ebenfalls mit anpackten, ging es besser. Sie trugen ihn auf die Tür zu und legten ihn dort zu Boden.

Marac hatte Bedenken. »Ich weiß nicht, ob es gut ist, mit dem Ungeheuer nach draußen zu gehen. Die Leute könnten uns sehen. Im Dorf würde sich so etwas sofort herumsprechen.«

Bill schaute Suko an. »Was meinst du?«

Der Chinese gab dem Franzosen recht. »Wir sollten ihn erst einmal hierlassen.«

»Gut.« Bill nickte. »Und was sagst du, Tom?«

Jeffers hörte nicht. Er starrte auf den steinernen Toten. Seine Lippen bewegten sich wie im Selbstgespräch, und über seine Wangen lief es feucht.

»Wir waren Freunde«, sagte er, als er sich abwandte und hart schluckte. »Gemeinsam haben wir zahlreiche Abenteuer überstanden, und da ging es wirklich oft hoch her. Und jetzt...«

»Wir werden die Verantwortlichen zur Rechenschaft ziehen«, sagte Bill.

»Das macht mir Pierre auch nicht mehr lebendig.«

»Da hast du recht.«

»Nehmen wir wieder den gleichen Weg zurück?« fragte Maurice Marac.

»Ich glaube, es ist besser.« Bill stimmte zu. »Außerdem müßte John Sinclair unbedingt erfahren, was wir hier gefunden haben. Er wird staunen.«

Draußen fragte Maurice Marac: »Brauchen Sie mich noch?«

Bill antwortete: »Nein, Sie können nach Hause gehen. Aber halten Sie sich zur Verfügung.«

»Und die Sache heute abend? Dann werden ja auch die anderen entdecken, was mit dem Toten los ist.«

»Bis dahin geben wir Ihnen noch Bescheid«, erwiderte Bill Conolly optimistisch.

Marac nickte. »Ich verlasse mich auf Sie.«

Die Männer trennten sich. Bill Conolly, Suko und Tom Jeffers gingen zum Gasthaus zurück. Der Wirt stand auf dem Parkplatz neben seinem Lieferwagen und lud Kisten auf.

Bill sprach den Mann an. »Ist Monsieur Sinclair auf seinem Zimmer?«

»Nein, ich habe ihn nicht gesehen.«

»Ist er vielleicht in den Ort gegangen?«

»Tut mir leid, ich habe nichts bemerkt.«

Sukos Ruf ließ Bill Conolly herumfahren. Der Chinese deutete auf das Wasser. »Da, das Schiff!«

Bill staunte. »Das ist ja schon bald an der Insel.«

»Genau«, sagte Suko. »Und John?«

Der Reporter hob die Schultern.

Plötzlich machte Suko kehrt und lief mit raschen Schritten in das Haus hinein. Schnell überwand er die Treppe zum ersten Stockwerk hoch. Hastig zog er die Zimmertür auf.

Suko fand nur meinen Einsatzkoffer, aber keine Nachricht.

Auf einmal begann der Chinese sich Sorgen zu machen…

Als ich endlich aufwachte, ging es mir verdammt mies. Der Schlag hatte zum Glück nur meinen Nacken getroffen, aber das Schmerzgefühl zog sich hinunter bis in den letzten Wirbel.

Und gefesselt war ich auch.

An Händen und Füßen. Der Kerl hatte mich regelrecht zu einem Rollschinken verpackt und mich kurzerhand auf die Planken gelegt. Bei jedem Schlingern des Kahns wurde ich hin- und hergeworfen, rollte von Backbord nach Steuerbord und dann wieder zurück.

Wie ein Simpel war ich in die Falle gelaufen. Ich, der große Geisterjäger, der gegen zahlreiche Dämonen gekämpft und gewonnen hatte. Gefesselt lag ich auf dem Deck des Kahns und konnte mich kaum noch rühren.

Verdammtes Schicksal.

Ich lag mit den Füßen zum Bug. Das Steuer befand sich am Heck des Schiffes, so daß ich den Alten nicht sehen konnte. Ich wußte auch nicht, wie lange wir unterwegs waren und ob wir bald an der Insel anlegten. Mir war die Sicht durch die hohen Bordwände versperrt. Ich konnte meinen Blick nur zum Himmel hochwerfen. Und dort trieb der Wind die grauen Wolken wie ein Schäferhund die Herde.

Das Wasser wurde aufgewühlt. Hin und wieder klatschten Wellen über Bord und näßten Gesicht und Kleidung. Den Mund hatte man mir nicht geknebelt.

Ich nahm die Chance wahr und rief.

»He, Alter, was ist los? Weshalb entführst du mich?« Ich versuchte es auf die naive Tour, erhielt aber keine Antwort.

Die Beretta hatte mir der Kerl abgenommen. Ich merkte es daran, daß der Druck der vertrauten Waffe fehlte. Nur das Kreuz hing nach wie vor um meinen Hals, und darüber war ich heilfroh.

Seit ich wußte, welche Kräfte in dem magischen Talisman steckten, war mein Vertrauen in dieses Kruzifix viel größer geworden. Wenn ich die Namen der vier Haupterzengel rief, so vereinigten sich die Kräfte des Lichts zu einer immensen Waffe, die auch Dämonen der höheren Stufe das Fürchten lehrte.

Doch das Kreuz half mir in diesem Falle auch nicht viel, weil man mich auf ganz irdische und völlig normale Art und Weise gefesselt hatte.

Da es keinen Zweck hatte, irgendwelche Befreiungsversuche zu unternehmen, schloß ich ergeben die Augen und ließ mich in eine Art von Trance hineingleiten. Ich schaltete völlig ab und versuchte auf diese Weise, meine Schmerzen zu vergessen.

Suko hatte mir mal diesen Rat gegeben, und ich war ihm dankbar dafür.

Ich war erst wieder voll da, als der Kiel des Bootes bereits über den flachen Ufersand rieb.

Sofort öffnete ich die Augen.

Der Schiffsmotor verstummte. Nur noch das Rauschen des Windes war zu hören, das allerdings jetzt durch ein anderes Geräusch unterbrochen wurde.

Durch Schritte!

Sie kamen auf mich zu. Im nächsten Augenblick fiel ein Schatten über mich, und dann faßten zwei kräftige Hände unter meine Achseln, um mich hochzuhieven.

Ich wurde hingestellt. In meinem Blickfeld lag die Insel mit dem fast undurchdringlich erscheinenden Wald, der hinter dem schmalen Uferstreifen begann. In meinem Nacken hörte ich das schwere Atmen des Alten, das plötzlich von einem hohlen Kichern unterbrochen wurde.

Und dann sagte der Kerl: »Bald ergeht es dir dreckig, Bursche. Warte nur.«

Ich glaubte dem Alten aufs Wort.

Er schob mich voran auf die Reling zu. Mit den Oberschenkeln stieß ich dagegen. Ich wußte, was folgen würde, und atmete sicherheitshalber tief ein.

Ich hatte mich nicht getäuscht.

Der Alte drückte fest gegen meinen Rücken und warf mich, als ich das Übergewicht bekam, kurzerhand von Bord.

Ich klatschte in das seichte Uferwasser, das sofort über mir zusammenschlug. Ich lag auf dem Bauch, mein Kopf befand sich unter Wasser, und meine Nase steckte im Schlick.

Mühsam wälzte ich mich auf die Seite. Dabei hielt ich immer die Luft an und lag schließlich auf dem Rücken.

Ich atmete ein paarmal tief durch. Als eine Welle anrollte und mir über das Gesicht schwappte, drang Wasser in meinen Mund, so daß ich husten mußte.

Der Alte kicherte.

Er stand noch an Bord, hatte seine knochigen Fäuste auf die Reling gestützt und amüsierte sich. Ich wünschte ihn zum Teufel. Dann schwang sich der Kerl ebenfalls über Bord und platschte dicht neben mir ins Wasser.

Er bückte sich, umfaßte meinen Kragen und zog mich kurzerhand an Land wie einen alten Sack.

Jetzt fror ich erbärmlich, und bei dem Wetter konnte ich mir wer weiß was holen, zum Beispiel eine Lungenentzündung.

Mit den Hacken zeichnete ich Wellenlinien in den Uferschlamm. Ich hinterließ eine dicht nebeneinanderliegende Doppelspur, und dann erreichten wir endlich den Waldrand.

Rein ging es in das verfilzte Unterholz.

Nicht nur für mich begann die Tortur, auch für den Alten, denn es gab keinen Pfad, über den er mich hätte schleifen können. Mit Dornen bewachsene Zweige griffen nach mir oder hakten sich fest. Der Alte mußte jedesmal reißen, um mich loszubekommen. Mein Mantel wurde ramponiert, und auch mit meiner Haut gingen die Stacheln nicht gerade freundlich um.

Ich fragte mich, wann die Tortur ein Ende hatte, als mich der Kerl einfach fallen ließ.

Atemlos lag ich auf dem Waldboden. Aber das Stoßen und Zerren hatte auch seine Vorteile gehabt. Durch irgendeinen Umstand hatten sich bei mir die Fußfesseln ein wenig gelockert, und ein winziger Hoffnungsfunke begann in mir aufzuflackern.

»Wie weit willst du mich noch schleppen?« fragte ich den Alten.

»Bis wir da sind.«

»Die Antwort hätte ich mir auch selbst geben können.«

Er hob den Fuß, um mich zu treten, überlegte es sich aber im letzten Moment anders, und ich entspannte mich wieder.

Der Alte war ins Schwitzen geraten. Mit der Hand wischte er sich über die Stirn.

Von einem gepflegten Park sah ich nichts. Nach wie vor befanden wir uns in dem urwaldähnlichen Gelände.

»Wenn du mir die Fesseln abnimmst, laufe ich allein«, schlug ich dem Knaben vor.

Er lachte blechern. »Das hättest du wohl gern, wie?«

»Sicher, aber ich glaube, daß du gar nicht allein entscheiden kannst. Du mußt auf deine Herrin warten – oder? Was ist diese Lydia La Grange eigentlich für eine Frau?«

»Du wirst sie noch früh genug kennenlernen«, lautete die Antwort. Dann faßte er mich wieder unter und schleifte mich weiter.

Der Alte quälte sich wirklich, aber ich hatte kein Mitleid mit ihm. Wofür auch? Mir ging es noch dreckiger. Während meine Hacken über den schlammigen Boden rutschten, bewegte ich immer wieder die Füße. Ich drehte sie so gut es ging, spannte sie auch mal an, indem ich sie auseinanderdrückte, und versuchte so, die Fesseln weiter zu lockern.

Ich schaffte es und stellte fest, daß die Stricke längst nicht mehr so stramm saßen und daß ich unter Umständen schon einen Fuß befreien konnte.

Bei den Händen war nichts zu machen. Sie waren auf dem

Rücken zusammengebunden, und hier saßen die Stricke so stramm, daß ich erst gar nicht den Versuch unternahm.

Durch das Bewegen der Zehen und Füße sorgte ich dafür, daß mein Kreislauf nicht zusammenbrach.

Der Alte über mir keuchte wie eine Lokomotive aus der Dampfroßzeit. Hin und wieder trafen sich unsere Blicke. Sein Gesicht war verzerrt. Er atmete schnell und keuchend und verfluchte mich mehr als einmal. Solange er mich nicht körperlich angriff, war mir das egal.

Ich weiß nicht, wie lange es dauerte, bis mich der Kerl durch den verfilzten Wald geschleift hatte. Auf jeden Fall traten die dicht nebeneinanderstehenden und ineinander verfilzten Bäume ein wenig zurück, und meinen Augen bot sich übergangslos eine prächtige Parklandschaft dar, die mich in ihrer Anlage und Gepflegtheit an die Schloßparks des achtzehnten Jahrhunderts erinnerte.

Millimetergenau gestutzte Hecken waren zu sehen, kleine Rondelle, Bänke und Denkmäler.

Mir lief ein Schauer über den Rücken, als ich daran dachte, daß all diese Denkmäler von dämonischer Magie erfüllt waren.

Über einen schmalen Pfad schleifte mich der Alte auf den wesentlich breiteren Hauptweg. Er war mit Kies bestreut und glänzte noch regennaß.

Ich wunderte mich, woher der Mann die Kräfte nahm, mich immer noch weiterzuschleppen. Meiner Meinung nach hatte er die Siebzig bereits hinter sich.

Von dem Haus sah ich nichts. Und dabei war ich gerade darauf gespannt. Und auf Lydia La Grange natürlich.

Der Mann zog mich an den Denkmälern und Statuen vorbei. Ich sah auch den römischen Legionär, der den Reporter attackiert hatte. Er stand auf einem Sockel, hatte den rechten Arm vorgestreckt und hielt das Kurzschwert stoßbereit.

Ich sah Kämpfer aus der Epoche des frühen und auch des späten Mittelalters. Dazu spanische Eroberer in ihren Rüstungen und Soldaten aus der napoleonischen Zeit mit ihren Dreispitzhüten und alten Musketen. Sogar ein Pirat war unter den Denkmälern vertreten.

Am meisten jedoch faszinierte mich der überlebensgroße

Bogenschütze. Von ihm wußte ich, daß er Pierre Balmain getötet hatte. Er sah schon als Standbild furchterregend aus, hielt den Bogen gespannt und hatte einen Pfeil auf die Sehne gelegt.

Wir passierten ihn. Dabei hatte ich das Gefühl, daß sich seine Augen bewegten und meinen Weg genau verfolgten.

Da ich in meiner Lage nicht vorausschauen konnte, erblickte ich das Haus erst, als der Alte mich fallen ließ und ich mich dabei auf die Seite wälzte.

Leicht hob ich den Kopf an.

Ich sah ein prächtiges, hochherrschaftliches Gebäude. Ein Säulendach überdeckte das breite Eingangsportal, und an der Zahl der Fenster las ich ab, daß das Haus über zwei Dutzend Zimmer haben mußte.

»Wir sind da«, sagte der Kerl.

Das hätte ich auch ohne seinen Kommentar gewußt.

Der Alte bückte sich, holte ein Messer hervor und säbelte an meinen Fußfesseln herum.

»Du hast sie ja schon gelockert!« knurrte er. Dann fielen die letzten Stricke.

»Los, hoch mit dir!«

Ich gab mir Schwung und stand auf.

Und schon spürte ich die Nachwirkungen des Schlages. In meinem Kopf schien sich ein feuriges Rad zu drehen, und ich hatte Mühe, auf den Beinen zu bleiben.

Der Alte starrte mich an. »Spiel hier nicht den Kranken!« zischte er.

Ich atmete tief durch. Danach ging es mir besser. Dann mußte ich auf das Haus zugehen.

Vor der untersten Stufe der Treppe blieb ich stehen, nicht weil der Alte dies befahl, sondern weil die Tür geöffnet wurde.

Der rechte Flügel schwang zurück.

Auf der Schwelle stand eine Frau.

Lydia La Grange!

Die Frau und ich standen rechts und links der Treppe getrennt. Wir starrten uns an.

Sekundenlang…

Und jeder wußte plötzlich, was er von dem anderen zu halten hatte. Wir waren Feinde, Todfeinde sogar…

Ich spürte fast körperlich den Haß und die Abneigung, die mir von dieser Person entgegenströmten. Unwillkürlich ging ich einen Schritt vor, wollte etwas sagen, doch da hob Lydia La Grange die Hand.

»Ich weiß, wer Sie sind, Monsieur. Sie haben es sich zur Aufgabe gemacht, meinen Garten zu zerstören. Nicht wahr?«

Ich erwiderte nichts.

»Kommen Sie zu mir.«

Als ich mich nicht rührte, stieß mich Jean an. »Geh schon!« zischte er. »Man läßt Madame nicht warten.«

Ich schritt die Treppe hoch. Sechs breite Steinstufen brachten mich in die Nähe der Frau.

Sie trat zurück, gab mir den Weg ins Haus frei und sagte: »Bitte, treten Sie näher.«

Ich schritt an ihr vorbei und betrat eine große Halle, in der einige Kerzen brannten und flackerndes Licht verstreuten. Der große Kamin unter der Dreiergruppe gewaltiger Bilder war erloschen.

Kalt war es in dem Saal.

Der Alte schloß die Tür.

»Brauchen Sie mich noch?« fragte er seine Herrin.

»Nein, du kannst gehen. Ich will mit unserem Gast allein reden!«

»Aber er ist gefährlich.«

Lydia La Grange lachte spöttisch. »Na und? Glaubst du, ich werde mit ihm nicht fertig? Es haben schon andere versucht, mich zu übertölpeln. Nein, nein, er gehört mir.«

»Sehr wohl, Madame.« Der Diener verschwand.

Lydia La Grange wandte sich mir wieder zu. Sie selbst wirkte wie ein Denkmal, und ich hatte das Gefühl, daß in der Brust dieser Frau ebenfalls ein Herz aus Stein schlug. »Sie werden verstehen, daß ich Ihnen aus Gründen der eigenen Sicherheit die Handfesseln nicht abnehmen kann, Monsieur. Aber ich bin sicher, daß wir uns dennoch prächtig unterhalten.«

»Das hängt vom Thema ab«, erwiderte ich.

»Es wird Sie interessieren.«

Lydia La Grange lächelte wissend und etwas in sich gekehrt, als sie auf eine Tür am Ostflügel der Halle zuschritt. »Wenn Sie mir bitte folgen wollen, Monsieur Sinclair.«

»Woher wissen Sie meinen Namen?«

Die Frau öffnete die Tür, blieb stehen und blickte mir entgegen, während ich auf sie zuschritt. »Ich weiß einiges, Monsieur Sinclair. Das sollte Ihnen vorerst als Antwort genügen.«

»Wie Sie meinen.« Ich schritt an ihr vorbei.

Wir durchquerten ein leerstehendes Zimmer, in dem die Fenster verhängt waren, und betraten dann einen Raum, den sich die Frau als Arbeitszimmer eingerichtet hatte.

Es war zur Hälfte eine Werkstatt und zur Hälfte eine Bibliothek. Die Werkstatt fesselte meine Aufmerksamkeit. Ich sah mehrere Töpferscheiben, lange Steinbänke und einen in der Wand eingelassenen Brennofen. Die Werkstatt ließ sich von der Bibliothek durch eine Schiebetür abtrennen.

Auf den Steinbänken standen Figuren, manche waren nur halb fertig.

Meist waren es Köpfe, die Lydia La Grange mit geschickten Händen geformt hatte. Und sie waren so echt modelliert, daß man als unvoreingenommener Betrachter das Gefühl haben konnte, sie würden tatsächlich leben und wären aus Fleisch und Blut.

Lydia La Grange war eine wirkliche Künstlerin.

»Kompliment, Madame«, sagte ich. »Ihre Arbeiten sind in der Tat außergewöhnlich.«

»Ja, das sind sie.«

Unter Komplexen litt die Frau gerade nicht, das hatte sie mir mit ihrer Antwort bewiesen.

Die La Grange trat dicht an die Steinbank heran und strich mit ihren Fingerkuppen über die Bildhauerarbeiten. Ein mit brennenden Kerzen bestücktes, von der Decke hängendes Wagenrad warf seinen Schatten über sie, und der Kerzenschein überflutete ihr Haar mit einem goldgelben Schimmer.

Ich dachte über Lydia La Grange nach. Was war sie für eine Person? Eine Hexe? Eine Teufelin? Eine Dämonin?

Wahrscheinlich alles drei, aber in erster Linie war sie ein

Mensch. Einer, der sich dem Bösen verschrieben hatte und voll hinter seinem Entschluß stand.

»Was bezwecken Sie mit all diesen Dingen?« Meine Frage unterbrach das Schweigen.

Sie ließ ihre Hände sinken und antwortete: »Ich habe mich dazu entschlossen, einem Mächtigen zu dienen und ihm einen Stützpunkt auf dieser Welt zu schaffen. Denn irgendwann einmal wird er die Herrschaft übernehmen.«

Solche Sätze kamen mir verdammt bekannt vor. Ich hatte sie schon öfter gehört. »Darf ich fragen, wer dieser Jemand ist?«

»Ja.«

»Asmodis?«

»Nein, nicht der oberste Höllenfürst. Leider nicht«, fügte sie hinzu.

»Dann ist es der Schwarze Tod!« Das war keine Frage, sondern eine Feststellung, und ich hatte damit voll ins Schwarze getroffen.

Lydia La Grange nickte. »Ja, Monsieur Sinclair, es ist der Schwarze Tod.«

»Dann wissen Sie auch, daß er und ich die größten Feinde sind.«

»Natürlich, Monsieur Sinclair. Und ich werde dafür sorgen, daß Sie nicht mehr seine Kreise stören können. Mit anderen Worten: Sie werden die Insel nicht lebend verlassen!«

Mit so etwas Ähnlichem hatte ich gerechnet, deshalb war ich nicht überrascht, als die Frau mir meine Zukunftsperspektiven eröffnete.

»Sie sagen nichts?«

»Nein«, erwiderte ich lächelnd. »Noch lebe ich.«

Die Frau lachte und nahm ein meißelähnliches Gerät auf, mit dem sie spielte. »Irgendwie muß ich Sie bewundern, Monsieur Sinclair. Sie haben Mut, und so etwas imponiert mir. Aber jeder, der diese Insel besucht hat, ist von meinen Freunden getötet worden.«

»Dann leben diese steinernen Denkmäler also«, sagte ich.

»Ja. Der Schwarze Tod hat ihnen das Leben eingehaucht, wenn ich es mal so nennen darf. Diese Figuren haben die Aufgabe, mich zu schützen.«

»Nur Sie?«

»Nein, auch ihn.«

Die Antwort überraschte mich. Ich wußte nicht, in welche Kartei ich sie stecken sollte. »Was meinen Sie damit – auch ihn?«

Lydia La Grange legte das Gerät weg und winkte mit dem gekrümmten Zeigefinger. »Kommen Sie, ich möchte Ihnen etwas zeigen, Monsieur Sinclair.«

Ich trat näher.

Die Frau ging zu einem Gegenstand, der bereits meine Aufmerksamkeit auf sich gezogen hatte, da er durch ein schwarzes Tuch verdeckt war.

Die Frau trat an den verdeckten Gegenstand, faßte das Tuch mit zwei Fingern und riß es weg.

»Voila«, sagte sie. »Der Schwarze Tod!«

Ich prallte unwillkürlich zurück, als ich das Skelett sah. In meinem Herzen gab es einen Stich. Dort stand der Schwarze Tod tatsächlich vor mir, oder vielmehr eine naturgetreue Nachbildung des schrecklichen Dämons.

Die Kopie war kleiner, sie reichte mir nicht einmal bis zur Schulter. Aber das Gerippe mit dem dunklen Schädel und den häßlichen weißen Augen war meinem Erzfeind täuschend ähnlich nachgebildet worden.

»Nun, was sagen Sie?« Lydia La Granges Stimme klang triumphierend.

»Wahrlich, eine naturgetreue Nachbildung«, erwiderte ich mit rauher Stimme.

»Und nicht nur das, Monsieur Sinclair.« Die Frau blieb von einer kalten Höflichkeit. »Durch diese Nachbildung empfange auch ich seine Befehle und Botschaften. Er hat mir Ihr Kommen angekündigt, so daß ich keineswegs überrascht war, als Jean, mein Diener, Sie zu mir auf die Insel brachte. Nein, ich wußte Bescheid.«

Mir war inzwischen klar geworden, daß ich es hier mit einer ungeheuer starken Gegnerin zu tun hatte. Ich durfte Lydia La Grange auf keinen Fall unterschätzen, denn sie konnte sich auf die Hilfe des Schwarzen Tods berufen.

Und welch ein Gegner er war, das hatte ich schon oft genug erfahren.

Ich starrte das Skelett an. Auch die Frau bemerkte meinen Blick und enthielt sich des Kommentars.

Dann aber sagte sie: »Durch dieses Skelett trete ich auch mit ihm in Verbindung.«

Meine Antwort klang leise: »Mit anderen Worten, er spricht zu Ihnen.«

»Genau.«

Schon seit geraumer Zeit hatte ich das Gefühl, daß sich mit den Augen irgend etwas tat. Sie schienen nicht mehr so starr zu blicken, sondern bewegten sich innerhalb der Höhlen.

Da hörte ich die Stimme. Sie klang aus dem zahnlosen Mund der Schreckensgestalt.

»Du bist also gekommen, John Sinclair. Das ist gut – sehr gut sogar. Noch nie hat jemand diese Insel lebend verlassen, wenn ich es nicht wollte. Leider bin ich durch einen unglückseligen Zufall in einer anderen Dimension gefangen. Daß ich nicht selbst bei dir bin und dich vernichten kann, hast du Myxin, dem Magier, zu verdanken. Er hat zum Krieg gegen mich aufgerufen und sammelt seine Heere. Aber irgendwann werde ich ihn geschlagen haben, und dann kann ich mich mit dir beschäftigen, Sinclair – falls du bis dahin noch nicht tot bist.« Ein häßliches Lachen drang aus dem Maul des Schädels.

Hätte ich die Hände frei und meine Beretta bei mir gehabt, dann hätte ich die Nachbildung in Stücke geschossen. Aber leider war ich gefesselt, und meine Pistole besaß der Alte.

Dann verstummte das Skelett, die Augen lagen wieder ruhig in den Höhlen.

»Hast du alles verstanden, Sinclair?« zischte Lydia La Grange. Sie duzte mich jetzt, hatte ihr ladylikes Benehmen abgelegt.

»Sicher, er hat laut und deutlich genug gesprochen.«

»Dann weißt du auch, daß ich nicht übertrieben habe.«

»Darf ich fragen, was Sie mit mir vorhaben?«

»Ja, ich werde dich laufenlassen.«

Als ich überrascht die Augenbrauen hob, fing sie an zu kichern. »Nicht so, wie du denkst, Sinclair. Du erhältst in den nächsten Minuten von mir deine Freiheit. Ich persönlich werde dir sogar die Tür aufhalten, so daß du in den Garten laufen kannst. Dann kannst du versuchen, von der Insel zu fliehen.«

»Wie schön. Und die Steinfiguren?«

»Sind deine Gegner.«

Das hatte ich geahnt. Wie sagte die Frau noch? Bisher hat noch nie jemand lebend die Insel verlassen, wenn sie es nicht wollte. Und daß ich der erste sein würde, konnte ich mir nur schwer vorstellen.

Sie fuhr fort. »Da ist allerdings noch etwas. Wenn ich dich laufenlasse, bleiben deine Hände gefesselt. Dies nur zur Information. Schaffst du es, die Fesseln zu lösen, um so besser für dich. Wenn nicht, hast du Pech gehabt.«

Sie war wie so viele meiner Gegner. Maßlos in ihrer Selbstüberschätzung. Das kam allerdings zwangsläufig, wenn man so etwas wie Macht besaß.

»Hast du noch eine Frage?«

Ich kam nicht dazu, sie zu stellen, denn ohne anzuklopfen wurde die Tür aufgerissen und Jean, der Diener, stürzte in den Raum.

»Madame!« rief er. »Madame!«

Unwirsch wandte Lydia La Grange den Kopf. »Was ist denn? Du weißt doch, daß ich nicht gestört werden will.«

»Aber es ist wichtig.«

»Dann rede!«

»Ein Schiff, Madame – es ist vom anderen Ufer ausgelaufen und nähert sich der Insel...«

Ich triumphierte innerlich, ließ mir jedoch nichts anmerken.

Meine Freunde ließen mich also nicht im Stich. Ich konnte mich auf Suko, Bill Conolly und auf Tom Jeffers verlassen. Und plötzlich klebte ein Lächeln in meinen Mundwinkeln, ich sagte jedoch nichts.

Die Augen der Frau schienen Blitze zu sprühen. Wut entstellte auf einmal ihr Gesicht. Sie ging vor, packte den Alten am Revers und schüttelte ihn durch.

»Du hast genau gesehen, daß sie kommen?«

»Ja, Madame, ich war oben am Ausguck. Und es ist das Schiff, mit dem auch die beiden Schnüffler zur Insel gefahren sind. Ein blaues Boot.«

Die Frau ließ den Diener los. Auf der Stelle kreiselte sie herum, während Jean ängstlich einige Schritte zurückwich.

Erst jetzt sagte ich etwas. »Pech für Sie, Madame. Ich habe mich immer rückversichert.«

Sie stieß ein Lachen aus, das schon mehr einem Knurren glich. »Keine Angst, Sinclair, auch ich habe meine Trümpfe noch längst nicht ausgespielt.« Dann wandte sie sich an ihren Lakaien. »Bring ihn nach draußen, er soll unsere Freunde kennenlernen.«

Der Alte nickte und zog meine Beretta. Die Mündung zielte auf mich. Hatte ich den Knaben bisher nicht für ernst genommen, so revidierte ich nun meine Meinung, denn Jean hielt wie ein Profi genau den Abstand, der nötig war, um keinen Überraschungsangriff zuzulassen. Die Frau öffnete die Tür.

»Verlassen Sie das Zimmer!«

Ich ging. Jean verfolgte mit Argusaugen jede meiner Bewegungen. Die Mündung zielte jeweils auf meine Körpermitte.

»Einen von uns hast du umbringen können!« zischte die Frau haßerfüllt. »Es wird der erste und der letzte gewesen sein, das schwöre ich dir, Sinclair!«

»Abwarten«, entgegnete ich gelassen. Ich hoffte, mich so lange halten zu können, bis meine Freunde eintrafen. Und sie hatten sicherlich die entsprechenden Waffen an Bord.

Der Wind fuhr in die Halle und bewegte die Kerzenflammen, als Madame die Tür öffnete, dann zur Seite trat, damit ich nach draußen gehen konnte.

Langsam ging ich über die Schwelle, nahm die erste Stufe, die zweite, und auf der dritten erreichte mich La Granges Ruf.

»Sinclair!«

Ich wandte mich halb um, sah ihr Gesicht und wußte genau, daß meine Rechnung noch eine Unbekannte enthielt.

Und die spielte sie voll aus.

»Ich habe doch von einem Trumpf gesprochen, Sinclair, den ich noch in der Hinterhand habe. So einfach ist es gar nicht, die Insel anzulaufen. Der Schwarze Tod hat mir einen Wächter geschickt. Du kennst sicherlich die Geschichte von Loch Ness. Und solch ein Tierchen ist in unserem See. Deinen Freunden wünsche ich wirklich eine fröhliche Reise.«

Sie schlug die Tür zu, und ich stand da wie ein begossener Pudel. Die Chancen meiner Freunde sanken plötzlich rapide...

Bill Conolly knetete sein Kinn. Das tat er immer, wenn er sehr nervös war.

»Und du meinst wirklich, daß sich John auf diesem Kahn befindet?«

»Ja.« Suko nickte bestätigend. »Verdammt, ich hätte bei ihm bleiben sollen.«

»Bestimmt ist er freiwillig gefahren.«

»Dann hätte er was gesagt.«

Die Männer standen neben meinem Bentley. Suko hielt schon den Einsatzkoffer fest. Bill rauchte nervös eine Zigarette, und Tom Jeffers scharrte unruhig mit den Füßen hin und her. »Dann – dann ist das meine Schuld, wenn etwas passiert«, sagte er.

»Unsinn«, widersprach ihm Bill. »Das ist Berufsrisiko. Vielleicht ist John auch bewußt mitgefahren«, fügte er noch hinzu und warf Suko einen Seitenblick zu, doch der Chinese schüttelte den Kopf.

»Worauf warten wir eigentlich noch?« fragte er. »Wir müssen hinterher.«

»Genau.« Bill wollte schon gehen, blieb nach zwei Schritten stehen und sagte: »Aber wir haben kein Boot.«

»Natürlich. Meins.« Tom Jeffers war froh, endlich aktiv eingreifen zu können. »Kommen Sie, es liegt an der Mole.«

Bill lachte und schlug seinem jungen Kollegen auf die Schulter. »Du bist prima, Tom. Aus dir wird noch mal etwas.«

»Ach, hör auf.«

Sie liefen am Ufer entlang dem Anlegeplatz entgegen, wo das blaue Kunststoffboot auf den Wellen schaukelte. Eine Plane hatte das Innere vor dem ärgsten Regenwasser geschützt. Nur am Heck hatten sich einige Lachen gebildet.

Suko stieg als erster ein.

»Sprit?« fragte Bill.

Tom Jeffers winkte ab. »Noch genügend vorhanden.«

»Okay, dann kann ja nichts schiefgehen.« Auch Bill enterte den Kahn, und Tom löste die Leine.

Drei Personen waren für den kleinen Flitzer ziemlich viel. Das Heck lag tief im Wasser.

Bill Conolly bot sich an zu steuern. »Ich kenne mich da etwas aus.«

Tom war einverstanden und gab ihm den Schlüssel. Der Motor wollte erst nicht, sprang aber dann an.

Suko saß auf der schmalen Bank am Heck. Meinen Einsatzkoffer hatte er vor sich gestellt und bewachte ihn wie ein Heiligtum. In der letzten Zeit war dort noch eine Waffe hinzugekommen.

Die sogenannte Dämonenpeitsche. Sie klemmte an einer Vorrichtung im Kofferdeckel. Wer sie nicht kannte, hielt die Peitsche für eine normale Röhre. Doch die hatte es in sich. Zeigte die Öffnung nach unten und man schlug damit einen Kreisbogen, so züngelten drei magische Peitschenriemen daraus hervor, die, wenn ein Dämon damit in Kontakt geriet, diesen auflösten.

Die Peitsche war wirklich einzigartig, die wir Myxin, dem Magier, abgenommen hatten.

Die Heckschraube wirbelte das Wasser auf, schäumte es zu Blasen hoch und hinterließ einen langen, weißen Streifen, der sehr rasch zerfaserte.

Tom Jeffers hatte sich zu Bill Conolly in den Ruderstand gesellt. Beide schauten sie auf die graugrüne, von Wellen gekräuselte Fläche des Sees und ließen ihre Blicke hinüber zur Insel schweifen, die ihnen das Gefühl vermittelte, sie würde drohendere Formen annehmen, je mehr sie sich ihr näherten.

Auch der Wind hatte auf dem See nachgelassen.

War es die berühmte Ruhe vor dem Sturm?

Suko erhob sich. Etwas breitbeinig schritt er auf Bill und Tom Jeffers zu.

»Irgend etwas stimmt nicht«, sagte der Chinese. »Ich habe das Gefühl, als würde eine unsichtbare Glocke über dem Wasser hängen.«

Bill und Tom stimmten dem Chinesen zu.

Die drei Männer schauten sich um, tasteten mit ihren Blicken die Oberfläche des Wassers ab, aber sie konnten nichts Verdächtiges entdecken. Auch von der Insel drohte ihnen keine unmittelbare Gefahr. Kein Schiff löste sich vom Ufer. Verlassen lag der entfernte Strand vor dem dichten Waldgürtel.

Suko schritt wieder zum Heck. Der scharfe Bug des Bootes zerschnitt die Wellen wie ein Messer. Wasser gischtete zu beiden Seiten der Bordwand hoch und sprühte als feiner Regen über das Deck.

Die Hälfte der Strecke hatten sie bereits hinter sich. Grau war der Himmel über ihnen. Kein einziger Sonnenstrahl durchbrach die triste Farbe.

Suko dachte daran, die Waffen zu verteilen. Er selbst trug eine mit Silberkugeln geladene Beretta unter der Achsel, aber Bill und Tom hatten nichts, womit sie sich gegen Angreifer wehren konnten.

Ein letztes Mal ließ der Chinese seine Blicke über das Wasser gleiten.

Und da sah er es.

Rechts von ihm geriet die graugrüne Brühe in Bewegung. Strudel bildeten sich, schäumten hoch und warfen dicke Blasen, die sehr schnell wieder zerplatzten.

»Bill!« rief Suko. »Da – rechts...«

Die nächsten Worte verschluckte er, denn wo sich eben noch der Strudel befunden hatte, tauchte der riesige Schädel einer gewaltigen Seeschlange auf...

Mit einem nicht zu überhörenden Knall wurde die Tür hinter mir zugeworfen.

Allein stand ich auf der Treppe.

Und gefesselt.

Vor mir sah ich den gepflegten Park mit all seinen Standbildern und Denkmälern.

Sie waren jetzt meine Todfeinde!

Mit wie vielen von ihnen ich es zu tun hatte, wußte ich nicht. Mir war nur klar, daß sie mir ans Leben wollten.

Aber noch war ich nicht tot. Und ich hatte es, verdammt noch mal, gelernt zu kämpfen.

Doch bevor ich mich mit den gefesselten Fäusten verteidigte, mußte ich meine Lage durchdenken. Vielleicht konnte ich den steinernen Monstern durch List und Tücke entweichen, ihnen sozusagen einen Streich spielen.

Wo war ich vor ihnen sicher?

Im Wald. Aber bis ich dort war, hatten mich die Ungeheuer längst entdeckt.

Also nichts.

Wichtig war vor allen Dingen, daß ich meine Fesseln loswurde. Allein mit gebundenen Händen schnell zu laufen, ist schon schwierig genug, geschweige denn, sich zu verteidigen.

Ich warf einen Blick zurück und sah das haßverzerrte Gesicht der Frau hinter einer Fensterscheibe.

Sie hatte gut lachen.

Langsam schritt ich die restlichen Stufen hinunter. Interessant war auch das Boot, mit dem wir gekommen waren. Wenn ich das erreichen konnte, hatte ich die halbe Miete kassiert.

Die Seeschlange oder das Seeungeheuer fiel mir wieder ein. Ich glaubte der Frau aufs Wort, daß es so etwas gab. Der Schwarze Tod war immer in der Lage, die schlimmsten Geschöpfe entstehen zu lassen.

Und dann hörte ich das Knirschen.

Über mir.

Ich warf einen Blick nach oben, sah plötzlich, wie sich am Dach etwas bewegte, und im nächsten Moment rutschte unterhalb der Dachrinne ein vorhängender Steinkoloß aus dem Gefüge und fiel zu Boden.

Ich flog förmlich nach vorn. Wenn der Stein mich erwischte, war es aus.

Den letzten Satz hechtete ich vor – und genau in ein Gebüsch hinein, wo die wippenden Zweige mich auffingen.

Hinter mir krachte der Stein zu Boden und hinterließ einen regelrechten Krater, solch eine Aufprallwucht hatte er.

Mir wurde nachträglich noch angst und bange.

Das also war die erste Warnung. Mit Hilfe der Schwarzen Magie ließ sich alles bewerkstelligen, sogar tonnenschwere Steine aus dem Gefüge reißen. Ein harter Zweig wischte an mir vorbei. Ich hatte nicht viel abgekriegt, lag aber in einer unbequemen Stellung im Gebüsch.

Und die Hände weiterhin gefesselt.

Wie ein Tier strampelte ich mich frei, wollte aufstehen, blieb wieder hängen und fiel hin.

Mein Fluch war nicht druckreif. Wenn das so weiterging, war ich schon verloren, bevor die heiße Jagd begonnen hatte.

Wären nur die verflixten Fesseln nicht gewesen. Ich zerrte und riß wie ein Besessener an den Stricken, doch der Erfolg war gleich Null.

Ich drehte mich wieder, und zwar so, daß ich das Haus und auch den heruntergefallenen Stein sehen konnte.

Das Gesicht hinter dem Fenster war verschwunden, wahrscheinlich besprach sich Lydia La Grange jetzt mit dem Schwarzen Tod. Mir war es egal, mich interessierte plötzlich etwas anderes.

Der Stein.

Er war nicht zerbrochen, sondern lag in seiner ursprünglichen quaderartigen Form vor dem Haus.

Und er hatte Kanten.

Scharfe Kanten.

Die Idee durchzuckte mich wie ein Blitzstrahl! Wenn ich es schaffte, die Stricke an einer der Kanten durchzureiben, war dies eine fantastische Sache.

Ich arbeitete mich aus meiner unbequemen Lage hervor und lief gebückt auf den Stein zu.

Ich ließ mich auf die Knie fallen, rutschte ein Stück vor, drehte mich dann so, daß mein Gesicht zum Kantenwinkel hinzeigte, hob die Arme etwas an und brachte die gefesselten Hände in die Nähe der Steinkante.

Dann begann ich zu reiben.

Es waren keine groben Seemannsstricke, die leicht zu durchscheuern waren, sondern feine, mehrmals gedrehte Bänder, die tief in die Haut schnitten.

Aber für mich gab es kein Halten. Ich mußte die Fesseln loswerden, wollte ich eine Chance im Kampf ums Überleben haben.

Hin und her rieb ich die zusammengebundenen Hände. Klar, daß ich mir dabei auch die Haut aufriß, aber ich unterdrückte die Schmerzen und arbeitete verbissen weiter.

Es ging um Leben und Tod. Wenn ich jetzt eine Schwäche zeigte, war ich verloren.

Trotz der kühlen Witterung war ich in Schweiß gebadet. Mein schwarzer Burberry schien nur noch aus Dreck und Schlamm zu bestehen. Was ich in letzter Zeit an Mänteln zerrissen hatte, ging nicht einmal auf die berühmte Kuhhaut.

Aber lieber einen Mantel verlieren als sein Leben.

Und dieses zu erhalten, war mir Ansporn genug. Der Schweiß stand auf meiner Stirn, sammelte sich zu Tropfen, die an der Haut entlangliefen und salzig in meinen Augen brannten. Ich gab mir nicht die Zeit, den Schweiß wegzuwischen.

Hin und wieder riskierte ich einen Blick zur Seite, ob nicht eines von den Monstern mich schon ins Visier genommen hatte.

Doch bis jetzt hatte ich Glück.

Da fiel der erste Strick. Das heißt, ich riß an den Gelenken, und die Fessel fiel.

Mit ihr hörte ich den Stein förmlich aufschlagen, der mir vom Herzen rutschte.

Weiter, nur nicht aufgeben, sich keine Pause gönnen. Ich hatte mittlerweile so etwas wie Routine bekommen und scheuerte immer weniger an der Haut entlang. Hin und wieder dehnte ich die Bänder, versuchte sie zu zerreißen, und ich spürte, wie sich auch die restlichen Stricke lockerten.

Da hörte ich die Tritte.

Unwillkürlich hielt ich inne und zog wie in einer Schutzbewegung den Kopf ein. Eine Gänsehaut lief mir über den Rücken, und ich hatte das Gefühl, an zwei Stromkabeln angeschlossen zu sein.

Behutsam drehte ich den Kopf nach links.

Der Soldat hatte sich mir bereits bis auf zwanzig Meter genähert. Eckig in seinen Bewegungen, schritt er voran. Die graugrüne Hautfarbe wirkte so, als würde sie jeden Moment auseinanderbröckeln. Der napoleonische Dreispitz saß auf seinem Kopf, das Gewehr hielt er noch geschultert. An seiner linken Seite baumelte ein Säbel.

Mir blieb gar keine Zeit, Angst zu haben. Statt dessen verstärkte ich meine Bemühungen und warf dabei immer wieder einen Blick nach rechts.

Stolz marschierte der Soldat auf mich zu. Sein Gesicht schien in diesen fürchterlichen Augenblicken zu leben, aber das war wohl nur eine Einbildung meinerseits.

Fünfzehn Meter…

Ich strengte mich noch mehr an.

Zehn Meter.

Wieder fiel eine Fessel.

Weiter, nur weiter. Ich atmete keuchend und mit offenem Mund. Mein Gesicht war verzerrt, in ihm spiegelte sich die Anstrengung wider.

Ein schneller Blick.

Mein Herzschlag stockte.

Der Soldat nahm die Muskete von seiner Schulter. Er trat noch einen Schritt vor – und blieb stehen.

Mit einem Wutschrei auf den Lippen riß ich weiter an den verfluchten Stricken.

Der Soldat senkte das Gewehr, legte auf mich an.

Ich drehte den Kopf, schaute in das Mündungsloch und wußte, daß das Ungeheuer in der nächsten Sekunde abdrücken würde…

Es war unbegreiflich, und die drei Männer in dem kleinen Boot hatten so etwas bisher nur in Fabeln, Märchen oder Legenden gelesen. Aber daß eine gewaltige Seeschlange dicht vor ihren Augen aus dem Wasser schoß, konnten sie nicht fassen.

Es gab sie also doch!

Oder war dieses Tier nur durch magischen Einfluß entstanden? Vielleicht war es eine Halluzination? Wie auch immer – die Seeschlange jedenfalls war keine harmlose Blindschleiche, sondern bedeutete Gefahr.

Tödliche Gefahr!

Bill sagte gar nichts. Er starrte das Tier nur an, wobei er im Unterbewußtsein das Boot nach backbord lenkte, um vor dem Riesentier zu fliehen.

Tom Jeffers war kalkweiß geworden. Er flüsterte sinnlose Worte vor sich hin. »Das Boot ist unsinkbar. Das stand im Prospekt, und das hat man uns auch versichert.«

Niemand hörte auf ihn, keiner verstand seine Worte. Der schreckliche und dennoch faszinierende Anblick der Seeschlange ließ die Männer ihre sonstige Umwelt vergessen.

Der Kopf des Tieres pendelte etwa zwei Meter über der Wasseroberfläche, die sich allmählich wieder beruhigt hatte, jedoch abermals zu kochen begann, als der Leib des Tieres plötzlich wuchtig aus den Fluten stieg.

Das kleine Boot wurde von den Wellen erfaßt und auf und nieder gehoben wie eine Nußschale.

Bill steuerte verzweifelt gegen, und dann peitschte das Schwanzende der Schlange heran.

Es krachte nicht voll gegen das Boot, sondern streifte es nur. Doch die Wucht reichte, um die Männer durcheinanderzuwirbeln wie Spielfiguren.

Das Boot drehte sich, als wäre es ein Kreisel.

Bill Conolly verlor die Gewalt über das Ruder und wurde von den Fliehkräften in eine Ecke katapultiert. Zwangsläufig mußte er loslassen. Bill fiel zu Boden und prallte mit dem Hinterkopf gegen die Kunststoffverkleidung. Für einen Moment sah er Sterne.

Tom Jeffers verlor ebenfalls das Gleichgewicht. Er ruderte mit den Armen und versuchte sich noch zu halten, doch auf den nassen Planken rutschte er aus. Schwer fiel Tom Jeffers hin.

Suko hatte sich um die eigene Achse gedreht. Selbst dem bärenstarken Chinesen gelang es nicht, sich auf den Beinen zu halten. Die Fliehkraft driftete ihn gegen die kleine Bank am Heck. Doch nach wie vor hielt der Chinese den Einsatzkoffer umklammert.

Die See kochte.

Rund um das kleine Boot stiegen Blasen auf, zerplatzten und schäumten wieder hoch. Strudel bildeten sich, die das Boot in eine Kreiselbewegung rissen.

Bill Conolly schrie etwas, was niemand verstand. Trotz der mißlichen Lage dachten er und Suko an Widerstand. Kampflos würden sie sich der Seeschlange nicht ergeben.

Suko stemmte sich mit den Hacken ein und ließ seine Hand unter die Achsel rutschen. Die Finger umspannten den Kolben der Beretta.

Suko riß die Waffe hervor.

Da schoß der Kopf der Schlange dicht vor der Backbordseite aus dem aufschäumenden Wasser.

Weit riß sie ihren Rachen auf. Er war so groß, daß er das Boot mitsamt der Besatzung verschlingen konnte.

Und das hatte die Seeschlange auch vor. Ihr Kopf neigte sich. Armlange Zähne wuchsen in dem schleimigen Schlund.

Tom Jeffers hielt es nicht mehr aus. Er schrie.

Bill kämpfte sich verzweifelt auf die Beine.

Nur Suko behielt die Nerven.

Es war ihm gelungen, sich halb aufzusetzen. Mit dem Rücken stützte er sich an der Heckbank ab, hob den rechten Arm, schwenkte die Hand mit der Waffe und feuerte.

Dreimal hintereinander zog er durch. Drei Silbergeschosse jagte er in das Maul der Schlange.

Wenn sie ein dämonisches Wesen war, mußte das geweihte Silber seine Wirkung zeigen.

Die Kugeln verschwanden in dem Schlund wie kleine, giftige Hornissen. Suko zitterte, er drückte die Daumen, daß das geweihte Silber seine Pflicht erfüllte, hoffte und bangte.

Sekundenlang blieb das Maul der Seeschlange in der Luft hängen, wie von einem unsichtbaren Faden gehalten. Weit war der Rachen geöffnet, und Suko sah plötzlich die Lichtexplosionen, die sich darin vollzogen.

Dann klappte das Maul zu. Zähne knirschten aufeinander. Das Monster kippte zur Seite. Kopf und ein Teil des Oberkörpers der Schlange verschwanden in der kochenden See.

Drei geweihte Kugeln hatten Suko und seine Freunde vor dem sicheren Tod gerettet.

Waren sie wirklich in Sicherheit?

Sukos Hoffnungen wurden schon nach wenigen Sekunden zerstört, denn nun begann der verzweifelte Todeskampf der unheimlichen Riesenschlange.

Das Schwanzende stach plötzlich aus dem Wasser und verwandelte den See in eine wilde, tobende und kochende Hölle.

Das Wasser schäumte auf. Gewaltige Wellenberge liefen auf das kleine Boot zu.

»Festhalten!« brüllte Suko, doch seine Stimme ging im donnernden Krach unter, als das Schwanzende mit ungeheurer Wucht das Boot in der Mitte traf und es förmlich spaltete.

Der Kunststoff platzte auseinander. Er brach wie die Schale

einer Walnuß. Die Schweißnähte rissen. Wasser gurgelte über das Deck, riß alles mit, was nicht fest angebunden war.

Auch Menschen.

Tom Jeffers verschwand als erster in der brodelnden Hölle. Für einen winzigen Moment sah Suko noch seine um sich schlagenden Glieder, dann hatte der See den jungen Mann geschluckt.

Bill brüllte, bis das Wasser auch über ihm zusammenschlug.

Nur Suko hielt sich am längsten. Aber auch er mußte in das kalte Naß, denn plötzlich sank das Boot wie ein Stein dem Grund des Sees entgegen...

Der Soldat mit dem Dreispitz feuerte.

Es gab einen ungeheuren Krach, und die Waffe in seinen Händen schien förmlich zu explodieren. Der Rückstoß stieß sie hoch.

Pulverdampf wölkte auf und nahm mir für einen Moment die Sicht.

Als der Schuß aufdonnerte, hatte ich mich hingeworfen. Die schwere Bleikugel fauchte über meinen Kopf hinweg und klatschte gegen den Stein, wo sie eine tiefe Furche hinterließ.

Einen zweiten Schuß konnte der dämonische Soldat nicht abfeuern. Er hätte erst nachladen müssen, doch dafür reichte die Zeit nicht.

Er griff nach seinem Degen.

Ich schleuderte meinen Oberkörper hoch, zerrte an den letzten Stricken und schrie vor Freude auf, als sie auseinanderplatzten.

Beide Hände waren frei.

Doch der Soldat stand bereits neben mir. Mit der rechten Hand hielt er den Degen hoch. Die Spitze zeigte nach unten, genau auf meinen ungeschützten Körper.

Ich warf mich zur Seite und rollte mich zweimal um die eigene Achse.

Mit einem dumpfen Laut fuhr der Degen in die feuchte Erde und blieb bis zur Hälfte darin stecken.

Ich hatte Zeit gewonnen.

Das steinerne Monster muße die Waffe erst wieder aus dem Boden ziehen, aber das ließ ich nicht zu.

Ich sprang ihn an.

Mit voller Wucht prallte ich gegen den Körper und hätte vor Schmerz bald aufgeschrien, denn der Soldat konnte zwar reagieren und laufen wie ein normaler Mensch, aber seine Haut war nach wie vor hart und fest.

Sie war aus Stein.

Ich prallte ab und fiel zu Boden, konnte mich jedoch noch fangen und war bereits wieder auf den Beinen, als der Steinerne zuschlug.

Hastig zog ich den Kopf ein.

Das Monster schlug ein Loch in die Luft. Mit der anderen Hand riß es den Degen aus dem Erdreich, um das zu vollenden, was ihm vorher mißlungen war.

Und ich hatte meine Beretta nicht.

Er stach zu.

Ich sprang geschickt hoch, spreizte dabei die Beine, so daß der Degen zwischen ihnen hindurchfuhr. Dem nächsten Hieb wich ich durch eine geschickte Drehung aus. Er wurde von oben nach unten geführt, und die Klinge rasierte an meinem Arm entlang.

Ich hatte keine große Lust, mich mit dem Monster auf einen langen Kampf einzulassen, denn jeden Augenblick konnte er Hilfe erhalten. Auf die Beretta konnte ich nicht zählen, dafür aber besaß ich mein Kreuz.

Hastig knöpfte ich mein Hemd auf.

Bevor der Soldat ein drittes Mal zustoßen konnte, hielt ich ihm das Kreuz genau vors Gesicht.

Das Monster wankte. Auf einmal drangen schreckliche Laute aus seinem Maul, und als ich vorsprang und ihm das Kruzifix gegen das Gesicht preßte, brach es in die Knie. Im nächsten Augenblick fiel es schwer auf die Seite.

Es knirschte und ächzte im Gefüge. Der Soldat hatte den Degen halb erhoben, und in der Stellung blieb er auch. Er versteinerte, und wenig später zerfiel er zu Staub.

Aufatmend trat ich zwei Schritte zurück. Ich zitterte vor durchlittener Nervenanspannung. Eine Kreatur hatte ich besiegt – doch wie viele lauerten noch auf mich?

Dann hörte ich die Stimme des Alten. Sie klang schräg hinter mir auf und war von einer bissigen Boshaftigkeit.

»Gratuliere, Sinclair, einen hast du besiegt, aber wenn du jetzt nicht in den Garten hineingehst, jage ich dir eine Kugel in den Rücken. Sei gewiß, Sinclair, ich werde immer ein Auge auf dich halten, denn wenn meine Freunde dich nicht schaffen, dann töte ich dich. Mit deiner eigenen Silberkugel…«

Suko tauchte ein in die kalte, milchiggrüne Brühe. Er hatte die Beretta im letzten Augenblick noch weggesteckt und sich den Koffergriff zwischen die Zähne geklemmt.

Dann riß ihn ein Sog in die Tiefe.

Schlamm und Algen wurden vom Grund des Sees aufgewirbelt und verschlechterten zusätzlich die Sicht. Der Chinese sah von Bill Conolly und Tom Jeffers nichts, er hoffte nur, daß die beiden Männer sich auch hatten retten können.

Bill war es tatsächlich gelungen, aber Tom Jeffers nicht. Als er über die Planken rutschte, war er mit dem Kopf gegen einen der Relingstäbe geprallt und durch diesen Stoß einer Ohnmacht nahe. In einem regelrechten Schwebezustand zwischen Wachsein und Bewußtlosigkeit wurde er in die Tiefe gerissen und zu einem Spielball der Wellen.

Der reglose Körper wirbelte auf und nieder und geriet durch eine unglücklich verlaufende Strömung ziemlich nahe an die Riesenschlange heran.

Deren Körper peitschte wild die Fluten, wirbelte einmal über den Grund und stieg dann wieder mit wilden, schlängelnden Bewegungen der Oberfläche entgegen.

Es war ein höllischer Kampf, und obwohl er höchstens zwei Minuten dauerte, erschien den drei Männern die Zeit mehr als doppelt so lang.

Bill Conolly hatte einen glücklichen Kopfsprung geschafft. Wie ein Pfeil tauchte er unter und erkannte plötzlich in der wogenden und tobenden See einen leblos dahintreibenden Menschen.

Tom Jeffers!

Bill durchschoß es wie ein Stromstoß.

Der junge Reporter trieb geradewegs auf die Riesenschlange

zu. Wenn sie ihn auch nur einmal in ihrem verzweifelten Todeskampf traf, gab es für Tom keine Rettung mehr.

Bill Conolly änderte seine Richtung. Er schwamm nicht mehr von Jeffers fort, sondern genau auf ihn zu und damit auch in die unmittelbare Nähe der Seeschlange.

Der Reporter begab sich in Todesgefahr.

Doch daran dachte er in diesen Augenblicken nicht. Hier war ein Mensch in Not, und dem mußte geholfen werden. Egoistische Gefühle drängte Bill dabei zur Seite. Außerdem hätte er für jeden anderen das gleiche getan.

Wieder zuckte der Körper der Riesenschlange hoch. Eine Wolke wurde vom Grund aufgewirbelt und vernebelte die Sicht. Panik stieg in Bill hoch, da er den treibenden Körper durch den trüben Schleier nicht mehr sah.

Bill schwamm schneller. Ewig konnte auch er nicht die Luft anhalten. Wenn er Tom Jeffers retten wollte, dann mußte er sich höllisch beeilen.

Kraftvoll bewegte sich mein Freund voran. Arme und Beine schlugen im gleichen Rhythmus.

Und plötzlich sah er Tom Jeffers.

Er trudelte dem Grund zu.

Zwei kräftige Schwimmbewegungen brachten Bill dicht an den treibenden Körper heran. Jetzt, wo er ihn aus der Nähe sah, hatte er plötzlich Angst, daß dem jungen Mann nicht mehr zu helfen war. Doch Bill verdrängte den Gedanken rasch und packte zu.

Fest nahm er Tom in den Griff.

Dann spürte er die Luftknappheit. Der lebenswichtige Sauerstoff fehlte, alles in ihm drängte danach, den Mund zu öffnen und einzuatmen.

Doch Bill hielt durch.

Mit den Beinen stieß er sich ab und strampelte förmlich der Oberfläche zu. Bill hatte das Gefühl, daß er sie nie mehr erreichen würde. Es wurde kaum heller. Nach wie vor hüllte ihn die grünlich schillernde Wasserbrühe ein.

Und Tom Jeffers war schwer. Bill mußte alles daransetzen, um ihn an die Oberfläche zu zerren.

Da wurde er von einer Woge gepackt. Die Schlange lag in den

letzten Zügen. Noch einmal wühlte sie das Wasser auf. Bill fühlte sich wie ein Blatt Papier, mit dem der Herbstwind sein Spiel trieb. Der Reporter wußte plötzlich nicht mehr, wo oben oder unten war, er glaubte, in einem geschlossenen Kreisel zu kleben, der sich nicht nur um die eigene Achse drehte, sondern auch hin- und herschwang.

Bill verlor die Übersicht. Wie im Krampf hielt er den jungen Tom Jeffers fest.

Jede Faser seines Körpers schrie nach Luft, nach dem lebensspendenden Sauerstoff.

Längst tanzten rote Kreise vor seinen Augen, die raketengleich in tiefe, schwarze Schächte stießen, diese erweiterten und die Vorboten der Ohnmacht immer näher brachten.

Bill Conolly hielt es nicht mehr aus.

Luft...

Er riß den Mund auf.

Da durchstieß sein Kopf die Wasseroberfläche. Bill würgte und keuchte. Er sackte wieder ab, doch auf einmal waren helfende Hände da und hielten ihn fest.

Bill Conolly vernahm eine vertraute Stimme.

»Nur ruhig Blut, mein Junge. Keine Panik mehr, ich bin bei dir.«

Suko hatte die Worte gesprochen. Er schwamm neben Bill und kümmerte sich auch um Tom Jeffers.

Suko war ein ausgezeichneter Schwimmer. Er legte sich den jungen Mann im Rettungsgriff zurecht, während Bill Conolly dem Chinesen den Koffer abnahm. Erst einmal mußten sie sich von den Strapazen erholen.

Bill schnappte immer wieder nach Luft, er hustete und keuchte, während Suko krampfhaft den Kopf des jungen Reporters über Wasser hielt. Toms Gesicht war blau angelaufen. Es war eine Frage, ob er noch lebte, aber das herauszufinden war ihnen im Augenblick nicht möglich.

Die Riesenschlange hatte ziemlich spät angegriffen, nachdem bereits mehr als die Hälfte der Strecke hinter ihnen lag. Die Insel war bereits deutlich zu erkennen, und normalerweise wäre die Strecke für die beiden Männer kein Problem gewesen, sie schwimmend zurückzulegen. Aber jetzt waren sie total erschöpft.

Trotzdem blieb ihnen keine andere Wahl.

Von ihrem Boot war nicht mehr viel zu sehen. Hier und da schwammen noch einige blaue Kunststoffteile auf dem Wasser. Die Trümmer wurden von den Wellen auf und nieder geworfen. Letzte Erinnerung an ein schauriges Abenteuer.

Suko winkte. »Los!« rief er. »Wir müssen zum Ufer!«

Die beiden begannen zu schwimmen. Sie mußten sich auch bewegen, denn das Wasser war verdammt kalt.

Daran dachte Bill mit einem Rest von Galgenhumor.

Das Ufer und damit die Insel schien kaum näher zu rücken. Bill und Suko hatten das Gefühl, sich auf der Stelle zu bewegen, aber sie gaben nicht auf. Sie kämpften weiter, schwammen, bewegten sich, wichen Wellen aus und mobilisierten ihre letzten Kräfte.

Bill machte als erster schlapp.

In unregelmäßigen Abständen schlug das Wasser über ihm zusammen, und es dauerte immer länger, bis der Reporter zurück an die Oberfläche trieb.

Suko bemerkte dies mit Entsetzen. Er konnte Bill mit Taten nicht helfen, nur mit Worten.

»Reiß dich zusammen!« schrie er ihn an. »Sei keine Memme! Los – oder willst du hier absaufen?«

Suko fuhr Bill Conolly bewußt hart an. Er sah das von Erschöpfung gezeichnete Gesicht des Freundes, und die Frage, die er sich stellte, wurde immer banger.

»Weiter, Bill! Weiter!«

Und der Reporter kämpfte. Er dachte an seine Familie, an Sheila, an den kleinen Johnny. Nein, er durfte nicht aufgeben. Sie brauchten ihn.

Während seine Arme fast automatisch arbeiteten, tauchten vor seinem geistigen Auge die Gesichter seiner Lieben auf.

Sheila lächelte ihn an. Ihr Anblick gab ihm Mut. Du mußt es schaffen, Bill, du mußt es, schien sie zu rufen. Bitte, tu es für mich. Ich bitte dich, Bill…

»Gleich haben wir es geschafft!« hörte er Sukos Stimme, und

das Bild seiner Frau verschwand. Es löste sich in einer grünen Wellenformation auf, die einen Schleier über seine Augen legte.

Noch einmal wühlte sich Bill durch die Fluten, dann sackte er weg.

Er stieß mit den Knien auf Grund.

Das Ufer!

Geschafft!

Auf allen vieren kroch der Reporter voran. Wellen umspülten ihn, trugen ihn weiter. Bill stolperte, fiel, raffte sich auf, spürte die helfenden Hände unter seinen Achseln, und es war Suko, der ihn aufs Trockene zog.

Im Sand fiel Bill einfach um. Er hatte Arme und Beine von sich gestreckt wie ein lebloser, großer, auf dem Rücken liegender Käfer. Anlaufende Wellen leckten noch um sein linkes Hand- und Fußgelenk, doch das war Bill egal.

Der Reporter war völlig erschöpft.

Er bekam nicht mit, wie Suko sich um Tom Jeffers bemühte und mit den Wiederbelebungsversuchen begann.

Er bewegte die Arme vor und zurück, preßte seine Hand auf dessen Brust, versuchte es mit Mund-zu-Mund-Beatmung, pumpte das Wasser aus dem Körper und horchte hin und wieder nach dem Herzschlag.

Und es schlug.

Allerdings sehr, sehr schwach.

Suko gab nicht auf. Er wollte ein Menschenleben retten und konzentrierte sich dabei so sehr auf seine Aufgabe, daß er die Umgebung nicht im Auge behielt.

Aus diesem Grunde sah er auch nicht die beiden Landsknechtsfiguren, die sich vom Waldrand her lösten und mit stoßbereiten Lanzen auf den am Boden hockenden Suko zuschritten, der ihnen zudem noch seinen ungedeckten Rücken bot…

Mir war klar, daß Jean, der Diener, nicht bluffte. Er würde mich, ohne zu zögern, in den Rücken schießen, wenn ich seinen Befehlen nicht Folge leistete.

Mit meinem Kreuz konnte ich gegen ihn nichts ausrichten. Jean war kein Dämon.

»Geh schon«, forderte er mich auf, »oder soll ich dir erst eine Kugel verpassen?«

Ich schlug den Weg nach links ein, um auf den Hauptpfad zu gelangen. Schon bald knirschte Kies unter meinen Schuhen. Rechts und links sah ich die gepflegten, wohlgestutzten Hecken. Sie waren auch zu dieser Jahreszeit grün. Hin und wieder wurde die grüne Wand von den Denkmälern unterbrochen.

Die hielt ich besonders im Auge und vor allen Dingen den übergroßen Bogenschützen, denn er erschien mir der gefährlichste Gegner von allen zu sein.

»Stopp!« Jeans Befehl war nicht zu überhören, und ich blieb stehen.

»Jetzt dreh dich um, Sinclair!«

Ich gehorchte.

Er stand etwa vier Schritte vor mir und hielt die Beretta in der rechten Hand. In seinen Mundwinkeln klebte ein böses, triumphierendes Lächeln.

Dann streckte er die linke Hand aus. »Gib es her!« forderte er mich auf.

»Was?«

»Dein Kreuz, Sinclair!«

»Nein!« Automatisch drang das Wort über meine Lippen. Wenn ich mich von allem freiwillig oder unter Druck trennte, aber nicht von dem magischen Kruzifix.

»Willst du eine Kugel? Ist dir das Kreuz soviel wert, daß du den Tod dafür riskierst?«

»Was willst du damit anfangen?« fragte ich ihn.

»Meinst du, ich hätte nicht gesehen, welch eine Wirkung dieses Kruzifix hat? Denkst du, ich bin blind? Du hast damit die Steinfigur erledigt. Die Kräfte, die in diesem Kreuz schlummern, sind gefährlich. Verdammt gefährlich sogar. Und aus diesem Grund wirst du mir diesen Talisman geben, oder es passiert was!«

»Du kannst es dir holen!« Ich reizte das Spiel höher.

Doch Jean blieb gelassen. »Gut, Sinclair, du hast es nicht anders gewollt, dann eben die Kugel!«

Ich sah es dem Kerl am Gesicht an, daß er fest entschlossen war, mich zu erschießen. Dieser Diener war wahnsinnig in seinem Haß und seiner Verblendung. Er achtete kein Menschenleben mehr.

»Halt«, sagte ich und atmete tief durch, als ich sah, wie sich der Mann vor mir entspannte. »Du bekommst das Kreuz.«

Jean lachte. »Das habe ich mir fast gedacht!« kicherte er. »Wenn's ans Sterben gehen soll, kneifen auch die größten Helden.«

Ich erwiderte nichts darauf, sondern konzentrierte mich voll auf die vor mir liegende Aufgabe.

Von meinem Kreuz würde ich mich nicht trennen, denn gab ich es aus der Hand, war ich waffenlos.

Das Kreuz hing an einer Silberkette um meinen Hals. Ich nahm beide Arme hoch in Nackenhöhe und tat, als würde ich den schmalen Verschluß suchen.

Jean achtete auf den oberen Teil meines Körpers, nicht auf die untere Hälfte.

Meine rechte Fußspitze hatte sich bereits eine kleine Kuhle in den Kies gegraben. Noch wartete ich ab.

»Mach schon!« hetzte er. »Los, verdammt…«

»Ja, okay, ich…«

Da schnellte mein Fuß vor.

Kies spritzte dem Alten wie Hagelkörner entgegen, während ich mich reaktionsschnell zur Seite warf.

Er schoß nicht, er war viel zu überrascht. Seine Hände fuhren hoch zum Gesicht, die Mündung der Waffe wies in den bleigrauen Himmel, und wie von einer Startrampe abgefeuert, war ich bei ihm.

Ich schlug aus vollem Lauf zu.

Der Alte schrie auf, als meine Faust ihm die Pistole aus den Fingern prellte. Ich wollte ihn nicht ins Gesicht schlagen. Der Mann war kein Gegner für mich, aber eine Lehre sollte er bekommen.

Er krümmte sich und hielt seinen Arm, während ich einige Meter zur Seite lief und hastig meine Beretta aufhob.

Jetzt fühlte ich mich wohler.

Jean hatte sich hingehockt. Noch immer hielt er seinen geprellten Arm umklammert.

Ich ging zu ihm.

Er sah mich kommen und hob den Kopf. »Das wird dir nichts nützen«, keuchte er. »Sie machen dich fertig, sie töten dich.«

Am Kragen seiner Jacke zog ich ihn hoch. »So siegessicher würde ich an deiner Stelle nicht sein, mein Freund. Wir werden nicht in den Park hineingehen, sondern uns woanders umschauen. Ich bin sicher, daß euer Haus noch einige Geheimnisse verbirgt. Los jetzt!«

Er stemmte sich gegen meinen Griff und attackierte mich. Mit beiden Fäusten schlug er auf mich ein, und ich konnte ihn nur mit zwei Schlägen ins Gesicht bremsen.

Wieder sackte er zusammen.

»Reicht das?« fragte ich hart.

Da hörte ich das Zischen hinter mir, sprang zur Seite, und im selben Atemzug wischte der Pfeil neben mir in den Boden.

Ich kreiselte herum.

Und sah den Bogenschützen.

Das Monster marschierte in meine Richtung und hatte bereits den zweiten Pfeil auf die Sehne gelegt…

Ein breiter Wasserstrahl sprudelte aus Tom Jeffers' Mund. Suko bemühte sich noch immer um den jungen Reporter. Allmählich kehrte wieder etwas Farbe in sein Gesicht zurück. Das Blau der Lippen verschwand, und auch das Herz pumpte wieder stärker.

Aber noch war Tom nicht über den Berg.

Der Chinese kämpfte verzweifelt weiter. Die Arme hoch, dann wieder zurück, die Arme hoch und dann…

Suko war in Schweiß gebadet, aber er gab nicht auf.

Mittlerweile erholte sich auch Bill Conolly von den Strapazen. Er besaß eine ausgezeichnete Konstitution, hatte aber zuviel Wasser geschluckt, was bei ihm nun Übelkeit verursachte.

Bill mußte sich übergeben.

Er wälzte sich herum, drückte sich dann auf die Knie hoch und spie das Wasser aus. Dabei hatte er das Gefühl, daß ihm sämtliche Adern platzen würden.

Und dann, als er wieder hochschaute, sah er die beiden Landsknechte. Im ersten Augenblick hielt Bill Conolly die Figuren für eine Halluzination. Er wischte sich über die Augen, öffnete sie wieder, doch das Bild blieb.

Die wie Standbilder aussehenden Landsknechte bewegten sich. Und verdammt schnell sogar.

Ihr Ziel war Suko.

Sie schritten hintereinander, und der vorderste von ihnen hob bereits eine Lanze zum Stoß.

Bill wollte einen Warnschrei ausstoßen, doch nur ein Krächzen drang aus seinem Mund. Statt dessen begann er zu würgen.

»Su... ko...« Nur mit äußerster Mühe brachte der Reporter einen Ton hervor.

Der Chinese hatte ein sehr feines Gehör.

Er wandte den Kopf.

Bill schaute ihn an, und Suko bemerkte am Gesichtsausdruck des Reporters, daß etwas nicht stimmte.

Der Chinese wußte, was er zu tun hatte. Er schnellte zur Seite, rollte sich über den feuchten Sandboden und sah seine beiden Gegner. Im Augenblick hatte er nur einen Gedanken. Er mußte weg von dem hilflosen Tom Jeffers, um das Monster auf sich zu ziehen.

Noch hatte der Landsknecht nicht die günstigste Entfernung für einen zielgenauen Lanzenwurf.

Zwei Schritte noch...

Da zog Suko seine Beretta.

Die Ereignisse überstürzten sich, denn im selben Augenblick schleuderte die lebende Steinfigur die Lanze.

Der Chinese kam nicht mehr dazu, den Stecher durchzuziehen, die Lanze war schneller.

Sie zischte auf ihn zu und rammte eine Haaresbreite neben seinem Körper in den Sand, wobei sie Sukos rechten Jackettärmel an den Boden nagelte.

Suko klemmte fest. Er konnte den Arm mit der Waffe nicht mehr anheben. Er mußte die Lanze erst aus dem Boden ziehen.

Mit der linken Hand packte Suko zu. Noch bevor er die Lanze aus dem Boden reißen konnte, war der Landsknecht bei ihm. Suko sah seinen Schatten über sich fallen.

Dann warf sich der Landsknecht auf ihn.

Blitzschnell zog Suko die Beine an. Er stieß sie heftig vor, traf damit die Brust des Monsters und schnellte seine Füße kraftvoll ab.

Die lebende Figur flog zurück.

Der Chinese gewann einige Sekunden.

Aber auch Bill Conolly war inzwischen nicht untätig geblieben. Nur zwei Schritte von ihm entfernt lag der Einsatzkoffer. Obwohl Bill am liebsten für Stunden ausgeruht hätte, riß er sich zusammen, robbte auf den Koffer zu und öffnete den Verschluß.

Die Dämonenpeitsche steckte im Innern des Deckels.

Bill riß sie heraus, stemmte sich auf die Beine, torkelte dabei wie ein Betrunkener und lief in Schlangenlinien auf den zweiten Landsknecht zu.

Der sah den Reporter kommen, blieb stehen und hob die Lanze. Wuchtig schleuderte er sie vor.

Bill tauchte weg.

Dann aber war er an der Reihe. »Stirb, verdammte Bestie!« brüllte er, bewegte die schmale Röhre einmal im Kreis, und schon züngelten die drei Riemen aus der Öffnung hervor.

Der Landsknecht wußte nicht, wie ihm geschah, als er von dem Reporter angegriffen wurde.

Wild schwang Bill Conolly die Peitsche, und dann schlug er aus der Drehung und ungeheuer wuchtig zu.

Die drei magischen Peitschenriemen klatschten gegen die Brust des Monsters.

Der Landsknecht blieb stocksteif stehen. Plötzlich wurde er wieder zu Stein, während Bill Conolly schweratmend zurücktrat und dem Verfall der Figur zuschaute.

Die Peitschenschnüre hatten bereits Streifen in die Masse der Figur gerissen. Nach Schwefel riechender Rauch quoll daraus hervor, und im nächsten Moment platzte die Figur förmlich auseinander. Nach allen Seiten flogen die einzelnen Steine weg.

Bill zog hastig den Kopf ein, weil er Angst hatte, getroffen zu werden. Doch die Steine lösten sich noch im Flug auf, wurden zu Staub, der langsam dem Boden entgegenrieselte.

Ein Schuß machte den Reporter abermals munter.

Suko hatte gefeuert.

Auch ihm war es gelungen, sich aus seiner mißlichen Lage zu befreien.

Er hatte genau gezielt und die Silberkugel in den Schädel des Monsters gesetzt.

Allmählich bröckelte das Untier auseinander, bis nur noch Staub zurückblieb.

Auch die Lanze löste sich auf, und die Umgebung sah aus, als wenn nichts geschehen wäre.

Bill ließ sich auf die Knie fallen und atmete tief durch. »Das war knapp!« keuchte er, als Suko neben ihm stehenblieb.

Der Chinese nickte.

»Was ist mit Tom?« wollte der Reporter wissen.

»Er lebt.«

»Ein Glück.«

Suko streckte seine Hand aus. »Komm, ich helfe dir hoch. Wir dürfen jetzt nicht hier hocken bleiben. John wird es nicht leichter haben als wir. Wer weiß, ob er es überhaupt geschafft hat.«

Bill ließ sich auf die Beine ziehen. »Jetzt wissen wir wenigstens, was uns hier erwartet!« schnaubte er.

Suko nahm inzwischen den Koffer an sich, während sich Bill um seinen jungen Kollegen kümmerte.

Tom Jeffers war noch immer mehr tot als lebendig.

»Den können wir nicht mitnehmen«, sagte Bill.

»Aber wir müssen zum Haus.«

»Dann muß eben einer von uns hierbleiben«, schlug Bill Conolly vor.

»Und wer?«

Bill lächelte. »Ich habe zwar keine Angst, aber ich glaube, du bist besser in Form. Ich bleibe hier. Laß mir nur eine anständige Waffe zurück.«

»Du hast sie schon«, meinte Suko. »Die Dämonenpeitsche. Behalte sie, und gib auf dich acht.«

Mit diesen Worten verschwand der Chinese im nahen Wald.

Wie die anderen Figuren, so bewegte sich ebenfalls der steinerne Bogenschütze: eckig und ungelenk.

Aber in einem war er verdammt schnell.

Im Abschießen der Pfeile! Er holte sie aus einem an seiner Hüfte hängenden Köcher.

Rasend schnell fegte der zweite Pfeil heran. Mit einem riskanten Sprung brachte ich mich in Sicherheit. Schräg von oben nach unten zischte der Pfeil an mir vorbei.

Im nächsten Moment hörte ich einen dumpfen Schlag und einen Aufschrei. Ich drehte mich um.

Der Pfeil hatte nicht mich getroffen, sondern den am Boden liegenden Jean. Er war in seine Brust gefahren.

Der dritte Pfeil.

Er rasierte mir fast ein paar Haare vom Kopf. Ich sprang geduckt zurück, packte den Diener und zog ihn hastig mit, bis er in Deckung eines Gebüschs lag.

Inzwischen walzte der Bogenschütze unaufhaltsam näher. Hastig beugte ich mich über den Diener.

Er hatte die Hände zu Fäusten geballt, und der Schleier des Todes lag bereits über seinen Augen. Jean war nicht mehr zu helfen. Das Schicksal, das er mir zugedacht hatte, ereilte nun ihn.

Ich schluckte hart, als ich ihm die Augen zudrückte. Der letzte Dienst, den ich dem Mann erweisen konnte.

Dann aber wurde es für mich höchste Eisenbahn, denn ich hörte bereits die Schritte des unheimlichen Bogenschützen.

Ich peilte über den Rand des Gebüschs hinweg.

Nicht nur der Bogenschütze kam auf mich zu, sondern auch die anderen lebenden Denkmäler und Figuren. Alle hatten ihre Podeste verlassen.

Sie wollten mich vernichten.

Der Weg nach vorn war mir versperrt. Blieb nur noch der Rückzug ins Haus.

Ich schluckte, denn der Anblick dieser Gestalten war makaber. Jede Figur schien mit einer grüngelb schillernden Aura umgeben zu sein. Die Konturen waren nicht so klar und deutlich zu erkennen, sie zerflossen leicht.

Die Magie wurde voll wirksam.

Ich sah zwei römische Legionäre, Soldaten aus den beiden Weltkriegen, als krassen Gegensatz dazu germanische Krieger, die mit Keulen und Speeren bewaffnet waren. Dann wieder Ritter, Landsknechte, einen Wikinger mit einer gewaltigen Streitaxt und zwei

Reiter, deren Pferde seltsam steif daherschritten. Bis zum Haus mußte ich eine freie Strecke überwinden. Ich tauchte hinter dem Gebüsch hervor und lief im Zickzack auf das Haus zu.

Der Wikinger war mir am nächsten.

Glasklar erkannte ich, daß ich es nicht schaffen würde. Ich mußte mich stellen.

Aus der Drehung heraus feuerte ich, als das Monster gerade seine Streitaxt werfen wollte.

Meine Silberkugel saß. Der Wikinger blieb mitten in der Wurfbewegung stehen, versteinerte wieder und zerfiel dann.

Ich atmete auf. Hetzte dann aber weiter und rannte auf die Rückseite zu.

Schüsse.

Plötzlich pflügten links neben mir Kugeln das Erdreich auf. Ich hörte das Tackern eines Schnellfeuergewehres, jagte im Zickzack weiter und schlug Haken wie ein Hase.

Wenn mich eine Kugel traf, war ich verloren.

Durch die normale Eingangstür konnte ich nicht. Ich mußte mich darauf verlassen, daß das Haus noch einen Hintereingang hatte.

Durch eine aus vollem Lauf riskierte Hechtrolle entging ich auch der nächsten Salve, flitzte um die Hausecke, erreichte die Rückseite und suchte nach einem Eingang.

Ich sah eine Tür.

Sie war verschlossen.

Ein paarmal rüttelte ich an der Klinke. Die Tür blieb zu. Vor Wut biß ich mir auf die Lippen. Viel Zeit blieb nicht mehr. Die Fenster waren ziemlich hoch. Wenn alles nichts half, wollte ich eine Scheibe einwerfen und auf diesem Weg versuchen, ins Haus zu klettern.

Da klirrte links von mir Glas.

Mein Blick zuckte in die Richtung.

Hinter der zerstörten Scheibe sah ich Lydia La Grange. Ihr Gesicht war verzerrt.

»Bastard!« brüllte sie und stieß im nächsten Moment mit dem Lauf einer Maschinenpistole die restlichen Splitter aus dem Rahmen.

»Stirb endlich!« keifte sie und feuerte…

Suko hetzte durch den dschungelähnlichen Wald. Er war in Schweiß gebadet, und er hatte Angst um mich.

Denn Suko hatte die Schüsse vernommen. Er nahm an, daß ich mich nicht mehr allzuweit von ihm entfernt befand.

Suko verdoppelte seine Anstrengungen. Wild brach er durch das Unterholz. Er hatte die Zähne zusammengebissen, ließ sich nicht durch querstehende Äste aufhalten, die gegen seinen Körper peitschten.

Dann hatte Suko den Wald hinter sich.

Vor ihm lag der Park.

Der Chinese sah die Figuren.

Meist überragten sie die wohlgestutzten Hecken, und sie alle schritten in eine bestimmte Richtung.

Auf das Haus zu, von dem Suko nur das Dach erkennen konnte.

Da hörte der Chinese neben sich ein Geräusch.

Ein wild aussehender, grünlich schimmernder germanischer Krieger schwang seine Keule. Es war ein mörderisches Ding, mit dem man einen Ochsen töten konnte.

Die Keule pfiff heran.

Suko ließ sich kurzerhand nach hinten fallen. Er spürte noch den Luftzug, so dicht pfiff die Keule an ihm vorbei, krachte gegen einen Baum und fetzte dort die Rinde ab.

Dann konterte Suko.

Eine Kugel wollte er nicht vergeuden, aber wozu hatte er seinen Silberdolch eingesteckt?

Suko zog die Waffe und stieß seinen rechten Arm vor.

Die Figur war ziemlich unbeweglich, das Material auch nicht hart, so daß der Messerstich volle Wirkung brachte.

Halb gebückt blieb das Monster stehen, versteinerte und zerfiel zu Staub, der über Sukos Arm rieselte.

Der Chinese atmete auf.

Ein Gegner weniger.

Aber dafür wuchsen fünf andere nach.

Doch Suko mußte zum Haus. Er wußte mich in Gefahr und setzte alles auf eine Karte.

Geduckt sprintete er los. Suko nahm nicht den Hauptweg, sondern lief über Nebenwege, wo er weniger Monster vermutete.

Bis er vor sich die Rücken zweier Reiter sah.

Jetzt war der Weg versperrt.

Eine Abzweigung gab es auch nicht. Wenn Suko weiterwollte, mußte er an den beiden vorbei.

Zwei Kugeln steckten noch im Magazin.

Doch Suko nahm das Messer. Fest umklammerte seine rechte Hand den Griff. Dann hetzte der Chinese mit langen, lautlosen Sprüngen auf die beiden Monster zu…

Die Frau mußte den Verstand verloren haben. Aber welcher Gangster oder Verbrecher besaß schon Verstand?

Ich flog nach vorn.

Etwas anderes blieb mir gar nicht übrig. Nach rechts oder links konnte ich nicht ausweichen, die Garbe hätte mich bestimmt erwischt.

So aber geriet ich in den toten Winkel. Hart prallte ich gegen die Wand, während über mir das Blei hinwegpfiff und den Boden aufpflügte.

Als Lydia La Grange merkte, daß sie mich nicht getroffen hatte, stellte sie das Feuer ein und schrie wütend: »Ich kriege dich noch, Sinclair! Verlasse dich darauf!«

Eine Antwort gab ich nicht. Ich löste mich auch nicht von der Stelle, schielte nach oben und entdeckte keinen MPi-Lauf mehr. Himmel, das war knapp gewesen. Mit dem Handrücken wischte ich mir den Schweiß von der Stirn.

Dieser Fall – zuerst als kleine Wochenendüberraschung gedacht – hatte es in der Tat in sich.

Die Szene hatte Zeit gekostet, und meine »Freunde«, diese steinernen Monster, waren natürlich nicht stehengeblieben. Ich sah sie, als ich einen Blick schräg zurückwarf.

Sie hatten den zum Haus führenden Hauptweg jetzt hinter sich gelassen und teilten sich.

Die Idee war gar nicht schlecht. So konnten sie mich von zwei Seiten in die Zange nehmen.

Dieser Garten entwickelte sich langsam aber sicher zu einem regelrechten Alptraum.

Das Fenster mit der zerstörten Scheibe war natürlich eine Art

Einladung für mich. Aber wenn ich da jetzt durchkletterte, wäre ich rasch ein toter Mann. Bestimmt lauerte die Frau irgendwo im Hintergrund des Zimmers und wartete darauf.

Nein, ich mußte mir schon etwas anderes einfallen lassen.

Geduckt huschte ich ein paar Schritte weiter. Dabei hielt ich mich dicht an der Hauswand und stolperte fast über ein Kellerfenster.

Das war die Lösung!

Mit dem Pistolenkolben schlug ich die mit Spinnweben und Dreck verklebte Scheibe ein. Ich mußte zweimal zuschlagen, da die Scheibe ziemlich dick war.

Das Fenster schloß mit dem Erdboden ab. Zuerst steckte ich die Füße in das Loch, hoffte, daß mich keines von den Monstern dabei beobachtete, und rutschte dann mit dem Oberkörper nach.

Muffiger, feuchter Geruch schlug mir entgegen. Dazu kam eine Dunkelheit, in der ich nicht die Hand vor Augen sehen konnte. Wie ein Blinder tastete ich mich die ersten Schritte voran, stieß mir das Schienbein, blieb stehen, fluchte lautlos über den Schmerz im Bein und holte dann erst mein Feuerzeug aus der Tasche.

Als ich es anknipste, tanzte der Widerschein der Flamme über die rauhen Wände, die naß und feucht glänzten. Die Nähe des Wassers machte sich auch hier bemerkbar.

Gestoßen war ich gegen eine alte Holzkiste. Sonst sah ich keine weiteren Gegenstände. Dafür aber eine dicke Bohlentür, von der ich hoffte, daß sie nicht verschlossen war.

Sie war es nicht.

Warum sollte ich nicht auch mal Glück haben in diesem vertrackten Fall? Bisher war ich nur immer den anderen hinterhergerannt, doch das sollte sich ändern.

Plötzlich fielen mir meine Freunde ein. An ihr Schicksal hatte ich in all den Aufregungen der letzten Stunde gar nicht gedacht. War diese Seeschlange, von der Lydia La Grange gesprochen hatte, wirklich aufgetaucht? Und hatte sie Suko, Bill und Tom angegriffen?

Ich wußte nichts, und gerade diese Ungewißheit war für mich so schlimm.

Aber vielleicht konnte mir Lydia La Grange Auskunft geben.

Ich wollte sie auf jeden Fall fragen. Ferner würde ich sie zwingen, diese verdammten Monster zu stoppen, denn nur sie war wahrscheinlich dazu in der Lage. Wie ich alle ausschalten sollte, war noch die große Frage. Ich konnte mir schlecht vorstellen, daß ich sie einzeln anging und mit einer Silberkugel tötete. Wenn man vielleicht die Quelle der Magie zerstörte, dann waren auch die Monster nicht mehr gefährlich.

Ich schlug mir die Gedanken vorerst aus dem Sinn und konzentrierte mich auf die nächsten Aufgaben.

Hinter der Tür fand ich einen Kellergang. Er war gerade so hoch, daß ich nicht mit dem Kopf gegen die feuchte Decke stieß. Auf Zehenspitzen schlich ich durch den Gang. Ich rechnete damit, von irgendwelchen lebenden Steinfiguren angegriffen zu werden, deshalb hielt ich auch meine Beretta in der rechten Hand. Denn wer konnte schon wissen, was sich in diesem Haus noch alles verbarg?

Ich war fast enttäuscht, als ich unangefochten die Treppe erreichte, die mich nach oben brachte und ebenfalls vor einer Tür endete.

Lautlos huschte ich die Stufen hoch, legte mein Ohr gegen das Holz und lauschte.

Kein Geräusch, keine Schritte – nichts.

Wahrscheinlich kam ich an einer dem Eingang genau entgegengesetzten Stelle des Hauses heraus. Und Lydia La Grange war allein. Sie konnte ihre Blicke nicht überall haben.

Auch diese Tür fand ich nicht verschlossen. Die Frau fühlte sich in ihrem Haus sicher. Das konnte sie auch, denn vor Eindringlingen schützten sie ihre steinernen Monster.

Behutsam drückte ich die Klinke herunter, öffnete die Tür einen Spalt und peilte in den dahinterliegenden Raum, wobei ich meinen Pistolenlauf durch die Öffnung steckte.

Durch hohe Fenster fiel schwaches Licht, das eine Art Dämmerzustand schuf. Dieses Zimmer schien nicht benutzt zu werden, denn ich sah Möbelstücke, die mit Tüchern abgedeckt waren. Nur ein Schrank stand frei im Raum. Auf ihm lag eine fast fingerdicke Staubschicht. Auch der Teppich war vom Staub wie gepudert. Als ich darüberschritt, hinterließen meine Schuhe deutliche Abdrücke.

Ich bewegte mich zum Fenster, blieb dicht neben den Vorhängen stehen und lugte durch die Scheibe.

Ich blickte in einen Teil des Gartens, in dem ich noch nicht gewesen war. Dort waren die Büsche längst nicht so gepflegt wie an der Vorderseite. Ich wollte mich schon zurückziehen, als ich eine Bewegung zwischen den Büschen bemerkte.

Ein lebendes Denkmal.

Hier befanden sie sich also auch.

Und der Steinerne näherte sich dem Haus. Es war ein lebendes Reiterstandbild. Die Pferdehufe drückten das Gras nieder und teilten kleinere Büsche und Sträucher.

Plötzlich glaubte ich meinen Augen nicht mehr zu trauen. Hinter dem Reiter tauchte eine wuchtige, geschmeidige Gestalt auf.

Suko, der Chinese!

Lautlos hetzte er auf den Reiter zu. Ein Messer mit geweihter silberner Klinge hielt er in der rechten Hand.

Suko sah mich nicht, sondern hatte nur Augen für den Reiter. Als er nahe genug an ihm heran war, stieß er sich vom Boden ab und auf den Reiter zu.

Wie ein Artist sprang Suko durch die Luft. Ich sah das Messer noch einmal aufblitzen, dann wurde der Reiter nach hinten gerissen, fiel vom Gaul, wurde zu Stein und zerfiel.

Suko nahm das Messer, stellte sich kampfbereit hin und schaute sich suchend um.

Wenn er es geschafft hatte, dann die anderen sicherlich auch. Mir fiel ein Stein vom Herzen.

Ich klopfte gegen die Scheibe.

Suko hatte ein ausgezeichnetes Gehör. Sofort blickte er in meine Richtung.

Ich stellte mich vor das Fenster, hob den rechten Arm und spreizte Mittel- und Zeigefinger zu einem V. Das Zeichen – unser Zeichen.

V – wie Victory.

Wir hatten gewonnen.

Das heißt, fast.

Der Chinese sah sich erst sichernd um, bevor er zum Fenster huschte. Ich machte eine beruhigende Handbewegung und suchte nach dem Riegel. Er war völlig verrostet und verklemmt. Ich probierte es zweimal, aber das Fenster ließ sich nicht öffnen.

Die Scheibe einzuschlagen, erschien mir zu riskant. Man hätte das Geräusch zu leicht innerhalb des Hauses hören können. Ich schüttelte den Kopf und hob die Schultern.

Suko verstand.

Es war gut zu wissen, einen Mann wie ihn als Rückhalt zu haben. Als ich zum zweitenmal hinschaute, war der Chinese verschwunden. Als hätte er sich in Luft aufgelöst.

So etwas verstand Suko. Irgendwie würde er es sicher schaffen, in das Haus einzudringen.

Ich aber wandte mich der Zimmertür zu. Sie war ziemlich hoch, wie man es oft in Häusern dieser Art fand. Sie reichte fast bis zur Decke. Die Tür war weiß angestrichen, doch an zahlreichen Stellen blätterte der Lack bereits ab, und das matte, graugrüne Holz kam zum Vorschein. Die Messingklinke hatte ebenfalls bereits Patina angesetzt. Als ich sie nach unten drückte, ging die Tür fast von selbst auf.

Ich drückte sie nach außen und erreichte einen kahlen Raum, der mehr einem Durchgang zu dem nächstliegenden Zimmer glich.

Und aus dem Zimmer hörte ich eine Stimme.

Lydia La Granges Stimme.

Sie sprach entweder mit sich selbst oder mit einem Besucher, den ich bisher noch nicht gesehen hatte.

Mein Herz schlug plötzlich schneller. Ich wußte, daß ich dicht vor einer Entscheidung stand.

Ich hatte nur Augen für die Tür und achtete deshalb nicht auf meine Umgebung.

Links hatte der Raum drei hohe Fenster.

Das mittlere wurde plötzlich durch einen vehementen Schlag zerstört. Selbst der Rahmen krachte zusammen mit einem gewaltigen Splitterregen in das Zimmer hinein.

Ich wirbelte mit schußbereiter Waffe herum – und starrte auf die Gestalt des steinernen Bogenschützen…

Es war schon ein makabres Bild, das sich mir bot. Der Bogenschütze war noch größer als das Fenster. Und jetzt stieg er mit einem gewaltigen Schritt in den Raum.

Er war gewissermaßen das Supermonster, das erste Geschöpf des Teufels.

Der Fußboden wankte und knirschte, als der Bogenschütze in den Raum stieg. Dabei hielt er seine Waffe schußbereit, entdeckte mich und ließ die Sehne los.

Sirrend jagte der Pfeil auf mich zu.

Mit einem tollkühnen Sprung brachte ich mich in Sicherheit. Das Monster aber legte sofort einen zweiten Pfeil auf.

Bis zur Decke reichte der Koloß. Da ich auf dem Boden lag, kam er mir noch größer vor. Ich merkte nicht, daß die Tür zum anderen Raum aufgerissen wurde und Lydia La Grange erschien.

»Töte ihn!« keifte sie. »Schieß ihm einen Pfeil in die Brust!«

Ich rollte mich zur Seite, und Pfeil Nummer zwei drang mit einem dumpfen Schlag in den Fußboden, wo er mit zitterndem Schaft steckenblieb.

Dann aber war ich an der Reihe.

Zweimal bellte meine Beretta auf.

Der Bogenschütze war dabei, erneut einen Pfeil auf die Sehne zu legen, als ihn die Kugeln trafen.

Zwei Silbergeschosse jagte ich dem steinernen Dämon entgegen, und beide brachten den gewünschten Erfolg.

Sie zerstörten die Kreatur.

Zuerst fielen die Arme nach unten und mit ihnen Pfeil und Bogen. Mitten in der Bewegung versteinerten sie, um dann als erste zu Asche zu zerfallen.

Im nächsten Augenblick wurde der gesamte Körper des unheimlichen Bogenschützen starr. Dann knirschten seine Gelenke. Risse bildeten sich, wurden breiter und länger, und plötzlich platzte die Figur auseinander.

Es waren Geräusche zu hören wie bei einem Vulkanausbruch. Und dazwischen vernahm ich die hysterischen Schreie der Lydia La Grange.

Irgendwie konnte ich ihre Reaktion sogar verstehen. Sie hatte voll auf den Bogenschützen gesetzt – und verloren.

Die abgebrochenen Einzelteile zerrieselten zu mehligem Staub, der von dem durchs offene Fenster blasenden Wind hochgewirbelt wurde und als lange Fahnen im Zimmer schwebte.

Ich aber war zufrieden.

Vorerst.

Noch hatte ich nicht die Quelle dieser schlimmen Magie ausgeschaltet. Und ich glaubte nicht so sehr, daß es Lydia La Grange war, sondern die Nachbildung des Schwarzen Todes. Dieses kleinere, jedoch naturgetreue Skelett mußte ich vernichten, sonst würde es nie Ruhe geben.

Ein harter Knall riß mich aus meinen Gedanken.

Lydia La Grange hatte die Tür zugeschlagen.

Ich beging nicht den Fehler und stürmte wie ein Wilder hinter ihr her. Schließlich hatte sie noch die Maschinenpistole. Behutsam öffnete ich die hohe Tür und preßte mich dabei an die Wand, wo ich vor einer Kugelgarbe sicher war.

Die Frau schoß nicht. Wahrscheinlich dachte sie in ihrer Aufregung gar nicht daran. Mir war es recht so.

Ich schlüpfte durch den Türspalt und fand mich in dem Raum wieder, den ich bereits kannte.

Hier hatte mir Lydia La Grange das Skelett gezeigt. Und hier befand sich ihre Werkstatt.

Es war finster.

Keine Kerze brannte, und die Fenster waren durch Vorhänge verdeckt.

Ich huschte von der Tür weg und preßte mich gegen die Wand, wo ich erst einmal stehenblieb, um zu lauschen.

Zum Fenster wagte ich nicht zu laufen, da ich nicht scharf auf irgendwelche Überraschungen war.

Ich versuchte meinen Atem so unter Kontrolle zu halten, daß kaum etwas zu hören war.

Es war still.

Kein Geräusch.

Und doch befand ich mich nicht allein in dem Raum. Ich fühlte es, merkte es am Kribbeln meiner Fingerspitzen.

Minuten vergingen.

Da beschloß ich, die Initiative zu übernehmen. »Lydia La

Grange«, sagte ich, »zeigen Sie sich. Es hat keinen Zweck mehr. Sie haben verloren.«

Nach diesen Worten huschte ich einige Schritte nach links, um den Standpunkt zu wechseln.

Wie gut ich daran tat, merkte ich einen Herzschlag später. Plötzlich zuckten gelbrote Mündungsflämmchen auf, zerrissen wie kleine Lichtbomben die Dunkelheit. Und neben mir hackte das Blei in die Wand.

Ich rollte mich weiter.

Jetzt hätte ich zurückschießen können, doch eine Frau hielt die Waffe. Ich konnte es einfach nicht.

Dann verstummte die MPi.

Im nächsten Augenblick hörte ich einen Fluch und dann ein mehrfaches Klicken kurz hintereinander.

Lydia La Grange hatte sich verschossen.

Ich hetzte vom Boden hoch, sprintete auf ein Fenster zu und riß den Vorhang beiseite.

Graues Tageslicht fiel durch das Fenster und erhellte einen Teil des Zimmers.

Madame La Grange hielt sich im Hintergrund des Raumes auf, dort, wo das Licht nicht hinreichte. Ich sah nur die Umrisse von ihr.

Sie hielt die leergeschossene Maschinenpistole noch in der Hand.

Langsam schritt ich auf die Herrscherin der Insel zu. »Es ist vorbei, Madame La Grange«, sagte ich. »Endgültig...«

Sie starrte mich an und sagte nichts. Doch an ihrem Blick erkannte ich, daß sie noch nicht aufgegeben hatte. Sie wollte es einfach nicht wahrhaben, daß das, was sie in all den Jahren aufgebaut hatte, plötzlich zusammengebrochen war.

Ich hatte meinen rechten Arm sinken lassen. Die Mündung der Beretta wies zu Boden.

»Nein, Sinclair!« keuchte sie. »Noch ist nicht alles vorbei. Ich werde dich vernichten. Ich habe Freunde...«

Sie schrie auf und warf mir in einem plötzlichen Anfall von Wut die schwere Maschinenpistole entgegen.

Damit hatte ich nicht gerechnet. Mir blieb nicht mehr die Zeit, rechtzeitig auszuweichen. Ich sprang zwar noch zur Seite, wurde aber vom Lauf der Waffe an der Schulter getroffen.

Es tat höllisch weh.

Lydia La Grange aber nutzte die Sekunden und verschwand durch die zweite Tür.

Ich wollte hinterher, doch da hörte ich das Geräusch.

Es drang aus einer Ecke des Zimmers, die noch nicht vom hereinfallenden Tageslicht getroffen wurde.

In dieser dunklen Insel blieb ich stehen.

Etwas kam näher.

Schleifend und gefährlich…

Meine Blicke fraßen sich förmlich in die dunkle Ecke hinein. Ich sah dort die schemenhaften Bewegungen, und im nächsten Augenblick löste sich ein Körper aus der Dunkelheit.

Es war das Skelett, die naturgetreue Nachbildung meines Erzfeindes, des Schwarzen Tods…

Lydia La Grange war wie von Sinnen. Sie hatte die Tür hinter sich zugeschlagen, blieb mit geballten Händen stehen und keuchte: »Umbringen! Er wird ihn umbringen…!«

Sie atmete schwer und keuchend. Das sonst so sorgfältig gekämmte Haar war auseinandergefallen und hing ihr wirr in die Stirn. In den Augen leuchtete der Wahnsinn.

Lydia La Grange war am Ende.

Sie wollte es nur nicht wahrhaben.

Mit taumelnden Schritten rannte sie auf den Ausgang zu. Ihre zitternden Finger fanden die Klinke erst beim zweiten Versuch.

»Freunde!« rief sie. »Meine kleinen, lieben Freunde! Kommt her, das Haus ist offen. Tötet diesen Sinclair. Zerstört ihn!«

Sie stand auf der obersten Treppenstufe, hatte ihre Arme weit ausgebreitet und winkte die lebenden Denkmäler zu sich heran.

Sie war von Sinnen, sah den Schwertkämpfer unten vor der Treppe stehen und stürzte auf ihn zu.

»Laß dich umarmen!« rief sie. »Komm her…«

Das war genau der Augenblick, in dem Suko seine Deckung verließ. Er hatte die Frau beobachtet und sah, wie sie die Treppe hinunterlief.

Auf die lebende Figur zu.

Und der Ritter hielt sein Schwert waagerecht in der Hand, daß die Spitze nach vorn zeigte.

Es kam, wie es kommen mußte.

Sukos Warnschrei ging im wilden Kreischen der Frau unter. Lydia La Grange stürzte auf das lebende Denkmal zu. Der Ritter reagierte zu spät. Er konnte dem Schwert keine andere Richtung mehr geben.

Die Frau fiel in die Klinge hinein.

Wie im Zeitlupentempo sank sie zu Boden, und als sie mit dem Kopf auf den Kies schlug, waren ihre Augen schon gebrochen.

Lydia La Grange hatte das Schicksal ereilt, das sie ihren Gegnern zugedacht hatte...

Ich war irgendwie fasziniert von dem Anblick, den das Skelett bot. Diese naturgetreue Imitation meines Erzfeindes stieß mich ab und zog mich zugleich an.

Die weißen Augen in dem häßlichen schwarzen Schädel bewegten sich. Sie rollten hin und her. Aus ihnen strömte die Magie, die für all die Schrecken verantwortlich war.

Die Gelenke der dunklen Knochen rieben gegeneinander, als sich das Skelett voranbewegte. Die dabei entstehenden schabenden Geräusche erzeugten bei mir eine Gänsehaut. Ich wollte meinen Arm mit der Waffe heben, um die Horrorgestalt vor mir zu zerschießen, doch ich schaffte es nicht.

Mein Wille wurde von dem Skelett beeinflußt.

Drei Schritte vor mir blieb es stehen. Unsere Blicke fraßen sich ineinander. Ich spürte die unheimliche, aber ungeheuer starke geistige Strömung, die von meinem Gegner ausging. Eine Strömung, die mich lähmte und zugleich kalt und gefühllos werden ließ.

Kalt wie – Stein!

Himmel, das war es.

Ich wurde zu Stein. Ich spürte die Kälte, die an den Füßen anfing und langsam immer höher kroch, mich zu einem bewegungslosen Gegenstand machte, dessen Reaktionen nicht mehr vom Gehirn gelenkt wurden, sondern ausgeschaltet waren.

Endgültig?

Ich stöhnte auf. Riß mich zusammen, konzentrierte mich.

Bewegen, du mußt dich bewegen!

Es ging nicht.

Ich stand unter dem Bann des schwarzen Skeletts.

Und die Kälte kroch höher.

Sie erreichte bereits meine Knie und stieg weiter in die Oberschenkel.

Ein anderes Gefühl kam noch hinzu.

Die Angst!

Ich hatte plötzlich Angst, für immer und ewig zu einer Steinfigur zu werden.

Unbewußt atmete ich schneller.

Das Skelett aber lachte. Aus dem Maul drang eine dröhnende Stimme, die ich nur zu gut kannte.

Sie gehörte dem Schwarzen Tod.

»Schade, daß ich nicht selbst sehen kann, wie du ausgeschaltet wirst, Geisterjäger. Aber ich habe meinem Ebenbild die Kraft der Hölle eingeimpft. All das, was es unternimmt, geschieht in meinem Sinne. Du wirst zu einer Steinfigur erstarren und für alle Zeiten hier in diesem Hause als Standbild bleiben. Das ist meine Rache. Und irgendwann werde ich einen Diener schicken, der dich zerstört, denn du bist nichts weiter als eine Figur. Aber dennoch wird dein Geist weiterleben. Du wirst all die Schrecken empfangen können, nur kannst du dich nicht mehr bemerkbar machen. Du kannst nicht um Hilfe schreien, denn schon in wenigen Sekunden versagt deine Stimme ebenfalls. Sie friert regelrecht ein. Das ist es, was ich dir sagen wollte, John Sinclar. Nun wirst du ein Denkmal!«

Die Kälte stieg weiter. Schlimm und grausam war das Gefühl, nichts mehr, aber auch gar nichts mehr unternehmen zu können. Ich war der Gefangene meines Erzfeindes.

Bis zur Hüfte spürte ich das taube Gefühl, und es kroch weiter. Höher und höher…

Mein Gott…

Schon fiel mir das Atmen schwer. Ein eiserner Ring schien meine Lunge zusammenzupressen. Fingerdick lag mir der Schweiß auf der Stirn. Ich keuchte und stöhnte, starrte das schwarze Skelett an und war nicht mehr fähig, ein Wort zu sprechen.

Der Schwarze Tod triumphierte über mich aus einer anderen Dimension heraus.

Unvorstellbar…

Mein Herz pumpte rasend. Noch wehrte es sich gegen das Kommando. Aber wie lange?

In meinem Schädel brauste es. Manchmal erfaßte mich Schwindel, dann wieder wurde es schwarz vor meinen Augen. Die Ohnmacht kündigte sich an.

Der Tod griff mit Krallenhänden nach mir…

Wie lange würde ich noch leben?

Zehn Sekunden, zwanzig…?

Langsam schaltete sich mein Gehirn aus. Das Denkvermögen wurde reduziert, verschwand…

Es war soweit…

Wie aus unendlicher Ferne hörte ich den Schrei, vermeinte einen Schatten zu sehen, der in den Raum wirbelte. Etwas wischte durch die Luft, dann ertönte ein Poltern, und plötzlich ließ die Starre in meinem Körper nach.

»John! John, wach auf. Meine Güte…«

Ich öffnete die Augen.

Sukos Gesicht starrte mich an. Ich las die Sorge in seinen Augen, lächelte, und es gelang mir.

Ich konnte wieder lächeln.

Meine Beine und Arme gehorchten mir ebenfalls. Es war wie im Märchen. Kaum zu glauben. Ich fiel nach vorn.

Suko fing mich auf. Er trug mich zu einem Sessel und setzte mich hin. Tief saugte ich die Luft ein.

»Es – es war wohl etwas zuviel für mich«, sagte ich mit einer Stimme, die mir selbst unbekannt war. »Was ist mit dem Skelett?«

»Ihm habe ich den Schädel abgeschlagen«, erwiderte der Chinese und deutete nach rechts. »Dort liegt er.«

Ich folgte der Blickrichtung.

Der Schädel und der Torso des Skeletts waren im Begriff, sich aufzulösen. Neben ihnen lag ein Schwert, mit dem Suko gekämpft hatte.

»Und die anderen Monster?« fragte ich.

»Schau aus dem Fenster«, sagte Suko. »Sie lösen sich ebenfalls auf. Alle.«

Da wußte ich, daß wir endgültig gewonnen hatten. Wieder einmal hatte der Schwarze Tod einen Kampf verloren.

Und das war gut so...

War das eine Wiedersehensfreude, als wir Bill Conolly und Tom Jeffers am Strand wiedertrafen!

Ich mußte erzählen und tat dies während der Rückfahrt. Wir nahmen das Boot, mit dem Jean sonst immer gefahren war. Die tote Lydia La Grange und ihren Diener hatten wir mit an Bord.

Die Menschen aus dem Dorf standen am Ufer, als wir anlegten. Bill fühlte sich noch am besten.

Er gab eine Erklärung ab, während Tom Jeffers den Weg zum Spritzenhaus einschlug und nach seinem Kollegen schaute.

Der versteinerte Pierre Balmain war zu Staub zerfallen. So hatte der Schwarze Tod noch ein letztes Opfer gefunden.

Ich aber setzte mich noch am selben Tag mit dem englischen Innenministerium in Verbindung. Es wurde ein langes Telefongespräch. Der diensthabende Beamte versprach, die französischen Behörden zu informieren. Es würde noch viel Papierkrieg geben, doch das war mir egal.

Ich zündete mir eine Zigarette an und ließ mir von dem Wirt unseres Gasthauses einen Calvados einschenken, der zwanzig Jahre alt war.

Er schmeckte fantastisch.

Die Menschen aber wirkten plötzlich viel gelöster und heiterer. Ich konnte sie verstehen, denn schließlich waren sie von einer schlimmen Plage befreit worden.

Ich aber dachte bereits wieder an die Zukunft und fragte mich, was der nächste Fall wohl bringen würde. Denn die Mächte der Finsternis schliefen ebensowenig wie die Gangster oder Verbrecher auf dieser Welt. Nur war es schwer, dies den meisten Menschen begreiflich zu machen...

ENDE